編年体大正文学全集

taisyô bungaku zensyû　第六巻　大正六年

1917

【責任編集】
中島国彦
竹盛天雄
池内輝雄
十川信介
海老井英次
藤井淑禎
紅野敏郎
紅野謙介
松村友視
東郷克美
保昌正夫
曾根博義
亀井秀雄
安藤　宏
鈴木貞美
宗像和重
山本芳明
［通巻担当・詩］
阿毛久芳
［通巻担当・短歌］
来嶋靖生
［通巻担当・俳句］
平井照敏
［通巻担当・児童文学］
砂田　弘

【本巻担当】
藤井淑禎

【装丁】
寺山祐策

編年体　大正文学全集　第六巻　大正六年　1917

目次

創作

小説・戯曲・児童文学

評論

評論・随筆・記録

詩歌

詩・短歌・俳句

［詩］

［短歌］

編年体　大正文学全集　第六巻　大正六年　1917

ゆまに書房

創作

小説
戯曲
児童文学

父帰る

菊池　寛

時。明治四十年頃。
所。南海道の海岸にある小都会。
人。
黒田賢一郎…………二十八歳
その弟新二郎…………二十三歳
その妹おたね…………二十歳
彼等の母おたか…………五十一歳
彼等の父宗太郎…………

情景。中流階級のつゝましやかな家、六畳の間、正面に箪笥があつて其上に目覚時計置いてある、前に長火鉢あり、湯罐から湯気が立つて居る。卓子台出してある、賢一郎役所から帰つて和服に着更へたばかりと見え、寛ろいで新聞を読んで居る。母のおたか縫物をして居る、午後七時に近く戸外は闇し、十月の初。


賢一郎。おたあさんおたねは何処へ行つたの。

母。仕立物を届けに行《い》た。

賢一郎。まだ仕立物をしとるの、もう人の家の仕事やこし、せんでもえゝのに。

母。そやけど嫁入の時に、一枚でも余計えゝ着物を持つて行きたいのやろ。

賢一郎。（新聞の裏を返しながら）此間云ふとつた口は何うなつたの。

母。たねが、ちいと相手が、気に入らんのやろ、向ふは呉れ〳〵云ふて、せがんどつたんやけど。

賢一郎。財産があると云ふ人やけに、えゝ口やがなあ。

母。けんど、一万や、二万の財産は使ひ出したら何の益《やく》にもたゝんけえな。家でもおたあさんが来た時には公債や地所で、二、三万円はあつたんやけど、お父さんが道楽して使ひ出したら、笹につけて振る如しぢや
賢一郎。（不快なる記憶を呼び起したる如く黙して居る）…………。

母。私は自分で懲々しとるけに、たねは財産よりも人間のえゝ方へやろうと思ふとる、財産がなうても亭主の心掛がよかつたら、一生苦労せいでも済むけにな。

賢一郎。財産があつて、人間がよけりや、なほいゝでしやう。

母。そんな事が望めるもんけ、おたねがなんぼ器量よしでも家《うち》には金がないんやけにな、此頃の事やけに少し仕度をしても三百円や五百円は直ぐかゝるけにな。

賢一郎。おたねも、お父様の為に小供の時は随分苦労をしたんやけに、嫁入の仕度丈でも出来る丈の事はしてやらないかん。

私達の貯金が千円になつたら半分はあれにやつてもえゝ。

母。そんなにせいでも、三百円かけてやつたらえゝ。其後でお前にも嫁を貰ふたら私も一安心するんや。私は亭主運が悪かつたけど子供運はえゝ云ふて皆云ふて呉れる、お父さんに行かれた時は何うしやうと思つたがなあ…………。

賢一郎。（話題を転ずる為に）新は大分遅いな。

母。宿直やけに、遅ふなるんや。新は今月からまた月給が昇る云ふとつた。

賢一郎。そうですか、あいつは中学校でよく出来たけに小学校の先生やこしするのは不満やろうけど、自分で勉強さへしたら、なんぼでも出世は出来るんやけに。

母。お前の嫁も探して貰ふとんやけど、えゝのがなうてな。園田の娘ならえゝけど、少し向ふの方が格式が上やけに、呉れんかも知れんでな。

賢一郎。まだ二、三年はいゝでしやう。

母。でもおたねを外へやるとすると、ぜひにも貰はないかん。夫で片が付くんやけに。お父さんが出奔した時には三人の子供を抱へて何うしやうと思つたもんやが…………。

賢一郎。もう昔の事を云ふても仕方がないんやけえ。

（表の格子戸開き新二郎帰つて来る、まだ若き小学教師にして眉目秀れたる青年なり）

新二郎。只今。

母。やあおかへり。


賢一郎。大変遅かつたやないか。

新二郎。今日は調べものが沢山あつて、閉口してしまふた。あゝ肩が凝つた。

母。先刻から御飯にしやうと思て待つとつたんや。

賢一郎。御飯がすんだら風呂へ行つて来るといゝ。

新二郎。（和服に着更へながら）おたあさん、たねは。

母。仕立物を持つて行つとんや。

新二郎。（和服になつて寛ぎながら）兄さん、今日僕は不思議な噂を聞いたんですがね。杉田校長が古新町で家のお父さんによく似た人にあつたと云ふんですがね。

母と兄。うーむ。

新二郎。杉田さんが古新町の旅籠屋が並んどる所を通つとると、前に行く六十ばかりの老人がある、よく見ると何うも見たやうな事があると思ふて、近づいて横顔を見ると、家《うち》のお父さんに似て居たと云ふんです。何うも宗太郎さんらしい、宗太郎さんなら右の頬にほくろがある筈ぢやけに、ほくろがあつたら声をかけやうと思ふて、近よろうとすると水神さんの横町へコソ〳〵とはいつてしまふたと云ふんです。

母。杉田さんならお父様の幼な友達で、一所に槍の稽古をして居た人やけに、見違ふ事もないやろう、けどもうお前二十年にもなるんやけにな。

新二郎。杉田さんもそう云ふとつたです、何しろ二十年も逢はんのやけにしつかりした事は云へんけど、子供の時から交際《つきあ》ふた宗太郎さんやけにまるきり見違へたとも云へん云ふてな。

賢一郎。（不安な眸を輝かして）ぢや、杉田さんは言葉はかけなかつたのだね。

新二郎。ほくろがあつたら名乗る心算で居たのやつて。

母。まあ、そりや杉田さんの見違やろうな。同じ町へ帰つたら自分の生れた家に帰らんことはないけにな。

賢一郎。然し、お父様は家の敷居は一寸超せないやろう。

母。私はもう死んだと思ふとんや、家出してから二十年になるんやけえ。

新二郎。何時か、岡山で逢つた人があると云ふんでしやう。

母。あれも、もう十年も前の事ぢや、久保の忠太さんが岡山へ行つた時、家のお父さんが、獅子や虎の動物を連れて興行しとつたとかで、忠太さんを料理屋へ呼んで御馳走をして家《うち》の様子を聞いたんやて、其時は金時計を帯にはさげたり、絹物づくめでエライ勢であつた云ふとつた。それからは何の音沙汰もないんや、あれは戦争のあつた明くる年やけに、もう十二、三年になるな。

新二郎。お父さんはなか〳〵変つとつたんやな。

母。若い時から家《うち》の学問はせんで、山師のやうな事が好きであつたんや。あんなに借金が出来たのも、道楽ばつかりではないんや、支那へ千金丹を売り出すとか云ふて損をしたんや。

賢一郎。（や、不快な表情をして）おたあさんお飯を食べましやう。

母。あゝ、そうや〳〵。つい忘れとつた。（台所の方へ立つて行く、姿は見えずに）杉田さんが見たと云ふのも何ぞ間違やろ。生きとつたら年が年やけに、ハガキの一本でもよこすやろ。

賢一郎。（や、真面目に）杉田さんが、その男に逢ふたのは何日の事や。

新二郎。昨日の晩の九時頃ぢやと云ふ事です。

賢一郎。どんな身なりをして居つたんや。

新二郎。あんまり、えゝなりぢやないそうです。羽織も着て居らなんだと云ふ事です。

賢一郎。そうか。

新二郎。兄さんが覚えとるお父さんはどんな様子でした。

賢一郎。私《わし》は覚えとらん。

新二郎。そんな事はないでしやう。兄さんは八つであつたんやけに。僕だつてボンヤリ覚えとるのに。

賢一郎。私《わし》は覚えとらん。昔は覚えとつたけど、一生懸命に忘れやうと、かかつたけに。

新二郎。杉田さんは、よくお父様の話をしますぜ。お父さんは若い時は、えゝ男であつたそうですな。

母。（台所から、食事を運びながら）そうや、お父様は評判なえゝ男であつたんや、お父さんが、大殿様のお小姓をして居た時に、奥女中がお箸箱に恋歌を添へて、送つて来たと云ふ話があるんや。

新二郎。何のために、箸箱を呉れたんやろう。

母。丑の年やけに、今年は五十八ぢや。家にぢつとして居れば、もう楽隠居をしてる時分ぢやがな。

（三人食事にかゝる）

母。たねも、もう帰つてくるやろう。もうめきり寒うなつたな。

新二郎。おたあさん、今日浄願寺の椋の木で百舌が啼いとりましたよ。もう秋ぢや。…………兄さん、僕はやつぱり、英語の検定をとる事にしました。数学にはえゝ先生がないけに。

賢一郎。えゝやろう。やはり。エレクソンさんの所へ通ふのか。

新二郎。そうしやうと、思つとるんです、宣教師ぢやと月謝がいらんし。

賢一郎。うむ、何しろ、一生懸命にやるんだな、父親の力は借らんでも、一人前の人間にはなれると云ふ事を知らせる為に、勉強するんぢやな、私も高等文官をやろうと思つたとけど、規則が改正になつて、中学校を出とらな、受けられん云ふ事になつたから、諦めとんや、お前は中学校を卒業しとるんやに、一生懸命やつて呉れないかん。

（この時、格子が開いて、おたねが帰つて来る、色白く十人並以上の娘なり）

おたね。只今。

母。遅かつたのう。

おたね。また次のものを頼まれたり、何かしとつたもんやけに。

母。さあ御飯おたべ。

おたね。（坐りながら、や、不安なる表情にて）兄さん、今帰つて来るとな、家の向側に年寄の人が居て、家の玄関の方をぢーと見て居るんや。（三人とも不安な顔になる）

賢一郎。うーむ。

新二郎。どんな人だ。

おたね。暗くて、分らなんだけど、背の高い人や。

新二郎。（立つて次の間へ行き、窓から窺く）

賢一郎。誰か、居るかい。

新二郎。いゝや、誰も居らん。

（兄弟三人沈黙して居る）

母。あの人が家を出たのは盆の三日後であつたんや。

賢一郎。おたあさん、昔の事はもう云はんやうにして下さい。

母。私も若い時は恨んで居たけども、年が寄るとなんとなしに心が弱うなつて来てな。

（四人黙つて、食事をして居る。不意に表の戸がガラツと開く、賢一郎の顔と、母の顔とが最も多く激動を受ける、然してその激動の内容は著しく違つて居る）

男の声「御免！」

おたね「はい！」（然し彼女も起ち上ろうとはしない）

男の声「おたかは居らんかの」

母「へえ！」（吸ひ付けられたやうに玄関へ行く、以下声ばかり聞える）

男「おたかゝ」

母「まあ！お前さんか、えろう！変つたのう」

（二人とも涙含みたる声を出して居る）

男「まあ！丈夫《たつしや》で何よりぢや。子供達は大きくなつたやろうな」

母「大けうなつたとも、もう皆立派な大人ぢや。上つてお見まへ、あせ」

男「上つてもえゝかい」

母「えゝとも」

（二十年振りにて帰れる父宗太郎、憔悴したる有様にて老いたる妻に導かれて室に入り来る。新二郎とおたねとは目をしばたきながら、父の姿をしみ〴〵見詰めて居たが）

新二郎。お父様ですか、僕が新二郎です。

父。立派な男になつたな。お前に別れた時はまだ碌に立てりもしなかつたが…………。

おたね。お父さん、私がたねです。

父。女の子と云ふことは聞いて居たが、えゝ器量ぢやなあ。

母。まあ、お前さん、何から話してえゝか、子供もこんなに大きうなつてな、何より結構やと思ふとんや。

父。親はなくとも子は育つと云ふがよう云ふてあるな、はゝゝゝゝ。

（然し誰もその笑に合しやうとするものはない、賢一郎は卓に倚つたまゝ、下を向いて黙して居る。）

母。お前さん。賢も新もよう出来た子でな。賢はな二十の年に普通文官云ふものが受かるし、新は中学校へ行つとつた時は三番と降つた事がないんや。今では二人で六十円も取つて呉れるし、おたねはおたねで、こんなに器量よしやけに、えゝ処から口がかゝるしな。

父。そう何より結構な事や。俺も、四、五年前迄は、人の二、三十人も連れて、ずーと巡業して廻つとつたんやけどもな、呉で見世物小屋が丸焼になつた為にエライ損害を受けてな。夫からは何をしても思はしくないわ、其内に老先が短くなつて来る、女房子の居る処が恋しうなつてウカ〳〵と帰つて来たんや。老先の長い事もない者やけに皆よう頼むぜ。（賢一郎を注視して）さあ賢一郎その盃を一つさして呉れんか、お父さんも近頃はえゝ酒も飲めんでな。うん、お前丈は顔に見覚えがあるわ。

（賢一郎応ぜず）

母。さあ、賢や、お父さんが、あゝ仰つしやるんやけに。さあ、久し振りに親子が逢ふんぢやけに祝ふてな。

（賢一郎応ぜず）

父。ぢや、新二郎、お前一つ、杯を呉れえ。

新二郎。はあ（盃を取り上げて父に差さんとす）

賢一郎。（決然として）止めとけさすわけはない。

母。何を云ふんや。賢は。

（父親、烈しい目にて賢一郎を睨んで居る。新二郎もおたねも下を俯いて黙つて居る）

賢一郎。（昂然と）俺達に父親がある訳はない。そんなものがあるもんか。

父。（烈しき忿怒を抑へながら）何やとー。

賢一郎。（や、冷かに）俺達に父親があれば、八歳《やっつ》の年に築港からおたあさんに手を引かれて身投をせいでも済んどる。あの時おたあさんが誤つて水の浅い処へ飛び込んだればこそ、助つて居るんや。俺達に父親があれば十の年から給仕をせいでも済んどる。俺達は父親がない為に、子供の時に何の楽しみもなしに暮して来たんや。新二郎、お前は小学校の時に墨や紙を買へいで、泣いて居たのを忘れたのか。教科書さへ満足に買へいで写本を持つて行つて友達にからかはれて泣いたのを忘れたのか。俺達に父親があるもんか、あればあんな苦労はしとりやせん。

（おたか、おたね泣いて居る、新二郎涙ぐんで居る、老いたる父も怒から悲しみに移りかけて居る）

新二郎。然し、兄さん、おたあさんが、第一あゝ折れ合つて居るんやけに、大抵の事は我慢して呉れたら何うです。

賢一郎。（なほ冷酷に）お母《たあ》さんは女子やけに何う思ふとるか知らんが、俺に父親があるとしたら、夫は俺の敵ぢや。俺達が小さい時に、ひもじい事や辛《つら》い事があつておたあさんに不平を云ふとお母《たあ》さんは口癖のやうに「皆お父さんの故《せい》ぢや恨むのならお父さんを恨め」と云ふて居た。俺にお父さんがあるとしたら夫は俺の小供の時から苦しめ抜いた敵ぢや。私は十の時から県庁の給仕をするし、お母《たあ》さんはマツチを張るし、何時かもお母《たあ》さんのマツチの仕事が一月ばかり無かつた時に親子四人で昼飯を抜いたのを忘れたのか。俺が一生懸命に勉強したのは皆その敵を取りたいからぢや、俺達《わしたち》を捨てゝ行つた男を見返してやりたいからだ。父親に捨てられても一人前の人間にはなれると云ふ事を知らしてやりたいからぢや。俺は父親から少しだつて愛された覚はない、俺の父親は俺が八歳になる迄家を外《よそ》に飲み歩いて居たのだ、その揚句に不義理な借金をこさへて情婦を連れて出奔したのぢや、女房と子供三人の愛を合はしてもその女に叶はなかつたのぢや。いや、俺の父親が居なくなつた後にはお母《たあ》さんが俺の為に預けて置いて呉れた十六円の貯金の通帳まで無くなつて居つたもんぢや。

新二郎。（涙を呑みながら）然し兄さん、お父様はあの通り、あの通りお年を召して居られるんぢやけに……。

賢一郎。新二郎！お前はよくお父様などゝ空々しい事が云へるな。見も知らない他人がひよつくりは入つて来て俺達の親ぢやと云ふたからとて直ぐ父に対する感情を持つことが出来るんか。

新二郎。然し兄さん、肉親の子として、親が何うあらうとも、養ふて行く…………。

賢一郎。義務があると云ふのか、自分でさん〴〵面白い事をして置いて、年が寄つて動けなくなつたと云ふて帰つて来る、俺はお前が何と云つても父親はない。

父。（忿然として物を云ふ、然し夫は飾つた怒りで何の力も伴つて居ない）賢一郎！お前は生みの親に対してよくそないな口が利けるのう。

賢一郎。生みの親と云ふのですか。あなたが生んだと云ふ賢一郎は二十年も前に築港で死んで居る、あなたは二十年前に父としての権利を自分で棄てゝ居る。今の私は自分で築き上げた私ぢや、私は誰にだつて世話になつて居らん。

(凡て無言、おたかとおたねのすゝりなきの声が聞えるばかり)

父。えゝわ、出て行く。俺だつて二万や三万の金は取り扱ふて来た男ぢや。どなに落ちぶれたかと云ふて喰ふ位な事は出来るわ。えらう邪魔したな。(悄然として行かんとす)

新二郎。まあ、お待ちまあせ。兄さんだつて親子ですから今に機嫌の直る事もあるでしやう。お待ちまあせ。僕がどなゝ事をしても養ふて上げますから。

賢一郎。新二郎!。お前はその人に何ぞ世話になつた事があるのか。俺はまだその人から拳骨の一つや、二つは貰つた事があるが、お前は塵一つだつて貰つては居ないぞ。お前の小学校の月謝は誰が出したのだ。お前は誰の養育を受けたのぢや、お前の学校の月謝は兄さんがしがない給仕の月給から払つてやつたのを忘れたのか。お前や、たねのほんとうの父親は俺だ、父親の役目をしたのは俺ぢや。その人を世話したければするがえゝ、その代り兄さんはお前と口は利かないぞ。

新二郎。然し……………。

賢一郎。不服があれば、その人と一所に出て行くがえゝ。

(女二人とも泣きつゞけて居る。新二郎黙す)

賢一郎。俺は父親がない為に苦しんだけに、弟や妹にはその苦しみをさせまいと思ふて、夜も寝ないで艱難したけに、弟も妹も中等学校は卒業させてある。

父。(弱く)もう何も云ふな。わしが帰つて邪魔なんやろうわしやつて無理に子供の厄介にならんでもえゝ自分で養ふて行く位の才覚はある。さあもう行かう、おたか!丈夫で暮せよ、お前はわしに捨てられて却つて仕合せやな。

新二郎。(去らんとする父を追ひて)あなたお金はあるのですか。晩の御飯もまだ喰べとらんのぢやありませんか。

父。(哀訴するが如く眸を光らせながら)えゝわ〳〵。

(玄関に降りんとしてつまづいて、椽台の上に腰をつく)

おたか。あつ、あぶない!。

新二郎。(父を抱き起しながら)之から行く処があるのですか。

父。(全く悄沈して腰をかけたまゝ)のたれ死するには家は入らんからのう。……………(独言の如く)俺《わし》やつて此の家に足踏が出来る義理ではないんやけど、年が寄つて、弱つて来ると故郷の方へ自然と足が向いてな。此街へ帰つてから今日で三日ぢやがな、夜になると毎晩家の前で立つて居たんぢやが敷居が高うてはいれなかつたのぢや……………然しやつぱり、はいらん方がよかつた、一文なしで帰つて来ては誰にやつて馬鹿にされる………、俺も五十の声がかゝると国が恋しくなつて、せめて千と二千と纏つた金を持つて帰つてお前達に詫をしやうと思つたが、年が寄ると夫丈の働きも出来んでな。

……………（漸く立ち上つて）まあえゝ。自分の身体位始末のつかんことはないわ、（蹌踉として立ち上り顧みて老いたる妻を一目見たる後、戸をあけて去る。後の四人暫く無言）

母。（哀訴するが如く）賢一郎。

おたね。兄さん！。

賢一郎。新！行つてお父様《さん》を呼び返して来い。

（新二郎、飛ぶが如く戸外へ出る。三人強い緊張の裡に待つて居る。新二郎や、蒼白な顔をして帰つて来る）

新二郎。南の道を探したが見えん、北の方を探すから兄さんも来て下さい。

賢一郎。（驚駭して）なに見えん！見えん事があるものか。

（兄弟二人狂気の如くに出で去る）

（幕）

（大正五年八月作）

（「新思潮」大正6年1月号）

処女

相馬泰三

一

六月九日（男より女へ）

お志保《しほ》、お前はなぜこんなにまで俺を苦しませるのだ？――だしぬけにこんなに云つたら、お前はきつと驚くだらう。しかし、俺は、今はもう、とてもこれ以上堪へてゐることは出来ないのだ。

俺は、少しも隠さずに悉皆《みんな》云つてしまはう。お志保、俺はお前を好いてゐる、お前を大変に可愛く思つてゐる……あゝ、駄目だ。俺のこの思ひが、どうしてそんな言葉で云ひ尽すことが出来やう。俺はお前にこがれてゐるのだ。それが為《た》めに、俺の頭はこんなにまで混乱懊悩《こんらんあうなう》してゐるのだ。そして俺は悲しい。

お志保、それにしてもお前の身体《からだ》は何だつてあんなにやくざなのだらうね。お前の眼《め》病は何日《いつ》になつたら治りきるのだ。それに、この頃は又、歯が痛み出したんだね。お前のやうな者ばかりだつたら、お医者さまがどんなに沢山あつたつて足りない訳だね。……あゝ、許してくれ。俺は何を云はうとしてゐるのだらうね。俺は、まあ、何といふ卑劣な男だらう。お前は俺を蔑《さげす》むに相違ない。しかし正直に、少しも隠さずに、神様の前へ出たやうな心持ちで何もかもみんな云つてしまはう。俺は嫉妬をしてゐるのだよ。それは悪いことだ、男らしくないことだ、だけれども、どうしても自分で自分を抑へることが出来ないのだ。

一週間ほど前から、俺は、自分の部屋の障子に小さな孔《あな》をあけて、そこから毎日覗いてゐるのだ。お前が、外科室のあの窓のところで、あの代診の花井《はなゐ》（許してくれ。俺は恥しい。お前にはもう二度と顔を合はされないやうな気がする。）から眼を洗つて貰つたり歯の治療を受けたりしてゐる、そのあいだぢゆう。——いつも、お前が先に立つてあすこへやつて来る。浮《うき》〳〵した、華やかな、そして何かの謎のやうな測り知られない美しさを持つたお前の笑顔が、まづ俺の眼に映じて来る。と、もう、俺の心は平気でゐることは出来なくなるのだ。そこへ、あの花井が、変に図々しい不得要領な顔をして入つて来る。が、彼は、直ぐに仕事に取かゝらうとはせず、いつも暫くの間、がた〴〵とあちらの窓へ行つてカーテンを引下ろしたり、又、こちらの窓へ来てあたりを見廻したり、或る時などは、お前を椅子に坐らせて待たせて置いて、煙草をすひ出したりした事もあつた。そして、その間、何か冗談をいつてお前にからかつたり（どうしても、そんな風にしか思はれないのだ。）お前を怒らしたり（お前は、花井を手で打つ真似をしたりする）する。それから漸く治療に取かゝるのだが、眼の裏をかへすのに又、一二度やり損なひをする。無論態々《わざ〳〵》さうするのだ、明らかに彼はふざけてゐるのだ。眼を洗ふ水でお前の顔中を濡らしてしまつたり、げら〳〵笑ひ出して、なほその上に、あたり一面に水だらけにしてしまつたりする。胸へ水が流れ込むかしてお前が気味悪がつて椅子から飛び上る。が、強い薬の刺激のために眼を開けることがならないので、まるで俄盲目《にはかめくら》のやうにうろ〳〵してゐる、と、彼はそれをいゝ事にして、お前の手をとつて彼方《あつち》へ引つ張つたり、此方《こつち》へ引つ張つたりする。……眼だけの間は、まだそれでもよかつたのだ。お前の歯の治療が初まるやうになつてからの俺の苦しみ方ときては、とてもお話しにもなりやしない。確かに、あれは良くない事だ。地獄の苦しみだ。俺は、何とかして、凝つと堪えてゐなければならないと思うて、味も何もわからない口に煙草をすぱ〳〵ふかして部屋中を煙だらけにしたり、トランプを取出して例のペエシエンスを初めたりするのだ。が、所詮そんな事では駄目だ。つまらないところで札の重ね方を間違つたりして、そして、いつか、それから離れて、そーつと窓の障子に忍び寄つてゐる自分を見出すのだ。——窓から差し込む外光に向けて大きく開けたお前の口が、丁度俺の方へ向いてゐる。少し汗ばんでゐるやうな、むつちりした腭《あご》が惜気もなく突出され、真白な首筋が裸《あら》はに伸び出されてゐるのが見える。そこへ、花井が（あゝ、堪忍してくれ。すまない。俺は恥かしい。）手に、何かの薬を含ませた脱脂綿を挟んだくの字に曲つたピンセットを持つて、お前の背後《うしろ》へまはる。左の手の指先で、少し汗ばんでゐるやうなむつちりしたお前の腭を、下から掬ひ上げるやうな恰好に抑へる。彼の顔が、丁度、お前の顔の上へ重なり合ふやうにのしかゝる。そして静かにピンセツトがお前の口の中へ運びこまれる。ピンセツトを持つた彼の母指が、お前の上唇に触れる。彼が吐き出す生温い息が、お前の顔へかゝる。お前のが、また、あべこべに彼の顔に吹きかゝる。……と、ある日、彼は、お前の口からピンセツトを出すやそれを傍《かたはら》へ投げ出して、いきなり、お前の額へ自分の脣《くちびる》を押当てた。（許してくれ。そして、どうかおしまひまで我慢して読み続けてくれ。）俺は、その時、何か針のやうなもので眼を差されたやうな感じがした。ぐらぐらと眩暈《めまひ》が襲ひかゝつて来た。身体中《からだぢう》が動悸そのものゝやうに激しく波うつた。俺は、そのまゝ昏倒するのではないかとさへ思つた。が、なほも、ぢーつと其処にかぢりついて覗いてゐた。次ぎの瞬間に、お前がどういふ振舞ひをするか、それを見のがしてはならないと思つたからだ。あゝ、お志保、俺はお前に感謝する。俺は嬉しかつた。お前は驚きの叫び声をあげて、惶《あわ》てゝ飛び上つた。そして一瞬の間、お前は緊張した姿勢で、彼の前に真直ぐに立つてゐた。その時のお前の身体全体の表情が、どんなに気高く俺の眼に映じたか。俺は、全く、救済されたやうな、生れて初めての幸福に出会つたやうな気がした。俺の心は、日の光を浴びて急に輝き出した若葉のやうに、莫大な喜びに満ちて雀躍《をど》り出さずにはゐなかつた。それだのに、その翌日になると、もう、お前は前日の事を綺麗に忘れてしまつたかのやうに、いつもと同じやうな浮々《うき〳〵》した華やかな笑みを顔に湛へて、あすこへ入つて来るではないか。そして、その後から、花井が、これもいつもに変りのない図々しい不得要領な、おまけにこれまでになかつた或る大胆な表情をさへその顔に浮べて入つて来る。俺の神経は、従来に数倍して苛苛《いらいら》するのを禁ずることが出来ない。……花井が（堪へてくれ。俺は恥しい。）笑ひながら何かお前に云つた。何といつたのだらう。お前が、それに答へて又笑つた。何を笑つたのだらう。……花井はお前の耳を診てゐる。小さな、金属製の喇叭やうなものをお前の耳へ挿し入れて（その時、お前はくすぐつたがつて、身体中を慄はした。）反射鏡で中を照らしてゐる。……あゝ、お前は、又、耳も悪くなつたのだね。さうだ。そして、そんな風にして、お前は身体中《からだぢう》が悪くなつてゆくのに相違ない。……俺は、だん〳〵胸が強く圧つけられるやうに感じ出す。身体中の血がみんな一時に頭へ上つて来るやうな心持ちになる。妙に喉がかわく、おしまひに吐きさうになり、頭がぐら〳〵して来て、立つてゐられなくなるのだ。今日は、とう〳〵やつた。蹲踞《しやが》まうとしてゐる間に、もう我慢しきれなくなつて、畳の上へばつたり倒れてしまつた。全く愚かしい心の乱れかただ。まるで立派な病気だね。

こんなふうでは全く、俺も困る。身体を台なしにしてしまふだらう。頭を悪くして本当の馬鹿になつてしまうだらう。だから、俺はこれから、何とかして、一生懸命になつてお前に就いて平気になるやうに努めよう。お前の美しさを出来るだけ見ないやうに注意しよう。そして、どうかしてお前から離れるやうに心がけよう。それでも、どうしても駄目だつたら、この土地を遠く離れて行く外ないだらう。どつち途《みち》、俺とお前とは一緒になれないやうな気がするし、その方が、二人の為《た》めに、きつと良《い》い事なのだらう。何だかそんな風に思へてならない。

許してくれ。俺が一番悪いのだ。こんな手紙を書いたりして、お前に余計な心配をさせて、ほんとに済まない。いくら俺がお前を好いてゐたからつて、お前に何の苦情を申込むことがあらう。縦令《よし》、お前があの人と妙な関係になつてゐたとしても、側《わき》から俺が何をいふことが出来やう。そんな理屈はありやしないのだ。俺の我儘だ。堪えてくれ。嫉妬をするなんて(あゝ、俺は恥かしい。)みんな俺が悪いのだ。否、さうでない。ね、お志保、俺はお前が可愛いのだ。お前の美しさは、なぜこんなに俺を不安にさせるのだらう。俺は苦しい。しかし、俺は信じてゐる。お前は潔白なんだ。確かにさうだ。あまりに潔白過ぎて、卑劣なことがあまりに判《わか》らな過ぎるのだ。危険が其処にあるのだ。ちやうど、お前はまだ字も絵も書かれてゐない白紙のやうなものなのだ。何時《いつ》、誰の手で、どんな字が書かれ、どんな絵が描かれるかわからない。お前は堅固《しつかり》してゐなければならない。充分堅固してゐなければならない。俺は、たゞ、その事がお願ひだ。そして、どうか、この可哀相な俺を救つてくれ。助けてくれ。美しい、可愛い人!

……………………

この手紙は、見たら直ぐに又俺に返へしてくれ。火に焼いてしまはなければならないのだから。きつとだよ。

それから、あの障子の孔《あな》は、明日の朝早々切り張りをするから、安心してくれ。その代り、あの事はきつとお願ひするよ。返事はくれないでもいゝんだよ。

二

六月十日（女より男へ）

ほんとに堪忍して下さい。すまない事を致しました。お許し下さい。でも、花井さんてば、どうしても滑稽なことばつかりおつしやるんですもの。つひ笑ひ出さずにはゐられませんのです。どういふ訳だか、あの方だけは、私《わたくし》、どうしても目上の方のやうな気が致しませんの。それだものですから、つひ、自分から冗談をいふやうな事になつたり致しますのです。だけれども、あの方が好きだからではありません。そんな風に思つて下さるのなら、それはあんまりでございますわ。私《わたくし》、あの手紙を読んでゐるうちに、幾度《いくた》び顔が真赤になつたか知れません。自分の慎《つゝし》みの足りないのが恥しかつたのでございます。そして、おしまひまで読んでしまつた時、涙が出て来て、私《わたくし》、泣きましたわ。今朝、起きると直《す》ぐ、再読《またよ》みかへしてみて、両手を胸にあて、泣きました。眼が赤くなりました。

返事は要らないなんて、あれはどういふ訳なのでございますか。なほ書き続けたいのでございますけれども、もう、奥でお目覚めになつたやうでございますから。

三

六月十日（男より女へ）

お志保、お前は何といふ素直な好《い》い子だらうね。俺のいふ事が、ほんとによく判つてくれた。お前の手紙を読んで、俺は涙がこぼれた。お前にくらべて、俺は何といふ悪者だらう。あゝ、すまない。しかし、俺の心は今、天日のやうに晴々としてゐる。うれしい。凡てのものに微笑みかけたいやうな心持ちだ。今こそ、俺は、すつかり、何もかもお前の前に懺悔することが出来る。

俺はお前を好いてゐる。お前を可愛く思ふ。そして、その上に、俺はお前に対して大変善くない思ひを持つてゐたのだ。あんなにまで執《しふ》ねく花井の事が気になつたり、俺の頭があんなにまで混乱懊悩してゐたのも、みんなその為《た》めだつたのだ。俺は、お前を見ると、どういふ訳だか、直ぐとそんな心持ちになつてしまふのだ。自分にも説明することの出来ない或る力が俺の身体《からだ》の中に在つて、それが理不尽に、もう一思ひにお前に飛び付いて行かせようとするのだ。が、そんな事をして、どうして善いことがあらう。それこそ大変な事になつてしまふぢやないか。ね、さうだらう。それだから、俺はまるで石に噛り付くやうな思ひをして、凝つと自分を抑へてゐたのだ。

お前を妹《いもと》か、仲のいゝお友達かなどのやうにして可愛がつて行かれゝば、それは本当にいゝのだけれども、俺には今それが出来ない。とても出来ない。可愛さがあまりに烈し過ぎて、そんなことがまだるつこしいのだ。それに、お前があまりに美し過ぎる。お前の身体《からだ》のどこを見ても、直《す》ぐに淫らな心持ちが強く湧き起つて来てならないのだ。どこか遠くでお前の声を聞いてさへも……かう云つたら、お前は、俺がお前を馬鹿にしてゐるからだと思ふかも知れないが、それはちがふ。確かにちがふ。しかし、お前には、この心持ちは恐らくは解からないだらう。俺は、俺の心が汚ないとは思はない。が、俺の身体《からだ》、俺の情慾が乱暴過ぎる。そして、現在、俺の心は危ない。大丈夫ではない。何時《いつ》敗《ま》かされて、圧潰されてしまふか知れやしない。ほんとに、何時、何をしでかすかわかりやしないのだ。それだのに、お前は少しも俺を恐れようとはしない。そして、優しい言葉をかけたり、優しい振舞をしてみせたりしてゐる。

お前は記憶《おぼ》えてゐるかい？　もう、十日程前、ほら、日暮方に、俺がお前を追ひかけて行つて裏の苗木畑の側で、足を踏み外して溝の中へ落ちこんだことを。――今だからいふが、あの時だつてさうだ。俺の身体の中には、或る善くない情意《おもひ》が、まるで炎となつて燃え上つてゐたのだ。初め、お前は、どこからか蛇の抜殻《ぬけがら》を見つけ出して来て、気味悪るがる俺の背中へそれを入れるなどといつて、俺を追ひまはしてゐたのだ。そして、俺が油断をしてゐる隙をねらつて、（お前は、あの時、どうしてあんなにお転婆《てんば》だつたのだらうね。）本当に俺の背中へ、衣物の中へ、あの気味の悪い蛇の抜殻をねぢ込んだのだ。俺は驚いて飛び上つた。真蒼になつて戦慄《ふる》え上つた。俺は今でもあの時の事をよく記憶《おぼ》えてゐる。ぞーつとして身体中《からだぢう》が泡立つのを覚えた。——俺はあの時、本当に腹を立てた。そして、うんといふほどお前を苛めて仕返へしをしてやらねばならないと思つて、お前に飛びかゝつて行つたのだ。お前は、俺の狼狽《あは》てた様子を可笑しがつて、はあ〳〵笑ひながら逃げ出した。俺は追ひかけた。そして、とう〳〵、あの物置小屋の側でお前を取おさへた。ところが、お前は一向に俺を恐れてゐるやうな風はなく、まるで鬼ごつこでもしてゐて捕まつた時のやうに、『あ、あ、』などと云ひながら、烈しい喘ぎを鎮めようとして、あべこべに俺の肩に縋り付いたりするのだ。俺は、実際、そのたつた一瞬間前までは、お前の横面をいやつといふほどひつぱたいてやるつもりでゐたのだ。ほんとに、さうしてやる気でゐたのだ。が、どうしたのだか、急にそれが出来なくなつた。少し汗ばんで赤くほてつたお前の顔、はあ〳〵いふお前の苦し相な息づかひ、お前の髪の匂ひ、それから、粗い木綿衣物を通しての、むつちりした、強い、弾き返へすやうなお前の身体《にくたい》の感触、それ等のものが、少しの抵抗をも許さず、理不尽に、たちどころに、俺の一切をあの（憎むべき）企ての方へ向けさせた。握拳《にぎりこぶし》にして振上げられる筈であつた俺の手は自づとお前の腰へ捲かれ、俺の身体《からだ》は我れ識らずお前の身体《からだ》に摺り寄つて行つた。と、その時、お前はひよいと身をかはして俺から離れた。俺は、夢から醒めたやうに一瞬間茫然として立つてゐた。が、（俺の厳粛な心は何処に隠れてゐたのか、）『あゝ、失敗《しま》つた。取にがしてはならないぞ！』こんな風な思ひがして、再びお前の後を追つた。その時、お前は、あの苗木畑の中を、湿つぽくぼーつと下りて来た夕靄に包まれて、裏門の方へと一生懸命に走つてゐた。……あゝ、今もなほ、あの時のお前の姿が目に見えるやうだ。

………

俺は口惜しいと思つた。（あゝ、悪い。しかし、もう過ぎ去つた事だ、どうぞ許してくれ。）そして、俺は何時《いつ》までも断念《あきら》めることが出来なかつた。そして、よく、あの麦藁を積んである物置小屋の一隅をまぼろしに描いて（あゝ、堪忍してくれ。神様、どうぞお許し下さい。俺は自分の罪が恐ろしい）『あすこなら安全だ！』（あゝ、………）など、考へたものだ。でも、お志保、お前はよくも俺にその上の罪を犯させないでくれた。それに就いては、俺は心からお前にお礼を云はなければならない。

ね、ね、お前、解つたらう。解るだらう。だから、お前が俺を恐がつてくれゝばいゝのだ。『しつツこい、厭らしい男だ。』と俺を嫌つてくれたら、さうしたら却つていゝと俺は思つてゐるのだよ。口では何といつても、そして自分でもその気でゐたとしても、本当は、俺はまだ全然大丈夫《すつかりだいぢやうぶ》だとは云へないかも知れないのだからね。

もう、何《な》にも心配なんかしないでいゝんだよ。俺はもう決してこの上お前を面倒臭くはさせないだらう。お志保、可愛い〳〵お前、俺はきつとうまくお前から離れられるだらう。晴々とした心持ちでお前を思ひ切ることが出来るだらうよ。そして、平気で、立派にお前を可愛がる時の来るのを待たう。――俺は悲しい。辛い。しかし、いゝよ、いゝよ。どうしてもさうしないと悪いのだから。そして、明日から、俺は再《また》、仕事に取かゝらう。(やりかけの仕事がすつかり遅れてしまつてゐるのだ。)それが済むと、又次ぎのに取かゝらねばならない。俺には、いくらやつても〳〵やり切れない程沢山にする事があるのだ。

………………………

これも読んだら直ぐに返へしてくれ。焼いて失くしてしまはないと不可《いけ》ないのだからね。もし、人に見られるやうな事でもあると、皆《み》んなの為《た》めに善くないから。それから、今朝のやうな、あんな時に持つて来てはいけない。いつか、俺の居ない時に、俺の机の上の、あの原稿挟みの中へ挟みこんで置いて行つてくれゝばいゝ。

四

六月十二日 (女より男へ)

あきらめてしまひませうね。それが一等でございますわ。これから、私《わたくし》、悲しく〳〵一人でおとなしく暮らしてゆきますわ。私は一人ぼつちでございます。あゝ、涙が、とめどなく流れます。どうしてこんなに涙が出るのでございませう。……泣きながら。

五

六月十三日 (男より女へ)

お志保、俺はお前の手紙を見て、何ともいへない淋しさに襲はれた。あんまり簡単で、あんまり思ひ切りよく、あんまりさつぱりし過ぎてゐるのだもの。何だか、何もかもが一遍に掻き消されて影も形もなくなつたやうで、堪らず淋しい。俺は悲しくて〳〵、昨日一日、溜息ばかりついて暮らしてゐた。あゝ、許してくれ。俺は馬鹿だ。俺は何といふ意気地なしだらうね。思ひ切らうなんて云ひ出したのは誰だ? そして、今、一生懸命にお前から離れようとして努めてゐるのは誰だ? ほんとに俺は何といふ馬鹿だらう。今となつて、何だつて又、こんな愚痴つぽい事を云はうとなどするのだらう。

だが、お前は、一体どういふ心意《つもり》で、あんな「それが一等でございますわ。」なんて書いたんだ。それが俺には解らない。つまり、俺に未練を残させないやうにとの親切な心から云つてくれたのか。それともお前も心から俺を断念めようといふのか。もし、お前が心から俺を断念めようといふのならば、それはどういふ心意なのか。何の為めにさう決心したのか。………あゝ、何だつて、俺はこんな馬鹿な、我儘なことをお前にいふのだらう。許してくれ。

　俺は、本当に、心底からお前に惚れてゐたのだね。今になつてそれが段々はつきりと解つて来た。しかし、俺は目をつぶつてお前を見ないやうにしよう。どうかしてお前を思はないやうにしよう。それでないと、この前の手紙に書いたやうに、俺は自分自身が恐ろしい。俺は、この手紙を最後にしてもう、お前のところへ何も書くのは廃《よ》さう。書けば書くほど未練が残る。そればかりか、あべこべに、いよ／＼お前を思ふ心が烈しくなつて行くばかりだ。お前もさう思つて、今度は返事をよこさないでくれ。

　最後に、俺は、何故俺がお前と花井との間をあんなにまで執《しつ》拗《ツこ》く疑うやうになつたかといふ、その訳を話して置かう。それは、いふまでもなく、俺がお前をあまりに可愛く思ひ過ぎたのが第一の理由に違ひないが、あの花井といふ人間が、もと／＼大変な（評判な）淫蕩者《いたづらもの》であつた事を知つてゐるのがひどくあの考《かんがへ》を深めさせたのだ。（この頃の花井の事は、俺はちつとも知らない。）あの人は若い折に、近所の百姓の娘と妙な噂さを立てられた事も度々《たび／＼》あつたやうに記憶《おぼ》えてゐる。（これは俺達のまだ子供の頃の事だから、おぼろ気にしか記憶えてゐない。）よその後家さんの所へ通つてゐたといふやうな事も聞いてゐる。それから、ひよいと妙なはづみで他人《よそ》の女房《かみさん》といたづらをしたとか、しないとかで村に大変な悶著を引起こした事があつた。そして、これはあまり旧い事でもない、つひ四五年あとの事だ。それからの事は知らない。（お前も知つてゐる通り、俺は、その間、この土地からずーつと離れて住んでゐたから。）が、一体あゝした猪口《ちよこ》才《さい》な、図々しい、不得要領な男は不思議とさういふ事が多いものだともいふよ。あゝした男の何所かに、妙に女の人に、自分から一寸《ちよつと》からかつてみたいやうな気を起こさせる或るものが潜んでゐるのかも知れない。………

　それから、もう一つの理由は、お前があまりに美し過ぎる事だ。ほんとに、お前は惚れ／″＼するやうに美しい。そしてその美しさが妙に男の心をひきつけるやうな美しさだ。お前の内にある一種の魅力が、訳もなく人の心を不安にさせずには置かない。まあ、いつてみるならば、どんな男だつて、お前のそばへ行けば、思はず手を出してお前のどこかに触つてみたくなるやうな処があるのだ。たとへばこの俺が。お前といふものが存在してゐるばかりに（許してくれ、俺はお前を責めてゐるのではないから。）俺は、いつまでたつても自分の仕事に手がつかない。そして何時《いつ》か自尊心も気力もお前故に吹き消されてしまふような気がする。

　それから、もう一つ、これは実に云ひにくい事だが、お前が本当の処女であるか、どうかを疑つてゐたことである。許してくれ。お志保、ほんとに済まなかつた。俺は悪党だ。あゝ、お前は俺を憎く思ふだらう。お前は、「あんまり人を馬鹿にしてゐる！」と俺を怒るに相違ない。しかし、俺は本当にそれを疑つてゐた。俺は今、何もかも神様の前へ出たやうな気持ちで正直に物を言つてゐるのだから、どうぞ堪へてくれ。……………お前は、何時だつたか、あの××町から○○村へ来る原つぱの中でお前が一人の角兵衛獅子に追ひかけられたといふ話しをした事があつたね。それから、学校の遠足で△△山へ行つた時に宿屋で或る年若い先生に抵抗《てむかひ》をして鼻血を出させられたといふ事を話して聞かしたことがあつたね。……そんな事までが、妙に心にかゝつて、それからそれと色々に疑ひまどはされるのだ。お志保、俺はお前を苛めるつもりでこんな事を云つてゐるのではないのだよ。決して〳〵。それだけは信じてくれ。俺はお前が好きで、その為めにすつかり腑甲斐なくなつてゐるのだ。そして、幾らかお前に甘へてゐるところもある位なのだ。

とう〳〵、おしまひに、俺はお前が処女でない方が却つていゝとさへ思ふことがあつた。それから、花井との関係にしても、そんなふうになつてゐて呉れた方が寧ろいゝやうに考へたことがあつた。それは、他にさういふ事をしてゐる女なら、俺にも亦それを許し易い道理だから、なんて、こんなふうにまで思ふたことがあつた。あゝ、恐ろしい事だ。われながら我が身が恐ろしい。しかし、もう、いいんだ。どうぞ堪へてくれ。許してくれ。「まあ、まるで鬼のやうな心だ！」とお前は思ふかもしれない。しかし、よく記憶《おぼ》えてお置き！　男といふものは皆《みんな》さういふ恐ろしいものだ。男の思ひはそれ程までに烈しい、乱暴なものだよ。

もう、全部《すつかり》だ。これで、今度こそ何もいふ事はない。何一つも残つてゐない。たゞ、これまでの俺を許して貰ひたい。俺は心からそれを願つてゐる。俺は、お前に対するこれまでの数々の無礼のお詫として、俺の心の落ち付く時が来たら、お前の身の為めに蔭ながら心配もし、いろ〳〵と出来るだけのお助けもして上げたい。そしてお前の仕合せを祈つて上げようと思ふてゐる。

俺があんまり正直に、何もかも隠さずに云つたので、お前はきつと心持ちを悪くしてゐる事だらう。しかし、俺は今、お前に対して何にも疑つてなどゐない。そんなことは以後無理にも思はないやうにする。だから、どうぞ、晴々とした気持になつて、愉快に暮してくれ。

つまり、俺は、お前に乱暴な事をしたくないから離れようとしてゐるのだ。お前を可愛くなくなつたからでは決してない。淫らな事の為めにお前を好く心を自分から退けたいのだ。そして、もつと〳〵ちやんとお前に向ひたいのだ。俺の内から疚しい所をすつかり亡ぼしてしまつた時に、再、お前の所へ帰つて来よう。では、可愛い〳〵お志保、さやうなら。

………………

この手紙も亦直《またす》ぐに返へしてくれ。

六

六月二十一日（女より男へ）

あなた様は、この頃はいつもご自分のお部屋にばかり閉ぢ籠つておいでゝございますのね。お食事の時なども大変お元気がなく、それに少しお窶れになりましたわ。

それから、よく夕方になると裏の林へ行つて、何か深く考へこみながら長いこと凝つとしておいでになる事がありますのね。今日も、私《わたくし》、裏門のところからあなた様のお様子をそうつと眺めてゐたのでございますよ。すると、あなた様は、あの大きな樅《もみ》の樹の幹によりかゝつて、段々暮れかゝつてゆく空を仰いだり、又、遠い野の末に目をやつたりしておいでになりましたわ。そして、しばらくしてから、とう〳〵お蹲踞《しやが》みなさいました。

私《わたくし》、きつと泣いてゐらつしやるのだと思ひまして、どんなに悲しうございましたか。私《わたくし》、何だか大変あなた様に済まない事をしてゐるやうな気がしてしやうがありませんでした。心細くなつて、涙が思はず流れて来ました。私《わたくし》、私《わたくし》故《ゆゑ》に（まあ、ほんとにご免下さいまし。）あなた様にあんなにまでおさせ申すのが、ほんとに〳〵辛くてなりません。どうしたらばよろしいのでございませう。

あなた様は、まあ、何といふお方なんでございませう。本当に私《わたくし》から離れておしまひになりましたのね。この頃では、もう、ずうつと遠うございますわ。かうやつて居りますうちでもなほも段々と遠ざかつてお行きになるやうに思はれて淋しうございます。あゝ、どういたしませう。私《わたくし》のやうなものもう本当にどうなつたつて構はないのですから、どうぞ、再《また》、もとのやうにお手紙を頂かして下さいまし。どんな詰らない事でも宜しうございますから、どうぞ、何か書いて下さいまし。それから、先《せん》達而《だつて》うちのお手紙、あれはまだお焼き捨てなさりはなさらないのでせう。もし、さうでしたら、どうぞどうぞ私《わたくし》に頂かして下さいまし。お願ひでございます。

七

六月二十四日（女より男へ）

お手紙をありがたう。え、え、誰が他人《ひと》様《さま》のお目に触れるやうな事を致しますものですか。一遍一遍ちやんと机の引出しへ納《しま》つて鍵をおろして置きますから、その事なら、決して〳〵御心配下さいますな。——でも、私《わたくし》、失望《がつかり》いたしましたわ。あの包みの中に先のお手紙だけで、新らしいのがございませんのですもの。

私《わたくし》、もう、幾度《いくた》び読みかへしたか知れませんわ。読みかへせば読みかへすほど奥へ〳〵と猶ほ新らしく誘ひこまれるやうな気がしてなりません。そして、不思議なことには、そのたんびに、中に書かれてあるお言葉の意味がいろ〳〵に移り変つてゆくやうに思はれてならないのでございます。でも、読み了へたあとは何時《いつ》も同じやうに妙に心持が亢《たか》ぶつて、まるで馬鹿げて、、、どつさり涙が出て来るのでございますよ。顔も手もまるで洗つたやうになつてしまひますの。しかし、それは悲しい為《た》めといふよりは、寧ろ歓ばしい、嬉しい為《た》めなんでございます。そこで、私《わたくし》、考へますの。あなた様は、いろ〳〵な事を仰つしやつては私《わたくし》から離れ、私の前にご自分の門をお閉めになりましたが、どこか奥の方で、私《わたくし》の名を呼んで「此処までおいで、此処までおいで、」と招いておいでになつてゐるのではないか、なんて。そして、微《かす》かな、聞きとれるか聞きとれないやうなお声で、「お志保、門は閉まつてゐても、錠はおりてないから、（まあ、ほんとに〳〵ご免下さいまし。）押せば直ぐに開くよ。」と、仰つしやつておいでになるやうな気がしてならないのでございます。………でも、

　私《わたくし》は何を申上げてゐるのでございませう。ほんとに〳〵ご免下さいまし。）押せば直ぐに開くよ。」と、仰つしやつておいでになるやうな気がしてならないのでございます。………でも、みんな私の読みちがひでございませうか。どうぞ、明瞭《はつきり》とお教へ下さいまし。

　この前の時は、私《わたくし》、まるで惶《あは》てゝしまつてゐて、何も考へることが出来ませんでしたが、あなた様が、花井さんの事をあんなにまで気になさるのは、私《わたくし》にはどうしても本当とは思はれません。あなた様のやうな立派な、優れた方が、何であんな詰らない、安つぽい方の事など問題になさることがありませう。それから、あの、昏倒なすつたなんて、あれは嘘なんでございませう。あまりに可笑《おか》しうございますもの。私《わたくし》、どうしても、あれだけは信じることは出来ませんわ。私《わたくし》には理解出来ませんけれども、何か他に深い意味があつて、態《わざ》と、無いことを真実《ほんと》のやうに仰つしやつたのに相違ありませんわ。さうなのでございませう。そして、どのお手紙でもたゞ堪へてくれ、許してくれとばかり書いてございますが、あれは一体どういふおつもりなのでございますか。馬鹿な私《わたくし》にはわかりません。ほんとなら、まあ、あんなに仰つしやらないでも宜しいかと思ひますわ。それから、あなた様は、頻《しき》りと私《わたくし》を、何か非常に高貴な宝《たから》かなどのやうに仰つしやいますけれども、私の何処にそんな価値《ねうち》があるのでございませう。これも私《わたくし》には明瞭《はつきり》とのみこめません。

　私《わたくし》に、ほんとにそんな価値があるのでございませうか。

　あなた様は、ご自分のことを悪党だなんて仰つしやいましたけれども、いゝえ、いゝえ、どうしてそんな事があつて堪《たま》るものでございませう。何であなた様が乱暴でなんぞおありでございませう。あなた様こそ本当に〳〵善良な方です。あなた様位おとなしい、素直な方はこの世の中に一人もありませんわ。え、え、ありませんとも。………あゝ、でも、あなた様は、ほんとは私《わたくし》を可愛くなど思つてはゐらつしやらないのではないでせうか。もと〳〵私《わたくし》を好いてなどはゐらつしやらないのだけれども、高潔なあなた様は、ご自分の近くで誰かの腐つてゆくのを見るのがお厭なばつかりに、あんなお手紙を私《わたくし》にお書きになつたのではないでせうか。………あゝ、お許し下さいまし。ほんとに、私《わたくし》はどうしたのでございませう。あなた様をお疑ぐり申上げるなんて、ほんとに飛んでもないことでございますわ。どうぞ悪くお思ひにならないで下さいまし。私《わたくし》、この頃、しよつち

ゆう、いろ〳〵と物思ひに耽つて、そして、どうかすると、どうしてこんな事を考へ出したのだらうと自分で自分に驚かれるやうな事を心に描いてゐたりするのでございます。どうしたといふのでございませう。

あの、蛇の抜殻の事を思ふと、私《わたくし》、堪らなく恥しうございます。私《わたくし》としたことが、どうしてあんなお転婆な、乱暴なことが出来たのでございませう。でも、ほんとに可笑《おか》しうございましたわ。だつて、あなた様つてば、気味悪がつて（私、初め、冗談にあんな事をなすつてゐらつしやるのだとばつかり思つてゐましたわ。）、まるで顔色を変へてお逃げなさいますんですもの。……考へると、不思議なやうでございますわ。あれから、まだ一月と経つてはゐないんですのに、この頃の私《わたくし》の変りやうは、まあ、どうでございませう。あの頃は、何の心配も何の苦労もなく、そして自分の仕《し》たいと思ふことが何でも直ぐにやつて退けられるやうな、軽々とした楽な心持で何時も居られましたものを、ねえ。あなた様だつてさうでございましたわ。この頃のあなた様とはまるでお別人のやうに活潑で元気がよくつてゐらつしやいましたわ。私《わたくし》、思ひ出しますわ。いつだつたかの日暮方、裏の花畑でお嬢様と私《わたくし》と二人で、草花や鉢物に水をやつてゐるところへおいでになつて、『花やさん、花を売つて下さい。』なんて仰つしやつて、お嬢様と私と二人で厭だ〳〵と申上げるのもきかないで、私達二人を突飛ばすやうにして、たつた一つ咲出したばかりの白いダリアの花を強奪してゐらつしやいましたことがありましたつけね。……あなた様のお力の強かつたこと、私《わたくし》、心の底からあなた様を憎らしいと思ひましたつけ。……あゝ、何時《いつ》になつたら再《また》、あんな心持の私《わたくし》に立帰へることが出来るのでございませう。いゝえ、もう駄目でございます。駄目でございますわ。私《わたくし》の生涯を通じて、もう二度とあんな心持ちでゐられるやうな時は来ません。もう、毀《こは》れてしまつたんです。毀れたものは旧《もと》のやうになりつこはございません。この頃の私《わたくし》には、そんなふうに思へてならないのでございます。……悲しうございます。あゝ、淋しい、淋しい、ほんとに、どうしてこんなに心底から淋しいのでございませう。私《わたくし》、あなた様をお怨み申してなど居るのではございませんよ。いゝえ、いゝえ、どうしてそんな事をして済むものでございませう。でも、私《わたくし》を可哀想だと思つて、どうぞお手紙を下さいまし。私《わたくし》を悪く思はないで下さいまし。あゝ、私《わたくし》、ほんとにどう致しませう。

八

六月二十五日（男より女へ）

お志保、俺はお前の手紙を読んで、どんなに恥しく、どんなにか心苦しく思つたことだらう。何もかも俺の意気地なしから起つたことだ。その為めに、俺は大変悪い、そして取返へしのつかない失策を、しかも二度まで重ねた。――何故、俺は最初にあんな手紙をお前に書いたか。俺にもつと堅固《しつかり》した、もつと真地目な心持ちがありさへしたら。そして、お前の身の上を思ふ親切な心が少しでもありさへしたら。きつと俺は自分を制《おさ》へることが出来たのだ。さうしたら、お前の心をいろ〳〵に掻き乱したり、余計な気をもませないで済み、お前は、以前《もと》の通りに何時《いつ》までも快活な、無邪気な、そしてお前のお嬢様のいゝお友達でゐられたのだ。……どうしてこの事に俺は気がつかなかつたのか。それにしても、どうしてあんなに醜悪な、下劣な手紙を書かなければならなかつたのだらう。天使のやうな無垢なお前に対して何といふ惨酷《むごたら》しい俺の仕打ちだつたらう。俺は、今、口で何もいふ事は出来ない。たゞ、心の中《うち》で深く恥ぢ、深く悔いてゐる。

俺は、あの手紙の中で頻りに、「許してくれ。俺はお前から離れなければならない。どうぞ諦めてくれ。」など、書いた。そして、自分の手紙を、焼き捨てなければならないのだからといつてみんなお前から直ぐに取戻した。それにもかゝはらず、俺は、あの手紙を何故か焼き捨てずにちやんと机の引出しの中に蔵《しま》つて置いた。それは恰度、「近々《きん〳〵》、これは又何かの役に立つ時が来る!」と云はぬばかりに。そして、お前からあの手紙をもう一度頂かしてくれと云つて来た時、まあ、どうだらう、俺の心の奥の方で、執拗な、或る卑しい塊《かたまり》がその頭を擡《もた》げて、「うまく俺の思ふ壺に陥《はま》つて来たぞ!」と叫ぶものがあつた。

お志保、お前はまだ俺を本当には少しも知つてはゐない。今日こそ、俺は、何もかも脱ぎ捨てゝ、赤裸々《あかはだか》な自分の姿をお前に見せてやらう。――東京で、今、俺がどんな暮しをしてゐるか。今度、何をして当方《こちら》へやつて来たのか。それから、俺が、今、どんな事を心の中で企図《たくら》んでゐるかを。

郊外から流れ込んで来た或る小川が、市の中のある運河と出会はうとしてゐる地点《ところ》、その小川に沿ふた片側町、(東京を知らないお前に区や町の名前を云つたところで仕方がないから、たゞこんな風に書いて置く。)角の材木屋から二三軒目の塩問《しほどん》屋《や》と空樽屋《あきだるや》との間の狭い、薄暗い路地を入つてゆくと、突当りに一軒の古ぼけた、みすぼらしい下宿屋がある。玄関から直ぐに上るやうになつてゐる幅広な梯子段を登つて三番目の部屋、それが俺の住居《すまゐ》だ。六畳で、北向きに小さな窓が一つある。その窓に向いて机が据ゑられ、その側《わき》に、三十冊ばかりの書籍《ほん》をならべた書架が一つ置いてある外、家具らしいものと云つては、古ぼけた籐《とう》の寝椅子が一つ、部屋の隅つこに如何《いか》にも邪魔つけに押しやられてあるばかりだ。押入の中を探しても、垢染《あかじ》みた(もう、幾年となく洗濯したことのない)夜具がやつと一人前、それに柳行李《やなぎがうり》が一つ、原稿類や手紙やなどで一杯になつた支那鞄が一つあるツきりで、俺の所持品といつては、てにもはれにもこの外には何もないのだ。これだつて、俺達の仲間のなかでは、あまり不足は云へないのだよ。或る者は夜具が無くてね、下へ座蒲団を二三枚並べて敷き、その上へ著のみ著の儘でごろりと横はり、そして、仕様ことなしに、その上へ二枚折の屛風を羽織つて、……まあ、なんて可笑《おか》しな恰好だらうね、でも、かうして一冬を過ごしたといふのだ。それから、一人の友達は、妻君がもう長いこと病気で困つてゐるところへ、三月ほど前にひよつとした事から職を失つたつきり、その後思はしい仕事もなく、この頃では、妻君の薬代にも困るやうな状態になつてゐる。今までゐた下女も置かれなくなり、炊事から病人の看護から子供（今年三つになる女の子があるのだ。）の守から、何もかもみんな主人一人の手でしなければならないのだ。この間も、俺が見舞に行くと、先生、俺を押入の前へ引つぱつて行つて、『まあ、これを見てくれ玉《たま》へ。この始末をどうしたものか。』といつて、其処に堆《うづたか》く積み重ねてある汚れ物を指示《さしゝめ》すのだ。

…………

窓の戸を開けると、竹垣一つ距てゝ、かなり貧乏臭い三軒つゞきの長屋が一棟ある。蚊柱の立つ、ぢめ〳〵した彼等の勝手元や、洗濯物を干し連ねたりする彼等の裏庭やが直ぐ目の下に、手にとるやうに見える。その右隣りに指物師《さしものし》の工場があつて、其家《そこ》では毎日、朝早くから日の暮れきるまで、五六人の職人がコツ〳〵と絶えず種々《いろ〳〵》な物音を小煩《こうる》さく直ぐ人の耳元で響かせてゐる。幾つかの屋根を越して、往来《とほり》の電信柱や、河岸《かはぎし》の柳樹《やなぎ》の梢やが眺められる。このあたりには運送屋が多いので、それに直ぐ近くに砲兵工廠《ほうへいこうしやう》（そこでは兵器や弾薬が造られ、三万人の職工がその中で働いてゐる。素晴らしい、大袈裟な工場だ。）があるので、其処へ運び込み、又、そこから運び出す種々《いろ〳〵》の荷物を積んだ重い荷馬車が、よくガタ〳〵と地響きをさせて通つてゆく。——で、俺は、この窓の戸をめつたに開けることがない。

俺は、仕事に疲れると、日当りのいゝ南向きの障子を開けひろげ、そこへ籐椅子を持出してその上へ寝そべる。そこは、この下宿の部屋々々がそれを取囲んで建てられてある中庭に面してゐる。その中庭は、大部分、一ツの細長い金魚池で占められ、そして、その周囲《まはり》に幾本かの庭木、庭石、石燈籠などが型の如く配置されてある。が、もう、長いこと手入れもせず、碌々掃除さへもしないので見る蔭もなく荒廃し、池の水は、その上にその上にと落ち重つた朽葉の為めに黒く腐り、あたりには、下宿人達が心なく投げ捨てた紙片《かみきれ》や巻煙草の吹殻やが汚ならしく散らばつてゐる。

俺の右隣りには、遠い田舎から来てゐる一人ぼつちの中学生がゐて、夕方になると何時も淋しさうに尺八を長いこと吹き続けてゐる。妙に人好きのしない少年で、彼が此宿《こゝ》へ来てからかれこれ半年にもなるが、まだ一度も俺と言葉を交はした事がない。左隣りには、砲兵工廠へ通つてゐる独身の職工が宿つてゐるが、これも、毎朝俺達のまだ寝てゐる間に出かけて、夜は日が暮れてから帰つて来て、湯に入り夕飯をすますと直ぐに床に就いてしまふといつたやうな調子で、つひぞまだその人の顔をよく見たことさへない。………これが一つ屋根の下で、しかも壁を一重距てた隣同士の暮らし方だなんて、お志保などにはとても、何の事だか、見当さへつかないだらう。無論、どうしてこれが良い生活だなんていふことが出来よう。しかし、外に仕方がないのだ。

差し対ひの部屋の屋根の向ふに、砲兵工廠《はうへいこうしやう》の、赤煉瓦で築き上げた、巨大な烟突が二本、中空《なかぞら》へ高くぬーツと突立つてゐるのが見える。そこからは、いつも真黒な烟《けむり》が限りなく濛々と吐き出されてゐる。風の向きに依つて、煤《すゝ》の雨が、我々の屋根、我々の中庭、我々の窓々へと降りかゝつて来る。その為めに、庭の木の葉は一枚として艶々とした光沢をもつてゐるものはない。人間の健康にも良くないにきまつてゐる。俺は、もう、疾《とう》からこの下宿を止したいと思ふてゐるのだが、いつも不如意の為めに愚図々々になり〳〵して、数へれば、もう、俺はこの家《うち》に四年も住つてゐる。

お志保、ところで、今度の俺の帰国をお前はどんな風に考へてゐる？　実は、俺は、或る是非なくてならぬ金の事で、父へその無心にとやつて来たのだ。といふのは、俺達の仲間の間でやつてゐる或る仕事（詳しい事は云つてみたところで、どうせ仕方がないのだから止める。）が、ふとした打撃の為めに兎角思はしくゆかなくなり、最近になつて愈々《いよ〳〵》面白くなく、この儘に放つて置けば遠からずぽしやる（駄目になつてしまふこと）外ない事になつてしまふのだ。さうなると、場合に依つては、俺達の仲間の誰れか一人が牢屋へ打《ぶ》ち込まれるやうな事にならないとも限らないのだ。何しろ、これまでがこれまでゝ、いろ〳〵と悪工面をし、あらゆる方法を尽して出来るだけの事をしてしまつたのだから、今度は、どうしても幾らかの現金がなくてはこの難関を切抜けてゆくことは出来ないのだ。それに、出来ることなら、あの（前に書いた）病気の妻君を抱へて困つてゐる貧乏な友達の為めにも、この際何とかして上げられゝばいゝと思ふし。が、これまでも父には再三そんな事で厄介をかけてゐるので、手紙などで交渉してゐたのでは迚《とて》も埒《らち》があき相にもないので、自身で出向ひて来たやうな次第なのだ。

来てみると、俺の思つた通りだ。父は仲々おいそれとは俺の願ひに応じてはくれない。そして、何ぞといふと、『そんな事は、もういゝ加減にさつぱりと思ひ切つて、家へ帰つてみんなと一緒に暮らすやうな考《かんがへ》にはなつてくれないか。』なんて、まるで別な事を云ひ出して俺を弱らせるのだ。俺は初め、五日か一週間で談《はなし》をきめて貰つて東京へ直ぐに引返へしたい考《かんがへ》でゐたのだが、いろ〳〵父の方で忙しい事があつたり、それに、その事になると兎角避けるやうにばかりしてゐられるので、といつて、所詮、空手で戻るといふ訳にもゆかず、つひ、二週間になり二十日になりして延々になつてしまつた。

お志保、こゝで、俺はお前に一寸《ちよつと》云つて置かなければならない事がある。俺は何日《いつ》（ずーつと前）かの手紙に、『俺は何とかしてお前に就いて平気になるやうに努めよう。お前の美しさに対して出来るだけ目を瞑《つぶ》るやうにしよう。そして、どうかしてお前から離れるやうに心がけよう。それでも、どうしても駄目だつたら、俺はこの土地を遠く去らなければならない。』こんな風に書いたことを記憶《おぼ》えてゐる。お前は、今、これをどんな風に考へる？　あの時分の俺が、どんなに卑しい、狡猾《ずる》い、邪《よこし》まな、憎むべき心持ちでゐたかゞ、今度こそお前に明瞭《はっきり》と解つたらう。俺は今、恥ぢて、悔いてゐる。もう過ぎたことだ、どうか許してくれ。

　俺は、この手紙の初めに、今何か心の中で企図《たくら》んでゐることがあるやうに書いたが、それを話して最後にしよう。何もかもの最後にしよう。――それは、まだ、実際に俺がさういふ事を行ふかどうか判《わか》らない。否、行はないで済まされゝば無論それに越したことはないのだ。といふのは外の事でもない、例の金の一件で、もし、どうしても父が俺の願ふ通りにしてくれなければ、………あ、まあ、最後の手段をとらうと覚悟をしてゐるだけのことさ。父が家宝と称して、他人《ひと》に手も触れさせないやうに大切に珍重してゐる書画の中から金目になり相なのを二三品盗み出して出奔《しゆつぽん》しよう、と、そんな風な考《かんがへ》をしてゐるのだ。大変に悪いことだ。俺だつて決して平気ではない。こんな企図《たくら》みを胸に持つやうになつてからといふものは、俺は心の中《うち》が急に真暗になつて、妙に物哀しくてならない。がつかりして、その癖、気ばかり苛々して、ほんの一寸《ちよつと》の間も落付いてはゐられない。夜だつて、おち〳〵眠ることが出来ない。とろ〳〵とまどろんだと思ふと、何かに圧潰されるやうな、又、何かにひどく追ひ立てられるやうな夢に苦しめられて、びつしより汗をかいて目をさます。………だが、長い年月の間には、いつか父も俺の本当の心持ちを知つてくれるだらう。そして、大した事にもならずに（どんなにしても、父が俺を訴へるやうなことはない。）やがて忘れられてしまふだらう。なんて考へて、僅かに自分の心の中《うち》で申訳を立てゝゐる。………何れにしても、俺は、この月末までには東京へ帰つて行かなければならないのだ。あゝ、でも、お志保、とう〳〵俺は飛んでもない事までお前に打明けてしまつた。もう、愈〻《いよ〳〵》これでおしまひだ。それでは今度こそ本当の左様ならだ。では、お前も丈夫で、仕合はせに暮らすやうに！

九

六月二十六日（女より男へ）

　いろ〳〵と打明けたお話しをして下さいまして、ほんとに嬉しうございました。お手紙を読んでゐる間にも、妙な心持ちが広やかに寛《くつろ》ぎ、そして、身体《からだ》のどこか底の方から、これまでに嘗つて知らなかつた或る力が湧き出て来て、いそ〳〵と浮き立つやうな気持ちが致しました。それは、今度のお手紙で初めて、私《わたくし》があなた様の直ぐお側までぴつたりと近寄つてゆくことを許して頂けたやうな気がしたからでございます。そして、自分の思つてる本当の事を、今度こそ何でも申上げてもいゝといふやうな心持ちにさせて頂けたからでございます。それから、

　私《わたくし》自身、――いゝえ、私《わたくし》のやうなものにでも、自分の力で何か人様のお役にたつやうなことが出来る！　といふ元気を奮ひ

起さして下さいましたことが、まあ、私《わたくし》にはどんなにか嬉しうございましたでせう。たとへば、もし、さういふ願ひが叶ふものなら、あなた様の押入れの中にある汚れたお夜具を清潔《きれい》に洗つて縫ひ直して上げることも出来ます。それから、あなた様のお友達の奥様の看病をして上げることも出来ます、そのお子様のお世話をして上げることも出来ます、それから、そのお友達の方が当惑しておいでになる、堆《うづたか》く積み重ねられてあるといふお汚れ物の始末もして上げることが出来ます。それから、まだ、丈夫な女一人が本気になつて為ようと致しませば、随分いろんな事が出来るものでございますよ。私《わたくし》、いろんな、そんな事をそれからそれと考へて、昨晩はとう〳〵少しも眠らないで夜をあかしました。

お手紙の最後にお書きなさいました、あなた様のあのお企図《たくらみ》といふのを読みました時、私《わたくし》の心は、まあ、どんなに乱れ惑うたことでございませう。いろんな思ひがごつちやに入り乱れて、どうしてもそれを取纏めることが出来ません。私、自分で自分がわからないやうになつて、とう〳〵泣き出しました。そして、お仕舞ひに決心致しました。――どうか、私に手伝はして下さい。私《わたくし》、きつと巧《うま》く致します。いゝえ、あなた様お一人では、とてもあんな事はうまくお出来にはなりません。どうぞ、私《わたくし》のこの願ひを叶へさして下さい。あなた様のお為めなら、私《わたくし》、自分の身はどうなつてもかまひません。………あゝ、私《わたくし》、何を申上げてゐるのでございませう。ごめん下さい。ごめん下さい。

どうぞ悪くお思ひ下さらないやうに。

十

六月二十九日(男より女へ)

お志保、お前は何を考へてゐるのだ。俺のお手伝をさしてくれ、なんて、全く、お前は飛んでもない事をいふ。それは大変に間違つてゐるよ。俺は、お前にとつて、ほんの通りすがりの旅の者だ。そんな者の為めに、そんなに深く心をまどはしてはいけない。どうか、以前《もと》の通りに素直な、温和《おとな》しい無邪気な、快活なお小間使として、お前の奥様やお嬢様たちと一緒に平和に暮らしてくれ。お前の奥様やお嬢様はきつとお前に親切で、そしてお前の生涯の為《た》めに何かと力になつて下さるに相違ない。

それから、例の金の一件は、今度いよ〳〵父が何もかも俺の申出通りにしてくれる事になつたので、もう何も心配することはなくなつた。安心してくれ。この前の手紙に書いたやうな馬鹿をしないでも済むやうな事になつたので、俺もどんなにか喜んでゐるか知れやしない。

俺は、自分の意気地なさからいろ〳〵お前に下らない物思ひをさせたり、心配をかけたりして、ほんとに済まなかつた。俺は、今それを深く心から愧《は》ぢ、悔い、そして、(取返へしのつかぬ事ながら、)あまりに軽はずみであつた自分を自ら責めてゐる。でも、(まあ、あの上の罪を犯さないで済んだことを、せめてもの心の申わけにしてゐる。あゝ、俺も、これからはあゝいふ浮いた心持を捨てゝ、精々自分の志す仕事に向つて一意専念進んでいかう。俺は、明後日《あさつて》の朝未明《あさ》に此家《こゝ》を出発《たち》、一番の上り汽車で東京へ帰へる。では、いよ〳〵お別れだ。左様なら、左様なら、左様なら。

十一

六月三十日(女より男へ)

私は、今、悲しくて〳〵胸が張り裂けさうでございます。もう〳〵涙が流れてしようがありません。頭が破れさうに痛みます。気がどうかなりさうでございます。あゝ、どうしたらばよいのでございませう。ほんとに〳〵平気でゐられる人が羨ましうございます。

あなた様は明日お出発《たち》なさいますんですつて? そして、もう二度とお目にはかゝれない事になるのでございますか。私《わたくし》、どうしてそんな事が信じられませう。……私《わたくし》は、もう生きてゐる甲斐がないやうな気が致します。奥のお仕事なども、もう、これまで通りに続けてゆくことは出来ません。淋しくて、悲しくて此処のお家《うち》にも居られません。といつて、あの老い朽ちた両親のところへ帰つて落付いて居られようなどとは全く思ひも寄らないことでございます。私《わたくし》は、泣いて〳〵往来を泣き迷うて歩くより外ありませんでせう。……私《わたくし》は、この十日ばかりの間といふもの、夜も昼も、寝ても起きても、あなた様の事ばかり思うて〳〵暮らしました。そして、不思議と、思へば思ふほど恋しさが増して、……あゝ、私《わたくし》、どう致しませう。ごめん下さい。ごめん下さい。でも、私《わたくし》、どうしてこの思ひを申上げないで居られませう。二三日前の夜、私《わたくし》はあなた様の夢を見ました。それは、もう〳〵どんなにしてよいか判《わか》らないやうな夢でございました。恥しくて〳〵迚《とて》も云ひきれない夢なんでございます。それから、昨夜《ゆふべ》、夜中に私《わたくし》、何かひどく魘《うな》されて、その際いろ〳〵讝語《うはごと》を申しました相《さう》でございます。それを、一緒にお寝みになつておいでになつたお嬢様がお聞きになつたのだ相《さう》でございますが、お嬢様は笑つてばかりおいでになつて、どうしても私《わたくし》が何を申したかを聞かしては下さらないのでございます。私《わたくし》、どうも、あなた様の事に就いて何か自分の思つてゐた事を云つたやうな気がして心配でなりません。でも、あなた様にお別れしなければならないこの悲しみに較べれば、そんな事、ほんとに〳〵何でもありません。私《わたくし》、どうしてこんな気を起すやうになつたのでございませう。悪い悪い私《わたし》のこの心! あゝ、しかし、どうしてこれが悪いのでございませう。たゞ、もう無性に恋しくて〳〵、悲しくて〳〵、自分で自分がどうなるのかわかりません。自分の心が恐しうございます。もつと委《くは》しく書いたら、きつと笑はれますわ。もう、何と書いてよいやらわかりません。どうぞ悪く思はないで下さいまし。

あなた様は、いつもご自分の事ばつかり仰つしやつてゐて、私《わたくし》の心を少しも察しては下さらないんでございますもの。あなた様は、『あの上の罪を犯さないで済んだ事を、せめてもの心の申わけにしてゐる。』なんて仰《お》つしやいます。その通りでございました。あなた様は、ほんの爪の先程も私《わたくし》の身体《からだ》をお穢しになどはなりませんでした。その通りでございます。それであなた様はご無事で、いつ〳〵までもご潔白で、ほんとに結構でゐらつしやいます。しかし、この私《わたくし》はどうなるのでございませう。悲しみと失望との涙に泣きぬれてゐるこの私《わたくし》は? 一人ぼつちと暗黒とに取残されたこの私《わたくし》は? 私《わたくし》の将来はどうなるのでございませう。………あゝ、頭が痛い。胸が張裂けるやうに悲しい。何だか世界がおし縮まつて、自由に呼吸《いき》が出来ないやうな気が致します。………私《わたくし》、ほんとに何を書いたか薩張《さつぱ》りわかりません。

あなた様は、明日お出発《たち》になりますのね。もう二度とお目にはかゝれないのでございませうか。………私《わたくし》、どうしてこんなに涙が止度《とめど》なく流れ出るのでございませう。ほんとにどうしたらばよいのでございませう。書いても書いても、またあとから〳〵と書くことが尽きません。それでゐて、自分の思ふことがどうしてもすら〳〵とうまく書くことが出来ません。でも、あゝ、もう、止めますわ。あゝ、もう、止めますわ。…………

——五年、十一月稿——

(「文章世界」大正6年1月号)

KとT

田山花袋

一

KとTとは夕方になるといつも揃つて散歩に出かけた、Kはステツキを持つてゐる。それも曰く附きの竹の根のステツキで、それを銀座で買つた時の話も、聞きやうに由つては惚気《のろけ》にきこえる。しかしTはKの悲しい恋物語に就いては同情を持つてゐるし、それに自分にはまださうした経験がないのでいつも真面目に考へるやうな顔をして聞いてゐる。TにはKのやつたやうな恋物語はまだよく解らなかつた。

何処まで本当だかわからない、かういふ風にTは時々思つた。Kの話は上手で、軽快で、すつきりしてゐて、何《ど》んな話をしてもすぐ人をその中に引張込む、友人同士五六人集つた席でも、Kはいつでも話の中心を握る。サアクルの中の帝王になる。傍《かたはら》で聞いてゐるTも、始めの中《うち》は面白く引張れて行くが、後には余りに図に乗つた形が憎くなる、従つてその話も半分は好加減のやうな感じがする。

『先生、またやつてるな、また人を魅してゐるな、先生、あれで女の歓心を得《う》るんだな』こんな風にTは思つた。

　その癖、TはKの本当の心持、純な心持、泣く時にはほろ〳〵涙をこぼすといふやうな心持を尊敬してゐる。またTが感心するやうなことをKはよく口にする。宗教と人生、恋愛と死、さういふ話題にかけては、Kは独特の深い信仰と瞑想とを持つてゐる。クリスチヤンだから、それであゝいふ風な話が旨いんだと打消しても、それでもTはいつも感心させられる。

『君のやうなエゴイストはない、何故もつと心を開いて他に接しないのか。公明正大にOpen Heartに事をやらないのか。厭世、何ぞと言ふと、君はすぐ厭世、ペシミズムと言ふが、そんなに世を厭ふなら山にでも入つて坊主にでもなるさ！』かうKはTにいつも言ふが、実際TはKのやうに心を他に開くことが出来ない性分だ。Kの純で外面的で明るくつて何でも彼でも言つて了ふのに比べて、Tは暗く、陰気で、外に表せない憂愁や苦悶で胸が一杯になつてゐて、黙つてむつちりしてゐる。

　KもTも同じ年で二十六。

『実に、君、何とも言はれないぢやないか、人生の悠久つて言ふことを感ぜずにゐられないぢやないか。かういふ処に僕と君とが来てゐる、かういふ山の中に……この夕暮に……。この渓流の白く泡立つた岸に……。見給へ、そこに一軒の茅屋がある。明かるく窓が灯《ひ》に輝いてゐる。そこにも人生があるのぢやないか』かうKは感激したやうな調子で言つて、『北海道の自然の中にゐた時には、何とも言はれなかつたよ。君。鉱夫達がさういふ山の中に銘々の生活をやつてゐる。女がゐる。男がゐる。そしてそこには悲劇と喜劇とが渦を巻いてゐる。周囲《まはり》は千古斧《せんこふ》斤《きん》の入らないやうな大自然、そこに白い靄がかゝる。人生の中に我一人あり。否々我一人ぢやない、自分は今神に面して立つてゐる。かう思はずには居られないぢやないか。僕が歌志内《うたしない》に、開懇の為めに、地面を見に行つた時のことなどそれは忘れられないよ。矢張、かういふ風に、灯がついた家などがあつて、あたりがしんとしてゐるんだ。地上には白い夜の靄が沈んでかゝつてゐるけれど、空は晴れて、月は昼のやうだ、僕はひとりいろいろなことを考へながら歩いた。僕はつく〴〵都会の生活の不健全なのを痛感して、山林の中でなければ本当の生活は出来ないと思つた。恋人も功名も何も彼も其処に一緒に伴《つ》れて行く意気込だつたんだからね。塩原で信さんに別れて、そして熱い若い燃えるやうな心で北海道に行つたんだからね、……』暫く途切れて、『しかし何も彼もお終《しまひ》になつちやつた。空想が水のやうに溶けて流れた！』

　TはKから既に其話を度々聞いた。お信さん――Kが烈しい恋をして、娘の父母《おや》の不承知なのにも関せず、無理やりに結婚して、北海道から帰つて間もなく、Gの海岸で一緒に蜜のやうな生活を半年ほど送つたお信さんの話、そのお信さんとは、今はKは別れたけれど、それでも今だにその記憶が細かくKの心と体とに絡み附いてゐて、片時も忘れることが出来なかつた。Kはひとりぽつねんと椅子に凭《よ》りかゝつて、後頭部に両手を当て、半日茫《ぼう》としてゐることなども尠《すくな》くなかつた。

それがTには不思議に思へた。まだ禁断の果実を食はないTに取つては、想像は出来るが、それが何《ど》の位まで甘く、また何の位まで辛いかと言ふことがわからない。それに、Kの勝手に娘を引張つて来たといふ形もTには反感を起させた。Tに取つては、娘は、処女は触るゝことの出来ないほど神聖なものにして置きたかつた。処女の純潔ほど美しく理想的なものは世の中にないとTは思つた。一度深く思ひ合つて結婚したものが、一年も経たない中に、さうした結果になるなどとは、Tには思へなかつた。又思ひたくなかつた。

『何故、そんなことになつたんだねえ?』

かういつもTは訊いた。

『何故だか、僕にもわからない。だから、君にも分らないのは止むを得ないが、……あゝ、あゝ』とKは慨嘆して、『何も彼も、溶けて流れて行つて了つた! 完全に過去になつた』Kの眼には涙が光つた。

KとTとは、谷川に添つて五六町行つてそして引返した。谷には水烟《みづけむり》の白く颺《あが》つてゐるのが夜目にもそれとさやかに見えた。

『何とも言はれないね、キイと胸がしめられるやうだね』

『本当だね』

二

Tは寝る前に、Kの室にをり〳〵出かけて行つた。

Kの室は同じ二階でも、谷川に向つてゐて、其処からは門前に飛沫を白くあげて流るゝ谷がそれと覗かれた。水声は屋を圧するやうにきこえた。

Kは宵張りの朝寝坊である。それに引かへてTは早寝の早起きである。Tが入つて行くと、

『もう寝るのかえ?』

『あゝ』

『早いなア、まだ十時前だぜ、君……。僕はこれからK社に送る詩を一つ二つ作らうと思つてゐるんだ』

椅子に腰をかけたKの卓の上には、K社の原稿紙、ナイフ、ペン、インキ壺、雑誌、小説などが一面に乱雑に散ばつて、Heines Poem が半《なかば》開《ひら》かれてある。作りかけた詩をKは見せて、

『何《ど》うだね?』と言つて、やがて手に取つて自分で朗吟する。

時には文壇の話が二人の間に出た。G社の軽佻な思想が罵倒の材料になる。かと思ふと、Kは『是非やる、此処に来た記念に、処女作を是非書く。今日も一日考へた。君から見ると、怠けて散歩ばかりしてゐるやうに見えるかも知れないけれど……かうやつて考へてゐるといふことも、仕事をしてゐるのと同じ労作なんだからな』Tが一日コツ〳〵やつて、何《ど》うにもならないやうな、何処にはめることも出来ないやうな大きな小説を、

何百枚と毎日書いてゐるのに当て附けるやうにKは言つた。Tにはまた毎日々後頭部に両手を当てたり、散歩に出かけたり、ぶらぶらしてゐたりして遊んでゐながら、これでも仕事をしてゐるのだといふ態度が軽い反感を起させた。『あんなに怠けてゐて、処女作も何も出来るもんか』Tは心の中でかう言つて窃《ひそ》かに嘲《あざ》けつた。Tはそれでも拙《まづ》い小説を二三編世に公《おほやけ》にしてゐた。勿論時の文壇の権威であるMS草といふ大家連の寄り合ひの批評では、常に滅茶滅茶にわる口を言はれてゐた。

そのMS草の話などが何《ど》うかすると、二人の間の話柄となつた。Tがそれに対して大きな反感を抱いてゐるのに比して、Kは割合に公平な批評をした。『しかし、Oはえらい、あの学識の該博なのは当代無比だ。T博士よりも僕は好きだ。しかし、何うだ、あのSは？楊子で重箱の隅をほじくつたやうなことを言つて得意がつてゐる。あんな旋毛《つむじ》曲りの、小舅《こじうと》根性では何が出来るもんか。あいつらは戯作者だ。Wだつてさうだ。Rはそれでもいくらか好い』かうKの言ふのがTの気に入らなかつた。TはMS草などは折角芽を出し始めた新しい草木を踏み躙《にじ》るやうな卑怯な大家の集合だと言つた。殊に、自分のが評判がわるいのに引かへて、同じ新進の作者の評判の好いのが癪に触つた。MS草が出ると、見たくもなし見ずにも居られないといふ風で、怖いやうな腹立しいやうな心持で、Tはいつも雑誌を売る店の前に立つて、それを手早く翻《ひるがへ》して、自分の名のひどく侮辱されてゐる処を見ながらブルブル身を戦《ふる》はせた。

Y新聞に批評壇を受持つてゐる大学出身のAといふ批評家も、よく二人の槍玉に挙げられた。『大家の顔の色を見い見い批評してゐるやうな奴だ。根性が呆れるほど汚ない。大きなお世話ぢやないか。旨からうと拙《まづ》からうと、ペトラルカが何《ど》うした、ダンテが何うした、そんなことはもう聞き倦きた。典麗幽雅な作風や細緻の研究ももう好い加減にするが好いんだ』こんなことをKは言つた。時には又Kは、『何うも今の文壇には小舅が多すぎる、余計なおせつかいな口ばかり出してしやうがない。だから、皆ないぢけて了ふんだ』などと言つて憤慨した。Tもさういふ時には、一緒になつて、今の文壇を罵倒した。

三

四間の二階の中で、一間はKの室、その隣は安物のトタンの落しの長火鉢を据ゑた食堂、その隣の一間はTの室、その左の一間には、毎年此処に避暑に来る外国人の寝台が二三脚一杯になつて置いてあるので、二人はそこを寝室にした。Kの室からも、Tの室からも中を仕切つた襖《ふすま》を明ければ、すぐ其処に入つて行かれた。

それを始めて見た時、『ヤア、こいつは素敵だ。バネ入り寝《ね》台《だい》だ。貴族生活だ。早速和尚さんに言つて借りるべしだ』かう言つて、Kは喜んだ。KはTに比べて、何かにつけてハイカラで、外国風の趣味にあこがれてゐる質であつた。で、二人は各《おの》く々その室に近い寝台をそのまゝ占領することになつた。真中にもう一脚の寝台を隔てゝ……。

『こいつは素敵だ』

Kは始めて寝て見て又叫んだ。

Tは長い三四百枚の小説を書き始めてゐたが、それに倦むと、昼間でもその寝台の中にもぐり込んで寝た。そしてまた触れない禁断の果実《このみ》に憧憬《あこが》れた。口では神聖の恋とか、聖教徒とかと言つてゐるけれども、その時は白い肌だの美しい襟元だの甘い歓楽だのを不健全に頭に浮べてゐた。『何《な》んだ、また昼寝か』Kはその気勢《けはひ》を聞きつけて、わざ〳〵襖を明けて見て笑ひながら言つた。

Kは昼寝は絶対にしなかつた。Tの昼寝の間には、Kはよく散歩に出かけた。そのお信さんと一緒に銀座通で買つたステツキを振りながら……。そして夜寝る時には、いつもTよりは二三時間後《おく》れた。KはTの空想的憧憬と不健全の想像とに引かへて、矢張《やはり》去年の春に別れたお信さんのことを毎夜思はずには寝ることが出来なかつた。絡み合ひ縺れ合つた甘い半年の記憶のシーンは今でも一つ一つ枕を当てたKの頭に蘇《よみがへ》つて来た。そしてその甘い美しいデリケイトな堪へ難いKの記憶の間をTの大きな獣か何ぞのやうに高い鼾が縫つた。Kはひとり溜息を吐いた。

時には涙が枕を濡した。昼間Tが持つてゐる歌の集の中に『わが涙枕に落つる音はして寝覚の恋はとふ人もなし』かう言ふ歌があつたが——それを見て、自分の恋に思ひ当つたやうに感激して、何遍となく繰返してそれを朗吟してゐたが、それがひよつくりKのひとり寝の枕頭《ちんとう》に思出された。そして、Kはある夜は山の夜の鐘の音がしなくなつた頃までひとり淋しく目覚めてゐた。

何といふ鳥か、名も知らない鳥が、夜もすがらかれの耳に聞えた。

『あゝそれぢやあれだ』この山に特有な夜鳴く鳥の話が出た時、Kは言つた。『あれだ、あれに違ひない、存外高いはつきりした声で、キ、キツと鳴いて行く……あれだ、あれに相違ない』

『さうです、さうです』

かう其時一緒に話してゐた若い僧達が云つた。

KはいつもTに起されて目を覚した。目を覚してからも、Kはヤ、暫く暖かい床《とこ》の中にぐづぐづしてゐた。それをまたTは待ち兼ねるやうにして長火鉢の前に待つてゐた。其時分には下の婆さんの持つて来た汁は煮え、飯は出来《でき》、盛《さかん》に起つた火の上では、鉄瓶の湯がぐらぐら煮え返つてゐた。朝日は晴れやかに眩ゆい位に前の庭から欄干へさし込んで来てゐた。

Kは起きて来ると、すぐその長火鉢の室の後《うしろ》の階梯《はしご》を下りて、下にある広い台所の傍《かたはら》の湯殿に行つて、冷めたい手も切れるやうな綺麗な筧《かけひ》の水で顔を洗つて、頭を綺麗にわけて、そして元気よくトントンと階段《はしご》を上つて来た。

『昨夜は寝られなくつて困つた。二時まで起きてゐた』

こんなことを言つてTの向ふ側に坐つた。Tが上さん役で、Kが亭主役である。

香ばしく焙じた茶、高い味噌汁の匂、茶碗、お椀、漬物。皿、小皿——Tが待兼ねたやうに箸を取り始めても、Kはのんきさうに茶を静かに飲んだ。

そして例としてKは昨夜見た夢の話をした。Kは奇抜な夢を見る青年であつた。金魚と女の夢、大家になつた話、北海道の夢——その夢にはいつもお信さんがついて廻つてゐた。お信さんを短刀でぐさとさした夢なども見た。『それが、君。あの短刀なんだ。あの老人の呉れた短刀なんだ。それでぐさと刺すと、死んだと思つたお信さんが、刺されながらにこにこ笑つてゐる。そしてもつと刺して呉れツて言ふ。血も出ないんだよ、君。矢張夢だ』かう言つて、立つて、かれが常に持つてゐる短刀を出して来て、その鞘を払つてぢつと見てゐた。それは何でも高杉晋作などと友達であつた不遇な老人がかれに記念に呉れたもので、その時に限らず、ひとりで抜いて、ぢつとKが見詰めてゐることなどがあつた。赤い皮の鞘にはまつてゐて、二尺五寸位の鋭利なすぐれた短刀であつた。何《ど》うかすると、散歩にまでKはその短刀を持つて行つた。

動物園の移転の夢の話をした時には、Tも笑つた。『奇抜な夢だな』などと言つた。Kは『それが、汽車の普通の客車ぢやないんだ。無蓋車だから面白いぢやないか。猿も虎も熊も一緒に並んでおとなしく乗つてゐる。象の大きな鼻も見える、鳥もちやんと籠に入つてゐる。そしてそれが、ずつと通つて行く。奇抜な夢だな』

朝飯《あさはん》をすまして、ちよつと話して、やがてTが自分の室《へや》に引込んで行く。その後でも、Kは独りで黙つて、長火鉢に向つて坐つて前の山などを見てゐた。

四

その二階に来る前に、かれ等は寺の本堂を取巻いた長い入側《いるかは》のところに最初に卓と机とを置いた。そこにかれ等は尠《すくな》くとも三四日暮した。五十五六になる老僧は、『えへん、えへん』などと言つてやつて来て、『何《ど》うぢやな、場所が出来たかな、これは、……これは、……これで、ちよつとは間に合ふな、何でも不自由なものがあつたら、さう言はつしやい。な、Tさん。遠慮は入らない。その中《うち》には、まア、何か構ふことも出来るがな。今は……今は……忙《せは》しくつて、主坊の用が手離せないでな』こんなことを言つて、莞爾《につこり》しながら、二人の青年の自由に陣取つた座席を見て、時には何《ど》ういふことをするのかと思つて見るやうにして、机の傍《かたはら》に近寄つて見て『はゝア、新聞社へ原稿を書く…。フム、……これがすぐあの新聞になるのぢやな…。えらいこつちやな』こんなことを言つて、そして法衣《ころも》を着て、本坊の方へと出かけて行つた。Kが曾てクリスチヤンの一人であつたといふことを聞いた時には、『耶蘇坊主も好いぢやとも…。結構ぢやとも…。宗教といふものはな、皆《み》な同じぢや。同じ心ぢや。仏に手を合せるのも、アーメンも皆同じぢや、結構ぢや』などと言つて笑つた。

TとKとは、老僧が酒が好きだと言ふので、東京から土産《みやげ》に、沢の鶴の六つ割を一樽買つて来て贈つた。汽車の中では、二人はその大きな丸い荷物をいくらか持余した気味であつたが、持つて来て見ると、老僧の喜悦《よろこび》が一通《とほり》でないので、二人も満足した。Tが添へて来た、飲口を其処に出すと『ヤ、これは……飲口まで……これは親切ぢや、難有《ありがた》い、あはゝ』と言つて大きく笑つた。Tは前からこの老僧と懇意であつたが、Kもすつかりその老僧が気に入つて了つた。『面白い老僧だ！』Kもかう言つて笑つた。これなら、少しは長く滞在しても不愉快ではなささうだとKは思つた。

貧しい不自由な山寺の生活、それも面白いとKは思つた。お信さんに負はされた大きな傷痍《きず》、それを医《いや》すために、Kは京都に半年、それから東京の郊外に半年を送つた。郊外にゐた時には、弟が一緒だつたが、それでも淋しくて淋しくて仕方がなかつた。夜はお信さんが、『今迄のことは何《ど》うか勘忍して下さい』かう言つて泣いて謝つて来るやうな気がして仕方がなかつた。風が叩くのにも立つて雨戸を明《あ》けて見たりした。時にはゐても立つてもゐられないやうな気がして、不信な女に対する憤怒と激情とに堪へかねて、いつそこれから行つて、短刀で、一思ひにかの女も殺し、返す刀に自分も死んで了はなければ、この苦みは医すことは出来ないとさへ張詰めて思つたこともあつた。

その時分、Tとの交際は結ばれた。TはKの恋物語を透してKと親しくなつた。Tはその慰藉者としては多くを働いてはゐなかつたけれど、その傷痍《きず》の痛みをいくらか医す膏薬位には役立つことは出来たのである。貧しい青年達の文学的生活――それも面白いとKは思つた。それにKも自己の天分の運試めしをしなければならない時期に達してゐた。静かに落附いて考へて見やう、かう思つてKはTのこの山寺行に賛成した。

かれ等は来る匆々《そう〳〵》、日常に必要な食物などを買つた。砂糖、菓子、それに是非鰹節だけはなくてはならない。何も食ふものがなければ、鰹節をかいて飯の菜にしても好い。で、かれ等は来た日に、町に行つて、貧しい文学書生の割合にしては、高い大きい鰹節を一本買つた。『先《ま》づこれがあれば、飯の菜は何《ど》うにでもなる』などと言つてKもTも笑つた。有り余る贅沢な生活も面白いが、何も無い生活も面白い、文学青年だけに、さういふ風に考へて興味を感ずるほどの余裕をKもTも持つてゐた。『一月倹約に倹約してやつていくらかゝるか試めして見るのも面白いぢやないか』かう言つて、かれ等はその実費をTの持つて来た罫紙を綴ぢた手帳に、一々それにつけることにした、“Plain living, High Thinking” かういふ言葉がカアライルや、エマーソンなどを読んだKの口から出た。Kはウオルズウオルスの愛読者で、マシウ、アーノルドが選んだその選集を常にその身の傍《かたはら》去らずに備へて置いた。

それに引かへ、神聖の恋の主張者であるTがHeineの詩集を傍離《かたはらはな》さず持つてゐるといふことも不思議であつた。あの情慾の詩人、神よりは悪魔に近い詩人、皮肉な深刻な詩人、巴里《ぱりー》でその晩年を倫落の女と一緒に暮した詩人、その人の詩がTの最好の愛読書とは。思ふに、Tはその詩人の暗黒面には触れることが出来ずに、男女の恋の心を小さな真珠のやうに唄つたその唄にのみ魅せられたのであらう。従つてライダル山中の詩人の静かな自然を詠じた詩と、嵐のやうに烈しく女に溺れて行つた恋の詩とが、此処では——この山寺の一室では、かたみに互に雑り合ふやうな奇観を呈した。KはウオルズウオルスをTに読んできかせた。TはハイネをKに吟じて見せた。

それに、ゆくりなくかうした生活に配された老僧の生活も面白かつた。KもTも面白い老僧だと思ふのも無理はない。この老僧は三十二三まで散々浮世の憂さ辛さも、歓楽も悲痛もなめ尽して、それから発心《ほつしん》して、この寺の先代の丁度老僧のゐた地方に説教に来たのに伴はれて、それからあらゆる苦行と難行とを積んで来た人であつた。この山での最大苦行の一つと言はれる冬嶺行者などもやれば、花供《はなく》の苦行もやり、釈迦堂に三年独居の辛い閲歴をも踏んで来た。今でも老僧は精進物を口にしなかつた。

来た翌日、折角買つて来た大きな鰹節は、いつの間にか猫に取られたと見えて、探しても探しても何処にも見当らなかつた。

『さう言へば、さつき、大きなどら猫が来てたぜ』かうKは言つた。Tも何処かでそれを見たやうであつた。二人は苦笑せずにはゐられなかつた。Kは後には体を崩して笑つた。で、二人は今度は小さな亀節《かめぶし》を買つて来た。そして出して置くからわりいんだと言つて、一々それを机の抽斗《ひきだし》に蔵つた。ある日、Tはそのどら猫の姿を見かけて、追かけて行つて、石などを投げ附けた。かれ等はそれを話しては笑つた。

二人の持つて来た酒の口を明けた時には、老僧は蕎麦などを取つて二人を御馳走した。そこには小さな囲炉裏《ゐろり》が切つてあつて、その周囲には種々ながらくた道具が一杯に並べられてある。老僧は錫《すゞ》の燗徳利《かんどつくり》を鉄瓶の中から出して飲めない二人に酒を勧めた。

老僧はまた袂をもぞもぞさせて、『そら、甘口なら甘口、かういふ御馳走もある』莞爾《にこ〱》笑ひながら、法事で貰つた赤と白との饅頭の紙に包んだまゝそこへ出した。Kは、『僕は此方《こつち》の方が好い』かう言つてそれを一つ手に取つた。

其処に、『御免』とも何とも言はずに、汚ない股引を穿いたまゝで、皺くちやだらけの、自然と原始との表象、無慾と無邪気との表象としか思はれない六十先の雇婆さんが、焼き落ちのオキを一杯十能に入れて、のつそり姿を其処に現はした。と、老僧は『よし、よし、これは暖たかだ』と言つて、囲炉裏の鉄瓶を下すと、婆さんは十能のオキをそこにあけながら、『旦那、さつき石町の衆が来たつけが、行き逢つたかね』

『石町の衆!』老僧はひよつと顔を上げて考へるやうにしたが、

『服部だんべい。逢つた、逢つた』

『逢つたかね、そんなら好いけど……。旦那は何処へ行つたなんて言つてたで』皺の多い顔に何とも言はれない笑顔を見せて、もういくらか曲りかけた腰を曲げて、そのまゝ台所の方へ行つた。その婆さんが二人のために飯と汁とをつくつて呉れるのであつた。

何うかすると、『あの婆さん、面白いね』などとKは言つた。『何《ど》うも、あの婆さんの言葉が少しもわからない』かうも言つた。中国生れのKには、東北の純粋のスラングが容易に聞き取れなかつたのも無理はなかつた。実際婆さんと言つても、これほど婆さんらしい、また本当の田舎の婆さんらしい婆さんは、TもKもまた見たことはなかつた。

『あゝいふ婆様にも、我々と同じ血と同じ心とが通つてゐるんだからな』

これはKだ。

『実際、生物と言ふやうな気がする。文明の何物にも支配されない、感化されない、原始そのまゝの生物のやうな気がする。彫刻にもあゝいふのを見たことはない』

『本当だ。あの顔が何とも言はれない。彫刻家に見せてやりたい。あの深く刻み込んだやうな皺が好い。それににこにこしてゐる。いかにも無邪気だ。あらゆる苦痛を知らない、といふよりも、あらゆる苦痛を経て来てあそこに行つたといふやうな気がする。本当に彫刻にして取つて置きたいな。一体、今の彫刻家なんて言ふものは駄目だからな』かう言つてKはいくらか知つてゐる彫刻家の話などをした。

五

ある日、Kは言つた。

『今、あの婆さんと話をして来た』

『何処で？』

『裏で草を挘《むし》つてゐたから』

かう言つたが、『不思議な婆さんだ。神話の中にでも出て来さうな婆さんだ。あれで、中々ユーモアに富んでゐんだぜ、君』

『さうかな』

『老僧のことを和尚が、和尚がつて言ふぜ。あれで中々気概に富んでゐるんだから驚くよ。和尚がえへん、えへんなんて、その真似をするんだからね』

『さうかね』

『それに、あの言葉がよくわからない。解ると面白いに違ひないんだけども、半分以上わからないがね。……あれで六十五ださうだが、中々《なか〳〵》丈夫だね』

Tは前に、一二度此寺に来てゐるので、その婆さんのことも多少知つてゐた。町から一里ほど下がつた処の村の生れで、昔は金持の呉服屋であつたといふ。何でもあの婆さんの母親が放埒で男などを拵へて、すつかりその家を滅茶滅茶にして了つたといふことである。そんなことをTはKに話した。また其娘が町のRといふ処の大工に嫁いでゐて、夫《それ》が時々やつて来て話をしてゐる話などもTはした。

『娘が来る、来るつて、婆さん言ふから、何んな娘が来るかと思つてゐたら、四十先の婆さんぢやないか』こんなことを言つてKは笑つた。

　ある夜、月が余り好《い》いので、二人は揃つて散歩に出かけた。山にもう闌《たけなは》な春が来つつあつた。暗い杉森の中の花がぱつと月の光を帯びてゐたりした。KとTとは、人生のことやら、宗教のことやら、恋愛のことやら、信仰のことやらを真面目な心持で話しながら歩いた。Kの熱のある言葉はいつもTの心を引寄せた。時にはTは彼奴《あいつ》の能弁に欺かれてゐると思ひながらも、その真面目な感激に動かれずには居られなかつた。Kは聖書の山上の祈禱などを持ち出した。

　Kの感激、それにはいつも捨て去られた妻の悲哀が背景を成してゐるのであるが、Tにはそれがまだ分明《はつきり》と解つてはゐなかつた。Tの男女観はまだ些しも肉体に触れてゐなかつた。肉体の話になると、Tはいつも顔を背けた。自分の持つた神聖の童貞を婉《けが》されたやうな気がした。

　二人は町と山内との境にある橋の方まで行つた。平野に流れ落ちる川を月は美しく照してゐた。外国人が二人づれで歩いてゐるのなどもかれ等にはめづらしく詩的に感じられた。かれ等は大きな声で自作の詩などを朗吟した。

　トルストイの『ルツエルン』の中に出て来る貧しい音楽師の話などをしながら、やがてかれ等は寺の方へ戻つて来た。庭の常磐木の葉は美しく夜露に光つて、絶壁に添つて深く流れた谷には、まだ月の光が及んでゐなかつた。二人は台所の方から入つて来た。

　外は月の光であるに拘らず、樹の影の多い庭には、台所の障子が火に赤く照されて見える。ふとKは指《ゆびさ》した。

『見給へ、そこを』

　見ると、箒のやうに髪の乱れた婆さんの頭の影が、黒く大きく障子に移つて、何か口をもごもごさせてゐるのがはつきり見える。婆さんはいつもの勝手の大きな囲炉裏の前で火を燃してゐるのであつた。

『何うしても、かう見たところは、しほ塚の鬼婆あだね』Kは笑つて、『夜中に、山ん中か何かのあばら屋で出会《でつくわ》したら、早速逃げ出しもんだね』

　Tも笑つてその影法師を見た。

　やがてかれ等は、婆さんのゐる囲炉裏の傍《そば》に行つた。『ああゝ』と言つて仰向けたその皺の顔を、火は赤く照した。

『婆さん、何《ど》うしたね』

　Tが声を挙げると、

『ああゝ』と再び感激に堪へないやうな声を出して、『Tさん、来たで、己ア、次男が帰つて来たかと思つてゐるだアよ。何《ど》んなにうれしいかな。帰つて来たら。おめいさんのやうにしてな。でも、駄目だア、もう地の下へ入つたでな』涙は皺の多い顔をほろほろと流れ落ちるのであつた。

『何《ど》うしたんだね？』

『なアに、はア、思出しただよ、地の下へ入つた次男ボを。お前さん方と丁度同じ位の年だでな』

『死んだんかえ』

『ごねたゞ。Yさ行つて、巡査してゐて、ぢやらぢやら剣を鳴して元気でゐたつけが……。婆さん、婆さんなんて、去年の冬は訪ねて来て呉れたつけが、もうゐねえだ。地の中さ入つたゞ、ああゝ』

『病気で死んだのかえ？』

『肺炎ちうでな、急に死んぢやつたゞ。此方《こつち》から人が行くのも間に合はなかつたゞ。一目逢ひたかつたが、駄目だつたゞ。……お前さん方見ると思ひ出す………』

『総領はゐるんだらう？』

『甚六どんは駄目だ。あの次男ボべい頼りにしてたゞ。ああゝ』

かう言つては婆さんは折《をれ》つた粗朶《そだ》を囲炉裏に投げた。火は明るく燃えた。自由鍵にかけた大鍋には、何かぐたぐたと煮えて、湯気が白く颺《あが》つた。

『何、煮てるんだね？』黙つて、感に撲《う》たれたやうにして見てゐたKは、急にかう言つて訊いた。

『大豆せ、……旦那ア、煮て置いてくろツて言ふたで………』

『豆か』Kはかう言つて笑つた。


二人はオキを貰つて、二階に上つて、ランプをつけて、長火鉢に対して長い間話した。考へれば考へるほど悠久なのは人生である。不可思議なのは人生である。悲哀なのは人生である。殊に若い二人に取つて……。これからその唯中《たゞなか》に入られなければならない二人に取つて……。かれ等は相対して話した。ツルゲネフの小説の話、ステルンのエ、リヒの話、サイモンヅの『伊太利紀行』の話、話しても話しても二人の対話は尽きなかつた。『あゝいふ婆さんがこの山の中にゐて、死んだ子のことを考へて、あゝして涙を囲炉裏の灰の中に流してゐるんだからな』かうKは感に堪へないやうにして言つた。さうかと思ふと、酒を飲んでグウグウ寝て了つた老僧のやうなものもある。二人のやうに月光に対して眠ることの出来ない若者もある。海上数千里の烟波《えんば》の上に甲板にひとり立つてゐる旅客もある。恋にもだえて却つて恋を捨てたルージンのやうなのもある。恋を失つて痴人になつた天才ゲサのやうなのもある。Kは掌を頬に当てゝ深く人生を思ふやうにして、光のある若者らしい眼をかゞやかした。Tはさびしい顔をして、深い沈黙に沈んで坐つた。かれ等は猶長く相対した。

　月が明るく寺の庭を照した。

六

Tはその日記に書いた。

『門前を日夜を措かず流れて行く水、この水はいつかは海に入るであらう。ひろいひろい海に、人生の海に……。しかし、この自分の心は……自分は……。あゝこの終古尽きない水声よ。十年、百年、千年の後も、猶かうして同じく流れて行くであらう。我々は死に、又、我々の子は死に、孫は死んでも矢張かうして同じ音を立てゝ流れて行くであらう。それを思ふと、誰か人生の悠久を感ぜずにゐられやう』

しかしその日記には、かうした感傷的の若い熱い心ばかりで満されてゐるのではなかつた。汽車賃が書いてあつたり、小遣が書いてあつたり、何処かで写生した婆さんの顔が書いてあつたりした。褪紅色の表紙小さなNote Bookで、時にはをりをり口すさんだ歌なども書いてあつた。小説にするためのその折々の思ひ附きは、『若者の恋』『犬と人』『短刀』といふ風に並べて書いてあつた。Tは今、ある青年の失恋の長い長い小説に筆を着けてゐた。その傷いた青年は、画家で、その苦悩をいやすために、故郷の沼の畔《あぜ》の家に唯一人ゐて、半ば製作に半ば女を思ふの情に燃えた。その題材の終りの方の構想が、かなりに詳しく且つ細かく其日記に書いてあつた。時にはかれはその日記を長火鉢のあるところまで持出して、その構想やらをりをり出来た歌やらをKに話したり歌つたりしてきかせることがあるが、Kがそれを取つて見やうとすると、慌てゝそれを引たくつた。決してKに見せやうとはしなかつた。

それに引かへて、Kは長い長い日記を毎日つけた。『A日記』といふ題で、東京の郊外にゐる頃、その前の前から、かれは二冊も三冊もつけて持つてゐた。感想は感想に続き、苦悶は苦悶に続いた。凡そKの心と眼とに触れたものでその日記につけてないものはない位であつた。Kはそれをよく T に見せた。

女との甘い恋の条や、失恋の条などは殊に精しく書いてあつた。『いかん、いかん、そこから先は見ちやいかん』かう言つて、KはTの読みかけた日記を手で蔽《おほ》うた。

Tの日記の全く空想的であるのに反して、Kの日記は苦しい事実と悲しい記録とで満されてゐた。Kの卓の上には、詩集や小説と雑つていつも必ずその日記の一冊二冊が載つてゐて、やがて着手すべき処女作の材料を其処から探し出すやうにしてかれはそれを繰返しながら昔を思つた。Kはまたその日記の中から楽しかつた悲しかつた辛かつた恋の事実を思ひ出して時を過した。『もう過去だ。完全に過去だ』かう独語した。

Kは日記に書いた。『子を思ふ老婆、酒に早く寝《い》ねし老僧、二人の若者、その前を、永久に、永久に谷は音を立てゝ流れてぞ行く……恋に苦みしも昔、かれを殺しわれもまた死なんとせしも昔、何も彼も皆昔となりぬ。われ今孤独にしてこの室《へや》にあり、此処にあり、これ人生の事実なり。しかして、翌日は翌年はそもまたいづれの処にか去る。友は既に寝ねたり。名も知らぬ夜鳥は頻りに啼く。我を深夜に慰めんと思ふにや』

筆をとめて、Kはまた瞑想に耽つた。若い血の漲つた頬をランプは明るく照した。傍《そば》には短刀が置いてある……。

七

『貴方方は食事後には、いつもきまつて討論会をしますか』かう老僧は真面目臭つて訊ねた。

かれ等は噴飯《ふきだ》さずには居られなかつた。『討論会は好いね。……実に好い』かう言つてKは笑つた。

『さう、見えるんだね、滑稽だね』

Tも笑つた。

午飯の後、乃至は夕飯の後には、かれ等は必ず何か饒舌《しやべ》つた。話はいつか議論になつた。議論はいつか口角泡を飛ばすやうな争論になつた。恋愛の話、宗教の話、文学の話、死の話……さういふ大問題がいつもかれ等の口に上つた。

『そんなに意気地がなけりや、死んで了へ！　自殺して了へ！　すぐ僕の眼の前で自殺し給へ！　幸ひ短刀がそこにあるから！』

かう激してKは怒鳴つた。

『死ぬ時は……死ぬ時は……』Tはどもつて、『死ぬ時は、僕は勝手に死ぬ。お世話にはならない。それよりも、君は君のことを考へろ。僕はまだこれでも童貞を失つてゐないんだ。童貞を蹂躙《ふみにじ》られた君とは違ふんだ』

Tも負けずに言つた。

二階に来ない中は、下の本堂の入側にゐる中は、さうした烈しい議論もしなかつたけれど、此方に来てからは、何《ど》うしてか度々さうした光景を演じた。否、気に入らない。KにはTの厭世説と童貞説とが気に入らなかつた。否、気に入らないといふよりも、さういふ空想で固めた思想は打壊して了はなければならないと思つた。Tにはまた世の中の溷濁《こんだく》に、不神聖な女の肉体に、少しなりともKが触れて行つてゐるのが厭だツた。それもKがその誇るにも足りない経験を振廻さなければ好いが、何ぞと言ふと、面倒臭くなつたといふやうに、Kは上段からそれを振翳した。TはKの経験したためにのみ事実であり、事実であるが故に真理であるといふKの論法にいつも反感を起さずにはゐなかつた。『しかし、君の経験で僕の経験を矢張さうだと断定することは出来ない。僕には僕の経験がある。僕のみ経験する僕の経験がある』かうTは主張した。

KはTの議論と思想の奥にかくれてゐる事実を想像した。Kは恋愛に苦しみながら、女の肉体にもだえながら、それを打開くことの出来ない型《システム》に捉はれてゐるTをもどかしく思つた。Tは到底一緒になることの出来ないその姪に恋してゐるのではないかとKは想像した。その姪についての歌を、Tは度々Kに歌つてきかせた。それにKはTの家で頬の豊かな色の白いその姪を見たことがあつた。

『思想は実行に由つて、始めて真理となつて現はれる。何故、実行しない。実行して打突かつて見ない。実行した空気の中から真理が出て来る』Kはいつでもかういふ。それをTは解つてゐないではないが、――それが真理だとは思はぬではないが、尠《すくな》くとも、実行については、Kよりももつと慎重な態度を取りたい。真面目でありたい。かうTは常に思つた。

『ぢや、僕の恋愛事件は不真面目だと言ふのかえ？　それならそれと言ひ給へ。幾度となく死にまで到達した心持が不真面目であつて堪るものか』

かうKは息巻いて言つた。

その光景――その若い者達の無邪気な光景を老僧はをりをり耳にし且つ目にした。時には、かれ等の権幕《けんまく》が余りに烈しいのに驚いて、喧嘩でも始めたのではないかと思つた。わざわざ庭の方に出て行つて見てゐたりした。しかし、ぢき、かれ等は笑つて話した。『はゝア、喧嘩ぢやないんだ。討論会をやつてゐるんだな』と老僧は合点した。

『滑稽だね』

それからは、議論を始めかけると、いつも思ひ出したやうにしてKは笑つた。『ヤリ切れんねえ、食《めし》のあとの腹こなしをやつてゐると思つてゐるんだからな。老僧は――。我々は真面目に、人生問題や恋愛問題を話してゐるのに……』

『本当だね』

かうTも笑つた。

八

降り頻る雨の中に並んで立つてゐる無数の石地蔵の前をかれ等は傘をさしながら通つて行つた。

傍《かたはら》には起伏した岩石に触れて鼎《かなへ》の湧くやうな渦を凄《おそろ》しい激湍《げきたん》が巻いて流れてゐた。対岸の草藪には、赤い八汐と黄い山吹とが春の闌《たけなは》なのを見せ顔に咲いてゐた。

かれ等は橋を渡つて、山村らしい小部落を抜けて、ある民家の桶に大きな赤い八汐の枝のさしてあるところを通つて、そして此方《こつち》へと歩いて来た。

かれ等はをりをり立留つて、絵のやうに前に展げられた激湍に対した。水は白く泡立つて流れ、潭《たん》は碧く湛えて見られた。

『何とも言はれないぢやないか』

かう二人は言つた。

やがて片側に石地蔵の沢山並んでゐるところに来た。

或は頭顱《とうろ》の半欠《なかばか》けたのもあれば、胴から上がなくなつて了つたものもある。鼻の欠けたものもあれば、手のとれたものもある。久しい年月の風雨に曝されて、青い黒い苔が一面に顔やら頭やら膝やらに生えてゐる。

寂《せき》として手を組んで坐つてゐる形がかれ等の眼を惹いた。

『僕は、これを石とは思はんね』

かう深く感じたやうな表情をしてKは言つた。

『これに、血もない肉もない、唯の石だとはどうしても僕には思はれん。これにも矢張人間の血が通つてゐる。たしかに通つてゐると思ふね』

Tの黙つて聞いてゐるのを見て、

『人間の跡だ。過ぎ去つた千年、二千年、乃至永劫の人間の跡だ。人間がかうした形をつくつたといふことをわれ〳〵は考へなければならない。そしてかういふ形を残して行つたのだ。誰が、人間が……。人間の苦悶、苦痛、何千年前から我々と同じやうな苦悶、苦痛、恋の苦しみ、死の苦しみ、人生の苦しみ、さういふものにもだえ苦んだといふ処から、かういふ形を残したと我々は思はなければならない。其処に何千年前の人がゐると同じやうに、矢張我々がゐ、これから先何千年後の人間がゐるんだ。人間の形だ。象徴だ』

『本当だね』

Tも深く考へるやうな顔をした。

『実に、君、人生は悠久といふ感がするぢやないか。かういふ人の形をした石がある。それに苔が生えてゐる。雨が降つてゐる。永劫の雨が降つてゐるのだ。鼻から、頭から永劫の雨滴《あまだれ》が落ちてゐるのだ』一つ一つ見て歩きながら、『かういふ人達も、皆な僕等と同じやうな人生の重荷《おもに》にあえいで、もだえて来たんだ。実に考へると、何とも言はれないぢやないか、君』

Tも心から同感せずには居られなかつた。Kとは議論はするけれども――別な人間だけに別な意見も持つてゐるけれども、それでもかうしたKの考《かんがへ》には、Tも深いある暗示を与へられずには居られなかつた。

『本当だ。我々も忽ち過ぎ去つて了ふのだ。かうした人間の形と同じものになつて了ふのだ。それを思ふと、つまらない利害や争闘なんかにあくせくしてゐる人間が可哀相になる……』

『実際だ……。それを思ふと、我々は心から生命の流《ながれ》を暗示される。さうなると、死は死でなく、生は生でない。かうして僕が君と一緒にこゝを歩るいてゐるといふことも徒爾《とじ》ではない。世界皆な同胞と言ふけれども、空間を絶し、時間を絶しても、我々は皆な同胞だ。同じ人間だ……』

かう言つて、Kはさもなつかしさに堪へないやうに、その雨に濡れた石地蔵の顔を撫でた。

歩きながら、『僕にはかうした深い熱情があるのだ。それをお信さんなんか、言つて聞かせたつて、ちつともわからないんだから、それが残念だ。僕に、それだけの徳がなかつたのであらうけれど、それを考へると、僕は痛根胸に徹する。』

『……………』

Tは何も言はなかつた。二人は暫し深い沈黙に落ちながら歩いた。雨は降り頻つた。大きな樹の下を通る時には、雨滴がボタ〳〵と傘《からかさ》の上に音して落ちた。

九

婆さんと囲炉裏の傍《わき》でTが話してゐるところへ、Kは例のステツキを振りながら、莞爾《にこ〳〵》して例の散歩から帰つて来た。

Kは散歩する度に、種々《いろ〳〵》な話を持つて来てはTに話した。裁縫の師匠らしい家に多勢集つてゐる若い娘、Nホテルの塀の陰にこれも恋らしく喃々《なん〳〵》と話してゐた白い服のコックと二十二三の女、車夫の寄合所の前に小流れを利用して巧に拵へてある玩弄物《おもちゃ》の小さな水車、尠《すくな》くともKには、このN町が曽てかれがゐた遠い九州のS町と同じやうに深い興味をそゝるらしかつた。

其まゝ其処に蹲踞んで、

『お婆さん………』

『あんだね？』

『S堂に、娘がゐるね』

『S堂？』婆さんは考へるやうにして、『さうだ。ゐたつけな』

『あれは何だね？』

『あんちうこともねえ。あれア、おやぢは学校の先生だんべ』

『堂守ぢやないのかね』

『堂守は別にある。あそこをあの学校の先生が借りてゐるんだ』

Kはさつき殉死の墓のある堂の中に入つて行くと、そこの奥に、日当りの好い縁側のある家《うち》があつて、其処で十九か二十位の娘が裁縫してゐた。かれは桃割に結つた髪と白い襟元とが裁縫の上に落されたまゝぢつとしてゐるのを見た。かれは二歩三歩、そこに咲いてゐる糸垂桜《しだれざくら》を眺めるやうにして入つて行くと、娘はKの足音を聞いて、ふと顔を揚げてこつちを向いた。サツと赧くした顔が、此処等では見られないほど美しかつた。

若い人達に取つては、単にそれだけの事実でも興味を惹いた。Kは散歩に行く時には、

『又、S堂にでも行つて来るかな』と言つて出かけに笑つた。婆さんは又婆さんで、『好いあねさまゐるだで、此頃はよく出かけるんだへ』など、言つて笑つた。

Kは三度目に行つた時には、娘はわざ〳〵下駄をはいて縁側から下りて、二三歩此方《こちら》へ笑《わらひ》を含んで歩いて来たといふことであつた。『これで、もう、お誂《あつら》へのロオマンスが出来る段取になつて来たぜ、君。Maupassant の『小兵卒』の一人の方の役割を君がやらなくつてはならなくなつたぜ。用心し給へ』かうKはTに言つた。

散歩には滅多に出かけずに、せつせと長い小説の稿を継いでゐるTに取つては、Kのさうした話もいくらか気になつた。それに、さう思つて見る故《せい》か、Kの散歩はそれから度数が頻繁になつたやうに思はれた。ゐた筈と思つて入つて行つたKの室《へや》にKの姿の見えないやうなことが多かつた。

『君のやうに、一度失恋した青年が、さういふ娘を見に散歩に出かけて行くのは、ちよつと面白いね。短篇になるね』かう軽くTは言つてゐるけれど、Kのことであるから、何時の間にか巧く女の歓心を得て、もう何《ど》うにかしてゐるのではないかと邪推された。Tは黒い醜い悪魔の影の自分の心を掠めて行くのを見た。

『だから駄目なんだ。だから、藝術の方はおろそかになるんだ。処女作、処女作つて、此処に来て、もう二十日以上になるけど、出来ないんだ。実際に捉へられて行つては、藝術の神は逃げて行つて了ふ』こつ〳〵苦しんでやつてゐる自分を儚みながら、痩我慢にTはかう思つた。Kの男振が娘達にすぐ好かれる方で

あることを考へて、Tは暗いさびしい心になつた。

　Tは両手を後頭部に当て、、精神の動揺に疲れ果てたやうにして仰向に寝た。

　Tは自己の周囲のすべて暗く不愉快であるのを思つた。東京に帰れば、痛くて一日も刺戟なしにゐられないやうな兄の家庭がある。母と兄との争ひ、嫂《あによめ》と母との不和、その暗い空気は他人に話すことも出来ないほど不愉快である。これをKの父母、同胞の温かい関係に比べたなら、何といふ悲惨な暗い自分の境遇であらう。Kは決してその父母同胞を悪しざまに観察したことはなかつた。『本当に好い父でね』とか、『母を怒らせるのが面白いのでよく弟と一緒にわざと怒らせて見た』とか、『弟は実に好い奴でね。それはもう実に無邪気なんだから』とか、いつも温情と平和とがその口吻に現はれてゐた。例の話上手の故もあるだらうが、決してTのやうな暗い肉親関係でないのは事実であつた。Tは自分に比べてKの順適な境遇と、またさういふ心を持ち得る比較的穏かな境遇とを羨《うらや》み且妬《かつねた》んだ。続いて文壇の大家の尊大な顔、憎むべき批評家の表裏、自分の作品の不評判、わけてもTと同じ年輩でぐんぐん先に出て行くある新進作家の評判がかれを堪らなく痛く感ぜさせた。童貞と藝術！唯それにのみかれはすがりついた。

　Kはある時Tを無理やりに散歩に誘つた。Kにしては、家にのみ閉籠つて、不健全に蒼い顔をしてゐるTをもう少し快活にさせたいと思つたのであつた。此頃ではKはTの健康を心配して、食後の討論会にも余りひどいことは言はなくなつてゐた。

　Kが床屋に行つて、鬚や頭を綺麗にさつぱりとして来るのに比べて、Tは反抗的に、わざと鬚やら髪やらを長くして、暗い顔の中から鋭い眼ばかりをきよと〳〵させてゐた。そして『作家らしい顔になつた』などと自分で鏡に映して見てゐた。

　イヤだと言ふのを無理に誘ひ出すのさへ厄介であつたのだから、TをS堂に伴れて行かうとするKの計画は、その実行が容易でなかつた。しかし何《ど》うやら彼《か》うやらしてKは漸《やうや》くTを其処まで引張つて行つた。

　S堂の中は静かで、鳥の声がチ、と聞えた。糸垂桜《しだれざくら》は今が盛りで、丸で雪の堆積か何ぞのやうに見えた。果して日当りの好い縁側に、白い襟元をした娘が低頭《うつぶ》いて裁縫をしてゐた。赤いメリンスの襟のついた夜着などが干してある。

　『見て給へ、此方《こちら》を向かせて見せるから』

　Kは口笛を吹いた。

　『よせ、よせ！　よせつたら』つゞいて吹かうとする第二の口笛をTは怖い眼色をしてとめた。

　『好《い》いぢやないか』

　『よせ！　吹くなら、僕はかへる』すた〳〵行きかけるので、Kは笑つて止して、『頑固な奴だなア』といふ顔をした。

　KはTが多少新進作家らしい顔をして、一種の矜持《プラヮト》を持つてゐるのを見ても、別に内部に反抗も動揺も感じなかつた。今はまだ書かないが、――とても貴様には処女作も出来ないといふやうな顔をTはよく見せるが、今に見ろ、びつくりさせてやるからとKは思つてゐた。『無駄な、何にもならないやうな長篇をいくら書いたつてしやうがない』かう冷かにKは思つた。『この女たらしが……』かうTはKを思ひ、Kは『この野暮天が、旋毛曲《つむじ》りが……』とTを思つた。

来てからもう一月以上の日は経つた。蕨《わらび》を山奥から採つて婆さんが売りに来たり、八汐の躑躅《つゝじ》が赤く前の山の峡《かひ》を彩つたりした。かれ等は老僧に仕込まれて、夕飯に一二杯酒があつても好《い》いと言ふので、一升づつ酒を酒屋に持つて来させて、それを長火鉢の傍に置いた。そしてKはそれを時々振つて見て、『まだ頼しいなア』などと言つて笑つた。その癖、かれ等は五勺位飲むと、スウ〳〵呼吸《いき》を高くした。顔は金時火事見舞といふやうになつた。

『これから二人が酒飲みになれば、和尚さんが先生ですぜ』などと言つて、かれ等はその話を老僧にした。『オホヽ、オホヽ』と老僧は口を小さくして笑つた。

時の顕官になつた人が、昔、微賤の時分に此寺に食客となつて一二年世話になつてゐたことがあつた。其人が後年やつて来て記念に書いて行つたといふ額が大きく長押《なげし》にかゝつてゐた。Kは、『和尚さん、僕等だつて、今に豪くなりますぜ。その時は、あんな額位ぢやない。大檀越になつて、本堂の普請位しまさ、なア、おい、T君』かう言ふと、『さうどこぢやない。無論の話だ……』老僧は盃を口に当てながら言つた。

十

罫紙の帳面に書き附けた勘定を、かれ等はをり〳〵計算した。Kの財布から出たものには三角の印がついてゐた。『ぢや、僕が二十五銭やれば好いんだね』Kは懐《ふところ》から出した財布から金を音させて其処に並べた。『安いもんだな。二円と少ししかまだかゝつてゐやしない』などとKは言つた。

Kは財布の裏表をひつくり返して弄《もてあそ》んだ。『これでも、この財布に、千や二千の金は出たり入つたりしたんだぜ』Kはその財布に、矢張お信さん時代の追憶が纏《まとわ》り着いてゐることを思はずには居られなかつた。その財布をかれは矢張お信さんと一緒に銀座で買つた。塩原にお信さんと行つた時も、北海道の深林の中で恋に憧れた時も、Kは矢張その財布から金を出した。

Kの許《もと》にも、Tの許《もと》にも、一二度為替《かはせ》が来た。Kの方はK新聞社から、Tの方はH書店から……。Kは、『おい、この中一円は君にやるんだぜ。あの詩の原稿料だぜ。三円送つて来たよ』と言つて、『やり切れんな。我々の傑作が一つ一円ぢや』

Tの方の為替は、此間《こなひだ》書いた短かい紀行文の原稿料で、一枚三十銭。『一体、今の大家はけしからん。紅葉だつて、露伴だつて、一枚一円三十銭から二円取るつて言ふぢやないか。Rなんか、あんな下らねえ、牛の涎《よだれ》のやうな通俗小説を吉原の女郎屋の二階で書いてゐるつて言ふぢやないか。さう言ふ奴に一円五十銭も出して、我々には一枚三十銭とは人を馬鹿にしてゐる。

僕にH書店では二十五銭きり支払はない。今度は四十銭以上でなけりや買はうたつて売らない』Kはかう言つて気焔を上げた。

『原稿料なんか何《ど》うでも好いさ』

かうTが言ふと、

『それがいかん。何《ど》うでも好《い》いことはない。我々のは血を吐く思ひで真剣に書くのだ。大家の一夜漬とはわけが違ふ』かうKはいきまいた。Kは何《ど》うやら彼うやら三十枚ほどの処女作を一つ書き上げた。そしてそれを一昨夜Tに読んで聞かせた。Tはある処は感心したが、ある処は感心しなかつた。それを傑作のやうに自認して得意らしい顔でゐるKがTにはわからなかつた。Kは昨日それをH書店のO氏に送つた。『貴様の原稿料が三十銭なら、俺は四十銭貰はなければいやだ』といふKの口調がTに軽い反感を起させた。『俺は、金で書いてゐるんぢやない。小説を、食ふ金に代用したくない』かう思つては、長い長い小説の筆を毎日執つた。

一日隔き位には、下の湯殿に、婆さんが風呂を沸した。『湯がわいたぜ、入らねえか』かう婆さんはだぶ〳〵した股引のまゝに入つて来て知らせた。

『おい、T君、君、先へ入れ!』

かうKがその室《へや》から怒鳴つた。

長火鉢のある室《へや》から、縁側へ出て、階梯《はしご》を下りて行つた処にその湯殿があつた。綺麗な透き徹るやうな清水は、樋で風呂の傍《わき》の四角な水溜の中に常に漲つてちよろ〳〵音を立てゝゐた。その風呂の中に、TもKもいゝ心持で浸つた。仲の好い時には二人一緒に入ることなどもあつた。風呂の中からは、前の山の翠微が見えて、紅い八汐《やしほ》の躑躅《つゝじ》がチラ〳〵した。雨の日などには、白い、灰色の雲が巴渦《ともゑうづ》のやうに巻き上つた。湯に入りながらそれを見てゐると、何とも言はれない好い気持にKもTもなつた。二三日沸さずにゐると、『婆さん、湯を立てゝ呉れないか』かうKは叫んだ。

Kは湯から出て来たあとで、きまつて髪を梳いた。櫛、ハケ、チック、小さな鏡などをKは長火鉢の抽斗の中に入れて置いた。Tにはまだ鬚がなかつたが、Kにはもう立派な奴があつて、それをKは頻りに手で引張つたりなどした。

十一

外国の文学の話になると、トルストイとツルゲネフとドストエフスキーとゾラとアルフオンス・ドオテエとがいつも出た。Kは中でもツルゲネフが好きであつた。其時分は容易に手に入れることの出来なかつた『烟《けむり》』の英釈を一冊持つてゐて、イリナの話をいつもKは持出した。何方《どちら》かと言へば、かれはツルゲネフの自然に対する形を好きであつたけれど――『猟夫日記《れふにつき》』のあるものなどは殊に好きであつたけれども、『烟』はイリナの恋がお信さんとかれとの恋に似てゐるので、殊にKは愛読した。『女つて、皆なかういふもんだよ』と言つたり、『本当にこの通りだ。“Smok, Smok”と言ふあたりは何とも、言はれない』と言つたりした。最後に、イリナがそこの男の許《もと》に行くところを評して、『これは蛇足のやうだが、さうぢやない。こゝが大きいんだ、人生だ、広い不可解な人生だ』と言つた。『アンナ、カレニナ』のレヰンの生活とブロンスキイの生活との比較論はTを感服させた。Kが郊外にゐた時分、漸く公にされた“Acia”の翻訳には、殊にKは傾倒した。

Tはロシヤ文学も好きだが、何方かと言へば、フランス文学の方だつた。Maupassant の名が文壇の二三の人達に漸く口にされた時代で、その『短篇集』をTは大学のMから借りて、喜んで傾倒した。その『短篇集』は多い短篇の中から殊に健全なものばかりを選んだやうな選集であつた。従つてTはMaupassant の本領とする深い男女の悲劇などはまだ知らなかつた。皮肉な点をも知らなかつた。矢張、ツルゲネフやドオテエのやうに単に美しい男女の間柄の短篇を書く作者だと思つてゐた。かれ等が始めて此処に来た当座、町の通りに古い洋書店――一面雑誌店を兼ねたやうな洋書店があるのを発見して、何の気なしに、ひやかし半分に其処に入つて行つたが、突然“Maupassant”の名がTの眼にかゞやいて見えた。Tはそれを引張り出した。それは“Two brothers”といふのであつた。かれは胸を轟かした。恋人に世界の果で逢つたやうな気がした。『いくら？　これは？』かうかれは番頭に訊いた。『一円五十銭』と番頭は答へた。Tにはそれを買ふ銭はなかつた。仕方がなしに、Tはそれを元のところに入れた。

“Maupassant”の字が寝ても覚めても、Tの頭を離れなかつた。何ぞと言ふと、それをかれは口にした。その本を買つて、喜んで帰つて来る夢からも覚めた。『もうーぱつーさん』かういふ風に日本綴の字になつても見えた。Kはそれほどそれに傾倒してゐないので、――寧ろさうした走りの外国作家の名に馴れてゐないので、余りTが大騒ぎするのをひやかして、『もうーぱつーさん……何だ、もうばアさんだ。もう婆さんはいやだね』などと言つた。町の方へ散歩に出かけると、Tは屹度一度はその店を覗いた。『まだある。まだある。誰も買はなければ好いがなア。金が出来るまで売れずにあれば好いがな。』かう言つて其処から出て来た。

『まだ、君の情人《いろ》はゐたかえ？』

などとKは言つた。

Kが町から帰つて来た時には、Tは一番先に訊いた。『まだあつたかえ？』

『あつた、あつた』

『売れなけりや好《い》いがな』

『大丈夫だよ。あゝいふ本を買ふ奴はないよ』

それでもTには心配になつた。『もうーぱつーさん、もう――ぱつ――さん』と口癖のやうに言つた。それは紀行文の原稿料がH書店から来た日であつた。その稿料と言つても、僅かな金であつたけれど、Tは一番先にその本を買はうと思つた。町の中央の左側にある大きな郵便局でその金を受取ると、かれは急いでその洋書店へと入つて行つた。Tは躍る心を抱いてそれを買つた。

黄い表紙のフランス形の並製の本で、まだいくらも汚れてゐなかつた。此処に来た遊覧の外国人が置いて行つたものらしく、扉のところに、イギリス人らしい名が記されてあるのをTは見た。

『買つた！ 買つた！』

かれはKの室までわざ〳〵入つて行つて、それをKの鼻先で振回した。

『とう〳〵買つたか』

Kも莞爾《にこ〳〵》してゐた。Kはそれを手に取つて見たりした。男と女の接吻してゐる挿絵があつたが、Kはぢつとそれに見入つて、『好《い》いなア。思ひ出すなア』

Tはそれを本当に恋人か何かのやうにして、その身の傍《そば》から離さなかつた。筆を執つてゐない間は、かれは必ずそれに読み耽つてゐた。机の上でも読み、長火鉢の前でも読み、庭の暖かい芝草の上でも読んだ。

Kは訊いた。

『面白いか？』

『面白い。心理を描いたところが堪らなく好《い》い』

かうは言ふものの、健全なもののみを選んだ『短篇集』に得たやうな快感をTはその作から得ることが出来なかつた。ピヱルとジヱンの苦しい煩悶などは、女や男の関係のことを知らないTには、まだわからなかつた。肉体と精神との関係、女の男に対する欺騙《きへん》、コケツトリイな女の生活、二人の男に一人の女、乃至は二人の女に一人の男、さうした境がTにはわかららう筈はなかつた。或はKにもわからなかつたかも知れなかつた。それでもTは、『面白い、傑作だ！』などとKに話した。

十二

Kの処女作は、それでも一枚二十五銭で何《ど》うやら彼うやら売れた。作が短かく、雑誌に載せるのに丁度手頃であつたからであらう。それに、G社の連中の型にはまつた作の中には、かういふのも変つてゐて面白いと、主筆は思つたのであらう。『矢張、二十五銭だ。けしからんな。言つてやらなくつちやならない』かうは言ふものの、多少売れるか何《ど》うかを懸念してゐたKの顔には、喜悦《よろこび》の色がそれとなく漲つてゐた。

Tは笑つてそれを聞いてゐた。

二三日も経つと、Tのところにも、少しばかりの為替《かはせ》が届いた。矢張少年物か何かの原稿料であつた。丁度、月末なので、かれ等はそれで彼方此方《あちこち》の払ひをした。酒屋、米屋、炭屋——払ひと言つても僅かな金であつた。二人は老僧へのお礼の話などもした。『なアに、それは帰る時にしやうぢやないか、まだ半月や一月はゐるんだから』かうKが言ふので、Tもそれに同意した。

またKの財布から銭が出たり、Tのがま口から金が出たりした。小さな一銭二銭のことまで几帳面にTが帳面につけて置いたり、それを可不《くわふ》及《きふ》なく返したり何かするのをKは面倒がつた。『好《い》いぢやないか、一銭や二銭』かうKは言つた。『でも勘定は勘定だから』かうTは言つた。

　すべてで四円八十五銭、それを両分して、一人前の一ケ月の生活費二円二十二銭五厘。——『馬鹿にかゝらんな。これぢや、帰りには金を残して帰れるぜ。出稼に来たやうなもんだ』こんなことを言つてKは笑つた。

　で、T湖からU温泉の方へ行く話が、かれ等の間に始まつた。Tは度々行つて知つてゐるけれどもKはまだ此処に来ただけで何処にも行つて見なかつた。

『倹約して行けば、いくらもかゝりやしないよ。T湖まで六厘、そこまでてくる。そこで午飯を食ふ。その午飯だつて、お駕籠《かご》で行く連中のやうに、大きな旅館にさへ入らなければ、安くすむ。又、てくる。あとは泊り賃だけだ。行かう、行かう』

　かうKは促した。

　Tも一度は行くつもりでゐるけれども、書きかけた小説に、もう少し一段落をつけたいと思つた。

十三

　ある午後であつた。二人は寺の庭に立つてゐた。

　かれ等の前には、色彩の美しい、複雑した変化に富んだ大きな自然が横《よこたは》つてゐた。山の起伏、それも平生見てゐるのであるが、それがいつもと違つて、今日は非常に高く美しく立派に仰がれた。恐らくそれは雲の為めであつたらう。又、気象の爽やかなのにつれての光線の作用であつたらう。初夏に近い空の碧《みどり》が処々に見えて、山々から渦き上る雲の形——或は煙のやうに、或は怪物のやうに、或は海中の孤島のやうに、種々な形をして、靡きわたつてゐたが、それに日の光線が燦爛とさして、何とも言はれない爽やかな気分を四辺《あたり》に漲らした。

『大きいね、自然は！』

　さもさも感に堪へないやうにかうKは絶叫した。雲は絶えず変化し、光線は絶えず動揺した。

『この「あらはれ」の一変化をすら人間はこしらへて見せることが出来なんだからね。自然から見ると、人間は情けないね。くやしくなるね』

『本当だね』

『何《ど》うだえ？　あの雲は？　あの光線は？　あ、あれがN岳の肩だな。O岳の裾も見えるぢやないか』

　ぢつとそれに見入つたKは、この奥に深く蔵された自然の美を、今は何《ど》うしてももう見ずには居られないと言ふやうに、

『何《ど》うだえ？　行かうぢやないか、明日は！——』

『さア……』

『小説の方は、帰つて来て書けば好《い》いぢやないか。行かうよ』

『行つても好《い》いね』

『行つても好《い》いなんて言はずに、行くときめ給へよ。まご〳〵

してゐると、その僅かな、僅かに倹約して行く金さへなくなつて了ふぜ……。行かう』

『行くかな、それぢや………』

『僕はきめたよ、もう。明日行くときめたよ』

Tはその気になつた。かれ等は猶ほその大きな美しい自然に対した。

十四

二人が行くと言ふので、老僧は海苔巻を自分でつくつて呉れた。そしてそれを竹の皮に包んだ。瓢箪《へうたん》――老僧が上方見物に行つた時京都の夜店で買つて来たといふ自慢の瓢箪を壁から下ろしたり、片口を持つて向ふに行つたりしてゐるので、Kが訊くと、『山行きは、何うしてもこれを持つて行かなくては……楽しみが違ふ。ヤ、本当だとも………こればかりかついで行くに、何でもありやしない。貴方方が東京から持つて来て呉れた酒がまだどつさり残つてゐるから……まア、持つて行きなさい』かう言つて、老僧は無理にかれ等に酒の入つた瓢箪を持たせて、猪口《ちよこ》を一つ紙に包んだ。

すつかり草鞋がけになつて、脚絆をつけて、瓢箪を肩にかけて、Kは玄関の入口の処に立つてTの支度の出来るのを持つてゐた。其処に老僧と婆さんとが出て来た。

『かういふ風にしてゐると、いかにも酒飲のやうだね、君』

かうKが言ふと、

『なアに、……そればかし……重くも何ともありやしない。それがあるとないとでは、楽みが違ふでな』

老僧は莞爾《にこ〳〵》した。

その瓢箪の酒は、歩く度にコトコトと軽い音を立てた。若い二人には、爽やかな楽しい気分が漲り渡つた。深夜短刀を見つめて、生か死かを思つたK、暗い深い肉体と精神との刺戟に堪へかねて、をり〳〵は自から殺さうかと思つたT、さういふ暗い気分は今は少しも二人の頭に残つてゐなかつた。かれ等は鳥や獣のやうに快活に歩いた。

老僧の持たせてよこしたその瓢箪は、一番先に、W滝の小暗いしかし爽やかな日影のさし込んだ谷の岩石の上で開かれた。Kはポツケツトの中からごそごそと紙に包んだ猪口を出して、Tに渡して『こいつは妙だな』と言つてトコトコと瓢箪から酒をついだ。しかし一二杯しか二人は飲まなかつた。滝のある谷には、八汐の躑躅《つゝぢ》や、山吹《やまぶき》や、婿菜《むこな》などが、紅く白く黄く咲き満ちてゐた。

到るところ、大きな自然のさまに撲たれたかれ等は、午近く、N茶屋から険しいF阪を登つて、Oのひろい平地へと登つて行つてゐた。白樺、山毛欅《ぶな》の幹、さういふものがまたKに北海道を思はせ、自然を思はせ、お信さんを思はせた。有名なK滝の雄壮な眺望に対した時には、Kの顔には蒼白いある深い昂奮が見られた。その頃には、滝の上流にも厳重な柵などはめぐらしてなかつた。無数に滝壺に向つて注がれた若い不可解の心などもなかつた。滝の壮観に引張られるやうにしたKは『何《ど》うだ、君、滝の落口に行つて見ないか』とTを誘つた。そしてずか〳〵と態笹の叢《くさむら》をわけて、瀑《たき》の上流の岸へと下つた。Tもその後につゞいて行つた。

『大丈夫だよ、行かれるよ』先に立つたKは、樹の枝に縋つたり、岩角につかまつたりして進んだ。やがて二人はその滝の落口のところへと行つた。谷を隔てゝ見ると、ちよつとさういふ処がありさうには思はれないけれど、行つて見ると、其処には岩と岩との間に、六畳敷位の狭い平地があつて、下に巨瀑の奔跳して瀉下して行つてゐるさまが一目に眺められた。『凄いね。飛込めば、すぐ粉韲《ふんきい》されて了ふね』かう言ひながらかれ等は眺めた。

『一思ひで好《い》いな。死ぬ時は此処に来るんだな』

かうKは言つた。瀑の持つた神祕なある威力が若いかれ等を引張り込むやうにした。

其処で二人はまた瓢簞を取出した。海苔巻を取出した。酒はトコ〳〵と瓢簞の口から猪口につがれた。幸ひにもかれ等の口には、死の問題は上らなかつた。Kはやがて連中の最初の詩集の校正刷をポツケツトから取り出した。それは昨日都会にゐる連中の一人からわざ〳〵送つて呉れたものであつた。KもTも二三杯の酒に好い心持に酔つて、其の詩集に載せてあるかれ等の若い詩を朗吟した。

帰り際に、Kは言つた。

『文学界のSは、石山寺にセキスピイアを供へたさうだが、我々も記念に、この校正刷を瀑神に献じやうぢやないか』

『よからう』詩集を瀑に投ずると共に、かれ等は『万歳』と叫んで手を挙げた。

一時間後には、樹立の間からをり〳〵湖水の明鏡の見えるやうな折れ曲つた路をかれ等は歩いてゐた。若い心には物がすべて美しく端麗に見えた。平凡な漁師の家などでも、それで唯そのまゝに見ては過せなかつた。かれ等は、先輩のO博士の書いた作中のシーンをそこにあてはめて、『ハンスルの家』といふ名をその漁師の家につけた。狂したバワリヤ王、その犠牲になつた美しい若い少女、さういふ人達を其処に置いて見なければ承知が出来なかつた。『あゝもう、漁師ハンスルの家はあんなところになつた』かうKはTに指《ゆび》さした。

頭を低れて、眼を一ところに集めて、トボ〳〵と歩く……。さういふ歩き方をする時は、屹度Kの頭にそのお信さんの傷痍が再び痛み出してゐる時であつたが、Kは次第に沈黙になつて、R滝附近に来た頃には、もう余り口を利かなかつた。かれはトボ〳〵と頭を低れて歩いた。荒涼とした野はやがてかれ等の前に展けた。

山の奥の奥にある温泉は、漸く四五日前に開けたばかりであつた。去年の秋の末に刈つた蘆で包んで、怱惶《そうくわう》として下りて行つたまゝになつてゐる旅館も、また其処此処にあつた。かれ等はNといふ旅館に行つた。

此処はまた全く冬であつた。緑の色は何処にも見えず、白樺の林は、遠くから望むと丁度白い霧に包まれてゐるやうに見えた。山の寒気は肌に染み透つた。一里の高原——その間を恋の追憶に包まれて黙つて通つて来たKは、此処に来て始めて口を開いた。

『冬だね、君』『春はまだ麓だ』

旅館の床の間の大きな花瓶には、それでももう石楠花《しやくなげ》の見事な花が挿されてあつた。その花の微紅《うすあか》い色に対して、『何とも言はれないね、矢張深山の花だね』かうKはさも感じたやうに言つた。

『まだ、此方《こちら》の湯が開いてありませんので、遠くつて御気の毒ですけれど』と言つて、宿の番頭は、どてらに着換へた二人を別館の方へ伴れて行つた。そこは夏中外国人のためにのみ使はれるところで長い暗い廊下があつたり、安楽椅子や籐椅子の置いてある室《へや》があつたりした。寂寥があたりを領したずつと奥の奥の方にある湯殿の戸を番頭は明けた。湯気は白く颺つた。

『これは好《い》い、これは好《い》い。いかにも山の温泉だ』Kはかう言つて、どてらをぬいで、寒さうにして湯の中に飛込んで行つた。

融け合つたり離れたりするかれ等の心が、此処ではまたひつたりと旨く親しみ合つてゐるのをかれ等は感じた。さういふ時には、Kに取つてTが唯一つ親友であると共に、Tに取つてもKは貴い尊敬すべき畏友であつた。二人はいろ〳〵なことを話しながら、同胞《きやうだい》のやうにして互に背中を流した。来た途中の自然の大きかつた話も絶えず繰返された。『さびしいね、原始時代に帰つたやうな気がするね。音といふ音がない。水の音より他には何の音もない』かう言つてKは耳を聳てた。

Kはまた両足を向ふに、頭を此方《こつち》の浴槽の縁に寄せて、静かに湯の中に身を浸した。『本当にかうしてゐると、何事も思はないね。世間も何もないね。文壇も何もないね』

『本当だね』かうTも合はせた。

Tに先に上つて、どてらを着て、廊下へ出て行つたが、ふと其処に外国人の泊る室《へや》の扉《ドア》の一ところ明け放してあるを見て、何の気なしに入つて行つた。卓、籐椅子、コロタイプ形の額、見ると卓の上に外国の小説の本が二三冊投《ほ》つたやうにして載せられてある。大方泊つた外国人が読み棄てゝ置いて行つたのであらう。Tはそれを手にした。かれは Anthony Hope や Zangwell や William Black などのイギリスの通俗作者の名を其処に発見した。

Kが出て来た様子なので、『おい、此処にゐるよ』かう言ふと、Kも好い心持さうな紅い頬をして入つて来た。

『や、外国人の室だな』

かう言つたが、『かういふ処に泊るんだな、奴等……』あたりを見廻して、『何だえ、その本は？　奴等が置いて行つた小説かえ？』

『こんなものばかり読んでゐるんだよ、先生方。矢張、何処にも通俗な読者が多いと見えるね』

Kは本を翻して、『何だえ、これは、探偵小説かえ？』

『Anthoney Hope なんかまア好い方なんだけれど、イギリスの近代文学は駄目だよ。とても大陸のやうな大きな深い思潮には触れてゐないからね』

こんなことを言つてゐたが、Kは、『それにしても、奴等こんな山の中まで来るんだね。そして此処で故郷や妻子を思つたり何かするんだね。僕等がスイスの山中にでも行つたやうな格だね』急に『おい、T君、一度は行かうぢやないかね』

『行きたいね』

『行つて、ドオデエ、ゾラ、トルスイトなんて言ふ人に逢ふんだね。あ、ドオデエは死んだか。僕はツルゲネフが生きてると、何んな算段をしても行くがな』

『兎に角行きたいね』

『そしてイリナや、マリヤンナのやうな少女《をとめ》に逢ふんだね。ドイツあたりでは、経済上結婚が容易でないので、日本人が行くと、ぢき惚れるさうだ。留学生で行つた人なんか、ドイツ少女《をとめ》とエンゲイジして此方《こつち》で困つてゐるつて言ふぢやないか』

かれ等は誰もゐない Ruined された室《へや》から室《へや》へと入つて行つた。ある室には大きな鏡が置いてあつて、それにKの紅顔とTの髭の深い四角な顔とが映つた。ある室《へや》には外国人の姓名《なまへ》をつけた宿帳見たいなものが置いてあつた。Tはひつくり返して見て、『矢張、アメリカ人とイギリス人が多いな。それからドイツ人、ロシア人やフランス人は一人だつて来てやしない』かうさびしさうに言つた。

外は霧が深かつた。いつの間にかう深く霧が立罩《たちこ》めたかと思はれた。『かういふ景色は何《ど》うしてもロシアだね』こんなことを語り合ひながら、かれ等は自分達の二階の一間へと帰つて来た。

少しばかり飲んだ酒のあとで、二人はまた議論した。一時はかなりに大きな声を立てたらしかつた
『まア議論は中止だ、僕はもう一度湯に入つて来る』かう言つてKは出て行つた。あとでTはさびしい心で床の中にもぐり込んだ。

隣の間で若い女の物を読むやうな気勢がした。然しTは疲れてゐた。ぐつすり寝込んで了つた。

翌朝、起きてからTは言つた。『君は知るまいが、隣に』と腭で指して、『Shöne がゐるぜ、昨夜、遅くまで小説を読んでゐたぜ。紅葉、露伴の話なんかしてゐたぜ。考へると、きまりがわるいや、昨夜の議論をすつかり聞かれちやつた。』

『伴《つ》れは？』

『ふむ………』

『安心し給へ、母親らしいから。母親の湯治について来てるらしいよ。何でも二十一二位の女の声だ』

『紅葉のものだと思ふんだ。何でも、遅くまで読んでゐたよ』

Tはそれから隣の間に注意したが、遂にその姿を見ることが

出来なかつた。その朝も矢張霧が少しかゝつて、あたりは寂《せき》としてゐた。U湖は錆びた寒い碧の色を湛えてゐた。

『お名残に、もう一度』かう言つて手拭を持つて出かけて行つたKは、帰つて来るとすぐ、『君、ゐたぜ、入つてゐたぜ、隣のShöneが……。すつかり見ちやつた』かう言つて、かれの後に母親と一緒に小さくなつて入つてゐた肌の白い娘の話をKはした。Kはその母親と朝夕の話をした。

（「文章世界」大正6年1月号）

或る年の初夏に

里見弴

一

朝から貸家探し旁々《かたぐ〳〵》、生垣の多い、いかにも城下の屋敷町といふ感じの静かな街や、溜り水のやうな掘割に沿つて、その後《うしろ》は直《す》ぐもう水田《みづた》になつてゐる街はづれの方まで、普通の旅客が俥夫の案内で俥の上から見て廻るやうな所はあと廻しにして、この古めかしい松江の市《まち》でほんとに趣《おもむき》のある部分を見歩いた。可なり労《つか》れて了つてから、昼飯の時刻を余程過ごした時分に、私たちはまた賑かな街の方へ帰つて来た。小泉八雲の気に入つた景色の好い市とより外《ほか》には、格別のアトラクションがあつたわけでもなく、私たちはいつもの気まぐれと気軽さとで、若し気に入つたら三月《つき》や四月《つき》ゐるつもりで、昨日着いて来たばかりだつた。停車場を出て、陽炎のユラ〳〵する駅前の広い砂利場に立つた時にはいかにも新開地のやうなザラついた不快な印象を受けてウンザリして了つたが、名高い松江大橋を渡つて、左に渺々たる宍道湖を、右に船舶や橋や河岸《かし》の家々を映した大川を眺めた時から、これなら暫く住めさうだと思ふやうになつた。大橋のそばの、湖に臨むだ宿屋に落ついてみると、益々よくなつて来た。それで、連《つれ》の佐竹は貸家を借ることにした。私は素人下宿でも見つけやうと思つてゐた。

それは、綺麗に晴れた日だつた。袷《あはせ》に袷羽織《あはせはおり》では汗ばむほどの陽気を、早く食事にありつかうとして、セツセと歩いて行くと、木造の、丈《せい》の高い家があつた。それが西洋料理屋だつたので、私たちはすぐそこへ這入つた。二階へ上つた。何となく田舎臭くて面白くないので、三階に上つた。椅子テーブルなど一層ヤワなものになつたが、もう階下《した》へ下りる気力もないのでそこへ腰を下ろした。どこにも一人も客はなくてシンカンとしてゐた。私たちは、もうお喋りにも労れて、黙り込んでゐた。

急に窓の外でゴワ〳〵音がした。見ると鯉幟が直ぐ窓の外で、泥絵の具のケバ〳〵しい色を動かしてゐた。引き上げられてゐる鯉幟をツイ鼻の先に見るのは変つた心持をさせた。こゝの鯉は口から二尺ほど滝の水の切れつぱじ《きいゝ》をくつ附けてゐた。私は椅子を窓ぎわに寄せて眺めた。五月の空は地平線に近く薄霞んで、晴れ亘《わた》りながらもまだ暗かつた。ギイ、カラ〳〵カラ。鯉幟の矢車が乾いた音を立て、廻ると、鯉の体が懶げに柱からはなれて、直ぐまたダラリと垂れて了つた。日向を歩いて来た身には、この微風もよかつた。直ぐ下の往来に沿つた掘割の真ん中に汚ない小舟を竿で止めて、老人が釣をしてゐた。もう少し向ふ岸近くに繋いだら、日蔭でよさゝうなものに、カン〳〵日の当る所で、編笠を被つてやつてゐた。鶴の羽根を織り込んだ羽織だか被布だかを着て、まるで日向ぼつこをしてゐる人のやうに、背《せなか》を丸めてヂツと水面を見詰めてゐる。白い顎髯《あごひげ》が編笠の下に少しばかり見えてゐる具合も面白く思はれた。東京では士族と云ふ階級で人を見分けることは仲々困難になつて来たが、かう云ふ土地でかう云ふ老人を見ると、どうしてもその言葉でなければならない。水は青くおどんで、流れてゐるとも見えなかつた。——随分待たせる。階下《した》も静まり返つてゐた。料理、特に西洋料理などを拵えてゐるやうな匂ひもしない。

直ぐ前の二階の屋根に鳥が二羽下りた。窓枠に頬杖をついて、ヂツと動かずにゐるので、人とも気づかないのか、恐れげもなくキイ〳〵鳴いてゐた。名を知らない、鵯《ひよどり》に似た鳥だ。一羽の方は何か穢いものを銜へてゐた。それを奪はうとしてゐる他の一羽は、雌かさもなければ子鳥だらうと思はれた。さうはさせまいとして、あつちこつちへ跳んで逃げる容子に、いづれはお前にもやるんだが、と云ふ肚で戯れに意地悪をしてゐるやうな点《ところ》が見えた。家畜の感情はわりに観る機会があるが、かう云ふ名も知らない鳥の私生活を観察するのは、人間ばなれのした心持で面白かつた。イヤに丈が高いと思つたら三階だつたのだが、そのおかげで退屈しずに、惘然《ぼんやり》と種々《いろ〳〵》なものを眺めてゐると、やつと料理が運ばれて来た。

私たちは椅子をテーブルの傍へ寄せて、黙つて食ひ始めた。

都ならば一品料理屋のそれのやうなまづい料理ではあつたが、ヒドく空腹だつたので貪つて食つた。だん〳〵腹が張つて来た。静まり返つた昼に、上草履をバタ〳〵鳴らしながら、二枚の皿を両手に持つて、一度々々長い階段を上り下りしてゐる給仕女の顔をも、気をつけてみるやうな気力が出て来た。皿を取り換へる時に側に近よつて来る十七八の堅肥りらしい丸顔には、水蜜桃の皮のやうに、生毛《うぶげ》がいつぱい生えてゐた。陽が天心に在つて、部屋のなかの光線はすべて幾度かの屈曲に柔げられてゐたから、生毛でホヤ〳〵と暈された頰が大層美しく見えた。

「もうフランネルだね、早いね」

私は初めて給仕女にかう話しかけてみた。女は無愛想な返事をして下りて行つた。テーブルの両脚に渡した桟を踏ン張りにして、私は力一杯後に反り返つたが、ギユッと鳴つて桟が撓つたので、慌て、椅子の前足を床に下ろして、ウームと唸つた。

「食つた〳〵。ガチヤン、かね」

佐竹がかう云つたのは、私たちの間では屢々繰り返された言葉だつた。出所は紅葉山人の何かで、洋食を食つて満腹した男が、フオークとナイフとをガチヤンと皿の上へ投げ出して、さう呟くことが書いてあつたのだ。

微笑しながら、もう一度、ウーンと私は唸つた。「あの女、大変な生毛だね」

佐竹は、煙草の煙を咽へ吸ひ込まずにモク〳〵と吐き出して、黙つてゐた。それから私が、

「衣食足りて礼節も知るが……」と云ひかけた時に、「解つた〳〵」と煙のなかで佐竹は微笑してゐた。

私たちは永い友達だつた。或る時代自分の好きな女のことを話すのに、いつも少しも溺れてゐない覚めた心持を失ふまいとした。惚気《のろけ》と云ふものは、左の手を後に支《つ》いて上体を靠《もた》せかけ、膝の上へ置いた右の手で扇子をパチつかせながら、オツホンと云ふ咳払ひをして、変な調子の声を出す、落語や芝居に出て来る「通人」と呼ばれる人間の専用物のやうにきめてゐた。けれどもまた、咽元まで突つかけて来るのを、グツと嚥み込まなければならない場合もあつた。尤もその頃は、好きな女と云ふのが総て遊里の者で、可なり惚れてゐても、一寸《ちよつと》嫌気がさせば、直ぐに放蕩の或る一つの挿話にして了ふことが出来た。このことは、強味でもあり、弱味でもあつた。その強味ばかりを利用してゐた間は、惚気《のろけ》にならないやうに充分吟味をしながらも、よく自分の女の話をした。それが段々、さう云ふ話は親しい友達にもしないやうになつて来た。性慾生活を人の前を恥ぢず、時には誇示するやうな趣味が、皮肉でも痛快でもなくて、却つて下等でイヤになつて来た。腹が張つてから女の生毛に注意を惹かれ出したと云ふやうな穿《うが》ちも、云はないでゐる方が好かつた。私は一寸《ちよつと》自己嫌悪を感じた。

——自己嫌悪は永い間私を殆ど一日も安かにして置かなかつた。それは私を導きもした、メチヤ〳〵に鞭打ちもした、また私を絶望的な自棄《すてばち》にも突き落した。私には、どうしてもそれが

私の一面であるやうな気がしないで、どこからか喰付いて来た道づれのやうに思はれ出した。自分は重々《ぢゆう〳〵》悪いには違ひないが、何もお前にさう頭ごなしにやつつけられる覚えはない。と云ひたいやうな心持がどこからかだん〳〵頭を擡げて来た。然しそんなことを一寸《ちよつと》でも考へれば、道づれは直ぐと、「この安逸好きのグウタラ奴。俺に叛く気なら叛いてみろ。破滅が来てお前を骨ぬきにするだけの話だ」と怒鳴る。その声音が「良心」の声にそつくりなので、その当座はグウの音も出ないでゐた。けれども負惜しみの強い私は、誰にでも、どんなに尊敬してゐる人にでも、叱られることは大嫌だつた。「自己」にすら叱られたくなかつた。その上、真面目といふことは、私にとつて、眉間に八の字を寄せてゐる顔と切つても切れない縁を有つてゐた。悲壮、暗憺、苦悩、後悔、痛烈、かう云ふものゝ裡でなければ、決してそれは得られなかつた。自己嫌悪にイヤと云ふほど打ちのめされた時でなければ、容易に真面目にはなれないことに、殆ど掟《おきて》されてゐた。厳粛と云ふ文字には見るからギコチなく角ばつてゐて、苦しさうで、辛さうで、息がつまりさうなのだ。いつとはなく私には、明るく、広々と、快濶な、大声に笑ふやうな、やたらに叱りつけられてばかりゐないやうな所へ出て行きたい欲望が、革命党のやうに、密々に勢力を養つてはゐたが、それが、自らを謀叛人と云ふ悪名で呼びなしてゐなければならない時期が、また随分永かつた。東京を去つて、大阪を去つて、この松江へ来た時分には、私はもう自分自身にクサ〳〵して了つて、何でも構はないから、力一杯手足を延ばして、フン反り返つて、ジヤ〳〵ばつてやりたくなつてゐた。

同時に私は自分の神経衰弱を認めないわけには行かなかつた。やがて、その丈《せい》の高い家から、日向へ出て行くと、私は眉間に皺をよせて、目を細めなければ歩けなかつた。並んで歩いて行く佐竹がイヤでたまらなくなつて、何《な》んだつて一緒に来たんだらうと思つた。第一こんな松江みたいな所に、一月も二月もゐられるもんか、とも思つた。

「だが、我慢して神経衰弱を直して了はう」

最後にかう思ふと、私はいくらか元気づいた。こゝへ来たことも予《あらかじ》め定められた運命で、そしてそれはきつと総ていゝ結果になつて行くのだ。ふとさういふ心持になつた。

二

佐竹は、肱かけ窓から直ぐ湖を望むことが出来るやうな、二間ほどの、小綺麗な貸家を見つけた。簡単ながら世帯道具を買ふやら、荷物を解いて、それ〴〵の品を、それ〴〵の戸棚に蔵うやら、相応に用が多かつたが、さう云ふことにヒドく不性な彼は、私を捉まへて離さなかつた。私はまたブツ〳〵不平を云ひながらも、実はさう云ふ仕事にも興味を有《も》つ方だから、一人で片づけものをした。

「梟鼠《けうそ》に限るよ、さう云ふことは」肘かけ窓に腰かけて、彼はかう云つて私の働くのを眺めてゐた。旧く使つた梟鼠と云ふ号で、いつも友達は私を呼んでゐた。

「そんなこと云やア片づけてやらないばかりだ」

「ごめん／＼。やつてくれよ。――それとも一年やらうか」

荷物のなかゝら出て来た花札を見ると、佐竹はかう云つた。私たちは取り散らしたまゝの部屋で、直ぐもう遊びに心を奪はれて了つた。

翌日になると、窓のそとの桟橋に肥船がつくからたまらないと云つて、また佐竹は貸家探しを始めた。

私は五十婆さんと小さな娘の子とでやつてゐる素人下宿の二階へ移つた。四畳半と二畳で、四畳半の方にはそれでも半間《はんげん》の床があつて、茄子を三つ描いた下手な懸物がかゝつてゐた。二三日は佐竹の貸家探しにつき合つて、日向の往来を、目を細めて、イヤ／＼随いて歩いた。それでも、白ペンキ塗りの、どう見ても明治初年の西洋館と云ふ感じの建物の前などへ通りかゝると、私は急に元気づくほど面白がつた。

二度目の佐竹のうちは、旧千鳥城の外濠を庭先の池のやうに眺められる、もう街はづれめいた所だつた。向ふ岸には欝蒼とした大木が茂つてゐて、いつもコローの絵にあるやうな涼しげに蔭が静かな水の上にあつた。藺《ゐ》か何かゞスー／＼立つてゐる間を、よくモグリと云ふ水鳥が、見えたり見えなくなつたりしてゐた。――これで私たちの居どころは出来た。

私の四畳半の部屋では、東向の一間半の窓に、硝子障子ばかりで雨戸がなかつたから、人並はづれて朝寝坊な私が目を覚ますと、顔の上まで陽がさして、部屋のなかは温室のやうにムン／＼してゐた。これには閉口した。いくら西側の隅に床を敷いてみたところで、四畳半では、朝日は矢ツ張り顔まで這ひ寄つて来た。鼻の囲《まはり》から上唇をテカ／＼脂光にして、不快げなシカメ面をして、私が揚子歯磨を持つて井戸ばたへ下りて行くのは、大抵もう十一時だつた。水漉の四斗樽へ二三杯汲み込むで置いて、私はゆつくり揚子を使つた。石で畳んだ流しの隙間から、よく綺麗な蜥蜴《とかげ》が匐《は》ひ出して来た。私は何も被らない頭だけ木影に入れて、ヂツとそれの動作を眺めてゐたりした。

朝昼兼代《けんたい》のまづい食事を仕舞ふと、古道具屋で一円で買つて来た小さな机に向つて英語の本を読むか、日本語の本なら、大抵横になつて読んだ。一時頃になると、必ず佐竹が誘ひに来て、門口《かどぐち》から二階へ声をかけた。

「オイ、梟鼠、出かけやうか」

「まア、上らないか」

私たちの間に共通な友達から手紙でも来てゐれば見せたりして、その間に私はタオルや猿股など水浴の支度をして、一緒に出かけて行つた。大橋のそばに貸ボート屋があつた。私が設計して、ミシン屋に縫はせた三角帆や、帆柱が、そこに預けてあつた。私たちは借りつけの二挺ボートで湖へ漕ぎ出した。水浴に寒む過ぎる日は、帆走《ほはし》つて遊んだり、嫁ケ島と云ふ小さな島へ上つて、無人の境を楽しむだりした。然しこの地方の陽気では、五月の中旬《なかば》過ぎには、もう毎日のやうに水浴することが出来た。私たちの皮膚は見る間に黒く焼けて行つた。それほど急にはいかなかつたが、私たちの体力も次第に回復された。初めはボートの力漕も永くは続かなかつた。或る時浅瀬に引き上げて置いた船の舳に両手をかけて押し出しながら、飛び乗らうとして、佐竹はどうしたはづみか、デングリ返しを打つて船のなかへ転げ込むで来た。また或る時私は、丁度船のなかで立ち上つてゐた時に、どうかしてグラリと揺れたので、着物のまゝ水のなかへザンブと落ち込むで、懐中のものゝなかの帳面の紙まで、ズク濡れにして了つた。かう云ふ時に私たちの笑ひは容易に止まらなかつた。運動ごとにかけては、学校にゐた頃の私たちは、一寸《ちよつと》ぐらゐ得意だつた。今だにその気でゐるのに、いつの間にかカラキシ体が利かなくなつて、他愛なく不態《ぶざま》な失策をするのが、我ながら可笑《をか》しくてならなかつた。それが、少しづゝでも体力が盛り返して来るのが感じられて嬉しかつた。

　遊び労れて、夕方湖から帰つて来ると、晩食は、私の下宿か佐竹のうちか、大抵一緒に食べた。夜も散歩か将棊か花かで一緒に送つた。私の部屋で花を引く時に、よく佐竹が力いつぱいめくりを叩きつけやうとして、手を振り上げる拍子に、札を後へ飛ばして了つた。探してもそこらにない。私たちは笑ひながら、裸蠟燭をつけて、庭へ探しに出た。かうして幾度か彼は二階の窓から庭へ札を打つた。佐竹のうちの方で夜を更すと、私には帰り道が仲々難儀だつた。片側が監獄の二丈もある煉瓦塀で、片側は池になつてゐる人通りのない道を三町ほど行かなければならなかつた。何よりも私は脱獄人が恐かつた。このどつちにも避けやうのない道で、若しもさう云ふ者に出会つたら最後、命がないと思つた。それから、古池も余りいゝ気持のものではなかつた。プク〳〵、プク〳〵と、よく泡沫《あぶく》の浮き上る音が、静り返つた夜更に聞えてゐた。駈け出すと尚恐くなるので、努めてゆつくり歩かうとしながら、私の足はひとりでに早くなつてゐた。

　帰つて来ると、大抵毎晩のやうに、もう一つイヤなことがあつた。机の上へよせて電燈を引つ張つてある方の障子の腰硝子に、守宮《やもり》が灰白な腹を見せて外側から吸ひついてゐた。佐竹の方はさうでもなかつたが、どう云ふ加減か、私の部屋には不思議にかう云ふイヤな虫が多かつた。障子の外側にゐる時にはまだ〳〵よかつた。障子を明け放して出た時などには、悪くすると机の上にもゐた。昼間でも壁をチヨロ〳〵と匐《は》ひ下りて来たりした。守宮《やもり》は虫のなかでも一番私の嫌ひなヤツだつた。あの色や、指の具合などが、何んとも云へず気味が悪かつた。その上、守宮が嚙みついたら雷様《かみなりさま》の鳴るまで放さないとか、守宮に指さしをすると、指が腐るとか、守宮を一匹殺すと、あとから〳〵何匹でも出るやうになるとか云ふイヤな話を聞いてゐた。それ等のことを信じるわけでもないが、とても手出しをする気は出なかつた。見つける度に顫え上つて了つて、階下《した》から箒を借りて来て、遠くから追ひ逃すことにしてゐた。

「松江もいゝが、かう守宮が多くつちやアとても俺はやり切れない、寿命が縮まつちまうから、帰るよ」佐竹にかう云つたのは、万更《まんざら》の冗談でもなかつた。

「ドン〳〵殺してやれよ」

「イヤア、ごめんだ」

「何んだ、たかゞ虫けらぢやアないか」

「それぢやア君殺しに来てくれよ、俺はごめんだ」こんなことを云ひ合つたこともあつた。

或る時昼寝をしてゐると、爪のやうな質の少し重みのあるものが、バサツと枕頭に落ちた音がして、ヒヨイと目をあいて見ると、ツイ鼻の先に五寸ほどある蜈蚣《むかで》が、東京あたりのそれに見る、毛のやうなのではない、太く逞しげな沢山な足をガサゴソと動かしてゐた。私は悲鳴を上げて跳起きるなり、出窓の閾《しきゐ》の上へ飛び上つて、そこから、黄色い畳の上で、方行《ほうかう》を定めやうとして、立ち止つて触角を動かしてゐる褐色の虫を見詰めた。憎悪の念がムラ〳〵と起つて来て、殺さずには措かないぞ、と思つた。私は爪先歩きでそツと机の所まで行つて、筆立から重い鉄の文鎮を取ると、また閾の上の陣地に乗つた。しつかり狙ひを定めて置いて力まかせにそれを投げつけた。文鎮の角が畳をグザと破つて、二三尺向うへ跳飛んだ。――そのあとには、憎むべき蜈蚣がまん中あたりで千切れるほどヒシヤゲて、数多い足で徒らに畳をかり〳〵掻いてゐた。文鎮を拾つて来て、もう一度私は叩き付けた。もう一箇所がグチヤ〳〵につぶれた。私の心には兇暴な愉悦があつた。

翌日佐竹が来た時に、私は畳の破れ目を示しながら、蜈蚣退治の一条《でう》を仕草まじりに、詳しく話して聞かせた。それからと云ふものは、味を占めて、急に強くなつて了つた。壁にゐる守宮まで、雑誌を投げつけて落して置いて、例の陣地から例の文鎮鉄砲で狙撃した。大抵百発百中だつた。仕舞には、閾のやうな所にゐるヤツは、遠から投げないでも、忍び寄つて、一撃のもとに打ち殺した。殺しても殺しても出て来た。イヤな話も聞いてゐるので、これには内々《ない〳〵》少なからず神経を悩ましてゐた。ちつとは蚊も出て来たが、東京から蚊帳を送らせて、台ランプになつた電燈を持ち込んで、夜は成可《なるべ》く蚊帳のなかにゐるやうにした。或る朝蚊帳をはづさうとすると、白い西洋蚊帳の上に、大ぶりなヤツが一匹ヂツと吸ひついてゐるのが鮮かに目に這入つた。こいつを生かして置いては大変だと思ふと、全身寒くなつてゐた私だが、一方ならぬ勇気を絞り出して、たうとうそれも退治て了つた。

快晴の日が続いた。夜晩く少しばかり読書するか手紙でも書く時よりほかは、一切机とは縁を切つて、よく遊んだ。五本、十本、二十本と力漕の続く数もだん〴〵殖えて来た。佐竹は胸の三角筋と上膊の二頭筋との発達を、殆ど日に一度づゝ検査して、どうだ肥つたらう〳〵と、私の肯定を強要した。

三

昼間の遊びには困らなかつたが、夜になつては、散歩すると云つても賑かな町は少しばかりだし、席亭《よせ》らしいものもないので行き所に尽きて了つた。小使の制限もあつたが、色街《いろまち》の遊びには余り興味がなくなつてゐた。私の下宿などは或る色街の真ン中にあつて、出這入《ではい》りには必ず藝者家の間を通るのだつたが、一度も遊びに出かけなかつた。下宿の婆さんが、うちにも来るのだから呼んだらどうだと一二度勧めたが、守宮の巣のやうな四畳半へ藝者に押かけられても困るから断つてゐた。どうかすると階下《した》の下宿人の所では安来節などでジキンジヤカやつてゐた。尤も性慾を整理するだけの目的で遊女屋へ出かけることはあつたが、それも烈しい運動をするやうになつてからは、さう屡々でなくても済んだ。私たちはさう云ふ所へ出かける時には、一度誘つて応じなければ、執拗《しつツこく》は云はないことにしてゐた。夜佐竹が出かけて来ない時にはそれと思つて大抵間違ひなかつたし、佐竹が来て私が留守なら、これも間違ひなかつた。

　或る時小供芝居がかゝつた。大分離れた所だつたが、早速私たちは出かけた。吉野山の道行で忠信《たゞのぶ》になつた十一二と思はれるが、柄から云つたらもつと少さい程の子が、すツかり私たちの気に入つて了つた。顔も可愛かつたが、小さいなりにテキパキときまる形も鮮かで、それに嗄れたやうな声がよかつた。他はみんな娘役者だつたが、この鶴松と云ふのだけは、声から考へても体つきから云つても、どうしても男の子だらうと思はれた。二番目の何かの狂言では侍《さむらひ》になつて、「イヤナニ、鈴木氏《うじ》」など、やつてゐた。夜が更けてから私たちは、鶴松のことばかり話し続けながら帰つて来た。田舎のことで毎晩外題が変る。私たちはその翌晩も出かけたが、その時にはもう「われ〳〵の鶴松」と云ふ心持だつた。いゝ役がつかないので奮慨《ふんがい》した。贔《ひゐ》屓《き》役者が出来ると同時に嫌《きらひ》な役者も出来たが、それが訥子《とつし》のやうな変な腰の据え方をして、光秀などで幅を利かすので業を煮やした。それでも、「もとより二代将軍の主君でなく」など、地口以上の名文句で私たちを笑はせてくれた。佐竹はたうとう女の出方をつかまえて、二番目で鶴松が何を勤めるか尋ねずにはゐられなくなつた。出方は楽屋へ訊きに行つて、今夜は鶴松はもう出ないと云ふ返事を持つて来た。私たちは落胆して直ぐ小屋を出た。三日目は雨に風さえ添ふてゐたが、私たちは遠い所から出かけて行つた。すると小屋が締つてゐた。裏へ廻つて訊くと、こんな晩には客が来ないから休むのだと云ふことだつた。私たちは恋人に会えないで帰るやうな心持がした。四日目に木戸を這入ると、「今夜は鶴松さんが助六をやりますよ」と云ふ意味のことを、女の出方が方言で云つて、ニヤ〳〵笑つた。「どうだい、冷かされるにや驚いたね」桝のなかで、私たちは嬉しいやうな、少し得意な心持にまでされた。助六は黒手組のでもなく、変なものだつたが、鶴松が活躍するので面白かつた。男の子だらうか女の子だらうかと云ふのがまた問題になつた。女役者ばかりのなかにたつた一人男が混つてゐるのも可笑《をか》しいし、段々見てゐると男らしくない所もあつた。また出方に訊いてみると、何を白《しら》ツ惚《とぼ》けてゐるのだ、と云ふ顔つきで、ご冗談でせう、とばかりでサッサと行つて了つた。

「へえ、さうかなア、女の子かなア」

　私たちは当がはづれたやうな気がした。どこかの料理屋で鶴松を呼ばうと云ふ相談が殆どきまりかけてゐた。そこで私たちは男でも女でもない「子供」と一緒になつて食つたり遊んだりする面白さを思ひ描いてゐた。女の子だとすると、そこに何んだか面白くないものが這入つて来る。――その年頃の女の子らしく、悪くこまツしやくれてゐたりして、モジ〳〵遠慮ばかりしてゐるかと思ふと、急に図々しくなつたりしさうにも想像される。その上、卑げな慾ばり婆さんでも随いて来て、見えすいた追従を云つたり、私たちをこの少女に対して或る野心でも抱いてゐるものゝやうに独りぎめして、こゝまでおいでと云ふ風なまねでもされたらやり切れない。そんな心持で、私の鶴松に対する愛情は妙に白け返つて了つた。と同時に、その同じ理由から、全く別な、或る新たな興味がどこからともなく匐い出して来た。これは、友達と共有にすることの出来ない興味だつた。その時の私としては、然し、ゴルキイの「二十六人に一人娘」のやうに、佐竹と一緒で、その「子供」に夢中になつてゐたかつた。――その翌晩も通つた。料理屋で鶴松を呼ばうと云ふ相談は、いつの間にか立ち消えになつて了つた。幕間に、見物の子供たちが平気でドヤ〳〵舞台の方へ這入つて行くあとから、私も便所の帰りに、恐々《こわ〴〵》ついて這入つた。私自身がその子供の無邪気さを有《も》つてゐた時分、東京の或る小屋でそれをやつた時に、甚しく苦み走つた大道具の親方にドヤされて縮み上つた覚えがあるので、今だにさう云ふ所に這入るのは恐ろしくもあり、その上もう年格構《としかくこう》から云つても似合はしい行ひではなかつた。然し這入つてみると、田舎のことで、大道具なども人の好ささうな爺さんだつた。私は書割が重ねて立てかけてある薄暗い隅などから、小さな役者たちがキヤツ〳〵云つて戯れ遊んでゐる様を眺めた。中でも鶴松は悪戯らしかつた。女郎屋の舞台に持ち出してある食台の、作りものゝ鯛の尻尾を摑んで振り廻したりしてゐて、幕が半分ほども明きかゝつた時分にバタ〳〵逃げ込むで来たりした。揚幕へ這入つてから奈落へぬけないで、桟敷の後《うしろ》の廊下を、婆さんに背負《おぶ》さつて、何かねだりごとをしながら楽屋へ帰つて行くのも見た。

「イヤナニ、ザヾキ氏」などゝ、昼間ボートの上でも、私は鶴松の声色を使つて悦に入つてゐた。

　程なくこの旅役者たちは、市を去つて了つた。私は二三度鶴松の夢をみた。その後も、活動写真や、レート印の化粧品を何んでも一品買つて行けば唯で見せると云ふ、藝者の踊の会や、円々斎天《まる〴〵さいてん》なんとかの奇術がかゝつたけれど、どれも二日と行つて見る気はしなかつた。夜は怠屈で淋しいことがあつた。そんな時私は、大阪に残して来た愛人に長い手紙を書いた。私は彼女と必ず夫婦にならうとまでは思つてゐなかつたが、自分たちの恋を楽しまうとするだけの心でもなかつた。彼女と別れる時が来ても、その時の彼女は、私と遇はない以前の彼女よりも、数倍立派な正しい人間にしてやりたいと思つてゐた。この希望は、それまでの経過から考へて、決してムヅかしいことではなささうだつた。然し、彼女の藝者と云ふ境涯で「正しい」と云ふことがどれ程彼女を幸福になし得るかを考へる時に、私は目の前が暗くなるやうな気がした。「幸福」と云ふ点からばかり考へてゐると、「正しい」など、云ふことは、殆ど問題のなかへ這入つて来なかつた。でも、兎に角、正しくなければならないと思つた。それには、第一に自分が正しくなければ、と思つた。

それまでに私は、一生忘れられまいと思つた女を、何人か忘れて来た。私が大阪をたつ時には、永い間松江に滞まつてゐるうちには、この女もそれ等の一人になるかと云ふ莫然とした予感があつた。然し私は遠く離れて、彼女の手紙を受け取る度に、私が手紙が書く度に、彼女を愛する心がいつとなく段々深くなつて行くのを感じた。それでも、自分を彼女の「良人《をつと》」として考へると、何《な》んだか不満があつた。娘にはほしかつたが、妻としては、もう少し立派な女が現はれて来さうな気がしてゐた。こゝに用ゐられる「立派」と云ふ言葉の内容は、自分でも不明瞭だつたが、まづ総ての点でもうちつと進むでゐると云ふほどの心持だつた。そして私の彼女に対する愛情は、始終彼女を導き進めつゝあつたが、たゞ私たちの間の距離《へだたり》が、もどかしくてならないほど遠いものだつた。

下宿は昔家老職の屋敷の庭にあたるところに建つてゐたので、小さく埋め狭められてはゐたが、古い池が残つてゐた。夜、蛙《かはづ》の鳴き声に耳を弄らせながら、よく私は愛人のことを思つた。口の中が百畳敷もある巨人が、ギワ〳〵ギワ〳〵と酸漿《ほうづき》を鳴らしてゐるやうな、気味が悪くなつて来るほどの蛙の音と、愛人を思ふ心とが、丈夫な糸で縫ひ合はされて、蛙の音を聞けば愛人を思ひ、愛人を思へば、耳の底で蛙《かはづ》が鳴き出すまでに、私は同じ思ひの夜々を送つた。

四

私たちは、美保関《みほのせき》や、加賀浦《かがうら》や、玉造《たまづくり》の温泉などに小旅行をした。小泉八雲の綺麗な温和な心に映り、驚嘆すべく立派な紀行文となつて現はれてゐるこれ等の土地は、私たちにも忘れられない美しい印象を残した。八雲が「インキのやうに黒い」と形容したこの辺《へん》の海の水に、私たちは元気の回復した体を、ザブン〳〵と投げ込むで遊んだりした。もう全く真夏のやうな陽光《ひかり》がキラ〳〵と水の面《おもて》に躍つた。或る離れ小島では、自分たちで水底に潜つてとつて来た蠑螺《さゞえ》を、岩に叩きつけて殻を去り、海の水で洗つて直ぐ口へ入れた。その時には大阪から来た友達も一緒だつたが、その画家は、裸のまゝ私たちに別れを告げて、別な小船に乗つて、この小島を離れて行つた。松籟《しようらい》と波の音とで私たちの耳のなかはノベツに鳴つてゐて、脳《あたま》のなかまで程よく惘然《ぼんやり》させてくれる幕がかゝつてゐた。

玉造に行く時には、私たちの小さなボートに帆を上げて湖の上を行つた。翌日は逆風《さかて》で、力漕を続けて帰つて来た。私たちはまた、手拭を袋に縫つたのを前にぶら下げて、湖の底に這入り、蜆《しゞみ》を掬つてはそれに入れて、それから浮び上つて船にあけた。二人で三時間ほどに五升ほど掬つたこともあつた。大嵐の時にも船を出して、力限り波風と戦つたりした。

夜は私は久し振りで仕事の机に向つた。その金があるかないかでは、死ぬか生るかと云ふ場合に迫つた博奕《ばくち》打ちが、畢生《ひつせい》の精根を掉《ふる》つて、一度失つた二千両を取り戻す、と云ふ物語を書き始めた。それは殆ど腕力で書くやうな気だつた。下腹に力を入れて、ウン〳〵唸りながら書いたりした。然しこの短い物語でも、終りに近づくに従つて、私の力は弱つて了つた。

或る日私たちが大橋の上を歩いてゐると、突然欄干の上に取りつけてある電燈がグワラ〳〵グワラと鳴つて、体にすさまじい震動を受けた。私は全く夢中で、二三歩飛ぶやうに歩いた。

「地震だ」

通行人が一様にさう呟いた瞬間には、もうや、自分を取り返してゐたが、佐竹を見ると真青な顔をしてゐた。佐竹はまた私の真青な顔を見た。

「青いぞ」と私が云つた。

「梟鼠だつて同じことだ。真青だ」と佐竹が刺々しく云つた。顔を見合せた時、佐竹は私の青いのを見ると直ぐ自分も同じやうに顔色を失つてゐることに気がついた、だから他のことは云ふまいと思つた、それを私は直ぐ口に出すから駄目だ、かう云つて彼は私の軽卒を攻撃した。それ位の反省を失ふほど顚倒してゐながら、かう云ふ真面目なことで他を嗤ふとは怪からん、と思つて、佐竹は不快に感じてゐるらしかつた。が、私が「青いぞ」と云つたのは、笑ひたい慾求からだつた。意識下で「助かつた」と感じると、直ぐ私は「笑ふ」種を見つけたのだ。それの故で、友達の臆病を「嗤はふ」としたわけではなかつた。

或る時、矢張り二人で往来を歩きながら、私は急に愛撫したい衝動を感じて、うつかり、

「ア、遇ひたいナ」と云つて了つた。

「呆れた奴だ」佐竹は吐き出すやうにさう云つたきり黙つて歩いてゐた。私は恥かしくてたまらなかつたけれども、心で、「遇ひたいから遇ひたいんだ、何が呆れた奴だ」など、無理にも己を是認しやうと努めた。や、暫く沈黙のま、で歩いて行つてから、佐竹が云つた。

「あの人と夫婦になる気か?」

「そんなことたアない――」私はドキマギしながら答へた。私は結婚など云ふものは、形式だけの下らないものだと考へたかつた。けれども段々に私はさうばかりも云へなくなつてゐた。天から享けた「愛する心」と地上で拵へた「結婚」と云ふ形式とが、必ずしも木に竹を接《つ》ぐほどの、没交渉な二つのものではなく感じられだしてゐた。愛する心も地上のものであり、結婚も、天上にもあつた。特に私は、彼女の幸福を私自身の幸福と感じながら、それでもまだ、彼女のそれを、自分のとは別々に、

向ふに、彼女の所に築かうとする考へを捨てなかつた。

「さうか」佐竹は私の返事が意外だつたやうにさう呟いた。すると私は急に後悔した。と同時に、心に云ひ訳を拵へた。「何もこれは未来《さき》のことまで約束した言葉ぢやアない。私は実際その気でゐるんだ。然し今後どう変つて行くかは、誰も予言出来やしない」など、。

陽は熱く、空は高く明るく、青葉は深くなりまさつて行つた。いつもほど悩ましい初夏ではなかつたがそれでもムシヤクシヤする日があつた。東京の自宅《うち》からの手紙に、或る日突然探偵が来て、無理に母に面会を求めて、私のことを種々《いろ〳〵》尋ねて行つた、と書いてあつた。母は旅先で私がどんなことをし出かしたかと余程心配したらしかつた。これは松江の警察で、私たちが何んの職業もなく、毎日ブラ〳〵遊んでゐるのを不審がつて、自宅のある区の警察へ照会したのだつた。尤も、私が下宿へ移つた時も五月蠅《うるさ》く調べに来て住所姓名職業を書き出せと云つて紙を置いて行つたりした。職業欄に私が「文学者」と書き込んでやつた所が、文学者と云ふ職業はない、文学士かたゞしは文学博士かと云つて来た。面倒だから、今度は「無職業」と書き直してやつた。そんなことでも、田舎の暇な警察では、注意人物に数へる資格になつたのだらう。私たちに関係したことではないが、土地の新聞を見てゐると、もつと腹のたつことをしてゐたことがあつた。或る百姓が友達のうちで馳走になつた。主人も客も酔つた。夜が更けてから、そこの女房が近くの小川へ洗ひ物をしに行くのに、淋しからうと云つて客が一緒に行つた。酔つてゐた客は、そとで女房に戯れて、どこかに一寸《ちよつと》した傷をさせた。翌日酔が醒めてそれを思ひ出すと、いかにも申訳がないと感じて、詫の印に松の木を一本持つて行つて、主人と女房にあやまつた。彼等は快く許した。これが警察の耳に這入つて、彼の百姓は捕へられた。――かう云ふ記事があつた。血のついたものを川へ洗《あら》ひに行く婆さんが捕えられた。――調べてみたら、産で汚れたものだつた。――かう云ふ記事もあつた。前の話などは、余程いゝ話だ。俺が署長なら褒美をやる。など、私たちは話し合つて、奮慨した。――母の手紙を見た時にも、私は可なり癪にさわつて、早速佐竹の所へ話しに行つたが、話すうちに、もう腹が立つより可笑《をか》しくなつて、笑ひ話になつて了つた。それでも佐竹は、それからは交番の前を通るのをイヤがつた。

佐竹が私のところへ泊つたり、私がむかうで泊つたりした。佐竹は自炊だつた。以前私はよく学校の休みに別荘で友達と一緒に自炊生活をしたことがあるので、料理には中々自信があつたから、行くとよく料理番をした。暑いので、煮たきものは一切庭先でやつた。人並はづれて潔癖家の佐竹が、顔を洗ふ金盥《かなだらひ》を鍋にして、台所の上げ板を蓋にして煮たものでも食つた。勿論、気がすむまでそれ等のものを、石鹼で洗ひ清めてからのことではあるが。そこへ移ると直ぐ、苗を買つて植えたトマトが、庭の隅でもうじき食へさうに実つてゐた。赤裸《はだか》で、縁先で、私たちは野蛮人のやうに、金盥のなかから貪り食つた。夜寝床が足りないと、蚊帳を敷布団にした。そして、病人に床づれが出来るとこの上に寝かす位のものだ、上等なのだ、など、云つた。晩くまで、真面目なことも、呑気なことも、話した。

或る雨の降つてゐる晩だつた。私たちは一緒の町を散歩してから、私の下宿のそばまで帰つて来た。右と左へ別れる角で、佐竹が、これからうちに泊りに来ないかと誘つた。私は大した理由もなかつたが断つた。そんなことを云はずに来い、と云つて彼は私の手を取つた。

彼と私との関係で、かう云ふ場合、これまでの永い習慣は、私が結局は負けることにきまつてゐた。一度にウンと云つて承知もしずに、さうかと云つて断然振り切つて帰ることも出来ないのが私の性分だと、さう佐竹はきめ込むで了つた。さうするのが梟鼠で、他のどう云ふ態度でもが、不自然な附焼刃だ、と口へ出しても云つてゐた。反対のし方に強弱はあつても、一度反対して、それから折れて、従ふ、実際この形式は殆ど一度も狂つたことがなかつた。

その晩も佐竹は例によつて、遂には従ふものと独りぎめして、私を無理に連れて行かうとした。十年近い習慣を破ることは中々ムヅカシいもので、いつも力一杯抵抗しながらも私にはどこか心の隅に、云ふなりになりたい気持があつた。不思議にその晩は、それを全く抑えつけて了ふことが出来た。あとは腕力だけだつた。私たちは、雨の降つてゐるのも構はず洋傘《こうもり》をつぼめて了つて、両手で引つ張りあつた。砂利の上にガリ〳〵、ガリ〳〵と足駄《あしだ》の歯を鳴らして、無言で争つた。可笑しさと真面目とが、互に矛盾を感じ合はずに、私の心にあつた。

「来いよ」

「イヤだ」

こんなことを云ひながら、私たちは暫く息を入れた。二人とも、真面目とも、巫山戯《ふざけ》てゐるともつかない声を出した。顔は二人とも笑つてゐた。手には本気の力を込めてゐた。人通りの少ない街とは云ひながら、私たちの争ひは可なり永く続いた。たうとう私の足駄は前の歯が欠けて了つた。脇の下にはさむでゐる洋傘が絞れて、単衣が濡れ透つた。二三歩づゝ、あつちへ、こつちへ引き摺り寄せた。

「そいぢやア帰れよ」

「帰るとも」

最後にかう云つて、手を放した時分には、私はもうすツかり真面目だつた。さよならも云はずに私たちは背を向けて、サツサと歩き出した。さうすると、私は急にまた行つてやりたくなつて来た。然しヂツとそれを抑えながら、振り向きもしずにうちへ這入つて了つた。その時分には、私は非常に愉快になつて来た。床に這入つてからも、亢奮して、仲々寝つかれなかつた。

翌日遇つた時には、私たちはまた前日に変らない友達だつた。然し私は、私一箇として変つてゐた。

それから間もなく、私は東京からの手紙で、姉を看病するために、至急に帰らなければならないことになつた。

私たちは、実際、心から名残を惜むで別れた。土地に対しても私は愛着を感じてゐた。けれども私は、兎に角久し振りで懐かしい東京へ帰つて行くのだつた。その上、大阪によつて、恋しい愛人と二三日を共に過ごす筈になつてゐた。佐竹は淋しい田舎に、たつた一人で残るのだつた。

大阪で私は佐竹の手紙を受け取つた、私のたつた日の午後は、夕立のやうな大雨になつたのださうだ。そのなかを彼は外套も着ずにメチヤクチヤに歩いた。或る亢奮を感じてゐた。ドン〳〵歩いてゐるうちに次の停車場まで来て了つた。濡れ鼠で、彼はそこから汽車で帰つて来た。愉快だつた。——と云ふやうなことが書いてあつた。

佐竹が、どう云ふことを考へながら大雨のなかを歩いてゐたのか、何んでそんなに亢奮したのか、私は種々《いろ〳〵》に考へてみた。自分本位な考へ方はしまいとした。またさう考へる方がいゝのだ、とも思つた。種々《いろ〳〵》に考へられた。

いつか私も非常に亢奮して了つた。いきなり胸をうつて立ち上つた。手足にウーンと力を入れて反り返つた。涙が目のなかにいつぱいたまつて来た…………。

（六年五月作）

（「新小説」大正6年1月号）

電車は一直線に

白石実三

六月十二日の夜、牛込榎町のはうにある印刷工場をでたのは八時半ごろであつた。その日、私には一つの訪問もなかつたので、まだ歩きたりないやうな気がした。濃く重い夜の空気のなかを、私はいつか若松町の停留場まであるいてきた。ふとその附近に佐藤緑葉君が住んでゐるのを思ひだして、急にたづねる気になつた。

私には、かくべつの用事もないのに友達をたづねようといふ気持が起つたのが、すでにふしぎであつた。それほど私は時間に余裕のないあわたゞしいその日その日を送つてゐた。佐藤君とは同窓で、同年輩で、且つ共通の郷土を有つてゐた。それよりもお互が曾て住んだその土地に、八年を隔て、同君をおとづれるといふことに私はまづ心をひかれた。

そのころは石炭殻を黒く敷いて、夕方は子供たちの球なげをしに集まつたやうな空地に、今は軒のひくい家々がごた〳〵と建ちならんでゐた。生垣と軒燈と井戸がつゞいた。そこから数町を隔てゝ私のゐた家のあたりも今ではすつかり変つたらう、あの若山牧水君が一時自炊してゐた墓地のなかの小さな家なども。『かゝるとき声はり上げて歌ふ痴ありき悲しや今はそれも止みつる』（?）若山君がそのころの心持を表現した歌を、私は今も忘れないでゐる。

　喜久井町へでる路を隔てゝ、佐藤君のもとの住居へ遊びに行つたのは、一しよに学校をでる頃であつた。佐藤君はすでに家庭生活を始められてゐた。そこでよく私はカキモチなどをご馳走になつた。福永挽歌君ともそこで会つた。また安成貞雄君とも。土岐哀果君とも。仲田勝之助君とも。それから今はどこに居られるか知らない荒野放浪君などゝも……。

　佐藤君は幸ひに家に居た。おたがひに職業を有つてゐる私達には、家へ帰つてくるとがつかりしてしまふ。それに雑誌のはうもこれから忙しくなるのであらう、佐藤君はやゝ元気のない疲れた表情をして居た。茶の間電燈の下に相対して、短かい時間のあひだに、私達はできるだけ充実した話を取りかはさうとした。話題は断片的に各種の問題に触れて行つた。雑誌の話……友人の噂……このごろの作品の批評……ドイツ文学の現状……ロシヤ語の話……それから私達の学校の文科が今垂死の状態にあることの話や、武蔵野の話まで出た。

『おや、子供さんが二人になつたの？』

　私は隣室に耳を傾けた。そこにたしか若山君が名づけ親になつた静樹君のけたゝましい寝言にまぢつて、軟かい咽喉部を痛めたらしい、いたいけな女児の咳の声が聞えるのであつた。やはり咽喉部の弱い自身の次の男の児のことが、私の胸に浮んだ。

『上の子はもう九つです』と佐藤君は自身の内部の嘆息を漏らすやうに『それでも小学校へはひるまでは、後からおいかけられるやうな気がしたが、それさへ今はなくなつた』

　それは私にも同様であつた。より稚ない私の子供達は、周囲は、あまりに苛酷な刺戟を私の一身に強ひつゝあるやうに思はれた。数人の家族達にかこまれて、そのすべてにかけはなれた考へかたにひとり活きながら、日々の生活の大部分が実はたゞ彼等のための生活であつたのだ。私にはその瞬間なにもかも厭になつた。遠いどこかへ行つてしまひたいやうな気持になつた。

『例のソシアリストをモデルにしたトリロジイに取りかゝりましたか。いつか一しよに行つた女のテロリストの墓が、まだ僕の近所にありますよ』

　私は迷惑とは思ひつゝ、なほ遅くまで話しこむのであつた。

『O――なぞでも、このごろの様子を見ると厭になる』と佐藤君はつゞけた『このあひだの事件にしてもあまり獣性ばかり見せられて。そこへゆくとA――には猪突的の勇気はあるが、それと共にある一派の人でも見ると、すぐこん畜生といふ態度を見せてね……』

『ぢやあの人達のはうからあべこべに障壁をきづいてゆくんですね』と私は一しよに笑つて『さう言へばこのあひだ君のはう

の新聞に、ロシアの革命を見てきたアメリカの社会学者の談話といふのがで丶ゐましたね。ロシアの革命も大騒ぎをして蓋をあけてみると、それこそ現実曝露の悲哀であまり思はしくないとか言つて――』

それは個人と自由が解放され丶ば、解放される以前よりも著しい疎隔がこの社会に生じてくる、フランスのJacobeiteだつてロシアのNihilistだつてその結果から見なければ功過は論ぜられまい――私はこの考に対して佐藤君の意見をもとめた。

それにしても佐藤君が同君のトリロジイに著手してもよい時期のやうに思はれる。その人類生活の根本様式に連関する思潮を、深く、細かく、平静に……。

十時を過ぎてから私は握手を交はしたいやうな気持で、佐藤君のところを辞した。

――――

電車が角筈終点にきても、私にはすぐに郊外電車へ乗る気にはなれなかつた。泥濘の路は軒燈に黒く光つて、白い夏帽子をかぶつた人達が熱い暗い空気のなかを歩いてゐた。私はそこにある小さなビヤ、ホールへはひつて行つた。

三十分後、私はこ丶とは反対の都会の東辺を指す電車のなかにあつた。私はかなり酔つてゐた。半ば痺した私の意識の前庭には、四年前に、ある郊外の茶亭で別れたきり会はないある女性の面影が鮮かにあらはれてゐた。

彼女があの森の傍の家に、今も姉と一しよに住んでゐるかは知らなかつた。姉と別れてすでに他に嫁してゐるかをも知らなかつた。すくなくとも過去の彼女でないことは言ふまでもなかつた。しかし私にはそんなことは問題ではない、また彼女の意志に反してまでも、私は彼女の眼の前に姿をあらはさうとは思はなかつた。たゞ私には今の自身の家庭はいかにも堪えがたいものであつた。私はたゞあの暗い小路の奥にある彼女の家を、あの風に鳴る黒い森を眼の前にして、たゞ今の夜の数時間を、しづかな懐かしい過去の追憶にひたりたいと思つた。むしろ彼女の姉にも相会ふまいと思つた。

同時にその数時間がいかに自分に貴重な数時間であるかをも思つた。まばらに四五人の男女をのせた電車はさびしい街頭を遠く一直線に走つた――。

（「国民文学」大正6年7月号）

暗い影

素木しづ

やに色の松葉杖に彼女の若い肉体《からだ》をさゝへられてるみち子は、彼女の弱々しい悲しみがちなうつむきがちの心にも、力強い安らかな松葉杖が与へられたのであつた。

みち子は、辰馬といふ粗野なけれども思ひやりの深い、やさしい男に愛せられて結婚した。

夏の暑い頃、彼女はなつかしい一人の母親や兄妹たちと別れて、彼がさがし出した小さな街はづれの二人きりの家に住んだのだつた。

みち子は、誰もゐない部屋のなかに、朝も昼も夜も彼ばかりを見出した。そして辰馬の無雑作な、なでつけたこともないやうな髪の毛や、粗野な着物の着方、着物から出た両足の黒さなどが、なんとなく彼女の心に安らかな喜びと、安堵の息とを強くさせたのであつた。そしてまた彼女の心のなかにかたく押へられてたやうな、寂寥や悲哀や意地や反抗や恐怖が、捕へ所のないやうにいつか飛び散つてしまつて、明るく広くなつた心のなかにも彼の姿ばかりを見出したのだつた。その他に何物もなかつた。強い未来を定めて行かうとして思つめた固い心も、また現在《いま》の自分自身を処理して行かうとする冷たい心も、なにもかにもなくなつてしまつてた。そしてすべてに残されたものは、彼の姿と彼の心とばかりであつた。

みち子は、白い着物を着て汗ばんだ顔を上げながら、開けはなした部屋のなかに坐つて庭の青葉を見ながら、昼の間はなんの仕事もせずにゐた。そして何を見ても何を考へても彼が自分のすべてである、あのどこで生れたとも知らなかつた、つい去年まで見ず知らずの他人であつた彼が彼女のすべてであると思つた時に、みち子のぼんやり見開いた両眼からは、なんとも知れない涙があふれ出てならなかつた。

みち子は、その涙がなんの為めに出たのかわからなかつた。彼女はその涙を押へて、はつきりと両眼を開いてまた庭の青葉を、見なほすやうに見つめたが、もはや彼が本当に彼女のすべてであつたのであつた。

みち子は、辰馬を愛してゐた。彼女はもはや自分自身を見出すことが出来なかつた。そして、彼のどこかにある憂《うれひ》、悲しみ——、彼は常に快活だつたけれども、その粗野ななかになにかの憂がつゝまれてるやうに見えてならなかつた——、が、彼女の肉体の不具と一つになつて、みち子の頭には思浮《おもひうか》ぶのだつた。

みち子は、気がついたやうに彼女自身のなにかが夫の心を悲しませてゐないか、夫の心を暗くしてゐないかといふ事を考へたのであつた。けれども彼女は自分の肉体の不自由に常になやまされる程、彼女たちの生活は重苦しくはなかつた。みち子は肉体の不自由を殆ど忘れたやうに、自由に快活にしてゐた。

ある夜、暑さの為めに疲れた身体《からだ》を白い蚊帳のなかに入れて、みち子が心よい眠りのなかにとろとろと引かれやうとした時、辰馬ははつきりした声で彼女の白い弱々しい顔の上をのぞき込んで云つた。

『みち子、俺は急に教会に行きたくつてたまらない。今日は日曜日だつたね。まだ早い、夜の集りがまだあるだらう。面倒でも着物を一寸《ちよつと》着て出かけて見ないか。』

『教会へ、いま頃。』

みち子は、まだ眠りに引づられながら、ぼんやりした声で云つた。

『俺は、どうしてだか眠られなくつてこまる。一度も行つたことがないけれども、なんでもついこの近くに小さな教会があるはずだ。外はきつと涼しくつて気持がいゝよ。みち子、一寸《ちよつと》起きて行つて見やうと思はないか。讃美歌だけでも歌つて来てみないか。』

彼は熱心だつた。彼はどうしても行つて見たいと云ふやうに、再び彼女の枕元でさゝやいた。

みち子は、急に眼を見開いて彼を見た。辰馬は少しの眠りのかげにすらおそはれないらしく、正しい顔をしてはつきりした瞳をくぼんだ眼のそこに動かさないやうに彼女を見てゐた。みち子は自分の身体《からだ》にあまくもつれかゝつてゐたゞるい眠りから静かにさめた。そして、

『教会へ、』

と大きな瞳を見はると、はつきりした声で云つた。

『うん。』彼はかるく諾《うなづ》いた。『家のなかは暑苦しいだらう。だから一寸《ちよつと》散歩して見る気があつたら出かけて見ないか。けれども面倒だつたら静かに寝てゐた方がいゝよ。お前さへ一人で一寸《ちよつと》の間、俺が教会の門口までのぞいて来る間、待つてることが出来るなら。』

辰馬は、彼女のだるそうな弱々しい様子を見ると、彼女さへ一人で一寸《ちよつと》の間待つてることが出来るのならば、と静かな調子で云つた。

『えゝ、怖いことはないわね。すぐ帰つてらつしやるんでせう。どうぞ戸をすつから閉めてつて下さいな。』

みち子は淋しそうに周囲《しうい》を見まはして瞳をするゑると、彼の顔を見た。彼女の身体《からだ》は気持わるく汗にじめじめしめつてゐたけれども、いま彼と一所に身づくろいをして、外に出やうとは思はなかつた。外には星が出て涼しい夜風がきつと心地よく流れてゐるだらう。けれども不自由に歩かねばならない彼女には、涼しい夜風よりも彼女自身の流す汗の方が多いといふことがすぐ解るのだつた。そしてまた、見しらぬ教会で彼女が見しらぬ人々に会ふ時に不自由な肉体が羞恥の為めにながす汗が彼女の心にどんなに悲しく苦しいかといふ事が、みち子には解りきつ

てることであつた。

　彼女にはそんな事が外出をしやうとする前にもはや大きな疲労と煩ひになつてゐた。彼女は、いまそんな事を考へてるうちに、ふと一人になつて、たつた一人とり残されてゐたいやうな心持になつた。そしてこの夜の閉ぢ込められたむし暑い部屋のなかの床の上に、たつた一人きりで何かを考へなければならないやうな気がした。彼の為《た》めにもそして自分自身のためにも、なにかを祈るやうな心持で考へたかつたのであつた。多分彼も何かを祈りに何かを考へに、この街はづれの小さな教会をさがしに出かけやうとするのだらう。みち子は清らかな淋しい心持になつて、辰馬のことを考へた。どうぞお一人で行つてらして下さい。そして私たちの為めにすべてのことを祈つて来て下さい。そしてまたこゝに待つてる私のことを静かな心で考へながら、帰つてらして下さい。私もあなたの為めにまた自分自身の為めに考へて、そして祈りませう。あなた一人でお出になつても一寸《ちよつと》もかまひませんわ。と、彼女は前をかき合せて、頸にたれ下つた髪の毛などをかき上げながら、落ついたなつかしい瞳を見張つて彼を見つめた。

『私は一人で起きてまつてますわ。出かけるのが大変ですから、あなたお一人で行つてらつしやいな。けれども出来るだけお早くね。』

　みち子はまた云つて、ふと悲しい顔をした。辰馬は黙つて聞いてゐたが、どうしても彼のさえ切つた、そしていろ〳〵のことが思浮《おもひうか》んで来やうとしてゐる心が、教会を一人訪《おと》づれる時の、あるなつかしい引しめられるやうなそして淋しい心持《こゝろもち》を思出して、どうしてもその心持から離れることが出来なかつたのであつたけれども、彼は不自由なみち子を夜一人で残しておいても大丈夫だらうかとためらひながら、

『本当に、お前一人で大丈夫かい、大丈夫なら一寸《ちよつと》の間だけだから俺は行つて見やうと思ふんだけれども、』

　と彼は立ち上つて、ふと考へるやうにすると、今度ははつきりと、

『いや、いそいですぐ行つて来るからな。大丈夫だから待つてゝくれ。』

　と力をつけるやうに云つて、坐つてる彼女の頭の上に眼をおとした。

　大きな男の辰馬は、蚊帳から出た。そして部屋のなかを静かに歩いて戸をしめると外に出た。

『じや、すぐに帰つて来るから、戸はすつかり閉めてあるからな。』

　彼は戸口に口をあて、低いけれども力のある声で云つた。

　みち子は、一人蚊帳のなかの床の上に耳をそば立てゝじつと坐つてゐた。彼の足音を聞き彼の戸を閉めるのを知り、そして彼が戸の外で云つた言葉を聞くと、

『えゝ』と大きく返事をしやうと口を開いたが、どうしてだかはつきりした声が出なくつて、小さな涙まじりのやうな声が

出てしまつた。けれどもみち子はなにげなく蚊帳のなかを見まはした。そしてまた白い蚊帳からすいて見える部屋のなかを、そつと見た。家のなかはしんと静まりかへつて、彼の強い大きな早い足音も、もうとうに聞えなくなつてしまつてた。

みち子は、なんとなくほつとしてうつむいた。彼女の心はいつか淋しく清らかに澄み切つてゐた。

『どうぞ私の心が、殊に私の身体が彼の心を暗くさせないやうに、彼の心を悲しませないやうに。そして私が愛されたこと、私が彼を愛することが、けつして不幸でないやうに。』

と、静かな祈るやうな心持で考へた。が、ふとなにか暗い夜の音もない風にでも耳をすますやうに、顔を上げて眼を見張ると、彼女はなにかの不審に思あたつたやうに眉をひそめた。

『けれどもなぜいま頃彼は教会に行きたいなんて云ひ出したんだらう。なにか考へたいこと祈りたいことがあるならば、この家のなかでもこの床の上でも、静かに祈り考へることが出来るだらうに。そしてなにか悩みがあるならば、なにか悲しみがあるならば、私も共に起き上つて、その悩みの為めにその悲しみの為めに祈るだらうに、彼は飛び起きて、そして教会を探しに行つた、私が行かないと云つた時に、「お前さへ一人で少しの間ゐることが出来るならば」と、私が行かないといふ事にも少しもさまたげられずに、彼は急いで行つた。彼は、何を祈る為めに何を考へるために出かけたのだらう、なにか怖ろしい悲哀が怖ろしい悩みが、彼の心をつゝんで、彼はそれに堪へられなくて、教会に走つたのではないだらうか、彼はクリスチヤンなのだから。』

みち子の頭は、すばやくこんなことを考へた。けれども彼女は辰馬の心の底につゝまれてる何物も知らない。只もしや自分の何物かは男の心を陰欝にし、男の心に悲しみをましたならばどうしやうと考へるのみであつた。そして、彼女はしみ〴〵と男の顔の表情や態度、物の言ひ振りなどを考へて見た。

辰馬は快活な物の言ひ振りをした。そして粗野な態度をしてゐる。けれどもくぼんだ眼の優しい人の好い輝きの底には、常に涙のやうな淋しい色が見えるやうな気がした。そして高い鼻の蔭には、暗いかげがいつも見えてた。

みち子は、なんとなく不安なそして淋しい心を押へながら、じつと床の上に坐つてゐた、彼はいまどんな教会の椅子によつて、何を祈つてゐるのだらう。彼女は夫の足音がいまにも聞えやしないかと耳をすましてまつた。

辰馬はまもなく帰つて来た、涼しい夜の風に吹かれたせいか、また彼の悩み?が軽くなつたせいか、彼ははつきりした晴れ晴れした顔をして入つて来ると、

『淋しかつたらう。』

と彼女をいたはるやうに、大きな声で云つた。そして、

『早かつたらう、今まで起きて待つてたのかい。』

彼は、どことなく嬉しさうに彼女の前に膝を折つた。

『教会が、すぐ近所にあつて、』

みち子は夫の顔を見てほつとしたやうに、何を云はうかとふと吃りながら云ふと、

『うん、小さな教会がすぐあの原のある坂を降りるとあつた。そして年を老つた女の西洋人が一人と、わづかばかりの信者があつまつて、お祈《いのり》をしてゐた。小さな淋しい教会だよ。俺はあんな教会が好きだ。俺は、そつと人に気づかれないやうに後の椅子によつて、またすぐに黙つて急いで出ると帰つて来たんだ。割合に早かつたらう。』

と辰馬は、黙つて聞いてるみち子を、いとしそうにのぞき込んだ。そして、

『俺は疲れた。ねむい。お前もねむいだらう。』

と元気よく蚊帳を出て、彼は着物をぬぎすてた。

その後も辰馬は、全く思出したやうに、しかしそれは本当にまれに晴れた日曜の朝など、外を見てつぶやいた。

『あつ、今日は日曜じやないか、一所に教会に行つて見ないか。』

と云ひ出した。しかし、みち子は一度も彼と共に教会へは行かなかつた。彼が教会へ行かうと思立つ時には、彼女はきつとたつた一人で静かにいろ〳〵の事が考へたくてならなかつた。それでそのことを云ふと、辰馬はきつとそれでいゝのだといふやうな様子をして一人で彼は教会に飛んで行つた。

二人は互に結婚した当時とおなじやうに愛し合つてた。二人は真に二人以外に何物もなく愛しあつてゐた。二人は愛になれるといふことを知らなかつた、そして、いまはみち子にとつて彼は真に心ばかりでなく、彼女のすべての機能に対する松葉杖となつてゐた。

辰馬は、ある夏絵をかく為めに山の方に旅に出た。彼は旅に出た時、必ず日に一度は彼女に手紙を書いて送つた。

みち子はたゞ一人窓際で縫物をしながら、いろ〳〵の物思ひに沈みながらも、やはり旅に出た夫《をつと》のことがつきつめたやうに思浮《おもひうか》んで来ると、ほつとしてすべての物思を払ひのけやうとするやうに頭を上げた。部屋のなかには彼女一人きりだ。そしてもはや夕ぐれがせまつて来てゐて、なんとなく物淋しいはかない頼りなさが、夫の留守を強く意識させるやうに、彼女の心に強くくひ込んで来た。

みち子は、急にもうじき日が暮れるのだと思ふと、今日中には必ず来ると思つめてる夫の手紙を、はげしく待ち初めた。彼女は縫物を膝の上においたまゝ、淋しい頼りなさをじつと自分の心に握りしめるやうにして、窓に肘を持たせながら、静かな白い裏路《うらみち》を疲れたやうに瞳をふせて見入つてゐた。

みち子は、いつか窓にもたれたまゝ手紙を受取つてゐた。それは彼女が白い小路を見入つてゐた、その心の思がけない瞬間に辰馬からの手紙は彼女の手に渡されたのであつた。

彼女は、はつとしたあるなつかしさと嬉しさの感動の為めに胸をつかれて、ぼんやりと封筒の上に眼をおとしたまゝ、静か

に胸の動悸をおさへやうとして、顔を赤めた。そしてふと見ると、白い封筒の表に、せはしく『急』と斜に書いてある。彼女は無意識に裏をかへした。裏には、Ａステーシヨンにて辰馬としてある。

みち子は、それに気がつくと驚いてまた表をかへした。辰馬はもはや充分にＫの山の中に行つてゐなければならないのに、Ａステーシヨンにてとは、どうしたことだらう。彼女はあはてゝ封を切つた。

『昨日五時にＫについたが、それと同時に夜行の十二時でＡに来た。あゝ吾が如何《いか》に悲しみに満てるかを見よ。世にこれほど可憐な弟を持つものありや。明日《あす》朝一寸《あさちよつと》ゆく。詳細は遭つてから語らう。兎に角、今日か明朝中には、Ａに弟がつくのだ。

もしも俺の知らないうちに、弟がお前の所へ行つたら、但し今日中に。弟ついた。といふ電報をうつべし。今日中に来なければ打たなくともいゝ。とにかく明日行くから。』

そして宛名はと書いて、みち子も知つてるＡにある友だちの家の番地が書いてあつた。

みち子は読み終つた。しかし彼女の頭にはたゞ『あゝ吾が如何に悲しみにみてるかを見よ。』といふ一句ばかりが残つた。そして真暗にかき乱された胸のなかに、悲しみと苦痛に打沈んだ夫の顔がはつきりと思浮《おもひうか》んで来た。

彼女は落ついてゐられなかつた。何かあつたのであらう。しかし彼が何の為めに一人悲しんでゐるのか少しもわからない。みち子は事実が解らないだけに限りない不安にいつまでも包まれてゐた。愛してゐるものが、自分をはなれて自分の知らない悲しみに打沈んでゐるといふことは、みち子にとつて堪へがたいことであつた。何を彼は悲しむのだらう。彼女は、夫がなにかの悲哀を常につゝんでゐる男ではないかと考へたりした。そしてまた何の為めにＫからＡにもどつて来てゐるのだらうと思つた。

夜になつて、みち子は初めてまだ逢つたことのない辰馬の弟が、もしや自分を訪づねて来るかもしれないと思ひながら、部屋のなかや食事のことなどを頭で考へて見たりした。そして、その弟に何事かゞ起つたのかもしれないなどゝも考へた。弟は寒い北の国にすんでゐたのである。

けれども、みち子はなか／＼その夜ねむられなかつた。結婚した時からの、彼女が愛された時からの夫を考へて見たりした。

辰馬は常に美しいものよりも醜いものに気を引かれた。そして充分なものよりも不足なものを愛した。また完全なものよりもかけたものに心をかたむけるやうな気がした。そして、彼の生活は常に不足がちであつたけれども、彼はなんとも思はなかつた。

辰馬は外出して嬉しそうに帰つて来た時、彼女の前に来ていつもこんな話しをした。

『今日は、非常に気持がよかつた。電車が混んでねえひどかつたんだ。俺ははやく乗つたんで腰をおろしてゐると、汚たないぼろ〳〵の着物をきて、大きな風呂敷包をしよつたお爺さんが、漸くのつたことはのつたけれどもつかまる所もなんにもなくて、それに苦しそうに汗をだら〳〵流してゐるんだ。俺はお爺さんとは随分はなれてゐたけれども、「お爺さんおかけなさい。」つて声をかけてせまい所をやうやく腰かけさしてやつたら、「旦那ありがたうご座います。これでやうやく助かりました。」つて嬉しそうに頭をさげてゐるのさ。』と話して、辰馬は少しきまり悪そうに、

『こんな事はなんでもないことだけれどもね』と云つて、

『嬉しい時は、非常に嬉しいもんだね。』

と真実、くぼんだ眼を細くしていつまでも嬉しそうにしてるのであつた。

そして彼は口ぐせのやうに、只一つの望みとして外国に行きたいと云ふことを云つた。まだかつて見たこともないフランスやイタリーの自然と淋しい生活に、夢のやうな憧憬《しやうけい》をしてゐた。

みち子は、そんな事をぼんやりと床のなかで思ひ浮べてゐた。そして彼が外出先から不愉快そうな顔をして帰つて来る時に、彼女は言論としても恐ろしい口を閉ぢなければならない言葉を、彼の口から聞くのであつた。

みち子は、それを一番悲しい怖ろしいことゝして眉をひそめて聞いた。そして彼女は、云ふのであつた。

『まあ、あなたはなぜそんな事をおつしやるんでせう。私なんか世の中に対してなんにも恨むことも、憤《いきどほ》ることもありませんわ。恨むのも憤るのもみんな自分自身に対してのことなんですもの。自分が金持になりたかつたら働けばいゝ、自分が自働車にのりたかつたらのるやうになればいゝ。といつもそう考へてるんですもの。あなたが、そんな事おつしやるのは間違つてると思ひますわ。』

『本当に、お前は偉い。お前は本当に不自由な身体《からだ》でも感心に人に対してひがみを持つたことがない。お前は強いんだ。けれども俺はどうしてもそういふお前のやうには考へられない。』

と辰馬は云つて口をとぢるのであつた。

なにかがきつとかくれてゐる何かが彼の心を暗い影でつゝんでゐるのだかもしれない。みち子は、一夜思ひつづけて、明けるのと、そして夫に逢ふのをまつてゐた。

翌日お昼すぎて、もはや夕ぐれ近くなつた頃、辰馬は不安と憂《うれひ》とを抱いて待ち疲れたやうなみち子の所に、たつた一人でぶらりと帰つて来た。彼女は夫の後から彼の弟がついて来るだらうと考へてゐたが、誰れも来なかつた。

『どうした。別に変つたことがなかつたかい。』

辰馬は、いつものやうに部屋のなかに入りながら、安心したやうな嬉しい微笑を浮べて云つた。

『えゝ。』みち子は夫の変りない様子を見てほつとしながらも、なほ不思議そうに辰馬の顔を凝視した。そしてやうやく、

『どうなさいましたの。』

となにかの疑を持つやうに云つた。

『いや、』彼は疲れたやうに坐ると、

『国から急に弟が出て来たもんだから、帰つて来たんだ。茂男は出て来た所で、俺が迎に行かなければ誰一人知人はないんだからな。折角、Kに行つたばかりだつたけれども仕方がない。戻つて来た。』

と云つた。みち子は、なんとなく昨夜からの自分の不安や憂に対して物たりないやうな様子をして、

『なぜ茂男さんをつれて入らつしやらなかつたの。』と云つた。

『なに田舎者だから、別につれて来る必要もないだらうと思つてつれて来なかつた。それに疲れてゐるつていふからAの宿屋に一人で休むやうに置いて来たんだ。』

『そう、』みち子は、なんとなく自分の身体をかへりみた。夫は必ず弟をつれて来るだらうと信じてゐた。そして彼女の不具の肉体は、初めての人に逢はなければならないといふ、ある覚悟を十分にしてゐたのであつた。

『弟さんは、どんな様子をしてらして。そして何にしに入らしたの。』

みち子は、ふと考へるやうにして云つた。彼女は、きのふ夫から受取つた手紙の文句を思出してゐたのである。『世にこれほど可憐な弟を持つものありや。』夫は、何を云つてるのだらう。

『うん、普通前《あたりまへ》のそれでもなんだか俺よりいゝ着物を着てたやうだつた。只《たゞ》何の用事もない、俺に逢ひに来たんだ。』

と云つて、『本当に茂男も馬鹿な奴だな。』と一人ごとのやうに云つた。辰馬の様子は常と少しもかはつた所がなかつた。

『たゞ、それだけなの。私はきのふあなたの手紙を見て、それは心配したんですわ。まあ私は一人でどんなにいろんな事を考へたか知つてらして。』

みち子は、なほそのなやみが消えないやうな様子をして云つた。辰馬は驚いたやうに、

『俺は、どんな手紙を書いたらう。お前をそんなに心配さすやうな手紙を書いたらうか。何でもないんだ。許してくれ。』

『えゝ』と彼女は諾きながら、『あなたは何故あんな悲しいやうな手紙を書くんでせう。本当に、別に悲しいことはご座いませんでしたの。』とみち子は執拗に訊いた。すると辰馬は笑ひながら、

『うん、なんにも別に悲しいことなんかなかつたんだ。俺は知らずに悲しいことを書いたんだらう、』

けれども、みち子は笑顔を見せなかつた。そして、思切つたやうに、

『あなたは悲哀を憧憬してゐる人なのね。悲哀を憧憬するのが一種の楽しみなんでせう。ロマンチストだわ。』

と云つて、彼の顔を見た。

『そんな事があるもんか。』辰馬は苦しそうな顔をして強く云つた。『お前にはわからない、黙つてた方がいゝだらう。解らないでドクマなことを云ふもんじやない。』

みち子は、それを聞くと泣き出しさうな顔になつた。本当に自分には解らない。きつと彼には自分に話さないこと、自分に秘《ひ》してゐることがあるに違ひない、と彼女は涙を押へるやうにして云つた。

『え、、私にはあなたのお心が解りませんの、あなたにはきつと、なにか秘《かく》してゐる包んでゐる悲しみがあるんでせう、本当にどんな事でも悲しみませんし、恐れませんからどうぞすつかりどんな事でも話して下さいませんか、私はなにかあなたにお伺《うかゞひ》しないうちは、苦しくつてなりませんもの。』

みち子は、云ひ終るといつの間にか涙があふれ出て、頬をつたつた、彼女はいままで夫のすべてを知りつくしてゐるものと思つてゐたのが、いま真実何物かを知らないのだといふ心持がしたのであつた。辰馬は、みち子の涙を見ると、彼は彼女を小さな子供のやうに引よせて、膝の上においてある彼女の白い小さな手を静かになでながら、

『俺がお前になにをかくしてゐるといふんだい。俺はお前の知つてる通りの俺だよ、俺はその他になんにも持つてない。泣かないでくれ、お前が泣くと俺まで悲しくなる。ね、泣かなくたつてい、じやないか、』

けれども、みち子はそれに耳をかさないやうに、

『どんな小さな事でも思出《おもひだ》して話して下さい、私はあなたが何かを話すまでは、このま、にじつとして泣いてゐます。』

辰馬はこまつたやうに、

『じや、話す。何か話さう、だから泣かないでくれ。』

みち子は、子供のやうに諾いて涙をふいた。そして何物かを聞かうとするやうに、ある悲しいやうな決心を見せて眼を見張ると、夫の顔を見た。

辰馬は、しばらく黙つてゐた。彼は自らを嘲笑ふやうな様子を度々した。そして笑ひながら、

『話すたつて、話すことがないし、こまつたなあ、考へとくから少しまつてくれ。』

と云つた。すると彼女の見張つてた黒い大きな瞳が、急にぎら〳〵して涙があふれて来た。

辰馬は、それを見ると急に部屋のなかに息苦しいやうな窮屈を感じた。彼は立上つて云つた。

『みち子、外に出て見ないか、そしてその辺《へん》を少し歩いて見やう。そして歩きながらでもい、、またその辺の木の影に坐つてもい、、俺は、お前にたつた一つ故意ではないけれども話さないでおいたことを話さう。』

みち子は、すぐに立上つた、そして弱々しい身体に二本の松葉杖をつかんで外に出た、彼女はおどおどしながら彼の後《うしろ》から歩いた。しかし彼女の心は、すみ渡つてひろびろと冷たくなつてゐた。

みち子はすぐに裏の木影に杖を捨て、坐つた。そして夫の顔を哀願するやうに見上げた。もはや秋であつた。静かなしんとした空気が木の肌にも草の葉にもひゞくやうな気がした。

辰馬は、何も云はずに彼女の前に坐ると云つた。

『けつして故意ではない、けれども機会がなくつてお前に話さなかつたことが、俺に只一つある。けれども、それは本当になんでもないことなんだ。お前はなにか大変なことのやうに思ふだらうが、話して見れば解るけれども、本当になんでもないことなんだ。

俺は、お前の外に本当に人を愛したことなんかない。けれどもたつた一人、ずつと前から俺は真実に心から愛してゐるものがある。起きても寝ても道を歩いてゐても、俺はそのものを忘れることが出来ない。今でもだ、けれどもお前はそれを聞いて、俺がお前を愛してないと思つてはいけないよ、けつして。その俺が愛してゐるものといふのは、今朝Aについた弟の茂男なんだ、俺はその他の弟妹のことなんか少しも考へてない。親父のことだつてそんなに考へてない。たゞ俺が朝夕考へてるのは茂男のことばかりなんだ。どうして俺がそんなに茂男のことばかり考へてるかつて云ふと、お前の前でいふのがなんだか厭だけれども茂男は片輪なんだよ。「お前はすぐに私だつて片輪ぢやないの」つていふかもしれないが、お前のとは違ふ、そりや醜い片輪なんだ。背中が駱駝のやうになつてる傴僂《せむし》なんだ。もう二十五位の年なんだらう。けれども子供のやうな背をして苦しさうに歩いてるんだ。今度も、俺は他の弟妹ならなにも迎ひに行かないけれども、その醜い弟が永い間汽車にのつて、そして俺に逢ふために来たのだと思ふと俺は何をおいても迎ひに行つてやらなければならなかつた。茂男は、小さい時俺よりいゝ肉体をしてゐたんだ。俺はよく知つてるさ。俺は茂男と相撲を取つてもいつでもまけてゐた。たしか茂男が六つか七つの時だつたらうな、茂男が片輪になつたのは俺が悪いんだ。たしかに俺に罪があるんだ。なんでも二人で階子《はしご》に登つて遊んでゐた時どうしたはずみか、階子の先の方で俺が茂男の背中を強く打つたんだ。それから茂男はいつもいつも背中が痛い、背中が痛いつて云つてゐるうちになんでも背中にこまかいぶつ〳〵したものが出来て、そしていつの間にかあんな身体《からだ》になつてしまつたんだ。それだからその為めに茂男は、学校にもろくに行かないし、すきで判屋に奉公してながい事になるんだ、けれども、俺は茂男の事を考へると、本当に暗い心になる。俺はこんな話しをして悪かつたらうか。お前はなんとも思つてないかい。お前は本当にこんな話しを聞いて厭に思つてないかい。』

辰馬はふと、彼女の涙ぐんで苦しさうな顔を見ると、言葉をとめた。

『お前はけつして自分の肉体のことを考へて感情を害してはいけないよ。俺は本当のことを云ふ、お前の肉体は不自由だけれども、お前のその不自由を醜いと感じたことは一度もない。それは俺がお前を愛してゐるからといふ特別な意味から見たことではけつしてない。けれども茂男は本当に醜いのだ。そして彼は幼《ちい》さくからその醜い不自由な肉体の為めに虐げられて学校にすらろくに行かなかつた。それに俺は子供のくせになんといふ残酷なことをしたもんだらう。俺はよく茂男と一所にはなれてゐる親類の家に遊びに行く時など茂男の高くなつてる脊中の上に石をのせて、親類の家に行くまでこの石をおとしたら、お前をひどい目にあはす、と云つて石をその高くなつた背中の上にのせてよく歩かしたことを覚えてゐる。そしていま俺にはその記憶が堪へられない苦しみとなつてゐる。俺は今朝、七年振りかで初めて茂男をAステーシヨンへ迎へた時、人がゐなかつたら抱きしめて泣きたかつた。茂男は何年たつてもちよつとも変つてゐない、顔も年老つてゐなかつた。昔のまゝで一寸《ちよつと》も変つてゐなかつたけれども、俺は彼の姿を本当に見てることが出来ないんだ。』

『茂男さんは、あなたにお逢ひになつた時、なんておつしやつて。』

みち子は、涙をふきながら辰馬の顔を見てふと云つた。

『茂男かい、茂男は昔から何も云はない奴だつたが、やはり別になんにも云はない。只俺の顔を見て、「痩せたな。」と云つてゐた、それに三日三晩の間堅い椅子に腰をかけて、ゆられつづけに来たもんだから、脊中が痛いと云つてゐた。それでお前の所へもつれて来やうと思つたけれども、茂男も別にお前に逢ひたくないやうだし、それにお前も普通のものならばいゝけれども、茂男のやうなものと逢ふのは厭だらうと思つたから、無理にもつれて来なかつたんだ。本当にお前は俺がこんな話しをしてもなんでもないかい、俺は別にかくしてゐたわけではないけれども、今までつい話さずにゐたのをけつして悪く思はないでくれね、何でもないことだらう。もうこれで俺はお前に話さないことが一つもないんだ。お前は俺の話しを聞いてどう思つてゐる。』

辰馬は、また口を閉ぢて心配さうにみち子の顔を見た。しかしみち子は眼に一つぱいの涙をたゝへたまゝ何も云はずにじつとしてゐた。

『みち子、どうした。何をお前は考へてるんだい。俺はお前が何も云はずにじつとしてゐると苦しい。何か考へたことがあるんなら話してくれないか。』

みち子は、しばらくたつてから云つた。

『私はやはりあなたから真実に愛されてるんでないやうな気がしました。あなたの私に対する愛は、私自身に対して起つたのではなくて――』

と云ひかけた時、

『なにを云つてるのだ、お前には俺の心が解らないんだ。』と云つて、苦しさうに立上ると空を見た。みち子もついで立上つた。そして涙をふいてるのを見ると、辰馬はもう一度みち子の顔をのぞき込むやうにして、

『お前はなぜいま云つたやうなことを考へるんだらうな。俺はけつしてそんな動機? からお前を愛してるんじやない。けつしてそうじやないよ。お前と茂男とは全く別物だ。あんな事を考へてはいけないよ。そして俺のことを考へてくれなければい

けない。ね解《わか》つたかい。』と物静かに云つた。みち子は黙つてうなづいた。そして二人は静かに歩き出して部屋に帰つた。部屋のなかは、もはや暗かつた。みち子は涙もなにも浮べずに見開いた眼で暗い部屋のなかを見つめてゐた。そして人事のやうに、不具の妻とそして弟とを持つてる男のことを考へてた。彼女の心はそれから、いつも暗い影を持つやうになつた。

（「新潮」大正6年7月号）

禰宜様宮田

中條百合子

（一）

春になつてから沼の水はグツとふへた。

此間までは皆むき出しになつて、うすら寒い風に吹き曝されて居た岸の浅瀬も、今はもう稍々濁つては居るがしとやかな水色にすつかり被はれて明るい日光がチラチラと、軽く水面に躍つて居る。

波とも云はれない水の襞が、彼方の岸から此方の岸へと寄せて来る毎に、未だ生え換らない葦が控目勝ちにサヤサヤ……サヤサヤ……と戦ぎ、フト飛び立つた鶺鴒が小波の影を追ふやうに、スーイスーイと身を翻す。

処々崩れ落ちて、水に浸たつて居る堤の後からは、ズーツとなだらかな丘陵が彼方の山並みまで続いて、丁度指で摘み上げたやうな低い山々の上には、見事な吾妻富士の一帯が他に抽で丶聳えて居る。

色彩に乏しい北国の天地に、今雪解にかゝつて居る此山の姿ばかりは、完く素晴らしい美くしさを以て、あらゆるものゝ歎美の的となつて居るのである。

山は白銀である。

そして紺碧である。

頂に堅く凍つた雪の面は、太陽にまともから照らされて眩ゆい銀色に輝き渡り、やゝうすれた燻し銀の中腹から深い紺碧の山麓へと其の余光を漂はせて居る。

遠目には見得ようもない地の襞、灌木の茂みに従つて、同じ紺碧の色も、或処は稍々青味勝ちに、又或るところはくすんだ赤味をまして、驚くべき巧な陰のつけられてある麓の末は、其前へ一段低く連なつた山の峯の裡へと消えて居る。

そして、静かな西風に連れて、来ては去る雲がその時々に山全体の色調に此上なく複雑な変化を与へる。

或時は明るく或時は暗く、山はまるで生きて居るやうに見えた。

大きな楓の樹蔭に胡座をかき、釣糸を垂れながら禰宜様宮田はさつきから、此等の美くしい景色に我を忘れて見とれて居たのである。

「まつたくはあ、偉れえもんだ…………」

彼は思はずもつぶやく。

そして、自分の囲りにある物と云ふ物総てから、生々《いき〳〵》として、真当《まつとう》なあらたかな気が立ち上つて来るやうに感じたのである。

一本の樹でもどんな小さな草でもが皆創られた通りに生きて居る。

背の低いものは低いやうに、高いものは又高いものゝやうにお互にしつくりと工合よく、仲よささうに生きて居るのを見ると、何によらず彼は、

「はあ真当《ほんとう》な事だ」

と思ふ。

そして何処となく心がのび〳〵と楽しくなつて、彼のいつも遠慮深さうに瞬いて居る、大きい子供らしい眼の底には、小さい水銀の玉のやうな微かな輝やきが湧くのである。

一体彼の顔は、大変人の注意を引く。

利口さうだと云ふのでもなければ雄々しいと云ふのでは元よりない。

東北の農民に共通な四角張つて、頬骨の突出た骨相を彼も持つては居るのだけれども、五十にやがて手が届かうとして居る男だなどゝは如何うしても思へない程若々しく真黒な瞳を慎ましく、けれどもちやんと相手の顔に向けて、下瞼の大きな黒子を震はせながら、丁寧に口を利く彼の顔を見ると、誰でもフト此処らでは滅多に受けない感じに打たれる。

大変物柔らかに、品のいゝやうな快さを感じるとともに、年に似合はない単純さに、罪のない愛情を感じて、杉毛だらけの耳朶を眺めながら自づと微笑まれるやうな心持になるのである。

禰宜様宮田は至つて無口である。

どんな諷刺を云はれやうが、曾て一度も怒つたらしい顔さへした事がないので、部落の者達は皆、

「ありやあはあ変物《へんぶつ》だ」

と云ふ。その変物だと云ふ中には、間抜け、黙んまり棒、時によると馬鹿《こけ》かもしれないと云ふ意味が籠つて居る。

真面目に働いても利口に立ち廻れないから、女房のお石が桑の売買、麦俵のかけ引きをする。彼女がするやうにさせて、一口の小言も云はないので、お石は大抵の場合彼の存在を念頭に置かない。たまに、彼女の口から
「とつさん」

と云ふ言葉が洩れる時は、きつと何か仕事が上手く行かなかつたときとか、気がむしやくしやして、腹を立てゝやる相手が必要な時に限られて居ると云つても、決して其が誇張ではない程、彼の権威は微かであつた。

「ヘツ！俺ら家《げ》のとつさんか…………」

他人の前でも、地面に唾を吐きながら、彼女の持つて居るあらゆる侮蔑を何の隠すとてもなく現はしても、不思議に思ふ者はない。

家柄は禰宜様――神主――でも彼はもうからきし埒がないと云ふ意味で、禰宜様宮田と云ふ綽名がついて居るのである。

人中に居ると、禰宜様宮田の「俺」はいつも〳〵心の奥の方に逃げ込んで仕舞つて、何を考へても云はうとしても決して「俺の考」とか「俺が云つたら」と云ふものは出て来ない。けれども、野良だの、釣だのに出て来て、斯う云ふ風に落付くと、彼は漸やつと「俺」をとり戻す。

そして、段々心は広々と豊かになつて、彼の真個の命が栄え出すのであつた。

今も長閑な心持で四辺の様子を眺めて居るうちに、禰宜様宮田の心は、次第に厚みのある快さで一杯になつて来るのを感じた。

そして、平らかな閑寂な其の表面に、折々雫のやうにポツリポツリと、家内の者達の事だの、自分の事だのが落ちて来ては、やがてスーと波紋を描いて何処かへ消えて行つて仕舞ふ。

沼で一番の深みだと云はれて居る三本松の下に、これも釣をして居るらしい小さい人影を見るともなく見守りながら、意識の端々がほんのりと霞んだやうな状態に入つて行つたのである。

其からやゝ暫く立つてから、彼はフト元の心持に戻つた。どの位時が過ぎたか分らない。

禰宜様宮田は、ついうつかりして居た竿を上げて見た。餌ばかりさらはれて、虫けら一匹かゝつては居ない針が、極り悪さうに瞬きながら上つて来た。

彼はもう何だか、わざ〳〵切角斯うやつて生きて居る蚯蚓の命まで奪つて僅か許りの小魚を釣るにも及ばないやうな心持になつて、草の上に針を投げ出すと、そのまゝ煙草をふかし始めた。

先刻《さつき》までは居る影さへしなかつた鳶が、いつの間にかすぐ目

の前で五六度圏を描いて舞つたかと思ふと、サツと傍の葦間へ下りて仕舞ふ。

キ……キツキ……

微かな声が聞えて来る。

「はて、小鳥でもはあ狙はれたけえ……」

葦叢をのぞき込むやうにして膝行《いざり》出た禰宜様宮田の目には、フト遠い、ズーツと遥かな水の上に、何だか奇妙なものが足掻いて居るのが写つた。

鳥でもないし、木片でもない。

「今時《えまじ》分《ぶん》人でもあんめえし……」

浮藻に波の影が差して居るのだらうと思つて見ると、さう見えない事もない。

が、しかし……

何だか気になつてたまらない彼は、煙管を持つた手を後で組み、継ぎはぎのチヤン／＼の背を丸めて、堤沿ひにソロ／＼と歩き出した。

「オーイ、誰《だんか》来てくんろよーオーイ」

近所の桃林で働いて居た三人の百姓は、喫驚して仕事の手を止めた。

「オーイ来てくんろよー沼だぞー」

「あら、オイ禰宜様の声でねえけえ？」

彼等が沼地へ馳け付けた時には、真裸体の禰宜様宮田が、着物の明いて居る所中《ところぢゆう》から水が入つて、ブグ／＼とまるで水袋のやうになつて居る若い男を、やつとの事で傍の乾いた草の上まで引きずり上げたところであつた。

背が低くて、力持でない禰宜様が助け上げたのが不思議な位、若者は縦にも横にも大男である。

が、もうすつかり弱り切つて居る。

心臓の鼓動は微かながら続いて居るから、生きては居るのだが、見るも恐ろしいやうな形相をして絶息して居る。

もう一刻の猶予もされない。

水を吐かせ、暖め摩擦し、其時其処で出来る丈の手当がほどこされたのである。

此処いらの百姓などゝは身分の違ふ人と見えて、労働等は思つて見た事もなささうな体をして居る。自分が裸体だなどゝ云ふ事はまるで忘れて、水気が一どきに乾かうとする寒さで、歯の根も合はずガタ／＼震へながら、それでもひるまない禰宜様宮田は、若者の上に跨がるやうにして
ウムツ！ウムツ！

と満身の力を籠めて擦つて居る。

青醒めた、けれどもどうあつても此男を生さずには置かないぞと云ふやうな、堅い決心を浮べた彼の顔は、平常《ふだん》に似合はず確かりとして見える。

心から調子の揃つた四人の手は、やがて段々若者の生気を取り戻し始めた。

呼吸が浅く始まる。

紫色だつた爪に僅かの赤味がさして、手足にぬくもりが出る。
追ひ〳〵知覚されて来た刺戟によつてピリ〳〵と瞼や唇が顫動する。

やがて、丁度深い眠りから、今薄々と覚めようとする人のやうに、二三度唇をモグ〳〵させ、手足を動かすかと思ふと、瞬きもしないで見守つて居た禰宜様宮田の、其眼の下には、今、辛うじて命をとりとめた若者の水々しい眼が、喜びの囁きの裡に見開かれた。

此の瞬間！

禰宜様宮田は、自分の体の中で何かしら大した幅のあるものが、足の方から頭の方へと一目散に馳け上つたやうな心持がした。

そして、彼のいゝ顔の上には、しん底からの微笑と啜泣が一緒くたになつて現はれた。

「はあ、真当なこつた。

若けえもんあ死なさんにえわ………なあ………」

今まで只の一度でも感じた事のない歓喜と愛情が、彼の胸には焔のやうに燃え上つて来た。

もうどうしていゝか分らなくなつて仕舞つた彼は、傍の草の中に突伏して、拝みたくて堪らない心持になりながら子供のやうに泣吃逆つたのである。

そして、安心して気が緩んだので、いつかしら我ともなく心がポーツとなりさうになつた時、

「オイ〳〵禰宜様、何《あによ》うしてるだよ。

俺らあおめえん介抱《けえほう》まぢやあ請合はねえぞ」

と云ひながら、誰かゞひどく彼の肩を揺つた。

スー、スーと一寸づゝ区切りをつけながら、蜘蛛が糸を下げるやうに、段々と真暗な底の知らないところへ体が落ちて行くやうに感じながら、どうしても自分で頭を擡げる事の出来ないで居た禰宜様宮田は、此時ハツト思ふと同時に、急に自分の体が自由に軽くなつたやうに感じた。

そろ〳〵と起き上つた彼は、仲間と一緒に若者をよう〳〵近所の百姓屋まで運んで行つた。

救はれた若者は、町で有名な海老屋と云ふ呉服屋の息子で、当主の弟にあたる人であつたのである。

名乗られると、急にどよめき立つた者達は、平常《ふだん》は使はない取つて置きのいゝ言葉で御機嫌をとらうとするので、大の男まで時々途方もないとんちんかんを並べながら、ワク〳〵して助けて呉れた人は何と云ふ者だと訊かれると、

「ありやおめえさ禰宜様宮田で、へ………

もうからきしはあ………」

などゝ、お世辞笑ひばかりする。

今の場合、わざ〳〵拾つて来られたところで如何う仕ようもない魚籠だの釣竿だのを、一つ〳〵若者の前へ並べたてながら、彼等は財布と銀時計――若者も内心では如何うなつたらうと思つて居た――をこつそり牒し合はせて、見付からない事にして

仕舞つた。

「オイきつと黙つてろな、え？

え丶け、きつとだぞ！」

皆に拳固を差しつけられた禰宜様宮田は、部屋の隅の方でコソ〳〵と身仕度をした。

そして、大切さうに皆に取り巻かれ、気分もよほどよくなつたらしい面持ちをしながら、家からの迎へを待つて居る若者を眺めてから、愛くしみに満ち充ちた心を持つて、裏口から誰も気の付かないうちに、さつさと帰つて行つて仕舞つた。

（二）

今まで、何かにつけて禰宜様宮田は自分の心の裡に年中飢じがつて、ピイ〳〵泣いては馳けずり廻つて居る瘠せつぽちな宿無し犬が居るやうな気持になり〳〵した。平常は半分まぎれて気がつかないで居ても、何か少し辛い事や面白くない事が起つて来ると、何処かの隅に寝て居た瘠せ犬がムツクリと起き上る。そして、微かな足音を立てながら、悲しげに泣きながら、彼の体中を歩き廻る。

ソク〳〵ソク〳〵云ふ足元から、悲しい寂しい心持が湧き出して、禰宜様宮田の心も体も押し包んで仕舞ふのである。

そして、時には瘠せ犬が自分の心の持主なのか、又は自分が、其の瘠せ犬の主なのか、よく分らなくなつて仕舞ふ程、追ひ払つても、追ひ払つても、亦戻つて来るみじめな、瞬く間に自分の心を毫碌させて仕舞ひさうな辛さが、彼の心を苦しめたのである。

けれども、有難い事には、昨日のあの瞬間から——彼が泣き伏しながら拝みたい心持になつた時から——彼の魂は真当《まつとう》な休みどころを見つけた。

其処だけは、いつも明るく暖かく輝いて居る。

辛かつたら来るがい丶……

泣きたくなつたら、泣きに来い……

彼は、今まで俺はもう〳〵不仕合はせなけだものだと思つて居た自分の心を——あの瘠せ犬があんなにも引掻き廻す自分の心を——ちやあんと、どなたかが見て被居つしやつて、斯う云ふ休みどころを下すつたのぢやああるまいかと云ふことを大変思つた。

其のどなたかは、世の中ぢゆうの真当なことの持ち主であらつしやる………

禰宜様宮田は、広場へ筵を拡げて、桜《たら》の根を乾かしながら、大変仕合はせな、謙遜《へりくだ》つた心持で考へて居たのである。

南向きの広場中には、日がカアツと差して、桔槔の影は彼方の納屋の荒壁を斜に区切つて消えて居る。

廿日程前に誕生した雛共が、一かたまりの茶黄色のフワ〳〵になつて、母親の足元にこびりつきながら、透き通るやうな声で
チヨチヨチヨチヨチヨ〳〵……

と絶間なく囀るのを、親鳥の
クワ……クウ〱……クワ………

と云ふ愛情に満ちた鼻声が一緒になつて、晴れた空に響いて行く。

娘のまきと、さだに守りをされながら、六《ろく》の小さい裸足の足音は湿りけのある地面に吸ひ付くやうな調子で、今来て肩につかまつたかと思ふと、もうあつちへヨチ〱とかけて行く。

「ア、六《ろく》。

そげえなとこさえぐでねえぞ
血もんもが出来てあゝいて〱になんぞ、な
こつちやて、ほうら見、とつとがまんま食つてんぞ、おうめえ〱てな……」

麦粉菓子の薄いやうな香ひが、乾いて行く桜の根から静かにあたりに漂つて居た。

すると、昼過ぎになつて、突然海老屋の番頭だと云ふ男が訪ねて来た。

昨日のお礼を云ひたいから、店まで一緒に来てくれと云ふのである。

種々言葉に綾をつけながら、故意と早口に、ぞんざいな物云ひをする番頭は、彼の妙にピカ〱する黒足袋を珍らしがつて鶏共が首を延す度んびに、さも気味悪さうに下駄をバタ〱やつては追ひ立てる。

鶏がはあおつかねえとは………

心の内で喫驚しながら、まきやさだは番頭が厭な顔をするのも平気で、真正面に突立つたまゝ、不遠慮にその顎のとがつた顔を見守つて居る。

禰宜様宮田は行き度くなかつた。

そんな立派な家へ、何も知らない自分が出かけて行くのは気も引けたし、何かやる〱と云はれるのにも当惑した。

「俺らほんにはあ御使えいたゞいた丈で、結構でござりやす
………

何《なん》もそげえに………

そんに決して俺らの力ばつかぢやあござりましねえから
………」

彼は、下さる物は、自分のやうな貧乏人にとつて不用《いら》ない筈はないことは知つて居る。

けれども………何だが品物などで御礼をされるには及ばない程の満足が彼の心にはあつたのである。

そして、物なんか貰つてさも俺の手柄だぞと云ふ顔は、到底出来ない何かゞ彼の頭を去らなかつた。

番頭に蹴飛ばされさうになる雛どもを、ソーッと彼方へやりながら、禰宜様は幾度も〱辞退した。

が、番頭はきかない。

到頭喋りまかされた禰宜様宮田は、海老屋まで出かけることになつた。

店《ざい》の繁盛なことや、暮しのいゝことなどを、しまいに唇の角

から唾を飛ばせながら喋る番頭の傍について、在《ざい》の者のしきたり通り太い毛襦子の洋傘をかついだ禰宜様は、小股にポク〳〵とついて行つたのである。

海老屋では、家事を万事とりしきつて仕て居ると云ふ年寄り――五十四五になつて居る先代の未亡人――が会つた。

金庫だの簞笥だのを、ズラリと嵌め込みにした壁際に、帳面だの算盤だのを沢山積み重ねた大机を引きつけて、男のやうな、と云つても普通の男よりもつとバサ〳〵した顔や声を持つたおばあさんが、ムンヅと云ふ形容が可笑しい程適した形をして座つて居るのを見ると、あれでもおばあさんださうなと云ふ感じが、一層禰宜様宮田の心を間誤付かせた。

「はあ、お前さんが宮田とお云ひか………」

丁寧に頭を下げた彼の挨拶に答へた、彼女の最初の、太いかすれた声を聞いた瞬間から、もうすつかり彼の心は、受身になつて仕舞つて、いつもの「俺」の逃げて行き方が、もつと早く、もつとひどく行はれたのである。年寄りはあんな大男の息子を助けた男と云ふ丈で、もつとずーツと体も心もがつしりした元気な男を期待して居たところへ現はれた彼は、余り総てに於て思ひがけない。

おばあさんは、何だか滑稽なやうな、お礼を云ふのも馬鹿らしいやうな気持になつて仕舞つた。

そして、臆して居る彼の前に此上ない優越感を抱きながら、お礼を云ふのか命令して居るのか、差程の区別をつけられないやうな口調で息子の救はれた感謝の意を述べた。

私のやうな者が、お前にお礼を云ふのさへ、真個なら有難すぎる事なのだと云ふ口吻が、あり〳〵と言葉の端々に現はれて居るけれども、禰宜様宮田はちつとも不当な態度だと思はなかつたのみならず、彼女がほのめかす通り、お礼などを云はれるのは勿体ない事だと思つて居たのである。

お前さまは海老屋の御隠居であらつしやる。そんにはあ俺あこげえな百姓づれだ。其処にもう絶対的な或物――禰宜様宮田にとつては此上ない畏怖となつて感じられた、両者の位置の懸隔――を認めることに、馴されきつて居るのである。

何を云はれても、彼は只ハイ、ハイと御辞儀ばかりをした。

一通り云ふ丈の事を云ふと、年寄りは勿体振つた様子で、仰々しい金包みを出した。

麗々と水引までかゝつて居る包みを見ながら、禰宜様宮田は、途方に暮れたやうな心持になりながら、きごちない言葉で辞退した。

「ほんにはあ御有難うござりやすけんど………
俺ら心にすみましねえから………」

けれども年寄の方では、喉から手が出さうに欲しくても、一度は「やつて見る」遠慮だと思つたので、唇の先丈で

「まあ御遠慮は無用だよ」

と云ひながら、煙草を吸ひ込む度に目を細くしては彼の様子を見て居た。

が、彼はどうしても納めようとしない。

貰はない訳を彼は説明したかつたのだ。けれども、何より肝腎の

俺の心にすまんねえもの

を、云ひとくに入用《いる》丈の言葉数さへ知らない上に、如何う云ふ訳だからどうなつて俺の心に済ないのかと、云ふ事は、彼自身にさへよくは分つて居ない。

只心に済ない気がする。後にも先にも其丈なのである。けれども、その漠然とした「気持」が、どんなにしても胡魔化せもせず、許せもしない強さで彼の心を支配して居るのである。

永い間ジーッと考へれば、云はれない事もなからうが、何にしろ、今斯うやつて年寄りが面と向つて口元を見守つて居る時などに、どうして平気で其那事が考へて居られよう。

彼のいゝ魂は、すつかり恐縮して頑畳な胸の奥にひそまり返つて居たのである。

幾度云つても聞かないのを見た年寄りは、内心に意外な感じと、先づ儲けものをしたと云ふ安心とを一どきに感じながら、たつた一円の包みを眺めた。

そして、何となしホツとしながら、けれども何処までも切角出したものを突返された者の不快を装ひつゝ、不機嫌さうに傍の手文庫を引きよせて、包みを入れると、ピーンと錠を下して仕舞つた。

隅々の糸がほつれて居る色も分らない古巾着を内懐から出して、鍵を入れると、

「一銭や二銭のお金ぢやあなし、遣らうと云へば、一生恩に被る人が、ウザ〳〵云ふ程あります、只湧いて来るお金ぢやあなしね」

とつぶやきながら、項垂れて居る禰宜様宮田の胡麻塩の頭を眺めて、彼女は途方もない音を出して、吐月峯をたゝいた。

（三）

海老屋の年寄りは、翌朝もいつもの通り広い果樹園へ出かけて行つた。

笠を被り、泥まびれでガワ〳〵になつたもん平を穿いた彼女が、草鞋がけで沢山な男達を指揮し出すのを見ると、近所の者は皆、

「あれまあ御覧よ、

又海老屋の鬼婆さんが始まつたよ。」

と、あきれ返つたやうな調子で云ふ。

自分が鬼婆々と云はれて居ると云ふことも、其の訳も彼女はちやんと知つて居る。

けれどもちつとも気にならない。それどころか却つてこそ〳〵と鬼婆がどうした斯うしたと噂されるのを聞くと、今までに倍した元気が湧いて来るのである。

どんな悪口でも何でもつまりは、ねたみ半分に云ふのだ。

自分の事を眼の敵《かたき》にして、手の上げ下しにろくな事を云はな

い津村にしたところで、腹の中は見え透いて居る。今までこそ、呉服は津村に限るとまで云はれて、町随一の老舗で通つて来たものが、此頃ではうちにすつかり蹴落されて、目に見えて落ちて行く。その当人になつて見れば、嘘にもお世辞にもよくは思へないのも無理はない。其がこわくて何が出来よう。

先達つて三綱橋の御祝ひの時にも、佐渡の御隠居が彼那にわい〱云つたつて、矢張り寄附金が少なかつたから、見たことかあゝやつて私よりは下座へ据えられて、夜の御振舞ひにだつて呼ばれはしない。

町会議員を息子に持つて居ると威張つたところで、いざと云ふ時にはどうせ、私の敵ぢやあない哩。

今の世ぢやあ、金さへあればどんな無理も通せると云ふもの、現に佐渡りの議員だつて、買つたも同様の札で当つたのだと云ふぢやあないか。

物は方便、金が物云ふ時世に生れて、変におかたい事を云ふのは、馬鹿の骨頂だ。

何とか彼とか理屈をつけて、溜めたくないやうな振をして居る者の御仲間入りをして居られるものか。何と云はれたつてかまはずドシ〱溜れば、それでいゝのだ。あゝそれでいゝのだとも……。

どんな僅かの機会でも、決して見逃すことのない彼女は、幾分かの利益が得られさうだとなると、どんな手段でも策略でも遠慮会釈なくめぐらして、どうにでも仕舞ひには勝つ。

まるで思ひがけないやうな難題を考へたり、云ひがゝりを作ることは、彼女の得意とするところであり、従つて何よりの武器であつた。其等の思ひ付きを、彼女は日頃信心する妙法様の御霊験《おしめし》と云つて居たのである。

果樹園には、此の土地で育ち得る総ての種類の果樹が栽培されて居た。

そして、収穫時が来ると、お初《はつ》穂をどれも一箇《ひとつ》づゝ、妙法様と御先祖にお供へした後は、皆売り出すのだから、今からの手入れは決して忽がせには出来ない。

雇人や作男などは、皆猫つかぶりの大嘘つきで、腹の裡では何をたくらんで居るか、知れたものでないと思ひ込んで居る年寄りは、枝一本下すにも始めから終りまで自分の目の前でさせ、納屋へ木束を運ぶまで見届けなければ安心がならない。

大汗になりながら、馳け廻つて監督するのだが、体は悲しい事に一つほかない彼女が、今此方に来て居れば彼方の畑の作男共は、どうしても手を遊ばせたり、ついなまけて仕舞つたりする。

今朝も、鼻の頭に大粒な汗をびつしより掻いて、大忙がしに働いて居ながら、どう云ふわけかおばあさんの頭からは、どうしても禰宜様宮田のことが、離れない。

「妙な男だわえ……貧乏人の分際で……金……何にしろ遣らうと云ふのは金なんだから！」

汗を拭き〱年寄りは、

「おい重、お前彼男を知つてるんだらう、
　ありやあ一体どうした男なんだね、」

など、訊いた。

「へ………

　どうも、………」

「一体何で食つて居るんだね、よくあれで生きて行かれたもんさ、」

「ちいつとばつかり桑畑や麦畑を持つてるからそれでやつてくんでございませう、が御隠居の目から見なさりやあ、何奴《どいつ》もはあ気違えのやうなもんでございますよ
へ………」

作男達の顔には、彼等特有の微笑が湧く。

誰か「エヘン！」とわざと大きな咳払ひをして、おばあさんが振向く間もなく何処かへゴソ〳〵隠れて仕舞つた。

手元が見えなくなるまで、真黒になつて働いて居た年寄りは、食事をすませると火鉢の傍で、煮がらしの番茶を飲んで居た。

いつともなく禰宜様宮田の丁寧な御辞儀の仕振りなどを思ひ出して居た彼女の心には、不意に思ひがけずあの妙法様が御乗りうつりなすつた。そして、瞬く間に誰が聞いても喫驚しずには居ない程、「いゝ思案」が夕立雲のやうに後から〳〵と湧き出して来て、頭を一杯にして仕舞つた。

腹心の番頭と、やゝ暫く評議を凝らした時には、此からもう五六年も後の事が、ちやんと表になり数字になつて現はれて居たのである。

禰宜様宮田の臆病なウジ〳〵した様子が、何か年寄りに「いゝ思案」のきつかけを与へたらしかつた。

海老屋へ行つた禰宜様宮田は、きつと沢山《ふんだん》な御褒美にあづかつて来るものだと思つて、待ちに待つて居たお石は、空手で呆然戻つて来た彼を見ると、思はず
「とつさん、土産《みやげ》あ後からけえ？」

と訊かずには居られなかつた。が、

「馬鹿えこくもんでねえ」

と、彼は相手にもしない。

段々聞いて、出された金包を戻して来たと知つた時には！

「まあお前が………まあ返《けえ》して来たつちゆうけえ！」

お石は、腹のしんが皆抜けて仕舞つたやうに、落胆《がつかり》した。暫くポカンとした顔で亭主を見て居た彼女は、やがて気をとりなほすと一緒に、今まで嘗て此那に怒つた事は無い程の激しい憤りを爆発させた。

半夢中になつて、彼をまるで猫や犬のやうに罵り散らしながら、自分の前かけや袖口を歯でブリ〳〵と噛み破る。

訳が分らないで怒鳴りつけられたり擲たれたりして、恐ろしさうに竦んで居る子供達の肩を撫でゝやりながら、禰宜様宮田は、黙然として其罵詈讒謗を浴びて居た。

それから毎日〳〵斯う云ふ厭な事ばかりが続いた。

お石は、何かにつけて金を貰つて来なかつた事を引合ひに出

して、子供が一寸物をねだる事まで皆彼女の腹癒せの材料にされたのである。

「汝等《にしら》あまでたかつてからに、こげえな貧乏おつかあをひでえ目に会はせくさる！

あんでも父つちやんに買つて貰つちや、呉れるちゆう金え、突返《つつけえ》すほどのお大尽《でえじん》たあ知んねえで、我が食ふもんもはあ食はねえようにして、稼えでたんなあ、さぞえゝざまだつたべえて、俺らも、もう毎日《めえにち》真黒んなつて働くなあ止めだ、人う面白《おもろ》くもねえ、
後《あた》あどうでもえゝやうにすんがえゝや」

朝でもふて寝をしたり、食事の用意もしないまんま、何処へか喋りに行つて仕舞つたりするので、心の裡では其那に母親を怒らせた父親を怨みながら、まだやつと十一のさだが、危ふげに飯などを炊く。

暗い、年中ジク／＼して居る流し元に、鍋などを洗つて居る姉の傍に、むづかる六をこぼれさうにおぶつたまきが、途方に暮れたやうに立ちながら、何か小声で託つて居るのを見ると、禰宜様宮田は真個に辛いやうな心持に打たれた。

自分が居れば居る程、大混雑になる家から逃れるやうにして、彼は出来る丈野良にばかり出て居た。

けれども、別にさう大して働かなければならない程の仕事もない。

耕地の端れの柏の古木の蔭に横はりながら、彼は様々な思ひに耽つたのである。

透き通りさうに澄み渡つて、まるで精巧なギヤマン細工の天蓋のやうに一面キラ／＼と輝いて居る、広い／＼空。

短かい陽炎がチロ／＼ともえる香りのいゝ地面。

禰宜様宮田は、ジイツと瞳をせばめて、大きい果しない天地を想ふ。

そして、想へば想ふ程、眺めれば眺める程、彼はあの碧い空の奥、此の勢のいゝ地面の底に何か在りさうで堪らない心持になつて来るのである。

真個に、きつと何かゞ在りさうな気がする。

それなら一体何が在るのか？

彼は知らないし、又解りもしない。

只、底抜けでない、筒抜けでは決してないと云ふ心強さが、じわ／＼と彼の心の核まで滲み込み、悠久な愛情が滾々と湧き出して、一杯になつて居た苦しみを静かに押し流しながら、慎み深い魂全体に満ち溢れるのである。

「何事もはあ真当《まつとう》なこつた……」

天地が広いのが真当《まつとう》なやうに、何も知らない意くじない自分が小さいのは、辛い事があるのは決して間違ひではない。

「どなたか」は各自の心に各自違つた考へを御授けなさる。それがよし自分と同じで無いとしたところで、どうして怨んでなるものか。

総ての物の裡に潜んで居る真当《まつとう》、掘り下げて、掘り下げて行

つた底には、きつと光つて居るに違ひない真当《まつとう》に、強い憧がれを感じて、禰宜様宮田のあの子供らしい、上品な眼は涙組んだのである。

貧乏な暮しには、い丶魂より金の方が大切だ。

お石は、唇を噛んでジリ〳〵しながら、どう考へても馬鹿《こけ》の阿呆《あほう》に違ひない自分の亭主を呪つた。

家中の責任を皆背負つて立つて居る自分、此の自分が居るばかりに漸々哀れな亭主も子供達も生きて居られるのだと云ふ自信に、少なからず誇りを感じて居た彼女は、何の価値も全然認め得ない彼が、一存で礼を突返して来たと云ふと――無能力者の僭越――によつて、非常に自分の誇りを傷けられたと感じた。

丁度、大変自尊心の強い先生がどうかしたはづみで目にもとめて居なかつた生徒に、遣り込められた時のやうな、何とも云ひようのない混雑した心持を、形式こそ違へ、お石も感じて居たのである。

そして、一層其の金包みに愛着を感じた。

指一本触らずに置いて来た金包みの裡に、彼女は自分等の永久的な慰楽が包蔵されて居たやうな心持がして、禰宜様宮田はまるで聖者の仮面を被つた悪魔、生活を破壊させ、堕落させようと努めてばかり居る悪魔のやうに憎んだのである。

勿論、お石の心の中では、斯う云ふ風な言葉も順序もついては居ない。

掻き廻された溝のやうに、ムラ〳〵、ムラ〳〵と何も彼も一どきにごた混ぜになつて互に互を穢し合ひながら湧き出して来る。

さうするともう真暗になつて仕舞ふ彼女は、訳も分らず叱りつけ、怒鳴りつけ、擲り散らす。

けれども、直ぐ旋風が過ぎて仕舞ふと、後には子供達に顔を見られるのも堪らないやうな気恥かしさが残るので、彼女は照れ隠しにわざと何処かへ喋りに飛び出して仕舞ふのである。

妙にぎごちない、皆が各自の底意を見抜きながら、僅かの自尊心で折れて出る者は独りもないやうな生活が彼女にとつても早うんざりして来た時、思ひがけずに海老屋の番頭が、欲しいものを要求して呉れと云つて来た時には、もう何と云つてい丶かまるで生き返つたやうな心持がした。

自分さへ打ちとければ、其に対して片意地な心を持つ者は誰も居ない等と思はないお石は、小さい娘達まで心のひねくれた大人扱ひにして、自分独りで拗《す》ね戻て居たのである。

辞退はされるが、どうか何なり欲しいものを云つてくれと云ふ使の趣を話された時、顔が熱くなる程嬉しかつたお石は、相手を斯う出させるために、とつさんは彼時断つて来たに違ひないと思つた。

若しさうだとすれば、俺ら何のために怒つたらう？私かに心の裡ではにかみ笑ひをしながら、彼女は今度も亦謝絶して居る禰宜様宮田を珍らしく穏やかな眼差しで眺めて居た。

彼は相変らずのろい、丁寧な言葉で断はると、五月蠅いものと諦らめて居た番頭は思ひがけず、じきに納得して帰つて呉れた。

禰宜様宮田は、先ぐ帰つて貰つた事に満足し、お石は何はともあれ来て呉れた事に満足して、家中には久し振りで平和が戻つて来たのであつた。

けれども、使は三日にあげず寄来される。そして、ことわられては素直に帰つて行く。

「又御きまり通りでございます……」

番頭がさう云つて隠居の部屋へ挨拶に行く毎に、海老屋の年寄りは会心の笑《えみ》を洩して居たのである。

完くおきまり通りになつて来る哩へ……

年寄りの心には、丁度籔かげに隠れて、落しにかゝる獣を待つて居る通りな愉快さが一杯になつて居るのである。

何にも知らない獲物は、平気で頓間な顔付きをしながら、ノソ〳〵ノソ〳〵と段々落しに近づいて来る……

其時猟人の胸に満ちる、緊張した原始的な嬉しさが、そのまゝ今年寄りに活気を与へて、何だか絶えずそわ〳〵して居る彼女は、きつと斯う云ふ時ほか出ないものになつて居る無駄口をきいたり、下らない事に大笑ひをして、

「ヘツ、馬鹿野郎が！」

など、つぶやく。

其の馬鹿野郎と云ふのは、決して憎しみや、侮蔑から作男共に向つて云はれたのではない。

此からそろ〳〵と御意なりに落しにかゝらうとする獲物に対する非常に粗野な残酷な愛情に似た一種の感情の発露なのである。

年寄りは、着々成功しかゝる自分の計画の巧さに、我ながら勢立《きほいた》つて益々元気よく朝から晩まで、馳けずり廻つて働いて居たのである。

三度まで無駄足を踏ませられても、怒る様子もないばかりか、使を寄来すのを止めようともしない……

流石の禰宜様宮田も、又流石のお石も、少し妙な気がした。

一体まあ如何うした事ぢやい！

漠然とした疑惑が起らないではなかつたが、禰宜様宮田は、さう云ふ心持を自分で自分の心に耻じて居た。

何処に、自分等の大切な家族の一員の命を救つて呉れた者に対して、悪い返報をする者、又出来る者が居るだらう。

浅間しい疑を抱く自分を彼は私かに赤面しながら、何処までも、親切づくの事として信じようとして居たのである。

けれども、四度目に来た時、海老屋の番頭はもう断はられて帰るやうな、其那生優しいものではなくなつた。

彼は真個の用向——年寄りの計画の第一部——を持つて現はれたのである。

今までとは打つて変つて高圧的な口調で、番頭は先づ隠居が大変立腹して居ること。此那に手を換へ、品をかへて何か遣らうとするのにきかないのは、何か思惑があるのぢやあないか、

一旦自分で突落した若旦那を又自分で助けて来でもして、此方で上げようとして居るものより何か外の物に望みを置いて居るのぢやあないかと思つて居なさると、云つた。

其を聞いて、真先に怒鳴り出したのはお石である。

憤りでブル〳〵と声を震はせ、吃りながら、番頭の前へずり出して噛みつくやうに叫んだ。

「云ふ事うにもことう欠《け》えて、まあ何《あ》んたらことう吐《こ》くだ！

何ぼうはあ貧乏してても、元あ歴《れつき》とした禰宜様の家柄《いえがら》でからに、人に後指一本差《さ》さつちやことのねえとつさん捕《つか》めえてよくも〳〵……

よくも〳〵そげえな法体《ほでえ》もねえことを吐かしてけつかる！

何ぼうはあ。」

真青な顔をして、あの黒子を震はせて居た禰宜様宮田は、気を兼ねるやうに、猛り立つお石の袂を引つぱつた。が彼女はもう止められない程気が立つて居る。

邪慳に彼の手を払ひのけると又一にじり膝行《いざ》り出て、

「何ぼう、はあ金持だあ、海老屋の婆さまだあと、偉れえことうほぜえても、容赦なんかしるもんけ！祈り殺してくれつから、ほんに、

俺らほんにごせえひれる！」

と一息に怒鳴ると、発作的に泣き始めた。

禰宜様宮田は、すつかり間誤付いた。当惑した。

云はなければならない事が沢山喉元まで込み上げて来て居る。けれども、どうしても言葉にまとまらない。何とか云はなければならないと思ふ心が強くなればなる程、彼の舌が強ばつて、口の奥に堅くなつて仕舞ふ。

彼は徒に手拭を握つた両手を動かしながら、訴へるやうな眼をあげて油を今注いだ車輪のやうによく廻る番頭の口元を眺めた。

「まあ〳〵そんなにお怒んなさんな、

御隠居だつて、無理もないんだ。あゝやつて切角気を揉んで使をよこすと、片つ端からいらない〳〵ぢやあ、誰にしろい、心持あしないもんです、

余り勝手がすぎると、つい其処まで考へるのも、年寄りにやあ有勝ちの事つた。ねえ、

切角こちらも、斯うやつて決してそんな気はなくて居るものを、御隠居にさうとられると云ふなあ、全のところ損どころの話ぢやあない。察しまさあ、だから今度あ音無しく御隠居の志を通しなさい、ね、

さうすりやあ決して悪いこたあない。」

最後の「御褒美」として、今明いて居る十三俵上りの田を十俵に就き三俵で貸さう。此まで云つて聞かなければどうしても、御隠居の疑ひを事実と認めるほかないと云ふのである。

余りひどい！

余り云ひがゝりも過ぎて居る。此那難題が何処にあらう。

禰宜様宮田は、何か一言二言云はうとして口を開いた。が、

焦《あせ》心る唇の上で言葉になる筈の音が切れ切れに吃るばかりで、漸々順序立て、云はうとした事は忽ち、滅茶々々に乱れて仕舞ふ。

彼は益々深く項垂れるほかなかつた。

「例へ嘘にしろ何にしろ、あの御隠居が、さうと思ひ込んだと云つたら、決して只ぢやあすまさない方だ。事によれば訴へなさるまいもんでもない。疑ひをかけられる位、人間恐ろしいものはないからね、すつかり身の証《あかし》も立て、、御隠居の考へも通させた方が、どう考へても得策だね、」

訴へ！訴へ!!哀れな夫婦の耳元で、訴への一言が雷のやうに鳴り響いた。

無智な農民の心を支配して居る法律に関する此上ない恐怖が、彼等の頭を掻き乱したのである。

道理の有無に関らず、彼等を一竦みに縮み上らせるのは、訴へてやるぞと云ふ言葉である。

まるで証拠のない事を、若し若旦那が、え丶誰かゞ後から突落したのを知つて居ますとでも云へば、一体俺等は何で、さうでないと云ふ明しを立てるのだ。

調べられる時、酷い目にでも合はされて、苦しまぎれに夢中でさうだとでも云つたら、如何うすればい丶のか。

訴へ、恐ろしい訴へ――それも自分の方には何の強みも無ささうに思はれた訴へ――が、すぐ目前に迫つて居ることを思つた禰宜様宮田は、もう何をどう考へる事も出来ない程の混乱を感じた。

体中で震へながら、冷汗を掻いて居る彼を見ながら、番頭は口の先でまだヘラ〳〵と喋り続けた。

「考へて御覧な、片方は何と云つても海老屋の御隠居、片方は失礼ながらお前さん達、さうぢやあない違ひますと云つたところで、世間様ぢやあどつちが真個だと思ふんだね、誰が聞いたつて、御隠居を疑ぐる訳にやあいかない。政府のお役人様だつて、御前さんと、御隠居ぢやあちいつとの手心あ違はうとも云ふもんだ、だから、下らない意地は捨てる方が得、ね、ウンと承知すりやあ、万事万端目出度し〳〵で納まらうつてもんだ、え！承知しなさい、その方が得だよ。」

激しい強迫観念に襲はれて、あらゆる理性を失つて仕舞つた禰宜様宮田は番頭の言葉を聞き分けることさへ出来ないやうになつた。

まして、其等の裡に含まれて居る弱点などを考へることなどは出来得ようもない。

彼は只恐ろしい。身にか丶る疑ひが恐ろしい。

思想の断片が、気違ひのやうに頭の裡中走け廻る……

大きな眼にうつすら涙を浮べて、口を開き暫く呆然として居

た彼は、やがて一寸目を瞑ると殆ど聞きとれない程のつぶやきで、

「……俺ら……俺らすんだら……」

と、云ふや否や押しかぶせるやうに、

「何?承知する?

あゝそれで漸う埒が明くと云ふもんだ、さあ、そんなら此れに一寸印を貰ひませうか。」

番頭は、包みの裡から何か印刷したものを出して、禰宜様宮田の前に置いた。

取り上げては見たが、どうしても読めない。

字の劃が散り〳〵ばら〳〵になつて意味をなさないのを、番頭に助けられながらそれが小作証書であるのを知つた時には、もう一層の絶望が彼の心を打つた。

が、もう何と云ふこともない。

二度も三度も間違えながら筆の先をつかへさせて名前を書き入れると、彼は黙々として印を押した。

（四）

其の田地――禰宜様宮田が実に感謝すべき御褒美として、海老屋から押し付けられた――は、小高い丘と丘との間に狭苦しく挟み込まれて、日当りの悪い全くの荒地と云ふほか、何処にも富饒な稲の床となり得るらしい形勢さへも認められない程のところであつた。

破産までさせられて、自棄《やけ》になつた彼の前の小作人が半ば復讐的に荒して行つたのだとも云ふ、石つころだらけの、何処からどう水を引いたらいゝのかも別らないやうに、孤立して居る田地を見た時、禰宜様宮田は思はず溜息を洩した。

一体何処から手を付ければ、此那にも瘠せ切つた原つぱのやうな田地を、少くとも人並みのものに出来るのだらう……。けれども、もう斯うなつては否でも応でも収穫を得なければ大変になる。

全く強制的に彼は朝起るとから日が落ちるまで、土竜のやうに働かなければならなかつたのである。

禰宜様宮田は、真個に体の骨が曲つて仕舞ふ程耕しもし、血の出るやうな工面をして、沢山の肥料もかけて見た。寸刻の緩みもなく、此上ない努力を仕つゞける彼の心に対しても、よくあるべき筈の結果は、時脱れの長雨で滅茶々々にされた。

稲の大半は青立ちになつて仕舞つたのである。

どうしても負けて貰はなければ仕方がなくなつた禰宜様宮田は、年貢納めの数日前、全く冷汗をかきながら海老屋へ出かけて行く決心をした。

小作をして、おきまり通りちやん〳〵納められるものが、十人の中で幾人居る、何も耻かしい事ぢやあない、平気でごぜ、平気でごぜ。尋常なこつたと云つて居られるお石の心持を半ば驚きながら、彼はいろ〳〵と云ひ訳の言葉などを考へた。

あの年寄が此那事を願ひに行つたときいたばかりで、何と云ふ

ふかと思つた丈でさへ、足の竦むやうな気のする彼は、せめてもお詫びのしるしにと、新らしい冬菜《とうな》を沢山車にのせて、おづ〳〵と出かけて行つたのである。

台所の土間に土下座をするやうにして、顔もあげ得ず間誤付きながら、四俵の筈のところを二俵で勘弁して呉れと云ふ禰宜様宮田を、上の板の間に蹲踞んで見下して居た年寄りは、思はず

「フム、フム」

と可笑しな音をたてゝ鼻を鳴らした程、いゝ御機嫌であつた。

いくら平気で居るやうに見せかけても、あらそはれない微笑が、ともすれば口元に渦巻いて、心が若い娘のやうにはね廻つた。

彼女の計画は斯うなつて来なければならないのだ。

斯うなると、あゝなつて、さう云ふ風にさへなると……。

種々な意味に於て快く承知した年寄りは、負けてやる二俵分を現金に換算して禰宜様宮田に借用証文を作らせながら、丁度若い人が此れから出来ようとする気に入りの着物の模様、着て引き立つた美くしい自分の姿及び驚きの目を見張る其那着物を作られない者達のこと〴〵を想像する通りに、そわ〳〵と弾力のある心持で順々に実現されて来る計画に心酔したやうになつて居たのであつた。

其から三年の間、膏汗を搾るやうにして続けた禰宜様宮田の努力に対して、報はれたものは只徒に嵩んで行く借金ばかりであつた。

今年こそはと沢山の肥料を与へれば、期待した半分の収穫もなくて、町の肥料問屋へも、海老屋へも、如何うしようもなくて願つた借金が殖えて行く。

今までは、貧しくこそあれ一文の貸しのない代りは、又借りもなく、家内中の者が家内中の手で暮して居られた彼等の生活には、絶えずジリ〳〵と生身に喰ひ込んで来る重い〳〵枷が掛けられた。

如何うにかして脱《はづ》したい。

何とかして元の身軽さに戻りたい。

一生懸命に藻搔けば藻搔くほど、枷はしつかりと食ひ込んで来るやうに、僅かの機会でも利用して借金も軽め生活も楽にさせたいと焦心《あせ》れば焦心る程、経済は四離滅裂になつて来る。

ガタ〳〵になり始めた隅々から、貧しさは止度もなく流れ込んで、哀れな小さい箱舟を、一寸二寸と、暗い、寒い、目のないものが棲んで居るどん底へと押し沈めかけて居たのである。

ところへ、五年目に起つた大不作は彼等一族を、完く困憊の極まで追ひつめて仕舞つた。

恐ろしい髄虫の襲撃に会つた上、水にまで反かれた稲は、絶望された田の乾からびた泥の上に、一本一本と倒れて、やがては腐つて行く。

豊かな、喜びの秋が他の耕地々々を訪れるとき、禰宜様宮田のところへは、何が来てくれたのか。

息もつけない恐怖である。逼迫である。

愚痴を並べ、苦情を云つて居られるうちは、貧乏の部には入らないと云ふ、其の真個の「空虚《からつぽ》」が来たのである。

空虚《からつぽ》な俺等《おら》……

蓄はへた穀物は無くなるのに、何を買ふ金もない。何で親子五人の命をつないで行つたらいゝのだらう？

其処へ、海老屋では又も難題を持ちかけて来た。

一俵の米も寄来されない。其れじやあすまないから、今まで貸してやつて居た金を、暮まで待つから全部返済しろと云ふのである。

食ふや食はずで、只さへ生きるか死ぬかの今、無断で一割の利まで加へた百円以上のものを、如何して返せるだらう。

金で返せない？其なら仕方がない、土地を差押へるぞ！

此れが海老屋の年寄りの奥の手であつた。

最初から斯うまでするように、彼女の妙法様は御指図下すつたのである。

現在海老屋の所有となつて居る広大な土地は、全部斯う云ふ風な詭計を用ひて奪つたのだと云ふことは、決して単にそねみ半分の悪口ばかりだとは云へない。

其那事をするに、ちつとも可哀そうだとも、耻かしいとも思はない丈、充分に彼女の心は強かつたのである。

そして、又その驚くべき強い心に、此上ない誇りを感じて居る彼女は、何も自分の持つて居る力を引込ませて置く必要は認めなかつた。

何のために虎は、あんな牙を持つて居るかね、弱い人間や獣を食ふためぢやあないか、私の生れつきだつて其と同じなのだ。

其でもうすつかり彼女は安んじて居られたのである。

今度も彼女は、自分の天稟《てんぴん》に我ながら満足しずには居られなかつた。

もうこゝまで漕ぎ付ければ、後は自然《ひとりで》に自分の懐に入つて来るほかない幾何かの土地を思ふと、優勝の戦士がやがて来る月桂冠を待つ時のやうな心持にならざるを得なかつた。

比類ない自分の精力と手腕を以てすれば、此那相手を斃した事は、寧ろ当然と云ふべきではある。

が、嬉しい。此上なく張合がある。

土地や金が、只、「殖える」とか「広くなる」とか云ふ。其那やにつこい言葉で彼女の快感は表はせない程、熾んなのであつた。

彼女は、しんから自分自身の生命の栄えを讃美しながら、次の対照の現はれを強い自信と名誉を以て待つて居たのである。

が、禰宜様宮田は……。

憤るには、彼等は余り疲弊して居た。

海老屋から使がその趣を伝へて来た時でも、彼等夫婦はまるで他人の事のやうに、呆んやりした、平気な顔をして聞いて居た。

何だかもう、頭の中が真暗になつて、感じも何も皆何処へか行つて仕舞つたやうな心の状態になつて居たのである。

絶えず口元に自嘲的な笑を漂はせながら、唇を噛んで居るお石は、すつかり自暴自棄になつて仕舞つた。

まだ何か望みがあり、盛り返せるかもしれないと云ふ未練が残つて居た時には、懸命に稼ぐ気にもなり、怨む気もしたけれども、斯うまで落ち切つて仕舞へば、絶望した彼女の心は自棄《やけ》になるほかない。

「へん海老屋の鬼婆め！

何んもはあねえくなるまで、さつさと引つ剝《べえ》だらえとでねえけ、小面倒臭せえ。

乞食《ほいと》して暮しや、家《えゝ》も地面《ぢめん》も入用《い》んねえで、世話あねえわ！」

黙り返つて居るお石は、折々不意にはつきり独言しながら、ゴロンと炉辺に臥ころがつたりした。

禰宜様宮田も、もう土地も何にも入用《いら》なかつた。只どうかして、今のいやな心持から一刻も早く逃れたい許りなのである。

真個にお石の云ふ通り、乞食《ほいと》して暮しても、此頃のやうに怨みの塊りのやうになつて居る境涯からぬけられたら、それでいゝ。

此処つから此処まぢやあ俺らがもん、其処から其処まぢやあ汝《ぬし》がもんと、区別う付けて置くから、はあ人のもんまで欲しくなる。

地体《じてえ》、どなたか様は、そげえな区別りい付けて、地面御作りなすつたゞべえか？

欲しいもんだらはあ遣るがえ……

最初の間、彼はもうすつかり諦めて、奇麗さつぱり何時でも、土地でも家でも寄来せと云ふものを、遣つて仕舞へるやうな心持で居たのである。

けれども、やがて近所の者達の同情が、彼の決心を動かし始めたのであつた。

いつとはなし、宮田一族の迫つた難渋を知つた者達は皆同情して、世界中の悪口をあらひざらひ、海老屋の人鬼、生血搾りに浴せかけた。

口では、まるで一ひねりに捻り潰してくれさうな勢で彼女を罵ること丈は我劣らじと罵る。

けれども、若しその公憤を具体化さうとでも云へば、彼等は互に顔を見合はせながら、

「はあ……

相手《えゝで》がわれえ……」

と尻込みして、一人々々コソ〱と影を隠して仕舞ふだらう。

其等の同情も、いざと云ふ肝腎の場合にはさほどの役には立たない。何と云つて禰宜様宮田の肩を持つても、どれ程ひどく海老屋の年寄りをけなしても、つまりはなるやうにほかならないにきまつて居る。

其処まで俺等《おらゝ》の力あ及ばねえと云ふことを、云ふ方は勿論云はれる方も漠然と感じて居る。

いくら無責任な同情だと云つても、慰められ、辛い境遇を共

に悲しんで貰つて厭な心持はしないのみならず、却つて彼等は事件の結果に何の責任も持たないから余計禰宜様宮田の心を動かすやうな言葉を、口から出まかせ、行がゝりにまかせて喋る。

諦めて居た筈の土地に対しても、又新らしい執着―強い、もうあんなに単純には諦め切れない未練―を覚えるとゝもに、怨みとも憤とも区別のつかないやうにもしや〳〵した心持が蘇返つて来て、禰宜様宮田をどの位苦しめて居るのか。

さう云ふことは、彼の仲間の一人として考へ及ぶ者はなかつたのである。

慰められるにつれて、しんから底から自暴自棄になつて居たお石は、漸々気を持ちなほすに従つて、体ごと真黒焦げに成つて仕舞ひさうな怨みの焔が、途方もない勢で燃え熾つて来るのを感じた。

何かしてやれ！

何とかしてくれたら、はあなじように小気味がよかつぺえ！

二六時中、人間のやうな声を出して怨念が耳元で唆かす。

よくも、よくも、こげえな目さ会はせ居つたな！

今に見ろ！

大黒柱《でえこくばしら》もつ返して、土《ど》台石《でえいし》から草あ生やしてくれつから！

居ても立つても居られないやうな気持になつたお石は、殆ど夢中で納屋へ馳け込んだ。

そして、まるでがつ〳〵した犬のやうに喘いだり、目を光らせたりして鼻嵐《はなあらし》を吹きながら、そこいらに散らかつて居る古藁で、人形《ひとかた》を作りにかゝつた。

彼等の仲間では昔ながら恐ろしいものにされて居る祈り釘を此の人形に打ち込んで海老屋の人鬼の手足を、端々から腐り殺してやりたい！祈り殺さずに置くものか！

手先はブル〳〵震えるし、どうやつたら此のバサ〳〵な藁が人形になるかも分らない。

いくらしても片端じから崩れたり解《ほぐ》れたりしてものにならない藁束に向つて、彼女の満身の呪咀と怨言が際限もなく浴せかけられたのである。

引きちぎつたり踏み躙つたりした藁束を、憎さがあまつて我ながら、どうしていゝのか分らないやうに足蹴にしながら、水口まで来ると、お石は上り框に突伏してオイ〳〵、オイ〳〵と手放しで号泣した。怨んだとて、呪つたとて、海老屋の年寄にはどうせかないつこないのだと云ふことが、口でこそ強さうな事を云つて居ても、心にはちやんと分つて居るから、お石は一層たまらない。

胸を掻き挘られるやうな心持になりながら、娘達をつかまへては泣き出し近所の者に会つては怨みを並べて居る彼女の、厚みのないへこんだ額には、一日一日と皺が増えて、鼻の周囲《まはり》に泣《な》き皺《じわ》が現はれた。

もうまるで子供ではない娘達は、両親の苦痛は充分同情して居た。

が、さて如何うしたらいゝのかと云ふことになると、彼女等は、ほと〳〵途方にくれてしまふ。

そして、極く〳〵単純な彼女等は私に遣らなければならないものなら、やつたつてよさうなものだのに、………町へ行つて奉公したつて食つては行ける位に思つて居た。

勿論、親達の苦しんで居る様子に対して、それを口に出すことは、いかな彼女等でも出来なかつたけれども自分等自身としてはそんなに辛くはなかつた。

始終、心から離れない何か陰気な悲しいものがあると彼女等の感じて居たのは、事件そのもの、苦しさよりも、寧ろ、大人達のやうに沈んで悲しく自分等を持して行かなければならないと云ふ感じが与へたものなのである。

「おめえんげでも、えれえこつたなあ、まきちやん、」

「あゝ………」

さも心を悩まされて居るやうに、ませた表情をして返事をしながら、実はさう云はれても、咄嗟に何がえれえこつたつたのか心に浮ばないやうな事さへあつたのである。

いくら心の複雑でない禰宜様宮田だとても、子供等のやうに、さう単純に事を見て行くことは出来ないし、又さうかと云つて、お石のやうに、一目散に怨みこんでは仕舞はせてくれないものを、自分の裡に持つて居た。

人を怨んだり、憎がつたりするなあ、はあ真当《まつとう》なこつちやあねえ。

さう知りながら、恨めしいやうな心持や、憎らしいやうな心持が、忘れようとしても忘られず心にこびりついて居るから、彼はせつないのである。

もうやがて近々に別れなければならない、耕地を見歩きながら、此の事を思ふ彼の眼には、いつでも止めるに止められない涙が湧き出して、大きい、あの子供らしい目が何も見えなくなつて仕舞ふのが常であつた。

海老屋の御隠居……俺が田地……子供等……俺が死んだ後あ、はあ何じよつて奴等あ暮してんべえ。

そして、あの海老屋の若者を救ひ上げたときの歓《うれ》しさを思ひ出すと、彼は全く堪らなくなる。

今はもう、皆どこさかぶつとんで行つて仕舞つたあの時のあんなに仕合はせだつた心持を思ひ出すと、其が追憶である故に――此から二度と会ふことの出来ない、昔の思ひ出であるために――一層慕はしく、なつかしく胸を揺られる。

斯う云ふ原因《もと》に「それ」がなつたのだと思ふと、真個に何とも云へない心持がして来るのである。

一思ひに、あの時の「その喜び」も何も、皆怨みや憎しみで塗り潰して仕舞へれば、それは却つて結構かもしれない。

が、さうはならない。今の苦しさが強ければ強いほど、あの時の思ひ出は、はつきりと、あの時のまゝの新らしさをもつて浮み出して来る。あの時の通り明るく、暖く歎いて行く自分を迎えて呉れるのである。

それがたまらない。

彼の心は、只土地が惜しい、年寄りの仕打ちが恨めしいと云ふばかりではない、あの時の、あの歓びを憶ひ起すに耐へないやうな心持が―それだのに又、憶ひ出さずには居られない一見矛盾した感情が、自分でどう自分を処していゝか分らないやうに湧き上る。

生活の基礎が、ぐらついて居る不安、家族の者共に対する愛情、真当《まつとう》な何物かに対する憧憬等が、彼には一つ〳〵斯う云ふ風な区別をつけられて居ない丈、それ丈混雑した一しほ悩ましい心持になつて、彼等の言葉で云ふ心配《しんぺえ》負《ま》けにとつゝかれた状態にあつたのである。

重い白土の俵を背負つて、今日も禰宜様宮田は、急な坂道を転がりさうにして下りて来た。

窮した彼は、近所の山から掘り出す白土――米を搗く時に混ぜたり、磨き粉に使つたりする白い泥――を、町の入口まで運搬する人足になつて居たのである。

出来る丈賃銭を貰ひ度さに、普通一俵としてあるところを、二俵も背負つて居るので、其那に力持ちでもない彼の肩はミシ〳〵云ふやうに痛い。

太い木の枝を杖に突いて、ポコ〳〵、ポコ〳〵破れた古鞋の足元から砂煙りを立てながら歩いて来た禰宜様宮田は、とある堤に荷を靠せかけるやうにしてホツと息を入れた。

先刻行つた人足も、矢張り此処で斯うやつて休んだと見えて、枯れかけた草を押し伏せて白土の跡が真白く残つて居る。

滲み出した汗を拭きながら、彼は四辺を見廻した。

総てが寂しい。

滅入るやうに静かな天地には、もうそろ〳〵冬の寒さが争はれない勢を見せて、すがれた叢、音もなく落葉して行く木立の梢を包んで底冷えのする空気がそこともなく流れて居る。

やがては霜にならうとする霧が、泥絵具の茶と緑を混ぜて刷いたやうな山並みに淡く漂つて、篩ひかけたやうな細かい日差しが向ふにポツネンと立つて居る皂角子《さいかち》の大木に絡ひ付き、茶色に大きい実は、莢の裡で乾いた種子をカラ〳〵、カラ〳〵と風が渡る毎に佗しげに鳴り渡る。

ジジー――ジジー――……

地の底で思ひ出し〳〵鳴く虫の声を聞くともなく聞いて居た禰宜様宮田の心の裡へは、又海老屋の事が浮んで来た。

「……なじよにしたらよかつぺえ……」

幾度考へたとて、徒に同じ埒の中を堂々廻りするほかない。

彼は駸々と滲み出して来る無量の淋しさと、頼りなさに、自分の身も心も溺れさうな気がした。

今までは自分の後にあつて、目に見えぬ支えとなつて居てくれた何か、何かの力が、もう悉皆自分を見捨てゝ独りぼつち取り遺したまゝ、先へ先へと流れて行つて仕舞ふやうな心持がする。

何も彼にもが過ぎて行く……。

グン〳〵、グン〳〵と何でも彼んでも、皆どつかへ飛んで行つて仕舞ふ………

居た、まれないやうな孤独の感に打たれて、彼の魂は急に啜泣きを始めた。

空虚《からつぽ》が彼の心にも蝕んで来た。

彼の知らない涙が、当途もなく凝視めて居るあのいゝ眼から、糸を引くやうにこぼれ出て、疎らな髯の裡へ消えて行つた。

(五)

収穫の後始末もあらかた付いて、農民が一体に暇になると、兼ね〴〵噂のあつた或新道の開拓が、いよ〳〵実行されることになつた。

町の附近にあるK温泉へ、今までは危い坂道で俥も通れなかつたのを、今度其の反対の側の森を切り開いて、自動車の楽に通る路をつけようと云ふのである。

募集された人夫の一人となつた禰宜様宮田は、先づ森の伐採から着手することになつた。白土運びをするより賃銭も高し、切り倒した樹木の小枝位は貰つても来られると云ふ利益があつたのである。

深く、暗く、欝蒼として茂りに茂つて居る森は、次第々々に開けるにつれて粗雑にばかりなつて来た町に、完く唯一の尊い太古の遺物であつた。

総てが此処では幸福であつた。

沢山の鳥共も、這ひ廻る小虫等も、又春から秋にかけて、積つた落葉の柔かく湿つた懐から生れ出す、数知れない色と形の「きのこ」も差し交した枝々に守られて各自の生きられる丈の命を、喜び楽しむことが出来て居たのである。

けれども、俄に荒くれた、彼等の仲間では此那に無慈悲で、不作法なものはなかつた人間どもが、昔ながらの「仕合はせの領内」へ闖入して来た。

そして大きな斧が容赦なく片端しから振はれ始めたのである。

まだ生れて間もない、細くしなやかな稚木共は、一打ちの斧で、体中を痛々しく震はせながら、音も立てずに倒れて行く。

思ひがけない異変に驚く間もあらばこそ、鋭い刀を命の髄まで打ち込まれ〳〵した森の古老達は、悲しさうに頭を振り動かし、永年の睦まじかつた友達に最後の一瞥を与へながら次から、次へと伐られて仕舞ふ。地響を立てゝ横はる古い、苔や寄生木のついた幹に払はれて、共に倒れる小さい生木の裂ける悲鳴。

小枝の折れるパチパチ云ふ音に混つて、

「南へよけろよーツ、南ー、」

ドドーンと又何処かで、かなり大きい一本が横はる。

バカツカツ……カツパ……カツ………バカツカツ………

せわしい斧の妙な合奏

樵夫の鈍い叫声に調子づけるやうに、泥がブヨ〳〵の森の端で、重荷に動きかねる木材を積んだ荷馬を、罵つたり苛責したりする鞭の音が鋭く響く。

ト思ふと、日光の明るみに戸惑ひした梟を捕まへて、倒《さか》さまに羽根でぶらさげながら、陽気な若者が何処へか馳けて行く。

今まで、森はあんなに静かな穏やかなところと、誰の頭にもしみ込んで居るので、此等の騒ぎは、此上なくいやな、粗雑な感じを与へた。

始終落付のない、此処のがさつな騒動が、どこともなく町にも伝はつて、往来に落葉などを散らせながら、立派な樹々が運ばれて行くのを見ると、皆互の癖になつて居る嘘つきから、平気さうな顔はして居ても、何かしらが心の底で動く。

あゝやつて伐るのは惜しいやうだが、又自分の手で、あれ程の大木を伐り倒せたら、面白からうなあ。

すつかりまるはだかにされた樹々が、一枚の葉さへないやうな太い枝を、ブツツリ中途から切られて、寒げに灰色の空に立つ様子。塒を奪はれた鳥共が、夕方になると働いて居る者の頭の上に、高く低く飛び交ひながら鳴くのなどを見ると、禰宜様宮田は振り上げた斧も、つい下しかねた。

森中の木魂の歎息が、小波のやうに自分の胸にもよせて来て、彼は心が痛むやうな気持がした。

いくら木は口を利かないからと云つて、同じ生きて居るものを、此那にむごたらしく、気の毒だとか可哀さうだとか思ふ方が馬鹿《こけ》だと云ふやうにして、まるで楽しみにでもして居るやうに、バタン／＼と切り倒して行かないでも、如何うにか成るのぢやあ、あるまいか、今まで幾百年かの間茂つて立派だつた森も、巣くつて居た鳥共も、草もきのこも何も彼も、皆無くなして仕舞つたところへ、あんな古ぼけた一台や二台の自働車が馳けて行くからと云つて……其処にどんなにいゝことがあるのだらう。

禰宜様宮田は、人が余り損得に夢中になつて居るので、却つて上気せ上つて自分にははつきり分る損得を、逆に取り違えて居るのではあるまいかなどゝも想ふ。けれども、勿論口に出しては一口も云ふ彼ではない。黙つてまるで蟻のやうに働く禰宜様宮田は、寄り集り者の仲間から、あつぱの宮田—啞の宮田—といふ綽名をつけられて、心さへ持つては居ない機械《からくり》、ちいつとばつか工合のえゝ機械《からくり》のやうに、只泥づかりになつて働くほか能のない人間だと思はれて居たのである。

森が段々開けて来る頃から、そろ／＼冬籠りの季節になつて来て、雪などに降り込められた禰宜様宮田が町から請負つて来た粗末な笊だの蚕籠だのを編んだりするやうになると、例年の通り町から、紡績工女募集の勧誘員が、部落の家々を戸別に訪問しはじめた。

紡績工場やモスリン工場へ、まだ十に手が届くか届かないやうな子まで、十年十五年と年期を入れて働きにやつては、幾何かの金を前借するのが、彼等の仲間にとつては、さほど耻べきことではない。

禰宜様宮田は、近所の誰彼が、

「まあ、へえ、よし坊は十円け？　余つぱら割がえゝなあ、俺らげんなあお前《めえ》んげと同じい年でも、いまちいつとやせえわ、まちつと相場あ見てつと得したんだになあ。」

など、云つて居るのをきいた。

もう十六と十三になつて居る彼の娘達は、勧誘員が来ると一緒に、其のさもいゝ事づくめらしい言葉から多大の好奇心をそゝられた。

何と云ふあても決心もない。

只其の多勢でそろいの着物を着て、唄をうたいながら糸をとると云ふ事がして見たいのである。

町の工場で働く。其処に何か此処に居ては到底得られない名誉と幸福があるやうな気がする。

友達だつた娘が行く事にきまつた等と、さも嬉しさうに誇らしげに告げると、二人は妙に後れちやあ大事だと云ふ心持になつて、こつそり納屋の隠や、畑の隅で相談する。

大業に相談するとは云つて居ても、事柄は簡単なものである。

「さだちやんよ、
こんねえだ俺ら、新やん家《げ》で聞いたけんど、工場さ行ぐと、
毎日《めえんち》〳〵牛《ぎゆう》ばつか食はして、衣裳まで呉れんだつて……
俺らこげえな貧乏家に居るよら、何ぼかえゝと思ふなあ、
お前《めえ》どう考《けんげ》へる?
阿母《おつか》ちやんさきいてんべえか……」

「ふんとになあ、
俺らも行ぎてえわ、姉ちやん、
お前《めえ》と二《ふ》人《たん》で行ぎあ、おつかねえこともあんめえもん……」

娘達は、此の位の事を云つて仕舞ふと、もう後に云ふことも考へることもなくなるので、いかにも思案に耽つて居るやうにお互に寄りかゝり合つて、黙つては居るものゝ、妹のさだなどはいつの間にか、外の考へに気をとられて、何のために斯うやつて立つて居るのか分らなくなるやうな事さへあつた。

彼女等が打ち開けかねて居る時、母親のお石も亦、心の裡で同じ事を考へながら、これも亦娘達に云ひ出しかねて居た。

今の此のひどい中で二人の口が減る事丈でさへ一方《ひとかた》ならない事だのに、その上いくらかは入つても来ようと云ふものだ。

彼女等《あれら》だつてまんざらの子供ではなし……

さう思つて居るところへ、娘達の方からどうぞ遣つて下さいと切り出した事は、お石にとつて何よりであつた。早速三人は、禰宜様宮田の許しを乞ふたのである。が、お石は彼が主人であると云ふ名に対してとつた一種の形式なので、若し彼がいけないと云つたところで、自分が遣らうと云ふ決心はどこまでも貫徹させるつもりではあつたのだ。

話の模様では大変いゝらしい。

けれども町の様子や、さう云ふところの仕来《しきた》りなどを皆目知らない禰宜様宮田は、責任を以て判断は出来なかつた。

「俺ら、おめえ等に指図あ仕かねる。
けんども、はあ何んでもお前等《めえら》が仕合はせになつてんだら、
行ぐも悪かあなかつぺえ。
俺ら、おめえらが仕合せにせえなりや、どの道、何よりはあ

嬉しいだからなあ……」

　自分のやうな、利口に世の中を立ち廻れない者を父親にもつて、何の仕合はせも受けられない娘達が自分等で働いてい丶目に会つて行かうと云ふのに、そりやあいけない、止せとは云ひ切れない。云ひ切れない丈彼は娘に愛情を持つて居たのである。いやがる者を止めて置いて、もうどうせ潰れるにきまつたやうな家と運命を共にさせるには忍びない。

　決心しかねて彼が迷つて居るうちに、話はぐん〳〵はかどつて、到頭娘達は五年間の年期で町へ行くことになり、二十五円の金が親達に渡された。

　娘達は、まるで祭り見物に行くやうに嬉しがつて、はしやいで行つたのだけれども、証文と引きかへに渡された金を見ると、禰宜様宮田は何とも云へず胸のふさがるやうな心持になつて来た。

　俺の心に済まないから、如何んな事があつても、此金ばかりは決して使つてはならないと、お石に堅く云ひつけて、彼は彼女に知らさないようにして、古葛籠の底へ隠して仕舞つた。そして自分でも二度と見ようとはしなかつたので、彼方此方、散々索し廻つたお石が、到頭其を見つけ出して、何ぞの時の用心にと、肌身離さず持つて居ようなど丶は、夢にも知らなかつた。

　裏から紙を貼つてある一枚の十円札、まだ新らしいもう一枚の十円と五円とは、黒つぽい襤褸にくるまつて今も矢張りあの古綿の奥に入つて居るものと、彼は思つて居たのである。

　そして、独り遺つた息子の六に、唯一の頼りを感じて暮して行く筈だつた自分の心が、日を経るに従がつて兎角去つた娘達の上にばかり傾けられるのを知つた。赤坊のうちから眺めて暮して来た彼女等に対して、毎日顔を合はせ、居るにきまつたものとなつて居たときは、別にさう大して居ない時の淋しさも思はず、又彼女等が家庭生活にどれ程のうるほひを与へて居るかも、気づかなかつた。

　けれども、居なくなつて見ると、一種異様の淋しさと物足りなさがある。

　丁度、絶えまなく溢れ出して居た窓下の噴水が、急にバタリと止まつて仕舞つたときに感じる通りの心持——何でもなく耳馴れて居たお喋り、高い笑声が聞えない今となると、たまらなく尊い愛くるしい響をもつて、記憶の裡に蘇返るのである。

　何処となく丸味のついて来た体を、前や後にゆすぶりながら、僅かな事にも大笑ひする娘達が居なくなつてから家中は、何と云ふ活気に乏しくなつた事か……。

　土間の隅や、納屋に転がつて居る赤勝ちの古下駄や、何かの折に出る古着などを見ると、禰宜様宮田は、字を知らないので手紙もよこせない娘達に、どうぞ仕合はせが廻《めぐ》つて来ますようにと祈らずには居られなかつたのである。

　禰宜様宮田は、いつもの通り地面を掘つて居た。

　五間幅の道路は、三四町真直に延びて、一つ大きくカーブしたところから、ダラ〳〵坂になつて、ズーツと下の温泉の中央まで導かれる筈なのである。

もうそろ〳〵昼頃かと思ふ時刻になると、彼の仲間として一かたまりになつて居る七八人の者の中の一人が、

「とつさん頼むぞ、飯《まんま》の茶あ沸かしてくんな。」

と、云つて後の方に鍬を振つて居る禰宜様宮田を振り返つた。

「ふんとに、はあ昼だんべ、

とつさんよ！」

禰宜様宮田は、穢ない小屋掛けへ戻つて行つた。そして大きなバケツを下げて、足袋の中でかぢかむ足を引きずりながら小一町ある小川まで水を汲みに行く。

此は毎日の彼のお役目にされて仕舞つたのである。

あつぱの宮田は、真個にはあ機械《からくり》同然だ。何をしても憤らなきやあ、小言も云はない。頼むぞと云ひさへすりやあ否《いや》と云へねえ爺さまだ。

強い者勝、口の先丈でも偉さうな気焔を吐く者が尊まれるこう云ふ仲間では、黙つて何でも辛棒する禰宜様宮田は、一種の侮蔑を受ける。彼の美点であり、弱点である正直な何処までも控目勝ちなところを彼等は、どし〳〵と利用するのである。

利用するとまではつきり意識しないでも、皆があまりぞつとしない事を、禰宜様宮田のところへさへ持つて行けば遣つてくれるから、どうしても彼に押しつけるようになる。

度重るにつれて、段々遠慮のなくなつた彼等は、此頃では完く彼を使ふ。何処かで勢力を張らないでは居られない彼等は、唯一人の禰宜様宮田を対照として、各自の自尊心を満足させるのである。

丁度、沢山居る小使の中でも、何処かと云へばお人好しで、他人を批難することの出来ない男が、いつも小利口に立ち廻る者達の、下廻りをしなければならないと同じような状態なのであつた。

いくらバケツは大きくとも、底が痛んで居るので、一杯汲み込んでも未だ前の道を戻つて行く時分には、水は七分目位に減つて仕舞ふ。

それに寒いから、手を洗ふにも湯を使ふのだし、資金《もとで》のいらない湯でも沢山飲んで体を暖めようと云ふ者達が何しろ十人近く居るのだから、たつた一度の往復では足りようもない。

寒さで真青になりながら、禰宜様宮田が二度目に川から帰つて来ると、もう仲間共は木片を集めてボン〳〵燃火をし、暖かさうに眼白押しをして居る。

「爺さん、お待ちかねだぞ！」

かぢかんだ指で茶釜をかける。

そして、彼等の中では一番年長者である彼が、皆の背のかげから、僅かの暖みをとるのである。

膝を抱へて小さく蹲《うづく》まつて居る禰宜様宮田は、うつとりと、塵くさい大きな肩と肩の間からチロ〳〵と美くしく燃える火を見ながら、当途もない考へに耽るのが常であつた。

けれども、此頃では何を考へてもお仕舞ひまではまとまらず、又まとめようと云ふ意志も無い。

只、ジイッと静かにして居たいのである。

誰に何を云はれても辛棒してするのは、自分で守つて居る静かな心持を、口小言や罵りで打ちこわされるのが厭だと云ふことも、主な原因になつて居る。

他人の云ふことも聞えない事の方が多かつたりして、彼は我ながら、はあ呆けて来たわえと思ふことなどもあつた。

苦しい生活に疲れた彼の心は、只管安静を望んで居るのである。もう激しい世の中から隠遁して仕舞ひたくなつて居るのである。

けれども、さうは出来ない彼は、又自分の心がそれを望んで居るのだとは気づかない彼は、老耄が、もう来たと思つた。が、それを拒むほど、彼は若くて居たくもなかつたのである。

心がいつも〳〵何かどんよりした、厚みのある霧のやうなもので包まれて居て、外から来る種々な刺戟は皆其処に溜つて、しんまで滲み通らない。

そして、其のどんよりしたものゝ奥には、大変深い寂しさにしつかりと包み込まれて、如何にもトロリとした露の雫のやうに、色と云ふ色もなければ、薫りと云ふ薫りもない、只あると云ふ事丈の感じられるやうなものが潜んで居る。

折々彼の心と体とは、悉皆その透明な、トロリとしたものに吸ひ込まれて仕舞つて、何も思はず何も聞かず、自分が今此処に斯うやつて居る事さへ知らなくなる事などがあり〳〵したのである。

毎日〳〵仕事は果取《はかど》つて行つた。

そして、もう二三日で彼方側から掘つて来た新道と、此方側から掘つて行つた道とが、立派に合はうと云ふ日である。

平らな路の間だけに、大きな花崗岩のロールを転がすことになつた。

其日はもう大変にいゝ天気で、此頃にない暖かな日差しが朝早くから輝やいて、日が上り切るとまるで春先のやうに長閑な気分が、四辺に漂ふ程であつた。

一区切り仕事を片づけた禰宜様宮田は、珍らしい日和りにホッと重荷を下したやうな楽な心持になつて、新道の丁度カーブのかげに長々と横りながら、煙草をふかし始めた。

久振りでいゝ味がする。

後から差す日は、ポカ〳〵と体中に行き渡つて、手足や瞼が甘へるやうに気怠るくなる。

見渡すと、彼方の湯元から立ち昇る湯気が、周囲の金茶色の木立ちの根元から梢へとほの白く這ひ上つて、溶けかゝる霜柱が日かげの叢で水晶のやうに光つて見える。

仲間達の喋る声、鍬の刃に石のあたる高い響等が、皆楽しさうに聞えて来る。

禰宜様宮田は、何とも云へず延び〳〵とした心持になつて来るとともに、又自分の心の奥にある露の雫のやうなものへ、自分のあらひざらひが吸ひ込まれて行くやうな気がし出した。

呆んやり眺めて居る眼には、総ての物象が一面に模糊とした裡に、微かな色彩が浮動して居るやうに見え、種々の音響は何の意味も感じさせないで、只耳の入口を通りすぎる。

深い〳〵水底へ沈んで行く小石のやうに、真直に徐々《そろ〳〵》と自分の心の底へ彼の全部が澱んで行つたのである。

皆の者は、ガヤ〳〵云ひながらロールを動かして来た。柄を引き上げて、一列に並んだ者達は両手はブラ〳〵させながら、各自《てんでん》の胸で押して居たのである。

けれども、微かな勾配で自然に勢のついたロールは、押すと云ふ程の力を加へられないでも、自分で軽く動いて行く。

此のカーブさへ曲れば、もうお終ひだと云ふ心の緩みと、労力の費されない気安さとで、下らないお喋りに有頂天になつて居る者達の胸は、只義務的に柄に触れて居ると云ふに過ぎなかつた。

まるで生物《いきもの》のやうによく転るロールに従《つ》いて、人々が今、カーブを廻り切らうとした時である。

突然怯え切つた絶叫が、仲間の中から起つた。

「アッ！　人！　人!!」

ハツと逡巡ぐ瞬間、抑へてもないロールの柄は彼等の胸から離れた。

コロ〳〵コロ…

一層惰力のついたロールは、

「石！　早く石、石早く突支《つっけ》へ！」

と云ふ叫びがまだ唇を離れないうちに、今の今まで見えて居た人の寝姿を押し隠して、陰気に重々しく、二三度ゴロツ、ゴロツと揺り返した。

そして、もうそれつきり動く様子は見えなかつた。

（六）

恐ろしい冬が過ぎた。

程よい雨と照りが地の底から生気を盛返させて、何処から何処まで美くしく蘇返つた。

お玉杓子が湧き、ちやくとり――油虫の成虫――がわや〳〵云ひながら舞ひさわぐ下の耕地にはペン〳〵草や鷺苔や、薄紫のしほらしい彼岸花が咲き満ちて、雪解で水嵩の増した川と云ふ川は、今までの陰気に引きかへまるで嬉しさで夢中に成つて居るやうに見えて来る。

コーコー、コーコー笑ひさゞめきながら水共が、或時は岸に溢れ出し、或時は途方もないところまで馳け込んで大賑やかな河原には小石の隙間から一面に青草が萌え、無邪気な雲雀の雛の囀りが、かご茨や河柳の叢から快く響いて来る。

桑の芽は膨らみ麦は延びて、耕地は追々活気づいて来たけれども、もう耕す畑も海老屋の所有にされて仕舞つたお石は、毎日古着や駄菓子を背負つては、近所の部落へ行商に出かけた。

禰宜様宮田は、あんな不意な事で死んで仕舞ふし、家《うち》の畑は、到頭鬼婆にとり上げられるし、もううんざり仕切つて居る彼女は、只独り遺つて居る息子の六を可愛がる気もなくなつて居た。

若い時から、彼女が働く原動力になつて居た意地も何も、皆何処へか行つて仕舞つて、あんなに祈願をこめても利益を授からない神様にもほと〳〵愛想をつかして居る今、彼女は只毎日を如何うやら生きてさへ居ればい丶丈である。

種々な口実を設けて、家屋まで奪はれた彼女は、辛《よ》う〳〵元納屋にして居た処を住居にして、朝は目が覚めたときに起き食事をすますと荷をかついで出たま丶、気が向くまで帰つて来ないのが、此頃の習慣になつて居たのである。

九つになつた六は、母親があつても無くてもまるで同じやうな生活をして居た。

目を覚した時には、お石はもう大抵留守になつて居るし、遊び疲れた彼が炉傍でうた丶ね仕て仕舞ふ頃までに彼女は帰つて来ない方が多い。

学校へも行かず叱りても持たない彼は、彼の年の持つあらゆる美点と欠点のごちや〳〵に入り混つた暮しをして、或時は大変い丶子であり或時は大変悪い子である六は、貧しい部落中でも貧しい者の子、躾けのない子と目されて居るので、彼の友達になつてくれるものはない。

たまにあつたとしても、学校で教はつて来た字を書いては、

「六ちやん、おめえこの字知つてる?」

など丶きかれるのは、堪らなく口惜しい。自分の方でも避けて居るので、全く独りぼつちの彼は一日中裸足の足の赴くがま丶に、山や河を歩き廻つて居たのである。

何処へ行つても山は美くしい。

面白いもので一杯にはなつて居るけれども、彼の一番お気に入りなのは、元二人の姉達が居た時分春になるとは松ぼつくりを拾ひに来た事のある館《たて》の山である。一吹風が渡ると沢山な〳〵松の葉が山のしんから戦ぎ出すやうに、あの一種特別な音をたてて鳴り渡るのを聞きながら、蕗の薹のゾックリ出た草地に足を投げ出して、あたりを見はらすのが、六にとつて何よりの楽しみなのである。

「きれえだんなあ……

何ちゆう可愛《めん》げえんだべ俺ら………」

高い山から眺める下界の景色は、真個に奇麗である。そして真個に可愛らしい。

何もかもが小さくちよびんとまとまつて、行儀よく、ぶつかりもせず離れすぎもしないやうに並んで居る。

昔々ずうつと大昔、まだ人間が毛むくぢやらで、猫のやうな尻尾を持つて居た時分に——部落の年寄達はきつと斯う云ふ言葉を使つた。——巨人が退屈まぎれに造つたのだと云ふS山を正面に、それから左右に拡がつて次第々々に高く立派になつて居る山並みに囲まれた盆地のところ〴〵には、緑色をたつぷり含ませた刷毛をシユツ、シユツ、シユツと二三度で出来上つたやうな森や林が横はつて居る。

いつも何か大した相談事をして居るやうに、ひきつちり集まつて居る町の家々の屋根には、赤い瓦が微かに光り、遠いところから毛虫《けつたうぱゞ》のやうな汽車が来ては又出て行く。

目の下を流れて行く川が、やがて、蜒り蜒つて、向ふのずうつと向ふに見えるもつと大きい河に流れ込むのから、目路も遥かな往還に、茄子《なすび》の馬よりもつと小つちやこい駄馬を引いた胡麻粒位の人が、平べつたくヨチヨチ動いて居るのまで、一目で見渡せる。

河の水音、木々のさわめき、何処かで打つ太鼓の音などは、皆一つの平和な調和を保つて、下界から子守唄のやうになでやかに物柔かく子供の心を愛撫して行く。

六の単純な心は、此等の景色にすつかり魅せられて仕舞ふのが常であつた。

大人の話す町々や河――自分なんかゞ行かうとでも仕たら、死んで仕舞ひさうな程遠い〳〵ところにあると思つて居る山も、河も、賑やかな町もみんなもうすぐ其辺に見える。

此方《こつち》の山から彼方《あつち》の山まで、一またぎで行かれさうだ。

ちつちやけえ河、まあ、あげえにちつちやけえ河！

「オーーイツ！」

彼は、あらひざらひの声で叫んで見る。

「オ、、、イ……」

彼方《むかう》のむかふ―の雲の中から、誰かゞ返事をする。

「オーイツ！」

「オ、、、イ……」

「オ、、イ」

「オ……」

俺ら飛びてえなあ……

あの高けえ山のあつちやの国、

夢にさへ見たことのない世界に生きて居る沢山の、沢山のもの

子供の空想は、折々彼の頭を掠めて飛んで行く小鳥の翼にのつて、果もなく恍惚として拡がつて行くのである。

やがて、日が段々山に近くなつて、天地が橙色に霞み山々の緑が薄い鳩羽色で包まれかけると、六は落日に体中照り出されながら、来たとは反対の側から山を下りる。

そして、菫が咲き、清水が湧き出す小溝には沢蟹の這ひ廻るあの新道を野道へ抜けてブラ〳〵と、彼の塒に帰るのであつた。

町では此の一ケ月程前から、――町架空索道株式会社と云ふものが新らしく組織されて、町端れに、停留場とでも云ふのか、索道の運転を司りながら、貨物の世話をするところを建てゝ居た。

三里程山中の、至つて交通の不便な部落から、切石、鉱石、薪炭の類を産するので、町への搬出を手軽く出来るように、町からそつちへ売り込む日用品をも楽に供給するために、出来たことなのである。

随分粗末な小屋掛け同様の建物が出来、彼方の部落まで、真

中に一ケ所停留場を置いて、数間置きに支柱が立つて、鋼鉄の縒鋼が頂上の滑車に通り、いよ〳〵運転を開始したのは、もう七月も半ば過ぎて居た。六は勿論、早速見物に行つた。

そしてもうすつかり驚歎して仕舞つた。

何から何まで珍らしい。魂消《たまげ》る事ばかりである。

仕事が始まるから終るまで、小屋に立ちつゞけて、全く「不思議なもの」の働きを見るのが、彼の新らしい飽きることのない日課となつたのである。

或日、六はいつもの通り小屋へ行かうとして家を出かけた。そして、とある林の傍へ来かゝると彼の目には妙なものが見えた。赤い小さい、可愛い椅子が、何かをのせて空の真中を歩いて行く………

さも呑気さうに気持よささうにスースー、スースーと針金の上を滑つて行く………

彼は此那ところから、索道が見えようとは思つても居なかつたのである。

椅子は林の上を通つて行くのだ、あんなにも高く！

高く……広く……山を越え……河を越え……スースー……スースー……

六は、不意に或思ひつきに胸を打たれた。

「俺ら、俺らあれさ乗つてんべ！

鳥のやうに飛んで行ける！」

六の心臓は今にも口から飛び出しさうになつて仕舞つた。

ころげるやうにして、小屋へ馳けつけた彼は、いきなり出ようとする空椅子を捕まへると、ギユーギユー自分の体を押しつけながら、

「乗せてくんろ！よ、おぢちやん

俺らこれさのせてくろよ！」

と叫んだ。

「まあ此の餓鬼あ！

あぶねえわな、おつこつたら何じようするだ……」

「やめろつちえな、

おつこつたらはあ、木端微塵《こつぱみぢん》になつちまうわ」

「なあに大丈夫、

こんな餓鬼が一匹や二匹乗つたからつて、すぐ落ちるやうな機械を、誰《だあ》れもわざ〳〵発明もしなけりやあ、買ひもしないやな、

仕事びらきん時あ、町役場の御役人さんが、藻埴《もには》まで行つて来なすつあね、

大丈夫よ、オイ、小僧。

乗つてもいゝが、帰りの椅子で戻つて来ねえと、ぶつぱたくぞ」。

六の小さい体は、椅子の刳込《くりこ》みにポツクリと工合よく納まる。嬉しさで半ば夢中だつた彼が、漸々少し落付いて四辺を見廻した時には、もう自分の体はいつの間にか、すつかり町を離れて、或る川の傍まで運ばれて来たのを知つた。

河原で一人の男が石を破つて居る。

槌を石に打ち下した。と思ふとや、暫く立つてから、カツ！カツ！と云ふ音が耳へ来る。

手元を見ながら音をきくと、ウツカツ！ウツカツ！と云ふやうだ。

「ウツカツ！ウツカツ！ウツ……」

段々音が微かになると、目の下には茂つた森が現はれた。

絶えず陽気でお喋りな若い葉どもは、お互にぴつたり肩をすり合はせ、頭をよせ合つて、しきりに早口で何か囁き合つたかと思ふと、クツクツ、クツクツ微笑み始め、やがてさも堪へ切れなさうにサアツと分れて大笑ひに笑ひ潰れる。

と、仲間の一人が、ふざけるやうな様子をして頭を擡げ、眩しい眼を繁叩《しばたゝ》きながら、フト自分等の上に来かゝる子供を見上げた。

「オヤ、まあ」

サヤ〳〵サヤ〳〵……葉どもは一斉に身をそらせて彼を見る。

「アラ、人間の子よ、」

「まあ、あんなものに乗つかつて……可笑しいわ、」

「ほんとにまあ、たつたあれんぽつちの子！」

「まあ……」

口々に囁きながら、行き過ぎる彼を見なほさうとして、ぶつかり合ひ縺れ合ひ、大騒ぎで身じろぎをする。

サヤ〳〵……サヤ〳〵……

涼しいすが〳〵しい薫りが六の体のまわりに満ち渡つた。

足の下で山鳩が鳴く。

カツコー……カツコー……

しとやかな含み声の閑古鳥の声が、何処からか聞える。

常春藤《きづた》が木の梢からのび上つて見上げようとし、所々に咲く白百合は、キラ〳〵輝きながら手招きをする。

六はもう、得意と嬉しさで有頂天になつて仕舞つた。

世界中が俺の臣下《けらい》のやうに畏こまつて並んで居る。

今斯うやつて、鳥より楽に、素張らしく空を歩いて居る俺、たつた一人の此の俺！

スー……スー……スー……

王者になつたやうな心持で居る六をのせて、綱は段々山奥へ入つて行つた。

景色は次第々々に珍らしく、不思議になつて来る……

周囲は益々静かにひそやかになつて来る……

六は急に飛び度くなつた。飛びたく。

あの雲の峯、あの……………

彼は思はず前へのめつた。瞬間椅子は重心を失つた。

オミヨオミヨワラ――――ン……

天地中が隅から隅まで、一どきに鳴り渡ると感じる間もなく、

六の体は太陽の火粉のやうに、真下の森へ向つて落ちて行つた。

……

一九一七年六月十四日

（「中央公論」大正6年7月臨時増刊号）

末枯

久保田万太郎

　鈴《すゞ》むらさんのところへこのごろ扇朝《せんてう》が始終這入《はい》りこんでゐるといふ風説《うはさ》を聞いて、せん枝《し》は心配した。何とかしなければいけないと思つた。――だが、何とかしたいにも、一月あまりといふもの、鈴むらさんはまるでせん枝のところへ顔をみせなかつた。――来なければならないはずのせん枝《し》会の日にもとう〳〵出て来なかつた。

　さうでもないと思つて、三橘《さんきつ》にきくと、三橘もまるでそのゝち会つてゐなかつた。

『俺は、先々月の晦日《みそか》、末広の独演会のかへりに川田《かはだ》さんや小《こ》山《やま》さんなんかと玉秀《たまひで》へ行つたときつきりだ。』と三橘がいつた。

『旦那はあれでなか〳〵の気まぐれだから。――大丈夫だよ、打捨《うつちや》つて置けば、そのうちにまたさびしくなつて出て来るよ。』

『気まぐれは俺も知つてゐる。――だから、出て来ないのはちつとも構はないが、たゞ、すこし聞きこんだことがあるから。』

『聞きこんだこと。――何を。』

『なあに、大したことぢやあないが、なんだか、このごろ扇朝の奴がしきりに今戸に這入りこむつていふからね。』

『扇朝。』三橘にはわからなかつた。『何だい。扇朝つていふのは。』

『以前《もと》あの梅橋《ばいけふ》のところで梅枝《ばいし》といつてたぢいさんさ。――去年の夏ごろ、よく俺のところに来てゐたから知つてゐるだらう。』

『あゝ彼奴《あいつ》か。――彼奴なら知つてゐる。――だけど、また何だつて旦那があんなものを。』

『会つてそれが聞きたいんだ。』とせん枝がいつた。『どんなものが立ちまはつたつていゝけれども、彼奴はいけない――彼奴だけはいけない。――彼奴は義理を知らない人間だから。』

『それには、旦那も、このごろ、すこしたじれの形《かた》ちがあるからね。』

　嘲るやうに三橘がいつた。

『たじれの形《かた》ちがあるから。――だからいけない。』せん枝は嘆息するやうに『人間、曲つたとなると、矢張《やつぱり》、イクヂがないね。』

　このごろの鈴むらさんの、退屈な、さうして便りない枯野のやうな生涯がいまさらのやうにせん枝の胸に浮んだ。――蔭で、種々《いろ〳〵》、何のかのと勝手なことはいつても、考へると――すこしでも以前のことが考へられると、矢張《やつぱり》、なほ、せん枝は、暗い、涙《なみだ》ぐましいやうな心もちになることが為方《しかた》がなかつた。

せん枝が扇朝のことを『彼奴は義理を知らない。』といふのには理由《わけ》がある。いはなければわからないが、全体扇朝といふ男は、二代目の梅橋の弟子で、十二三の時分にもうそれは別ビラの真打《しんうち》だつた。器用でもあつたのだらうが、人間が親孝行だといふので、ことのほか梅橋に目をかけられた。十四《じゆうし》のとき、両親《ふたおや》にわかれ、それからずつと梅橋の手許に引取られて、ゆく〳〵は三代目梅橋にもなる位なつもりで修行をしてゐるうち、十六のとき、根津の菊岡の楽屋で、平常《ふだん》から仲のよくなかつた兄弟子に喧嘩をうられて、腹の立つたまぎれに、そこにあつた煙草盆を叩きつけて相手に怪我をさした。扇朝にしてみると（その時分にはまだ扇朝とはいはないのだつたが。）自分はたゞうられた喧嘩を買つたまでのこと、怪我はさしても、自分になんにも悪いところはない位に思つてゐたが、それが師匠の梅橋の耳にはいると、以ての外のこと、散々小言をいはれた。――扇朝はまた腹が立つた。師匠がまるで自分に好意を持つてくれないのがたまらなく腹が立つた。――勝手にしろとばかり、梅橋のところを飛びだして、そのまゝ東京の土地を離れた。

明治二年の秋だつた。

とにかく大阪まで行くつもりで、東海道に乗りだすと、藤沢で思ひがけなく東京のある贔屓《ひゐき》のお客にあつた。事情《わけ》をはなすと、そのお客が大へん同情して、さういふことなら当分俺が面倒をみてやらうといつてくれた。――大阪へ行きたいなら大阪へもやつてやる。――悪いやうにはしないから、何にしても俺と一しよに来たはうがいゝといはれて、そのまゝ、扇朝はそのお客について箱根から三島に入つた。さうして三島に二月あまり逗留した。

漸々《だん〴〵》、日のたつにつれて、扇朝は、矢張《やつぱり》うまれた故郷が恋しくなつた。それには懐《ふところ》の都合もよくなつて、いつまで草深いところに愚図〳〵してゐることが下らなくなり、いゝかげんなことをいつてそのお客の前はごまかし、即日、一人になつて、三島を出た。

真つ直ぐに東京へ入ればいゝ奴を、途中、横浜に寄つて、うつかり横浜の景気に引つかゝつた。ちやうどそれは開港当時。――こまつたらどこかの寄席《せき》にたのんでつかつてもらへばいゝと肚《はら》をきめて、半月ばかりぶら〳〵遊んでゐるうちに、不図したことから、ある女義太夫の一行の上置のやうなものになつて、上総の東金のはうへすこしの間稼ぎに行く相談が出来た。

扇朝のつもりでは、大抵十日か十五日位で釈放されることゝ思つてゐたところ、その東金の興行が莫迦なあたりかたをして、それがために、つゞいてその一行は、更に安房《あは》の方をずつとまはつてあるくことになつた。

方々まはつてあるいて、ちやうど勝浦のちかくのある村にかゝつたときだ。――そこのある網主の娘に扇朝がすつかり思ひつかれた。是非とも聟になつてくれといふ掛合になつた。

さすがの扇朝もおどろいた。――だが、考へたのに、自分もこれから東京へかへつたところで為方がない。師匠に詫をいれるのも業腹だ。――詫をいれて、もしその詫がきかれなかつたらそれつきりだ。よしんばすぐ詫がかなつたところで、これからのまだ修行といふことがある。――これからの修行がほんとの修行。――だが、苦労して首尾よくその修行をつんで、一人まへの藝人になつたところでそれが何だらう。――よし三代目梅橋になつたところで多寡《たか》が知れてゐる。――世の中は堅気のことだ。――堅気にかぎる。ふとかう扇朝は発心《はつしん》した。さうして、生れながらの――前にいふのをわすれたが全体扇朝の親といふのが田舎まはりの講釈師だつた。――藝人の足を綺麗薩張《きつぱり》洗ふことにした。

金はある、娘は惚れてゐる、いふ目はなんでも出る。――扇朝にとつてそれは何《な》にもいふところのない月日だつた。だが、二年たち、三年たちするうち、漸々扇朝はその生涯にあきたらなくなつて来た。その生涯が退屈になつて来た。――堅気といふものは思つてゐたほどいゝものではなかつた。

祭礼《まつり》だとかなんだとか、何か機会《をり》があるごとに、扇朝はとき〴〵以前の梅橋の弟子にかへつた。せめてものそれが慰藉《なぐさめ》だつた。――だが、それが漸々病みつきになつて、そのうちに、道楽半分、たのまれては近間の寄席《よせ》や芝居に出るやうになつた。さうなると、当年の別ビラの真打――周囲《はた》が捨てゝ置かなかつた。ぢきに扇朝は、五里六里さきまで始終出張つて行かなければならないやうになつた。

川だちは川に果てる。矢張《やつぱり》為方がなかつた。――それから三年たつたとき、扇朝は、五六人の一座をつれて、旅から旅をまたまはつてあるく不幸《ふしあはせ》な藝人になつてゐた。さうして、それからまた五年たつたときには、田舎まはりのある女役者の、亭主のやうな男妾《をとこめかけ》のやうなものになつてゐた。――同時に、それは、中村《なかむら》なにがしといふ藝名を持つた三枚目どころの若い役者だつた。

二十三の夏から二十七の冬までその女役者と一しよに暮した。――大切《だいじ》にされるまゝ、はじめのうちは何とも思はなかつたが、そのうちにまた漸々その境涯に満足が出来なくなつて来た。――勝浦に置きざりにして来た娘のことが思ひ出された。――さうして何だか知らないが矢鱈《やたら》に東京が恋しくなつた。――といつて、扇朝は、思ひきつて、その女から離れることも出来なかつた。扇朝よりも女の方が年をとつてゐた。――扇朝は何かある強い力にひきずられながら生きてゐるかたちがあつた。

と、明けて二十八の春、常陸《ひたち》へ興行に行つたときだつた。狂言は『加賀見山』の通しで、その女はおはつ、扇朝の役は「烏《からす》啼《なき》」の提灯《ちやうちん》奴《やつこ》だつた。――土地の人気にかなつて芝居は大へんな景気。――「烏啼」の幕があいて、いつものやうに、扇朝が、揚幕からおはつに提灯をみせながら出て来ると、だしぬけに、土間から、『腰抜が。亭主のくせにか、あの提灯もちをしてゐやあがる。』と大きな声で怒鳴られた。――扇朝はもう少こしで提灯を抛《はう》り出すところだつた。――何ともいへず、さびしい、便りない心もちになつた。――楽屋へ入ると、書置を書いて、そのまゝすぐ芝居を飛出した。さうして、その日のうちに東京へかへつた。

だが、東京へかへつたもの丶、かへつてみると、十年の間に世の中はまるつきりかはつてゐた。たのみに思ふ師匠の梅橋はもうあの世の人になつてゐた。まへに燕路《えんぢ》といつてゐた奴が燕橋《えんけふ》となつて、梅橋にかはつて「柳」の組合の牛耳をとり、さうして梅橋の名跡――扇朝がつぐかも知れなかつた――は、その燕橋の弟子の、扇朝も碌に知らないやうな人間が継いでゐた。

いまさら燕橋のところをたよるのは業腹だつた。といつて、さうするのが真実《ほんと》ではあるけれど、今度の三代目梅橋をたよることはなほのこと出来なかつた。――扇朝はそこで浜町の不動《ふどう》新道《じんみち》の初代柳朝《しよだいりうてう》のところをたづねた。さうして改めて、柳朝の弟子になつた。

柳朝は師匠の梅橋でさへつねに推服してゐたほどの人情噺《にんじやうばなし》の名人だつた。

扇朝は、身にしみて稽古した。いまゝでの道草をとりかへすために身にしみて稽古した。――柳朝もその才分をみとめて特に肩をいれてくれた。

だが、それは、一年たつかたゝないうちに、扇朝は、そのあたらしい師匠に死にわかれた。――それからそのゆく〳〵二代目になるべき若い師匠の柳橋《りうきやう》についてゐると、一年たゝないうちに、また、その若い師匠も煩ひついた、さうして間もなく大きな師匠のあとを追つた。

柳朝の畑のものはもう痛ましいかぎりだつた。

それには引きかへて、燕橋は、「蔵前の大師匠」の名がいよ〳〵高くなるばかりだつた。延《ひ》いて燕橋の手のものでなければ夜も日もあけない工合だつた。燕橋の部屋のものでなければどこの寄席でもいゝ顔をしなかつた。――こゝにいたつて、扇朝は、まつたく不幸な人間だつた。

扇朝は辛抱に辛抱をした。出来るだけの辛抱はした。――だが、扇朝は、どうにかしなければその日のことに事をかくのだつた。

誰に相談するやうもなく、それには自棄《やけ》も手伝つて、みづから扇朝は浪花節の仲間に身を落した。

ちやうど七年その「穢多村《ゑたむら》」のなかに入つてゐた。取るものもとれゝば、手厚くもされ、大抵な我儘《わがまゝ》でも通してくれるけれど――取るものがとれゝばとれるほど、手厚くされゝばされるほど、我儘を通してくれゝばくれるほど、それがかへつて苦患《くげん》だつた。さすがに、扇朝も、その境涯に安住し尽すことは出来なかつた。

「蔵前の大師匠」が死んで、つゞいて三代目梅橋が死んだ。――世の中の形勢がうごきかけた。

四代目梅橋が出来た。――三代目とちがつて、四代目は、師匠の二代目に由縁《ゆかり》のあるものだつた。

扇朝はすぐそこへ馳けつけた。

その四代目の心配で、扇朝はふたゝび「柳」の組合のなかにかへることが出来た。梅枝といふ名前で、改めてまた四代目附《づき》の人間になつた。

ちやうど、そのとき、扇朝は三十九だつた。

それから十年。――はじめのうちは、柳朝うつしの人情噺のたんねんなところが評判にもなつたが、年々に後から〳〵と、若い、元気のいゝ連中は出て来る。――いくら負けない気でも「時代」のかはつてくることは何《ど》うにもならなかつた。――それには全体四代目といふ人に人気がなかつた。――ウダツのあがらう道理がない。――漸次《だん〴〵》扇朝は売れなくなるばかりだつた。

見兼ねて、梅橋が、自分から発企《はつき》になり、「柳」の各真打《かくしんうち》にたのんで、扇朝のために、上野の鈴本で演藝会を開いた。さうしてその上《あが》りを扇朝に養老金としておくつた。――それを貰つて、扇朝は、寄席を退いた。

この演藝会について上野の師匠が大へん力をいれてくれた。――そればかりでなく、そのあとで、また扇朝のためにとくに独演会をやつてくれた。さうしてその上《あが》りをすべて扇朝の所有《もの》にした。

いつもながら上野の師匠は同情《おもひやり》が深かつた。

話がくだ〳〵しくなつたけれど、せん枝が『彼奴は義理を知らない。』といふのはこゝだつた。――とにかく、これだけのことをして貰ひながら、扇朝は、あとで、上野の師匠のところへ顔出しさへしなかつた。

何といはれてもそれは為方がなかつた。――『ふざけてゐやがる。』『師匠を何だと思つてゐやがるんだらう。』と、師匠思ひの上野の弟子たちは誰もみんな腹を立てた。――ことに、さういふことになると何処までも堅気な生帳面なせん枝だ。それまでは、眼が不自由になつてからも、とき〴〵手許に呼んで、柳朝うつしの噺の稽古をしてゐたのを、それ以来、まつたく扇朝の出入をとめた。

『あんな腸《はらわた》の腐つた奴。』

せん枝はかういつた。――かういつて飽くまでも憎んだ。

去年のちやうど暮の話。――だが、扇朝にしてみると、扇朝にはまた扇朝の理屈があるのだつた。


今年は十月になつてもなほ残暑が強かつた。日のいろがいつまでも濃くあかるかつた。――と、ある夕がたから降り出して雨が、あくる日になつても、そのあくる日になつてもやまず、どうやらそれは暴模様《あれもやう》のやうにもなつた。――再び晴れた青空をみることが出来たとき、その青空のいろがもう水のやうに澄み尽してゐた。さうして、身にしみて冷めたい風がふいた。

『有難い。――助かつた。』

せん枝は真実《ほんと》に蘇生《よみがへ》つたやうに思つた。――眼の不自由なものにとつて暑いほど辛い苦しいものはなかつた。

九月のせん枝会に出て貰つた礼もあり、かた〴〵、半年ぶりばかりでせん枝は上野の師匠のところへでかけた。そのかへりに、山下から広小路の方へ出るやうに俥夫《くるまや》にいつて、気の向いたまゝ、新堀の、三橋のところを驚かした。

昨夜出て、三橋はそこのすこし前にかへつたところだつた。――湯に行つて来て、ちやうどいま一杯はじめようとしたところだつた。

『――さうかい、上野のかへりかい。――でもよく寄つてくれた。』

三橋は土間に下りてせん枝の身体《からだ》を格子のなかに抱き入れた。

『二階がいゝ。』といつて、そのまゝまた二階へつれて上つた。

『ちやうど好かつた。――実は私もいまかへつて来たところでね。』と三橋がわざと声を低くしていつた。

『多分そんな事だらうと思つたよ。』とせん枝が笑つて。『全体このごろはどこを稼いでゐるんだ。』

『紫陽花《あぢさゐ》は浮気する人意見の花よつていふ都々一《どどいつ》を知つてゐるかい。』

『厭な奴だ。』とせん枝がいつた。『道理でこのごろ山谷までよく用たしに来ると思つたよ。』

『分つたかい。』三橋が笑つてかういつた。

去年の春、すこし面白くないことがあつてせん枝が弟とわかれ、夫婦でべつにいまの金龍山下瓦町――今戸橋のそばの河岸《かし》に世帯を持つてから、一年半ばかりの間、三橋はあとにもさきにもたゞの一度――それもせん枝が煩つてゐるときに――しか出て来なかつた。せん枝の顔をみるといつも『新さん、済まない、そのうちにきつと行くから。』といふけれど、さういふばかりで、矢張《やつぱり》出て来なかつた。用があると女房《かみさん》をつかひに寄越した。――それほど無精な人間が、夏から此方《こつち》、どうした風の吹きまはしか、さういつても繁々顔をみせるやうになつた。――『山谷まで用たしに来たから寄つたよ。』とさうしていつもかういつた。

『新ちやんにも一度あひたいといつてるぜ。』と三橋が言葉を継いだ。

『誰が。』

『誰がつて分つてるぢやあないか――手前どものがさ。』

『手前どもの。――どうして手前どものが俺を知つてゐる。』

『信夫さんところの新ちやん。――かういつたら分るだらう。』

『古いことをいひだしたぜ。』せん枝はまつたく思ひがけないやうに『だけど、さういつたつて、まさかにあの雲井《くもゐ》さんの花《おい》魁《らん》でもあるまいが。』

『ところがその雲井さんの華魁《おいらん》だから可笑《をか》しいだらう。』と三橋がいつた。

『どうして。――でも、あの女は、その後、落籍《ひか》されかどうかしてゐなくなつたんぢやないか。』

『ゐなくなつた。――ところが、それがまた、この春、吉原へかへつて来たんだから可笑《をか》しいだらう。』

『三橋師匠が恋しくなつたとでもいふのかい。』

『それがね、種々《いろ〳〵》そこには深い事情《わけ》があつてね。――聞いてみれば可哀想な身の上さ。』

『定文句《きまり》をいつてるぜ。』とせん枝がいつた。『相変らず女にかけるとダラシがないんだね。』

『ダラシがないはないだらう。』

かういつて、何の屈托もないやうに三橋が笑つた。

不図《ふと》せん枝は三橋がうらやましかつた。――それはもう十年も前のこと、死んだ柏枝《はくし》の先達で、三橋とせん枝は始終間さへあれば吉原へ出かけてゐた。毎晩寄席《せき》で顔を合して――弟子師匠の関係はなかつたが、柏枝も三橋も、矢張《やつぱり》上野の師匠の手の人間だつた。――席割を摑むと、三人はそのまゝわかれることが出来なかつた。電車のなくなる時分までどこかしらで飲んでゐた。さうして揚句は大てい家へかへらなかつた。――雨でもふつたり、雪でもふつたりすると、ことにさうだつた。

京町のある古い固いので通つた見世。――柏枝はそこのお職の吉野といふ女のところへ三年といふもの通ひつゞけた。三橋の馴染は雲井といふ女、せん枝の馴染は信夫《しのぶ》といふ女だつた。――柏枝でも三橋でもせん枝でも、いまからはとても考へられないほどトボ〳〵してゐた。随分ときには無理なことまでして女のところへ運んだ。――種々《いろ〳〵》そこには可笑《をか》しいこともあれば悲しいこともあつた。

その柏枝は気がちがつて死んだ。死ぬ間際まで柏枝はその吉野の名を忘れなかつた。――三橋は柏枝のゐなくなる時分から漸次《だん〳〵》売り出した。江戸前のシツカリした藝が評判になつていまでは「柳」で屈指の人気役者になつた。――同時に三橋はいよ〳〵道楽者になつた。――その間にせん枝は眼が悪くなつて。寄席へ出ることが出来なくなつた。――去年の夏、鈴むらさんの心尽しで「せん枝会」といふものが出来、いよ〳〵他人《ひと》にたよつて行かなければならないやうになつたとき、せん枝の来しかたは暗い苦悩《くるしみ》と悲痛《かなしみ》とに満たされてゐたのであつた。

だが、せん枝は強情だつた。負けない気だつた。――女々しいことがきらひだつた。

『何《ど》うなるものか。』とせん枝はかう思つた。飽くまで多《た》寡《くわ》をくゝつた。――今まで通り誰とでもつきあへば、今まで通り深く酒も飲んだ。さうして、今までよりも嵩《かさ》にかゝつて熱心に噺の稽古もした。――だがそばからその心もちは滅びかけた。さういつても漸次《だん〳〵》人間がイクヂがなくなつた。

『下らない。――どうしたといふんだらう。』

せん枝は無理から自分を抑《お》圧《さ》へようとすればするほど、便りない、さびしい心もちが――何ともいへない便りない、さびしい心もちが――胸の底から湧いた。

「せん枝会」の末《すゑ》始終、自分の末始終。――さういつたやうなことが訳もなく考へられた。訳もなく悲しく考へられた。

ことにこのごろそれが酷くなつた。

『どうしたい、新さん――心もちでも悪いのかい』

せん枝のなんだか浮かないやうに顔のいろをみて三橋がいつ

た。

『何、どうもしやしない。』とせん枝がいつた。『久しぶりで外へ出てすこしボンヤリしたかたちさ。』

『さうかい、それならいゝけれど。』三橋が銚子をとつて『どうだい、熱い奴をつがうぢやないか。』

『貰はう。』

せん枝はチヤブ台のうへのコツプを手さぐりにとり上げた。

『何だか知らないが今日は莫迦《ばか》に酒がきく。』

かういひながら三橋は自分の盃《さかづき》のなかも一杯にした。

『好い陽気になつたから。――これからまた漸次酒がうまくなる。』とせん枝がいつた。『それはさうと、此間《このあひだ》の日曜の立花の独演会は莫迦に景気だつたといふぢやあないか。』

『誰がそんなことをいつた。』

『粂公《くめこう》が来てさういつてゐた。』

『駄目さ、二百来《そくこ》ないんだから。』と三橋がいつた。『あの日はまた悪い日で、若竹に上野の師匠の独演会、末広に柳生さんと柳蔵さんの二人会さ。――一寸《ちよつと》これでは立つ瀬がなからうぢやあないか。』

『まだあつたぜ。――あの日は上野の鈴本に柳雀独演会といふものがあつた。』

『あんなものは。――あんなものは構はない。――どうせ三四十しかとれやしないんだから。』

『どうしてあの人はあゝ売れなくなつたものかねえ。』

『老耄《ぼけ》るばかりさ。』

『だが客も薄情だよ。』

不図せん枝に藝人の「人気」といふことが考へられた。

そのまゝしばらく話は稼業のうへにあつた。種々《いろ／＼》の席亭の分らないことや、組合のもの、みんな尻腰のないこと。――このごろの若い真打の問題にならないほどテクなことや、漸次《だん／＼》、上方風の下らない、灰汁《あく》のぬけない、白痴《こけ》おどかしのやうな藝が高座《かうざ》に勢力を得て来たことなんかについて三橋が口をきはめて罵つた。

『お前さん、旦那がみえましたよ。』と階下《した》から声がかゝつた。

『旦那、――旦那つてどこの旦那だ。』

『鈴《すゞ》むらの旦那ですよ。』

『何だ、鈴むらの旦那だ。』

かういつてゐるうちに、『ずん／＼上《あが》つて来たぜ。』といひながら鈴むらさんが相変らず肥つてゐる身体《からだ》を階子口にあらはした。

『これはおめづらしい。』と三橋がいつた。『久しくおみえになりませんでしたね。』

『大へんにごぶさたしてしまつて。』と鈴むらさんは元気よく笑ひながら『新さん、しばらく。』

『真実に、旦那、どうなさいました。』とせん枝が鈴むらさんのはうへ顔をむけた。

『このごろは何だか知らないが莫迦に人間が無精になつてね。』

と鈴むらさんがいつた。『何だか外へ出るのが億劫でね、――毎日家《うち》にゴロ〳〵ばかりしてゐる。』

『先月はとう〳〵会のときにもみえなくつて。――旦那はどうなすつたらうとお玉の奴なんかはしきりに案じてゐました。』

『あのときは済まなかつた。――いゝえね、あのときはね、出掛けるつもりで飯を食つてゐるところへ客が来てね。――一杯はじめたものだからつひそのまゝになつてしまつた奴さ。――とう〳〵それから日の暮れるまで。――驚いたよ。』

『旦那、何にもありませんが』と三橋が盃《さかづき》をさした。

『有難う、』鈴むらさんはそれをうけとりながら『此奴《こいつ》はご馳走になりに来たやうなものだな。』

『先刻《さつき》一人ではじめようと思つてたところへ思ひがけなくこゝが来ましてね。』

『さうかい。――何しろうまいところに飛込んだよ。』

三橋のすゝめるまゝに鈴むらさんはつゞけて二つ三つ盃《さかづき》をかさねた。

鈴むらさんは、それは、八丁堀の妹のところへ行つたかへりだつた。産後がいけないと聞いて、心配して行つてみると、何の事、病人は二三日前に修善寺へ行つたあとだつた――とにかくその妹の亭主といふのは、質屋仲間でも有名な堅い陰気な人間、法華の凝りかたまりで、たゞ〳〵それは稼業大事と心がけてゐるばかり。――とても鈴むらさんの相手にはならない。妹のゐない以上。――妹がゐたところで格別どうといふこともないが、それでもまだ妹は親身だつた。――とても一時間とそこに辛抱は出来なかつた。ちやうど時分どきだからといはれたのを、断つて、無理から鈴むらさんは引きさがつた。――だが引きさがつて、外へ出たものゝ、外へ出てみると、まだ家《うち》へかへるのは時間が早い。――そこで、途中で電車を下りて、久しぶりに三橋のところをたづねてみようと考へた。――留守かも知れないが、もし三橋が留守だつたら、鈴むらさんは、小島町《こじまちやう》まで延して伯鯉《はくり》のところへ行くつもりだつた。

『でもね、俺のやうなものでもそれ相当に兄貴のあつかひをして呉れる。――なんだか気の毒でね。』と鈴むらさんがかういつた。

三人になつてまた酒が弾んだ。――せん枝はコツプを手から離さず、三橋と鈴むらさんは間断なく盃をやつたりとつたりした。

『さういへば、新さん。』鈴むらさんが何か思ひ出したやうに『真砂寿司《まさごずし》の爺さんの死んだのを知つてゐるかい。』

『真砂寿司。――あの馬道のですか。』

とせん枝がいつた。

『あゝ。』

『いゝえ、知りませんよ。』

『其奴は初耳だ。』と側から三橋が、

『何時《いつ》ですね。』

『何だ、三橋師匠も知らないのかい。』と鈴むらさんがいつた。

『俺も何時だかは知らないが、二三日前、夕方、犬を連れて公園まで行つたかへりにあすこの前を通つたら戸がしまつてゐる。――それから聞いたら爺さんが死んで、それつきり見世《みせ》をしめたんださうだ。』

『さうですか。』と三橋が思ひがけないやうに。『だけれど、あのぢゞい、ぶち殺したつてくたばりさうもないぢゞいだつたけれども、――分らないものだ。』

『強情なぢゞいだつたがねえ。』

　染々とせん枝がいつた。

『強情にも強情でないにも。――あんな面の憎い奴もなかつたよ。』と三橋が吐きだすやうにいつた。――三橋はもう大分まはつて来た。

『柏枝が喧嘩したことがあつたぢやあないか。』と鈴むらさんがいつた。

『あのときは私が一しよでしてね。』せん枝が不図《ふと》顔をあげて『小山さん――たしか小山さんでした、それに小梅の宗匠と誰だつたか幇間《たいこもち》。――真砂の寿司をくひに行かうつていふことになつて、吉原からわざ〳〵馬道まで出向くと、ぢゞいがゐて、此方《こつち》を厭な眼つきでヂロリとみながら、膠《にべ》もなく「もうお生憎《あいにく》さまでした。」――知らない顔ならまた為方もないけれど、随分長い間の馴染で、此方の次第もすこしは知つてゐるはず。――折角来たんだからどうにかして呉れないかといふと、平気でそこいらをかたづけながら「種がないから駄目だ。」――大抵腹が立つでせう。――勝手にしやがれとばかり飛びだして、それつきり半年ばかりといふもの柏枝はまるつきり足踏をしなかつた。』

『さういふ奴なんだ。』

　三橋が合槌をうつた。

『だが、いゝものをつかつて、うまい寿司をくはしてくれたね。』と鈴むらさんが今更のやうにいつた。

『それは真実《ほんとう》です。――何といつたつて、この土地では、蔵前《くらまへ》の音羽寿司《おとはずし》かあすこかでしたらうね。』

『だつて、何だつていふぢやあないか。――誰だつけか、音羽寿司へ行つて、あすこのおやぢに、馬道の真砂つていふうちは一寸《ちよつと》食はせるねつていつたら、土地で、うちでなかつたらまああすこだらうといつたつていふぢやあないか。』

『それから、その足で、馬道へ行つて、真砂のぢゞいにまた、蔵前の音羽つていふうちは一寸《ちよつと》食はせるねつていふと、浅草で、うちでなかつたらまあ彼処《あすこ》だらうといつたつていふ奴でせう。』

『それさ。』と鈴むらさんはうなづいて『だけど俺は、誰に聞いたのだつたらう。』

『旦那それは柏枝ですよ。』とせん枝が笑つた。

　話はまた柏枝のことに落ちた。――柏枝を真中にして、七年まへ、八年まへの世の中のこと。――鈴むらさんの深川の隠居所で毎年やつた初午《はつうま》や七夕《たなばた》のこと、吉原でやつた時雨忌《しぐれき》のこと、それには、柏枝がいひ出して、鈴むらさんとせん枝と三人、日本橋のある待合の二階からそのまゝ潮来《いたこ》へ遊びに行つたこと。――そんなやうなことがそれからそれと話された。今さらのやうにそこに話された。小山さん、五秋《しう》さん、登美孝《とみかう》、小梅《こうめ》の宗匠《そうしやう》。――そのころの人たちのことが可懐《なつか》しくせん枝の胸に往来した。

不図話が途切れた。障子にあかるくさしてゐた日かげもいつの間にか消えた。――空のいろがもう漸次《だん〱》褪めかけて、外はなんだかすこし風立つて来たやうな工合だつた。

『旦那、熱い奴を一つ。』と三橋が階下《した》から持つて来た銚子をとり上げた。

『もういけない。』鈴むらさんは手をふつて『もう俺は駄目だ。』

『そんな莫迦なこと。――小さなものでいけなければ大きなものにしませう。』

『飛んだ事《こつ》た。』鈴むらさんは笑つて、『このごろは、もう、から生地《いくぢ》がないんだ。』

『生地がないも何も。――旦那、恥をかゝしちやあいけない。』

『ぢやあ飲むよ。――此奴《こいつ》へ貰はう。』鈴むらさんはかういつてそこにあつた茶のみ茶碗を出した。

『感心。』三橋がいつた。『どうだい、新さんは。』

『満々《なみ〱》とついでくれ。』

『満々《なみ〱》と。――よし。』

三橋は満足さうにかういつた。――せん枝のコツプにいふ通り満々《なみ〱》とついだあと、自分も湯のみで呷《あふ》りつけた。

『旦那。』とせん枝が改まつたやうにいつた。『旦那にすこしいふことがあるんですが。』

『いふこと。――何だい。』

『このごろ旦那のところへ扇朝がよく行くさうですね。』

『あゝ来るよ。』と鈴むらさんは何のこともないやうに『このごろは橋場にゐるんでね。――近いものだから毎日のやうにやつて来る。』

『旦那は彼奴《あいつ》について何にもおきゝになりませんか。』

『彼奴《あいつ》について。――以前よくお前さんのところへ来てゐたんで俺は知つてるんだが。』

『去年の暮以来もう私のところへは来られない人間です。――それは御存じでせう。』

『あゝそれは聞いたよ。』と鈴むらさんは笑つて『三代目に種々《いろ〱》厄介になりながら、後で顔出しをしたとかしないとか。――それでせん枝さんのところもしくじつたと当人がそれはさういつてゐたよ。』

『人間莫迦は構ひません。――だが、義理を知らないのは――人間義理を知らないのはいけません。』とせん枝がキツパリいつた。『困るだらうと独演会までしてもらつて――それも上野の師匠は何の因縁もあるのではなく――それつきり膿《う》んだともつぶれたとも挨拶一つしないのはあんまり筋がちがひすぎます。――それも十九《つゞ》や二十《はたち》の何にも知らない人間ならまた為方ないといふこともあります。五十の阪を越して、すこしは苦労もして来たやうなことをいふ人間にしてみると――此奴は、旦那、腹を立てる方が真実《ほんと》でせう。』

『全体ふざけた畜生だよ。』と側から三橋がいつた。

『さういへばさうだけれどね。』鈴むらさんが宥《なだ》めたやうにいつた。『扇朝だつて、決して、上野の師匠の心もちを仇やおろそかには思つてやしない。――それは顔出しをしないのは扇朝が悪い。顔出しをしないのは悪いけれど、だが顔出しをしなくつても、扇朝は、あのときの独演会の番組を額にして、神棚のなかにかざつてゐる。さうして朝夕手を合してゐる」

　せん枝は何ともいはなかつた。

『それも、上野の師匠と、扇朝と何の因縁もないといへばないけれど、あの男がまた柳朝のところにゐた時分、三代目もまた先代の遊雀《いうじやく》のところに愚図〳〵してゐた時分で、始終木原あたりの楽屋で顔をあはせてゐたんださうだ。――ときには羽織の貸しあひ位したこともある。――いつてみれば昔馴染だ。――それが一方は運があつて大真打になり、一方は運がなくつて、すつかり尾羽うち枯したいまの為体《さま》さ。――三代目にしたら種《いろ》〳〵それも考へるだらうから。』

『旦那、其奴はいけません。』とせん枝がいつた。

『なぜ。』

『人間つて奴は運ばかりぢやありません。――上野の師匠が今日のやうになり、扇朝がいまのやうになつたのも――いつてみれば心がらです。――あんな扇朝のやうな量見かたの奴のウダツの上らう道理がありません。――旦那のいふやうに、昔馴染といふやうなことがそこにあつたにしても、以前は以前です。以前はどうであらうと今では訳がちがひます。』

『俺はさうは思はない。』鈴むらさんは飲みかけた茶碗を下に置いて『扇朝は藝人だ。――量見かたもそれは入用《いりよう》だらうが、量見かたよりも藝人は藝のことだ。――あれだけの藝を持ちながら、下らなく埋木《うもれぎ》になつてゐる扇朝が俺は可哀想だ。』

『可哀想。』

『あゝ可哀想だ。――俺はあの男の噺を聴いてゐるとなんだか泪《なみだ》がこぼれて来るやうな心もちになる。』

　せん枝は不図口を噤んだ。眼を伏せた。

『そんなに扇朝はうまいんですか。』側からまた三橋がかういつた。

『俺はうまいと思つてゐる。』

『柳生さんとどつちがうまいでせう。』

『柳生と。』鈴むらさんは三橋の顔をみた。『ものには大抵方図《はうず》がある。――柳生といつたらとにかく今での名人といはれる藝人だ。扇朝は売れなくなつて寄席《せき》を退いた藝人だ。――とてもそれは一しよにはならない。――一しよにする方が無理だ。――だが、俺だけのことにすると、次第によつては、柳生のよりもうまいと俺はいふかも知れない。』

『柳生よりもうまいと。』

『俺はさういふかも知れない。』鈴むらさんは再びかういつた。

『俺も意地がある。』

『勝手にしやがれ。』

三橋はいきなり盃をとつて投げつけた。――あぶなく鈴むらさんの肩を掠めて盃はうしろに落ちた。

『何をしやあがる。』

かういひざま、鈴むらさんはチヤブ台に手をかけた。たちまちチヤブ台が覆へつた。

たゞならぬ物音をきいて、驚いて、階下《した》から三橋の女房《かみさん》や番頭が上つて来た。

『お前さん、まあ。』

三橋の女房は慌てゝ、煙管《きせる》をとり上げた三橋の手許に縋りついた。

『打捨《うつちや》つといてくれ。――黙つてゐればいゝ気になつてふざけたことを吐かしやがる。――もう量見が出来ねえんだ。』

三橋は、全くもう血相をかへて、身悶《みもだへ》してかういつた。

『よくいつた。――量見が出来ねえとはよくいつた。』鈴むらさんは無理から心もちを落ちつけた。『二度ともう俺はこゝの家へ足踏はしねえから。』

かういつて鈴むらさんは立ちあがつた。

『旦那。』とせん枝がいつた。――せん枝の声は震へてゐた。

『何か用かい。』

『私にもう一言いはしてくれませんか。』

『俺はもう何にも聞くことはない。』

そのまゝ振切るやうにして鈴むらさんは階下《した》へ馳け下りた。つゞいて三橋の女房《かみさん》と番頭が下りて行つたあと、三橋は詮方尽きたもの、やうに身体《からだ》をそこに投げ出した。そばにせん枝が眼を伏せたまゝ、ヂツと動かなかつた。

障子のそとの空のいろは全く褪め尽した。座敷のなかはもう燈火《あかり》がついてもいゝほど暗くなつた。

小《こ》たま。――それは鈴むらさんの寝た間も忘れない恋人だつた。

鈴むらさんがはじめて小たまに馴染んだのは二十三の春だつた。そのとき小たまはまだ十五だつた。

――田所町の丁字屋の若旦那として、鈴むらさんは、そのころ、日本橋の土地でもうかなり有名だつた。同伴《つれ》――同伴といふよりは取巻だ、鼈甲屋仲間の吉川《よしかは》、道具屋の寺西《てらにし》。――この寺西は五秋といつて其《き》角堂《かくだう》の弟子でもいゝ方だつた。――それに、幇間《たいこもち》の登美孝が始終どこへ行くのでも一しよだつた。吉川でも、寺西でも、各自《てん／＼》にすこしは使つた上りだけに種々《いろ／＼》遊蕩《あそび》のコツを知つてゐた。――知らず／＼のうちに鈴むらさんは種々この二人から仕込まれた。

鈴むらさんの座敷へ来る妓《をんな》はいつもきまつてゐた。小たまもそのなかの一人だつた。――鈴むらさんは小たまの、父親のない、母親だけの便りない境涯に心を惹かれた。――鈴むらさんの境涯がやつぱりさうだつた。だが、鈴むらさんには妹があるだけだつたけれど、小たまには妹もあれば弟もあつた。それには身体《からだ》の半分きかない伯母さんがあつた。それがみんな小たまの繊弱《かよわ》い肩にかゝつて来る重荷だつた。――鈴むらさんは小たまのその暗い境涯にも心を惹かれた。ことさらに鈴むらさんは小たまを贔屓《ひゐき》にした。

ことさらの贔屓《ひゐき》がやがて恋になつた。鈴むらさんも、小たまも、飽くまでその恋の芽をたがひの胸のなかだけに培はうとした。だがそんな悠長なことは世間が許さなかつた。――ある晩、ある待合の裏口から跣足《はだし》で鈴むらさんの座敷へ小たまが逃げて来た。鈴むらさんは、そこで、寺西にも、登美孝にも相談して（吉川はその時分にはもう失敗して東京にゐなかつた）改めて、小たまのことは、鈴むらさんが身に引きうけてすべて世話をすることになつた。

十六の秋に小たまは大妓《いつぽん》になつた。――それについての万事は寺西が引きうけてやつた。鈴むらさんは寺西のいふまゝのものをそこへ投げだした。

三四年の月日はまたゝく間にすぎた。その間に、鈴むらさんは周囲《はた》からうるさくいはれるまゝに結婚した。鈴むらさんのその独身でなくなつたことが、かへつて小たまとの関係の上にある深い根ざしを持ち来した。鈴むらさんはいよ〳〵小たまのために尽した。小たまはめき〳〵と売り出した。――同時に鈴むらさんは、遊蕩《あそび》の世の中が漸次《だん〳〵》広くなつた。丁字屋《ちようじや》の旦那――もう若旦那ではなかつた――の名は、芳町でも、柳橋でも、吉原でも、誰知らないものがなかつた。――新聞に関係してゐる小山さんだの、小梅の宗匠だのといふ好いちかづきがそこに出来た。

芝居や何かさかり場に立ちまはつて、役者や相撲を相手にするかはり、鈴むらさんは、好きで、落語家《はなしか》や講釈師を贔屓《ひゐき》にした。落語《はなし》のはうでは、柳生、柳蔵、死んだ柳玉、講釈のはうでは、伯鯉、梅龍。――鈴むらさんは、一わたり、誰にでもあつて、誰にでもそれ〴〵の心づけをした。ことに上野の師匠――三代目雀枝とはかくべつ心やすくした。さうして、雀枝のところのものにみんな眼をかけた。――なかでも、柏枝、三橋、せん枝の三人のためには、鈴むらさんは、親身になつて種々《いろ〳〵》心配した。人気になると思ふやうなところへ、毎日のやうに、方々三人を引張つてあるいた。

二十八のとき、一人の妹を八丁堀にかたづける、間もなく、鈴むらさんは、一人の親にも永いわかれをしなければならなかつた。鈴むらさん夫婦だけが残つた。外には何の係累《わづらひ》もなかつた。――鈴むらさんは、誰にも遠慮もなく、安心して、好きなことが出来た。――その時分から鈴むらさんは兜町に関係が出来た。

小たまをつれて、鈴むらさんは、大阪から京都のはうへしばらく遊びに出た。――春で、ちようど京都は踊の時分、登美孝をあとから呼びよせて、小たまと三人、他愛もなく祇園で遊び耄《ほう》けてゐるところへ東京から電報だつた。何だかわからないが直ぐかへれといふのだつた。――帰つてみると、内閣の瓦解した騒ぎで、相場はもう大乱痴気、買ひにばかりかゝつてゐた鈴むらさんは何《ど》うもかうもなかつた。――鈴むらさんは吉原でまん直しの饗宴をやつた。

それが蹉跌《つまづき》になつた。――それまで何のこともなかつたのが――何のこともないといふよりもむしろ工合のいゝはうだつたのが――それが蹉跌になつた。半年たゝないうちに鈴むらさんは田所町の店舗《みせ》を銀行の手に渡した。――商売をやめて、深川佐賀町の寮――古く建てた隠居所に退転した。

鈴むらさんは決して怯《ひる》まなかつた。かへつて以前《まへ》よりも贅沢にやつた、初午《はつうま》に、花見《はなみ》に、七夕《たなばた》に、月待《つきまち》に、夷講《えびすかう》に、年忘れに――始終遊ぶことばかりを考へた。――さうして、月の半分は、鈴むらさんは小たまのそば――恋しい小たまのそばで暮した。

いふまでもなく鈴むらさんは強情を張つてゐるのだつた。無理をしてゐるのだつた。――二年たち、三年たちしたとき、先代の丁字屋伝右衛門からうけ継いだものといつたら、たゞわづかに、現在その雨露をしのいでゐる隠居所が残つてゐるばかりだつた。――それでもなほ鈴むらさんは強情を張りつゞけた。だが、さうはいつても、漸次《だん〳〵》すべてが思ふにまかせなくなつて来ることは為方がなかつた。小たまのためにもいまゝでのやうに尽すことが出来なくなつた。鈴むらさんはそれが苦しかつた。――といふのは、前にいつたやうに、小たまには、親もあれば、きやうだいもあつた。さうして身体《からだ》の半分きかない伯母さんがあつた。背後《うしろ》に断えず誰かゞゐるのでないかぎり、とても小たまだけの――小たま一人のはたらきだけでは何《ど》うにもカシキのつくはずがなかつた。小たまの悲しい犠牲の生涯。――鈴むらさんに、それが分りすぎるほど分つてゐるのだつた。

そのころ、鈴むらさんといふものゝあるのを承知で、小たまにしきりに附纏ふ客があつた。武田といふ神田あたりの鉄物問屋《かなものどんや》だつた。世間のうはさによると、十年ほど前までは、何か車をひいて商売をしてゐたのだつた。それが種々《いろ〳〵》したあげく米であて、それからトン〳〵拍子に為上げて、わづかの間にいまの押しも押されもしない鉄物問屋になつた。――さうなつてもなほ以前の刻苦《こくく》を忘れないために、嘗てその摑んだ車の梶棒《かぢぼう》の片《きれ》を事々《ことごと》しく桐の箱にいれて持つてゐるといふことだけで大抵その人となりが分るだらう。――いふまでもなく東京の人間ではなかつた。

鈴むらさんの漸次《だん〳〵》景気のわるくなつて来たのがその武田のつけ目だつた。種々《いろ〳〵》、手をかへ、品をかへ、小たまの周囲《まはり》のものなんかを味方に引きいれて、右から、左から、口説き立てた。――商売をしてゐる以上、無下に否みかねるやうな義理合もそこにはあつた。――とはいへ、小たまは、鈴むらさんを捨てる気は毛頭なかつた。小たまはあぐね果てた。

だが、鈴むらさんは、その二番目狂言のやうな顛末を眼のあたりみるのに忍びなかつた。二幕目、三幕目——鈴むらさんはどうしてもそこに悲しい破局《カタストロフ》の来ることばかりが考へられた。鈴むらさんはたまらなく不安だつた。——小たまの心もちについては全くたのむところもなく、たゞ、鈴むらさんは、その狂言の悲しいなりゆきから小たまを救ひだす力の自分になくなつたといふことばかりを果敢なく考へたのだつた。

鈴むらさんのはうから別れ話を持ち出した。——鈴むらさんはみづから生命《いのち》を断たうとしたのだつた。それは小たまにとつてあまりにいはれないことだつた。小たまは別れてい、位なら何にも苦労はしないといつた。

だが、二人は、遅かれ早かれわかれなければならない二人だ。——鈴むらさんはかういつた。今ならばまだすべて得心《とくしん》づくでいける。——どうせ別れなければならないならたがひに厭な思ひをしないうちのはうがい、。——小たまは泣いて承知した。

小たまに別れると同時に鈴むらさんの心もちは愚図々々になつた。張りがなくなつた。今までの強情も無理も——畢竟それは小たまあつての強情であり無理であつた。——鈴むらさんはもう一たまりもなかつた。とう〳〵また深川の隠居所を売りに出した。

間もなく小たまは武田の世話になるやうになつた。鈴むらさんは覚悟はしてゐた。覚悟はしてゐたもの、、武田に強ひられて、鈴むらさんと全く切れたといふ証拠《あかし》を立てるため、小たまが眉を落さなければならなかつたといふことを聞いたときには、鈴むらさんは全身の血が一時に冷え返るやうに思はれた。——人間の気《き》の狂《ちが》ふといふのはかういふときだらう。——三日といふもの、鈴むらさんは、羞恥《はぢ》も外聞も捨て、、酒びたしになつて暮すよりほかはなかつた。

自棄《やけ》。——鈴むらさんはもう自棄だつた。鈴むらさんは、隠居所を売つたかなりの纏つたものを吉原や柳橋でまた綺麗につかひ果たした、わづかそれは一二年の間だつた。——鈴むらさんは出来るにまかせてもう為たい三昧のことをした。

咲き満ちてゐた花があとなく散り尽した。燃えさかつてゐた火が灰燼《はい》になつた。——十五六年の間の夢の覚めたとき、鈴むらさんは、浅草の今戸の八幡さまの地尻に、世の中からかくれて棲むある夫婦のさびしい閑寂《ひつそり》した生涯を見出した。

その後、小たまは、落藉《ひか》されたのだけれどまたぢきに商売に出た。土地で五本の指に折られるほどの藝妓《げいしや》になつた。続いてなほ武田が世話をしてゐるといふのだつたが深いことは何にも分らなかつた。——時をり、寺西が来て、種々《いろ〳〵》消息を伝へたけれど、どうしてか、小たまのことについては、鈴むらさんはつねに固く口を噤んだ。自分からは、小たまの小の字もいはなかつた。——そのくせ、鈴むらさんは、何のこともなく、始終以前の世の中のことについて話した。さうしてそこに何の悔恨のいろもなかつた。

寺西もそれはもう以前の道具屋ではなかつた。鈴むらさんが深川へ退転するすこしまへ、商売《しやうばい》が漸次思はしくなくなつて来たまゝ、茅場町の店舗《みせ》を畳み、向島の言問の奥へ引込んだ。さうして、地所や家屋の才取《さいとり》のやうなことをするかたはら、小梅の宗匠をうしろだてに立机《りつき》して、真《ま》葛庵《くずあん》五秋《しう》といふ真物の宗匠になつた。――藝が身を助けたかたちがあつた。

序《つひ》でだからいふけれど、鈴むらさんが深川へ退転したとき、それがちやうど、せん枝の眼の悪くなりはじめ、大学へ行つて大学で情《すげ》なく見離されたときだつた。さうして、鈴むらさんがその深川の隠居所を手離したとき、それがちやうど、柏枝の気が可笑《をか》しくなつたとき――小山さんや三橋が心配して、無理から巣鴨の病院へ入れるやうなことにしたときだつた。

べつたら市が来た。――毎日、暗い、陰欝な空ばかりがそこに続いた。さうかといつて降るのでもなかつた。八幡さまの銀《い》杏《てふ》がいつか裸になつて、今戸《いまど》焼屋《やきや》の白い障子、灰いろをして瓦《かはら》竈《かま》。――そこに、三津五郎の住居の塀のはづれに、隅田川がドンヨリ無情つたらしく流れてゐるのがうかがはれた。

鈴むらさんは朝湯――といつてもそれはもう十時すぎ――のかへりにブラ〳〵中の渡しのはうまであるいた。今戸橋の近所のことにすると、其処いらは、末枯《うらがれ》の、どこか、貧しい、色の褪めたやうな心もちのするところだ。寺がたくさんある。――ある寺の門の前に、「あやしき形に紙を切りなして、胡粉《ごふん》ぬりくり彩色ある田楽みるやう、裏にはりたる串のさまもをかし……」と一葉が「たけくらべ」のなかに書いたやうな熊手《くまで》の仕度をしてゐる家があつた。――鈴むらさんは来月はもう酉《とり》の市だといふことを考へた。

鈴むらさんはもと来た道をまたブラ〳〵あとに引返した。

家へかへると、近所の仕事師の娘が膳拵《ぜんごしら》へをして待つてゐた。

『おのぶ坊、小母さんはもう出かけたのかい。』

手拭や石鹸《しやぼん》の始末をしながら鈴むらさんがいつた。

『今しがたお出かけになりました。』とおのぶがいつた。『すぐに御飯を召上りますか。』

『さうだね。――昨夜《ゆふべ》のはもう残つてゐないかい。』

『いゝえ、まだ少し――。』

『残つてゐるのかい。』

『えゝ。』おのぶが手の甲を口のところにあてた。

『ぢやあ済まないが。』鈴むらさんも笑つて『だけど、何にもなかつたらう。』

『いゝえ、ご新さんが購《と》つてお置きになりました。』といひながら、おのぶが、台所からクサヤを炙《あぶ》つて持つて来た。『ぢきにいまお燗がつきます。』

『万端とゝのつてゐるんだね。』

『多分上るだらうからと、ご新さんがすつかり支度をしておいでになつたのでございます。』

『世帯もちの悪い奴だ。』

『そんなことを被仰るんならさし上げません。』

『戯談《じやうだん》だよ、戯談だよ。』

鈴むらさんが手を振つていつた。鈴むらさんもおのぶも笑つた。――おのぶは笑ひながら台所へ立つた。

障子のそとに眠つてゐたエスがノツソリ座敷のなかへ入つて来た。

『エス公か。――どうした。』と鈴むらさんがいつた。『今日は阿母《おふくろ》がゐなくつてさびしいか。』

主人《あるじ》に言葉をかけられて、年をとつた、病身の犬は、甘えるやうに、鈴むらさんの膝のそばへ来て身体《からだ》を擦りつけた。――日本橋の時分からの奴僕《しもべ》だ。――日本橋から深川、深川から浅草。十年あまりの間、主人《あるじ》とすべて生涯をともにして来た殊勝《けなげ》な奴僕だ。――鈴むらさんも、鈴むらさんのご新造《しんぞ》も――ことにもうご新造は幼児《こども》のやうに鍾愛《いつくし》んだ。

『さうか〱。』鈴むらさんはいたはり尽すやうにその身体《からだ》を抱きよせた。――エスは泪《なみだ》ぐましいやうな眼をあげて、訴へるやうな、安心したやうな、呼吸《いき》づかひを聞かせた。

『エスもまだ今朝は朝ご飯まへでございます。』

おのぶがそこへ燗の出来た銚子を持つて来ながらいつた。

『其奴はいけない。――味噌汁《おみおつけ》でもかけて拵へてやつて呉れないか。』

『え丶、これから拵へてやります。』

エスはおのぶに呼ばれて鈴むらさんの膝を離れた。台所のはうへ行つた。――鈴むらさんは溜塗の膳をひかへて盃をとり上げた。

『旦那、昨晩はなんとも相済みませんでした。』

扇朝が斯ういひながら庭を入つて来た。

『相済みませんぢやないぜ。――何うしたつていふんだ』鈴むらさんがいつた。『来ると思ふから、此方はい丶かげん待つてゐたんぢやないぜ。』

『実はね、それが、一寸折口《ちよいとをれくち》があつたんですから。』

『折口。――だつてお前のところではそんなことはいはなかつたぜ。』と鈴むらさんが詰《なじ》るやうに『猿若町までまゐりましたが程なく戻ります。――戻りましたらすぐさし上げますつていふやうな酷《ひど》く猪牙《ちよき》が丶りなことをいふから、此方はもう大丈夫来るものと踏んでゐた。』

『相済みません。』と扇朝がまたかういつて頭を下げた。『なぜそんない丶加減なことをいつたと、今朝、婆アの奴に散々小言をいつてやりました。』

『まあ一つ上げよう。』と鈴むらさんは扇朝に盃をさした。『折口つて何ういふ筋の折口だ。』

『三《み》よしが亡くなりましてね。』

『何だ、三よしが死んだ。』鈴むらさんは全く思ひがけないことのやうに『何日《いつ》。』

『昨日の朝急に。――尤も三月ばかり前から煩つてはゐたんですが。』

『古い三よしだつたが。――さうかい、あのぢいさんも死んだかい。』と鈴むらさんが染々とかういつた。

『旦那はご存じでしたか。』と扇朝が鈴むらさんに盃を返した。

『あゝ一二度あつたことがある。――柳生が連れて来てね。』

『三よしは柳生さんには種々《いろ〳〵》世話になりました。――だが、柳生さんも三よしには種々世話になつてゐます。』扇朝が欠けた歯をみせて笑つた。

『さうだつたね。柳生の噺は大抵三よしから種が出てゐるんだね。――今度は柳生もそれは散財《ものいり》だらう。』

『ところが柳生さんは香奠を届けて寄越したつきり顔もみせません。――却つてあんまり三よしに縁のない柳蔵さんが来て万事をとり仕切つてゐるといふ形でして。』

『ふざけてゐるね。』鈴むらさんがいつた。『だが柳生つていふ奴には大きにさういふところがあるかも知れないね。彼奴は姉《あね》輪《わ》の平次のやうなやつだから。――そこへ行くと柳蔵つていふ奴は人間が正直だ。』

鈴むらさんは柳蔵のその人間の正直なことを裏書するために柳橋のある年をとつた妓《をんな》の話をした。――その妓は何か柳蔵の遠い引つかゝりになつてゐるのだつたが、あるとき柳光亭が何処かの宴会の座敷で柳蔵と一しよになつた。そのとき、外の妓たちは、柳蔵師匠、柳蔵師匠でみんなチヤホヤしたが、なかで、その妓だけはロクに挨拶もしなかつた。その妓にしてみると、いふまでもなく、とにかく遠い引つかゝりになつてゐるのだから、何もさう改まつてかゝることはないと思つた。却つてそのはうが内輪らしいと思つたのだつた。ところが柳蔵にしてみるとさうではなかつた。他人でも大騒ぎをするのに、仮りにも親類の片端でありながらロクに挨拶もしない、大抵モノを知らない奴だと、以ての外の機嫌だつた。方々へいつてそれを触れ散らかした。――妓はいつそ莫迦〳〵しかつた。勝手にしろと思つた。――すると、間もなくまた今度は深川亭で逢つた。そのときは柳蔵は客に連れられて外の座敷に来てゐたのだつたが、廊下でぶつかつたのを幸ひ、手をついて、『お師匠さん、ごぶさたして居ります。』とその妓が開き直つていつた。――柳蔵はもうすつかりそれで満足した。『何でもモノはいふものだ。――何処かで俺のいつたことを聞いたのだとみえて、此間《このあひだ》また彼奴に逢つたけれど、此間はまるつきり彼奴の処置ふりがちがつてゐた。』と方々へまたかう触れてあるいた。

鈴むらさんはその妓から話を聞いた。――その妓は、さうなると、可笑《をか》しいよりも腹が立つといつた。

鈴むらさんは、藝人の、下らない、頭脳の悪いことの戯画《カリカチユア》をみるやうな気がした。

おのぶが台所から銚子を運んだ。

『今日は御新さんはどうなさいました。』と扇朝が訊ねた。

『今日は奥方はお実家《さと》方《かた》へお出ましになつた。』

『さうでございますか。――でも、よくお出かけになりましたね。』

『盆から行く〳〵が今日まで延びたのさ。――それも昨日差紙がついて為方がなく出かけたのさ。』

『お召出しで。』

『あゝお召出しだ。――何か用があるのださうだ。』かういつてまた鈴むらさんは話をあとへ引戻した。『噺は聴いた。――だが、三よしつていふぢいさんの次第は何《ど》うだつたんだい。』

『これがまだグウタラでしてね。』と扇朝が飲みかけの盃を下に置いて『噺をさせると押手がきいてゐましたが、人間はごくの無精で尻腰がなく――年をとつてからはもうナシでした。――それについて面白い話があります。――旦那はあの歌羅久《からく》を御存じでせう。』

『歌羅久。――知つてゐるとも。彼奴も古いぢいさんだ。』

『あの歌羅久と、三よしと、私と三人、並木の楽屋で一しよになつたことがありました。――今から三四年前。――十一月の取附の、雨のビシヨ〳〵ふる御難な晩でした。客の頭はやうやく三十がらみといふところ。――歌羅久がさきへあがつて「鍔《つば》屋《や》宗半《そうはん》」といふものをやり出しました。此奴が大真面目です。羽織を引かうが何《ど》うしようが平気です。下りる気色もない。――すると、三よしが何といふかと思ふと「扇朝さん、歌羅久はあれは俺たちに聴かせてゐるんだぜ」とかういひます。――さういへばその形ちがあります。「雨もふつてることだから早いことにして貰ひたいね。」私がかういふと、「因果な奴だ。――それほど聴かせたいなら、家へかへつて、女房にでも聴かせたらいゝぢやあないか。」と三よしがまたかういひました。歌羅久はもう散々です。――歌羅久が下りて今度は三よしが上りました。――此奴はまた大やつつけ。――上るからもう下りる算段をしてゐます。――すると側にいた馬石《ばせき》さんが、私《わたくし》に「ねえ、扇朝さん、歌羅久はまだ君たちにでも聴かせようといふ殊勝な量見があるだけ藝に色気がある。生命《いのち》がある。家《うち》へかへつて女房にでも聴かせたらいゝぢやあないか。といふやうなことをいふだけ三よしはもう駄目だ。――藝人《げいにん》は婆婆《しやば》つ気がなくなつたら仕舞だね。」染々《しみ〴〵》かう馬石さんがいひましたが。――三よしといふ奴はさういふ奴でした。』

『なるほどね。――いゝ話だ。』鈴むらさんはうなづいた。『だけど、それは、藝人ばかりぢやないよ、人間は何でも婆婆つ気がなくなつたら仕舞だよ。』

『それはもう全く。』扇朝は溢れるほど注がれた盃に口をつけた。

『柏枝、三橋、せん枝。――三人のうちで、柏枝は婆婆気がなかつた。三橋もあれでわりになかつた。――たゞせん枝が一人婆婆つ気が強かつた。――あんまり婆婆つ気が強かつたもんだから眼が潰れた。』鈴むらさんが笑つた。

『眼が悪くつてさへあの気象です。――あれでもし尋常《あたりまへ》の身体《からだ》だつたら、今ごろはもう立派な三代目さんの片腕でしたらうに。――惜しいと思ひます。』

『強情一つで持つてゐる。――その強情がこのごろ漸次《だん〴〵》弱つて来たさうだ。』

『何かそんなことが。』

『昨日小山と川田が来てそんな話をしてゐた。――種々《いろ〳〵》心配もある。――それには身体《からだ》のやつぱり甲斐ないところがあるのだらう。』

　せん枝の、暗く眼を伏せた、さびしい、衰耄《すゐもう》した姿が鈴むらさんの胸に浮んだ。――この間の三橋のところ以来、鈴むらさんはせん枝にあはない。――あのあくる日、三橋から昨日《きのふ》はなんとも申訳がなかつた。どうか幾重にもに許してもらひたい、いづれ近日おわびに上るからといふ葉書が来た。――それが三橋の心から出たことでなく、せん枝のはからひだといふことは分つたが、だが、せん枝としては――せん枝からは何のこともなかつた。――今戸橋をわたつて、朝に晩に出かけてゐた家の、その近所に立ちまはることさへいつか阻《はゞ》まれるやうになつた。瓦町のはうへ今戸橋をわたるのさへ何だか苦痛になつた。――古傷に触れるのを怖れるやうな心もちで、鈴むらさんは、このごろ、公園のはうへ出るのに、わざ〳〵遠くを廻つて、山谷から吉野橋の方へ出るやうな為儀だつた。――鈴むらさんは、こんなことで、下らなく、愚図〳〵に、せん枝ともわかれなければならなくなる運命を考へた。

　だが、昨日聞くと、その後「せん枝会」の工合がまたメツキリ悪くなつた。一時は三百あまりにまでなつた会員がいまではわずかに七八十になり、月々の会の景気も漸次《だん〳〵》思はしくなくなつて来た。――それには、また、このごろ、蔵前で髷入屋《まげいれや》をしてゐる弟との間に紛紜《ごた〳〵》がはじまつたといふこと。――

『昨日は、それは、小山先生と川田さんの旦那とがおみえになつたので。』と扇朝がいつた。

『さうだよ。――だからお前を呼びにやつたんだ。』

『それは惜しいこと。――小山先生にはいつぞやお目にかゝらして頂きましたが、川田さんの旦那には、かけちがつて、私《わたくし》はまだ一度もお目にかゝりません。』

『だから俺もいゝ機会《をり》だと思つたのさ。』鈴むらさんがいつた。『それに、来月、木挽町《こびきちやう》で「文七元結」をやらうといふから、其奴は是非、扇朝の、柳朝うつしの奴を聴いてやつてくれ。柳朝のは左官の長兵衛でなくつてあれが長右衛門。――すつかり人間のイキがちがつてゐる。――吾妻橋で文七を助けるところの拵へからしてちがふ。――扇朝師匠のために精々これが味噌をあげた奴さ。』

『有難う存じます。』

『どこかへ飯を喰ひに行かうといふのを無理に家《うち》ではじめてさ。――六時から十時までちやうで。――そこへ頭が来てね。』

『頭は何日《いつ》身延《みのぶ》からかへりました。』

『昨日の朝かへつて来た。――種々《いろ〳〵》ご一新の時分の世の中の話を聴いて面白かつたよ。』

『それは私《わたくし》も聴きたかつた。――頭は滅多そんを話をしません。』

『しないとも。――俺も昨夜《ゆふべ》はじめて聴いたのさ。――どうした風の吹きまはしか、昨夜はあの寡黙《むくち》な頭がそれはよく喋舌つた。』おのぶの方を向いて、『昨夜はお父つあんは家へかへつてもご機嫌だつたらう。』

『え丶随分。』おのぶが台所からいつた。『めづらしいことがあるつておつ母さんとさういつて笑ひました。』

『ですが、旦那。』と扇朝がいつた。『何でも分つて丶、無駄をいはず、同情《おもいやり》があつて、義理が堅い。――頭のやうなあ丶いふ気合は漸次《だん〲》なくなります。』

『あたり前さ。――いまどき流行《はや》らない代物だ。』

鈴むらさんはかういひながら何の気なしに障子のそとをみた。――いつか音もなく雨が降りだしてゐた。

『降つて来たぜ。』

『とう〱やつて来ましたか。』と扇朝も首を延ばして障子のそとを見た。『でも今日までよく持ちました。』

『さうだ。――俺は昨夜《ゆふべ》あぶないと思つた。』

『降りだしが悪いから此奴は二三日はつぶれませう。――稼業に障《さは》ります。』

『どこかへ出かけるのかい。』

『今夜からまた二三日たのまれて大阪亭へ出かけます。』

『今度は何だい。――また天狗連《てんぐれん》かい。』

『い丶え、今度は、何か半素人《はんしろうと》の女義太夫ださうですが。――よせばい丶にと思ひます。』

『全体、あの大阪亭つていふのは、貸席なのかい、寄席《よせ》なのかい。』

『貸席。――貸席のやうな寄席《よせ》のやうな。――とにかく二三日前までは吉川なにがしと名のるドサ廻りの浪花節がか丶つてをりました。』

『客が来るのかい。』

『よく来て二三十。――雨でも降つたらもう眼もあてられません。』

『不思議だよ』と鈴むらさんが仔細らしくいつた。『土手をあがればすぐ大門《おほもん》だ。――吉原のそばにあんなチヨンなものがあらうとは思へない。――だけど、何だつてね、客の来ないことは、何処《いづこ》もおなじに景気が悪いんだつてね。』

『霜枯になりますから。――それには矢張《やつぱり》活動に押されるといふ奴があります。』

『さうだつてね。――実は、一昨日《をととひ》の晩、金車《きんしや》へ久しぶりに伯鯉を聴きに行つた。――水滸伝をよんでゐた。相変らず巧いや。――だが、客の頭顱《あたま》はやう〱三十がらみ。――それでもその晩はまだい丶方なのだときいて驚いた。――俺はなんだか情けないやうな気がした。』

『このごろのお客には、とても伯鯉さんの水滸伝なんかわかりません。』

強ひて嘲るやうに扇朝がいつた。

不図二人の話が途切れた。庭のうへはもう、どこもすつかり濡れ尽した。――そこに、飛石のうへに、山谷の寅の日の縁日で仕入れて来た鉢菊が、素枯れて、痛ましく雨にさらされてゐるのが鈴むらさんの心を惹いた。

『あの、お酒屋さんへ行つてまゐります。』

　台所からおのぶが来ていつた。

『もうヤマかい。』

『えゝ。』

『其奴は事だ。』と鈴むらさんが笑つた。『扇朝、どうせもう今日は夕方まで空いてゐる身体《からだ》なんだらう。』

『夕方までと被仰《おつしや》らなくつても。』

『折角降つても来たものだ。――もうすこしつき合つて呉れ。』

『えゝ〳〵もう。』と扇朝がいつた。『だが、酒屋のご用なら私が行つて来ます。』

『いゝえ、ようございますわ。――行つて来ますから。』

『新造つ子をさう下直《げじき》につかつては冥利がわるい。』

　かういひながら扇朝が早速に立ちかけた。

『さうだ、おのぶ女郎より扇朝のほうが役所《やくどこ》だ。――好《い》いから扇朝にたのんだはうがいゝ。』と鈴むらさんがかういつて。『済まないけれど、それから、帰りに魚勝へまはつて、何かみて来て来れ。』

　水口から、すべてを心得てやがて、扇朝が出て行つた。

『番茶でいゝ。――合《あい》の宿《しゆく》に熱い奴を一杯呉れないか。』と鈴むらさんがいつた。――すぐにおのぶが盆のうへに湯呑をのせて持つて来た。

『有難う。』鈴むらさんはそれをうけとりながら『エスはどうしたい。』

『ご飯をたべたら寝てしまひました。』

『現金な奴だね。――さういへば、おのぶ坊、お前はまだ昼飯《おひる》を喰べないんだらう。』

『えゝ。――まだ沢山ですから。』

『遠慮したつてつまらないぜ。――遠慮したつて誰もほめるものはない。――戸棚から何でも出して勝手に喰べたはうがいゝ。』

『えゝ。』おのぶは娘らしい嬌態《しな》をみせて『ですけど。ご新さんは、降つて来てまあ何《ど》うなすつたでせう。』

『大丈夫だよ。――降りだした時分にはもう彼方《あつち》へ行つてゐる。』

『さうでございますか。でも、高輪《たかなは》つて随分遠いんでございませう。』

『遠いつていつたつて訳はないよ。――電車で二時間とかゝりはしない。』

『さうでございますか。――でも、いつだか品川まで行つた時、高輪まで随分遠いと思ひました。』

『それはあんまり彼方のはうに用がないから。――彼方へ行つて降られる分には幾ら降られたつて構はない。』

　鈴むらさんのいふことがおのぶには分らなかつた。

　鈴むらさんは言葉を継いで、『ご新さんも実家《うち》へかへるとまだお嬢さまでね。』

鈴むらさんは自分で自分の罠に落ちた。――かういつたとき、その高輪の家の、古風な黒い塀を深くめぐらした構へが、何といふこともなく鈴むらさんに思ひ出された。――そこが本宅で店はべつに芝口にある。――その本宅のはうへも、店のはうへも、鈴むらさんは、深川を離れて以来、何年にもまるつきり足踏をしない。――義理がわるいからと側《はた》でいつても、『莫迦をいへ。』といつて鈴むらさんは取合はなかつた。――『貧乏して何も銭のある奴とつき合ふこともないだらう。』と鈴むらさんは始終かういつた。

おのぶは話の断《き》れたまゝに台所へ立つた。――そのあと、鈴むらさんは、空しい眼をあげてまたボンヤリ障子のそとをながめた。――暗い、便りない、何となく泪ぐましいやうな雨のいろが、鈴むらさんをあらぬ思ひ出のはうへ導いた。

どこかで時計が懶く一時をうつた。――泥溝板《どぶいた》のうへに生地《いくぢ》のない下駄の音が聞えてるやうで、扇朝がかへつて来た。

全体せん枝が、去年、弟の長次郎とわかれて別《べつ》居になるやうなことになつた原因《もと》はといへばお玉のことからだつた。どういふものか、お玉ははじめから長次郎夫婦と折合が悪く、何かにつけて、たがひに、角目立《つのめだ》つた。――せん枝の身体《からだ》がもう何《ど》うにもならなくなつて、寄席《せき》へも出られなくなり、当分もう弟の厄介になるよりほかはなくなつたとき、いよ／＼それが酷くなつた。

『兄さんは為方《しかた》がない。――だけど嫂《ねえ》さんの世話をする義理は何にもない。』

とう／＼長次郎が斯ういつた。――尤も長次郎がかうまでいふのには後で糸をひくものがあつた。――せん枝にとつてはそれは義理の仲のおふくろがまたお玉と悪かつた。

『箆棒《べらぼう》め、眼がみえなくつたつて女房の一人や二人は食はせることが出来る。』せん枝はかういつた。『義理の何のといふやうなことをいふ奴の世話にはならない。』

即日、家のあつたのを幸《さいはひ》、長次郎のところを引払つて、さうしてせん枝は、長次郎夫婦とも、おふくろとも、すべて一切の関係とを断つた。

「せん枝会」といふものが出来て、せん枝が高座に返り咲をするやうなことになつた一方に長次郎はせん枝に離れて、怖いものゝゐなくなつたまぎれ、漸次《だん／＼》そこに道楽者の本来が返つて来た。――二時も、三時でも、まだかへつて来る心もちのあるうちは殊勝だつた。――半年たゝないうちに、二日、三日位づゝ家をあけることは何でもないことのやうになつた。

相手は公園の藝妓だつた。いふまでもなく家中が狂人《きちがひ》のやうになつて騒いだ。だが――恋女房の泪も、おふくろの繰言も、所詮はそこに何の齎《もたら》すところもなかつた。

人伝にそれをせん枝が聞いて、

『見てゐたらいゝ。――きつといまに何とかいつて泣きついて来るから。』

予言するやうにかうお玉にいつた。

『でも。――幾ら何でも。』

『それは何ともいつて来られた義理ぢやあないさ。――だが、そんなことに頓着のあるおふくろぢやあない。――長公にしても、おふくろにしても、それはもう勝手の寄合なんだから。』

『もしか何とかいつて来たら何《ど》うするんです。』

『何うするもかうするもないさ。――取合はないばかりさ。』

当りまへなことだといはないばかりにせん枝がいつた。

案の定、今年になつてから、倦労《あぐ》ねつくしてそれとなく相談を持ちかけて来た。――丁度それにいゝ機会《をり》があつたといふのは、今年は死んだせん枝の親父の十三年に相当した。――その法事の相談にかこつけて何うにかならないものだらうかといひ寄つて来た。

せん枝は頭《てん》からその相談をうけつけなかつた。――法事なら此方《こつち》は此方で勝手にするから。――膠《にべ》もなくかういつて返事をした。

四月の下旬《すゑ》のことだつた。

その後も、一二度、種々《いろ〳〵》にして相談をかけて来たが、せん枝はどこまでも強情だつた。

だが、その間、何としても長次郎はいよ〳〵深みへ陥《はま》るばかりだつた。――もとより纏つた財産《もの》といつてあるのではなし、月々、そこに長次郎の身のまはりに、種々《いろ〳〵》の不義理が嵩《かさ》んで来るばかりだつた。

二進《にち》も三進《さつち》も行かなくなつた。――そこで今度の問題は起つて来た。

さしあたり三百円の金がなくつては明日が日どうにもならない。――幸ひ融通して呉れるといふ人がある。――その請判《うけはん》をして呉れ。――話はかうだつた。

おふくろも来れば長次郎も来た。――おふくろはもう泣かないばかりにくど〳〵と何かいつた。

せん枝もさすがに今度は人情に搦んだ。――だが承知はしなかつた。

『今更そんなことのいつて来られた義理だと思ふのかい。』

せん枝は今までのことを洗ひざらひいひ立てた。――二人はさうなると返す言葉がなかつた。

だが、長次郎にすると、たとひどんなにいはれようと、せん枝を口説き落さないかぎり、焦眉の急をそこにどうすることも出来なかつた。――ふり切られても〳〵なほ長次郎は幾たびかその袂に縋つた。

そこへ行くとお玉は女だつた。――みす〳〵迷惑のかゝることゝ知りながら――前々のことも忘れて――長次郎のうへを深く思ひやつた。

強いことはひながら――だが、せん枝は、その強いことをいふ側《そば》になぜか漸次《だん〳〵》ある苦痛が伴ふやうになつた。

相変らず、毎日、午後には、上野の師匠のところの弟子たちが入れかはり立ちかはり稽古に来た。――せん枝はその一人々々を前に置いて、「天災」だの「湯屋番」だの、「五人廻」だのといふやうなものを、幾段にも分けて、二三度づゝそれをくり返しては演つた。

　稽古に来る弟子たちのなかには二つ目位なものもゐた。――誰も皆、暗く、陰欝に眼を伏せた、真摯《まじめ》な仮借のない師匠のまへに神妙に坐つた。身に泌みてその一言々々の後を追つた。――膝のうへに手控を出して心覚えを書きとめるものもあつた。障子のそとに時をり船の音が忍びやかにきこえた。――障子の横硝子を越して、今年ももう十一月の、晴れかけたまゝにまた曇つた川のうへがどこか閒寂《ひつそり》と眺められた。

　格子があいて表へ誰か来た。茶の間で解きものをしてゐたお玉が立つて玄関に出てみると、土間に寺西が帽子を脱《と》つて立つてゐた。

『まあお珍しい。――あなた、五秋さんですよ。』とせん枝に伝へた。『さあ、どうぞお上んなすつて。』

『有難う存じます――ですが、何誰《どなた》かご来客でも。』

『いゝえ、さうぢやあございませんの。――構ひませんからどうぞ。』愛想よくお玉がいつた。

『どうも大へんにご無沙汰いたしてしまつて。』

　飽くまで世馴れた挙止《とりなし》で、かういひながら、寺西は座敷に通つた。

『五秋さん、ご免なさい。――いまもうぢきですから。』せん枝が顔を上げた。

『どうぞお構ひなく。――これはお稽古のところを飛んだお邪魔をいたします。』

　お玉が蒲団や火鉢を運んで来た。寺西は腰から本桟《ほんざん》の煙草入を出しかけた。

　せん枝は稽古をつゞけた。『――引けすぎだ。静かなもんだな。廓《くるわ》の宵は賑やかでいゝが、また引けすぎると妙な味があるぜ。――四辺《あたり》はシインとして来る。音のするものは手にとるやうに聞える。トオン、トン、トン、トンと上草履が階子を上つて行く音。犬の鳴声、金棒の音、新内《しんない》の流し。――揚屋町の例の家を越して、左へ曲つた角店だ。二階障子へボンヤリ燈火《あかり》が映つてる。俺が曲らうとする途端に、爪弾の音が聞えた。――はてな、藝妓の上つてゐるやうな様子はなし、さりとて女郎が弾く訳はなし。――読めた情夫《いろ》遊びをしてゐる奴でもが、妓が廻しに行つてゐる留守に退屈だつてんで座敷にあつた三味線でも悪戯をしてゐやがるんだと思ふ途端に、更けてさびしき奥座敷、殺して通ふ上草履、窶れた寝顔をみるにつけ、しがない妾《わたし》があるゆゑに、さぞや世間が狭からうと、気の遠くなるやうないゝ声の中音《ちうおん》で唄つてゐやがるんだ。――』

　寺西は煙草を喫《の》みかけて耳を傾けた。「白銅《はくどう》」といふ落語《はなし》だつた。「五人廻《にんまは》し」や「明烏《あけがらす》」や「居残佐《ゐのこりさ》平次《へいじ》」のやうなものと一しよにせん枝が始終高座で演る「遊里《いうり》」を舞台にとつた落語。——全体せん枝の売出したのが「遊里」を舞台にとつた落語だつた。なかでもこの「白銅」といふ奴は以前からもう極めつきものだつた。——寺西は、今のやうな境涯になつて、なほ、以前のまゝの、その「白銅」だの「明烏」だのといふやうなものを手がけるせん枝の心もちが不図深く考へられた。——いかにも痛ましかつた。

　間もなく稽古は済んだ。若い上野の師匠のところの弟子は挨拶をしてすぐに帰つて行つた。

『お待ち遠さまでした。』

　かういひながらせん枝が寺西のはうへ身体を向けた。

『何《ど》ういたしまして。』

　寺西は煙管を下に置いて、改めて、無沙汰の詫やら何やらをいつた。

『今日はどちらへ。』とせん枝が火鉢の縁に手をかけながら訊ねた。

『今日は野暮用で千住まで。』寺西がこたへた。『吉野橋で電車を下りて、ご近所を通りますから一寸《ちよつと》。』

『大分もう世間が冬めいて来たやうな塩梅《あんばい》ですね。』

『さうでございます、すつかりもう冬めきました。——空のいろでも日のいろでも。——今年はすこしいつもより旬《しゆん》が早いやうに思はれますが。』

『今年は悪くいつまでも熱かつたから。——その入合せかも知れません。——だが真実《ほんと》にしてももう明日は鞴祭《ふいごまつり》です。』

『さうでございますね。——大きにこれが本陽気《ほんやうき》かも知れません。』

『さういへば。』思ひついたやうにせん枝がいつた。『旦那はこのごろどんな工合です。』

『二三日前にもお目にかゝりましたが。——運座《うんざ》をするから来いといふことで。』

『運座。』せん枝は腑に落ちないやうに『運座つて、何ですか、発句の運座ですか。』

　寺西はさびしく笑つて『さうでございます。』

『顔づけは。』

『ご主人に、ご新造、扇朝に、私《わたくし》。——小山さんと小泉さんの見えるはずがとう／＼お見えになりませんでした。』

『所在のないまゝに旦那は色んなことを考へる。』と独言のやうにいつてせん枝もさびしく笑つた。

『桝酒《ますざけ》のしづく冷めたし冬の梅。——いかゞです。』

『桝酒のしづく冷めたし冬の梅。——旦那の句ですか。』

『旦那です。』寺西が黙頭《うなづ》いて『朝の雪雀に顔をみられけり。——いかゞです。』

『朝の雪雀に顔をみられけり。——横着なところが扇朝あたりかも知れませんね。』

『やつぱりご庵主でしたね。』

『戯談ぢやあない。』

『煤掃《すゝはき》の暁《あかつき》さむし池の上。——これはいかゞです。』

『煤掃の暁さむし池の上。――此奴は一寸《ちよつと》見当がつかない。』

『ご新造です。』

『ご新さん。――なるほどね。』

せん枝の胸にありし世の深川の隠居所のことが思ひ浮んだ。

『薬喰老いたる乳母にすゝめけり。――やつぱりご新造です。』

寺西は言葉を継いだ。

そのまゝ話がご新造のことになつた、せん枝も、寺西も、口を揃へてその長い年月の貞淑さについていつた。さうして、鈴むらさんの犠牲になつて、いまのやうな――水仕《みづし》のことまで種々しなければならないやうな――境涯になつたその不幸《ふしあはせ》に同情した。

『その強情がいゝといへばいゝやうなもの、。――いつまでその強情を張って、今のやうなことを旦那がしてゐたところで為方がないだらうと思ひますが。』せん枝が染々かういつた。『扇朝を相手に、毎日愚図〳〵酒屋の奉公ばかりしてゐたところで、実際、此奴《こいつ》、はじまらない訳のものだと思ひます。』

『それについて、このごろ高輪のはうから何か話があつたやうな工合ですか。』と寺西がいつた。『世話にならないといふなら世話はしない。――たゞいつまでさうやつて遊んでゐたところで何だから商売でもはじめたらどうだ。――段取は此方《こつち》でつけるから。――かういふ話らしいのですが。』

『それで旦那の返事はどうなんです。』

『それが――あんまりいゝ、返事はしなかつたやうな工合ですが。』

『いつまでも往日《むかし》の気でゐるんだらう。』せん枝が嘆息するやうにいつた。

『高輪のはうでさういふ段取をつければ八丁堀だつて黙つてはゐないだらうと思ひます。――まさかに此方《こつち》は今までずつと為《す》ることをして来たからでは済みますまいから。――相当なことには大丈夫なると思ひます。』

『強情の張つてゐられる間はいゝ。――強情のもう張れなくなつたとき。――やがてさういふときの来ることは分つてゐます。』

『死にかねて惜しき命や薬喰。――旦那の句です。――この句をどうお考へになります。』

『死にかねて惜しき命や薬喰。』――それは、鈴むらさんの句としては、どこかに弱い、便りないやうな心もちがかくれてゐた。『何《ど》ういふんです。』

『どこまでも強いことをいつてわがまゝ一杯にしてゐるやうでも。――いつてみればそれは表だけ、眠つてから、とき〴〵俺が悪かつた、俺が悪かつたといふやうなことを譫言《うはごと》のやうにいふ。――ご新造がさういつてゞした。』

二人の話が途切れた。――暮れ易い日は、もう、壁や障子の隅々に、深い、暗い影を畳みかけた。

『三橋つあんはこのごろ何《ど》うしておいでゞす。』と寺西が訊ねた。

『まるで顔をみせません。――あれ以来やつぱり妙な工合になつて――幾らさういつてやつても出て来ません。』とせん枝がこたへた。『尤もこのごろは、神楽坂に新いろが出来て、此方のはうへはあんまり用もなくなつたのでせうが。』

『独演会でも何でも。――相変らず売れてゐるやうな工合でございますね。』

『座敷でも、このごろは、誰よりも忙しいさうです。』

『さういへば登美孝は何《ど》うしましたでせう。――三橋つあんといふと私《わたくし》はどういふものかあの男のことを思ひ出します。』

『どこか新橋で藝妓屋《げいしやや》をしてゐるといふことを小山さんだかに聞きましたが。――もう余程前のことです。』とせん枝がいつた。『三橋の落語《はなし》のなかにはよく今でも登美孝のやうな幇間《たいこもち》が出て来ます。』

『心もち、――どこか心もちに似たところがあつたやうに思はれますが。』

『似てゐました。――だが、登美孝は、三橋よりも肚《はら》にシマリがありました。あれで喰へない人間でした。』

古馴染。――漸次そのたがひの関係も滅びて行くとせん枝は考へた。

　再び話の途切れたとき、千住のはうへ行く蒸汽の笛の音が、冬の日の暮れ際の、悲しい、ある空しい響をそこに伝へた。――寺西は、土手の下の古い家に、夕餉の支度をしながら自分のかへりを待つてゐる女房や娘のことが恋しく思はれた。


『いつまで往日《むかし》の気でゐるんだらう、』鈴むらさんのうへにいつた言葉は、とりも直さずそのまゝ自分のうへにいはれる言葉だつた。――その晩、不図せん枝にかう考へられた。

強情を張つて、そこに往日《むかし》の夢を見続けるのは鈴むらさんばかりではなかつた。自分がなほさうだつた。――鈴むらさんが深くその境涯について省《かへりみ》ないのならば自分もなほその境涯について何の省るところがないのだつた。

『さうだ、俺は眼がみえないのだつた。』

せん枝は呼吸《いき》がとまるやうに覚えた。――すべての運命がそこに滅び尽した。

せん枝は掻巻《かいまき》に顔を埋めた。――熱い泪がとめどなく流れた。

あくる日、せん枝はお玉を蔵前へやつて請判の承知をした。


（この物語を祖母におくる。――六年七月。）

（「新小説」大正6年8月号）

好人物の夫婦

志賀直哉

一

深い秋の静かな晩だつた。沼の上を雁《がん》が啼いて通る。細君は食台の上の洋燈《らんぷ》を端の方に惹き寄せて其下で針仕事をして居る。良人《をっと》は其傍《そのそば》に長々と仰向けに寝ころんでぼんやりと天井を眺めて居る。二人は永い間黙つて居た。

「もう何時？」と細君が下を向いたまゝ云つた。時計は細君の頭の上の柱に懸かつてゐる。

「十二時十五分前だ」

「お寝《やす》みに致しませうか」細君は矢張り下を向いた儘云つた。

「も少しして」と良人《をっと》が答へた。

二人は又少時《しばらく》黙つた。

細君は良人《をっと》が余りに静かなので漸く顔を挙げた。而《そ》して縫つた糸をこきながら

「一体何して居らつしやるの？　そんな大きな眼をして……」と云つた。

「考へて居るんだ」

「お考へ事なの？」

又二人は黙つた。細君は仕事が或る切りまで来ると、糸を断《き》り、針を針差しに差して仕事を片付け始めた。

「オイ俺は旅行するよ」

「何いつて居らつしやるの？　考へ事だなんて今迄そんな事を考へて居らしたの」

「左うさ」

「幾日位行つて居らつしやるの？」

「半月と一ト月の間だ」

「そんなに永く？」

「うん。上方から九州、それから朝鮮の金剛山あたり迄行くかも知れない」

「そんなに永いのいや」

「いやだつて仕方がない」

「旅行おしんなつてもいゝんだけど、……いやな事をおしんなつちやあいやよ」

「そりやあ請合はない」

「そんならいや。旅行だけならいゝんですけど、自家《うち》で淋しい気をしながらお待ちして居るのに貴方が何所かで今頃そんな……」かう云ひかけて細君は急に「もう、いや〳〵」と烈しく其言葉をほうり出して了つた。

「馬鹿」良人《をつと》は意地悪な眼つきをして細君を見た。細君も少しうらめしさうな眼でそれを見返した。

「貴方がそんな事をしないとハッキリ云つて下されば少し位淋しくても此間《このあひだ》から旅行はしたがつて居らしたんだから我慢してお留守して居るんですけど」

「屹度《きつと》そんな事を仕やうと云ふんぢやないよ。仕ないかも知れない。そんなら多分しない。なるべく左うする。――然し必ずしも仕なくないかも知れない」

「そら御覧なさい。何云つてらつしやるの。いやな方ね」

「馬鹿」

「仕ないとハツキリ仰有《おつしや》い」

「どうだか自分でもわからない」

「わからなければいけません」

「いけなくても出掛ける」

細君はもうそれには応じなかつた。而して「貴方が仕ないとハツキリ仰有《おつしや》つて下されば安心してお待ちして居るんだけど……男の方つて何故左うなの？」と云つた。

「男が皆左うぢやないさ」

「皆左うよ。左うにきまつてるわ。貴方でも左うなんですもの」

「そんな事はないさ。俺でも八年前までは左うぢやなかつたもの」

「ぢやあ、何故今は左うぢやなくおなれになれないの？」

「今か。今は前と異《ちが》つて了つたんだ。今でもい丶とは思つて居ないよ。然し前程非常に悪いと云ふ気がしなくなつたんだ」

「非常に悪いわ」細君は或る興奮からさへぎるやうに云つた。

「私にとつては非常に悪いわ」

その調子には良人《をつと》の怠けた気持を細君の其気持へグイと引き寄せるだけの力がこもつて居た。

「うん。そりや左うだ」良人《をつと》は其時腹からそれに賛成しないわけに行かなかつた。

「そりや左うだつて、そんならハツキリそんな事仕ないつて云つて下さるの？」

「う丶？ 断言するのか？ そりや一寸《ちよつと》待つて呉れ」

「そんな事を仰有《おつしや》つちやあ、もう駄目」

「よし。もう旅行はやめた」

「まあ！」

「まあでも何んでも旅行はもうよす」

「そんなに仰有《おつしや》らなくてもい丶のよ。御旅行遊ばせよ。い丶わ多分仕ないつて云つて下すつたんですもの。私が何か云つておやめさせしちやあ悪いわ。おいで遊ばせよ。上方なら大阪のお祖母さんの所へ行つて居らつしやればい丶わ。お祖母さんに貴方の監督をお頼みして置くわ」

「旅行はよすよ。お前のお祖母さんの所へ泊つて居てもつまらないし、第一行くとすると上方だけぢやないもの」

「悪るかつたわ。折角思ひ立ちになつたんだからおいで遊ばせ。

左うして頂戴」

「うるさい奴だな、もうやめると決めたんだ」

「……………赤城にいらつしやらない？　赤城なら私本統《ほんとう》に何んとも思ひませんわ。紅葉《もみじ》はもう過ぎたでせうか」

「うるさい。もうよせ」

「お怒りになつたの？」

「怒つたんぢやない」

　細君は良人《をつと》は矢張り怒つて居るんだと思つた。而《そ》して何か云ふと尚怒らしさうなので黙る事にした。然し良人《をつと》は少しも怒つては居なかつた。其時は実は旅行も少し億劫な気持になつて居た。

「それは左うと大阪のお祖母さんのお加減は此頃どうなんだ。お見舞を時々出すか」

「今朝も出しました。又例《いつも》のですから左う心配はないと思ひますの」

「八十お幾つだ？」

「八十四」

　細君は針箱やたゝむだ仕立てかけなどを持つて隣室へ起つて行つた。而《そ》して今度は良人《をつと》の寝間着を持つて入つて来た。良人《をつと》は起き上つて裸になつた。細君は後ろから寝間着を着せかけながら、かう云つた。

「何んだか段々嫉妬《やきもち》が烈しくなるやうよ。京都でお仙が来た時貴方だけ残して出掛けて行つた事なんか今考へると不思議なやうですわ」

「あれは安心して出掛けて行つたお前の方が余程利口だつた。お前が出掛けて行つたら尚話も何んにも無くなつて閉口した」

「ですけど、今は到底そんな事は出来ませんわ」

「俺がそんな不安心な人間に見えるかね」

「いゝえ、貴方が左うだと云ふんでもないのよ」

「そんなら向ふが危いと云ふのか」

「それもありますわ」

「慾目だネ。俺は余り女に好かれる方ぢやないよ」

「でも御旅行だと如何《どう》だか知れないんぢや有りませんか」

良人《をつと》は一寸不快《ちよつといや》な顔をした。

「それとは又異ふ話をして居るんだ、馬鹿」

「何故？」

「もうよさう。其話《そのはなし》はや、めだ」

二

　翌朝大阪から良人《をつと》宛の手紙が来た。朝寝坊な良人《をつし》は未だ眠つて居た。名は書いてなくても自分宛にもなつて居ると思ふと勝手によく開封する細君は其手紙も直ぐ開封した。

　それを書いたのは他へ縁付いて居る細君の一番上の姉で、祖母の病気が今度はどうも面白くないと書いてあつた。祖母は貴方にお気の毒だから妹は呼ばなくていゝと申しますが、会ひたい事の山々なのは他目《よそめ》にも明らかで、昔気質《むかしかたぎ》で左うと云へない所が尚《なほ》可哀想ですと書いてあつた。どうか都合出来たら二三日でい丶から妹を寄越して頂きたい。私共と異つて妹は赤坊の時から殆ど祖母の手だけで育つた児ですから、それが会はずに若し眼をねむる事でもあると祖母や妹は勿論私共《わたしども》にも甚だ心残りの事となります。こんな事も書いてあつた。

「又姉さんが余計な事まで書いて……」かう思ひながら猶細君の眼からはポタポタと涙が手紙の上へ落ちて来た。

　寝室の方で

「オイ。オイ」

と良人《をつと》の呼ぶ声がした。

　細君は急いで湯殿へ行き、泣きはらした眼を一寸水《ちよつとみづ》で冷やしてから其手紙とそれから其日の新聞を持つて寝室へ入つて行つた。

「お祖母さんが少しお悪いらしいのよ」仰向きになつて夜着の上に両手を出して居る良人《をつと》に新聞と一緒にそれを手渡しながら云つた。

　良人《をつと》は細君の赤い眼を見た。それから其手紙を読むだ。

「直ぐ行くとい丶」

「左う？　行くなら早い方がい丶かも知れませんわネ」

「左うだよ。東京を今夜の急行で出掛けられるやうに早速支度をするとい丶」

「そんなら左うしませうか。早く行つて早く帰つて来る方がい丶わ。同じ事ですもの」

「早く帰る必要はないから、ゆつくり看護をして上げるとい丶よ」

「そりやあ屹度《きつと》お祖母さんの方で早く帰れ〳〵つて仰有《おつしや》つてよ。顔を見ればい丶んだから早く帰つてお呉れつて、屹度《きつと》左う仰有《おつしや》つてよ。私もいやだわ。そんなに永く自家《うち》を空けるのは」

「よくなられるやうなら、それでい丶が、万一左うでなかつたら、なるべく永く居て上げなくちやいけない。お前とお祖母さんとは特別な関係なんだから」

「左う？　ありがたう」かう云つて居る内に又細君の眼からは涙が流れて来た。

「お前は余程気持をしつかり持つてないと駄目だよ。看護して上げる為めにも自分の感情に負けないやうに気を張つてないと駄目だよ」

「でも、なるべく早く帰りますわ。自家《うち》の事も心配ですもの」

　良人《をつと》は細君の云ふ意味がそんな事でないのを知りながら、つい口から出る儘に

「俺も品行方正にして居るからネ」と笑談《ぜうだん》らしく云つた。

「そりやあ安心してますわ」と涙を拭きながら細君も笑顔をした。「けど、左う仰有《おつしや》つて下されば尚嬉しいわ」

　細君はそこ〳〵に支度をして出発《たつ》て行つた。

　細君からは手紙が度々来た。祖母のは肺キシと云ふ病気だつた。風邪から段々進むで来たものである。痰が肺へ溜まる為めに呼吸する場所が狭くなる。而《そ》して其痰を出す為めにせく。せ

いても〳〵中々痰が出ないと呼吸が出来なくなつて非常な苦み方をする。見て居られない。病気其ものはそれ程危険ではないが其苦みの為めに段々衰弱する。それが心配だと書いて来た。然し何しろ気の勝つた人の事で気で病気に抵抗してゐるのが——残酷な気のする事もあるが——嬉しいと書いて来た。

細君は中々帰れなかつた。祖母の病気はよくも悪くもならなかつた。それは実際気で持つて居るらしかつた。

細君が行つて四週間程して良人《をっと》も其所へ出掛けて行つた。然し其頃から祖母は幾らかづゝいゝ方へ向かつた。気丈は遂に病気に勝つた。良人《をっと》は十日程居て妻と一緒に帰つて来た。それは大晦日《おほみそか》に間もない頃だつた。

祖母はそれからも二タ月余り床を離れる事は出来なかつた。然し三月初めの或日、夫婦は小包郵便で大阪からの床あげの祝物を受取つた。

三

それは春らしい長閑《のど》かな日の午前だつた。良人《をっと》は四五日前から巣についてゐる鶏《にはとり》に卵を抱かしてやらうと思つて、巣函の藁を取り更へて居ると、不図妙な吐気の声を聴いた。滝だ。滝が女中部屋の窓から顔を出して頻りに何か吐かうとして居る。吐かうとするが何も出ないので只生唾を吐き捨てゝ居る。

彼はもみがらを入れた菓子折から丁寧に卵を一つ〳〵巣函へ移して居た。而《そう》して、あゝ云ふ吐気の声は前にも一度聴いた事があると考へた。父の家に居た頃門番のかみさんがよくあゝいふ声を出してゐたと思つた。彼は其時それを母に話すと、母は「赤ン坊が出来たので悪阻《つわり》でそんな声を出すんだらうよ」と云つた。母の云ふやうにそれは実際妊娠だつた。

彼はそれを憶ひ出して、滝のも妊娠かなと思つた。——彼は翌日も其声を聴いた。それから其翌日も聴いた。

四

瀧のが妊娠だとすると、これは先づ自分が疑はれる、と良人《をっと》は考へた。何しろ過去が過去だし、それに独身時代ではあつたにしろ、女中との左う云ふ事も一度ならずあつたし、又現在にしろ、それを細君に疑はれた場合、「飛んでもない」と驚いたり、怒つたりするのは我ながら少し空々《そら〴〵》しい自分だと考へた。これは恥づべき事に違ひないと彼は思つた。

彼は結婚した時から左う云ふ事には自信がなかつた。彼はそれを細君に云つた。一人で外国へ行つた場合とか一ト月或は二タ月位の旅行をする場合とか、と云つた。其時は細君も或る程度に認めるやうな返事をして居た。

それから良人《をっと》は其危険性の自分にある事を半分笑談《ぜうだん》にして云つた。又或時は既にそれを冒して居るやうにも云つた。而《そ》して後のを云ふ場合には知らず〳〵意地悪いイヤガラセを云ふ人の調子でそれを云つて居た。これはづるい事だ。其場合彼では打明ける事が主であつた。然し聴く者にはイヤガラセが主であると解れるやうに彼は云つて居た。聴く者にとつてイヤガラセを主として感ずればそれだけ云はれた事実は多少半信半疑の事がらになる。良人《をつと》は故意で左うするのではなかつた。知らず〳〵にそんな調子になるのだ。尤《もつと》も細君もそれを露骨に打明けられる事は恐れて居た。自身でもそれを云つて居た。而《そ》して最初或程度に認めるやうに云つて居た細君も何時《いつ》となしに、それは認めないと云ふやうになつた。

滝のが結果から、或は医者の診察から、若し細君の留守中に起こつたと云ふ事になればそれは尚厄介な事だと良人《をつと》は思つた。然し実際自分は疑はれても仕方がない。事実に左う云ふ事はなかつたにしろ、左う云ふ気を全く起さなかつたとは云へないから、と思つた。

彼は滝を嫌ひではなかつた。それは細君の留守中の事ではあつたが、例へば狭い廊下で偶然出合頭に滝と衝突しか〻る事がある。而《そ》して両方で一寸《ちよつと》まごついて、危く身をかわし、漸くすり抜けて行き過ぎるやうな場合がある。左ういふ時彼は胸でドキ〳〵と血の動くのを感ずる事があつた。それは不思議な悩ましい快感であつた。それが彼の胸を通り抜けて行く時、彼は興奮に似た何ものかで自分の顔の赤くなるのを感じた。それは或とつさに来た。彼にはそれを道義的に批判する余裕はなかつた。それ程不意に来て不意に通り抜けて行く。

これはまだよかつた。然し左うでない場合、例へば夜座敷で本を見てゐるやうな場合、或は既に寝室に居るやうな場合、其所に家の習慣に従つて滝が寝る前の「御機嫌よう」を云ひに来る。すると、彼は毎時《いつも》のやうに只「うん」と答へるだけでは何か物足らない気のする事がよくあつた。彼は現在廊下を帰りつ〻ある滝を追つて行く或る気持の自身にある事を感ずる事がよくあつた。彼はそれを余りに明らかに感ずる時何かしらん用を云ひつけない事はない。「一寸《ちよつと》書斎からペンを取つて来て呉れ」とか或は「少し寒いから上へ毛布を掛けて呉れ」とか云ふ。云ひながら、底意《そこい》の為めに自分ながらそれが不自然に聴えて困つた。彼は自分の底意《そこい》を滝に見抜かれてゐると思ふ事もよくあつた。然しこんなにも考へた。滝は自分の底意《そこい》を見抜いて居る。而《そ》してそれに気味悪るさを感じて居る。然し気味悪るがりながら尚其《なほその》冒険に或る快感を感じて居る——彼は実際そんな気がした。彼は自身と共通な気持が滝にも其場合起つてゐると思つた。而《そ》して全体滝は未だ処女かしら？　それとも、——こんな考への頭をもたげる事もあつた。

細君が大坂へ出発《た》つてからは必要からも滝はもつとの用を彼の為《た》めにしなければならなかつた。滝はそれを忠実にした。彼の底意《そこい》が見られたと彼が思つてからも滝の忠実さは少しも変らなかつた。それは尚忠実になつたやうな気が彼にはした。しかも其忠実さは淫奔女《いんぽんをんな》の親切ではないと彼は思つた。——けれども兎も角、それは淡い放蕩には違ひなかつた。

左う思つて、彼は前のとつさに彼の胸を通り抜けて行く悩ましい快感の場合を考へた。然しそれを放蕩と云ふ気はしなかつた。根本《こんぽん》で二つは変りなかつた。――然し矢張りそれを同じに云ふ事は出来ないと思つた。

　滝は十八位だつた。色は少し黒い方だが、可愛い顔だと彼は思つて居た。それよりも彼は滝の声音《せいおん》の色を愛した。それは女としては太いが丸味のある柔かいいゝ感じがした。

　彼は然し滝に恋するやうな気持は持つて居なかつた。若し彼に細君がなかつたら、それは或はもつと進むだかも知れない。然し彼には家庭の調子を乱したくない気が知らず〳〵の間に働いて居た。而《そ》してそれを越える迄の誘惑を彼は滝に感じなかつた。或は感じないやうに自身を不知掌理《いつかしようり》して居たのかも知れない。

五

　良人《をつと》はこれは矢張り自分から云ひ出さなければいけないと思つた。左う思へば此四五日細君は何んだか元気がなくなつてゐる。然し未だ児を生むだ事のない細君が悪阻《つわり》を知つてゐるかしら？　左う良人《をつと》は思つた。兎も角元気のない理由がそれなら早く云つてやらなければ可哀想だと思つた。それに滝の方も田舎によくある若し不自然な真似でもする事があつては大変だと思つた。而《そ》して一体相手は誰れかしらと考へた。それは一寸《ちよつと》見当が付かなかつた。何しろ自分達が余り不愉快を感じない人間であつて呉れゝばいゝがと思つた。彼は淡い嫉妬を感じてゐたが、それは自身を不愉快にする程度のものではなかつた。

　良人《をつと》は細君が大概それを素直に受け入れるだらうと思つた。然し若し素直に受け入れなかつたら困ると思つた。其場合自分には到底ムキになつて弁解する事は出来まいと思つた。弁解する場合其誤解を不当だと云ふ気が此方《こちら》になければ左うムキにはなれるものではない。しかも疑はれゝば誤解だが、自分の持つた気持まで立入られゝばそれは必ずしも誤解とは云へないのだから、と思つた。

　兎も角此儘にして置いては不可《いけな》い。彼は左う思つて、書斎を出て行つた。

　細君は座敷の次の間に坐つて滝が物干から取り込むで来た襦袢だの、タオルだの、シーツだの、を畳むで居た。細君は良人が行つても何故か顔を挙げなかつた。

「オイ」と良人《をつと》は割りに気軽に声を掛けた。

「何？」と細君は艶《つや》のない声で物憂さうな眼を挙げた。

「そんな元気のない顔をして如何《どう》したんだ」

「別に如何《どう》もしませんわ」

「如何《どう》もしなければいゝが………お前は滝が時々吐くやうな変な声を出して居るのを気がついて居るか？」

「えゝ」左う云つた時細君の物憂さうな眼が一寸光つたやうに良人は思つた。

「どうしたんだ」

「お医者さんに診て貰つたらいゝだらうつて云ふんですけど、中々出掛けませんわ」

「全体何んの病気なんだ」

「解りませんわ」細君は一寸不愉快な顔をして眼を落として了つた。

「お前は知つてるネ」良人《をつと》は追ひかけるやうに云つた。

細君は下を向いた儘返事をしなかつた。良人《をつと》は続けた。

「知つてるなら尚い丶。然しそれは俺ぢやないよ」

細君は驚いたやうに顔を挙げた。良人《をつと》は今度は明らかに細君の眼の光つたのを見た。而《そ》して見てゐる内に細君の胸は浪打つて来た。

「俺は左う云ふ事を仕兼ねない人間だが、今度の場合それは俺ぢやあない」

細君は立つてゐる良人の眼を凝つと見つめて居たが、更に其眼を中段の的《あて》もない遠い所へやつて、黙つて居る。

「オイ」と良人《をつと》は促がすやうに強くいつた。

細君は唇を震はして居たが、漸く
「ありがたう」と云ふと其大きく開いて居た眼からは涙が止途なく流れて来た。

「よし〳〵。もうそれでい丶」良人は坐つて其膝に細君を抱くやうにした。彼は実際しなかつたにしろ、それに近かい気持を持つた事を今更に心に恥ぢた。然し今はそれを打明ける時ではないと思つた。

「それを伺へば私にはもう何んにも云ふ事は御座いませんわ。貴方が何時《いつ》それを云つて下さるか待つて居たの」細君は泣きながら云つた。

「お前は矢張り疑つて居たのかい」

「い丶え、信じて居ましたわ。でも、此方《こちら》から伺ふのは可恐《こは》かつたの」

「それ見ろ。矢張り疑つて居たんだ」

「い丶え、本統《ほんとう》に信じて居たの」

「うそつけ。左う信じればそれが本統になつて呉れるやうな気がしたんだらう。兎に角それでい丶。お前は中々利口だつた。お前は素直に受け入れて呉れるだらうとは思つてゐたが、若し素直に受け入れなければ俺は疑はれても仕方がないと思つて居たのだ。然し素直に信じてくれたので大変よかつた。若し疑ひ出せば疑ふ種は幾らでも出て来るだらうし、その為《た》めに両方で不愉快な想ひをしなければならない所だつた。俺は明らかなうそは云はないつもりだ。笑談やイヤガラセを云ふ時反つてうそに近い事を知らずにするかも知れないが、断言的にうそは云はない………」

「もう仰有《おつしや》らないどいて頂戴。よく解つてます」細君は妙な興奮から焦々《いら〳〵》した調子で良人《をつと》の言葉を打ちきるやうに云つた。

良人《をつと》は苦笑しながら一寸《ちよつと》黙つた。

「然しあとはどうする？」

「あとの事なんか、今云はないで………。滝が好きなら其男と一緒にするやうにしてやればい丶ぢやありませんか」

「左う簡単に行くものか」

「まあ、それは後の事にして頂戴つて云ふのに………。もういや。そんな他の話は如何でもいゝぢやありませんか」

「他の話ぢやない」

「もういゝのよ。………貴方もこれからそんな事で私に心配を掛けちやあいやですよ」細君は濡れた眼をすゑて良人《をつと》をにらむだ。

「よし〳〵。解つたらもうそれでいゝ。又無暗と興奮すると後で困るぞ」

「何故もつと早く云つて下さらなかつたの？　いやな方ね。人の気も知らずに」

「全体お前は悪阻《つわり》と云ふ事を知つて居るのか」

「その位知つて居ますわ。清《せい》さんの生れる時に姉さんの悪阻《つわり》は随分ひどかつたんですもの」

「知つてるのか」

「そりやあ、知つてますわ。それより貴方の知つて居らつしやる方が余程可笑《をか》しいわ。男の癖に」

「俺は知つてる訳があるんだ」

「又そんないやな事を仰有《おつしや》る」

「お前は滝のは何時頃から気がついたんだ」

「もう四五日前からよ」

「俺は一昨日《おととひ》からだ。その間お前はよく黙つて居られたな。矢張り疑つて居たんだな」

「貴方こそ、よく三日も黙つて居らしたのね」

そんな事を云ひながら細君は身体《からだ》をブル〳〵と震はして居た。

「どうしたんだ。」良人《をつと》は手を延ばして今は対坐してゐる細君の肩へ触つてみた。

「何んだか妙に震えて困るわ」かう云ひながら細君は頤《あご》を引いて自分の胸から肩の辺《あたり》を見廻はした。

「興奮したんだ。馬鹿な奴だな」

「本統にどうしたんでせう。どうしても止まらないわ」

「寝るといゝ。此所《こゝ》でいゝから暫く静かに横になつて、御覧」

「お湯を飲むでみませう」左ういつて細君は起つて茶の間へ行つた。而《そ》して戸棚から湯呑みを出しながら
「滝には出来るだけの事をしてやりませうネ」と云つた。

「うん。それがいゝ。それはお前に任かせるからネ。而《そ》して云ふなら早い方がいゝよ。そんな事もあるまいが不自然な事でもすると取り返しが付かないからネ」

「本統《ほんとう》に左うネ。明日早速お医者さんに診せませう。――まあ、如何したの？　未だ止まらないわ」かういま〳〵しさうに云ひながら細君は長火鉢の鉄瓶から湯を注いだ。而《そ》してそれを口へ持つて行かうとすると其手は可笑《をか》しい程にブル〳〵震へた。


（大正六年七月十日）

（「新潮」大正6年8月号）

或日の大石内蔵之助

芥川龍之介

立てきつた障子にはうららかな日の光がさして、嵯峨たる老木の梅の影が、何間かの明みを、右の端《はぢ》から左の端まで昼の如く鮮に領してゐる。元浅野内匠頭家来、当時細川家に御預り中の大石内蔵之助良雄《よしかつ》は、その障子を後にして、端然と膝を重ねた儘、さつきから書見に余念がない。書物は恐らく、細川家の家臣の一人が借してくれた三国誌の中の一冊であらう。

九人一つ座敷にゐる中で、片岡源五右衛門は、今し方厠へ立つた。早水藤左衛門は、下《しも》の間《ま》へ話しに行つて、未にここへは帰らない。あとには、吉田忠左衛門、原惣右衛門、間瀬久太夫、小野寺十内、堀部弥兵衛、間喜兵衛の六人が、障子にさしてゐる日かげも忘れたやうに、或は書見に耽つたり、或は消息を認めたりしてゐる。その六人が六人とも、五十歳以上の老人ばかり揃ってたせいか、まだ春の浅い座敷の中は、肌寒いばかりにもの静である。時たま、しはぶきの声をさせるものがあつても、それは、かすかに漂つてゐる墨の匂を動かす程の音さへ立てない。

内蔵之助は、ふと眼を三国誌からはなして、遠い所を見るやうな眼をしながら、静に手を傍の火鉢の上にかざした。金網をかけた火鉢の中には、いけてある炭の底に、うつくしい赤いものが、かんがりと灰を照らしてゐる。その火気を感じると、内蔵之助の心には、安らかな満足の情が、今更のやうにあふれて来た。丁度、去年の極月十五日に、亡君の讐を復して、泉岳寺へ引上げたとき、彼自ら「あらたのし思ははるる身はすつる、うきよの月にかかる雲なし」と詠じた、その満足の情が帰つて来たのである。

赤穂の城を退去して以来、二年に近い日月を、如何に彼は焦慮と画策との中に、費した事であらう。動もすればはやり勝な、一党の客気を控制して、徐に機の熟するのを待つただけでも、並大抵な骨折りではない。しかも讐家の放つた細作は、絶えず彼の身辺を窺つている。彼は放埒を装つて、これらの細作の眼を欺くと共に、併せて又、その放埒に欺かれた同志の疑惑をも解かなければならなかつた。山科や円山の謀議の昔を思ひ返せば、当時の苦衷が再心の中によみ返つて来る。――しかし、もうすべては行く処へ行きついた。

もし、まだ片のつかないものがあるとすれば、それは一党四十七人に対する、公儀の御沙汰だけである。が、その御沙汰があるのも、いずれ遠い事ではないのに違ひない。さうだ。すべては行く処へ行きついた。それも単に、復讐の挙が成就したと云ふばかりではない。すべてが、彼の道徳上の要求と、殆完全に一致するやうな形式で成就した。彼は、事業を完成した満足を味つたばかりでなく、道徳を体現した満足をも、同時に味ふ事が出来たのである。しかも、その満足は、復讐の目的から考へても、手段から考へても、良心の疚しさに曇らされる所は少しもない。彼として、これ以上の満足があり得ようか。……………

かう思ひながら、内蔵之助は眉をのべて、これも書見に倦んだのか、書物を伏せた膝の上へ、指で手習ひをしてゐた吉田忠左衛門に、火鉢のこちらから声をかけた。

「今日は余程暖いやうですな。」

「さやうでございます。かうして居りましても、どうかすると、あまり暖いので、睡気がさしさうでなりません。」

内蔵之助は微笑した。この正月の元旦に、富森助右衛門が、三杯の屠蘇に酔つて、「今日も春恥しからぬ寝武士かな」と吟じた、その句がふと念頭に浮んだからである。句意も、良雄が今感じてゐる満足と変りはない。

「やはり本意を遂げたと云ふ、気のゆるみがあるのでございませう。」

「さやうさ。それもありませう。」

忠左衛門は、手もとの煙管をとり上げて、つつましく一服の煙を味つた。煙は、早春の午後をわづかにくゆらせながら、明い静かさの中に、うすく青く消えてしまふ。

「かう云ふのどかな日を送る事があらうとは、お互に思ひがけなかつた事ですからな。」

「さやうでございます。手前も二度と、春に逢はうなどとは、夢にも存じませんでした。」

「我々は、よくよく運のよいものと見えますな。」

二人は、満足さうに、眼で笑ひ合つた。——もしこの時、良雄の後の障子に、影法師が一つ映らなかつたなら、さうして、その影法師が、障子の引手へ手をかけると共に消えて、その代りに、早水藤左衛門の逞しい姿が、座敷の中へはいつて来なかつたなら、良雄は何時までも、快い春の日の暖さを、その誇らかな満足の情と共に、味はう事が出来たのであらう。が、現実は、血色の好い藤左衛門の両頰に浮んでゐる、ゆたかな微笑と共に、遠慮なく二人の間へはいつて来た。が、彼等は、勿論それには、気がつかない。

「大分下の間は、賑かなやうですな。」

忠左衛門は、かう云ひながら、又煙草を一服吸ひつけた。

「今日の当番は、伝右衛門殿ですから、それで余計話がはづむのでせう。片岡なども、今し方あちらへ参つて、その儘座りこんでしまひました。」

「道理こそ、遅いと思ひましたよ。」

忠左衛門は、煙にむせて、苦しさうに笑つた。すると、しきりに筆を走らせてゐた小野寺十内が、何かと思つた気色で、ちよいと顔をあげたが、すぐ又眼を紙へ落して、せつせとあとを書き始める。これは恐らく、京都の妻女へ送る消息でも、認め

てゐたものであらう。――内蔵之助も、眦の皺を深くして、笑ひながら、

「何か面白い話でもありましたか。」

「いえ、相不変の無駄話ばかりでございます。尤も先刻、近松が甚三郎の話を致した時には、伝右衛門殿なぞも、眼に涙をためて、聞いて居られましたが、その外は――いや、さう云へば、面白い話がございました。我々が吉良殿を討取つて以来、江戸中に何かと仇討じみた事が流行るさうでございます。」

「ははあ、それは思ひもよりませんな。」

忠左衛門は、けげんな顔をして、藤左衛門を見た。相手は、この話をして聞かせるのが、何故か非常に得意らしい。

「今も似よりの話を二つ三つ聞いて来ましたが、中でも可笑しかつたのは、南八丁堀の湊町辺にあつた話です。何でも事の起りは、あの界隈の米屋の亭主が、風呂屋で、隣同志の紺屋の職人と喧嘩をしたのですな。どうせ起りは、湯がはねかつたとか何とか云ふ、つまらない事からなのでせう。さうして、その揚句に、米屋の亭主の方が、紺屋の職人に桶で散々撲られたのださうです。すると、米屋の丁稚が一人、それを遺恨に思つて、暮方その職人の外へ出る所を待伏せて、いきなり鉤《かぎ》を向うの肩へ打ちこんだと云ふぢやありませんか。それも「主人の讐、思ひ知れ」と云ひながら、やつたのださうです。……」

藤左衛門は、手真似をしながら、笑ひ笑ひ、かう云つた。

「それは又乱暴至極ですな。」

「職人の方は、大怪我をしたやうです。それでも、近所の評判は、その丁稚の方が好いと云ふのだから、不思議でせう。その外まだ其の通町三丁目にも一つ、新麹町の二丁目にも一つ、それから、もう一つは何処でしたかな。兎に角、諸方にあるさうです。それが皆、我々の真似ださうだから、可笑しいぢやありませんか。」

藤左衛門と忠左衛門とは、顔を見合せて、笑つた。復讐の挙が江戸の人心に与へた影響を耳にするのは、どんな些事にしても、快いに相違ない。唯一人内蔵之助だけは、僅に額へ手を加へた儘、つまらなさうな顔をして、黙つてゐる。――藤左衛門の話は、彼の心の満足に、かすかながら妙な曇りを落させた。と云つても、勿論彼が彼のした行為のあらゆる結果に、責任を持つ気でゐた訳ではない。彼等が復讐の挙を果して以来、江戸中に仇討が流行した所で、それはもとより彼の良心と風馬牛なのが当然である。しかし、それにも関らず、彼の心からは、今までの春の温《ぬく》もりが、幾分か減却したやうな感じがあつた。

事実を云へば、その時の彼は、単に自分たちのした事の影響が、意外な所まで波動したのに、聊驚いただけなのである。が、ふだんの彼なら、藤左衛門や忠左衛門と共に、笑つてすませる筈のこの事実が、その時の満足しきつた彼の心には、ふと不快な種を蒔く事になつた。これは恐らく、彼の満足が、暗々の裡に論理と背馳して、彼の行為とその結果のすべてとを肯定する程、虫の好い性質を帯びてゐたからであらう。勿論当時の彼の

心には、かう云ふ解剖的な考へは、少しもはいつて来なかつた。彼は唯、春風の底に一脈の氷冷の気を感じて、何となく不愉快になつただけである。

しかし、内蔵之助の笑はなかつたのは、格別二人の注意を惹かなかつたらしい。いや、人の好い藤左衛門の如きは、彼自身にとつてこの話が興味あるやうに、内蔵之助にとつても興味があるものと確信して疑はなかつたのであらう。それでなければ、彼は、更に自身下の間へ赴いて、当日の当直堀内伝右衛門を、わざわざこちらへつれて来などはしなかつたのに相違ない。所が、万事にまめな彼は、忠左衛門を顧て、「伝右衛門殿をよんで来ませう」とか何とか云ふと、早速隔ての襖をあけて、気軽く下の間へ出向いて行つた。さうして、程なく、見た所から無骨らしい伝右衛門とつれ出て、相不変の微笑をたたへながら、得々として帰つて来た。

「いや、これは、とんだ御足労を願つて恐縮でございますな。」

忠左衛門は、伝右衛門の姿を見ると、良雄に代つて、微笑しながらかう云つた。伝右衛門の素朴で、真率な性格は、お預けになつて以来、夙に彼と彼等との間を、故旧のやうな温情でつないでゐたからである。

「早水氏が是非こちらへ参れと云はれるので、御邪魔とは思ひながら、罷り出ました。」

伝右衛門は、座につくと、太い眉毛を動かしながら、日にやけた頰の筋肉を、今にも笑ひ出しさうに動かして、万遍なく一座を見廻した。これにつれて、書物を読んでゐたのも、筆を動かしてゐたのも、皆それぞれ挨拶をする。内蔵之助もやはり、慇懃に会釈をした。唯その中で聊滑稽の観があつたのは、読みかけた太平記を前に置いて、眼鏡をかけた儘、居眠りをしてゐた堀部弥兵衛が、眼をさますが早いか、慌ててその眼鏡をはづして、叮嚀に頭を下げた容子である。これには流石謹厚な間喜兵衛も、よくよく可笑しかつたものと見えて、傍の衝立の方を向きながら、苦しさうな顔をして笑をこらへてゐた。

「伝右衛門殿も老人はお嫌だと見えて、兎角こちらへはお出になりませんな。」

内蔵之助は、何時に似合はない、滑な調子で、かう云つた。幾分か乱されはしたものの、まだ彼の胸底には、さつきの満足の情が、暖く流れてゐたからであらう。

「いや、さう云ふ訳ではございませんが、何かとあちらの方々に引とめられて、つひその儘、話しこんでしまふのでございます。」

「今も承れば、大分面白い話が出たやうでございますな。」

忠左衛門も、傍から口を挟んだ。

「面白い話――と申しますと……」

「江戸中で仇討の真似事が流行ると云ふ、あの話でございます。」

藤左衛門は、かう云つて、伝右衛門と内蔵之助とを、にこにこしながら、等分に見比べた。

「はあ、いや、あの話でございますか。人情と云ふものは、実に妙なものでございます。御一同の忠義に感じると、町人百姓までさう云ふ真似がして見たくなるのでございませう。これで、どの位じだらくな上下の風俗が、改まるかわかりません。やれ浄瑠璃の、やれ歌舞伎の、見たくもないものばかり流行つてゐる時でございますから、丁度よろしうございます。」

会話の進行は、又内蔵之助にとつて、面白くない方向へ進むらしい。そこで、彼は、わざと重々しい調子で、卑下の辞を述べながら、巧にその方向を転換しようとした。

「手前たちの忠義をお褒め下さるのは難有いが、手前一人の量見では、お耻しい方が先に立ちます。」

かう云つて、一座を眺めながら、

「何故かと申しますと、赤穂一藩に人も多い中で、御覧の通りここに居りまするものは、皆小身者ばかりでございます。尤も最初は、奥野将監などと申す番頭も、何かと相談にのつたものでございますが、中ごろから量見を変へ、遂に同盟を脱しましたのは、心外と申すより外はございません。その外、進藤源四郎、河村伝兵衛、小山源五衛門などは、原惣右衛門より上席でございますし、佐々木小左衛門なども、吉田忠左衛門より身分は上でございますが、皆一挙が近づくにつれて、変心致しました。その中には、手前の親族の者もございます。して見ればお耻しい気のするのも無理はございますまい。」

一座の空気は、内蔵之助のこの語と共に、今までの陽気さをなくなして、急に真面目な調子を帯びた。この意味で、会話は、彼の意図通り、方向を転換したと云つても差支へない。が、転換した方向が、果して内蔵之助にとつて、愉快なものだつたかどうかは、自ら又別な問題である。

彼の述懐を聞くと、先早水藤左衛門は、両手にこしらへてゐた拳骨を、二三度膝の上でこすりながら、

「彼奴等は皆、揃ひも揃つた人畜生ばかりですな。一人として、武士の風上にも置けるやうな奴は居りません。」

「さやうさ。それも高田群兵衛などになると、畜生より劣つてゐますて。」

忠左衛門は、眉をあげて、賛同を求めるやうに、堀部弥兵衛を見た。慷慨家の弥兵衛は、もとより黙つてゐない。

「引上げの朝、彼奴に遇つた時には、唾を吐きかけても飽き足らぬと思ひました。何しろのめのめと我々の前へ面をさらした上に、御本望を遂げられ、大慶の至りなどと云ふのですからな。」

「高田も高田ぢやが、小山田庄左衛門などもしようのないたはけ者ぢや。」

間瀬久太夫が、誰に云ふともなくかう云ふと、原惣右衛門や小野寺十内も、やはり口を斉しくして、背盟の徒を罵りはじめた。寡黙な間喜兵衛でさへ、口こそきかないが、白髪頭をうなづかせて、一同の意見に賛同の意を表した事は、度々ある。

「何に致せ、御一同のやうな忠臣と、一つ御藩に、さやうな輩《やから》

が居らうとは、考へられも致しませんな。さればこそ、武士はもとより、町人百姓まで、犬侍の禄盗人のと悪口を申して居るやうでございます。岡林杢之助殿なども、昨年切腹こそ致されたが、やはり親類縁者が申し合せて、詰腹を斬らせたのだなどと云ふ風評がございました。又よしんばさうでないにしても、かやうな場合に立ち至つて見れば、その汚名も受けずには居られますまい。まして、余人は猶更の事でございます。これは、仇討の真似事を致す程、義に勇みやすい江戸の事と申し、且はかねがね御一同の御憤りもある事と申し、さやうな輩を斬つてすてるものが出ないとも、限りませんな。」

伝右衛門は、他人事《ひとごと》とは思はれないやうな容子で、昂然とかう云ひ放つた。この分では、誰よりも彼自身が、その斬り捨ての任に当り兼ねない勢である。これに煽動された吉田、原、早水、堀部などは、皆一種の興奮を感じたやうに、愈手ひどく、乱臣賊子を罵殺しにかかつた。――が、その中に唯一人、大石内蔵之助だけは、両手を膝の上にのせた儘、愈つまらなさうな顔をして、だんだん口数をへらしながら、ぼんやり火鉢の中を眺めてゐる。

彼は、彼の転換した方面へ会話が進行した結果、変心した故朋輩の代価で、彼等の忠義が益褒めそやされてゐると云ふ、新しい事実を発見した。さうして、それと共に、彼の胸底を吹いてゐた春風は、再幾分の温もりを減却した。勿論彼が背盟の徒の為に惜んだのは、単に会話の方向を転じたかつた為ばかりではない。彼としては、実際彼等の変心を遺憾とも不快とも思つてゐた。が、彼はそれらの不忠の侍をも、憐みこそすれ、憎いとは思つてゐない。人情の向背も、世故の転変も、つぶさに味つて来た彼の眼から見れば、彼等の変心の多くは、自然すぎる程自然であつた。もし真率と云ふ語が許されるとすれば、気の毒な位真率であつた。従つて、彼は彼等に対しても、終始寛容の態度を改めなかつた。まして、復讐の事の成つた今になって見れば、彼等に与ふ可きものは、唯憫笑が残つてゐるだけである。それを世間は、打殺しても猶飽き足らないやうに、思つてゐるらしい。何故我々を忠義の士とする為には、彼等を人畜生としなければならないのであらう。我々と彼等との差は、存外大きなものではない。――江戸の町人に与へた妙な影響を、前に快らず思つた内蔵之助は、それとは稍ちがつた意味で、今度は背盟の徒が蒙つた影響を、伝右衛門によつて代表された、天下の公論の中に看取した。彼が苦い顔をしたのも、決して偶然ではない。

しかし、内蔵之助の不快は、まだこの上に、最後の仕上げを受ける運命を持つてゐた。

彼の無言でゐるのを見た伝右衛門は、大方それを彼らしい謙譲な心もちの結果とでも、推測したのであらう。愈彼の人柄に敬服した、その敬服さ加減を披瀝する為に、この朴直な肥後侍は、無理に話頭を一転すると、忽内蔵之助の忠義に対する、盛な歎賞の辞をならべはじめた。

「過日もさる物識りから承りましたが、唐土《もろこし》の何とやら申す侍は、炭を呑んで啞になつてまでも、主人の仇をつけ狙つたさうでございますな。しかし、それは内蔵之助殿のやうに、心にもない放埒をつくされるよりは、まだまだ苦しくない方ではございますまいか。」

伝右衛門は、かう云ふ前置きをして、それから、内蔵之助が濫行を尽した一年前の逸聞を、長々としやべり出した。高尾や愛宕の紅葉狩も、佯狂の彼には、どの位つらかつた事であらう。島原や祇園の花見の宴も、苦肉の計に耽つてゐる彼には、苦しかつたのに相違ない。………

「承れば、その頃京都では、大石かるくて張抜石などと申す唄も、流行りました由を聞き及びました。それほどまでに、天下を欺き了せるのは、よくよくの事でなければ出来ますまい。先頃天野弥左衛門様が、沈勇だと御賞美になつたのも、至極道理な事でございます。」

「いや、それ程何も、大した事ではございません。」内蔵之助は、不承々々に答へた。

その人に傲らない態度が、伝右衛門にとつては、物足りないと同時に、一層の奥床しさを感じさせたと見えて、今まで内蔵之助の方を向いてゐた彼は、永年京都勤番をつとめてゐた小野寺十内の方へ向きを換へると、益、熱心に推服の意を洩し始めた。その小供らしい熱心さが、一党の中でも通人の名の高い十内には、可笑しいと同時に、可愛かつたのであらう。彼は、素直に伝右衛門の意をむかへて、当時内蔵之助が仇家の細作を欺く為に、法衣をまとつて升屋の夕霧のもとへ通ひつめた話を、事明細に話して聞かせた。

「あの通り真面目な顔をしてゐる内蔵之助が、当時は里げしきと申す唄を作つた事もございました。」

内蔵之助は、かう云ふ十内の話を、殆侮蔑されたやうな心もちで、苦々しく聞いてゐた。と同時に又、昔の放埒の記憶を、思ひ出すともなく思ひ出した。それは、彼にとつては、不思議な程色彩の鮮な記憶である。彼はその思ひ出の中に、長蠟燭の光を見、伽羅の油の匂を嗅ぎ、加賀節の三味線の音を聞いた。いや、今十内が云つた廓《さと》げしきの「さすが涙のばらばら袖に、こぼれて袖に、露のよすがのうきつとめ」と云ふ文句さへ、春宮の中からぬけ出したやうな、夕霧や浮舟のなまめかしい姿と共に、歴々と心中に浮んで来た。如何に彼は、この記憶の中に出没するあらゆる放埒の生活を、思ひ切つて受用した事であらう。さうして又、如何に彼は、その放埒の生活の中に、復讐の挙を全然忘却した駘蕩たる瞬間を、味つた事であらう。彼は己を欺いて、この事実を否定するには、余りに正直な人間であつた。勿論この事実が不道徳なものだなどゝ云ふ事も、人間性に明な彼にとつて、夢想さへ出来ない所である。従つて、彼の放埒のすべてを、彼の忠義を尽す手段として激称されるのは、不快であると共に、うしろめたい。

かう考へてゐる内蔵之助が、その所謂佯狂苦肉の計を褒められて、苦い顔をしたのに不思議はない。彼は、再度の打撃をうけて僅にのこつてゐた胸間の春風が、見る見る中に吹きつくしてしまつた事を意識した。あとに残つてゐるのは、一切の誤解に対する反感と、その誤解を予想しなかつた彼自身の愚に対する反感とが、うすら寒く影をひろげてゐるばかりである。彼の復讐の挙も、彼の同志も、最後に又彼自身も、多分この儘、勝手な賞賛の声と共に、後代まで伝へられる事であらう。――かう云ふ不快な事実と向ひあひながら、彼は火の気のうすくなつた火鉢に手をかざすと、伝右衛門の眼をさけて、情無さうにため息をした。

それから何分かの後である。厠へ行くのにかこつけて、座をはづして来た大石内蔵之助は、独り椽側に佇んで、寒梅の老木が、古庭の苔と石との間に、的礫たる花をつけたのを眺めてゐた。日の色はもううすれ切つて、植込みの竹のかげからは、早くも黄昏がひろがらうとするらしい。が、障子の中では、相不変面白さうな話声がつづいてゐる。彼はそれを聞いてゐる中に、自《をのづか》ら一味の哀情が、徐に彼をつゝんで来るのを意識した。

このかすかな梅の匂につれて、冴返る心の底へしみ透つて来る寂しさは、この云ひやうのない寂しさは、一体どこから来るのであらう。――内蔵之助は、青空に象嵌をしたやうな、堅いつめたい花を仰ぎながら、何時までもぢつと彳んでゐた。

（六・八・十五）

（「中央公論」大正6年9月号）

円光（三幕物脚本）

生田長江

人物

辰巳《たつみ》一郎《らう》。三十歳前後《ぜんご》美術家にして文学者。
歌津子《かつこ》。二十二三歳。
貞雄《さだを》。十一二歳。歌津子《かつこ》の異母弟。
歌津子《かつこ》の継母《けいぼ》。
武田《たけだ》忠夫《たゞを》。辰巳《たつみ》と同年位。歌津子《かつこ》の継母《けいぼ》の甥。軍人。
みつる。忠夫の妹。歌津子《かつこ》より一つ二つ年下。
今村順《いまむらじゆん》。辰巳《たつみ》より四つ五つ年上。美術家。
仲子《なかこ》。今村《いまむら》の共同生活者。三十歳近く。
其他《そのた》二三人。

第一幕

（東京市の郊外、辰巳《たつみ》一郎《いちらう》の画室。正面の大きな玻璃窓《がらすまど》から流れ込む晩春の日暮《ひのくれ》近い柔かな光線が、椅子、テーブル、絵具箱、ピアノなどの上に落ちてゐる。老婢《ばあや》が、絨氈《じうせん》の上にこぼれたインクの汚点《しみ》を拭つてゐる。）

一郎。（置時計のゼンマイをかけ乍《なが》ら）もう可《い》いよ、ばあや。それ位で可《い》い。

老婢。でも、まだ斯んなでございますもの。も少し綺麗に——

一郎。どうせ、一辺ついた汚点《しみ》つて奴は、本当に綺麗になるもんぢやないからね。もう可《い》い、もう可《い》い。

老婢。（やつと起ち上り）左様でございますか。……ほかに何か御用は？

一郎。さうさな、別に……

老婢。あの、御客様が御見えになりますと。直《す》ぐ、御一緒にお出掛けでございますか？直ぐに？

一郎。うむ。直ぐに出掛ける。そして夕飯の支度もしないで可《い》い。お客様と一緒にそとで食べるつもりだから。

老婢。左様でございますか。それぢや（と言ひ掛けて、玄関の方からの物音を聞きつけたる如く）……おや、もう御客様のやうでございますね。

一郎。（玻璃窓《がらすまど》に近づき、裏木戸の方をのぞいて見ながら）ちがふよ。歌津子《かつこ》さんは、此頃はいつでも裏の方からだよ。（表玄関へ続く入口の方へふりかへりながら）誰かしら。生《あい》憎《にく》な時にやつて来あがるな。丁度一年目の記念日を、これから祝はうとしてゐるのに。

老婢。（入口の扉《どあ》に手を掛けて）断つてしまひませうか。

順。（老婢《ばあや》と同時に扉《どあ》を開き、蹣跚《よろけ》るやうにして入る）おつと危い！失敬々々。

老婢。今村様《いまむらさま》でございますよ。（出て行く）。

一郎。ああ、君か！

順。うむ、僕だ。

一郎、（椅子を押し勧めながら）其後《そのご》、どうしてゐた？

順。やつぱり生きてゐたよ。

一郎。暫く来なかつたね。

順。うむ。然う言つて呉れると助かるがね。実はその暫くぶりで又、少々ばかりこれを（左の股に注射器をあてがふ手真似をする）御厄介になりに来たのさ。

一郎。モルヒネを買ふお銭《あし》をかい？

順。うむ。成るべくならば、強請《ねだり》に来ないで済ましたいんだけどもね。そこが、それ、矢張《やつぱり》どうも。

一郎。（黙つて煙草の箱を客の前へ押しやり、仰向いて目をつぶる）君の其モヒ中毒ももう、到底治る見込がないのかねえ？何とかして治せないものかねえ？

順。駄目、駄目。斯うなつた原因も意志薄弱だが、斯う成つた結果は、一層意志を薄弱にする。もう自分から、治さうと云ふ気にもなれないんだよ。

一郎。それで、矢張《やつぱり》注射の分量が多くなるのかい？

順。うむ。だが、それより困るのは薬の高くなつた事だ。此頃では、どんなにしても一日分が一円近くかかるんだからな。先達《せんだつ》てなぞ、僕の田舎の新聞で見ると、お医者の家《うち》へモルヒネを取りに入つた強盗がある。無論、僕のやうな貧乏人で、モヒ中毒にかかつてる奴さ。（懐中から医者の証明書を取り出しながら）君、もう我慢が出来ない。今朝から一回もやらずにゐるんだから。……これを持つて行けば、誰にでも売つて呉れる。大急ぎで、買はしてくれ……頼む大急ぎで……

（一郎《いちらう》は順《じゆん》から受取つた証明書を持つて行く。其後《そのあと》で順は、室内をぐる〳〵歩き廻つてゐたが、或る油絵の前で釘付けにされたやうに立ち停まる。やがて近くの寝椅子にごろりと横になり、矢張《やつぱり》油絵から目をはなさずにゐる。）


一郎。（入つて来て）苦しいかい？

順。うむ。口を利くのが苦しい。

一郎。薬が来るまで然うして黙つてゐるさ。

順。（さきほどから目をはなさずにゐる油絵の方へ指ざしながら）あれは、何だ？どうしたんだ？

一郎。この画か？

順。然うだ。其後光《ごくわう》のさした女の画よ。誰が描いたんだい？

一郎。（苦笑しながら）悪口を言ふのなら、成るべく直截《ちよくさい》に願いたいね。

順。君が描いたのか？え、本当に君が描いたのかい？

一郎。もう、止せよ。僕自身、可《い》い加減にしよげてるんだ。此上《このうへ》、手伝つて貰ふこともあるまいからな。

順。（起つて、再び画の前へ行く）ふむ……素敵だ……ふむ……

一郎。（寝椅子の横から凭《よ》り掛り乍《なが》ら）僕自身でも、こんな画を描くやうになつちや駄目だといふことは十分に知つてゐる。全く駄目だ。君は二三年前から、なんにも描けなくなつてしまつたのだが、その方がまだしもだと思ふよ。こんな変痴奇《へんちき》倫《りん》な物を、変痴奇倫《へんちきりん》だと知りながら、矢張《やつぱり》描かずにゐられないと云ふのは、なんにも描けなく成つてしまつたより、ずつと悪い事のやうだね。

順。（突如《いきなり》、一郎の両手をつかむ）君と僕との間に、今更下らない謙遜なんか無い筈だ。君は本統に然う思つてゐるのか？（間《あひだ》）君はこれがどれ丈《だ》け立派な作品であるか、知らないのか？君が此迄《これまで》インクで書き絵具で描いた物みんなを集めても、この画の十分の一をも値しないことを知らないのか？解らないのか？

一郎。（驚いて）君は真面目だね？

順。まあ、聴きたまへ――此《この》画の中の女の頭を飾る円光は、藝術家としての君の、辰巳一郎の一生を飾つてゐる。それを解らないでゐる君の生活の表皮《うはかは》こそまるつきり成つてゐないのだが、それにも係はらず、それだけの不可思議の世界へ突き入ることの出来た、君の生活の底の底を流れてゐる流れは、全然《すつかり》本物になりきつてゐる……あゝ、僕もたつた一《ひとつ》で可《い》い、これ位の物が描けてゐたなら？これ位の物が描けるところまで来てゐたなら？

一郎。滅多に人を褒めない君が、然うまで言つて呉れるのは嬉しいよ。

順。僕はまだ褒め足りない。

一郎。だがね。本統《ほんとう》の事を言ふと、僕は近頃いよいよ行き詰まつてしまつたのだ。それは絶望しても諦めのつかない、気毒な藝術家が描いたんだ。自暴自棄になつた刷毛《ぶらし》と、精神の錯乱した絵具とが、僕の監視から抜け出して行つて、夢遊病者のやうな足跡をあの画布《かんばす》の上に残したのだ。それがあの気違ひ染た画になつたのさ。

順。だから、立派な物が出来たのだ。殆んど君自身を超越してゐる——

一郎。然うだ。君は狂人《きちがひ》か犯罪者かでなくちや超人になれないといふやうな、ツァラトゥストラの哲学を信仰してゐたんだね。

順。あの哲学の、少くともあの部分だけは今でも信仰してゐる。兎に角此画は……（と言ひ掛けたところへ、老婢《ばあや》がモルヒネの壜を持つて戸口へ現れる。順は飛びかゝるやうにしてそれを受取る）有難う。どうも有難う。（寝椅子へ帰り、袂《たもと》から注射器などを取り出す）ぢや、一寸《ちよつと》失敬する。

一郎。（順の注射するところを見ながら）君の哲学から云ふと、モヒ中毒になるなんぞも、何かの役に立ちさうだね。

順。それや立つとも。僕は此《この》中毒の為めに、前に描けてゐた画が描けなくなつた代りには、これまでに見えなかつた物が見えるやうになつて来た。

一郎。半分は負惜《まけをしみ》だらう。

順。だが、半分は本音だよ。君の此《この》画なんかも、僕が斯うしてモヒ代を強情《ねだり》に来ないでゐると、どんな扱ひを受けてしまつたか知れたものぢやない。

一郎。（微笑し乍《なが》ら）どうも有り難う。然う云ふ注射はモヒ以上に利くよ。お蔭様で近頃になく元気が出て来た。それに今日は（と言ひ乍《なが》ら、思ひ出したやうに窓からのぞいて見る）……僕達の一件の、はじめての誕生日でね——歌津子とあゝなつてから丁度一年目の。

順。（注射の道具を始末しながら）然うか。それや済まなかつたねえ。

一郎。なあに。他の奴とちがつて君だもの。もうそろそろやつて来る頃なんだが、来たつても別に差支はないよ。

順。こつちで少々ばかり差支る位のものかね。いづれにしても、君達の恋愛中毒も、だんだんと注射の分量が多くなつて来たらうな？

一郎。うむ。矢張《やつぱり》、君の所謂《いはゆる》意志薄弱でね。衛生に害あることは百も承知でゐながら、つい何時《いつ》の間にか此処まで来てしまつたよ。此頃ぢやもう注射の分量を減らさうと云ふ気にさへもなれない位でね。

順。たしか、軍人だつたね？あの人の結婚させられる相手と云ふのは。

一郎。陸軍の中尉で、満洲の方に行つてるんださうだ。僕があの婦人と知り合つた時には、もうこつちにはゐなかつたんだ。

順。それで、其《その》結婚はつまりどう成るんだい？

一郎。僕には分らない。兎に角、もう少し勉強しなければいけないとか何とか言つて、一日送りにしてゐるんださうだ。

順。結局自由行動を取るだけの蛮勇《ばんゆう》もなしか？

一郎。困る事には、あれの母がなさぬ仲でね——君も知つてる通り。しかも其間《そのあひだ》が模範的に、円満に美しく行つてるんでね——

順。うむ。それは有名な物だ。どちらも善《よ》くやつてると思ふよ。

一郎。それから、あの腹異《はらちが》ひの弟だつて、それや不思議に思はれる位、美しい関係になつてるんでね。

順。それで——それでどうして困る？

一郎。あれが自分の我儘を通して、亡父の取り極めて置いた婚約を反古《はご》にしてだね、継母《けいぼ》の甥に当る其《その》軍人との結婚をやめにしてしまふとなると——折角の然うした美しい関係が滅茶滅茶になつてしまふ。それがどうにも堪へ切れないと言ふんだ。

順。ふむ。

一郎。生みの母でないだけに、なにしろなさぬ仲だからと、然う片附けられてしまふのが、あの婦人にとつて何よりも辛いと言ふんだ。

順。ふむ。成程ね。（微笑しながら）僕の処の女房のやうな「新しい女」に云はせると、つまり「旧い女」に属してゐるんだね。まだ、「自覚」と云ふ奴をしてゐないんだね。

一郎。（同じく微笑しながら）まあ、然うだ。

順。しかし、唯だ「自覚」をしてゐないだけぢやなささうだ。あゝ云つた個性は——いや類型として見ても可い——君はイプセンのヘッダがどうして自殺するまでになつて来たと思ふ？

一郎。ヘッダと歌津子との間に、何かの関係でもあるのかい？

順。いや、止さう。僕には何を言ふつもりだつたか分らなくなつた。兎に角一日送りにしてゐるなぞは厄介だな。どうだい。注射の薬がだんだんと高くなつて行くだらうね。

一郎。もう、可《か》なりに持てあましてゐる。

順。其内《そのうち》大戦乱でも始まつて、君達の注射液もモルヒネ位に暴騰すれば、其時は僕の処へ薬代を借りに来るさ。

一郎。悪くするとそんな事になるかも知れない。

順。これで僕のモヒ中毒も、何時《いつ》かも話したやうに、原因《もと》を糺《たゞ》せば恋愛なんだから可笑《をか》しい。型の如く失恋して、型の如く学校をしくぢつて、型の如く放蕩をしてさ、それからもう一つ型の如く体を壊してね、ちよく〱モルヒネを用ひ出したと云ふのが、そもそも僕の今日ある所以《ゆゑん》なのだ。

一郎。でも、モヒ中毒になつた頃には、恋愛中毒の方は治つたのだね。

順。僕の場合は、恋愛中毒が急性だつたからな。はしかみたいに一辺限《いつぺんぎり》で免疫さ。

一郎。はしかよりは重かつたらう。どつかに其痕《そのあと》が残つてゐさうだもの。

順。成程残るには残つたが、僕の顔や心臓に残らないで、その後《のち》の醜い結婚生活に大きく残つたよ。

一郎。(又もや起つて窓際へ行く)だが、君は君の家庭について、格別の不満もなささうぢやないか――寧ろ、無さ過ぎる位に。

順。それや不満も無いさ。僕が作らうと思つて作つた家庭ぢやないからな。僕はもう、恋をするのも、結婚をするのも何をするのもいやになつてゐたんだ。そして唯だあの女の言ふなりになつてやつたばかりだ。つまり、あの女から逃げ出すと云ふことさへも億劫だつたんだ。(思ひ出したやうに起ち上つて、そろそろと歩き出す)……だいぶ気分が善《よ》くなつたぞ。灯《あかり》の点く頃までは、先《ま》づあたり前の人間でゐられるな。(モルヒネの壜《びん》をすかして見ながら)これ丈《だ》けあれば、先《ま》づ今月一杯は大丈夫だ。全く好《い》い気持だよ。

一郎。いつも其気持なら、君も仕事が出来るだらうね。

順。いや、仕事なんぞしなくても好《い》い位に好《い》い気持だよ。

一郎。(笑つて)それぢや、仕様がない。

順。恋愛なんかも同じだぜ。うまく行つてゐなければ、勿論仕事が出来ない。うまく行つてれば行つてるで、同じやうに仕事が出来ない。仕事なんぞしようと思つたら、面白可笑《をか》しい目にも遭はないで済ますだけの覚悟がいる。もつとも本当の仕事は(と言ひ乍《なが》ら、モルヒネの壜をピアノの上に置き、例の円光をかざした女の画の方へ近づく。暫く無言)……矢《やつ》張《ぱり》好《い》いなあ。これだけは君を羨ましいと思ふよ。

一郎。またかい？褒めてくれるのだから悪くはないが。

順。(頭をかしげて)ねえ、君。これは誰かに似てゐるぜ――誰か僕達二人とも知つてゐる人に。

一郎。さあ、誰に似てるか知ら。僕には分らないなあ。

順。一々《いち〱》の輪廓でなしに、人種をも、時代をも、性別《せくす》をさへも超越してしまひさうなあの顔全体の、強い、蠱惑的《こわくてき》な印象に、僕はたしかに見覚えがある。

一郎。(笑ひ乍《なが》ら)お互にそんな素張らしい女を、さうさう幾人も見たことはあるまいぜ。

(此時《このとき》裏木戸の開く音。一郎、強ひて落ちつかうと努力し乍《なが》ら、外廊への出口の方へ歩み寄る。)

来たかな。「噂をすれば」を逆に行くと、君のその素張らしい印象を与へるのは此人かも知れない。(戸口から頭を出して見て、暫く無言)……ゐらつしやい。

仲子。(外廊から)今村は来てゐませんか?

一郎。まあ、御入んなさい。(順の方へふり向いて)仲子《なかこ》さんだ。

順。また追駈けて来あがつた。

仲子。(入る)きつと此方《こちら》だと思つたら、矢張《やつぱり》然うだつた。

一郎。さあ、御掛けなさい。暫く——

仲子。どうも失礼ばつかし。(順の方へ向いて)あれから直ぐに?

順。うむ。

仲子。また厚かましい事御願ひしたでせう?

(順、わざとらしく欠《あくび》をして返事をせず。)

したでせう?きつと。

順。ああ。お蔭様で此月一杯の兵糧は出来たよ。

仲子。それで又、大船に乗つた気で、なまけてゐられると云ふんですね?

一郎。仲子さん、腰を掛けたらどうです?

仲子。有難う。頂きます。(順へ)貴方の兵糧はお蔭様で出来ても、私達の兵糧はどうなるんです?あの子は……あの子は貴方の子でないと仰しやるにしても、私は一体どうして生活するんです?

順。俺には分らん。

仲子。分らないんですつて?

順。さうだ。俺がそんな事を考へなくなつてから久しいものだ。お前と一緒になつたそもそもから、俺はどうしてお前に生活さしてやるかと云ふことなんぞ考へたことがない。お前は「職業婦人」だものなあ——個性の尊厳を自覚した、解放された、独立の、自由の、新しい——

仲子。また始まりましたね。

順。お前が始めるからさ。

仲子。じやうだんは措《お》いて。私の生活をどうして下さるかは別として、貴方《あなた》は第一、御自分の食べて行くことさへも考へないぢやありませんか。

順。だから、お前が考へてくれる。

仲子。それを貴方は恥ぢませんか?

順。それよりも先きに恥ぢることがあるやうだ。

仲子。それよりも先きに恥ぢること?何《なん》です、それは?

順。さあ、何《なん》だか判然《はつきり》は俺にも分らん。

仲子。判然《はつきり》は分らないんですつて?

順。(今度は本当に欠《あくび》をする)さうだ。分らん。

仲子。(独語《ひとりごと》のやうに)あああ、いやになつちまふ。(半ば一郎へ、半ば順へ)私も全く遣り切れないんですからねえ。

順。また愛想が尽きるだらう?

仲子。愛想も尽きるわ。

順。ぢや、又別れるかな。

仲子。貴方は直ぐにそんな事を云ふ。

順。もうそろそろ出る頃だと思つて、一寸《ちよつと》先《さ》きを越して見たばかりだ。お前だよ——直ぐに別話を持ち出して、直ぐに又一緒にならうと言ひ出すのは。

仲子。貴方はどうして然う不真面目でせう？結婚といふ事に対してどうして然う不真面目でせう？

順。お前も俺位に不真面目だと、斯う頻繁に別れたり一緒になつたりしないで済むんだがなあ。

仲子。（嘆息《たんそく》して）本当に、あきれてしまふ。

順。よく飽きないであきれるなあ。（笑ふ。）

一郎。（同じく笑ひ乍《なが》ら）夫婦喧嘩も其程度に天下泰平な奴は家《うち》へ帰つてからゆつくりやる方がい、やうだ。

順。（思ひ出したやうに仲子へ）うむ。今日は辰巳君達の記念日で、もうそろそろ歌津子さんも来るんださうだ。俺達のこの序曲も、いい加減にして切り上げようぜ。

仲子。然う。歌津子さんもゐらつしやるんですか。会つて行きたいやうな気もするわ。

順。あんまり大きなお尻を据えるなよ。別に用事もあるまい——今日に限つて？

仲子。無い事も無いわ。少しお願ひしたい事が。

順。お願ひしたい事か。それなら歌津子さんを待つまでもあるまい。辰巳君に解決して貰つても同じ事だ。

仲子。そんなお願ひぢやありませんよ。

順。へえ？ぢや、お前は此処へ何しに来たんだ？何の為めにあんなに息を切らして、俺の跡を追駈けて来たんだ。

仲子。（少しく狼狽し乍《なが》ら）貴方が何時《いつ》も何時も厚かましい事お願ひしに来るのを、私として打《う》つ捨《ちや》つて置けないからです。

順。辰巳君、どうだい。女と云ふ奴は斯う云ふ場合に臨んでも、まだ斯う云ふ往生際の悪いごまかしを言はうとするからねえ。全く敵《かな》はないよ。（仲子に向ひ）おい、手軽に本当の事を言つちまへ——もうそろそろ借りに来ようと楽しみにしてゐた処へ、この俺が先きを越して飛び込んだので、大《おほい》に面喰つたのだと云ふことをよ。そして俺がまだ強請《ねだ》らないでゐるやうだつたら、早速お前のお願ひを持ち出さうと云ふわけだつたらう。

一郎。（順の口を押へるやうにし乍《なが》ら）もう可《い》い。分量が過ぎると面白くない。（仲子に）此前の位で間に合ひますか？然う。それぢや明日の朝お届けしましよう。

順。どうだい。俺のお蔭だぜ。俺にも礼を言へよ。

仲子。（順の言葉に頓着せず、一郎に）本当に済みませんねえ——あんまり度々《たびたび》の事で。

順。（起ち上る）まづ、これで用事は片付いたと。一刻も早く引上げる事にしようよ。

仲子。少しきまりが悪いぢやありませんか。

順。それはお前の身勝手だ。とかく他様《ひとさま》の御都合を後廻しにするのは、一体に女共の善くない癖だよ。

仲子。はい、はい。それぢや——色々とどうも。歌津子さんに宜しく。

一郎。それぢや、今日は失礼します。

順。大変に失礼したね。此次ぎに来てお詫びをしよう（笑ふ）

（既に帽子をかぶつて行きかけたが、その儘例の画の処へ引返して来る。）

然うだ。もう一度これを見て行かなくちや。（間《あひだ》）これだけの物を描いてゐて、其《その》価値が描いた人間自身に解らないんだからなあ。

一郎。またやつてる。僕にも追々にはそれが解つて行くだらうよ。（仲子に）貴女《あなた》のお履物もこつちへ廻したやうです。

順。君、玄関の処には矢張あの犬がゐるだらうね。さつきは好《い》い塩梅《あんばい》に眠《ね》てゐたが。

一郎。さうだ。両人《ふたり》とも犬嫌ひだつたね。

順。（大袈裟に頭をかき乍《なが》ら）なあに、犬の方が僕達のやうな様子をした人間を嫌ひでね。

一郎。ぢや、門の処まで送つて行かうよ。

（三人とも出て行つてしまふ。しばらくして、正面の玻璃窓《がらすまど》へ外側からぽんと護謨毬《ごむまり》を投げ附けた者がある。やがて外廊の上にがたがたと靴音が響く。）

歌津子。（靴音を追駈けるやうに）貞雄《さだを》さん、いけませんねえ――そんなに乱暴しては。

貞雄。（外廊から扉《どあ》を開けて飛び込む）馬鹿に静かだと思つたら、だあれもゐないんだね。

歌津子。（入る）まあ、ひどい煙《けむ》だこと。直ぐにゐらつしやるわきつと。

貞雄。僕はこのテーブルの下へもぐり込んでやらうかしら。辰巳さんが喫驚《びつくり》するから。（間《あひだ》）姉さん、何見てるの？（姉の立つてゐる、例の円光の画の前へ行き、姉の手につかまる）妙な画だねえ、頭の処に円い環なんかくつ着けて、昔の古い画《ゑ》見たいぢやないか。

歌津子。でも善い画ですよ。この後光が本当によく調和してゐて、何だか斯う自然と頭が下るやうだわ。

貞雄。少し、自家《うち》のみつるさんに似てるねえ。みつるさんに。

歌津子。さう？どんな処が？

貞雄。どんな処つて。何だか似てるんだもの。（間《あひだ》）姉さん、そんな処へかけて、ピアノを弾くのかい？

歌津子。さうぢやないけども、此処にかけてるとあの画がよく見えるから。もつと見てゐたいの。（と言ひ乍ら、凭りかかるやうに、ピアノの蓋へ手をやつた時、置き忘れられたモルヒネの壜に触れる）おや、何でせう？

貞雄。（姉の手から取り上げて、覚束なき拾ひ読みをする）モールーヒー、モルヒネつて、薬だらう？

歌津子。モルヒネですつて？（弾かれた物のやうに起ち上る）まあ、どうしたんでせう、そんな物！（間《あひだ》）こつちへお出しなさい。恐ろしい薬ですからね。

（貞雄も気味悪げに渡す。歌津子受け取りて自分の袂《たもと》に入れる）

貞雄。そんな物家《うち》へ持つて帰つて、矢張《やつぱり》危いぢやないか！

（此時辰巳一郎入つて来る）

あ、辰巳さん、姉さんは袂《たもと》に入れましたよ。

一郎。ゐらつしやい。姉さんが袂《たもと》をどうしたんですつて？

歌津子。大変にお待たせして済みませんでした。（壜を袂から出しながら）ここに斯様《こんな》ものがありました。

一郎。ああ、それですか。今日の一年祭《さい》は其モルヒネの騒ぎで、さんざんな目に遭ひましたよ。今村が来て、今村の細君が追駆けて来て、少し面白過ぎる位な幕を出したものですからね。

歌津子。ああ然う。今村さんですか。まあ可《よ》かつた。

（一郎も、歌津子もかける。貞雄ひとり何かと什器《じふき》をいぢり廻してゐる。）

一郎。兎に角私の方は、今日の前曲はすつかり失敗だつた。

歌津子。（貞雄の方を見ながら）私の方もおんなじよ。それに、前曲だけで済むかどうだか……

一郎。（これも貞雄の方を気にしながら）何かあつたのですか？――善《よ》くない事が？

歌津子。貞雄さん。貴方ねえ、ジァイアントでも連れて、原場の方へ遊びに行つて来ないこと？

貞雄。姉さんが頼むつて言へば、行つて上げてもいゝ。

歌津子。頼むわ。斯うして手を合してお願ひするわ。

貞雄。ぢや、今度の日曜の、お伽芝居《とぎしばゐ》は大丈夫ね？

一郎。貞雄さんもなかなかなからつ腕家《わんか》だなあ。

歌津子。大丈夫、お伽芝居の方は引き受けましたから、さ、行つてらつしやい。

貞雄。よし。（玄関へ通ずる出口に近く立ち乍《なが》ら）ジァイアントの奴、辰巳さんが出て見てくれなくつても、僕の言ふこと聴くかしら？

一郎。聴くとも。その心配はいらないよ。

（貞雄ばたばたと駈け出して行く）

歌津子。今日は本当に済みませんでした。大変におそくなつて。

一郎。お詫びはもう先刻《さつき》済んだ。

歌津子。だけど。（間《あひだ》）今日は生憎なんですよ。出掛けに、今晩はもしかしたら、少しおそくなるかも知れないと、母に然う言つたんです――これまでにも折々言ひ置いて出たやうに。すると母が妙に改まつた調子で言ふんですよ――実は二三日前から、どう云ふわけともなく言ひそびれてゐたが、満洲の軍人さんが今度東京《こつち》へ帰つて来る。もう船の中にゐる。今日《けふ》明日《あす》にも着かないものでない。ですから、成るべくならば、あまりおそくならない内に帰つてゐらつしやいつてね。それが、あの母の物優しい調子で、私の気持を悪くさせまいと、遠慮をしいしい言ふんでせう。

一郎。それで貴女《あなた》は、出掛けることを見合はしたんだね。

歌津子。ええ。そして又出掛けることにするまでには、かれ是れ一時間ばかりも経《た》ちました――私の母のやうな善《い》い母と、私の辰巳さんのやうないけない辰巳さんとを有《も》たない限り、どんな方にも経験することの出来ないやうな苦しい一時間が！

一郎。私がそんなにいけないかしら？——そんなに？

歌津子。いけないわ。

一郎。どうして？

歌津子。私が母の事も、亡くなつた父の取り極めた話も、可愛い弟の事も、何もかも、みんな忘れてしまへるほど、貴方《あなた》は私を……

一郎。愛しないつて言ふの？私の愛しやうが足りない？

歌津子。ええ。

一郎。だつて、貴女《あなた》は始終《しようちゆう》恐れてゐたぢやないか——どのみち諦めに終らなくちやならない恋の相手が、あんまり度を越して熱して来はしないかと！

歌津子。それも然うでしたわねえ。

（二人とも暫く無言。）

一郎。私は勿論、貴女の恐れてゐるゐないに係らず、自分でも度を越して熱したかつた。貴女《あなた》にも世間の義理人情を忘れさしてしまひたかつた。

歌津子。私自身も忘れてしまひたかつたわ。忘れるのを恐れてゐる癖に。（間）つまり駄目ですのね——こんな臆病な、不徹底な人間は。

一郎。だけど、その臆病と不徹底とが、充実の足りない私の心を蠱惑したのかも分らない。

歌津子。それなら、貴方《あなた》も矢張《やつぱり》私と同じやうに駄目だわ。

（前よりも長き沈黙。）

一郎。（落日を見ようとでもしたかの如く、起ちて窓際に近づく）愈々《いよ〳〵》総勘定《そうかんぢやう》をする処へ来ましたねえ。此《この》記念日が二人で祝ふ、最初の、そして最終の記念日ですね。

歌津子。（ピアノの前へ来てかける）然うでせうか？もう此上《このうへ》は、どうにもならないものでせうか？

一郎。それは貴女《あなた》の方が私よりも善《よ》く知つてゐる筈だ。（間《あひだ》）何か一つ弾いてくれませんか？此《この》場合にふさはしいやうな物を何か。

歌津子。貴方《あなた》も御一緒に歌つて頂けるやうな物？

一郎。いや、斯う云ふ場合は器楽だけでなくちや。

（歌津子、ピアノを弾く。センテイメンタルに華やかな一曲を弾き終る。暫くの間《あひだ》二人とも無言。室内漸《やうや》く暗し。）

歌津子。貴方、覚えてゐらつしやる——今のを？

一郎。貴女があれを弾いた時の事は忘れないね。私はあの時、斯うして貴女《あなた》の背《うしろ》に立つてゐて、白い頸脚の微かに震へるのを見ながら聞いてゐた。あの時、貴女を色々に想像して見たことをも判然《はつきり》と覚えてゐる。そのあとで、初めて本統に貴女《あなた》を見たのが。

歌津子。雨が降つてゐましたのね——仲子さんが帰つて行つて二人つきりになつた時。

一郎。貴女《あなた》が雨を御好きだと云ふことは、あの時から知つた。

歌津子。自分の話した事なんか、なんにも覚えてないわ。ただ、御話を伺つてると、それが庭の若葉にふり注いでゐる、柔い雨の音と一になつて、胸の中へしみ込んで行つたのを……

一郎。ねえ、どうしよう？今日の一年祭《ねんさい》には、あの静かな私達二人の「郷里」へ行つて、丁度あの晩したやうに、貴女のあの甘い飲物にお附合ひする筈になつてゐたのだが。

歌津子。さうね——兎に角貞雄《さだを》さんが帰つて来てから。

一郎。もう一つ何か弾いて呉れませんか？今度は、過ぎ去つた事を思ひ出させるのでなくて、これからさきを考へさせるやうなのを。

歌津子。駄目よ、そんなむづかしい事言つて。……とにかく弾いて見るわ。

（歌津子しばらくありて、ゆるやかにペゾスの流れるやうな一曲を弾きはじめる。曲半《きよくなか》ばにしてはたと弾き止む。）

一郎。どうしたの？どうして止《よ》したんだ？

歌津子。（ふり返りて）あの画の事を思ひ出したの？あの後光《ごくわう》のさした女の姿をふと思ひ出したんですよ。

一郎。そして？

歌津子。そして、自然《ひとりで》に指端《ゆびさき》が動かなくなつちやつたの。

（一郎、首をかしげて沈黙。）

貴方《あなた》が御描きになつて？

一郎。ええ。

歌津子。画の事なんか解らないけども、これまでに御描きになつた物の中でも、一等善《とうい》い画だと思ふわ。

一郎。口の悪い今村も、先刻《さつき》しきりに褒めて行つた。妙だなあ。

歌津子。あれは頂けないこと？

一郎。それや差上げてもいいが……（間《あひだ》）この最初の、最終の記念日を記念する物としてですね？

歌津子。さう仰しやると、何だか悲しくなつて来るわ。

（歌津子、何物かにもたれ、一郎と見物とどちらへも顔をそむけて立つ）

ねえ、貴方《あなた》。これから先き、お互《たがひ》にどうなつても……

一郎。お互《たがひ》にどうなつても？

歌津子。せめて妹と思つて……兄妹の関係ででも……

一郎。それだけは勘弁して下さい。

歌津子。どうして？兄妹のやうな綺麗な関係になつて、綺麗な心持で附き合つて行くのが、どうしていけないでせう？

一郎。それは小説か芝居の中の話です。少くとも、私には到底堪へられない。

歌津子。然うでせうか。

一郎。私はいつそ、お互にお友達にもならなかつた時分、あの時分の関係になつてしまいたい。

歌津子。（一郎を直視しながら）と仰しやるのは？

一郎。「もとの他人」になつてしまふのが、まだしも楽だと云ふんです。

歌津子。（駈け寄つて、一郎の手を捕へる）貴方《あなた》、怒つたの？

御気に障つたの？それぢや困るわ。

（一郎無言の儘静に歌津子の手を払ひ、近くの椅子にかけさせる。）

一郎。ちつとも怒つてやしない。怒る理由がないもの。

歌津子。だけど、酷いわ。「もとの他人」になつてしまうつて仰しやるんだもの。

一郎。それぢや、「もとの他人」と云ふ言葉だけは取り消してもいい。だけど事実は、ただのお友達になつてしまふと云ふやうな事が、果して私に出来るかどうだか。

歌津子。然うでせうか。

（太息を漏らす。二人とも暫く無言。）

一郎。歌津子さん、貴女《あなた》の前だけれども少くとも男子の場合はね、新しい物が旧い物の代りになると云ふのは、余程むづかしい事なんだから！

歌津子。一郎さん！斯う云つて貴方《あなた》の名を呼ぶやうになつたのもやつと近頃の事なのに！いいわ！私もう、どうなつても構はないと思ふわ！勘忍して下さいな！

一郎。私は、貴女《あなた》を咎《とが》めるよりも、私自身を責めてゐる！

（二人とも沈黙。）

蛙が頻りに啼いてますね。

歌津子。どうしてあんなに啼くでせう？何だか堪らないわ！

——あんなに蛙がないてると。

（二人とも沈黙。貞雄《さだを》裏から帰つて来る。）

貞雄。こらジァイアント！お前はここにおとなしくしてゐるんだよ。いいかい？

（室内へ飛び込む。）

暗いなあ。どうしたの？——電気もつけないで。

（靴の儘《まゝ》椅子の上に飛び上つて、電燈のスヰッチをひねる。）

なあんだ。可笑《をか》しいぢやないか——大人が泣いたりなんかして！

——幕——

第二幕

第一幕より五六ケ月の後。

（市内、歌津子の家の一部分。右手寄りに瀟洒《せうしや》たる日本風の室。左、織巧《せんこう》に陥らざる程度のクラシックな庭園に、椅子ベンチの用をなすやうな物いくつかを置く。十月頃の午前にふさはしき鳥の声。みつる縁側の日当り善きところにて編物をしてゐる。）

歌津子の継母。（襖《ふすま》をあけて入つて来ながら）歌津子さん、歌津子さん！おや、みつるさんなの。歌津子さんはどうしたかしら
みつる。（顔をあげる）先刻《さつき》まで、其辺《そこいら》にゐましたよ。喚んで来ませうか？

継母。それにも及ばない事ですがね。（間《あひだ》）みつるさんは、お風邪はもう可《い》い？さつぱりしたの？

みつる。さつぱりもしないけど。

継母。もつと臥《やす》んでゐらつしやればいいに。

みつる。 だつて私の風邪は、綺麗に治るつてことはないんですもの。

継母。 だから一層気を附けることですよ。（編物を近づいて見ながら）もうお仕事なの？

みつる。 お仕事と云ふほどの物ぢやないわ。（編み続ける。）

継母。 貴女は始終《しよつちゆう》何かかにかしてるのね。

みつる。 駄目ですよ。こんなに意気地がないんですもの。

継母。 兄さんの靴足袋？も少しですね。

みつる。 ええ。も少し気の利いた物拵《こさ》へて上げるつもりだつたんだけども——御祝《おいはひ》に。

継母。 そんな事言つて呉れる貴女《あなた》が、貴女が歌津子さんだつたらねえ！そしたらどんなに嬉しいでせう！（言葉をきり、徐《しづか》に品よく四辺《あたり》を見廻はしたる後《のち》再び続ける）それはねえ、他の点ではなんにも云ふ事はないんです。歌津子さんも、なかなか善く出来てゐる人ですからね。私達旧弊者なら兎に角、あんな新しい教育を受けた新しい人に、よくああまで出来ることだと、全く然う思ふこともありますよ。そして、忠夫さんと一緒になる話だつて然うでせう。一緒になるのが嫌だつて言つたことは一辺《ぺん》もない。ねえ、それでゐて唯だ、もう少し、もう少しで結婚を延ばすんだもの。

貞雄。（植込の奥から飛び出して来る）忠夫さんは未《ま》だ？未《ま》だ来ない？

みつる。 ええ、未《ま》だなの。

貞雄。 今日は大尉になつて来るんだねえ。早く来ないかなあ。来たら、直ぐに知らして頂戴、みつるさん。僕はそれまで、爆弾投下をやつてるから。いいかい？

みつる。 よござんすとも。

継母。 塀の上なんぞ上つちやいけませんよ。

（貞雄は耳にも入れず駈け出して行く。）

忠夫さんも今度また大尉になつたし、然う然う何時《いつ》までもねえ。此《この》五月にあつちから帰つて来た時、どうしても済まさなくちやいけないのを、矢張《やつぱり》延ばしてあるんだから。（間《あひだ》）だけど、みつるさんは如何《どう》思ひます？

みつる。 何をですか？（編物の手を休める）

継母。 歌津子さんは、結局どうするつもりでせうね。（間《あひだ》）結婚はしてくれないでせうか？

みつる。 まさか。

継母。 そんな事あるまいつて貴女は言ふの？

みつる。 ええ。

継母。 だけど、忠夫さんに対して何《なん》だか他処々々しくしてゐると思はない？形の上でするだけの事はしてゐても、何だか冷い処があるやうに思はない？——近頃になつてだんだんと。

みつる。 そんな事、私なんかには分りませんわ。

継母。 それにあの陽気な、賑《にぎや》かな人が、滅切り陰気になつてるでせう。ね？

みつる。 然う仰しやれば然うですね。

継母。私もねえ、歌津子さんが本当にいやな物を無理押付けにするんぢや悪いと思つてねえ。(間《あひだ》) それに就いて、みつるさんは何か思ひ当るやうな事はない？

みつる。思ひ当るつて、どんな？

継母。歌津子さんに限つて、別に間違ひなんぞあるわけもないでせうけれど、何かね、忠夫さん処へ行きたくなくなるやうな事でも、あるんぢやないかと思つて。何か貴女に気の付いてるやうな事はない？

みつる。そんな事、あるものですか。私なんぞ、歌津子さんの前ぢや全然《まるつきり》の子供なんですもの。

歌津子。(左側より庭園へ入つて来る。未だ其姿見えず) こちらへゐらつしやいな。貴方がたも寒がりだから、ええ、構ひませんとも。

継母。忠夫さんかしら？お連れがあるやうですね。

(歌津子、一郎順の二人をつれて飛石伝ひに来る。)

歌津子。珍らしいお客様ですよ。みんなで、日向ぼつこしようと思つて、こちらへお連れして来ました。

継母。ゐらつしやいまし。辰巳さん、随分お久し振りでございますねえ。

一郎。大変御無沙汰しました。

(順は既に縁側にかけてゐる。黙つて人々の顔を見比べてゐる。)

継母。今日は丁度、みつるの兄の忠夫といふのも参る筈になつて居ります。全く善い処へゐらして頂きました。(みつるや歌津子に向ひ) 少し片付けませうよ。

順。鳥が鳴いてるな。(目を挙げて) 何か赤い実のなる樹が一二本欲しいぢやないか。

一郎。俳句でもひねりさうな事を言ふねえ。どうだい、好い気持かい？

順。一件を (いつも注射するところへ指教《ゆびをそ》ひをしながら) やつた後は、全く極楽の世界だからね。

(其内に女等三人とも順次に出て行く。)

だが、今日は驚いたぜ。君の方からわざわざ押しかけて来て、突如《いきなり》モルヒネの押売をはじめるんだもの。

一郎。(微笑しながら) 済みませんでした。どうか御勘弁を願ひます。

順。それや勘弁してもいいが、一体今日はどうしたんだい？

一郎。説明するよ。

順。早くして貰ひたいね。何処へ行くんだとも、何しに行くんだとも聞かされないで、黙々として素直に此処まで随行して来てゐるんだからな。

一郎。(ことさら唐突《だしぬけ》に) 僕は此春以来——会はないでゐたんだ。

順。今の——此処のにね。ふむ。

一郎。(順に近くかけて) 貰つた手紙に、返事も出さないでゐたんだ。

順。ふむ。一度もだね？

一郎。ああ、ただの一度も。

順。よく我慢したな。

一郎。然うだ。僕は我慢してゐたんだ。平気でゐたわけぢやない。

順。それは然うだらう。

一郎。加之《のみならず》、僕の場合も御多分に漏れず、諦めようと思つてからが真剣な物になつて来た。

順。それで？――それで此《この》僕がどんな役割を引き受けるんだい？

一郎。然う急いぢや困る。

順。よし、よし。だが、兎に角諦めようと思つても諦められないと斯う云ふんだね？

一郎。然うだ。

順。それで、兎に角やつて来たと云ふんだらう？

一郎。いや。然う一足飛びに飛んぢやいけない。まだ其間《そのあひだ》にはいるものがある。(間《あひだ》)僕は、諦められない物を、どうしても、どんなにしてでも諦めなくちやいけないと思つたんだ。

順。ふむ。

一郎。そして近頃やつと其方法を考へついたんだよ。

順。それはどう云ふ方法なんだい？

一郎。一口に云ふと、あの人を「友人の細君」にしてしまふんだ。

順。え？

一郎。いや、然う言つちやいけない――僕はあの人の良人《をつと》の友人になつてしまふんだ。あの人の良人《をつと》になるべき人の友人に。

順。ふむ。そして、其細君の友人であるより以上に、其良人の友人になつてしまふと、斯う云ふんだね。

一郎。然うなんだ。あの人を、ただ僕の親友の細君に過ぎないものにしてしまはうと云ふんだ。

（順、腕組みをして考へる。）

一郎。君はそれを実行の出来ない事だと云ふのか？(間《あひだ》)それとも、非常な冒険でもあると云ふのか？

順。少くとも今迄は、さう云ふ計画に成功した奴はあんまりあるまいな。それに、あまり新しい思付きでもないやうに思ふよ。

一郎。僕はむしろ陳腐な思付きと見られても構はない――僕には、これよりほかに方法がつかなくなつたのだ。(間《あひだ》)殆んどあらゆる物の権威を承認しなくなつてゐる僕の心にもたつた一つ、神聖にして犯すべからざるものとして残つてゐるのは、友人同志の信任といふことだ。信じ合ひ、許し合つてゐるといふことだ。ただ友情の義務といふものだけが僕を束縛して呉れる。そして其束縛を、自ら進んで作らうと決心したんだ。

順。説明はそれでいい。だが、どつかに不自然な物がある。無理がある。君は、その理窟が君自身へのごまかしになつてしまはないやうに、気をつける必要がある。

一郎。今の僕には、然う云ふ見方をされても、別に腹は立たないよ。

順。それで、兎に角、もう会つて見たのかい？その——何とか言つたけな？

一郎。武田——忠夫君と云ふのださうだ。実は今日これから会はうとしてゐるんだ。今日此処ではじめて其人に紹介してくれるんだ。

順。さうか。それで此僕が、光栄ある介添に撰ばれたと云ふわけかい？

一郎。（苦笑しながら）まあ、然うだ。

順。なある程ね。

一郎。済まないね。

順。それや可《い》いが、少し眠くなつて来た。注射に気前を見せ過ぎたと見える。一寸《ちよつと》失敬して、ごろりとやるかな。僕の用事が出来たら起してくれたまへ。

（順、肘枕で縁側に横になる）

一郎。君の斯う云ふ御行儀も通り物になつたねえ。

（自分の外套を脱いでかけてやる。鳥の声。更に折折、「万歳！」と叫ぶ貞雄の声が遠くの方で聞える。一郎、煙草を喫はえて庭園の中をぶらついてゐる。）

歌津子。（何処《いづこ》からともなく一郎に近づいて）大変な御馳走が出来かかつてるんですよ。

一郎。（両腕を組んだまま、右足の踵《かゝと》をあげて軽く地を踏みつけるやうにしながら）少し冒険すぎたでせうか？

歌津子。冒険？

一郎。今日此処へ来たことが。

歌津子。どうして？

一郎。武田——君は、本当に来るんですか？

歌津子。ええ。きつと来ます。

一郎。どうも冒険にすぎたと思ふ。

歌津子。そんな事ないわ。私は最初から然うして頂くつもりでしたもの。（間《あひだ》）貴方《あなた》がたにお友達になつて頂いて、そして私は——

一郎。僕の妹になると云ふんでしたねえ。

歌津子。それを貴方《あなた》は、あんなひどい事言ふんですもの。あれから後《のち》も、随分だつたわ。

一郎。貴女が会ひに来たのに、会はなかつたと云ふ事ですか？

歌津子。それぱつかしぢやないわ。いくら私から手紙上げても貴方は一辺も返事をくれませんでした。

一郎。（苦笑しながら）其《その》言訳は、一昨日《をとゝひ》のあの手紙でした筈ですよ。

歌津子。私もお仕舞ひには口惜しくなつて、もう書くまい、これ限り書くまいと思つたんですけれど。

一郎。全く済みません。

歌津子。まだ、色々とあつたわ――言ひ度い事が。

一郎。序《ついで》にみんな仰しやいよ。

歌津子。（手近の常磐木《ときはぎ》の葉を指頭に弄《もてあそ》びながら）だけど、もう可《い》いの。

一郎。どうして？

歌津子。（俯《うつむ》いて）貴方《あなた》がゐらしたから。

一郎。貴女は、あれつきりもう会ふことがないやうに思つてゐたの？

歌津子。いいえ。なぜだか、然うは思へなかつたの。考へられなかつたの。

一郎。兎に角私は負けたんですね。貴女の最初に言ひ出した通りになつちまつて。

歌津子。だけど、善い人ですよ――あの人も。

一郎。（微笑しながら）私だつて、人間は悪くないつもりです。

歌津子。ぜうだんでなく、正直で、親切で、軍人なんかには珍らしく、極く温厚《おとな》しい人なんですよ。

一郎。私の事も、それ位には褒めて置いてくれるでせうね。

歌津子。どうですか？これから先き貴方は、あの人のお友達にばつかし成つてしまつて、私なんかどうでもよく成つてしまふんださうですもの。

一郎。それで貴女も、私がどうなつてもいいと云ふわけですね？

歌津子。ええ、さうなの。（斯く言ひ乍《なが》ら、一郎の肩にとまつてゐた枯葉をとつてやる）今日も銃猟にゐらつしやるところだつたの？

一郎。ええ。貴女《あなた》からのあの手紙が来たとき、私はもう此《この》服で、あの（指ざし乍《なが》ら）銃をさげて玄関まで出掛けてゐたんです。それで、此《この》儘来たんですよ。

歌津子。（今村の方を見《み》乍《なが》ら）貴方《あなた》がわざわざ御連れになつて？


（一郎、黙つてうなづく。歌津子、二歩《ふたあし》三歩《みあし》今村の方へ歩き出す。）

本当に御《お》眠《やす》みになつてるかしら？

（此時《このとき》忽《たちま》ちサーベルの、石の上に引き摺られる音聞ゆ。歌津子、一郎ともに振り返つて見る）。


貞雄。（大きな軍服を着、軍帽に半ば顔をかくし、サーベルを引きずつて出て来る。挙手の礼）やあ、失敬！

歌津子。忠夫さん、ゐらしたの？

貞雄。ああ、今着物をきてゐる。

歌津子。あなた、そんな悪戯《いたづら》して忠夫さんに叱られない？

貞雄。叱られるもんか。忠夫さんは僕が何をしても怒らないんだもの。此前《このまへ》来た時なんか、僕が騎兵になりたいつて言つたらね、僕の馬になつて、四つん這ひをしてくれたよ。

歌津子。（笑ひながら）然う。それは見たかつたわ。


（一郎も共に笑つてゐるところへ、今度は本物の忠夫が、和服に庭下駄を突つかけ乍《なが》ら出て来る。）

貞雄。忠夫さんが来たよ！

歌津子。（丁寧に迎へて）ゐらつしやいまし。

忠夫。（一郎に目礼しながら、歌津子へ）御客様ださうだね。

歌津子。ええ。いつか御紹介しよふつて話してゐた方なの。辰巳さん——これは私達の従兄です。

忠夫。僕は武田忠夫。こんな失礼な風をして居ります。

一郎。僕は辰巳一郎。どうか御心易く。

忠夫。（今村の方へ一寸《ちよつと》視線を走らしたあと）御名前は予てから伺つて居りましたし、よく展覧会や雑誌の上などで御作も拝見して居りました。

一郎。いや、どうも……

貞雄。辰巳さんはエライ文学者だし、画が素敵にうまいんだつて。先達て描いた後光《ごくわう》の画なんか、それや大変な物なんだつて——（今村順を指し）あの人が然う言つたよ。

歌津子。私も然う言つたでせう？

貞雄。姉さんなんか駄目だけども、あの人はねえ、あれでなかなかエライんだつて——もとはエライ人なんだつて。

一郎。（微笑しながら忠夫に）これは当人自身が言つたのかも知れません。僕の友人です——後程《のちほど》改めて御紹介しませう。

忠夫。矢張《やつぱり》美術の方《はう》の人ですね？

貞雄。此人《このひと》は「モヒ」さんて云ふの。そして他《よそ》の家へ行つても、本当のお辞儀なんかちつともしないんだよ。

忠夫。本当のお辞儀は、此方《こちら》も少々耳が痛いねえ。

歌津子。貞雄さん、あなた少し、母様やみつるさんの処へでも行つてらつしやいな。

貞雄。いやだ。また姉さんの処へでも行つてらつしやいつて言ふから。

歌津子。それぢや、私も御一緒に行きましよ。

（歌津子、貞雄と共に去る。）

忠夫。好《い》い季節になつて来ましたねえ。

一郎。全く体が引き緊つて来るやうです。

（斯う言ひながら、椅子にかけたまゝ、右足の踵《かゝと》をあげて、軽く地を踏みつけるやうにする。忠夫は其癖に注意を払ひながら、頭をかしげて暫く無言。一郎も無言。）

忠夫。君には何処かで御目にかかつた事があるやうな気がしますね。

一郎。（記憶の中をさぐる様にしながら）然うでせうか？（間《あひだ》）もつとも、僕は六七年前親類の家《うち》を継いだのですが、もとは宮田と云つてゐました。

忠夫。然うだ。それで別つた——君は野球をやつてゐたでせう？——中学時代に。

一郎。ええ、あの頃は。

忠夫。ぢや、同じ中学にゐたんです。そして僕は一年か二年下だつた。

一郎。へえ！さうですか。君も協会中学にゐたんですか？

忠夫。僕は宮田一郎といふ名前も覚えてゐるし、君があの頃の運動シヤツを着て、あのグラウンドに突立つてゐたのも判《はつ》然《きり》覚えてゐる。僕は羨ましかつた。

一郎。それぢや、君もあの教頭排斥の運動なんか知つてゐますね？

忠夫。僕達も驥尾に附して大《おほい》にやつた方ですよ。それから、あの隣の原つぱの草を焼いて、よく問題が起つたものですねえ。

一郎。あの頃の話をしてゐると、何だかかう君の御顔にも、見覚えがあるやうな気がして来る。今日はじめて会つたやうな気がしない。

（歌津子、襖《ふすま》を開き、何かを運んで出る。）

歌津子。何だか、御話しが面白さうですね。

忠夫。面白い筈さ。辰巳君と僕とは十幾年前からの知合なんだもの。

一郎。（歌津子に）おんなじ中学にゐたんださうですよ。

歌津子。まあ。然う！（一郎の方をちらりと見て）それはよかつたわ。

忠夫。歌津子さんの御紹介なんか、本当はいらなかつたんだ。何なら僕から此人の当年の活動振りを素破抜いて上げてもいゝ。

一郎。どうか御手柔らかに。こちらはまだ、なんにも素破《すつぱ》抜きの出来るやうな材料を手に入れてゐないのだから。

歌津子。忠夫さんにも随分あるわ。お友達とあんぱんの食べつくらして病院へ入つた話だの、歌留多《かるた》に負けて、お仕舞ひに泣き出した話だの——

忠夫。（頭をかきながら）よく覚えてゐるんだなあ。

歌津子。（笑ひながら）お生憎様ね。

（一郎も軽く笑ふ。）

忠夫。今度は歌津子さんの番だが——（一郎に向ひ）一体、此《この》人は、「新しい女」と云ふんですかねえ？

一郎。「新しい女」——ですか？

忠夫。何かの雑誌の口絵でしたよ。「新しい女」と云ふ大勢の妙痴奇倫《めうちきりん》な女共の中に、此人《このひと》も写つてゐるんです。

歌津子。なんだか、あぶなくなつて来ましたのね。

（と云ひ乍ら、席を立ちて、徐《しづ》かに室《しつ》を出て行く。）

忠夫。矢張《やつぱり》「新しい女」と云ふんでせうか？

一郎。君にはどう見えます？

忠夫。僕達には別に——然う破壊的な考《かんがへ》なぞ有《も》つてゐさうにも見えないんですがね。

一郎。君は御嫌ひですか？一体に「新しい女」といふものを。

忠夫。君は御好きですかつて、反問したい位ですな。なにしろどうも、貞操も、道徳も、宗教も、社会も、一切の物を無視してしまはうと云ふやうなんぢや。そして、男だか女だか分らないやうな化物になつてしまふんだから。

一郎。（微笑しながら）そんな風にでなくとも、新しくなれさうぢやありませんか。男子が新しくなるのと同じやうに。

忠夫。男子は別です。これから先きの男子は、頭が古くちや駄目ですからね。

一郎。それで、婦人だけはいつまでも頭を古くして置いて可いと云ふんですか？

忠夫。とにかく、男子の方は自然に新しくなつて来るんですからね。新しくならないぢやゐられないんですからね。けれども婦人は――

一郎。事情を異《こと》にしてゐると云ふんですか？

忠夫。さあ、然う云はれて見ると何ですが……（間《あひだ》）君はそれぢや、あの妙痴奇倫《めうちきりん》な、男だか女だか分らないやうな「新しい女」を、嫌ひでないと云ふだけの勇気がありますか？

一郎。少くとも、我慢しなくちやなりますまいね――似て非な物がまぎれ込んだり、出来損ひの犠牲が出て来たりするからと云つて。

忠夫。むづかしい理窟は止めにして、君もまだ独身ださうですね。

一郎。（一寸《ちよつと》、忠夫の顔を見て）ええ、まだ。

忠夫。所謂《いはゆる》「新しい女」と結婚するつもりですか？

一郎。（微笑しながら）今度はからめてへ廻りましたね。

忠夫。どうです。あの雑誌の口絵に出てゐたやうな「新しい女」を、細君にするだけの酔興がありますか？

一郎。（右足の踵《かゝと》を挙げて、軽く地を踏みつけるやうにしながら）それに就いちや、亡くなつた大山さんが、おやまかちやんりんの大山公爵がうまい事を言ひましたよ。

忠夫。どんな事を言ひました？――大山元帥が。

一郎。豪傑と云ふ奴は、友達にして附き合つてると面白い物だが、親類にもつてちややり切れないつてね。

忠夫。なある程。

一郎。「新しい女」もまた然りで、こつちの身勝手かも知れないが、当分の内はまあ、友達附合にだけして置いて貰ひたいやうですね。

忠夫。それぢや君も、旧い女を満更嫌ひでもないですね？

一郎。家庭を作る場合の相棒としてでも考へれば、むしろ大に好きですよ。

忠夫。何と云つても、純日本式の婦人は悪くありませんからね。

（歌津子、また出て来る。）

歌津子。結局私は新しい女になつたのですか、それとも旧い女になつたのですか、
忠夫。然うだ。其問題を片附けないで置いて、辰巳君が旧い女を御嫌ひでないと云ふやうな話まで来てしまつた。

歌津子。そんなお話なの。辰巳さんはいつでも然う仰しやるわ――旧い女の中の善いのは、新しい女の中《うち》の悪いのより、どれだけましだか知れないつて。

忠夫。同感だね。

歌津子。それから――悪い過渡期の風にそまらない、純粋に旧式な日本婦人には、どんな欧羅巴《ヨーロッパ》の婦人にも無いやうな美し

い所があるつて。

忠夫。　ふむ。

一郎。　その美しいと云ふ言葉は、「強い」と云ふ言葉と入れ換へにしても通用するんです。——日本の婦人は、太平無事の日常生活には、欧羅巴《ヨーロッパ》の婦人ほど面白くも重宝にも出来てゐない代り、まさかの場合には、有髯《いうぜん》男子をして顔色なからしめるほどの勇者になる。

忠夫。　全く然うだ。大に我が意を得てゐる！

歌津子。　（笑ひ乍ら）すつかり、肝胆相照らしちやつたんですね。

忠夫。　これならば、実際肝胆相照らすことが出来るよ。

（此時《このとき》みつる襖《ふすま》を開けて、歌津子を喚《よ》びさうにしてゐる。忠夫先《ま》づそれに気付く。）

忠夫。　（みつるの方を指しながら）歌津子さん、みつるが呼んでるよ。

歌津子。　あら、然う。

（歌津子立つてみつるの処《ところ》に行き低声《こごゑ》に話しをしてゐる。）

一郎。　（起ちかけて）今村の奴、もう起してやるかな。

忠夫。　まあ、いいでせう——其儘にして置いて。

一郎。　モルヒネの慢性中毒でしてね、注射のあと、どうかするとこれなんです。

忠夫。　然うですか。（間《あひだ》）とにかくわざわざ起さないでもいいでせう。

（其間《そのあひだ》にみつる去り、歌津子も引き返して来る。）

忠夫。　（歌津子の引き返して来たのを見て）此人の新しい旧いは未解決の儘として、君はどう思ひます？あのみつるをどう思ひます？

一郎。　どう思ふとは？

忠夫。　旧い女の強《あなが》ち嫌ひでもない君として、あの僕の妹をどう思ひます？

一郎。　どう思ふと言つて、誠に好《い》い妹さんですよ。然うです。僕にもみつるさんのやうな妹があつたらと思ひますね。

歌津子。　妹さんにでなく、みつるさんみたいな人奥さんに有つ方は、さぞ仕合せでせうね。

忠夫。　僕は其人の方が、僕なんかより、ずつと仕合せだと思ふ——自分の妹の事ですけれど。

一郎。　然う云ふ御話ですか？解りましたよ。（歌津子と目を見合せながら）だが、僕なんぞがみつるさんのやうな人を貰ふとしますね。世の中にみつるさん位お気毒な人はありますまいよ。

歌津子。　（用事を思ひ出したやうに、起ち上つて襖《ふすま》の方へ行きながら）でも、少々位のお気の毒なら我慢して、お貰ひになりたかありませんか？

一郎。　だが、貰ひ度く成るところへは、大抵は来たがらないものですからね。

（此時《このとき》歌津子襖《ふすま》を開く。）

歌津子。　まあ！いやなみつるさん！そんな処に立つてゐて。

みつる。　だつて、入れないんですもの。

歌津子。　貴女、さつきの面白い話を聞いて？

みつる。　そんな事——知らないわ。

歌津子。　あら！さうして置いて行つちまふの？

（歌津子、みつるの置いて行つた物を、運ぶべき処《ところ》へ運び入れ、やがて出て行く。その時《とき》忠夫と一郎とは既に次ぎの対話をはじめてゐる。）

忠夫。　（自慢とも謙遜ともつかぬ調子にて）なにしろ、あんな風ですからね。

一郎。　（無意味に）然うですねえ。

忠夫。　ただ一つ残念なのは、体が余り丈夫でない事です。それだけがあれの疵《きず》です。

一郎。　しかし、余り丈夫過ぎるのも、女としてはどうですか。トルストイか誰かも言つてゐましたよ——一辺も病気したことのない女なんぞ、考へて見ただけでも恐ろしいつてね。

忠夫。　それやどうしても、自分が病身だと、自然優しくはなりますね。——だが矢張《やつぱり》、あまり弱くちやいけない。（一郎の服装を見、近くに置いてある銃を見ながら）君は銃猟を御《お》好《す》きですか？

一郎。　余り中《あた》りはしないですがね。まあ、丸《たま》を打つて見るのを楽み位なものですよ。

忠夫。　（起つて一郎の猟銃を指ざし乍ら）一寸《ちよつと》あれを拝見。

一郎。　どうぞ。ほんの間に合せ物です。

（忠夫銃を取りに行く。）

今村順。　（寝返りを打ち乍ら）よし、よし、分つた。

忠夫。　（銃を持ちてもとの席に帰り）御目が覚めたと見えますね。

一郎。　なあに。寝言です——今のは。

忠夫。　然うですか。（それから熱心に銃を吟味する）ははあ。これは頗《すこぶ》る新式のやうだな。なる程。

一郎。　先度《せんど》、少し乱暴しましてね。どうでも可い処だけども、一寸《ちよつと》壊しましたよ。

忠夫。　へえ！何処です——その、壊れてゐると云ふのは？

一郎。　一寸《ちよつと》拝借。

（斯う言ひ乍ら、起つて銃を受け取らうとした時、脚が椅子にからまつて、前《まへ》のめりにのめる。その途端に銃がづどんと鳴る。忠夫はうんと一声、仰向けに倒れる。）

一郎。　ああツ！失策《しま》つた！

（と叫び乍ら駈け寄らうとする。）

順。　（銃声に目を覚まし、周章《うろた》へて一郎の背《うしろ》より組みつく）止せよ！つまらない！

一郎。　（順を後へ突き飛ばし）穿き違へるな。異ふぞ！

（一郎、みつる、継母、順なぞ、続々と忠夫の処に集まり、混雑を極めてゐた時、歌津子はよろよろと出て来て、途中にぴたりと立ちどまる。）

歌津子。　辰巳さん？辰巳さんが如何したのです？

みつる。（判然《はつきり》とした調子にて）兄さんよ！兄さんが大変ですよ！

歌津子。（駈け寄り、忠夫をのぞいて見て）まあ！御顔《おかほ》を！こんな事になつてしまつて！（みつるの手に取り縋りながら）ねえ、みつるさん、過失《けが》ですか？え？過失《けが》だつたでせうか？

——幕——

第三幕

第二幕より十ケ月ばかりの後。

山中《さんちう》の湖水に臨める一旅館、最上階の見晴らしよき一室。籐の寝椅子には、今は盲《めしひ》となれる忠夫が寝転んでゐる。正面の欄干にもたれて、妻の歌津子が立つてゐる。

忠夫。（午睡《ひるね》より目覚めて）あ、ああ。好《い》い気持に睡《ね》てゐた。どれ位睡《ね》たか知ら？

（歌津子には忠夫の言葉が聞えざるもの、如し。）

歌津子！ゐないのかい？

歌津子。（愕然として驚きたる如く）ゐますよ。御目覚めになつて？

忠夫。ああ。何か読んでゐたのかい？

歌津子。（狼狽して）ええ、先刻《さつき》まで。

忠夫。今は何をしてゐるんだい？

歌津子。此処へ来て、斯うして立つてますの——湖水の方を見て。

忠夫。矢張《やつぱり》晴れてるかい？

歌津子。少し曇つて来ました。雨にもならないでせうが。

忠夫。向ふの山の、ずつと向ふの山は見えないかい？

歌津子。ええ。見えなくなりました。

忠夫。風も少し出たやうだね。とにかく此《この》涼しさは、真夏とは思はれない。浴衣一枚ぢや涼し過ぎる位だ。

歌津子。先刻《さつき》御睡《おやす》みの時も、余程、何かお掛けしようかと思つたんですけれど。

忠夫。なあに。それほどでもないよ。（耳を澄ますやうにして）何だらう？——あの音は。

歌津子。（同じく耳を澄ますやうにして）あれですか？ボートですよ。風が出かかつたものだから、急いで帰つて来るんでせう。（短《みじか》き間《あひだ》）真白く塗つたボートに、乗つた人も真白な服を着て、白い鳥か何かが逃げ出して来るやうだわ。

忠夫。それぢやもう社《やしろ》の前の石の鳥居や、石燈籠や、大きな赤松なんぞは水に映つて見えないな。

歌津子。だけど、あの横の黄色いペンキ塗りの可愛いい建物は、何時《いつ》もより近くなつて、判然《はつきり》と見えるわ。そしてあ！何時の間にか雲がちぎれて、あんな綺麗な光が湖水一面に！

忠夫。（椅子から半ば身を起して）ううむ。見えない俺の目にも歴々《ありあり》と見えるやうだよ。むかし、よくやつて来た処だからな。

歌津子。（忠夫の方へふり向いて）だけど——つまりませんわねえ。

忠夫。　つまらない？俺はちつともつまらなくないよ。斯うしてお前の目で、晴れたり曇つたりする外の景色を、その時その時見て貰ふ俺には、別に自分の目で物を見るにも及ばないやうに思ふんだ。

（二人とも暫く無言。歌津子、欄干《てすり》を離れ、忠夫の横に来て坐る。一冊の書物を取り上げて膝に置き、そのまゝ、差し俯いてしまふ。）

度々言ふ事だが、俺は此《この》目を失くした代りには、二の目よりもずつと価値のある物を自分の物にした。（間《あひだ》）俺はこんな身の上になつたばつかしに、此幸福《このしあはせ》を得られたやうにさへも思ふんだ。

（歌津子、たゞ太息《ためいき》を漏らすのみ。）

こんな事言つても、気を悪くしちや困るが、実際俺は、この幸福《せあはせ》が俺の手に入るかどうか不安に思つてゐたんだからな。これと云ふ理由もなく、お前が果して本当に俺のところへ来てくれるかしらと、少尉の服を中尉の服に脱ぎ更へた時分からもう、始終《しよつちゆう》俺の気になつてゐたんだよ。

（歌津子、依然として太息《ためいき》を漏らすのみ。）

つい先達てのやうに思つてゐるが、早いものだね――かれ是れもう、半歳《はんとし》近くも前の事になる！お前がお前の家をぬけ出して、俺の処へ来てくれたのは！あの治りかけた傷の為めよりも、絶望の為めに痩せ細つてゐた俺の此手《このて》を、お前の温かい手の中《うち》に置いてくれたのは！

歌津子。（苦しげに）あの時の事なんか、もう考へないことにしませうよ！

忠夫。（歌津子の言葉を耳にも入れなかつたかのやうに）俺には伯母に当つてゐるお前の継母自身さへ、俺が斯うなつては、流石《さすが》に賛成しかねた結婚なのに係はらず――その他の親類縁者一同があれほど反対したに係はらず――

歌津子。もう、あんな話はしないで下さいな！

忠夫。いや、これだけは幾度《いくたび》でも繰返す！繰返さないぢやゐられないよ。自分とこの息子の嫁にしたがつた叔父さんが、お前のどうしても俺の処へ来ると言ひ張る我儘を理由に、保管されてゐたお前の財産を引渡せないとまで言つて、あれほど威嚇したに係はらず、お前は本当に身一つで、此《この》俺のところへ飛び込んで来てくれた。ただ生きて行くと云ふことさへ、自分一人の力には及ばなくなつてゐた俺のところへ、あの時俺は、お前の健気な、やさしい覚悟をきいたとき、俺はもう此《この》胸が、一杯になつてしまつて、なんにも言へなくなつて！

歌津子。もう可《い》いわ！

忠夫。俺は唯だお前の手を押し戴《いたゞ》くやうにして――

歌津子。もう、勘忍して下さいな。あの時分の事考へると、何だか悲しくなるんですから。

忠夫。悲しくなる？どうして？

歌津子。どうしてでも！何だか悲しくなるんですから。

忠夫。近頃は、よくそんな事をいふやうになつたね。（間《あひだ》）あの時分の話をするのが、どうしていけないだらう。

歌津子。本当を云へば、あの時分の話ばかしぢやないわ。過ぎ去つた昔の話をするのは、みんないけないわ。

忠夫。過ぎ去つた昔の話をするのは――みんな！ふむ。

（忠夫腕組をして考へ込む。暫くの間《あひだ》沈黙。）

忠夫。（歌津子を摸索する如き様子をしながら）歌津子！（間《あひだ》）歌津子！お前は――

歌津子。（稍や驚き面《おもて》を上げて）何ですか？

忠夫。お前は悔いてるんだな、取り返しのつかない事をしたと思つて後悔してるんだな。

歌津子。（短き間を置いて、決然）いいえ。

忠夫。別に後悔しちやゐないと云ふのか？

歌津子。ええ。

（暫くの間、二人とも無言。）

忠夫。それぢやお前は何処《どっ》か体の具合でも悪いんだ。（間《あひだ》）あの快活だつたお前が、結婚すると間もなく――然うだ間もなくと云つても可《い》い――もとほど快活でなくなつた。そしてそれから後《のち》、だんだんと元気がなさそうに見える。

歌津子。然う見えるでせうか？

忠夫。うむ。精一杯元気にしようと努めてゐるにも係はらずどうしても元気になれぬやうだな。

歌津子。どつかが悪いのかも知れません。

忠夫。東京へ帰つたら、一辺ようく診て貰ふことだね。

歌津子。ええ。

忠夫。（再び横になりながら）風がなくなつたな。晴れたかい？

歌津子。（良人《をっと》の言葉には答へずして）貴郎《あなた》！

忠夫。何だ？

歌津子。私は帰りたくなりました。

忠夫。帰る？

歌津子。ええ。今晩の汽車ででも直ぐに。

忠夫。どうしたんだ？急にそんな気になつて！

歌津子。急にぢやありません。本当は此方《こちら》へ来た、あの晩からもう帰りたくなつてゐたのです。

忠夫。でも、お前は自分から此処へ来たいと言ひ出したんだぜ。しかも、あれほど熱心に主張したんぢやないか？

（歌津子答へず。）

それに一昨日《おとゝひ》は、みつるにも来るやうにつて手紙を出した筈だ。

歌津子。（太息《ためいき》を漏らして）然うでしたねえ。

忠夫。貞雄にしたところで、切角連れ出して来て、一週間にもならない内《うち》連れて帰るんぢやあんまり可哀相ぢやないか？

歌津子。然う仰しやれば、何だか帰るわけにも行かないやうですねえ。

忠夫。兎に角もう少しはゐなくちやいけないよ。体の為めにも、此辺《このへん》の空気はきつと悪くないだらう！

(此時《このとき》貞雄入つて来る。)

歌津子。おや、御帰《おかへ》んなさい。

貞雄。今ねえ、仲子《なかこ》さんが来るよ。

歌津子。えツ！仲子さんが？

貞雄。ああ。僕は蟬をさしてたんだ。「貞雄さんなの？」って言ふから、ふり向いて見るとあの人なんだ。

歌津子。それから？そして今何処にゐるの？

貞雄。下で電話か何か掛けてたよ。もう上《あが》つて来るだらう。

忠夫。仲子つて、何かい？——

歌津子。貴郎《あなた》も病院で一二度御会になつたことのある——

忠夫。例の「新しい女」だね。

歌津子。貴郎《あなた》はあの人を、あまり御好きぢやありませんでしたねえ。

忠夫。(物につかまつて起ち上《あが》り乍《なが》ら)俺は散歩にでも出て来よう。

歌津子。然うですか。(間《あひだ》)それぢや貞雄さん、御一緒に行つて上《あ》げて下さいな。

貞雄。姉さん達は行かない？

歌津子。ええ。でも、下まで送つてあげるわ。

(貞雄先きに立ち、歌津子忠夫の手を引いて出づ。入り代りに女中二人ばかり入り来りて、座敷を片付ける。)

女中甲。一寸《ちよつと》。随分変つてるのねえ？

女中乙。何が？

女中甲。何がつて？下で今、電話かけてる人よ。

女中乙。あの変痴奇倫《へんちきりん》な頭髪《あたま》の事？

女中甲。頭ばかしぢやないわよ。一体に、あの様子つたらないぢやないかね。私、初めは支那人かと思つたのよ。

女中乙。さう云へば何だか、口の利き具合なんかまで、日本人ぢやないやうね。

女中甲。だけど、可笑《をか》しいわねえ——此処の奥様のやうな立派な方のお友達だつて云ふから。

女中乙。およし、もう。足音が聞えてよ。

(歌津子、仲子を伴ひて入り来る。女中等出て行く。)

歌津子。本当に喫驚《びつくり》しましたわ。

仲子。私が飛び込んで来たことをですか？

歌津子。ええ。

仲子。でも貴郎《あなた》がた御存知だつたでせう？——私達が此処へ来てゐること。

歌津子。ええ。私だけは——(欄干《てすり》に近づき、左の手を目の上にかざし、何物かを見たしかめたる後《のち》、再び仲子の方へふり返り)それもほんの一週間ばかし前からですけれど、私だけには分つてゐましたわ——貴女《あなた》がた御二人が、辰巳さんと御一緒に此《この》湖水のそばへ来てゐらつしやると云ふことは！

仲子。辰巳さんから手紙でも来て？

歌津子。いいえ。

仲子。(不審さうに)さう？(間《あひだ》)実は私達からも、御知らせしちやいけないいつて禁《と》められてゐたんですけどもね。又御本人の気が変つて、直接手紙でも御出しになつたのかと思つて。

歌津子。私は、まるつきり別の方面から聞きましたの。

仲子。然うですか。(間《あひだ》)兎に角貴女《あなた》御一人だけお分りになつて、そして御分りになると、直ぐに御出掛けになつたの?

歌津子。ええ。

仲子。それでゐて、貴女は今日までゐらして下さらなかつたのね——私達のところへ。

歌津子。ええ。

仲子。なぜ、ゐらして下さらなかつたの?

歌津子。だつて、家《うち》を出ると直ぐからもう、出なければよかつたと思ひましたもの。

仲子。でも、此処までゐらした位なら。

歌津子。此処へ来てからは、一層悪い事をしたやうに思ひましたわ。

仲子。でも、貴女《あなた》が辰巳さんに会つて、なぜ悪いでせう?

歌津子。武田はなんにも知らずに連れ出されて来てゐるんですもの。

仲子。連れ出してからでも、本当の事を仰しやつてしまへばいいに。

歌津子。それや余程、然うしたかつたわ——あんまり苦しいものですから。

仲子。仰しやつてしまへば、何でもない事でせう——辰巳さんに貴女《あなた》が会つたつて、ただ会ふだけなら!

歌津子。私が武田に本当の事を言つてしまひたいのは、あんまり苦しいからですわ。言つてしまつた後で、会ひたい人に会はうと云ふやうな、そんな積りはないわ。

仲子。つまらない!そんな道徳の幽霊なんぞを、貴女《あなた》はやつぱし恐がつてゐるのねえ。

歌津子。私のは道徳なんて、そんな小難かしい物ぢやないと思ふわ。

仲子。でも、やつぱし、善い事だとか悪い事だとか言つてるでせう?

歌津子。だけど——

仲子。だけど、どうしたと云ふの?

歌津子。だけど武田は——(ハンカチーフを顔に当てゝ)武田は可哀相な人ですもの。

仲子。相変らずねえ——貴女《あなた》は。

(歌津子沈黙。)

仲子。今村がいつもよく言つてるわ——歌津子さんて人は、強さうに見えて実際は弱い人なんだつて!

(歌津子、依然として沈黙。)

仲子。それにしても貴女《あなた》の結婚は、どうしても私達には呑み込めないわ。(間《あひだ》)初めあんなにまで逃げ廻つてゐた結婚を、しかも武田さんがあんなに成つた後《のち》、貴女《あなた》自身から進んで是非是非すると言ひ張つたんですつてねえ。

歌津子。　貴女《あなた》もまた、あれを問題にするんですか？

仲子。　折があつたら是非是非きいて見たいと思つてゐたわ。(間《あひだ》) やつぱし武田さんを可哀相な人だと思つたからなの？　お気の毒と思つたの？

歌津子。　それはお気の毒と思つたわ。

仲子。　誰よりもお気の毒と思つて？

歌津子。　いゝえ。もつとお気の毒な人があるかも知れないこと、私だつて考へてゐましたわ。

仲子。　然う？

歌津子。　それに武田をだつて、今気の毒に思つてゐるほど、あの時は思つてゐなかつたの。

仲子。　それでゐて——

歌津子。　どうして此《この》結婚なんかしたかと仰しやるの？

仲子。　ええ。

歌津子。　(微笑しながら) よくは自分にも別《わか》らないけれど、きつと私の持前の……つまらない負嫌《まけぎら》ひからだと思ふのよ。

仲子。　負嫌ひつて？

歌津子。　他の人に出来さうもない事なら、尚ほのこと、自分にやつて見たかつたの。そして、もう入らないでも可《い》いと云はれた籠の中へ、自分から飛び込んで行つたのよ。

仲子。　さうでせうか？

歌津子。　勿論そればつかしぢやないわ。私はねえ、あんな不幸な良人《をっと》の世話を、かよわい女の手一つにして行くと云ふ、柄にない烈婦の役割が引き受けて見たかつたのです。そんなつまらない夢を見てゐたのです。

仲子。　そして其《その》夢がさめたと云ふの？

歌津子。　ええ。

仲子。　どうして覚めたの。

歌津子。　結婚して間もなく、私は前通りなんにもしないでゐて、私達二人の生きて行かれることを知りました。貴女《あなた》がたのやうに、パンの為めに働かないでもゐられることを知りました。

仲子。　辰巳さんから提供された沢山のお金を、武田さんが貴女《あなた》に内密に受取つてゐたと云ふことですね。

歌津子。　武田はきつと辰巳さんの御心持を尊重した為めでもあり、出来るだけ私の重荷を軽くしてやらうと思つた為めでもありませう。だけど私には、これが大きな幻滅の緒《いとぐち》でした。

仲子。　貴女《あなた》のやうな性格としてはねえ。

歌津子。　それから又私の結婚も、それが済んでからはたゞ、同情と、憐憫と、偶《たま》には少しばかりの尊敬とで迎へられるだけでした。あれほどにやかましく言つた近親の者なども、もう私を非難しては呉れませんでした。

仲子。　それは然うでせうね。

歌津子。　ですから私は……私は何だか物足りなくなつて来ましたの、つまらなく成つて来ましたの。

仲子。　其御心持は、私にも解るやうだわ。

歌津子。　ですから私は……(間《あひだ》) もう止すわ。自分の事ばつかし！

仲子。　止さないでもい、ことよ。

歌津子。　もう止しましよ——私の話は。それよりも！

仲子。　辰巳さんの事？お話しするわ。(間《あひだ》) 貴女辰巳さんが貴女《あなた》がたの所へ顔を出さなくなつてから、ひどく頭の加減を悪くしてしまつたこと御存知ですか？

歌津子。　薄々耳に入つてはゐましたわ。どつかの精神病院へ入院してゐらしたつてことも、それぢや本当でしたの？

仲子。　ええ。だけど、其後全然《そののちすつかり》よくなつたの。退院してから私達二人で此方へ附いて来たんですけれど、此頃ではもう私達の用事はなんにもないの。

歌津子。　然うですか？そんなによくなつてゐらつしやるの？

仲子。　(起ち乍ら《ながら》) 私、もう一辺電話をかけて見ませうかしら？

歌津子。　何処へ？

仲子。　何処へつて——私達のゐる処へですよ——辰巳さん達ももう帰つてさうなものですから。

歌津子。　(愕然として) えツ！仲子さん、貴女先刻《あなたさつき》辰巳さんとこへかけたの？

仲子。　え、。(間《あひだ》) 生憎辰巳さんも今村もゐませんでしたから、宿《うち》の人に伝言して置きましたの——貞雄さんに出会つて、それから此処へ来てるつてことをね。

歌津子。　まあ！

仲子。　ですから、辰巳さんも其内《そのうち》来るかも知れないわ。

歌津子。　どうしよう！(起ち上り、寝椅子のところへ行つてかけ) 私本当にどうしよう！

仲子。　いけなかつたの？(間《あひだ》) 諦めてお仕舞ひなさいよ——どうせもう斯うなつちや。

歌津子。　(再び起ちて欄干《てすり》へ行き。背伸びをするやうにして右手の岸辺を眺め) 何だか、あの二人連れのやうだわ！あらもう帰りかけてゐるやうだわ！仲子さん、済みませんけれども……

仲子。　牽制運動に行くの？

歌津子。　後生だから。そしてもつと、もつとゆつくり遊んで来るやうにね。直ぐに帰つて来ないやうにね。

仲子。　はい、はい。畏まりました。


(仲子大急ぎで出て行く。歌津子たゞ一人になりて、愈々《いよいよ》落ちつきをなくする。幾度《いくたび》か起《た》つたり坐つたりのあと、不図《ふと》思ひ出で、鏡に向ひ、鬢《びん》のほつれをかき上げなどしてゐる折柄、俄《にはか》に人の上《あが》り来る様子。)


女中。　(人を案内するもの、如く、外より) こちらでございます。

歌津子。　(絶望的の期待を以て、入口へ迎へに出る) どうぞ御入り下さいまし。

歌津子。　まあ！みつるさんだつたの。

みつる。　御手紙戴いて、直ぐに出掛けて来ましたわ。

歌津子。私、貴女《あなた》だとは思はないものだから！まあ、よかつた！

みつる。貴女《あなた》、何方《どなた》を御待ちになつてたの？

（歌津子答へず。）

みつる。何方《どなた》がゐらしやる筈だつたの？

歌津子。いいえ、別に。何でもない事ですよ。（短き間《あひだ》）私やつぱし、誰よりも貴女《あなた》のゐらつしやるのを待つてました。

みつる。またお風邪で、臥せつてたんですけれど。

歌津子。まあ、然う？そんなのに、よくねえ。

みつる。私ねえ……夢を見ましたの。

（斯く言ひ乍ら湖水の方へ目を走らす。）

歌津子。然う？どんな夢だつたの？——それは。

みつる。一寸《ちよつと》、待つて下さいな。

（みつる欄干《てすり》に近く進み、一心に湖水を見入りて暫くの間《あひだ》言葉なし。）

歌津子。（同じく欄干に近づき）みつるさん、此方へは始めてね？

みつる。（歌津子には答へずして）不思議だわ。本当に不思議だわ。

歌津子。何が不思議なの？——そんなに。

みつる。私、この通りの、これとちつとも異《ちが》はない湖水を夢に見ましたもの。水の色まで丁度この通りの青い色でしたの。

歌津子。まあ！

みつる。そして此欄干《このてすり》にもたれてゐると、この水の底から何だか知らないけれど、頻りに——

歌津子。どうしたの？

みつる。何だか知らないけれど、頻《しき》りに私の名前を呼ぶんです。

歌津子。貴女《あなた》の御名前をね？

みつる。それが丁度、溺れかかつてる人かなんぞのやうな、それや可哀相な声なの。

歌津子。（欄干《てすり》を離れて体を震はせながら）恐いこと！

みつる。私も恐くて目が覚めたわ。だけど目が覚めてからも、ただの夢とばかしは思はれなかつたの。そして、其《その》湖水がどうしても貴女がたの行つてらつしやる処に異ひないと思へたの。

歌津子。そして？

みつる。そしてね、恐い癖に何だか行つて見たくなりましたの。

歌津子。ぢや、丁度そんな処へ私の手紙が行つたのですね？

みつる。ええ。

歌津子。不思議ですねえ。

みつる。だから、臥せつてゐたのを構はず、飛び出したの。

歌津子。それぢや……私が帰りたくてたまらなくなつた時、みつるさんは来たくてたまらなくなつてたんだわ。

みつる。あら、貴女《あなた》は帰りたい？

歌津子。ええ、何だか淋しくて、無暗《むやみ》に淋しくてたまらなかつたの。

みつる。　然う？

歌津子。　でもね、貴女《あなた》にでも来て頂いたらと、然う思つたの。

みつる。　然う？

歌津子。　だけど、今日はもう、今ぢやもう我慢が出来なくなつてる処なの。

みつる。　そんなに淋しくつて？——こゝが。

歌津子。　ええ。

歌津子。　みつるさん、私ね、本当は今、恐い人が来るのを待つてるところなの。

（二人とも暫く無言。）

みつる。　然うですか？——やつぱし。

歌津子。　貴女《あなた》、それが誰だか解つて？

みつる。　何だか解るやうだわ。

歌津子。　ぢや、誰《だあれ》？

みつる。　（湖水の方をちらりと一瞥しながら）辰巳さんでせう。

歌津子。　（愕《おどろ》いて）まあ！誰から聞いたの？

みつる。　誰からも。

歌津子。　それでゐて、どうして？

みつる。　ただ、何となくそんな気がしたわ。（苦しげに胸へ手をやり乍《なが》ら）何だかそんな気がするわ。（起ちて欄干《てすり》に近づきじつと耳を澄ますやうにして）あら！あの声が！あの可哀相な声が！（間《あひだ》）歌津子さん、貴女《あなた》は聞えない？

歌津子。　（身震しながら）聞えないわ——なんにも、
みつる。　まあ！あの可哀相な、悲しさうな声が聞えない？

歌津子。　（不安と恐怖とに全然取り乱して）みつるさん、私もう堪まらない！忠夫さんを呼んで来るわ！

（歌津子、逃ぐるが如く室《しつ》を去る。みつるは苦しげに胸を抱きながら、欄干《てすり》に沿ふて右に往き左に往きしてゐる。やがて雲の間《あひだ》より強き日光を落し来り、湖水よりぱつと照り返す。みつる立ちどまり、眩《まば》ゆさうにして後《うしろ》にふり返り見れば、辰巳一郎、無言の儘《まゝ》座敷の中程に立ちてあり。手には袋に包みたる棒の如き物を携へたり。）

みつる。　（驚かずして）ゐらつしやいまし。

（一郎、たゞ二三歩を進み出でしのみ。無言。）

みつる。　何時《いつ》の間にゐらしたの？

一郎。　歌津子さんはゐませんか？

みつる。　先刻《さつき》まで此処にゐましたの。

（一郎、無言の儘、棒のやうな物を袋より取り出す。）

みつる。　鉄砲ですのね——あの時の？

一郎。　これを持つて来いつて云ふから、持つて来たんです。

みつる。　何方《どなた》が！

一郎。　歌津子さんは、あれが僕の過失だつたと云ふことを疑つてゐるんです。いいえたしかに疑つてゐる。だから、私が嫌だと云ふのにどうしても、これを蔵《しま》つて置けと言つたんだ。（短き間《あひだ》）だが、歌津子さんばかしぢやないと言つたな……うむ。（銃の台尻をとんと畳の上について）みつるさん、貴女《あなた》はどう思ふ！やつぱし、過失ぢやないと思ふ？

みつる。　いいえ。

一郎。（みつるの言葉が耳に入らなかつたかのやうに）貴女《あなた》もやつぱし、過失ぢやないと思ふんですね？

みつる。いゝえ、然うは思ひませんわ、

一郎。えツ！然うは思はない。

みつる。ええ。

一郎。（銃を杖につき、じつと考へ込む。暫くありて）みつるさんは、あの時見てゐたのかい？

みつる。いいえ。

一郎。ふむ。それでゐて貴女《あなた》は、あれが怪我だつたと云ふことを信じて呉れる？

みつる。信じるわ。たしかに信じるわ。

一郎。だが、見ないでゐて、どうして信じられる？

みつる。だつて、見ないから――見ないから――信じるんだわ。

一郎。ふむ。見ないから――信じる！

（二人とも暫く無言、一郎、室内をぐるぐると廻り歩き、寝椅子の上に腰を下ろす。）

一郎。いや、つまらない事を考へ出したものだ。つまらない！今になつて。もう遅い。

みつる。遅いと仰しやるのは？

一郎。（じつとみつるの目を見つめながら）みつるさんは、死にたいと思つた事があるかい？死にたいと思つた事が？

みつる。えゝ。

一郎。ある？どんな時《とき》然う思つた？

みつる。私、始終《しよつちゆう》然う思つてましたわ。

一郎。ふむ。いつからだ？――然う死にたいとばかし思ひ出したのは。

みつる。（横を向きながら）始めて――御目にかゝつた、あの時から！

一郎。え？始めて私に会つた……ふむ。（間《あひだ》）私はもう一度ずどんとやり度《た》くなつた。みつるさん、貴女《あなた》の其処（胸を指ざし）にゐる奴を退治て上げようか？其処にも悪い奴が入つてゐる！（短き間《あひだ》）こつちへゐらつしやい……もつとこつちへ。うむ、然うだ。

（みつる指ざされたる処《ところ》へ行き、徐《しづか》に瞑目して立つ。一郎銃を構へてみつるの胸部を狙ふ。）

一郎。今に見ろ！畜生奴！

みつる。（不図《ふと》目を開き）辰巳さん！

一郎。（銃口を上に立てゝ）何です？

みつる。弾が込めてありましたか？

一郎。（愕然として驚き）弾？

みつる。弾が込めてありましたか？

一郎。ああ！然うだ。弾が込めてなかつた！此《この》銃には弾が込めてなかつた！（銃をがたりと投げ出して）やくざな銃だつたな。こんなやくざな銃だつたのかなあ！

（一郎泣く。みつる胸を抱き乍《なが》ら起ち上り、見物に見えざる欄干《てすり》の隅に行く。一郎泣き止みて四辺《あたり》を見廻し、やつとみつるの在《あ》るところを見出す。）

一郎。　みつるさん、どうした？　何《なん》か聞えるのかい——そんな様子をして。

みつる。　ええ。もう堪らなくなつたわ——あの声が？

一郎。　あの声？

みつる。（悲鳴を挙げて）　ああ！　どうしよう？——あの可哀相な声が。斯うしちやゐられなくなつたわ！

一郎。（突然跳び上《あが》り、みつるの方へ駈け出しながら）　あッ！　みつるさん！　みつるさんはもう飛び込むのか——私より先きに飛び込むのか？

（二人の前後して身を投げるときの物音。暫くありて階下に喧噪を生《しやう》ず。さき程より既に曇りゐたりし湖水の面《おもて》は、今にも大雷雨となりさうに暗くなつて来る。やがて今村順、第一幕の時と略ぼ同じ服装にて入り来り、先《ま》づ投げ出されたる銃を取り上げて見、更に欄干《てすり》よりのぞいて見、それから引き返して来て寝椅子の上にかけ、腕組みをして、じつと考へ込んだり、太息《といき》を吐いたりしてゐる。そこへ歌津子、茫然として出て来る。）

順。（歌津子を見て）　歌津子さん、妙な事になりましたねえ！

（歌津子、無言の儘順のそばへ駈け寄り、寝椅子の端に突伏してしまふ。）

順。　あの時は、いくら考へて見ても思ひ出せなかつたが、ねえ、歌津子さん、あの絵の中の女は——みつるさんでしたね。あの、頭の処に円光をかざした女は、みつるさんでしたね。（短き間《あひだ》）　どうも、あの画が、少し巧過《うます》ぎると思ひましたよ。

（歌津子のむせびなく声のみ聞ゆ。）

——幕——

（「中外」大正6年10月号）

なぜ母を呼ぶ

小川未明

一

夕焼はこの欅《けやき》の樹の上を真紅に焼いたのである。私は繁つた木の下に立つて、梢の隙間から洩れて来る空を見上げて限りなく喜んだ。而《そ》して、其時は墓地に立つてゐるすべての木や、墓石が其の赤い色に染つたのであつた。

もうそんな紅い夕焼を私は其後《そのご》長く見たことがない。思ひ出してさへ胸が躍るのに。けれど、やはり此処《ここ》は物静かだ。この墓域だけには文明の手が入つて来ない。幾百年の後には何《ど》う変るか知れないけれど、其の時は自分も、また今生きてゐる人間も残らず此の世にはゐない時である。たゞ墓の数があの時よりは増えたことが、私に一層人生のはかなさを感じさせる。

夏とは思はれないやうなうら淋しい日であつた。うす黄色な日の光りが、十間とは隔たらない処に、まだ新しく掘り返された土の上に匂つてゐる。其処には白木の卒塔婆《そたふば》が立てられてゐた。其れには死んだ人の名が墨で書かれてある。年若い人か、女か、もしくは子供であるか、此処からはよく其れが分らない。私はぢつと其の白い卒塔婆の上に眼を落してゐたが、いつしか思ひは自分の心の底に喰ひ入つて行つた。

十年の月日といふものは、少なくもこの人間の一生にとつては長い間である。あの時から、今までにもはや其れだけの月日が経つたのである。考へて見るのに、其の間には私自身の上にもいろ〳〵なことがあつた。またこの社会の上にもいろ〳〵な事件があつた。現に眼の前を見て、其処に是等の沢山な墓の増えたことは、皆な其の間にこの世界から是等の人々が無なつたことを語つてゐる。人間の死はこの人生にあつては真《しん》に重大な事件である。其の間に戦争があつた。礦山の爆発で多くの人間が一時に死んだことなどもあつた。其他《そのた》汽車の顚覆した事件や、また大きな汽船が幾千人の客を載せたまゝ海に沈んだ事件があつた。またこの間にどれ程、この土地が開拓されたか知れない。この都会の場末には新しい工場が建てられ、電車は行かなかつた処まで行き、古い穢ない家屋は取り壊されて、新しい綺麗な家屋が建てられた。こんなことは、日々に起りつゝある。而《そ》して、非常な速度でもつて変化してゐる。この十年間に、この都会だけでも、どれ程変つたことか知れない。――けれど、永久の自然の上から見て、其等が果して何れ程の変化であらう。

何もかも変りがないのだ。私だけが年を老《と》つたばかりだ。

かうして、此処にぢつと腰をかけて耳を澄してゐると、何処ともなく空の彼方《かなた》から、この静かな空気を伝うて、街の響きが聞えて来る。其れにも昔と変りがなければ、また穏かに連つてゐる、眠りを誘ふやうな地平線の眺めにも、あの時分と変つたところがない。この日暮方に間近い光線を浴びて、大きな欅の樹は枝も鳴らさずに、さながら灰色の網を空中に拡げたやうに今も静かに立つてゐる。而《そ》してこの木の瞑想を妨げる程の風もなかつた。思ひなしかこの木の姿が、あの時分に較べると幾何《いくら》か年を老つたやうに思はれるけれど、これは自分の気のせいだらう。このやうに欝然として、枝葉を張つて、黒く盛り上《あが》つたやうに、日の光りに輝いてゐるのが、あの時分には、もつと其の葉の色は濃く鮮かで、其れに射す日の光りも強かつたやうな気持がする。而《そ》して、いつたいにこの自然が今より活々《いき〳〵》としてゐたやうな気持がする。しかし其れとて、全く見る私の心持が既に変つてゐるからのことであるかも知れない。

悠々《いう〳〵》として、夢のやうに月日は流れたのであつた。私はよくこの木の下に立つて、彼女《かれ》の来るのを待つてゐたものだ。二人は此処に並んで腰をかけて、しばらく夢見るやうな気持でゐたこともある。頭の上では、さら〳〵と葉が一つ一つ囁くやうに風に吹かれて躍つてゐた。私達はこの寂然とした、地の下には幾多の霊魂が永久に眠る処で、互の胸の裡の誠を誓つた。二人は決して変らないと誓つた。而《そ》して生きてゐる間ばかりでなく、死んでからも同じくこの地の下にいつしよに眠るであらうと誓つた。彼女《かれ》の軟かな白い手は私の手の中に握られてゐた。二人は無言のまゝ眼の前のポプラの木が白い葉の裏を返して、小枝から逃げて自由になりたいと戯れ騒ぐ有様《ありさま》を見守りながら、甘い哀愁に時の流れるのを知らなかつた。何人もこの辺《へん》までやつて来て、二人の楽しい境地を犯さうとするものもなかつた。二人は幸福であつた。私は彼女《かれ》のうるんだ黒い瞳を見た。而《そ》して、袖口の燃え立つやうに紅い色をば見た。

いつまで吾等がかうして幸福であり得《う》るかと考へた時に私は不安を感じた。しかし、其の不安は何んでもないものであつた。ちやうど、澄み切つた空に偶〻懸つた淡い白い雲のやうなもので直《ぢき》に形を消してしまつて、後は限りなく清らかなものであつた。

『ねえ、家庭を持ちましたら仲よく暮しませうね。楽しく……さうすればもう、あなたは妾《わたし》の心を疑ひなさらないでせう。』と、彼女《かれ》は仰向いて、其のうるほひのある黒い眼を輝かしげに細くした。彼女《かれ》の手は、なほ此時《このとき》私の手の中《うち》に委《まか》してあつた。私はたまらなく可愛《かあい》くなつて、赤い唇の上に、唇を押し付けた。

其の場処がちやうどこの樹の下であつた。一年あまり二人はかうして夢中で過した。而《そ》して、其の後で結婚したのである。

二

臆病な生れつきであつた私は、人中に出ることが何となく怖しかつた。私はなんでこんなやうな人間に産れついて来たかと、自からの運命を怨んだこともたび〳〵あつた。しかし、其れを改めて、大胆な人間となることは出来なかつた。自然とあまり人の処を訪問することもなければ、また学校を出てからといふものは教師の許《もと》へも、先輩の処へも生活の口を頼みに行くことが出来なかつた。私のこの非世間的であつたことは、どれ程一生に於て損なことであつたか知れない。其れがためにあまり友人といふものも訪ねて来なかつた。

私は殆んど孤独であつたと言ふことが出来る。ちやうど行き後れた一群の列から離れた鴉のやうなものであつた。

書いて生活するより途《みち》はなかつた。孤独を愛し、憂欝に沈むことの多い私は、畢竟書斎の裡で生活して行くやうに産れついて来たのかも知れない。しかし、私は実際、何を書く上にも非常な苦心をしたのであつた。思つたことが直に筆に載つて来なかつた。先づ何か書かうとすると、全く其の気分に浸り切らぬまでは何うしても筆を採ることが出来ない。独り魂ひばかりでなく、この体までを其の気分の中に浸し切るといふことは日数がかゝつたのである。而《そ》して、いざ筆を採るとなつても、思想を表はす適当な文字が思ふやうに出て来なかつた。自分の頭の中に湧き出た空想や、感情やを持続して、其れを文字の上に表はすのに、また何れ程苦心したか知れない。而《そ》して、終日かゝつて一枚の原稿すらも満足に書けないこともあつた。

私が此方《こちら》の室《へや》で終日、机に向つて苦心をしてゐると、彼女《かれ》は次の室《へや》で、黙つて来る日も来る日もつまらなさうに、茫然《ぼんやり》として過したのである。彼女《かれ》は窓から洩れる空の雲を見ていろ〳〵のことを思つた。また、何か縫物《ぬひもの》を始めては、折々其の指頭《しとう》を止めて眼を外らして物思ひに沈んだのであつた。而《そ》して、彼女《かれ》は二人の家庭を淋しく思つてゐたにちがひない。私は作にかゝつてゐる間は、決して彼女《かれ》に傍《そば》から物を言つてはならないと言ひ置いたからである。

私は一枚書き上げたなら、彼女《かれ》の処へ行つてやらう。もう五行書いたなら、彼女《かれ》を慰めてやらうと思つた。しかし、私はつひに行つて彼女《かれ》にやさしい言葉をかけて、慰めてやつたことはなかつた。

二人の間に子供が産れた。其の子供は男の児であつた。誰でも小供を持つと、其の子供の顔を見て其の日の苦痛を忘れるといふことであるが、私には其れが出来なかつた。彼女《かれ》は子供の顔を見ながら無邪気に笑つたこともあつた。其れを見た時、私は自身の心に子供をすら愛する余裕のないのを彼女《かれ》と比して浅ましく感じたのである。けれど、ほんたうに其の子供に対して、深い責任を何《いつ》れが感じてゐたかはずつと後になつてからでなければ分らなかつた。たゞ其れまでは、妻の方がより深く子供を愛してゐたやうに私には思はれた。

私は子供に対する愛よりは、少しの原稿料を得ることにどれだけの苦心を経験したか知れない。而《そ》して、其の当時は格別其れを悪いことゝも、また不自然なことゝも強くは感じなかつた。たゞこれを仕方のないことゝ思つてゐたのであつた。

其の家は路傍にあつて、前には広い原を望んでゐた。其の原は軍隊の馬が来て練習する処になつてゐた。幾日も雨の降らない日には、其の原は一面に灰の海と化して、草の上も、脊の低い木立の上もいつぱいに黄色な沙塵を浴びて一種の見るからに憂欝を感ぜしめた。而《そ》して、少しの風でも吹いて、そのもくら〳〵とした沙原《すなはら》を煽ふると、沙塵《さぢん》は忽《たちま》ち家の壁板《したみ》を白くした。窓際はさら〳〵として、室《へや》の裡もちやうど外に立つてゐるやうに沙《すな》ぽくなつたのである。しかし、私達はいつしかそんな家の裡に住む人間にふさはしいやうな心の乾きを感じてゐたので、顔を顰めるばかりで、脱れ出ることも物憂かつたのである。二人は、昔のやうに空想を語り甘い歓楽にこの世を忘れることが少なくなつた。彼女《かれ》は、窓際に立つて白い湿り気といふものゝ更にない路の上を見下した時に、自分等のこの頃の生活がさながら、これと同じ感じのすることを思つたであらう。

私は、またこの家の裡に悩ましい日を送つた。たゞ二間《ふたま》しかない家に住みながら、二人は別々の間にゐて、互ひに関係のないことを考へて黙つて時を送つた。破れた襖を隔てゝ此方の室では、真に私は身の置き処がないやうに、室の裡に突立つて、ぢつと壁を見詰てゐる。其処には、たゞ一つの版画が額になつてかゝつてゐるばかりである。十九世紀の印象派の風景画であつた。其の同じ画を穴の明く程睨んで、頭の中に湧いて来る思想を待つてゐる。やがて、机の前に歩み寄つて、原稿紙に臨んで二三行書きかけると、また其れを消してしまつた。而《そ》して、しばらく机に向つて、欝陶しい眼付をして考へてゐたが、いつまでもさうしてゐることが出来なくなつて、体の置処に苦しんで、私はまた起ち上つて熱病患者のやうに狭い室《へや》の中をあちらこちらと歩き廻つた。疲れると其処に立止つて、呪と其の儘壁を見詰た。其処には同じ版画の額が、遠い国の物静かな景色を永久に語つてゐる。ある時は、見慣れてゐるにかゝはらず其の画に惹き入られて、其の未知の郷土に自からが遊んだやうな物悲しい気持のすることもあつたが、ある時は、もう其の画に見飽きたといふ腹立しさが、憂悶の心に加つて、私は其の額を叩き壊してやりたいと思つたことがあつた。かうして刻々《こく〳〵》に迫る心の苦痛には、いかなる藝術も恐らく絶望の眼を見張つたにちがひない。

三

彼女《かれ》はよく子供を抱いて、うす暗い燈火《ともしび》の下で涙ぐんでゐることがあつた。私は仕事の思ふやうに出来ない不平を彼女《かれ》に向つて言ふことの不条理なことを知らぬのでない。また自分以外の誰に向つて言ふべきことでないのを知らぬのでない。けれど、この苦しみを私独りで胸に包んでゐることが出来なかつた。物言はぬ壁や、また其の壁にかゝつてゐる昨日も、今日も、いつ見ても同じ額に向つて、この苦痛を洩らしたばかりでは自からを慰めることが出来なかつた。生活は私ばかりでない。妻もまた其の一人の責任者であつて見れば、彼女《かれ》にもこの苦痛は分たるべきものであると思つた。而《そ》して、私は彼女《かれ》に向つて訴へた。次には彼女《かれ》を苦しめた。而《そ》して、つい余計なことまで言つて彼《か》女《れ》を泣かした。直《すぐ》に私は自分の彼女《かれ》に対してなした行為の誤つてゐることを悟ることがある。其時は真《しん》に彼女《かれ》に対して済まぬと心の中《うち》で思つた。自然とやさしみのある言葉が私の口から出て、沈んで涙ぐんでゐる彼女《かれ》を慰めたのである。このやうな家庭は恐らく人間の理想でないかも知れない。けれど、いつしか彼女《かれ》は、これを宿命であると感じるやうになつた。ちやうど私が、苦しんで作をするのは担つて来た運命であると考へたやうに、彼女《かれ》は作家の妻として、かうして苦しみ、寂寥に日を送ることは運命であると思つたのである。而《そ》して、彼女《かれ》はかう悟ることによつてやはり幸福であつたのであつた。

医学生の佐野は、藝術を愛好し、自から批評家を以て任じてゐる程であつた。彼は私の無二の友であつた。彼の理智と感情は常に並行して働いてゐたので、いかなる場合に臨んでも自分を忘れて犠牲となるやうなことはなかつた。かういふ佐野は快活な男であつた。私は彼の訪ねて来たのを聞いた時は、どんなに鬱《ふさ》いでゐる時でも、急に愉快を感じて、室《へや》から出て行つて心から彼を歓迎したのである。其れ程彼は私と反対の性質を持てゐた。而《そ》して、其のことが私を却つて喜ばせたのである。いつしか彼は私の妻にも、私に対すると同じやうに親しんだのであつた。妻はまた彼の来るのを喜んだのであつた。彼がたづねて来ると彼女《かれ》は涙ぐんでゐた眼を急に笑ひに隠して、急いで彼を迎へたのである。而《そ》して、淋しい時に彼女《かれ》は佐野の来ることを心待ちにするやうになつた。

彼女《かれ》はいくら鬱いでゐても私のやうではなかつた。元来が単純な人の好《い》い女であつたから、悲しい時分にも、面白い話を聞いたり、珍らしい話を聞いたりすると、直《すぐ》に其の空気に染んで、今迄の心の苦痛は全く忘れてしまつて、其《それ》に同化することが出来る幸福な女であつた。而《そ》して、快活に笑ふことの出来る無邪気な女であつた。私は彼女《かれ》の性質を愛した。私にけどうしても彼女《かれ》のやうに、単純であることが出来なかつた。無邪気であることが出来なかつた。私は彼女《かれ》を羨んだ。しかし時に彼女《かれ》の其の行為に対して浅い妬ましさを伴ふこともあつたのである。

『佐野さんがゐらつしやるとお賑かですのね。』

と、彼女《かれ》は思ひ出したやうに私に言つた。

『あの男は、あれでなか〳〵エゴイストなんだよ。』と、私は彼の常に快活な顔の裏に隠れた可なり狡《ずる》いことを頭に思ひ浮べて答へた。しかし此時、彼女《かれ》は其について何とも言はなかつた。

私の妻は雷が大嫌であつた。私はこんなことがあつたのを憶えてゐる――午後から非常に空が曇つて雷が鳴つて、風が吹き雨が降つたことがある。天地はしばらくの間凄《あひだ》まじい光景を呈した。やがて、其の雨も止み、雷も遠くに去つて、風が静まると後には青い鏡のやうな夏の空が現はれて、西には夕焼の色が真紅であつた。この時、佐野は来てゐて、皆なと共に坐つてゐた。

『雨の後で空気が綺麗だから、散歩に出かけませんか。』と、佐野は私と妻に向つて言つた。

『ほんたうにいゝわ。ねえ、あなた行きませう。』と、彼女《かれ》は、直《すぐ》にはしやいで私を見た。

私は行つてもいゝと思つた。しかしやはり行きたくないといふ考への方が多かつた。

『さあ、家《うち》で話してゐた方がいゝぢやないか。』

と、私は答へた。しかし、彼女《かれ》は強ひて行くことをすゝめた。

しばらくしてから三人は家を出たのである。彼女《かれ》は子供を抱いてゐた。路の上は洗はれたやうに清らかであつた。而《そ》して、ちら〳〵と水が流れて低地の方へ小川を造つてゐた。街の両側の軒燈の火は其の水の上に映つて、金色の蛇が走るやうに見えたところもあつた。木々の葉は一つ一つ黒い影を見せて笑つてゐた。而《そ》して、新鮮な空気にさやかな音を立て身戦ひしてゐた。暗緑な空には、やがて真珠の閃めきのやうに星が覗いた。

三人は都会の中央に出た。前後したり、時に相並んだりして、アスフアルトの上を歩いてゐた。其処には多くの人々が同じやうな目的でこの夜の街を散歩したものもあつた。

『何処かで何か飲まう』と、佐野が言つたので、私は黙つて頷いた。私は大抵黙り勝であつた。而《そ》してやゝもすると、二人に後れた。妻と佐野は愉快さうに語りながら歩いた。彼女《かれ》は曾て見なかつた程、愉快さうに笑つたり、しやべつたりしてゐた。佐野は彼女《かれ》の腕《かひな》から抱いてゐる子供を受取つて、彼が代つて抱いてやつたりした。ある時は、二人は全く後から歩いて行く私を忘れてゐるやうに見えたこともあつた。しかし正直に言ふが、私は決して彼等の行為に対して、不快を感じなかつたのは事実である。其れ程、私は彼女《かれ》を信じ、また彼を信じてゐたからだ。

四

秋の末になつて、身を切るやうな風が吹いた。而《そ》して、冬に入るに従つてます〳〵其の風の音は悲しくなつた。風は身を切るやうに寒いばかりでない。枯れた木立の枝に当つて鳴る其の音は魂を驚かした。この音に耳を傾けて、昵《ぢつ》として室《へや》の裡に坐つてゐた彼女《かれ》はます〳〵頼りなく思つた。窓を開けて四辺《あたり》を見まはしても何処にも眼を娯しませるやうな色彩がない。また心を奪ふやうなものがなかつた。かうして、この世界は全く灰色の裡に鈍く眠つてゐる。これを見た彼女《かれ》は深く心の底に喰入る憂愁を覚えずにはゐられなかつた。春から、夏にかけては、忘られてゐた生活の苦痛や、頼りなさの念が二たび胸を鎖《とざ》したのである。着る衣物も少なく、面白い目もせず、これから先き何《ど》うなつて行くのだらうと考へられた。

私にも、彼女《かれ》の胸の裡で思つてゐることが、ほゞ其の顔色で分つたのである。私とて、またこれから先き自分等の生活は何うなつて行くであらうと思つた。真に私の仕事は辛うじて其の日の生活を繋いで行くといふ他《ほか》に、世間が認めてくれるといふ希望がなかつたからだ。而《そ》して、この後《のち》、私はどれ程の苦闘をつゞけなければならぬか。其のことは自分にも分らなかつたからだ。たゞ二人は、もつと長く生活の苦痛を忍ばなければならないと思つた。其れにしても、彼女《かれ》がかうして、鬱《ふさ》いでゐることは誠に心もとないことである。果していつしよにやつて行くといふ決心が彼女《かれ》にあるだらうか。これが私にとつて何よりの不安であつた。

私にとつて仕事が大事であるか、妻が大事であるか。どちらであるかと言ふことが出来なかつたのである。たゞ彼女《かれ》が、私を力づけてくれるのでなければ、私はこの上の苦闘をつゞけることが出来ない。而《そ》して、其の時は私が孤独にならなければならぬ時である。私は、孤独を考へて、其の寂寥を怖れたのであつた。而《そ》して、彼女《かれ》の心のうちをはかり兼て、私もやはり暗い気持で日を送つたのである。

しかし、其の疑ひを晴す日が来なかつた。

私はこの不安の念に攻められて、苦しめられて、仕事が手に付かなかつた。遂にある日のこと佐野にまでこのことを打明けたのである。

『どうか、君からひとつ妻の胸の中を聞いて見てはくれまいか。』と言つて、私は彼に頼んだ。

『困るなあ。』と言つて、彼は少しく当惑したやうな様子であつた。

私は、彼女《かれ》がもし、『妾《わたし》にはやつて行かれませんわ。』と、佐野に告白するやうなことがあつたら、其時は何《ど》うしようと思つた。

『なにそんなことはないよ。子供まであるんぢやないか。そんなら、僕からひとつ聞いて見よう。而《そ》して、もつと快活に面白くして行くやうに言つて見よう。』と、彼は最後に言つた。佐野は二三日の中に彼女《かれ》に遇つて、其の決心を聞いて、いづれ私に知らせるといふ約束をして、私達は別れた。

其日から、私は佐野が妻に遇つて、今後の決心を聞いてくれるのを、怖しい気持で待つてゐた。しかしこの時、尚ほ私は彼女《かれ》を信じて疑はなかつた。彼女《かれ》はきつと愛してゐると言ふであらう。而《そ》して、どんなにこれから先き苦しくても二人して生活をして行くと言ふだらう。また私等が互ひに喧嘩をしたり終日黙つてゐたり、鬱ぎ合つてゐたりすることには、深い原因があるのでなく、たゞ我儘な気持から、そんな真似をするのだと答ふるであらう。而《そ》して、飽迄、今後は二人が力を合せて、生活するばかりでなく、夫の仕事に対して蔭ながら助けて行くといふことを彼女《かれ》は佐野の前に誓ふであらうと思つた。

数日後に、佐野と私はある処で遇つた。其時、私は信じてゐるもの、何となく胸は騒いで静まらなかつた。彼は柔和に笑ひながら、私の顔を呪《ぢつ》と見詰て、

『安心したまへ。妻君は、ちつとも君に別れるといふやうなことは思つてゐない。君に心配をさしてすまなかつたと言つてゐた。』と告げた。

予期してゐたことであるが、私はこの言葉を聞いて安心を覚

えた。而《そ》して、彼の厚意に対して感謝すると同時に、彼女《かれ》に対して密かに感謝したのであつた。

『君がそんなことを考へるのは病的なんだ。やはり一種の強迫観念と見做《みな》すべきものだらう。』と、佐野は言つた。私は彼の言ふやうに病的であるかも知れないと思つた。さう感ずると、自分の胸に持つ不安、疑惑といふものが怖しくなつた。而《そ》して自分が病的であるといふ意識によつて一層私といふものが暗い人間のやうに思はれた。

『僕の気持ばかりではないやうだが、妻にも幾分の責任があるやうに思ふがね。』と、私は落窪《おちくぼ》んだ眼で友の顔を見上げた。

『それはたしかにあるさ。君の妻君はヒステリーの傾向があるよ。いつたいこの病気といふものは我儘から来る病気なんだ。君がさう妻君の思わくばかり心配せないで、命令した方がいゝんだよ。男性的に威圧するんだね。苛酷ぢやいけない。ちつと厳しくするんだね。』と、佐野は言つた。

私は、この佐野の言つた暗示にかゝつたんだ。其れから後、彼女《かれ》を罵り、彼女《かれ》を擲《ぶ》つたことがたびたびあつた。


彼女《かれ》が、家を明けて、外を出歩るくやうになつた。最初は、やはり佐野が、

『妻君も、生活の責任者の一人だから、何か仕事をしたらいゝぢやないか。』と言つた。而《そ》して、彼の世話で、ある婦人雑誌の外訪記者になつたのであつた。其れは幾何《いくら》の金にもならなかつた。其れがために私達は、子守を雇はなければならなかつた。彼女《かれ》が留守の間は私は何かにつけて、自分の仕事以外に家事のために余計の気を配らなければならなかつた。そんなことで、結局あまり得にはならなかつた。しかし彼女《かれ》は喜んで其の仕事をやつてゐた。

五

人間同志の和解や、争闘も、春夏秋冬によつて其れ〳〵変り行くものである。春夏が過ぎて、寒い季節が来ると、また二人は争ひ始めた。かうして月日は経つて行つた。三年の後には、妻はもはや昔のやうに羞恥を感ずる処女らしい処は何処にもなくなつてしまつた。

社会へ出て、いろ〳〵な人々と交際することが、彼女《かれ》を所謂《いはゆる》世慣さしてしまつたのである。彼女《かれ》はどんな人に対しても、顔を赧《あか》めて俯向いて物が言へない、昔のやうな様子は見たくも、二たび見ることが出来なかつたのである。いつもいそ〳〵としてゐた。而《そ》して頬のあたりを紅くして、其の眼の中《うち》はうるんでゐた。窓際に立つて、外を見てゐる時でも、今迄のやうに沈んでゐなかつた。何か思つてゐるなと思ふと、直《すぐ》に体を燕のやうに翻へして、口のうちで小声で何か歌を唱つてゐた。

彼女《かれ》は、もはや私を怒らせるやうなことはなかつた。而《そ》して、其の眼の中《うち》には常に私を憐れむといふ情と、侮るといふやうな情とが混つて光を放つてゐたのである。彼女《かれ》は他の男の人と私

とを比較して見る冷かさを持つやうになつた。而《そ》して、広い世間を知り、多くの男を知ると、家庭にゐて相争つて日を送るなど、いふことは畢竟《ひつきやう》つまらないことだと知つた。彼女自《かれみづ》から、少し加減をすればそんな不快なことは容易に避け得られることを知つた。彼女《かれ》は私が何を言つても怒らなくなつた。而《そ》して、い、加減にあしらつて置くやうになつた。彼女《かれ》のこの心持を私はまた見抜かないでは置かない。しかし、其れを口に出して私は言ふ気になれなかつた。私は飽迄黙つて考へ込んでゐた。私は益〻非世間的の人間になつて行つた。而《そ》して、書斎の中《うち》から一歩も出ない人間になつて行つた。

彼女《かれ》は、だん〳〵私のことなどや、子供のことなどをあまり気にかけないやうになつたのである。家《うち》にゐても心が落付かないやうに、口のうちで唄をうたひながら室《へや》の裡《うち》を彼方《あちら》、此方《こちら》と歩いたりした。子供の正一《しやう》が母に取り縋らうとすると、彼女《かれ》は、うるさ、うに眉を顰めて、

『あ、、お母さんは、これから行つて来るところがあるんだよ。直《す》ぐに帰つて来るからね。』と、言つて、子守を呼んで子供を彼方《あち》に連れさせてやつた。而《そ》して、其後《そのあと》で、支度をして、また何処へか出て行くのであつた。彼女《かれ》は家庭から、かうしてだん〳〵離れるに従つて、二たび若く、美しく、活々となつて行つた。私は、最初家庭に対して持つたやうな、美しい空想は、破れたのである。彼女《かれ》はます〳〵私の心の眼に残つてゐる柔順な、夢幻的な恋人から次第に遠ざかつて、全く別人のやうな感じがした。其の別人といつしよになつてゐるやうな孤独な感じが限りなく私の心を襲つたのである。

三四年の間に、私共は幾度《いくど》となく住処を変へた。私の仕事のためよりも、彼女《かれ》の都合のために、した場合が多かつた。妻が家にゐることが少なくなつてから、佐野は今迄のやうに、あまり訪ねて来なくなつた。私は淋しい日を送つた。子守の脊中に負はれて、眠りに飽きて泣く子供を慰はりながら、私は乳を暖めて飲ましてやつた。而《そ》して、毎日母の手から離れて、陰気な父の顔ばかり見てゐる子供を心の中《うち》で憫れんだのであつた。

私は、其後《そのご》、長らくの間《あひだ》、彼女《かれ》が子供を抱いて、私に叱られたために俯向いて黙つて泣いてゐるやうな可憐《しほ》らしい様子を見なかつた。曾て、私はかうした妻の様子にあきたらなくて、もつと彼女《かれ》が快闊にまたはき〳〵と心に思つたことを言ふやうに責めたり、望んだりしたことがあつた。しかし、今から思へば其の方がどれ程、女らしかつたか知れない。今、彼女《かれ》はなんでも思つたことを私に向つて言ふばかりではない。却つて、彼女《かれ》自身のためによくないのを妄《みだ》りに口に出して、私を罵るやうなことも少なくなかつた。其れ程、彼女《かれ》は大胆になつた。私といふものを怖れなくなつた。私を怖れぬといふよりは、この世間を怖れなくなつた。

ある時は、私は自分の彼女《かれ》に対する権威のあまりに低く、無くなつたのを恥かしく思ふことさへある。もつと自分が強ければ、なんであんなことを言はして置くものかと思つた。私は、

必ずしも弱いばかりでなかつた。こゝに至つて始めて、彼女《かれ》よりも、私の方が子供に対して、より深い愛と、責任とを感じてゐることを知つたのである。

『別れるとおつしやるなら、妾《わたし》は、いつでも別れますわ。』と、彼女《かれ》はいつもの如く頰を赧《あか》らめて言つた。

『何処へ行くつもりだ。』と、私は赫《かつ》となつて怒つた。

『何処へでも行きますわ。』と、彼女《かれ》は却つて、私の顔を睨むやうに見詰るのであつた。其の顔色には少しの羞恥も、子供に対する愛も、また怖れも見えなかつた。

彼女《かれ》は、子供を私の方に押し付けた。其れがたとひ真に心からさうするのでなく、一時私を困らせるために、じやうだんにしたことであつても、私は、彼女《かれ》の仕打を憎まずにはゐられなかつた。私は此方《こちら》に押し付けられた子供を、彼女《かれ》の方に押しやつた。すると、彼女《かれ》は、

『いゝえ、妾《わたし》はほんたうに薄情者ですわ、子供なんか手足まといになつて見たくない。』と言つて、また子供を私の方に押し付けた。私は、二たびこの罪のない子供を彼女《かれ》の方に押しやる程の勇気がなかつた。而《そ》して、子供を抱き上げながら、彼女《かれ》の方を睨んで、口汚なく罵るばかりである。

また、たとひ其れは彼女《かれ》の真に心から言つたのでなく、其時の怒りにまかせて言つたじやうだんにあつたにせよ。ある時のこと、

『ねえ、もう子供はこさひますまいね。お互に別れるやうになつた時、ほんたうに困りますもの。』と、彼女《かれ》は臆面もなく言つたことがあつた。

私は其の言葉に対して、激しい憤怒を感じたけれど、言葉が咽喉に焼き付くやうな思ひがして出せなかつた。

二人の間が、いよ〳〵危険になつて行つたことが私に感ぜられた。而《そ》して、このまゝ生活をつゞけて行くものか、それとも彼女《かれ》の自覚を呼び醒して、お互に家庭生活のために我儘なところを譲り合つて、二人の愛を子供の上に注ぐやうにしなければならぬものか。と私はいろ〳〵に考へた。もとよりさうすべきである。しかし、この際彼女《かれ》に私から強く言ひ出したなら、もつと彼女《かれ》は私共の生活を破壊しにかかるだらうと思はれた。何となくかう感ぜられたことが、私をして彼女《かれ》に対して言ひ出すことを躊躇《ちうちよ》したけれど、この儘《まゝ》不自然な生活をつゞけることが出来なかつた。

私が家庭の平和を思つたことを、彼女《かれ》は私に未練があると思つたらしい。而《そ》して、何かにつけて、私を見くびり、苦しめやうとした彼女《かれ》の心持がよく分つた。

最後に、私は、またこのことを佐野に告げて、彼を頼むより途《みち》がないことを思つた。しかし何《ど》ういふものか、この頃、私はこれといふ理由もなしに、しばらく遇はない彼にこんなことを頼むのが、いつもに似ずいやでならなかつた。――此方《こちら》が、かういふやうに思ふ時は、きつと彼も、やはり此方《こちら》に対して何ということなく好い感じを持てゐないだらうと考へられたからだ。

六

佐野は私の顔を見ると暗い眼付をした。今迄に彼がこんな態度をしたことを私は覚えない。なんで彼が急に私に対して、かういふやうなうと〳〵しい様子をするのか、全く彼の心を理解することが出来なかつた。私は余程、妻についてのことを言ふまいと躊躇したが、とう〳〵口に出して頼んだのであつた。其の間、常に快活な男に似ず彼は暗い気分の裡に坐つて昵《ぢつ》として、私の顔を折々横眼で睨みながら聞いてゐた。而《そ》して、私の頼んだことに対して好い返事をしてくれなかつたけれど、兎に角承諾の意味を洩らした。これによつて、少なくも彼が仕方なしに承諾したといふことより、他に友人の誼《よしみ》によつて、誠意を尽すといふやうな考へを持たないことが分つた。

私は、何となく自分が浅ましかつたやうな、気持がした。彼の返事を待つ間も、私の心は疑惑に捕へられた。なんで彼にそんなことを頼む必要があつたのか？　彼が私達の家庭に立入つて、平和をはかつてくれる好意を持たないのは既に明かな事実である。たゞ彼女《かれ》の意中を知るためなら、其れは誰よりも私自身に一番よく分つてゐることではないか？　と思つた。

佐野が私の処へ訪ねて来た時も、依然として暗い顔付をしてゐた。私は直ちに彼がもたらして来た報告は不吉なものであることを直覚した。この日は朝から曇つてゐて、頭を押し付るやうな蒸暑い日であつた。其れに昨夜は不眠症にかゝつてゐて、僅かばかりしか眠らなかつたので、顔面に神経の痙攣を感じた位であつて、私は、何もかも破壊になれといふ気持であつた。而《そ》して、佐野に対してもそんなやうな気持で対してゐた。彼は学校を出てから、某病院に勤めてゐる。今日、来るにも着飾つてゐた。昔の素朴な様子は次第に彼の風からなくなつて行くのであつた。

『何も包み隠さずに話すが、妻君は、もう貧乏暮しに飽きたと言つた。其に君と思想が合へばまだしも辛抱が出来るが、どうしても二人は考へが一致しないから、別れた方がお互《たがひ》の幸福になるかも知れないと言つた。そんなやうな訳で、この上は君と妻君とで解決してくれたまへ。僕は立入りたくないから。』と、彼は言ふのであつた。

『そんなことを妻が言つたか？』と、私は怪しみ、且つ憤《おこ》つた。しかし、佐野が冷淡に黙つてゐるので私は胸の裡を掻き挘しられるやうな思ひをしながら黙つてしまつた。

彼の帰つた後で、私は茫然として、身揺ぎもせずに曇つた空の下に立つてゐる、黒い木立を家の裡から見詰て考へ込んでゐた。

日暮間近くなつてから雷の音が聞えて来た。私は過ぎ去つた年のこのやうに雷の鳴つた日のことを忘れることが出来なかつた。其の時分は、まだ正《しやう》一は彼女《かれ》に抱かれてゐた。佐野は時々訪ねて来て私共の家庭を賑はした。彼は妻を慰めた。また私をも慰めてくれた。僕は君の書くもの、愛読者だよ。恐らく永久の愛読者だらう。君には好い素質がある。其れを生長さして行くのだ。きつと今冷淡である社会がいつか君の真価を認める時があるにちがひないと言つた。三人があの日、街を散歩した時に、彼の腕《かひな》に抱かれた正一は、もはやこんなに大きくなつてゐる。しかるに互ひの感情はいつとはなしに離れて行つた。たゞ、此処に残るものは私と子供との二人ばかりであると思ふと私は急に悲しくなつた。

　空は次第に暗くなつた。いつしか墨を流したやうになつた。冷たい風が吹き出して来た。木《こ》の葉が白い裏を返して躍つた。毎日《いつも》、彼女《かれ》の帰る時刻になつたけれど、まだ戻つて来なかつた。私は、妻がどんな顔付をして、家に帰つてから私達を見るだらうと思ふと、胸がどき〱とした。私の拳は覚えず固く握り締められた。

　正一は、母の心を知らずに、ひたすら母の帰りの遅いのに、淋しさうな顔付をして戸口に立つて外を眺めてゐた。子供ながら、正一は陰気な子供であつた。母に似ず、其の性質が私に似てゐるだけ、私には一層いぢらしく、哀れに感じられることもあつた。正一が心の中《うち》で母のことを思つてゐるのは、私にはよく分つてゐるけれど、彼は決して口に出して言はなかつた。何事でも、心に思ふことを口に出して言はないのは、よく私に似てゐる。而《そ》して、いつしか心の寂寥に堪へられなくなつて、涙ぐむのであつた。私もやはり、このいぢらしい彼の姿を見て、黙つてゐた。しまひには私までが涙ぐんでゐるのであつた。

　日が暮れる時分に妻は戻つて来た。彼女《かれ》はいつもの如くそは〱してゐた。子供は、喜んで彼女《かれ》の傍《そば》に行つたけれど、其れを抱き上げて柔《やさ》しい声をかけようともしない。

　窓の処が明るく光つた。しばらくすると雷の音が前よりも大きく、近く鳴り轟いた。此時《このとき》私の眼は険しくなつた。腕はぶる〱と震へて来た。

『先刻《さつき》、佐野が来たが、お前は本気であんなことを言つたのか。あれは、ほんとうにお前の心から出た言葉なのか？』と、私は、突然、何処となく様子の落付かない、彼女《かれ》に向つて言つた。

『えゝ、さう言ひましたわ。だつて、さうしか考へられないのですもの。』と、彼女《かれ》は、暗すみに立つてゐて、白い顔を此方に向けながら答へた。

『この正《しやう》一を可哀さうとは思はないか――。』と、私は口まで出た言葉も、つひに出せなかつた。激しい感情は徒《いたづ》らに胸のあたりの一処で渦を巻いた。而《そ》して、眼は、母の傍《かたはら》に悄然として立つてゐる子供の上に注がれた刹那、私の感情はつひに堤《つゝみ》を破つたのであつた。

『よく言つた！　恥知らずめ。』と、叫ぶと、私は力委せに彼《か》女《れ》の肩のあたりを擲《ぶ》つた。つゞいて蹴り倒さうとした。お父さん！　と正《しやう》一は火の付くやうに泣き立て、母を護《かば》ひにかゝつた。

『お前のお母《つか》さんは畜生なんだ。』と、私は熱い涙を落して、子供に言つた。

『お母《つか》さんが、いゝんだ。お父さんが悪いんだ。』と言つて、子供は白眼を剝いて、私を睨んでゐた。

『あなた擲《なぐ》るなんかつて乱暴ぢやありませんか。言ふことがあるなら、口でおつしやい。』と彼女《かれ》は強ひて冷静に言つたつもりであらう。けれど、其の声はたしかに戦《ふる》へてゐた。私は、二《ふた》度《び》激しき憤怒を感じた。思はず拳を固めて、じり〳〵と寄ると、

『お父さん！　お母《つか》さんをいぢめちやいけない――。』と、正《しやう》一は、けたゝましく叫んだ。まだ燈火を点じなかつたので、うす闇の裡《うち》に彼等の姿が頼りなげに浮んで眼に映つた。

『妾《わたし》は、出て行きます。もうこの家にはゐません。』と言つて。彼女《かれ》は戸口の方に行かうとした。

『お母《つか》さん！』と言つて、正一《しやう》は彼女《かれ》に縋り付いた。

『お前は、お父さんとおゐで。』と邪慳《じやけん》に言つて、彼女《かれ》は子供を突き放した。この時、私は、いつそ彼女《かれ》を殺してやらうかと思つた程憎かつた。しかし、一面には彼女《かれ》のなすまゝを凝視しようといふ心の冷酷さがあつた。

『お母《つか》さん、何処かへ行つちやいやだ――。』と、言つて正一《しやう》は泣き叫んだ。彼女《かれ》は、子供の泣くのにも構はなかつた。急いで、下駄を穿いて、何やら一言、言つたやうに聞えたが外に出て行つてしまつた。其の後では、子供は声を限りに悲しんで泣いた。私は、彼女《かれ》が戸口を出る時に何と言つたのかと、ぢつと闇の中に佇んだまゝ考へ込んだ。

妻は雷を何より嫌ひなことを私は知つてゐる。其れで、こんな際にも其のことが頭に浮んで、きつと何処からか路《みち》を引返して来るだらうといふやうな薄弱な希望すら繋いだのであつた。

『直《じき》にお母さんは、帰つて来る。』と言つて、私は泣いてゐる正一《しやう》をなだめやうとした。けれど、彼は、私の言ふことなどに耳を傾けなかつた。

雷の音はます〳〵強く大きくなつて来て、直ぐこの街の上で鳴つてゐるやうに聞えた。――私には、もはや哀れな子供の心をはかるだけの余裕がなかつた。私は、いろ〳〵なことを考へ、思ひ、悔い、憎みながら、昵《ぢつ》と闇の中に自分だけの苦痛と戦つて佇んでゐた。気持はいら〳〵とした。決して彼女《かれ》は帰つて来ないだらうと思ふと、限りない悔恨が海のやうに襲つて来た。正一《しやう》は、入口の土の上に坐つたまま泣いてゐた。いつしか彼は泣き疲れて、泣き止んで、暗い以前の淋しい子供の姿となつてゐた。而《そ》して、何をか思ひ詰めてゐるやうに、外の母の行つた方を瞬きもせず見守つてゐた。雷の音が募《つの》つて、電《いなづま》が閃めくたびに、彼の小さな体は私から五六尺離れた眼の前に浮き出て見えた。私は、立つて彼方《あちら》に行つて、燈火を点けるだけのことをするのも物憂かつた。

冷たい風が颯と吹いたと身に感ずると、雷の音と共に烈しい雨が遂に降り出して来た。其の外の闇と風と雨の裡を縦横に紫ばんだ鋭い電《いなづま》の尖端は馳せめぐつた。木々の葉が瀑《たき》の如く落る雨の中に首垂《うなだ》れてなびき、時々、白い裏を電光に照して翻《ひるがへ》してゐるのが、さながら、描いたやうにあり〳〵と見えた。忽《たちま》ちの間に、外の光景はこのやうに物凄く変つた。

『お母《つか》さん。』と叫んで。また正一《しやう》は泣き出した。けれど、こんどは静かに、小さな心の苦痛に堪えぬやうに悲しい声を立て泣くのであつた。

『さあ、こつちへ来い。』と、私は言つて、彼の着物を摑んで引いたけれど、彼は其処を動かうとしなかつた。而《そ》して、飽迄、その物凄まじい外の光景を凝視して泣いてゐたのである。

この雷雨を彼女《かれ》は何処で避けてゐるだらうと思つた。私は、正一《しやう》が雨の飛沫を身に浴びてゐるのに気付いて、彼を無理に抱き上げて家に入れた時、彼は私の手に嚙み付いたのである。

『なんでお母《つか》さんを呼ぶんだ。お前を捨てたのぢやないか。お前のお母《つか》さんは、お前や、お父さんを捨て行つたんだ。』と、私は、手の痛さを覚えながら、悲しくなつて泣き出しさうになつた。彼は、私の言ふことなどを耳に入れずに母を慕つて泣いてゐた。

正一《しやう》はつひに疲れて、其処に倒れたまゝ眠入つてしまつた。夜中になつたけれど、彼女《かれ》は遂に戻つて来なかつた。雷は止んだけれど、雨は止まずに降つてゐた。窓から覗くと、外は真暗であつた。而《そ》して木の風に揺れる音が聞えた。私は、独り室の中央に立つて、昵と壁を見詰てゐた。すると、不意に深淵が眼の前に形を見せた如く、其時、私の頭に浮んだ想像は実に怖しいものであつた。同時に全身がわなわなと戦《ふる》へた。

『佐野と彼女《かれ》が、姦通してゐるんぢやないか？』

私は、かう考へると、不思議にも何となく秘密の鍵を探り当たやうな気持がした。驚きと、疑惑のために、心の中が真暗になつた。而《そ》して、心臓の鼓動が高くなつて、其儘、ぢつと耐へ切れずに其処に倒れた。

七

直覚が事実となつて現はれた時にも、私はもはや驚かなかつた。彼女《かれ》は昨夜、佐野の下宿へ来て泊つた。而《そ》して、今日、早く彼等は何処へか転居したといふことを、下宿屋の者から聞いた時に、私は驚きのかはりに、憎しみが極度に達してゐた。私は其の足で、病院へ行つたけれど、佐野から欠勤届が出してあることを聞いた。

其日は、雨上りの後で、雲がなく非常に熱かつた。私は、熱病に罹《かゝ》つた者のやうに、眼が眩んで、気持がいら〳〵してゐた。見当もなく、たゞ何処かで彼等に出遇はないとも限らないと希《こひねが》ひながら、一日日の暮れるまで街の中を歩いてゐた。けれど、其日はつひに当が付かなかつた。

其れから二三日といふものは、私はぢつと家の中に落付いてゐることが出来なかつた。たゞ彼女《かれ》を憎いと思ふ心で満されてゐた。其れがどんな結果を生ずるかなどゝいふことに全く考へ至らないで、出遇つたら、もとより一突きに彼女《かれ》を殺してしまはうと思つた。殺しても尚ほあきたらないと思つた。私は鋭利な剃刀《かみそり》を懐《ふところ》に呑んで、あてもなく足にまかせて、熱し切つた頭で街の中を歩いてゐた。どんな場合に臨んでも、いざとなれば自意識の強い私にそのやうなことが仕遂げられるものか疑問である。しかし其の刹那にあつては、私は盲目にやつたかもしれない。否、其れ位のことはやつたにちがひないと言ひ得る。

しかし、日が一日、一日と経つに従つて、そんな考へが無なつて行つたのは事実だ。憎しみの情には少しの変りはなく、却つて増して行つたかは知れない程であつたけれど、私は彼女《かれ》のために生きてゐるのでないことを思ふやうになつた。彼女《かれ》一人のために、自分の生命が存在してゐるのでないことを感ずるやうになつた。自分には、人間として尚ほなすべきことがある。少なくも、我が子供のために、そのやうな無謀のことは出来ないと思つたのである。

淋しさうに、独りで遊んでゐる子供の姿を見た時、私は、言はれぬ悲しみを覚えた。

『きつと帰つて来る。なんで、この子供を置て行くことが出来るものか。迷ひから眼が醒めて、静かに考へた時、彼女《かれ》は自分の誤つてゐたことを悟るだらう。人間として、自然であり、而《しか》して美しいこの情を誰しも持てゐる筈である。いつまでも其れを踏み躙《にじ》つてはゐられなくなる。きつと帰つて来るだらう。而《そ》して、罪のない子供の前に平伏して泣いて悔いることがあるだらう。』と、私は、思つた。私は、尚ほ心の何処かに彼女《かれ》の無邪気な昔の姿を描いてゐた。其の好いところを忘れることが出来なかつた。而《そ》して、其に対して、いまだに未練をもつてゐたのであつた。

冷たい小波《さゞなみ》に岸辺の土が洗ひ去られるやうに、また研ぎ澄された鋼が、いつとはなしに月日の経つにつれて酸化されるやうに、是等の未練も、また考ふるたびに体を震はした程の憎しみも、次第に私の心からうすらいで、其の後は、たゞ頼りなげな、いつまでも母を忘れずにゐる子供に対する憐憫の情より何ものもないまでに至つた。

私は、正一《しやう》の手を引いて、近くの街を散歩することがたび〳〵あつた。子供の淋しさを思つて、まぎらせやうとしたのである。彼の小さな姿は、前方より来る馬や、車や、後《うしろ》からも来る是等のもの丶間に時々は怖《おび》へるやうな様子付で躍つた。たえず私は臆病気な子供の体を護《かば》ふやうにして、何事か子供の心を楽しめるやうなことを話しながら歩いた。

『お父さん、もうお母さんは死んだんだから、帰つて来ないのだねえ。』と、白い眼で、見上げて、自からあきらめやうとしながら、かう言つ《つか》たこともある。

私は、この時、子供の心根をたまらなく、いぢらしく思つて、其の小さな手を強く握り締めた。彼の心は、何を見ても楽しまない様子であつた。彼の眼は常に小さな胸の悩みに傷んでゐるらしく見えた。而《そ》して、彼は子供心ながらに、私が母と常に言ひ争つてゐるのを見た時、私が母を苛めてゐると思つた。而《そ》して、遂に何処へか追ひやつてしまつたものと、黙つてゐるけれど思つてゐるらしく見えた。彼は、淋しい時に昵《ぢつ》と白眼で、私を睨んでゐることがあつた。さう正一《しやう》が思ふのも決して無理がない。お前は俺を心の中《うち》で敵《かたき》と思つてゐるであらう。さう思はれたつて仕方がない。私にも其の幾分の責任はある。しかし俺は心からお前を愛してゐる。愛するばかりでない。お前の心持を察して可哀さうだと思つてゐる。父と子の間柄でありながら敵視するといふのは何といふ浅間しいことだと私は独り口の中で言つて我が児を眺めたこともある。ある時、私は正一《しやう》の頭を撫でながら、彼に向つて、

『お前が大きくなれば分ることだ。もう死んでしまつたお前のお母さんを思ひ出してはいけない。其の代りお父さんが、可愛がつてやるから、お父さんを怨んでくれるな。』と言つた。彼はたゞ青白い顔をして、唾を飲み込んで黙つて聞いてゐた。其の白い眼は昵《ぢつ》と下を向いてゐた。

私は、ともすると堪へられぬ程悲しくなる時がある。そんな時は、故郷を思ひ出して、いつそ田舎に入つて暮らさうかと思つたこともある。其処には人の好《い》い年老つた一人の叔母が生きてゐる。せめては其の叔母に、私は子供の昔に返つて、この苦しい胸の中《うち》を泣いて訴へやうと思つた。しかし、そんな感傷的な気持になるのも、ほんの一時に過ぎなかつた。私は自分一人の手で正一を立派な人間にして見せると思つた。また、私自身の仕事をなし遂げなければ止まぬと思つた。せめて、これが彼女《かれ》に対する復讐である。この冷淡な社会に対する唯一の反抗であるとさへ思つた。ある時、叔母から来た手紙の中に、

――東京には、そんな怖しい女があるか。この田舎の女は文字こそ読めないけれど、そんな大胆なことをするやうな女は一人もいない。お前も正一《しやう》をつれて、こちらに帰つて来たらどうだ。正一の世話は、私がいたします。この年になつて、そんな薄情者の住んでゐる土地へは行きたくない。また行つたとて不案内で却つて世話になるばかりだから……と、こんなやうなことが書いてあつた。

私は、この手紙を握つたまゝ暫らく、空の彼方《かなた》を望んで考へた。其処には温かな情に満ちた叔母の白髪姿が浮んだ。覚えず私の眼は涙ぐんだ。けれど、強く頭を振つて、自分の決心を鈍らせまいとした。

八

寒い冬が来た。この街の頂きの空は灰色に曇つて、日の光りを見せない日が幾日もつゞいた。建物の色はくすんで、さながら陰気な顰め面をしてゐるやうに無愛想であつた。而《そ》して、神経質な風の叫びは朝から晩まで聞えた。

冬は、常に私の家に不幸をもたらした。彼女《かれ》との争ひが絶えなかつたのもこの時分であつた。物質上の欠乏がいかばかりか心の平和を破るかは、実際に当つた者でなければ想像が付かないことである。私は永久に冬を呪ふ考へが起らざるを得ない。同じ冬が来た時に、私共の家庭に平和なれと祈つたことも仇であつた。

正一《しやう》が風から肺炎になつて、病院へ入れた其の日は稀な寒さ

であつた。屋根の北側の日の当らない処には二三日前に降つた少しばかりの雪が尚ほ消えずに残つてゐた。杉の木の葉は凋れて、耳朶が腐れて落ちさうであつた。病室の硝子戸《がらすど》は外の寒気に色が冴えて青味を含んでゐた。而《そ》して、鋭い乾いた風の叫びに、木枝《えだ》が無理に撓《たゆ》んで鳴りつゝあるのを、見てゐても痛々しかつた。枯れた笹の葉は厭世的に春が来るのは、まだ遠いと悲しい声でつぶやいてゐるやうだ。

　看護婦が入つて来ては、ストウヴに石炭を焚いても、いくら焚いても、室《うち》の裡の温度は依然として変りがないやうである。私は寒暖計の前まで行つてたび〳〵見たけれど、六十度から、あまり多くは上《のぼ》らなかつた。この時、私は、六月頃の温かな、自然によつて生物の上に恵まれる好い気候を思うて、偉大なる其の力を考へずにゐられなかつた。これだけを見ても、人間が何一つとして、自然の意志に抗することが出来ようか。更に瞑目して、我が児の身の上をひたすら祈りつゞけてゐたのである。

　護病《ごびやう》に疲れ切つた私は、正一《しやう》の病床の枕許《まくらもと》に立つて、刻々に我が児の顔色が悪くなつて行くのを見守りながら、いろ〳〵のことを思つた。家に正一《しやう》が残して来た独楽《こま》や、鉄砲は其のまゝ箱の中に入つていつも其等を置いてある場処にあるだらう。いつになつたら正一《しやう》は家に帰つて、其れを持て遊びに出て楽しむことが出来るだらう。彼の友達は、今頃往来の上に立つて風に晒されて、元気よく駆けたり、躍つたりしてゐるのにと思つた。而《そ》して、そんなことはもはや我が児に永久に望まれないやうに思ふと、私は、心の中《うち》がもどかしさに焦《いらだ》つて、もしこの空間に幸福といふものがあるものなら、其の影を飽迄摑むであらうと眼を見張つたりした。

　其の日の午後は、私にとつて何となく怖しい気がした。最大な不幸が迫つて来たやうな気がしたのである。果して、二時頃になると子供の病気は険悪に赴いた。入つて来て診察した医者は眉のあたりに暗い気分を表はして、

『注射をしますれば、もう一時間や、一時間半は間《あひだ》があります。どなたか合《あは》せるお方がありますなら直《すぐ》に電報でゝもお知らせになつたら……。』と、医者は昵《ぢつ》と伏目に此方《こちら》を見ながら、静かに私に言つた。

　私はこの時、既に数時間前から覚悟はしたものゝ、かうして改めて宣言を受けると急に心が暗くなつて、全く胸が塞つてしまつた。これに答へることが出来なかつた。

　子供が此処に入院してから、殆んど昼夜、出来るだけの力をこの曾て知らぬ子供に尽してくれた看護婦の顔には著《いちじる》しい疲労の影があつた。この時、看護婦は私の傍《そば》に近寄つて来た。而《そ》して、気遣はしさうな様子をして、子供の方を見た其の眼を私に向けて、

『あんなに、譫言にまで、お母《つか》さん、お母《つか》さんと言つてゐらつしやるんですから、もしこのお近くにゐらつしやるなら、こんな場合のことですから、一眼合はして上げることは出来ないでせうか。』と、小さな声で言つた。

私は、この看護婦に仔細があつて、この子の母はこの街にゐるけれど、遇はすことが出来ないのだと二三日前に語つたことがある。其で、看護婦はさう言つたのだ。私は、心の中《うち》で、この言葉を聞いて今更ながら迷つた。

彼女《かれ》がゐる処は、私に分つてゐた。今考へて見ても、彼女《かれ》は本当の悪人とは思はれない。もし、このことを告げたら、さだめし驚いて此処へやつて来るかも知れない。かう私は思つた。

『お母《つか》さん、早く帰つて来てね。』と、正一《しやう》は夢中に言つた。

其れを私は彼の枕許に立つて聞いてゐた。

看護婦は、真に性質のやさしい女と見えて、黙つて涙を拭いてゐた。けれど、私は遂に彼女《かれ》に知らせを出さなかつた。而《そ》して、正一《しやう》を母に遇せなかつた。

正一は、母に遇ふことが出来ずに死んでしまつた。地下に於て、二たび人間同士で相遇ふことが出来ぬものならば、我が児と彼の母とは、永遠に相遇ふことが出来ぬのである。而《そ》して、もし死んでから尚ほ霊があるものならば、彼はやはり母を慕つてゐるだらう。而《そ》して、この父を怨んでゐるに違ひない。

かうして、私は彼の死んでから後《のち》も、墓場に来て我が児のことを忘れる日とてはないのに……死んだ子供の要求した愛といふものは、恐らく、今、私達が胸に描いてゐるやうな愛ではなかつたらう。もつと光りのある、貴いものであつたらう。……私にはさう思はれる。

日暮るゝ頃、この墓場に近きこの木の下に来て、私は独り追懐と悔恨と悲しき思ひに耽るのである。而《そ》して落日は木の枝を焼き尽して、炎のやうな雲が、色褪めて、いつしか青黒い空に、星が見えるまで、私は殆んど死人のやうに昵《ぢつ》として身動きもせず、木の下に腰をかけ、両手を頭髪の中に埋めて俯向いたまゝでゐることがある。

誰も私をなぐさめてくれる者がない。たゞ私の心が、孤独の私を憐れみなぐさめるばかりだ。

——一九一七、八作——

（「太陽」大正6年10月号）

密告者

久米正雄

一

吾々の故郷であるK町出身の在京者が、何処の出身者にもよくある同郷会と云ふやうなものを、今度京橋の或る西洋料理屋で催したいから、賛成して出席して呉れと云ふ通知を受取つた時、私は余り気が進まなかつた。お互にさう深い交渉もない、面してさう偉くもない郷党の顔を見た所で、大した興味も有り得ないと思つたからである。けれども又それを全然無意味として、反対する程不快に感ずる訳は勿論なかつた。それで私は兎も角急な故障のない限り、出席する心算である旨をすぐその往復端書の返信用に認めた。すると一二日経つて又幹事の人から、是非出席して呉れるやうにと、もう一通の勧誘状を受けた。私は気が進まぬ乍らに、どうしても出席しなければならなくなつた。

その日はうすら寒い初冬の夕風が吹いてゐた。私は大学生の制服を着て、外套の襟を立てた。着なれない洋服のせゐか、頸のあたりが厭にぞくぞくした。私はさう大して興味も持ち得ない会へ、わざ〳〵風邪を引きに行かなくちやならぬ自分を、鳥渡腹立しく思つた。私は電車の中でも、街を急ぐ時でも、冴えないぶくついた顔をして、四辺を見廻す事も余りしなかつた。

会場である銀座裏の洋食屋は、前から名だけ知つてゐるので、すぐ見つかつた。私は給仕女の示す儘に、直ぐ二階へ上つた。そこには昔K町の小学校で見覚えのある、四五人の若い人たちが固まつて待つてゐた。私はそれらの人たちと久濶の挨拶をした。而して物珍らしさうにその幼馴染とも云ふべき四五個の顔を見並べた。さすがに慕しいやうな感じが起つた。而して矢張り此会へ来てよかつたと思つた。

「やあ、よく来て下さいましたね。」その中で幹事のH君が云つて迎へて呉れた。

「遅くはなかつたですか。」私は当座の挨拶としてそんな申訳を云つた。

「いや、今初めやうと思つてゐた処です。もう大分集りましたから。」

かう云つてH君が見やつた次の室には、もう十五六人の人々が集つてゐた。その中には可なり年輩の人から、今年中学を出て上京した受験生と云ふやうな人々まで含んでゐた。

会は直ぐ初まつた。私が一度はきつと何処かで見たやうな顔ばかりが、U字形に折られた白い卓子を囲んだ。見渡した処、人々の顔には頤のあたりに或る通有性が有つた。それは幾分人を獣性に近く見せる頤の張つた顔であつた。さうした顔を私は幾つか数へ得た。食事に先だつて幹事の挨拶が有つた。それは可なり長いものだつた。給仕人は先づ最初のスープを持つて来て、閾の所で躊躇した。挨拶をしてゐる幹事は、それを見ると「遠慮なく運んで下さい。それから皆さんもどうぞ食べ乍らお聞き下さい」と云ひ乍ら、どん／＼続けて行つた。それは同郷親睦の必要から、東北発展の基礎まで説き及ぼした大演説であつた。

私は席末で人々の顔を眺め乍ら、黙つて聞いてゐた。而して幹事の鼻にかゝつた郷土弁を聞いてゐ乍ら、故郷の小学校の事なぞを考へてゐた。それは町を見下ろす丘の上に在つた。古い白堊塗りの建物だつた。初め建つた頃は近在の人が、珍らしがつて見に来たと云ふ、明治前半期の洋風建築であつた。校庭はさう広くはなかつた。而して其隅にある木蔭は当時他の者からからかはれ勝ちだつた自分の小さい身を、容れるにも足りなかつた。……

此時ふと私は、一人の遅れて入つて来た人に眼をとめた。それは髪の毛を長く伸ばした、粗末な着物の青年であつた。青く細面な顔には、蹙んだ眉が在つた。而して茲の郷土色とは相容れない顔であつた。私には何となく見覚えのある顔だつた。彼は階段を上つて来ると、当惑したやうな、物悲しげな顔を赤めて、入口からもう初まつた会場を眺めた。而して傍にゐた幹事から何か二三言云はれると、そつと室内に辷り入つて、私の席の方へ近づいて来た。私は何とはなしに興味を以て此青年の様子を見てゐた。青年は私の隣りに空席を見出してそこへ座つた。――打見た処、彼はどうしても画工でなければならなかつた。

食事は初まり、ナイフやフオークの音がかち／＼とする間を縫つて、人々は賑かに話し出した。それは多く懐旧談と云ふ種類のものであつた。而して到る処に子供らしい笑ひ声があがつた。私も向ふの席の人から名を問はれて、それに附随した小さい時の挿話なぞを話すのを余儀なくされた。而していつの間にか手にした小盞の日本酒に、眉のあたりを熱くしてゐた。けれども隣りの画家らしい人は、初めから黙つて卓上の盛り花を眺めたり、フオークをぢつと見凝めたり、遠い談話を小耳に挿んで、怪訝《けげん》な笑を洩らしたりするより、外には何もしなかつた。

私は何よりも此人の存在に興味を持つた。而して何とはなしに気にかゝり出した。彼は正しく外から沈黙の空気を其儘運んで来た唯一の人であつた。而してそれは此会場に在る唯一の異教徒に外ならなかつた。私はその強ひて作つた藝術家らしい態度を、鳥渡憎んでも見た。けれども彼は決して独り昂然としてゐるのでもないらしかつた。彼は人々と同化したい意志が充分あり乍ら、進んで他人の方へ働きかける事のできぬ、一種の沈黙の人らしくも見えた。それは人が彼に話しかけると、堪らなく悲しげに懐しい微笑を湛へて、短い乍らに何とか答へるのを見て解つた。

「田島君どうです一杯。」向うの商人風の小賢しげな男が、いつも愛想を以て他人に接する時の卑しげな口吻で、沈黙の青年に盃を出した。彼も明かに青年の態度に一種の圧迫を感じたに違ひなかつた。それは代表的ブルヂヨアであつた。私は青年が斥けるのを予期し、又願望した。

「えゝ、難有う。」青年はさう云つて盃を受けた。

「今日は愉快ですな。かう集つた処を見るとK町の勢力も頼もしいぢやありませんか。」その男は猶もかう話しかけた。

「全く愉快ですな。」青年は迷惑さうでもなく応じてゐた。それから商人はいゝ傾聴者を得たと云はん許りに、東京へ出た当座の気がきかなかつた失策やら、都会に於ける地方人として嘗めた辛酸やらを、自慢がてらに並べ立てた。彼はさる大商店の番頭として、郷党から成功者のやうに見られてゐた。

「全く吾々の第一の欠点と云ふのは、口が重くていけないと云ふ事ですよ。お互に黙つてゐては駄目です。あの重い東北弁を出来るだけ早くすてゝ、思つた事をどん／＼弁じ立てるのでなくちやあ、これからの世の中で成功はしません。殊に商買人になりますとな。」

彼はそれとあてつけてかどうか、そんな事まで云ひ出した。傍で聞いてゐた私はカツとなつた。けれども青年は前と少しも変らぬ態度で、「はあ、さうでせうな。私なぞも口が重いので、どうも不自由で困ります。」と皮肉でも何でもなく答へた。

「全くですよ。私なぞは学問のつもりで東京弁を勉強しました。お蔭さまでどうやら——」

私はもう堪へられなくなつた。それで一つには青年を救援すると云ふ考で、わざと憎しげにかう抑へた。

「でも鼻にかゝるのだけは癒らないと見えますね。」

これは明らかに彼の自尊心を傷けたらしかつた。それで彼は一言快活に「いや、全くさうです。」と承認したものゝ、それなり其問題には触れないで、左隣の人と最近の新聞種の事か何かを話し出した。

私は初めてその青年に話しかける機会を得た。

「あなたは画をお描きになるのですね。」

「えゝ、少し描きます。」青年は彼の本領に触れた問に対して、少しく遠慮深さうにかう答へた。「けれども暇がないので駄目です。」

「何かしてゐるのですか。」

「ある印刷所の下絵をかいて居ります。忙しい割に金が取れないんで、自由に描けないのですから詰りません。」彼はいくらか雄弁になつて行くやうに見えた。

「私もこれで藝術と云ふやうなものに携らうとしてゐる人間ですが、お互にかき度い時かけぬ程辛いものはありませんね。画なら殊にさうでせうね。——私も画が好きで、少しは解るつもりなんですが、同郷の人に画をやる人があるのは、全く愉快です。」

「けれども私なぞはまだ物にならないんですから。相応に自信はありますけれど。」

「展覧会へでも御出しになつた事はありませんか。」

「太平洋画会へは三つほど出しましたが、二三年前に文展へ出していつも落選しました。それつきり此頃は出しません。」

「描いたものは沢山ございますか。」

「え丶少しはあります。どうせ売れる代物《しろもの》ではないものですから。」

「西洋の画家では誰が一番お好きですか。」

「私にはよく解りませんが、ミレエが好きです。」

私は此青年が後期印象派画家の名を挙げなかつたのを寧ろ喜んだ。而して猶も画界の近状やら、画家の此評やらを云ひ耽つた。彼もいつの間にか熱心になつてゐた。而して二人はもう四囲から全く切離されて、二人だけの世界を見出したかの如く、対ひ合つてゐた。私は彼が気に入つた。彼も又私を一種の知己のやうに感じたらしかつた。私は彼を友人の一人に数へたくなつた。けれども私はまだ自分の名も云はず彼の名も知らなかつた。そこで私は名刺を出した。

「私はかう云ふもので、此処に居ります。どうか遊びに来て下さい。」

彼は名刺を取り上げて、かう云つた。

「あ丶、あなたが久野さんですか。お名前だけは承つてゐました。私は田島と云ふものです。どうか汚ない家ですけれど、代々木にゐますから、画でも見にいらしつて下さい。日曜には大概居ります。」彼は懐中からスケツチブックを取出して、その端を裂くと、鉛筆で住所を認めて呉れた。

「その中に是非上ります。」

私はその紙片を取り上げて、何だか記憶にあるその姓名を読んだ。すると突然忘れてゐた昔しの此人との重大な交渉を思ひ出した。私はそれに連れてはつきり此人の当時の顔を思ひ出した。先刻入つて来た時見覚えのあつたのも無理はなかつた。髪を伸ばしてゐるのと、大人びたのとの為に、いくらか面変りはしたが、それは正しくその顔に相違なかつた。その顔は私の忘れられない顔だつた。けれども其事件に私が関係した事は、向うでは知らぬ筈であつた。——

会は其時丁度デザート・コースに入つて、又々有志の演説が初まつた。私はそれを聞かずに、独り右隣の画家の運命に干与した十年許り前のある事件を思ひ耽つた。それから考へると此青年との偶会は、全く奇遇に相違なかつた。而して面白く又怖ろしい運命の偶然に相違なかつた。

その事件と云ふのはかうであつた。

其時私は故郷のK町の中学校に入つてゐた。而して田島も又そこの生徒であつた。私は二年生で、彼は確か一級か二級上だつた。

そこの中学の控所には、生徒同志金を出し合つた小図書館があつて、室の片隅の卓子の上に少許の書籍と、新聞雑誌を取寄せてゐた。私たちは休み時間にそこでそれらを読むのを楽しみにしてゐた。其頃中学世界には毎号大下藤次郎と三宅克己の水彩画が、きつと二枚づゝ口絵になつて出てゐた。当時水彩画階梯なぞを師匠にして、熱心に水彩画を描き習つてゐた私は、それを見るのが何よりも楽しみだつた。而して新着するのを待ち兼ねて見入るのを常としてゐた。

或る月初めの、雑誌が着いて直ぐの事であつた。私は昼の休み時間を待ち兼ねてそこへ駆けつけた。すると其処には既に別な生徒が熱心に中学世界の口絵を眺め入つてゐた。私は落胆と嫉妬とで其生徒の顔を見据ゑた。それがその上《かみ》の田島君其人に外ならなかつた。私はせう事なしに傍の新聞なぞを見乍ら、彼が見終るのを待つた。彼は中々中学世界を離さなかつた。而して休み時間中それを独占し尽してゐた。私は何となく腹立しく思つた。

その中に午後の始業の鐘が鳴つた。私は今度こそ彼が中学世界を手離して、教室へ去るだらうと思つた。そしたら二三分は教室へ遅れても、口絵の一瞥を得て行きたいと思つた。けれども彼はなか〳〵去らうとしなかつた。それでやむなく断念しなければならなかつた。私は恋人に会はないで帰るやうに、思ひを残して教室へ立去つた。

すると幸にもその時間の先生が休みだつた。其頃私共の学校には補欠授業なぞはなかつたので、休みと聞くと私は、又急いで控所へ取つてかへした。而して今度こそ中学世界が見られるだらうと思つた。すると私が真つ先きに控所へ入る途端に、私は図書卓の所から慌てゝ立去つた一人の人影を認めた。それは先刻まで中学世界を見てゐた田島の後ろ影だつた。而して私が急いで行つて見た卓上には、いくら探してももう中学世界は無かつた。

私には彼の後ろ影に於て、凡てが解つた。さうして一種云ひやうのない憤を感じた。それは一般の盗人に対して持つ、公憤のそれではなかつた。自分の愛物を奪ひ去つた競争者に対して持つ、一種の憎悪に近い怒だつた。

其頃私の家には、私の従兄が寄宿してゐた。従兄は五年の首席で、その図書部の委員だつた。私は其の盗人の前途に横はる、刑罰なぞを全然念頭にも置かずに、帰ると直ぐその事実を密告して了つた。従兄は委員の一人としてそれを生徒監に告げた。而して自ら詮議の役に従事した。田島は翌日生徒監室へ呼ばれた。従兄は自ら現状を目撃したと称して、田島に自白を迫つた。而して其際速に自白すれば、情状を酌量すると誘つた。田島は直ぐ自白した。而して委員が彼の家に赴いて、彼の室を捜索したら、猶五六冊の雑誌を発見した。

田島は放校となるべきであつた。併し約に従つて諭旨退校に減ぜられた。而して人の噂では、東京の某私立中学へ転じたとか云ふ話であつた。従兄の話によると、彼は絵が好きで口絵が欲しかつたのだつた。

私はその刑罰の話を聞いた時に、それが彼に取つて当然な運命だとも思つた。併し又一方、何だか余計な密告をして、人一人の前途を暗くしたと云ふ、何となく咎められる心持にもなつた。殊にその原因が、口絵欲しさの一念から許りだと聞いた時には、自分自身に引き比べて、何となく同情の思ひが湧いた。けれどももう仕方がなかつた。私は其儘にしてゐるより外に道はなかつた。而して卑怯にも、自分が密告者として彼に知られてゐないのを、安心しなければならなかつた。

それから私は勿論田島の消息を聞いた事はなかつた。而して今の今まで約十年近くの歳月は流れた。……

ふと我れに返つた私は、再び田島の顔を見やつた。そこには若きより生活に追はれた人に見る、額の皺が暗かつた。而して思ひなしか、私の疲れた眼には、其後閲した彼の苦しかつた運命が読まれるやうに感じた。

私は思はず「たしかあなたはK中学校にゐましたねえ。今やうやく思ひ出しました。」と訊いた。その声は吾乍ら異様に途切れた。

「えゝゐました。が、中途でよしました。」

私は此答から、もう其人に違ひない事を確めた。而して心の中で改めて過去の密告を悔い出した。何だか顔の底から赤くなるやうな気持がして、其上平気な談話を続ける事が出来なかつた。

折よく其時に会は終りを告げた。吾々は各々席から立つて、冷たい夜霧の立罩めた戸外へ出た。そこで人々の別れの言葉が、冬の夜の淋しい街上に響いた。別れる時、田島君は私に是非遊びに来て画を見て呉れるやうにと再三云ひ残した。私もきつと行く旨を約束して、外套の襟を立て乍ら大股にそこを歩み去つた。

別れて電車通りへ来る時、私は何とも知れず興奮してゐる自分の足どりを意識した。

二

其次の日曜が来た時、私はとう〳〵田島の家を訪ねる事に決心した。それは可なり長い間の考慮の後であつた。何故と云ふに私は、其儘彼との交渉を断てば、自ら彼に対して罪過を感ずる必要がなくなるけれども、併し乍らそれが私には卑怯に感ぜられたからであつた。而して此間の偶会は、天が私に命じて、彼に対する過去の罪障の償ひをするため、わざ〳〵機会を作つて呉れたのではないかと思つたからであつた。

代々木の郊外にある彼の家は、中々所在が解らなかつた。私は町続きから左へ入つて、生垣の間を暫らく通つた後、牛乳夫に出会つてやうやく訊ね当てた。それはとある植木屋の、小さい離屋と云ふやうなものであつた。

私は棒立になつてゐる梧桐や、まだ葉を留めた植込の中を、好ましいと思ひ乍ら歩いて行つた。が、そこの奥に発見した小さな家は、どこかの門番の家でゞもあるかのやうに、いかにも小さく古びてゐた。けれども冬の日の明るくさした障子は、白く快げな反射を作つてゐた。その障子の硝子を嵌めた間から、田島らしい男の眼が此方をぢつと見定めてゐた。

「やあ、あなたですか。」彼は障子を開いた。

「絵を見せて貰ひに来ました。」私はかう云ひ乍ら、彼の招ずる儘に、そこの沓脱もない縁側から、彼の画室であり客間であり、且つ居間である六畳へ上つた。

そこには殆んど何も無かつた。小さい四角な木製の火鉢と、抽斗しのない粗末な机と、其上に載せられた二三冊の古雑誌の外には、室の片隅に纏められた画用具の外、何物をも見当らなかつた。その画用具と云つても、例の細長い絵具函と、古びたポートフォリオと、手製とも見える画架位ゐなものに過ぎなかつた。そして不思議な事には、額と云ふやうなものは室の壁に、ミレエの自画像をピンで留めた外には、全く何も掲げられなかつた。

私は座敷に上つて、物珍らしさうに是れだけの事を見て取つた。

「どうです。汚ないんで驚いたでせう。これが私どもの巣なんです。こゝの六畳と次の間の三畳。吾々にはこれでも広過ぎますよ。」彼は気軽にこんな事を云つた。今日の彼は、此間の沈黙から全く出たやうに感ぜられた。彼も亦、語りたい時にのみ多くを語る、一種の沈黙家に相違なかつた。

「いや、結構ですとも。——それに周囲がいゝぢやありませんか。本郷辺の狭い下宿屋なぞより、いくらいゝか解りやしません。」

「冬になるといくらか明るくなります。そのせいか幾らか絵も書けます。」

「絵と云へば、あなたの絵はどうしたのです。少しもないやうぢやありませんか。」

「みんな匿してあります。そして時々出しちやそれを見ます。見るたんびに厭になります。けれどもさて引裂く程の勇気は出ません。それに此頃はカンバスも買へないものだから、古いのを塗り潰してゐますが、さすがに惜しいやうな気がします。」

「どうでせう、早速拝見できますまいか。」

「まあ御ゆつくりなさい。今丁度細君が買物に行つたんで、何も差上げられませんが、帰つて来たら茶でも入れさせませう。そして三人でゆつくり見やうぢやありませんか。」

私は此の言葉によつて、彼に細君があるのを初めて知つた。而してこんな小さな家に、起居してゐる彼等二人の生活を、ある色彩を加へた眼で思ひ見た。而して細君と云ふ其人に、いたく興味を感じ出した。何か二人の間には、画家らしい挿話があらねばならなかつた。

「いつ頃からあなた方は同棲してゐらつしやるのですか。」

私は遠く聞きたゞさうとして見た。

「今年の春からですよ。貧乏は承知で家を持つたのですが、さて二人で貧乏するとなると、実に辛くて堪らない時がありますな。此頃は余り可哀想だから、暫らく別れてゐやうかと思ふ位です。」

「細君は東京の方ですか。」

「え丶モデルだつたのです。画家にはよくある話ですよ。私も淋しかつたものですから、つい愛して了つたんです。そして一緒になつて了つたんですが、さて一緒になつてみると、彼女の身体を他人の前で裸にさせる事が、ひどく私には不愉快でしてねえ。こんなに困つてもまだ、もと通りの商買はさせずにゐるんです。」

「それは全くさうでせうな。」

「全く一旦自分のものになつた以上、他人から彼女の身体を嚙みしめるやうに見入られるのは、一種の節操を汚されたやうな気がしますからね。私は婚約の当初から、決して商買はさせないと心で誓つたんです。けれどもそれもかう貧乏では、どうやら破れさうですよ。此頃では妻君の方で見兼ねて、進んで商買に出たいと云つて聞かないんですがね。やつととめてあるんです。」

「それは全く同情に堪へませんねえ。物質的の圧迫から、そんな精神的の苦しみを受けなくちやならんと云ふのは、余りに世の中が残酷ですねえ。」私は余りに空虚な文句だとは思ひ乍ら、何とか慰めねば済まぬ程心を動かされた。

「やつと留めてるんですが、どうも奴、僕の留守に行くらしいんです。大概さうと見当はついてゐますが、その心根を考へると、又怒りも出来ませんしねえ。仕方なしに黙認みたいな事をしてるんですが、それで僕は二重の苦しみを受けてる訳ですよ。」

私は何だかもう慰めの言葉だけでは済まないやうな気になつた。而して此人の為めに、実際出来るなら物質上の補助もしたいと思つた。それは或る意味で、私の彼に対する報償の一つかも知れなかつた。彼の運命に狂ひを生じさせた、罪亡ぼしの一種かも知れなかつた。

「画会でもして見たらどうですかね。さうしたら私にもいくらか奔走が出来ますが。」

「駄目です。売れませんよ。私の画は比較的売れるやうに出来てる心算なんですが、名が無いだけに売れません。」

「さうですかね。」

「さうですとも、日本には吾々のやうな画家が沢山過ぎる程ゐるんですもの。私なんぞが画家にならうとしたのが間違なんです。尤もならずにはゐられなかつたのですがね。」

「いつ頃から、画家にならうと云ふ志望をお起したのです。」

「さう。——故郷の中学を出て、いや出されて上京すると直ぐです。貴方はあの中学にゐたから、ひよつとするとご御存知かも知れんが、私は盗人をして出されたんです。盗人と云つても別に他人の金品を盗んだんぢやありませんがね。図書館の雑誌を盗んだんです。それがどうしてだか委員に見つかつて、諭旨退校を食つたんです。それから僕は仕方なしに上京しました。どこか私立中学へでも入らうと思つたんですが、丁度学期の都合が悪るくて、どこへも入学出来ませんでした。それでやむなく、毎日ぶら〳〵と好きな絵を描いてゐたのが病みつきで、もう中学へなんぞ入る気はなくなり、本郷の洋画研究所に通つて木炭や油絵具をいぢり出したら、もう外の地道な目的を選ぶことなんぞ忘れて了ひました。そんなことで重ね〳〵の放埒に、家とも喧嘩をして了ふし、此上は一生懸命勉強して、偉らくなるより外はないんですが、今の貧乏ぢや迚も勉強なんぞ出来やしません。たまに描いたのを真実の製作だと思つて、自分で楽しんでゐる許りですよ。」

彼の言は時々自棄者のそれの如く、吐き出すやうな哀音を持つた。私は彼の身の上を彼自身の口を通じて聞いて、消え入りたいほどの苛責を胸に受けた。そして額に油汗が浸んで来るのを意識した。私は一そ此処で打明けて了はうかと思つた。けれどもそれも未だなし兼ねた。

二人は暫らく黙つてゐた。無言の感慨がそこに満ちてゐた。そこへ丁度植込みを縫つて、彼の細君が帰つて来た。

「どうしたんだ。遅いぢやないか。お客様が来てゐるのに。」

彼はそれを見るとかう軟い叱責を浴びせた。

「どうも済みません。」細君はかう云ひ乍ら、処女のやうな眼をして、顔を赤め乍ら私に礼をした。而して横手の台所口らしい方へ廻つた。やがて次の三畳で、暫らくかたことと物をまさぐる彼女の気配がした。それから出て来た処を見ると。幾らか乱れた髪が艶を持つてゐた。

紹介されて、改めて礼を返し乍ら、そつと見た彼の細君の顔は、私の予期とさう違はない美しさがあつた。肩のあたりが散文的にむつちりしてはゐたが、体全体の均整は、モデルの稼業を偲ばせる程に整つてゐた。殊に顔にまだ残つてゐるあどけなさと、体のこなしに消えぬ無邪気な放縦さは、此種の女の人にのみ見られる特徴であつた。即ち永久の半処女であり、且つ永久の半娼婦である彼女は、私に兄妹の間に起るやうな親愛さと肉感とを同時に与へた。私は彼女に好意を持つことが出来るのを感じた。

けれども衣物は如何にも可哀さうであつた。洗ひ洒した銘仙の給せに、目だたぬ色のメリンスの帯は、どれだけ彼女の容色に対して、彼女自らを耻ぢしめた事か。私は一瞬田島を憎く、嫉ましく、且つ情けなく感じた。何となれば美しきものに対する或る好意は、その美しさを曇らすものに対する悪意に外ならなかつたからであらう。けれども憎むならば彼を憎むより、彼等を追ふ生活を憎まねばならなかつた。私は彼女の手にある生活の燻色をさへまざ〳〵と見やつた。而して益々彼等を助ける事の急務を思つた。

「ぢや絵をお目にかけやうか。」暫らくして田島が云ひ出した。而して押入れが開けられると、そこには古びた行李と共に、五六枠のカンバスが雑然と立てかけてあつた。彼は細君に命じて順々にそれを取り出さした。而してわざと少しの距離を保つて、眉をひそめ乍ら見凝めかゝつた。

私は黙つて見てゐた。どれもこれも穏な中に野心のある画風であつた。而して技巧はさううまいとは感じられなかつた。けれども形態の上で、何かをしつかり摑んでゐるのが目に付いた。殊に風景は樹木の感じを出すのに、丹念な細描で成功してゐた。その中の一枚で、立木の間から郊外の丘の起伏を透し見たのが私の気に入つた。私は思つた通りにそれを賞めた。彼は賞められた本人が誰れでもするやうに、鳥渡遠い所を見るやうな眼をして、強ゐて作つたやうな妙な微笑を口の辺りに浮べた。

細君の裸体も二三枚あつた。それは殊に大作であつた。けれどもそれには纏りがなかつた。而して何だか厭な誇張があつた。私はそれを非難して序にかう云つた。

「奥さんを描くとまづいのは、君にまだ色気があるからですね。まだ君は悪い意味での感激を、奥さんに対して持つてゐる。それが厭味になつて見えるのですよ。」

「そんな事があるものですか。」彼はかう打消し乍らにや〳〵と笑つた。

細君も「まあ」と眼で表情をし乍ら、明るい笑顔を私に向けた。

「兎に角あなた方は或意味で幸福ですね。それは此の絵が証明してゐます。」

「さうでせうかねえ。」田島は云つた。

「不幸ですわ。」細君の声は聞えない程小さかつた。而してそれは単なる謙遜の言葉でもない、淋しい響を持つた。

「私はあなた方が幸福だと考へます。全くさう考へたのです。少くともさう考へて、あなた方がかう云ふ生き方をしてゐるのを、祝福したいと思ひます。私は祝福せずにはゐられません。」

私はいつの間にか、自分の作為した言葉に自ら感激して、そつと涙を湛へてゐた。而して心から自分が嘗つて運命を狂はした彼の上に、今では直ちに又彼等の上に、真の祝福を祈らなくては済まなかつた。けれども自分の嘗つての密告に就ては、それぎり何にも云はなかつた。又云はなくともそれで沢山だと思つたからである。

やがて私は彼等の家を辞して教へられた通りの近道を代々木の練兵場に取つた時、一面の靄を弾ぐ夕日の中に、何ものにか悉く宥されて涙を落さん許りの自身を発見した。

——（六年九月）——

（「帝国文学」大正6年10月号）

死人の恋

中村星湖

これは私が或《ある》雑誌の編輯主任をやつてゐた時の事であるが（と或時、或男《あるをとこ》が話し出した。）たしか、大正○年の冬の初めであつたと記憶する。さう〳〵、十二月号の雑誌を出して間もなくだつた、私は突然、K――夫人といふ未見の女から一通の手紙を受取つた。

突然と言ひ、未見と言つても、その女を私はまるで知らないのではなかつた。それは極めて飄逸《へういつ》な画風を以てその頃盛んに売り出してゐた日本画家K――氏の妻であつた。そしてその年の十月末に郷里で病死した私の友人H――の恋人でもあつた。

私はその手紙を手にすると、まだ封を切らないさきに、それは多分、私がその月の雑誌に書いたH――の追憶に就いて何事かを言つて来たものだらうと思つた。その時、私の胸には何の悪い予感も浮ばなかつた。なぜならば、私はたゞ遂げがたい恋の悶えに悶え死んだと言つても好《い》い不仕合せな友人を憐れむ気持一ぱいでその追憶を書いたに過ぎなかつたから、そしてあひ手の女に一種の判断を下してはゐたが何も別に非難するとか攻撃するとかいふ意志を持つてゐたのではなかつたから。

ところが、その手紙の中身を見るに及んで、私は夫人が烈《はげ》しい動乱のうちにある事を知つた。達筆に、といふよりは乱雑に、多分怒りに任せて書いたであらうくしや〳〵した文字には、所々、形を成さないものや意味を成さないものがあつた。二度程繰返して読んではじめて、私はあひ手が何を言はうとしたのだかを了《さと》る事が出来た。今、言葉通りに覚えてはゐないけれど、大体つぎのやうであつた。

『わたくしはこんな手紙を差上げてよいものかわるいものかと幾度《いくたび》か考へましたが、失礼をも顧みず、思ひ切つて差上げる事にいたします。実は、わたくしはあなたがB――誌上にお書きになつたH――氏追憶の小品を拝見いたしたのです。すべて藝術品らしく取扱はれて、関係人物の名前もそれぞれ変名か匿名になつてをりますので、わたくしなぞが個人的感情からかれこれ申し上げる余地はなさゝうですが、しかしあの中にお引きになつた短歌は明かにわたくしの作であります、遠く離れてゐる友人さへそれに気付いたと見えまして種々《しゆぐ》な事を尋ねて来られるには弱りました。……あれに就いてわたくしは一度親しくお目にかゝつて詳しいお話を致したいので御座います。さういたせばこの乱れてゐる心も静まらうかとも思ひます。それで大変失礼ですが、あなたの御都合のよい日取をお教へ願ひたいのです、わたくし社へお伺ひ致しますから。しかし、病後で御座いますので、昼の間はお伺ひがしにくいのです、夜分で御座いますれば仕合せです……』

文字面の意味は解つても、手紙の主のほんとうの心持は私には解らなかつた。言葉の調子から察すると、世間によくあるモデル問題に類する抗議の前触れらしくもあつた。私は非常に意外な感に打たれざるを得なかつた。

一体、青年小説家H――とK――夫人との関係は天下周知、と言へばすこし大袈裟だが、すくなくともわれ〴〵仲間では誰知らぬ者もない程で、あちらこちらの噂の種になつてゐた。のみならず、H――が文壇に初見参《デビュウ》をし、やがて一躍して新進作家中の錚々《さう〳〵》なる者として認められたのも、彼と彼女との恋愛生活を描いた二つの作品に依つてゞあつた。その作品は二つながら私の手で私の関係した雑誌に載せたのであつた。ちやうどその頃、K――夫人はH――を通して

『わが夫《つま》の許し給ひし恋なれば……』

といふ風な告白の歌をやはりわれ〴〵の雑誌へ寄稿した程である。（迂濶な私は、他人の恋愛関係にはつとめて立入るまいと構へてゐた私は、その歌の寄稿を受けてはじめて、H――が匿名で書いてゐた女がK――夫人である事に気付いたのであつた。）

死んだH――の思ひ出話でもして、互ひに彼の薄倖《はくかう》な生涯を悲しんでやる為めならば兎に角、私はすこしもK――夫人と面会する必要は無いと思つた。けれども、あんな手紙を受取つてみれば、何か自分の気付かない無礼な無躾《ぶしつけ》な描写か叙述かをあの小品のうちでしてゐるのかも知れない、これは逢つて詳しい話を聞く事にするがよからうと思ひ返した。事によると、K――夫人は一時はあれ程深刻な関係を結んだH――とつまらない事から別れるやうになつて、やがてあの男に死なれた為めに、思ひがけない悲哀や悔恨に襲はれてゐるのかも知れない、そしてそれ等の遣り場に困つてゐる矢さきかも知れないなどとも考へた。いづれにしても、彼女はずつと以前から私に取つては全然謎の女であつた。逢つて真相を突留めたいといふ好奇心も、其場合の私に起らざるを得なかつた。

そこで、私は直ぐに返事を書いた。

『お手紙拝見いたしました。H――君の死に就いては、お気の毒で、何と申し上げてよいか言葉を知りません。さて、御申《おんまをし》越《こ》しの儀は何《ど》んな御要件か存じませんが、兎に角、お目もじの上いろ〳〵承はる事に致しませう。明後日は出社日故《ゆゑ》、御都合がよろしかつたら夕景《ゆふけい》からお出掛け下さい。七時頃まではお待ちする積りです。』

こんな意味の、極簡単な返事を出してから、私は東京の郊外といふよりはY――市に近い自分の住居に帰つて行つた。電車で揺られてゐる間も、私はK――夫人は一体何《ど》んな女であらう、何んな容貌の？　夫があるにも拘らず、H――をあれ程までに引着けてゐた所を見れば、髪の濃い、肉付の豊かな、媚びと傲りとの矛盾した二面を持つた近代劇の女主人公のやうな女でな

ければならない、などと空想を逞しうした。すると、私は嘗てK――夫人が歌に添へてよこした手紙のなかに、私の社で毎月やる講演会に彼女が一度出席したといふ事があつたのを思ひ出した。と同時に、或夜その講演会の聴衆席の後から一瞥した或年若い婦人の後姿をも眼に浮べた。それは黒いお召《めし》か何かを着て、そんなに派手ではないが暖かみのある色合の帯を締めて、静かに私の前を通つて婦人席の一つの腰掛けにそつと腰を卸した。背たけはむしろ高い方で、肥《ふと》り肉《じし》で、四肢の均斉《つりあひ》がよく取れて、まつ黒ではないが癖のないたつぷりある毛を束髪にしてゐた。すべての物腰に女学生か、女学生あがりらしいエレガントな、洒脱《しやだつ》な様子があつた。白い襟足や柔かさうな横顔はしば〱私の注目を惹いた。けれども、私はつひにその婦人が何んな顔をしてゐたか、また誰であつたかをも究める事は出来なかつた。私はその夜その女を前から眺める機会を持たなかつたし、その後もその女を二度と見掛けなかつたからである。おつとりとした迫らない歩き具合と腰掛の上の後姿とからだけの判断ではあつたが、私はその女を très charmante《トレ シャルマント》 だと思つた。非常に好《い》いと思つた。それを正面から見なかつたのが生涯の一大損失であるかのやうにさへ考へた。

ひよつとすると『一度講演会で遠くからお話を承はつた事は御座いますが』と書いてよこしたK――夫人とあの女とが同一人であるかも知れなかつた。そして、何うやらH――が描いたK――夫人の容態や挙動とあの女のそれ等とが吻合《ふんがふ》するやうな気までした。これはまだH――の在世中にも私が一二度空想した所であつた。

『あれがあれだとすると非常に好《い》いに相違ない。』

だから何うだと言ふのでもなかつたが、私はそんな事を独りごちた。

だが、事件は、翌朝になると思ひ掛けない方へ展開した。(何うも、この場合、適当な言葉を見出せないので、そんな風に言つて置くより外はない。)私は在宅日のいつもの癖で、余程遅くまで床の中にゐた。その日の新聞が子供の手で枕もとまで運ばれた。私は寝たまゝで或新聞の文藝欄を開いて見た。すると、驚いた事には、そこにH――とK――夫人との恋愛関係が私の小品を引き合ひにして掻い摘んで書かれてあつた。画家K――氏の言ふ所によれば二人の間はまつたくプラトニックであつたなどとも附加へてあつた。そればかりか、その体裁よく輪廓などを取つた六号記事の一方には、K――氏が親しくH――の病床に臨んだ時のスケッチだといふ瘠せ細つた彼の似顔が掲げられ、他の一方には、廂《ひさし》髪の大きい結髪の女の、すこし反り身になつたやうな胸へ、幅広の白と黒との太い棒縞の絹ショールを掛けた写真が晴れがましく現はされてゐた。そればかりか、なほその脇にH――の死を悼むらしい彼女の歌が五六首並べられてあつた。その写真がK――夫人の写真であるは言ふまでもない。私は一と通り軽く紙面に走らせた眼を戻して、ぢつとその顔に見入つた。それは私の想像してゐた女とはまるで違つてゐた。その写真の顔を後向きにしたとして考へて、あの晩のあの女の感じは殆んど浮びさうになかつた。第一、あの女は写真の女のやうにでこ〴〵の大廂《おほひさし》には結つてゐなかつた。第二にぐつと太く長く引いたやうな写真の女の眉はあの柔かい感じの女が持つてゐる眉ではなさゝうであつた。よく写つてゐるかゐないかは知らないが、写真のK――夫人は美人の部に属すると言つて差支なかつた。それにも拘らず、胸の張り具合か、ショールの掛け具合か、乃至《ないし》は眉毛の引き具合か、柔かみといふ物に乏しかつた。そして、彼女の即吟らしい歌が、どれ一つとして日頃の熱と光とを持たずに、しら〴〵しい素ッ気ないものばかりであつた。

私は或不快感の混み上げて来るのを禁じ得なかつた。その新聞の文藝欄係りの記者の一人は有名な辣腕家であつた。文壇の時事を捉へて戯曲化したり滑稽化したりするに妙を得てゐた。K――氏にH――の肖像を描かせ、K――夫人に彼女の写真と短歌とを提供させたのはその記者であるに相違なかつた。

私はその新聞を見詰めて、その記者の巧妙な計画を考へてゐるうちに、次第に、K――夫人といふ人を気の毒に思ふやうになつた。彼女は多分強ひられたのだ……それにしても、自分のあの曖昧な小品文に抗議を申込むやうな彼女が、何うしてこんな新聞の、こんな露骨な計画の材料になる事を承知したのであらう？　と疑ひもした。

いよいよ私には彼女の本体が解らなくなつた。

その次の日は雨であつた。私は社の事務室で遅くまで仕事をしてゐた。同僚には事情を話してさきに帰つて貰つた。食事はいつもより早目に命じた。食事をする間も、もう彼女が訪ねて来はしないかと、妙に落ち着かなかつた。食事を済ますとそこらを自分で片付けた。まるで恋人をでも待つやうだと思つて可《を》笑《か》しくもあつた。下宿住居をしてゐた頃のH――も多分こんな風にして、いやもつと〳〵切迫した気持で彼女を待つたものに相違なかつた。しかし、六時が鳴つても彼女は見えなかつた。六時が二三十分過ぎても……。

階下《した》へ夕飯を食べに行つた庶務の若者は、やがて二階へ戻つて来た。そして私が居残つてゐるので、夜でも事務を執らねばならないと思つたものか、私の直ぐわきの簿記台に向つて、伝票に書き入れをしたり十露盤《そろばん》を弾いたりしてゐた。

私も事務を執らうと思つた。けれども、彼女が入つて来た時、さも忙《せわ》しさうに見られるのは、何やらむかうへ気の毒であつた。されぱと言つて、雨も激しく降り出したのであれば、きつと来るか何うかは解らない者を、ぼんやり待つてゐるわけにもゆかなかつた。そこで私は、控へとして机に載せて置いたその月の雑誌を手に取つた、そして私の書いたH――の追憶を読みはじめた。ひとりでのやうに手がそこを開け、ひとりでのやうに眼がそこを走つたのだつた。静かに、黙つて読み続けるうちにこれがH――に対する自分の最善の供養であるやうな気がした。と一方では、この文章の何処があの女の機嫌を損じたのだらう、と穿鑿《せんさく》するやうな気持もあつた。匿名にせよH――の引き合ひに出されたのが不服なら論外であるなどとも思つた。

ちよつと待つてくれ給へ。その文章の載つた古雑誌はたしか保存して置いた筈だ。（さう言つて話し手は起つて行つた。やがて一冊の薄つぺらの雑誌を持つて来た。）

これだ！　私が読むから退窟でも聞いてくれ給へ。これで私と最後に別れた時のH――の面影と、私がまだ逢はなかつたK――夫人に対して何んな判断を下してゐたかゞほゞ解るだらうから。

もう余程ながく中絶してゐたR――会といふ文士や美術家の会合が、或人々の肝煎りで復活して、社交にうとい書斎の人や製作室の人を、むかしその会がよくそこで開かれたといふ麻布のR――軒に、月に一度づゝ引き着けはじめた頃の事であつた、その新しいR――会の第三回の幹事にS――氏と私とが選ばれた。会の当日には、私はすこし早目に家を出た。といふのは、無精をして暫く顔を剃らなかつたので、頬や顎に見つともない程髯が生えたので、途中の床屋で三十分や一時間は過ごさねばなるまいと思つたからである。

京浜電車のなかでは、私は書物を読むか物を考へるかする習慣であつたが、その午後は、持ち合せた書物もなかつたし、考へやうと思ふ問題もなかつたので、人間で言へば老い衰へた皺くちや婆のやうな、住居で言へば田舎の木賃宿のやうな、汚い、ガタ〳〵した古電車のほこりに染まつた玻璃窓から、十一月末の曇つた夕暮の空あひや、刈り尽された切株ばかりが点々と残つてゐる稲田や、畦に並んで葉の枯れてゐる櫟林《くぬぎばやし》や、藁葺の田舎家や時としては町らしく塊《かた》まつた瓦葺《かはらぶき》の家の群れやをぼんやりと眺めてゐた。それからまた市内の電車では殆んど見られない不思議な風俗の、例へば毛布《ケット》を首の所へ括り着けた爺や、子供を背負《しよ》つたり大きな風呂敷を抱いたりしてゐる年増や、乾柿《ころがき》に粉の吹いたやうに白粉を塗つてゐる娘やに眼をやつたりした。たま〳〵大師詣での帰りでもあるらしい都会風の男や女も交じつてはゐたが、電車の内も外も、すべてうそ寒い灰色に満ちてゐた。

しかし、それ等は私のぼんやりと休息してゐるやうな心持の上には、殆んど何の印象も与へなかつた。それ等はすべて目に映つても心まで滲み込んで来ない影のやうなものであつた。電車が品川へ着く頃には、私は床屋へ寄らなければならない事、そこで顔を当らせて、清々とした気持で、ちやうど方々の街燈に火のともる頃にR――軒へ入つて行く事、明るい暖かい西洋間で、心の合つた人々と話をする事などを考へてゐた。

電車から降りた私は、ぷうつと土烟りを立てゝ鉄橋の方から空つ風が吹いて来たので、インバネスの襟を掻き合せて、半《なか》ば眼をつぶるやうにして歩き出した。

『先生！』

だしぬけに、横の方で、さう呼んだ人があつた。びつくりして見開いた私の眼の前に、思ひ掛けないH——君が駈けつて来た。

『あゝお久し振。君は何処へ行かうとするのだね?』と私は、この寒いに外套も着ないで、いつものやうに書生らしく古い袴を穿いてゐる彼を見た。

『私は、何処へと言ふ当ても無かつたのですがね、先生』と彼は懐しげに私を見下した。彼は私より余程背が高かつた。『今日は、なぜかこつちへ来たくなつて、矢鱈《やたら》に歩いて来たのですよ、そして一遍お話してみたい事があるから、これから先生のお宅へ伺はうかと思つて、あそこの柵に凭れて考へてゐた所でした。』

『あゝさうでしたか、では好い塩梅《あんばい》でした、ちやうど出逢つて。』

『ですが、先生、けふはこれから何か御用がお有りでせう?』

『今夜は、R——会があつて、それへ行かうと思つて出て来たのです。……ぢや、すこしそこらまで話しながら歩きませう。』

二人は並んで鉄橋を渡つた。久し振で逢つたのだから、殊には自分に聞いて貰ひたい話があると言ふのだから、そこらのミルクホールかカフヱでも寄つてゆつくりすれば好《い》いのだが……と私は思つた。けれども、始めて振り当てられた幹事の役目を怠るわけにも行かない、それに髯をも剃らなければならない。

院線の品川停車場の前を二人が歩いてゐる頃には、ひどい北風がまともに吹き着ける上に、ポツポツと雨さへ降り出した。折々咳をするH——君の体の事が私の気になつた。何だつてこんな天気模様の日に十分の身仕度もしないで、八ツ山あたりの吹き晒しまで出て来たのだらう、そして柵へ凭れて考へ事などをしてゐたのだらう? と私は考へた。私を訪問する為めに……とすると時刻がさうらしくない時刻だし、始めはそんな積りでもなかつたらしい事を自分でも言つてゐた。恋人の許《ところ》へ……それに相違ないと私は思つた。その実、彼の恋人は××の方に住んでゐる筈なので、その女を訪ねる為めならば、こんな方面まで来るには及ばないわけだと承知してゐながら、私はさう感ぜずにはゐられなかつた。

彼は、或人妻を恋してゐた。その事を彼が私に直接に話して聞かせたのではなかつたが、彼が私にその文章の添削を乞ふやうになつたそも〳〵から、彼はその事以外の事を書かなかつた。彼は最初は三重吉《みえきち》張りの『何々した私だが……』といつたやうな廻りくどい調子で、『金魚と鮨』といつたやうな優しい小品を書いてゐた。私は彼の作品から推して、彼を非常に素直な人間だと思つた、けれども他人の模倣に流れるのはよくない事、自分のほんとの特色を出さなければならない事、また作の内容から見て行くと、そんな軽い、物柔かな調子ではとても取扱ひ切れない、もつと重苦しい、もつと複雑な物が現はれる筈だといふ事などを説いた。彼は彼の作風を改める為めに可なり苦しんだらしかつた。といふのは、それは明るい文章を重苦しくし、単純な調子を複雑にするといふ技巧上の経営ではなくて、彼の実際の境遇を、偽らない生活を其儘《そのまゝ》世間といふ俎《まないた》の上に載せる事であつたからである。子供げた詩といふ上包みを剝いで、肉や血や骨を示す事であつたからである。さうして彼は『血』を書いた。次ぎには『冬』を書いた。この二つの作品は、可なり世間の評判になつた。或新聞の文藝欄の記者は、斯る複雑の心理を、斯る力強い筆で書いた作品は日本の作家としては稀有である、西欧もしくは南欧の名作家の傑作と比較しても遜色はない、とまで激称した。私は非常に嬉しかつた、私のわづかばかりの助言が、彼をこの境まで導いた事を喜んだ。が、それと同時に、彼の実生活に就いて、つまり、彼はどんな風の行き方をするであらうかといふ事に就いて懸念せざるを得なかつた。私は藝術家としての彼には色々の助言をしたが、人間としての彼には何事をも言はなかつた。彼が彼の生活に就いて、何等かの相談を私に持ちかけたならば、私は私相応の意見を提出したかも知れぬが、さもないのに、こちらから忠告がましい事を言ふのはいはれのない事だと思つてゐた。殊に恋愛関係に於ては、第三者の嘴《くちばし》を入れるべきものでない事を私は考へてゐたのである。

『彼の態度が誠実ならば、そこに、すこしも非難すべき理由はない。』

『僕等の道徳では支配どころではない、判断する事も出来ない生活があるんだねえ。』

彼の作品を熟読して、彼の態度がいかにも真面目であり、彼の恋愛がいかにもみじめであつて、ちやうど女王に頤使《いし》される奴隷の恋に近いものである事を知つてゐた或友人と私とは或時さう言つて嘆息《たんそく》した。

彼の作物に表された所で見ると、彼の恋人と言ふのは新らしい時代が生んだ、新らしい思想と感情とを持つてゐる女らしかつた。彼女の夫は、すべてを知つてゐて、すべてを抱擁してゐるやうな、不思議な、尨大な性格を持つてゐるらしかつた。人妻を恋するH――に取つては、すべてが可なり都合よく運んでゐたらしかつた。それでゐて、彼は次第に苦しんで行くのが私によく見えた。学校がつまらないから学校を中途でやめるといふ相談を私にした以外に、彼はやはり私に何事をも話さなかつた。たゞ書いた。その書かれた物を見て、私は書き方を批評した。それと同時に、勿論、内容の批評をする事はしたが、それは藝術品の内容としてだけであつた。

彼は一度郷里へ帰つた、彼が再び東京に出て来た時には、私は横浜に近い海岸へ移つてゐた。彼はそこまでわざ〳〵尋ねて来て、文字で心持を表してゐるのは不十分のやうな気がする事を話した。

『私、考へました、どうも過ぎ易い人間の生命を留めて置くには彫刻などの方が好いと。それで此頃は×××の研究所へ行つて粘土いぢりを始めました。』

それに対して私は言つた。

『あ、さうですか。その気持はよく解ります。モオパッサンがその「ノオトル・クウル」のなかに、或老彫刻家の塑像を作る心理を書いてゐますが、触感から来る生命感は、実感中の実感でせうからね。』

彼が彼の恋人を、心持だけで恋してはゐられなくなつたのだと私は思つた。それの体をも所有したくなつたのだと思つた。所有しようとは思ふけれども所有主は別にあるので、女の生命を或物質に移し取らうとするのだと思つた。そして自分までが悲しくなるやうな気持で彼をぢつと見た。

『例へばですね、御承知の通り、私の町は温泉町で、宅には湯があるのですが、よそに嫁入《よめい》つてゐる妹などが、たま〳〵帰つて来て湯に入つてゐる様子などを見てゐますと、体を半分ばかり湯から出して浴槽の壁にホッと斯うよりか丶つてゐるんですね、あの、いかにもうるさないろんな関係を忘れて休んでゐるといつたやうな、あんな瞬間の気分などは、とても文字では表せませせん。』

敏感な彼は、私が何を考へてゐるかを察したらしく、言ひわけのやうにそんな例を話した。私は湯に浸つてゐる女を眼に浮べてみた。けれども、それは彼の田舎の妹ではなくて、彼の恋人であつた。もう子供の母でありながらよく恋の歌を詠んで、時として「緋縮《ひぢり》緬の布よきり〳〵とわがみだらなる肉をまけかし」といふやうな大胆な実感的な心持をも抒《の》べる女であつた。

その夏の日にも、彼は、私の家の二階から海を眺めながら、日に乾いてそり返つてゐる笹板葺の小屋根へカツ〳〵と痰を吐いたのであつた。

電車は並んで歩いてゐる私達のわきをひどい響きとほこりとを立て丶過ぎて行つた。

『ね、先生。』と彼は私の方へ寄り添つて来た。

『今日は一つ、私の身の上話を聞いて下さい。私は斯ういふ人間で、誰にも、今まで相談しようと思つた事もなし、また相談に乗つてくれるやうな人もなかつたのですが。』

『あ丶、遠慮なく。』と私は答へた。

『今まで、別にお話はしなかつたけれど、書いた物で、先生は疾うに御存じのあの関係なんです。』

『はあ………。』

私は、予期してゐたので、別に驚きはしなかつた。たゞ、この日、私は彼に逢ふと、私が私の髯を気にしてゐたので、その聯想から直ぐに気付いたのだが、何時《いつ》も綺麗に顔を剃つてゐる彼が、顎にまで可なり長い髯を生やしてゐるのを見て、彼がひどく無精になり、またひどくやつれて来たやうに思つた。そして彼が自分に話したいといふ事は、苦しい事、悲しい事に相違ないと直感してゐた。

『あの関係が、この二月頃から面白くなくなつたんで御座んすよ。………一時は、私、女の家に同居してゐましたが、どうも心が定まらないので、この九月から二た月程、鎌倉へ行つて或寺で参禅などを致しました。けれども、どうも可けません、それに其前から引いてゐた風邪がぬけませんし……体の具合が悪くて、神経がいら立つて、いろんな事が気になるので、余計にくしやくするのかも知れませんが、先達てさし上げたやうな、あんな変な作を書くやうな始末で………。』

その最近の作には、或男と或女とが、女の夫から暇を貰つて（であらう）或海岸へ出懸けて、別れ話をするといふやうな事が、すこしエロチックだと思はれる程実感的な筆で書かれてあつた。それはまあ発表しないがよからうと言つて、私は返してやつたのであつた。

『あ、………ふむ………。』

風は私の返事をも彼の続ける言葉をも遠い〳〵所へ持つて行かうとするかのやうに強く吹いた。しかし雨はもうやんでゐた。

彼は頻りに寒さうな咳をした。

『けれども。』と私は、可なり抽象的な彼の述懐を聞いた後で言つた。『もと〳〵君等の関係は一人の男と一人の女といふ単純な関係ではなかつたから、不自然な、苦しい境遇だといふ事は承知の上で入つて行つたのでせう。………その苦しみは今になつて始まつたのかも知らぬが、実は最初から勘定に入れて置くべき事だつたでせう。その関係に堪へられなかつたら、すつかり身を退くか、独占しようとするか、その二つより道はないだらう。』

『独占………。』と彼は考へるやうにして言つた。

『そんな事も一時は考へました。けれども私達の関係は、近頃は先生がお察しになるやうな三つ巴だけではなくなつてゐるのです、その女の夫との関係から苦しむのなら、私は罰と思つても諦めます………けれど………もう先生は御存じかも知れませんが、女といふのはA――の妹《いもと》で、その夫はK――なんです。私と彼女との交際は、私がC――雑誌の投書家時代から始まつてゐるのですよ。最初、むかうから手紙を呉れまして、それから二三年文通を続けてをりました。私が国の方の中学を卒業して東京へ出て来た時には、彼女はもうK――の許へ嫁入つてゐたんです。其後の事は私が二三の作に書いたやうな次第で………手紙の上だけで恋してゐたのだけれど、私は自分のそれまでの心持を、彼女が嫁入つたからつて急に棄てるわけには行かなかつたのです。彼女の方でも私を相変らず愛してゐると言ひました。夫に対しては兄妹の感情しか持つてゐない、夫はどちらかと言へば大まかな性格で自分のデリケートの感情なんかに値しないとも言ひました。………それで女の態度がそんなですし、K――は私を弟のやうに庇《かば》ふといふ風で、私は彼等と一緒に住まふやうになりました。けれど、彼女の親達は、私と彼女との関係が解ると大層腹立つて、以後絶対に生家《さと》へは寄せ付けないと彼女に言ひ渡したさうです。………ところが、さき頃から、彼女はまた別の男に心を向けはじめたのです。………。』

彼の話し続ける所によると、彼が彼女と同居するやうになつてからの事であるが、或日彼の留守に彼女は彼の文庫を引掻廻して、彼の中学時代の古日記を見付けた。それには彼の少年時代の初恋の事がいろ〳〵書いてあつた。彼が帰つて来ると、彼女は彼を捉へて彼が彼女より外《ほか》の女を恋した事を責めた。それはまだ彼女を知らなかつた以前の事で、そんな淡々しい記憶は現在彼女を思つてゐる心持に何の影響もない事を弁解したけれども、彼女の機嫌は容易に治《なほ》らなかつた。

『彼女が第三の男に心を向けはじめたのは、つまり、その時の発見がもとで、私に対する復讐だと言ふのですが………。』

『なる程。』と私は言つた。『今まで、僕の知つてゐる限りでは、君の心持はたしかに純一だ。あひ手がどうであつても君はたしかに昔の儘の彼女を愛し、昔の儘の彼女に対する愛を失ふまいとしてゐる事は僕に解る。けれどもその女の人は、僕にはちよつと解らない。君はたゞ一つを望んでゐる。けれどもその女の人は多数を求めるやうな、複雑と言へば複雑、不純と言へば不純の心持を持つてゐる人ではないか？　どうも君より上は手らしいなあ。コケチッシュ………そんな言葉でも説明し切れないやうな所がある。さういふ対手に、君のやうな一本調子で縋り着いてゐる事は苦しいに違ひない。………だから、君は君本来の性向に従つて、その女をその夫からもその子供からもまた第三の男からも引放して独占するか、さもなければその女と同じやうな複雑な余裕のある心持になるか、だね………さうぢやあるまいか？』

私は『それにも堪へなければ身を退くか。』といふ言葉を繰返すには忍びなかつた。

彼は立ち止まつたり歩いたりして、長く黙つて考へてゐるらしかつた。

『私も、もう、あんな泥沼のやうな生活に飽きました。今もさう思つてをります。一切を忘れてしまひたいと思ひました。………誰かこの混乱してゐる自分にほんとうの行くべき道を教へてくれる人があれば好《い》いと思ひます。催眠術などで、心の方向が急に変るものならば、それを掛けて貰ひたいとまで思ひます。………これ迄、兎に角、自分の一生の事業と思ひ込んでゐた藝術の方へ、他のすべてを忘れて入つて行く方がよからうと考へるのですが、どうでせう？　人間の一生は短かい、無駄遣ひをしてはゐられない！』

さう力強く言ひながらも、やはり迷つて悩んでゐる事は、女を忘れ得ないで躊躇《ちうちよ》してゐる事は、彼の苦悶その物のやうな、青ざめた顔色が、光つた眼つきが示してゐた。

『こんな場合の女の本心は何でせう？』

たうとう、彼はさう言つた。それを知りたいのが彼の本心なのだ。しかし、その問ひは私には解らない事であつた。女が真に彼を愛してゐるのなら、彼は依然として一切をその為めに犠牲に供するであらう。女が彼を愛してゐないならば………それでも勿論、彼は女を忘れる事は出来まい。ます〳〵苦しんで行くより外はあるまい、彼のやうな性質では。

『それは女自身に聞いても解らない事ぢやあるまいか？　ねえ………それよりも大事なのは君自身の態度をきめる事だ。それ程までに紛乱して来た関係でも、君はなほ女を愛するつもりかね？』

『私は愛したいのですが、しかし、今は、自分の心が解らなくなりました。先生ならば、こんな場合に何うなさいます？』

　私達はいつか、枯れた柳の葉のカラ〳〵と風に散る札の辻まで来てゐた。そして私は、麻布の方へ行く電車へ乗るつもりでそこに彳んでゐた。もう方々に電燈が輝きはじめた。

『僕？　僕はさういふ複雑な関係に立つて経験がないので、何とも言ひ切れないが、以前もすこし手軽な事件に出喰《でつく》はした時、僕はさつさと引返してしまつたがねえ。』

『では、離れるのですね、さういふうるさい関係からは？』

　その一と言を叫ぶやうに発した時の彼の表情程《ほど》沈痛な人間の表情を私は嘗て見た事がなかつた。夕闇を透して私を覗くやうにした彼の顔！　色が青ざめて、疎髯《そぜん》が生えて、やつれてゐるといふだけではなかつた。…………

　でも暫くすると、彼はいくらかゆつくりした調子で、『自分のやうな者でも、一生懸命になつたならば、作家として世の中に立つて行けるでせうか？』といふやうな相談を私にかけた。

　やがて、私は発車のリンを耳にすると、急ぐからと言つて、まさに動き出さうとした北行きの電車へ飛び乗つた、もう時刻が遅くなつたので、髯も剃らずにR――軒に行かなければならない事を考へながら。

　私は事務室の机の上でこれを読み終ると、これを書く際にも感じたやうに、なぜあの時、R――軒行きをやめにして、そこらの小料理屋かカフエかで、H――の愚痴や願をもつとよく聞いてやらなかつたらうといふ深い悔恨の念を感じた。あの後、私はつひにH――に逢はなかつた。その年の暮にたうとう病気づいて、彼は駿河台の病院に入院した。私がその知せを受け取つて、見舞ひに行つてやらうと思ひながら行くひまのなかつたうちに、彼は遠くの海岸へ転地した。ふだんの健康状態から押して肺がわるくなつたに相違なかつた。

『たゞ今、上野をたつて郷里へ帰ります。私は悲しく思ひます。』

　夏も末になると、久しく消息の絶えてゐた彼からさう書いたハガキが来た。郷里へ行つた後の彼からは全く音沙汰がなくなつた。秋のはじめに、彼の容態がよくないと伝へ聞いて、私は見舞の手紙を出したが、その返事もなかつた。彼にはもう手紙を書く擬勢も無かつたものらしい。そしてその十月末に、彼の訃報が来た。私の追憶記も言はゞ世間並のあとの祭に過ぎなかつた。

　七時が鳴つた。それでも彼女は来なかつた。降りがひどいのでやめたのかと思はれた。私はもう帰る積りで鞄を引寄せたが、ふと或所へハガキを出して置かねばならない事に気付いて、それを書きはじめた。

　その時である、階下からK――夫人が見えたといふ知せがあつたのは。間もなく、梯子をのぼる重い跫音がして、上り口の襖の側に立つた者があつた。私はペンを持つたまゝチラとそちらを見た。

『大層な雨で、すつかり濡れてしまつて………。』

と独ごとのやうに言つて見知らぬ女はそこに立つたまゝ、黒つぽいコオトの紐《ひも》を解きかけた。K——夫人だ！　と思つたが、其場合、私はかすかな礼儀の観念から、彼女を直視する事を避けた。そしてさも無関心らしくハガキを書き続けた。

『どうぞお入り下さい。』と庶務の若者が言つた。

その時、私は再び頭《かうべ》を挙げた。そして襖際に坐つて無言でお辞儀をする彼女を見た。さすがに私の胸は騒いでゐた。

『どうぞこちらへ。』

深く頭《かうべ》を下げて、ぢつとちゞこまつてゐるやうな彼女にさう声を掛けると、私はまたもペンを動かした。あひ手の様子からでもあつたが、何となく変な、重苦しいやうな気持が続いた。

やがてハガキを書き終ると、私は庶務の男に『用事があれば呼ぶから』と言つてそこを避けさせた。彼は私の直ぐむかうに座布団を敷いて、彼女を請じて、茶の仕度などしてから降りて行つた。

『良人《たく》の帰りを待つてゐたものですから、こんなに遅くなつて。』などゝ夫人が挨拶をする時、私ははじめてやゝはつきりと彼女を見た。

彼女の着物や羽織の縞柄が何であつたかを、私は今よく覚えてゐないが、半襟と帯とは全体の調和を破つてゐる程派手であつた。襟は青磁色で、それに何かの刺繍《ぬひ》があつたやうである。帯は伊達巻位ゐの狭さで、ぱつと赤かつたと思ふ。今日になると、まさかと思ひ返すのだが、何うもそんなだつたやうな気持がする。私と対き向つても、彼女は二重になるやうに背を屈《こゞ》めてゐたので、帯は大方、羽織の裏に袖のかげに深く隠れてゐたが、首垂《うなだ》れた頸《くび》と行き違ひになつてゐるやうな半襟だけは、常に私の眼を惹いた。それに漆黒と形容したならば一番当るであらう黒髪を大廂《おほびさし》にした束髪だ！

『へえ、こんな人だつたか？』

私は余程案外であつた。私が夢想してゐた女には勿論、いくらか傲つてゐるやうな写真の女とも違つてゐた。まるで別の人が来たやうな気がした。『あなたがK——夫人ですか？』と改めて問ひたい程に。つまり服装の色彩などから来る印象は非常に、さうだ非常にグロテスクで、いつまで経つても首垂れたまゝ沈黙してゐる態度から来る感じは非常に憂欝であつた。

しかし私はまだ、彼女の顔をよく見なかつた。それは一つは、彼女が電燈の光に背くやうな位置に坐つて俯し眼になつてゐたからでもあるが、一つは、初対面の人とは、あひ手が男でも女でも、ひたと顔を向け合せる事を避ける私の臆病からでもある。その折の私は、多分てれ隠しに、自分もやはり俯向いて火鉢の縁を撫でたり、無暗に煙草を燻らせたりしてゐたであらう。

『あんな手紙を差上げましたけれども。』と夫人は低い声でやう〳〵口を切つた。『あとで、困つた事をしてしまつたと思ひました。お逢ひして、何か沢山申し上げる事があるやうに最初は考へたのですけれど、よく考へてみますに、別にこれと言つて、何を申し上げてよいのか解らないので御座います。』

『いえ、どうぞ御遠慮なく…………。』

私はやゝ緊張した調子でさう答へた。もう漠とした胸騒ぎなどは消え去つて、自分の耳に入るあひ手の一語をも聞き逃すまいと心を構へた。

『申しおくれましたが、H――さんの事では先生にはいろ〳〵お世話になりました。またわたくしまでが、歌などお願ひしまして………。』

『いえ、ちつとも行き届きませんで失礼ばかり………H――君もお気の毒でした。たうとう…………。』

『はい………。』

『私はあの人に一番嘱目《しよくもく》してゐたのです、私の知つてゐる若い作家のうちでは。』

『先生が愛してゐて下すつた事を、あの人も始終感謝してをりました。』

『…………。』

『…………。』

二人はまたも深い沈黙に落ちた。でも、私は間もなく、軽い調子で言葉を継ぐ事が出来た。

『今朝の新聞であなたのお歌を拝見しました。』

『はあ………あれは近詠は無いかと言はれて、うつかりT――さんにお目にかけたら持つて行かれたので。』

私は彼女を見下すやうにしてゐた。彼女はひよいと首を捻り気味にして私を見上げた。気まり悪さうな色がその面を走つた。さきからチヨイ〳〵彼女の顔を見ないやうにして見てゐた私は、この時、その全輪廓をしつかり捉へた。それは写真の顔に肖てはゐたが、殊に髪形《かみかたち》や眉毛の様子はそつくりであつたが、もつて痩せて骨々しかつた。もつと老けてゐた。もつと深刻であつた。病後だと手紙にあつたのは嘘ではないらしかつた。

私は、勿論、彼女があのH――の追憶文に就いて何か抗議を申し込みに来たのだと思つてゐたので先手を打つて置く積りで、新聞の事を言ひ出したのだが、却つて気の毒になつた。

またも思案するやうに首垂れた彼女は、『わたくし困つてしまひました。何処からお話しし出して好《い》いんだか。けれどもH――さんの断片的の言葉をお聞きになつても、あんなに深い洞察をなさる先生ですから、どんな不束《ふつつか》な事でも申し上げたら、きつと御理解下さるだらうと思つて………ほんとに失礼でしたけれど。』と独言のやうに言つてから、や、あつて、『あの、先生は、A――といふ名を御存じでせうか？』と振仰いだ。すると、その言葉の調子にも身振りにも柔しい女性に普通な媚びるやうな物懐しげな表情が感ぜられた。

『そのお名前は懐しい名前です。』と私も釣込まれるやうに力を入れて言つた。『中学時代に私がよく方方の雑誌に投書してゐた時分、同じ投書家仲間でした。個人的にはつひに御交際する機会を得ませんでしたが、まだ雅号《がう》を、多分雅号《がう》だつたでせうが、浪之助と仰しやられた時分から存じてをります。』

『あれがわたくしの兄で御座います。』

『さうだといふ事を、私はH——君から始めて聞きました。』

その時、彼女は体を楽に置く為めであらう、すつかり座の位置を変へた。私の斜め右前に坐つた。そして背後《うしろ》の袋戸棚に倚りかゝるやうにした。電燈の光は、やはり俯目になつてはゐるが向きの変つた彼女の顔を明るくした。まつ白な白粉と描いたやうに濃い長い眉毛とはその顔を一層深刻に見せた。

『そして、先生は、S——さんが××にお書きになつた「なき友」といふ小説をお読みで御座いませうか？』

『あゝ読みました。』

『あれは多分、わたくしの兄を書いたのだらうと存じますが、わたくしの兄はあの通りの人間であのやうな気の毒な最後を遂げた人でした。』

『はあ…………。』

私はその作の細い所は忘れたが、作の主人公の性格や、作者が余程愚弄するやうな、蹴飛ばすやうな態度を取つてゐた事やをはつきり記憶してゐた。その作が風俗を懐乱《くわいらん》するといふので雑誌×××は発売禁止になつたのであつた。武蔵野を貫ぬいてゐる或川のほとりにある豪家の長男の、下女や子守女に接する場景がまつ先に思ひ出されるやうな作であつた。

『S——さんがお書きになつた通り、わたくしの兄といふのは、一方に非常な理想家で神とか仏とかを求めてゐながら、一方非常に物慾の強い人でした。その二つの矛盾に始終苦しんで、あんなに若くて死んだのも、その為めだつたと言つても好い位ゐで御座いました。直接の死の原因は偶発的の病気では御座いましたが……あれが総領で、わたくしが直ぐ次の妹《いもと》で御座いました。幾人とあつた兄弟姉妹のうちでわたくしは、一番兄に愛せられたので御座います。「おれとお前とは前世で恋人同志であつたかも知れない」と兄は申した事も御座います。わたくしも、全くそんなやうな気持で兄を慕つてゐたので御座います。兄妹でなければ二人は夫婦になつてゐたかも知れません……………。』

さういふ話に入つて来ると、彼女はなか〳〵雄弁であつた。私も非常に楽々とした気持で、可なり響の好い彼女の声を、ロオマンスをでも聞くやうに聞き惚れてゐた。さすがに！　さすがにH——は選択を誤らなかつたと思つた。

『兄が高等学校へ行く頃にはわたくしも女学校の方へ行きますので、一緒に小石川に借家して暮してをりました。その時分の事もS——さんの「なき友」のなかにあつたと思ひます。……………その兄がで御座いますね、わたくしが結婚致しますと急によそ〳〵しくなつて、逢つても変な顔ばかりするといふ風で、後から考へますと、わたくしに対して一種の嫉妬を感じたものらしく思はれる節々が御座います。今だつてさうですが、K——と結婚しました当時のわたくしはまるで子供で、無邪気で御座いました。』

そこで彼女はちよつと言葉を途切らせて私を見た。

『良人《たく》なぞもその頃始終さう申してゐたので御座います。お前はぼんやりしてゐる、まるで人形のやうだつて。世間では新らしい女が何うの斯うのと申しますが、さういふ標準からだと、わたくし位ゐ古い、何時《いつ》になつても子供のやうな女はなからうと思ひます。』

いよ〳〵やつて来たな！　と私は思つた。私は追憶文のなかに『彼の作物に表された所で見ると、彼の恋人と言ふのは新らしい時代が生んだ、新らしい思想と感情とを持つてゐる女らしかつた。』と書いて置いた。

『一体、わたくしがK——と結婚致しましたのは。』と彼女は続けた。『別に深いわけがあつてゞは御座いませんの。わたくしはまだ娘の時分からよくあそこの家《うち》へ遊びに参りました。良人《たく》の父母といふのが、そりや好《い》い方でして、そしてその日常生活がいかにも純粋な江戸ツ児の生活でさつぱりとした中に引着ける所があつたので御座いますよ。わたくしは田舎育ちのぼんやりした小娘でしたけれど、こちらで好《い》いと思ふとむかうでも、良人《たく》の父母の方でもわたくしを大変愛して下すつたのです。そんなわけで、お嫁入りした当座はK——へお嫁に行つたのかK——の家へお嫁に行つたのかわからないやうな気持でした。お前の気が付かないにも困るね、けれどそれがわしには嬉しいのだ、つべこべと亭主の仕事などに口出しする女はわしは大嫌ひだ。お前のやうな者と一緒になつた為めに、わしは却つて仕合せだ。わしは却つて救はれてゐる。わしはこれまで余り多くの手練手管のある女を見過ぎてゐる。と良人《たく》はそんな風に申してをりました。』

何でもなく聞いてゐれば何でもない言葉であるが、婉曲な弁解かさもなければ後に来る抗議の伏線に相違ないと私は思つた。私は『コケチッシュ……それだけでも足りない。』と追憶文のなかで彼女の性格を忖度して置いた。私は彼女の物語に惰気を生じさせまい為めに、屢々『はあ』とか『なる程』とかいふ軽い短かい間投詞を挟む事を忘れなかつた。

『実は、先生、失礼をも顧みず、今晩お伺ひしましたのは、先生が今月のお雑誌にお書きになりましたあれに就いてゞすが……H——さんはあんな風にお話したかも存じませんが、わたくしの通つて来た所またわたくしの知つてゐる所とは余程違つてゐるので御座います。』

彼女はいよ〳〵本題へ入つた！　私はそれを予期してゐながらも、急にかう来られると、いくらか狼狽の気味であつた。

『あゝ、あれはあなたには失礼だつたかも知れませんが、なにしろ、あの人が死んだと聞いて非常に気の毒に感じましてね。……それであんな物を書いたのです。私としては書かずにはゐられなかつたのです。』

『それはもう、始終H——さんに御同情下すつた先生としては御道理《ごもつとも》で、その点ではわたくしも有りがたく思つてゐるので御座いますが……しかし、わたくしとH——さんと知り合ひになりましたのは、あの人がC——雑誌に投書してゐた頃なぞではないので御座いますの。わたくしから手紙を出してそれから絶えず書信を往復してゐたといふのも違つてをります。あの人は、はじめわたくしの兄の友人で、つまり、なんで御座います、わたくしの兄が「明星」に小品なぞを載せ〳〵したのを見まして、あの人がわたくしの兄を崇拝して手紙をよこすやうになつたんで御座います。その時分、H——さんと同じ町にわたくしの女《をんな》のお友達の生家《さと》があつたので、一度わたくしからH——さんへその家に就いて問ひ合せの手紙を差上げたんで御座いますの。ところが、それはそれ切りでH——さんからは何の御返事もなかつたのです。後で聞きますと、その時のわたくしからの手紙が始めから終ひまでくしやくしやと書いてあつて何が何だか解らなかつたから返事の出しようがなかつたと申します。それ位でしたから、わたくしは別にH——さんを思つてゐるといふわけもなく、K——の許《ところ》へ嫁入りますに就いても残り惜しい気持さへ感じなかつたんで御座いますよ。』

さう聞くと私は全く意外だつた。咄嗟の場合に書いたので、あの追憶文には私の記憶違ひや当て推量が雑つてゐないとは云はれないが、すくなくともその点、そのK——夫人が結婚する前既に彼女とH——との間には意志の疏通があつたといふ点はH——の直話《ぢきわ》の儘であつた。

『へ——え、さうでしたか？』

『わたくしがH——さんと知り合ひになつたのは、もうK——と結婚してからでした。勿論、A——の妹にわたくしといふ者があるとは御存じではあつたが、そしてH——さん独りで何か考へてゐらして、中学を卒業して上京なさると、わたくしの郷里まで尋ねて行つたさうでしたが、わたくしはそんな事を夢にも知らなかつたので御座います。……で、或日、突然、H——さんがわたくし共の小さな家庭へ入つていらつしやいました。それは、ちやうどその日、H——さんの同郷の友人がわたくしの家へ遊びに来てゐて、二階から通りを見下してゐたのを、あの人が思はず通りかゝつて気が付いて、その友人に逢はうとして入つたといふ御挨拶でした。それが実際だつたかも知れませんが、前に幾度かわたくし共の家の前を通つて、入らうとして入り得ずに通り過ぎ〳〵して、たうとうそんな機会を捉へたのだつたかも知れません。その日はそのお友達と何かお話しなすつてお帰りでしたが、間もなく度々訪問なさる様になりました。そして毎日のやうにわたくしに手紙をお書きになるのです。その中には、あなたの所へよく行く僕と同郷の男は、あれはたちの好くない男だから気を付けろと言ふやうな事もありました。が、大体、疾うから、逢はない昔からあなたを思つてゐたといふ意味の手紙ばかりでした。』

彼女の物語はそんな風に進んで行つた。話す調子にいさゝかの乱れもなく、背をまつたく戸棚に靠せて、べつたりと坐つた膝の上で折々白い手巾《ハンケチ》を弄《いぢ》るだけで、何物かを秘めてゐるやうな奥深い眼は空になつた庶務の机越しにぢつと何処かを見詰めてゐた。

彼女は時としては私の存在をすら忘れてゐるかに見えた。

雨は小降りになつたらしく、軒垂れの音も聞えなかつた。彼女は続けた。

『その頃のわたくし自身の心持はと申しますと、やはりまだ昔のまゝの子供げた気持ではありましたが、何となく夫とぴつたり合はない。愛してはくれます、兄が妹を愛するやうに、叮嚀《ていねい》に親切に愛してはくれますが、それでも実の兄から受けた程の濃厚な何物も無い事に気付きはじめてゐました。不満足といふ程ではないがそれに似た物があるやうに……そこへ不意に、H——さんが現はれたので御座います。毎日々々書いてよこす手紙の何《ど》のラインにも、ちやうどわたくしの兄、死んだ兄が持つてゐたのと共儘な感情や思想が含まれてゐると私には思はれました。これこそ運命がわたくしに送つてくれた唯一の人ではないかやうの気がいたしました。……わたくしは、わたくしの通つて来た道が善かつたか悪かつたか、今だに判断が着きません。けれども、H——さんのその手紙の事などは、始めから良人《たく》に隠さうとはしなかつたので御座います。断れ、拒絶しろと言はれゝばさうしたに相違なかつたのですが、良人《たく》はさうは申しませんでした。わしはお前がわしと同棲してゐて淋しがつてゐる事を知つてゐる。わしにはお前のやうな純な女が一緒にゐてくれるといふだけで十分だ。お前の気に入つた男ならわしも一緒に交際してやる。遠慮せずに返事も出せ。と斯う申すのです。……わたくしは古い〳〵日本に在りふれた女ですが、良人《たく》はよつぽど新しい方だらうと思ひます。もし新らしい男といふ言葉があるなら、その一人に相違ありません。……そんなわけで、わたくしとH——さん同時に良人《たく》とH——さんの交際は始まつたので御座います。良人《たく》はH——さんをまるで弟のやうに、H——、H——と呼び棄てにして、来れば何事をでも心安く相談するといふ風でした。』

かうなると、私は何の蟠《わだかま》りもなく、楽しんで聞き耽るより外はなかつた。彼女の物語につれて、H——があの神経質な力強い筆で描写したさま〴〵のシインが浮んで来るのであつた。けれども、彼女はも一人の男、その頃H——の競争者のやうになつてやはり彼女を恋してゐた若者に就いては何事も語らなかつた。あれは或ひはH——が最初来訪の折に居合せたといふその男かも知れなかつた。解らない点があつても私は掘つては聞かなかつた。掘つて聞くべき筋でもないし、そんな余裕を与へるのには彼女の言葉は余りに流暢で無停滞であつたから。

『H——さんがわたくし共と同棲するやうになりましたのは、わたくし共としては何も思想上からそんな共同生活が好《い》いと考へたからでは御座いません。あれは、つまり、H——さんが学校をなまけてやがて落第した事が親許《おやもと》に知れて、言はゞ勘当されたわけなのです。それで、金を送つて来ないものですから、困つて良人《たく》にその相談をすると、よし、そんならおれの許へ来てをれよ、お前一人位ゐ食べてゐたつてやつて行けないことはあるまいと良人《たく》が言つて、あの人は引取つてくれたので御座いますの。画筆一本で暮しを付けて行くのですからなか〳〵で、下女も使はずにやつてゐましたから、いろ〳〵H――さんに手伝つて貰ふ事はありましたが、あの人が自分で小説に書いたやうでは御座いませんでした。非常な潔癖で、病的だと思はれる程潔癖でしたから、それになか〳〵器用なたちでしたから、お台所の事でもわたくしなぞのする事は気に入りませんで、自分でずん〳〵やるのでした。……H――さんがあんな風の小説を書いたりしてゐますから、先生なぞが「女王に頤使《いし》される奴隷の恋」とかいふ御観察をお下しになつたのを御無理とは思ひませんが、わたくし共の方から申しますと決してそんなわけでは御座いませんですよ。今度も、H――さんの弟が先生のお書きになつたものを見て最速手紙をよこして、実に兄貴はひどい奴だ！　兄さんや姉さん（わたくし共の事です）兄さんや姉さんにあんなにお世話になり、その上自分が悪くて遠ざけられながら、あんなに自分にばかり都合の好い事を言つて先生の同情を買やがつたつて、ひどく憤慨して来てをります。』

「でも、H――君としては。」と私は口を挟んだ。『そりや僻《ひが》んでゝはあらうが、実際あんな風に自分ひとりがみじめのやうに感じた場合もあつたでせう。』

『それはわたくしにもよく解ります。気の毒は気の毒でした。』と彼女は続けた。『けれど、わたくしに面とむかつて随分無理を申しました。第一、わたくしの手箱からわたくしの娘時代の写真を探し出して、終始机の上に飾つて置きまして、なぜあなたは昔のまゝの可愛い人形さんでゐなかつた？　今での顔を鏡に写して御覧。色は褪せ、頬はこけて昔のあの可愛さはすこしも残つてゐないぢやないかなんて責めるので御座いますよ。……それは肉体の事ばかりではないでせうが、年月の力と運命の支配とを人間といふうちでも弱い〳〵わたくしが何うしてのがれる事を出来ませう。自分でこんな事を申し上げては、先生は可笑《をか》しいとお思ひでせうが、わたくしの幼な顔はまつたく人形のやうに可愛かつたやうで御座います。』

私は改めて彼女を見た。まことにさうであつたかも知れなかつた。さう言へば、現在の彼女の面影にも何処か無邪気さうな所はあつた。派手な半襟や帯の色もその人形の昔を偲ぶ為めかと思へば悲しかつた。

『あなたの事ばかりでなく。』と私は言つた。『彼自身の要求としても永久の若さを望んでゐたやうです。老衰といふ事を狂的だと思はれる程極端に、恐れたり嫌つたりしてゐましたね。発表する事はやめさせたが「春」といふ最後の作には殊にそれが深刻に出てゐましたよ。今から思へば、死期の近いのを予感してゐたのかも知れませんね。』

『それも御座いませうが。』と彼女は答へた。『まつたく我儘で、無理な事を云ふ人でした。良夫のをります時には、それは猫のやうに大人しくて、わたくしとも碌に口を利きませんでしたが、留守に二人だけで御飯を食べてゐる時など、突然茶碗を投げ着けたりしましたんですよ。それも極些細《ごくさい》な、たとへば、味噌汁のまづいとか辛いとかいふやうな場合に、「一年も、一年半も同棲しながら、僕の口に合ふ汁が一つ作れないのか？」なんて申しまして。』

『はあ、そんな荒い所もあつたのですか？』

なる程、そんな事は彼自身では書きも話しもしなかつた。

『それから、わたくしとわたくしの生家《さと》との関係、あの人と別れるやうになつた理由、それ等は先生の今度のお作にあるやうな簡単なものでは御座いません。………古い日記を探し出して、少年時代の初恋の事を云々なんて、それ位ゐの事でいかに馬鹿なわたくしでも、そんな事を責めたりそんな事で別れたりするわけのものでは御座いません。御迷惑でせうが、どうぞもすこしお聞き下さい、………わたくしの次の妹《いもと》が、ちやうどH――さんがわたくし共と同居してをりました頃、生家の方から東京の女学校へ通ふついでに、ちよい〳〵やつて参りました。見てゐると、H――さんと話がよく合ふらしいので御座いますよ。でも始めのうちはわたくしは真逆《まさか》と思つてゐたのですが、何時《いつ》か二人で手紙の往復を始めたのです。ある機会で妹《いもと》から来たのを見ると、あなたの今の境遇に同情するといふやうな文句があつたので御座いますよ。わたくしは腹が立ちました。H――さんはわたくしの妹《いもと》なぞに同情されなければならない惨めな境遇にゐるだらうか？　それではまるでわたし達があの人を虐待してでもゐる様だと思ひました。わたくしこそ苦しかつた！　良人《たく》がいかに寛大だと云つても、わたくしはこれでも女です、男二人の間に立つて、何んなに気苦労をして来た事か！　この心持も察せずに、たゞ若いといふだけを取柄にしてあんな妹《いもと》などに心を奪はれかけたH――さんが解りませんでした。それでも堪へてゐますと、今度は妹《いもと》が、わたくしの娘時代とすつかり同じ服装をしてはやつて来るので御座います。H――さんが常々、わたくしが娘時代には何んな風をしてゐたかと聞くものですから、或時には斯う、或時には斯うと、その折々にわたくしが着た縞柄や模様や地質《ぢしつ》を詳しく話して置いたんで御座います。それが妹《いもと》の上に現れて来たのだから驚ろきました。』

その妹《いもと》の事は、あの日、あの品川から札の辻まで一緒に歩いた日、ちよつとH――から聞く事は聞いたが、それ程重大な事と思はなかつたので、私はとんと忘れてゐた。K――夫人からそんな風に話されてみると、私はむしろH――の心持に同情せずにはゐられなかつた。彼はまさしく見得なかつた夢を追はうとしたのだ、妹《いもと》を姉の身代りに………。

『そればかりでなく、H――さんが、或日、わたくしの生家《さと》へ妹《いもと》を尋ねて行つたといふ事が知れたのです。父がその事に就いてわたくし達夫婦を責めて来たので御座います。わたくしはもう黙つてゐられなくなりました。そんなゝら早速別れようと言ひ出しました。わたしはこれでも一生懸命です。一時の出来心やなにかでやつてゐるのではない。それだのにあなたはそんな移り気で何うします！　あんまり人を踏み付けてゐる！　さう言つてわたくしはあの人を責めました。………しかしその場合はあの人が泣いてあやまつたので済みましたが、暫くすると、もつと堪へられぬ事件があつたのを知りました。』

それが何であつたかを彼女は話さなかつたが、やはりH――と彼女の妹《いもと》との関係であつたらうか？　それは兎に角として、私は殆んど突然に彼女が発した次の言葉を聞くとぎよつとした。

『その為めにわたくしはたうとう発狂してしまひました。』

私は彼女の顔を見た、見詰めた。彼女の眼はやはり或一点に注がれてあるらしかつた。逢つた最初から私が感じてゐた憂鬱が、この時彼女の全身を包んだ。

『もつとも、それはわたくしが二度目のお産をした揚句だつたからでもありませうが………わたくしは精神病院へ入れられました。その間の事はすこしも存じません。あとになつて聞いたのですが、わたくしは毎日々々H――さんの名を呼び続けてゐたさうです。さうでなくても瘠せてゐた体はしまひには骨と皮ばかりになつて行つて、余病をさへ伴なつて、医者ももうとてもダメだと宣告を下したのださうです。親戚や知己が寝台のぐるりに集つていよ〳〵最後だといふ場合になつて、念の為めに刺した注射で、わたくしは生命《いのち》を取留められたと同時に正気に返つたので御座います。』

『ふうむ………。』と私は腹の底からの溜息を吐いた。『不思議な事もあるものですね。ふうむ、さうでしたか………それは始めて承はります。』

私はまつたく知らなかつた。H――の作にも書いてなかつたし、彼の口づからも聞かなかつた。

彼女はそのやうな不幸を、そしてそのやうな僥倖《げうかう》を、割合に事もなげに、割合ひに静かに語り続けたが、さすがに心の興奮を隠しおほせなかつた。その言葉は屢々顫へた。その眼は屢々瞬《またゝ》かれた。

『ほんとに不思議にわたくしは正気に返つたのですが、生家《さと》から絶縁されたのもその時でした。狂人《きちがひ》になる程の苦痛を受けながら、まだあひ手の事を忘れずに病中とは言へ、そんな者の名を呼びつゞけるとは不埒な奴だ、亭主へは勿論、見舞に行つた親戚の手前も面目ない。親子の縁は切つた。以後家《うち》へは寄せ着けないからさう思へ！　といふ親達からの言ひ渡しでした。』

その時、彼女は手巾《ハンケチ》で眼を遮つた。

『それでも、そんな言ひ渡しを受けても、わたくしは、まだ思ひ切る事が出来ませんでした。良人《たく》はわたくしを憐れんでH――さんにわたくしの看護をさせてくれました。………その大患ひをするまではまだ、髪もたつぷりありました。頰もこんなにこけてはをりませんでした。が、あの後《のち》といふものは………たゞもう生きてゐるといふだけの姿になつてしまひました。』

彼女は手巾を下ろした。そしてやゝ軽い調子で続けた。

『妹がH――さんを真に精神的に愛してゐなかつた証拠は、親達やわたし達から堰《せ》かれたからだとしても、間もなく人格も趣味も余り高くない人に片付いたのでも解ります。』

さきに私は彼女の口から実際の兄と妹《いもと》との不思議な愛情を聞いていくらか驚いたが、今度は同じ口から実際の姉と妹《いもと》との稀有な敵対を聞いて別様の驚きを禁じ得なかつた。

『H——さんの為めに発狂をしたり、あんな生死《いきしに》の境まで通つて来たわたくしが、なぜあの人を突き離すやうになつたか、先生にはお解りで御座いませうか？……決して、あれへお書きになつたやうな簡単な事では御座いませんの。……良人《たく》はあんなだし、わたくしはかうだし、しますから、あの人が迷ひさへしなければ、あんな気まづい別れ方をしなくても済んだと思ひます。たゞ一つH——さんにお気の毒だつた事は、わたくしの長男ですが、これが何故でせうか、言はゞ本能的とでも申すのでせうか、あの人を非常に嫌つて度々出て行けがしに言うんで御座いますの。そんな時にはわたくしは泣いてあの子を叱りました。それでもダメでした。一方は作にもよく出てゐる通りあゝ気にかけつぽいし……事によつたら、あそこからあの人が二度目のぐらつきを始めたのかも知れません。あの人が、古日記を私に見られて関係が破れたと先生に申し上げたのなら、それは全然嘘で御座いますの。死んだ人ですから引張つて来て訂正させるわけにも行きませんが……事実は斯うで御座いますの。或日、H——さんの外出したあとで、わたくしはお部屋の掃除に入つたところが、机の抽斗《ひきだし》がすこし開いて、封書の端が見えてゐたので、何心なく取つて見たんで御座いますよ。すると、その差出人が女名前なので、わたくしも好《い》い気持は致しませんでした。なか身をも見ました。それはとても我慢の出来ないものでした。わたくしはその事を良人《たく》に告げました。わたくしは病気になつて寝ました。良人《たく》は始めて烈火のやうに怒りました。H——の事で何かゞある毎にさういふヒステリイを起こすやうでは、お前は寿命を縮めるやうなものだ。おれもH——を見損なつてゐた。そんな不純な人間と知つたなら一日でもお前の側に置くのではなかつた。妹《いもと》との事件では多少同情すべき点があれにあつたが、今度は許す事は出来ない。と言つて良人《たく》は「貴様の心は腐つてゐるぞ、そんな不誠実な、不純な者はおれの所には置けないから出て行つてくれ、おれは思想に統一のない人間が大嫌ひだ」とH——さんに言ひ渡したのです。H——さんは泣いて弁解したり謝罪したりしました。あひ手の女はあの人の郷里の小学校に勤めてゐる女教師で、あの人の「血」がB——雑誌に載ると、それの批評をあちらの新聞に書いたりあの人に手紙をよこしたりしたのが始めだつたさうです。近頃何となく淋しくなつてゐた所へさういふ同情者を得たものだから、こちらからも屢々手紙をやつた、たゞそれだけで別に意味があるわけではない、といふのがH——さんの言ひ訳でした。……古い日記とはよくも拵《こしら》へました。古いどころですか、わたくしが発見した女の手紙はつい二三日前に届いたものでした。直接わたくしの家宛《いへあて》では見付かると思つてゞせう、女の手紙は皆、先にH――さんがゐた寄宿舎へ宛てさせて時々そこへ行つては取つて来たらしいのです。あんなに同居までして、あんなにH――さんの為めに死にさうな病気までして、つい先刻《さつき》までも信用し切つてゐたわたくしや良人《たく》に取つて、その事は、事の性質は何であれ、隠し立てをしたゞけでも我慢の出来ない事でした。』

それも全く私の知らない事であつた。

彼女はなほ続けた。それを掻い摘まむと、K――氏夫婦の前では断然その女との交際を絶つから免してくれと言つて、見てゐる所で絶交状を書いて送つたが、その翌日は寄宿舎へ出懸けて、きのふの手紙は全然自分の意志からでなかつた、K――夫人が嫉妬して仕方ないから一時の方便に出したまでだとその女へ言つてやつた。その事はあとで解つた。

『その頃、といふよりはずつと以前から、折々わたくしの家へ遊びに来て、一緒に音楽の合奏なぞした青年がありました。それは××大学の学生で、人格も高く趣味も広い男でした。学校にゐる間始終特待生でしたが、今は卒業して遠くへ行つてをります。良人《たく》が申しますのに、「どうもH――は可かん、おれは見損なつた、あんな女の腐つたやうな奴はありやしない、お前一つ復讐をしてやれ。」さう言はれたからでもありませんでしたが、H――さんから段々離れて行つたわたくしはその学生と連れ立つて散歩するやうな事もありました。H――さんが第三の男と言つたのは多分その人の事だつたでせう。』

そこの移り変りのK――夫人の気分は私にはよく解らなかつたが、私はやはり『はあ』『はあ』と聞いてゐた。

『気まづく同居をやめる事になつてからもH――さんは始終訪ねて来ました。良人の厳重な言ひ渡しもあつたのでわたくしは成るたけ逢はないやうにしました。H――さんがほんとに悶え出したのはそれかららしかつたのです。それがわたくしにもよく解りました。けれどもそれ位ゐでは足りないやうな気がしました。あの人は書くにも話すにも、自分だけが辛いみじめな立場にある事を嘆いてゐたらしいのですが、わたくしはもつと〱ひどかつたので御座います。苦情を言ふならわたくしの方にどつさりあるので御座います。複雑とか、不純とかいふ事はむしろあの人の方にありはしなかつたかと思ひます。わたくしは一時に、「多数を求めるやうな」女ではない積りで御座います。』

彼女が強い調子でさう云つた時、それは明かに私が追憶小品の中で彼女に対して下した判断に抗議を申し出てゐるのだといふ事が私に解つた。いや、それまで彼女が述べて来た一切がその為めであつたに相違なかつた。

『なる程。』と私は言つた。『H――君は私が上面から見たやうなたゞ素直な人だけではなかつたやうですな。お話で大抵解るやうな気がします。おかげであの君の両面が見えます。不誠実の人では決してなかつたでせうが、始末のしにくい側の人ではあつたでせう。………ですが、恋愛生活に深入りした人に思想や感情の統一を求めたつて、それはこちらが無理かも知れない。あなた方御夫婦がお怒りになつたのは御道理《ごもつとも》ですが、H――君も苦しさうでしたぜ。何時《いつ》か破綻が来ずにはゐないやうな矛盾はもと〳〵あなた方の関係のなかにあつたと思ひますよ。』

『わたくしが夢を見過ぎてゐたのかも知れません。』と彼女は嘆息するやうに言つた。『H――さんは常常、わたくしをハアデイーの書いた或ヒロインに似てゐると言つて、わたくしの為めにその作を「夢みる女」と題して訳しかけた事も御座いました。あゝ、そんな事もすべて夢の夢になつてしまひました。……先生がお書きになつたやうに、あの人は一時鎌倉へ行つて参禅なぞしてをりました。東京へ帰つて来ると、また毎日のやうにわたくしの許《ところ》を訪ねましたが、わたくしは断然逢ひませんでした。H――さんの様子が変に狂人《きちがひ》染みて来て何をするかも知れないといふ懸念と、も一つはわたくしがその頃病気してゐたものですから、一時転地してあれを避けるが好《い》いと良人《たく》は言つてくれました。それでわたくしは旅へ出ました。行く先が知れてはそこまで追ひ駈けて行くだらうと思つて、わたくしから良人《たく》への通信は一切隠させるやうにしてゐたさうですが、或日、年寄りの下婢《かひ》がひとりで留守居してゐた時、H――さんは無理に入つて来て、紙屑籠か何かからわたくしのハガキを探し出したんださうです。それにはわたくしの転地先は書いて無かつたが（それをわたくしはいつもわざと書かなかつたのです。）消印で東海道筋にわたくしがゐる事を知つて、当てもなく探さうとあの人は出懸けたらしいんで御座います。あとで考へると、H――さんが品川の停留所で先生のお目にかゝつたといふのはちやうどその折の事で、あの人がわたくしに逢ふ為めにそこらをまごついてゐたやうに先生が御推量なすつたのは、全く当つてをりました。……それから、これは余程前の事ですが、彫刻をやりはじめた心持といふのも、全くあの通りで御座いました。……あんな事を色々思ひ出すと、たゞ気の毒になつてしまひますが、最後は悪《にく》らしいんで御座いますよ。あの人が郷里へ帰つてどつと寝着くやうになると、例の愛読者だといふ女教員が来て病床に附き切つて臨終までも見届けたさうで御座います。そしてその女が「最後の恋の勝利者は自分だ」と言つたさうです。縹緻《きりやう》だつてあんまり好《よ》くない女だとH――さんの弟からの通信に御座いました。わたくし共はわたくしの生家《さと》からは絶縁されてをりますが、反対にH――の家とはまるで親戚同様で、良人もわたくしも一二度あちらへ参りました。わたくし共はH――さんの弟や妹《いもと》からは「兄さん」「姉さん」と呼ばれてゐるので御座います。』

K――夫人のその夜の物語は大体こんな風であつた。もう何年か以前の事なので、記憶の入り違つてゐる点や、薄らいだ点はある。けれども夫人がaccent《アクサン》を置いて私に話した所だけは間違つてゐない積りだ。つまり夫人来訪の趣意は、彼女の人格の名誉の為めに、私がH――の追憶のなかで彼女を非常に近代的な所謂《いはゆる》自由恋愛の実行者でゞもありさうに判断したのを取消さうとしたのであらう。それと同時にH――の隠れた一面を彼の「先生」であつた私に訴へに来たのであらう。すべての事情を話した後、彼女は彼女の踏んで来た道に就いて私から善か悪かの判断を引き出さうとした。けれどもH――の思想感情に就いてさへ善悪の判断が下させずに彼を見殺しにした薄弱な私が、初対面の夫人に向つて何の法が説かれよう！　たゞ、その時、いや現在さへも私が感じてゐる事は、人間生活のうちには善悪の批判を絶した物があるといふ事だ。

私はあの際、H――に就いての追憶文を、あの片手落ちの作品を発表した事をすこしも悔いてゐなかつた。人はたゞ接触した部面からしか他人の生活を知り得ないにきまつてゐるからである。けれどもK――夫人には非常にお気の毒であつた。あの夜帰り際に聞いた所によると、彼女が二三日病気してゐたと言つたのは、私の文章を見て、H――の身勝手な物語や私の軽卒な判断を不快に思つて、烈しいヒステリイの発作を起したのだつたと言ふ。

それを聞いた時、私はほんとに夫人が気の毒になつた。かよわい一人の女性として、受けるだけの苦痛は既に十二分に受けてゐる。一度ならず、発狂したり死に損ねたりさへして来てゐる。もう沢山だ！　この上の苦痛があつてはならない。私は直《す》ぐに追憶文の取消しを思ひ立つた。けれどもそれには彼女の物語全部を細かく〳〵書かなければならないので、大抵ではなかつたので、思ひながら今日まで延び〳〵になつてゐる。そのうちに忘れてしまふかも知れない。君もし閑暇《ひま》があるならば、要点だけなと、余り小説的技巧を弄せずに書き留めて置いてくれないか？（さう言つて話し手は高く〳〵晴れた秋の空を眺めた。）

（「文章世界」大正6年10月号）

神経病時代

広津和郎

一

若い新聞記者の鈴木定吉は近頃憂欝に苦められ初めた。その憂欝が彼にはいろ〳〵の方面から一時《いちどき》に押し寄せて来るやうに思はれた。彼には周囲の何も彼もがつまらなくて、淋しくて、味気なくて、苦しかつた。第一には彼の家庭である。彼は今から半年ほど前に一人の若い女と同棲した。同棲前に彼と彼女との間には既に一人の男の子が生れてゐた。二人の生活はうまく行かなかつた。……けれども、これはもつと後で説く事にしよう。

今は何よりも先に彼が新聞社でしてゐる仕事を例に取つて見よう。彼はS――新聞社の社会部の編輯見習で、月給三十円を貰つてゐる。彼は朝九時に出社しなければならない。S――新聞は東京中の新聞といふ新聞の中で、最も忙がしい新聞だと云はれてゐる。一体は夕刊新聞なのであるが、近頃は正午版までも出し初めた。だから九時に出社して、十時半にはもう直ぐに正午版の締切と云ふ事になる。いろいろの通信が電話で来る。外交記者や通信社が原稿を書いて寄越してゐては時間が間に合はなくなるからである。

定吉は此の電話を聞かなければならないのが、第一に厭であつた。大概の人間は一ケ月も経《た》つと直ぐに耳が馴れるさうだけれども、定吉はもう入社してから三ケ月にもなるのに、未だにそれに馴れなかつた。締切時間の間際になつて、気が急きながら卓上の受話器に耳を当てると、彼の聴神経は妙に昂奮して、耳の中がガアンと鳴つてゐる。

『浅草区――町二番地△吉長男□吉（六つ）は本日午前七時三十分頃同家前の往来にて遊戯中通りかゝりたる同区××町四番地〇〇商会の自働車に轢殺さる、運転手夏野三造を象潟署に拘引目下取調中』『麻布区広尾町△△番地鳶職……』

電線を伝はつて来るか細《ぼそ》い声が、定吉の耳の中のガアンといふ響きと入れ雑つて、鳶職と云ふ音《おん》が、どうしてもはつきりは聞き取れなかつた。

『何ですつて？……モシ〳〵、広尾町△△番地……それから何職ですつて？』

『トビ職ですよ』

『タビ職？… あゝ、モシ〳〵、電話が大変遠いやうです』定吉は自分の張り上げた声が、何だか泣声のやうに甲高く調子が外《はづ》れて来るのを感じた。

『これでも解らないかな…　鳶職ですと云ふのに……鳥や鳶《とんび》のあのトビですよ』

『鈴木君、その電話の事件は何だね？何か大事件ですか？』と社会部長の斎藤が彼に声をかけた。

『子供が自働車に轢かれたのが一つと、それから今一つあるのですが……』定吉は斎藤の方へかう答へて置いて、再び受話器に向つた。『モシ〳〵、解りました、その鳶職が……なるほど、鳶職内山市スケ……スケは介《かい》ですか助《じよ》ですか……な、なるほど……その母のりつ……なるほど……年齢六十八歳……なる……』そして彼の右の手に握られた鉛筆は、机の上の原稿用紙の上をやけくそに早く走つた。

その通信はその内山市介なる鳶職の母親の六十八歳になる老婆が、浮世を悲観して、半月ほど前から二度縊死を企てたが、その都度家人に発見されて成功しなかつたのを、本日午前四時頃家人の寝すましたる隙を窺ひ、同家台所の梁に細引を吊して三度目の縊死を企て、終に自殺を遂げたといふのであつた。原因は不明だが、同家は別段貧困と云ふ程ではないから、生活難のためではないといふことであつた。

定吉はその通信を別の原稿用紙に清書してゐるうちに、その老婆のみぢめな死様《しにざま》が目の前に浮ぶやうな心持がして来た。彼は子供の時分に近所の老婆が縊死したのを、女中の背中にをぶはれながら見に行つた事があつた。その時の光景をそつくりそのまゝ彼は思ひ出したのである。白髪をふり乱して、からだ全体がだらりと力なくぶら下つて、鼻から黒い汁を垂らして……

『生活難でないとすれば、如何なる原因だらう？』と定吉は筆を動かしながら考へた。『市介の女房が腹黒い女でゞもあつて、老婆を虐待したのだらうか？』彼はふとメチェニコフの『人生論』の中に、生に対する本能は老年になるに従つて益々募つて来る。だから若い青年は血気にはやつて厭世や悲観のために自殺するが、老人にはさういふ事は殆んどない、若し老人が自殺する事があれば、その場合には殆んど全部が生活難のためである、その他の原因で自殺する事は稀であると云つて差支へないと云ふ意味の事が書いてあつたのを記憶に思ひ浮べた。『して見ると、若し此の老婆が生活難で自殺したのではないとすれば、これには何か非常に悲惨な原因がその底に横たはつてゐるに違ひない』

定吉は胸を締めつけられるやうな苦しさを感じて来た。彼にはこれが此の上ない大事件のやうに思はれて来た。議会の論戦の報告よりも、U――首相が議会でとつちめられて、顔を真赤にしながらも返答が出来なかつたといふ報告よりも。そこで彼は清書した原稿を社会部長の机の上にさし出した。

『何か大事件ですか？』社会部長の斎藤はざつとその原稿に眼を通しながら、『自働車の轢殺と老婆縊死か』と怠屈さうに云つた。

『老婆の縊死の原因は生活難ではないさうです』定吉は『生活難ではない』に力を籠めて云つた。それが社会部長の心に或る感動を与へるに違ひないと確信してゐるもの丶やうに。

ところが、社会部長の顔色は少しも動かなかつた。彼は、『牛島君』と彼の次席に座つてゐる金縁眼鏡をかけた色の生白い男の方へ向いて、『君の書き取つた通信の中にも、自働車の事故があつたやうでしたね。あれとこれとを一纏めにして、「人殺車の横暴」と云ふみだしを二号で附けといて呉れ給へ。全部で十二三行ぐらゐに。——かう自働車の事故が毎日々々出来《しゆつたい》しては、実際一個の立派な社会問題となるからね』さう云つて今度は定吉の方に向ひ、『此の老婆の縊死は二行にして呉れ給へ。「市井の塵」の中に入れるから』

定吉は呆見に取られて、ぼんやりしたやうな、悲しいやうな気がした。彼は八行ばかりに書いた老婆の記事を二行に縮めようとして苦心したが、なか〳〵出来なかつた。何処も彼処も必要のやうな気がした。で、何だか死人を棺につめる時、棺の外にはみ出る手足をぽき〳〵折つてしまふ、あの葬儀屋の男と同じやうな残虐を自分が働いてゐるやうな気がした。

『どうしても五行より縮まりませんが。』

『どれ〳〵、貸して見給へ』社会部長は半分笑ひながら、半分たしなめるやうな顔をしながら、定吉の原稿の文字をまるで器械仕掛のやうに素早く赤インキで消して行つた。『それ見給へ。こんなに縮まるぢやないか。』

定吉は自分の前に投げ返された原稿を、一生懸命に眼に力を入れて熟視した。その記事は次のやうになつてゐた——

『麻布広尾町内山りつ（六八）は今朝四時自宅台所にて縊死す。』

時計が十時半を報《う》つ。『締切！』と社会部長が叫ぶと、給仕がそれを鸚鵡返しに『締切！』と叫びながら、柱のベルのボタンを捺す。それが階上の植字工場の方へ行つて、チリンチリンと鳴つてゐるのが、定吉の耳にも伝はつて来る。

『あ丶、半日済んだ！。』と定吉は腹の中で溜息した。

牛島が大組《おほぐみ》をやりに階上の工場に上つて行く。定吉はそれを見習ふためにその後から蹤《つ》いて行かなければならない。それが済んだ。そして十一時三十分には最下層の印刷工場から輪転機がグワラ〳〵と大きな声で唸り初める。給仕が刷り立ての新聞紙を持つてとん〳〵梯子を駈け上つて来て、編輯局の片隅からそれを配つて歩く。定吉は自働車の記事が三面の中段に二号活字で麗々しく出てゐるのを見た。そして隅つこの方の「市井の塵」の中に、老婆の縊死が万引と詐欺との間に挟まつて小さく出てゐるのを悲しさうな顔をして見た。

正午頃の編輯局は雑鬧の頂上に在つた。外交記者達がぞろ〳〵帰つて来る。煙草の煙がもや〳〵と天井に棚引く。埃が舞ひ上る。その中でみんなが弁当を食べながらガヤ〳〵雑談する。その雑談は先づ食物から初まつて、次に女の話に移り、それから金や貧乏の事になつて行くのであつた。この順序には毎日々々少しの変化もなかつた。女の話は金縁眼鏡をかけた牛島の独占であつた。

『さうですよ、女と云ふ奴は物にするのはわけはないが、六ケ敷いのはその別れ際ですよ。上手に別れるやうになれば、もう一人前ですからな。』

貧乏の話はまた主として外交部長の吉田の口から語られた。彼は某私立大学の政治科を十年も前に出たのに、未だに新聞記者としての好い位置を贏ち得られない自分の不遇や、子供の五人ある事や、もう長男はやがて中学にやらなければならなくなるだらうと云ふやうな事を、くよ〳〵語つては、自分より五つも年の若い社会部長の斎藤に向つて、『あなたは実際羨しい』かう云ふのが常であつた。（外交部長は社会部長の部下なのであつた。）

そして吉田はまた始終此の正午の短い休みの間を利用しては、外交記者達に叱言《こごと》を云つてゐた。定吉は総ての事がみんな自分には適さない、憂欝を誘ふ種でないものはないと感じてゐたが、中でも一番此の吉田の外交記者達に叱言を云ふ時の声を聞くのが厭であつた。――吉田は色の黒い、髭のチヨボ〳〵と生へた、出つ歯の、額の狭い、下等な顔をした男であつた。

『幾ら云つても君には解らないのか。君は文章さへも碌すつぽ書けないぢやないか。』かう若い外交記者に向つて、編輯局中に聞えるやうな大声で怒鳴つてゐる吉田の様子を見ると、定吉はいつでも心の畏縮するのを覚えた。

食後は夕刊の原稿が来る。外交記者が出て行く。定吉は電話を聞く。それは又午前と同じ繰返しである。二時になると『締切！』と斎藤が叫ぶ。けたゝましくベルが鳴る。大組に行く牛島の後から定吉は見習ひについて行く。

時計が三時を報《う》つ。すると、もうみんなが退社する時間なのである。けれども定吉には未だ仕事があつた。それは社会部長が白つぽい鼠色のサンマアコオトを引つかけながら、かう命令して行くからである。

『鈴木君、甚だお気の毒だが、明日のおひこみを三段ばかり工場に廻しといて呉れ給へ。』

そこで定吉はひとり後に残つて、予備の原稿を抽斗から出して、片つ端から読み初める。

時計が四時を報《う》つ。すると、それは給仕達が退社する時間なのである。彼等は急いで机や椅子を片付け初める。乱暴に床を掃くものだから、埃が天井までも舞ひ上る。定吉は眉をひそめながら、袂からハンケチを出して口と鼻とに当てる。彼は自分の母が肺結核で死んだのを思ひ出して、出来るだけ埃を吸ふまいとするのである。けれども彼れは『もう一寸静かに掃け』とか、そんなに『ガタ〳〵騒がしい音を立てるな』とか、給仕に命令する事は出来ない。物を命令すると云ふやうな力は、生来彼に欠けてゐるものゝ如く見える。……

かうして定吉がおひこみを工場にまはして社を出て行く時は、いつも四時半を過ぎてゐた。

二

秋の初めの或る夜であつた。定吉は右の手にステツキを持ち、左の手はふところに入れながら、銀座通りを歩いてゐた。彼は子供の時分に始終女中の背中にをぶはれつけたので、それがためかなり足が内側に彎曲してゐた。それがセルの袴と羽織との上からさへも少し注意して見ると、直き眼についた。若しそれさへなければ彼は日本人にして随分身長《せゐ》が高い方なので、スラリとして立派なのであつた。彼は眼鼻立もよく整つてゐた。眼には優しみと愛嬌とがあつた。けれども眉と眉との間が少し距離があり過ぎたり、口が少さくて唇が薄かつたりする辺りに、何処か或る力の——意思の力の欠けてゐる事を表はしてゐるやうな処があつた。

尾張町の停留場に来て彼は佇んだ。そのまゝ電車に乗つて家に帰る気にはなれなかつた。と云つて、彼は別段何処にも行くめあてはなかつた。彼はカッフェ・ライオンの壁に凭れながら、幾台も〳〵の電車をやり過した。彼の眼は前方を見つめてゐた。が、別段何も見てゐるのではなかつた。たゞ都会のいろいろの灯が混《まじ》り合つて、ぼうつと一つの塊《かたまり》になりながら、彼の眼に映《うつ》つてゐるに過ぎなかつた。——彼はぼんやり社の事だの家庭の事だのを考へてゐた。が、さういふものがみんな自分には親しみのない、適さないものゝやうに思はれて来た。

『さうだ、俺見たやうな人間はこんな風な生活をしてゐる事は間違つてゐるんだ。』と彼はいつもよく考へる事を考へ初めた。が、彼はその考へが彼の心の深いものに触れる事は避けてゐた。で、途中からその方向を転じさせて、かう腹の中で呟いた。『あゝ、田舎に行きたいな。何処か静かな田舎に、そして本を読まう。トルストイを読まう。自分はやつぱり一番トルストイから教へられる……』そして彼はトルストイの『土人と下男』のニキタの美しい心などを思ひ出した。彼は都会の此の刺戟の多い生活が、堪らなく厭になつて来た。

彼は東京で生れて東京に育つた。実際のところ、彼は田舎には三日か四日しか行つた事はなかつた。だから、彼の云ふ田舎がどこに行つたらあるのか見当はつかなかつた。けれども、彼の想像した田舎は美しかつた……そこは小川が流れてゐた。彼はそこで釣糸を垂れる事が出来た。そこには森があつた。彼はそこで小鳥を撃つ事が出来た。そこには広い畑があつた。彼はそこを散歩することが出来た。そして人情が醇朴で、みんなが彼を尊敬した。さうだ、彼はいつの間にかそこで小学校の教師になつてゐるのであつた。彼は子供たちにトルストイのお伽話をはなして聞かせるのである。すると子供たちは、みんな嬉々として彼になづく。子供達の祖父や祖母である爺さん婆さんが、大根だの胡瓜だのを、彼の家の縁側に持つて来ては載せて行つて呉れる。……定吉は夢のやうな気持になつて来た……が、彼は急にそんな事を話したら、妻がどんなに怒るだらう、と云ふ事を思つた。

『あんな女とは別れてしまふのだ。……が、どうして別れる、子供をどうする?。』

彼は、もう考へるのが厭になつて来て、さういふ思想を打払ふために、頭を左右に振つた。

『おい』といきなり定吉の肩を叩いたものがあつた。『ぼんやりしてゐるぢやないか。』

見ると相川が立つてゐた。定吉はこゝで友達に会つたのが嬉しかつた。

『やあ』と彼も云つた。

『社の帰りか?それにしては随分遅いね』と相川は云つて、『どうだい、その辺を少し散歩しないか?。』

『あゝ、してもいゝ。』

そこで二人は歩き出した。

『珈琲でも飲みに行かないか?』と相川が云つた。『僕は今小説を書き出したんだがね。どうしてもうまく行かなくて困つてしまつたんだ。もう一昨日から一つの峠にかゝつて、筆が少しも進まないんだよ。——その峠さへ越してしまへば、もう後はわけはないんだが。』

『長いものか?』と定吉は訊いた。

『いや、短篇なんだ』と相川が云つた時、二人はとある横丁のカッフェの前に来てゐた。二人はそこに這入《はい》つて行つた。

『うまく行くか行かないか解らないが、一つの新しい試みをやらうと思つて書き初めたんだがね……』

と相川が言葉を続けようとした時、左手の隅の方から、突然『よう!』と云ふ声が聞えた。そこには一つの卓子に向つて二人の青年が腰をかけてゐた。遠山と河野とであつた。

『やあ、此処に来い!』と云つた遠山の声はもう酔つ払つてゐた。『いゝ処で連中が集まつたものだね。俺は今日は非常に愉快で堪らないんだ。まあ、聞けよ。俺も今日から愈々社会人《マン》になつたんだよ。おい、社会人《マン》に。君たちは俺が社会などに出ると、一とたまりもなくつぶれてしまふと予期してゐたらう。ところが、それは大違ひ。働かうと思へば俺は何でも出来る男なんだ。俺が今まで働かなかつたのは、俺のたましひが大切だつたからだ。だが、俺は今は働くぞ。俺は一人の女房と二人の子供とのために今日からうんと働くぞ。うんと働くぞ。そして彼等に安心させてやるぞ。さうだ、うんと働く。』遠山はかう叫びながら、『さあ一杯』と定吉に盃をさした。

『僕は飲めないよ』と定吉は云つた。彼は酒が少しも飲めなかつた。けれどもかう云ふ場合でも彼は盃を押し返す事は出来なかつた。彼はそれを受けた。そしてそつと唇に当てたが、酒の香《にほひ》にむか〳〵とした。

『そして何処に出て働くことになつたんだ?』と相川が静かに訊いた。

『××雑誌の訪問記者になつたんだ。月給十九円、十九円とは変挺な勘定ぢやないか。一体なら二十円さし上げるべきところ、目下社が不振だからと云ふので、一円けづるんだつてさ。一円、たつた一円……』遠山はをどけた手附をして叫んだ。彼の指は両手の十本ともその尖端に行つて妙に丸くぷくりと膨れてゐた。彼に云はせるとそれは子供の時分に畑に出て働いた労働の印《しるし》だと云ふことであつたが、彼が酔つ払つてその指をうんと拡げながら、をどけた調子で手を振る時には、何だかそれ等の指先《ゆびさき》のふくらみが、雨蛙の吸盤を思はせた。

『ボオイ君、僕にウヰスイキを一杯』相川はさう注文した。『君は何にする？』と定吉の方を向いて、『珈琲か？よし……ボオイ君、それから珈琲を一杯』そして遠山の方へ云ひかけた。『だが、十九円ぢや食へなからう。』

『併し、今までの一文なしよりは食へるさ』と遠山は答へた。『俺の故郷《くに》の家もたうとう破産してしまつたさうだ。何しろ三年つゞいて林檎に虫がついた上に、今年も亦あの辺は大嵐があつて、とても望みがないんださうだからな。併し総てが仕方がないんだ。かう云ふやうになるやうに出来てゐたんだ。先日《こなひだ》親父から来た手紙に、もう愈々これから無心を云つて来ても一文も送る事が出来ないから、そのつもりでゐて呉れと書いてあつた。親父は山の中に小さな二室《ま》か三室《ま》の家を建てゝ、その方に移つて、今までの屋敷も地面もみんな人手に渡してしまつたんださうだ。俺はそれを読んだ時涙がこぼれたよ。ほんとに俺の親父はいゝ親父なんだぜ。親父は俺の十九の時から去年まで丁度十一ケ年間毎月々々俺に金を送つて呉れてゐたのだ。俺がいつか出世するだらうとそれを待つてゐるのだ。ところが、俺は酒ばかり飲んでゐた。俺は学校さへも卒業しなかつた。俺はなまけ者だつた。そして俺はもう女房に二人も子供を生ませてしまつた。俺はよく考へて見ると、ワイフや子供に未だ自分の手からは著物一枚買つてやつた事もない。いや、それどころか、俺は女房の著物をみんな質に叩き込んで、酒を飲んでしまつた。俺は女房の鏡台までも飲んでしまつた……。』

『ボオイ君、ウヰスキイを僕にもう一杯』と相川が云つた。『おい〱、君はそんな事を云つて一体喜んでゐるのか悲しんでゐるのか？君のさういふ行為を君は是認してゐるのか？』

『是認？いや、是認しやしないさ。無論喜んでなどゐやしないさ。俺は悲しんでゐるんだ……俺は……。』

『それにしちや、余り調子が喜ばしさうだぜ』と相川は冷かに云つた。

『だが、俺は真実心の底から妻や子供を愛してゐるのだ。妻も俺を愛してゐる。子供だつて僕になづいてゐる。それは君には到底解らない程の高い程度でだ。俺がかうして酒を飲む。そして酔つ払ふ。さうすると、妻や子供の事が思はれて来る。俺は彼等を可愛いと思ふ。俺はよく信じてゐる。俺と妻との愛は著物や金が間に挟まつた愛ぢやないんだ。真つ裸かの愛なのだ。皮膚と皮膚との間に何ものも介在しない愛なのだ。著物や金が全部なくなつて、二人が真つ裸かになつた時、尚一層俺たちの愛は純粋になるのだ！ほんとだ、俺の藝術もやつぱりそこに在る。俺は十二年の間何も書いた事がない。だが、俺の藝術は次第に形成されつゝあるのだ。俺はすべてのものをみんな捨てゝ行く、そして最後に俺の藝術がひかへてゐるのだ……。』

『一寸待つて呉れ』と相川が微笑を浮べながら云つた。『どうも理論が変挺になつて来たぞ。まあ、君の藝術はどうでもいゝとして、君の細君がそんなにまでなつても未だ君に愛を捧げてゐるのに対しては、僕は敬意を払ふよ。併しそれだからと云つて、君がさういふ論法を用ひる事は、僕にはどうも合点が行かない。』

　定吉と河野とは黙つてゐた。定吉はかういふ場合いつでも議論に加はつた事がない。彼はほんとに物に対して意見と云ふものを持つてゐないのである。彼はたゞ個々に雑然と物事をその弱いハアトに感じはする。併し彼はそれを統一したり綜合したり、それを一個の纏まつた彼自身の意見とする力には全く欠けてゐる。そこで彼はアルコオル中毒のために雨蛙の吸盤のやうな指端をぶる〳〵震《わなゝ》かしながら昂奮して大声を上げてゐる遠山の顔と、唇に微笑を浮べながら対手の急所を衝くやうなキパリ〳〵した物の云ひ方をする相川の顔とを見較べてゐた。彼の頭には遠山の細君の事が浮んで来た。彼女は実際柔順な女であつた。まるで裏長屋のやうなところに這入つて、三人の子供を抱へて、極端に窮迫した生活をしながらも、嘗て不平らしい表情を顔に浮べてゐたのを、定吉は見た事がなかつた。いつでも夫に対して素直にかしづいてゐた。その子供をやさしく育てゝゐた。その立居振舞に、いつでも礼儀作法を忘れなかつた。『あれや全くクヰインのやうに寛闊な心を持つてゐる』とよく遠山が彼女の事を評する言葉を思ひ出した。

『何故遠山はあの柔順な細君にあんなみじめな生活をさせて置くのだらう?もつと何とかなりさうなものだ』と定吉は考へた。が、彼には解らなかつた。――彼は遠山がそんな苦しい生活をしながらも、平然として毎日々酒を飲んでゐる有様を考へた。彼には遠山のその極端な生活態度を見ると、何となくそこに自分には解らない或る物があるのではないかといふ気がした。屹度何処かに自分などゝは違つた、人生に対して慴えない或る力が、或る強さがあるやうな気がした。――定吉には何でも極端な事の出来る人間はみんな強く見えたのだ。――そして彼は遠山が出鱈目な生活をしてゐながら、フランクな、正直な男である事に好意を持つてゐた。

　定吉は眼を上げた。と、その途端に河野の若々しい顔が眼についた。河野は友人仲間で一番年が若かつた。彼は未だ学校に通つてゐた。彼の顔は彫刻的に整つてゐて、色が白くて、眼鼻立が女のやうに美しかつた。彼が二人の議論には耳を傾けずに、巻煙草をくはへながら、ぢつと憧れるやうな眼付で空間に眺め入つてゐるのを見ると、定吉は河野が或る一人の少女に恋をしてゐるのを思ひ出した。定吉は河野が未だ童貞であるのを思つた。――無茶な生活をやり得る遠山を見て、或る力の自分に不足してゐる事を意識する定吉は、河野の純潔を見ても、やはり或る物の自分に欠如してゐるのを意識した。それは殆んど一つの反射運動と云ふべきものであつた。彼は総ての事に対して対手の優勢を直ぐ感じた。そして小さな反省が始終彼を悩ました。

『俺も三年前には……』かう定吉はぼんやり考へ初めた。『だが、何だつてあんな女に俺はラヴをしたんだらう？あんな女の何処に価値があつたのだらう？』定吉は三年前には自分の妻が未だ娘々してゐて、快活であつた事を思ひ出した。けれども……さうだ、さう云へばあの時分からあの女の眼には何処かに嶮《けん》があつた。あの嶮《けん》がいけなかつたのだ。——定吉は最初他の少女に恋してゐたのであつた。だが、彼は相手にそれを打明ける勇気がなくて躊躇し、悶々としてゐた。そこに彼の妻が現はれて来た。彼の妻は彼女の方から彼に誘ひかけて来た。彼が躊躇してゐる間に、彼女はどん〳〵事をはこんで行つた。すべてが定吉は受身《パッシヴ》であつた。定吉はいろ〳〵の事を思ひ出した。彼女が如何に大胆であつたか、自分が如何に男らしくなくびく〳〵したか、そして自分が如何に自分自身の意思によつて行動しなかつたかと。……それを思ふと、いつでも定吉は顔の火照《ほて》るのを覚えた。彼はその時まで持つてゐたものを彼女によつて初めて失ひ汚してしまつた時、取返しのつかない事をしたといふ憂苦に襲はれたのを思ひ出した。彼は勝誇つたやうに嬉々としてゐる彼女に向つて、爆発の力を持たない弱い憂鬱な憎しみを覚えた事を思ひ出した。

『あゝ。』と定吉は思つた。『自分は意気地がない。俺はあの時何故拒絶しなかつたらう。断然と、さうだ、断然とだ！』彼は悲しくなつて来た。が、もうそれ以上考へるのは彼には堪らなく恐しかつた。彼はいつもするやうに頭を左右に振つた、そしてその考への方向転換を試みた。

　遠山の大きな昂奮した声が定吉を我に帰らせた。

『いや、君には解らないんだ』遠山は椅子から立上つて、手を振りながら叫んでゐた。『俺は生活を恐れてはゐない。俺は生活なんていふものを軽蔑してゐる。俺は唯ひとつの物をしか求めてはゐない。この生活上のいろいろなものはみんな消えてしまつたつて、俺には恐ろしくも何ともないんだ。「我等が求むるものは唯一つのみ」——その通りだ、俺たちにほんとに必要なものは唯ひとつのみだ。』

『そしてそれが君には酒なんだ！』と相川が叫んだ。

『何だと？貴様は俺を軽蔑してゐるな。貴様に一体何が解る？いゝか。貴様には人間の表面しか解らない。俺が少し酒を飲む。と直ぐ人類の秩序が乱れると称し居る。貴様のやうな小僧つ子の案出した秩序によつて此の人生を一つの型の中に極めつけられて堪るものか。が、待てよ、さうだ、ドストイェフスキイだ。ドストイェフスキイはもつと人生を見てゐるぞ。「罪と罰」の中に出て来る老官吏……あゝ、何とかいふ名だつけな？……畜生、俺は頭がどうかしてゐるぞ、何と云つたつけかな、あの老官吏の名は？』

『君の云ふのはマルメラドフだらう』と相川が云つた。

『あゝ、さうだ、マルメラスキイだ。ドストイェフスキイがそのマルメラスキイを描写した……。』

『マルメラスキイぢやない、マルメラドフだよ。』

『何方《どつち》だつて同じだ。露西亜人の名は大概似たやうなものだ。……ドストイェフスキイがマルメラスキイを描写した態度を考へて見ろ。ほんとにドストイェフスキイはよくあの男の心を理解してゐるぞ。あの老官吏が女房のものでも何でもみんな酒にして飲んでしまつて、而も心から妻子を愛してゐる気持をドストイェスキイはよく理解してゐるぞ。そこが彼の偉大な所以なんだ。』

『馬鹿を云へ。マルメラドフはドストイェフスキイぢやない。彼奴はドストイェフスキイによつて取扱はれた一個の性格破産者だ。若しドストイェフスキイがマルメラドフなら、僕はドストイェフスキイを軽蔑するよ。』

『黙れ、小僧つ子の癖に貴様に何が解る？』

『いや、黙らん、僕は断じて黙らん……。』

そして二人は交互《かはりばんこ》に卓子を叩き合つた。そして遠山は熱して昂奮して、相川は冷かな態度で人を小馬鹿にしたやうな微笑を浮べて、論じ合つた。コップや皿が卓子の上でガチヤ〳〵躍つた。

『こいつは面白くなつて来たぞ』と相川が叫ぶやうに云つた。

『それならば聞き給へ。人生には秩序が……いゝか、君がそんなに解らないなら、僕がよく合点の行くやうに説明してやる……ボオイ君、僕にウヰスキイをもう一杯。』

だがその途端に、向うの隅の卓子に向つてゐる洋服を着た男が此方を見て笑つてゐるのに気がついたので、相川は急に立上つた。

『出ようぢやないか。ボオイ君、今のウヰスキイは中止だ。そして勘定。』

その時定吉は自分の口から、

『勘定は僕が払はう』と云ふ言葉が突然出たので、自分ながら吃驚した。何のつもりでそんな事を云つたらう？――彼は咄嗟の間に、びく〳〵しながら、懐中《ふところ》の中を腹のうちで計算して見なければならなかつた。――が、何か知らが彼れを駆つて、ボオイが勘定書を持つて来て相川に渡さうとした時、素早く横からそれを引奪《ひつたく》らした。――彼は微笑をさへ作りながら。

往来に出ると、河野が定吉の側に寄つて来て。

『僕はねえ、君』と優しい声で云ひ初めた。彼はその容貌と同じやうに、その声までが女のやうに優しかつた。『僕はいつかつから君に頼みたいと思つてゐたんだよ。もう僕ひとりでは何とも仕方がなくなつて来た。僕は何とか解決をつけなければ、もう苦しくて堪らないんだ。』

『それぢや、未だあのまゝなのかい？』と定吉は訊いた。

『あゝ、あのまゝさ。始終会ふんだよ。今日も学校の行きに電車の中で向ひ合つて腰を掛けちまつたので、全く困つたよ。苦しくなつて来たので途中で飛び下りようと思つたが、さういふわけにも行かずね……それでね、君』と河野は躊躇しながら、

『僕お願ひだから、君からあの女に僕の事を打明けて呉れないか。お願ひだ、僕はもう苦しくて堪らないんだ。』

『そんな事は僕には出来ないよ』と定吉はどぎまぎしながら答へた。

『あゝ、困つたな。お願ひだ、君が云つて呉れなけれや僕はどうする事も出来ない。僕は苦しくつて堪らないんだよ。ほんとに。……それぢや、ねえ、君』河野は泣きさうな声を出した。

『僕と一緒に来て呉れ給へな。僕の応援にさ。さうしたら、僕思ひ切つてあの女に話をするから。僕ひとりでは到底駄目なんだ。それだけは是非承知して呉れ給へ。』

　定吉は黙つてうつむいて歩いてゐた。彼はそんな事は到底自分の任ではない事を考へてゐた。が、河野が昂奮して、悲しさうな声を出しで、幾度も〳〵哀願するのを聞いてゐると、彼は河野が非常に気の毒になつて来た。で、彼はたうとう、『それでは、行かう』と答へないわけには行かなくなつて来た。

『あゝ、承知して呉れたね。有難う』河野は感激した声を出して、定吉の手を握り締めた。『それぢやね、失敬だけれど、水曜日の朝七時頃、氷川神社の横手の原ね、あすこに来て呉れ給へな。水曜日には七時半にあの女はあの原を通つて渋谷の終点に行くんだよ。いゝかい、水曜日の午前七時までに。』

　そして優しい喜びに充ちた声を出して、更にかう附加へた。

『僕はあの女と擦れ違ふ時、何とも云はれない電気のやうなものを感ずるんだよ。僕はその気持をあの女も僕と同じやうに感じてゐるに違ひないと信じてゐるよ。メエテルリンクが云つたよ、或る一人の男に取つて、それの配偶者となるべき女は生れながらにしてちやんと決《きま》つてゐるつて。運命がさう決《き》めて置くんだつて。そして僕に取つてはあの女こそ、屹度僕のために定められた女なんだよ……。』

　定吉は『運命の決めて置いた女……』と腹の中で呟いて、憂鬱な溜息をした。

三

　定吉は朝早く眼をさました。彼は夜つぴて不健康な夢に襲はれてゐたので、眼がさめても眠つた後のやうな気はしなかつた。頭が重かつた。彼は煙草を喫《の》まうと思つて、煙管を取らうと身体《からだ》を擡《もた》げかけると、自分の着物が畳まれもしないで、皺くちやになつて、夜具の裾に丸まつてゐるのを見た。『あゝ、これだ、着物を畳んでも呉れない』と彼は吐き出すやうに呟いた。と、急に彼の頭に一時に不快が押し寄せて来た。

……昨夜も亦例のやうに、彼の妻の不機嫌が初まつたのであつた。

　それはいつでも何といふはつきりした原因があるのではなかつた。後で考へて見ると、何であつたか思ひ出せない程些細な事からいつも初まるのであつた。よし子は先づ最初に何といふ事もなくその不機嫌の気分に襲はれて来るのである。するとその眼の嶮《けん》が一層はげしくなつて、頰の辺りに筋肉が硬《こは》ばつたやうな不愛相な表情が浮んで来る。眉と眉との間がピクリ〳〵と痙攣する。唇が少し尖《とん》がつて来る。そして眼だけ何処か部屋の一方をぢつと瞬きもせず見つめながら、その癖顔は、真正面から彼の顔に向けられる。それが彼にはまるで何か威圧して来る板のやうに感ぜられるのである……。

此の兆候が現はれ初めると、定吉の心はいつでも慴えて来るのであつた。彼は嵐の爆発を未然に防ぐ方法をいろ〳〵思案した。彼は机に向つて書物のペエジをはぐり初めた。此の方法は実は一番まづいのであつた。それを彼は知つてゐた。だが彼にはかうするより仕方がなかつた。

『あなた』よし子はかう呼びかけた。定吉の心はぞつと震へた。彼は返事をしていゝか、して悪いか解らないのである。

『あなた』と妻は再び繰返して、『あなたはあたしが呼んでも返事もなさらないのね』

『いゝや、今返事しようと思つてゐたんだよ』と定吉は云つた。

『お前のやうに、そんなに……。』

『あたしがどうしましたつて？』

『いや、お前のやうにそんな性急《せつかち》に云はないでもと云つたんだよ。僕は今読書しようと思つてゐるのだからさ。』

『だから？……だからどうしたんです？』

『あゝ、困るな、何と云つたらいゝだらう？僕は……』

定吉は情《なさけ》なくなつて来た。『あゝ、浅猿しい、これが生活か？』と彼は腹の中で呟きながら、ぢつと眼を閉ぢた。

『あなた位何を云つても張合のない人はありませんね。あなたのお顔を御覧なさい、まあ意気地のない顔をして、年百年中、ちつとも表情に変化がなくて、たゞ弱々しくニタニタ笑つてゐて……』よし子の声には次第に怒気が募つて来た。『一体あなたはあたしや坊をどう思つてらつしやるの？』

『あゝ、何故そんな事を訊くんだね？無論、それや可愛いと思つてゐるよ』

『偽有仰い。可愛いと思つてらつしやるなら、もう少しはき〳〵した処か、はつきりした処があなたに見えなければなりませんわ。あなたは坊をあやした事がありますか？あなたはあたしを見ると直ぐ横をお向きになるぢやありませんか……』

『もう止めて呉れ、お願ひだ』と定吉は哀願の眼付をした。

『あゝ、一体どうすればいゝんだらう？……これが僕の性質なんだから、ね、どうか、これが僕の性質なんだから、許して呉れ。……俺は静かな事が好きなのだ……ね、どうか静かにしてゐて呉れ！』

よし子は何か怒鳴る口実を目つけようとするためだらう、暫く彼の顔を見つめてゐた。だか、それが目つからなかつたと見えて、唇を痙攣的に震はしたゞけで、何も云はなかつた。定吉は彼女の視線が自分の顔を真面《まとも》に凝視してゐるのを意識した。彼には二人の間の沈黙が苦しかつた。そして何か云はうとした。が、言葉が口に出て来なかつた。で、彼は伏眼のまゝ、彼女の方をチラリ〳〵と見ようとした。……さうだ、彼はかうした彼女の発作がいつでも何によつて鳧がつくかをよく知つてゐるのである。それを思ふと、彼は浅猿しかつた。が、かうした場面が早く終らんがために、彼自身も早く浅猿しくともその鳧のつく事を望み初める……

彼は顔を真赤にした。そして恥しさうに眼をチラと上げて、彼女の眼を読まうとした。彼女の眼は怒気を含んで昂奮して光つてゐた。が、彼はその怒気の底に、もう或る longing が萌しかけ来てゐるを認めた。その萌しは素早い勢ひで彼女の眼の表情全体に拡がつて来た。彼女の顔も急に真赤になつて来た。

『あなた』と彼女は囁いた。彼女の声は急にやさしくなつて、かすかな震へを帯びてゐた。と、突然眼前の物全体が自分の上に崩れ落ちて来たやうな心持が定吉にした。定吉の頭は渦を巻いた。

定吉はぼんやりして天井を見つめて、寝床の中に横たはりながら、その光景を思ひ出した。彼は吐きつぽいやうな嫌悪を感じた。そして不快な考へが浮んだ時にいつでもする例の癖をした、即ち頭を左右に振つて、その考へを振り落さうとした。が出来なかつた。枕の中のモミガラが後脳の下でザグリと云ふ鈍いギゴチない音を立てゝ崩れた。

『あゝ、これが生活か！』と定吉は心の中で呟いた。彼の頭に『クロイツエル・ソナタ』が浮んで来た。『さうだ、あの女はトルストイの云ふヒステリイ患者なんだ。過度の病的な不節制から来るヒステリイ患者なんだ！』

『だが、此の自分は？』と彼はまた考へた。『彼女《あいつ》がヒステリイで、そして俺は？この俺は何だ？』――定吉は何が何だかまるで解らない気がした。頭が混乱して、たゞ浅猿しくて、たゞ不愉快だつた。彼は続け様に頭を振つた。と、今度はかういふ考へがチラと浮んで来た。『クロイツエル・ソナタ』を書いたトルストイだつて、屹度その夫人から自分と同じやうな不快を経験したに違ひない。……だが、それは尚一層変挺な浅猿しい憂欝に彼を導いた。彼は急いでその考を打消さうと試みた。『トルストイは俺ぢやない、俺のやうな弱虫ぢやない！』と腹の中で云つて見たが、もう間に合はなかつた。彼れは狼狽《どぎまぎ》した。そして何ものをか駈足で追つかけでもするやうに、『トルストイは偉大なんだ。偉大な宗教家なんだ！』と、たうとう自分の耳にきこえるやうに、声に出して云つた。……

が、畳の上をとん〳〵と軽く小刻みに歩く足音が、此転換の出来ない苦しい気持から定吉を救つた。生れて一年と七ケ月になる彼の男の子が彼の枕許にやつて来たのである。

『父ちやん、うんうん』と子供は呟いて、小さな両手で下から煽《あふ》るやうな手附をした。それは『お起きなさい』と云ふ意味の手附なのであつた。

『よし〳〵、今起きるよ』と定吉は答へた。

『父《とう》ちやん、まんま』

『よし〳〵、今行くよ』

定吉が起き上りかけると、子供は夜具の裾の方に行つて、丸まつてゐる彼の著物の端《はじ》を摑んで、うん〳〵云ひながら力一ぱいに引つぱつた。着物は端《はじ》の方が少し動いたが、引つぱられては来なかつた。

『ありがたう、よし〳〵』定吉は起き上つて、その著物を引つかけた。

『父ちやん、たあた』子供は今度は唐紙のそばに投げ出されてあつた足袋を持つて来た。『父《とう》ちやん、……』『父ちやん、……』子供はよろ〳〵した歩きつきで、父のために帯だの楊子だの、その他いろ〳〵のものを持つて来た。その度に定吉は『ありがたう、よし〳〵』と呟いた。

彼がすつかり着物を着終ると、子供は彼の手を取つて、先に立つて、隣りの茶の間に連れて行つた。

『まあ、坊やはお父ちやんをお迎へに行つて来たの、さう、好い子ねえ』よし子は鏡台に向つて白粉をつけてゐた。そして鏡の中に映つた子供の顔に向つて、『ばあ！』と云つた。

それは彼女の機嫌のいゝ朝なのであつた。昨夜のやうな発作のあつた翌朝は、彼女は機嫌がよくて、にこ〳〵してゐた。さう云ふ時に限つて、彼女は朝から化粧をした。彼女は白粉をこつてり塗つた。彼女は黛を引いた。

『一寸、あなた、あたしにこれ似合つて？』彼女は首を斜めにして、今結つたばかりの真中から二つに分けた女優髷を鏡にうつして見ながら云つた。

『あゝ、似合ふよ』と定吉は答へた。

『一寸、あなた、此処に来て見て頂戴よ』

定吉は彼女の後に突つ立つた。

『一寸、あなた、此処が変ぢやなくつて？……あたしの毛は癖があつてね、どうもいつも此処がふくれていけないのよ』

『変ぢやないよ』と定吉は答へた。

『お隣りの奥さんのお髪《くし》はそれやいゝのよ。あたしもあんなだといゝんですけれど、それにあの方《かた》は、好い櫛をさしてゐらしやつたわ。あなた今月月給を貰つたら、買つて来て頂戴な、銀座の何処とかにあるんですつて』

『あゝ買つて来よう』

『浅猿しい！』と定吉は頭の中が縮まるやうな気がした。『これが生活か！』

『あなた、早く顔を洗つてらつしやい』彼女はいそ〳〵と立上つて、膳の仕度を初めた。

顔を洗ふ間も、朝飯を食べる間も、定吉の頭は重かつた。それに引更へて、彼の妻は嬉々としてゐた。

『ねえ、あなた、家の坊やはほんとに物覚えのいゝ子ですね。こんな小さな癖に、もういろ〳〵な事を覚えてるんですよ。昨日もお隣りの奥さんとお湯に一緒に行きましたら、着物をよく知つてゐてね。「をばちやん、をばちやん」て云つて、いろんなものを取つて上げるのよ。それであたしが、「坊や、阿母さんにお呉れ」と云ふと、いけない〳〵をするんですの。何が誰のものだと云ふ事をそれやよく知つてゐてよ』

『ねえ、あなた』と彼女はまた云つた。『あたしが昨日叱言を云つたら、ふつとふくれてあなたのお部屋に行つてしまつて、何て云つてももう帰つて来ないんですよ。だから、「勝手にお し」つてさう云つて、此方に来てしまふと、どうでせう、暫くしてから、「母《あ》ちやん、母《あ》ちやん」て出て来るのよ。そしてあたしの前に立つてあたしの顔色を窺つてゐますの。あたしが未だ怒つてやしないか見るんですわね。それで、余《あんま》りをかしいものだからあたしがつい笑ひ出すと、急に坊やもニコ〳〵して、いきなりあたしの胸に来て、「母《あ》ちやん、おつぱい」だつて！　その様子つたら、ねえあなた、こんな子でもどうして妥協しようかと考へるんですわね。あなた、ほんとに可笑しいぢやありませんか』

『をかしいね』と定吉は答へた。彼は妻に対して笑つてやらなければならないと思つて努力した。が、皮膚がひきつるやうな気がした。で、彼はこんな事を考へた。『此の子は未だ生れて一年と七ケ月だ、それだのにもうこんなにいろ〳〵の事を覚えてゐる。さうだ、俺はその一年と七ケ月の間一体何をしてゐたらう？』

定吉の頭には此の子供が生れた時分の事が浮んで来た。彼がそれがために如何に苦められたか、その時、いやその前から、よし子の妊娠を知つた時から、彼は彼女から如何に逃げようと思案したか……彼は未だ学校生活を終つたばかりの時であつた。彼は恥しい思ひをして里子の口を捜して歩いた。彼は赤坂の或る桂庵の暖簾を潜つた時の事を覚えてゐる。強慾さうな、肥つた、だがベラ〳〵とお世辞をいふ其家《そこ》の女房《かみさん》が、『いえ、もうどう致しまして、さういふ事は世間にもよくございます事で。一層他家《よそ》にお与《や》りになつたら如何でございます？丁度好い口がございますが』と顔を赤くして俯向いてゐる定吉を眺めながら早口にまくし立てた。……定吉はその気になつて帰つて来た。が、それを聞いたよし子が如何に立腹したか、それを定吉は覚えてゐる。けれども定吉はよし子と同棲する事を好まなかつた。彼は一年以上もいろ〳〵口実を求めてそれを避けた。彼は到底彼女と一緒に幸福な家庭を形作る事の出来ないのを予覚してゐたのであつた。

だが、たうとう彼は彼女を捨てる事は出来なかつた。――定吉はその時の事を思ひ出した。彼は彼女と同棲しなければならなくなつた時、『これがほんとの責任なのだ！』と自分で自分に云ひ聞かせたのであつた。そしてその次の瞬間には、『責任、責任！』と云ふ言葉が彼の頭の隅から隅まで鳴り渡つた。そして更にその次の瞬間には、『俺は責任を知つてゐる男なのだ！』といふ事を得意になつた。彼は女を捨てる男が世の中に沢山あるのに対して、憤慨と一種の自己の優秀感とを感じた。彼は勇んだ。何でも引き受けてやるぞ、と云つたやうな気持になつた。そしてそれから……

此処まで考へた定吉は恥しくなつて来た。『あゝ、一体何が責任だ？』と彼は妻の女優髷と顔の白粉とを見ながら考へた。

『俺れには一体何の目的があるのだらう？俺たちの家庭生活には何の理想があるのだらう？そして子供だ！』定吉はさういふ間に子供が成長して行くといふ事実が恐ろしくなつて来た。……彼は何か訳《わけ》の解らない空洞《うつろ》を目の前に見たやうな気がした。

時計が六時半になると彼は立上つた。それは水曜日の朝であつた。氷川神社の横手の原で河野と待ち合はせる約束の朝であつた。

『父《とう》ちやん、ぼうち……』彼の先に立つて子供は玄関によち〳〵歩いて行つて、壁にかゝつてゐる彼の帽子を指さした。

『父《とう》ちやん、はいちやい』

四

曇るのか霽れるのか解らないやうな霧が原の上に垂れてゐた。定吉が原に行つた時、河野は学校の制服姿で、その霧の中を彼の方へ駈け寄つて来た。

『よく来て呉れたね。君、あすこの林の中に行つてゐようよ。こんな処に突つ立つてるわけには行かないから』

その林は原の中に突き出てゐる或る寺の境内の末端になつてゐた。そこはその寺の墓場なのだが、原との境の竹垣根はところ〴〵にその名残を僅かに止めてゐるに過ぎないほど破損してしまつてゐて、外から自由に出入する事が出来た。何人の墓とも解らない小さな古びた墓石がごろ〴〵と幾つも並んでゐて、中には横倒しになつてゐるのもあれば、半分ほど欠《か》けてゐるのもあつた。そしてその上には一様に苔が蒸し、その周囲には雑草が生ひ茂つてゐた。河野と定吉とが横倒しになつた二つの墓石の上に腰を下した時、湿つぽい土の香ひが鼻を打つた。河野は異常に昂奮してゐて、その顔色が蒼白かつた。胸がどきん〴〵と烈しく皷動してゐる様子であつた。

『僕はさう信じてゐるよ、屹度対手《むかう》でも僕の事を感じてゐるに違ひない、と』彼は自信を得るために、自分の心に説きでもするやうに幾度も〳〵さう云つては、定吉の確かめを要求した。

定吉は妙な位置に置かれた自分を考へた。自分と云ふものの生活、あの家庭、昨夜の不快、今朝のあの方向も当《あて》もない悔恨……而も、さうした総てにも拘らず、彼は友が若い娘に恋を打明けようとするのを助けるために、朝早くからかうしてこんな林の中に坐つてゐるのだ。

『何のために、何のために？』彼の心の何処かでかう呟くものがあつた。が、彼はそれには答へようとしなかつた。彼の眼には原の上に漂つてゐる霧がうつつた。彼の足には雑草に宿つてゐる露が冷たく触れた。彼の肌には静かな秋の朝の空気がひや〳〵沁みた。彼の耳には氷川神社の森で啼く百舌鳥の鋭い啼声がきこえた。そして彼の鼻には新鮮な湿つぽい土の香が鋭くにほつた。——それ等は寧ろ彼の心を軽快に導く事に役立つた。

で、彼の頭には空想が、無気力な心の状態になつてゐる人が現在を忘れて、と云ふよりも寧ろ現在を考へる力のないためにぼんやり思ひ耽るやうになるあの弱々しい空想が浮んで来た。

彼は子供の時分山の手で育つた。そして十一二の時分、秋から冬になると、よく父に連れられて、未だ夜の明けない中から、目黒の雑木林に小鳥を捕りに行つた事を思ひ出した。その時ヒルテン網を低い林と林との間に張つて、彼と父とは十間か二十間ばかり隔つた薄の蔭に隠れながら、渡り鳥の渡り初めるのを待つのであつた。彼は渡り鳥がチヽと啼きながら、夜明けの空に群をなして飛んで来る有様や、それが囮の高音《たかね》を聞くと、まるで鞠でも落ちて来るやうに、すつと林に向つて下《を》りて来る光景や、そして獲物が網にかゝる度に、網の両端の細い竿がぶるぶると震へる様子などを思ひ出した。

『丁度こんな風に腰を下して待つてゐたのだ！』と定吉は頭の上に覆ひかぶさつてゐる木の枝を仰いで見ながら考へた。

『君、来たよ』と河野が低声《こゞゑ》で囁いた。定吉は急に心が緊張して来るのを覚えた。

　原の中央を南北に通ずる一本路の南の端れに、彼女の姿が現はれて来た。定吉は眼を瞠つた。彼女は袴を穿いて、スケツチ箱を肩にして、手にパラソルを持つてゐた。彼女はJ――美術学校の生徒であつた。定吉は河野の恋の対手として、しとやかな、ほつそりとした、ハイカラな虎の門風のお嬢さんを想像してゐた。ところが、彼女は遠方から見ても身長《せい》が低くて、どことなくゴツ〳〵した女であつた。まるで小学校の女教師のやうになりふり構はずに、ぱつぱつと大跨に、快活に歩いてゐた。

『君、あの原の真ん中の一木本《いつぽんぎ》ね』と河野が震へる声で云つた。『あすこまで来たら、いゝかい、僕が此処から出て行くから、君も後から直ぐ蹤《つ》いて来て呉れ給へな』

　彼女は間もなくその一本木のところまで来た。

『さあ』と河野は立上つた。が、定吉は立たなかつた。

『僕は此処で待つてゐよう。その方がいゝだらう、二人一緒に出て行くよりは』と彼は呟いた。

『いや、君、是非君も一緒に出て呉れ給へ。僕は困るよ。僕はひとりぢや到底《とても》どうすることも出来ないよ』

　それでも定吉は立たなかつた。

『君、早くさ、あゝ、もうあんなに来てしまつた。今だよ、君、今出て行かなければ駄目だよ』さう云つて、河野は定吉の手を引つぱつたが、それでも尚定吉は立たなかつた。彼は河野に対して気の毒で、自分の意気地なさが恥しかつた。が、二人連れ立つて突然林の中からどうして飛び出せよう。そして女の前にどうして突つ立ち得よう。『あゝ、来なければよかつた。何だつてこんな馬鹿げた役割を承知したらう』彼は何処かに逃げ出したいと思つた。

『あゝ、君』河野の声には歎願と涙とが響いた。『あゝ、もうあんな処まで……』けれども定吉は動かないものだから、決然とした態度で定吉の手を放して、林から出て行つた。『あつ！』と定吉は思つた。彼の心はきゆと萎縮した。彼の眼には女の無骨な活潑な姿と、河野の華奢な優しい姿とが同時に映《うつ》つた。今こんな場合に、あんな昂奮のしかたをして河野が出て行つても、到底失敗に終るにきまつてゐるやうに定吉は思はれた。彼は河野を呼び止めて、今日は思ひ止まらせようかと思つたが、もう声をかける機会を失つてしまつた。そこで、彼は一層身体を縮めて木の蔭に隠れながら、眼を蔽ひたいやうな気持で、眼前の成行きを見てゐた。

が、それは頗る変挺な光景であつた。河野が隠れ場所から出た時には、女はもうその丁度隠れ場所の真ん前の路を通つてゐた。彼女はチラリと河野の方に眼を呉れたが、そのまゝ又正面を向いて、どんどん活潑に、大跨に歩いて行つた。河野が草の上を横切つて路に出た時には、その位置が丁度女の後から蹤いて行かなければならないやうな事になつた。それは河野に取つて頗る勝手が悪かつたに違ひない。何故なら、女の後から声をかけて呼び止めるのには、非常な大胆さが必要だからである。……河野と彼女との間の距離は七八間ぐらゐあるやうに定吉には見えた。河野はうつむいて、一心に地面を見つめてゐると云つたやうな恰好で、歩いてゐた。足を早めて女に追ひつかうとする様子もなければ、声をかけようとする様子もなかつた。唯一度頭を上げて、呼びかけでもするやうに足を早めかけた時には、『あゝ！いけないく』と定吉は林の中ではらくしながら呟いた。けれども河野が再び足をゆるめて、頭を垂れたので、そこで定吉はやつと胸を撫で下した。『事勿れく！』彼の心はひたすらそればかりを祈つてゐた。

けれども、女が原を出て、氷川神社の鳥居前の方へ下るだらく坂を下つて行つてしまつたのを見た時、そして河野が原の端れに佇んで女の後姿がぢつと見つめてゐるのを見た時、定吉は急に羞恥の念が心に、と云ふよりも全身の隅から隅まで漲つて来るのを感じた。彼は恥しさに手の先までが震へた。頭を下げてしよんぼり帰つて来る河野の姿を、彼は正面《まとも》に見てはゐられなかつた。——だが、彼は河野の事が恥しいのか、自分の事が恥しいのか、はつきりと意識はしなかつた。恐らくは河野の事も自分の事も共に恥しかつたに違ひない。彼は雑草の上に仰向けに寝ころんで、手で顔を蔽うた。彼の胸には悲しい頼りない浅猿しさが、ふくくと込み上げて来た。

『あゝ、君、駄目だ、どうしても駄目だ！』と河野が定吉の側に静かに歩み寄つて悲しさうに云つた。『あゝ、何て意気地がないんだらう。僕はまるで足がすくんでしまふやうな気がしたよ。折角の此の好機会をまた逃がしてしまつた。ねえ、君、何ていふぶまさ加減だらう』

そして彼はその辺を暫くぶらく歩きまはりながら、暫く無言でゐたが、また云つた。

『君にも失敬したね、鈴本君。併し僕は此の次には屹度云ふよ。屹度云ふよ。今日は僕の出て行くのが遅かつたのだ。後からついて行くやうになつては、とても声がかけられるものぢやないよ。今度は僕は前から歩いて行つて、擦れ違ふ時に声をかけよう。さうすれば屹度云へる……』さう云つて、更にかう附加へた。『僕はたしかに信じてゐるんだ、あの女も僕の気持を感じてゐて呉れるに違ひない、と。僕がこんなに思つてゐるのに、それが対手《むかう》に通じてゐない法があるものか。ねえ、君、さうぢやないか。僕には人間の霊魂がそんな無力なものだとは考へられないよ』

けれどもやがて二人が歩き出した時には、河野はもう何も云ふ勇気がなくなつてしまつたと見えて、黙つてうなだれてゐた。二人は渋谷の電車の終点まで行く間に、一言も言葉を交はさなかつた。ばかりでなく、羞恥と互ひに気の毒に思ひ合ふ心とのために、顔を見合はす事さへも避けてゐた。

五

十一月が来た。けれども定吉の生活には何の変化もなかつた。社の仕事は益々忙がしくなつて行くばかりであつた。△△大臣の秘密が曝露したのをきつかけとして、上下両院では内閣に対する攻撃が猛烈を極めた。各新聞ではそれを書き立てた。S——紙も最初の間は攻撃の仲間に加はつてゐた。社会部も政治部も力を協せて、その紙面の大部分を内閣攻撃のために割いた。定吉は相変らず電話を聞いたが、政治家や代議士の名をまるで知らなかつたので、R——党の代議士をM——党の代議士と書き誤つたり、N——会の代議士をT——会の代議士と書き誤つたりした。そしてそれを社会部長から注意される度に憂鬱の度が益々募つて行つた。

ところが或る日、社の幹部の者たちが朝から一室に集まつて、何やら協議してゐる様子であつたが、午後になると、内閣に対するS——紙の態度を一変すると云ふ事を、社会部長及び政治部長から各々その部下の記者たちに報告し且つ命令した。

『買収されたな。ふん、十万円も貰つたんだらう、あの強慾張《ごうつくばり》の社長奴が……』と金縁眼鏡の牛島が、肩をすくめて呟いた。

『ひとりで巧《うま》くやつてやがるな。我々の方にも少し位分けて呉れたつて好さゝうなものだ！』

『十万円ぢやきゝますまいよ』と外交部長の吉田はかう云ふ消息はみんな自分が知つてゐると云つたやうな顔をして、口を挟《い》れた。『尠くとも十五万円は確かでせう。M——社でも十二万円貰つたさうですからな。今日K——社の記者に会つたら、あの社も買収されさうになつたんですつて。ところが、あすこでは百万円以下の金なら、貰つたつて貰はなくつたつて大した相違はないと云つて、一言の下に拒《は》ねつけてしまつたさうですよ。流石はK——新聞だ。百万以下の金なら……とは素晴しいものぢやありませんか』

定吉は雑閙を極めた編輯局の一隅に腰を下して、総ての光景をぼんやり見てゐた。総てが彼には意外であつた。彼は吃驚した。……彼の頭には社長の相撲取のやうに肥えた身体が浮んだ。社長はいろ〳〵の好からぬ噂を持つた男であつた。脅嚇のために訴へられた事も一度や二度ではなく、女事務員に少し綺麗なのが来ると、片つ端からそれを手馴づけた。社の経費を出来るだけ縮少して、社員の月給を減《へ》らしたり、外交記者の手当を廃したりしながら、自分は株でしこたま腹を肥して、贅沢三昧に送つてゐた。三度代議士の候補に立つて三度失敗した。その他定吉の耳に伝はつてゐるだけでも、此の社長の不義不徳は数限りがなかつた。――これは不義不徳の例にはならないが、社長は二十円とかする薩摩下駄を穿いてゐた。それがために別仕立の桐の下駄箱が社に用意してあつて、腰の曲つた頭の禿げた爺さんが、その下駄をその下駄箱に出し入れする時、まるで何か宝物でも取扱ふやうな、粗末にしてはならないと云つたやうな敬虔な表情をして、恭々しく両手でそれを捧げるのを、定吉はよく見た。

『さて諸君』とそこに社会部長の斎藤が会議室から忙がしげに出て来て、『此の度社の方針を一変するについては、国民の反感を買はない用意として、漸次に目立たぬやうに記事の調子を変へて行くのが最良の策だと思ふ。明日は攻撃の記事と弁護の記事とを半々に載せ、明後日《あさつて》は更に弁護の記事を増して行くと云つたやうに……吉田君、君もその方針で外交記者を指揮して呉れ給へ』

『承知しました』外交部長の吉田は丁寧に頭を下げた。

『それから鈴本君』と社会部長は定吉の方を向いて、『君に一つ受持つて貰ひたいものがあるが、今度現内閣弁護の位置に立つについては、反対のR――党に対する攻撃を毎日紙上に載せて行きたいと思ふ。で、それに就いての記事は一切君の取捨撰択に任せたいと思ふから、一生懸命にやつて呉れ給へ』

『承知しました』と定吉は低声《こごゑ》で答へた。

『R――党は多数党でその機関新聞も多いから、それに負けないやうに確《しつか》り頼むよ』

『承知しました』

定吉の机の上には毎日R――党攻撃の原稿が山のやうに積まれた。彼はそれを一々読んで行かなければならなかつた。R――党が如何なる陰謀を企てたとか、R――党の首領のH――は百五十万以上の身代を持つてゐるが、彼が無一物から如何なる方法を以てその大財産を贏ち得たかを思へば、その裏面には暗い秘密の横たはつてゐるのを推測し得られようとか、兵庫県選出のR――党の代議士某は有名な色魔で、彼が旅をすると、到るところその毒牙の犠牲となる無垢の婦女子が数知れないとか、さう云つたやうな事ばかりが最も野卑な、最も下等な、嘔吐を催すやうな文章で書き立てゝあつた。定吉はそれを読んで行くと、頭が痛くなつて、胸が浅猿しさに一ぱいになつて、云ひやうのない憂鬱と苦しさとを覚えた。彼は自分とは何の関係もない代議士達を、何故自分が攻撃しなければならないかを考へた。

『何のために、何のために？』時々ペンを投げ出して、溜息しながら腹の中でかう呟いたが、その答へは問ふまでもなく彼の心に明瞭であつた。が、彼はそれを直視する事を避けて、此の現代の世の中に生きて行かなければならない弱い人間の口実として叫ばれるあの『生活のため』を、彼も自分の口実にする事を自分の心に説き聞かせるより外仕方がなかつた。が、それは勿論成功しなかつた。そこで彼は時間によつての麻痺を待つた。が、麻痺はいつまで経つても来なかつた……

　午後四時半になると彼は社を出たが、真直ぐに自分の家には帰らなかつた。いつものやうにステツキを右の手に持ち、左の手はふところに入れて、不快な考を一掃するために、時々頭を左右に振りながら、銀座通りを当《あて》もなくぶら〳〵歩くのであつた。尾張町から京橋までの右手の人道に並んでゐる夜店を一軒〳〵見ながら、成るたけのろ〳〵歩く事に努力するが、直きに京橋まで来てしまふ。そこで今度は京橋から尾張町までのショウウヰンドウを一軒々々窺きながら、又同じ人道を引つ返して行く。ショウウヰンドウの中は毎日大した変化がなかつた。けれども彼に取つてはそれを一々窺いて歩くといふ事が、一日中での最も気の楽な時であつた。靴屋の前に来ると彼は贅沢な旅行を空想した。自分が少壮紳士と云つた恰好で、赤帽に鰐革の鞄を渡しながら、東京駅の一等の改札口を軽快に、ハツピイに通つて行く光景を思ひ浮べた。帽子屋の前では彼は好きな帽子を腹の中で撰択した。それから時計屋、それから感じのいゝ電気燭台の並んでゐる電気屋。たゞ、洋服屋の前だけには立止らなかつた。足の内側に彎曲してゐる彼は、学生時分から洋服が自分に似合はない事をよく自覚してゐたからであつた。

　そして再び尾張町の角に立たなければならない。カッフェ・ライオンの壁に凭れて佇むと、都会のいろ〳〵な灯がぼうつとした一魂《ひとかたまり》となつて、彼の眼に映《うつ》る。そしてそれがいつもの通りの空想を、田舎に引つ込んでトルストイを読むといふあのファミリアな空想を、彼の頭の中に描かせる……

　それが毎日々々同じであつた。

　時によると彼は相川や遠山や河野に出会ふ事があつた。

『僕は今小説を書きかけてゐるんだが、どうも峠が越せないで弱つてゐるんだ』と相川は云つた。

『長いものか？』と定吉は訊いた。

『いや、短かいもんだ……さうさう、いつだつけか君に話した事があつたね。それが未だ出来上らないんだよ。』

　それから相川は現代が如何に混沌としてゐるかと云ふ事や、此の混沌とした状態を整つた、秩序ある状態にする責任は、我々青年の肩にかゝつてゐるといふ事を、きぱり〳〵した自信のある口調で語り初める。定吉はそれを聞いてゐると、又いつものあの対手の優勢を感ずる神経的な反射運動に駆られて、自分にない或る力を相川が持つてゐるやうな気がして来るのであつた。そして相川が今書きかけてゐる小説が出来上つたら、それは今までの日本に未だない或る確固とした思想を伝へてゐるに違ひないと思ふのであつた。

　近頃遠山は形の古い、柄の悪い、古洋服を著てゐた。彼は撫で肩で、膝が延《の》びなかつた。で、両手を振つて、腹を少し前に突き出すやうにして歩いて行く様子は、亜米利加の活動写真の喜劇役者の何とかいふのに似てゐた。酒を飲まない時の彼は善良で快活であつた。

『俺は洋服が似合ふだらう。これで訪問記事を取りに行けば、奴等に対して敢て失礼には当るまい』彼はこんな事を云つた。『昨日O――伯を訪問したんだよ。あの爺さんは実に元気でよく物を知つてゐるなあ。俺は感心してしまつた。一室に訪問客が二十人ばかりずらりと並んでゐるんだよ。そこに爺さんが出て来て片つ端から訪問の要件を訊いては即座にそれに答へて行くんだ。伊勢の真珠商人とかいふのが来てゐて、真珠の事を喋つてゐたが、あの爺さんの方が余つ程世界の真珠の相場に精通してゐるものだから、流石の商売人も舌を巻いてゐたつけ。』

かと思ふと又こんな事を云つた。

『だが、どうもかういふ職業は俺には適《む》かないやうだ。門前払ひを喰ふと、俺は喰はせた方に同情してしまつて、喰はせられるのが当然だと云ふ気になつて来るんだからね。……さあ、精々一ケ月も勤まるかな』

けれども、河野に会ふと、定吉は何となく恥しさと気の毒さとを同時に感じて、涙ぐましいやうな気がした。

『今日も会つたよ』と河野は細い優しい声で云ひ初めるのであつた。『電車の中で僕の方をじろ〳〵見てゐたよ。僕は顔を上げる事も出来なかつた。併し僕は、対手《むかう》でも僕を思つてゐるといふ確証を十分に得たよ。ねえ、君、思つてゐるからこそあんなに見るに極つてゐるぢやないか。君、さうだらう?』

『あゝ、さうだ』と定吉は答へた。が、自分の声が滅《め》入《い》るやうに頼りなく聞えた。

『今度こそ僕は屹度云つてやるんだ。僕の直覚は決して間違ひはない。対手《むかう》も僕から云ひかけるのを屹度待つてゐるに違ひない。』

定吉が自分の家に帰つて行くのは九時か十時頃であつた。家庭に於いても彼の生活は相変らず何の変化もなかつた。子供の智識は驚くばかり毎日進んで行つた。二日か三日に一度、或は毎日、彼の妻はあの肉慾的ヒステリイの発作を起した。そして定吉は『浅猿しい、浅猿しい!』と心の中で叫びながら、そのヒステリイの皃をつける事に身をまかせた。そして翌朝になると、あの方向も目的もないいたづらな悔恨……

さうしてゐる中に、定吉に取つて恐ろしい事が引続いて起り初めた。

六

その一番最初はかうであつた。

定吉は友人達と一ケ月に一度づゝ神田の或る小さなカツフエに寄り合ふ事になつてゐた。此の会合はその最初の目的はよく今の青年にあるやうに、互ひに思想を語り合つたり、藝術の話をしたり、研究を発表し合つたりするに在つたのであるが、今ではもう各自《めいめい》勝手に酒や珈琲を飲んで、唯わけもなく笑つたり騒いだりするだけのものとなつてしまつた。――それでも定吉は此の会合が好きであつた。彼は毎月此の会合の日を指折り数へて待つてゐた。それもその筈である、彼は毎晩々々を、いや、刻々の「時」をさへも、如何にして過すべきかと云ふ術《すべ》を知らない程、所在なさに苦められてゐたのだから。

此の会合でもやはり遠山と相川とがいつでも話の中心であつた。殊に此処に述べようとするその晩には、此の遠山と相川と定吉との三人しか出席しないのであつた。

遠山は例の訪問記者の職業はもう止めてしまつてゐた。彼の生活は再び切迫し初めてゐた。けれども、彼にはそんな事はてんで問題にも苦痛にもならないらしかつた。

『君が何も……いや、いかん、いや、よく聞け』かう彼は例のアルコオル中毒症の顫へる手と、泥酔した舌の縺れとを以て、大声に、といふよりもまるで喚き立てるやうに、相川に突つかゝつて行つた。『俺が俺の弟に屢々金を無心すると云つたところで、それが君のその小つぽけな「秩序」と何の関係があるんだ? さうだ、俺はまた職業を捨てゝしまつた。そこで生活に窮した。だから俺は弟に……』

『それで、君はそんな風な事をいつまで続けてゐようといふのだ?』相川は熱すれば熱する程増して来る例の意地の悪い程の冷静を以て反駁した。『君の弟君は実際忠実な人だよ。僕は君の弟君に敬意を払ふよ。実際君のファアザアと云ひ、君の細君と云ひ、君の弟君と云ひ、君の一家の人々はみんな忠実な人達だ。だが、当然責任のある長男の君に代つて、田舎で破産した一家を整理してゐられる忠実な君の弟君に向つて、君が尚もいろ〳〵な心配を持ちかけるといふ事は、何と云つても賛成出来ない。非常に宜しくない事だ。』

『例へばキリストだ』と遠山が叫んだ。『キリストは唯ひとつのものを求めてゐた。「我等が求むるものは唯ひとつのみ」――キリストはほんとに偉《えら》い。若し俺達がキリストと同じ覚悟を以て立てば、此の物質的社会の下らない規約などは、すつかり軽蔑してしまつてもいゝのだ。俺達は物乞ひして歩いて食つたつても些つとも恥ではないのだ。たとひ三十円や五十円の金を弟から無心したところで、それが俺の一生の価値をどれだけ低下するものぞ!』

『キリストはキリストで君ではない。キリストは天だ。君は地面だ。地面が天のつもりになつて物を云ふから、此の世の中が混沌となるのだ。君が持ち出すキリストやドストイェフスキイは、君の出鱈目の飲んだくれの弁護のダシに過ぎない……おい、ボオイ君、僕にウヰスキイを一杯。』

かうして遠山は日本酒を飲み、相川はウヰスキイを飲んで、何時間も〳〵論じ合つて行くのであつた。定吉は此の無際限の議論を初めは興味を於て聞いてゐたが、終《しま》ひには悳屈を感じた。けれども、それでも彼は此の場にゐるのが愉快なのであつた。此の場を立ち去れば勢ひあの自分の家庭に帰つて行かなければならない。彼はそれを思ふと、如何に自分に語るべき意見がなくとも、如何に二人の議論が始終繰返される同じ事であつても、それでも彼は家に帰るよりはそれを聞いてゐる方がまゝしなのであつた。

三人はやがてそこを出た。彼等は此の会合の帰りに極つてするやうに、電車線路に沿うて二《ふた》停留場か三《み》停留場ぐらゐ散歩するのであつた。遠山が大きな声で歌を歌ひながら、よろ〳〵した歩きつきで先に立つて行くと、相川と定吉とはその後から蹤《つ》いて行くのであつた。が、相川は遠山の大声で歌を歌ふ様子が厭だと云つて、突然そこに通りかゝつた電車に飛び乗つてしまつた。そこで定吉は唯一人遠山の後から蹤《つ》いて行つた。彼は家に帰る時刻の近づいて来るのが何よりも厭で、又憂欝に襲はれ初めた。いつまでも〳〵かうして歩いて行きたかつた。

すると、いきなり遠山が後を振向いた。

『おや、相川はどうした？逃げやがつたな、あの小僧つ子は。だが、彼奴はいゝ奴だ。彼奴は小つぽけだがほんとの事を考へてゐる。唯少々近視眼だ。……併し待てよ。おい、鈴本、貴様は金を持つてるか？』

定吉は遠山の眼に一種何とも云はれない気味の悪さを見た。遠山はにや〳〵笑つてゐた。が、定吉にはその笑ひが何となく恐ろしかつた。

『少し位ならあるが、沢山はない』

『一円五十銭あるか？』

『あゝ、その位はあるよ。併し、どうしたんだい、急に？』定吉は遠山がそれを貸して呉れとでも云ふのかと思つてさう答へた。遠山は愉快さうに笑つた。

『うん、よし〳〵、そいつは素敵だ。俺も一円五十銭持つてゐる。それではこれから出かけようぢやないか、lowest paradise に！』――（ロウエスト、パラダイスと云ふのは遠山のよく使ふ言葉で、それは最下等の遊廓を意味するのだつた。）

定吉は吃驚した。彼は未だ遊廓に行つた事が一度もなかつたのであつた。……彼は彼女、彼の妻のよし子の外には女を知らない男なのであつた……

『厭か？』と遠山は定吉の吃驚した様子を見て云つた。『貴様は一体何だ？あの腐つたやうな女にいつも虐げられてゐやがつて。意気地のない奴だな。さあ、行かう、おい、行かう！』

『僕は止さう』と定吉はおど〳〵しながら答へた。

『なに、貴様は何が恐ろしくて始終此の人生に脅かされてゐやがるんだ？貴様はそれで善人のつもりでゐやがるんだらう？糞え切らないで愚図々々してゐる人間は神様だつてお喜びにならないぞ。我等の親玉のキリストもちやんとその事を云つてゐる。……やい、貴様は元来意思と云ふものを持たない。貴様は自分の考によつて動く事の出来ない男だ。貴様のやうな人間こそ救はれる時はないのだ。貴様は一番不道徳な男だ！』

『僕は止さう』と定吉はたじ〳〵と後に退《すさ》りながら答へた。

『よし、俺が貴様のやうな人間は懲《こ》らしめてやる！』と叫んだかと思ふと、遠山は急に定吉の持つてゐたステツキを引《ひ》つ奪《たく》つて、それを振り上げた。

それは余りに唐突で余りに意外であつた。定吉は『あれ！』

と心の中で叫んだ。彼は遠山の眼を見た。と、彼の心臓がぎゆつと急激に萎縮した。遠山の眼に何か悪魔的な恐ろしいものがギロリと光つてゐるやうに思はれたのである。嘗て感じた事のない突然の恐怖が定吉の全身を捉へた。

　定吉の頭は何が何だか解らない程混乱した。彼はその混乱の中で、『あつ、人通りが多いから見つともないな!』と云ふ考がチラツと浮んだのを一瞬間意識した。彼が気がついた時には、彼の足が四五間も地面の上を飛ぶやうに駈け出してから後であつた。彼は一目散に(それでも咄嗟の間に、下駄を脱いで、それを手に下げるだけの事を忘れなかつた。)逃げ出した。『おや、自分は逃げ出したな』と彼は思つた。と逃げる自分の足の進みにつれて、不思議な変挺な恐怖は加速度を以て増して来た。彼は遠山が後から追つかけて来るやうな気がして、後をも振り向かずに逃げ出したのである。

　何故逃げ出したか?それは彼にはよく解らなかつた。彼は逃げ出す必要のない事を駈けながら半意識的に意識した。が、彼はこんなに恐ろしい事は初めて遭遇したと思はれた程恐ろしかつたのである。それは唯この事ばかりから来た恐怖ではないやうに思はれた。いろ〳〵のものが、恐らくは此の半年ほど前から、彼が妻と同棲してから、彼がS——社に入社してから、ずつと此の方《かた》接したいろ〳〵なものが、この恐怖を潜在的に彼の心に準備させて置いたやうには思れた。妻も、社長も、締切のベルの音も、電話も……そこに偶然にもあの遠山が、その積り積つた憂欝な定吉の心に一つの刺戟を与へたのに違ひない。——小さな刺戟をひとつでも受ければ、直ぐにそれが胸中一ぱいに拡がつて高鳴りするやうに……

　定吉は九段坂を夢中で駈け上つた。彼は息苦しさを覚えた。が、彼は坂上の交番の前を通る時には、巡査に怪しまれまいとするために、足をゆるめて、平静を装ふとする心を忘れなかつた。彼は大村銅像の側まで行つて、そこに横たへてある戦利品の砲身の腰掛の上に腰を下した。彼は幾度も〳〵振り返つては、遠山の姿が後から見えはしないかと気配《きづか》つた。

　やがて、彼は九段坂上の停留場まで引つ返して行つて、暫くそこに又立止つた。彼は電車に乗る事が出来なかつた。彼の理性はそんな事が決してあり得ないと云ふ事を承知してゐるのに、ひよつこり乗ると、その中に遠山が乗つてゐさうな気がしたのである。……尠くとも彼は十台位はさうして電車を待つてゐたゞらう。と、そこに僅かに四五人しか乗客のない一台が来たので、彼は要慎深く一度車内を窺き込んでから、やつと胸を撫で下してそれに乗り込んだ。

　それから……それだけでは未だ尽きなかつた……彼はいつも降りる停留場では降りなかつた。彼はその一つ先の停留場で降りた。それも、遠山が彼の降りる処を待伏せしてゐるやうな気がしたからである。そして更にまた、彼は自分の家の方へ曲る路次の角に来て、長い間躊躇しなければならなかつた。その路次には一本の大きな銀杏の木(それは十年ほど以前の落雷のために、頂辺《てつぺん》から幹が真つ二つに裂けてゐた）が黒い夜の空に怪物のやうに突つ立つてゐた。彼はその銀杏の木の側を通る時には、息を殺して、爪先立つて歩いた。……その幹の蔭から『わつ』と云つて遠山が躍り出して来はすまいかと、彼は実際にさう思つて、それが恐ろしかつたのである……

七

『一体どうしたと云ふのだらう？』定吉は寝床の中に這入つてからも、不安な気持を捨てる事が出来なかつた。彼は遠山に対して気を悪くはしなかつた。彼はそれが遠山の泥酔の結果の一時の発作に過ぎない事をよく知つてゐたからである。『遠山は二三日中に屹度にこ〳〵して、何事もなかつたやうな顔をしてやつて来るに違ひない』かう彼は腹の中で思つた。

けれども、遠山の事はたゞそれだけであつても、遠山のその小さな行為が、定吉の神経に与へた打撃の結果は恐ろしかつた。彼の神経にはまるで一つの方向が与へられたかのやうに、一寸した刺戟を受けると、直ぐにもその方向に向つて、彼の理性はそれを否定するのに、それだのにどうしてもさうならずにゐられない苦しい方向に向つて、進み初めるのであつた、定吉はその翌晩ひとりの酔漢が乱暴を働いて、或る交番の前で二人の巡査のために地面に組伏せられてゐるのを見た。彼は群衆が大勢立つてゐるので、何の気なしにひよつと窺いたのであつた。足掻いたり喚つたりしてゐる酔漢の額は、小砂利で擦《す》り剥いた傷口から真赤な血を噴《ふ》き出してゐた。彼はその血が地面にポタ〳〵黒く落ちてゐるのを見ると、『あつ！』と思つた。たゞ、『あつ！』と。彼の心臓はきゆつと痛んだ。そして急激に萎縮したので、胸がドキ〳〵と烈しく波打つた。それはほんとに或る不思議な、一種の肋間神経痛に似た痙攣的な痛みであつた。それは酔漢を気の毒と思つたり、或は人間と云ふものがかうした醜い有様――その酔漢をも二人の巡査をも、笑ひながら立つて見物してゐる群衆をも含めて――を演ずると云ふ事に対する羞恥を感じたりするやうな、さうした明確な意識から来る感情では決してない事が明瞭であつた。それは一つの発作……さうだ、一種の反射的の神経の痙攣であつた……何と云つたらいゝか、今の医学上では何とこれを命名してゐるか？　が、それは統一された一つの人格から来る『愛』でもなければ『同情』でもない。寧ろ人格の破綻から来る一つの神経の顫動であつた。『あつ！』と思ふ。胸がきゆつと萎縮して痛む。が、次の瞬間に彼は自分のなすべき事をまるで知らない。彼は急いでその光景の見えないところまでその場を通り抜けて、そしてその神経性の苦痛を振り捨てようと努力して、頭を左右に打ち振るより外何も知らない……

定吉はその酔漢と巡査との格闘を見た刹那、まるで何ものにか狩り立てられでもするやうに、たうとう駈け出さずにゐられなかつた。――何処に、そして何のために？

定吉はかうした方向を彼の神経の上に与へられてからといふ

ものは、彼に取つて此の人生がひとつの絶間ない地獄の苛責となつた。彼のハアトは日毎に何度痛むか知れなかつた。よち〳〵歩いてゐる彼の子供がひよつと柱に頭を打つけさうにする。と、彼は『あつ！』と思ふ。そして心臓がつぶれさうになる。妻が、気紛れな彼の妻が、自分の機嫌の好い時には子供にやさしくし、少し気分の悪い時には生れて未だやつと一年半余にしかならない小さな存在に向つて手荒な事をする妻が、子供を泣かせる。すると彼は『あつ！』と思ふ。そしてハアトが潰れさうに痛む。――その他いろ〳〵なものに接する度に、言葉よりも、観察よりも、或は心配よりも、何よりも真先に、先づ此の潰れさうなハアトの痛みが定吉を襲つて来るのであつた。

遠山のステツキの下から彼が逃げ出した晩の翌々日であつた。その日は社会部長の斎藤も次席の牛島も共に社を休んだので、社会部の編輯を定吉ひとりでしなければならなかつた。

午前中は大変暇であつた。何も大事件がないために、新聞の方から見ると、紙面を飾る事の出来ない困つた日であつた。第一紙面を埋めるだけの原稿が集まるかどうか、それさへも心配な位であつた。定吉は外交部長の吉田に向つて、外交記者達が何か持つて来るかどうかを再三訊ねた。

『さあ、警視庁に行つてるT――から、一段位の埋草は知らして寄越すでせうがね』と吉田は、新米の定吉が狼狽してゐる顔を、かなり皮肉な微笑を浮べて見ながら云つた。

『何か大事件が勃発するとい丶んですがね』

『五人殺しとかいふやうなものでもあるとい丶がな』と吉田は笑ひながら云つた。

此の紙面を埋めなければならないと云ふ心配が定吉を駆つて、いつの間にか、吉田の云つたその言葉をそつくりそのま丶心ひそかに期待するやうにさせた。『さうだ、五人殺しでもあるとい丶』と定吉はひよつとさう独語《ひとりご》ちた。さう独語ちて、そして彼は自分の独語の意味に気がつくと、狼狽《あはて》て顔を赧らめた。

――『人殺しを喜ぶやうになるとは、何といふ恐ろしい心理作用だらう！』――

けれどもその時通信部長のMから、急に定吉の机の上に一束の電報が投げられた。彼は急いでそれを取上げると、それはB――岬の特派員から来た電報であつた。

『超弩艦C――は去る―日―時―分頃△△任務のためB――岬沖を航行中、浅瀬に坐礁す、A――港より巡洋艦五隻直ちに出動して乗組員全部を救助し、C――艦も亦満潮を待つて離洲したるが、損害意外に大なる見込なり……』

定吉はそれを読むと夢中になつて昂奮し初めた。彼はその日の各朝刊新聞を調べて見たが、その記事は載つてゐなかつた。そこで直ちに正午版の冒頭に初号活字三段抜きの大きな標題《みだし》をつけて掲載した。彼は自分が何か大きな手柄でもしたと云つたやうな、得意の感をさへ以て、正午版の刷り上るのを待つてゐた。やがて正午版は出来た。彼はそれを見ると、紙面が生々《いき〳〵》として、活字が立つて動いてゐるやうな気がした。そして自分のつけた標題《みだし》が案外上手だつたのを喜んでゐた。

そこに給仕が突然やつて来て、

『鈴本さん、社長さんがお呼びです』と云つた。定吉は急いで社長室に這入つて行つた。

『今日の三面の編輯は君がしたのか？』彼を見ると社長は、怒気を含んだ眼をして身体《からだ》を震はしながら、『実にこんな無考へな事をして呉れては困るぢやないか。君は何ていふ馬鹿なのだ。君は今どんな具合に国民が騒いでるか知つてるだらう。今の政府が、殊に海軍省がどんな事で国民から攻撃されてゐるかを知つてゐるだらう。C——艦は今の政府になつてから造つた軍艦で、而も此の軍艦を造つた時にその裏面に秘密があつたと云つて国民は騒いでゐるのだ。その矢先に持つて行つて、C——艦が坐礁したなど、云へば、どんな騒ぎになるかも知れんぢやないか……』

社長は肥つた割合に声の細い男であつた。彼の体格からかうした女のやうな細い声が出ようなど、は、誰だつて予期しないであらう。定吉は此の体格と此の声との不調和からだけでも、此の社長に対して心からの嫌悪を感じてゐた。——けれども彼は、社長がその細い声をはり上げていろ〳〵の事を怒鳴つてゐる間に、顔を真赤にしながら、幾度となくペコ〳〵叩頭《じぎ》をしてゐた。

『もう四ケ月も新聞記者をしてゐて、この位の事が気がつかないか』……『一体斎藤が怪しからん、新米の記者に任せて社を休むからこんな不始末を仕出かすのだ！』……さう云ふ言葉を、社長は投げつけるやうに暫く立て続けに叫び立て、ゐたが、やがて、

『俺《わし》はそれがためにこれから海軍省に行つて来なけれやならん。——い、か、解つたか、夕刊にはあの記事を載せてはならんぞ』かう云つて立上つた。定吉も又もやペコンと叩頭《じぎ》をして、社長の後から入口まで送つて行つた。

桐の下駄箱から頭の禿げた小使の爺さんが大切さうに取出した下駄を、社長がそ、くさと突つかけて出て行つた後から定吉は再び叩頭《じぎ》をした。

定吉が憂鬱に心を閉されて、頭を左右に振りながら編輯室に帰つて来ると、吉田までがこんな事を云つた。

『鈴本君、日本には超弩級の軍艦は未だないんですぜ。C——艦は弩級艦ですよ。少し気をつけ給へ。こんな間違ひをすると、方々の社から此の社が馬鹿にされますぜ！』

此の出来事のために、定吉の頭の中がどんなに渦を巻いたか、定吉のハアトがどんなに痛んだか……彼は弁当を食べる気にもなれなかつた。彼は黙つて下を向いたま、、暫くは身動きもしなかつた。

『C——艦が坐礁した。その記事を載せた。何故載せてならない法がある？』と定吉は腹の中で呟いたが、いつだつけかの牛島の言葉を思ひ出した。『それがみんなあの肥つた社長の懐中《ふところ》を暖めるためなのだ！——俺に何の関係がある？』

定吉の心にはいつになく怒りが萌して来た。彼は住心地の悪い此の社会のいろ〳〵な事を思ひ出した。鉄面皮と偽と詐欺とで出来上つてゐるいろ〳〵な事を思ひ出した。彼は机を間に挟んで坐つてゐる吉田の顔に、腹のどん底からの嫌悪の視線を投げかけた。

併し彼はその心持を一生懸命に抑《をさ》へて、午後の編輯に取りかゝつた。

午後は非常に多忙であつた。或る博士の娘が江戸川の縁《ふち》に死体となつて流れついたのと、赤坂の某待合の女中が赤坂見附上で情夫のために短刀で突き殺され、男もその場で直ちに自殺を遂げたのと、此の二つの事件が同時に勃発したのである。――これは今の新聞社会では大喜びの事件であつた。各社はかうした事件にぶつかると、まるで旱魃に雨を得た百姓のやうな喜びを以て勇んで活動し初めるのである。博士の娘が投身する前に、男に会つたらうとか、会はなかつたらうとか、どんな著物を著てゐたとか、家庭に何か不平があつたのではないかとか、さういふ事を唯の一行でも他の社より詳しく書かうと云ふだけの理由から、まるで狂気のやうに駈けまはるのである。

博士夫人を訪ねて帰つて来た若い外交記者が、かういふ報告をもたらした。

『ほんとに気の毒でした。博士は先日《こなひだ》から精神に異常を呈して入院してゐるのださうですが、若し今度の娘の事件が知れたら尚一層病気が重るかも知れないと云つて、博士夫人が僕の袂を摑んで、どうか新聞に載せて呉れるなと涙を流して頼むんですよ。あゝ、僕はあんなに困つた事はありません』

『そいつは面白い!』と吉田が手を拍つた。『それをそつくりそのまゝ書くといゝ材料だがな。「不幸なる博士夫人の涙」つて云つた風なものに。そして博士の入院してゐるのは何処の病院なんだね?』

『それは聞きませんでした』

『何故聞かなかつたんだ?それが非常に重要な点ぢやないか』

『でも、僕は余り気の毒でそんな事を訊く気になれなかつたのです!』。と若い外交記者は悲しさうに答へた。

すると吉田はその外交記者を摑まへて、いつもの説教を編輯局の隅から隅まで聞えるやうな大声で開始した。『苟くも新聞記者ともあらうものが』とか『君は頭がない』とか『君は職務に不忠実だ』とか……

その時定吉はまた例のハアトの痛みに襲はれてゐた。『あつ!』と思ふと彼の心臓はきゆつと萎縮した。彼はその記事を全部捨てゝ掲載を見合せようかと思つた。博士夫人の歎きがそつくりそのまゝ彼の心臓に波打つて来るやうな感じがした。が、『若し此の新聞が掲載を中止しても、他の新聞が載せるだらう。そして博士夫人の歎願が何の効果も奏さないだらう』定吉はさう思ふと、自分の立場が、自分の職業が、呪はしくなつて来た。

彼は自分の前に置かれた原稿の、博士の娘の不身持を記した何行かを、赤インキでさつと消した。『それも亦自分が消しても他の新聞が書き立てるだらう』と彼は考へた。けれども彼はせめて娘の不身持と云ふ点を消す事によつて、博士夫人に、また自分自身の良心に弁解をしようと思つたのであつた。

かうした事のある間にも、定吉は一瞬間も筆を置く暇がなかつた。彼は朱を加《い》れた原稿を『給仕！　給士！』と呼んでは、片つ端から工場の方へ廻させた。彼は大声に命令的に『給仕』と呼んだのは此の日が初めてゞあつた。『給仕！　給仕！』と呼ぶ自分の声が、熱し切つた彼の耳には、調子が外《はづ》れて行つて、襟元に悪感を感じさせるやうな金切声となつて響いた。

締切時間が近づくに従つて彼の頭は益々混乱して来た。丁度その時であつた。彼が『給仕！』と呼んだのに返事がなかつた。『給仕！』と再び呼びながら給仕席の方を振向くと、その途端に、中で一番年上の十七になる生意気盛りの給仕が、彼に向つて唇を尖《とんが》らかして揶揄ふやうに眼を剝き出してゐたのが、急に彼の振向いたのを見たので、狼狽《あはて》て首を縮めて、取繕つた澄した顔を装はうとした。それを見た定吉はいきなり立上つた。今まで堪《こら》へてゐた憤怒が急に爆発したのである。『給仕までが人を馬鹿にしてゐやがる！』彼は腹の中でかう叫んだ。そしてづか〳〵その給仕の側に進み寄つて、『呼んだのが貴様には聞えないのか！』と怒鳴つた。それは自分ながら吃驚するほど大きな声であつた。そして震へてゐた。が、不思議であつた。彼が、自分は今までにこんな大きな声を出し事があるだらうか、と云ふ考を一瞬間チラリと頭の中に浮べたと思ふと、同時に、彼の右の手がむづ〳〵動き出したのを意識した。そして、彼はそんな事は少しも望みもしなければ予期しもしなかつたのに、はつと気のついた時には、彼の掌《てのひら》がその給仕の横面を力委せに一つ撲つてゐた。

『あつ！給仕を撲つた！』定吉は心の中で叫んだ。と、彼の憤怒は瞬く間に羞恥と自己哀憐との感情に変つて行つた。彼は自分自身が頭から何ものにかどやしつけられたやうな情なさと意気銷沈とを覚えた。頭を垂れずにはゐられない気がして来た。彼はその給仕が頰を膨《ふく》まして、何か云ひたいのに何も云へないと云つたやうな表情をして、恨めしさと驚愕とを同時に浮べたやうな眼で彼を見上げて、そして直ぐ下を向いたのを覚えてゐた。が、自分がどうして自分の席に帰つたか、どうして筆を取上げたかは覚えてゐなかつた。

『給仕を撲つた、給仕を！』かう云ふ言葉が単に頭の中で叫ばれてゐるばかりでなく、定吉の手でも足でも身体《からだ》全体が、そして又彼の身体以外の周囲が、それを叫んでゐるやうな気がした。

『給仕を撲つた、給仕を！　あゝ、俺は何といふ人間だらう。恥しい、恥しい！』

定吉は机に向ひながらも、心はゐても立つてもゐられない気がしてゐた。——自分は今までに人を撲つた事があつたらうか。彼は物心地のついて以来喧嘩といふものをした覚えはなかつた。心が命じもしないのに自分の手がどうして給仕の横顔に飛んで行つたか、そして飛んで行く事を知つてゐたか？——定吉は思案した。が、解らなかつた。それは殆んど人間に生れながらに備はつてゐる本能なのかも知れない、動物が怒つて噛みつくやうに、人間が怒ると対手を撲る事は、撲るために手が動く事は、教はつてから知るのではない一種の本能なのかも知れない——定吉は今まで自分の身内にこんな狂暴力がひそんでゐようとは夢にも思はなかつた。彼は人がさうした事をしても慴える男であつた。さうだ、彼は遠山にステツキを振り上げられてあの通り逃げ出したのだ。それだのに……自分が人を撲らうとは。而も給仕を撲らうとは。

『何故給仕を撲つた？』と云ふ言葉がおちついた反省となつて彼の心に囁かれたのは、暫く後であつた。『何故給仕を撲つた？ 給仕がたとひ自分にからかふやうな態度を取つたとしても、その心の底は無邪気なのだ。あの年頃にはよくあんな事をしたがるものなのだ。併し、あの社長、あの吉田……どうせ撲るなら何故あゝした人間に向はなかつたか？』

　定吉は探るやうに机の向うの吉田を見た。吉田は笑つてゐた。その眼は何か面白いものでも見たと云つたやうに、『君もなか〳〵元気があるね。たまにはやり給へ。あの給仕は近頃ほんとに生意気なのだから』こんな事を云つてゐた。

『何故給仕を撲つた？』と今一度考へた時、定吉にはもう自分の気持の胡魔化しがつかなくなつて来た。丁度時計が二時を報《う》つたので、彼は『締切』のベルを自分で鳴らして、（もう『給仕』と呼ぶ元気がなかつたのである）部屋の隅に小さくなつて俯向いてゐるその給仕の側に再び行つて、『一寸此方《こつち》にお出で』と誰もゐない応接室に連れて行つた。彼はその給仕を慰めようと思つたのであつた。

『お前は一番働ける好い給仕なのだ！』何と云つたらいゝかと暫く思案した末に、定吉はかう口を切つた。『それだのにそのお前からそんなに怠けては困るぢやないか』

　すると、その給仕の顔の眉と眼との間が一瞬間ずつと延び初めた。と、思ふとまた縮《ちゞ》んで、そしてしくり〳〵と泣き初めた。定吉は益々どうしたらいゝか解らなくなつた。『僕は少しも怒つてはしない』かう云つたが、そんな事では駄目であつた。『撲つたのは僕が悪かつた。ね、堪忍して呉れ』と重ねて云つたが、それでも駄目であつた。

　そこで定吉はかう考へた、さうだ、此の給仕に小遣をやらう、と。彼は蟇口を取り出してその中から二十銭銀貨を掴み出した。『もう機嫌を直して呉れ。これでもつて帰りに珈琲でも飲んで行つてお呉れ。さあ、もう仲直りをしよう』

　だが、その時まで黙つてしくり〳〵泣いてゐた給仕は、『要《い》りません！』と云つて定吉の手を払ひ退《の》けた。定吉は金を無理に給仕の袂に入れようとすると給仕は再び『要《い》りません！』と叫んで、急に応接室から逃げ出した。定吉が二三歩追ひかけた時には、もうその姿がドアの彼方に消えてゐた。定吉は自分の手に残つた金を見た。と、急に非常な屈辱を受けたやうなもう取返しのつかない事をしてしまつたと云つたやうな感情が頭に込み上げて来た。彼は前よりも一層胡魔化しのつかない、頭からどやしつけられたやうな羞恥と胸苦しさとを覚えた。

彼は編輯局を通るのが恥しかつたので別のドアからこそ〳〵と、忍ぶやうに、大組をしに工場に上つて行つた。

八

定吉が大組を済まして、二階から降りて来た時、遠山が応接室で彼を待つてゐた。遠山は定吉の予想通りに訪ねて来た。而も何事もなかつたと云ふやうにニコ〳〵して。

『先夜は失敬したね』と遠山は気軽に快活に云つた。彼は酒気を帯びてはゐなかつた。『僕はどうも酒を飲むと結果が悪くつていけないよ。何だか君に向つて乱暴な事を云つたらしかつたな。併しまあ堪忍して呉れ給へ』

『いや、僕は何とも思つてゐやしないよ』と定吉は答へた。

『時に、僕は今日は君にお願ひがあつて来たんだがね。君のところに十円ばかり余分な金がないかね?』

『さあ』

『実はねえ君、又非常に切迫して来たもんだからね、ワイフを実家《さと》に相談にやらうと思つてゐるんだ。その旅費が欲しいんだよ。もう十一月も大分押しつまつたし、来月はもう十二月だからな』

『さあ』と定吉は同じ答を繰返した。彼は十円の金を持つてはゐなかつた。けれども、かう云ふ場合に、その事をきつぱりと云つて拒絶する事が出来ないで、いつまでも躊躇してゐるのが彼には例であつた。遠山は定吉が黙つて考へ込んでゐる間に、まるで他人事《ひとごと》でも話すやうに、をどけた調子で、こんな事を話してゐた。

『何しろ毎日食ふ米がない始末なんだからね。実は弟のところから二ケ月前に二俵汽車便で送つて貰つたんだが、先日《こないだ》古道具屋に売つてしまつたんだよ……さうさ、何か知ら売る道具があるつもりで古道具屋を呼んで来たところが、家中探しても何もないんだらう。折角呼んでたゞ帰すのも気の毒だと思つたから、米を買はないかつて云つたら、喜んで買つて行つたよ。ワイフに聞くと今の一般の相場と大した違ひがない値段ださうだ。面白い爺だつたよ』

又こんな事も話した。

『家主《おほや》が今月中に金を払はないと立退《たちの》いて貰はなけれやならんと云ふんだよ。立退《たちの》かなかつたら畳を上《あ》げて持つてつてしまふさうだ。……併し先日《こなひだ》は滑稽だつた。電車の帰りに雨に濡れて困つてゐると、汚い洋服を著た男が傘に一緒に這入つて行けと云ふんだよ。その男がいきなり「あなたの処では家賃が幾ら溜つてゐますか?」つて訊くから、「六ケ月溜つてゐる」つて答へたら、「私の処ぢや五ケ月溜つてゐるんですよ」つて云ふのさ。世の中には同じやうな人間が沢山ゐると思つて感心してゐると、それが僕の家の隣家《となり》の男だつたのさ。……俺も迂闊だね。

格子戸が並んでゐる同じ長屋の人間の顔をその時まで知らなかつたんだからな。——その男は何でも保険会社の外交員の口を探してゐるんだが、なかなかないんださうだ』

が、世の中にはかうした事を平然として大《おほ》つぴらに喋つてゐながら、決して人に下等な感じや反感や憎悪を覚えさせない人間がある。遠山も亦さういふ種類の男であつた。

『僕はないが、併し』定吉はかう云はずにゐられなかつた。『誰かゞ持つてゐないだらうか。相川はどうだらう?』

『うむ、だがあの男は貸すまい。あの男は俺に対して始終警戒してゐるからな』

かう云ふ場合に定吉は、『それなら僕から頼んで見よう』と云はずにゐられない性向を持つてゐた。彼はそれが決して好い性質でない事を知つてゐた。そこで、ついさう答へさせようとするように彼を強ひる心の誘惑と暫くの間戦つた。が、結局それに打克てなかつた。

『それぢや、僕から頼んで見よう』かう云つてしまつた時、定吉は自分の力にない事を云ひ出した自分を直ぐに責めた。若し相川が拒絶すれば、定吉は屹度それがために自分で苦まなければならない、どんな事でもして無理にも自分でそれを都合しようとするに違ひない、彼はさうなる事を心の底でよく知つてゐたのであつた。

定吉は社の帰りに相川を訪ねた。相川は机に向つてペンを握つてゐた。彼の短篇小説は未だ完成されてゐなかつた。けれども、例のやうにはき〳〵した、自信に充ちた言葉で、相川は自分の計画を繰返し〳〵語つた。

定吉はそれを聞いてゐる間も、始終如何に切り出したものかと考へてゐた。そして相川の言葉が途切れた時、

『君、失敬だが、僕に十円ばかり貸して呉れないか?』と躊躇しい〳〵云つた。

『あゝ、その位の金はあるだらう』相川は机の抽斗を開きかけたが、定吉の顔付を見ると不審さうな眼をして、『君が要《い》るのかい?』と訊いた。

けれども此の位の小さな事でも、定吉には終に嘘が吐けなかつた。彼はたじ〳〵としながら『あゝ僕が要《い》るんだ』と答へたが、直ぐその後から、顔を真赤にして、『実は遠山が……』とその顛末をすつかり白状してしまはなければならなかつた。

——そして続いて彼は反射的の反省作用に苦められ初めた。自分が要るのだと何故云ひ切れないのだらう。ほんとの事を云つたら相川が拒絶する事が解り切つてゐるのに。……『お前は正直なのだ!』と心の何処かで彼を慰めようとするものがあつた。が、その慰めるものに対して、彼は恥しさを以て反抗した。断じて〳〵、さういふ感情を避けなければならない、こんな風に彼は自分に向つて云つた。が、又『何が断じてだ?』とそれに対して更に反抗し返すものがあつた。そしてそれは『再び何故自分が要《い》ると云はなかつたらう』といふ第一の反省に帰つて行つた……彼の頭は渦を巻いて、胸が苦しくて痛かつた。

『遠山に貸すなら僕は御免だよ』と相川はきつぱり云ひ切つた。『僅かな金だけれども僕はあの男に貸す事は御免だ。彼奴はまるで責任といふ事を知らない。それが僕には第一に厭な点だ。彼奴はいつ如何なる方法によつて返さうかなど丶云ふ事を考へた事はないのだ。さうさ、あの男にはたくらみはない。あの男は割合に正直者である。決して悪いたくらみに導かれて人に金を借りようなど丶はしない。それは僕も知つてゐるよ。だが、性来の怠惰のために、あの男はいつだつて次の瞬間の事を考へた事がないのだ。困るからワイフを実家《さと》に相談にやらうと思ふ。相談にやるには汽車賃が要《い》るからそれを友達に借りようとする。併し結局それだけなのだ。それに就いて自分はどうしようかと云ふ点になると、もう彼の怠惰は彼の考へる力をごちやまかしてしまふのだ……』

『だが、僕はあの男は善人だと思ふよ。そして厭味がなくて、酒を飲むと乱暴もするが（かう云つた時、定吉は先夜の事を思ひ出して、恥しさに顔が火照《ほて》つて来た）、併し一体は淡白で無邪気だと思ふよ』

『それや淡白で無邪気さ』と相川は冷かに答へた。『併し淡白で無邪気だからと云つて、物の秩序を乱す不聡明を許す事は出来ないよ。そこが現在の我々が考へなければならない一番重要な点なのだよ。無邪気だけで終れば人間の生活は余りに情なさ過ぎる。第二に、彼奴に旅費を与へると、それがやがて彼奴の弟の苦痛を増させる種になるのだ。あの忠実な弟は兄貴のワイフが実家《さと》に金の相談に行つたと聞いたら、どんなに苦むか知れないからね。だから、僕はそんな金を彼に貸す事は絶対に御免蒙る』

『併し、……』

『いや、絶対に御免蒙る。第一遠山が君にさういふ相談を持ちかけるといふのが、根本の誤りなのだ。さういふ相談を受けた君はその通り一寸懸命に苦んでゐる。ところが、相談を持ちかけた遠山の方は平気の平差で、苦痛も何も感じやしないんだ！』

『併し』と定吉は再び口では云つたが、心の中では相川の言葉を『なるほど、さうかも知れない』と思つた。もう彼はそれ以上相川に頼む事は出来なくなつてしまつた。と、又例の反省が、『何だつて自分はこんな安請合をしたのだらう』と彼の心を突つつき初めた。

定吉は相川の家から遠山の家に行く道々いろ〳〵な事を考へた。彼の頭には今日の社の出来事が思ひ返されて来て、重苦しい憂欝が充満した。――すると、突然彼の心は遠山に対して変化し初めた。と云ふのは、相川の言葉が思ひ出されて来たからである。

『実際その通りだ！』定吉は腹の中で呟いた。『遠山が平気の平差なのに、俺はこんなに苦んでゐるのだ。いや、俺ばかりではない、遠山が平気の平差なのに、彼の細君や子供や、故郷《くに》の親爺《をやぢ》や弟達がみんな苦んでゐるのだ。さうだ、あの男ひとりのためにみんなが苦んでゐるのだ。……例へば、汽車賃を俺か相川が貸してやつたとする。若し彼がそれを返したとしても、実際はそれは彼が払ふのではないのだ』定吉はかう推理して行つた。『それは彼の弟か、細君の実家で払ふ事になるのだ。結局彼の打撃にはならないのだ、さうだ、結局一文だつて彼は損をしないで、いつでも暢気な顔をしてゐるのだ。彼奴を取囲む周囲のものがみんな彼奴のために損害を蒙つてゐるのだ……』

定吉の胸には遠山に対する憤りがむく／＼と湧き起つて来た。『さうだ、あの男は無邪気で正直ではある』彼は相川の言葉をそつくりそのまゝに自分の考として考へつゞけて行つた。『だが、無邪気で、何のたくらみがないと云ふだけの事で、人間を是認する事は出来ない』

そして遠山の家の格子先に立つた時、『俺はその事をきつぱり云つてやらう。それがほんたうなのだ。遠山に金を貸す事は彼奴の怠惰を増長させる事だ。それは一個の不徳だ。俺は不徳に加担する事は出来ない！』かう昂奮しながら実際に決心したのであつた。

だが、その決心がどうなつたらう？……定吉は格子戸に手をかけた瞬間から、そして遠山の細君が手をついて彼を迎へた瞬間から、もうその決心が鈍りかけて来た。

『やあ、有難う。それでどうだつたね？』と遠山が云つた時、定吉の眼は遠山の眼に会つた。そしてそれと同時に細君の眼に会つた。遠山の眼は例によつてそれ程心配さうな表情もしてゐなかつたけれども、細君の眼は不安と期待とに光つてゐた。――この細君はいつでもキチンとした身だしなみをしてゐた。著物は粗末なものであつても、如何にも女らしい柔順な品《ひん》が、その身体の全体、態度《ものごし》、動作に表はれてゐた。夫《をつと》に対しても礼儀と尊敬とを示す事を忘れなかつた。

その家は小さな家であつた。玄関の障子を開けた処が直ぐ六畳で、それが遠山の書斎であり、客間であり、茶の間であり、そして又寝室でもあつた。畳は縁《へり》が切れて焦茶色に変つてゐた。その六畳と勝手との間にもう一室《ひとま》二畳の部屋があつた。そしてその家全体に五燭の電燈が一つ――六畳の方についてゐる――しかないので、二畳の部屋は薄暗かつた。定吉はその薄暗い二畳に遠山の三人の子供が、丁度眼白のやうに肩と肩とを密著《くつつ》け合つて並んでゐるのを見た。一番上は男の子でもう小学校に通つてゐた。下の二人は女の子であつた。それがみんなキチンと膝《ひざ》を崩さずに、囁き合ひもしないで、温和しく坐つて、此方を見てゐるのであつた。

その光景の全部を定吉は一瞬の間に、遠山に『どうだつたね？』と訊かれて、それに答へるまでの間に見て取つたのであつた。すると彼は一種の威嚇に似た感じ――それは彼の感情がその光景を見て急に変動し初めたゝめに生じた一種の圧迫感であつた――を受けた。彼は優しい柔順な細君と温和しい子供達とに、夫とし父として尊敬されてゐる遠山の或る人間的な好いものを目の辺りに見た。彼は自分の妻や自分の家庭を思ひ出した。彼は遠山に対する憤りが瞬く間に消えてしまつたのを意識した。

『君、駄目だつたよ』と定吉はがつかりして云ひ難《にく》さうに云つた。が直ぐかう附加へずにゐられなかつた。『併し、未だ失望し給ふな。何とか僕が考へて見るから』

　けれども勿論何の当《あて》もあるわけではなかつた。――定吉はその晩方々を歩きまはつた末、たうとう或る質屋に這入つて行つた。

九

　その翌朝は急に冬の来た事を思はせる寒い朝であつた。路次の中の銀杏の葉はすつかり落ちつくして澄み切つた冷たい青空に、その小枝が網の目を描いてゐた。そして霜に固まつた地面の上を、その黄ろい落葉がカサコソと淋しい音を立てながら、走りまはつては、そこゝゝに掃き寄せられたやうなかたまりを作つてゐた。

『あつ！　俺は何といふ事をしたらう！』定吉は自分の家から飛び出して来て、まるで逃げるやうに小走りに此の銀杏の木の下まで来た時、かう思つた。彼の手は未だわなわな顫へてゐた。彼の頭の中には憤りと憎悪と浅猿しさと自己哀憐とがごつちやになつて出来上つた重苦しい瓦斯のやうなものが、ふくふくと泡立つてゐた。――彼はその朝初めて妻のよし子を撲つたのであつた。

　それはまた例によつて、何等大した原因があつたのでもなかつた。定吉は昨夜遠山のために時計を融通してやつた事を、びく〳〵しながら妻に隠してゐた。それを今朝彼女に知られたゞけの事なのであつた。――が、一度定吉の神経に与へられた波動は、何処までも何処までも進んで行くより外、彼の力でどうする事も出来なかつた。彼の心はいつぞやの晩遠山によつて与へられた刺戟の上に、昨日の社の出来事――社長や吉田に対して抱いた憎しみ、そして更に給仕に対して自分がやつた暴行――によつて更に鋭く、更に感じ易く、まるで露出した齲歯の神経のやうに敏感になつてゐたのであつた。

『あなた、時計をどうなすつて？』定吉が社に出かけようとして著物を著更へてゐた時、よし子がかう訊いた。――それは確かに普通の訊《き》き方《かた》であつた、何の変つたところもなかつた、定吉はそれをよく知つてゐた。

『うゝ』と定吉は返事をしようとして、急に言葉が唇に引つかゝつた。と、それが彼の頭をイラ〳〵させた。それは変挺な気持であつた。『あつ！　たうとう目つかつた！此の女がまた何とか文句を云ひ出すのだらう！』と彼はチラリと心に思つた。すると、彼女の云つた言葉そのものに対してよりも、彼女が云ひ出すに違ひないと予想された文句に対しての答を、定吉は口にしなければならない気がし初めたのである。

　そこで、かう云つた。

『併し、あの男は気の毒なんだからね』

『あの男つて誰です？』

『遠山だ。遠山に貸してやつたんだ』

『まあ、あの方は相変らずなのね。で、いつ返して呉れるんです？』

『そんな事は知らないさ。僕たちの間では友達同志互ひに助け合ふ事になつてゐるんだからね。それが友人として当然なんだ！』と定吉は何だか挑戦でもするやうな調子で語尾に力を入れて云つた。

するとその時よし子は初めて彼の調子の変なのに気がついて来たので、彼の顔をぢつと睨んだ。

『まあ、あなたはどうかしてゐらつしやるわね。まるで妾に喧嘩でも吹つかけるやうね』そこまで云ふとよし子の心にも或る変挺なものが萌して来た。『あたしがいつ当然でないと云つて？』

——成程、この女は当然でないなど、云ひはしない。これや俺の方がヒステリイだぞ——定吉はかう思つた。が、もう遅かつた。変挺になつて行く気持の進みをどうしても制する事は出来なかつた。

『お前は何と云ふと直ぐ俺にいろ〳〵な干渉をするがそれは好くない』

『干渉なんかしやしないぢやありませんか。何です、あなたはむやみに人に突つかゝつて来て』

『今日の事を云つてゐるんぢやないんだ。いつもの事を云つてるんだ！』と定吉は叫んだ。すると彼の頭に妻のヒステリイや、肉慾や、強情や、その他すべての不快の点が一時に潮のやうに押し寄せて来た。——彼はがむしやらに癪にさわつて来た。彼は遠山の細君を思ひ出した。そしてよし子に対する憎しみが込み上げて来た。

『あなたこそ』とよし子はよし子で云つた。『あなたこそ意気地なしの癖にして。何です、人に向つて、人が何も云ひもしないのに、いきなり怒鳴りつけて……』

『馬鹿！』と定吉が怒鳴つた。

『馬鹿！』とよし子が云ひ返した。

二人は互ひに憎々しいと云ふ眼をして、茶の間の真中に突つ立つて、睨み合つて、そして無茶苦茶な罵詈雑言を浴びせかけ合つた。——定吉は自分がどんな事を云つたか、彼女がどんな事を云つたかはよく覚えてゐなかつた。が、その一語々々に燃ゆるやうな憎悪が籠つてゐたゞけは覚えてゐた。——

『あゝ、坊やさへなきや、あなた見たやうな意気地なしなんかにや、別れてしまふんだ！』と彼女が叫んだ時、定吉は急に右の腕がむづ〳〵して来た。が、此の時は給仕を撲つた時のやうに無意識ではなく、『俺は今此の女を撲らうとしてゐるな』と云ふ事をはつきり意識してゐた。で、彼は撲りさうに腕が震へるのを一生懸命に抑へながら、

『よし、貴様は出て行け、俺は貴様なんかを愛した事は一度だつてないんだ！』と叫んだ。

『出て行くとも！』と妻は叫ぶなり、いきなり隣りの部屋に這入つて行つた。そこには子供が眠つてゐた。彼女は子供を抱き上げた。子供は泣き出した。子供が泣き出すと、定吉もその部屋に飛び込んで行つた。総てがぐる〳〵旋回した。定吉は彼女の手から子供を奪つた。彼女がそれを奪ひ返した。

『やい、子供は貴様にやりやしないぞ！』と定吉は叫んだ自分の声の大きさに、ぎよつとした。が、その時、彼は『よし、撲りつけてやる』かうはつきり思つて、そして彼女の顔を拳骨で、力一ぱいに撲りつけたのである。それはぐわつと云ふやうな音を立てた。彼女は抵抗しさうにした。が、力なくたじ〳〵とした。彼は或る痛快を感じた。『よし、もう一つ撲つてやらう』さう思つて更にまた力を入れて撲りつけた。彼女は泣きわめく子供を抱きながら、部屋の一隅にぺたりと坐つてしまつた。定吉は部屋の中を歩きまはつた。彼は膝がガク〳〵顫へるのを覚えた。そして幾度となく彼女の側に進み寄つては、その度に、子供をかざして顔を隠してゐる彼女の頭を、子供に当らないやうに注意しながら撲りつけた。

『もつと撲つてやるぞ、もつと撲つてやるぞ！』と彼は絶えず心の中で叫びつゞけてゐた。

　隣室《となり》の細君が台所から駈け上つて来た。急いでよし子の腕から子供を抱き上げて、『よし〳〵、好い児だから泣くんぢやないのよ』さう云ひながら、彼と彼女との間に割つて這入つた。

『どうなすつたので、一体……』と云ふやうな事を云つた。よし子がいきなり立上つて、『ヒイ』と狂気のような泣声を発して、隣りの細君の後から、彼に獅嚙みつかうとした。『手向ふと命がないぞ』と彼は叫んで、又よし子の顔を撲りつけた。

『まあ、あなたは、まあ、あなたは……』と真中で隣りの細君はおろ〳〵した。『坊ちやんがまあ、坊ちやんがお可哀さうですから……』

　その時定吉はチラリと我子の顔を見たのである。子供はわあ〳〵泣きながら、彼の顔を見てゐた。『あゝ、此の子にはもう解るかも知れない』と彼は思つた。すると、何か熱湯のやうな熱いものが胸の中に込み上げて来た。定吉は『情《なさけ》ない！』と腹の中で叫んだ。『何といふ様《ざま》だ！　何といふ様《ざま》だ！』そして彼は妻の方を見た。妻の右の頬が膨れ上つて、右の眼は赤味を帯びた紫色をしてゐた。――『あつ！』彼は、ギクリと心臓が止《とま》つたやうな痛みを覚えた……そして彼はいきなり玄関に出て来て、帽子とステツキとを手にすると、どん〳〵外に駈け出したのであつた……

『あつ！　俺は何といふ事をしたらう？』定吉は頭を垂れながら歩き出した。銀杏の葉が彼の下駄にカサ〳〵鳴つた。『そして一体何のためにあゝ云ふ事をしたのだらう？』

　定吉には幾ら考へてもその原因が解らなかつた。――遠山のために時計を融通した。それがために自分が妻を撲つた。――そんな馬鹿な事があるだらうか？

　定吉は妻の頬の膨れてゐるのと、眼が紫色に変つてゐるのと思ひ出した時には、これから直ぐ引つ返して妻に謝罪しようかと思つた。そして彼は実際立止りさへもした。が、彼は今引つ返したら、隣室《となり》の細君と顔を合せなければならないのが恥しかつた。——それは某歩兵聯隊附の陸軍中尉の細君で、夫の留守の間は始終鏡に向つて、化粧ばかりして時間を送つてゐる女であつた。

定吉は電車通りの方へは出ずに、それとは反対の渋谷の方へ向つて歩き出した。何処も彼処も景色がすつかり霜枯を思はせた。西の空には雑木林の上に、富士や秩父の山々がくつきりとその輪廓を際立たせてゐた。

『もうすつかり冬になつた！』と彼は思つた。何とも云はれない淋しい頼りなさが彼の心を捉へた。そして昂奮の後の空漠とした静けさが彼の頭を充した。

古川端から氷川神社の前を通つて、神社の横手の原に来た時、彼はいつか河野と女を待合せた時隠れたあの林の中に行つて、墓の上に腰を下して休まうと思つた。そして彼は草の上を踏んで行つた。

と、彼の驚いた事には、その林の中に河野が学校の制服姿で、腰を下して、何かぢつと思案に耽つてゐるのを見出した。定吉の足音にも河野は顔を上げなかつた。

『河野君』定吉はその側に近づきながら静かに云つた。

河野はびつくりしたやうに顔を上げた。その顔は青ざめて、眼が悲しさうに光つてゐた。『あゝ、君か』さう低い声で云つたかと思ふと、何か急に衝動を感じでもしたやうに、ぶるつと身体を震はして立上つた。

『ねえ、君』と彼は泣きさうな声を出した。『僕はたうとう今朝あの女に打明けたんだよ。だけれどね、あゝ、何ていふ馬鹿げた事《こつ》たらう、ねえ、君、聞いて呉れ給へ……僕はねえ、君、僕はあの女を罵倒しちやつたんだ。だつて君、あんまり解らない事を云ふんだもの。彼女《あいつ》は愚劣な女だ。取るに足らない女だ……』

『どうしたんだい、一体？』と定吉は驚いて訊いた。

『僕は思ひ切つて打明けたんだよ。七年前から僕が思つてゐたつて。ところが、君、あゝ実に忌々しい女《やつ》だ……自分は藝術のために独身を立て通す決心をしたから、さういふお申込は拒絶いたしますつて抜しやがつた。何が藝術のためだ、スケッチ箱一つ肩にかけたゞけの癖をして？ 僕は藝術が解らない男ぢやないつもりだ、だから僕と結婚する事はあなたの藝術を高めるものでこそあれ、決してあなたの藝術の害にはならないと云つたんだよ。僕は一人の男に取つて、運命が定めた女は一人しかない、それがあなたなのだ、と云つたんだよ。…ところが、君、彼女《あいつ》は笑ひやがつたよ。そしてかういふんだ。さういふ事はお若い中はよく仰有る事だつて……何だ、彼女《あいつ》は自分の年は幾つだと思つてゐるんだ……』

河野は昂奮して、靴の先を自暴気味《やけぎみ》に墓石に打《ぶ》つつけながら語つた。定吉はそれを聞いてゐると、云ひやうのない悲しさが込み上げて来た。

『それだけならまだしもいゝんだ』と河野は語りつゞけた。『あの女はかういふぢやないか、今までもいろ〳〵な方《かた》からさういふお申込を受けましたが、藝術に一身を捧げたもんですからお断《ことは》りして来ましたつて。……それを聞くと僕はむら〳〵と腹が立つて来たよ。だから僕は云つてやつた、他の男は他の男で僕は僕だ、他の男の事を僕に向つて今の場合吹聴するのは、あなたが虚栄家《みえばう》なんだつて。そしたら、あの女は、あたしを侮辱なさるつもりですかと抜しやがつた。何が侮辱だ。ねえ、君』河野は墓石の間を歩き初めた。『僕はそれから罵倒を初めたんだ。そんな虚栄家《みえばう》な女に藝術なんか解るものか。藝術の神に一生を捧げるために独身を立て通すなんて云ふのは、時代遅れの夢で、藝術と結婚とは一致して初めて完成されるんだ。……僕はさう云つて罵倒してゐる中に胸が清々して来たんだ。痛快になつて来たんだ。……だが、あの女が、あたし失礼しますと云《い》つて去つてしまつたら、また急に淋しくなつて来たよ。あゝ、もう七年の恋もこれで終りかと思つたら僕は淋しく〳〵つて堪らなくなつて来たんだ』

『河野君』と定吉は急に云はずにゐられない様な気持を感じて来た。『僕は今朝ワイフを撲つたんだよ』

『えつ!』河野は眼を瞠つた。

『僕はね、今朝ワイフを撲つたんだ。君、僕のワイフの頰つ辺《ぺた》は膨《ふく》れてしまつて、眼が紫色になつたよ……そして子供が泣いたんだよ、わあわあつて……あゝ、みんな僕が悪いんだよ。僕の頭はどうかしてゐたんだ。が、併し……君、何が何だか僕には物事が一切訳が解らない……』

突然定吉は河野が自分の手をぎゆつと握り締めたのを感じた。『僕等は不幸なんだね』と河野が云つた。『どうしてこんなに僕等は悲しいんだらう!……』

定吉の腹の中で突然きゆつと鳴つたものがあつた。それは子供の玩具の護謨人形——腹のボタンを捺《を》すときゆつと鳴る——の出す音に似てゐた。それは直ぐに、殆んど電流のやうに河野の腹に伝はつて行つて、そこでも亦きゆつと鳴つたらしかつた。定吉は河野の手を強く握りながら、急にわつと泣き出した。と、河野もつゞいて泣き出した。

十

十二月が来た。世間の内閣攻撃は益々火の手を上げて行つた。その日は日比谷公園に国民大会が開催されるといふ日であつた。S——社の編輯局は恐慌と狼狽とを極めてゐた。編輯局の窓際に水道栓が二つ据ゑつけられた。それは国民大会の余波が此の社を襲つて来た時の防禦のためである。

社長が記者全体を一室に招いた。

『さて』かう彼は改まつて語り出した。『諸君も御承知の通り、今日は国民大会が開催されるのであるが、此の社は今や国民の無法な反感の的になつてゐるから、或は如何なる暴民達が此の社を襲つて来ないとも限らない。それについて、此処に社長は諸君に一つのお願ひがあるのです。諸君の中誰でも志あるものは今晩社に残つてそして此の社を守つて貰ひたい。家に年老いた両親のある人とか、重大な責任を身に脊負つてゐられる人とか、さう云ふ人には勿論《もとより》お頼みはしない。なるたけ独身の方《かた》は全部残つて頂きたいと思ひます』

みんなは厳粛な緊張した顔をして、中には腕を拱いてゐるものなどもあつて、社長の言葉を一句々々聞いてゐた。するといきなり立上つてかう叫んだ者があつた。

『今や我社の危急の時に当つて、誰かそれを見捨てゝ顧みないものがありませうぞ！』

それは芝居がゝつた悲憤の色を帯びた光景であつた。定吉はさう叫んだ男が、『社長の奴十万円も貰やがつたんだらう！』といつぞや云つたあの牛島だつたので、吃驚して眼を瞠つた。『同感々々』と吉田が叫んだ。これも亦一生懸命のやうな厳粛な顔をしてゐた。それにつゞいて、『同感々々』の声が方々で叫ばれた。そしてみんながまるで決死隊にでも行くやうな昂奮した色を浮べてゐた。

定吉はぢつと眼を眠つて考へた。『これは一体何事だらう？何だつてみんなは此の社を守るのだらう？而も平生あんなに此の社の悪口を云つてゐた記者達が……』が彼にはよく解らなかつた。『一体此の連中は政府に味方してゐるのだらうか、国民に味方してゐるのだらうか？』けれども定吉の眼には、さういふ事を明確に考へてゐるらしい記者はひとりも映らなかつた。彼等は唯夢中に、唯わけもなく昂奮してゐるに過ぎないとしか思はれなかつた。

『例へばあの水道栓だ！』と定吉はこれ等の記者の中誰かゞ、襲つて来た民衆に向つて水口《みづぐち》を向ける光景を想像した。『誰かゞあれで以て群衆に水をぶつかける。その癖その男は群衆に対して恨も何もないのだ。それだのに不思議な敵愾心などを起して、自分が何か正義に味方し、正義のために戦つてゐる勇士のやうな昂奮に駆られるに違ひない』

定吉は相川の言葉を思ひ出した。『さうだ、秩序がないのだ。人間がみんな明確な意見を持つてゐないのだ』かう腹の中で呟いて、彼は憂欝な溜息をした。

みんなが編輯局に帰つて来た時、社会部長の斎藤が定吉に声をかけた。

『鈴本君、君は今晩は社に残らないで、日比谷の方に行つて群集の状況を観察して呉れ給へ。――その方がいゝよ』そして小声になつて、『社に残らうと云ふ有象無象は他に沢山ゐるから遠慮し給ふな』

午後五時頃、定吉は社を出ようとすると、梯子段の側の暗い隅に、外交記者達が四五人塊《かたま》つてゐた。

『鈴本さん、お帰りですか？』その中の一人がかう声をかけた。

『僕は群集の方の観察を命じられたんです』

『それや結構ですな。あなたは若い奥さんもお子さんもお有りなんだから、命が大切でさあね』そしてみんながどつと笑つた。

『鈴本さん』と云つてその中から一人走り寄つて来た男があつた。それはいつぞや博士夫人の話を聞きに行つたあの若い外交記者であつた。定吉は此の外交記者が若くて正直なので、比較的親しくしてゐたのであつた。

『僕はもう今日きりであなたにお眼にかゝれません』かう外交記者は昂奮の色を眼に帯びながら云つた。『もう我慢がなりませんから、今夜の此のどさくさ紛れにあの吉田の奴を思ひ切り一つ撲りつけてやらうと思つてゐるんです。人を人とも思はないで始終失敬な事ばかり云ひやがるから。そしてこんな社は早速辞職です』

定吉の心臓はそれを聞くときゆつと萎縮した。そして烈しく痛んだ。彼は若い外交記者の暴挙を押し止めたいと思つた。けれども口が利けなかつた。

『それでは御大切に。さやうなら』外交記者はかう云つて梯子を駈け上つて行つてしまつた。

『さやうならと』定吉は口の中で呟いた。

定吉の憂欝は日比谷公園に行くと、更に一層加はつて来た。そこでも彼はS——社に於けると同じ訳の解らない昂奮を見た。同じ訳の解らない悲憤慷慨を見た。同じ正義呼ばはりを見た。彼の眼前には人間共の頭が数限りなく並んでゐて、それがみんな口々に『ヒヤ〳〵』とか『イヱス〳〵』とか喚き立てゝは、遠くの方の一段高い台の上に立つてゐる長髯の羽織袴の男が手を振る度に拍手喝采した。それは何やら演説してゐるのであつたが、定吉の耳には聞えなかつた。

『何のために〳〵？』と定吉は腹の中で考へた。『みんながみんな意見を持つてゐないのだ。巡査も、あの馬で以て群衆の中を動きまはつてゐる騎馬巡査も、それからあの演台に立つてゐる男も、（それは売名のために貴族院議員の位置を擲《なげう》つて、首相を攻撃してゐる男であつた）何がほんとに正しくて、何が正しくないかを実際は少しも知りはしないのだ』

定吉は自分の隣りにゐた書生体の男が、側《そば》を通つた巡査に罵倒を浴びせかけたので、巡査が又怒つてその男を摑まへようとすると、附近に見てゐた群集が書生に加担し、又その附近にゐた巡査達がその巡査の応援に馳せつけて、そこに一場の格闘が持上つた時、此の群集の渦巻の中から逃れたくなつて来た。彼は濠端に出た。濠の水は真黒で、澄み切つた空の星を映《うつ》してゐた。

すると定吉の頭に急に鋭い自己反省がキリ〳〵と痛い程襲つて来た。『だが俺は、此の俺は……』と彼は考へた。『俺は一体何の意見を持つてゐるのだ？ 俺は一体どんな生活をしてゐるのだ？』それは彼がいつも感じてゐる事ではあるけれども、此の時位鋭く感じた事はなかつた。彼は両手で頭を押へた。頭が割れるやうに痛くて、眼がくら〳〵した。——その反省は彼のハアトには余りに強過ぎた。彼は何か支木《さゝへぎ》が欲しかつた。彼は相川を思ひ出した。そして相川を訪ねて行つた。

『僕は君に打明けたいと思つて来たんだ』と定吉は弱々しい声で云つた。『僕は大変不幸なんだよ、君』

『さうだ、君の状態はかなり悲惨だ』相川は机の上にペンを置いて振向いた。『僕は随分前からさう思つてゐたんだ』

『それでねえ、君』定吉は何も彼も云つてしまひたいと心があせりながらも、何から云ひ出していゝか解らなかつた。『僕は今の生活を根柢から改革したいと思ふ。僕はもう窒息しさうなんだ。僕は田舎に引つ込みたいと思ふ。僕は静かにして頭を恢復させたい。……ねえ、君、僕はワイフと別れたいんだ！』

『それや別れてもいゝだらう』と相川は暫く定吉の顔を見つめてゐた後で云つた。

『だが』と定吉はおど〳〵した眼付をした。『僕はどうかして生活費だけを支給してやりたい。何とかして僕はその金を拵へたいと思つてゐる。これがやつぱりほんとの道だと思つてゐるんだが、今の僕には力が足りない』

『いや、そんな事を考へてゐて愚図々々してゐる必要はないよ』と相川は云つた。『君は今のまゝでは亡びるんだ。だから君は亡びる事を拒絶しなければならない。これがもう何よりも最大の理由だよ。君の細君も世間にざらにある人さ、悪い人間ぢやないさ。併し君と細君と一緒になつて目的のない生活をしてゐたら、いつまで経つても互ひに救はれる事はない。それだけでもう別れる理由は立派にある』

『けれども、さうしたら妻はどうなるだらう！』

『どんなるかは解らんさ……併し君と一緒にゐたところでどうなるだらう？こいつだつて第一解るまい。……今君は生活費云々と云つたが、そんは事はもつと強い人間のする事だよ。強い人間がすればそれは正当な行為ともなるが、君のやうな人間には不正当だ。自分の沈みさうな人間が他人を脊負つて浮ばれる筈があるものか。……そんなセンチメンタリズムは君を滅ぼすばかりだよ』

『さうだ、今の処は一時心を固くして、何としても此の場だけは切り抜けてしまはなければならない』と定吉は相川の家を出てから途々考へた。『兎に角、今夜直ぐその話を持出してやらう。そして断然別れてしまはう』

定吉の頭には別れた後の事が空想に描かれて来た。彼は何処か田舎に行かうと思つた。田舎、田舎、彼は又漠然と田舎を心に描き初めた。……そこには猟をする林がある。そこには釣糸を垂れる小川がある。そこには散歩の出来る野原がある。そして自分はトルストイを読む。爺さんや婆さんが大根を持つて来て縁側に載せて行つて呉れる……

定吉の心は明るくなつて来た。彼は静かな〳〵生活を思ふと、涙が出るほど懐しくなつた。

『けれども子供は？』子供と云ふ事がふと定吉の頭に浮んで来た。子供は彼女に与《や》らうか？自分の方に引取らうか？定吉はこれまでこんなにまで自分が子供を愛してゐようとは思ひも及ばなかつた。子供の事を思ふと定吉の眼には止度もなく涙が溢れて来た。彼は暗い往来で、立止つて、両手で顔を蔽はずにゐられなかつた。

『あゝ、可哀さうだ！』と彼は声を出して叫んだ。

『だが、俺と彼女《あれ》と何方《どつち》が子供を愛してゐるだらう！　あの女は気紛れで、子供にまでもよく疳癪を起してゐるが、併し愛してゐる事は確からしい。だが俺も愛してゐる』と定吉は考へた。『併し男と女と一体どつちが余計に子供を愛するものだらう？』定吉は何かの本で読んだ事を思ひ出した。『それや、やつぱり女の方が余計に愛するに違ひない。さうすると、子供は彼女《あれ》の方につけてやらなければなるまい』

『さうだ』と定吉は更に考へた。『彼女《あれ》は未だ籍が入つてゐない。子供は彼女《あれ》の遠縁の者の子供といふ事になつてゐる。彼女《あれ》に取つては幸運なわけだ。だが、一つ彼女《あれ》の籍を入れて、そして子供の籍も此方に貰つて、その上で彼女《あれ》を離縁しようか。さうすれば子供はどうしても俺のものだ。……いや、併しこんなたくらみをしていゝものだらうか？』

『いけない〳〵』と定吉は頭を振つた。『それは卑法だ。俺はやつぱり子供は彼女《あれ》にやらう。俺は男だ。俺は我慢が出来る。だが女に取つては子供に別れる事は致命傷に違ひない……』

定吉はモウパツサンの『父』の主人公が、公園の中で、自分の振り捨てた女が、自分との間に出来た子供を遊ばせてゐるのを見て苦しむ光景を思ひ出した。『俺もあんな風になりはしないだらうか？』彼は再び頭を左右に振つた。『いや、併しそこが気持の修養なのだ。俺はそこを修養しなければならない』

自分の家のある路次まで来ると、定吉は乱れた心を整へるために立止つた。彼はどんな風に妻に向つて、別れ話を持出さうかと思案した。そして下腹にうんと力を入れて、足を一歩々々踏み締めながら歩いた。

彼が格子戸を開けた時、いつになくよし子はいそ〳〵として玄関に駈けて来た。

『坊や、お父さまのお帰りだよ』と彼女は子供を抱きながら、子供の身体《からだ》ごと一緒に頭を下げた。『とうちやん、とうちやん』と子供は云つた。

定吉は黙つて、苦り切つた顔をして、自分の部屋に通つた。するとよし子は後からついて来て、

『ねえ、あなた、さつき遠山さんが光来《いらつ》しやいましたよ』と云ひ出した。『お可哀さうですね、あの方は。お子さんを二人連れていらしつたんですよ。何でもねえ、あなた、たうとうお家を立退かなければならなくなつたんですつて』

『えつ、立退いたつて？』と定吉はぎよつとした。

『えゝ、さうですつて。先日《こないだ》奥さんがお故郷《くに》にいらしつたまゝ未だ帰つてらつしやらないんですつて。多分、実家《さと》で帰して寄越さないんだらうつて云つてらつしやいましたよ。一番下のお子さんは奥さんが連れていらしつたけれども、後に残つてゐる二人がほんとに可哀さうで堪らないつて、さう遠山さんは云つ

てらつしやいましたよ。遠山さんはあれでなか〳〵お子さんをお可愛がりになるんですね。妾にはそれが眼に見えてよ。こんな場合になつても、暢気な調子で物を云つてらつしやいますが、お心の中ぢや、ほんとに可愛いと思つてらつしやるようよ』

『それで帰つて行つたのか？』と定吉は訊いた。

『え、』とよし子は更に膝を進めた。『兎に角急で弱つてゐるから、一晩だけ泊めて貰ひたいつて有仰るから、妾も承知したんですよ。ところがねえ、まあお可哀さうに、坊ちやんの方は黙つてお父さんの云ふなりになつてらつしやるんですが、お嬢さんがお聞きにならないんですよ。六つですつてね、あのお嬢さんは。もう何か一寸々々《ちよい〳〵》お解りになるんでせうね。妾が「小母さんと一緒に寝ますから泊つてゐらつしやい」と云つても、厭だ〳〵つて頭《かぶり》をお振りになるのよ。そして遠山さんの手に縋つて、「お父さん帰りませう〳〵」と云つて、たうとう泣き出しておしまひになりましたの』さう云つてよし子は涙を浮べた。

『あたし貰ひ泣きしましたよ、ほんとに。――するとね、遠山さんは悄然《しよんぼり》となすつて、子供がこんなに云ひますから、兎に角失礼しませうと有仰つて、妾が幾らお止めしても、たうとう帰つて行つておしまひになりましたよ。鈴本君にどうか宜しくつて』

『何処に行つたらう？』と定吉は云つた。

『何でも、何処か安い宿屋に行くと仰有つてらつしやいましたよ』


　定吉の頭は又急激に変化し初めた。彼は途々考へた事をすつかり忘れてしまつた。そして遠山の事を考へた。――彼は何が何だか解らないものに再び突き当つた。――彼の心臓は又もやきゆつと痛んだ。彼はゐても立つてもゐられない気がして、何処かに遠山を探しに行つて、自分の家に再び引つ張つて来ようと思つたが、てんでその見当がつかなかつた。――彼は眼を閉ぢた。そして腕を組んで考へた。

『ねえ、あなた、子供つて云ふものはどうしてかう可愛いものなんでせうね、誰にでも』とよし子が抱いてゐる子供に頬ずりしながら云つた。

『うん』と定吉は云つた。定吉の心は何ものか優しい、弱い感じに一杯になつてゐた。

『ねえ、あなた』と妻は再び云つた。その声は思はず定吉が彼女の方を振向いて見ずにはゐられない程の優しみと媚とに溢れてゐた。子供に頬ずりをしつゞけてゐる彼女の眼は伏目になつて、その頬には恥しさが漂つてゐた。『あたしね』と彼女は躊躇しながら云ひ初めた。『あたしね、何んですか又出来たやうなんですよ』

　その言葉は定吉の頭には何ものかが落ちて来たやうにグワンと響いた。

『何つ？』と彼は眼を瞠つた。

『どうもさうらしいんですの。先月と今月と試《ため》して見たんですけれど。それに今日なんかは、何となく胸が悪かつたりする様子が、どうしてもさうとしきや思はれないんですの』
『あつ！』と定吉は叫んで、頭を両手で抱へながら、仰向けに畳の上に転つた。彼の頭の中は恐ろしい程の速かさで旋回し初めた……恐ろしい絶望があつた。何とも云はれない苦しさがあつた。が、それと同時に彼は、妻のために下女を雇つてやらなければならない事を考へた……

（六年九月二十二日脱稿）

（「中央公論」大正6年10月号）

島の秋

吉田紘二郎

「清さん一つ時俺が持たう。」

てつぷりと肥つた五十格好の日焦けのした男は前に歩いてゐる色の青白い若者に声をかけた。

「なあに、親方重くも何ともありませんから……」

清さんと呼ばれた若者はかう言つて肩にしてゐる振り分けの荷物をもう一方の肩にかへた。前の方の荷は四角な木の箱を白い布で巻いて、さらにその上を人目に立たないやうに欝金の布呂敷でつゝむであつた。後の方の荷物は蔓で編まれた山籠で、中には鑿や鎚のやうなものが、飯盒や二三枚の着物と一つしよにごつちやにして入れられてあつた。誰れの目にもこの島の海岸のアンチモニー鉱山の工夫だといふことは一と目で察せられた。二人はともすれば黙《だんま》りこむで歩いた。

「これなら尚少《もすこ》し遅く立てば宜かつたのう。」

親方は黒く煤けたパナマを脱いで汗を拭いてちよつと太陽をかざしながら言つた。八月末の午後の太陽はこの島国の嶮しい山々の背を照してゐた。泥炭の屑のやうにくだけた山の背の道は十日に一人か二十日に一人の旅人を迎へるだけで、野茨や木苺が両側から道を掩ふてゐた。岩に反射した太陽の熱はぎらぎらと照りかへつて幾度かこの二人の旅人を眩ますやうにした。

「しかしこの山だけは太陽があるうちに越しませんと難儀ですからなあ。」

清さんはかう言ひながら滴るやうな水々しい木苺の実を口に入れた。

冬の海の風をまともに受けて幹の途中からぷつつりと断ち切られたやうな櫟の林が、帯のやうに山の腰をめぐつてゐる植物帯を通り越してからは、山は一面の芝草に埋められてゐた。釣鐘草のやうな形の藤紫の花や、チウリツプに似た紅い花や、花菖蒲が一面に高原を埋めてゐた。

「今日は朝鮮の山がよう見えるぞなあ。」

清さんの後から痕いて歩いてゐた親方は草の上に腰を卸して、煙管をぽんとはたいた。黒い海と白い波を越えて夕陽を受けた南朝鮮の山々が赭ちやけた背の輪廓をくつきりと水浅黄の空に投げかけてゐた。

「沖は大分荒れてるやうですねえ。」

「あゝ白い波頭があねえに見えるんぢやのう。」

二人はまた歩き出した。遠い谿の底で蜩の声が聞えた。秋らしい風が高原の草花の上を滑つて吹いて来た。道は今までの嶮しさに引き替へて山の背から山の背へと緩やかな傾斜をもつてつゞいた。

「あの三角柱ぢやつたのう。」

親方は山の背の鞍部を一つ越した向ふの山の背に立つてゐる測量基点の三角柱を指して言つた。

「えゝさうでしたねえ……」

清さんも向ふの山の背の三角柱を見眺めた。二人はそれつきり何にも言はないでまた歩みをつゞけた。親方にも清さんにも新しい色々な寂しい思ひ出が湧いて来た。

「姐さんがあすこに立つて待つてるかも知れない。」

清さんは不図かう想つた。それでも二三歩あるいてゐる間に清さんは肩にしてゐる骨甕のことを想つた。清さんは今更に寂しい絶望と寂しさとを感じた。

「あすこぢやつたのう、お菊のわるがもう歩けんいふたのは……」

親方には四五年前内地からこの島に渡つて来た時、同じこの山の背を伝うて歩いてゐた折のことが想ひ出された。自分の背に負ぶつてゐた男の子のことまでも浮んで来た。その男の子は鉱山に着いて間もなく死んだ。

妻が草鞋に足を喰はれて清さんの肩に負ぶさるやうにして、山を下つて行つたことなどを想へてると親方は淋しいうちにも吹き出したくなつて来たりした。

「でも何もかもわやぢや。」

親方は清さんの肩にある骨甕を見まいとしたが駄目であつた。

「清さん、代らう……」

親方はかう言つて清さんの肩の荷に手をかけやうとした。

「親方、何でもないんですから……」

清さんは逃げるやうにして親方の手を放した。

二人はまただんまりこんで歩いた。

樹の株をころがしたやうな黒い石が段々に重なつて道を塞いでゐた。やがて道はすつかり草に掩はれてしまつた。二人は一直線に三角柱を目あてに谿をのぼつて行つた。

「清さん……」

「親方……」

二人は時々深い草のなかに影を見失ふことがあつた。かち〳〵と後ろの山籠のなかの道具がぶつ突かり合ふこともあつた。ごと〳〵と前の荷の骨甕が揺れるたんびに寂しい音を立てることもあつた。清さんはたゞ一人で何時までも草のなかを掻き分けて寂しい穴の底にはいつて行くやうにおもつた。そして二度と太陽や人の顔や人の声のしない暗い世界にたつた一人ではいりこんで、泣けるだけ思ふ存分泣いて見たいとおもつたりした。

「清さ……ん」

清さんは親方の声を聴きながらもわざと聞えぬ振りをして応へなかつたこともあつた。それでも草を掻き分けてゐる音がしばらく絶えると清さんは自分から親方を呼んだ。

「この辺であつたらう……」

灰のやうな白い細かい苔につゝまれた岩を滑りながら清さんは想うた。清さんの心にもその折のことがはつきり浮んで来た。

男の子を脊負つた親方はずん〳〵先きになつてこの山を下つて行つたのであつた。姐さんを負うやうにして山を下つた清さんはなか〳〵急いで歩けなかつた。二人は幾度も深い草のなかに道を失はうとした。姐さんのほてつた頰がすれ〳〵に清さんの頰に触れた。上気したやうな姐さんの頰はやつとものの心を覚えたばかりの清さんの心にもたまらなく美しいものゝやうにおもはれた。姐さんの手を引いてゐながらも清さんは幾度も女の柔かい手を意識した。

「清さん、もう妾歩けない。二人で死んぢまいませうか。」

姐さんは苦しいなかにもかう言つて笑つた。清さんは女の手を握つて黙つて山を下つて行つた。

「親方……」

清さんは急に親方を呼んだ。どこかで「こつちだ〳〵……」と呼んでる親方の太い声が聞えた。

「標高六二〇米三……」

清さんは読むともなしに標柱に刻まれてある文字を読むだ。日蔭になつて黝ずんだ白嶽が、長い鋸形の影を重り合つた幾つもの低い山の背に投げかけてゐた。そこからはまた白嶽の背を越して銀のやうな海が空とひたひたになつてるのが見えた。

「あの海のわきが鉱山《やま》だ！」

親方も清さんもさう思つた。けれども二人ともお互に口に出すことを怖れた。鉱山《やま》は二人にとつては余りに寂しい思ひ出の土地となつてゐたから。炭を焚く白い煙が紫に煙つた谿底から上つては海の方へなびいてゐた。

「佐郷までは尚う二里もあらうかのう？」

「さうですなあ……」

「佐郷の手前に行きや大けな河があるで思ふ存分体拭いて行かう。」

二人は離れ〳〵に歩いた。また沈黙がつゞいた。重なり合つた山と山との間に深い暗影をつくつて日の光りは衰えて行つた。麓の谿々には淡い霧が漂ひ始めた。清さんは歩くのもいやになつた。急に亡くなつた姐さんのことがいろいろに想ひ出された。

「なぜ姐さんはあのやうに急に亡くなつたのだらう？」

十三の歳始めて清さんが親方の家に伴はれて来た時は、姐さんは二十一か二で、親方とは親子ほど年がちがつてゐた。清さんは子供心にも美しいやさしいおばさんだとおもつた。姐さんもまた清さんを自分の弟か何ぞのやうにおもうて可愛がつた。

「錦糸堀知つて丶？さう、曳船も……」

姐さんには娘のころ立つて来てしまつた東京の町外れが懐かしかつた。親に死に分れたといふこと、同じ東京に生れたといふことまでもが、姐さんには二人を結びつける何かの因縁があるやうにおもはれた。そのころ姐さんは親方と一緒に山陰の雪深い海岸にゐた。親方はそのころから夏から秋にかけては海に出て潜水機械をつかつては鮑を取つた。姐さんと清さんは何時も喞筒のハンドルを動かすのが役目になつてゐた。親方は潜水服を着て、海のなかに下げられた梯子に足をかけた。

「こればかりは身内の者にして貰ふと安心ぢやからのう。」

姐さんと清さんが重い冑を親方に冠せるとき親方は克くかう言つて笑つた。そして喫みさしの煙草を静かな水の面に捨てた。清さんは冑を冠せて捻子をしめた。姐さんは静かに空気喞筒のハンドルを動かしてゐた。怪物のやうな鉄の冑や、ゴムの赤い潜水衣が見えなくなつてからは時折りぶく〳〵と水の泡が船の周囲に音を立て丶浮んだ。姐さんは大阪で覚えたといふ唄などうたふこともあつたが、大抵は黙つて機械的に手を動かしてゐた。

冬の海が荒れて仕事ができなくなると親方は鏨や鶴嘴を担いで雪深い銀山の仕事に出かけた。親方の家には何時も五人や六人の男たちが親方を頼つて厄介になつてゐた。男たちも親方についで銀山に行つた。清さんだけはまだ姐さんと一緒に海岸の家にのこつてゐた。雪の深い夜、戸外には風の声一つもしない静かな夜清さんは榾の火が消えるまで姐さんと東京の話をした。

「妾東京に帰つたつて家もないんだけど、下女したつて良いから帰つて見たい。」

榾火が滅えてしまつてからも二人は灰を掻きまぜた。そのたんびに小ひさな火がのこつてゐて二人の顔をちよつとの間紅く照した。

雪解の滴れが時たま軒をすべるのがぱさと仄かな音を立て丶

雪のなかに滅えた。夜更けて一度きまつて丹波行きの馬車がぽう〳〵と喇叭を吹いて雪のなかを通つて行つた。

「こんな家から逃げて東京にかへりたい……」

姐さんは戸を明けて真つ白な雪の町を見た。

黒い海と暗い空には限りもない星がまたゝいてゐた。姐さんにも清さんにも明るい大都会が耐らなく恋しかつた。

「お母さんだつてあるにやあるんですよ。しかし父が早く亡くなつたものですから、妾が大阪につれられたのもほんとは売られたやうなものなんですよ。それをまたこゝの親方が貰ふことになつたのです。」

姐さんは雪の夜など克く清さんに話した。姐さんはまだ夫婦といふものがどんなものだか、男といふものがどんなものだか少しも知らない間に親方に貰はれたのであつた。

母につれられて里にかへつてゐたころも姐さんの母親は「この子さへなかつたら」と言つては何かにつけ姐さんに辛くあたつた。姐さんは子供心にも早く母親のところから出なければならない、それが母親を安楽にさせる法だと考へた。母親は姐さんを捨てるやうにして町の商家に再縁した。

「この家さへ出たら仕合せがあるにちがひない。」

姐さんは大川端の倉の窓から濁つた大川の流れを見ては幾度もさうおもつた。

「母が尚《も》すこし温かな心をもつてゐましたら、こんな家に買はれるやうにして来ることもなかつたのですに。」

「しかしおつ母さんだつて、あなたを不仕合せにさせるつもりではなかつたでせう。」

「母だつて、叔父の家に母子《ふたり》で厄介になつてるのは苦しかつたにちがひないんですけれど……」

この島に来てからも二人は克くこんなことを話し合つた。

何処の鉱山《やま》に行つても、漁場に行つても姐さんは直ぐに若い人々の間の評判の中心になつた。誰れもかれも親方ほど仕合せな男はないと言つた。それでも親方は酒をあほつて料理《ちや》屋から料理《ちや》屋へと夜を更かすことが多かつた。

雪の深い山陰道からこの島に移つて来るとき姐さんは身重であつた。それでもこの島に着いて間もなく親方は姐さんの横腹を蹴つたのでおなかの子は流れてしまつた。

親方はその日佐須奈の町に行つて大漁目当てに内地から渡つて来てゐた女と一日遊んで帰つて来たのであった。

「きさまは亭主が他の女を買うても口惜しいとは思はぬか、きさまはあほうぢや」

親方は姐さんの親切や真心を信じてゐた。けれども親方は何時も姐さんとの間に一枚のへだゝりを持つてゐた。姐さんは一度でも夢中になつて親方に何うするといふことはなかつた。

「お前はやきもちいふことを知らんのか?」

親方は酒を飲んではかう言つた。親方はもつと〳〵姐さんにやいてもらひたかつたのであつた。けれども姐さんはつひぞ嫉妬といふことを知らなかつた。

「いくらでも酒を飲まして置いた方が宜いのよ、うるさくなくつて?」

姐さんはかう言つては幾らでも親方に酒を飲ました。

「妾だつてこの家に来たころは男といふものを大事にしようとおもつたんですよ、けれど今ではそんな面倒くさいことはいやになつちやつたの。」

男の子が死んでからこつち姐さんの心は一層すさむで行つた。

「人間てものは振り出しが大事ですわねえ、振り出しが悪けりや一生うだつは上りませんよ。」

姐さんは克くかういふことを言ふやうになつた。

「でも、も一度振り直して見たら何うです!」

清さんはこの時ばかりは何だか取りかへしのつかぬ悪いことを言つたやうな気がした。

「え丶、振り直して見ても宜いんだけれど……こんなことは嘘なのよ」

姐さんが笑つたので清さんはやつと安心した。それで二度とあんなことを言ふものぢやないとおもつたこともあつた。

男の子が死んだので小さな土饅頭の墓が浜の松林のなかに築かれた。姐さんはヒステリーのやうになつて朝から松林のなかを歩いてゐた。

「死んぢやつた方があの子にもましだつたでせう。」

姐さんは清さんにかう言つた。

子供が死んだころからは親方は大抵家にゐるやうになつた。姐さんは面とむかつてはつひぞ親方といさかひなどすることもなかつた。親方は自分の娘のやうに姐さんを可愛がつた。

「宜《ゑ》え凪になつたやうぢやのう。」

親方は沖を見ながら後になつてゐる清さんに話しかけた。黒い潮の上を幾十里の間幾万とも知れぬ白い帆や紫の帆が動くともなく動いてゐた。島の浦々から夕風を受けて船出する漁船はまるで巣をはなれた白鳥のやうに空とも水ともわかぬ漂渺の間を走つてゐた。

「今年は烏賊は大さう宜いといふことですなあ。」

「さうかも知れんのう。」

親方は気のないやうな返辞をして谿底の方をのぞいてゐた。

「清さん、流れの音が聞えはせぬかのう。」

清さんも立ちどまつて谿の方の音を聴いた。蜩の声が一としきり声えた。

「こりや、佐郷に着きやとつぷり日が暮れるかも知れんのう。」

親方は懶さうに歩き出した。二人はまた黙りこむで歩いた。

親方には姐さんの美しかつた眼や、胸や、やさしかつた心がけや、何時も子供のやうで頼りなかつたいぢらしさなどがひし〳〵と浮んで来た。親方は幾度も深い吐息をついた。

「俺には最うあのやうな世界は二度と来まい。俺はたゞ死ぬる日を待つてるばかりぢや。」

親方はかう想つた。姐さんといふ女があつたばつかりに親方の世界が今日まで意味があつたやうにおもはれた。

「花だつて咲くのは五日か十日ぢやからのう。」

親方はかうも思つて、ほんとうな人間の仕合せの時間といふものはやつぱり一生の間でもほんの少かの間であるのがあたりまへなことだと思つて見たりした。

島で一番と言はれる佐郷川の川原に出た時は日はとつぷり暮れてゐた。広い川原が白く夢のやうに暗い谿の底を縫ふてひろがつてゐた。

「もうさすがに秋ぢやのう、冷たうて良うはいれぬ。」

親方は頭から肩あたりに冷たい水を浴びながらさう言つた。清さんは荷を石原の上に置いて、足を投げ出したまゝ、犬蓼の上に坐つてぼんやりしてゐた。

「姐さんを火葬にしたのもこのやうな川端の山であつた。」

清さんはつい昨日のやうな気がした。火葬場といふものゝない島では、内地から来た人たちは大抵は土葬にして髪や爪だけを持つて内地にかへつた。親方や清さんは姐さんの亡き骸を島の土とするには忍びなかつた。偶に旅の人々が使用する火葬場といふのは川に沿うた小高い松林のなかに、竈のやうに掘り下げた窪地であつた。人々は竈のやうになつた窪地に石を畳むでその上に姐さんの棺桶を置いた。棺桶の下と上と一面に松の枝を投げかけた。親方や村の人たちはしつきりなしにやまねこ(地酒)をのむだ。火をつけてから間もなく村の人たちはかへつて行つた。親方と清さんは燃え切つてしまふまでゐたが、親方はぐでん〳〵に酔つて、泣き出しては清さんを困らした。黒鳥がくつ〳〵と啼いては松林の煙を追うて翔んだ。清さんまでもがしまひにはそこにあつたやまねこを徳利から口づけにあほつた。


二人が今夜宿ることにして来た江村といふ家は、村の入り口で聞いて、直ぐわかつた。江村といふ男は海岸で親方の厄介になつた男の一人であつた。この島に来てからも親方は夏から秋にかけては鉱山《やま》から下つて海に出てゐた。そして潜水器を使用しては海産物を取つてゐた。江村は鮑取りの上手な男であつた。

江村の家もこの島によく見る郷士の邸風な建物で、低い石の塀をめぐらしたり、玄関には式台見たいなものがくつついてゐたりした。江村は暗い奥から出て来た。

「それはまあひどいことぢやしたなあ……そして何時亡くなつてぢやしたかなあ!」

江村は暗薄い五分心のランプを掻き立てながら訊ねた。

「恰度昨日が四十九日にあたつたのぢやがのう。」

親方は草鞋をぬぎながら力ない返辞をした。

「四十九日が間は霊も家の軒をはなれぬて言ひますでなあ。」

人の宜さゝうな江村の母親が洗足の水を運びながら言つた。

「それが大相急な病気でもの、二時間と立たない間に死んだのぢやからのう。」

親方は清さんが肩から卸したばかりの包みを見ながら言つた。

「正午少し過ぎでしたらう、私が浜から帰つて来ると姐さんは冷たくなつてゐたのです。」

「それはまあ……」

「何でも暑いのに戸外に出て張り物をしてゐたいふことぢやがのう。」

「え丶、私が行つた時にはまだ張り板もそのま丶で、まだ一枚のなんか乾いてもゐなかつたのです。」

「まあ何とか尚《も》うちよつと早かつたら思ふがのう。」

「それで何ちう病気ですかい！」

「まあ脳貧血やら、脳充血やらいふものやらう。」

「まあむぐいこつぢやなあ……」

「いや、みんな人間の因縁ぢやで何うも為やうない。」

「さうとでもあきらめんぢやなあ……」

清さんは風呂敷包みをはゞかるやうにして縁の端に置いたが、江村は無理にとつて床の間に上げた。江村の母親は線香を焚いて拝むだ。

江村の家内もそれに出て来てみんなに挨拶した。そして彼の女が引つこんで間もなく酒の用意ができた。

「何もありませんが、今夜はゆつくり宿つて飲むで行つておくれ……親方……」

江村は親方に盃をさした。江村が佐郷川で捕つたといふ鮎やら、海で捕つたといふ魚などが膳の上に並べられた。

馬糞や秫の醱酵する臭ひがかすかに漂うて来た。

「それでは内地に帰つて二度とこつちへお出でにもならんのぢやなあ……」

「子供も亡くす、家内も殺したんで良う居る気にもなれんからのう。」

親方は盃を江村にかへした。

「何ですかい、やつぱり故郷《くに》の方へぢやすかい？」

「いんや、故郷《くに》いうてもないも同じぢやでのう、まあ内地に着いた上で何処に行くか決《きめ》よう思うんぢや。」

江村は清さんに盃をさした。

「あのやうに宜い姐さんはありませんぢやしたがなあ。」

「俺の口からいふのも妙ぢやが俺には宜すぎとつたかも知れんハハ……」

親方はちよつと床の間の方を向いて笑つた。

「さう言やあ姐さんには大分若いもなあさわいでゐましたよ……なあ清さん。」

江村は笑ひながら清さんの盃を受けた。

「しかし、お菊といふ女はもとさむらひの出ぢやいふのでか、さわがれたりするのがきらひでのう。」

「それで親方も安心ぢやつたのさ。でなけれや親方だつてあのやうな美しい姐さんを放り出して鉱山なんぞにこもれるものかなあ。」

「お菊ばつかりや、あれ女の石部金吉いふんぢやらうハ丶丶……」

親方は眼を細めにして笑つた。

「清さん何うしたと、ちつともいけんぢやないか。」

江村はぼんやりしてゐる清さんの盃にさした。

「おい飲めや清さん、若いもんが……」

親方までもが盃を清さんにさした。

「いや、私もう飲めません。疲れたせいかすつかり酔ひがまはりました。」

「清さん何いふか、内地にかへりや、これで島のやまねこが恋しいこともあらう。」

江村は清さんの肩を抱くやうにして燗徳利を清さんの前に押しつけた。

「清さんお前ほど仕合せもなあなかつた、あのやうに姐さんに可愛がられて……」

「お菊の奴、清さんいやあ、まるで血を分けた弟のやうに思ふとつたのでのう。」

「大分清さんをうらやむでる奴もあつたよ。」

「お前もその一人ぢやつたらうハハ、、。」

三人が一緒に笑ひ出した。

親方も江村も大分酔うてゐた。清さんは縁端に出て涼しい風に胸をはだけた。山と山の間に深く抉られた様な空は暗かつた。飽くまでも高く、飽くまでも澄むでゐた。限りもない星が暗い淵をのぞいてゐた。

ことと／＼と秣桶の音がした。若い女の澄みちぎつた麦搗きの唄が、軽い杵の音に交つて聞えた。

「姐さんは何故あんなに早く死んだのだらう？」

清さんには姐さんの死が自然でなかつたやうにおもはれたりした。

「女つてつまらないものよ。妾なんか何のために生れて来たんだかわからない。親にも可愛がられないで、一生ほんとうに誰れも頼るものがないんですもの。」

姐さんは清さんと二人切りのときしみ／＼と語つた。

「一生のうち、たつた一度で宜い、思ふ存分泣いて見たい、笑つて見たい。」

姐さんはよくかう言つた。母親につれられて叔父の家に厄介になつてゐた姐さんは、娘のころからどのやうな悲しいことがあつても、顔に出して泣くことはできなかつた。「この子は何て意地つ張りでせう」、よく叔母はさう言つて姐さんをつねつたりした。それでも姐さんは一度だつて、人の前で声を立てゝ泣くやうなことはなかつた。親方の家に来てからもさうであつた、一度だつて姐さんは親方の前で泣いたことはなかつた。

「清さん何うしたんでせう。清さんの前だけでは妾は泣けるやうな気がしてならないのよ。泣かして頂戴。」

姐さんはかう言つて眼を赤くしてゐた。

親方が鉱山《やま》にこもつて海岸に帰つて来ない夜など、清さんはよく暗の底にすゝり上げて泣いてる姐さんを見出した。

「眼をさましてお気の毒でしたね。勘忍して頂戴、妾の病気なんですから。」

姐さんは子供のやうにすゝり上げて泣いた。

「自分でも分らないんですよ。でもかう泣けるだけ泣いて了ふと宜いんですよ。妾は昔からかうなのです。」

親方でも姐さんが人にかくれて泣いてゐたといふことは知らなかつた。

死ぬ少し前だつた。

「清さん妾が死んだら、あなたも死んで頂戴。」

姐さんは冗談に言つたことがあつた。

つひこなひだであつた。親方が鉱山から下りて来て明日から海にはいらうといふので、姐さんと清さんは潜水器の手入れをしてゐた。

「お菊、空気筒《ホース》を良く見といておくれ。それがいつち大切ぢやからのう。」

親方はさう言つて浜の方へ船を見に行つた。

姐さんはいつまでも空気筒《ホース》を調べてゐたが、そこには一つの罅もなかつた。

「清さんこれで大丈夫だわねえ、」

清さんは一応調べて見た。が、そこには何の異状もなかつた。

翌の日、船に乗つてからだつた。姐さんが真つ先きに空気筒に小さな罅がはいつてるのを発見した。

それでも姐さんは親方には言はないでこつそり清さんに言つて修理さした。空気筒は鋭利な小刀のやうなもので五分ばかり切られてあつた。

「何うしたんかい？」

親方は空気筒を繕ふてゐる清さんの手許を見ながら訊いた。

「少し孔が出来たんです。」

「水にはいらぬ前で宜かつたのう。」

親方は何でもないと言つた風で煙草をふかしながら、方錐形の木の枠の先きに硝子を張つた覗きで海の底を見てゐた。

「親方も不仕合せな人さ、妾のやうな女を貰つたんですから。」

親方が潜水した後でハンドルを動かしながら姐さんが清さんに話した。

それから四五日立つてからだつた姐さんが死んだのは。

「親方もう仏さまのおのろけは大概にしてさ、まつと飲まうぢやありませんか。」

筒抜けた声を出して江村が椀を親方にさしてゐた。

「飲むとも。」

かう言つて親方は椀を受けとつた。

そしてなみなみと注いだ酒を一といきに飲みほして、江村にさした。江村もまた一といきに飲みほした。

「相かはらずお前もいけるのう。」

親方はどろんと曇つた眼を瞠るやうに言つた。親方の手は顫へてゐた。

「酒を飲むのと、戦《いくさ》するのが島の男のしようばいぢやつたからなあ。」

江村はかう言つて床の間を眺めた。

「わしどんが幼《こま》かときや、まだこゝにはちやんと甲冑柩があつたんぢやすが、親父が酒のかはりに売りこくつたんですたい。」

「お前も手伝ふたんぢやろ。」

「いゝや、親父の奴が酒と、それから博多から来とつたじようもの（美人）に夢中になつてぢやすたい。」

「そいぢや親父さんは戦争もでけんだつたらう。」

「戦争したなあ、蒙古が来たころぢやすたい。」

「そいぢや大昔ぢや。」

「うんにや、そいでも島の人間は今では戦《いくさ》は上手ぢやす。去年もわしどまあ大演習に呼ばれて内地に行たが。警備隊の兵隊が一ちばん宜う働いたと。」

「酒飲むこと、女郎買ふことばかり働くんぢやろ。」

「女郎買ひも働くにや働いた。ばつて柳町のじようもんは宜か、あればつかりや内地が宜か。」

二人の酔漢は大きな声を出して笑つた。

江村の家内が飯をはこむで来たのは麦搗き唄も聞えなくなつてからだつた。江村の老人は二三度床の間の線香を立てかへに来た。

清さんは何うしても眠れなかつた。酒と歩行に疲れた体中に、鋭い神経がいやが上に鋭く動いた。佐郷川の流れと遠い海の響きが絶え間なく近い山に谺した。勝手の方では老人と家内は一と目も寝ないで準備《したく》をしてゐた。親方も眠れないので二三度起き上つては水を飲むだ。江村の高い鼾のみが夜つぴて絶えなかつた。

「清さん。それでは夜が明けるまでに港まで出ることにせうかのう。」

細くしたランプの心をかきたてながら親方は煙草に火を点けた。

家内が来て江村をゆり起した。江村はなか〱目覚めなかつた。

「それぢやどうしてもこの夜なかに立つのですかい。」

江村は眼をこすりながら言つた。

「そいぢや馬にして行きなはれ。」

老人が庭に下りながら親方と江村の顔を見ながら言つた。

「夜の道は馬ぢや危《あぶ》ない。私が港まで行かう。」

「いやそいぢや気の毒ぢやから、明りだけ貰つて行かう。」

江村は山一つ向ふまでといふので、炬火を持つて先きに立つた。清さんは振り分けに荷を肩にした。

「さよなら……厄介になりました。」

「あい、さよなら……」

老人と家内は泣いてゐた。そして清さんの肩の布呂敷包みを拝むだ。山にかゝるまで江村の家の明りだけが白い佐郷川の傍に見えた。

「良い心持ちぢや。」

親方は胸をはだけながら冷たい風をうけて、先きに立つて歩いた。満天の星河は秋らしい清爽の気に充ちてゐた。幾万と限りもない漁火が玄海を埋めて明滅してゐた。大きな山蛍が道を横切つて滅えた。

「こゝいら冬になると鹿が出ますよ。」

江村が親方に話した。

「山の猫なら今から捕れますよ。あいつは悪い奴で、夜になると鳥の塒にやつて来るのですたい。」

親方は疲れたかして幾度も道ばたに腰を卸しては煙草を喫むだ。江村一人がのべつに話しつゞけた。

「清さん内地行つたらあんまりじようもんを泣かしちや罪ばい。」

清さんは黙つたまゝ歩いた。親方の煙草の火だけは後ろの方で遠く時々明るくなつた。

嶺《みね》に達したころ炬火は燃え切つてしまつた。それでも山の背は明るかつた。白い道がかすかに青い草原を縫ふて走つてゐるのが見えた。

「それではこれでおわかれとせう……いや、どこまで来て貰つてもはてはないから……」

「それぢやまたどこぞで逢ふこともありませうで。」

「落ちついたら知らせるから……」

江村の立つてゐる黒い影が空にかざして久しいこと嶺の上に見えてゐた。

「やまねこにたゝられたと見えて体がだるい。」

親方はともすればおくれがちになつた。

「清さん、俺一つとき代つて担がう……」

清さんに追ひついては親方がかう言つた。

二人は何にも語らないで白い道を歩いた。

「何時までもこのまゝの夜を道がつゞけば宜い。」

二人はさうおもつた。

ぱた〱と二人の足音が静かに聞えた。黒鳥がくゝ〱と草のなかを鳴いて走つた。

「親方あれが港の燈台でせう。」

清さんは立ちどまつて山の裾の方を指した。そこには暗い山の陰に際立つて明るい火が燃えてゐた。

「もう直きぢや、一と休みして行くことにせう。」

親方は投げ出すやうに体を草の上に横へた。清さんも親方の傍に行つて腰を卸した。草地の蚊が時折り耳をかすめて飛んだ。

二人は青い葉を折つて焚いた。白い煙がくつきりと草原を匍ふて海の方へなびいた。

白い波頭が山の根を嚙むでゐるのが銀の帯のやうに見えた。

「もう東も白むで来るぢやらう。」

眠さうに親方が言つた。

二人は限りもない空の星と沖の漁火を見つめたまゝ黙りこむでゐた。二人は何時とはなしにうと〱と眠つた。親方の鼾が高くきこえた。

清さんが眼をさました時には、最う夜はすつかり明けてゐた。海には灰色の帆が限りもなくつゞいた。空はすつかり曇つてゐた。壹岐の勝本の鼻が少かにどんより見えるだけで内地の島影は見えなかつた。暗い玄海の面を燻し銀のやうな白い波が涯もなく流れては雲や空のなかに滅えて行つた。

絶壁と困懃をたゝえて親方の顔の色は土のやうに見えた。親方は他愛もなく眠つてゐた。力ない呼吸と鼾とが土の底から洩れて来るやうにおもはれた。

清さんは全身の骨と筋肉が一つづゝ離れ〳〵になつたやうに懶かつた。

清さんはぢつと親方の死人のやうな顔を見つめてゐた。そこには黒い風呂敷包みが草の上に横へられてあつた。

清さんは子供のやうになつて泣いた。

——一七・八・二二——

（「早稲田文学」大正6年9月号）

迷路

有島武郎

一

再び事新らしくもない学徒生活といふ空気の中に彼れが自分を見出した時は、夏がもう過ぎ去らうとする頃だつた。押なべていふと、金のあるものには暇つぶしの為めの、金のないものには少しでもうまいパンを口に運ばふとするための、生活——一方にはふやけた、而して一方にはこせ〳〵と余裕のない生活——他人眼《よそみ》には気高くも厳めしくも見えながら、当事者には心尤めのする程に効果の薄い生活——彼れはそういふ境遇に立ちまぢる予想から、一種の苦い不安を胸に感ぜずにはゐられなかつた。

然しながら、梢黄葉になつた、枝ぶりのやさしいエルムの木立に見え隠れして、宏大もなく立ちならんだ講堂や研究室を見上げたり、革紐できりつとくゝつた重さうな書物を小脇にかゝへて、傍眼もふらず大股の足並を揃へて歩き廻る学生の群を見たり、思想の重さに押へつけられたように、房々した白い眉の鋭い眼に逼つた老教授が、挨拶する学生等に親しみをこめた顔を向けながら、行き過ぎるのを見たり、広やかな大学の敷地を取まいて、建て連ねられた学市の閑雅な姿を見たり、学年開始のいさみにつれて、蝦夷茶色の学帽が、旌旗が、幔幕が、九月の青空をわたる太陽の光に、秋にふさはしい彩《いろどり》を漲らすのを見たりすると、彼れの心にも、さすがに、離れて考へてゐた時とはちがつた誘惑と期待との湧き出るのを覚えた。

総立ちになつたように賑か立つた街の間を彼れは友もなく黙つて歩いた。而して遠に実になつたライラックの生垣に沿つて、ある横町を十軒あまりも行つた突当りの古めかしい木造の平家に着いた。鍵の孔は鏽びてゐた。鍵をさしこむと不愉快な感触が歯に伝つた。

絨氈も何も敷いてない北向きの小部屋は、湿つぽい冷やかさで彼れを迎へた。取りちらかして単調を破るべき小道具すらなかつた。彼れは乱想を頭からもぎ取るように、没義道《もぎだう》に帽子を脱いで、部屋の隅の古トランクの上に投りやつた。それでも彼れの頭は重苦しかつた。で、いきなり窓際にいつて、鏨釘《かきがね》を外すと、がら〳〵つと窓をはね上げた。眼の前の小庭には唐檜《たうひ》が茂りあつて、永年落ちたまつた黄葉は、鏽びた針を敷いたように積り積つてゐた。外の空気は、黴臭い香をたゞへて、ひそやかに部屋に通つて来た。彼れはほとつた手を窓の枠にもたせたまゝで、ぼんやりとその陰気な北向きの庭を眺めた。

弁護士のPはまだ帰つて来ない。虫籠のようにがらんとしたこの家には彼れの外に人気はなかつた。

もう台所の仕度に取りかゝる時分だと彼れが気付いたときは、部屋に這入つてから可なり長い時間がたつた後だつた。彼れはむづかしい顔をしながら窓際から離れて、いきなり上衣《うはぎ》を脱いで台所に出た。

空しい光景がそこでも彼を待ち設けてゐた。薄暗くだゞつぴろい部屋の隅に置かれた西洋竈《オーブン》の鈍重な色は空気にまで滲み込んでるように見えた。第一の仕事として、彼れはこゝでも亦窓を開けた。而して燃木《たきつけ》を竈《オーブン》に投げ入れて、石油をかけて火を作つた。火が燃え始めた――紅い火が。丸い孔を通して見える真暗な中で、渦巻く白い煙を追ひかける火は、この物憂い部屋の中でたゞ一つの生物のように、細長いしなやかな断片となりながら、光つては消え、消えては光つた。彼れはやがて頃を見計つて石炭をくべて蓋をした。而して大股に筋違ひに部屋を歩き始めた。

狂癲病院に看護夫として過した夏の二ケ月は殊更ら彼を悒欝にしてゐた。消す事の出来ない無邪気さを持つた彼れの顔も、一寸見《ちよつとみ》には牢獄からでも来た人のように暗かつた。おまけに道を歩く時には、何時でも雑多な事を思ひ耽る癖の彼れの頭は、古綿がつまつたようにこぢれてゐて、事務所で受取つた学則の細かい活字が、うるさい蚋の群のように、うづ〳〵頭の中にうごめいてゐた。彼れは巌丈な拳をあげて右の囁嚅を絶えずたゝいた。

彼れは台所を筋違ひに歩み続ける事をやめなかつた。彼れの身にあまり、心にあまり、部屋にあまる悒鬱な力が、出来るなら彼れを戸外に、戸外から曠野に、曠野から地極にまでも駆り立てようとするらしく思へた。彼れはあらんかぎりの意志を集めてそれに反抗した。然しその努力にも係らず、彼れはぢつとしてはゐられなかつたのだ。

家庭と境遇と周囲から来る凡ての圧迫は故国に捨てゝ来た。彼れの心を捕へて逃がすまいとする或は甘い、或は悲しい、或は美しい記憶のいくつかゞないではなかつたが、彼れは惜んではゐなかつた。それほど彼れは若かつた。女の声と読経の声とが同じ強さで心を牽くといはれる齢頃に、彼れが択み取つた信仰の生活も、二ケ月の狂癲病院の生活の間に奇麗に崩してしまつた。何んにもなかつた。何んにもなかつた。唯自由と若さだけがあつた。だから、彼れは小児のように快活で無頓着であらねばならなかつた。然し事実は反対だつた。彼れに与へられた命力は働きかける対象を失つた為めに、彼れの肉体の中でのたうちまわつて苦んだ。その力は色と形とを失つた暗い渾沌に還つた。謂はゞ飽電しながら、それを発散する機縁を失つた黒雲のように、力強い非形《ひぎやう》が彼れの心に満ち〳〵てゐた。我れながらその虚無の力を彼れはあつかいあぐんだ。おまけに衣食の問題に頭を悩まさないですむ境遇に置かれるので、その暗い力は純粋に暗くなつて行つた。手がゝりのない暗さだつた。彼れには、そこまで自分を還元した事が恐ろしい以上に物凄かつた。彼れの悒鬱はそこから生れ出たのだ。

「静かに、静かに」

彼れはどすん〳〵と床板を踏みならして歩いて、何所かに突き出ようとあせる力を強いて押しづめながらつぶやいた。思はず独語をいふのがその頃の彼れの癖になつてゐた。

その時突然天井に近い所で呼鈴がけたゝましく鳴つた。心の中を見詰めてゐた彼れはぎよつとして、心の一部分でも眺めるように台所を見廻した。而して足を停めて聞耳を立てた。

二度目に呼鈴が鳴つた時、彼れは始めて玄関に客のある事を知つた。それは珍らしい事だつた。彼れは急いで上衣を引かけながら入口に行つて戸を開けた。戸の外は華かに晴れた九月の夕方だつた。その夕方の光と一緒に黒い装いをして、黒の厚いベールをかけた婦人が、吸ひ込まれるように這入つて来た。而して彼れの手からハンドルを取上げて、ぱたんと戸をたてゝしまつた。

急に暗くなつた眼の前に彼れは小柄な華車な黒い立像を見た。而してベールの奥の恐らくは大きな二つの眼が、検べるようにぢつと彼を見守つてゐるのを感じて、先方《むかふ》にばかり勝手を働かれる不快を覚えた。

「失礼ですが一体貴女は誰方です」

一体などとはこんな場合婦人に対して使ふ言葉でないのを知りながら、彼れは故意《わざ》と使はずにはゐられなかつた。

「私はマーグレットの母です」

不幸な中年の婦人を思はせる色沢《いろつや》のある声が可なり疳高くこういつた。マーグレットの母なら、Pと別居してゐるその細君だ。Pの妻だともいはず、マーグレットを愛称でマァギーとも呼ばなかつたのが、彼れには気の毒に聞かれた。彼れはP夫人がさし出した手を快く握つた。

「Pはまだ帰りませんね。さう。私今日貴方に御願ひがあつて参つたのですの。是れからはマァギー……マーグレットの送り迎へを貴方がして下さいましな、お忙しいでせうけれども。私はもうPには顔を合せたくありませんし、マーグレットは貴方になづき切つてゐるんですから。いかゞ。引受けて下さいまして」

さういつて夫人はちよつと顔をかしげるようにした。彼れには、随分やんちやな少女を土曜から日曜にかけて連れて来たり連れて行つたりするのが面倒臭かつた。然しそれをすげなく断るのは何んだか気の毒だつた。彼れは簡単にPに尋ねて見ようとだけ答へた。

「Pは屹度この上なしに喜びますよ。Pにとつて私の顔を見る以上の呵責はないのですもの。難有う御座いました。次の土曜日には私貴方にお目にかゝれますわね。ではその時まで左様なら」

いくらか蠱惑的でさへあると思はれる調子でさういつて、夫人は再び彼れと握手すると、戸を開けて身軽に石階をかけ下りて、足早に行つてしまつた。その姿は彼れの眼に美しく映つた。身だしなみのいゝ婦人から漂ひ出るかすかな優しい香が跡に残つた。

彼れは上衣を自分の部屋に脱ぐと、又台所に戻つた。而してP夫人の来訪のために黙想からほんとに眼がさめて、急いで馬鈴薯の皮をむき始めた。

そこに凹んだ眼を持つたPが、大きな体を埃だらけにして、牛肉とバタとを小脇にかゝへて帰つて来た。

二

「今夜も私の所に友達が来るからね」

夕食を終つたPはナプキンをぐぢやぐぢやに食卓の上に置きながら、友達といふのが来る日に限つて見せる暗い顔をしてかういつた。而して、

「火曜日々々々には来るのだからね」

とつけ足した。

不愉快な顔は見せまいとしながら、彼れの眉はひとりでにびりびり動いてしまつた。Pの言葉に従へば、Pは紐育で生れて今の夫人と紐育で結婚したのだつたが、二人の間の理解は新婚の当初からちぐはぐになつて、子供を設けても、その間の深い溝は埋らずに広くなるばかりだつたので、互の間に離婚の話がもちあがつたけれども、紐育州の離婚手続は面倒なので、成るべく早く決行が出来るためにマサシユーセツ州に移つて来たの

だ相だ。この州では移籍後三年で離婚の条件は成立つのだ。で、P夫婦は別居してこの三年の期限の来るのを待つてゐるのだ。Pが友達といふのは一人の婦人だ。彼れがPと共同生活を始めてからもう三週間になるが、その婦人は一週間に必ず一度づゝPに連れられて来て三四時間をPと共に過ごして行くのだつた。それが必ず火曜日の晩であることを彼れはPから話されて始めて気が付いた。

Pと共同生活を営んでから始めてその友達といふのが来た晩の彼れの心の醜さを彼れは忘れる事が出来なかつた。友達を連れて来るが君はどうか顔を見せないでくれと云ひ置いて出て行つたPが、暗くなつてから帰つて来た時、Pの跫音《あしおと》の外に廊下に聞えた跫音は女のそれだつた。彼れは別に怪しみもしないで書物を読んでゐた。Pの書斎と寝室とは彼れの部屋からは廊下一つを隔てた向ひにあるので、話声は、意味までは解らぬながら、可なり明らかに聴き取れた。始めの中は友達の間に交はされるらしい快活な高い声と笑ひとが漏れて来てゐた。然し少《しばら》くして読み耽つてゐた書物から彼れが注意をPの書斎にふり向けた時、聞えた声は、押しひしやがれて、たゝむように早口な、熱のこもつたものだつた。彼れは書物から顔をあげて書斎の方に眼をやりながらぢつと聞耳をたてた。脅かすような男の低いしやがれた声……沈黙……彼れの心臓には破れさうに血がこみ入つて、頭ははち切れさうに暴れ狂つた。

童貞を守り通して来た彼れの想像力は事実以上の境まで彼れを連れていつた。彼れの手には冷たく油汗が滲んで、脚は椅子にも堪へないようにわな〳〵と慄へた。その間にも彼れは自分と戦はうとした。

「貴様は何んといふ馬鹿気違ひだ。こんな事を誘惑とさせる程貴様は浅薄なのか。読め書物を。書物の中の思想に喰い入つて行け。歯を喰ひしばつて思想が千切《ちぎ》れるまで噛みくだけ。貴様の頭を向ける事は山ほど外にある。満洲で戦つてゐる露西亜人と日本人の一人だけの事ですら考へて見ろ。貴様の醜態を打ちくだくには余りあるものがある筈だぞ」

さう厳しく自分をたしなめながら、彼れは矢張り渇いた野獣のように片唾をのんで、恣まな想像を頭一杯に描いてゐた。而して血走つた眼でぢつと書斎の方を見詰めてゐた。

とう〳〵部屋の空気が彼れには息苦し過ぎて来た。彼れは高熱になやむ病人と同じ足どりてひよろ〳〵立上つて漸く窓の所に行つた。而して非常な力で窓を開けると、水を得た魚のように、口を開けて夜の空気を吸ひ入れた。張り切つた糸同様、次ぎの瞬間には断ち切れそうだつた彼の力は、漸くかすかなゆるみを見付け出した。彼れの口からはすゝり泣きのような長い震へた溜息が漏れた。

然しすぐその跡から盲目な本能は二重の力を集めて押かへして来た。詩人の想像がクライマックスに達するまでは何所までも灼熱して行くように、一度眼覚めた欲情の衝動は、天才のような正確さで、彼れの心の中に恐ろしい楼閣を築き上げた。書斎から寝室に通ふ唐戸が開くのを聞いたと思つた瞬間から、彼れの神経は極度の緊張に達して、彼れは苦しげに喘ぎながら、ある一事をのみ専念した。欲情の忘我が来た。始終一所ばかりを見詰めながら、彼れは我れ知らず盗賊のように靴を脱いだ。而して静かに自分の部屋の戸の所に寄つて行つた。而して鍵の孔に耳をつけた。而して天から地につながつた落雷の光のように震へてゐた。

その翌朝Pは、彼れの機嫌を取る積りも手伝つてゐたのだらうが、すつきりした気分で、四十男にも似ず子供のようにはしやいでゐた。それに反して彼れの嶮しく澄んだ眼のまわりは紫色に黒ずんで、口の中は物をいふさへ苦しい程乾き切つてゐた。而して自己に対して暴虐の限りを尽した頭は、泥のように濁りながら痛々しく傷いてゐた。彼れの感じ深い心は、今まで自分でも知らなかつた醜さをしみじみ怒り恐れた。

次の週にPが婦人を連れて帰つて来るといつた時、彼れは駆り立てられるようにPの留守の間に家を出てしまつた。彼れは罪の思出にのみ生きるカインのように、開校前の淋しい学校町の夜を所嫌はず歩きまわつた。その時々にPの家で行はれてゐると思はれる恣まな光景が、跡から跡から彼れに追ひすがらうとした。彼れは暗闇の間を逃げ廻つた。狂癲病院内の隠者のような厳かな生活を彼れは祈るように繰返して考へても見た。然し悪魔はその淋しい生活をすら娼家の生活にして見せようとした。天使のように純潔な可憐な監督の娘のイーデイスは媚びた眼をあげて、厳格な副院長の接吻を求めてゐた。看衛夫と看護婦とは木蔭や叢の中を密のような私語《さゝやき》で満した。白髪の老院長すらが、躁狂性の或る美しい婦人患者にからかつてゐた。彼れは釈迦を思つた。釈迦を思ふと、その沐浴を垣間見て乳を捧げたといふ処女が眼に浮んだ。彼れは基督を思つた。基督を思ふと、白昼奸淫を犯したマグダラのマリヤが想ひ出でられた。

彼れはいつの間にかロウェルの住んでゐた家の前に来てゐた。暗い木立ちの奥深く続く道の所々に輝く電燈の光は、やゝ乾いた樹の葉をも水々しく照してゐた。(いつもなら彼れはそのしめやかな感じに打たれて帽子を脱ぎでもしたであらふ) 彼れは反抗するように電燈の光に映へた白壁を睨みつけた。「偽善者」さう彼れは独語ちた。

知らない中に彼れは又町に沿ふて流れる河べりに出てぼんやり暗い水を眺めてゐた。真黒な水はボートや杭をしやぶりながら流れるともなく流れてゐた。その外に動くものとてはなかつた。自然は、不服なく、慌てずに、その大きな力で活きてゐた。然し彼れの頭の中では全世界が動いてゐた。全世界が淫蕩に動いてゐた。「この瞬間に」と彼れは思つた「また次の瞬間に、Pの今しつゝある事が地球の表面にどれ程行はれてゐるか。夫婦の間に、その時まで童貞であつた男女の間に、凡ての醜行に飽き果てた娼婦と放蕩者の間に、自然に、不自然に、而して強迫的に、……。」彼れの心の眼には、色々な厭むべき場面が、眼まぐるしく次ぎから次ぎへと折重つて現はれ出た。顔や手に蚊の来るのも忘れたように、彼れは身動きもしないで、その奇怪な幻影を見入つてゐた。世界のどんづまりの姿がそれのように思へた。彼れは恐ろしい欲望にさいなまれてわな〳〵と戦いてゐた。

ふと彼れは襟を伝ふ冷たいものに気がついた。真暗な空はいつの間にか雨になつて、彼れの帽子と肩とはぐつしより濡れてゐるのだつた。彼れはそれでもそこを立退かふとはせずに、奇怪な空想に身を委ねてゐた。

「俺れは臆病なんだな全く」

しと〳〵と降る秋雨の中に唯一人立つて、かう彼は囈語《うはごと》のようにさゝやいた。

「力があるんだからな」

「あゝあゝ……馬鹿になつてはゐないぞ」

「どん底……静かに……静かに」

思ひ出したように彼れはかうも独語ちた。

雨は次第に降りつのつて彼れの上衣からワイシヤツを濡し、メリヤスの肌着を通し滴《しづく》になつて背骨を伝ひ始めた。その時彼れは漸く我れに還つた。冑を着たように硬ばつて重い衣服の感触の間に、彼れの肉体は寒さと感情とで慄へてゐた。痺《しび》れた脚を重そうに引ずりながら、人通りの絶えたがらんとした往来を通つて彼れは帰路についた。彼れの悲しみを知るものは何所にもなかつた。空しく費された肉は疲れ果てゝゐた。

彼れはそつと表戸を開けて部屋に這入つた。婦人を送りとゞけて帰つたPの安らかな鼾がかすかに廊下を隔てゝ聞えてゐた。彼れはぐつしより濡れそぼつた衣物を、はがすように脱いで跛《ちん》脚《ば》な椅子にかけた。而してこちんとした寝台に横になつた。

「静かに、静かに」

やゝ暫くしてから、熱い涙と共に彼れはこう独語ちた。

是等のいまはしい記憶はPの言葉を聞くにつれて、彼れの心にまざ〳〵と甦つた。別居とはいふものゝ離縁も同様なPの境遇で、Pが外の婦人と親しむのを彼れは尤めようとは思はなかつた。たゞその事を秘密に——彼れに対してさへ——してゐるらしいのが彼れに不快を与へた。それよりも彼れを不愉快にするものは、その事柄が彼れに与へる恐ろしい影響だつた。彼れは何んとかしてその日は呵責から免れたかつた。

で、Pが家を出ると彼れも家を出た。薄寒い程に空はよく晴れてゐた。明日から学校の始らふといふこの町は、夜になる程賑やかになつてゐた。店といふ店は電燈の光で宝石のように輝いてゐた。男女の学生の笑ひさゞめく声や、面白い校歌を歌ひ歩く声が一つの音楽となつて耳を撲つた。群集の凡ては自由に快活に心を許して振舞ひ歩いてゐた。その中を、彼れだけは、囚徒を護送するように、彼自身の心に厳しい警戒を与へながら歩いた。彼れは自分が健全であるのか病的なのかを疑はないではゐられない恐ろしい心の状態にあるのを感じた。

彼れはもう一人で町の中を歩き廻る事にも懲りてしまつた。

溺れた人が一片の藁にも最後の望みをかけるように、彼れは誰かにすがつてこの恐ろしい一夜の誘惑から逃げようとした。然し住みついてから三週間にしかならないこの町に知人といふようなものはなかつた。彼れは已むを得ず日本にゐた時顔だけ知つてゐたMを尋ねて見る事にした。

　Mはこの町でも一流の寄宿舎に住つてゐた。五分も厚みのあらふと思はれる絨氈を敷きつめた階段を昇つて、九尺も一丈も高さのある楢造りの戸を開くと、そこに善美を尽したMの部屋があつた。小柄なMは鏡の前に立つて、絹のシヤツ一つになつて髭を剃つてゐたが、部屋の置物の一つのように小さく見えた。彼れが這入つて行くと頬から顎にかけて石鹸だらけになつた顔を一寸こつちに向けて、その父によく似た低級な愛嬌を浮べて挨拶した。一ヶ月三百円づゝ送らふかといつてよこした父に対して、それはけた違ひでせう、三千円なら間に合つて行くかも知れませんと、高飛車に返事をしたといふ男だなと思ひつゝ、彼れは安楽椅子に体の半分も埋れながらその後姿を見やつてゐた。

「一寸待つて下さい。すぐ済ませるから」

Mは頬をあたりながら、鏡に映る彼れの顔をうろんさうに見詰めていつた。

「時にね。貴方は労働してゐるといふがさうですか。感心だね」

こゝでMは丁寧に剃刀の石鹸を紙で押拭つた。而して剃刀をまた顎の所に持つていつた。

「貴方は労働なんどせんでもいゝでせうがね。もう一人Kとかいふのも労働してゐるさうだが、西部とちがつてこゝでは……こゝもエールなんどなら別だけれども、おやめになつたら如何です。お父さんの顔もある事だし、こゝにゐる日本人達も面白くは思つとらんようだから」

Mはこう途切れ〳〵に、いひながら、顔の皮をあちこち引張り上げて毛を掘つた。

　言葉も言葉だが、人を人とも思はないしやあ〳〵した小生意《こなまい》気《き》な顔は、彼れを怒らした。彼れの悒鬱はそのまゝ憤怒に代つた。彼れは自分がこんな所に来たのを耻入つて赤くなりながら立上つた。

　何んとか言ひ訳をいつてゐるらしいMの言葉を聞き捨てにして、彼れは往来に出た。血は熱湯のように煮えくりかへつて、皮膚に近い所を漲り流れた。凡てのものから切り放された彼れの心は少しの手がかりさへ見付ければ、容捨なく驀直《まつしぐら》にそつちに働きかけた。

　彼れはPの事などは忘れてしまつてゐた。Mの導くような生活に対する憤激だけが暴れ狂つた。他人事ながら、外面にばかり即して、自分といふものを置きざりにしたまゝ、済し込んでゐるような鈍さ加減が、彼れをいらだゝした。彼れは、おまけに、そんな所に彼れ自身を運んで行つた自分の心を耻ぢ怒つた。

「信仰を持つてた貴様は少くとも神に慰籍を求めようとしてゐ

たのに、今はMづれに行つて慰籍にありつかふとする。その態《ざま》は何だ」彼れは肩を怒らしながら、そうつぶやいて、アカシヤの葉の散りしいた歩道をがむしやらに歩いて行つた。お蔭でその夜の恐ろしい誘惑からのがれた事は忘れながら。

三

「ウエッブでも読んでやるかな」

こう独語ちながら、彼れはL教授の講堂から校庭に出て来た。「今の時代に生れて社会問題を閑却するのは精神的のなまけ者だ」といつたウエッブの言葉を面白いと思つてゐた彼れは、社会問題の講座を受持つL教授の開講に、参考書の一つとしてその名を挙げられたので、読んで見る気になつたのだつた。貸出されない中に早くと思つて彼れは図書館の方に急いだ。

晩い午後の陽は薄曇つた空にぼんやり隠れて、秋だつた風が立ち並んだヱルムのなよ〳〵しい枝を可なり激しくゆり動かしてゐた。青いまゝに吹きちぎられた木の葉は、学則の切端《きれつぱし》や包紙の屑なぞと一緒に、乾いた音を立てゝ、彼れの足許を転《ころ》んで行つて、建物の隅に波頭のような渦を巻いた。それを見て彼れはその年の老いてゆくのをしんみりと思ひやつた。故国を去つてから四年目の秋が来たのだ。燃えるような暑さの中に、汗みどろになつて狂人を相手に働いた夏の事は、遠い昔のようにも夢のようにも考へられた。

彼れの眼はひとりで夢みるようになつた。広い厚い肩を持つた中背の健康な体の上に正しく据えられたその顔は、体格に比べては少し小さく見えたけれども、きりつと引きしまつてゐた。デリケートな輪廓ではなかつた。のみならず耳から顎にかけての骨だつた堅い線は、肉情と物欲の激しさを語つてさへゐた。鼻は不恰好に大きく平べつたかつた。口も大きかつた。然しその口尻は笑窪《えくぼ》のようにくぼんで、怜悧さと子供らしい無邪気さを示してゐた。左の眼は右の眼より小し大きかつた。女を知らないその眼は女の眼のように澄んでゐた。左の眼は見、右の眼は考へてゐた。物思ひにでも耽る時どうかすると、少し細まつた彼れの眼は夢遊病者のそれのように瞬きをしなくなつた。さういふ時の彼れの顔は非常に精神的になつて美しかつた。

その時も彼れはさういふ夢みるような顔付をしてゐた。すれちがつた学生達は、何んといふ事なしに、振返つて彼れを見送つた。「あれもJapか知らん。いゝ顔をしてゐる」さう彼等のある者はいつた。

彼れは古めかしい大きな建築の暗い階段を登つて閲覧室に這入つて行つた。エマーソンもソローもロングフェローもそこで書物を繙いたといはれるだけに、米国には滅多にない古い落付いた空気が漂つてゐた。開校の日だつたので、さしもに広い室内も数へる程より閲覧者はゐなかつた。彼れは真直に目録棚の所にいつてカードを繰り始めた。ウエッブに来るまでに色々な書名や著者が彼れの注意を牽いたので、彼れは興に入つてかの引出し、この引出しと漁つて歩いた。

その時女の靴音が彼れに近づいた。が、彼れは格別の注意を払はふともしなかつた。

「お手伝致しませうか」

彼れは夢みるような眼をあげてぢつとそこに立つ人を見た。それは一人の女事務員に過ぎなかつた。

「え、ウヱッブを」

「ウヱッブの何んで御坐います」

「ウヱッブの『生産業上の民主主義』でも読みませう」

こう彼れは答へた。而して、

「然しファビアン協会ぢやいやになるな」

と日本語で独語ちた。彼れはPの大好きなファビアン協会を妙に好まなかつた。ウヱッブがその有力な一会員である事をその時思ひ出して、不図いつもの癖の独語をいつてしまつたのだ。

「御免下さい。今のお言葉はよく判りませんでしたが」

その声を聞くと彼れは夢から覚めたように、始めて自分の側に立つてる婦人を意識的に見た。彼れはすぐその婦人に好意を持つた。而して馬鹿らしい自分の癖を恥しく思ふと子供のように赤面した。

見ると彼れの眼の前の若い事務員も髪の根まで顔を赤めて伏眼になつてゐた。咄嗟に、彼れは、この女は自分の独語を悪く取つたなと思つた。けれども処女らしいその婦人の顔には少しも悪意の色は表れてゐなかつた。彼れは稍安心した。

「お許し下さい。私決して貴方を辱める積りで伺ひ返したのではなかつたのですから。もしか私の伺つておく事を聞き漏したかと思ひまして」

彼女はすぐ顔を挙げて、彼れを静かに見やりながら、潤みのある優しい声でこう侘びた。それを聞くと彼れは何んといふ素直な Sensitive な心だと思つた。打とけたなつかしみがその胸にこみ上げて来た。而して口ごもりながら言葉の意味と自分の悪い癖とを言ひ訳けした。彼女は喜ぶように微笑んだ。彼れの顔にも微笑が乗り移つた。彼れは久しぶりで微笑んだのに気がついた。それは酔ふような快さだつた。

暫くして彼女は彼れの机の所に書物を持つて来てくれた。

「つまるかつまらないか、もう一度学徒の生活だ」

彼れは一人になると又さう独語ちた。歯ぎれのいゝ条理のたつた文章は、然しだん〳〵彼れを著者の思想の圏内につれこんで行つた。彼れは論理に弄れまいと思ひながら、彼れの知る限りの社会の実状を頭に置いて、それに照し合せて読み進んで行つた。

一時間過ぎた。緯度の高いこの町ではもう電気が来て天井と壁との電球は一時に輝いた。彼れは始めて書物から眼を放して前を見た。丁度眼の前に、粗末な洋服を着て鼻眼鏡をかけた痩せぎすな日本人がゐるのに気が付いた。その男は彼れを見て笑つてゐた、……物好きな、皮肉な、然し正しい笑ひを笑つてゐた。而していきなり立つて彼れの所に寄つて来た。

「先刻から言葉をかけようと思つたんだが、読書を妨げちやいかんと思つて扣へてゐた。君は○○君だらう。僕はKだよ」

初対面の彼れに対してKは兄が弟にでもいふような言葉遣ひをした。

「何を読んでる。ふむ、ウエッブか。ウエッブのコップウエッブ（蜘蛛の巣）に引か丶つちや困るぜ。それより、今夜ボストンで週会があるから行かう。今日は僕が演説をやるから君にも聞かせてやるさ。さあ行かう」

さういつてKは彼れの前にある書物をしめてしまつた。無遠慮な奴もあるものだと思ひながら、彼れはKを憎んだり卑んだりする気にはなれなかつた。而して一種の好奇心を感じながら椅子から立上つた。

図書掛の事務室の細長い棚机のかなたに先刻の若い事務員は、彼れとKとを見守りながら、肘をもたせてゐた。彼れが差出した書物を受取りながら、

「私の父もファビヤン協会は嫌いですの」

と小さい声でいつて微笑んだ。彼れはむつゝりしてゐた。

「貴女のお父さんとは誰方です」

「M教授です」

彼れは色々な意味で驚いてしまつた。M教授といへば米国でも有名なゴシック藝術の研究者だつた。それが社会問題に対してもきつぱりした意見を持つてゐるのだ。M教授の令嬢ともあるものが図書係をするといふのも意外だつた。彼れがM教授の建築史を聴講する事になつてゐるのも奇縁だつた。微笑はまた彼れの眼に帰つて来た。M教授の建築史の挿画を描いたのが令嬢であるのを思ひ出して彼れは尋ねて見た。

「夫れは私の姉です」

彼女は素直にいつて軽く挨拶した。彼れはKと一緒に風の吹きつのる夕闇の校庭に出た。

四

濛々と煙草の煙のこもつた汚い室には、つめこむように凡ての階級の人が立つたり坐つたりしてゐた。六階目に部屋のあるためか、建築の粗雑なためか強い西風が窓ガラスをみし／＼と動かすと、部屋はぐら／＼とゆすれた。一段高く講壇の後ろまで聴衆はつまつてゐた。その真中にKは鼻眼鏡をかけて衝立つてゐた。扁平な胸から出るKの声は稍ともすると部屋の隅々には行き亘らなかつた。

「もつと大きな声で頼む戦士」

「何んだ。勢よくやらねえか」

「そんな声の持主に俺れ達の仕事が出来るか」

「いや俺れ達の仕事は小さい声でするに限る」

そんな声が色々の国籍の人達から蕪雑な英語で叫ばれた。Kの側にゐる坐長は大きな腹を抱へながら立上つて鈴を鳴らした。

「弁士に敬意を表していたゞきたい諸君」

その側から洋服屋の看板のようにきちんと衣物を着たしやれ者らしい仏国人が立上つて、

「事実と数字、夫れを私は弁士に要求したい」と力《アクセント》のぬけた英語で疳高にいふと、遥か離れた末座から国籍不明の、美術家らしい、大きなネクタイをかけた男が、

「第一に火第二に火而して第三に火」

と虎のように叫んだ。仕舞には彼れは、手を振り、立上り、地団太を踏み、笑ひよどむ聴衆の波の中にもまれて、已むを得ず立上らねばならなくなつた。彼れは自分の信じてゐる主義に対して抱いてゐた熱意の全部を揉み消されたやうに思つた。

突然Kが両手をさし上げると見る間に、恐ろしい鋭い叫声をたてた。鼻眼鏡はその眼から落ちて、両腕は、節だつた縄のように、細くよれて天井を指した。

「君等は僕を怒らせる」

劈頭に彼れはこう叫んだ。聴衆は思はず鳴りを鎮めた。Kは涙にかゞやく眼をむいて、自分の感情に圧倒されながら、深い呼吸をして、聴衆を見まはした。而してSing-songで語りつゞけた。その声は前にもまして細かつたがもう立騒ぐ聴衆はなかつた。

「君等は僕のこの細い声と扁平な胸とが雄弁に語る所に耳を傾けないのか。それほど人類に対して冷酷なのか。祖先以来の不合理な生活の圧迫と、方便的な結婚とが、この胸を造りこの声を造つたとは気がつかないのか。この胸は細菌の巣になつてゐるのだ。僕は僕だけの仕事を仕遂げる前に斃れなければならないのだ。是れは事実だ。而して正確な数字だ。

……」

Kがまだ結論に達しない中に、「火」を叫んだ男ははね返されるように椅子から跳り上つて、

「ブラボー」

とわめいた。それにつゞいて起つた多数の激烈な拍手は、人々のしいつと制する声でばつたりやんだ。その後には意味ありげな沈黙が続いた。笛のように鳴る風の声と、ガラス窓のひしめく音とが耳立つばかりだつた。

鼻をすゝる声がした。彼れはふりかへつてその方を見た。晩年のユーゴーを思はせるような一人の労働者は眼を赤くして、ハンケチを鼻の下に丸めてゐた。そのそばには商売人らしいシヨーのような男が皮肉な眉の下から灰色の鋭い眼を光らしてKを見据えてゐた。

「僕はもう多くを語らない」

Kはまた稍冷静になつた声に力をこめて言葉をつゞけた。

「君等は日本からこゝまでの距離の遠さを知つてゐる。無資産で虚弱な僕が、自分の生命とする思想の容れられない為めでなかつたならば、何を好んでこの遥かな旅を企てやうぞ。信じてくれ給へ、僕はそれだけ自分の思想を愛重して来た。僕の演説が低声な為めに、又事実の羅列の少ない為めに、又数字の引用の不足な為めに、君等を説伏し得なかつたとしてもそれは僕の責めではない。君等の思ひ遣りの未熟な為めだ。無知な労働者の叫声に何の事実があり、何の数字があらう。

労働者そのものが事実であり数字であるのだ。君等は僕を怒らした。然し僕の怒つた事によつて僕が如何程《どれほど》君等の友であるかを知つてくれたらふ。だから、僕は、僕を怒らした君等に感謝する」

Kはこう結論して、床から鼻眼鏡を拾ひ上げながら眼を拭つた。いかにも男性的な、ぐん〳〵と人の胸を衝くような拍手と呼喚の響きが突然室内をゆり動かした。人々は総立ちになつた。Kは眼まぐるしくさし出された手に、両手をつかつて握手してゐた。彼れの若い心も思はず識らず昂奮してゐた。

彼れはKの演説に感動させられた訳ではなかつた。彼れはKの言葉の中に煽動者の常用する空虚な表現のある事を直感してゐた。然しそこに集つた人達は、一人〳〵奥底い背景を持つてゐる事を彼れに思はせた。彼れは是れまで、互に噛み合ふ労働者を見てゐた。然しKの演説が済んでからの聴衆の親しさは彼れを涙ぐました。大学の老教授も、有名な雑誌記者も、大商店の管理人らしい人達も、賃銀によつて生活する労働者の一人として、普通の労働者等と隔意なく話し合つてゐた。演説中互に激しい言葉でいひ罵つてゐたものも、今は手を取り交して打解けてゐた。彼れは始めてこゝに、力になり合つてゐる労働者の群を見た。而してその後ろには大きな実生活といふ大事のある事を深く感じた。

煙草の煙と濃密な空気の中から出て来たKと彼れとは、別々な心で夜の更けた街路を歩いてゐた。製鋼所を近所に持つたこの辺の町並は、耐久性な材料で造つた建築物の穢さに満ち〳〵てゐた。装置の不完全なために明暗のはげしい瓦斯の街燈に照らされて、敷石の上にたまつた汚水も、踏みしだかれた菓物、南京豆の皮や、襤褸《ぼろ》、紙類の屑も、雨露にへこんだ煉瓦の壁に描き散らされた楽書も、半分剝れて風の為めにぱた〳〵と鳴る安興行物の画びらも、痛ましい醜さと貧しさを、不快な臭気と一緒に一面に漂はしてゐた。夜目にもしるく埃を立てながら乾いた風が往来を吹きまくつてゐた。すれちがふものといつては、飲んだくれの何所か不具らしい男か、かすれて猥らな声を持つた豚のような売春婦だけだつた。偶には痩せこけた犬にも遇つたが、二声三声吠へかけたと思ふと、自分の声を恐れるように尾を巻いて姿をかくしてしまつた。

彼れはKの言葉も耳に入れずに押黙つて歩きながら考へた。その右の眼は殊に鋭く輝いた。新しい眼で彼れの見た世の中には深い溝や奇怪な矛盾がそこら中にあつた。彼れは開放された自分の力を如何使つてい丶のか全く解らなかつた。

「あゝ、如何にすればいゝんだ」

Kのゐるのも忘れて彼れはこうつぶやいた。

「支那料理屋に上つてチヨップスイでも食ふのさ」

いきなりKがこう答へた。彼れはぎよつとしてKを尻眼にかけた。Kはその機会を外さずに彼れとの会話をつながふとしたけれども、彼れはまた没義道《もぎだう》に黙つてしまつた。

いつの間にかKと彼れとは支那料理屋の二階に向ひあつて座

を占めてゐた。今まで通つて来た町の様とは打つて変つた賑かさの中に、婬靡な色彩と音響とが彼れの感覚の凡てを擽つた。手も肩も足も裸形になつた女楽人のヴァイオリンや笛から俗謡が奏で出されると、そこから男女の客の歌ひ合はせるだらしのない唄声が起つた。その間を、いたちのように捷敏《すばしこ》い痩せぎすな給仕の支那人が、生真面目《きまじめ》な顔をして周旋した。客の中には女ばかりの群もゐた。Kと彼れとはさういふ群から絶えず眼つきや手まねで挑みかけられた。

「いくらよこすかな。五弗は間違ひなからふ。あれだけしやべるにも相当の準備はいるからね。それにあすこにやね、中々偉い奴が来るんだぜ。今夜なんかも、アリイナの主筆もゐたし、レヴュー、オブ、レヴィユスの支局長もゐた。而して早速僕に寄稿を頼みやがつた。……厚かましくやるに限るよ」

Kは濃厚な支那酒に酔を催しながら、摯鳥のように上瞼の真直な眼で彼れを見つめてこういつた。Kがどれ程笑顔をくづす時でもその眼だけは除け物のように笑はなかつた。それがKの笑ひを皮肉にして不自然にした。彼れは不愉快だつた。

「ふむ、君は主義を売りに行つたのか」

Kは再び皮肉に笑つた。

「主義は愚かな事だ。僕自身が一つの物件だよ。従つて売物だよ」

彼れは承服しなかつた。

「然し無条件で、無条件所ぢやない命まで投げ出して……」

「主義や信仰に殉じた人間もあるぢやないかといふんだらふ。笑はせやがる。愛を売つてやるから救世主をよこせと大きな声で立売りをした奴は誰だい。涅槃が欲しけりや無上光明仏といふ貨幣で買いに来いと大店を張つた奴は誰だい。そいつ等は一番づう〳〵しい生産略奪者ださ。愛だ涅槃だといつて、謂はゞ空気に色をつけたようなまやかし物を恐ろしく高値で売付けたんだ。どうだ飲み給へな。飲まん？　酒を飲まん奴はな、人生といふ世界にゐて、楽園そのまゝな熱帯地を旅行しない馬鹿者のような奴だよ。こう飲むんだ。そら、坐つたまゝで眼の前の景色が変つて来る。……然し君は頼もしい所があるよ。君のような境遇にゐてPと共同生活をやつたのは毛色が変つてゐる。それだから僕は進んで交際を求めたんだ。実はね、僕もPと一緒にゐた事があるんだ」

さういはれると、彼れの来る前に一人の日本人が一緒にゐたとPが彼れに話した事が思ひ出された。

「Pは一寸話せる男だつたんだが、僕がその細君にからかつたので気まづくなつたんだ。おい、何を考へてる。そんな暇に女でも物色しておき給へ。こゝは今夜は割合にいゝ景色だ」

さういつてKは臆面もなく女達を見まはした。

彼れは我慢の出来るかぎり我慢しようとした。然し彼れの心の中のある力が猛り狂つてそれに反抗した。たつた今、眼に涙をためて、悲壮な事をいつてゐたKが、彼れの眼の前に見せたりいつたりしてゐる事は、彼れのKに対する信頼を二重に裏切つた。自分の判らない彼れは他人を批判すべき何等の標準も力量もない事を十分に知つてゐた。それにも係らず、彼れは本能的にKを憎まないではゐられなくなつて来た。

咄嗟にKの口から重い溜息が漏れた。今までの元気にも似ずKは俯首れて、食卓の上に立てた手で乱雑な髪の毛をかきむしるようにしてゐた。

「とはいふものゝ、だね」

Kは又顔をあげて、少し憚るように彼れを見た。

「君はいくつ？　二十四？　若いなあ。而して君は健康な体質といゝ顔付きをもつてるね。君の顔付きはほんとにいゝよ。君はいくつになつても子供でゐられる質だ。僕にはそれがない。おまけにもう三十二だ。君を見てゐると後ろから新しい時代が追かけて来たような気がするよ。僕等の努力は凡てのものを物質に還元したのだ。そりや今になつて見ればこそ何んでもないが、小さな仕事ぢやなかつたんだ。けれどもねえ、来る所まで来て見ると、又先きには遠い道があらあ。解るかい。君には解るまい。けれども君の顔付きにはちやんと解つてると書いてあるよ。そいつが恐ろしく癪にさはるね。僕にはそこに跳ね返つて行く力がないよ。健康も許さないしね。僕は自分の主義を働かす代りに、主義に働らかされてしまつたんだ。畜生！　くやしいけれども主義の腰弁になつてしまつた、いつの間にか。健康がありやなあ。……然しこれも自分でこわしたようなもんさ。十七の齢から女を道具と思つて取りあつかつたんだからな。hipの形で女の醜美を見分けないような奴は、唯物主義者の面よごしだと思つてゐたんだからな。然しこれ位時代思潮に徹底すれば、僕も観念して成仏しなければならんのかも知れないて。まあ、跡は頼むぞ。自重し給へ。君のバプテズマのヨハネが一献進呈する、飲んでくれ給へ」

Kの言葉は段々しんみりして来て、仕舞には両眼から感傷的な涙が瘦せた頰を伝つて流れ下つた。彼れは黙つて酒杯を挙げてKのと打合はして一息に飲み乾した。

突然Kが悪魔のような笑ひ方をして椅子の上で延び反つた。その眼からは続けさまに涙が流れてゐた。

「飲んだな。おだてられていゝ気になつて飲んだな。ハ、、、。おい飲んだ駄賃に勘定し給へ。僕は一銭もないから。ハ、、、」

彼れは懐中を探つた。小銭が無くなつて二十弗の紙幣があるばかりだつた。彼れは已むを得ずそれで支払をしようとした。Kは彼れの手に大きな札《さつ》があるのを見ると、いきなりそれを奪い取つて、女の群の方に向いて振廻はした。而して口では、

「おい勘定！　二十弗だぞ。二十弗だぞ」

と叫んだ。給仕の来るのより早く、四五人の女が、火を見かけた蛾のように、Kと彼れとの周りに集つて来た。蠱惑的な、むせる程強い女の香が彼れの鼻をついた。Kの眼は忽ち生気を回復して、女達の中から一人を選んだ。而して処女のように赤面

してゐる彼れを指して、女達を見やりながら、

「この若い紳士はなあ、本統に生粋《きつすゐ》の生《うぶ》なんだ。一肩入れよう
といふのはゐないか」

といつた。それと同時に、彼れの首は三四人の女の腕で重苦しく抱きすくめられてゐた。而して彼れの耳は「妾よ」「妾にね」「妾だつてば」などいふ甘つたれた、なまめかしい声で満たされた。

「やめないか」

彼れはとう／＼本気に怒つてしまつた。女達をつき退けると同時に、帽子と杖とを取つて料理屋を出た。Kはすぐ支払をすませて、彼れの後から連れの女とやつて来た。

「おうい、お坊ちやん御成人！ハヽヽ、金は土曜の支払日まで借りとくよ。まあ折角自重し給へ、ハヽヽヽ」

十五六間も離れて、さう呼びおこす声は風に送られて高く低く彼れに達《とゞ》いた。彼れは黙つたまゝ足早に三四町歩いた。

その時彼れは不図自分の側に一人の女の歩いてゐるのに気がついた。彼れは驚いて立止つた。女は彼れの耳許にビイドロの震へるような小刻みな笑ひを送つて、

「独語と無口は貴夫人《レデー》に対して失礼よ。もういゝ加減にして妾の家に帰りませうね」

とさゝやいた。彼女は若かつた。痛々しい程痩せてゐた。この女がよく笑へたと思ふほどその顔はやつれて暗かつた。その上に頬紅と白粉とが乗り悪く塗つてあつた。強い力の感覚が齎らす一種の哀情にふるへながら彼れは慌て、衣嚢を探つたが、有金はKが残らず持つて行つた事に気がつくと、胸のあたりを撫で廻して、父から貰つたネクタイ、ピンを抜取つて、女の手に渡した。而して逃げるようにその女から遠ざかつた。

彼れは漸く孤独になつた。淫らな光景を見せつけられながら、彼れは少しも肉欲の衝動を感じなかつた。のみならず、そんな衝動に対する不思議な嫌悪の情が、ひし／＼と感ぜられた。彼れの頭は熱に燃へてゐた。芝居気のない崇高な感じが甦つた。彼れに追ひすがつて来た女が、深く憐れまれた。恐ろしい人間生活の欠陥が彼女の姿を通じて、彼れに救ひを求めながら、叫んでゐるようだつた。

Kにもしたゝか翻弄された。然し彼れは確かに打負かされたとは思はなかつた。彼れは雪に埋れた笹のように自分を感じた。雪はいつか解ける。その時笹は跳ね起きて見せる。春を迎へてぐん／＼生長するために跳ね起きて見せる。

「それにしても自分はどう歩けばいゝのだ」

さう彼れはつぶやいた。そこまで来ると哀れな彼れの心には何等の手答へもなかつた。恐ろしい虚無な力が彼れの内部に張り満ちてゐるだけだつた。彼れは砂塵を巻き上げて吹きまさる風に歯向ひながら力強く歩いた。

「ぶつかれ、ぶつかれ。蹉くのを恐れてはゐられない。蹉いたら起上るまでだ。新しい生活を独りでするのに蹉くのを恐れて何が出来る。もう力にも倦きた。その力が何であるかを知

るのが肝要なんだ。明日から。今夜から。今から」

電車の往来もなくなつた真夜中のボストンの街を、風に吹きまくられながら、彼れは歯を嚙みしめて歩きつゞけた。

五

その冬のある日曜日の夕方だつた。

彼れはマーグレットを連れてP夫人の家に急いでゐた。

Pはマァギーを眼睛《ひとみ》程愛してゐたが、夫人は土曜から日曜にかけて泊りにやる事だけしか許さなかつた。その送り迎へを彼れが引受けるようになつたのは、三ケ月も前からの事だつた。その間に彼れは夫人と唯ならぬ関係を結んでしまつてゐた。

それは、Kと支那料理屋で物を食べてから間もない、十月初めの日曜日の晩の出来事だつた。夫人はいつものように彼れの帰りを引とめて色々ともてなしをした。いつも非常に神経質な夫人はその夜に限つてしとやかに落着いてゐた。三十になるかならない小柄な彼女が、頸もとまで黒い衣物を着てゐるのが、非常につゝましやかに、美しく見えた。卵形の顔立で、鼻の尖から、折れ返つたような小さく引しまつた厚手の唇にかけての線は、実際男の心を肉的に引つける力を持つてゐた。又その手は米国人に珍らしく整つてゐた。彼女の手を見た人は、小さな靴の中に包まれた足の形を想像せずにゐられなかつた。彼れはこの夫人を見ると、何故Pがこの人から別れたのかを訝つた。

彼れが立たふとするのを夫人は幾度か引とめた。彼れは段々不思議な不安を感じ始めた。極普通な事柄を二人は平気らしい顔をして話し合ひながら、互に憎み合ひ、引寄せ合つてゐるのを彼れは気付いた。動かしてはならないと思ふ衝動が、どつと彼れを襲つて来る事もあつた。彼れは自分を引締めようとする努力の為めに妙にぎこちなくなつて充血して来た。彼れは幾度か立つて部屋の中を力強く歩きながら、少し悪戯者らしい眼付きをして見送る夫人と会話を取かはした。哀れな未経験者なる彼れは、知らない中に、夫人のかけた陥穽に段々と近づいて行つた。

「貴方は妾を可哀さうだとはお思ひにならない」

無表情な声で夫人はこういつた。

「思ひます」

彼れの答へた声はどす黒く震へてゐた。恐しい暫くの沈黙の後に、

「お思ひになるわね」

といひながら、突然椅子から立上つて夫人は彼れの立つてる方に近づいて来た。どつちからともなく身を近けた次ぎの瞬間に、彼れはあらん限りの力を籠めて、たゝきつけるように夫人を床《ゆか》の上に突放してゐた。

眼の前は真暗だつた。彼れは息苦しくよろけながら、戸があると思ふ方へ歩いて行つたが、そこに倒れてゐる夫人を危く踏みつけようとして、よける拍子に自分も床《ゆか》の上に倒れてしまつた。彼れは倒れたまゝ野獣に備へるような身構へをした。彼れ

の眼の前は真暗だつた。(真赤だつたともいへる) 彼れの耳が聴覚を回復してから始めて聞いたものは、痛ましい啜泣きの声だつた。

深い悲しさが彼れの腹のどん底からも湧き上つた。満たされない力が一斉に泣き叫んだ。彼れはもう我れを忘れてゐた。溺れるものが手かゞりを求めるように、彼れの手は無闇にそこいらをわな〳〵と尋ね廻つた。夫人の手がさはつた。彼れはそれを摧けるやうに摑んだ。その後を彼れは知らない。

彼れは、雪の上を、マーグレットの手を引いて歩きながら、その時以来今日までの事を思ひめぐらした。彼れは本統に夫人を愛してはゐないのだ。夫人も彼れを性格的には愛してゐないのだ。Pが外国人を選んで共同生活をしてゐる事について、Kのいつた言葉などが思出された。それはPの性的の秘密を保障する為めには同国人を寄留さす事が不利益だからといふたのだつた。彼れは同じ理由をP夫人にあてはめて考へたりした。そんな屈辱を思ふと彼れは夫人を踏み殺しても飽き足りなかつた。それにも係らず、土曜日が来ると、彼れはおめ〳〵とマーグレットを迎へる為めに夫人の家に出かけて行くのだつた。日曜日に受ける苦い悲しい後味《あとあぢ》は月曜日の堅い覚悟と変るけれども、それが土曜日に近づくに従つて薄らいで行つた。

第一彼れはこの事をPに告白せねばならぬ事を知つてゐた。Pの秘密主義を不快に思つた彼れは、Pに対して秘密を持つべき云ひ開きがないと思つた。けれども彼れは今日までそれをせずにゐた。

今日こそと彼れは可憐な顔をしたマーグレットを見返りながら思ひこんだ。何んにも知らない少女は緋の外套に、白狐の襟巻をし、同じ毛のボアに両手をさしこんで、長脚絆をはいた小さな脚を豆々しく働かしてゐた。然しその顔の何所かには、不幸な結婚が生んだ不幸な烙印が誤たず押されてゐた。この小さい子は父と母との秘密を知る事なしに成長するかも知れない。然しこの恐ろしい秘密が秘密として終ると誰れが保証する事が出来やふ。自然はそれ以上に厳格だ。それを思ふと彼れは切られるような苦痛を感じた。彼れは今まで自分が力量を感じ、熱意を感じ得る所では、どんな犠牲でも平気で払はせて澄してゐた。然し出来心のために、一人の人間の一生を暗くすると思ふと、彼れは少女のように臆病だつた。

マーグレットは、ちよこ〳〵と彼れの歩度におくれまいとして、顔を赤くしながら歩いてゐた。悪戯が激しいだけに、おとなしい時のその子の顔は可憐だつた。彼れはひとりでに涙ぐんだ。

「マァギー、あなたはパ、が好きか、マ、が好きか」

彼れはやさしく尋ねて見た。

「みんな嫌いよ」

「何故」

「何故でもみんな嫌いよ」

確信してゐるように小さな貴女はこう答へて。「皆んなが秘密を持つて妾をどけものにしてゐるから」彼れはさう答へられたのと同じ感じでそれを聞いた。クリスマス前の寒い雪道を、着物だけはきらびやかに着飾らせられて、小さな歩みをこの子は一体何所に運ばふとするのだらふ。感じの深い彼れの眼の前には、果てもない雪の広野の真中に、一点の汚点《しみ》のように、かぢかんだ手を口にあてゝ途方に暮れてゐる子供が見えるようだつた。

彼れは思はずマーグレットを抱き上げて歩いた。

やがて彼れはＰ夫人の家の戸口に立つて、抱いてるマーグレットに呼鈴を押さした。彼れの耳に親しいＰ夫人の靴音が近づいたと思ふと、戸が音もなく内に開いた。

「まあだつこして下すつたの」

といひながら、夫人は少女を荷物かなんぞのように彼れの手から受取る間にも、眼を彼れから離さふとはしなかつた。その眼は一週間の待遠しさを濃厚に語つてゐた。

彼れは怒つた。彼れはそのまゝ帰つてしまはふとした。然し夫人の眼は彼れの弱点のどん底を射ぬいてゐた。彼れは、夫人の眼付が命令するまゝに、糸で繰られるようにをぞましくも、門口を潜つた。

乳母がマーグレットを寝かしに二階に連れていつてしまふと、直ぐ夫人は彼れに近々と寄つて肩に手をかけた。

「貴方は妾を嫌ひ始めたのね」

夫人の眼は嶮しく彼れの眼を射た。彼れはその時「然り」を答へなければならないのを知つてゐた。然し、実際は、彼れも嫉妬するらしい顔付をして、

「貴女こそ僕を嫌つてるんだ」

と云ひ返してゐた。その行きつく先きは知れてゐた。二人とも虚言のつき合ひだといふ事は万々承知しながら、互に嫌つてゐるのではないと証明し合つて、禁断の木の果を敵同志の内から盗み取るのだ。

彼れの内部の争闘は激しかつた。然し敵人の門を潜つた以上、それも一つの作為《つくりごと》であるのを苦々しく彼れは心の隅に感じてゐた。彼れの肩に置かれた夫人の手は、彼れが始めて知つた女の手の強味をもつて、彼れの心には関はずに、彼れの肉をどん〳〵目覚ましていつた。

その夜九時過ぎに彼れがＰの家に帰つて見ると、Ｐの所に来客があつた。それはＰの所によく話に来るボストンの医師で、ホイットマン会の会員だつた。ホイットマン会とは老詩人の死後その愛読者が組織した会で、米国の諸州に小さいながら堅い団体を作つてゐた。その会員には殊に婦人が多いと、彼れは、ホイットマン崇拝者なるＰから聞かされた事があつた。医師といふのは心の広さうな、品のいゝ、健康な、白髪の老人だつた。煙草をゆるく燻らしながら、白い髭《うはひげ》と髯《したひげ》を動かしてゆつくり物をいふ有様は長閑だつた。Ｐも打くつろいで始終微笑を浮べながら、話の相槌をうつてゐた。彼れが書斎に這入ると、老人はＰよりも先きに握手を求めて、自分の側に坐れといつた。

「いつ見てもいゝのは青年だ。こつちまで若いような心持ちになる。然し」

とPに向けてゐた顔を彼れの方に向けて、

「今夜は如何したといふんだ。君の顔色は大層悪い。然しホイットマンにでも『黙つて、考へる』といふような時もあつたんぢや。大きく、……大きく人生を見んぢや駄目ですよ」

さういつてから、老人はしかけてゐた話の続きを静かにつないだ。

彼れは、窓を通して見える隣りの屋根の雪が星あかりで燐のように光るのを茫然と見つめてゐた。

「そこでY氏の夫人が俺にいふには……お前はたしかあの奥さんを知つてゐたな。あれでもう三十五ぢやさうな。若う見える、美しいで……俺にいふには、俺が好もしいのぢやさうな。人間一生の間にしんぞ好もしいと思ふはさう沢山はおらん。好もしい人を見かけたら、その人と恋人だけに親しまんぢや、この世に生きる甲斐はない。心と心との喜びに比べれば、どんな社界の秩序も制度もたはけた干からびた邪魔物ぢや。愛をさまたげるもの、あるべき謂れはないと思ふ、どうぢやといふのだ。相違のない事だ。その通りと俺がいふと、直ぐ相談が出来てな、二人で近くの海岸に旅行してからに、夫婦よりも親しく一晩過した。その翌日二人はこの世の中がな、一段輝くように思ふて快く別れたよ。滅多にない事だが面白からふが」

Pは快げにから〳〵と笑つた。老人は後学の為めにしろといはんばかりに晴やかに彼れを顧みた。

老人はゆつたりと落付いて色々な事をPと話し合つてゐた。然しいら〳〵した彼れの頭にはこの話以外の話はまるで聞取れなかつた。今の話を聞いてPの快げに笑つた顔の印象は彼れに勇気を与へた。云ふべき時は今夜の外にないと彼れは思つた。彼れは席にゐたゝまれない程昂奮してゐた。

老人が元気らしく帰つていつたのは遅かつた。Pは可なり疲れて見えた。然し緊張し切つた彼れの顔は、この部屋の今までの呑気な空気を一掃してゐた。Pは已むを得ず書架からホイットマンの詩集をぬいた――毎日曜日にPが彼れに朗読して聞かせるのが習慣になつてゐたから。

「今夜はおそいから少しだけ読むよ」

Pはどつかと燃えかすれたストーブの前に疲れたらしく腰を下ろした。客に対して愛相のいゝPは稍ともすると家人には渋い顔を見せた。今までのPの快活さは影を隠さうとしてゐた。

「僕貴方に告白して置く事があるんです」

彼れは立つたまゝでさういつた。Pは楔形の髯に埋つた顎を引いて、禿げ上つた広い額を大きく見せながら、上目づかひに彼れを見た。而して黙つてゐた。彼れは言葉をつがなければならなくなつた。

「僕はP夫人と友達以上の関係を結んでゐるのです」

彼れはきつぱりとこういつた。と同時に彼れの心は自分でも物凄い程しんと鎮るのを覚へた。

Pは、彼れの言葉か、自分の耳かが信じられないように、暫くしてから「ふむ」といつたが、被告を睨める検事の目付きでぢつと彼れの顔を見入つてゐた。彼れは悠然としてPを見返した。

漸く彼れの言葉を頭に入れたように、突然Pはすッくと立上つた。二人は大きなテーブルを中に置いて立ちながら向ひ合つた。

「何日からだ」

Pは簡潔にこう聞糺した。

「貴方がマァギーの送迎へを僕にさせた時から」

彼れも短く答へた。Pは考へるように俯向いて窓際を二度三度往来した。而して立止ると衣嚢から光つたものを出してテーブルの上に置いた。ピストルだつた。彼れは驚かなかつた。

「P夫人は私の妻としての籍をまだ脱してゐない事を君は知つてゐるんだな」

「知つてゐる」

Pは再び「ふむ」といつて、ちらつと彼れを睨めつけた。彼れは少しも騒がないで立つてゐた。

「そんな事をいふ権利が貴様の何所にある」彼れはさう思つた。彼れは自分の力が何んであるかを何んとなく感じた。「是れだ。是れでぐん／＼進んで行くのだ」さう彼れは、切迫したこの場の態《てい》にも係らず余裕をもつて考へた。

「どつちから始めた事だ」

Pは、長い躊躇の末に、聞いてはならない、然し聞かずには置けないこの問題に触れて来た。

「僕だ」

彼れは咄嗟に答へた。Pは満足と不満足とを同時にしたゝか感じたらしかつた――妻が主動者でない為めに満足を、而して皮膚の黄色い猿のような劣等人種の挑みに敗けた不満足を。――その顔は、彼れに不時な笑ひの衝動を強いる程渋かつた。

若い時俳優になる積りだつたといふPは、突然ピストルを取上げて彼れにつきつけた。

「二挺のピストルは二人の間の決闘を可能にしたらふ。一つ足りないのは君の為めに僥倖だ。今後に君が取るべき手段は君が承知してゐる筈だ。左様なら」

彼れは黙つたまゝPの書斎を出た。自分の部屋に帰つて僅かばかりの所有品をトランクにつめ込んで錠を下ろした。

彼はすぐに又寒い戸外に出た。外套の襟を立てゝ、靴の下にきゆつ／＼ときしむ澱粉のような雪を踏みしめながら歩いた。先刻まで晴れてゐた空は何時の間にか曇つて、思ひ出したようにちらほらと白いものが降つてゐた。遠い街燈の霞んでゐる下を、たつた一人の男がよぼ／＼と歩いてゆくのが見えた。

「哀れなマーグリットの前には、頭を地につけて侘びても足らない。俺れは何んとかしてその埋合せをする」彼れはその孤独な人影を見ながら、小さな少女に大きなものを感じてさう思つた。

　彼れはやがて、B教授の家に来た。玄関の直ぐ右にあるKの部屋からだけ光が漏れてゐた。彼れは近寄つて外部《おもて》から窓の扉を敲いた。日本手拭で後鉢巻をしたKがすぐ顔を出した。

「敲き方で君だなと思つたよ。何んでこんなにおそくやつて来たんだ」

「まあ入れてくれ」

　Kの部屋は新聞と雑誌で足の踏立て場もない程散らかつてゐた。暖炉は感心に勢よく燃えてゐた。その側にある小さな机の上には書きかけの原稿が可なり堆く積んであつた。

「おい紙とペンを貸してくれ給へな」

「さ、一本しかないから之を使へ。紙も原稿紙だけだ。……一体如何したんだ、いやに君は武気《むき》になつてゐるぞ」

　彼れは子供のやうに微笑んだ。

「まあ書くから読んでゐ給へ」

　彼れはペンを執つてP夫人にあてる手紙を書き出した。Kは鼻眼鏡をなほしながら、突込むやうに顔を近寄せて、彼れの書き卸す字を拾つて行つた。

　彼れが自分の署名をし終はると、Kはいつもの皮肉な然し正しい笑ひを顔に浮べた。

「僕の失敗した所に君は成功したんだね。だから君は隅に置けないといふんだ。然しこんな手紙をやるには当らない事つた。大に醜行を続けろよ。馬鹿正直な」

「正直なものか。僕は馬鹿だ。馬鹿だ。馬鹿だ。」

　彼れは激しく自分の囁嚅をたゝきながらかうなつた。Kは彼れの心を推しかねるやうにけげんな顔をして彼れを見やつてゐた。

　手紙を投函した彼れがKの部屋に駈けこんで来ると、Kは、

「これから君の居所はどうする積りだ」

と聞いた。彼れはKの所に置いて貰いたいのだといつた。二人の間に談判が開始された。

「少し勉強の妨げにはなるが置いてもいいさ。然しいくら出す」

「部屋代だけ三弗ぢやどうだ」

「金のある癖にしみつたれた事をいふなよ。五弗よこし給へ。こゝの主人は学者だけに呑気だが、細君と来ては鼻持ちがならないから、君を置くにも交渉に骨が折れるよ。暖炉だつて石炭にやかましいから、昼間は寒くても燃かずに我慢してゐて、奴等が寝てしまふとこの通り燃くのだ。五弗出し給へ」

　Kの借金するのは有名なものだつた。然しきちんと借金を返すのも有名なものだつた。Kは凡ての事を金で見積らなければ承知しなかつた。そこにKの主義に対する質実さがよく見えた。

「それぢや細君懐柔費に二弗だけ奮発しよう」

　彼れは笑ひながらいつてしまつた。

「agreed！ そこで僕は勉強を始めるから、君は顔の見えない

所にゐてくれ給へ。これを読んだか」

そういつて新聞の切抜を彼れに渡すと、Kは窓から氷柱を二三本折つて来て、手拭に巻きこんで鉢巻をし直した。

降りまさる雪は、凡ての音を、空中から奪つては地面の中に埋めていつた。その寂寞の中で、大学の大時計が、時の前後を截断してはつきりと一点を打つた。

部屋の中ではKのペンを走らせる音がかすかに聞えてゐた。彼れは、Kから受取つた、ロンドン、タイムスに発表したトルストイの平和論を読み進んでゐた。感激から感激に飛躍してゆく彼れの心はその特異な眼の中に炭火のように閃いた。彼れの唇は折々痙攣的に戦いた。

乃木軍とステッセル軍との将士が、旅順要塞の内外に肉迫して、国家の存亡をこゝに集めて戦つてゐたその夜の一つであつた。新しい次の時代を生み出す陣痛のような、重い、鈍い、形のない自然の力がこの小さな部屋には濃く立籠つてゐた。

夜は静かに更けた。

六

Kと同居して以来、彼れの上には、彼れに当然来べきであつた、然し彼れには一々意外な色々な運命が来た。日本のある雑誌に屢発表した彼れの論文は、彼れが思ひ設けた以上の恐惶を家族や親戚の間に起して、とう〳〵学費の杜絶を彼れに結果した。両親と自分との間の時代の隔りが引起すべき思想の隔りを、彼れは十分に察してゐたから、両親に対しては怒りを感ずる代りに、深い憐れみを感じた。今まで平気な顔で学費を受けてゐた自分を卑みさへした。彼れは家族親戚との文通を絶つてしまつた。

然し自活といふ事は彼れが空に考へるような生優《なまや》さしいものではなかつた。学科の出席時間を極端に減じて、彼れはM教授の研究室の助手として金を取らねばならなかつた。然しそれは彼れに三つのいゝ結果を持つて来た。一つは自分の生活全部に主となつた事。二つは自分と周囲との本統の関係が成立つた事。三つは図書館で働いてゐるM教授の令嬢の姉なるヂュリアといふ画家と研究室で一緒に働く事。

聖フランシスの伝を読んで、聖者がその父に衣服を放げ返して神に還つたといふ条《くだり》に来ると、彼れはいつでも物足りなく思つた。命まで放げ返すのでなければ、人はその親から本統に独立する事が出来ないからだ。然し親から思想に於て離れた以上は、他の部分に於ても出来るだけ離れなければならない。責めてはそれだけでもしなければならないと思ひながら、彼れはそのまゝに問題を放置してゐた。それが遂に段落を告げたのだ。それは彼れの心を活々とさせた。骨肉を引ちぎる例へようのない淋しさの中から、彼れの自由は逞しく羽を拡げた。彼れは自分の若さに任せて、思ふまゝに振舞つた。彼れは放たれた小鳥のように、恣まに米国の雑誌新聞の上で舞ひ躍つた。始めは商売上の打算と興味から彼れの投書を歓迎した出版業者も、彼れの放図のない言説に対しては相当の警戒をしなければならない事を発見した。彼れの収入の減じて行くと共に、活動の範囲は見る〳〵狭ばめられた。大学の日本人会は彼れとKとに除名を通告した。ある教授は、彼れの才能を認めながら、聴講を拒んだ。彼れは已むを得ず、狭められただけ深まつて行つた。彼れは、隠れてでなければ、這入つてならない幾軒かの家を知るようになつた。それは多く地の底か空の上にあつた。地の底では薬品が調合された。空の上では赤いインキの活字が跳つた。そこに住む人は狂暴だつた。然しその涙腺は普通の人より大きかつた。物の釣合ひといふ事を知らなかつた。然し一番重いものと一番軽いもの、何んであるか知つてゐた。さう彼れには思へた。彼れは自分の心に最も近い周囲をそこに見出したのだ。

　然し彼れの生活はみぢめだつた。Kは寒さのつのると共に半病人になつて、屢喀血した。M教授の研究室に行く前に、彼れは拭掃除から皿洗ひまでKのするだけの事を代つてしなければならない事が幾度もあつた。彼れは洗ひ物の中から、精巧なシヤンペーンのコツプを取り出して、細い把手をぴし〳〵と折りくだいて、床の上に粉微塵にたゝきつけたりした。Kの外出しない時は、その外套を借着しなければならない程貧しくもなつてゐた。痩せたKの外套は彼れの背中と脇の下とをつねるようにした。衣食に充ち足つた人の知らない、下らない然し深い悲しみが彼れを涙ぐました。生来の貧窮に慣れなかつた彼れは、金を取る術に疎く、金を捨てる道に明るかつた。

「若いサン、シモン」とKは彼れを渾名した。然しサン、シモンは生涯に自分の力を如何使ふべきかを知つてゐた。然し彼れはまだそれを知らなかつた。

　この荒んだ殺風景な彼れの生活の間に、彼れをまつしぐらに牽付けるものが一つあつた。それはM教授の研究室だつた。北向きに大きなガラス窓の箝つた広やかな部屋はスチームで冬でも春のようだつた。部屋のそこゝには中世紀の文化を代表する彫像、浮彫、柱冠、絵画の原物《オリヂナル》や複製が飾られてゐて、棚の上にはビオラ、ル、ドユークを始めゴシック美術史の大家の著書とポートフオリオが所狭く置きならべてあつた。その一隅を衝立てゞ囲つてM教授の机があつた。ゴール人の血を潤沢に持つてるらしい小肥りな七十四のM教授は、そこにどつかと座りこんで、二重にかけた眼鏡越しに古文書を漁つてゐた。窓に沿ふて長く据えられた卓子には四五人の助手が椅子を並べて各自の業務にいそしんでゐた。彼れはこの研究室の空気をなつかしんだ。老教授を更らに愛した。然し彼れの隣りにヂュリヤが座を占めてゐなかつたら、この研究室も彼れに取つては一箇の学究的城廓に過ぎなかつたらう。

　彼れが第十三世に於ける独立市と寺院建築との関係を研究してゐる側には、ヂュリヤがコンパスや尺度とを使つて彫刻物の綿密な縮写図を作つてゐた。仕事をしながら小声で彼女の歌ふ感傷的な小唄は、絶えず彼れの耳から彼れの心に清涼剤を送つてよこした。

彼れとヂュリヤが本統に親しく交際し出したのは、正月休暇中のある晴れた日に、M教授が二人の娘と彼れとを伴つてコンコードに遊んだ時からだつた。教授とヂュリヤとは橇の前座に坐り、彼れと妹娘のフロラとは後座に坐つた。

風もなく、日も華やかに照りながら、耳も鼻も押つぶしさうに寒さのひし／＼と逼る、恰好な橇日和で、教授の操る逞しい馬は、停留所に止つては走る電車を追ひ抜いて、しなやかな鋼鉄のような脚を軽々と動かした。わざと何も被らないヂュリヤの少し赤味を帯びた金髪は、引張られるように後ろに靡いて、形のいゝ耳朶は珊瑚色に赤らんでゐた。右の手を父の肩に廻して、疎くなつた父の耳許に口をよせて、何かいつて二人でどつと笑ふかと思ふと、高い美しい声でシェレーの小詩などを心ゆくまで歌つたりした。而して時々後ろを振りかへつて、彼れに、好意に溢れた、少しいたづらしい、完全に美しい流眄《ながしめ》を送つてよこす事も忘れなかつた。それが少しも迎情的ではなかつた。そこには藝術家の有つ、小鳥の快活さがあると彼れは思つた。彼れの悒鬱な心は火を見つけたようにそれに暖まらふとした。彼れの注意はいつとなくヂュリヤの耳の後ろの生《は》へ際《ぎわ》に引かれてゐた。

臘虎の帽子と襟巻をしたフロラは、正面に顔を向けたまゝ、静かな眼を挙げて森や野の景色を眺めてゐた。彼れはヂュリヤに心を牽かれながらも、時々フロラの横顔を盗み見ないではゐられなかつた。それほど彼女の顔は可憐だつた。深い嘆美と愛着とを受くべき身でありながら、何かの魔障の為めにそれを受けられないでゐる、そんな可憐さがあると彼れは思つた。フロラは殆んど彼れに話しかけなかつた。彼れもフロラには何もいはなかつた。然し二人の間には、少しのぎこち無さもかけ隔てもなかつた。何時でも話せるから話さないまでだといふ親しみが感ぜられた。

小さな村が見えた。その入口の、三又《みつまた》に道の分れた所に、銃を腰にあてがつて上衣をぬいだ小さな銅像が立つてゐた。

「レキシングトシ」

真直に手を延ばして村をさしながらヂュリヤは彼れの方に振向いた。

「御存じね独立戦争の火蓋を切つた所。フロラ、あなた何故もつと○○さんにお話してあげないの。困るわね。いゝ／＼妾今度そつちに乗るわ。プロフエスサーM、どうぞ橇をおとめ下さい」

ヂュリヤとフロラとは乗りかわつた。ヂュリヤは「寒い寒い」といひながら、ぴつたりと彼れに寄添つて座をしめた。厚い膝掛けの下からは、血ぶとりな彼女の体の暖味が遠慮なく彼れに伝はつた。

「さあ沢山々々お話しませう、普段は仕事が忙しいもんだから隣りにゐる癖に異邦人のようでしたものね。貴方の御仕事お進みになつて？」

ヂュリヤはもう道の案内なぞはしなかつた。

「え、少しは。今ライムの寺院をやつてゐます」

「ライム！ライム!!」

ヂュリヤは喜び勇んで手を打合せた。

「ライムのマリヤ、聖ヂョセフ、シバの女王、聖母堂の柱冠《キャピタル》！仏蘭西人に嫉妬《やきもち》を焼かせる程賞めたつて妾はまだ云ひ足りない。行つて御覧なさい。あすこのマリヤの像一つで人は羅馬教徒になつてしまひます。何んといふ信仰でせう。何んといふ美意識でせう。何んといふ独創と自由でせう。亜米利加にあるものは自由だけです……金腐れ《ティンテッド》の自由」

「僕の国には自由もないんですよ」

ヂュリヤの顔は真面目になつた。

「貴方の顔を見てゐると私は始終悲しくなります。大学にお国の留学生は沢山ゐますけれども、貴方見たいな、考深い顔の方は一人もゐませんわ。何か御心配でもおありになるの。今貴方の御国はほんとに大変ですわね」

「大変です……色々な意味で」

「妾貴方のお書きになるものは沢山読みましてよ。貴方は随分乱暴な方ね。妾思つたまゝしかいへないのですもの」

「今に貴方の所の研究室からも追出されるんだ」

彼れは予覚を以ていつた。彼れはそれをつらく思つた。

「反対に、反対に、」

彼女は熱意をこめて彼れの手をしつかりと握つた。

「妾共の父は大変貴方に感心しておりますよ。貴方にはいゝ素質が潤沢におありになるつて。けれども少し乱暴すぎるつて。而して貴方のして下さる仕事は大変父の為めになるんですの。貴方の聴講を断つた人があるんですつてね。私は大学の為めに恥しく思ひますわ。ほんとに。……あ、この上はスリーピー、ホローの墓地です。エマァソンやホーソーンの墓のある所です。そら、あすこに森が見えるでせう。まあ奇麗、奇麗、あの森が雪に落す紫色の影は如何です。こんな景色を見ると私父の手伝をして摸写なんぞするのが咀はれますわ。画が描きたいなあ。あの奥の方にワルデンがあるんです。……ソーローもあの理解のいゝ眼でこの景色を見たんでせうね。ソーローは少し気狂ひぢみてるけれどもエマアソンより偉いとはお思ひにならない？　エマアソンは始終外界からばかり自分を見てゐますわね。そら、あすこで道が二つに分れてるでせう。その右の方に見えるのが鼻の大きい哲学者の家です。エマアソンの顔はほんとに鼻と口ばかり見たいね」

彼れは思はずヂュリヤの饒舌にほゝゑんでゐた。ヂュリヤは彼れの微笑をじつと大きな眼を開いて見詰めてゐたが、彼れが笑いやむと、

「もつと、もつと、もつと、……もう一度笑つて見せて頂戴。さあ、よ」

とすねるようにいつて彼れの手をふり動かした。彼れの心はいつの間にか心《しん》から快活にされてゐた。彼れは又微笑んだ。

「何故貴方は始終その顔をしていらつしやらないの。そんない

、笑顔を持ちながら」

ヂュリヤの大きな眼は躍るように輝いて彼れを熟視した……彼れが眼を伏せてしまつてもまだ。

帰途にもヂュリヤは彼れと同座した。途中まで相変らず元気だつた彼女は、如何してかふと黙つてしまつた。夕暮の催すにつれて募つて来た風は真向から吹きつけた。ヂュリヤは外套にしまつてゐた黒の肩掛けで頭を包んだ。夫れが恐ろしく円顔で色白の彼女を美しく見せた。フロラの場合とちがつて、彼れはヂュリヤの沈黙をぎこちなく思つた。何か起りさうな不安が暫く続いた。

橇がM教授の家近く来た時、ヂュリヤは突然彼れの耳近く顔をよせた。

「フロラは心から貴方を愛してゐるんですよ。御存じ?あの子はほんとに神のような子ですわ、ね。あんなでゐる癖に随分進歩した考へ方もしてゐるんですのよ」

彼れの心は暗かつた。彼れは何んとも答へなかつた。

「何しろ私達は貴方にほんとに御同情申してる事を信じて下さいましよ。決して決してどんな事があつても失望なさつてはいけませんよ。私（私達は私に変つてゐた）は貴方に伺つて教へられる事の沢山あるのを知つてますわ。どうぞ私にだけは貴方もつとお饒舌《しやべり》になつて下さいまし。よござんすか。真実な心は真実な心がよつく解りますわ。こんな生温《なまぬる》い自由国にゐるより、私は露西亜のような思想と藝術と而して圧制のある国に生れて思ふ存分ほんとに生きて見たい。貴方が始終あの美しい微笑を湛へていらつしやる時の来るのを、私は神様……こんな時にこそ使ふ言葉ですわね……神様に祈りますわ」

ヂュリヤの眼には涙があつた。あゝ何年、彼れはこんな愛に充ち満ちた言葉に触れずに過してゐたらう。彼れは生れて以来嘗て知らなかつた不思議な感激に戦いてゐた。

彼れは酔ひしれた人のようになつて帰つて来た。Kは仕事を終つて、パンを肴に葡萄酒を飲んでゐた彼を見ると、

「やあ、もうやつて来たな。然し一杯つきあへ」

といつて、飲み乾したコツプを彼れにさした。彼れはいきなり机の上に腰をかけて、帽子を部屋の隅に放りなげた。而してチヨッキのボタンを外して胸を開けるだけ開いて、手を頭の上で振廻した。

「そんな酒が飲めるか。僕は酒を飲まないで今日は酔つてるんだ。酔つてゝ正気なんだ。僕は皆んな解つた。愛だK！　愛だつたんだ探してゐたのは。僕は今日から生れ代つて見せる。君なんぞは通り越してしまつたぞ。今日こそ僕の為めに祝杯を挙げろ。僕は乞食の子一人の為めにも死んで見せる、屹度。サン、シモンと呼ぶなら呼んで見ろ。もうそんな名にびく〱はしないから。K！K！僕は君に何をすればいゝんだ。いつてくれ、いつてくれ。僕は何んでもする。何かさせてくれ」

さういつて彼れは叫んだ。

さすがにKも驚いた様子をした。而して、暫くしてから皮肉に落付いて、

「させろといふならさせてやらう。今日君の所に手紙が来てね。女文字だつたから一寸好奇心で開封したら、見ろ、P夫人から難問題が来てゐらあ。しこたま働きをするがいゝ」

といひながら小さな封筒を彼れの手に渡した。P夫人と聞くと忘れかけてゐた過去の悪夢が真暗に彼れの澄み切つた心を塞いでしまつた。読んでゐる中に彼れの手はびり／＼と震へ出した。今まで酔つたように紅かつた彼の頬は一時に血の気を失つてKよりも青くなつた。P夫人が懐妊してゐるといふのだ。

Kは彼れの変りようの激しさを見ながら、又皮肉に笑つて葡萄酒を乾した。

「今日は働くだけ働いたからこれから売女《レデー》の所に出かけるんだ。おいサン、シモン。今夜一晩苦んで見給へ。智慧が出なかつたら明日の朝僕が授けてやるからな。……おいその外套を脱いでくれ。この寒空に出れば又喀血だ。一つ女の面にでも吐きかけてくれやう」

彼れはぼんやりしたまゝ外套を脱いでKに渡した。Kの出て行くのをとめやうともしなかつた。

彼れは夕食の用意もせずにストーブの前に椅子を引よせて腰かけた。しびれたような彼れの頭には、不思議な幻像の断片が通り過ぎるばかりだつた。

ヂュリヤの手だけが現はれて彼れの手を暖く握つた……彼れはときめいた……彼れは部屋を見廻はした……大きな黒い影がはつきりと彼れの動く通りに動いた……P夫人の蠱惑的な鼻から顎にかけてのプロフヒールが見えた……彼れはなつかしげにそれを見詰めた……Pの顔の全輪廓が現れた……彼は思はず立上つた。而してよろけた……知らない一人の後向きの赤子が……黒い髪の毛に物凄いほど濃く被はれた赤子の後頭が……彼れは椅子の背をしつかりと摑んだ……啼く声が……女の赤子の……彼れの母が彼れを抱いて……フロラの静かな軽蔑した顔が……彼れは椅子に腰を下してその背の所に顔を埋めた……彼れは躊躇した……P夫人の所に行く彼れが……赤子の喉にまかれた紐が……彼れの手が紐の一端を捕へた……女の手が他の端を捕へた……頸が見る／＼縊れて行く……

「あッ」

彼れは刀を浴せられたような声をたてゝ椅子から飛上つた。髪の毛をむしつた彼れはさうしたまゝで恐ろしげに四周《あたり》を見廻した。彼れの眼の前で床《ゆか》は高く低く波をうつた。而して床《ゆか》を見つめたまゝ彼れは全く放心の状態に陥つた。

彼れは寒さに気が付いて、始めて顔を上げて見た。ストーブの火は遠に消えてゐた。彼れの頭はしーんと澄み切つてゐたけれども、何を考へてゝいのか判らなかつた。彼れは周囲のものから考へていかねばならなかつた。寒いのに気が付いて見ると外套を着てゐなかつた。外套はKに返したのだ。「Kの事だつ

たな」と思つて見た。然しさうらしくはなかつた。赤子を殺すんぢやなかつたな……さう彼れは無関心に考へた。と、突然ぶちまけたように凡ての事が明らかになつて彼れの心に現はれ出た。彼れはぎよつとした。然しその澄んだ理性はいやがる彼れを無理に一歩々々考へさした。

暁方近くに彼れは漸くしつかりした結論に達した。

「P夫人の懐妊は、夫人自身が責任の大部分を負ふべきだ。夫人の宿したものが彼れの子であると誰れがいへよう。夫人は彼れを不幸にした。堕落させた。ヂュリヤは彼れを幸福にし彼れの行くべき道を暗示した。彼れは彼女を失ふ事が出来ない。如何しても出来ない。彼れは夫人に何等の返事をしない。而してヂュリヤに自分の過去を秘し通さう」

彼れはこの決心を二度三度心に繰返した。彼れはい丶と思つた。同時にいけないと思つた。新しく踏み出した生活が崩れてしまふと思つた。

然し彼れの心はヂュリヤを離れる事が出来なかつた。

「弱い奴だ」

彼れはさうつぶやいた。その声が彼れの耳に這入つた。彼れの眼からは始めて苦い涙が留度なく頬を伝つて流れ落ちた。

七

かの恐ろしい一夜の翌日、彼れが研究室に這入つて行くと、ヂュリヤは既に来てゐて、いきなり飛んで来て彼れと堅い握手をした。而して驚いた顔をして心配気に彼れを見やりながらいつた。

「また貴方は一晩の中にそんな顔になつてしまつて。妾が昨日懸命に創作しておいた顔は何所に置いていらしつたの。昨日のが仮面なら、その仮面を被つて下さい。今日のが仮面なら、そんな仮面は捨て丶下さい。妾には醜い顔よりも美しい仮面の方がい丶んですもの」

彼れはヂュリヤが秘密を知らないのを却て訝るように、その顔を恐る〱見守つた。ヂュリヤの顔には何んのこだはりもなかつた。明らさまな好意だけが見やられた。

その二人の間の親しみは日に日に加はつた。ヂュリヤの顔が恋しくなつて、彼れが彼女の方を向くと申合したように彼女も彼れを見やつてゐた。而して二人は溶け合ふように微笑んだ。二人はよくわざと仕事をしつゞけて、教授や助手の帰る後まで残つてゐた。而して電燈を灯して椅子を引寄せながら、歴史や、藝術や、演劇の話などに語り耽つた。ヂュリヤはよくフロラの噂をして彼れの口うらを引かうとした。姉の妹に対する軽い嫉妬だと思ふと、それが却てヂュリヤをおぼこにして見せた。彼れは時々図書館に出入するので実際フロラにも度々遇つた。フロラはいつでも静かな女だつた。姉とちがつて稍細面《ほそおもて》な彼女には真中で分けた黒味勝ちな髪がよく似合つた。彼れが行くと親切によく世話をしてくれた。然し何所といつて特別に彼れがこの処女を引つけてゐるようには見えなかつた。たゞ一度こんな事があつた。フロラが彼れの為めに書物を探して、書棚の高い所に見付けた時、フロラでは手が届かなかつたので、彼れがその後ろからのし上つて左手を彼女の肩に置いて力にしながら、右手を高く延ばすと、突然彼女が後ろに倒れるようになつて、彼れに寄りかゝつて来た。見るとフロラは真青だつた。而して眼を上《うは》づるようにして、激しく小刻みに震へてゐた。彼れが如何したのだと聞くと、彼女はさつと紅くなつて、眩暈がしたのだといつた。それからは彼れとは握手さへ成るべく避けるようになつた。若しギュリヤがゐなかつたら、彼れはフロラに対して、ギュリヤに対するよりも自然に自由に愛を運んでゐたかも知れない。然しギュリヤによつて愛に眼ざめ、ギュリヤによつて愛に育つてゐる彼れには、フロラは唯落魄した王女のように淑かな可憐な処女として写るのみだつた。

彼れは夜となく昼となくギュリヤを思ひ募つた。家に帰つても彼れは成るべくKを避けて天気さへ悪くなければ戸外で夜を過すようになつた。而してKの悪所通ひを極端に嫌つて、兎もすると、強意見をしたりした。彼れとKとは何所となく疎みあふような所が出来た。

ある時Kは……雑誌に掲つた彼れの論文を読んで、

「おい、サン、シモン。この頃の君の文章の調子は何んだ。まるで学者か資本主見たようぢやないか。荘重で婉曲で。喰ひ入るような、押しつけるような文体はどうしてしまつたんだ。ギュリヤの功徳も恐ろしいもんだね」

と嘲つたりした。Kの健康は冬から春に向ふに従つて悪くばかりなつた。従つて恐ろしく機嫌の悪い事もあつた。

彼れは心の奥底では、非常にKを憐んだ。然しKの粗野なのが気になつてならなかつた。是れまで少しも構はなかつた病菌の伝播といふような事も、恐ろしく思はれ出した。生命が彼れには尊くなつた。

彼れの健康も何んとなくいゝ方ではなかつた。訳もなく涙ぐましい夕方が来たり、怒りつぽい朝が来たりした。夜中に起きて、M教授の家の辺を寒風に吹きさらされながら歩いてゐるのを見た人も尠くなかつた。

こんな激しいギュリヤに対する思慕の間にも、彼れの心はP夫人の胎の内にある肉塊に対して、やむにやまれぬ愛情を感ずる事があつた。それが彼れを一層不機嫌にした。唯ギュリヤと顔を合せてゐる時だけ、彼れは白熱した平安を感ずるのだつた。P夫人の手紙の為めに痛ましく破られかけた彼れの底力は、ギュリヤの手がやさしく養ひ立てゝくれた。

時の進むにつれてこの葛藤は激しくなつた。ギュリヤに対する愛は育つた。K夫人の胎の肉塊も育つた。

雪が消えた。土が乾いた。草が萌えた。巻葉が開いた。雲が空を弄ぶ代りに、空が雲を弄び始めた。ライラックの生垣はその梢に重い花をつけて、花はうなだれながら喘ぐように濃艶な香を拡げた。蕾の林檎畑では廓公《カックー》が啼き始めた。若者の額は汗ばみ、少女の瞳は潤つた。……春が来た。

迷ひと苦しみの中に彼れにも春が来た。うづ〳〵する悩ましさが彼れの若い心と肉とをさいなみ虐げた。彼れはもう忍んでゐる事が出来なかつた。

散光ばかりを受ける研究室の北向きの窓からは、夕方の日に映へる樹木の間にちらほらと立つ家の屋根だけが見渡された。その厨の煙筒から昇る炊煙は紫に煙つて真直に空に登つて行つた。薄い着物に着かへた学生達が、研究室や実験室から、四人五人と組んで足並を揃へながら、高い声で語り合ひつゝ下宿に急ぐのがよく見えた。

M教授が書物をぱたんと伏せて、煙草に火を移すためにマッチを擦る音が長閑かに聞こえた。

ギュリヤは深い溜息をした。処女の已みがたない心の悩ましさをそのまゝ歎くように、その溜息は慄へて長かつた。彼れはそつとギュリヤを見た。ギュリヤは上気した顔で彼れを見返つた。二人は互を理解して微笑んだ。

やがてM教授は立つて来た。ギュリヤの肩に手をかけて覗きこみながら、

「ギュリヤ行かうかな。外の方々ももう帰りませう」

ギュリヤはちらつと彼れの方を見てから、

「も少し、ね。こゝまで済ましたらやめますから、どうかお先きに」

といつて又彼れを見た。彼れは笑へなかつた。

教授と助手とは帰つて行つた。研究室には階下に小使がゐるだけで、二階には彼れとギュリヤだけだつた。

彼れは恐ろしい胸苦しさを感じてゐた。救はれるか救はれないか、彼れの運命は今定るのだと思つた。

「さあお仕舞にしましようね」

教授が帰つてから二十分程してギュリヤはかういつて立上つた。而して彼れがその辺を整頓して窓掛けを引き終はる間に、ギュリヤは製図具を片付けてしまつてゐた。

二人はいつものように椅子を近づけて向ひ合つた。ギュリヤはほてつた頬を手の平で撫でながら平気で笑つてゐた。彼れは又笑へなかつた。

「今日は貴方にいゝものを見せて上げますわ。是れを御覧なさい」

それはフロラの日記だつた。ギュリヤの開いて出した所を彼れは読んで見た。細かい字で丹念に書いたページの上には至る所に彼れの名が見出された。

「その次ぎを御覧なさい」

彼女は顎で指図した。彼れは手帳をめくつて見た。そこにも彼れの名が至る所にかゝれてゐた。彼れは驚くよりもギュリヤが何んでこんなものをこゝに持出したのかを怪まずにはゐられなかつた。

「何んだつて貴女はこんなものを僕に見せるんです」

「フロラがどれ程貴方を愛してゐるかをお知らせする為めに。貴方はフロラを憐れとはお思ひにならない？」

「思ひます」

「そら、そうでしやう」

ヂュリヤは思ふ図を云はしたといふように微笑んだ……人の心を探るような、悪戯《いたづら》らしい、蠱惑的な微笑を……と思ふと、やゝ俯向けにした彼女の顔は見る〳〵中に濃く曇つた。

彼れは追ひすがるようにいつた。

「憐れと思ふのは当然です。僕は寧ろ深い感激をさへ感じます。僕に若し僕の愛を占領してゐる人がなかつたならば、僕は恐らくはフロラよりも先きにフロラに愛を抱いたでせう」

ヂュリヤは忽ちもとの笑顔になつて上を向いた。

「まあ貴方にそんな方がいらしつたの？ それはちつとも知りませんでしたね。どなた？」

彼れの全身はぎゆつと引しまつて氷のような寒さを感じた。彼れが立上つてヂュリヤの手首を取らふとしたその刹那、凡てを打明けなければならない尊い時が来たのを感じた。

「待つて下さい。妾も呑気ですわね。そんな貴方の御大事の方の名を粗忽にも伺はふとしたりなんかして。その方は矢張り日本の東京にお住ひなんですか」

彼れはせき込んでゐた。

「東京ぢやないこゝです。ヂュリヤ」

彼れは立上つた。彼れが立上ると同時にヂュリヤも立上つた。彼れは熱意のために狂するばかりだつた。ヂュリヤは氷のように冷静に彼れを見据えてゐた。

彼れは飛びかゝるようにヂュリヤに近づいた。而してヂュリヤのしなやかな白い手を握らふとした。その素早い動作をひらりと裏切つて、彼女はもう彼れからは二三歩の後ろにゐた。

「何をなさるの」

彼れは一寸たぢろいだ。

「貴方は東洋の方ですよ。よござんすか。忘れたんぢやありますまいね」

彼れはそんな事では引込んでゐなかつた。彼れの生涯の別れ目はこゝにあつた。彼れは又踏み出した。彼れの手に柔いヂュリヤの手首が触れた。彼れはそれをつかんだ。血走つた眼はヂュリヤを嚙んで飲み込むように輝いた。

「どうぞヂュリヤ！僕を助けて下さい。貴女のない僕は蔭だ、暗闇だ、死だ。信じて下さい。貴女は僕を穴から谷から……死の谷から……」

彼れは感極つてその先きを続ける事が出来なかつた。彼れはヂュリヤの手を握手するように振つた。而して声を立てゝ、男泣きに泣いた。

「お放し下さい。私は婦人です。而して一人です」

彼れは一人の貴女に対して脅迫に近い激しさを以て愛を求めてゐるのに気が付くとはつと思つてヂュリヤの手を放した。その瞬間にヂュリヤは身も軽く彼れから遠ざかつて出口のハンドルを握つてゐた。

「ヂュリヤ」

捨鉢に彼れの呼んだ声は吠へるように空しい研究室の中に響いた。次の瞬間にヂュリヤの姿はもう見えなかつた。小使を呼びながら駈けて行く靴音のみが、雷のように彼れの耳朶を撲つた。

　火の旋風のようなものが彼れの頭を突通して去つた。彼れは狂気の如く階段を下つて戸外に出た。春の夕暮の街は事もなげに静かに穏かだつた。

　咄嗟に彼れの頭に閃いたものはフロラだつた。難破船が燈台を求めるように彼れは図書館を目がけて急いだ。彼れの足は空を踏んでゐた。

「俺れはまだ生きる……生きる……俺れの眼が盲ひてゐたんだ。俺れの求めねばならぬものはフロラだつたんだ。アゝ、畜生！　俺れの力には何故眼がないんだ。フロラ！　俺れをどうか……どうか、愛に生かしてくれ。俺れは悪人ぢやない。何んといふ俺れは馬鹿だ。ヂュリヤは貴女と僕との恋を妨げようとしたんだ。物好きから僕を弄んだんだ。俺れの哀れな盲目を許して、本統に生かしてくれ。本統な生き方をさしてくれ。頼む。俺れは屹度屹度男になるから。フロラ！　フロラ！」

　彼れは心の中でこう叫んだ。

　彼れは図書館の階段を一足飛びに駈け上つた。そこで恐ろしい躊躇が彼れを襲つた。

「若しフロラが家に帰つた後だつたら！　ヂュリヤは如何なる事でもその父とフロラとにいつて聞かせる事が出来るのだ。若しフロラがこゝにゐなかつたら！」

　彼れはそつと戸を開いて中に這入つた。電気燈の煌々とともつた閲覧室には、ぎつしり閲覧者がつまつてゐた。然し女の事務員は一人残らず男の事務員と代つてゐた。

　彼れはそつとそこを出た。廊下に出ると激しい動悸が一時に彼れの胸を襲つて来た。今にも心臓が破裂しはしないかと思ひながら、彼れは壁に凭れて、暫く両手を左の肋骨の上に置き添へてゐた。眼の前が間を置いて暗くなつた。彼れの顔は一時にやつれてゐた。大きさのちがつた左と右との眼はぎよつと見開いたまゝに大きく、凹んだ頬の下にある口尻は、べそでもかきそうに小刻みに震へてゐた。

　彼れは静かに歩き出した。彼れは階段の手欄に身をもたせかけながら、膝頭のがくつく脚を踏みしめ〳〵静かに降りて行つた。

「なあに」

と芝生に出てから彼れは独語ちた。彼れは然し自分で何をいつてゐるのかを知らなかつた。

八

　その夜おそく、酩酊した彼れはＰ夫人の家の門口に立つて呼鈴を押してゐた。

（一九一七、十、十九夜稿了）

（「中央公論」大正6年11月号）

ハッサン・カンの妖術

谷崎潤一郎

今から三四十年前に、ハッサン・カンと云ふ有名な魔法使ひが、印度のカルカッタに住んで居て、土地の人は無論のこと、あの辺を旅行する欧米人の驚異の的になつて居た事は、予もかねてから話に聞いて知つて居た。しかし、予が彼に就いて稍詳細な智識を得るに至つたのは、つい近頃で、ジョン・キャメル・オーマン氏の印度教に関する著書の中に、此の魔術者の記事を見出してからである。

此の書の著者は、嘗てラホールの専門学校に博物学の教授を勤め、印度の宗教や文学や風俗に就いて、数種の著述を試みた人であるから、其の云ふところは充分に信頼するに足りると思ふ。著者はハッサン・カンの事を、先づ次のやうに書き出して居る。——

Some thirty years ago, or thereabouts, Calcutta knew and took much interest in one Hassan Khan, who had the reputation of being a great wonder-worker, ………Several European friends of mine had been acquainted with Hassan Khan, and witnessed his performances in their own homes. It is directly from these gentlemen and not from Indian sources, that I derived the details which I now reproduce.

…………………

オーマン氏は、欧羅巴人の目撃した妖術の実例を、二つ三つ列挙した末に、ハッサン・カンが自《みづか》ら人に語つたと云ふ言葉を引いて、彼が神通力を体得するやうになつた由来を述べて居る。伝ふる所に依ると、此の妖術者は生れながらに其のやうな力を持つて居たのではなく、少年の頃はたゞ平凡な、一箇の回教の信徒であつたが、或る日偶然、自分の村へさまよつて来た印度教の僧侶に見込まれて、術を授かつたのだと云ふ。僧侶は最初、ハッサン・カンに極めて厳格な四十日の断食を課し、さまざまな禁厭の方法や呪文の唱へ方を教へた後、とある山陰の洞穴の前に連れて行つて、窟《いはや》の中にあるものを見て来いと云ふ命令を下した。——"With much trepidation I obeyed his behests, and returned with the information that the only thing visible to me in the gloom was a huge flaming eye."——彼は其の時のことを斯う話して居るが、物凄い、真暗な洞穴の奥には、一箇の、爛々と燃え輝く巨大な眼球が見えたのである。すると僧侶は、「それでよろしい。もうお前には神通力が備はつて居る。」と宣告して、試みに大道の石ころに向つて一つ一つ印を結ばせた。さうして更に斯う云つた。「さあ此れから内へ帰つて、お前の部屋の戸を締めて置いて、此の大道の石ころを室内へ運んで来るやうに、お前の眷属に命令して見るがいゝよ。お前には人間の眼に見えぬ眷属が附いて居て、いつでもお前の用を足すのだ。」――ハツサン・カンは云はれるまゝに家へ帰つて、自分の部屋の戸を閉ぢて、口の内で眷属に命令を云ひ渡すと、その言葉がまだ終るか終らぬうち、彼は不思議にも、例の石ころが忽然と自分の足もとに横はつて居るのを発見して、云ひ知れぬ恐怖と驚愕とに打たれたと云ふ。

以上の話でも分るやうに、彼の魔法は主として彼の影身に添うて居る或るスピリット、即ちデジン（djinn）と称する魔神の眷属が媒介となるのであつた。而も此のデジンは、必ずしも彼に対して常に柔順な家来ではなく、どうかすると其の命令に腹を立てたりするらしかつた。現に、オーマン氏の知つて居る四五人の欧羅巴人が、或る時彼と共に食卓を囲みながら、此の場へ直ちに一壜のシヤンパンを出して見ろと云ふ注文を、冷やかし半分に提出した事があつた。彼は冷やかされたのが癪に触つたのか、ひどく昂奮した調子で、何やらぶつぶつとしやべつて居たが、やがて憤然と席を離れてヹランダに立ち、虚空に向つて声を荒らげつゝ二たび三たび命令を伝へた。すると三度目の言葉が終るや否や、空中からシヤンパンの壜がつぶての如く飛んで来て、鋭い勢でハツサン・カンの胸に中り、床に落ちて粉微塵に砕けてしまつた。

「どうです、此れで私の魔法の力が分つたでせう。しかし私はあまり性急に云ひつけたので、デジンを怒らせてしまつたのです。」

と、彼はその折一座を顧みて、息を弾ませながら云つた。

まだ此の外にも、オーマン氏は彼に関する奇怪な逸話を紹介して居るが、予は今こゝで、其れを読者に取り次がうとするのではない。予が此の小説の中で、特に諸君に語りたいと思ふのは、近ごろハツサン・カンの衣鉢を伝へた印度人が、わが日本へやつて来て、而も東京に住んで居ること、並びに予が其の印度人と懇意になつて、親しく幻術を実験したことである。それを諸君に話す前に予め諸君の好奇心を唆つて置く必要から、予はたゞちよいと、オーマン氏の著書を引用したに過ぎないのである。

予が初めてあの印度人に会つたのは、たしか今年の二月の末か三月の上旬であつたらう。ちやうど中央公論の四月の定期増刊号へ、玄弉三蔵の物語を寄稿する事になつて、そろそろ執筆しかけて居る時分であつた。或る日の朝、予はあの物語を書く為めに、アレキサンダア、カニンハム氏の印度古代地理とヸンセント・スミス氏の「玄弉の旅行日誌」（The itinerary of Yuan Chwang）とを調べたくなつて、上野の図書館の特別閲覧室へ出かけて行つた。その折、予は予の隣に席を占めて、英語の政治経済の書籍を傍に堆く積み上げたまゝ、熱心に読書して居る一人の黒人を見たのである。勿論当時の予は彼に就いて格別の注意を払はなかつたが、たま〳〵予の繙いて居る物が印度に関する書冊であつた為めに、彼の方では多少の好奇心を起したらしく、予の風采や挙動などを、頻りにちらちらと窃み視るやうな様子であつた。予はそれから暫く図書館に通つて、毎日朝の十時頃から午後の二時頃まで、相変らず印度古代の地理や風俗を調べて居ると、例の印度人も必ず近くの椅子に陣取つて、時々何か話しかけたさうに、ぢつと予の方を見詰めて居るらしかつた。年配は三十五六かと思はれる、小太りに太つた、や丶背の低い体格の男であつた。豊かな漆黒の髪の毛を綺麗に分けて、いつも紺羅紗の背広服を着て、一日は暗緑色のネクタイにラツキー、ビーンのピンを飾り、他の日には黄橙色の羽二重のネクタイにブラツクストーンのピンを刺して居た。兎に角、その服装は余り上品な感じを与へなかつたにも拘らず、そのでつぷりした円顔の中にある、冴えた大きな瞳と、濃い長い眉毛と、厚い唇の上に伸びて居る八字髯と、それから小鼻の両側に刻まれた深い皺とは、エジプトのプリンスが所蔵して居ると云ふ中世印度の肖像画の、タメルランの容貌に髣髴とした趣があつて、一種の威厳と柔和とを含んで居るやうに思はれないでもなかつた。

予は二日目あたりから、いつか此の印度人と懇意になつてしまひさうな、ぼんやりした期待を抱き始めたが、しかし三日目までは別段さう云ふ機会もなくて済んで居た。ところがちやうど其の日の朝のことである。特別閲覧室に隣接して居る目録室の、欧文のカード、キヤタローグの“In……”の部の抽き出しを明けて、予が専ら“Indian mythology”の参考書を漁つて居ると、例の黒人は其処から少し隔つた“R……”の部の抽き出しを開いて、何か書物を捜し求めて居るらしかつた。予は其の時咄嗟の間に彼が“R……”の中で調べて居るのは、“Revolution”の項ではなからうかと思つたりした。――さう思つたのは、多分彼が印度人であつて、此の間から重に政治経済の書を読んで居た事を、うすうす知つて居たせゐであらう。――するとやがて、彼は“R……”の抽き出しを閉ぢて“P……”を開いた。予は又其の時も“Politics”若しくは“Political economy”の文字を聯想させられた。彼は幾冊かの書物の名を、鉛筆で紙片へ書き留めながら、間もなく更に“P……”を閉ぢて“K……”に移り、アルファベツトの順に並んで居る目録の抽き出しを、次第に逆に遡《さかのぼ》つて、だんだん“I……”の方へ近づいて来るのであつた。さうしてしまひに予と擦れ擦れになつて、現在予が手をかけて居る筐の中の、而も同じく“Ind……”の部分を覗き込むやうにしながら、極めて突然、

「私も此のケースの中に見たい物があるのですが、あなたは何をお調べになりますか。」

と云ふやうな言葉を、もう少し拙い日本語で、可なり落ち着いた態度で話しかけた。

「私は此の Indian mythology の所を調べて居ますが、大分手間がとれますから何卒お先へ御覧なさい。」

予はかう答へて目録から首を擡げた際に、眼の前に立つて居

る印度人の、鼻端の両側の窪んだ所が、さながら煤《すゝ》が溜つたやうに真黒であるのを見つけ出して、頗る奇異に感じた事を覚えて居る。

「あゝさうですか。私はIndustryのところをちよいと見せて貰へばいゝのです。直きに済みますからちよいと私に借して下さい。」

彼は「ちよいと」と云ふ度毎に、にこにこしながら軽く頭を下げて、其の抽き出しを譲り受けた。

こんな出来事が縁になつて、それから一日二日の間に、二人はとうたう懇意になつてしまつたのである。予は最初彼が印度人である事に興味を感じて、一時の好奇心から附き合つて居るに過ぎなかつたが、だんだん話をして見ると、思ひの外に多方面な趣味と知識とを備へて居るらしかつた。殊に驚いたのは宗教や美術に関する造詣の深い事で、予が印度古代の建築や風俗を知る為めに、適当な参考資料はないかと云ふと、彼は言下にデギス、カニンハム、フウシェヱなどの著書の名を五つ六つすらすらと挙げて、予を少からず煙に巻いた。何でも生れはパンヂヤブのアムリツアルで、婆羅門教を奉ずる商人の息子であるが、四五年前に、高等工業学校へ入学する目的で日本へやつて来たのだと云つた。

「しかしあなたは、先日政治経済の本を頻りに読んで居ましたね。」

予が斯う云つて不審がると、彼は言葉を曖昧にして、

「なあに別段、政治経済と限つた事はありません。私は何でも手あたり次第にいろいろの物を読むのです。――実は工業学校の方を去年卒業してしまつたのですが、印度へ帰つても面白い事もありませんから、斯うしてぶらぶら遊んで居ます。一つ日本の文学でも研究して見ませうかね。」

など、、いかにも隙人らしい口吻を弄する様子が、何処となく普通の留学生と違つて居て、事に依つたら「印度の独立」を念頭に置く憂国の志士ではあるまいかと、思はれるやうな節《ふし》もあつた。

もう一つ、彼に就いて意外に感じたのは、互ひに名乗り合ふ以前から、彼が予め予の名や職業を心得て居た事である。

「あゝ、さうですか。あなたが谷崎さんですか。私はあなたの小説を読んだ事があります。」

と、彼は云つた。聞けば宮森麻太郎氏のリプレゼンタティヴ、テエルス、オブ、ジヤパンを繙いた時巻頭に載つて居た英訳の「刺青」を非常に面白く読んだので、それ以来「タニザキ」と云ふ名を覚えて居たのださうである。

「――それで分りました。あなたは今度、何か印度の物語を書かうとして居るのでせう。此の間から印度の事を大変精しく調べて居るから、私は妙だと思つて居ました。失礼ですが、あなたは印度へ入らしつた事があるのですか。」

予が「いゝえ」と答へると、彼は眼を円くして、詰るやうな句調で云つた。

「なぜ行かないのです？ 此の頃は宗教家や画家が盛んに日本から出かけて行くのに、あなたはどうして行かないのです。印度を見ないで印度の物語を書く？ 少し大胆過ぎますね。」

予は彼に攻撃されて、耳の附け根まで真赤にしながら、惶てゝ苦しい弁解をした。

「私が印度の物語を書くのは、印度へ行かれない為めなんです。かう云ふとあなたに笑はれるかも知れないが、実は印度に憧れて居ながら、いまだに漫遊の機会がないので、せめて空想の力を便つて、印度と云ふ国を描いて見たくなつたのです。あなたの国では二十世紀の今日でも、依然として奇蹟が行はれたり、ヹダの神々が暴威を振つたりして居ると云ふぢやありませんか。さう云ふ怪しい熱帯国の、豊饒な色彩に包まれた自然の光景や人間の生活が、私には恋ひしくて恋ひしくて溜らなくなつたのです。それで私は、あの有名な玄奘三蔵を主人公にして、千年以前の時代を借りて、印度の不思議を幾分なりとも描いて見ようと思つたのです。」

「成る程、玄奘三蔵はいゝ思ひ附きですね。いかにもあなたが云ふやうに、印度の不思議は二十世紀の今日でも、玄奘三蔵が歩いた時代と余り違つては居ないでせう。私の生れたパンヂヤブの地方へ行けば科学の力で道破することの出来ないやうな神秘な出来事が、未だに殆んど毎日のやうに起つて居ます。……」

二人がこんな話をしたのは、天気の好い或る日の午後、昼飯を済ませて図書館の裏庭を散歩して居る折であつた。前にも云つたやうに、それ程日本語の巧みでない彼は、少し込み入つて来ると知らず識らず英語を交へて、マホガニイのパイプを握つた右の手頸を上げ下げしつゝ、静かな、しかし力のある語気で云つた。

予の好奇心は其の時いよいよ盛んになつた。恰も玄奘三蔵の物語を書かうとして居る際に、此の印度人と相知るやうになつたのは、願うてもない仕合はせである。彼の故郷のパンヂヤブ地方に、現在行はれつゝある不思議と云ふのは如何なる事か、予は直ちに質問を試みないでは居られなかつた。

「神秘な事件と云ふと、たとへばどんな事でせうか。参考のために伺ひたいと思ひますが……」

予はかう云ひかけて、ふと、彼の顔色を窺つたが、まだ何か知ら云ひたい事があつたにも拘らず、それきり次ぎの言葉を出さずに、黙つて凝視を続けるべく余儀なくされた。なぜかと云ふと、今まで機嫌よくしやべつて居た彼の相貌が、予の質問を発する瞬間に恐ろしく変つてしまつた事を発見したからである。彼は火の消えかゝつたパイプを口に咬へたまゝ、南向きの、日あたりのいゝ樹木の幹に凭れて、両腕を固く組んで俯向きながら、上眼づかひにぢつと一方を眺めて居る。――その眼はいつの間にか、眉毛の下の、深く窪んで居た眼窩の中に這入り切らぬほど、大きく一杯に押し拡がつて、黒眼と白眼との境界がくつきりと分るやうに冴え返つて居た。其の眼は、陰翳と云ふもの、微塵もない、西洋料理に使ふ磁器の皿のやうな地色と硬さとを持つ眼であつた。真白な西洋紙のまん中へ濃い円い斑点を打つたやうな、全く潤ほひのない、鋭い光と云ふよりも底気味の悪い明るさを持つ眼であつた。さうして何処か遥かな所で聞える物音に注意を凝らすが如くであつた。また額には、上眼を使つて居る為めに、太いだぶだぶした皺が重畳として起伏して居た。予は其の皺の夥しい数と逞ましい波状とに就いても、普通の人の額に刻まれるものとは非常に違つて居る事を看取せずには居られなかつた。要するに全体の表情が沈鬱、恍惚、悔恨、などの孰れをも含んで居るやうな、孰れとも異なつて居るやうな、一見して甚だ奇異の感じを抱かせるものであつた。

彼の怪しい瞳は、予が呆然として彼の姿を睨み詰めて居る間、遂に一遍も予の方へ注がれなかつた。予はそれでも、あまり長く沈黙するのを不自然であると悟つたので、暫くしてから、

「ねえ、どうでせう、その話を私に聞かせてくれませんか。」

と、遠慮深く尋ねて見た。

すると、遠くを眺めて居た彼の瞳は、やがてぐるりと眼窩の中で一廻転して、予の方へ向けられたが、其れは予の顔に注意すると云ふよりも、以前の物音が、予の顔の中に聞えるのであるらしかつた。而も依然として上眼を使つて居て、例の額の皺の数は、洗ひ出しの木目《もくめ》の如く、微動だもする様子がない。

「……ねえ、どうでせう。その話を……」

重ねて斯う云ひながら、予は口元に作り笑ひを浮べて、彼の鼻先へ乗り出して行つた。けれども彼は相変らず黙々として、たゞ飽く迄も視線を予の方に注いで居る。さうするうちに、彼の眼球はますます大いさと明るさとを増して来て、予の胸の奥の、何かひやりとしたものに触れたやうであつた。予は何等の理由も予感もなしに、突然かすかな身ぶるひが襲つて来るのを覚えた。

とうとう其の日は、それきり彼と話をする機会がなかつた。予が裏庭から閲覧室へ戻ると、程なく彼も這入つて来たが、始終済まし込んで、無愛憎な面つきをして居た。どう云ふ訳で、彼の態度はこんなに急変したのであらう。予は彼に視詰められた時、何故《なにゆゑ》戦慄を感じたのであらう。――かう云ふ疑問は当然予の心を囚へたけれど、しかし其れ程いつ迄も予を悩ましはしなかつた。恐らく彼は、世間によくある気むづかしやの人間で、一日の内に二度も三度も機嫌の変る性分なのに違ひない。彼の瞳が予を怯《おび》えさせたのは、此の頃神経衰弱に罹つて居る予の感覚が、たまたま珍しい人種の眼の色に接した為めにあり得べからざる幻影を見たに違ひない。予はさう云ふ風に簡単に解釈した。

然るに、彼の不機嫌は思ひの外長く続いて、その後毎朝閲覧室で出遇つても、まるきり予の顔を忘れてしまつたやうに、一言の挨拶をもしなかつた。今日は機嫌が直るだらう、明日はきつと直るだらう。――予は図書館を往復する道すがら、さう云ふ期待を抱かずには居られなかつたが、一日立ち、二日立つう

ちに、だんだん望みが絶えて行つて、結局此のまゝ交際が断たれてしまひさうな、覚つかない心地もした。運よく彼と懇意になつたのに、雑誌の締切りが近づいて来る結果、折角の話を聞く暇もなく、稿を起さなければならない事が、予には此の上なく口惜しかつた。正直を云ふと、予はもう大略参考書を調べ終つて、図書館の必要もなくなつて居ながら、何とかして彼の話を聞きたさに上野へ通つて居るのであつた。さうして、ちやうど四日目の朝になつた時、予は是非とも今日のうちに話を聞くか、或ひはあきらめて筆を執るか、孰れかに極めてしまはうと思つた。

その日は、長らく吹き続いた北風が止んで、今年になつて初めての春らしい陽気であつた。小石川の予の家からは、電車の便が悪いので、俥で往くことにして居た予は、団子坂を走らせながら、遥かに上野の森を望むと、其処にはもう、霞が棚引いて居るのかとさへ訝《あや》しまれる程の、うらゝかな青空が、暖かさうに晴れ渡つて居た。桜木町辺の、新築の家が並んで居る一廓には、ところ〴〵の邸の塀越しに蕾を破つた梅の花が真珠のやうに日に映えて居た。予は何となしに、毎年季節の変り目に感ずるやうな生き生きとした喜びが、疲れた脳髄に泌み込んで行くのを覚えた。

その喜びは、図書館の前に俥を乗り捨てた後迄も、猶暫く続いて居るらしかつた。予は威勢よく階段を馳せ上つて、閲覧室へ這入つて行くと、先づ何よりも大きな洋館の窓の外の、紺碧の色に心を惹かれて、一番壁に近い方の空席を占領した。さうして、外から忍び込む爽やかな気流を深く深く吸ひながら、ぢつと大空を仰いで居ると、白い柔かい雲の塊が、巍然として聳え立つ図書館の三階の屋根の上を、緩く絶間なく超えて行くのであつた。予の眼は本を読む事を忘れて、長い間其れをうつとりと眺めて居た。しまひには雲が動かないで、図書館の屋根の方が蒼穹を渡つて行くやうに見えた。

例の印度人は、大分離れた場所に席を取つて、予の方へ背中を向けて、英字新聞の綴ぢ込みらしいものを余念もなく筆記して居たが、やがて、煙草でも飲みたくなつたのであらう、ふいと立ち上つて室の外へ姿を消したきり、容易に戻つて来なかつた。

「――さうだ、きつと裏庭を散歩して居るに相違ない。彼を摑まへるのは今のうちだ。」

かう気がつくと、予は急いで裏庭へ降りて行つた。

上野の図書館へ通つたことのある人は、多分知つて居るだらう。その裏庭は音楽学校に隣接して居て、境界の所にさゝやかな土手が築かれて居る。予は、とある植ゑ込みの蔭に身を寄せて、忍びやかにあたりを見廻すと、今しも印度人が土手の下に蹲踞《うづくま》りつゝ、マホガニイのパイプから、鮮やかな煙を吐いて居るのを認めたのである。煙は、まるで粘《ねば》つこい飴のやうに、しつとりと凝り固まつて、真赤な彼の唇を絹糸の如く流れ落ちて、静かな朝の、澄み切つた大気の中に浮かんで行つた。彼の顔色は此の四五日来の曇りが取れて、絵に画いた達磨のやうに円々と穏和であつた。ちやうど其の折、音楽学校の教室の方から、慵げに響いて来る甘い柔かい唱歌の音《ね》につり込まれながら、半ば無意識に爪先で足拍子を蹈んで居るのが、機嫌のよい証拠であるやうに感ぜられた。予はつかつかと彼の傍に姿を現はして、わざと平然たる態度を装ひ、

「お早う。」

と、快活な調子で云つた。

かれは素直に項《うなじ》を擡げて、しげしげと予の額のあたりを注視して居るやうであつたが、晴れやかな眉の間には、見る見るうちに疑り深い表情が色濃く湛へられた。その眼つきの激しい変りかたは、日向ぼつこをして居る猫が、物に驚いた時の様子によく似て居た。予は心中に「しまつた」と思ひながら、強ひて馴れ馴れしい眸《まなざし》をして、猶も何事をか云はうとすると、恰も其れを制するが如く、俄かに彼はぷうツと面を膨らせて徐ろに首を左右に振つた。

何と云ふ妙な男だらう。何か予に対して感情を害して居るのか知らん。——予はいろいろに考へて見たけれど、別段そんな覚えはなかつた。寧ろ印度と云ふ国の不思議さが、此の男に乗り移つて居るやうな心地がした。予は漠然と、彼の持つて居る奇怪な性癖が、一般の印度人に共通なものであつて、而もわれわれ日本人には到底理解することの出来ない、心理作用であるかのやうに想像した。

兎にも角にも、その時まで僅かに望みを嘱して居た予の計劃は、全然画餅に帰したのである。もう此の上は断念して、明日から早速執筆するより仕方がなかつた。折角図書館へ来たついでに、参考の足しになりさうな書籍を二三冊繙いた後、戸外へ出たのは日暮れ方の五時過ぎであつたらう。地上の夕闇が刻一刻に、舞台の電気仕掛けのやうに濃くなつて、見て居るうちに夜に変らうとする刻限であつた。山下から電車に乗る積りで、公園の森の中をさまようて行つた予は、周囲が暗くなるのではなくて、自分の視力が衰へつゝあるやうな心細さに襲はれた。遠くきらきらと瞬いて居る動物園のアーク燈の光を視詰めて居ると、鬱蒼とした園内の樹木の蔭から、丹頂の鋭い啼き声が一二遍聞えて、さながら空谷に谺《こだま》するやうに、反響を全山に伝へて行く。予は駱駝のモオニングに厚い羅紗の外套を纏うて居たが、昼間の温度に引き換へて、冷え冷えとした気流の襟もとに泌み入るのを覚えた。今朝家を出る時に、「晩の御飯には大根のほろふきを拵へませう。」と云つた妻の言葉が想ひ出されると、急に疲労と空腹とを感じて、予の足取りは自《おの》ら速《づか》くなつた。

ふと、自分が今歩いて居る路は、上野の公園ではなくて、何処か人里を離れた、深山の奥ではあるまいかと云ふやうな、取り止めのない考へが朦朧と予の念頭に浮かんだ。現在自分の身辺を包んで居る闇黒と寂寥と、亭々たる無数の大木とは、予に此のやうな空想を起させるのに充分であつた。予は暗闇を辿つて居るうちに、自分の服装や容貌までが、全然別箇の人間に変

つて居るやうな気分になつた。自分が今朝、俥に乗つて出て来た小石川の家や、つい先《さつき》まで本を読んで居た図書館や、さう云ふ物の在る世界は、此処から非常に隔つた、遠い彼世《あのよ》の幻であつて、其処へ行けば以前の自分が今頃大根のほろふきを喰べて居るのではなからうか。或ひは又、人間の肉体から魂の抜け出す事があるとしたら、今の自分は魂だけになつて居るのではあるまいか。それとも自分は、現在夢を見て居るのだらうか。――予は念の為めに、今来た路をもう一遍引返して、図書館の前まで戻つて見ようか知らんと思つた。いくら戻つても戻つても、図書館などはある筈がないやうな心地がした。今から僅か十分か十五分の後に、賑かな灯の街へ出て、電車に乗つて、多数の人間と肩を擦り合ひながら、小石川の家へ帰る事が出来るとすれば、其れこそ却つて夢に違ひない。………

「谷崎さん、………」

その時、予の後ろから、妙にもぐもぐと口籠《くごも》つた、曖昧な声で、予の名を呼びかける者があつた。予の妄想は突然破れた。

「谷崎さん、………あなたは今お帰りですか。」

予は殊更に路のない林の中を縫つて居たのに、相手は斯かる暗闇で、いかにして予を認めることが出来たのか、其れが第一に不思議であつた。予は簡単に「えゝ」と答へたまゝ、物に襲はれたやうになつて、急ぎ足で東照宮の鳥居の傍の、アーク燈の明るみの方へ出て行つた。

振り返つて見ると、相手は彼《か》の印度人であつた。茶の中折を眼深に被つて、寒さうに外套の襟を立てゝ、いつの間にか予と殆んど肩を並べて居る。予が彼の声を判じ得られなかつたのは、彼の唇に黒びろうどの襟巻が纏はつて居る為めに、発音がはつきりしなかつたせゐであらう。

暫くの間、二人は黙つて爪先を視詰めながら歩いて居た。ちやうど精養軒の前から、清水堂の下あたりまで行く内に、彼は一遍ごほんと咳をしただけであつた。予は勿論、度び度び失敗を重ねて居るので、充分に相手の意図をたしかめずには、横眼で見る気にもなれなかつた。

「タニザキさん、私は大変失礼しました。………」

彼が斯う云つたのは、もう公園の出口へ近づいた時分である。語り出すと同時に、彼は俄かに活気づいて、携へて居たステツキを振り上げて、頭の上の桜の枝を払つたりした。

「私は以前、どうかすると、不意に気分が憂鬱になつて、人と話をするのが嫌になる事がありました。その憂鬱は三日も四日も、或る時は一と月も続きました。しかし先年日本へ来てから、さつぱり其れがなくなつて居たのに、此の四五日来、久し振りで発作がやつて来たのです。私は非常に失礼しました。あなたが私に話があるのを知つて居ながら、私は全くどうする事も出来ませんでした。」

「あゝさうでしたか、其れならほんたうに安心しました。私は又、あなたが何か私に対して、感情を害して居られるのかと思つて、此の間から心配して居たのです。」

予は欣然として答へたのであつた。実際、その日は甚しく落胆して、到底明日から創作に従事する気力がなく、いつも執筆の間際《まぎは》になつて感ずるやうな、精神の緊張が失はれて居たのであつた。予は広小路の時計台を眺めながら、

「どうです、今ちやうど六時ですが、少し其の辺を散歩して、一緒に晩飯をたべてくれませんか。お察しの通り、私は至急に、あなたにいろいろ伺ひたい事があるのです。」

かう云ふと、彼は早口に「よろしい、よろしい。」と、愉快さうな声で応じた。

その晩、「玄弉三蔵」を書き上げるのに必要な事項を、予が一と通り聴き取つた場所は、池の端の「いづ栄」の二階であつた。最初は何処かの洋食屋へ行く積りであつたが、入れ込みの座敷では万事に都合が悪いので、此処の一室を択んだのである。印度人とは云ひながら、彼は頗る精密に、祖国に関する諸方面の事情を知悉して居た。予は予め、質問の要領を手帳に列記して置いて、歴史、宗教、地理、植物等の、広汎な範囲に渉つて、片端から尋ねて行くと、彼は立ち所に逐一説明を与へてくれた。やがて話題は所謂「現代印度の奇蹟」に移つて、彼が親しく目撃したと云ふ、パンヂヤブ地方の預言者や仙人の、不思議な妖術や物凄い苦行の実例が、滔々として彼の唇から縷述された。凡そ二時間ばかりと云ふもの、予は殆んど息もつかずに、無限の感興に浸りながら耳を欹てた。

「………一体、印度人の信仰からと云ふと、Asceticism と云ふこと、つまり難行苦行の法は、人間が神に合体する為めに、是非とも必要なものなんです。我れ我れの持つて居る『悪』は、凡て我れ我れの物質的要素、――即ち此の肉体から来るのですから、能ふ限り肉体を苦しめる事に依つて、われわれの霊魂は段々宇宙の絶対的実在と一致します。此れを仏教の言葉で云へば、起信論に所謂浄法熏習と云ふ事です。われわれの肉体を苦しめる度が、より強ければ強いだけ、それだけ高く霊魂は神の領域に上つて行きます。そこで今度は、斯う云ふ事が云はれるやうになりました。――今迄肉体の牢獄に繋がれて居た魂が、次第に宇宙の精霊に熏習するに従つて、遂には反対に、物質の世界を支配するやうになる。自分の肉体は勿論のこと、其れを包んで居るあらゆる現象の上に、絶対無限の自在力を持つやうになる。結局どんな人間でも、難行に服しさへすれば、此の世の中の事は、必らず自分の思ふがまゝになると云ふのです。」

彼はしやべつて居るうちに、盛んに日本酒の杯を挙げた。さうして、いつの間にか予の質問を其方除《そつちの》けに、まるで演説のやうな句調で、止めどもなく雄弁になつた。

「………だから茲に或る人間があつて、何か一つの神通力を得たいと思へば、難行の功徳で其の目的を達する事が出来るのです。あなたは多分、マハバアラタの中にある二人の兄弟の話を覚えて居るでせう。彼等は三世《スリーワールツ》を支配しようと云ふ祈願を立てゝ、さまざまの難行に服しました。たとへば頭の頂辺《てつぺん》から

足の先まで、体中に泥土を塗つて、木の皮の衣《ころも》を着て、人跡稀なるギンディヤの山巓に閉ぢ籠つたり、爪先で立つたきり数年間も眼瞬きをせずに眼を開いて居たり、断食断水を行つたり、それでも目的が遂げられないので、最後には自分の体の肉を割いて、火に投じたりしたのでした。その時ギンディヤの山は燃ゆるが如き兄弟の信仰の為めに熱を発し、天地の神々は兄弟の宿願の大規模なのに恐怖を感じて、能ふ限りの迫害を加へました。しかし彼等は終に此れ等の困苦に打ち克つて、梵天《ブラアマ》から望み通りの権力を授けられたのです。以上の神話でも分るやうに、難行の目的は必ずしも罪障消滅にあるのではなく、寧ろ此の世で擅なる暴威を振ひ、若しくは敵を征服したいと云ふやうな、反道徳的の動機のものが多いのです。畢竟、不屈不撓の意志を以て、飽くまで苦行を続けさへすれば、その人間はどんなに偉大な宿願をも成就する事が出来るのですから、一と度びさう云ふ行者が現はれると、外の者は、人間でも神様でも大恐慌を来たします。その証拠には昔ウツタナパダ王の王子で、僅か五歳の少年が大願を発した為めに、世界中の神々が大騒ぎをしたと云ふ伝説があります。少年は継母の妃に虐待されて、国王の位を継ぐことが出来ない代りに、宇宙第一の権力を得ようとして、天人、夜叉、阿修羅などの妨害を物ともせず、執拗に難行を継続しました。すると神々は驚き惶てゝギシュヌの大神の救ひを求め、漸く大神の調停に依つて、少年の希望に制限を加へたのです。そこで、少年の魂は天に昇つて北極星となりました。斯くの如く、人間の難行苦行は神々の脅威となるばかりでなく、神々自身も亦難行を必要とする場合があつて、かの造物主の梵《ブラ》天《アマ》さへ、行を修めなければならないのです。……」

だんだん酔ひが循《まは》るにつれて、彼の大きな冴えた瞳は、ねつとりと油を滴らしたやうに潤ほつて居た。彼は非常に物をよく喰ふ男であつた。器用な手つきで箸を使ひながら、二人前の中串の鰻を見る見るうちに平げてしまつたが、片手は絶えず杯に触れて居た。さうして、たま〳〵話に身が入つて来ると、忽ち箸と杯とを捨てゝ、あぐらを掻いて居る両足の親指の先を、両手で頻りにぐいぐいと引張るやうな癖があつた。

「いや、有り難う。此れだけ話を伺へば、私は大きに助かります。どうぞ今夜はゆつくりと飲んで下さい。」

予はノート、ブックを閉ぢて、料理と酒とを更に追加しなければならなかつた。

「私はカバヤキが大好きなのです。それに酒なら日本酒でも西洋酒でも、何でも構はず飲むのです。――印度人は愛国心がない代りに、コスモポリタンですからな。」

こんな皮肉らしい冗談を云つて、大声で笑ひ出した時分には、彼はもう泥酔に近くなつて居た。予はその真黒な、触ると埃《ほこり》が手に着きさうな襟頸の辺が、火照《ほて》つて光つて居るのを見た。

「タニザキさん、私は今夜は非常に愉快です。日本へ来てから今日まで一人も友達がなく、始終孤独で暮らして居たのに、あなたのやうな有名な小説家と、親密になる事が出来たのは此の上もない光栄です。ねえ、タニザキさん、どうぞ私の酒を飲むのを許して下さい。私は元来酒飲みで、毎晩ヰスキーをやるのですが、今夜のやうに酔つ払つたことはめつたにありません。あなたは多少迷惑かも知れませんが、多分堪忍してくれるでせう。」

予はたしかに迷惑であつた。此の印度人と懇意になる事を願つては居たもの丶、今夜は成るべく、一二時間で用談を済ませて、感興の消えやらぬ間に、一枚でも半枚でも稿を起して見たかつたのである。然るに彼は予にいつ迄でも相手をさせて、一と晩中しやべり続けさうな気勢であつた。しまひには膳を押し除《の》けて、その髭面《ひげづら》を殆んど頰擦りせんばかりに近寄せながら、予の右の手をしつかりと捕へた。

「……ねえ、タニザキさん、私は今夜あなたと友達になつた証拠に、自分の身の上を話さうと思ふのです。私は此の間、商人の息子だと云ひましたが、あれは全く嘘なんです。実は商人の息子でもなく、婆羅門教の信者でもありません。私は今はフリー、シンカアです。さうして私の父と云ふのは、パンヂヤブの国王、デユリーブ・シングの家臣でした。――かう云つたらばあなたは恐らく、私がどんな人間だかお分りになつたでせう。」

彼は予の手頸をぐいと引張つて、何か謎をかけるやうな眼つきで、暫く予の瞳を見据えて居た。予はデユリーブ・シングの名を聞くと同時に、果して彼が曲者《くせもの》である事を、――革命党の志士である事を推量せずには居られなかつた。なぜかと云ふと、デユリーブ・シングと云ふのは、千八百四十九年に、パンヂヤブが英国に併呑された時の国王であつて、彼はその後、英国に対して一と度び叛旗を翻した事を、つい此の間参考書の中で読んで居たからである。

「分りました。私は初めから、あなたがさう云ふ人間ではないかと、想像して居たのです。やつぱり私の考へて居た通りでした。」

「ふん、あなたはえらい、あなたはさすがに小説家だ。」

彼は斯う云つて軽く予の肩を叩きながら、詳細に自分の閲歴を語り出した。その話に依ると、彼の父親はデユリーブ王に寵愛された侍従であつて、祖国が併合の厄難に会つた時、王に随行して欧羅巴に渡り、長らく英国に逗まつて居た。その頃国王はまだ頑是ない少年であつて、父も漸く二十《はたち》を越した青年に過ぎなかつた。二人は彼の地で泰西の教育を受け、基督教の信徒となつたが、数年の後、全くイギリス風の紳士と化して、父は再び印度に帰つて来たのである。さうして、二度目の妻を娶つて、カルカツタに住んで居た間に、生れたのが彼であつた。

「……欧羅巴の文明の空気を吸つて来た父の思想は、その時分からだんだんオリエンタリズムに復帰し始めたやうでした。私は早くから父に英語を習つて居ましたが、やがて英語よりもサンスクリツトが必要だと云ひ出して、ヹダの経文を覚えさせられました。子供のことで、ハツキリした事情は分りませんでしたが、父は何でも晩年に及んで、不平と煩悶と野心との為めに、始終いらいらした、面白くない余生を送つて居たやうです。彼は英国人の政治のしかたを、いや、寧ろ一般に西洋の科学的文明と云ふものを、恐ろしく咀つて居ました。その結果一旦帰依した基督教の信仰を捨て、婆羅門教に改宗したくらゐでした。」

彼は更に言葉をついで、最後に父が国王の叛乱に加担した折の、幼い記憶を予に語つた。さうして、祖国の独立に関する意図と劃策とは、自分が父から受け継いだ唯一の遺産であると云つた。

「……たとへ失敗に終つたとは云へ、私は父の事業に対して、満腔の同情を持つて居ますが、たゞあの時分の、父の思想の傾向に就いては、多少間違つて居る所があつたゞらうと思ふんです。私は父が余り極端な西洋嫌ひになつたのが、悪かつたのだと思ひます。つまり、欧羅巴の物質的文明を軽蔑し過ぎた事、就中科学の価値を否定した事、此れはたしかに父の大きな誤りでした。今日《こんにち》印度の大陸が英国人に蹂躙せられて、容易に独立の機運を作り得ないのは、みんな我れ我れの同胞が私の父と同様に、科学的文明の力を覚らない結果なのです。東洋流の虚無思想に惑溺して、物質の世界を閑却して居る結果なのです。……」

彼の話題は、漸く彼の最も興味を有するらしい方面に落ちて行つた。予は眼前に、酒を呷つて国事の非なるを慨嘆する燕趙悲歌の士を見たのである。彼は口を極めて祖国の人民の無気力を罵倒し、迷信を呪咀し、社会制度を批難した。印度に立派な宗教や、文学や、藝術などが存在したのは、遠い昔の夢であつて、今ではたゞ懶惰なる邪教と蒙昧なる妖法との栄えて居る、「あなたの小説の材料にしかならない国土」だと云つたりした。

「私は勿論、精神よりも物質の方が貴いと云ふのではありません。東洋の哲学が、西洋の其れに劣つて居ると云ふのでもありません。しかし、兎に角、祖国が完全に独立する為めには、徒らに政権を回復しようと焦るよりも、寧ろ人民の間に科学的智識を鼓吹し、経済思想の開発を促すのが急務だらうと信ずるのです。さうして、全印度の人民が物質的文明の恩沢を知り、充分に其れを消化し利用するやうになつたらば、独立の機運は自然に熟して来る訳で、日本帝国の勃興は其の適例だらうと思ふのです。」

彼は斯う云ふ見地から、一つには又英国官憲の監視を逃れる必要から、成る可く露骨なる政治運動に関係する事を避けて、専ら電気工業や化学工業に関する学術を研究した。それで日本へやつて来て、高等工業学校の電気科を卒業したのであるが、実は此れからどうしたものかと、目下の処方針に迷つて居る。最初の計劃では、卒業後直ちに帰国したらば、普く同胞の資本家を糾合して、西洋人の財力や智識を藉らずに、何か殖産興業の株式会社を起さうと云ふ考へであつたけれど、とても自分の力では、今から急にさう云ふ仕事が出来さうもない。結局、もう一二年日本に滞在する事にして、現在では諸方面の工業会社の経営方法を、実地に就いて視察したり見学したりする傍、各国の法律や、歴史や、制度文物を出来得る限り精細に調べて居る。自分は飽く迄も実業を手段とし、独立運動の伝播の方を本来の目的とする者で、あまり迂遠な道を取りたくないから、将来国へ帰つたら会社を組織する一面に、多数の技師を養成して、彼等に理科学以外の学問——政治経済の智識をも注入し、隠密の間に愛国心を喚起して、革命の種子を植ゑ付けようと企てゝ居る。

「どうです、私は可なり遠大な計劃を持つて居るでせう。ちやうど日本の頼山陽が『歴史』に依つて尊王討幕のムーヴメントを刺戟したやうに、私は『実業』に依つて独立の機運を導かうと云ふのです。いくら革命々々と云つて騒いだつて、金がなければ全く手も足も出ませんからね。——どうです、私の考へは間違つては居ないでせう。私は度び度び友達から夢想家だと云つて笑はれますが、そんな事はないでせう。あなたは一体どう思ひますね。」

「さあ、あなたの事はよく分らないが、一般に印度人は空想の力が豊富に過ぎるやうですね。たとへば経文や叙事詩の中に現れて居る空想は、美しいには美しいけれど、あまり荒唐無稽で、際限もなく雄大で、放埒に流れて居るやうですね。」

予はせめても、問題を宗教や文学の方面へ引き戻さうとして、内々話頭を転じたのであつた。然るに予の謀略は見事に失敗して、彼の談柄はますます岐路に入り、ます〳〵饒舌に奔放になつた。要するに彼は、夢想家と云はれるのを非道く気にかけて、自分にだけは印度人の通弊がない事を、極力弁護するのであつた。革命家はアイデイアリストであつてはならない。自分は吉田松陰よりも西郷南洲を取り、マツジニよりもカブールを愛し、孫逸仙よりも蔡鍔を尊敬する、などゝ云つた。それからしまひにフイリツピンのアギナルドを散々に貶《けな》しつけた。

「いや、お蔭で今夜は非常に面白く過しました。私とあなたとは大分立ち場が違ふけれども、お互ひに東洋の一国に生れた以上は、同情と理解とを持ち合つて、双方の事業を扶け合ふ事が出来ると思ひます。此れから時々、かうして一緒に飯でも喰つて、意見を交換するやうにしようぢやありませんか。」

予は斯う云つて、そろそろ帰り支度をし始めながら、殊更に懐中時計を出して見た。もう十一時近くであつた。

女中が勘定書きを持つて来る間、膳の上には食ふ物も飲む物もなくなつて居るのに、彼はまだ何か知らしやべつて居た。さうして、予が五円なにがしかの金を支払ふべく、蟇口の蓋を明けようとすると、彼はいきなり、

「勘定は私が払ひます、私があなたを奢ります。」

と云ふや否や、ズボンのポケツトへ手を突込んで、カチンと音をさせながら、膳の上に五円の金貨を二枚投げ出した。

予が無理やりに金貨を引込めさせて、自分の金を払ふ迄には、長い間押し問答をしなければならなかつた。すると今度は、

「折角私も金を出したのだから、此れで今夜は吉原へ行かう。」

と云ひ張つて、又候《またぞろ》私を挺擦《てこず》らせた。驚いた事には、彼は大概一週に一度は吉原へ行くので、角海老の何とか云ふ華魁とは古い馴染であるといつた。

「それにしても、どう云ふ訳であなたは金貨を持つて居るんです。」

「私は金貨が大好きなんです。いつも日本銀行へ行つて、札を金貨に取り換へて貰つて、ざくざくとポツケツトに入れて歩くのが、何だか馬鹿に好い気持ちなんです。此れ御覧なさい、此の通りですよ。」

かう云つて、彼は片手の掌に一杯の金貨を載せて予の眼の前で振つて見せた。予には其の額がどれ程あるか、ちよいと想像もつかなかつた。

「ね、こんなにあるから大丈夫です。此れから直ぐ自働車へ乗つて出かけやうぢやありませんか。」

予は明日の仕事を控へても居るし、それに此の頃、遊びの興味を覚えなくなつたので、どうしても附き合ふ気にはなれなかつた。予は彼を引き立てるやうにして、兎も角も「いづ栄」の門口を出た。

「あなたが行かないのは残念ですが、そんなら私一人でも行きます。私の家は遠方ですから、此れから帰るのは大変です。」

彼は上野の停車場前の、タキシーの溜《たま》りまで予を連れ込んだが、其処でたうとうあきらめたらしく、独りで自働車に乗つて、角海老へ走らせたやうであつた。

別れる時、念の為めに住所を尋ねると、彼は車台の窓から首を出して、「此の頃に是非来てくれろ。」と繰り返しながら、予の掌に一葉の名刺を残して行つた。「府下荏原郡大森山王〇〇〇番地、印度人　マテイラム、ミスラ、(Matiram Misra)」——名刺に日本字と英字とで、かう刷つてあつた。

予は其の明くる日から図書館通ひを止めにして、半月ばかり家に籠つて「玄奘三蔵」を脱稿した。何分後れて書き始めたので、締め切りの期日に追はれた為めに、余り満足な出来栄えではなかつたが、四月の中央公論に其れが発表せられると、早速大森のミスラ氏へ宛てゝ、雑誌と礼状とを送つて置いた。いづれ暇を見て、一遍訪ねる積りで居ながら、伊香保へ旅行したり、母の喪に会つたり、いろいろと用事にかまけて忘れて居た。

すると、五月の下旬になつて、或る日ミスラ氏から一封の手紙が着いた。此の頃、予が母の死を時事新報の記事で読んだと云つて、変な日本文の悔み状をよこしたのである。予は早速返辞を書いて彼の好意を謝した上に、近々御伺ひしようと思ふが、御都合はどうかと云ふやうな意味を認《したゝ》めてやつた。

それに対する彼の答は、直ちに予の手許に届いた。「自分は大抵、午後の六時か七時過ぎには在宅して居るから、いつでも遊びに来て貰ひたい。たゞし、運悪く角海老などへ出かけた留守に、御来訪にあづかると恐縮するから、成るべく前に御通知を願ひます。」と云ふのであつた。にも拘らず、予は予め通知を出さずに、突然思ひ立つて、或日の夕方大森へ出かけて行つた。
ミスラ氏の家へ着いた時分には、もう表は真暗になつて居た。それに、ちやうど六月の十日頃の事で、空はいつの間にか入梅らしくどんよりと曇り、湿潤な夜風と共に細かい雨を降らして居た。彼の住居は、院線の鉄路に添うた山の手に立つて居る、小じんまりとした、アメリカン、コツテエヂ風の構へであつた。一体西洋館の邸宅と云ふものは、こんな晩には妙に陰鬱に見えるもので、彼の家も矢張りさう云ふ感じを起させた。門の左右に低いかなめの生垣があつて、さゝやかな庭を隔てゝ、二階建ての木造の母屋が控へて居る。さうして、全体に蔦の葉が若芽のやうに絡《から》まつて居て、往来に面する窓からは一つも明りが洩れて居ない。纔かに門燈のしよんぼりと灯《とも》つて居るのが、植ゑ込みの芭蕉の新芽を葉の裏から照らして、その葉が風に揺ぐ度毎に、しとしとと滴《したゝ》り落つる雨垂れが、夜目にも鮮かに光つて居る。予は玄関の呼鈴のボタンを捜すのに大分手間を取つて夥しく雨に濡れた。

出て来たのは年の若い、日本人の下女であつた。刺を通ずると、程なくミスラ氏が自《みづか》ら現れて、なつかしさうに予の手を強く振りながら、

「さあどうぞお上り下さい。こんなお天気に、今夜あなたが来てくれようとは全く意外でした。ほんたうに暫く振りでしたね。」

と云つて、玄関の右手の一室へ案内しかけたが、ふと思ひ付いたらしく、

「あなた、応接間よりも私の書斎を見てくれませんか。彼処の方が落ち着いて話が出来ます。」

かう云つて、予を二階へ導いて行つた。

廊下から室内へ招ぜられた時、予が最初に眼に触れたものは、部屋の中央の、著しく大きなデスクであつた。天井に吊るされた電燈の、緑色の絹のシェエドから落ちる光線が、ちやうど真下にある机の表面をくつきりと照らして、其処だけが幻のやうに明るくなつて居た。主人は今まで、何か製図のやうな仕事《じやうぎ》をして居たと見えて、机の上には一杯に図面が拡げられ、定規だのコムパスだの絵の具だのが散らばつて居た。

「突然お訪ねして、勉強の邪魔になりはしませんかね。お忙しければ今度ゆつくり伺ひますが……」

予が斯う云ふと、

「忙しい事があるもんですか。あんまり暇で退屈だから、ドロウイングをやつて居るんです。ね、あなた、ちよいと此れを見て下さい。」

と、彼はパイプを握つた手で図面の上を指しながら、

「此れをあなたは何だと思ひます。――此れが其の、私が国へ帰つてから設立しようと云ふ水力電気の会社の図面です。此の土地の広さが大凡そ十エーカーばかりあつて、森林を切り開いた、山の中腹にあるのです。さうして、此処に湖水があつて、此の水で電気を起さうと云ふのです。……」

その会社の資本が何百万円で、何ボルトの電気を作るとか、此処には社員が何百人働いて居て、此の部屋では何をするとか、予が仕方なしに聴いて居ると、彼は一々精密なプランに就いて、熱心に説明するのであつた。図は大型の二枚の紙へ、平面と立体と別々に引いてあつて、丹念に彩色を施され、「パンヂヤブ州水力電気株式会社設計図」と云ふやうな文句が、英文で麗々しく記入されて居た。兎に角見た所では、立派な建築の大会社であるらしかつた。

「……するとあなたの計画は、いよいよ実現されるのですね。いつ頃印度へお帰りになるのです。」

「なにまだ帰りはしませんよ。此れは皆《みんな》空想ですよ。あつは、ゝ、ゝ、ゝ。」

彼はいきなり、ドシンと椅子へ腰を落して大声に笑ひ出した。

「資本金も湖水も十エーカーの土地も、残らず私の空想ですよ。私はたゞ紙の上へ、墨と絵の具で大会社を建てゝ見たのです。同じ空想でも、此のくらゐ頭と労力を使ふと、なか〳〵立派なものが出来ますな。つまり一種の藝術ですな。あツは、ゝ、ゝ、ゝ。」

予は思はず竦然として、彼の顔色を窺はずには居られなかつた。「事に依つたら此の男は、発狂したのではあるまいか。」――かう云ふ考へが、その瞬間に予の脳中に閃いたのである。

予は内々、彼の素振りや部屋の様子に眼を配つた。二人はその時、デスクを隔てゝ向ひ合つて居たが、ちやうどミスラ氏の口髯から上は、ラムプの傘の影に隠れて、突きあたりの本箱の辺は暗さが一番濃くなつて居た。室内の広さは十五畳ぐらゐあつたであらう。書斎としては可なり贅沢で、装飾や設備なども整つて居るやうに見えた。本箱の左側の壁にガストーヴが切つてあつて、右側には護謨の樹の植木鉢の向うに、一間の硝子戸が篏まつて居た。硝子戸の外には、大森の海を遠望するバルコニーがあるらしく、折々其れへ南風がぱたぱたと打突《ぶつ》かつて居た。

下女が紅茶を運んで来た間に、ミスラ氏は製図の器具を一切片附けて、再び機嫌よく語り始めた。その挙動には別段不審な点はない。以前よりもいくらか話し振りが性急になつて、眼の働きが鋭くなつたかと、感ぜられるだけであつた。黒つぽいセルの背広を着て、素敵に大きいエメラルドの指輪を篏めて、相変らず達磨然たる容貌を持つて居た。

「私は今でも、毎日午前中は上野の図書館に通つて居ます。近頃は政治経済にも飽きてしまつたので、此の間ショウペンハウエルとスウェエテデンボルグとを読んで見ました。あゝ云ふ物もたまには面白い気がしますね。」

話はさう云ふ方面から、だんだん宗教や哲学の領域に這入つて行つた。彼は西洋のメタフィジックと大乗仏教の唯心論とを比較して、東洋人の考へ方は科学的でないけれども、事物の核心を把握する直覚力に至つては、西洋人の及ぶ所でないなどと云つた。

「だから哲学や宗教の極致が、現象の奥に潜んで居る霊的実在を洞観して、大悟徹底する事にあるのだとすれば、東洋の方が西洋よりも遥かに進んで居るやうです。西洋人の得意とする分析だとか帰納だとか云ふ方法を以て、現象以外の世界を見る事は出来ない訳です。……」

彼は直ぐに例の演説句調を出して、いつぞや「いづ栄」の二階で会つた時のやうに、雄弁になり饒舌になつた。その論旨は必ずしも彼の独創の見ではなく、随分此れ迄に云ひ古るされた説であつたが、いかにも舌端に精気が溢れて、ぱつと見開いた瞳の中に脅かすやうな力があつて、予を飽く迄も傾聴させずには措かなかつた。

「ですがあなたは、此の前ひどく東洋の虚無思想を攻撃して、科学を謳歌して居たぢやありませんか。近頃はオリエンタリズムが好きになつたんですね。」

予はやつとの事で隙を狙つて、此の質問を彼の長広舌の間に挟んだ。

「いや、私は先《せん》からオリエンタリズムが嫌ひではありません。私は嘗て一遍でも、科学万能論を唱へた覚えはありません。……」

彼は威丈高になつて、机を叩きながら云つた。

「私が東洋の虚無思想を攻撃したのは、愛国者としての立場からです。私の意見に従へば、物質と霊魂とは徹頭徹尾反対なものので、何処まで行つても一致する筈はないのだから、人間は是非とも二つの内の、孰れか一つを撰ばなければならないのです。従つて一個の民族が、国家としての繁栄を望み、権力を持ちたいと願ふならば、霊魂を捨てゝ物質に就くより外はないでせう。その点に於いて、科学的文明を築き上げた欧羅巴人は物質界の優者です。若しも印度人が、人間の住む此の地上に於いて、欧羅巴人と覇を争はうとするならば、婆羅門教や仏教の哲学は有害にして無益なものです。――さう云ふ訳で、祖国の独立を生涯の事業にして居る私としては、東洋流の厭世観を攻撃せずには居られませんが、一旦自分の立ち場を離れれば、印度人の抱いて居る思想や哲学は、古来人間の頭の中で考へられたものの内で、一番幽玄な、一番深遠な、科学の力で突き破ることの出来ない真理だらうと思ひます。われわれは長らく西洋流の教育を受けて来た結果、科学的に証明された真理でなければ、真理でないやうに考へる癖がありますが、しかし未だに、印度人の説の方が、正しくはないかと思ふ事が屢々あります。われわれは、物質の世界を支配する法則だけを科学に教はるので、心霊界の秘密を知つて居る者は、たゞ印度人だけなのです。物質と物質との関係は、科学に依つて説明されるかも分りませんが、物質と霊魂との交渉は、印度人でなければ説明する事は出来ません。此の間もあなたにお話ししたやうに、今日《こんにち》印度の行者の中には、科学者に解けない謎を解いて、奇蹟を証明する事の出来る人々が、決して少くはないのです。現に、私がまだ五つか六つの子供の時分、カルカツタに住んで居た頃に、度び度び会つた事のあるハツサン・カンと云ふ男などは、実に不思議な術を行ふ坊主でした。……」

此の妖術者の名を聞くと同時に、予は胸を躍らせて、我知らず膝を進めたのであつた。

「あゝそのハツサン・カンの事です！私はとうから其れをあなたに聞かうと思つて居たのです。」

予は手を挙げて、猶もしやべり続けようとするミスラ氏を制した。

「…実は此の前『いづ栄』の時にも、尋ねて見ようと思ひながら、外の話に紛れてしまつたので、今夜は忘れずに居たのでした。私は其の魔法使ひの伝記を、或る本の中で読んだのですが、もう少し精しい事蹟を知りたかつたのです。それにしても、あなたが彼に会つた事があるのは、ほんたうに意外でした。」

「いや、それよりもあなたがハツサン・カンの名を知つて居る方が意外ですよ。お望みとあればお話ししてもようござんすがね、……」

彼は不意に横を向いて、硝子戸の外の暗闇を眺めた。その時彼の眼は眩しい物を視詰めるやうに細かく瞬《またゝ》いて、小鼻の周囲には得意らしい、或は又狡猾らしい奇態な微笑が浮かんで居た。

「……何分子供の時分の事で、はつきりとは覚えて居ませんが、私の父がハツサン・カンの信者になつて居た為めに、彼は折々私の家へやつて来ました。あなたは今、彼の事を魔法使ひだと云ひましたが、決して単純な魔法使ひではないのです。彼は一派の宗教を開いた聖僧なのです。」

「私の読んだ本の中には、彼を回教の信者としてあつて、時には随分、魔術を使つて悪事を働いた人物のやうに書いてありますが、其れは間違つて居るんですね。」

「いや、間違ひと云ふ訳でもありません。」

彼の句調は、次第に以前ほど雄弁でなくなつて、遠い記憶を辿りながら、もの静かに、考へ考へ言葉を足して居るやうであつた。

「ハツサン・カンは若い頃には、回教を信じて居た事があるのです。彼が時々魔法を使つて、悪事を働いたと云ふのも、全然嘘ではありませんが、其れはたまたま彼の宗旨を誹謗した者に、懲罰を加へる為めだつたのです。つまり宗旨を拡める為めに得意の魔法を利用したので、決して何の理由もなしに、悪事を働きはしませんでした。元来、われわれ印度人の考へて居る魔法――Sorcery と云ふものは、人間が難行を修めて解脱の妙境に達した時に、自然に体得する神通力であつて、基督教徒が悪魔の使ひとして斥けて居る巫術とは、大変に趣が違つて居ます。支那でも孔子は、怪力乱神を語らずなどと云つて居ますが、印度に於ける魔法の地位は此れと全く反対で、アタルヴ、ヹダの経典を見ても分る通り、数千年の昔から、宗教上非常に重大な要素となつて居るのです。われわれの云ふ魔法使ひは、世間普通の奇術師や巫覡《いちこ》の類を指すのではなく、現象の世界を乗り超えて宇宙の神霊と交通し得る、聖僧の事を意味するのです。ハツサン・カンはつまりさう云ふ人だつたのです。殊に彼の宗旨では、魔法は一層重大なもので、その宗教の、殆んど全部であつたと云つてもいゝくらゐでした。彼の教義にしろ、哲学にしろ、宇宙観にしろ、悉く皆魔法に依つて解決されるのでした。……」

「すると、その魔法と云ふのは、たとへばどんな事をするのでせう。何かあなたが御覧になつた実例に就いて、説明を願ひたいのですが。」

　頂点に達した予の好奇心は、予を極端に性急にさせた。動ともすると、抽象的の議論になりたがる彼の談話を、時々正しい方向へ向き直させるのに、予は油断なく努力しなければならなかつた。

「まあ、待つて下さい。追ひ追ひ実例をお話ししますが、彼の魔法を説明するには、先づどうしても、彼の宗教から説明しないといけないのです。」

　ミスラ氏は斯う云つて、悠々と紅茶を飲んで、その茶碗の中へ眼を落したまゝ、暫く何事をか沈思するやうであつた。

　相手の一言半句をも逃すまいとして、緊張し切つて居た予の聴覚は、折柄戸外にざあと云ふ響きを立てゝ、土砂降りになり始めた雨の音に心付いた。蒸し暑い、息の詰まるやうな部屋の中はひつそりとして、家の周囲を流れる点滴が、室内の物を濡らしはせぬかと思はれるほど、親しみ深く間近く聞えて居る。遥かに大森の停車場の方で、汽車の汽笛が濛々たる雨声の底から、奈落へ沈んで行くやうに悲しげに鳴つて居る。

「……精しく云ふと非常に長くなりますが、大体の要領だけを話しませう。彼の宗旨と云つたところで、やはり仏教や印度教の哲学に胚胎して居るのですから、われわれにはさほど珍しい思想ではないのです。」

　やがて、ミスラ氏は机の上に一枚のレタア、ペエパアを拡げて、其れに鉛筆で図を書きながら言葉を続けた。

　ハツサン・カンの説に従ふと、宇宙には七つの元素があつて、其れが此の現象世界を形作つて居ると云ふのです。所謂七つの元素とは、第一が燃土質、第二が活力体、第三が星雲的体形、第四が動物的霊魂、第五が地上的叡知、第六が神的霊魂、さうして第七が太一生命とも名づくべきものです。ところが此れ等の七つの元素は、始めから箇々別々に存在して居たものではなく、更に其の上にある涅槃《ニルヷーナ》に帰してしまひます。つまり世界万有の根源は涅槃《ニルヷーナ》であつて、涅槃だけが永遠不滅の、真の実在だと云ふ事になります。涅槃がどうして七つの元素を生み、生滅《しやうめつ》流転《るてん》の世界を作るかと云ふのに、其れは仏教や数論派の哲学と同じく、無明の働きに依るものだとしてあります。無明が涅槃を牽制して始めて太一生命を生み、太一生命が又無明に感染して神的霊魂を生み、それからだんだん第五、第四、第三の元素が分派するのです。ですから太一生命は、宇宙の大主観たる涅槃の海に、無明の影がほんのりとかゝつた状態なので、まだ認識の主体もなく、対境もない場合を云ふのです。さて、その次ぎの第六元素——即ち神的霊魂と云ふのは、太一生命が箇々の小主観に分裂した最初の形で、其れはただ『無象の相』若しくは生存の意志だけを持つて居ます。次ぎの第五元素たる地上的叡知になつて漸く認識の対象たる客観を生じます。それから第四の動物的霊魂では、外境に対する喜怒哀楽の感情が激しくなつて、種々雑多なる欲望や執着が増して来るのです、ハッサン・カンは第七元素の太一生命を、純主観的存在と名づけ、第六元素から第四元素動物的霊魂までを、半客観的存在と名づけました。畢竟、無明の涅槃に感染する度が、濃くなれば濃くなる程、物質は精神に打ち勝つて、客観性が強くなつて行くのです。それで第三元素から第一元素までは、精神的分子の最も稀薄な状態であつて、此れを純客観的存在と名づけます。一切の無生物は此の部類に属するもので、日月星辰は第三元素から成り、風、火、水等は第二元素から成り、其の他多くの礦物は、第一元素から成つて居ます。以上でざつと、実在及び現象に関する彼の見解を、説明した積りですが、猶一言、重要な点を附け加へると、ハッサン・カンは一元論者であつて、二元論者ではないと云ふ事です。涅槃を精神とし、無明を物質だとすれば、二元論者のやうにも考へられますが、無明も元来は、涅槃の内に含まれて居るので、恰も金属に銹の生ずるやうに、清浄静寂なる涅槃の表面の曇つて来たものが、無明だと云ふ事になります。……」

「いや、お蔭で大変よく分りました。するとハッサン・カンの説は、馬鳴菩薩の唯心論に近い所があるやうですね。第七元素の太一生命と云ふのは、仏教の阿梨耶識だと解釈すれば、間違ひはないでせう。」

「まあ、もう少し辛抱して聞いて下さい。此れからが愈よ彼の世界観——Cosmologyに這入るのです。此れもやつぱり、印度古代の伝説に依つた者で、先づ宇宙を永遠不滅の世界と、生滅輪廻の世界との二つに分けます。不滅の世界は、蒼天の最上層に位する涅槃と、その下層にある無色界、色界の二世界で、無色界には太一生命が遍満し、色界には神的霊魂が浮動して居ます。さて、色界の下層には欲界があり、その下層には須弥山の世界があつて、此等の世界は摩訶劫波の間に一遍壊滅に帰し、空劫を経て再び形成せられる所の、生滅の世界です。生滅界の最高級にある欲界は、須弥山の頂辺《てつぺん》から色界に至る迄の、空間を占めて居る世界で、其処には、神的霊魂と地上叡知との化合物たる諸天人や、低級の神々が住んで居ます。欲界以下の須弥山の構造は、普通に知れ渡つて居るものと大差はありませんから、極く簡単に説明してしまひませう。此の山は宇宙の中央に屹立して居て、高さが八万由旬、周囲が三十二万由旬。山の北面は黄金から成り、東面は白銀から成り、南面は瑠璃、西面は玻璃から成ると云はれて居ます。須弥山の外側には、七内海と七金山とを隔てゝ鹹海があり、その又外廓に大鉄囲山が繞つて居て、世界全体を包んで居ます。此等の九山八海は、その底にある金輪水輪風輪の三輪に依つて支持せられ、金輪と水輪の厚さは併せて十一億二万由旬、風輪の厚さは十六億由旬です。ところで、我れ我れ人間は、此の世界の何処に住んで居るかと云ふと、須弥山を取り巻く鹹海の四方に、各々四つの洲《しま》があつて、南方にある閻浮提洲が、人間の棲息して居る国土なのです。即ち閻浮提洲は地球上の大陸に相当する訳で、日本や印度や欧羅巴は、皆此の洲《しま》に属して居るのでせう。その他の三洲にも、一種の人類が住んで居るのださうですが、我れ我れとは容貌や形状が大変違つて居ると云ふ事です。人間以外の生物の内で、龍鬼、夜叉、阿修羅、緊那羅等の悪神悪鬼は、欲界の下方にある須弥山の中腹から、山麓に亘つて散在し、畜生は大海を主なる住処とし、餓鬼は閻浮提洲の地下五百由旬の所に住み、地獄は四大洲の地下、一千由旬の所にあります。―― ハツサン・カンの世界構成説は、大凡そこんなもので、今も度び度び云ふやうに、別段新しい教義ではありませんが、此れを魔法と結び付けるに従つて、一大異彩を放つて来るのです。」

しやべつて居るうちに、ミスラ氏は知らず識らず鉛筆を動かして、レタアペエパアの上に立派な須弥山の図を描いた。その図は彼の談話よりも一層綿密で、山頂から山麓に到る間の、輪廻の世界の種々相や、其処に生へて居る植物や、宮殿の景色や、ところ〴〵に聳え立つ峰巒の名前や、山腹の中天を運行する日や月や星までも附け加へてあつた。

「……われ〴〵は涅槃や須弥山の世界を、伝説に依つてぼんやり想像して居るだけで、実際に見た者もなければ、信じて居る者もありません。殊に科学的智識を備へた現代の人間には、たゞ滑稽な、矛盾に充ちた、古代人の妄想として、考へられるばかりです。然るにハツサン・カンは、自分の説に疑を挿む者があれば、いつでも其の人に須弥山の世界を見せてくれるのです。どうして見せるかと云ふと、最初に先づ、魔法に依つて、其の人の心身を分解し、精神を虚空に遊離させてしまひます。断つて置きますが、人間の精神は神的霊魂と、地上的叡知と、動物的霊魂との、三元素から形成されて居るのですから、一旦遊離した精神は、更に此れ等の元素に分れます。その時、その人の精神は第六元素の神的霊魂のみとなり、次第に浄化されて、無色界の太一生命に復帰し、遂に昇騰して最上層の涅槃界に這入るのです。もう其の折は、其の人の精神は即ち宇宙の大主観と同一であつて、『其の人』は直ちに涅槃なのです。然るに、涅槃は無明の薫染を受けて、今度は反対に下層世界へ沈澱し始めます。第一に無色界へ降《くだ》り、次ぎには色界へ降り、次ぎには欲界へ降つて、抽象的存在がだんだん具象的存在に変り、たうとう須弥山の頂上へ降つて来る迄に、再び其の人の精神が、神的霊魂に依つて形作られます。こゝで其の人は、欲界の住者たる天人の形体と、性質とを備へる様になり、遊行《ゆぎやう》自《じ》在《ざい》の通力を得て、或ひは天空に飛翔し、或ひは奈落に潜入し、須弥山の山腹にある悪神の世界から、海底の地獄、餓鬼の世界を洽く経廻つて、六道の有様を仔細に見る事が出来るのです。かうして結局、四大洲を巡覧して、鹹海中の閻浮提洲に辿り着くと、ハツサン・カンが中途まで迎へに出て、其の人を地上のもとの住み家へ連れて行きます。同時に其の人は、いつの間にか天人の通力を失つて、全く以前の『其の人』の姿に復つて居るのです。

――

此れがハッサン・カンの魔法の内の、最も重要な、最も驚くべき術なのです。其れは一種の催眠術だと云ふ人があるかも知れません。しかし、催眠術だとすれば、少くとも天人から人間に戻つた瞬間に、夢から覚めたと云ふ感じを伴ふ筈ですが、彼の魔法にかゝつた人々は、遂に最後まで、さう云ふ感じを抱かないのです。第一、須弥山の世界へ迎へに出て来たハッサン・カンが、人間になつた後までも、ちやんと眼の前に控へて居るくらゐですから、夢と現実との境界らしいものは、何処にも見付からないのです。世間では魔法だと云ひますが、ハッサン・カン自身に云はせれば、其れは難行の功徳に依つて、体得せられる正法《しやうはう》でなければなりません。此の正法を学んだ人は、生きながら輪廻の世界を解脱し、自分は勿論、他人の霊魂をも、自由に須弥山上の涅槃界へ、導く力を持つやうになるのです。さうして此れが、宗教の極致であると云ふのです。」

「成る程、其れでハッサン・カンの魔法と云ふものが、始めて私に分りました。今のあなたのお話がほんたうだとすれば、いかにも其れは驚くべき、宇宙その物のやうに偉大なる魔術です。恐らく彼の魔術の前には、他の一切科学も哲学も、何等の権威をも持たないでせう。――私は実は、そんなに素晴らしい、そんなにサブライムなものだらうとは、少しも予想して居ませんでした。私の読んだ本の中には、彼が時折デジンと称する魔神を呼び出して、不思議な術を行ふ事だけが記してあつたに過ぎないのです。」

「あゝさうですか、その本の中にはデジンの事が書いてありましたか。」

かう云ひながら、ミスラ氏は何故《なぜ》か非常にあはたゞしげに、突然椅子を立ち上つたが、頭痛でもするやうに片手で額を抑へたまゝ、部屋の四方を緩やかに歩き始めた。

「どうしたのです、何処か気持ちが悪いのですか。」

「いや、」

と云つて、彼はちよいと首を振つて、何となく切なさうな、或る感情を押し隠くして居るらしい様子で、

「……そのデジンと云ふのは須弥山の中腹の、夜叉の世界に住んで居る魔神なのです。……」

と、無理に平静を装ふやうな声で云つた。

「ハッサン・カンは、仮りに人間の姿に変じて、閻浮提洲へ降りて来ましたが、彼は其の実、色界に住んで居る大梵天の神であつて、先年娑婆を死去した後は、自分の旧の世界に帰り、もろもろの光明仏の間に交つて、未だに其処に生きて居るのです。ところでデジンと云ふ魔神は、大梵天に奉持する家来ですから、ハッサン・カンが人間界に居た間は、いつでも彼の影身に添うて居たのでした。さうして、今でも往々、大梵天の使者となつ

て、神のお告げを伝へる為めに、人間界へ降りて来ますが、デジンの声を聞く事の出来る者は、ハツサン・カンの信者だけなのです。彼の宗旨を信ずる者には、デジンの声が聞えるばかりでなく、その姿までも、——あの物凄い姿までも、眼に見えるやうになるのです。……」

予は、ミスラ氏が、「その姿」と云つてから更にまた、「あの物凄い姿」と云ひ直したのを、不審に思はずには居られなかつた。そればかりではない。今迄室内を漫歩して居たミスラ氏はさう云ひ切つて置いて、ぴたりと立ち止まつて、相手の返答を待つて居るやうに、しげしげと予の顔色を窺つて居るのである。

「あの物凄い姿と云ふと、——それでは、あなたはデジンを見たことがあるのでせうか。」

かう云つた予の声は、かすかなふるへを帯びて居た。予は此の質問を発するのに、何だか心が進まなかつた。此の質問の後に来るものは、恐ろしい事実であるやうに感ぜられた。

「さうです。——私は見た事があるのです。私は以前、ハツサン・カンの信者だつたのです。」

ミスラ氏は斯う云つて、漸う少し落ち着いたやうに腰を卸ろした。

「私は正直を云ふと、此の問題に触れるのが不安なやうでもあり、愉快なやうでもあるのです。それで先から、云はうか云ふまいかと躊躇して居たのですが、話が此処まで進んだ以上、今更隠す必要もありませんから、白状してしまひませう。——私の覚えて居るハツサン・カンと云ふ人は、意地の悪さうな眼つきをした、吃《ども》りの癖のある、前歯のぼろぼろに欠け落ちた爺さんでした。しかし私は、その爺さんから直接に教化されたのではなく、彼の熱烈なる崇拝者であつた私の父から、信仰を授けられたのです。その時分私の父はハツサン・カンの第一の高弟であつて、殆んど其の師に劣らぬ位の、魔法の達人になつて居ました。父は己れの魔法に依つて、印度の独立を成就するのだと云つて居ました。私は屢々父の魔法にかけられて、須弥山の世界に遊び、兜率天から八熱地獄の底までも、経めぐつたことがありました。さうして、たしか八つになつた歳に、父は私に魔法を伝授してやると云つて、ヒマラヤの山奥に連て行つて、パスパティナアトや、ゲダルナアトの霊場を巡礼し、遂にベルチスタンのヒンガラヂの寺院までお参りをしました。それからカルカツタへ帰つて来て、一箇月間の断食をした後、私はたうとう魔法の秘術を教へられたのです。私は自由に、デジンを呼び出す事も出来れば、自分や他人の魂を、須弥山の世界へ遊ばせる事も、出来るやうになつたのです。父は死んでから天人になつて、須弥山の最頂上の、善見城に住んで居ますが、私は折々其処へ行つて、恋ひしい父に会つた事がありました。」

予とミスラ氏と二人の顔は、明るいデスクの面を隔てゝ、ラムプの傘の暗がりの中に相対して居た。予はミスラ氏の、異様に燃えて輝いて居る瞳の光が、急に気味悪く感ぜられて俯向いてしまつた。予の眼は自然と、デスクの上の須弥山の図面を見た。その図は既に、単なる古人の妄想ではなく、欧洲やアメリカの地図と同様に、実在世界の縮図であるかと考へると、予はもう半分、魔法にかゝつて居るやうな心地がした。

「……その後私は、成人するに従つて、此の間池の端の鰻屋でお話した通り、印度人の宗教的傾向を、甚しく呪ふやうになりました。父の事業の失敗は、宗教熱にかぶれた為めだと、信ずるやうになりました。私は心の底から、ハッサン・カンの邪教を憎み、民を愚にする妖法であると断定しました。それで折角覚え込んだ魔法や教義を、殊更に忘れるやうに努力して、成る可く西洋の科学的思想に親しみ、自分の頭脳を改造しようと試みたのです。此の改造は随分骨が折れましたが、それでも結局、成効を遂げたやうに思はれました。いや、一時はたしかに、成効したに相違ありませんでした。最近二十年の間と云ふもの、私の心はもう全く印度的でなくなつて、思想は元より感情の作用までも、西洋流に変つてしまつたと、信じ切つて居たのでした。すると、つい今から二三箇月前、ちやうどあなたに初めて図書館で会つた時分です。或る晩のこと、不意に私の眼の前に、デジンの姿が現はれたのです。それから続いて一週間ばかり、デジンは毎日私の傍へやつて来て、天に昇つたハッサン・カンや、私の父の命令を伝へるのです。『お前は何と云ふ心得違な人間だ。お前は決して、お前の頭脳を改造する事は出来ないのだ。お前はもう、昔の信仰や宗教を捨てゝしまつた積りで居るが、お前の父や、お前の教祖は、未だにお前を見放しはしない。その証拠には、お前は今でも神通力を持つて居るのだ。嘘だと思ふなら、験して見るがいゝ。さうして、一日も早く、お前の使命を自覚するがいゝ。』――デジンは始終、かう云ふ言葉を私の耳に囁きました。あなたはあの頃、私がひどく憂鬱になつて、沈んで居たのを覚えて居るでせう。私は以前、子供の時代にデジンを見ると必ず憂鬱になる癖がありました。それを私は、あの時久し振りで味はつたのです。たしかあなたは、二人で鰻屋へ行つた日の朝、図書館の庭で、何か私に話をしかけたでせう。すると私が、俄かに不機嫌になつて、遠くの方を睨んで居たのを、よもやお忘れにはなりますまい。あの折私は、あなたの声を聞くと同時に、デジンの声を聞いたのでした。……」

ミスラ氏は自分で自分の言葉の恐ろしさに堪へざるものゝ如く、肩を縮めて、両手をしつかりと胸にあてゝ、総身をぶるぶると戦《おのゝ》かせつゝ語るのであつた。彼の両眼は風癲病者の其れのやうに、無意味に虚空に見開かれ、頤は激しい痙攣を起し、額の生へ際には汗がびつしよりと濁滲んで居た。

「……あの時から今日になるまで、私は絶えず、十日に一度ぐらゐづゝ、デジンの襲撃を受けて居るのです。デジンはいつも、『魔法を試して見ろ。』と云つて、執拗に私を促すのです。私は随分長い間、彼の忠告に反抗して居ましたが、此の頃になつて、自分の心に少年時代の神通力が、現在残つて居るかどうかと云ふ事を、一遍試めして見なければ、不安心のやうな気になりました。それで、十日程前、先月の末の或る晩のこと、私はたうとう思ひ切つて、此の部屋の中に閉ぢ籠つて、二十年来一度も口に上せなかつた、秘密の呪文を唱へて見たのです。すると、どうでせう、私の身体は忽ち分解作用を起し、第六元素に還元した私の霊魂は、飄々と天空に舞ひ上り、涅槃界から無色界に降り、無色界から色界欲界と順々に降つて、一瞬の間に善見城の父の住所に着いたのです。父は予め私の来るのを知つて居て、涙を流して私に意見を加へました。それから先は精しく説明する迄もありません。幼い時分に、幾度も巡歴した事のある六道の世界を、父に案内されながら通り過ぎて、途中で父に別れを告げ、難なく人間界へ戻つて来ました。――結局私は、未だに神通力を備へて居ると云ふ事を、証拠立てられてしまつたのです。私の頭を組み立てゝ居る科学的智識は、その根底から動揺し出したのです。あなたは多分、目下の私が、どれ程煩悶して居るかと云ふ事を、推量して下さるでせう。私はどうして、私の習つた化学や、天文学や、物理学や、生理学と、此の須弥山の世界とを調和させたらいゝでせう。科学は我れ我れに経験を重んじる事を教へます。而も須弥山の世界の光景は、私に取つては実に確かな経験なのです。科学上の事実よりも、更に明かな事実なのです。私の脳髄は、何処までも印度人の脳髄でした。私はやはり、非科学的な人間に生れて居たのでした。」

かう云つて、ミスラ氏は腹たしげに髪の毛を掻き挘りながら、机の上に突俯してしまつた。

こゝまで書いて来れば、読者は恐らく、それから以後に起つた其の晩の出来事を、既に想像したであらう。最初に魔法の説明を聴き、次ぎに魔法の実験談を聴いた予は、最後に自ら、実験する事が出来たのである。

予はミスラ氏に、斯う云つたのであつた。

「あなたは今、自分の神通力に依つて、遍歴して来た須弥山の世界を、たしかな事実だと信じて居る。断じて夢や妄想ではないと主張して居る。さうして、夢でないが為めに、あなたは煩悶して居るのである。就いては其の須弥山の世界を、私にも一つ見せてもらひたい。果して其れが催眠術でないかどうか、今度は私に判断させて貰ひたい。若しも私が、自分の経験から、催眠術である事を証拠立てたら、あなたの煩悶は全く消滅するだらう。」

予の発案に対して、ミスラ氏は強ひて反対を唱へなかつた。のみならず、彼は自分の魔法を、此の間から他人に試しては見なかつたので、彼の方にも充分な好奇心があるらしかつた。そこで直ちに、実験が行はれたのである。

予は其の晩の経験を、――一生忘れる事の出来ないあの経験を、いかにして読者に伝へたらいゝであらう。あの時の世界の有様や、予の心持ちを、今になつて考へて見ても、予はやつぱりミスラ氏と同様に、事実であるとしか思はれない。少くとも、其れは決して夢や催眠術ではない。

予が目撃した須弥山の世界を、詳細に語らうとすれば、何年かゝつても語り尽す事は出来ないだらう。其れは殆んど、宇宙と同量の紙数を要し、文字を要するに極まつて居る。こゝでは単に、その内の最も興味ある、最も重な経験の二三を、簡単に記載するだけにして置かう。

予は先づ、ミスラ氏と向ひ合つて、椅子に腰かけたまゝ、能ふ限り呼吸を止めて居るやうに命ぜられた。予には其れが寸毫も苦痛でなく、いつ迄でも、極めて愉快に続けられた。予の感覚は、第一に嗅覚から、味覚、触覚、視覚と云ふ順序に消滅して行つて、聴覚だけがやゝ暫く残つて居た。予の耳には長い間、ミスラ氏の呪文の声が聞え、置き時計の十一時の鳴るのが聞えた。やがて、聴覚も全然消滅してしまつたが、意識は極めて明瞭で、五感以外の、或る一種の内感覚が保たれて居た。予は確実に、自分が今何をされつつあり、いかなる状態にあるかを知つて居た。予の存在の全体は、たゞ清浄なる恍惚感だけであつた。予はもう、神的霊魂になつたらしく、だんだんに上方に向つて昇騰しつゝ、ある事が、内感覚に依つて知覚された。

程なく、太一生命に合して、無色界に達したようであつた。予は、『予』と云ふものが、稀薄なる微気的大身体である事を感じた。けれどもしまひには、その感じさへもなくなつてしまつた。恐らく、涅槃界に這入つたのであつたらう。……

……………………

予は再び、おぼろげなる意識を持ち始めた。何か、存在を慕ふ傾向と云ふやうなものが、頻りに予を下の方へ、引つ張つて行くらしかつた。

予は予の周囲に、予と同じやうな、多数の霊魂の浮動するのを知つた。

予の内感覚は、次第に元のやうにはつきりして来た。予はいつの間にか、『予』と云ふものが、密着不離の皮衣に包まれて居る事に心付いた。予は今までの内感覚の外に、運動感覚を持つやうになつた。皮衣の裡には、既に筋肉があり、内臓があるらしかつた。須臾にして、五感が一つ一つ、嗅覚を先にして恢復して行つた。予の瞳は光線を見、色彩を見、自分の身体を見た。予は、欲界の下層にある、須弥山の頂上に住む天人であつた。予は狂喜して躍り起つた。……

……………………

予は天空を飛行して、山頂から山麓へ下つた。須弥山の四方を形成する四種の地質は、各々その色を虚空に反射して、北方の空は金色《こんじき》に輝き、東方の空は白銀の光に燃えて居た。四天王の世界を過ぎて、広目天や持国天等の風貌に接した時、予は図らずも、奈良東大寺の戒壇院にある彼等の彫刻を想ひ浮べた。

諸仏と悪魔との戦が到る所に演ぜられて居た。持軸山の頂に立つて、数万由旬の高さから、下界に放尿して居る阿修羅もあつた。日輪と月輪とを迫害して居る悪神もあつた。予は、その外無数の荘厳な世界や暗澹たる世界を見たが、就中、最も予の心を傷ましめたものは、鹹海中の弗婆堤《ほつぼだい》の洲《しま》に住んで居る、我が亡き母の輪廻の姿であつた。

母は一羽の美しい鳩となつて、その島《しま》の空を舞つて居た。さうして、たま〳〵通りかつた予の肩の上に翼を休めて、不思議にも人語を囀りながら、予に忠告を与へるのであつた。「わたしはお前のやうな悪徳の子を生んだ為めに、その罰を受けて、未だに仏に成れないのです。私を憐れだと思つたら、どうぞ此れから心を入れかへて、正しい人間になつておくれ。お前が善人になりさへすれば、私は直ぐにも天に昇れます。」――かう云つて啼く鳩の声は、今年の五月まで此の世に生きて居た、我が母の声そつくりであつた。

「お母さん、私はきつと、あなたを仏にして差上げます。」

予は斯く答へて、彼女の柔かい胸の毛を、頰に擦り寄せたきり、いつ迄もいつ迄も其処を動かうとしなかつた。

（「中央公論」大正6年11月号）

過去

長田幹彦

私の同僚の須田《すだ》はついこの二日ばかり前に、突然腸窒扶斯《ちやうちぶす》に冒されて、僅か一週間ばかり入院してゐてぽつくり死んでしまつたのである。彼は丁度とつて三十七であつた。極めて親切な、温厚な人物であつたが、併しどう云ふものか余り人に愛せられなかつた。といふのは彼が妙に人づきが悪くて、一度腹の底まで打明けないうちはなかなか人を近寄せないといつたやうな風であつたからであらう。併しよく交際《つきあ》つてみると気の置けない、至極正直な人間であつた。私はもう三年以来同じ机で事務を執つてゐるので、役所でも一番親しい仲であつた。

その須田も恐ろしい過去をもつてゐたのである。誰れしも人間は過去といふものに附纏《つきまと》はれ、そのために随分不幸な目に逢はされるものもあるが、須田も矢張りその一人であつたのである。彼が可成りの才能と技量とを持つてゐながら十年一日のごとく我々同様の境遇に甘んじてゐなければならなかつたのも全く恐ろしい過去が彼を縛《いまし》め、彼の性格を妙に絶望的に、保守的に変形せしめたゝめであつた。或人などは須田には狂的なところがあると云つてゐたくらゐ彼の寡黙は同僚間にひゞいてゐた。彼は一日口もきかないやうな日があつた。その時の陰鬱な顔つきは今でも忘れることが出来ない。しかもそれは平常の須田には似てもつかぬくらゐ不自然なものであつた。須田をよく知つてゐる私は、いつもそれを不思議にも思ひ、又須田の性格がさうした不自然な変化をなすに至つた動機を深く深く考へさせられもしたのである。

　須田の過去はそれほど悲惨なものであつたのである。私は今それを書いてみようと思ふのである。

　私は須田の生ひ立ちに就いては、不幸にして余り多くを知らない。

　彼はなんでも信濃《しなの》の松本《まつもと》で生れて、少年時代は長野の町で過ごしたやうに云つてゐた。家が貧困だつたので教育も満足に受けることが出来ず、彼は小学校を出ると専《もつぱ》ら中学の講義録に依つて勉学したといつてゐた。東京へ出て来たのは彼が十七の年で、彼は僅かな知己を頼つて或専門学校の教授の許《もと》へ食客《ゐさふらう》に入つた。そしてそこでさまざまに苦労して、やつとその教授の出てゐる学校の夜学科へ通ひ、そこで林学《りんがく》を学んだのである。彼の考へでは僅かな資力をもつものには到底高尚な学科を修得する権利はない。学問らしい学問は金持ちのすることである。貧困な苦学生は学校を出ると同時にすぐさま食にありつくやうな道を選ばなければならぬ。さう思つて彼は進んでいつたのである。彼の生れ故郷は林学といふものを最も適当なものとして彼の前に提示したので、彼は唯それを選んだといふに過ぎなかつた。

　学校にゐる間の三年は彼も随分苦労したといつてゐた。厄介になつてゐた家の奥さんといふのがひどいヒステリーだつたので、彼はそのために人一倍苦しめられた。教授に対する情誼《じやうぎ》を思ふと、いかなる屈服にも甘んじてゐなければならないので、彼は幾度《いくたび》かそのために悲憤の涙に咽んだといふ。金のない辛さ、人の下に使はれてゐる情なさ、それがその三年の間の彼の閲歴の全部であつた。

　彼は学校を出ると一年の間礼奉公《れいぼうこう》をしてそれからすぐに郷里の松本へ帰つた。彼の老母はその時分伯父の助けをかりて彼の唯ひとりの妹のおせつを相手に松本の町はづれで、貧しい商人宿を営んでゐたが、須田は学校はでたものゝこれといつた奉職口もないので、仕方がなしにその母の家へ転げ込んでいつて、そこで帳附《ちやうつ》けの手伝ひなどをしてゐた。それまでは彼も方々を流浪して歩いてゐたので、しみじみ母の愛などを感じる機会もなかつたが、その時になつて初めて彼は年老《としと》つた母親に対する純真な感情をもつことが出来るやうになつた。年老ひて猶ほ齷《あく》齪《せく》と働いてゐる母の生活を思ふと彼はどうかして自分で身を立てゝ早く母をその苦しみから救はなければならないと思つた。それになまじ東京の生活を覗いて来たゞけに、彼は年頃の妹が碌でもない旅商人《たびあきうど》などの慰みものになつて、漸次と堕落してゆくのを見るに耐へられなかつた。そんなことから彼は到頭発奮して、安曇《あづち》の小林区署《せうりんくしよ》へいつて、欠員があつたのを幸ひに彼はそこの最下級の雇員に奉職した。月給十二円職務は山林の見廻りと云ふのであつた。

それから一年ばかり何事もなくそこで務めてゐたが、翌年の秋のこと、彼が一週間ばかり山へ入つてゐて帰つて来ると、彼の宿――その時分彼は役所の合宿所に樵夫や小使達と一緒に合宿してゐた――へ思ひ懸けない彼の母親と妹が訪ねて来てゐた。彼等はその前の日にやつて来て、昨夜ひと晩そこへとめて貰つて、彼の帰りを待ちあぐねてゐたのだといふ。

漸次《だん〳〵》と様子を聞いてみると、松本の方の母の家では途方もない出来事が起つてゐるのであつた。それは母のやつてゐる宿屋で恐ろしい殺人犯が行はれたのであつた。丁度それから十日ほど前の晩何処の者とも知れない怪しい男が泊り合はせて、折柄遊びに来てゐた伯父を夜中に殺害して、そのまゝ逃亡してしまつたのだといふ。警察の方では近県を暴らして歩いた強盗の所為と目星をつけてそつちの方面を頼りに捜査してゐたが、母の見込みでは犯人はすぐ近郡の者らしいといふ。どうせそんな貧しい宿屋のことではあり、又伯父とても町端れでさゝやかな煙《た》草店《ばこや》を出してゐるやうな貧乏人のこと故、強盗や物盗りに殺ろされるやうな身分ではなかつた。それには何か仔細があるに相違ないといつて、母はどうしても自分の主張を曲げなかつた。

そんな思ひがけないことから杖とも柱とも頼んでゐた伯父は亡くなつてしまふ、それに商買の方もそんな血腥《ちなまぐさ》い事件があつては気味悪がつて泊りに来て呉れる客もなくなるにきまつてゐるので、母は腹をきめて家財を一切売り払つてまるで夜逋げでもするやうに松本を引払つて来たといふ。松本を出ては何処《どこ》へも行く先はないので、彼等はたゞひとりの須田のところへ頼つて来たのであつた。

須田はどうせ近いうちにはもう少し収入も多くなるであらうし、さうしたら無論母達を引取つて自分の手許で養ふ手筈にきめてゐたので、そのまゝ彼は母達を引留めた。そして役所のすぐ傍に小さな家を一軒借りて母子三人はそこで細い煙を立てることになつたのであつた。

不思議な殺人犯はその後まるで迷宮に入つて、遂に犯人は上らずにしまつた。警察からは幾度となく母親のところへ問ひ合はせが来たりしたが、その都度《つど》すべてが無効に終つてしまふのであつた。母親もそのうちにもう諦めてしまつた。

母子《おやこ》が一緒になると、それでなくても辛かつた生活は一層逼迫して来た。署長に泣きついてやつと月給の方は少しばかり上げて貰つたが、しかしいくら田舎でもなか〳〵三人の口を糊することは困難であつた。初めのうちはそれでも母親が家財を売つた金を少しばかり臍繰《へそく》りにして持つてゐたので、幾らか心強かつたが、それが手薄になつてしまふとその心細さは口には云へなかつた。

その困難を救ふには先づ何よりも先に口を減らすより他はな

かつた。それには妹のおせつを何処かへ嫁にやつてしまふのが一番得策であつた。しかしそんな貧乏人であつて見れば第一支《し》度《たく》は出来ないし、それに貰つて呉れるものもなかつた。偶々貰ひ手があつても、それはほんの水呑百姓《みづのみびやくしやう》か、定収入もないその日暮らしの人間であつた。それでは須田にはどうしても承知が出来ないのであつた。

さうかうしてゐるうちにその年も暮れて、須田が奉職してから三年目の年が来た。彼はその間いろ〳〵な苦労を嘗めながらやつと隠忍《いんにん》してゐたが、到頭持ち耐られなくなつて、もう誰れでも貰ひ手があれば妹を呉れてしまはふと思つた。背に腹はかへられぬとはそのことで、彼はもう殆んど窮迫のどん底に落ちてゐたのであつた。

その時現はれて来たのが篠山《しのやま》であつた。篠山といふのは、須田の家から一丁と距《へだ》たゝぬ町にあつた酒屋の次男で、その頃軍艦敷島《しきしま》の信号兵曹であつた。何処か奔放不羈《ほんぱうふき》な熱情家で、当主であつた長男はどうかして彼を商人に仕立てたいと思つていろ〳〵苦心したが、彼はそれに逆つて自分から志願して海兵団へ入つてしまつた。軍籍に入つてからは成績も至極よく、累進して兵曹まで進級したが、その当時は佐世保《させぼ》の所属になつてゐて、偶に休暇が出るとそれでも故郷を懐かしがつて遊びに帰つて来た。

篠山はどういふものか容貌もよくない妹のおせつに目星をつけて、支度も何も要らないから是非嫁にと所望して来た。酒屋といつてもほんの小さな店ではあつたが、それでも今の須田には釣合はぬ位な良縁であつた。兵曹といへば収入から云つても妻子を養ふには充分である。そこで彼は一も二もなく承諾しておせつを彼に婚《めあ》はせることにした。

篠山は半月《はんつき》ばかりの休暇をとつて帰省して来た。そしてそれこそ支度もなにもないおせつを喜んで引取つて、そのまゝ佐世保の軍港へ連れていつたのであつた。

佐世保ではその後《のち》おせつもひどく幸福に暮らしてゐるらしかつた。

須田の家ではひとり口が減つたので、生活は以前よりもずつと楽になつて来た。それと同時に須田も役所の方を一生懸命に励みだしたので署長の信任も厚くなり、すべてが少しづゝ幸福になつていつた。

彼はよくその時分の生活の話を私に語つて聞かせた。相変らず月に一度づゝは高山《たかやま》地方の森林を巡廻して歩くので、その間母親はたつたひとりで留守居《るすゐ》をしてゐた。たゞの一日もうか〳〵遊んでゐることの嫌ひであつた彼女は暇に任せて養蚕の手伝ひに出て、一円でも二円でも貯金をすることを忘れなかつた。それも須田の将来を思ふからで、須田がさうして少しづゝでも発展してゆくのを見ると母親までがひどく張合ひが出て来て、どうかして他日は立派な息子に出世させ度いといふ慾望に燃えて来たのであつた。母親の一生の理想は須田がせめて五十円ぐらゐ月給のとれる役人になつて余生を東京で送り度いといふことであつた。

須田はそれから二年の間、刻苦《こくく》して勉励した。その間に木曾《きそ》の方の御料林へ栄転する。そこから又越後《えちご》からずつと仙台の方まで方々勤めて歩いて、その揚句やつと東京の管理局へ在勤を命ぜられる地位にまで進んだのであつた。収入の点では兎も角、母親の理想はそれでその一半を達したことになるのである。

いざ東京へ出るといふ時の母親の喜びは他の見る目も羨やましいほどであつた。息子も愈々一人前の人間になつて人様のなかへ出て口をきくことも出来ると、彼女は逢ふ人毎に自慢して歩いた。

東京へ出て来ると須田は先づ郊外の家賃の安いところを捜して家を持つた。それまでに多少の貯金も出来てゐたし、それに母親が家をしめて呉れるので、彼は小さいながら幸福な生活を営むことが出来た。その時彼は丁度二十七であつた。

都会の生活に馴れて来るに従つて、先づ第一に母親の心に浮んで来たのは、もうそろ〳〵須田にも妻を持たせなくてはならぬといふ考へであつた。母親はやがて躍起となつて須田の妻となるべき適当な娘を物色しだしたが、何をいつてもまだ上京してから日も浅いので知己も少く、心当りの人もいざとなるとまるでなかつた。

境遇が安易《やすらか》になると同時に須田の心にも何処《どこ》となく余裕が出来て来た。今迄は齷齪として生きることにのみ全力を傾倒して、すつかり自分といふものを放擲《はうてき》してゐたが、その方の圧迫が軽くなると初めて彼の心にも青春の血が湧いて来た。それは最初には燃えるやうな功名慾になつて現はれて来たが、やがて彼は何かしら身の周囲に或寂しさと不満足とを覚えるやうになつた。彼は自分で私に明らさまにさう自白した。

彼の一生を通じて最も華やかであつた恋の事件がやがて起つて来た。それは社会の下層に住むもの丶華やかさではあつたが、併し須田自身にとつてはまるで満帆に風を孕んで大洋の面を乗切つてゆくやうな心持ちがしたに相違ない。その時分のことはつい此頃まで彼に思慕の悩みを与へてゐたのであつた。

恋の相手といふのは須田と同じやうに年若くして父を喪つた憐れな官吏の娘であつた。彼女は僅かな恩給を頼りに辛うじて日を送つてゐる母と弟の生活を助ける為めに或幼稚園の保姆をやつてゐた。

二人は毎朝《まいあさ》同じ郊外電車に乗り合はせた。その娘の家は須田が乗る停車場のすぐ傍であつたし、それに出勤時間も略ぼ同時刻だつたので、彼等は日曜を除いて殆んど毎日同じプラットフオームから同じ電車に乗つた。娘は袴を胸高《むなだか》にしめて、片手に紫メリンスの風呂敷包を抱へてゐた。さして美しいといふのではないが、房々《ふさ》とした髪のかゝりや、白い頬が須田の眼には何ともいへず愛くるしく映つたのであつた。

二人はあんまり毎日行逢ふので思はず両方から顔を赧《あか》め合ふやうになつた。唯それだけの関係で二月三月は過ぎていつたが、そのうちに或日のこと彼は珍らしく帰りにも娘と同じ電車に乗り合はせた。その日は朝は晴れてゐたのに午過ぎから急に雨になつたので、娘は傘の用意もなく、それに停車場へ降りると意地悪くどしや降りになつて来たので、娘はひどく当惑して出口のところへ佇んでゐた。須田は気の毒になつて、どうかして自分の傘を貸してやらうと思つた。自分は外套を着てゐるうへに役所から傘を借りて来たので、その傘は娘に貸してやつても格別不便はなかつた。もうその時には彼は濡れるのを厭ふほど他人がましい心持ちはしなかつた。

　娘は幾度か辞退したけれども、余り親切に云はれるので到頭恥かしさうに須田の傘を借りて家へ帰つていつた。そして間もなく彼女の弟が小さな心づくしの菓子折を礼のしるしに添へてその傘を返しに来た。それが須田と娘とをつなぐ縁の糸になつたのであつた。

　両方の家ではいつともなく往来《ゆきゝ》するやうになつた。両方とも寂しい家なので、殊に老人達《としより》はいゝ話相手が出来たのを喜んで、僅か二月ばかりのうちに十年の知己の如くになつてしまつた。須田の家から赤飯を炊いて持つていくと、向ふからは又お萩《はぎ》をつくつて返して寄越すといふやうな打解けた交際《つきあひ》が初まつた。しまひに日曜の野遊びなどにも両家揃つて出懸けるやうなことになつていつた。

　それと同時に須田と娘との間には明らさまな恋が萌《も》えそめて来た。須田の何処か生真面目な正直なところが苦労をして来た若い娘には頼もしく思はれ、又須田は須田で娘の初心《うぶ》な、憂はしげな楚々としたところへ一心になつて打込んでいつた。二人は親達の眼を忍んで郊外の寂しい森影《もりかげ》や、寺の境内などで逢曳きするやうな仲になつていつた。その時の楽しさはどんなであつたらう。お互に自分の境遇を擲つてまで無理な逢瀬を重ねる必要はないので、その恋は割合に自由で、楽しみが深かつた。二人は一日一日に熱していつた。

　二人の間には間もなく結婚といふ問題が起つて来た。そしてそれはお互に待ち設けてゐたやうに訳もなく解決されてしまつた。二人は丁度日露戦争の酣な時分に、さうした恐ろしい国家の大事件もよそにして目出度《めでたく》結婚してしまつたのであつた。その時娘は二十一であつた。

　結婚してから後の須田は前よりも一層幸福であつた。衣食は足り、家には愛妻あり、そして又一方では彼が眼球《めだま》のやうに大事にしてゐた老母も益々健全で、家庭には常に靉々《あい〳〵》たる和気が漲つてゐると同時に、彼の前途は実に希望と光明に輝いてゐた。

　その幸福な須田の家に唯ひとつ暗い陰影《かげ》を投げたのは、佐世保へ行つてゐる妹の死であつた。彼女は篠山が出征してゐる間に産後の肥立《ひだ》ちが悪くて、突然死去してしまつたのである。須田にはたつたひとりの妹であり、又母にはたつたひとりの女の子であつたので、折角孫の顔が見られると思つて楽しみにしてゐた母はひどくそれを悲しんだ。しかしその悲しみも須田の若い嫁の介抱によつて間もなく忘れることが出来たのであつた。

　その不幸につゞいて又もう一つの不幸がやつて来た。今度は篠山が日本海の大海戦で負傷をしたのである。初めは電文が簡単であつたゝめに戦死したやうに報ぜられたが、間もなく彼が生存してゐることが分つて、その負傷の程度も左腕《きわん》を失つたといふことまで明白になつて来た。生命が助つたゞけでも後の不幸はいくらか荷が軽かつた。

そのうちに日露戦争もやつと済んで、世のなかには戦勝の余威を現はすやうな景気のいゝ風が吹き渡つて来た。須田の家にも又以前のやうな明るい幸福が帰つて来た。

やつと病院から出た篠山は帰休を許されてはる〴〵佐世保から東上《とうじやう》して来た。そして、須田の家へ二晩ほど泊つて、その足で信濃の郷里の方へ帰つていつたが、もうその時分には篠山の家も失敗して、見る影もなく零落してゐたので、それをみるのが厭であつたが、彼は一週間ばかり郷里にゐて又再び須田の家へ帰つて来た。彼はもう軍籍へ帰れる体ではないので、左腕を失つた不具《ふぐ》な体で何とか衣食の道だけは講じなければならなかつた。海軍省から下附される傷痍者の手当てと恩給と、それから勲章の年金を集めると彼はどうやらかうやら口を糊《のり》してゆくだけのことは出来た。しかし家を持つにも、間借りをするにもたつたひとりでは何かと不便なので、当分の間《あひだ》須田の家へ厄介になつてゐたいといつた。須田は無論それを歓迎した。云はゞ自分の窮迫時代に自分を救つて呉れた恩人である。しかも彼は祖国のために戦場へ出て、名誉の負傷をした勇者である。須田は一生癈疾になつてしまつた彼にひどく同情を寄せた。出来得る限りの親切を尽して彼をいたはつてやつた。

篠山は頻《しき》りに将来のことを気遣つて、左腕《きわん》がなくても出来るやうな職業に就き度いと云つて、やがて簿記学校の夜学へ通ひ出した。一日家にゐてもすることがないので、せめてその間《あひだ》に何か一藝を仕込んで置き度いといふのが彼の目的であつた。

篠山は須田に向つて間さへあると頻りに戦争の惨禍を説いて聞かせた。世のなかに戦争ぐらゐ厭なものはない、いつそ戦死でもしてしまつたのならいゝが、かうして不具な体を一生の間持て扱つていかなければならないのかと思ふと、こんな悲惨なことはないと云つた。愛する妻は出征中に死んでしまふ。体は不具《ふぐ》になる、それと同時に彼の心もひどく変つて、以前には少しもなかつた陰鬱な、懐疑的な一面が出来て来て、彼は心の底でそれとなく世の中を呪咀《のろふ》てゐるやうな風があつた。須田もよく話を聞いてみると一々尤《もつと》もなことばかりなので、彼の心の変動に対しても熱い同情を寄せてゐた。

家のものは誰れも彼も篠山に親切にしてやつた。殊に須田の妻《ま》は戦場から帰つて来た人だといふので、その時分の世間の風潮に誘はれて、篠山を尊敬もすれば、忠実に世話もしてやつた。他人では出来ないやうなその心づくしを篠山は涙を流して喜んでゐた。

篠山はそれから半年ばかりも須田の家へ奇寓してゐた。

丁度それは初夏のことであつた。須田の母は須田を捕へて妙なことを云ふやうになつた。それは須田にとつては思ひもかけぬことで、どうしても信じられないやうな出来事であつた。母の見るところによると此頃篠山の素振りが変だといふのである。どうみても彼は須田の妻に対して何とか思ひを寄せてゐるらしく、時々変なことを見懸けると云つた。

須田は初めのうちは笑つて過ごしたが、あんまり母が真面目になつていふので、少時《しばらく》すると今度は自分の方が少し不安になつて来た。妻と寝物語に打明してみると、そんなことは断じてないといふ。あの篠山さんは不具になつたゝめに妙に心がねぢけて、女に対しても意地の悪いやうな揶揄《からか》ふやうなことばかりなさるのだ、奥さんはお亡りになつてしまふし、御当人にすればさぞお寂しいだらうと思ひますわと云つて、妻は事もなげに笑つた。

須田はそれで安心して当分の間は母が何と云つても、唯黙《たゞ》つて受流してゐた。母はそれを心許《こゝろもと》ながつて、もしひよつとした間違《まちがひ》でも起ると大変だからどうかして篠山を他《た》の家へ移せといつて聞かなかつた。

須田の身にしてみると、今更らそんなことは出来ないのであつた。いかに篠山の心がねぢけてゐても現在自分の妻の兄の嫁に対してそんな不倫なことをしかけようとは思はれない。それほど常識を失つてゐようとはどうしても信ずることが出来ない。それ又妻にしてからが、もしそんな気振りでもあるとすれば自分の危険を慮つて、母よりも先に自分に打明けて話す筈である。これはきつと母の思ひ過ごしであらう。思ひ過ごしでなければ母の妄想であらう、須田はそんな風に考へて、何度云はれてもいゝやうにあしらつてそのまゝにして置いた。

と、或日のこと須田が役所から帰つて来ると家では不思議な出来事が起つてゐた。母はいつになく激して、奥の茶の間で篠山と頻りに火の出るやうな云ひ合ひをしてゐる。須田が格子を開ける音を聞きつけると、台所にでもゐたらしい妻は慌たゞしく飛んで出て来て、いきなり彼の胸に顔を埋めて声を忍んで泣き出してしまつた。

驚いたのは須田である。余り事が不意なので呆気《あつけ》にとられて様子を見てゐると妻は彼を次の間へ連れいつて涙ながらに事の一伍十什《ぶじゆう》を打明けて語つた。その云ふところに依ると、その日の夕方、母が一寸《ちよつと》戸外へ買物に出た留守に、篠山は夕飯の仕度をしてゐる妻に向つて、突然《いきなり》無体なことをしかけたのだといふ。それも一時の迷ひだらうと思つて、態と笑談に紛らかしてゐると、篠山は漸次と血相を変へて、まるで気が違つたやうに彼女に向つて破倫な言葉を弄したのだといふ。妻は恐怖のあまり戸外《おもて》へ飛び出していつたが、そこへ母が帰つて来て、到頭あんな争ひになつたのだといつて、妻はもう途方に暮れてゐた。

須田はさうして置く訳にもいかないのですぐさま茶の間へ入つていつた。そして態と落着いた調子で双方をなだめたが、ふとみると篠山の顔は妻の云ふやうに血相が変つてゐて、ひよつとしたら気でも狂つたのではあるまいかと思はれるやうな凄い形相をしてゐた。

兎に角云ひ争ひは間もなくおさまつたが、さて須田の位置にしてみるとどう所置をつけてい丶か分らなかつた。まさか篠山を前に据ゑて置いて、糺明《きうめい》する訳にもいかない。そこで何かのことはよく事情を糺《たゞ》したうへのことにして、ひとまづ篠山には二階の居間の方へ帰つて貰つた。そしてそのあとで母と妻とを集めて、いろ〳〵と前後の様子を聞いてみたが、どうも此間《このあひだ》から母のいつてゐたことが事実らしくなつて来たので、さすがの須田もう黙つてゐる訳にいかなくなつて、その晩のうちに考へて何とか角のた丶ない方法で篠山を別居させることにきめた。

それから夕飯を済まして十時過ぎると皆はそろ〳〵寝支度をしたが、須田が自分で上つて二階の様子を窺《うかゞ》つてみると今迄ゐた筈の篠山が影も形もみえない。不思議に思つて家ぢうを捜してみたが、何処へいつたものか彼は全く姿を隠してしまつてゐた。玄関をしらべてみると彼の下駄がなくなつてゐるので、やつと外へ出ていつたのだといふ見当だけはついた。

外へ出ていつたのはい丶が、彼が帰つて来ないうちは門を閉めることが出来ないので、仕方がなしに須田は自分だけ起きてゐることにした。そして茶の間の次の書斎へ入つて、調べものなどをしながらそれとなく篠山の帰つて来るのを待つてゐたが、十時が十一時になつても帰つて来ない。そのうちにもう十二時も打つてしまつた。

須田は昼間の疲れでひどく睡気《ねむけ》を催して来たので、不用心とは思つたが、玄関の戸をすぐ開くやうに両方から押へて、鍵はかけずに置いた。そしていつも妻と一緒に書斎へ寝る習慣になつてゐたが、その晩に限つて妻は母と一緒に茶の間へ寝たので、彼は書斎の方へたつたひとりで寝た。枕に就くと夢現《むげん》の間に一時を打つのを聞いた。

それから何時眠つたか知らない。須田はふと隣りの室で起る消魂《けたゝま》しい物音に突如として夢を破られた。それは人の絶叫するやうな声で、続いてどたばたのたうち廻るやうな物音が聞えたので、彼は愕《ぎよつ》としていきなり蒲団のうへ丶飛び起きた。そして大きな声で、妻の名を呼んでみたが返事がない。

須田は何の考へもなく夢中で起き上つて、机のうへの電燈をひねつてみたが、それと一緒に隣りの間では唸めくやうな、今にも息が切れるやうな物凄い声が二声ほど聞えた。それは「英次」、「英次」と須田の名を呼んでゐるやうだつた。

須田はぞつとしていきなり中仕切の紙襖《ふすま》を開けてみた。間内には二つの夜具がほの見えてゐるばかりで、何の変つたこともない。須田はきつと母か妻が悪夢にうなされてゐるのだらうと思つて、茶の間へ入つていつて、「お母さん」。「お母さん」。と呼びながらそこの電燈を点《とも》してみた。と、その刹那彼は「あツ」と叫んで、恐怖のあまり思はず後へ尻餅をついてしまつた。丁度二人の寝てゐる枕許にいつの間帰つて来たのか、篠山がぬつと影のやうに立つてゐるのであつた。しかもだらりと下げた片手は血に塗れて、着物の腰から前裾のあたりにも鮮血が紅《あか》くしみついてゐる。

須田は殆んど夢中で弾ね起きて、いきなり篠山を力一杯に障子の方へ突き倒した。篠山は腑がぬけたやうに恐ろしい物音をたてながら障子と一緒に縁端の方へ倒れたが、そのまゝ死んだやうになつて身動きもしない。とみると血に染まつたその片手には大きな水兵小刀《ジャックナイフ》を摑んでゐたが、その手はまるで、機械仕懸けのやうにわなわなと打慄へてゐた。

須田は唯もう半狂乱になつて、「人殺ろし」「人殺ろし」と絶叫したが、その声をきゝつけてすぐ隣りの牧場からは牛乳屋の若い者が飛んで来て呉れて、すぐさま篠山を抑へたり交番へ走つたり、医師を呼びにやつたりして呉れた。

その騒ぎの間に須田はおづ／＼と母と妻の枕許へ居坐《ゐざ》り寄つて調べてみると、二人とも喉のとこを刺されて、息も絶えだえになつてゐるのであつた。大声をあげて呼び生けると、妻の方はそれでも唸めき声だけはたてたが母の方はもう全く知覚がなかつた。

巡査や医師が駆け附けて来た頃には二人とも多量の出血のために全く息絶えてゐた。母の方は頸動脈を切られたうへに、蟀谷《こめかみ》のところへ二寸ばかりの裂傷を負はされてゐた。

須田は余りのことに呆然自失してしまつた。

篠山はその場から拘引されていつたが、家を出る時には一種の痴呆状態に陥つて、唯訳もないことをひとりでぶつ／＼口走つてゐた。

須田の恐ろしい過去といふのはこれであつた。

伯父が殺害されたゞけでも不思議であるのに、その上彼の母も彼の妻も人の毒刃《どくじん》にかゝつて命をおとしたのである。しかも伯父の方は加害者が分らなかつたが、母と妻とは肉親の妹の良人《をつと》の手にかゝつて惨殺されたのである。須田の考へによると伯父の場合にも何か妹と痴情の関係でもあつたものがやつたのではあるまいかと思はれる節もあるといつてゐたが、もしさうとすると、須田の一家はその呪はれた妹によつて絶滅に帰したことになるのである。世の中にこれほど悽惨な事実が又とあるであらうか。

篠山はその後医師の鑑定が全くの精神錯乱といふことに決定されたので、未決監からすぐさま巣鴨へ送られたが、一月ばかり病院にゐてまるで火の消えるやうに落命したさうである。

須田はそれから十一年の間、再び妻帯もしずに宿屋から宿屋へ移つて歩いて生活してゐた。結局この方が気楽でいゝなど、は云つてゐたが、時に自分でも寂しいとみえて、私の家へ飯をくひに来たり、泊りに来たりした。その須田ももう今はこの世にゐない人となつてしまつたのである。

憐れな一家族の歴史はかくの如くにして終つたのである。大きな人生の曲波《きよくは》にくらぶれば取るに足らないほどの事件かもしれないが、併し私にはこの地球が絶滅に帰するその日まで、黒い痣《あざ》のやうになつて地上に残さるべき一種の謎語《めいご》ではあるまいかと思はれるのである。過去は過去と消えていつまでも須田の惨《いま》わしい名だけは恐るべき事実として永遠に宇宙の無言の記録に残さるべきものではなからうか。

（「新日本」大正6年11月号）

寅吉

佐藤紅緑

犬も歩けば棒に当る事もあると思つて、寅吉《とらきち》は鵜の目、鷹の目で、地面《ぢべた》を見い見い町を歩いた。幾ら歩いても銭らしいものは一つも落ちてない。五六町も歩いたらいい加減にがつかりしてしまつて、彼は立止つた。『へん、もう駄目だい。あきらめろ。』と、頬辺《ほつぺた》をふくらして独り言云つた。

寅吉は印刷屋の小僧だ。それも工場の方でなくて、店の小僧だ。器械場の方には寅吉より未《ま》だ年の下の絵看板の黒ん坊の様に目ばかり光らした小僧がうようよゐる。何時《いつ》も脂肪《あぶら》光りに光つた小汚ない着物を着て、自分の足より大きな草履を穿いて、睡《ねむ》さうなショボショボした目をして、室《へや》へ立入るといきなり『山下さん、校正だよ。』と大きな声で怒鳴る。

寅吉は同じ小僧でもこの方の小僧でない。今の小僧の云うた山下といふ事務員の下《もと》に使はれてる使ひ歩きの小僧だ。校正刷を注文主へ持つて行つたり、職工達の食ふ弁当を弁当屋へ誂《あつら》へに行つたり、紙屋へ注文に行つたり活字を作る家《うち》に矢張注文に行つたりする。外へ行く時は大抵自転車で行く。店にゐる時は電話室の前にゐる。電話室の前に椅子を据ゑて、その前に冬だと古火鉢を据ゑて足をあぶつて、事務室へ出入りする人をキヨロキヨロ見ながら、大威張りで椅子の背に身を反らしてゐる。

『寅吉、お前そんなにしてねえでちと勉強しろよ。』と事務室の人がいふ。さうすると寅吉はいきなり

『勉強なんかしなくつてもいいやい。今に太田さんのやうにえらくなつて見せらい。』と云ふ。

太田さんと云ふのは子供の時、活版屋の小僧をしたが、今では日本でも指折りの大弁護士になつて、衆議院の副議長までした人だ。

寅吉は併しまんざら怠け者でない。怠け者でないどころか仲仲勉強家だ。ところが神様といふものは、人間を妙に作つたもので、寅吉の頭は人なみ鈍いときてゐる。幾ら覚え込まうと思つても記憶が悪いので、人が十分で済むものが倍の倍の時間かかつても未だ覚え込めない。そこで彼は考へを変へて、独学でなくて学校へ通はうと思つた。一人でやるより人に教はるとよく覚え込めると思つたのである。で学校へ入学《はい》るには時間と金が要る。今勤めてる所は夜勤があるので、夜学には行けない。そこで機会《をり》を見たら暇を貰つて、どこか夜だけ身体のあく店へ勤めて夜学に行く事にし、それまで金を貯めようと思つた。彼はこれを二た月三月前から実行した。そして金は四円足らず貯つた。覚えは悪いが考へはいい。

さて今日は十月の朔日《ついたち》で、工場は休みであつた。ところが朝起きて見ると、秋晴れのいいお天気で、家にごろごろ寝て骨休めしてゐるには惜しい日であつた。そこで久し振りで浅草へ行つて活動写真でも見ようと思つて、昼飯を十時頃に済まして家を飛出した。蟇口《がまぐち》の中には今月の初め貯金する分五十銭と、それに今少し銅貨が這入つてゐる。彼は之れを皆使つて今日は面白く遊ばうと思つたのだ。

所がアテが外れた。電車の中で掏られたのか、浅草の公園内へ降りてから掏られたのか、それとも落したのか——彼は金は滅多に落したことはないのだが——活動の切符を買はうと思つて懐中《ふところ》へ手をやつたら、蟇口も金も消えてなくなつてゐる。彼は顔を真赤にして、口惜《くや》しがつて地段太踏んだ。自分の前を波を打つて行く人群《ひとむれ》の内に三四人連れのお内儀《かみ》さん連が通る。彼は口惜し紛れに何気なく立止つて

『畜生!』と云つた。

お内儀さん連は、自分達の事を云はれたのだと思つて、驚いて彼の顔を見た。寅吉はそれにひよつと気がついて、急にきまりが悪くなつて、くなりと身を転じた。そしてどこを目当にするともなく、ドンドン歩き出した。そして三十分も歩いた頃、自分は閑静な屋敷町へ来てゐるのに気がついた。で此処へ来ると周囲《まはり》が静かなので、初て自分も夢が覚めた様に心が落着いて来た。

で、自分の立止つた右手は、どこか寺の裏手の墓場で、人通りもない所であつたので、その垣根の所へ行つて帯を解き始めた。彼は果して蟇口が実際にあるかないかを見ようと思つたのだ。そしたら蟇口がなくて、どうして懐《ふところ》へ這入つてゐたのか——蟇口から電車の切符を買ふ時にこぼれたのかも知れない——一銭銅貨が一枚肌からコロコロと落ちて、地面《ぢべた》に転がつた。彼は呆《ぼん》然《やり》してしまつた、これでは家《うち》へ帰るにも歩いて帰らなくちやいけない。向う側の家《うち》の表札を見ると、上野××町と書いてある。では此処は上野公園奥の××町に違ひない。此処から寅吉の家の麹町迄は大変な路程《みちのり》だ。寅吉はがつかりした。頭の上の木の中には小鳥が木の葉をカサカサさして、ピヨピヨと鳴いてゐる。寅吉は其処に暫くゐた。寅吉の前には先刻転がり出した一銭銅貨がその儘転り放しになつてゐた。寅吉は金を落したのは今はもう諦めた。併し今日一日何かして遊ばうと思つたのが、この儘何もする事なくすごすご帰るのがいまいましくつて堪らない。彼はやらうと思へばどんな事をしてもやる少年だ。若しやれなかつたら、何かしらんその埋め合せの面白いものがなければ、気が済まぬ。彼は其処で考へた。路傍の石に腰を据ゑて暫く考へた。そして考へて考へた末に思ひ付いたのは、上野公園の図書館で半日を暮らさうといふのだ。それには銭が一銭足りぬ。其処に落ちてる一銭に、今一銭なければ入場が出来ない。今一銭!一銭といふ端銭《はした》だ。此処から上野公園迄行く内に一銭位の貨《かね》なら落ちてゐさうなもんだ。そこで彼は帯をしめ直して立ち上つて、五六町も上野公園の方へ屋敷町の淋しい通りを、地面

たものがあるかと思へば——彼はこれを五十銭銀貨だと思つたを見い見い歩いて行つた。所がない。たまに円い貨らしい光つ——それはサイダーの口であつた。彼はがつかりして又立止つた。そこは何処かの華族の屋敷らしい家で、杉の皮で葺いた塀に屋根が掛つてものの十二三間も門を真中にして両方に続いた大きな家であつた。門の表札には『南条家』といふ厳しい筆太の字が書いてある。門の両方の柱には大きな瓦斯燈があつて、家の前には寅吉の身だけ位の深さで幅一間位の濠があつた。濠には水が少し底を流れてゐる。彼はたつた一銭の貨で困つてるのと、この家の立派なのを思ひくらべて

『斯んな家にはお貨が沢山あるんだらうがなア。』と思つた。

丁度その時、自分の前をニヤアニヤアと云つて、寅吉の顔を見い見いよちよち歩く一疋《ぴき》の可愛らしい子猫が目にとまつた。人恋しさうな顔をして自分を見上げ、小さい真赤な口を開けてニヤアニヤア鳴いたかと思ふと、又逃げる様によちよち前へ歩いて行く。寅吉は手を出して摑まへようとしたら、子猫は直ぐ傍《そば》の濠《ほり》の横にかけた桁《けた》へ上つた。

寅吉は可愛く思つた。そして斯んな子猫の内から、よく細い桁なんか渡れるもんだなあと思つて感心した。人間は渡らうと思つたつて渡れない。それを子猫なら生れてまだ間もあるまいに、誰に教はるといふこともなく、斯んな藝当が出来るんだ。寅吉は下駄を脱いで、その桁に足をかけて見た。猫はそれを見て桁の向う端へ行つた。摑まへようたつてもう駄目だ。猫は濠の向う側に行つて、此方《こつち》を見て、如何にも罪のない顔をしてニヤアニヤアと鳴く。

寅吉は立止つてその猫の可愛い顔を見てゐたが、その内猫を摑まへるのは断念《あきら》めて、前へ歩き出した。そしたら嬉しい事には子猫も寅吉について向う側をいそいそ歩き出した。此方《こつち》が止まれば向うも止る。丁度濠と杉の皮で葺《ふ》いた塀の根元との間には、一尺ばかりの空地が濠に添うて続いてゐる。子猫は此処を歩いては、此方《こつち》の止るのに応じて、ひよいと止つて又懐しさうにニヤアと鳴くのだ。

寅吉は面白くなつて又前に出た。そしてたうとう塀が尽きてしまふ所まで来た。そこまで来たら濠の石垣がなくなつて、両岸は当り前の土になつてゐる。そして狭くなつて、両岸が土崩してゐる所を跨ぎ越すと、直ぐ向うへ行ける様になつてゐる。寅吉はそれが目に付くと突然《いきなり》走り出した。子猫に先き廻りをしてひとつ向う側に渡つて、子猫を引つ摑まへようと思つたのだ。で急いで二足ばかり下へ降りて、流れを跨ぎ越えて、又二足ばかり走つて向う岸へ上つた。猫は驚いて立止つたかと思ふと、どこで如何して見付けたものか、その塀の根元に尻込みしたかと思ふと、お尻が半分見えなくなり、次いで頭も見えなくなつた。寅吉には気がつかなかつたが、その塀の台石の間には穴があつたのだ。台石が一つ外れて其処が空いてゐた。寅吉は子猫の機敏なのに呆れた。そして両手を地に突いて、頬辺《ほつぺた》を地に食つ附けて、その穴の隙から中を覗いて見た。草の根株と土が見

えるばかりで、他に何も見えなかつた。猫の鳴声は聞えるけれども、それも段段遠くなつて行く。彼はがつかりした。

その時ふと気が付いて手を塀の下から差出した。じやらしたら子猫が来るかも知れないと思つたのだ。すると其処に、細く畳んだ西洋罫紙が落ちてゐるのを見た。その表には何も書いてないのもあつたが、何か英語で書いてあるのもある。先づM《エム》—y《ワイ》—と書いてある。其次ぎにu《ユー》—n《エヌ》—c《シー》—l《エル》—e《イー》と書いてあるMy uncle《マイアンクル》——伯父さんといふ事だ。寅吉はそれ位の英語なら知つてゐた。

その大きな家の坊ちやんか、お嬢さんが捨てたのであらう。

『マイアンクル——』寅吉は俺だつて英語は読めるんだいと言つたやうな顔をして喜んだ。

（「日本少年」大正6年1月号）

黄金《こがね》の稲束《いなたば》

浜田廣介

ある国の小さな村に一人暮しの百姓がありました。たつた一匹の馬を持つてゐて長年使つてきましたが、そろそろ老いぼれてきて重荷を運ぶ力も無いやうになりました。けれども百姓は夢にも馬を叱りませんでした。叱るどころか、低い坂を上るにも、『ね、馬や、も些《ちつと》のところ堪へておくれ。もう家まですぐだ。今日の荷はちと重過ぎたから明日はもつと減らしてやるよ。』と、優しい言葉を掛けてやるのでありました。すると、馬は大きな目からぽろ〳〵と大きな涙をこぼしながら、ひゝんと高く嘶いて、無い力までも出さうとするやうに四つの脚を強く踏んばるのでありました。

さうしてるまに、秋となつて忙しい収穫《とりいれ》が始まりました。村の人は男も女も皆《みな》野良に出て働きました。百姓もまた野に出てゆきました、そして、稲《いね》を残らず刈り取つて束ねてしまうと、次にはそれを老いぼれ馬の脊なかに積んで運び出しましたが、決して無理には積みません、昨日三十束つけたから今日は二十九束といふ風に労《いたは》りながら運んでをりました。

ところが、それでも間が悪く、馬はとう〳〵弱つてきて、仕事はそれきり止めねばならなくなりました。残りの稲は余所《よそ》の馬を借りても運べたけれど『稲は来年播けばまた穫れる、可愛い馬の命は一つきり無いのだから。』と考へて、一寸《ちよつと》の暇にも厩にいつては一心に馬の看病をするのでありました。

とかくするまに、野にははや寒い風が吹くやうになつて、遠い山には白いものがかゝりました。余所《よそ》の田畑は綺麗に片付いてしまつたけれど、百姓の田にだけは幾つかの稲むらが残つて立つてをりました。

『あれ見ろ、未《ま》だあそこに残つてゐるよ。』と指差しては、仕事を投げて役にも立たない馬をかまつてゐる百姓をわらふ者もありました。けれども百姓は一向に気に懸けません。そんなことよりか、『馬の命はどうなるだらう、よくなつてくれゝばよいが。』と只そればかり心配するのでありました。

ある日の晩方、矢張心配しながら例《いつも》のやうに厩にいつて見ました。すると馬がぽろ〳〵とおほきな涙を流してゐるので『おい馬や、何故泣いてるの?』と長い顔を撫でゝやりながらたづねると、馬はその鼻先を主人の手に摺つけながら、不思議にも人間のやうな声で『御主人さま、まことに済みません。あの仕事もしまはぬうちに、こんな体になつてしまつて、稲はみんな腐つてしまひませう。どうぞ御主人さま、わたしなんか構はずに稲を運んで来て下さい。』と言ふので百姓は、『何をお前、そんなことを気にするな、それよりか早くよくなつておくれ。』と慰めると、馬は又ぞろぽろ〳〵と泣きながら、『有難う御座います。けれども、御主人さまわたしの病はもはや直りつこはありません。だん〳〵年を取つて死ぬのは致しかたも御座いません。わたしは生れてあなたに飼はれて、只の一度も打たれた試しは御座いません。わたしは些《ちつと》も辛い目を見ずに生きられるだけ生き延びました。これといふのも、みんなあなたのお蔭で御座います。』と言つて、それから是非運んでお出でなさい、と勧めるので百姓は、『それぢや、明日行つて持つて来やうよ。』と決めると、母家に戻つて、ひとり冷めたい床に寝転んでねむりました。

すると、その晩のうち、ちら〳〵と真白い雪が空から降つて、野も山も森も川もいち面銀世界となつてしまひました。

百姓は、朝になつて目を覚してみると、その有様なので驚いてすぐ厩にいつて、『ね、馬や、もう真白になつちまつたよ、稲は放つとくことゝしやう。』と言ふと、馬はつく〴〵と主人の顔を眺めながら、『何の御主人さま、いつて持つて御出でなさい。未だ未だ大丈夫ですから。』と言ひました。

そこで、百姓は野良に出掛けてゆきました。行つてみると、もはやしつとりと重い雪がかゝつてゐるので、『おやおや』と思ひながらその稲《いな》むらにちかづいて、さて雪を掻きのけると、どうしたことか!?稲《いね》はすつかり黄金の束に変つてゐました。

『おやつ!』と胆を抜かれて百姓は、そのまゝ夢中に飛んでもどると真直ぐに厩にいつて、『おい〳〵！馬や、まアどうしたことか、稲はみんな黄金になつてるよ！』といふと、馬は嬉しさうな様子をしながら、『まア！さやうでしたか何とお目出度いことでせう！では、早速それを運ばなくてはなりません。さア御主人さま、わたしの体を何処でも一鞭叩いて下さい。』といふので、百姓は、『何だつてお前、叩いてどうする？そんな弱い体を叩いたら、なほ悪くしてしまふぢやないか？』といふと、『いゝから叩いて下さい。』とたのむので、『それぢや』と一つ軽く叩いてやると、忽ちそこから一匹の仔馬が現はれて、見る〳〵立派な馬となりました。百姓は、『おやつ！』と二度吃驚《びつくり》してゐると、馬は『も一つ叩いて下さい。』といふので、も一つ叩いてやると、又ぞろ仔馬がぴよつこりと顕はれたが、それも見るまに立派な馬となりました。『さアも一遍叩いて下さい。』と頼むので、その通り叩いてやると、そこからもまた仔馬が一匹飛び出して見る〳〵立派な馬となりました。三匹が揃つたのを見て、老いぼれ馬は、『さアお前達、行つてあの田の稲を運んできておくれ。』といふと、言ふより早く、三匹は勇しくぱか〳〵と雪を蹴立てゝ駆けつてゆきました。すると、そのうしろ姿を頼母《たのも》しさうに見送りながら、老いぼれた馬が言ふには、『ね、御主人さま、あの三匹こそはわたしが死んでもこの世にのこる力で御座います。平生叩かれてゐましたら、体の力はみんな残らず抜けてしまつて、三匹どころか一匹も生れなかつたでありませう。』

それを聴くと百姓は成程とうなづいて感心しました。

しばらくすると、三匹の馬はぞろぞろと揃つて帰つて来ましたが、見るとその脊なかには一ぱいに黄金《こがね》の稲束《いなたば》が積まれてゐました。

それから、老いぼれ馬はまもなく死んでゆきました、けれども百姓は三匹の立派な馬と、黄金《こがね》の稲束《いなたば》とが家に遺つて大層幸福な身の上となりました。

（「大阪朝日新聞」大正6年6月18日）

花咲爺

（この一篇を小泉鉄兄に）

武者小路実篤

一

（正直爺さんの正兵衛犬を可愛がってゐる）

正。お前は今日は元気がないね。どうしてそんなに元気がないのだ。何か心配ごとがあるのか。何か悲しいことでもあるのか。この村ぢやお前の評判で持ち切つてゐる。正兵衛さんの犬はなんと云ふ利口な犬でせうと云つてゐる。昨日お前が土に埋れてゐる宝を俺に掘り出さしたことはもう村中で知つてゐる。そして誰もお前をほめないものはない。それなのにお前は少しも嬉しくはないのか。お前には私の云ふことはわかつてゐるのだらう。たゞ私にお前の云ふことがわからないのではがゆいだらう。だがお前は嘘がつけないだけ反つてお前の本当の心は私によくわかるよ。安心しておいで、私はお前を大事にしてやる。前からお前が可愛かつたが、なほ可愛がつてやるよ。嬉しいか。しかし何がそんなに心配なのだ。何か恐ろしいことがあるのか。

（隣りの慾張り爺さんの慾兵衛登場。にこ〳〵しながら）

慾。正兵衛さん。正兵衛さん。

正。（一寸いやな顔をするが、すぐうちけし）なんですか慾兵衛さん。

慾。一寸御無心があつて上つたのです。

正。なんですか。

慾。あなたのその犬を一寸拝借したいのです。

（犬、身ぶるひする）

正。なにをなさるのです。

慾。私のうちにも宝が何処かに埋まつてゐるやうに思ふのです。一つあなたの犬にそれをさがして戴かうと思ふのです。

正。おやすい御用ですが。昨日のことはまぐれあたりだつたのですよ。この犬が昨日のやうな真似をするのはいつもの癖なのですよ。それをどうした具合か、掘つて見たくなつて掘つたらあんなものが出たのです。私もびつくりしてしまいました。私は又土竜でも出てくるかと思つたのですよ。ですから、切角つれていらつしても御役にはたちますまいよ。

慾。それでも、まあ一寸おかし下い。すぐお返しゝますから。

正。何にも出ないでもお怒りにならなければおかしゝてもよろしいが。きつとお役にはたちますまい。

慾。さう御謙遜なさらないでもよろしい。たゞかして下さればいゝのです。それとも私のやうなものにお貸しになるのがおいやなら仕方がありませんがね。誰でも他人が宝物をほり出すと云ふことは嬉しくないものですから。それに自分の大事なものを他人に貸すと損したやうな気になるものですからね。おことわりになるのも無理はありませんが。

正。慾兵衛さん、さう云ふわけぢやないのです。何にもあなたが宝物をほり出すと困るとか、大事なものだからかせないとか云ふのぢやないのです。たゞお役に立たない時あなたがこの犬にお怒りになると困ると思つて申したゞけです。

慾。出ないものは仕方がないぢやありませんか。出ないからと云つてあなたの犬をぶつ程私は乱暴ぢやないつもりです。

正。さう一々へんにおとりになつては困ります。

慾。何にもへんにとるわけぢやありません。一体かして下さるおつもりなのですか。貸して下さらないおつもりなのですか。

正。(犬を見て、犬がいやがつてゐるのを察してきつく目で犬に怒りながら)それは喜んでおかしゝます。しかしこの犬は万一あるものをさがし出すことが出来ましても、ないものはさがし出す力はないのですからもし出なくつても犬のせいにはしないで下さい。

慾。(笑ひながら)あたりまいですよ。ないものを探し出せなんてそんなことを私が云ふものですか。

(犬にこびながら)さあおいで、おいで、いゝものやるから。

(犬正兵衛のもとをはなれない)

正。お行き、お行き、なぜ行かないのだ。ゆかないと打つぞ。

(犬なさけなさゝうに慾兵衛のあとをつき退場)

正。(あとを見おくり)なんだか気にかゝる。ひどい目にあはなければいゝが。

(犬の悲鳴が一寸聞える。正兵衛おちつかないかたち)

二

慾。(犬を縄でひきずりながら)さあ早くさがせ、さあ、早くさがせ。何をぐず〳〵してゐるのだ。地面のにほいをよくかゞないとひどい目に逢はすぞ。主人の目の云ひつけで俺のうちにある宝をわざと見つけないやうにしたら承知しないぞ。どうしたつて宝を見つけ出すまでは正兵衛の処には帰してやらないぞ。早く帰りたけりや、早くさがせ、さがさないか。あのせまい正兵衛の処にあつて、このひろいうちにないわけはない。さがさない心算なのだな。(犬をうつ、犬なく)

慾。こん畜生、図々しい奴だな。早くさがせ。さつきから瓦一つ捜さないぢやないか。何がうらめしいのだ。いやな面するな。さあ打たれるのがいやなら早くさがせ。まださがさないか。さがさないとかうだぞ。(又打つ、犬なく)

慾。よくなく奴だな。なくかはりにさがしたらいゝだらう。なき声をきいて正兵衛がくるといけないからかうしてやらう。(手拭で犬の口をしばる)さあもうなきたくもなけまい。早く宝さへさがし出せばすぐ帰してやる。御馳走もしてやる。強情はるからひどい目にあふのだ。誰もひどい目に逢はしたいからあはすのぢやない。早くさがせ。

（犬少し地面のにほひをかぎながら歩く）

慾。よし〳〵、さうすれば俺も怒らしないのだ。（犬すきを見て逃げやうとする）

慾。どつこいさうはさせないぞ。もつといぢめてほしいのか。（打つ）

（犬もがく）

慾。早くさがせ、早くさがせば、すぐ帰してやるぞ。早くさがせ。

（犬、一寸地面をほる真似をする）

慾。さうか。こゝに宝があるのか。感心々々。

（犬をわきの木にゆわいつけ、すぐ鍬で掘る。ぼうきれや瓦許りが出る。なほ掘るが、ます〳〵くづきり出ない）

慾。よくも人を馬鹿にしたな。この嘘つき。覚えてゐろ。（鍬でなぐり殺す）もろい奴だな。もうくたばつてしまいやがつた。いゝ気味だ。自業自得だ。人を馬鹿にしやがつた。殺してもなほあきたりない奴だ。（死骸を蹴とばす）

三

（第一と同じ場、正兵衛日あたりのいゝ処にむしろを敷き草鞋をつくつてゐる。隣り村の中兵衛登場）

中。お爺さん相変らずおせいが出ますね。

正。なに。少し足をいためたので野良にゆけないので草鞋をつくつてゐます。

中。お前さんの処の犬は殺されたさうですね。

正。あまり大きい声を出さないで下さい。聞へるといけませんから。

中。お前さんはそれで慾兵衛さんには何にも不平を云はずに泣き寝入りをなさつたさうですね。

正。それでも怒つても始まりませんからね。怒つて犬が生きかへつてくれるなら怒りもしましたでせうがね。

中。だけど黙つてゐるのは馬鹿気てゐるぢやありませんか。皆お前さんが慾兵衛さんを怖がつてゐるから慾兵衛さんがいゝ気になるのだと云つてゐましたよ。

正。それでも怒つても始まりませんよ。私も若い内は怒りつぽい人間でしたが、この頃は怒ると云ふことはよくないことだと思ひましたよ。怒つて碌なことはありませんからね。

中。しかし私は話聞いたゞけでも腹が立ちましたよ。

正。それはまだお若いからですよ。隣り同士怒りあつてゐるのは面白くありませんから。私が怒れば慾兵衛さんを怒らす許りですよ。

中。それはさうですがね。よく怒らないでゐられますね。犬はどうしました。

正。あの木の下にうづめてやりましたよ。

中。さうですか。本当にいゝ犬でしたがね。あんな犬は二度と見つかりませんね。

正。さうですよ。しかし仕方がありませんよ。婆さんを失なつた時も、とり返しがつかない苦しみは十分味はひましたよ。この世にゐる間は、どんなことが起るかわかりません。起つてしまへばそれまでとしてあたらしいことを始めて見るより仕方がありませんね。私は今はあの木の大きくなるのを待つて居ます。

中。随分気のながい話ですね。

正。たつて見ればぢきですよ。それ迄に死ねばそれまでゞすがね。

中。隣りの慾兵衛さんにたいしてあなたは本当に腹が立ちませんでしたか。

正。腹が立つよりは犬が気の毒でした。殺される時に、どんな気がしたらう、私が助けに来てほしいとどんなに思つたらう、その時行つてやればどんなに喜んだらうと思ふと、気の毒な気がしますよ。しかしどうも仕方がありません。私は生きてゐる間、何かこの世にお役に立つことをしたいと思ひます。思つても始まらないことを思つて許りゐても始まりませんからね。

中。あなたはどうしてそんな気になれるでせう。

正。齢の効ですよ。

中。隣りの慾兵衛さんだつて随分いゝ齢してゐるぢやありませんか。

正。私と同い齢ですよ。あの人は苦労が足りませんから。それに生れつきも手つだつてゐるのですね。あの人は昔から負け嫌いですから。

中。負け嫌いと云ふより、あんな人は慾張りの我利々々と云ふ方が本当でせう。

正。人のこと許り云ふものぢやありませんよ。自分さへ謹んでゐればいゝのですよ。人のことはかまつてはゐられません。

中。あなたは随分お隣りにはひどい目にあはされて来たでせうね。それなのによくこりずに又犬をおかしになりましたね。ひどい目に逢ふことはわかつてゐたのでせう。

正。まあ、半分わかつてゐましたが、殺されるとまでは思ひませんでしたよ。

中。あなたはあんまり人を信用なさるからいけないのですよ。もうこりてもいゝ時分ぢやありませんか。

正。しかしそれが私の病気なのですね。自惚がつよすぎるからかも知れませんよ。つい自分の方でわるいことをしないと云ふ自惚があると人を信用したくなるものですからね。徳が足りないくせに自分の徳に自惚れるのがよくないのですね。しかし之も修業ですよ。おかげで少しづゝ修業をつんでゆきますよ。

中。あなたがあまり怒らないので、慾兵衛さんは村の同情があなたに許りくつつくと云つて、あなたのことを偽善者だと云つてゐますよ。

正。さう思はれてゐる間は思はれてゐるより仕方がありませんよ。しかしさう思はれても私は別に損はしないですみますよ。

す。

中。不思議な木ですね。

四、同上

中。とう〳〵臼が出来ましたね。

正。出来ました。之から餅をつく処です。

中。手つだいませうか。

正。ありがたう。それなら手つだつてもらいませう。私がつかれたらかわつて下さい。

中。えゝ、いつでもかはります。

（正兵衛餅をつき出す慾兵衛隣りで見てゐる。暫くすると急に餅が宝物にかはる。二人おどろく）

中。どうしたのです。どうしたのです。

正。（手にとつて見）もちが宝物にかはりました。

中。えつ。宝物にかはりましたか。どうしたのでせう。

正。私にもわかりません。しかし誰かゞ私の心に感じて、餅を宝物にしてくれたのでせう。私にもわかりませんが。

中。不思議なこともあればあるものですね。もつと餅を持つて来て、ついて御らんなさい。

正。私はもうこわくなりました。もうこの臼にはさわるのがこわくなりました。今度ついて見たら餅がどうなるか私にはわかりませんから。

（慾兵衛入つてくる）

たゞさう思ふことで年中私に心をゆるすことが出来ず、私を憎まなければならないのは、慾兵衛さんの損ですが、それも仕方がありません。だから私は慾兵衛さんより貧棒人ですが、慾兵衛さんより呑気にくらしてゐます。いろ〳〵たのしいことを考へることが出来ますからね。何んでも心の持ちやうだと云ひますが、私も齢とつてから始めてそれが本当にわかりましたよ。うまいことがあつても、油断は出来ませんし、悲しいことがあつても参つてはゐられません。

中。一寸見てゐない内にあの木はきくなつたやうですね。

正。あの木は不思議な木ですよ。私がいゝ心がけをもつとあの木が大きくなります。あの木は私の心をすつて生きてゐるやうな気がします。少し考へてはいけないことを考へると、あの木はしほれてしまいます。

中。本当に不思議な木ですね。

正。不思議な木です。しかし私にとつてはいゝ木です。恐ろしい木です。私はあの木を見て自分の心がけをなほしてゐるのです。慾兵衛さんに不快を持つとあの木はよろこびませんよ。私はあの木が大きくなつたら、うすをつくらうと思つてゐます。それでもちをついて皆を御馳走したく思つてゐます。その時はあなたも来て下さい。

（木、めき〳〵と大きくなる）

中。あつ。木が大きくなりまりたね。

正。えゝ、皆に御馳走しやうと思ふと、この木はよろこぶので慾。正兵衛さん、立派な臼が出来ましたね。

正。やつとつくりましたよ。

慾。沢山の宝物が入つてゐますね。どうしたのです。

正。今、餅をついたら、それがなくなつて、何処からか、こんなものがわき出たのです。

慾。えつ。餅をついたら餅が宝物になつたのですか。

正。まあ、さうです。

慾。私にこの臼を貸してくれませんか。

中。慾兵衛さん、正兵衛さんは之からまだ沢山餅をつかなければならないのですよ。

慾。正兵衛さん、あなたはいそぐのですか。

正。いゝえ別に急ぎません。

慾。それなら之をかして下さい。すぐお返しゝます。私は少しいそぎますから。

中。慾兵衛さん、それはあんまり虫がよすぎますよ。

慾。何が虫がいゝのです。いらないものを貸してくれと云ふのが虫がいゝのですか。

中。あなたは、又餅をついて宝物にかへやうと思ふのでせう。しかしそれはよした方がいゝかも知れませんよ。心のもち方一つですから。

慾。宝物がほしくつて貸してくれと云ふのぢやありませんよ。たゞこないだから餅がつきたいと思つてゐたのです。

中。あなたは臼を持つてゐらつしやらないのですか。

慾。もつてはゐますが、あんまり古くなつたので具合がわるくなつてつきにくいのですよ。正兵衛さんかりて行つてい、でせう。

正。どうか。しかしこの臼は心の持ち方一つで黄金のかはりに、きたないものが出ることもありますから、用心なさつて下さい。

慾。私はそんなに、心の下等なものに見へますかね。正兵衛さんにくらべるとそれは誰でも皆下等でせうがね。それなら拝借してゆきますよ。

正。どうか。(宝物をとりのぞき)それなら臼を二人で持つてゆきませう。

慾。よろしい。一人でかついでゆきますから。

正。きねもおかしゝませうか。

慾。夫れは私の家にもあります。それならすぐあとでおかへしゝます。(臼に縄をかけ)やつこらさ。

(臼を背負つて退場)

正。随分慾兵衛さんは力がありますね。

中。慾の力ですよ。ですけど、あなたはよくあんな大事な品を平気でおかしになりますね。

正。臼は死ぬことはありませんからね。しかしうまく宝物が出ればいゝと思ひますがね。この前の犬の時のやうに、何にも出なかつたら、慾兵衛さんはさぞ立腹なさるだらうとそれが気になりますよ。私だから宝物が出ると云ふと少し傲慢に聞へるかも知れませんがね。誰でもあの臼で餅をつくと餅が自づと宝物になるときまつて居ないやうに思ひますから。誰でもお米をいたゞけば善人になるとは限りませんからね。私はあの木を心から愛してゐましたから、木の方でも私にでなければ見せないものを持つてゐるやうな気がします。あまり大きなことは云へませんがね。今時分、餅がどん／＼宝物にかはつてゐるかも知れませんがね。慾兵衛さんはふだんの心がけと云ふことをまるで考へてゐませんから、少し心配です。

中。私は慾兵衛の餅が宝物にかはつてくれなければいゝと思いますよ。

正。そんな気はなるべく持たないやうにする方がよろしいよ。さう云ふ気のある間は、大事なことが目につかなくなりますよ。他人を呪うやうなことはなるべくしない方がよろしいよ。

中。しかしあんまり慾のふかいものには罰があたらないのは気持のわるいものですからね。今にひどい目にあふといゝと思ひますよ。私はまだ若いせいか、慾ばかり者はひどい目に逢ふ方が気持がよろしい。なんだか餅をついてゐる音がしますね。一寸見て来ませう。

（二人耳をすませる）

正。もうぢき返しに来ますよ。呪ひながら見るのはよくありませんよ。

中。なんだかひどい音がしましたね。うすを倒したやうですね。何か怒つてゐるやうですよ（間）何かわつてゐるやうですよ。もしかしたら。

正。大丈夫ですよ。さう人を疑がうものではありませんよ。

中。あなたはよくそう平気でゐられますね。

正。私は心を出来るだけよくするやうにしてゐます。さうすれば、何かゞわるい目には逢はさないやうに私を守護つてくれるやうな気がしますよ。私は自分の心以外のことはなるやうにさせておきます。

中。私は気になりますから見て来ます。

正。さうですか。しかし慾兵衛んがどんなことをしてゐても、あなたは怒つてはいけませんよ。私のことを思つて下さるなら。

中。大丈夫です。慾兵衛さんと喧嘩しても始まりませんからね。

（中兵衛退場、正兵衛耳をすませる）

五

（慾兵衛、飯をたいてゐる。中兵衛登場）

中。慾兵衛さん。

慾。（怒つてゐる）何か用かね。

中。餅はどうしました。宝物になりましたか。

慾。なるわけはないよ。また正兵衛の野郎にだまされたよ。私は人がいゝものですぐだまされるよ。

中。どうしたのです。餅をつくのはやめたのですか。

慾。つけるだけついて見たさ。すると何が出たと思ひなさる。

中。何にも出なかつたのですか。

慾。出たことは出たよ。正兵衛に讐をうたれたよ。あいつに又だまされたのだ。

中。何を怒つてゐるのです。正兵衛さんは何にもわるいことはしないぢやありませんか。

慾。あいつは恐ろしい悪党だよ。お前さんもだまされなさるなよ。餅をついて宝物が出るやうに見せたのは私の餅を蛆にする策略だつたのだよ。宝物をそつと入れておいて宝物が出た、宝物が出た天から授かつたと云つてあれはひとをだますのだよ。

中。そんなことはないでせう。私はちやんとこの目で見てゐたのですから。

慾。それはお前さんがだまされたのさ。あいつは魔法つかい見たやうな奴だよ。お前さんをだます位いなんでもないよ。このい丶齢した俺でさへだまされるのだからね。

中。あなたの餅は蛆になつたのですか。

慾。さうだよ。人を馬鹿にしてゐるぢやないか。

中。恐ろしい目にあいましたね。

慾。あはされたよ。そして何か苦情云ふとお前さんの心がけがよくないからと又お説教を云ふのだからたまらないよ。そして世間の奴まで、俺を馬鹿にして、正兵衛許りがほめられるのだからね。うつかり苦情も云へないよ。大事な餅を損して泣きね入りさ。あいつは本当に恐ろしい奴だよ。

中。それで臼はどうしました。

慾。臼か、臼はあんまり他人《ひと》を馬鹿にするからこわして今やいてゐる処さ。

中。臼をこわしたのですか。

慾。だつてこわさないわけにはゆかないぢやないか。いくらお人よしの私だつて黙つてゐるわけにはゆかないよ。

中。それだつて黙つてこわすのはよくありませんね。あんなに正兵衛さんが丹精してつくつたのぢやありませんか。

慾。その丹精は犬の讐をうつ為に私に耻をか丶せる為さ。私が臼をかりに行つた時、いやな顔一つしなかつたのは、こんなたくらみがあるからだよ。あとで舌でも出してゐたらうよ。

中。そんなことはありませんよ。あなたの心がひねくれすぎてゐるのですよ。

慾。なんだと。もう一ぺん云つてごらん。

中。何度でもいひますよ。つまりあなたが慾がふかすぎるからいけないのですよ。

慾。貴様は正兵衛にたのまれて、俺の悪口を云ひに来たのだな。喧嘩を買ひに来たのだな。いくら齢をとつたつて貴様には負けないぞ。

中。慾兵衛さん。さう怒るものぢやありませんよ。

慾。正兵衛そつくりだ。怒るものぢやありませんよ。人を怒らしておいて怒るものぢやありませんよ。もないものだ。

中。なんだと。

（二人とつくみあふ。慾兵衛押へつけられる。正兵衛登場）

正。あなた達はなにしてゐるのです。さあ、喧嘩は早くおやめなさい。

慾。正兵衛！覚えてゐろ。貴様はよくもこの俺をだましたな。

正。何を云つてゐるのです。慾兵衛さん。中兵衛さん。もうおよしなさい。（無理におこす）

慾。正兵衛！よくもこの慾兵衛をだましたな。（正兵衛の顔を打つ）

中。（又打たうとするのをとゞめ）正兵衛さんをうつと承知しないぞ。正兵衛さん、大へんなことが出来ましたよ。

正。どうしたのです。

中。あなたが丹精してつくつた臼は慾兵衛さんの為にやかれてしまいましたよ。

正。やかれた？　（びつくりして、又平静にもどる）

慾。焼いたがわるいか。人の餅を蛆にしやがつて、さあ、餅を返してくれ。

中。慾兵衛。そんなわからないことを云ふと承知しないぞ。

正。慾兵衛さん、餅が蛆になつたのですか、それは本当ですか。

慾。知らばくれるない。お前さんこそよく知つてゐるはづだ。

正。それはお気の毒でしたね。あとで餅の代だけお返ししませう。

慾。貴さまの金なんかほしくない。又私の手がさわると蛆にでもなるだらうよ。（沈黙）

正。慾兵衛さん、私にわるぎはないと云ふことはわかつてはくれませんか。私は慾兵衛さんの幸福をのぞんでゐることはわかりませんか。

慾。どうせお前さんはお人よしで、私はわるものですよ、さつさと帰つてくれ。

正。この灰を少し戴いて行つてよろしいか。

慾。ほしけりやもつて行け。そして皆に俺のしたわるいことを吹聴するがいゝ。

中。正兵衛さんはだまつてゐたつて私は黙つてはゐない。

正。慾兵衛さん、さうあなたのやうにひがんでとるものではありませんよ。

慾。あなたの云ふことをきくのはもうこり〳〵ですよ。人の餅を蛆にして、怒るな、ひがむな、あなたの心がけがわるいから、よく云はれたものだ。

中。何に？

正。中兵衛さん、怒るものぢやありませんよ。さあゆきませう。さよなら。

慾。怒るものぢやありませんよ。は、、、。

（中兵衛ふり返る。二人退場）

六、四の場へ戻る二人登場。

中。随分ひどい奴ですね。

正。しかしあゝとれば、あゝ怒るのも無理はありませんね。自分が餅を蛆にしたとは思へないので、私が策略で慾兵衛さんをおとし穴におとし入れたと思ひ込んでゐるのですから。

（正兵衛の手から灰がおちる。その灰がかゝる枯草は青々した花がさく。正兵衛のあるいた処に花がさく。中兵衛ふと気がつき）

中。正兵衛さん、正兵衛さん、不思議なことがありますよ。

正。なにです。

中。こんな時候に花がさいてゐますよ。

正。どれ、本当にさいてゐますね。

中。あなたの歩いた処は皆花がさきましたよ。

正。どうしたのでせう。

中。不思議なことがあるものですね。あなたの心がけがいゝから、歩く処が皆、花になり、慾兵衛さんが歩く処は蛆になるでせう。

正。わかりましたよ。きつとこの灰がかゝると花がさくのですよ。ためしにこの枯れ木に灰を少しかけて見ませうか。

中。えゝ。

正。（かける、花さく）そらこの通り花が咲きますよ。この木にも灰をかけて見ませう。（花さく）

中。不思議なこともあるものですね。

（沈黙）

七

大名。花咲爺と慾ばり爺をよべ。（大名、二十七八）

侍。はつ。（退場）

奥方。花咲爺は本当に花を咲せるで御座いませうか。

大名。それは自分で見ない間は信じられない。しかし現在見た者がある以上は嘘だと云ふことも出来まい。しかし不思議なのは枯木に花を咲せることではない。

奥方。それなら何が不思議なので御座います。

大名。それは今時に花咲爺のやうな人間がこの世に居ると云ふことだ。自分の大事にしてゐる犬を殺されても少しも怒らず、又恨まずに、又臼を平気でかすと云ふことだ。そしてその丹精した臼を焼かれても怒らないと云ふことだ。それに花咲爺の普段の心がけや、行を聞けば聞く程感心な奴だ。さすがに枯木に花を咲せるだけの奴だと思へる。わしはこの世にそんな人間があるとは思はれなかつた。花を咲せることも珍らしい。しかし花咲爺の心こそなほ美しい。なほ賞めなければならない。

奥方。本当で御座いますね。それにしても慾張り爺はひどい奴で御座いますね。

大名。ひどい奴だ。だがわしにはそいつの心の方がわかる。しかし、そんないゝ男のわきに居ながらその男を信じることが出来ないで、常に疑ひ憎むと云ふのは又珍らしい男だ。花咲爺に花が咲せれば自分にも花が咲すことが出来るとこりもなく云つてゐる。同じ灰さへもてば同じことが出来ると思つてゐる。灰を生かすのは花咲爺の普段の心がけだ。又其処が貴いのだ。

奥方。あなたはその慾張り爺さんもお呼びになつてこゝで花をさかせて見やうとおつしやるのですか。

大名。さうだ。俺は同じ灰がちがう人間によつてどんな働きをするか、この目で見たいのだ。

奥方。慾ばり爺に花が咲せるでせうか。

大名。誰も見たものはない。しかし咲かない処も見たことはない。しかし世間の噂が本当なら花はさくまい。灰は蛆か何かにかわらなければならない。

奥方。蛆にかわられてはたまりませんね。

大名。しかし何か人並よりかはつたことをするだらう。善意を悪意にとり、恩をあだに思ひ、善人を偽善者にし、強情我慢を通す奴だから。

(花咲爺、と慾ばり爺、同じやうな姿をし、同じくざるに灰を入れてもち登場。大名の前に畏まる)

大名。正兵衛、慾兵衛、今日は御苦労である。

両人。はつ。

大名。誰か、正兵衛と慾兵衛の灰をまぜてやれ。正兵衛の持つてゐる灰を半分慾兵衛のに入れ、慾兵衛のを半分正兵衛のに入れてよくまぜてやれ。

侍。はつ。

(侍、云はれた通りにする)

大名。正兵衛、それならお前からさきに、あの木の東に出てゐる枝に花をさかせてくれ。

正。畏まりました。出来るだけやつて御らんにいれます。しかし私の力では御ございませんから仕損じましても御ゆるし下さい。

(枯木に梯子がかけてある。正兵衛それにのり。何か念じながら灰をまく、花咲く)

大名。(立り上り)出来《でか》した、花咲爺。今日からお前は世間の云ふ通り花咲爺と名のるがいゝ。でかした、でかした。

正。(下りて畏まり)恐れ入ります。

大名。お前が花を咲せたの見てもお前の普段の心がけがわかるやうに思はれて、わしも嬉しく思ふぞ。用意の宝物を持つて来て、花咲爺に与へよ。

侍。はつ。

大名。どうだ皆、心を美しくもつものはいつか知れないではおかないものだ。それにしてもよくお前は長い間辛棒したな。わしはそのことを、花が咲いたよりも嬉しく思ふぞ。自分が花を咲せたやうに後の世にまで語りつたへて威張りたい気さへする。

(侍、宝物を正兵衛の前におく、慾兵衛横目でじろじろ見てゐる)

大名。花咲爺。花を咲せたほう美ぢや、僅かだが納めてくれ。

花咲爺。あまり恐れ入りますが、御言葉にそむくのも恐れ入りますから、有りがたく戴きます。(お辞儀をし、以前の位置にさがる)

大名。さて慾兵衛。その方も、花を咲せて見ろ。花咲爺にやつた宝物より、もつと価の高い宝物をやるぞ。

慾。この灰に正兵衛の呪ひの息がかゝつておりませんければきつと咲せてお目にかけます。

大名。お前はまだ正兵衛を恨んでゐるな。

慾。花が咲けばこの恨みもなくなるで御座いませう。それ迄は恨まないわけにはゆきません。私は正直ものです。腹に思つたことは何処でも云はないではゐられません。

大名。それは感心な心がけだ。花を咲せろ。

慾。さかしてお目にかけます。ほう美は必ず下さるで御座いませうね。

大名。花さへ咲せたら必ずやる。

慾。正兵衛さんのよりもつといゝのを下さいますね。

大名。もつといゝのをやる。花を咲せたら。

慾。（独白のやうに）そんなことが出来ないで。俺でも人間だ。

（慾兵衛、同じ格好してはしごにのり無雑作に灰をまく、花が咲かない、皆笑ひ出す、ます／＼まく、いらつてのこらずまく、灰が正兵衛をぬかして皆の目や口に入る、とう／＼殿様の目に入る、耐えてゐた殿様、烈火のやうにいきどほり、立ち上る）

大名。もう灰をまくのはよせ。誰か早く慾兵衛をとりおさへろ。聞きしにまさりし、ひどい奴だ。早速、慾兵衛の首をはねろ。

（侍、慾兵衛をおさへつける）

慾。どうぞお助け下さい、お助け下さい。

大名。いや／＼わしは腹に思つたことはお前のやうに行はないわけにはゆかない、お前が犬を殺したやうにわしはお前を殺さなければならない。

慾。お助け下さい。お助け下さい。生命許りはお助け下さい。

大名。いや／＼わしは助けることは出来ない。すぐ慾兵衛をつれて行つて首をはねろ。

侍。はつ。

正。一寸お待ち下さい。

大名。なんだ。

正。どうか、慾兵衛さんの生命はお助け下さい。お言葉にそむいて失礼では御座いますが。お殺しになるのはおゆるし下さい。

大名。お前は慾兵衛の殺されるのを気持ちよくは思はないか。

正。思ひません。慾兵衛さんは腹の底からわるい方では御ざいません。あの姿を見たら誰でも同情しない方はないはづだと存じます。どうかおころしになるだけはお許し下さい。

大名。貴様にやつた宝物をのこらず返せば慾兵衛の生命はゆるしてやる。

正。お返しします。お返しします。

大名。慾兵衛、正兵衛に礼を云へ。

慾。それが正兵衛の策略だ。誰が礼を云ふものか。

大名。それなら貴様は首がはねてもらいたいのか。礼を云ふのがいやなら首をはねるぞ。

慾。（怒つたやうに）正兵衛さん、ありがたう。御かげでお前さんは宝物を失なつたね。

大名。そいつをつれてゆけ！

侍。はつ。

（侍、慾兵衛をつれてゆく。沈黙）

大名。花咲爺。わしはお前が花を咲せたよりも宝物をかへしてまでも慾兵衛の生命を助けやうとした心を嬉しく思ふぞ。誰か、もつと宝を持つて来てやれ。

侍。はつ。

（侍、まもなく以前にまさる宝物を持つてくる）

大名。花咲爺！わしはお前のやうな人間をこの目で見、この心で感じることが出来たのが嬉しいのだ。この宝はお前の心に任せる。この宝をお前の美しい心で生かしてやつてくれ。

正。はつ。（平伏する。涙ぐむ）

（沈黙）

幕（一七、六、一三）

（「白樺」大正6年10月号）

評論

評論
随筆
記録

文壇一百人

生田長江

伯者の人、明治十五年三月、鳥取県根雨町に生れた。明治三十九年七月、東京帝国大学文科大学の哲学科を出た。在学中、上田敏等の「藝苑」に執筆した。成美女学校の英語の教師となり(この時、生徒の中に平塚雷鳥がゐた、森田草平も同じくこゝに教鞭を執つた事がある。)二箇年にしてやめ、後、一度「万朝報」の記者となつたが、間もなく止めてそれから今日に至つてゐる。評論家として一方に重んじられてゐると同時に、翻訳家として、ニイチエの「ツアラトウストラ」をはじめ、ダンヌイツイオの「死の勝利」フロオベルの「サラムボオ」等の訳を出した。今、ニイチエの全集翻訳中である。氏は、「自己をよりよくする事によりてのみ社会をよりよくする事が出来、社会をよりよくする事によりてのみ自己をよりよくする事が出来る」といふ言葉を標語として社会改良の先声をあげつゝある志士的気概に充ちた論客である。文章は警句的で、筆鋒の鋭さ、他に其比を見無い。「現代の小説家」「最近思潮及び文藝」等の論集がある。

――現住所、本郷森川町一牛屋横――

岩野泡鳴

東京の人、名は美衛、明治六年淡路国洲本に生れた。十九年大阪に遊学し、耶蘇教信者となり、翌年上京、明治学院に学んだ。二十一年十六歳の時から文学に筆を染め、国木田独歩と共に雑誌「文壇」を発行した。後、仙台の東北学院に学び(此時、自分は教師のつもりで出かけて行つたのだが行つて見ると最下級の生徒にされたのだといふ。)此間に基督教を脱した。三十二年肺を病み、療養旁々琵琶湖畔に移つて英語の教師となつた。三十四年に詩集「露じも」を出版した。翌年東京に帰り、三十八年論文「神秘的半獣主義」を出版し、半獣主義を主張し、哲学宗教並に藝術に対する伝習思想の打破につとめ、思想家としての一地位を獲得した。四十二年樺太に行つて蟹の鑵詰業に従事したが事志と伴はず、帰来、小説家と起ち、「耽溺」「放浪」「発展」「断橋」「毒薬を飲む女」等の作あり、最近、その妻清子との離婚問題に於て、更により以上に世を騒がした。

――現住所、府下巣鴨町一〇八二番地――

巌谷小波

近江の人、名は季雄、漣山人、小波の号は、「さゞなみやしがの都」の古歌に由来する。明治三年、当時元老院議員たりし書家巌谷一六の子として東京に生る。独逸協会学校に学び杉浦重剛の称好塾に学んだ、称好塾では、同窓の友、大町桂月、江見水蔭と小説家三幅対の名を謳はれた。在塾四箇年、其間に於て尾崎紅葉と相知り、硯友社の一員となり、小説「妹脊貝」等の作を以て世に知られた。夙に、お伽噺に筆を染め、少年文学界の唯一人として、博文館発行の「少年世界」を刊し、「小波のをぢさん」の名は満天下の少年少女の口に謳はれた。「日本お伽噺」「世界お伽噺」等の作は、長く我が少年文学の権威として遺るであらう。傍ら俳句を作り、俳名世に高い。三十三年九月、伯林の東洋語学校に聘せられて赴き、三十五年十一月に帰朝した。氏は、好個の一紳士最も社交の術に長じ、知友朝野に多く曾て文藝院設立の議を立て、又、当時の文相西園寺公望が文士をその官邸に饗せるが如き、氏の斡旋に待つところが多かつた。

——現住所、芝区高輪南町五十三番地——

泉　鏡花

加賀の人、名は鏡太郎、明治六年を以て金沢市下新町に生る。父は金属彫刻を業とし、母は宝生流能楽家の女である。その父母の遺伝を受けて幼時から藝術の嗜好浅からず、後上京して尾崎紅葉の門に入り、後一旦、郷里に帰り、再び上京、紅葉に学んで、「義血侠血」「予備兵」「夜行巡査」等を書いた。「夜行巡査」に到つて文名初めて高く、異色ある作家として文壇に認められた。紅葉の逝くや、小栗風葉と共に出藍の誉を侚うて、時の文壇の重鎮となり、爾来、十年一日の如く、その特異の文境を守つて、時流に超然としてゐる。著作中主なるものは、「辰巳巷談」「湯島詣」「照葉狂言」「風流線」「高野聖」「白鷺」等で、いづれも、妖艶幽怪のロマンスである。氏は好んで、「あやかし」と「まぼろし」とを描く。その神秘的傾向に於て英国の詩人ポーに肖ると称されてゐる。その文勁健離奇、遠く人の模倣を許さず。作風文章、今の文壇に最もユニークなる氏は、その独特のチヤームを以て、文壇の一角に一の雰囲気を作つてゐる。文壇稀に見るの鬼才と称す可きであらう。

——現住所、麹町区下六番町十三番地——

生方敏郎

明治十五年八月、群馬県に生る。明治学院を経て、早稲田大学英文科卒業。小説の作もあるが、雑文家として、殊に警句家として聞えてゐる。寸鉄殺人の警句に於ては正に文壇独歩である。文集「敏郎集」の外に、「女優タイイス」「ワイルド警句集」等の翻訳がある。日本文藝協会の理事として、「文藝雑誌」を主宰してゐる。明治学院時代には、牛乳を売つたりなどして、具に苦学をしたといふ。常に風霜に打たれた苦労人らしいところが、氏の文章を味深きものとしてゐる。

――現住所、小石川区原町十三番地――

稲毛詛風

名は金七、明治二十年六月山形県に生れた。十四歳より小学教師となり、二十歳上京、早稲田大学に入り、具さに苦学をきはめた。毎日大抵二食で間に合はせたと云ふ。半途にして入営、四十五年、早稲田大学哲学科を卒業した。その卒業論文「人格研究」は四百枚にのぼる雄篇であつた。卒業後、「若き教育者の自覚と告白」を出して文名があり、つゞいて、「オイケンの哲学」「現代教育者の真生活」「生の創造と教育」「愛し得ざる悲哀」等を出した。又、文藝評論の著も少なくない。「批評論」はその最近の著述である。今、「教育実験界」を主宰して文藝界に於てより以上、教育界に重きを為してゐる。その思想文章は姑らく問はずとするも、出身の経歴に於ては、天晴立志伝中の人物たるに足るものがある。

――現住所、小石川小日向台町三ノ七七――

石坂養平

明治十八年十一月、埼玉県に生る。大正二年東京帝国大学文科大学哲学科卒業。今、郷里に退いてゐる。新進批評家としてその堅実の思想と文章とを以て重んぜられ、論集、「藝術と哲学との間」の著がある。

――現住所、埼玉県大里郡奈良村――

生田葵

名は盈五郎。明治九年四月、京都市に於て生れた。巌谷小波の門に出た。自然主義勃興の当時、盛に肉慾描写の筆を揮つて、世の視聴を集めたが、結局、それは、自然主義をはきちがへたもの、文学の邪道として排斥されて了つた。大正二年四月、独逸にあそび、同四年十二月、英、瑞、露の諸国を経て帰朝した。帰朝後、二三の短篇を発表したが、未だ大に世に認められるに及ばない。

――現住所、府下中渋谷字田川八七――

馬場孤蝶

土佐の人、名は勝弥、明治四年に生れた。政客馬場辰猪の弟である。はじめ医学に志したが、兄の勧めにより神田の三菱商業学校に入り、更に転じて明治学院に入つた。こゝで、島崎藤村、戸川秋骨等と知り、漸く文藝を親み、二氏と共に明治二十四年業を卒へ、郷里なる高知市の私市共立学校の教師として聘せられた。二十六年上京、日本中学に教鞭をとり、傍ら、透谷、藤村等と共に雑誌「文学界」の同人として活動をはじめた。後、近江の彦根中学、埼玉の浦和中学等に教鞭をとり、三十年の末から日本銀行に入つて、三十九年までそこにゐた。爾来、早稲田大学、慶応義塾大学等に文学を講ずる傍、大陸文学の紹介者として、翻訳家として文壇の一方に重きをなし、また無駄話家としてその博識と機智とを重んぜられてゐる。翻訳「戦争と平和」をはじめ、雑文集「葉巻の煙」等、著書頗る多い。現に著作家協会の会長である。その大陸文学に造詣の深いところ、客を愛し弁を好むところ文壇にその比を見無い。

——現住所、牛込市ケ谷田町二ノ一——

長谷川しぐれ

名は康子、明治十二年九月東京日本橋に生れた。別に学歴といふものがない。小説及び脚本の作多く、『さくら吹雪』の一篇は屢々劇に上つた。先年俳優尾上菊五郎と狂言座を𠛬めたが試演未だ一回に過ぎない。生粋の江戸ツ子で、其の文章には、一寸「お俠」とか、「意気」とかいふやうな風格がある。

——現住所、神奈川県鶴見花香園——

秦　豊吉

明治二十五年一月、東京日本橋に生る、今、法科大学在学中、「エルテルの悲み」「アナトオル情話集」の翻訳の外、文藝演劇に関する評論がある。新進才人の一人。

——現住所、四谷仲町三ノ一九——

長谷川天渓

越後の人、名は誠也、明治九年十一月、新潟県高浜町に生る。早稲田大学の前身なる東京専門学校に入り、坪内逍遥の指導を受けた。後入りて博文館に「太陽」の編輯に従ひ、自然主義勃興の機運に会するや、「太陽」の文藝欄に論陣を張り、作家としての田山花袋等と相呼応して、自然派の為に気を吐いた。「現実暴露の悲哀」等、一世を動かしたもので、時の青年の、氏の思想に化せられたもの頗る多い。後、博文館のために洋行し、欧洲の出版業を視察して帰り、目下博文館の編輯を督しつゝ、傍ら、温健な評論を以て、世の蒙を啓きつゝある。論文集のうちでは、「自然主義」最も世に聞えてゐる。自然主義鼓吹当時の論文を集めたものである。

——現住所、芝区神谷町二五——

本間久雄

明治十九年十一月、山形県米沢市に生れた。早稲田大学英文科卒業。ワイルドの「獄中記」「ドリアン・グレエ」ヒルンの「藝術の起原」エレンケイの「婦人と道徳」等の翻訳の外、文藝評論の数多がある。穏健平明な文章と思想と鑑賞批評家として文壇の一角にかなりの重きを成してゐる。「早稲田文学」記者である。

——現住所、小石川区高田老松町一七——

戸川秋骨

肥後の人、名は明三、明治三年に生る。明治二十一年明治学院に入学し、同窓たる馬場孤蝶、島崎藤村等と交り、卒業後、「女学雑誌」に執筆し、「文学界」の同人として活動す。二十八年帝国大学英文科選科に入学し、卒業後山口高等学校に教鞭を執り、三十八年に及ぶ。三十九年より翌四十年にかけて欧米に漫遊し帰来、明治大学、高等師範、真宗大学、早稲田大学等に教鞭をとり、現下、慶応義塾大学文科に教授たり。島崎藤村が其短篇「並木」に於て、孤蝶氏と氏とをモデルとしたる事あり、又、「春」に於て文学界当時の氏を描けり。「文学界」同人として、明治文学の新運動に参じ、有力なる一人なりしが、爾来、多くは西欧文学の紹介と翻訳とを主とし、孤蝶と共に西洋文学通として重んぜらる。著書としては、旅行記「二万三千哩」あり、翻訳「エマルスン論文集」「猟人日記」(ツルゲエネフ)等あり。資性、頗る温厚、文壇の長者として尊敬されてゐる。

——現住所、市外西大久保六六——

徳富蘇峯

肥後の人、名は猪一郎、文久三年、当時の碩学葦水翁の子として生る。横井小楠はその伯父である。同志社に学びて、新島襄の感化を受く。論文「将来の日本」一篇を懐にして東上し、文名頓にあがり、雑誌「国民之友」を創刊して思想評論壇の一大権威となる。「国民之友」を創刊せし時、年歯僅かに二十五歳であった。該誌は、民主的思想を鼓吹して、思想界の新機運に魁し、又、春夏二期には文学附録を添へて、当代作家の粋を集め、純文学の振興に力を致した。更に「国民新聞」を創刊し、熱烈なる平民主義を旗幟として藩閥政府と戦ひ、天下の同情を荷うて青年崇拝の中心となつたが、日清戦後、平民主義を抛つて帝国主義に就き二十九年、松隈内閣に参事官たるに及んで、変節者の譏りを得た。爾来の氏は、政治界の人であり、今や殆ど全く文藝界と交渉はないが、その時文家として並びなき蒼勁の筆は文を学ぶもの、閑却す可からざるところ、新聞記者としては、誠によく無冠の宰相の称にそむかない。「静思余録」等国民叢書の十数篇の外、「吉田松陰」「蘇峰文選」等の著がある。

——現住所、赤坂区青山南町六ノ三〇——

徳富蘆花

名は健次郎、蘇峰の弟である。明治元年十月を以て生れた。京都同志社を半途退学、兄、蘇峰の民友社に入つて、「国民の友」に翻訳随筆等を公にした。最も自然描写に長じ、「青山白雲」「自然と人生」等の著がある。「自然と人生」は、好個の散文詩集として、最も広く愛読され、同じく民友社にあつて、「武蔵野」を公にした国木田独歩と共に、民友社の二詩人として謳はれた。後小説「不如帰」を「国民新聞」に連載し、明治三十三年之を一冊となして出版するや、称讃の声雨の如く、蘆花の名これより天下に普ねくなつた。つゞいて、「思ひ出の記」「黒潮」等を書いて名声ます〳〵揚る。氏は熱心なるトルストイの信者で、三十九年、聖地エルサレムを経て中央露西亜ヤスナヤ・ポリヤナに翁を訪ひ、寓する事十有三日、具さに肝胆を披瀝して帰つた。此行を記せるものに「順礼紀行」の一篇がある。後、卜翁を学びて、府下千歳村に卜居して半農生活をなし、今日に至つてゐる。その後の著「寄生木」「みゝずのたはこと」「黒い眼と茶色の眼」また世評を動かした。

――現住所、府下千歳村粕谷三五六――

徳田秋聲

加賀の人、名は末雄、明治四年十二月金沢市に生れた。第四高等学校に在学中文学に志し学課を抛つて上京した。幾許も無く病んで漂浪し、長岡の新聞社に入り、再び上京、尾崎紅葉の門に入つた。泉鏡花、小栗風葉、柳川春葉等と同門にあり。三十年、「読売新聞」に入社し、長篇「雲のゆくへ」を掲げて文名やうやく定まる。後自然派勃興の時に際して、頭角著しく現はれ、現実味の細かな短篇小説を以て世に聞ゆるに到つた。短篇集に「秋聲集」「出産」「媾曳」等がある。又、長篇「新世帯」「足跡」「黴」「たゞれ」「奔流」「あらくれ」等の作、何れも日本の自然主義文学の頂点をなすところの名作として重んぜられてゐる。氏は生れ乍らの自然主義者で、紅葉の門から出乍ら、毫も硯友社の作風に影響されてゐない。其の描くところは、平凡人の日常生活で、書方も飽迄もじみで、唯見た儘感じたまゝを正直に丁寧に描いて何の奇もなく何の人の眼をひく色彩もないが、嚙みしめると味がある。津々として湧く滋味がある。

――現住所、本郷区森川町一南堺裏――

徳田秋江

備前の人、名は浩司、明治九年五月、岡山県に生る。明治二十七年上京慶応義塾に入り半途退学、一度帰国して父の業を継ぎしが、二十九年再び上京、早稲田大学の前身たる東京専門学校に入り、卒業後、「中学世界」「早稲田文学」「読売新聞」等の記者となつたが、何れも暫くにして止めた。四十一年「読売新聞」日曜附録に「文壇無駄話」を掲ぐるや、文名初めて揚り批評家として重んぜられた。後、小説に転じ、「別れたる妻」の一作を以て、小説家としての地位を獲得した。「別れたる妻」は、悲痛なる氏の実感を抒べたもので、愛慾のなやみをなま〳〵しく描き出せる長篇、文壇の異色として珍重せらるゝ名篇である。つゞいて「疑惑」「舞鶴心中」「葛城太夫」等の作がある。ひよわな鋭敏な神経の所有者たる彼は其可なり深刻な内部経験を、其繊細な情味ある筆で、さながらに描き出す点に於て容易く他の企及し難き長所を持つ。幹彦、勇等の諸氏と共に情話文学に一特色をなしてゐる。平常近松を崇拝し、自ら近松秋江と称してゐる。

――現住所、牛込区赤城元町一六長生館方――

豊島与志雄

明治二十三年十一月、福岡県に生る。東京文科大学仏蘭西語科卒業、陸軍士官学校の教官である。新進作家中、最も特色あり、最も完成の姿を備へてゐる作家として重んぜられてゐる。「弱者」「冷却」「無能力者」等の短篇いづれも、隠微の間に動きつゝある深い人間の心理を捕へたもの、又、眼に見えぬ運命の動きを捕へたもので、静謐な観照、鋭敏な神経、誠に及び難いものがある。

——現住所、本郷区駒込東片町一一一——

土岐哀果

名は善麿、明治十八年六月、東京浅草に生る。早稲田大学英文科の出身で、今、「読売新聞」社会部長の職にある。近頃まで、雑誌「生活と藝術」を主宰し、歌壇に一旗幟を翻してゐた。歌集、「黄昏に」「不平なく」「佇みて」「街上不平」「万物の世界」「はつ恋」「雑音の中より」等がある。故、石川啄木と共に、所謂「生活の歌」の一新体を開き、日常茶飯の生活をさながらに歌ひ出して一種の趣ある歌を作つてゐる。

——現住所、芝区浜松町一ノ一五——

小川未明

越後の人、名は健作。明治十五年四月、新潟県高田町に生れた。郷里の小学を中途にして退き、高田中学に入つたが、常に教員と衝突し、三度落第した。此間、漢籍を学び、漢詩の製作に耽つた。中学をも半途にして退き、上京して早稲田専門学校に入つた。こゝをも幾度か中途で退かうとしたが、母に沮められて思ひとまつた。学校での学問には何の得るところもなかつたが、坪内逍遥氏の人格的感化を受くる事頗る多かつた。処女作「漂浪児」に文名を知られ、爾来、生活の窮苦と戦ひつつ浪漫的な、空想的な数多くの作品を書いたが、当時、自然主義勃興の折柄とて甚だ世に容れられず、久しく不遇の中にあつたが、最近新主観主義文学の勃興すると共に、漸く世に認められた。前期の作に「愁人」「緑髪」「惑星」「闇」等あり、最近のものに、「物言はぬ顔」「底の社会へ」「雪の線路を歩みて」等がある。神経的な、空想的な作風に他の追随を許さぬものがある。

——現住所、牛込矢来町三十八番地——

小栗風葉

尾張の人、名は磯夫、本姓は加藤氏。明治八年二月愛知県半田に生れた。小学卒業後、上京して高等中学の入学試験を受けて失敗した。それより紅葉の門に入り、「亀甲鶴」の処女作によつて其才を認められ、つゞいて「恋慕流し」の出世作によつて紅葉門下の俊秀として鏡花と並び称せらるゝに至つた。紅葉逝きてよりよくその衣鉢を伝へ、その艶麗の筆を称せられたが、自然主義の勃興するや、作風また一転期を来し、その転化の分水嶺として「青春」の作がある。男女学生の恋愛を主題とした作で、技巧の妙、先師紅葉を凌ぐと称せられた。更に、自然主義新藝術壇の一雄将として重きをなし、「風葉集」「恋ざめ」等の作があつた。「恋ざめ」就中重んぜられる。官能的な、現実的な自然主義的傾向は、氏の固有のものであつたが、中途にして筆を抛ち、郷里三河に退いてより、今は専ら通俗小説に筆をとつてゐる。資性濶達、酒を被れば全く酔ひ尽して己を忘れ、往々奇行逸話を作る。其門より真山青果を出した。

——現住所、豊橋市花田村字羽根井中郷——

小山内　薫

明治十四年七月、広島市に生れた。東京文科大学英文科卒業。文士中才気の煥発と眉目の秀麗を以て知られた。曾て詩人として名あり、後小説に筆を染め、作風文章の軽妙をその特色とした。短篇集「窓」「蝶」「笛」「大川端」「盲目」等の作がある。その他翻訳あり、脚本あり、多才行くところとして可ならざる無きもその本領とする処は、新劇の鼓吹にあり、舞台監督たるにある。自由劇場を起して、日本の劇壇に空前の新機運を喚び起したのは、没す可からざる功績である。演劇に関する論著が多い。慶応義塾文科の講師である。

——現住所、赤坂区田町七ノ一三——

尾上柴舟

名は八郎。明治九年八月、岡山県に生れた。東京文科大学国文科出身。新派歌人として曾て金子薫園と並称せられ、「銀鈴」「静夜」「永日」「遠樹」等の歌集あり、沈静な蕭遠な作風を以て知られてゐる。学習院教授。

——現住所、小石川区原町一一五——

大町桂月

土佐の人、名は芳衛、明治二年一月、高知県高知市に生れた。はじめは軍人たらんとし、更に政治家たらんとしたが、漸く長じて自己の天分を解するに及び、文学を以て身を立てる事に決し、第一高等中学を経て大学国文科に至る迄好んで文筆を執り、文稿等身に至つた、二十九年、大学を卒業する頃より文名漸くあがり、武島羽衣、塩井雨江と共に文集「花紅葉」を出すや、天下の青年皆この書に心酔した。更に、「黄菊白菊」を出すや、多感艶麗の筆、一世を魅了して文名益々高く、三十二年出雲の中学に教鞭をとり、留まる事年余、帰来博文館に入り、「太陽」「中学世界」に評論の筆をとつた。「中学世界」に於ては主として青年の為に修養訓を書き筆を「中学世界」に絶つて後、「学生」の主筆として、相変らず学生の為に趣味ある教調の筆を執つてゐる。人格清高、酒と旅行とを愛し、文章の妙は、当代第一と称せられてゐる。「関東の山水」は紀行文中の雄篇として知られ「伯爵後藤象二郎伝」「八犬伝物語」等の歴史的著述は「学生訓」以下の修養書類と共に、広く世に行はれてゐる。

——現住所、小石川区雑司谷町一〇八——

若山牧水

名は繁、明治十八年八月、日向国に生れた。早稲田大学英文科の出身である。県立延岡中学在学中、友人のすゝめにより、某雑誌に和歌を投じ、佐々木信綱の選により、一首直に天位にのぼり諸友人を驚かした。三十七年、中学卒業後、小説家たらんと志して上京、早稲田大学英文科に入り、又、尾上柴舟の門に入り、前田夕暮等と車前草社を結び、雑誌「新声」に詠草を発表した。四十年、処女歌集「海の声」の自費出版をなしたが、出版部数七百の中三分の一も売れず。卒業後一度中央新聞に入つて三面記者となつたが、四十三年、短歌雑誌「創作」の編輯に従事した。同年秋、突然接触した実生活の激しさと、恋愛事件との煩に堪へ兼ね、すべてを抛つて放浪の旅に上つた。四十五年、太田喜志子と知り、同女と結婚。喜志子亦閨秀歌人として名ある人である。大正四年、相模三浦半島に移住し、湘南の風光に浸りつゝ静に歌作に耽る。歌集には「行人行歌」「若山牧水集」等あり、多涙純情の詩人、歌風淳朴にして哀切である。

——現住所、相模三浦郡北下浦村——

和辻哲郎

明治二十二年三月、兵庫県に生れた。四十五年、東京文科大学哲学科卒業。新進論客として、その批評の鋭敏と、文章の精厳とを以て近頃世に認められた人である。氏が時評の筆を執り初めたのは、最近の事であるが、篤学なる少壮学者としては夙に聞えた人で、その浩澣なる「ニイチエ研究」や、「ゼエレン・キエルケガールト」の如きは、日本の思想界の可成大きな産物として尊重す可きものである。

——現住所、神奈川県藤沢町鵠沼——

加藤朝鳥

名は信正、明治十九年九月、鳥取県に生る。明治四十二年七月、早稲田大学英文科卒業、四十四年、大阪新報の記者となり、そこに三年ゐた。岩野泡鳴も同じく其社にゐた。大正二年上京、雑著に従事する一方、翻訳、評論を以て文壇に一地歩を占めてゐる。翻訳にはダンヌンツイオの「犠牲」「タゴオル聖想録」コナンドイルの「シヤロツク・ホルム」等あり、評論は鑑賞の広汎と、文章の勁健とを以て知られてゐる。軀幹肥大、性質温厚、しかも磊落の風ありて、奇行多き人である。夫人、みどり氏、また閨秀作家として知られてゐる。

——現住所、府下大久保百人町三五五——

片上　伸

明治十七年二月、伊予国に生れた。早稲田大学出身。曾て天弦と号した。今、早稲田大学教授として、露西亜に留学中である。早稲田派の評論家として、文壇の一角に雄視する人、論集「生の要求と文学」「無限の道」「片上伸論集」等がある。思想堅実、学殖また豊富にして、最も思想家らしき思想、評論家らしき評論家と称されてゐる。文章は、非常に周匝で一字一句にまでよく注意が届いてゐて、しかも屈撓性に富み、粘り強き力を有してゐる。その代り少し冗いやうなところもある。資性又頗る謹厳にして細心。

――目下露西亜に在り――

金子薫園

東京の人、名は雄太郎、明治九年十一月神田に生れた。幼時、好んで論文を作り、漢文直訳体の豪健の文を喜んだが、落合直文の新しい国文体の作を読むに及んで随喜措く能はず、二十六年その門に入り、和歌を学んだ。三十四年歌集「片われ月」を出して詩名をあげ、当時、「明星」に拠れる与謝野鉄幹の叙情派の歌を主として発表せるに対し、叙景の歌を以て歌壇の一方に雄視した。爾来、「小詩国」「伶人」「わがおもひ」「覚めたる歌」「山河」「草の上」「金子薫園集」等の歌集を公にして、歌壇の耆宿として世に重んぜられつゝあると共に、文章に於ても亦一家をなし、その雅健の筆を以て世に鳴つてゐる。散文集には「自然と愛」がある。文章作法和歌作法等の著述頗る多く、歌文の師として、当代氏の右に出づるものが無い。氏の歌は、温藉にして明麗、情趣ある色彩と気分とを湛へてゐる。氏の門より出で、歌壇に名を成した人は十指に余る。明治歌壇の恩人として、忘る可からざる人である。「文章倶楽部」編輯幹部の一人にして、また「日本文章学院」主幹の一人である。

――現住所、牛込矢来町三旧殿二号――

蒲原有明

名は隼雄、明治九年三月、東京麴町に生れた。今、文壇を退いたが、曾て、島崎藤村氏と共に、わが詩壇に一時代を劃したる人。その詩集「草わかば」「独絃哀歌」の如き、頗る世を動かせるものであつた。日本に、はじめて現はれたる象徴詩は、実に氏によつて書かれた。「春鳥集」「有明集」等がそれである。氏はまた散文をよくし、珠玉の如き小品の作が多い。

――現住所、府下中野町大塚一七八二――

幸田露伴

東京の人、名は成行、慶応三年を以て生れた。千島開発者として有名であつた郡司大尉の弟である。明治二十三年、「露団々」の一作を公にして文名大にあがり、「一口剣」「風流仏」等を書くに及び、尾崎紅葉と並び称せられた。紅葉は写実派、露伴はそれに対して理想派の旗幟を掲げ、「五重塔」の一篇を出すに及んでは、文名一世を動かした。文章高渾、着想雄大、「五重塔」は実に明治文壇不朽の名作である。つゞいて、「二日物語」「きくの浜松」「ひげ男」「天打つ浪」等いづれも得難い傑作である。氏頗る博覧強記、漢籍に国学に歴史逸史に、若くは彫刻俗文学等の変遷沿革等に至るまで一として通ぜざる事なく、殊に仏教については造詣最も多い。氏の思想に、仏教臭いところのあるのはその為である。紅葉の歿する前後より文壇を退き、一度、聘せられて京都大学の国文科講師になつたが、幾許ならずしてやめ、目下本所の閑居に籠つて、修養書類に筆を執つてゐられる。

——現住所、本所区向島寺島村——

加能作次郎

明治十八年一月、能登国羽咋郡西海村風戸に生れた。早稲田大学英文科出身。長篇小説「怪物」以下、短篇の作が多い。自然主義後期に於て、新進作家として多少の活躍をなしたが近来、久しく創作の筆を絶つてゐる。作風は平板でも悠々として迫らざるところがある。翻訳トルストイの「三つの死」等がある。今、博文館に在り、西村渚山氏を助けて「文章世界」の編輯に従事しつゝある。

——現住所、牛込南榎町五十七番地——

上司小剣

名は延貴。明治七年奈良に生れた。「紅葉の錦神のまに〳〵」の歌で有名なる手向山の神官の子で、郷里の中学校を卒業した外、学歴といふものが更にない。久しく読売新聞記者たり。同紙上に載せた寸鉄殺人的の短文によりて世に認められてゐたがいつの程よりか書き出した短篇にその技倆を知られ、自然主義全盛時代より引きつゞいて今に至るまで、秋聲、白鳥等と殆んど同等の地位を文壇に持続してゐる。長篇小説「木像」「お光壮吉」短篇集「鱧の皮」「父の婚礼」等の作がある。調子は低いが細緻な描写と、鋭利な皮肉とを特色とするその作品は、文壇の一異彩である。「お光壮吉」をはじめ多くは関西に材を取つたもので、深刻な関西人の性格を描いて、氏に若くものはない。曾てクロポトキンに私淑し、社会主義的思想を有してゐた人で、社会問題についても亦一隻眼を有してゐる。その文章の特色は、繊巧といふところにある、毛彫のやうな細い筆で、物を描くその技倆のたしかさに於て、一寸匹敵する人がない。小説の外小品集「その日その日」「小さき窓より」「金魚のうろこ」等がある。今、読売新聞編輯長代理兼文藝部長の職にある。

——現住所、府下荏原郡下目黒村四一二——

与謝野晶子

和泉の人、明治十一年、堺市に生れた。生家の姓は鳳。十二歳の頃より、国文国史の類を耽読し、十五六歳、はじめて歌に志し、大阪より発行した雑誌「よしあし草」に歌稿を出したが、皆、平凡他奇なき作。同誌の同人の一人であつた河井酔茗は、罵つて、「こんな歌をつくる位なら雑巾でも縫つた方がよい。」と云つたさうである。しかも、一度新詩社に入り与謝野鉄幹の指導のもとに立つや、歌才一時に坌涌して底止するところを知ず、世女史を目して鬼才とし天才とした。その最初の集「みだれ髪」は、熱烈奔放、大胆の恋を歌うて道学者の非議をまねくに至つたが、明治歌壇に新時代を劃し、新派和歌に基礎を据ゑたのは実にこの集であつた。与謝野鉄幹に嫁して共に、新詩社を経営し、引き続いて、「小扇」「恋ごろも」「舞姫」「夢の華」「佐保姫」「青海波」「常夏」「春泥集」「夏より秋へ」「さくら草」「与謝野晶子集」等を出し、歌壇の第一人者として他の追随を許さない。又、文をよくし「新訳源氏物語」「新訳栄華物語」等の著あり、女流思想家として亦重きをなし、「一隅より」「雑記帳」等の論集に、その温健の説を発表してゐる。七人の子女を撫育する傍、歌を作り文を草して寸暇なく、精力の絶倫は、才気の縦横と共に世を驚かす。

――現住所、麹町区富士見町五ノ九――

与謝野　寛

明治六年京都岡崎に生れた。曽て鉄幹と号した。京都同志社を半途にして退き、上京して落合直文に師事し、直文の唱導せる新国文新短歌の感化を受けて別に一旗幟を翻した。日清戦後、朝鮮にあそび、帰来「東西南北」「天地玄黄」等の詩歌集を公にした。豪健の調、頗る世の歓迎するところとなり、新派詩歌の宗として重んぜらるゝに至つた。三十三年、新詩社を起し、雑誌「明星」を発行し新詩勃興の機運を導き、所謂「星菫」時代の中心となつて当時の青年の浪漫主義運動の主盟と目されてゐたが、四十一年、自然主義勃興と共に、新詩社を解散し、「明星」は第百号を以て廃刊して了つた。爾来、頗る振はず、近く仏蘭西に遊んで帰つたが、訳詩集「リラの花」の一巻の外、別に文壇に貢献するところは無かつた。小曲集「檞の葉」歌集「相聞」「鴉と雨」「灰の音」等の著がある。晶子の夫。

――現住所、麹町富士見町五ノ九――

吉井　勇

伯爵吉井幸蔵の嗣子、維新の志士吉井友実の孫である。明治十九年十月、東京麴町に生れた。早稲田大学政治経済科を中途で退学した。早くより、新詩社に連り、「明星」に歌を公にした。後、感情上相容れざるところあり、北原白秋、木下杢太郎、長田兄弟、秋庭俊彦等と共に退社し、石川啄木、平野万里、平出修等と「スバル」を発行した。四十一年、処女戯曲「午後三時」を発表し、四十三年、処女歌集「酒ほがひ」を発行して、歌人として、戯曲家として文壇に立ち、その縦横の才を称された。戯曲「夢介と僧と」「河内屋与兵衛」とは、自由劇場に依りて有楽座に上演した。歌集「昨日まで」「恋人」「初恋」「片恋」「祇園歌集」「未練」劇曲集「午後三時」「夜」「俳諧亭句楽」、小品集「水荘記」「恋愛小品」「明眸行」等の著がある、華冑の文学者として多方面の才を謳はれてゐる。長田幹彦氏と友としてよく、遊蕩自恣、常に京阪の花柳界をさわがしてゐる。

――現住所、四谷区須賀町四二――

吉江孤雁

名は喬松、明治十三年九月、信濃国に生れた。三十八年早稲田大学英文科を卒業した。在学中、中沢臨川、窪田空穂、水野盈太郎等と共に文学雑誌「山彦」を発行した。卒業後、国木田独歩の経営せる近事画報社に入り、又、早稲田中学校の教師となつた。後、早稲田大学講師となり、続いて教授に進み、目下早稲田大学留学生として仏蘭西に在る。はじめ、小説を書いたが、小説家としてよりも紀行文家として世に認められ、「緑雲」「青空」「旅より旅へ」「霧の旅」等の文集、いづれも、作者独得の自然描写を主とせる好個の散文集である。自然を愛する事氏の如きは文壇他に類が無い。文章は才気は乏しいが、あくまでも真摯で、些の匠気がなく、愛誦に堪へたるものがある。又、神秘主義的の思想家として一方に重きをなし、論文「純一生活」の著がある。翻訳にはモオパスサンの「水の上」ゴーリキイの「三人」ピエル・ロチの「氷島の漁夫」などがある。

――現住所、市外西大久保二四七――

吉田弦二郎

本名は源次郎、明治十九年佐賀県に生れた。早稲田大学英文科出身で、現下文壇少壮作家中の一人である。小説「謀反人の死」「副牧師」等の作がある。作風がぱツと華やかでない為に、人気者にはならないが、かなり確実な地盤の上に立つた作家である。目下、早稲田大学の講師。小説の外に、評論感想等の著あり、「タゴールの哲学と文藝」「生の悲劇」等がこれである。

――現住所、本郷区駒込林町二一六――

谷崎潤一郎

明治十九年日本橋に生れた。中学卒業後、某氏の家に寄食して高等学校に入つたが、初恋の女なる小間使に送つた手紙を発見されて其家を出で、叔父と、小学時代よりの友人某との補助によつて大学に入つた。はじめ法律家たらんとしたが、高等学校時代に文学に志を更へ、国文科に入つた。四十二年八月、和辻哲郎、後藤末雄、小山内薫、木村荘太、小泉鉄等と共に文学雑誌「新思潮」を発行した。雑誌に熱中して月謝を滞納した為に論旨退学となつたが、一方「新思潮」に於て発表した「刺青」「麒麟」等世の注目を惹き、一躍して文壇の花形となつた。それより短篇集「悪魔」戯曲「恋を知る頃」長篇「鬼の面」及び材を徳川時代にとりたる「お艶殺し」「お才と巳之助」等を出だして、その特異の作風を称せられてゐる。氏は日本に於ける唯一人の、唯美派悪魔派の作家である。文章放胆にして艶厚、唯に文章家として見るも、作家中その一二人を争ふの人であらう。

——現住所、小石川区原町十三番地——

谷崎精二

明治二十三年日本橋に生れた。潤一郎の弟である。発電所員となりて自活しつゝ、早稲田大学、英文科を卒業した。兄潤一郎とは、正反対の傾向を指す新進作家で、その作には著しく人道主義的色彩がある。兄潤一郎のあく迄物質的、官能的なるに対し、氏はあくまでも精神的、心霊的である。兄潤一郎の常に美に酔ふに対し、氏は常に愛の命に目ざめてゐる。創作「蒼き夜と空」「地に頰つけて」等の外、アナトール・フランスの「タイス」メレジコフスキイの「先駆者」等の翻訳がある。

——現住所、日本橋蠣殻町一ノ二——

高浜虚子

明治七年二月伊予国に生れた。名は清。一度京都第三高等学校に入つたが、創作に志して退学、上京して正岡子規の家に寄寓した。子規は同郷の先輩で、これより先、子規の感化によつて俳句に興味を持つた。上京後、父兄にすゝめられ、再び仙台の第二高等学校に入つたが、在学幾干ならず、上京して放浪、子規に俳句を学んで子規門下に頭角を現はし、明治三十一年子規と共に、俳句雑誌「ホトヽギス」を発刊し、俳人としての名を成した。又其頃より、今日の所謂写生文を試作した。三十五年、子規の死に逢ひて思想上に深き感銘を受け、子規の衣鉢をついで、俳壇一方の巨匠と仰がれたが、三十八年の頃、一種の小説熱が、俳人仲間に勃興し、夏目漱石の「我輩は猫である」其他の作品の発表せらるゝや最初の志にして、一時中絶せる小説に筆を染むることに決心し、従来試み来つた写生文を小説に応用して「風流繊法」「斑鳩物語」「大内旅館」等を書いて頗る世評を博した。更に、「俳諧師」「続俳諧師」等を公にするや、重要なる一地位を文壇に贏ち得、続いて「朝鮮」その他の作あり。近来、又俳壇に立帰つた。写生文より脱化せるその文章精緻にして洒脱。「ホトトギス」主幹。

——現住所、相模鎌倉大町原——

田中王堂

名は喜一。東京の人。英米に遊んで、哲学の蘊奥を極めた人である。「吾が非哲学」「書斎より街頭へ」「哲人主義」「解放の信条」「改造の試み」「王堂論集」「二宮尊徳」「福沢諭吉」等、文藝及び思想上の論著頗る多く、日本に於ける唯一人の文明批評家として、唯一人の活哲学者として重んぜられてゐる。文章精厳にして壮麗、文章の一点よりも見るも、亦無類の大手腕である。曾て高等工業学校の教授であつたが、今は止め、早稲田大学の講師となつてゐる。

――現住所、府下三河島喜楽園内――

田村俊子

明治十七年四月、浅草蔵前に生れた。旧姓佐藤、田村松魚氏の夫人である。第一高等女学校卒業後、女子大学に入つたが、病気の為半途退学、幸田露伴の門に入つて小説を学んだ。露伴より露英の号を与へられ、三十六年、処女作「露分衣」を「文藝倶楽部」に掲げて、好評を博した。三十九年頃より、藝術に対する疑ひに捕はれ、遂に断然筆を抛つて女優に志し、岡本綺堂、岡鬼太郎、杉贋阿弥一派の文士劇に加はつて、市川華紅と号した。四十一年、又劇壇を退く。此年米国より帰朝した田村松魚と結婚し田村俊子の新面目を以て文壇に現れた。文壇に現れた動機《きつかけ》は、四十二年、「大阪朝日新聞」の懸賞に応じた「あきらめ」の一篇が一等に当選して懸賞金一千円を得たのにある。それより、短篇集「誓言」「恋むすめ」「木乃伊の口紅」「小さん金五郎」「お七吉三」等の作を公にし、その官能的な、豊艶な文章と、鋭敏な観察とを以て、閨秀作家の第一者の地位を贏ち得、文壇の華形として今日に及んでゐる。

――現住所、下谷区谷中天王寺町三四――

田山花袋

名は録弥、明治四年、上州館林町字外伴木に生れた。館林小学校卒業の外、学歴は更に無かつたが、青年時代に漢籍並に英語を修めて含蓄する所深かつた。十一歳の時、志を立てゝ上京し、京橋の書肆有隣堂の丁稚に奉公をした頃の事は、近著「時は過ぎゆく」に精しく描写されてゐるが、些の学校教育を受けず、文壇の巨匠たるに至つた氏の経歴は実に立志伝中のものである。はじめ、文学を以て身を立てんか、或は法律を学ばんかの二途に迷ひ、遂に日本法律学校に入つたが、学資無きために中途で退いた。二十七年、尾崎紅葉の主裁した雑誌「千紫万紅」に処女作「瓜畑」を発表したが、遂に紅葉に容れられず、勢ひ、文学界派民友社派等に接近した。当時は文壇、硯友社（紅葉が牛耳をとつてゐた）と、民友社（徳富蘇峰を主盟とした）と文学界派（北村透谷が領袖であつた）の三派に分れ、就中硯友社最も盛にして之に容れられざれば、文壇に立ち難い状態であつた。二十九年「太陽」に紀行文「日光山の奥」を連載して、紀行文家として認められた。三十二年「故郷」の一篇を公にして世を動かし、ついで三十五年「重右衛門の最後」を公にするに至つて作風一転、従来、可憐なる少女の恋を描きセンチメンタルな情懐を旨とした境地から、自然主義の方へ傾いて行つた。四十年、新小説に「蒲団」を発表して大に世論を喚起し、当時勃興の新機運に魁して、自然主義文学の第一人者と称せられた。つゞいて三部作「生」「妻」「縁」及び「田舎教師」「髪」「渦」等の長篇をはじめとして短篇百有余篇、文壇の泰斗として一世に雄視した。三十二年博文館に入り、三十九年雑誌「文章世界」を起し、大正一年、博文館を退いた後もなほ同誌を主裁して今日に至つてゐる。氏精力絶倫、小説の外、文話、紀行文、地誌類の著作頗る多い。

――現住所、府下代々木山谷一三二――

坪内逍遥

名は雄蔵、曾て春のやおぼろと号した。文学博士。安政六年美濃国加茂郡に生れた。明治十三年東京大学文科卒業、十八年文学論「小説真髄」を公にして、藝術の至上目的は人生の真相を描くにある事を主張し、従来の勧善懲悪小説を難じた。これ実に我邦に於ける文藝革新の最初の警鐘であつた。なほ、此論を裏書す可く、「当世書生気質」の一篇を作つたが、日本にはじめて小説らしい小説が出来たのはこれを嚆矢とすると云つて宜しい。東京専門学校（早稲田大学の前身）創設せらるゝや、入つてその文科を主裁し、明治二十六年、「早稲田文学」を創刊して新文藝の鼓吹に努めた。脚本「桐一葉」「牧の方」「杜鵑孤城落月」等の作あり、楽劇「新曲浦島」の作あり、作と論と相俟つて劇壇の啓発に力あり、四十二年文藝協会を起して新劇勃興に魁した。沙翁研究に於ては、世界的の大家で、沙翁劇の翻訳は我が文壇の誇りである。「文学そのをり〳〵」以下文藝論集の著が多い。目下名を名誉教授に列ねて早稲田を退き、今後専ら創作に従事されるさうである。

――現住所、牛込大久保余丁町一一――

坪内士行

明治二十年、名古屋に生れた。坪内逍遥氏の養子である。早稲田大学英文科を出て後、米国に渡り、それより英国に至りて俳優の群に交り、専ら劇曲を研究する事五年間。去年帰朝し、劇壇の新知識として重んぜられてゐる。翻訳劇曲「不文律」「村の祭」外、脚本の創作が少なくない。夫人は英国の産、相思の仲である。早稲田大学講師。無名会嘱託。

――現住所、小石川区高田豊川町一七――

内藤鳴雪

名は素行、伊予松山の人、弘化四年の生れで文壇第一の高寿者である。幼時松山藩公に仕へて近習小姓たり。維新後、藩の権小参事となり、愛媛県属官となり、更に文部省に出仕して高等官となつたが、明治二十四年、病の故に官途を退き、此頃より交友を結んだ正岡子規について俳句を学んだ、氏は子規に漢詩を教へ、その代りに、子規から俳句を教へられたのだといふ。子規と同じく日本新聞に拠る日本派の重鎮として新俳壇の巨擘である。句作の傍後進の師として、選評に、著述に、評釈に、太だ努め、老来益々頑健、快談放語論を好んで、他に譲らず。著書は「俳句独習」「鳴雪俳話」等頗る多い。句風、飄逸にして洒脱である。

――現住所、本郷区弓町一ノ二八――

長与善郎

明治二十一年、東京に生る。医学博士長与称吉氏の弟で、「白樺」派の新進作家中、武者小路実篤氏と共に最も重きをなす人である。学習院卒業後、文科大学英文科に入り中途で退学した。精力絶倫にして、「盲目の川」「彼等の運命」等の大作がある。作風あくまでも真摯にして、底力あり、トルストイの俤を伝へた青年作家として将来、最も大きく育つて行く可き作家として、嘱目されてゐる。

――現住所、赤坂福吉町一甲ノ六号――

長田秀雄

明治十八年五月、東京神田に生れた。独逸協会中学校出身、医科大学に入つて半途で退学した。早くより、新詩社に入り、詩人として知られ、後、吉井勇等と共に「スバル」を起し、詩の外に劇曲を作つた。戯曲集「歓楽の鬼」「琴平丸」「放火」「飢渇」等の外、小説数篇の作がある。「歓楽の鬼」は上場されて好評を博した。弟、幹彦氏の文名に厭せられて、阿兄甚だ振はざるの観あるが、藝術的といふ点に於ては固より幹彦氏に劣るものではない。

――現住所、本郷区西片町十番地――

長田幹彦

明治二十年三月、東京麹町に生れた。秀雄の弟である。早稲田大学英文科の出身である。早くより、「明星」や「スバル」に、作品を発表してゐたが、四十二年、「澪」を公にするに及んで、其の手腕を認められ、ついで、「中央公論」に「零落」の一篇を発表するに至り、一躍して大家の班に列した。「澪」も「零落」も共に北海の曠野をさまよふ旅役者の一団を描いた美しい物語である。爾来、その流麗にして色彩豊かなる文章と、その常識的ではあるが、委曲を尽した観察とを以て文壇の花形となり短篇集、「尼僧」「船客」「旅役者」「春の鳥」「霧」「老兵の話」「師匠の娘」「舞妓姿」「舞姫」「祇園夜話」「小夜ちどり」「自殺者の手記」「鴨川情話」「雪の夜がたり」「露ぐさ」「紅夢集」「白弦集」及び長篇「情炎」「浮草」「埋木」等の作相続いで出で、その多作と人気とは文壇第一と称せられてゐる。好んで京都に材をとり、常に舞妓と鴨川とを描く。氏の作の最も傑出せるもの亦、京都を描いたものにある。

――現住所、麹町区富士見町五丁目一九――

中村吉蔵

旧号春雨。明治十年五月石見国に生れた。その少年時代に於て雑誌「少年文集」の投書家として、頭角を抽んじた。三十二年上京、早稲田大学哲学科及び英文科に入り、傍ら、広津柳浪に師事し、同氏の子息の家庭教師として同氏宅に寄食した。三十三年、「大阪毎日新聞」の懸賞募集に応じ、「無花果」を投じて当選、これより名を文壇に知られたが、三十九年、劇の研究に志して洋行の途にのぼつた。米国より英国に渡り、四十二年露西亜を経て帰朝、劇曲「牧師の家」等を公にして劇壇に重きを成し、大正二年、藝術座起るや、島村抱月と共に、同座の舞台監督となり、その創作翻訳にかゝる戯曲を同座に上場して、毎回成功を博しつゝある傍、早稲田大学講師を務めてゐる。創作「新社会劇五篇」の外、「サロメ」「人形の家」等の翻訳及び、「イプセン評伝」「劇場と劇評」等の著がある。

――現住所、府下巣鴨宮仲一九六九――

中村孤月

名は八郎。明治十四年六月東京浅草に生れた。原籍地は静岡県である。早稲田大学英文科に学び、卒業間際に退学した。爾後、久しく地方にあつて、新聞社などにつとめてゐたが数年前上京、「彼、彼自身及其影」以下の創作、「現代作家論」以下の評論を以て文壇を賑はしてゐる。破帽弊履、頗る辺幅を修めず、四十に近くしてなほ、少年の如く嬉戯するを好む、文壇第一の畸人と称す可きであらう。

――現住所、牛込天神町五三栄進館方――

中村星湖

名は将為、明治十七年、山梨県に生れた。早稲田大学英文科出身。在学中「万朝報」の投書家として名を馳せ、卒業間際に、雑誌「早稲田文学」の懸賞に応じ、小説「少年行」を投じて当選、二葉亭四迷の推奨を得て、文壇にその地位を造つた。時、自然主義の全盛期に会し、自然主義的作品の多くを公にし、その堅実冷静の観照的態度を称せられたが、最近新主観主義傾向が、新機運を将来するや、それに魁して、新文藝の中堅の一人となつてゐる。短篇小説集「少年行」「半生」「星湖集」「影」「漂泊」「女のなか」等の外に、翻訳、モオパッサンの「月光」「死の如く強し」フロオベエルの「ボワリイ夫人」等がある。対人生、対藝術の態度〔二字欠〕堅実なると等しく、文章も亦頗る堅実、修辞の彩の目をうつものはないが、描写の委曲をつくしてゐる。「早稲田文学」記者。

――現住所、神奈川県鶴見在生麦――

永井荷風

名は壯吉、明治十二年十二月東京小石川に生れた。幼時より文藝を嗜み、二十歳の時、外国語学校の支那語科に入つたが、間もなく退いて諸種の藝術を学んだ。講談師三遊亭夢楽、松林伯知等の弟子となつた事もあり、尺八は名人荒木古童の門に入つて免許を得た。後、漸く文藝に親み、広津柳浪の門に入り、

「地獄の花」「夢の女」等を公にして名を成した。これ等の作は、ゾラの自然主義の影響から生れたもので、氏は、小杉天外と共に、日本の文壇に、自然主義を輸入した最初の人である。後、正金銀行員として米国に行き仏蘭西に遊び、帰朝後「あめりか物語」「ふらんす物語」等を著はし、その清新なる情緒と、芳烈なる藝術味を以て文壇を駭かした。つゞいて長篇「冷笑」、短篇集「牡丹の客」「すみだ川」「新橋夜話」等の作あり、「三田文学」を主宰して、唯美派享楽派の宗と崇められたが、最近多く小説の筆を執らず、「三田文学」を辞してより、「文明」を創刊して、文壇の一隅に高踏しつゝ、その江戸趣味に、徹底的な粋人の生活を夢みつゝ、或は実行しつゝある。曾て、慶応義塾文科大学講師であつたが、今は止めた。

——現住所、牛込区余丁町七九——

中澤臨川

名は重雄、明治十一年十月、信濃に生れた。東京帝大工科電気工学科の出身である。曾て詩を以て知られ、詩集「鬢華集」の学があつたが、大正元年頃より評論家として、文壇の一方に重きを為すに至つた。論集「旧き文明より新しき文明へ」「破壊と建設」「臨川論集」の外、「トルストイ」「ベルグソン」「近代思想十六講」等の著がある。トルストイ、ニイチエ、ベルグソン、タゴール等の紹介に当つて最も力を尽したのは氏である。而して、これ等思想の紹介者として、氏は頗る傑れたる技倆を有してゐる。論には、独創が乏しいといふ譏りもあるが、文章明快にして力あり熱あり、新思想界に第一の炬火を掲ぐる人として、頗る文壇に重んぜられたが、今、多く筆を取らず。曾て、東京電気会社の技師長であつたが、今は大阪に於いて某会社の電気事業を経営しつゝある。

武者小路実篤

時に無車の号を用ゐる。子爵武者小路公共の弟である。明治十八年五月、東京麴町に生れた。学習院を卒業した後、東京帝国大学哲学科に入つたが、半途に退学。専ら創作に従事して今日に至つてゐる。「曠野」「世間知らず」「お目出度き人」等を公にした頃は、未だ世に認めらるゝに至らず、雑誌「白樺」の中心者として、志賀直哉、有馬生馬、里見弴、長与善郎諸氏と共に、文壇の一隅にあつて、真面目なる努力をつゞくる事殆んど十年、最近に至り、文名大にあがり、新興文壇の第一者として、世の重望を担ふに至つた。所謂「白樺派」の代表者として、その精神的、心熱的、人道主義的な態度作風は、従来自然主義文学の偏物質的な傾向に対し、文壇新機運の中心勢力として認められてゐる。殊に戯曲家として重んぜられ、「わしも知らない」「二つの心」「その妹」等の作がある。小説には、「彼が三十の時」以下の作あり、感想録には、「小さき泉」等がある。その全作中より、最も代表的なものを集めたのに、「小さき世界」がある。

——現住所、千葉県吾孫子——

内田魯庵

名は貢《き》、嘗て不知庵と号した。明治元年、東京下谷に生れた。始め政治家たらんとし、後、軍人、医師等に志し、更に建築家、実業家等に志望を転じたが、性来の嗜好に導かれて遂に文壇の人となつた。紅葉全盛期に当り、之を難じて、徒に脂粉を事とする皮相写実主義を斥け、自ら筆を執つて「暮の二十八日」等を書き、日本に於ける社会小説の嚆矢をなした。又、明治二十五年に於て、既にドストイエフスキイの「罪と罰」とを訳し、四十一年トルストイの「復活」を訳するなど、翻訳家としての功績も頗る多いが、その本領は評論家にあり、評論家たるよりも無駄話家にある。博渉にして強記、加ふるに座談の妙を得、善謔悪罵口を衝いて出づ。久しく書肆丸善株式会社の顧問たり。新書を読破して文壇の新知識として重んぜられつゝある。最近の雑著に「きのふけふ」等がある。

——現住所、府下淀橋町柏木三七一——

昇曙夢

名は直隆、明治十一年鹿児島県に生れた。二十八年上京神田駿河台正教神学校に入り、三十六年卒業、同時に同校の講師となる。傍ら、露西亜文学研究者紹介者として、文壇に独得の地位を占め、自然主義勃興の前後、露西亜文学の大に文壇に歓迎さるゝに及び、氏も亦、文壇に重視せられ、盛に翻訳、紹介につとめた。日本に露西亜文学の滲透したについては、氏の力、与つて頗る効があつた。翻訳「六人集」「どん底」「毒の園」「決闘」「心の扉」「虐げられし人々」「戦争と平和」等の外、「露西亜文学研究」「ツルゲエネフ」「露国現代の思潮及び文学」「露国及露国民」等の著がある。前記正教神学校講師の外、陸軍中央幼年学校講師、早稲田大学講師を兼ねてゐる。

——現住所、牛込若松町一〇二——

野上臼川

名は豊一郎、明治十六年豊後に生れた。東京帝国大学英文科卒業。大学では、安倍能成及び藤村操と同級であつた。在学中、高浜虚子と知り、写生文に興味を寄せた。卒業後、「国民新聞」に入り、文藝欄を担当したが、一年にして止め、その後、法政大学等に教鞭を執り、目下は「万朝報」記者となつてゐる。小説「赤門前」「巣鴨の女」の外、翻訳に、ピエールロチの「お菊さん」ウエデキンドの「春の目ざめ」、其他「邦訳近代文学」等がある。大正二年、沼波瓊音等とはかり、自由講座を創設したが、今は止めた。閨秀作家野上弥生子は、氏の夫人である。

——現住所、市外巣鴨上駒込三二九——

野上弥生子

名はやへ子、明治十九年豊後国に生れた。野上臼川氏の夫人である。明治女学校卒業。夙に作家として知られ、短篇小説「或夜の話」「五つになる子」「父親と三人の娘」の外、最近公にした短篇集に「新しき命」一冊がある。又、英語に堪能で、翻訳「伝説の時代」「ソニヤ・コヴレフスキイ自伝」等がある。閨秀作家として、田村俊子と匹敵し得べきは、現下、氏を措いて他にない。常識的ではあるが、飽迄も緻密な観察と、すつきりとした上品な、而して巧妙な文章とは、味の濃かな幾多の佳篇を成してゐる。

――現住所、府下巣鴨駒込三二九――

野口米次郎

欧米に於ては、ヨネ・ノグチとして知られてゐる。明治八年尾張国に生れた。慶応義塾に学んだが、半途にして退学、米大陸に放浪して、詩人ホーキン・シラアの山荘にとゞまる事数年、シラアに師事して、詩を作り、詩人として米人の間に名を謳はれた。英語で書かれた詩集数巻、日本には余り知られてゐないが、欧米の詩壇に於て、かなり高い評価を得てゐる。近年、英国に聘せられ、彼地の大学に「日本詩歌論」を講じて好評を博し、あまねく彼地の詩人文学者等と交を訂して帰つた。上記英詩集数巻の外、邦文の著書には「日本詩歌論」「欧洲文壇印象記」等の著がある。慶応義塾大学の教授である。

――現住所、市外中野字原八六五――

黒岩涙香

名は周六、土佐の人、文久二年に生れた。慶応義塾の出身である。独力、万朝報社を起し、「万朝報」を刊行して、遂に今日の盛運に至つた。目下、政界に没頭し、筆を文壇に絶てるも、文章家としては、徳富蘇峰等と匹敵すべきものがある。ユーゴーの「レ・ミゼラブル」の翻訳、「噫無情」ジユーマの翻案「巌窟王」等の外、探偵小説の翻訳、所謂「涙香物」を以て一時、読書界を動かした事がある。その他「天人論」「精力主義」等の著あり。万朝報社々長。

――現住所、麻布区笄町一七四――

窪田空穂

信濃の人、名は通治、明治十年に生れた。三十三四年頃早稲田大学在学中、新詩社に入り、その清新にして情味豊かなる作風を以て、鉄幹、晶子以外、別に一地歩を占むる作家として重きをなした。後、新詩社を退き、中沢臨川、蒲原有明等と共に、雑誌「山彦」を起し、新しい詩歌壇に一旗幟を立てた。三十七年、卒業後、処女歌集「まひる野」を出し、晶子、薫園についで歌壇一方の雄と称せられた。引きつゞいて、「空穂歌集」「濁れる川」等の歌集を出した。静観的な、心理的な、非常にデリケエトな作風である。なほ、小説にも筆を染め、短篇集「炉辺」の作あり。目下、雑誌「国民文学」を主宰して、歌文の研究と後進の指導に従事しつゝある。氏の率ゐる歌団を「十月会」と名づく。

――現住所、府下雑司ケ谷亀原一――

久保田万太郎

明治二十二年、東京浅草に生れた。慶応義塾大学文科卒業。在学当時、同大学の教授たりし永井荷風に師事し、その藝術的感化を受けたことが頗る多い。短篇小説集「下町情話」「春ふる雪」戯曲集「浅草物語」等の作がある。いづれも材を東京下町にとり、滅びゆく江戸人を主人公として、旧江戸の情調を漂はしたるもの、哀婉な作が多い。長田幹彦、近松秋江の諸氏と共に、或る評家によりて遊蕩文学者の名を得たが、しかし、氏の作は、決して単なる遊蕩文学ではない。

――現住所、浅草区駒形町六一――

久米正雄

明治二十四年十一月、信濃国に生れた。東京文科大学英文科卒業。夙に俳人として立ち、三汀の号を以て俳壇の一部に一勢力を持つた。脚本作家として、「牛乳屋の兄弟」「三浦製糸場主」「阿武隈心中」等の作あり、「牛乳屋の兄弟」は上演して、かなりの成功を収めた。最近、小説を作り、短篇「母」「銀貨」「就職辞職」等の作がある。すべてに才気煥発といふところがある。新進作家中の健筆家だ。その他翻訳、「沙翁名作選」がある。

芥川龍之介等と共に、雑誌「新思潮」を経営し、新赤門派の作家として、望を将来に嘱されてゐる。

――現住所、本郷区森川町一、小吉館――

楠山正雄

明治十七年十一月、東京々橋に生れた。早稲田大学英文科出身。夙に劇作家として立ち、劇の創作が沢山ある。又、演劇に関する評論研究及び翻訳も尠なくない。藝術座に於て上演されたツルゲエネフの「その前夜」は、氏の脚色に係るものである。江戸ツ子風の多才往くところとして可ならざる無き人であるが、近頃、筆を創作に絶つてゐる。早稲田大学講師。富山房編輯局員にして、久しく「新日本」の編輯に与つてゐた。

――現住所、四谷区寺町十番地――

柳川春葉

名は専之、明治十年下谷に生れた。十八歳にして、尾崎紅葉の門に入り、二十二歳にして長篇「夢の夢」を「読売新聞」に載せ、頗る好評を博した。春陽堂にあつて「新小説」編輯に従事する事七年、この間長短篇の作多く、声名いよ〳〵揚り、硯友社に在りて、風葉、鏡花につぎ、秋聲に雁行すと称せられたが、自然主義の潮流文壇を涵すに至り、次第に文壇より遠ざかり、専ら通俗作家として新聞に続き物を執筆し、斯の方面の第一人者として高評嘖嘖、以て今日に至つてゐる。数多き著作の中、最近のものは、「なさぬ仲」「女一代」「母」「かたおもひ」「うき世」等である。就中、「なさぬ仲」は、一世の子女を熱狂せしめたる人気作である。氏の作は、猥りに奇を求めず、平淡のうちに無限の情趣あり、通俗小説としても尚ほ一味の藝術的気禀を没了せざるところ、正に現代独歩である。風葉、鏡花、秋聲、春葉これを牛門（紅葉は牛込に居た、故に云ふ）の四天王と称した。

——現住所、牛込区北町三七——

山路愛山

名は弥吉、元治元年十二月、東京浅草に生れた。家は代々幕府の天文方を務め、先祖に名ある数学者を出してゐる。東京英和学校に学んだ外別に学歴といふものがない。明治二十五年民友社に入りて、健筆を振ひ、文名頗る振うた。此頃は主として史論を草し、「荻生徂徠」「新井白石」等を著した。後、末松謙澄の下に在つて毛利家の歴史編纂に従ふ事二年余、ついで、「信濃毎日新聞」の主筆となり、傍ら、単独に、「独立評論」を刊した。二十九年之を辞し、爾後、市外渋谷に閑居して、史論、時論に筆を染め、その縦横の健筆と、該博の知識と高邁の識見とを以て一世を導きつゝある。本領は歴史にあり、歴史学者として、官学と拮抗しつゝあるが、又、政治、その他時事の問題に就いても一家の識を重んぜられてゐる。著書としては、「豊太閤」「足利尊氏」「源頼朝」「徳川家康」等の評伝の外「社会主義管見」「支那思想史」「東西六千年」等の外、なほ頗る多い。文章達意を旨とし平易にして明快、流暢此上も無い。加ふるに健筆無類、一度筆を着くるや、千言万語立地に下つて停止するところを知らぬ。其後中絶せし「独立評論」を再興して、つい近頃まで刊行してゐたが、今はまた止めた。

——現住所、市外中渋谷宇田川九〇二——

安成貞雄

明治十八年、秋田県に生れた。早稲田大学英文科卒業。曽て俳句を作り、俳号を蕗台と云つた。「実業之世界」「やまと新聞」等に記者となつた事があるがいづれもすぐ止めて了ひ、江湖に放浪しつゝ所謂与太話に耽つてゐる。磊落にして粗放、小事に拘泥せず、しかも、読書を好んで、博覧強記、自ら学東西に普く、識古今を貫くと称してゐる。所謂与太話は、一見漫然たる放語に似てしかも根柢ある、妥当の議論である。自ら高等幇間と称するは、氏が佯狂の姿であらう。真面目に論客として立つも、論壇一方の雄たるに足る資格は十分にある人である。文章亦得易からず。「文壇与太話」の著がある。

——現住所、四谷仲町三ノ二九——

前田　晁

明治十二年、山梨県に生れた。早稲田大学哲学科及び英文科卒業。自然主義勃興当時、田山花袋を助けて、「文章世界」の記者たり。木城と号し批評家として、かなり鋭い筆鋒を揮つた。曽て小説小品等を作つたが、今は筆を絶つた。翻訳に、「キイランド集」「モオパスサン集」「チエホフ集」及び、ゴンクウルの「陥穽」等がある。読売新聞婦人附録主任。

――現住所、芝区葺手町一八――

前田夕暮

名は洋三、明治十六年七月、相模国に生れた。郷里の小学校を卒業した外学歴といふものが無い。尾上柴舟の門に学び、若山牧水等と共に車前草社を結んだが、牧水の純情派に対し、氏は理知派とも云ふ可き一派を樹て、自然主義的傾向を短歌に輸入した。曽て「秀才文壇」記者たりし事があるが、後、白日社を起し、短歌雑誌「詩歌」を発行して、之に拠つて青年歌人の一団を率ゐ、歌壇の一勢力となつてゐる。又、詩歌書類の出版に従ひ、「和歌講義録」を出したことがある。歌集に、「収穫」「生くる日に」「　曜集」「深林」等あり、又、「歌話と評釈」「短歌雑話」等の著がある。歌人として、牧水と並び称せられ、所謂牧水夕暮時代をつくつたことがある。

――現住所、市外西大久保二〇一――

松居松葉

名は真玄、又、駿河町人の号がある。明治三年、仙台に生れた。国民英学会を出た外に別に学歴と称す可きものはない。曽て「万朝報」の社会部主任たり、健筆無類、好個の記者と称せられた。先に演劇研究の為め欧米に学び、彼地の名優と交を訂して帰つた。帰来、三越呉服店員となり、所謂駿河町人の実業的生活の傍ら、脚本の創作翻訳翻案、及び劇場監督として、劇壇に活動し、新劇逍に重望を負うてゐる。曽て坪内逍遥の文藝協会に関係し、後、河合武雄等と公衆劇壇を組織し、今、藝術座に関係して、最近その翻案になるトルストイの「アンナ・カレニナ」を同座の公演に上場した。「アンナ・カレニナ」の外ボフマンスタアルの「エレクトラ」の翻訳、其他創作「松葉脚本集」等の作がある。

――現住所、市外目白下落合四三六――

真山青果

名は彬、明治十年、仙台に生る。高等学校医学科、仙台医学専門学校等に学んだが、半途にして退き、放浪数年。其間仙台石巻病院の眼科助手となつてゐた事がある。三十六年上京、小栗風葉の門に入り、風葉の代作数篇を書いて、隠然文壇に重きを為し、明治四十一年、処女作「南小泉村」を発表するに及び、文名頓にあがり、正宗白鳥と相並んで少壮文壇の中堅と目せられ、「青果集」「奔流」「南小泉村」等の短篇集を公にした。荒けづりの文章の強さ、神経のするどさ、観察の細かさ、世は天稟の才を以て目したが、四十四年の頃原稿二重売の事件あり、文士の徳を瀆すものとして、世の非難を受け、遂に筆を折つて文壇を退き、今は、松竹会社脚本部にあり、伊井河合一座の為に脚本を書いてゐる。性豪放、洒脱の風葉と共に、数多くの逸話を以て当時の文壇を賑はしたものである。

——現住所、牛込区矢来町六十三番地——

正宗白鳥

名は忠夫、備前の人、明治十二年に生る。早稲田大学の前身たる東京専門学校文学科を出た。学生時代に於て頗る勤勉なる学生で、故高山樗牛より秀才として賞揚せられたることがある。卒業後「読売新聞」の記者となり、評論に筆を執つたが、自然主義起るや、創作家として立ち、処女作「塵埃」出世作「何処へ」を相ついで公にし、遽然として頭角を顕はし、青果と相並んで新進作家の雄として称せられた。「何処へ」は当時の青年の間に瀰漫しつつあつた虚無主義的思想を描けるもの、明治文藝史上将た文明史上最も注目す可き作である。皮肉な、深刻な観方と、率直な簡勁な書方とを以て、氏は人間の味ふ可きあらゆる幻滅のシインを描いた。又、女性描写に特技を有し、一売淫婦を主人公とした「微光」の一篇最も傑作の称がある。短篇集、「紅塵」「まぼろし」「入江のほとり」の外長篇「二家族」「毒」「生霊」等の作あり、今や、文壇の第一流として花袋、秋聲に次ぐの地位を占めてゐる。そのあまりに消極的な態度は、目下新興文壇の歩調に同じがたきものがあるが、しかもその、真技倆に至つては、群少の追随をゆるさぬものがある。

——現住所、麻布区我善坊町十——

藤森成吉

明治二十五年、長野県に生れた。大正五年度帝国大学独文科卒業。長篇「波」を公にして、その手腕を認められ、新進作家の一人としてその前途に望を嘱せられてゐる。短篇「炬燵」「雲雀」「病気」等の作あり、やさしいおだやかな作風である。第七高等学校教授。

福永挽歌

名は渙、明治十九年、福井市に生れた。早稲田大学英文科出身である。曾て散文詩を作り詩人として認められ、詩集「習作」の著がある。「万朝報」記者をしてゐた事もあつたが今、湘南に閑居してゐる。「海を越えて来た女」「白い壺」「友」「真珠」等短篇の作頗る多い。青年露西亜文学者として知られた尾瀬哀歌はその弟である。

——現住所、相模三浦郡北下浦村——

福本日南

名は誠、又利鎌舎の号がある。安政四年、筑前国福岡に生れた。時文家として知られ、徳富蘇峰、山路愛山等と雁行した。曾て、「日本」及び「二六新報」等にあつて社説を草した事がある。又、衆議院議員となつて、議政壇場の一異彩たりし事もある。

「日南集」「元禄快挙録」「英雄論」「清教徒神風連」等の著あり、「元禄快挙録」最もきこえてゐる。文章は熱烈にして華麗、しかも、洒脱飄逸の趣あり。旧式の文章家としては、その右に出づるものが少ない。性豪放にして磊落、頗る国士の風がある。

――現住所、牛込市ケ谷加賀町二ノ三二

後藤宙外

名は寅之助、慶応二年、羽後国に生れた。十四歳の秋上京、正に家運没落の時に会し、つぶさに辛酸を嘗め、親戚の補助によりて、早稲田専門学校に学び、明治二十七年その業を卒つた。前期の「早稲田文学」の記者となり、間もなく「新著月刊」の経営に携り、同誌廃刊の後、「新小説」の記者となつて、明治四十四年に至つた。夙に心理小説を以て一家を成し、また、田園小説を以て当時の文壇に異彩を放ち、前期早稲田派の作家として頭角をあらはした。また、文士の田園生活論を主張し、自ら率先して之を実行した事もある。自然主義勃興するや、登張竹風、泉鏡花等と結んで、文藝革新会を起し非自然主義の旗幟を「新小説」にひるがへして、論戦頗るつとめたが、固より大勢を支ふるに由なく、失意、遂に文壇から遠ざかり、秋田に入つて新聞の記者となるに至つた。氏の自然主義非難には、自然主義を穿きちがへた事に因由するものが多かつた事は確かで従つて、氏、本来の傾向は、寧ろ自然主義の要《もと》むる所に合するものが少くなかつたのである。その著には、「裾野」「月に立つ影」「五日市」「かげろふ集」「徳川太平志」「上代王朝志」「秋田戊辰勤王史」等がある。

――現住所、秋田市大町――

後藤末雄

東京の人、明治十九年に生る。東京文科大学仏文科卒業。在学中、谷崎潤一郎、等と共に雑誌「新思潮」を発行し、小説を公にして夙にその名を知られた。好んで東京下町の華美な生活を写し、文章の繊麗を以て、一時文壇の注目を引いた事がある。短篇集「死絵」の外、長篇、「朝餐」その他の作がある。又、翻訳にピエル・ロチの「郷愁」(守備兵の話)ロマン・ロオランの「ジヤン・クリストフ」等あり、「近代仏蘭西文学」等の著がある。曾て、陸軍士官学校の教官たりしことがあるが、今は止めて専ら翻訳に従うてゐる。

――現住所、本郷区弥生町三番地――

児玉花外

名は伝八、明治七年、山口県に生れた。京都同志社、札幌農学校、旧東京専門学校等に学んだが、その何れをも卒業せず。夙に詩人として知られ、「花外詩集」をはじめとし、「行く雲」「天風魔帆」以下の著がある。熱烈の調、華麗の句、慷慨悲歌の詩は一時青年の間に愛誦されたが、今甚だ振はず。

――現住所、麹町二丁目五北辰館内――

小宮豊隆

明治十七年、豊前国に生れた。東京文科大学独文科出身。夏目漱石に師事した。（漱石の「三四郎」は、氏をモデルにしたといふ説があるが、さうではないさうだ。）はじめ小説に筆を染め、好んで花街の情事を描き、「烙印」の一巻を公にしたが、今は主として評論家として立ち、殊に演劇に就ての議論を多く発表してゐる。シユニツレルの「アナトオル情話集」ストリンドベルヒの「父親」等の翻訳がある。き能文家であると共に、やや衒学のそしりはあるが、見識まだすぐれてゐる。慶応義塾の講師である。

――現住所、赤坂青山南町六ノ一〇八――

小島烏水

名は久太、明治八年讃岐に生れた。横浜商業学校に学び、卒業後横浜正金銀行員となり、引きつゞいて同行に勤務、昇進して預金課長となり、最近更に栄転して、北米桑港の同行支店員となり、目下米国に在る。彼の文学的生涯は、この有能にして忠実な銀行員としての余暇に於ていとなまれた。はじめ雑誌「文庫」の記者となり、評論紀行文を以て名を知られた。最も自然を愛し、自然の中の、就中山岳を愛し、毎年夏期休暇を利用しては信飛境の連山を踏破し、これが研究と紀行とを発表したる者頗る多い。「不二山」「山水無尽蔵」「雲表」「日本アルプス」等は、氏独得の山岳紀行文であると共に、山岳研究書である。一方氏は文思坌涌、詞藻豊富、文を草する事頗る工《たくみ》であるが、一方頭脳緻密、科学的研究に長《た》けてゐる。氏はまた美術を愛し、日本の浮世絵の研究に於ては、蘊蓄、専門家を凌ぐものあり、それに関しての著書も少なくない。

――現住所、桑港日本正金銀行支店内――

小杉天外

名は為蔵、慶応元年を以て秋田県に生れた。少時郷里にありて、政治運動に関係し、後上京、風塵の中に流浪して具さに人生の辛酸を嘗めた。小説に志し、尾崎紅葉を訪ねて顧られず、鷗外を叩いて亦顧られず、緑雨に逢うて、はじめて認められ、其の門に学んで、緑雨張の諷刺小説「改良若殿」以下の作を公にした。後、「蛇苺」の一篇を公にするに及び、世評漸く高く、更に、「はつ姿」「はやり唄」を出すに及んで当時文壇の人気を一身に集めた。「はつ姿」も「はやり唄」も、人生には美も無ければ醜もない、唯、真実があるばかりといふ主張から生れた写実主義の作品で、ゾラの自然主義を学んだものである。即ち、日本に曲りなりにも自然主義を輸入した最初の作家で、この点から云つても氏の功績は没す可からざるものがある。つゞいて、「新学士」「新夫人」「女夫星」等を出すに及び名声益々揚り、男女学生の情事を描いた「魔風恋風」出づるに及んでその名声は絶頂に達した。更に、「コブシ」「長者星」等を出したが、自然主義勃興当時より次第に文壇を遠ざかり、今は主として通俗作家としてその老熟の技を揮つてゐる。

――現住所、芝白金三光町四六〇――

江見水蔭

岡山の人、名は忠功、明治二年に生る。十五歳の時上京、杉浦重剛の称好塾に入り、塾生たりし大町桂月、巌谷小波等と共に小説を作つた。明治二十一二年の交、尾崎紅葉、山田美妙斎等と相結んで硯友社を起すや、入つて同人となり、詩趣豊かなる短篇を作りて一異彩を認められた。後、田山花袋、太田玉茗等と共に、雑誌「小桜縅」を発行した。「読売新聞」「神戸新聞」等に記者となり、ついで博文館に入り「太平洋」「少年世界」等の編輯に従事したが、後退いて専ら通俗小説に筆を執り、諸新聞に載せつゝある。作品中、文学的価値に富めるものは、前期のもの多く、「絶壁」「水の声」「炭焼」「女房殺し」等いづれも当時に喧伝せられた名篇である。その他冒険小説、武侠小説等の作が多い。又、石器の発掘に趣味を有し、石器蒐集家として考古界に重んぜられてゐる。

――現住所、府下南品川小倉山稲荷境内

江馬　修

飛騨の人、明治廿二年に生る。飛騨中学を半途に退学、上京して田山花袋に学んだが激烈なる神経衰弱にかゝり、極度に憂欝に陥り、幾度か自殺を企てた事がある。死なんとして死ぬを得ず、日蓮宗の一寺院に入り、剃髪して僧となつた事もある。一旦、国に帰り病漸く癒ゆるや再び上京、四十四年、はじめて処女作「洒」を公にし新進作家として認められた。其後「スバル」の編輯に携はり、傍ら、短篇の作多く、大正四年の秋約千枚の大作「受難者」を完成して好評を博した。先頃まで詩人福士幸次郎と共に、雑誌「ラ・テール」を出してゐたが今は止めた。其他短篇集「蛇使ひ」「誘惑」の著あり、また、阿部次郎と共訳の、ストリンドベルヒの「赤い部屋」及び、ストリンドベルヒの「地獄」それからトルストイの「幼年・少年」等の訳がある。武者小路実篤と親しく、その作の色彩「白樺派」に近い。

――現住所、市外代々木初台六〇七――

安倍能成

明治十六年、伊予国に生れた。東京文科大学哲学科出身である。夏目漱石に師事した。学者肌の思想家で、真摯な誠実な評論家として知られてゐる。宗教的な、内観的な思想と態度と、華々しくはないが底に力を有つてゐる。曾つて、阿部次郎、森田草平等と共に、夏目漱石によつて主宰せられた「東京朝日新聞」の文藝欄に時評の筆をとつた事がある。著述「オイケン」の外、オイケンの「大思想家の人生観」メレジユコフスキイの「人及び藝術家としてのトルストイ」等の翻訳がある。女子英学塾の英語教師。目下湘南の地に居をトして、思索の生活に入つてゐる。文章素朴、率直な書き方の中に一種の味をもつてゐる。「人生不可解」の言を残して華厳の滝に投じた藤村操は莫逆の友で、其夫人は操の妹である。

——現住所、相模国鵠沼藤ケ谷——

阿部次郎

明治十六年八月、山形県に生れた。安倍能成と同時に、東京帝国大学文科哲学科卒業。其の文壇的経歴に於いて、殆ど能成と歩調を同じくする。同じく、漱石に師事し、同じく東京朝日新聞の文藝欄によつて評論家としての名乗りをあげた。そして宗教的な、内観的な、思想と態度と、亦頗る能成に似て、能成よりは世に鮮かな活動を示してゐる。その古聖賢のあとを趁ふたゆみなき精進と、その明晰の頭脳と、その篤学と、而してその精厳一糸をみださず、論理のあくまで緻密にして、しかも情熱の中に坌涌する高調の文章とに、論壇得易からざるの人として世の推重するところとなつてゐる。その論集に、「三太郎の日記」「三太郎の日記、第二」及び「阿部次郎論集」等がある。又、「倫理学の根本問題」以下の著あり、外に翻訳数種、即ちトルストイの「クロイツエル・ソナタ」「家庭の幸福」「光ある中に光の中を歩め」及び、ストリンドベルヒの「赤い部屋」等がある。目下、その独創の見になる「美学」著述中と聞く。曾つて、読売新聞社客員、慶応義塾大学講師等になつたことがある。

——現住所、市外中野町桐ケ谷一〇一八

有島生馬

明治十五年、横浜に生れた、東京外国語学校卒業の後、洋行して、羅馬、巴里等に遊び、絵を学んだ。二科会同人として、画界に於て、名声を有すると共に、作家としても亦一地位を獲得してゐる。短篇集「蝙蝠の如く」「獣人」「南欧の日」等の作がある。多くは、外遊中の見聞に材を取つたもので、殊に南欧の風物を描いて他の追随を許さぬ妙手を有してゐる。文章纖細にして豊潤、紙幅の間に、柔かにして暖かなる地中海岸の明るい空気をたゞよはして、芳醇掬す可きの藝術味を有してゐる。雑誌「白樺」同人の一人であるが、武者小路氏一派とは著しく色彩を異にし、より藝術的であり、より客観的である。学者として思想家として、また藝術家としても一部に喧伝せられつゝある有島武郎は氏の家兄であり、新進作家中の雄たる里見弴は氏の弟である。

——現住所、東京麹町区下六番町一〇——

芥川龍之介

東京の人、明治二十四年に生る。東京帝国大学文学科出身。「新思潮」同人である。文壇に出てからまだ日が浅いが、処女作「鼻」をはじめとして「手巾」「芋粥」等の短篇、いづれも世の好評を博し、一躍、新進作家中の一異彩として目さるゝに至つた。材を歴史にとり、一種の哲学を背景として、興味深き事件を叙する――といふやうな作風で、非常に技巧に長け機智に長けてゐる。「新理智派」の名を以て呼ばれる作風で、鷗外、漱石の俤のある作家である。海軍機関学校教官。

――現住所、相模鎌倉海岸通り野間方――

赤木桁平

岡山の人、明治二十四年に生れた。本名は池崎忠孝。第六高等学校を経て、東京法科大学に入学、目下在学中である。新進の文藝評論家として、目下文壇を騒がしつゝあるの人、理想主義の旗幟を掲げて、其直截明快の筆を文壇に揮ひつゝある。昨年、「遊蕩文学撲滅論」を公にして、一問題を提起し、今亦自然主義前派論に於て、生田長江等と論争を重ねつゝある。論集、「文藝上の理想主義」がある。

――現住所、本郷菊坂町一六菊富士本店

姉崎嘲風

名は正治、明治六年七月京都に生れた。文学博士である。二十九年、東京文科大学哲学科卒業。高山樗牛と莫逆の交があつた。後、欧洲に遊んで宗教哲学を研究し、帰来、「復活の曙光」を著して名声を馳せた。宗教哲学者として蘊蓄頗る深く、斯界の権威として尊重されてゐる。又、文章をよくし、「花つみ日記」「停雲集」等の旅行記及び美文集、世の愛誦するところとなつてゐる。文科大学教授。

――現住所、小石川白山御殿町一一七――

秋田雨雀

名は徳三、明治十六年、青森県に生れた。早稲田大学英文科卒業。夙に劇に筆を染め、メエテルリンク式の気分劇の作が多く、又小説をも作つた。劇曲小説集「幻影と夜曲」「埋れた春」等がある。又、翻訳数篇がある。劇団に関係して舞台監督となつた事もある。瞑想的な、神秘的な傾向をもつた詩人的思想家乃至作家として珍重されてゐる。

――現住所、府下高田雑司ケ谷二二――

佐藤紅緑

名は洽六。明治七年青森県に生れた。別に学歴と称す可きものはない。曾て「万朝報」記者たりし事があるが、後身を劇に投じ、メロドラマの作家として知られ、又、通俗小説家として「鳩の家」「虎公」等の人気作を書いてゐる。又子規門下の俳人として名あり、自然主義勃興当時、藝術的創作に筆を染めた事もある。今、新日本座なる一劇団を組織し、之を率ゐ巡業しつゝある。

――現住所、小石川茗荷谷町五二――

里見　弴

本名は山内英夫。有島武郎、有島生馬の弟である。明治二十一年、横浜に生れた。学習院高等科を経て、東京文科大学英文科に学び半途退学。「白樺」の同人であるが、写実的客観的の傾向に一異色をなし、殊に内面描写の緻密を以て称せられてゐる。短篇集「善心悪心」の著あり。新進作家中の白眉である。「諄」は、ほんとうは弓扁に享といふ字で、トンと発音するのださうである。

――現住所、麹町区麹町五丁目十六――

堺　利彦

もと枯川と称した。一名を貝塚渋六といふ。明治三年豊前国に生れた。社会主義者として幸徳伝次郎等と活動し、獄に投ぜられた事がある。渋六とは獄中、米四分麦六分の飯に命をつないだおもひでを記念するのだといふ。近来、鋒鋩をそめて、売文社を起し、文章の代作を業とする傍、雑誌「新社会」を発刊しつつある。著書頗る多く「ルソー自伝」「社会主義倫理学」「売文集」「自由社会の男女関係」等最も名高い。

――現住所、京橋区南鍋町一ノ七――

相馬泰三

名は退蔵、明治十九年新潟県に生れた。早稲田大学半途退学。新聞記者などになつた事がある。夙に新進作家として知られ、その文章の霊活と、その情緒の新鮮とを以て称せられたが、暫く筆を絶つて休養し、昨年後半期より再び筆を新にして起つた。短篇集「六月」がある。

――現住所、相模三浦郡北下浦村――

相馬御風

名は昌治、明治十六年、越後国に生れた。早稲田大学卒業。大学在学中、岩野泡鳴、前田林外等と共に、詩歌雑誌「白百合」を発刊し詩人として名を知られた。三十九年第一歌集「睡蓮」を発行し、ついで「御風詩集」を公にして、柔婉清麗の調を称せられたが、後自然主義の影響を受くるに及び口語詩を唱道して詩壇に革命を惹起した。三十九年より、島村抱月を助けて、「早稲田文学」の記者となり、自然主義勃興当時の文壇に盛なる論陣を張り、一個敏感能文の論客として認めらるゝに至つた。抱月、文壇を退くや、その後をうけて、中村星湖と共に、「早稲田文学」を主宰し、早稲田派の中心として、所論、文壇を動かし或は「生の躍進」を説き、或は「表的生活」の主張をなし、文藝を論じ又思想を論じて一代青年の心をあつめたが、翻然として悟る所あり。昨年の春、一篇の告白、「還元録」を残して郷里に退耕した。真生活の追求者として、氏は今もなほ真摯の努力を続けつゝある。

著書の重なるものを挙ぐれば、論文集「自我生活と文学」「黎明期の文学」「凡人浄土」「毒薬の壺」「第一歩」翻訳トルストイの「アンナ・カレニナ」「我が懺悔」「人生論」「性慾論」「ハジ・ムラト」ツルゲエネフの「その前夜」「父と子」「貴族の家」等である。

――現住所、越後国糸魚川町――

佐々醒雪

名は政一、明治五年京都に生る。文学博士である。東京文科大学国文科卒業。壮時、「帝国文学」に評論の筆をとり、大町桂月等と共に少壮論客の尤を以て称せられた。又、雑誌「文藝界」を主宰して大に文壇的に活動した事もあるが、後帝国大学講師、高等師範学校教授等となり、今や、篤実の学者として世に重んぜられてゐる。徳川文学に通暁せる事、氏に匹敵するものは殆どない。「近世国文学史」「俗曲評釈」「日本情史」等の著がある。

――現住所、小石川大塚窪町八――

笹川臨風

名は種郎、明治三年、東京神田に生れた。壮時、田岡嶺雲、白河鯉洋等と共に、雑誌「江湖文学」に論陣を張り、雄健奔放の筆と称せられた。後、宇都宮中学校長となり、令聞があつたが、今は、明治大学、法政大学、専修学校等に講師たる傍、史伝及び歴史小説にその健筆を揮ひつゝある。著書の重なるものには、「元禄時代粧」「時代と人物」「南朝五十七年史」「織田信長」「新田左中将」等、弘く行はれてゐる。

――現住所、本郷西片町十番地――

佐々木信綱

竹柏園と号す。歌人佐々木弘綱の息、明治五年六月、伊勢国に生れた。東京文科大学古典科の出身で、父祖をつぎて歌道の振張と歌学との研究につとめ、今や日本一流の歌学者として、歌の師として、而してまた歌人として文壇的によりもむしろ学閥的に社会的に重んぜられてゐる。歌風、新派の新に走らず、旧派の旧になづまず、穏雅にして清新である。歌集に「おもひ草」「新月」等あり。又、「日本歌学史」「歌学論義」「和歌史の研究」等の著がある。雑誌「心の花」主幹。

――現住所、本郷西片町一〇いの一六――

北原白秋

名は隆吉。明治十八年筑後に生れた。早稲田大学英文科を半途に退学した。「新詩社」の詩人として夙にその名を知られ、後、「邪宗門」「思ひ出」「東京景物詩」「桐の花」「雲母集」等の詩歌集を出して、詩壇の権威と目されてゐる。官能的な、暖国的な、色彩の強い豊潤なその詩は美酒の如く人を酔けしめる。今「紫煙草社」を主宰してゐる。

――現住所、下総東葛飾郡真間――

木下杢太郎

本名は太田正雄。明治十八年伊豆に生れた。医学士にて目下南満医学堂に勤務しつゝある。頗る多才にして、詩人として、劇曲家として小説家として、また文藝評論家として美術批評家として、いづれの方面にもかなり傑れた技倆を有つてゐる。著書には、戯曲集「和泉屋染物店」「南蛮寺門前」小説集「唐草草紙」等がある。いづれも異国情調のゆたかなるを特色とする。曾て「スバル」の同人であつた。

水野葉舟

名は盈太郎。明治十六年東京に生れた。早稲田大学政治経済科出身、初め歌人として知られたが、その感覚描写に勝れたる独特の筆を以て、小品集「あらゝぎ」「響」等を出して大に世に認められ、主として若い少女の心理を描ける短篇小説の多くを公にして、自然主義盛期及びその前後の文壇の花形として活動したが、今や全く筆を絶つてゐる。小説集に、「微温」「壁画」等がある。

――現住所、府下荏原郡平塚村――

三井甲之

名は甲之助、明治十六年山梨県に生る。東京文科大学国文科出身。詩集「消なば消ぬがに」の外短歌及び文藝思想に関する評論が沢山ある。歴史的の見地からの現代文明及び文藝に対する批評は、論壇の一異彩である。今浩瀚なる国文学史の著述に従事しつゝある。

――現住所、山梨県中巨摩郡松島村――

三宅雪嶺

文学博士、名は雄次郎、万延元年、加賀国に生れた。明治十六年、東京大学文学部卒業。二十一年政教社を起し、雑誌「日本人」を発刊し当時の欧化熱に反抗し国粋主義を唱へた。後新聞「日本」に社説を草し、思想評論壇の第一者と称せられたが、「日本」を去るや、雑誌「日本及び日本人」を根拠とし、その雄渾の文と高邁の見とを以て、時論政論を公にし、一世の師表と仰がれてゐる。思想家として、学者として、哲人として、高士として、氏の如きは実に日本の国宝ともいふ可き人である。著書には「宇宙」「小泡十種」「大塊一塵」「世の中」「修養語録」等がある。「日本及日本人」主筆。

――現住所、赤坂区新坂町八二――

三木露風

名は操、明治二十二年、播磨国に生る。慶応義塾に学んだ。年少夙に詩人として知られ、象徴的の詩風を完成して、一家をなし、北原白秋の官能派と対立し、露風、白秋と並称せられた。詩集には「廃園」「白き手の猟人」「露風集」「幻の田園」「良心」等がある。

――現住所、府下池袋四七五――

志賀直哉

明治十六年、東京に生る。学習院卒業、東京文科大学を半途にして退学した。「白樺」同人である。病的神経の描写を以て無類の技を称せられ、「白樺」派中最も俊秀と目されたが、近頃久しく筆を絶つて世の嘱望に背いてゐる。短篇集「留女」の著がある。

――現住所、千葉県我孫子町弁天山――

素木しづ

画家上野山清貢の妻である。明治二十八年北海道に生れた。札幌高等女学校卒業。病の為に片足を失ひ、憂愁の中に筆をとつて、幾多の佳作を出し、新進女流の白眉と称されてゐる。森田草平の門より出た。短篇集「悲しみの日より」がある。

――現住所、市外中渋谷伊達跡――

島村抱月

名は滝太郎、明治四年島根県に生れた。東京専門学校文科卒業後、早稲田大学留学生となつて、英独に遊び、専ら演劇を研究してかへつた。帰るや、時正に自然主義勃興期に会し、雑誌「早稲田文学」に拠つて之が鼓吹につとめ深切なる理解と、穏健なる見識とを以て、時代の文運を指導した。そのすぐれたる観賞批評は、誠に容易く得難いものであるが、今や全く劇団「藝術座」の経営と興行とに没頭し、女優松井須磨子を拉して全国を週遊しつゝある。藝術座は、坪内逍遥の文藝協会瓦解の後、幾多の紛紜を経て成立したもので新劇の中堅として重んぜられてゐる。氏先頃迄早稲田大学の教授たり、文学博士を以て擬せられたが、今は殆ど文壇の人ではない。著書に、「新美辞学」「滞欧文談」「乱雲集」「近代文藝の研究」「懐疑と沈黙の傍より」等の外、イブセンの「人形の家」「海の夫人」等の翻訳がある。

――現住所、牛込区横寺町藝術座倶楽部

島崎藤村

名は春樹、明治五年、信濃国に生れた。九歳にして上京、明治学院を卒業し、北村透谷等の「文学界」同人となり、詩人として名を馳せた。「若菜集」「夏草」「落梅集」等は、詩人藤村を記念するものであり、又、日本の詩壇の源泉をなすものである。二十八年、信濃小諸に赴き、山上に七年を送つたが、自然主義の機運漸く動くの時に当り、苦心の長篇「破戒」を携へて東京に出で、一躍して文壇最高の地位を贏ち得、田山花袋、国木田独歩等と共に、自然派文学の覇を唱へ、明治四十一年「春」を出し、続いて「家」を出すに及び名声益々あがつた。大正二年末仏蘭西に遊び、大正五年秋帰朝。著書には、「破戒」「緑葉集」「家」「春」「藤村集」「食後」等の短篇長篇並に「藤村詩集」「千曲川のスケッチ」「新片町より」「平和の巴里」「戦争と巴里」等の詩文集がある。

――現住所、芝区二本榎西町二ノ二――

広津柳浪

名は直人、又蒼々園の号がある。文久元年、肥前に生れた。硯友社の客員として、「残菊」の一篇を公にし、深刻の作風に世を驚かして以来、「黒蜥蜴」「河内屋」「今戸心中」「畜生腹」等の名作を出し、自然主義以前の文壇に最高地位を占めてゐたが、今は退いて筆を絶つた。天才肌の作家として、その藝術は或は紅葉を凌ぐものがある。明治文壇の恩人として忘る可からざる人。新進批評家として令名ある広津和郎はその息である。

――現住所、相模鎌倉片瀬――

平塚らいてう

名は明子。明治十九年東京に生る。日本女子大学家政科出身。「煤烟」のヒロインとして、新しき女の領袖として、若い燕の妻として有名である。曾て雑誌「青鞜」を経営してゐた。思想文章共に現代女流の雄である。「円窓より」「現代と婦人の生活」等の著がある。

――現住所、相模茅ケ崎南湖下通――

森　鷗外

医学博士、文学博士。陸軍々医総監にして、最近まで医務局長の重職にあつたが、今、止めた。正三位勲一等功三級である。名は林太郎、万延元年石見国に生れた。明治五年東京に出で、東京大学医科に入り、十四年卒業。十六年命ぜられて独逸に留学し、ライプチツヒ及びミユンヘン大学に学んだ。日清戦争日露戦争に従軍して頗る功あり、四十年軍医総監にすゝみ、陸軍医務局長となつた。独逸留学より帰り、「舞姫」一篇を作つて世を愕かし、より常に日本文学界の先頭に立ち、曾て雑誌「めざまし草」「しがらみ草紙」等を刊行して時の文壇を裨益する事少なからず。論文、小説、脚本、翻訳、詩歌、縦横の才ゆくとして可ならざる無く、「つき草」「かげ草」「水沫集」「即興詩人」（アンデルセン）等、いづれも世に愛誦せられ、輓近に於ては、写実風の小説及び材を歴史にとつた幾多の物語を書いて文壇の異彩となり、又、劇曲の創作と翻訳とを公にして劇壇を裨益しつゝあり。「青年」「涓滴」「雁」「天保物語」「山椒太夫」「わが一幕物」等の翻訳、ゲエテの「フアウスト」及び「一幕物」等の翻訳はその最近の活動の結果である。

――現住所、本郷区千駄木町二二――

森田草平

名は米松。明治十四年三月岐阜県に生れた。東京文科大学英文科卒業。最初詩を作つたが熱烈なる恋愛の経験を描ける小説「媒烟」を公にして、名声大にあがり爾来、小説家として立つている。作品には、「媒烟」の続編なる「自叙伝」「十字街」「女の一生」「踊」等の長篇短篇がある。多くは、恋を描き女を描いたものである。夏目漱石に師事し鈴木三重吉と共に赤門作家の雄だ。翻訳にはイブセンの「鴨」ドストイエフスキイの「悪霊」等がある。

――現住所、牛込区矢来町六二――

鈴木三重吉

明治十五年広島に生れた。文科大学英文科の卒業で、夏目漱石の門下である。「ホトトギス」派の写生文より出た細緻の作風に、ロマンチツクな空想と病的とも云ふ位のはげしい情緒をないまぜた美しい深刻な作が多い。文章もリズミカルな、色彩の濃い、屈撓性の多い、氏独得のものである。「瓦」「赤い鳥」「黒血」「小鳥の巣」等、「三重吉全集」十三巻がある、

――現住所、本郷上富士前町三、河上方――

（「文章倶楽部」大正6年1月号）

通俗藝術の問題

生田長江

この題目は、ジァアナリスティックにあまり気の利いたものでない。その為めに多数の読者諸君の興味を惹かないでしまふことを、私は先《ま》づ第一に心配する。

しかし乍《なが》ら、私は如何《いか》なる場合に於ても、所謂《いはゆる》輿論と称するものに追随して行くことをしない。私は批評家の良心に従つて、寧ろ好んで異を樹《た》てると云はれることを欲する。私は議論はつねに何等かの程度に於て逆説的《ぱらどきしかる》である。

次ぎに論じようとする「通俗藝術の問題」も、既に大抵の人々によつて抱持《はうぢ》されてゐるやうな、また発表されてゐるやうな意見ではない。それがどれだけ面白いか、それにどれだけの意義があるかは別問題として、兎に角、ありふれた、平々凡々たる意見でないと云ふだけのことを信用して、是非々々一読して頂きたい。

何《なん》の為めにと云ふ見地からすれば、世上《せじやう》一切《さい》の事物は、人間を、人類の生活をより善くする為めに存在してゐなければなら

ぬ。言ひ換へれば、人類の生活を、人間をより善くするやうな事物だけが、存在の正当なる理由をもつてゐる。

序《ついで》ながら告白して置く。私は爾余《じよ》のさまざまなる主義に関して、何々主義者として分類されることを恐れないごとく、また自《みづか》らも必要に応じては何々主義者と名乗ることを恐れないごとく、私自《みづか》らの承認する言葉遣ひに於て、一個の人道主義者でもあることを言明するに躊躇しない。

藝術もまた、それが何《なん》の為めに存在するかを云へば、人間を、人類の生活をより善くする為めに存在してゐる。即ち、教化の一手段として存在してゐる。即ち、教化の一手段たることの実を失はない限りに於て、その存在を許される。

一般文化の発展と相伴つて、藝術もまた、より低いものからより高いものへ進んで行くとする。その進歩のいかなる階級を代表するやうに見えるものであらうとも、例へば、それが如何に低級的な、如何に初歩的な体貌を有するものであらうとも、何等か人をより悪しくしないで、より善くするものであるならば、兎に角その限りに於て存在の理由をもつてゐる。(反対に、それが如何に高級的な、如何に高尚らしき外観を有するものであらうとも、何等か人をより善くしないで、より悪しくするものであるならば、所詮その限りに於て存在の理由をもつてゐないのである。)

藝術は、それがすべての場合、すべての人をより悪しくするとき、或は、如何なる場合にも、如何なる人をもより善くしないとき、全然存在を許されない。けれども何等かの場合、何人《なんぴと》かをより善くすれば、その限りに於て存在を許されなければならぬ。切言すれば、制作の際にでも、制作者たゞ一人をでもどれだけかより善くすれば、その限りに於て存在を許されなければならぬ。

藝術は、それが制作の際にでも、制作者たゞ一人をでもどれだけかより善くすれば、その限りに於て存在を許されると云ふだけでない。それは如何なる場合にも、少くとも制作者自らをより善くするやうなものでなければならぬ。

なぜと云つて、常識的に観察して見ても、制作者自身をより善くしないやうな藝術は、大抵の場合に於て享受者をより善くしない。享受者をより善くしないのが元則である。より善くするのが偶然である。

もしそれ常識の上に一歩を進めて考察すれば、制作者自身をより善くしないやうな藝術は、到底享受者をより善くすることの出来ないものである。偶々《たまく》、例外的により善くしたやうに見える事があらうとも、それはたゞ一応の外観たるに止まつてゐる。本当の意味に於て、本当により善くしてはゐないのである。(私は右の如く、藝術の制作者自身をより善くすることゝ、その享受者をより善くすることゝの関係を考察するとき、私の毎々提唱することを怠らざる一信条、「自己をより善くすることによつてのみ社会をより善くすることが出来、社会をより善くすることによつてのみ自己をより善くすることが出来る」の後半部に、聯想を走らせないでゐるのでない。）

私は曾て、藝人と藝術家との間に一応の差別を立てて見たことがある。乃ち私に云はせれば、制作し演奏しながらも、自《みづか》ら面白いと思ふことなしに、ただ観客聴衆をして面白いと思はしめるばかりなのは藝人である。自らも面白いと思ふのは藝術家である。

此《この》見方からすれば、自ら藝術家を以て任ずるものゝ中にも、随分多くの藝人があり、他から藝人として卑められてゐるものゝ中にも、往々にして藝術家がある。しかも大なる藝術家があるのである。

右の如き差別は、十分に妥当なるものであるや否やを知らない。また私は、右の如き差別にそれほど拘泥しようと思ふものでもない。ただ私の藝術家として取扱ふものが、厳密に藝術家の資格を有するものであり、私の藝人として取扱ふものが、厳密に藝術家の資格を有しないものであることを断言して置けばよいのである。

ところで、藝術家が制作の際自《みづか》ら面白く感ずるといふのは、改めて説くまでもなく、藝術的に面白く感ずるのでなければならぬ。藝術以外の興味に関して面白く感ずると云ふだけであつてはならぬ。けだし、藝術の制作者が制作によつて自《みづか》らをより善くする為めには、制作其物の中に面白味を感得してゐなければならないからである。

乃ち藝術は、その制作者自《みづか》らが制作其物《そのもの》の中に面白味を感得するやうなものでなければ、所詮存在の理由を有しないのである。

大抵の場合に於て、独白が対話よりも正直なものであるのは勿論である。しかしながら、すべての対話がすべての独白よりも不正直なものであると云ふことは出来ない。

多くの場合に於て、享受者の何人であるべきかを念頭に置かないで制作された藝術が、一定の享受者を目あてに制作された藝術よりも、より正直な、より真剣なものであるのは勿論である。しかしながら、すべての場合に於て、後者が前者よりも、より不正直であり、より真剣でないとは云はれない。

ある藝術が、性別上、年齢上、教養上、社会上其他、特殊の階級階段に属するものを、享受者たるべく予定して制作されたと云ふことは、よつて以て、直《たゞち》にその藝術を排斥したり、無視したり、軽視したりしていいと云ふことの理由になりかねる。

所謂藝術家仲間に於て、通例藝術的な藝術を以て目されてゐるのは、題材のとり方、表現のしかた等《とう》に於て、ただ制作者自身をとり巻く極めて狭小なるサアクルからのみ、興味をもたれ、理解されることが出来るといふやうな藝術である。或はただ、制作者自身と境遇の種類、教養の程度等をほぼ同じうしてゐる人々からのみ、興味をもたれ、理解されることが出来るといふやうな藝術である。

かくの如き藝術のあるのは、少しも悪いことでない。かくの如き藝術の中に、どんなに偉大なる、どんなに深刻なるものでもあり得ないことはない。

私は、所謂《いはゆる》藝術家仲間に於て、通例藝術的な藝術を以て目されてゐるやうなものを、軽んじたり斥《しりぞ》けたりしようと云ふ何等の考《かんがへ》をもつてゐない。

ただ私は、所謂《いはゆる》藝術家仲間に於て、通例藝術的な藝術を以て目されてゐないやうなものの中にも、尚ほ且つ立派な本当の藝術のあり得《う》ることを言ひたいのである。

藝術の制作者が、彼自身とあまり境遇の種類、教養の程度等《とう》を近くしてゐないやうな人々からも、興味をもたれ得るやうに題材をとり、理解され得るやうに表現するといふのは、少しも悪い事でない。さうして制作された藝術の中に、どんなに偉大なる、どんなに深刻なるものでもあり得ないことはない。

通俗小説といふ言葉がある。此《この》言葉もまた、他の大抵の言葉と同様に、かなりさまざまな意味をもつてゐる。かなり曖昧に用ゐられてゐる。

しかしながら、もし此言葉にして、題材のとりかた、表現のしかた等《とう》に於て、制作者自身とかなり境遇の種類、教養の程度等を異にしてゐるやうな人々からも、興味をもたれ得るやうな、理解され得るやうな小説といふだけの意味にとられるものとしたならば、通俗小説は、通俗小説なるが故に本当の小説でないと云はれ、本当の藝術でないと云はるべきものでない。

この道理は、「新聞の続《つゞき》物」だとか、とり分け「お伽噺」だとか、「少年物」だとか、「少女物」だとか云ふやうな特殊の文学の上にも適用することが出来る。なるべく多数の観客聴衆を集めようとするところの、従つてなるべく多数者から興味をもたれ、理解され得るやうに、取材したり表現したりするところの、各種の演藝物なぞの上にも適用することが出来る。

通俗小説を通俗文学にまで拡大し、通俗文学を更に通俗藝術にまで拡大して考へて見る。

通俗藝術もまた一個の厳然たる藝術として、それが教化の一手段たることの実を失はない限りに於て、その存在を許される。

通俗藝術もまた、それが享受者の如何に幼稚なる興味に訴へ、如何に皮相な理解に依頼するものであらうとも、それが如何に低級的な、初歩的な体貌を有するものであらうとも、何等か人をより善くするものであるならば、兎に角その限りに於て存在の理由をもつてゐる。換言すれば、それよりも遥かに高級的な、遥かに高尚らしき外観を有する、通俗藝術ならざる藝術であらうとも、それが通俗藝術ほどに人をより善くしないものであるならば、兎に角その限りに於て、それは通俗藝術ほどに存在の理由をもつてゐないのである。

通俗藝術もまた、それがすべての場合、すべての人をより悪しくするのでなく、或は如何なる場合にも、如何なる人をもより善くしないのでなく、何等かの場合、何人かをより善くするのであれば、その限りに於て存在を許されなければならぬ。切言すれば、制作の際にでも、制作者たゞ一人をでもどれだけかより善くするのであれば、その限りに於て存在を許されなければならぬ。

通俗藝術もまた、少くとも制作者自らをより善くするといふ大切な一要件を欠乏してゐないならば、その限りに於て存在を許されなければならぬ。

通俗藝術もまた、それが私の所謂《いはゆる》藝人の制作でなくして、私の所謂《いはゆる》藝術家の制作であるならば、即ち、制作者自身が制作其物の中に藝術的の面白味を感得するやうなものであるならば、その限りに於て存在を許されなければならぬ。

通俗藝術に於てもまた、それが性別上、年齢上、教養上、社会上其他、特殊にして且つ制作者自身のと異れる階級階段に属するものを、享受者たるべく予定して制作されたと云ふことは、よつて以て、直《たゞち》にその藝術を排斥したり、無視したり、軽視したりしていゝと云ふことの理由になりかねる。

今一度反復して言ひたい。通俗藝術は、それが通俗藝術であるための故に、換言すれば所謂《いはゆる》藝術家仲間に於て本当の藝術と見做されてゐるものゝ如く、制作者自身をとりまく極めて狭小なサアクルからのみ、制作者自身と境遇の種類、教養の程度をほゞ同じうしてゐる人々からのみ、興味をもたれ、理解され得るやうなものでないことの故に、少しでも斥けられたり、軽んじられたりしていゝものでない。

通俗藝術は、たゞに斥けられたり、軽んじられたりしてはいけないといふだけのものでなく、むしろ大《おほい》にあらねばならぬものゝ一である。

なぜと云つて、藝術は、藝術的の享楽は、藝術的の教化は、藝術による教化は、単に藝術の制作者を囲繞する、もしくは制作者と境遇教養等をほゞ同じうしてゐる少数者だけに限局さるべきものでないからである。爾余《じょ》の多数者もまた当然、それぐ〵に彼等に適当したる彼等の藝術を与へられねばならないからである。

しかし私は今、或は招くかも知れない一の誤解を、前以て防止して置くことの必要を感ずる。

私の通俗藝術と呼ぶところのものゝ中《うち》に、出来るだけ多くの階級に亘《わた》つて、出来るだけ多くの人々に興味をもたれ、理解されるやうにと志すところの藝術が包括されてゐるのは勿論である。そして私がかくの如き藝術を、あることを得べきものゝ一に数へ、あらねばならぬものゝ一に数へてゐるのも勿論である。しかしながら私は、かくの如き藝術が最善の藝術であると言ふものでもなく、かくの如き藝術が唯一の本当の藝術であると言ふものでもない。

そして若しも、かくの如き藝術が——出来るだけ多くの階級に亘《わた》つて、出来るだけ多くの人々に興味をもたれ、理解されるやうにと志すところの藝術が、最善の藝術であり、もしくは唯一の本当の藝術であると言ふやうな見解主張に、所謂《いはゆる》民衆藝術なるものゝ要求が土台を置いてゐるならば、私は所謂《いはゆる》民衆藝術なるものゝ要求に同ずることを躊躇する。

私の見るところを以てすれば、私の所謂《いはゆる》通俗藝術ならざる藝術に籠城して、一歩をその外に踏み出すことをすら避けようとするのが、又一歩をでもその外に踏み出したものを異端視し、外道視《ぐわいだうし》しようとするのが、つねに所謂《いはゆる》「藝術の為めの藝術」の病因であり、病状であるごとく、如上《によじやう》の言葉遣ひに於ける民衆藝術の要求は、往々にして「人生の為めの藝術」を、「悪しき人生の為めの悪しき藝術」にねぢ曲げてしまふものである。

（「新小説」大正6年2月号）

夏目漱石氏の文学と文学論

石田三治

一、借り読み読者としての私

一代の文豪夏目漱石氏忽然として逝く、大正五年十二月九日午後六時五十分。翌日の新聞に此悲報を聞いた時、私はたゞ驚いた。氏の作で私のまだ読まなかつたのは最後の作『明暗』のみである。『明暗』の好評を聞いて其纏る日を待つて居た。私は今朝日をとつて居ないから、氏が最も力を注いだ所を一日々々読んで行く其面白さを此『明暗』から受けることが出来なかつた。併し芥川龍之介君から『明暗』作中の作者の詩作を聞いて、果しなくゆとりある氏の態度を懐しく思つて居た。たしか其詩の結句に明暗の二字があつたと覚えて居る。何と云ふ意味深い文字だらう。此名作未だ完結に至らずして、氏と余ら読者とは忽焉として明暗その所を異にするやうになつた。一種異様な感じに打たれざるを得ない。

漱石氏のもので私が一番最初に読んだのは『切抜帖より』で

あつた。丁度明治四十五年の春の頃である。友人のC君が貸して呉れた。C君は『虞美人草』の小野さんのやうな人じやないけれど、あんまり人のやらない学科を専門に選んで文科大学を出る時は恩賜の銀時計を拝領して、一部の人の羨望の的になつて居た。其人が今此稿を草して居る際、危篤で今日明日の命と聞くと更に妙な感じに打たれる。総てのこと余りに果敢ないから。

其次に読んだのは『門』である。此を貸して呉れた友人の名は覚純と云つて、もとより坊さんの家に生れた人である。今思ふとあの『門』の終末に主人公の宗助が、鎌倉の禅堂に参禅する所があるが、妙に忘れられない小説である。『彼岸過まで』が東京朝日の読物として終結したのが、同年の彼岸過ぎ四月二十九日、これで氏の作を読んだのが三つ目であつた。たしか主人公の敬太郎が考へながら外出する所を叙したあたりと思ふが「考へてる頭に帽子を戴せた」と云つたやうな簡結な字句で内外描写をやる氏の技巧にはほと〳〵感心して読んだもんである。

次に読んだのは『社会と自分』是は八月へ入つてからである。九月には『虞美人草』と『三四郎』を読んだ。此三冊は法科大学の友人が貸して呉れた。法科だけに感心して圏点を打つてる所が、私らと違つてるので、其がまた特別な面白味を与へて呉れた。たとへば『虞美人草』の中で次のやうな警句に其友は圏点を打つて居た。「嘘は河豚汁である。其場限りで祟《たゝ》りがなければ是程旨《うま》いものはない。然し中毒《あたつ》たが最後苦しい血も吐かねばならぬ」

其からあと漱石氏とずうつと縁が絶えて大正五年になつた。親戚の医科大学生が漱石崇拝で殆んど全部を網羅してるので、片つぱしから借りて読んで行つた。先づ読みはじめたのは時代順で『漾虚集』。人も知る通り『倫敦塔』『カーライル博物館』『琴の空音』『幻影の盾』『一夜』『薤露行』『趣味の遺伝』は其内容である。此医科大学生に『薤露行《かいろこう》』の意味を尋《き》かれて、調べて見たら葬式の哀歌と云ふのである。漱石氏はえらい漢学に造詣の深い方だと、飛んでもない方面に感心した訳で、其種の感服は後に読んだ『草枕』の主人公が誦する即興詩を見た時も起つた。

薤露行《かいろこう》！斯く意味を知つた上で口誦む時、テニソンの有名な『シヤロットの姫君』よりも日本人にとつては余韻のある有り難い題名になつた。そして中実《なかみ》も私には堪らなくうれしかつた。多楼の城カメロットは美しいけれど、美しい姫君シヤロットは恋しいけれど、恋しい騎士サア、ランスロットの歌は「テラ、リラ」と快く河沿《かわぞひ》に響くけれども、私は次の一句をテニソンに訂正して貰ひたいとさへ思つたことがある。—And her eyes were darkened wholly—暗い悩みを持ちつゝも、明い客観の世界を見失ひたくない日本人には、漱石氏の散文詩は有り難かつた。『倫敦塔』の飛ばぬ烏三羽の印象もまた私には忘れられない。

次には『我輩は猫である』其から『鶉籠《うずらかご》』次に『草合《くさあはせ》』と云

ふ順序で読んだ。『鶉籠』には『坊ちゃん』『二百十日』『草枕』の三篇、『草合』には『坑夫』『野分』の二篇が納まってることは説明するまでもない。『それから』『彼岸過迄（を二度目に）外四篇』を続いて読む。四篇とは『文鳥』『夢十夜』『永日小品』『満韓ところぐ〵』である。其から引続き『行人』『硝子戸の中』『心』『道草』と云ふ順で、昨年三月から五月までの間に軟文方面は殆んど閲読し、六七両月にわたつて『文学論』と『文学評論』と云ふ硬文方面をも一通り読んで研究して置いた。そして一度は此畏敬すべき文豪に面会を栄を得たいもんだと思ひつゝ、遂に其を果すことが出来なかつた。

二、氏と遂に相見えず

思へばおもふ程あの機会を失つたことが残念で堪らない。今其『あの機会』に就て一寸語らして戴きたい。私ども数名の一高英文科生が、芥舟先生を中心にして毎月読書会を開いて近代文学者の研究見たいなものをやつてたのを、私ら一部のものが大学に移つてからも続行して居た時のこと、丁度其読書会の日に一高弁論部で漱石氏を聘して一場の講演を願つたことがある。時刻は講演が済むと直ぐ読書会になるやうな工合で頗る都合がいゝ。何の為めに私が其講演会に行けなかつたか（或は満員の為め？）忘れたが、宿へ帰つて夕食を済まして愴惶一高指して行く途中、読書会の一友を誘つたのが抑も漱石氏と永久に遭へないと云ふことを意味して居た。

たしか其時分芥舟先生がまだ弁論部の部長だつたと思ふ。一目《め》でもいゝから漱石氏に遭ひたいと思ふ心は急いで居たが、悠長な友が「待つてゝ呉れよ」と云ふ言葉にひかされて月並な義理をたてゝる間に永久に面会の機を失つて仕舞つた。悠然たる友を急立てつゝ、一高の校門を潜り先生の食堂に入つて行くと、芥舟先生残念そうな顔をして『惜しいことをしたよ。折角君等を紹介しやうと思つたのに今しがた夏目さんは帰つた所だ』と云つたのでがつかりした。併し進んで此方から会ひに行く程熱してなかつた訳は、一つは丁度氏の作から殆んど全く離れて居た時だつたからである。けれども其時以来、斯んな風にして人を待合すと云ふことは最もいやなことだと感ずるやうになつたこと丈けは、全く誇張のない事実である。其故『彼岸過まで』の松本が、一子を失つてから『雨の降る日』に面会の申込を謝絶する心理にも同情が出来る。人と云ふものは妙なもんだ。いや私が妙な人間なのかも知れない。

私どもの読書会では其会後の余談が賑はつた。折ふし漱石氏に就ても話が出て、或時芥舟先生の直話に斯んなことがあつた。「実際夏目さんがあんなに文学的手腕を発揮し得る人だとは誰も思つて居なかつた。然し流石にえらい所があつたと見えて、尾崎紅葉が全盛の時に、俺だつて此位のものは書けるよと云つて居た」と云ふのである。今から小説家としての芥川龍之介君のことを云ふのは笑止いやうだが、芥川君は其会では最も勤勉な研究家だつたやうだ。そして其時分までは殆んど創作を見せなかつたし、自分でも創作するつもりじやなかつたらしい。所が今の『新思潮』になつて漱石氏の推称する所となつたと云ふあの『鼻』以来の数々の創作で一躍有数の新進作家になつた。しかも今でも尚ほ創作家を以て自認して居ない芥川君の態度に私は少からぬ興味を持つものである。江戸ツ子にして且つ漱石氏に親んだ此人に、用ゐることを許される言葉なら彼文豪の遺鉢が伝へられて居はしないかとさへ思ふ。

漱石氏は自然に文豪になつた。正直恬淡愛すべき為人《ひとゝなり》が、直ぐ其文になつた。死ぬには惜みても余りある程若かつた。達者で居たら少くとも『明暗』は完成された。再び大学の講壇で文学概論の講義をされたかも知れない。其から多くの人が期待した様に、益々円熟した作品が幾編となく産み出されたかも知れない。乍併同時にそう云ふ作品が産み出されなかつたかも知れないと想像される。何となれば氏は創作其ものが目的でなかつたからだ。新聞に小説を書くにしても、一日々々読者が疲れずに面白く読めるやうにと心くばりした氏は、「毎日すべつたの転んだの」と書いてるのを時にやりきれんことだと考へた事もあるらしいし、「職業よりは道楽は好きになるさ」と云つて、画道や書道に耽つてた事も事実らしい。其が作家として不真面目な態度だと憤慨する人は、勝手に憤慨するがいゝ。そう云ふ自称真面目党の活劇をば目して『虞美人草』の宗近さんは喜劇と称した。漱石氏を文豪だと云つたのは私らの勝手で、漱石氏自ら文豪になつたんでは勿論ない。漱石氏は単に人であつた。しかも懸値の余りない正直な人らしかつた。博士号をつツ返したのは、其喜劇役者に甘んじてなることが出来ない本来の性癖だつたからだと云ふまでのことだ。此事を更に拗者《すねもの》の喜劇と観じ其心事を察せざる人達は、『心』にも引用された乃木将軍の自刃を以て、華々しい芝居を打つたものとのみ観ずる類の人であらう。

兎に角、折角其人の本を読んで、其人となりを察し、いざ本気に会つて見たいと思ふ頃は、もう氏は早稲田にも此世にも居なかつた。然し氏がいろんな方面に残した其人格的足跡は、氏逝いて始めて明かにそして多少神々しく吾々の眼に映じて来るであらう。一高で有名な岩元先生に或時「先生はクラスイツクものばかり読んで居らるゝ様ですが、現代の作家は何故御読みにならんのですか」と尋ねると、「そうさ、生きてる奴は屁をひるからなあ」と云ふ答であつた。棺を覆うて定るは陳腐極る常套語、敢て云ふ、夏目漱石氏は遂に屁をひらず、氏が吾々に残した効蹟のみがいやが上にも薫ずるであらう。

三、氏の漾虚文学

日本の文壇に於ける自然主義的思潮の最も隆盛を極めた時代は明治四十年頃であらう。長谷川天渓氏らが盛んに此新思潮宣伝の為めに評論壇を賑はしてたのは当に此時代である。しかも此時漱石氏の名が天下を風靡したのだから面白い。明治文学史を書く人は、新思潮自然主義対ホトヽギスの争闘とでも云つて面白く書きそうな所だと想像すると、結局歴史も創作の一種だ哩と点頭かれる。だが漱石氏を以つてホト、ギス一派の主領と見るはおだやかでない。しかも其当時既にそう見て居る人もあつたやうである。故人子規子の門弟を率ゐて対自然主義戦争の陣頭に立つたる漱石氏を考へると云ふことは、罪深きカリカチユアを以て氏の痘痕を描く類のもんだ。氏は決して所謂国粋保存など、云ふ主義を担ぎ廻る人ではなかつた。たゞ批判なく外来思想の表衣を纏うて軽快に舞踏するには余りに落付きのある腰の据つた人であつたに過ぎない。

漱石氏の有名になつたのはホト、ギス誌上だといつても、其えらさはおつちよこちよいでなかつたと云ふ氏自身の功に帰さなければならない。更に正直な嗜好を其儘表はした多くの日本人の読者の功に帰さなければならない。漱石氏は洋食も日本食も支那料理も嚙みわけた人である。そして適当に料理つた。然り而して多くの読者は変ちきりんに出来た西洋料理よりも、米の飯乃至は合の子料理を飽かず玩味した。将来日本人が純粋の西洋料理のみを好む様になるか何うかは別問題だが、兎に角く漱石氏の文界に名を成した所以は其処にある。

或人に聞いた話だが、さる高等学校の若い独逸語の先生が、『草枕』を独訳したいと云つて願出た所氏は許さなかつた。其んなやうな事はある西洋人に対しても起つた話らしいが、実際あの独特の「非人情の境涯」は西洋語には訳せまいと思ふ。そう云ふ出来ないことをやつた上で、これが夏目漱石の作で御座いと振り廻された日には、藝術的良心のあるものは泣かざるを得ない。

いろ〳〵の原因もあらうが、氏が自身の初期の作に対し、概して反感を持つて居た其一因としては、氏の作家としての態度が茲十年の間に見違へる程変遷した事を見なければならない、然らば其は何う云ふ変遷かと云ふと、俳句の巨匠に例をとると面白かないかと思ふ。即ち子規、鳴雪、碧梧桐を経て、今や井泉水的だつたと云へるのである。一言にして云へば外より内へ、作者の視線が弛みなく動き、近来に至つて其視点のありかは益々深刻の度を加へて行つた訳である。そして其眼指された所は、和辻氏が『新小説』の夏目号に書いた点だと思ふ。曰く「エゴイズム対正義」

茲で聯想するのは文展に表はれたる混沌たる現代の洋画界の有様である。漱石氏は油絵よりも邦画を好いて、可なり巧みに描いて居たらしいが、今の洋画界に若し漱石氏の如き態度を持つた天才者が現れるならば、藝術界何々主義を云ふ勿れ、忽ち一世を指導するものとならう。藝術は人より出で、主義より出る筈のもんではない。自然主義的思潮に漾はされもせずはたまた之と闘はん為めに堅くもならず、己は行つて快い道を歩いてる間に漱石氏は偉大なる藝術家になつて居た。其微妙なる点に気がつかない画家は、己を失した雇はれ職工に比すべき画工になるほか仕方がない。画工とは此場合面白い名じやないか。所で今度は此洋画に比して漱石氏を思はしめよ。氏の主題が頗る内観的になつたが、扨て其を表現する上に於ては、自然主義者の攻撃の対象になつた所謂低徊趣味の叙述時代に得たデッサンの正しきに負ふは云ふまでもない。

低徊趣味と云ひ俳味と云ひ、其う云ふ意味では最後までも漱石氏の藝術につき纏つた。然り而して或る表現は、或気分情緒を伴はずには出て来ない。然らば漱石氏の作品が表はす気分情緒は如何?、私惟ふ、漾虚集とは氏の全集に冠すべき名称じやあるまいかと。漾虚の出所は浅学なる私には解らないが、正直に読めば「虚を漾はす」だ。扨て此虚を漾はすことが文学の使命だと云ふ様なことを堂々と論じたのは文科大学講師松浦一先生その人である。開けば松浦先生が大学の一年の時、漱石氏が洋行から帰つて教鞭をとられたそうで其影響は少からずあらうと思ふが、あの『文学の本質』を講義して居る時、漱石氏の書の関防が「漾虚」だと云つたやうなことを話して居たやうに思ふ。私はあの『文学の本質』の意見には大々的不賛成だが、其漾虚と云ふ言葉は解しやうに依つては、漱石氏其人を表すに適当して居るやうに考へられる。但し其は「古池や蛙飛び込む水の音」的俳人の虚で、松浦先生の所謂「トリスタンとイソルデ」式涅槃文学の虚じや毛頭ない。『それから』の代助とみちよじやトリスタンとイソルデの役は所詮つとまらない。

『文学の本質』に就ては、折があつたら論じて見たいが、「トリスタンとイソルデ」式涅槃文学と云ふ意味は義理の差別の画の世界から法悦の無差別の夜の世界への暗示と云つてはちと面白くないか……そんなら兎に角くワグネルが恋薬の服用と云ふ非道徳的手段を用ゐて道徳的本能の不満足をも買はず、実有の世界で束縛される不義理の恋の喜びに乗じて入る所謂涅槃の示現である。だが是は所謂涅槃文学の代表品と云ふべきでなく、此ユニークな作品はワグネルの其だと云ふなら穏当だ。

「トリスタンとイソルデ」で末頁を賑はした作品はダヌンチオの『死の勝利』だ。然し此処に表はれる一種の道徳的不純は『文学の本質』の著者をして『死の勝利』は涅槃文学の部類とは云はせまい。土台「トリスタンとイソルデ」が其代表作だと云ふやうな涅槃文学は考へられそうで考へられぬ。其処へ行くと漱石氏の考ははつきりして居た。代助は考へる。『ロシヤ文学の不安は天候の具合と政治の圧迫、フランス文学の不安は有夫姦の多い為め、ダヌンチオの代表するイタリーの其は無制限の堕落から出る自己欠損の感だ』代助は何故『煤煙』が草平氏の手で出来たかをも知つて居る。要之漱石氏は差別界の叙述をやつて、而して俳人の虚を漾はした。正義の古池にエゴイズムの蛙、其処に生ずる其文学のひゞきが虚であつたのだ。晩年トルストイやドストイエフスキーを愛読して居たと云ふ話だが漱石氏の感心したのは寧ろ其テクニークに偏しては居なかつたか。

四、氏のテクニーク

正宗白鳥氏の近頃の作では昨年正月の『催眠薬を飲むまで』位を読んだがあの『何処へ』とか『世界並』などにより多く親

んだ私は、『坊ちやん』の作者と親類筋の人の様な気がしてならない。其で此人が漱石氏のあとを襲うて朝日に小説を書いてることも至極自然なやうな気がする。聞く所によると漱石氏を朝日で迎へたのは、氏の『草枕』が主筆に気に入つた為めだそうな。『二百十日』の散文詩的対話の代りに、『何処へ』を入れたら、矢張り『鶉籠』は一人の漱石氏の作と見られるだらうとさへ思ふ。然し、藝術家は微妙な個々の道を歩いて居るもんだ。白鳥氏は漱石氏の作品に共鳴してなかつたそうである。そして次の批評は面白いじやないか。「氏の作物には女同士の話がまるで外交談判でもしてゐるやうに思はれるところが多いやうです」と云ふのである。尤も白鳥氏の女の会話には別の欠点はある様に思ふが此処には用がない。

扨て此処が漱石氏の技巧の劇的になる所以なのである。『彼岸過まで』の『須永の話』中千代子の言葉など其代表品ではないか。更に其外の事柄も参加して頗る劇的になつて見えるのは、『虞美人草』だ。是を読んだ時は、私も亦芝居にして見たいなあと思つた。然し、松居松葉氏が脚色を願出た所、漱石氏は遂に許されなかつたそうな。漱石氏の芝居観は『硝子戸の中』にある。曰く「私は芝居と云ふものに余り親みがない。ことに旧劇は解らない。是は古来から其方面で発達して来た演藝上の約束を知らないで、舞台の上に開展される特別の世界に、同化する能力が私に欠けて居る為めだとも思ふ。然しそれ許りではない。私が旧劇を見て最も異様に感ずるのは、役者が自然と不自然の間を、どつち付かずにぶら〳〵歩いて居る事である。それが私に中腰と云つたやうな落ち付けない心持を引き起させるのも恐らく理の当然なのだらう云々」

然し其ばかりでなく、印税が入るから生活上は止むを得なかつたらしいが、『虞美人草』などの絶版を寧ろ氏は願つて居た所を見ると、あの作為のあとが藝術的良心を刺したものと想像される。つまり余りに作為的偶然《チャンス》の濫用があの当りの作に多い様である。『虞美人草』を読んだ後『三四郎』を読んで、其事が堪らなく鼻についた。即ち氏の所謂中腰の不安を感ぜざるを得なかつたのである。『野分』は其点で最もひどいと思つた。

乍併、あの談判的対話が氏の強味である。心理解剖の深刻なる展開が其処にある為め、正宗白鳥氏の感じた所謂理屈つぽい所が無理でなく、さもありなんと自然に思はれて行く。氏が人の追従を許さなかつた所はあの偉大なる想像力を開展して行くのに、心理的必然性を以てした点で。自然主義作家の作には、既往に経験した日記を一寸潤色したやうなものが多い。たとへば田山花袋氏の『生』でも『妻』でも『蒲団』でも『縁』でもそうだ。島崎藤村氏の『春』でも『家』でもそうだ。そうかと云つて後者の『水彩画家』や『破戒』には、例の中腰の不安がある。漱石氏の作にあつては『猫』の千駄木時代は、可成生活さながらの描写らしいが、其でも漱石氏の支那流の絵に比べられる。氏の実際生活に即して居ない。居ないと云ふのは、茲では其がいゝのだと云ふ意味じやない。たゞ漱石氏の作風を云ふのである。

『坊ちゃん』は松山中学校の教師時代、『二百十日』の中の西方寺の寒念仏は幼年時代、『門』の参憚は学生時代、『道草』の養子一件、『虞美人草』のモデルは誰、『心』の先生と其友人は誰、『坑夫』の題材提供者、などと消息通は語るであらうが一として漱石氏の藝術的創造力の産物たらざるはない。長与博士はまた解剖の結果、偉大なる氏の想像力のあつたことを吾々に知らして呉れた。

　以上氏は稀に見る創作的天才者だと云ふことを述べた積りだが、更に細く云へば其前期に於ては無理な作為が目につくものを作り、其後期に於ては偉大なる氏の想像力が、心理的必然性を以て展開され、何れにしても日記さながらの作品が先づ無いと云へば足りる。然し、あの氏の大作の主人公が、殆んど皆陰惨な影を其主観に抱いて居ると云ふ点は、丁度ストリンドベルヒの作品が其人の反映であつたやうに、我夏目漱石氏其の人の反映であると云つてい丶。其点に於て作者と作品とが最も密接に連絡して居ると云へる。追跡狂の症状があつたと氏を解剖した長与博士は云つてるし一種の心理的異状のあつたことは、『猫』の天木医師たる尼子氏の語る所である。して此陰欝な男の性格が、考へ深い青年読者の心と非常に共鳴したことは云ふまでもない。ストリンドベルヒに私淑して居る山本有三君は『行人』の愛読者であると云ふのも面白い。

　然し夏目漱石氏は飽くまでも日本人であつたと云ふことを記憶しなければならない。ちと変な詮索だが、『猫』の苦沙弥先生だつたか、訪ねて来たいやな男の名刺をもつて後架へ行く。『坊ちゃん』の主人公は自分の悪口を書いた土地の新聞を後架へ持つて行つて破り捨てる。『坑夫』の叙景にはとある峠茶屋のお神さんが立小便して御座る。所詮こやしの洗礼を受けた菜葉を玩味する日本人でなけや解らない味だ。たゞし此際便所と云はずに後架と云つたのは一の伎倆である。よし『草枕』の若い美しい女性が、犯すべからざる神聖さを持つた裸体の儘で、同じ浴槽にやつて来る非人情の描写は後期の作品に多く見えないでも、やはり其にほひ丈けは抜けなかつた。吾々日本人には云ふに云はれぬ面白い味である。そして鶫《つぐみ》の粕漬で我漱石氏はあてられたのだ。

　氏の文学に就て最後につけ加へなければならないのは、新聞にのせる為め一日一日に忠にして全体の結構に弛みを生じたものがあると云ふ点だ。朝日の記者も漱石氏の作品を批判するには、氏が毎日々々新聞の為めに執筆して居たと云ふことを念頭に置かねばならぬと云つてたのは至極尤もな説である。氏には他の作家が予め全体の構造を頭に作ると云ふことは殆んど不思議な位に思へたそうで、是から先何う小説が発展するやら解らない点は『明暗』に於ても『猫』同様であつたらしい。型に囚はれぬ天才的音楽者に比すれば、まことに神韻縹緲の趣あり、天衣無縫の概があつた。然し全体として建築的完成を希ふものには、所々楔《くさび》の欠如を感じない訳には行かなかつた。其がひいては彼感心した心理的必然性が一部だけ緊密で其調子で全体を貫かないと云ふことにもなつたやうだ。『坑夫』の坑夫生活そのものは如実に出ても、家出した心理が未だ不明であると云ふやうなこともさることながら、『心』では『先生の遺書』には感心するが、其を手にして親父の危篤を打捨てゝ先生の死にまで走るのを尤もと点頭させるには『先生と私』との関係も、『両親と私』との関係もはつきりしないと云ふ物足りなさがある。

六つの短篇を集めて一の長篇を作つた『彼岸過まで』は、そう云ふ新奇な形式としては非常に面白いもんだと思ふ。其で一つの作に建築的完成の美を与へる為めに、幾度も〳〵書直したと云ふやうな作品と比較するのはちと無理になる。トルストイものゝ技巧などは此式の建築だ。否これは西洋建築と云つて区別した方がいゝかも知れない。何となれば六つの短篇を集めて一の長篇を作ると云ふことは母屋だの離れだのゝある日本建築を思はせるから。兎に角くこじつければ此点でも漱石氏は日本趣味だと云へる。

五、日本人の文学論

『社会と自分』の中のたしか『自然と人間』と云ふ所だつたと思ふが、次の様なことを漱石氏は語ツて居る「実は美的理想以外にも色々な理想が起る訳であります。或は一種の関係に突兀《とつこつ》と云ふ名を与へ、或は他種の関係に飄逸《へういつ》と云ふ名を与へて突兀的情操飄逸的情操と云ふのを作ツても差支ない。分化作用が発達すれば自然と此処へ来るに極まツて居ます。西洋人の唱へ出した美とか美学とか云ふものゝ為めに我々は大に迷惑します」と云ふのである。

是は大学外の講演であるが、大学の講演としては前述松浦先生の『文学の本質』に似寄りのことがある。「想像から出立して理想化が文藝の根本法則であると云ふことになつて来れば、就中洒脱《しやだつ》と云ふことは第一に注意すべき事である。洒脱と云ふ語はNonchalance（恬淡《てんたん》）と云ふ語で幾分か其れに近い意味も出ますが、之にelegance（風雅《ふうが》）を加味した風流《ふうりゆう》に至つては、到底外国には求められない」とか「一茶の軽妙と沈痛とを結びつけた俳句」の例だとか「飄逸と軽薄とは紙一枚を境として天と地との違ひがある。上の一茶の句の様なものは、日本人が屢々滑稽と云ふ様に、欧洲の人はhumorousといふかも知れぬ。併し此滑稽とかhumorousとかでは、飄逸とか洒脱とかいふ軽い真面目の意味は現れない」とか云ふ類のもんだ。

日本人の文学論としては、先づ大体前者の『文学論』に後の『文学の本質』しかないと云つてもいゝやうだが、此等は共に文科大学で講演されたもの、前者は明治三十六年から三十八年に渡つて講義され、後者は大正三年から四年にかけて講義されたもんだ。そして共に英文科の先生だと云ふことも面白い現象だ。前者が頗る分析的で、後者が寧ろ綜合的な頭のやうでも、共に其所論には英国臭味は免れない。西洋人の美学で迷惑と悟つたら、百尺竿頭一歩を進めて漱石氏にも少し気の利いたことを云つて貰ひたかつた。

第一西洋文学の悲哀だとか滑稽だとか云つたやうな要素の抽象に対し、此方には突兀があるとか飄逸があるとか云つて力み返つたところで益々煩はしくなるばかりだ、若し夫れ、沈黙や運命を擬人化したあのメーテルリンクの詩的な態度で洒脱や風流を生かして動かす『文学の本質』は一種の詩と云ふべきで厳密な文学論じやない。其点は漱石氏の『文学評論』にも紹介された十八世紀の英文学者アレキザンダー・ポープの裏を行くもんだ。ポープの『批評論』は詩形で書いた議論で松浦先生の『文学の本質』は議論体で詩をうたツて居る。

或人はクローチエを見出したと云ふことをアメリカ発見に比したさうだが、藝術は或種の表現だと云つて其或種の探索に就て煩はしい迷宮に入つて其帰趣を知らない文学論の世界に、総ての表現は藝術なりと云ふ銀鈴の如き声を振はして入つて行つた伊太利人クローチエは囚はれざる学者であつた。此人を英国人並に英語国人に紹介したのはバルフオーアだそうな。クローチエには藝術の起源はない。若しあれば人間の起源と同じだ。従つて毛色の変つた人種と共に、其相応の表現が各藝術をなして居るばかりだ。

クローチエを祖述したコロンビヤ大学のスピンガーン氏に『新批評論』と云ふのがある。次の句は漱石氏らの意見に向つては正に頂門の一針だ。「吾々は曾て文学を批評するに当ツて次のやうなことで煩はされた。其は喜劇的だとか、悲劇的だとか、崇高だとか云つたやうな、其種の漠然たる抽象的概念の軍勢に依てだ。此等のものは彼十八世紀に於て新しく生存権を獲得したもので、アレキサンダー式批評家らの概括する所となつて成長したもんである。グレーと其友ウエストは崇高《サブライム》の問題で一致したし、其後シルラーは素朴《ナイーブ》と感 傷《センチメンタル》とを区別した。ジエアン・ポールはユーマアを決定した人の一人であるし、ヘーゲルは悲劇的《トラジック》と云ふことを定めたうちの一人だ。若しも此等の言葉が藝術の内容を表現するものならば、其等のものは喜び憎み悲み熱中の如きと同一部類に逐ひ込むべきもんだ。そして詩に於て吾々が喜びの表現に就て云々すると同じやうな工合に喜劇的《コミック》と云ふことに就ても極くありふれたやうに語るべきである。若しもさうでなく、此等の言葉は詩文学上抽象的分類を意味するとしたならば、甚だ宜しくない。批評論上此用法は藝術の性質其物をいたく傷けるもんだ。総ての詩人は各彼自身の仕方で宇宙をば再現する、そして各の詩作は夫々に新しい不羈独立の表現である。悲劇的と云ふことは批評論には存在せざるべく、たゞ彼エスキラスやシエクスピーアやラシーヌにのみ存在する。其等と幾らか似寄りの詩には便宜上の分類として悲劇的の言葉を用ゐるのは其や差支ない。たゞ其悲劇的と云ふことに法則を見出して、更に這般の法則を以て創作的藝術家を判断するとなると昔のドラマの法則にも増した抽象的型をこしらへる丈けだ」と云ふのである。

小泉八雲氏の詩の如き講義から、夏目漱石氏の理智の『文学論』に移つた時、例の有名なF＋f式の議論に驚畏敬服したもんだと、其当時学生だつた松浦先生の述懐であるが、あれなども随分隙のある議論だと思ふ。「凡そ文学的内容の形式はF＋fなることを要す。Fは焦点的印象又は観念を意味し、fはこれに附着する情緒を意味す。されば上述の公式は印象又は観念の二方面即ち認識的要素Fと情緒的要素fとの結合を示したるものと云ひ得べし。吾人が日常経験する印象及び観念は之を大別して三種となすべし」と云ツて、第一はFありてfなき場合、第二はFに伴うてfを生ずる場合、第三fのみ存在して其れに相応すべきFを認め得ぬ場合で、此うち文学的内容たり得るものは第二で、第三も之に還元が出来、第一は全く文学に無縁なものになる。たとへば幾何学の公理物理学の原理は此部類で、科学者の発見若くは問題解決に際し最高度の情緒を感じ得るのは、知的活動を過度に使用した意識に対する喜びに外ならずして、此種のものは遂に文学の内容でないなどは随分苦しい議論だと思ふ。

此論法で行くと、もとより氏の『文学論』は文学でなく、其に比すれば六輪一露の叙述をやつた『文学の本質』は文学らしく、其又『文学の本質』の或部分は文学で他の部分は文学論らしいと云ふはつきりした様で其実はつきりしない所論である。其処へ行くと表現即藝術論的のクローチェ式立場で論ずる方は幾ら解り易いか知れない。表現《エクスプレッション》の上手下手が論じ得らるゝ程度に於て幾何学書だつて物理学書だつて文学になり得ないことはないじやないか。ロンドンで発行された小さい本だが、ピー・ピー・ホーと云ふ人の『批評論』にある次の言葉は漠然乍ら面白い。頗る暗示的だ。曰く『吾々をして藝術の快感が二つあると思はしめよ。意外《サープライズ》の快感、其がいやなら誰かゞ云つたやうに驚嘆《ワンダー》と云つてもいゝ、其と、ナール程《レコグニション》の快感だ。結局後者は前者のくだけた形だが、斯うやつて分けて考へると何んな藝術にだつて此《これ》の総てを欠如してるものつて有りやしない』と云ふのだ。漱石氏の作品から心理的叙述の科学的なるに、ナール程と感心する其情緒だけを抽象して、之は知的活動の云々で氏の文学に負ふ所ならずとか、氏の理屈の言ひ廻しの上手なところ例へば『文学評論』即ち十八世紀英文学史中の文藝と道徳の関係に就ての言ひ廻しの上手な所を、之は氏の文学ならずなどと云ふのは、実際とかけ離れた論じ方で、其点だけは何うしてもあの『文学論』に賛成することの出来ない所だ。

漱石氏の文学をば、日本趣味、支那趣味、英国趣味の合致したものと説く人があるが、或はそう云へるかも知れない。が兎に角、氏の文学論だけは十八世紀の英文壇が産み出した批評的精神の型に依て編まれてるやうだ。

（六・一・一六）

（「大学評論」大正6年2月号）

文学上より見たるロシア革命

昇　曙夢

ロシアの政治的革命は、厳密な意味に於ては今回始めて完成されたやうなものであるが、文壇に於ては、既に十八世紀の末頃からそれを行つてゐたのである。少くとも自由とか人権とか個性の解放とかいふやうな名義の下に改革的の思想を鼓吹してゐたのである。この意味に於て十九世紀のロシア文学者はすべて革命の志士といつても差支ない。

何処の国でも同じことであるが、ロシア文学も最初は国家もしくは宗教の奴隷であつた。単に帝王の徳を讃美しもしくは帝王の意志を受けてその時代の外観を歌つてゐたに過ぎない。けれども、十八世紀の末に至つてロシアの文学はいちゞるしく仏蘭西の哲学や思想界の影響を受け殊に仏蘭西革命の結果として自由民権の思想がロシアにも流れ込み、その時からロシアの知識階級はあたかも眼が醒めたやうに国家や宗教の束縛を脱して、個性の自由とか又は人格の尊厳とか云ふものを高唱するやうになつて来た。それと同時に現はれたのは農奴開放の思想である。その時の代表的思想家と目さるべきものはラデシチエフといふ人で、この人は『ペテルブリグよりモスクワまで』といふ旅行記のやうな表題の下にロシアの農民の悲惨な運命を描き、地主や貴族の暴虐を攻撃してこれを社会に訴へた第一人者であつた。この時から農奴解放の思想はロシア文学の中枢神経となつて十九世紀の文学を貫いてゐる。そして後世に於いて起つたところの改革運動はすべてこの農奴開放を基調とする運動であつた。

それから十九世紀に這入つて、二三十年代の頃になるとモスクワ大学を中心として非常なる思想上の活動が行はれた。これはつまり所謂ロシア・ヘーゲリアンの時代で、その頃独逸に遊学してゐた若い教授がかへつて来て、その当時の青年にシェリングやヘーゲルの理想哲学を大に鼓吹した結果である。この思想界の活動と共に、大学生の間には二三の有力な文学会が起つて独逸を始め西欧の哲学思想や文藝を攻究しながら直ちにこれらの思想を当時のロシアの実社会に適合しようとした。いはゞこの時代はロシア人道主義の黎明期で、近代の知識階級はすべてこれ等の文学会に依つて養はれた戦士である。

これ等の文学会の会員が、四十年代の始めに至つて二派に分れ、一つはモスクワ時代のトラジシヨンを理想とするスラブ派となり、一つは西欧の文明を理想とする西欧派となつてこの両派の争ひが四十年代を通じて非常な活動を表はしてゐる。そこへ仏蘭西ユートピアンの理想的社会主義が輸入されて来て、ロシアの思想界は益々社会的な人道的な、色彩を帯びるやうになつて来た。この時の思想界の代表者はベリンスキーとヘルチェンで、この二人の勢力は殆んどその当時の天下を二分するまでの勢ひに達した。しかし最初は敵味方となつて非常な激論を交へた二人の間柄も後には思想の上に於て互ひに一致共鳴するところを見出して、以前の怨みを忘れて共に手を提つて思想界に活動するやうになつた。その外に有名な社会主義のバクーニンや、まだ若かつたツルゲーネフやドストエフスキーなども彼等の門に出入した人々で、その当時の青年は皆挙つて彼等の感化を蒙つたものであつた。

であるからこの四十年代頃からロシアの文学はいちぢるしく社会的傾向を帯びて来て、社会のため、人道のため、人生のための文学といふことがその時代からの標語となつてゐる。文学者自身も亦単なる文学者を以て任じないで、社会的伝道師もしくは憂国の志士を以て任じてゐたのである。ドストエフスキーやその他の思想家や文学者が例のペトラシエーフスキー事件の連累者を以て検挙され、永い間シベリアに追放されたのもやはりこの時代のことである。

この時代の理想的な人道主義者の面影はツルゲーネフの『ルージン』の中によく伝へられてゐる。この小説は所謂四十年代の人々を描いたので主人公のルージンはすではバクーニンをモデルにしたものでその他の人物も皆実在の人々であつた。この小説にも描かれてゐる通り、四十年代の人々は切りに人道的の思想を高唱したとはいふもの丶余りに現実とかけ離れた理想的なロマンチツクな性格の人々であつた丶めに、実際的の革命とか改革とかいふことを実現することは出来なかつた。けれども彼等の宣伝した自由解放の思想は、後年に至つて遂に実を結んで、幾多の改革をうながしてゐる。

即ちロシアにはその後略々七ヶ年間の反動時代を経て千八百五十五六年の頃から農奴開放を中心とする思想上の大運動がおこつてゐるが、この運動は直接、文壇を中心とするところの改革運動であつたのである。この時の運動の傾向もやはり個性の解放を基調としたもので、それが政治上にはいちゞるしく民衆的の傾向を帯び、社会的には道徳的理想の改造となり、思想上に於ては四十年代の唯心的哲学に対して唯物的哲学の隆盛を見るに至つた。それがためロシアの文壇及び思想界を通じていちゞるしく現実的の傾向を帯びて来て、直接、実社会と交渉するやうになつてついに六十年代の虚無主義を見るに至つたのである。

この頃の思想界の代表者はチェルヌイシェーフスキーとドブロリューボフで、彼等は共に社会的の理想を標榜して新時代の青年を指導して行つた。其の影響を受けて現はれたのがツルゲーネフの小説に描かれてゐるやうなエレーナやバザロフのやうな新しいタイプの青年男女であつた。しかし四十年代以来の人道思想はつひに千八百六十年の農奴解放に至つてクライマックスに達して、それからは所謂虚無主義時代に這入るのである。この時代の理想を結晶したものはチェルヌイシェーフスキーの有名な小説『何を為すべきか』である。この小説は彼れが危険人物の廉を以て獄中生活を送つた四年の間に書いたところの浩澣な小説であるがその筋は極めて簡単で自由恋愛と共同生活との実行である。簡単だとは言つても、なか〳〵に興味ある迂余曲折を示してゐるが、こゝでは詳しい事は省いて置く。

この小説はロシアの未来の社会制度を結晶したものでその中には第一に旧来の結婚生活なるものが不合理であるといふことゝ、古い宗教や道徳が一種の偶像に過ぎないといふこと、又私有財産なるものが、全く個人の権利や自由を無視する制度であるといふことを力説してゐる。要するにこの小説は六十年代の新しい思想や感情を描いたもので、その時代の青年男女に取つては聖書のやうに迎へられたものである。従つてこの小説に含められてゐる思想上の影響は六十年代を通じて最も著しく現はれてゐる。ロシアの虚無主義なるものも要するにチェルヌイシェーフスキー等の思想の流れを汲むもので、つまり思想界における唯物的な現実的な傾向を指すのであるがこれが後に至つて次第に社会主義と手をつないで、いちゞるしく政治的の色彩を帯びるやうになり、つひには恐怖主義（テロリーズム）となつてあまたの血を流すやうになつたのである。最初思想上における虚無主義の代表者とも見るべき人は六十年代の文壇の中心であつたピサレフで、ツルゲーネフの『父と子』に出てゐるバザロフはこのピサレフをモデルにしたものといはれてゐる。

かやうにロシア文学の社会的傾向が次第に高調し来てつひに虚無主義となつて極端に陥つた結果八十年代には再び反動が来て思想界は非常な圧迫を受けるやうになつた。が、九十年代に至つてニイチェの哲学と前後してカル、マックスの唯物論的社会主義がロシアの思想界を風靡するに至りロシア文学は又いちゞるしく革命的色調を帯びるやうになつて来た。それと一方には農奴解放の結果、田舎を捨てゝ都会に集つて来た農夫たちが、工場に入つて労働者となつて所謂都会の労働階級を形くるやうになつた。それからロシアの社会生活も非常に複雑になつて来て資本と労働との問題が喧しくなつて来て社会及び思想界の中心問題となつて来た。この問題を主として取扱つたのがゴーリキーで、彼れの文学はこの点に於て自覚せる新しいロシア平民の代表的作物といはれてゐる。それと同時に個人の自由権利、人格の尊厳といふことを基調とする近代個人主義の主張は労働問題と共に高調してつひに一九〇五年の革命となつて爆発したものである。その結果ロシアは国民議会を開始して国民の参政権を承認し漸く立憲国となつたのであるが、しかし、それは名ばかりの立憲で、官僚の圧迫は依然として旧時と何等異なるところなく、議会はつねに停会と解散とで少しも立憲政治の理想は行はれなかつたのである。それがためロシアの近代を通じて現はれてゐる自由と圧制との戦ひは益々烈しくなつて来て、つひに今回の革命を惹起すに至つた次第である。

今回の革命はその性質に於て、政治的革命であるから、直接文壇と交渉してゐるわけではない。けれどもロシア国民をして民主政治や或ひは共和制を要求させるほどの自覚を催し、つひに今回の革命を議会と共に僅か数日の間に、血を流さずして成功させたその経路を尋ねて見ると、一重に文学の力であつたといはなければならぬ。すなはち十八世紀の末から今日に至るまで個性の自由と人格の尊厳とを基調として、絶えず人道の名に於て圧制や暴虐と戦つて来たところのロシア文学は国民全体をも同じ傾向に導いて彼等の国民的自覚を促して止まなかつたのである。又今回革命を指導したところの国民議会の名士はすべて四十年代来の人道思想に養はれ、その幼年時代に於て六十年代の改革的空気を吸つて来たところのロシア・インテルゲンチャーの真髄である、して見ればロシア文学はこれ等の政界の名士及び多数の国民や労働者を通じて今回の革命を行つたものと見て差支なからうと思ふ。（談）

（「早稲田文学」大正6年5月号）

三木露風一派の詩を放追せよ

萩原朔太郎

北原白秋氏の詩集「思ひ出」は色々な意味に於て、日本詩壇にある重要な時期を劃したものであつた。一口に言へば「思ひ出」は蒲原有明氏以来日本象徴詩派の宿題であつた情調本位の叙情詩を完成した詩集であつた。併し物は完成すれば必ず反動が起る。旅人が道を急ぐのはある目的地に達するまでの時間である。目的地に達した旅人は必ずそこに休息するか、又は他の別の方角を求めて出発する。

「思ひ出」以後の日本詩壇に反情調本位的、或は反官能本位的の詩が起つたのは当然のことである。そこまで来た人には情調本位の砂糖づけの詩は、もはや甘つたるすぎて口に合はない。何かもつと塩のからい実質のあるものが食べたい。官能本位の象徴詩といつた所で、単にそれだけのものではすまない、そこに何か核になるものが這入つて居なければ気がすまない。

そこで新らしく起つたものが三木露風一派の創造した観念風の象徴詩である。この派の詩にはとにかく思想が這入つて居た。

中に核が這入つて居た。そこに何かしら哲学らしいものや、思想らしいものがとりこまれて居た。

とにかくこのやり方は「思ひ出」時代の詩の欠陥を充たして、飢えてゐた読者に相当の満足をあたへた。けれども、所詮、この派の詩は一時もののごまかしにすぎないことが明らかであつた。

何となれば、その詩に於て何物か「あるらしく見えた」ものは、実に影も形もない幽霊の如きもの、内至は三文の価致もない瓦かけのやうなものにすぎなかつた。

彼等の詩といふものも、実は「情調のための情調」を歌つた詩であつて「思ひ出」時代の詩と少しの変りはない。ただ北原氏一派が主として感覚から出発してゐるに対して、この派の者は比較的観念風であるといふだけの相違にすぎない。

三木氏等の詩に於て、しばしば「あるらしく」見える所の思想の正体を曝露すれば誠に気の毒千万なるものである。それは一言でいへば、一種のありきたりの型にはまつた所謂「詩人らしい神秘思想」といふべき類の者に外ならない。

たとへば、黄昏の野原と平和な牛の群と、夢幻的な月光と寺院の晩鐘とを取り合せて、その情調の底に一種の神秘が流れてゐるとか、あるひは幽玄な古沼の中にニムフの群が居て、黄金色の月光が森の木影から微笑してゐるとか、漂渺たる想ひだとかいふ筋のものである。かうしたものは、昔から髪の毛を長くした西洋の詩人によつて何百回となく繰返し繰返し歌はれた思想で、所謂「詩人らしい思想」といふ定義のついてしまつたほど月並な類型的思想である。こんな出来合ひの神秘思想なら、そこらにある石ころのやうにどこにでも転がつて居る。新派悲劇の役者でさへもよく心得て居る筈の者である。

元来、かうした象徴思想（?）とか神秘思想（?）とかいふ者は、単に古くさいとか類型的だとか言ふばかりでなく、その本質から言つても極めて朦朧たるもので、殆んど「思想」といふ名称をあたへることの出来ないほど心性のはつきりしないものである。

私はこの類の思想及びそれらの古い詩を「ごまかし」だと断言する。何故かといふに、此種の思想（?）は、それが極めて不鮮明で漂渺として居る所に一種の情調が存在するのであつて、若しそれを白昼日光の下に曝した日には、殆んど見るにたえないほど愚劣な物質と変化するものである。それ故、この派の詩人は強いて黄昏の薄暗い光線の中で物を見ようとする。そして勉めて物を正視することを避ける。彼等は自ら自己の理性をあざむいて、一種の卑怯な人為的手段によつて情感の満足を買はうとする。

併し、彼等の最も悪い病癖は、その詩の表現に一種の技巧を用ゐることにより一層内容を曖昧にすることである。どういふ理由で彼等がそんな行為をするかといふに、之れにはまた深い意味がある。

前にも言つた通り、かうした類の「詩人らしい思想」と言ふものは、元来が思想でも何でもなく実は一種の月並な情調にすぎないのであるが、彼等の中のあるもの（特に三木露風氏の如き人）は、狡猾にもかうしたものに何かしら一種の「思想らしいもの」や「哲学らしいもの」の影を実在するかの如く見せかけようとする。併し、本来無い者から何も生れる筈はない、むろん影だつて生れる道理がない。そこで彼等は苦しまぎれにある一種の手段を考案した。（三木氏はこれを称して象徴といつてゐる。併しほんとの象徴といふのは決してこんな詐術めいたものではない。）その手段といふのは、無理に語法を転動したり、わざと内容を不鮮明にしたり、感情を正直に宣叙することを避けたりして、極めて曖昧不得要に中途半端な物の言い方をする工風である。このやり方で兎に角彼等は相当な成効をした。

即ち、彼等の詩は「高尚すぎて一般に理解されない」といふ風に思はれて居た。（滑稽なことにには福士幸次郎氏のやうな別派の人でさへもさう思ひ込んで居たやうだ。三月の文章世界で氏の書いたものを読むと、彼等の詩が民衆とはなれて居るのはその貴族主義な態度のためだといふ様なことを述べて居る。）所が実際には「高尚すぎて」解らないのでなくて、彼等自身が「解るものを解らなく見せる」ために解らないのである。若しそれがはつきり一般の読者に理解された日には、彼等の奇怪な手品の種は一度に発見され、似而非哲学者の正体は惨酷に曝露されてしまふ。そして結局、彼等の詩は矢張「思ひ出」時代の詩と同じく「情調のための情調詩」にすぎないばかりでなく、その時代の者より遥かに幼稚で全く取柄のないガラクタだと言ふことに定まつてしまふ。何故かといふに「思ひ出」には、当時にあつては非常な驚異であつた異国趣味や、新らしい官能の奇蹟等がとりこまれて、しかもその情緒は自由に正直に伸々と表現されて居た。之に反して三木氏一派の詩の内容といふものは、既に西洋で古くからあつた黴だらけの浪漫思想の繰返しであつて、またその表現は不自然で窮屈で少しも自由なリズムが出ない上に、例の「ごまかし」が正直な感情を抑制してゐるために、まるでどこにも人を牽きつけるやうな強い力が流れて居ない。

要するに「思ひ出」以後の日本詩壇を独占した者は三木氏一派の詩であつたが、もとよりかうした「ごまかし」の似而非象徴詩が、真の意味で思想界の権威となるべき道理がない。それはただ無智な少数の田舎青年や、独創のない西洋かぶれの凡俗評家をおどしつけて（彼等にとつては西洋人は神様である、西洋人の一度言つたことを繰返して言ふのが日本人の義務であると彼等は思ひ込んでゐる。）とにかくにも今日まで尻尾を出さずに生息をつづけて居たと言ふだけのものにすぎない。

かういふわけで三木氏一派の詩は民衆に満足をあたへることが出来ずに終つたばかりでなく、思想界からは忘れられ又は捨てられ、さうして識者は心密かに彼等によつて代表されて居る日本詩壇といふものを賤辱して居た。

然るに最近になつてから、新らしい詩人たちの過去の詩に対する反抗運動が、一時にさかんな勢で勃興してきた。この運動にたづさはつて居る人たちは、凡て過去の三木派に対して不満をもつて居ることは言ふ迄もないが、彼等の中にもまた「中庸党」とものづくべきものと「過激党」或は「急進党」とも言ふべきものとの二派があつて互にその主張や詩形を異にして居て、各そのちがつた立場から詩壇の革新を叫んで居ることも事実である。

その中「中庸党」とも名付くべき派に属する人々は、その本質的な問題では常に過去の保守派と衝突し、又は衝突しない迄もより新らしい、より徹底した思想を抱いて居る人々であるにもかかはらず、その情緒や主題の取り扱ひ方やその態度や趣味や、又はその詩の表現手段に於ては、どこかに保守派とある相似した一点をもつて尚それから脱却することができない人々である。

この派に属する人には白鳥省吾氏、日夏耿之介氏、富田砕花氏等がある。白鳥氏と富田氏とはその思想に不徹底な神秘思想めいたものがあつて、その態度がやゝ観念的であることで三木派と相似がある。日夏氏も矢張り神秘思想家であるが、氏の神秘思想といふ者は三木氏や白鳥氏のやうな曖昧な朦朧的神秘思想でなくして、寧ろメーテルリンクなどの系統をひいた新らしい近代的神秘思想であつて、彼等とはよほど徹底した者であるが、その詩の表現にはどこかに古い保守派と共通の病癖がある。

一方、「過激派」に属する人々は、最初から凡ての点に於て、根本的に保守派と正反対の立場に立つて居るもので、その態度に於て、表現に於て、保守派の詩と彼等の詩とは似ても似つかぬ二つの別の藝術である。（私や室生犀星の詩が、しばしばある人たちから「これでも詩ですか」と聞かれるのは此の事実を証明する。）この派に属する者は、福士幸次郎氏が三月の文章世界で「非象徴派」といふ名称の下に列記した人々が即ちそれである。この人々の中には、旧自由詩社の三氏（福士幸次郎、山村暮鳥、加藤介春）と、最近新らしく詩壇に出た「感情派」の二氏（室生犀星、萩原朔太郎）と、他に高村光太郎氏とが居る。（私等より尚一層新らしく詩壇に出た百田宗治氏、福田正夫氏等は勿論急進派であらねばならぬ）

勿論、ここに「中庸派」だの「過激派」だのと分派したのは、詩壇全般の現状から見て極めて激念的に総称したのであつて、決して各作家の本質的の傾向について云ふのではない。それについて云ふならば此の分類は根本から撤回しなければならない。たとへば同じ中庸派の中でも富田氏は人生派であつて日夏氏は貴族主義の高踏派である。また過激派の中でも旧自由詩社の人々がやや理智的で、その態度に観念風な大づかみの所があるに反して、感情派の人々は純然たる感情中心主義である。

また世間から三木派又は保守派と目されて居る人々では、三木露風氏、川路柳虹氏、柳沢健氏、西條八十氏等の作家と、灰野庄平氏、山宮允氏等の評論家が居る。

この中、川路柳虹氏は三木氏と殆んど同時に詩壇に起つて異派を立てた人であり、またその態度は非観念的で寧ろ感情本位に近い情緒派であつた。(このことは詩集「かなたの空」等を読んだ人には解つて居る筈である) その上氏は神秘家でなくして現実主義者である。然るに何ういふものか世間では三木氏と川路氏とを同派のやうに見て居る。思ふにその表現に於て此の二氏の間に共通の悪癖があることと、その一種の西洋詩人めいた陳腐な情調をありがたがることで趣味の共鳴があるためかも知れない。

要するに「思ひ出」以後の日本詩壇に生息して、その空気を甚だしく腐らせたものは三木露風氏、及びそれと共通の悪癖をもつた似而非象徴詩の作家である。我々は今後協力してかくの如き汚物を詩壇から追放し、新らしい光栄の日を迎へるためにいそしまねばならぬ。

最後に特に注意しておきたいことは、私は理性の上でも感情の上でも三木一派の詩を賤辱し、その追放を正当だと信ずるけれども、個人としての作家に対しては全く何等の敵意をも持つては居らぬ。寧ろ私は彼等の一人一人にしたしい友愛と敬意とを表して居る。ここに三木一派と言つたのも三木氏が特に前述のやうな病癖を多量にもつて居るから、仮りにこの面白くない代名詞を使つたまでである。ただ私の望む所は彼等作家の中でも自らその悪癖に気がついた人があつたら、度量を大きくして私の注意を聴き入れてもらひたいことである。若し少しでも自ら反省してその非を改めることがあつたら、私はどんなに感激してその作家に握手を求めることかわからない。

(「文章世界」大正6年5月号)

伝統主義の任務

三井甲之

最近の文壇では「所謂人道主義」が自然主義に対立せしめられて居るけれども、所謂人道主義は自然主義に神話童話的想像要素を加へたものに過ぎぬのである。たゞこの想像要素を加へたことに時代の推移を示すだけで、所謂人道主義の作も論もその思想内容は啓蒙思潮を一歩もふみ出しては居らぬのである。此の童話的要素が伝説から真の歴史的要素をも加へるやうに進歩して、こゝに始めて伝統主義の思想が目ざめて来て、それが自然主義と対立し、それを補足すべき役目をつとむるのである。それ故に所謂人道主義は伝統主義の前階である。しかしながら伝統主義は純粋に人生観上の又は文藝上の主義としてよりも、実際的要素の背景から規定せらるべきものである。伝統主義といふ名は最近のフランス文壇から伝へられたものであるが、それを現日本の立場から理解しまたとり入れようとするには、日本としての、また普遍的の意味を伝統主義といふ言葉に求めねばならぬのである。

所謂伝統は、「伝統の重荷」となり、内的確信を抑制せむとする外的権威の根拠となることがある。またそれが教権の威力を示さうとする時には、それは現実的人間的俗諦観の自由を以て打破せねばならぬところの生の障礙となることもある。教会寺院が伝統の根拠となつて、たとへば日本に於ても南都北嶺の学問僧等が生命の枯渇した理論を弄んで居つた時に、近世日本は復古精神によつて目ざめむとしたのである。此の場合に後から附け加へられた伝統を打破したことは「宗教改革」の場合と同じことである。しかしこれはその真相をきはめたならば、復古運動は国民的伝統の全開展をかへりみて、偏倚したところの凝固停滞から脱しようとするに外ならぬことを知り得るのである。それ故に真の意味の伝統主義は革新的自由精神を総摂するものであらねばならぬのである。

しかし歴史的事実に順つて観察すれば、生命の開展を障礙した拘束を打破したものは理智主義の理論であつた、それは合理主義であつた。そこに自然の思潮と文藝とが生れたのである。しかし理智主義と自然主義とは実際の人生、不可思議の人生を余りに明瞭に区分しまたその運命を決定しようとしたのである。人生は自然主義の文藝に於ては野獣化せられ物質化せられてすさまじいものとなり。理智主義の社会人生観は人生価値を抽き去つた機械化に陥らうとした。こゝに案出せられた極楽世界は人間の心の要求に応ぜぬものであることが実証せられた。惰性の不合理と私欲に基く不平等とを打破することには役立つたところの理智主義もそれを人生の根本原理としようとした時には、それは再び打破せらるべき偶像となつたのである。

自由は同時に秩序を要することが明にせられた。平等の理想もまた実際に存するところの教化の不平均と知能の優劣とを認めねばならなかつた。世界市民としての事業は国民的の立脚地を要するのが明にせられた。解放せられたる個人の力は再び共同の目的のために組織せしめられねばならなかつた。知的生活の超越的態度は実生活の情意的訓練を要することが痛感せられたのである。人類文化の開展を概括すれば神話は宗教へ、宗教は科学へ進んで、その科学精神と科学智識とが普及せしめられ、こゝにデモクラシイの精神が世界を風靡しようとして居る。しかしながら個人の力が有効に協力せむと志す時には、こゝに組織が要求せられたのである。組織は統一的要素を要求する。それは実に祖国祖国《（マヽ）》の伝統とであつた。解放せられたる自由の個人は再びその責務遂行の命令に服従せねばならぬのであつた。こゝに自由平等解放の精神を補足すべき伝統主義が永久に復活せしめられねばならぬのである。

伝統主義は国民文藝、郷土藝術、祖国主義、愛国主義、歴史精神、史的研究法、道徳的価値に君臨する史的価値、それらの精神と研究と事業とを志さねばならぬのである。現実生活に復雑に余波を及ぼして居る史的遺産を検するとともに、一時的個人的制害を総摂する史的価値と、それを個人が内心に味ふところの永久の生命とを目ざして進むことによつて、始めて人性の自然に随順して無極の大生命に没入し得るのである。伝統主義と歴史精神とに目ざむることによつて始めて真のヒユマニテイの理想に近づき得るのである。史的研究法を窮尽して始めて自然科学はそれを調和的体系に摂取する精神科学文化科学と相互補足し合ふのである。

それ故に伝統主義は自然主義的精神に対抗するといふよりも、それを補足すべきものである。フランス文壇に於ける、またドイツ哲学界に於ける新理想主義の哲学と、伝統主義祖国主義の文藝とは、補足を志すよりも反動より生れたる対立の気分にみちびかれて居ると思ふ。今それらの実例に就ては言ふべき余裕が与へられて無いからして、始めから終りまで概括的の理論だけになつてしまつた。しかし最後に、反動の気分からして総摂の叡智に進むべき唯一の道は「科学的心理学」であるといふことを述べたい。自然主義の文藝も此の心理学の前階として十分の史的価値をゆるさねばならぬのである。個人及び社会生活の心理学は、科学の前階としての神話宗教に於けるが如くに、自然主義の文藝に於てその前階としての用意をなしつゝあつたことを認めねばならぬのである。此の心理学が更に史的生活の研究に進む時に、こゝに伝統主義の文藝の任務が明にせらるゝのである。それは「従来の史的研究と史的叙述との心理学化」を志すべきである。そしてその心理学が完成の域に進まむとする時には、今日の小説や劇は新らしい綜合藝術に開展するであらう。科学の到達したるところの原理を再び具現するところの藝術、心理学的法則の実人生的演繹、それが将来の文藝の理想であらねばならぬ。伝統主義の思想及び文藝が現日本国民生活と文壇とに於て如何なる任務を有し、またそれを如何なる程度に実現しつゝあるか、それは自分の志す文藝批評の必要の主題である。今の短かい論はその序文の一端と見られよう。

（「早稲田文学」大正6年6月号）

伝統主義の意義

井汲清治

I

最近、我文壇に於て伝統主義に関する批評や解説が、一部の人の注意を惹くやうになつてきた。新しい主義や、主張と云へば直ちに送迎するに馴致せられてゐる我々の文壇は、此の伝統主義をも亦流行品としての運命に陥れようとしてゐるのだらうか。或は又、今までに錯雑と混沌とを極めて帰り行く所を、明かに知る事が出来なかつた思潮の交流を更に乱雑にする一要素とならうとしてゐるのだらうか。

『伝統主義』と云へば我々の文壇ではさも最新の主義のやうに聞えるけれども、これを流行品とするには四分の一世紀程時代後れになりすぎてゐる。仏蘭西の権威ある批評家フエルヂナン・ブリュヌチエェルが仏蘭西文藝院委員に選ばれたのは一八九三年である。その時、『お丶光栄ある死者よ、貴き死者よ、愛すべき死者よ。生の動揺を去つて、光栄の平和の中に、虚空の深い静穏の中に憩ふ諸君を忘れない』と叫んだ。それは実に今から二十四年も前のことである。その以前から彼は過去の大作家を研究の対象として所謂『伝統の権利、仏蘭西精神それ自身の権利』を支へることに努めてゐた。当時の日本文壇は自然主義のアルハベットさへも知らなかつたであらう。其頃私達は此の世の光を見てはゐなかつた。それから私達が内生命の光明に眼覚めようとしてゐた頃、我文壇の先輩諸氏は欧洲大陸から自然主義文藝の吸収に努めて居られた。

　私は其の以前の文壇の潮流や傾向を知らない。また、浪漫主義的思潮が如何なる方面で、如何なる状態で主張せられてゐたり、議論せられてゐたりしたかを十分に吟味し、研究するの機会をまだ持たない。が、恐らく高山樗牛氏の主観的個人主義的思想は、その誇張の点や、不徹底な個所があつたにも拘はらず、やゝもすれば涙ぐましい気持に捕はれ易い当時の青年の心酔に価ひしたのであつただらうと思ふ。若し我々の文壇に『自我の自覚』のために一線を劃すとすれば、其の辺に新時代の出発点が印せられるであらう。其時興起しかけてゐた新時代の人々は、今の私達の先輩諸氏である。即ち自然主義的思潮の波にやゝもすれば総ての思想も存在も洗ひ去らうとしてゐた人々である。若しさうでないとすれば、反自然主義の旗色の鮮明を計らうとしながらも、時代の空気に包まれて、自我の奥底の何処かに自然主義の分子を感ぜずには居られずして不満と不安を抱いて居た人々である。

　私達文壇の新来者は当時のかゝる人々の創作や、批評で自然主義の洗礼を受けねばならなかつた。——十八九の少年時代を通りすぎた人々が一度回想すれば思ひ当る事であるが、殊に所謂文学少年なる者は、ともすれば感性の鋭敏を衒ひ、且つ熱烈であり、躍進したがるが、一面に於て堅実な訓練を欠除し、その上に無駄な野心に身を託し勝ちになるものである。ところが大正五年か六年になつて活動を開始せねばならない筈であつた当時の少年は、或る意味で惨な時代の子であつた。訓練と教養とを必要としてゐる少年が、『幻滅の悲哀』の哲学を聞きかじつたり、『理想を追ひ求めるの愚』を当時の識者から暗示せられたのであるから、決して喜ぶべき結果を直ちに齎す由もなかつた。『これが人間現在の実状ではないか、現実ではないか』と叫び、さうして『我々は真を求めて、真に従ふのである。自然及び人生の真を観、それを在りのまゝに描写するのである』と云つた人々が提供した文学は如何なる内容を持つてゐただらうか。それは外的な真であつたかもしれないが、第一義の真ではなかつた。それには外的既定の動きの取れない世界に住む、自由のない平凡な人間が盲目に動いてゐた。自然主義の主張者は『ほら、これが現実だ。現実に触れよ』と叫んでゐた。しかし何故現実に触れねばならないかを明言しなかつた。若し明言したとすれば自然主義でなくなつて理想主義的分子を加味するからである。彼等の自然主義的現実は我々の眼前にある常識的日常茶飯事にすぎなかつた。さうして是等の外的経験を重ねる事が真の人生に触れることであるかの如く信じてゐた。しかし真を求めると云ひ、人生に触れると云ふ断定を指導する価値的要求には思ひ当らなかつた。思ひ当つた時は、現実に触れねばならない理由の説明となるのである。即ち自然主義の論理の根拠を失ふ時である。

所が二十歳頃に「我」の自覚に到達して居た其の次の先輩諸氏は、明かに価値的要求を衷に感ぜずには居られなかつた人々である。しかし是等の新しい先輩諸氏も好んでゞはないが、自然主義的思想なり感情なりの幾らかを経験して居た意味で自然主義者であつた。さうは云ふものゝ、彼等は主観的個人主義的思想で、かつては自我意識を高調した人々である。啓蒙思想が『我の自覚』から出発してゐるやうに、彼等はこの自我へ沈潜し始めねばならなかつた。前には沈思する暇もなくして『我』を意識したのであつた。そしてまた自己が省察したり、批評したりする暇がなかつた。即ち我は一切である、『我』がなければ一切は無であるとまでも誇張して考へて居た。ところが今度は、静かにまた深く自我の底へ沈み、掘り込んで行かねばならなかつた。其処には醜悪な分子もあつた。平凡な個所もあつた。是等は直ちに否定や、超越の哲学的要求にならねばならなかつた。或はまた新時代の傾向は科学的真に置き代へるのに、哲学的真を以てした。即ち自我の奥底に普遍妥当な『人』を観、また内的生命の力を識り、そこに精神の自由と、無限の可能性を認めたのである。かうして我々の文壇は理想主義の時代のものでなければならなくなつた。

前述の傾向は『思想は力である』ことを自覚してゐる健全なる人々の精神の創造である。私達が文学少年であつた外皮の衣更へをして、指導を受くべき人々の主張である。しかしながら我々の文壇は、以上の状況を以て、概説するには余りに混雑を極めてゐる。即ち新浪漫主義だの、悪魔主義だの、半獣主義なりは、是等の混雑を更に複雑にしたかもしれないが、来るべき時代の青年を導くに足る主張ではなかつた。健全な理想主義的思潮を支へてゐる人々は、個性の主張と、醜悪と変性の自己主張とを取り違へて、あくどい刺戟を求めたり、表面的感性に耽溺するやうなことはしない。ところが一方にはたゞなんとは無しに起る自我意識の躍動につれて、『もの、哀れ』の文学を創り出した人々もあつた。或はまた瓦斯の燈火と、カステラの手触りに感受性を誇張した文学もあつた。是等は『人』を問題にして、真の道徳を求め、よりよき人生の実現を望む思想の指導に依つたものではなかつた。

以前に自然主義は物象を出来るだけ客観的に見よと教へた。ところが純客観なるものは最早存在する筈はないと云ふ自覚に立つて、主観的態度の下に自我意識の道を進んだ他の一派の人々があつた。それに幾らかの浪漫主義的感情が附随してゐたのでそれは宗教的憧憬の心情となつた。それはまた基督教の愛の思想を抱摂して、人道主義の主張となつてきたやうである。愛と云ひ、人道と云ふ言葉は、実に勇ましい意味を含んでゐるので、青年の情熱をそゝるのに十分であつた。

今まで述べてきた思想なり、傾向なりは皆外来のものばかりであつた。或は北欧から、或はまた南欧から、更に或はまた中欧から伝来した思潮の波から一歩も出てゐないもの丶やうであつた。そこで、我々は日本人である。日本人には日本人の文化があり、文学がなければならないと云ふ思想の宣伝が開始せられて来た。即ち我々の内に流れてゐる血と、我々が住んでゐる土地とに対する自覚が生じてきたのである。或は民族主義と云ひ、或は民衆の藝術と云ふ声が響き始めたのである。遂にはそれは伝統主義の紹介や、解説を導くやうになつてきたのである。

II

我々の文壇で、仏蘭西の伝統主義の文学を紹介せられたのは恐らく、嘗て中央公論に書かれた沈黙せられる前の中沢臨川氏のモオリス・バレスに関する論文が初めてであつただらうと思ふ。その以前から三井甲之氏は方々で伝統主義的思想の評論を発表せられてゐたやうであつた。氏はこれからも『伝統主義の思想及び文藝が現日本国民生活と文壇とに於て如何なる任務を有し、またそれを如何なる程度に実現しつ丶あるか』を、氏の志される文藝批評の主題とせられるのに相違ないと、私達は氏の宣言に従つて期待せねばならない。この伝統主義が仏蘭西に於て力強い叫びとなつてきたライト・モチフは、太宰施門氏がその新著『伝統主義の文学』の緒言で云つて居られるやうに、王制の仏蘭西と大革命の仏蘭西、即ち『黒い仏蘭西』と『赤い仏蘭西』とを合一させての第三仏蘭西の建設、即ち新仏蘭西の実現することに外ならなかつた。文藝復興を定義して『新しくない新奇』と云つた人があつたが、実にこの新仏蘭西なる語が、示す新しさは決して無から生じた新しいものではない。古くからの伝統が、新時代の下に新しい形を採つたのにすぎなかつた。即ち十七世紀のルイ十四世の治世は、仏蘭西の歴史の中で最も華麗な、豊富な時で、文学はその伸張発展に最も適応する境遇に置かれてゐたのであつた。国内には秩序があり統一があつて、最も『理性的』な時であつた。後世から顧れば理想的な時代であつた。そこで『時の古今を問はず、人類は当代の人よりも死者によつて組成せられゐる』ことを人々は認めだした。

そこには『中世へ帰れ』と云ふ主張がある。また祖国或は郷土の『土地の中に根を下ろせ』と云ふ声も聞えた。それは十九世紀以来の科学的精神が、人を機械化し、物質化した後、また現時の欧洲大戦を生み出さねばならない運命を作つた後、新しい時代の曙の光とならねばならない悲痛の叫びであり、努力である。この努力の根底には愛国心と民族的自覚が力強く活動してゐるのである。ところが我々の文壇は今や是等の主張や、宣言に示唆されて新傾向を惹起しようとしたのであるが、我々は先づ日本人と云ふ立脚地からそれを考へねばならない。直輸入してはならぬ、自らの立場を吟味せよと云ふのは実に伝統主義の一面を語つてゐるものである。この仏蘭西からの伝統主義は、日本在来の国粋保存論や忠君愛国論を今の形のまゝで受け入れないまでも、それ等に何らかの新意義を賦与するであらう。また我々の血管を父から子へと流れてゐる血を、そのまゝの伝習と深さと、広さでは満足しないまでも、其向上発展と洗煉陶冶のために、新理想を掲ぐるの機縁となり、また日本人自らの性能によつて、『人』なる努力を完成しようとする動機となるであらう。是等の意味に於ても伝統主義は人生観や、文藝論の第一義的主張とは考へられない。即ち理想主義の道程を作るものとして、永遠に新しさを有する伝統の尊重と伸張である限り、伝統主義の主張となるものは、その上にある価値要求の発露でなければならない。此の価値要求の声は理想実現の努力となるものである。理想は人生向上の目標であり、発展の目的である。而して理想が理想である限りは現実ではない。理想が実現せられたときには、既に理想ではない。そこで我々は不断の努力を期せねばならない。『理想を追ふの愚』をその昔の先輩に教へられたけれど、私達はその論理を破つて進むことが出来るやうになつたのである。然らば私達は何処で、如何にして理想の実現を期し、向上発展の努力をしようとするのであらうか。私達は此処で伝統主義にその意義を尋ねねばならなくなつてきた。私達は此処に到つて初めて、伝統主義の任務を認めねばならないのである。

私達は過渡時代の児である。私達は変動と混乱の中に生まれたのである。そこで当然私達はこの過渡期を否定し、混乱を去つて、統一と秩序の実現を切望するのは、混沌を超越しようとする要求からである。それから又私達は今までのどの時代の日本人よりも更に強く、『我』を意識してゐる。さうして今までのどの日本人よりも精神の自由を識り、思想の力を認めてゐる。斯くの如き者が、過渡期の波に押し流されて、止まる所を知らなかつたら、私達の運命はどんなになるのであらうか。そこで一番確実だと思はれる自我の上に立脚地を見出さねばならなくなつたのである。ところが私達が実際的理性に質して見た所に拠れば、『自我』なるものは突然無から生じたものではなくして、民族と云ふ大きな有機体の中に、祖先の血の流れの一面を個体化したものにすぎない事を識るやうになつた。私達が『過去と絶縁するためには私達の血管の血の最後の一滴と絶縁せねばならない』ことを識るやうになつた。私達が過去を研究の対象として研究の歩を進めて行くにしても、私達の活動範囲は恒に現在に限られてゐることも識るやうになつてきた。

所謂伝統の尊重なるものは、前述の如き自我を確実に摑み、現在の活動を豊富にする所に意義がある。若し伝統を固定のもの、不動のもの、発展の途なきものと見るとき、私達の現在に於ける活動は固着し、死の冷さと不動を見ねばならなくなる。現日本文壇の人々が、伝統主義に賛成を表するのを狐疑して居るとすれば、此の点に不安を感じてゐるからである。また伝統主義を日本人の立脚地から受納しようとするとき、日本の伝統なるものが、彼の柔軟性を全く欠いてゐる国学者や、または余りに俗化した武士道鼓吹者等の為に真の姿を明かにしてゐないからである。そこで私達は自我を更に摑み、更に確立する為に彼の国学者や、或は道学先生の曲解と不見識を心配することなくして、私達の祖先からの『血』の真の認識を期せねばならない。

次に私達が『人』であり『世界市民』であるためには必らず、郷土に『根を下ろして』ゐなければならない。私達は土地の上に生まれ、祖先からの血の流れに浮かび出てゐる者である。若し私達が土地から根を脱ぎ取られて、根のない浮草となつたならば、私達の活動力の半ばは殺されたも同然である。換言すれば私達は土地に生じた生物である限り、決して土地を離れて虚空にさ迷ふことは出来ない。此の意味に於て伝統主義は祖先崇拝であり、愛国主義若しくは愛郷主義である。即ち我々が日本民族の自然の性能に従つて理想の実在を期するとき、我々は自由なる『世界市民』となり、『人』になり得るのである。然るに日本民族の自然の性能なるものは、即ち私達の伝統である。ところが私達の受けた現代日本の教育は、私達を自然の性能に従はせ、自由にさせたものであつたゞらうか。却つて私達は不自然な、曲解された伝統の重荷を負はされてはゐないだらうか。私達が愛国のために口を開かうとしても、沈黙せねばならなくなるやうな不自由がそのために与へられてはゐないだらうか。若し今までに日本在来の伝統主義があつたとすれば、それは革新の思想と、進化の思想を抱摂してゐなかつたからではあるまいか。

仏蘭西の十七世紀は『理性』の時代であり、十八世紀は『革新』の時代であり、十九世紀の初頭は『自我意識』の時代で、その次に『科学精神』の時代があつた。そこで是等の全体傾向を抱摂して、更に建設しようとするのが新仏蘭西の理想である。即ち現時の伝統主義は大革命の精神をも、抱合しようとしてゐるのである。此の消息が明かに語つてゐるやうに革新と進化の途を止めるやうな主張が、日本の識者間にありとすれば、それは不断の流れである生命を固着せしめようとするものである。私達が過去を重んじ、伝統を尊重しようとするのは、現在と未来は過去の自然なまた必然な延長だからである。それが過去の自然なまた必然な延長であり、或はまた不断の生命の流れである限り、現に主張せらるべき伝統主義は当然精神力を不自由にしたり、生命の流れを止めるやうなものであつてはならない。

III

現日本文壇に於ける伝統主義は、正しき伝統を闡明し、また自由を確立するために、あらゆる方面に於ける日本文化の研究を導くに相違ない。しかしながら日本文化の発展を期するの故を以て、外からの吸収を拒絶するやうなことはないであらう。よし模倣することは全々その跡を絶つであらうかもしれないにせよ、また外からの暗示と、機械因に依つて自覚なく盲動することは止めるであらうかもしれないが、その為に吸収を停止することはないに相違ない。

吸収するためにはその主体がなければならない。さうして吸収すると云ふ以上は、自らの内的動機に依る創造がなければならない。また一方に吸収は、その主体の生長を予想するものである。然るに是等の創造や、生長は今や我々日本民族のものでなければならない。ところが日本民族のものでなければならないと云ふ理由の下に、他の民族を等閑に附するやうなことがあるなら、前述の吸収を拒む事となり、我々の生成と創造を止め勝ちにする。これから益々歴史的研究が盛んになつて来れば、日本文化の新意義の発見となり、正しき伝統の進路と新時代の赴くべき正道の主張を提出するのに相違ない。私達が日本に於ける伝統主義に期待する所は此他にはない。

私達は親愛なる同胞の真の声と、真の気持が、私達の文学に再現せられるのを望んでやまないのである。借り物の哲学と、模倣の文学位力のないものはない。またそれ等位不徹底なものはない。――力あり、生命ある文学を生み出すために、伝統主義は大なる任務を有してゐる。日本人の心の底を徹して、『人』の声を聞くために、伝統主義に大きな意味を読まずには居られない。更に私達は、私達の話す言葉に拠つて、洗煉せられ陶冶せられた文学に依つて、生活を豊富にし、充実することが出来るの日を期待せずには居られない。それからまた私達はこの日本語のために伝統主義に大きな為事があることを感ぜずには居られない。

毎日、話さずに居られない我々の国語が乱れてゐるために、思想の宣伝をするにも、詩作するにも、また教育上にも、これ位不都合を齎すことはないだらうと思はれる。言葉なくしては思想もなければ、文学もない。然るに乱れて、統一も秩序もない国語からどうして偉大な小説や、戯曲や、詩歌が期待出来るだらうか。希臘羅甸の伝統を継承し、訓練と洗煉を経て、諧調と典雅を極めてゐる仏蘭西語で大きな文学の作品が数多く創作せられた事は、この意味に於ても正当な事ではないだらうか。それからまた我々の国字位不合理の甚だしいのも、その例が少ないであらう。私達は多くの当て字を使用して平気でゐることがある。それは私達の智識が貧弱であるからだと云へば、それまでのことであるが、しかしそれで終りだと思ふことは出来ない。

新しい国学者が出現してきて、国語及び国字の整理をしてくれることを望まずには居られない。即ち国語の正しい伝統を闡明し、正しい言葉で話したり、書いたりすることが出来る時を実現してもらひたい。――現今しきりに詩壇不振の声を耳にする。また所謂口語詩なるものが詩としての旋律を欠除してゐるを感じる。これらは皆国語に秩序がなく、また国語の各々が有する細かいニユアンスや、響きや、力が周知のものとなつてゐない為である。或はまた国字となつてゐる漢字の形の為に内的の深い意味や、言葉そのものからの響が隠されてゐる為である。か丶る事情の為にも、日本のロンサアルや、マレルブが出現してくれることを心から期待せずには居られない。かくの如き希望や期待は、現代の日本人の誰もが、よし口にはしないにせよ、心の衷に感じてゐることであると思はれる。今の我々の文壇の詩人達は、あまりに内生命の神秘と深刻に感激しすぎて、その表現に当つて言葉と文字に対する鋭敏を失つてはゐないだらうか。また日本に於ける自然主義は口には完全なる再現を主張しながらも、その総てを平凡化するの勢が余りにすさまじかつた為に、訓練と洗煉を欠いだ言葉に依る作品を発表しすぎはしなかつただらうか。恐らくかゝる理由の為に、私達は稍もすれば内生命と、精神力のために文字と言葉に対して、神経の鋭さを失ひさうになるのである。——此処にも私は伝統主義の有する意義を読むことが出来た。

我々の伝統主義は第一には自我の闡明、国土へ対するの義務、『血』に対するの任務、更にそれ等に依る理想の為の努力とならねばならない。これを実際上に観れば、正当な道徳の確立となる。なんとなれば伝統主義は民族の精神と国土の上にあらうとする主張であるから、又各個人間の有機的調和と組織を予想するからである。仏蘭西に於ける我々の先輩諸氏は明かに此事情を教へてゐるではないか。仏蘭西には美しい伝統がある。それにには確かな基礎が置かれてゐる。総ての個人、社会国体、国家は皆その尊重を強いられてゐる。それがお互の間のものであればあるに従つて、個人間、個人対国家、個人対社会の正しい道徳が要求せられるのは必然のことである。ところが此の生活に対して理由を賦与することの問題が久しい間彼等の苦痛となり、『近代道徳の危機』となつてゐた。彼等は此の問題を如何にして解決しただらうか。多くの有力な人々が『聖堂の閾を跨いだ』と云はねばならなかつたのは、宗教に唯一の途を見出したからである。

私達が日本人として、また世界市民となるため先輩諸氏から如何なる道徳問題の提出があつただらうか。所謂学校の先生達は私達を導くのに十分な同情と理解を以てし、尚その上に私達の心の痛ましい問題を分ち持つてくれただらうか。かう私自身で反問して見るとき、それに十分な肯定の返事を提出出来ないのは悲しむべきことである。所謂国民道徳なるものの主張を教育者の中に聞くけれども、その思想は新時代を導くのに足るものだらうか。永久不変と云ふ考への下に立てられた道徳は、恐らく私達を教へるに足るものではないであらう。そこで私達は親愛なる同胞が私達のものである国語に依つて、私達の根本の要求と気持とをさながらに表現する文学の出現を切望せずに居られない。

伝統が伝統として生命を有するのは、過去から現在、現在から未来へと流れ行き、恒に生活傾向の指導となるからである。若し生活を固着せしめる伝統があるとすれば、それは正しい伝統の名に価ひしないものである、死滅に帰したる伝統である。生活を導くに価ひしないものである。この意味に於ても過去の過重は決して伝統主義の本務でないことは明かである。そこで私が我々の文壇に要求する文学は、自然主義的外面描写のみを過重することなく、外なることは内的意味を伝へるものとして初めて価値があると云ふ自覚に立つた心理描写の優れた作品である。私達はお互の心持や、思想には欧洲の文学中の人物に対するよりも以上の親しさを感ずることは明かである。しかしかう云ふのは、親しさを感ずる私達の心持や思想で十分である。満足して居られると云ふ事とは別である。——細かい筆で、内的描写の筆を進めて行く時には、心の中に包まれてゐる道徳問題や、宗教的憧憬を明るみに出すやうになるであらう。それに従つて我々の生活傾向が明かにせられるであらう。人は心の底に潜み、自己の心理に解剖を加へて行けばそこに大きな『人』の問題を探し当てるに違ひない。かくの如くして伝統主義的国民文学は祖先からの遺産、我々の土地の上に建てられた文化の精神の闡明を通じて、そこに世界の市民たるべき、精神的具体的普遍を実現するの役目を務めるのである。

伝統主義は民族全体の有機的活動を要求する。また個人の共同作業をも求める。しかし個人の自由を前者の為に殺すやうなことはない。常に大文藝の創作は個人に俟たねばならない。偉大な個性は、恒によく偉大なる事業に堪へ得るものである。これ即ち個人は祖先からの精神的遺産と、生活傾向の個体化である限り、全体の交響曲をなすための一要求であるからである。この交響曲は恒に全体の傾向と組織を外にしては決して成立しないことは明かである。

我々は日本人でなくして世界人となり得ることは出来ない。その理由は既に述べた所である。ところが伝統主義は日本人の文学や、文化を創作し、そのことに拠つて世界的文学や、世界的文化を建設しようとするのである。その為に私達は最も日本人であり、最も私達の性能に従ふことによつて自由を得、直ちにそれ等の理由に拠つて、最も『人』にならうとする努力を期せねばならない。

（一九一七・六・二〇）

（「三田文学」大正6年7月号）

進むべき俳句の道 ＝雑詠評＝

高浜虚子

前田普羅

前田普羅君は東京の産で、十七歳の時に、生母を失つて叔母に当る人の手許に引取られ、中学校を卒業して後早稲田の文科に這入つたが、文科を専攻するといふことが父君や親戚によろこばれず中途退学の上、父君の不動産が其地にある関係から横浜に移住し、続いて某役所に通勤するやうになつて、最近迄七年の間其職務をつゞけてゐたとの事である。君がその役所を辞して自由の体になつたのは最近の六月三十日のことで、これより社会的に新しい道を見出して行かうと君は目下考慮中であらうと想像する。最近君の私によこした手紙の中に、「私はあなたと親しくなるまでは僅かに歌沢を稽古することゝ、山登りをすることゝで心に染まぬ職業の欝憤を晴らし、自分は遊事《あそびごと》の外には真実になれない人間だと思ふほどよく遊んだが、あなたと親しくなつて以来、自分には俳句の別天地があることを自ら恃むやうになつて頗る慰むところがあつた。何の為めに七年間心に染まぬ職業に携はつてゐたか、それは自分にも分らぬ。またそれに就いて深く考へる気にもならぬ。」とさういふ意味のことが書いてあつた。唯今後如何なる方面に道を見出すかといふことに就いては何も書いてなかつた。

私は大正三年の正月にホトトギスに次のやうなことを書いたことを記憶してゐる。

「大正二年の俳句界に二の新人を得たり、曰く普羅、曰く石鼎。」と。正しく大正二年の雑詠の投句家として此二人者は新人の誇りを見せてゐた。然しながら此二人を比較して見ると又其間に大なる相違があつた。石鼎君の句は春の如く夏の如く、豪華、跌宕、普羅君の句は秋の如く冬の如く、簡素、雄勁、それ〴〵異つた姿態を具へてゐた。石鼎君に就いては次回にこれを論ずるとして、普羅君の句には、

しみ〴〵と日を吸ふ柿の静かな　普羅
病む人の足袋白々とはきにけり　同

の如きを先づ其代表作として挙ぐべきであらう。「しみ〴〵と」の句は、雨にもけがされず、風にも動かされない堅固に晴れ渡つた秋の日のもとに、梢の柿は赤い色をして静かに丸い形を見せて居る。秋の日は偏る所なく万物を照してゐるのであるが、中には此梢の赤い柿は飽くことを知らずに、しみ〴〵と其日影を吸ひとつてゐるといふのである。初め青かつた柿も日を経るに従つて赤くなつて来たのであるが、その赤い柿も尚日数を経

るに従つてだんだんと其赤さを増して来る。柿は、蛭が血を吸ふやうに日光を吸ふわけでもないが、然も其堅い静かな秋の日に照されてゐる所を見ると、静かに落着いて日光を吸ひとつてゐるものゝやうに感ぜられる。尤も斯く見るのは、其柿に対した時の作者の心それ自身が落着いてゐて深く其の趣に吸引されてゐるからのことで、柿がしみ〴〵と日を吸ふといふのは、とりも直さず作者がしみ〴〵と柿をながめてゐるといふ事である。擬人法の句は他にも沢山あるが、斯く梢の柿そのものに全力を注いで、殆んど作者が柿になつて仕舞つたことほど深く立ち入つてゐる句は頗る珍らしい。古人の句にたしか、

　柿の葉の皆になつたる梢かな

といふのがある。これも面白い句であるが、然し此方は客観的に柿の木をながめてゐて僅かに一二枚残つてゐた梢の葉も、或る夕方に見ると落ちて仕舞つて一枚も残つてゐなかつたといふので、淋しい心持は十分に出てゐるし、柿の葉らしい特性もよく表はれてゐるが、それにしても、よそから静かに眺めた景色であつて作者が柿の葉になつて仕舞つたといふことほど強烈な性質のものではない。然しながら此「しみ〴〵と」の句になると、作者が殆んど柿の実其物となつてゐるやうな心持で、しみ〴〵と柿をながめてゐるのは作者、しみ〴〵と日を吸うてゐるのは柿であるが、然し厳密に言つてどちらが柿、どちらが作者であるか見分けのつかないほど、相合致したものとなつてゐる。「病む人の」の句は、或一人の病人が白足袋を穿いて居つたといふだけの光景に過ぎぬけれども、作者はたゞそれだけを表はして、満足してゐるのではない。茲に一人の病人があつて皮膚の色も黄色く、光沢もなくなり、痩せ衰へてゐるが、其穿いてゐる足袋を見ると、それは少しもよごれてゐない真つ白な足袋である。それが汚いよごれた足袋であるならば、其垢づき汚れた病人に対して、それほど目立ちはしないのであるけれども、それが純白な足袋である為めに、殊に其白いのが目立つて、反つて其病人に対する物あはれさが加はつて来る。そこに作者は深い同情と鋭い観察とをもつて此句を得たのである。殊に「白々とはきにけり」と言つた所に作者は直ちに病人の心に立入つて、前の柿の句と同じく自分が病人か、病人が自分かといふ程深い関係に立つてゐる。以上二句の如きは正しく新人的の観察で当時の俳壇にあつてたしかに異彩を放つたものとせねばならなかつた。大正五年の今日の俳壇にあつても尚ほ優に一地歩を占めてゐる。

　なほ此の二句の如きは、其調子が洗練されて居つて一点の衒気もなく、一点の匠気もない。一寸見ると平々他奇ない句のやうであつて、其中には清新な思想が何の屈托もなく盛られてある。世人は此の点に十分の考慮を費さねばならぬ。

　此の二句の如きは前に言つた通り、石鼎君の華やかな句に比較して見ると孰れも静かに淋しい。それかと言つて決して力の弱い、張りのない句ではない。内部に潜める力は十分にあるけれども、作者の控目なおとなしい性質は容易に表へそれを暴露

しないでゐるのである。

若竹に風雨駆るや庭の奥　普羅
新涼や豆腐驚く唐辛子　同
慌しく大漁過ぎし秋日かな　同
秋山に騒ぐ生徒や力餅　同
秋出水乾かんとして花赤し　同

等の句は、前の二句に比すれば孰れも多少華やかな傾がないでもない。然しそれとても石鼎君の

花影婆娑と踏むべくありぬ岨の月　石鼎
高々と蝶越ゆる谷の深さかな　同
朴に低くとまりぬ青《もろ》鷹《かへり》　同

等の句に較べて見ると尚ほどこかに地味な所がある。

「若竹に」の句は、或る奥まつた庭に若竹がある。或日烈しく風雨がして其若竹の所にも横さまに其風雨は吹き込んで行くといふのである。庭の奥の方にある若竹は、仮令若々しく延びた今年竹であつても、物に遮ぎられて日にも遠風にも遠く雨にも遠いやうな心持がしてゐるのであるが、其或日の風雨は、其若竹の辺までも駆けて行つたといふのである。此句も又風雨に生活あるもの丶如く見て、馬や牛が駆けるやうに其の若竹の方に駆けて行つたといふのである。その駆込んだ風雨と相まつて若竹も生き／＼とした生命を呼び起しつ丶あるかのやうな心持もする。若竹ばかりでなく、殆んど何物からもうと／＼しくされてゐた庭の奥全体が、生き／＼と生命を得たやうな心持がするのである。「新涼や」の句は、秋の初め漸く涼しさを覚えた頃、冷奴などをして食べる時に、薬味として唐辛子を添へた。豆腐は其唐辛子の辛いのに驚いたといふのである。豆腐が驚くといふのは受取れぬことであるが、天地の気象が循環して、初めて秋の涼しさを覚えた時人の心は一つの衝動を感ずる、其時恰も食膳の豆腐に唐辛子の添つてゐるのを見て、「俄かに涼しくなつたので、此豆腐の奴は驚きアがつたらう、それもたゞでは驚かなかつたかもしれないが、唐辛子のヒリ丶と辛いのに接して豆腐の奴は酷く驚いたに相違ない。」と自分の心を豆腐に移して、豆腐が全然唐辛子に驚いたものとして此句は叙されてゐるのである。

秋立つや何に驚く陰陽師　蕪村

といふ句があるが、此句の如きはそれよりも一歩を進めて新涼に驚いた人間の心持ちを豆腐に移して言つたものである。豆腐は唐辛子に驚かされたのであるが、それも新涼を覚えたからのことで、もしこれが盛夏の候であつたならば、幾ら唐辛子が幅を利かしたところで、豆腐はたいして驚かなかつたかもしれぬ。恰も新涼を覚えて、人間の皮膚も豆腐の皮膚も多少蕭殺の感に打たれてゐる所へ唐辛子が出て来たので、豆腐は殊に驚いたことになるのである。又一方から言へば白い豆腐に赤い唐辛子を配したところは新涼の趣を強めるに足る。

「慌しく」の句は、或る秋の日、海岸で非常に沢山の漁があつた。大漁となると浜中が騒ぎ立てるのであるが、其忙しかつた

大漁も最早済んで仕舞つて、今は再び静な秋の日の浜になつてゐるというたのである。大漁は勇ましい光景のもので、其間人は騒ぎたてるのであるが、然も其騒ぎも長くは続かず、済んで仕舞つてみると如何にも慌しく瞬く間の事であつたやうな感じがする。一時は大騒ぎであつたが早や済んで仕舞つた、といふ心持がする。人気の立つた大騒ぎの大漁といふものを叙しながら、其騒ぎも瞬くまに慌しく済んで仕舞つたといふあとの淋しいところを叙したのが此の句の手柄である。

「秋山に」の句は、或る学校の生徒が遠足をして秋の山に登つた。其山の上にはよくあるやうに力餅を売つてゐる茶店がある。其茶店に教師初め休んでゐるのであるが、生徒達は皆其近傍で騒ぎたてゝゐるといふのである。騒ぐといふ言葉が使つてあるが、然しながら秋の山の静かさには打勝てないほどの騒がしさで、仮令生徒がどれほど騒いでも、それは全体の秋山の静かさには何の影響をも与へない感じがする。反つて騒ぐといふ言葉がある為に一層強く秋山の静かさが想像されるやうな心持がする。

「秋出水」の句は、秋になつて出水して、赤い色をした或る秋草の花も水にひたつてゐたのであるが、其水が引いた為に花は再び赤い形を表はした。水に濡れた上に少しは泥などにも汚れてゐたのが、今や日に当つて乾かうとしてゐる。とさういふ光景を描いたのである。今迄水につかつて居つた花が、乾かうとして尚ほ赤い色を保つてゐる所に淋しさもあれば強さもある。

石鼎君の句を華やかと言ひ、普羅君の句を地味と言つたが、言を換へてこれをいへば、石鼎君の句は大きな筆で一筆に書いたやうな所があり、普羅君の句は注意深い筆を用ひたやうな所がある。石鼎君の句は自分の心持を直ちに楽音として句の調子の上に表はして来るが、普羅君のは、自分の心持と対照物とを詳しく対比した上、両者が唯一不二の境地に立つた時に初めてそれを句にするといふやうな傾がある。初めに挙げた二句、此所に挙げた五句の如き皆其傾向の著しいものである。

「しみ〴〵と」の句、「若竹」の句、「新涼」の句、皆其著しい特色とすべき点は擬人法にある。即ち無生物を生物と見て自分の心の活動を其物に寓する点にある。此擬人法に就いては前にも一寸言つたことがあるが、つまり作者の心の中にある或る熱情を其まゝに表はすことが出来ない場合に、其感情を無生物に賦与するのである。其為此の種の句には一種の力がある。「しみ〴〵と」の句でも其句の力は「吸ふ」といふ動詞にある。「若竹」の句でも其句の力は「駆ける」といふ動詞にある。「新涼」の句でも其句の力は「驚く」といふ動詞にある。さうしてそれは皆人に擬して言つた言葉である。これは注意すべきことであつて、擬人法も斯かる強い句を作ることが出来てこそ初めて強い感情を叙すことが出来るのであつて、生ぬるい動詞を使つた擬人法の如きは往々にして月並に陥る。

此力ある叙法といふことは、擬人法の如何に拘はらず、君の句をも、石鼎君の句をも通じての性質である。

騒人の反吐も暮れ行く桜かな　普羅
萍に伊吹見出て丶雨上る　同
萍に豪雨底なく堪へけり　同
秋出水高く残りし鏡かな　同
荒雪に乗り去り乗去る旅人かな　同
雪垂れて落ちず学校始まれり　同

「騒人」の句は、所謂風騒の人である。詩歌の類を楽んでゐる人が花見に行つて酒を飲み過ぎて反吐を吐いた。其うちだん〴〵と日が暮れて来たといふのである。騒ぎ立てゝゐる花の山は三味線の音も、太鼓の音も、仮装行列も、目鬘も、おかめも、ひよつとこも皆暮れて行くのであるが、其中に騒人の反吐も、また花の山の出来事の一つとして暮れて行くといふのである。趣向から言つて別にどこに力の籠つたといふではないけれども、調子に張つた所がある上に、風騒人の反吐を持つて来た所などに多少の強味がある。

「萍に伊吹」の句は、或る池に浮草が生えて居る。それは近江の伊吹山が見ゆるところにあるのであるが、雨が盛んに降つてゐるので、今迄伊吹は見えなかつた。それが何時しか其伊吹が見え初めて来たと思ふと、雨は上つたといふのである。もと〳〵雨が上つたから伊吹が見え初めたのであるが、それを反対に、伊吹が見え出して雨が上つたといふのは理窟を抜きにして実際の感情をもとにしたものである。「あゝ伊吹が見え出したナ」と気が付いた方が先であつて、雨の上つたことを知つたのは其次である。もし此句が「浮草に雨晴れて伊吹見えそめぬ」などゝしたら、それは説明的の句になつて力の弱いものとなつて仕舞ふ。感情を土台にして「伊吹見出で丶雨上る」とした為めに此句には力がある。調子も此方が張つて聞える。

「萍に豪雨」の句は、或る浮草の生えてゐる池に、何時になつたら晴れるかもしれぬといふやうな盛んな雨が湛へてゐると言ふのである。これも若し理窟的に文字を正していへば「浮草に底なき豪雨湛へけり」といはねばならぬが、それでは調子が弱くなつて、此場合の光景なり、心持なりを思ひ浮ばしめるのには力が不十分となる。「豪雨底なく」と中七字に置いたのは、只洒落に文字を転倒したのではない。作者の興奮した感情、其場合の雄大な景色を力強く描き出す必要上からである。

「秋出水」の句は、秋出水がして或る家の室内にも浸水して来た。大方の道具は運び去るか、さうでなければ空しく水底に沈んだ儘にしてあつて、打見たところでは何も目に入らぬのであるが、其時只一つ壁の上に鏡が残つて居た。これは高いところにあつた為めに浸水の恐れがないとして人は持ち運ばなかつたものか、それとも気がつかずに忘れられてゐたものか、どちらか分らぬが、兎に角鏡が只一つ高い所に残つてゐたといふのである。何物の力も之れを防ぐことが出来ず、出水は滔々として室内を冒してゐるのであるが、更にそれに関知せざるもの丶如く静まり反つて鏡は壁間に掛かつてゐる。その殆んど静的ともいふべき光景のうちに反つて或る力が描き出されてゐる。一瞬間全く空虚にされた芝居の舞台の上に一つの力を感ずるのと同じやうに、水と鏡の外何物をも見出さない舞台にも亦或る力を見出すのである。

「荒れ雪に」の句は、非常に風が吹きすさんでさうして雪が降つてゐるので、大吹雪を言つたものであらう。北海道とか、若しくは小説などで読む露西亜あたりの光景を想像したものか、或る旅舎の光景で、大吹雪の中に一つの橇がしつらはれて、某々の旅人は其大吹雪を物ともせずに橇を駆つて立ち去つた。ところが又他の某々の旅人も同じく橇をしつらへ其吹雪をものともせずに立ち去つたといふのである。「大吹雪」といはずに、「荒れ雪」と言つたところにも或る強味がある。「乗り去り乗り去る」といふ重複した言葉も此の場合其光景なり心持なりを卒直に現はして力強い。「雪たれて」の句は、雪が軒に垂れて今にも落ちさうになつてゐるが、まだ落ちない。学校の生徒は今まで控室其他でざわ〱騒いでゐたが、始業の鐘が鳴つたので、皆教室に這入つていよ〱授業は始まつた。其軒に垂れて居つた雪は矢張垂れたまゝで、まだ落ちずに居るといふのである。学校の課業の方は今迄はまだ始まらずに居たのが、局面一変して今は、もう始まつた、それに軒の雪は依然として垂れたまゝになつて落ちずに居るといふ、其両者の対照を見出した所に此句の面白味はある。落つべき雪のぢつと落ちずに居るといふ所に発しやうとして発しない或る力がある。

以上幾多の例を出した中に、力に二種類のある事が自ら分明したであらう。一つは其力が表面に出て動いてゐるのと、一つは其力が内部に潜在してゐるのとが其れである。「新涼」の句、「荒れ雪」の句を初めとして大方は動的の句であるが、「高く残りし鏡」の句、「雪たれ落ちず」の句などは潜在的の方に数ふべきものである。

人殺すわれかも知らず飛ぶ蛍　普羅

此の句の如き其価値は暫く別問題として、かゝる懐疑的の思想は、今の若い一部の人の心のうちに瀰満してゐる所のものであつて、一番明るく知つて居り、一番確かな信用を置くべき筈の自分をすら懐疑の眼を以てこれを眺めて、此の自分はどんなことをする人間であらう、どうかしたはづみには人殺しをもしかねまじき人間であると、自分から自分を疑ひ怖れるやうな心持ちを言つたものである。「飛ぶ蛍」とあるのは、蛍の飛んでゐる暗の外面に立つた時を言つたのであつて、明るい白日のもとに立つた時ならばそんな感じもしなからうけれども、蛍の光の外、何等の光明もない暗の中に立つた時にはさういふ恐るべき懐疑の念も萌すといつたのである。君の句稿中の好句として推すわけにはゆかない。而も或る特異なるものとして之を見捨てるわけにも亦た行かない。

君の手紙のうちにあつた歌沢は私も一二度これを聞くことが出来た。其上手下手は私には分らないが、満更下手なものとも思へなかつた。君は早稲田の文科を途中で止し、裁判所の役人にありながら、歌沢の師匠の前にかしこまつて坐つて、ぼんのくぼから甲《かん》の調子をしぼり出すやうな一面の趣味は恐らく江戸つ子として生れながらに持つてゐるのであらう。俳句のうちにも時々さういふ趣味のものに接することがある。

面《めん》体《てい》をつゝめど二月役者かな　普羅

などは其一例として挙ぐべきであらう。二月のまだ余寒の烈しい頃に、一人の男が帽子を眼深に冠り首巻を鼻の上から巻き深く面体をつゝみ隠してゐるけれども、それでも役者といふことは一見して分るといふのである。これも「二月《きさらぎ》の面体つゝむ役者かな」とでもしたのでは調子も平凡になるし、原句の表はした意味の半分の意味も表はせないのであるが、「包めど」と言ひ、殊に「二月」と「役者」とをくつ着けて、「二月役者」と言つたところに稍々尋常でない手段があつて、その為め調子が張つて力のある句になつてゐる。尚ほこれは余事ではあるが、面体といふやうな言葉は、歌沢を初め、俗曲でよろこんで使ふ言葉ではないかと思ふ。

太鼓かくれば秋燕軒にあらざりき　普羅

これは歌沢趣味とは大分かけはなれたものであるが、矢張一個の抒情趣味のものである。これは如何なる建物であるか、当然太鼓をかけるべき鼓楼であるか、もしくは祭などの為めに臨時に或る建物の中に太鼓をかくるやうな場合を言つたものか、そこは私に分らない。これが鼓楼などであつて暫く修理を要する為めに下ろしてあつた太鼓を再びかけるなどしては、それほど面白味はないやうに思ふ。寧ろ平常は太鼓のかゝつてゐない場所に臨時に太鼓をかけたものとする方が抒情味に豊かなやうな気がする。さて或る太鼓を、或る軒下に釣つた。今迄格別気にもとめなかつたが、太鼓を釣つた序に不図気がついてみると、春以来軒に巣を食つてゐた燕は、もういつの間にか南に帰つてゐなかつたといふのである。太鼓をかくるといふことも、元来太鼓其物が音を発するものだけに一種の情緒をそゝるものがある上に、秋燕といふ言葉などが支那の長恨歌的の情趣を聯想さすものがある。

君が好んで山登りをするといふ其山登りの収獲として、

年木樵木の香に染みて飯食へり　普羅
湖を打つて年木の一枝下ろされぬ　同
眠る山樵夫筆立を鳴らしけり　同
梅雨乾かで山茶屋ありぬ十一時　同
温泉にとめし眼を大切や秋の山　同
冬山や身延と聞いて駕に覚む　同

等の句がある。「年木樵」の句は、来年の仕度に年の暮木を樵つてゐる木樵が、山の中で木の香に染みて飯を食つて居るといふので、君はかゝる境界に身を置いてゐる樵夫の上に特別の同情を持つて居るもの、やうである。「湖を打つて」の句は、木樵が来年の貯への木を伐る為めに或る高い立木の一枝を下ろした所が、それは其下にある湖の水面を打つて、礑と下に落ちたといふのである。「眠る山」の句は、冬眠つたやうになつてゐる山に、木樵は此の木はもう枯れかゝつてゐるから伐るとか、もしくはこゝから何間の間の木を何本伐るとかいふことの為めに、一々筆で木にしるしをつけて行く、それを力強く「筆立をならす」と言つたのである。「梅雨乾かで」の句は、杉や其他の立木が矗々として繁り立つてゐて、自然日影に遠い山路にある茶店の光景で、これがよく日の当る平地であるならば、もうとつくに露が乾いてゐねばならぬのであるが、午前の十一時になつても、まだ此山茶屋は露が乾かずに居るといふのである。「温泉にとめし」の句は、或秋の山路を登りつゝある時のことで、遥か彼方の山腹に、そこと志して行きつゝあるか、もしくはそこを目当てにして道の方向を定めつゝ登りつゝあるのか、孰れにせよ其山腹に当つて温泉の建物を認めた。山路は迂曲してゐるので、其温泉の建物は今見えたかと思ふと何時の間にかまた見えなくなつて仕舞ふ。どうかあの温泉は見失はないやうに行かなければならぬといふ場合の句である。其温泉を見失はないやうにせうと、いふことを、「とめし眼を大切や」と言つたのである。「冬山や」の句は、此間我等の一行が身延詣でをした時のやうに船で富士川を下つたのではなく、冬山越えをして陸地伝ひに身延詣をした時の句であらう。うつら〳〵と駕の中に眠つてゐるとさアもう身延に来ましたといふ声を聞いて駕の中で見が覚めたといふのである。

君は歌沢を嗜み、山登りを好む。此の全く性質の異つた二つの嗜好は、赤い血を流して格闘して居る現実社会に多くの興味を持つてゐないといふ点に於て共通の性質を有してをる。君は親戚の多くの人から不生産的の人として、変りものとして、軽蔑の意味の「文学者」として、除け者あつかひにされてゐる。君は多少の不動産がある為めに横浜に移住したといふことであるが、然も君は何人の力も借らずに自分で自分の妻子の口を糊して行かねばならぬ境遇の人である。君が多くの人から「何の為めに七年間役所通ひをして居つたのか分らぬ。」といはれてゐる某役所通ひをやめて、其歌沢と山登りと俳句との好きな、遊び事にのみ真実であり得る人として、今後如何なる方面に其道を見出さうとするのであらうか。私は多少懸念でもあるが、又少なからざる興味をも持つてこれを眺めやうと思ふ。君の句に、

蝦汲むと日々にありきぬ枯野人　普羅

といふのがある。此の句の意味は、沼や川で蝦をとるのがなりはひである所の人が、毎日〳〵、あの沼、此の川と枯野を歩き暮らしてゐるといふのである。君は斯ういふ人の境遇に深い〳〵同情を見出すやうである。君はやゝともすると奮闘世界から逃避するやうな性癖を持つてゐるのではなからうか。君の句が熱情の句でありながら、同じく熱情の人である蛇笏君の句に較べて著しく色彩を異にしてゐるのは其点である。蛇笏君は自己の熱情を真向に振りかざして進む。其際自己の前に立ちふさがつたものはたゝき潰して進まうとする。向ふがたゝき潰せなかつたなら自分が壊れる迄だと覚悟してゐる。君には其戦闘的なところが欠けてはゐやしないか。尤も其処に又君の長所もあ

る。私は君に漫に其性癖を曲げよとはいはぬ。又曲げられ得るものとは考へ無い。けれども蝦汲む枯野人や木の香に染む木樵にのみ同情してゐては此のせち辛い現世に立瀬が無いであらう。

終りに君は人の句の選をする場合に往々にして自分の感情を句の上に移し過ぎ、其句にはそれほどの深い意味のないものを買ひかぶる弊があるやうに思はれる。君自身の句には洗練されたものが多いに拘はらず、君の選んだ句には往々にして生硬なるものがあるのも、主としてこれに原因することであらうと思ふ。これは雑詠評としては無関係なことであるけれども序をもつて一言して置く。

（「ホトトギス」大正5年8月号）

原　石鼎

原石鼎君は出雲簸川の産、初め医を志して京都医学専門学校に学んでゐた。其頃春蟬会といふ俳句会を組織してホト、ギスの地方俳句界に投書して来たり募集画に応じてさし絵を送つて来たりして居つた。それは明治四十一二年の頃であつた。其後しばらく通信も絶えて居つたが四十三年に上京して初めて私を訪問して来た。何を目的で上京したのかと訊いてみたら君は専門学校を中途退学したので、更めて歯科医になる積りだと答へた。さうして芝の某歯科医のうちに寄宿してゐると応へた。其時俳句の話やさし絵の話をして別れたが、暫くしてから又訪ねて来て、歯医者も面白くないから雑誌記者のやうなものになつて見よう、どこかに紹介してみて呉れぬかといふやうな話であつた。私は、そんな考を持つことは危険であるから、どこ迄も辛抱して歯科医になるか、さうでなければ一日も早く国に帰り給へと言つた。君は大に不平な顔をして帰つて行つたが、再三訪問して来て同じやうなことを繰返して言つた。私もまた同一の返事を繰返して国に帰ることを勧めた。それからしばらく消息を断つてゐたので大方国にでも帰つたことであらうと思つてゐると、或日君は支那人の着てゐるやうな青色の洋服を着て、頭に電気局の工夫の正帽を冠つてやつて来た。さうして非常に決心したやうな様子で、私は最後の御願があつて来たのであるが、どこか新聞社に周旋して貰ふことは出来まいかと言つた。其後どういふことをして居つたのかと訊いて見たら、歯医者のうちも出てしまつて、所々を放浪した揚句に電気局の図工といふ名義で傭はれて工夫の督役《とくえき》をして居つたのだが、今朝上官と喧嘩をして丁度辞表を出して来たところである。此上は他に方法もないから新聞記者にでもならうと思ふのであるが、周旋して貰ふことは出来まいか、といふことであつた。私は君が熱すれば熱するだけ冷やかに故郷に帰ることを勧めた。君は非常に激した調子で、それでは何うしても周旋は願へないですか、と言つた。さうですと私は応へた。君は憤然として起ち上つて青服の上に電気局の帽子を冠つて靴を穿いて去つた。其後また打絶えて君の消息を聞かなかつた。ところが大正元年の夏、君は突然吉野の山奥から手紙に添へて壱円の為替を送つて来て暫く振りにホトトギスが見たいから最近の数冊を送つて呉れと言つて来た。早速送つたら又間もなく手紙が来た。さうしてそれには雑詠の投稿が這入つてゐた。その句は従前の君の句とは見違へるやうな立派な出来栄えであつた。それから続けて送つて来る句稿はいづれも面白い句を見せてゐた。私は君がどういふ訳で吉野の山奥に居るのであるかを詳かにせず、君もまた其職業を言つて来なかつたが、東京に居る時ほど苦しくはないから安心して呉れといふやうな事が書いてあつた。君は国に帰る積りで奈良迄行つて、其所で医者をして居る兄に出会ひ、其すゝめで吉野の山奥へ入つて、兄さんの手助けをして居つたといふことは、其後君が上京して後に初めて聞くことが出来たのである。それまでは君の方からも話さうとしなければ、私の方からも聞かうともしなかつた。兎に角吉野の山奥に住まつて其天然の刺戟をうけて立派な句を作るといふことはいゝことだと思つた。私の考では若し君の事情が許すならば何時迄も吉野の山奥に居るがよからうと迄考へてゐたのであるが、然し君の事情はさういふ訳に行かず、終に二ケ年とはならぬうちに其吉野を出て、郷里の方に帰つた。杵築、米子等の海辺に一ケ年半ばかりを費し、それから又上京するやうになつたのである。上京はもとより私の好まぬところであつたが、君が相談なしに決行して又身の振り方を相談に来た。今度も帰る方がよかろうとも思つたが、帰つた所で別に仕方がないといふ事情を聞いて、其後発行所の事務の一端を手伝つて貰つて今日に来つたものである。

君は前から無一文であつたが今でも無一文である。三十一にして家を成さず、今でも一日三度の食を二度ですますことも珍らしくないやうな生活をしてゐる。其は主として君の性癖に根ざしてゐることであらう。然し君の名も漸く俳壇に認められて、若い多くの俳人から推重をうけるやうになつた今日になつては、最早や以前のやうな放浪生活をつゞけることも出来まい。君は今日のところ俳句のほかに何の便るべきものもない境界にある。君は此上一層進んで作句の上にも読書の上にも力をつくさねばなるまい。

さて君の句は前にも一寸言つた通り、豪華、跌宕とも形容すべきものであつて、全体が緊張して調子の高朗のものが多い。君の感情は常に興奮してゐる為めに平々坦々たる句の如きは君の創作欲を満たすのに十分なものでは無いであらう。例へば、

風呂の戸に迫りて谷の朧かな　石鼎

日御碕

磐石をぬく燈台や夏近し　同

谷杉の紺折り畳む霞かな　同

の如く、「迫りて」といひ「をぬく」といひ、「紺折り畳む」といふが如きは、緊張した文字を使用することを好むといふことよりは、寧ろかゝる文字を使用せねば君の感情は満足が出来ないといふ方が至当である。

「風呂の戸」の句は、山腹に一軒の家があつてそこに風呂場がある。其風呂場に這入る戸の下は直ぐ谷になつてゐて、春の夜

に見下ろす其谷は只朧ろ〳〵として居つてどれ程の深さがあるのか、如何なる木々が聳えてゐるのか、さういふことは少しも分らぬ。只朧の谷といふやうなものが、そこに見えるばかりである。実際の景色はそれだけであるが、此の作者は其谷の朧に一つの力を認めて、其谷の朧は風呂の戸に迫つて来てゐるやうに感ずる。山勢が急で風呂の戸の下が直ちに谷になつてゐるといふことゝ、其谷は朧の夜の色が埋めかくしてゐるといふことゝ、其二つの自然の力に作者の心は興奮されて、谷の朧は風呂の戸に迫つてゐると観じたのである。

「磐石」の句は、出雲の海岸日御碕の光景で、其日御碕の岩の上に非常に高い燈明台が天に聳えて直立してゐる。それを「磐石の上の燈台や」とでもいつたのでは、其光景が作者の感情を刺戟した其時の力を十分に現はすことが出来ないので「をぬく燈台や」としたのである。燈台其物に偉大な力があつて磐石をぬき出てゐる如く聳え立つてゐるやうに観じたのである。

「谷杉」の句は、山腹の家から谷を見下ろした時に、春の霞がかゝつてゐて遠近によつて杉の木立の色が少し宛変つてゐる。孰れも緑深く紺に近いやうな色をしてゐるのであるが、近景は紺が濃く遠景に至るに従つてそれが薄く、一帯の杉木立に、更に一帯の杉木立を折り重ね、更に一帯の杉木立を畳み重ねてゐる。其模様は紺の色ををり畳んでゐるやうに見えるといつたのである。吉野の山奥の深い谷のことであるから、一本々々の杉の形を認めるよりも行儀正しく並んでゐる一帯々々の杉の木立を、一刷毛々々の紺の色の如く眺めたのである。

私は、雑詠集中にある初めの方にある二三句を手当り次第に取出して来て以上三句を引例としたのであるが、かゝる用語は殆んど君の句全体を通じてあるといつて差支ないのである。試みに尚ほ若干をあげて見ようならば、

浜草に踏めば踏まるゝ雀の子　石鼎
天そゝる嶺《ね》々夜雨もてる蛙かな　同
浜風になぐれて高き蝶々かな　同
花鳥賊の腹ぬくためや女の手　同
花影婆娑と踏むべくありぬ岨の月　同
杣が蝲の紐にな恋ひそ物の蔓　同
提灯を蛍が襲ふ谷を来たり　同
峯《お》越《ご》衆《しゆ》に火貸す中ばも打つ砧　同
月見るや山冷到る僧の前　同
山川に高浪も見し野分かな　同
野分やんで人声生きぬこゝかしこ　同
磯ばたに日こぼす雨や雁の声　同
鉞に裂く木ねばしや鵙の声　同
鰯船船傾けて敷き競《あ》へり　同
川鴉の喧嘩いつ果つ巌寒し　同
磯鷲はかならず岩にとまりけり　同
鰤網を干すに眼こはし浜鴉　同

「浜草に」の句は、海浜に草の生えてゐる所に、まだ十分に飛

べないやうな雀の子が居る。それを只客観的に叙するならば、「浜草にまだ飛びあへぬ雀かな」ともすべきであるが、それでは此作者は満足しない。あの雀の子は踏まうと思へば踏まるゝ位であると考へたところから、其主観の方に重きを置いて「踏めば踏まるゝ」と中七字を置いたのである。

「天そゝる」の句は、大空に聳え立つてゐる山々が、今晩降りさうにどんよりと曇つてゐる。谷々では蛙が啼きたてゝゐるといふ句である。「嶺《ね》々《ゞ》曇りたる」といつたのでは普通であるが、それを嶺々を活物の如く見て、あの嶺々は夜になつたら降らすべき雨を持つてゐると言つたのである。

「浜風に」の句は、海岸を蝶が飛んでゐると風が吹いて来た。可なり強い風であつたので蝶々は其風に吹き撓められて非常に高い所へ飛んで行つたといふのである。これも「なぐれて」の文字が力ある言葉として用ひられてある。

「花烏賊の」句は、春さき烏賊の沢山とれた場合に、其腹の中の墨や甲を抜きとつてそれを干し烏賊にする、其時浜の女は其腹を抜く仕事にたづさはる、さういふことがある場合に、其女の手は花烏賊の腹を抜く為めに存在してゐるのだといふ風に見たのである。烏賊は白々と美しい特別の感じのある魚である。殊に春の烏賊で、名も花烏賊といはるゝと一層美しい感じがする。又腸といつた所で別に汚いものがあるわけでなく、彼の甲や墨位を抜きとるだけのことである。荒くれた男の手でするよりも優しい女の手でするのにふさはしい仕事である。とさう強く感じた場合、女の手は烏賊の腹を抜く為めに存在してゐるのである、と誇張して言つたのである。

「花影婆娑と」の句は、岨道を歩いてゐると、空には月が出てゐる、そこに突き出てゐる桜の枝は空の月の光りを受けて其影を地上に落してゐる、婆娑は影の形容で、其岨道を歩いて行くと自然其花の影を踏んで通らねばならぬ、よろしい、面白い此景色のもとに我れは其花影を踏んで通つてやらうといふのである。これも只客観的に叙するならば、「花影婆娑と路上にあるや岨の月」とでもいふべきであるが、作者の興奮した感情はさういふ冷やかな客観叙法では満足が出来ないで、われはあの影を踏まねばならぬ、よろしい踏んでやらうといふところまで立入つて、打興じた心持で此句は出来たのである。

「杣が蟵」の句は、樵夫の家に蚊帳の釣手がぶら下つてゐる、其家の外面には蔦葛《つたかづら》の類が蔓をのばして、だん〳〵と家のうちまで這入つて来ようとしてゐる。さういふ実際の光景があつた場合に、作者は蟵の紐も蔦葛の蔓をも共に活物の如く見て、如何に物の蔓よ、お前はあの蚊帳の紐に恋をして捲きつく積りでゐてはいけないぞよ、といつたのである。

「提灯を」の句は、提灯をつけて或谷を通つてゐると沢山の蛍が飛んでゐるといふだけの景色である。ところが其の蛍がたゞ飛んでゐるといふだけの平凡な景色でなくて、沢山飛んでゐて提灯などにも打つつかる位の有様であつたので、蛍が提灯を襲ふと誇張して言つたのである。

「峯越衆に」の句は、或山家で一人の女が砧を打つてゐると、そこへどや／＼と人が這入つて来て、消えた松明とか提灯とかを出して火を貸して呉れぬかと申し込んだ。其人々は今夜、夜通しに此峰を越えて行く人達であつた。そこで火はそこにあるから勝手につけてお呉れと言ひながら、其女は尚ほ手を休めずに砧を打つてゐるといふのである。「火かす中ばも」といふ言葉は其場合を適切に表はす力強い言葉である。

「月見るや」の句は、山寺の僧と月を見てゐると夜が更けるに従つて冷えて来たといふのを、山冷えなるものを活物の如く見て其山冷《さんれい》が僧の前迄来たと言つたのである。これも力強い言葉である。

「山川に」の句は、野分の吹いてゐる日、山間を流れてゐる川に高い浪が立つてゐる光景を言つたものであるが、「高浪の立つ」とでもいへば単に客観の句になつてしまふのであるが「も見し」といつた為に此作者は、此山川にもこんなに高い浪のたつことがあるものだなア、と驚いて其山川を眺めて居るやうな強い心持が出て居る。

「野分止んで」の句は、野分の吹いてゐる最中は只怖ろしい風の音ばかりであつたのであるが、野分が止んだと思ふと、今迄更に聞えなかつた人声が、其所此所に聞え始めた。事実はそれ丈けであるが、今迄野分の吹きすさんでゐる間は、自然界がひり暴威を逞しくして人間は恰も死滅したもの丶如く天地の間に声を潜めて静まり返つてゐた。それが野分が止んだ為めに、今迄死んでゐた人間界が又息を引き返して其所此所に人の声が聞えるやうになつて来たといふので、「生きぬ」といふ言葉を拈出したのである。少し生《な》まな無理な言葉のやうにも聞えるけれども、野分あとにほつ／＼と人語の聞え初めた時の心持は、此言葉によつて力強く描かれてゐる。

「磯ばたに」の句は、海岸の或る景色で、空は曇つて雨が降つて居る。所が雨が降りながらも時々雲の切れ目からちら／＼と日光がもれて来る。ちらと日が当つたかと思ふと、又一面に曇つて降り出すのであるが、暫らくすると又少し日が洩れてそこに狐の嫁入といふやうな雨の降りやうをする、大空には雁の声が聞えるといふのである。此中七字の如きは寧ろ後段にのべる巧みな叙法のうちに加ふべき句に属するのであるが、然も「日こぼす雨」といふ緊張した中七字は雨の降つて居る中にちら／＼と日影のさす其光景が力強く描かれてゐる。

「鉞に」の句は、高い木の上では鵙の声がつんざくやうに響いてゐる。下では人が鉞を振り上げて木を割つてゐるが、其木が容易に割れるサクイ木でなくつて非常に割れにくいねばい木であるといふのである。これも「磯ばた」の句と同じに巧みな句の方に加へてもよいのであるが、畢竟力強く叙するといふのも巧みに叙するといふのも五十歩百歩で、作者の緊張した感情は平坦の叙法で満足しない。そこで其強い感情にふさはしいやうな強い言葉を用ふるか、若しくは其場合の光景を適切に表はす気の利いた言葉を用ふるか、いづれかになるのである。

「日こぼす雨や」といひ「ねばしや」といふ類は作者の強い感情を表はしたといふよりは、其場合の光景を適切な文字をもつて表はしたといふ方が穏当である。

「鰯船」の句は、太平洋とか、日本海とかいふやうな外海の大海に鰯網を曳く時の光景で、海岸にある物見から鰯が寄つて来たといふしらせに応じて沢山の船が一時に出て大急ぎに鰯網を敷きにかゝつた。船から鰯網を落しながら漕ぎ廻るので、どの船も〳〵皆傾いて我れ先きにと先きを争ひながらやつてゐるといふのである。船傾けてといふは其の場合を言ひ表はすのに最も適切な事実を捉へて来たのであるが、それればかりではなく、傾けてといふ動詞、敷き競ふといふ動詞が其の場合の力の充ち〳〵た船頭共の動作、並びにそれに対する作者の感興を力強く表はしてゐる。

「川鴉」の句は、或る山川の巌の上で川鴉が喧嘩をしてゐる、何時までたつてもやめる模様がなしにやつてゐる、それをいつまでも喧嘩してゐるといふ風に客観的に叙さないで、あの喧嘩はいつ果てるのであらう、と主観的に叙した、そこに此句の力はある。

「磯鷲」の句は、如何なる場合にも磯鷲のとまつてゐるところを見ると岩の上である、といふそれ丈けの句で、鷲のやうな猛鳥が巌丈な岩の上にとまつてゐるといふ、棒を突き出したやうな粗大な叙景であつて、それもいつ見ても同じ景色を繰返し見るといふ場合に、「かならず」といふ一字を拈出し得て其の力強い光景と作者が表はさうと心掛けた所の心持とが適切に出でゐる。

「鰤網を」の句は、これも外海の光景で、海岸で鰤網を干してゐると其傍に浜鳥が集まつて来て其の網に獲物でもありはすまいか、或はたゞ事ならぬ事でも起りはすまいかといふやうな顔つきをして其方を見ると云ふのである。漁師の網の傍に鳥のよつて来ることは常に海岸で見る光景であつて、魚も鰯とか鯛とかいふものとは違つて粗大な感じのする鰤を曳く網であつて、鳥も田野などに居るものと異つて荒磯を飛廻つてゐる浜鳥であつて、それが鋭いこはい眼をして見てゐるといふのであるから、此海岸の浪の高い、石くれの大きい所謂荒磯であることが想像される。中には「眼こはし」の一句が最も力強い印象を与へる。

以上の句を解説してゐるうちに屢〻逢着したやうに、作者の感情の強烈な為めにエンフアサイズした強い言葉を用ふるといふこと、、其場合の光景を表はすのに最も適当した気の利いた言葉を用ふるといふことは二にして一、一にして二ともいふべきことであつて截然切り離して考へるのは難かしいといつてもよいのである。例へば「風呂の戸にせまりて」といふ場合でも、「せまりて」といふ言葉が、其場合の作者の感情を表はす強い言葉であると同時に、又其場合の客観的の光景を表はすのに最も力強い言葉であるともいへるのである。「磐石をぬく」の句でも同しことで、「ぬく」といふ言葉は、岩の上に立つてゐる燈台を見た時の作者の感情を表はすのにふさはしい力ある言葉であると同時に、又岩の上に突つ立つてゐる燈台の形を表はすのに適切な言葉でもあるのである。其他「紺折り畳む」でも「踏めば踏まるゝ」でも「夜雨もてる」でも「なぐれて高き」でも其他総て圏点を附した所の用語は、悉く主観的客観的の両面から見て適切な言葉とせねばならぬのである。言ひ換へて見れば、かゝる言葉を用ひて力強き主観的叙法をなすのも、畢竟客観的の光景を適切に表はさうとする所以のものであるともいへるのである。同時に又、かく客観的の景色がうまく十七字にまとまつたのも畢竟作者の力強い主観の働きによるのであつて、其主観的の助けをからなかつたならば、只弱々しい一箇の景色として生命のない句になつてしまつたかもしれぬと言ひ得るのである。然しながら左に掲ぐる句の如きは、其用語が非常に巧みであつて、些細なことを生けるが如くに叙してゐる点に特に其妙を見るのである。

　松風にふやけて迅し走馬燈　　石鼎

　干物の裾に影飛べり草の花　　同

「松風に」の句は、軒下に走馬燈を釣つてゐると、庭なり後ろの山なりに松がある、其辺を通して涼しい風が吹きよせて来たと思ふと、走馬燈は非常な勢をもつて廻り始めたが、早く乱離に廻る為めに、其影は十分に映る間がなく、ぼんやりしたものになつてしまつたといふので、「ふやけて迅し」の中七字は其場合の光景を表はすのに巧妙を極めてゐる。

「干物の」の句は庭なり表の広場なりに秋草の花が咲いて居る、其辺に物干竿が横へられて干物がしてある。ところが絶えず風が吹いてゐる為めに其干物の裾は始終其風にあほられてゐる。やゝ傾いてゐる日は草花の影を干物の裾に映してゐるのであるけれども、風で吹きあほらるゝ為めに其影は一所に止まつて居らずに、干物の裾の動くと共に動いてゐるといふのである。風にあほられてサツと吹き飛んだ時に、草花の影は恰も反対の方向に飛んで行くやうに見える。さういふ複雑した光景を「影飛べり」の五字で現はしたところは、同じく巧妙なものとせなければならぬ。其他、

　頂上や殊に野菊の吹かれ居り　　石鼎

といふ句の如きも、「殊に」といひ、「吹かれ居り」といふ言葉によつて、山の頂上の少し平地のある所に出ると一方から一方に吹き通す比較的強い風がある為に、中腹などゝ異つて殊に野菊が強く吹かれてゐるといふ光景が適切に描かれてゐる。これ等の句も前の力強い叙法のうちに加へようと思へば加へられぬことはないけれども、仮りに巧みな叙法として挙げて見たのである。

　さて以上の句に就いて見て斯ういふことが明白になつたことゝ思ふ。此作者の頭には常に高潮した感情がある。作者は句を作る場合に其感情の振動を句の上に表はさねば止むことが出来ない。そこで其表はれに凡そ二様の道がある。一つは其感情を成る可く強く誇張して表はさうとするもの、他は客観の光景を極めて巧みに生動するが如く描き出さうとするもの、さうして

此作者にありては多くの場合此二者が一致して、感情誇張は軈て適切なる客観描写となり、巧妙なる客観描写は軈て作者の主観をも力強く表はし得るものとなつてゐる。然しながら此作者の欠点をいへば珍らしい名詞若しくは気の利いたる形容詞、動詞などに支配され過ぎる傾きがあつて、其為め清新、緊密、活動等の長所はあるが同時に余韻、余情ともいふべきものが乏しくなるといふ弊がある。凝乎《ぢつ》と眺めてゐるうちに底の方から滋味が湧き出して来るといふやうな句は第一雑詠集中に表はれた此作者の句にはまだ望むことは出来ない。怒濤澎湃と言つたやうな句は枚挙にいとまないが、静かなることは林の如しといふやうな老成した句は見ることが出来ない。

　君は初めに述べた如く、十年間殆んど放浪生活をつゞけて来たのであるが、それでゐて其思想に厭世がゝつた所は余り認めることが出来ない。

　　秋風に殺すと来る人もがな　　石鼎

　　己が庵に火かけて見んや秋の風　　同

の句の如く物狂はしい感情を詠つたものも少しはあるが、それは君の高潮した感情が客観描写に赴く暇なしに其高潮した感情其まゝを咏つたのに過ぎぬ。これ等の句のうちにも、蛇笏君や普羅君の句に見るやうな暗い影は求めてもない。君は自分を殺しに来る人を待つと言つたり、自分の庵に火をかけて焼いて見たいと言つたりしながら、尚ほそれを打ち興じてゐるやうなところがある。さういふ点に於て君はどこ迄も在来の東洋趣味の人である。内に逆巻く感情の浪はあらうとも、海の彼方から押し寄せて来る思想の嵐には無関渉である。十年の放浪生活も、三十に余つて家をなさぬといふことも、君が世を呪ひ人を咀ふなかだちとはならなかつた。君は深吉野の山奥に在つても、杵築米子の荒磯にあつても、其高山幽谷、寒雲怒潮に常に興味を見出して、之れを咏嘆するに余念なかつた。自己の不遇も又彼の高山幽谷、寒雲怒潮と同じやうに、寧ろ汪溢せる興味をもつて、之を迎へつゝあるかもしれぬ。それといふのも君の足を闔門に繋ぎとめやうとする財産もなく君の足手まとひになる妻子もなく、現在ホトトギス発行所で或る仕事に束縛されつゝあるといふこと以外には、殆んど君の一身を縛るものがないといふ、其生活の自由に基いてゐるのかもしれぬ。

　尚ほ君の句に就いて忘れることの出来ぬ点は、吉野の山奥に這入つて深山大沢の霊気に触れ、初めて写生の真意義を会得した点にある。如何に君の感情が高調してゐても之れに適はしい外物が無かつたならば、そこには何等の藝術品も生れなかつたのであるが、幸に二年足らずの吉野の山住は君の高潮せる感情に適はしい自然物を無限に供給して呉れて、それによつて君の句は初めて高朗の調をなすに至つたのである。それに次いでは杵築米子の海岸も、また君の詩興を動かしたやうであつたが、而も吉野には及ばない所があつた。言を換ふれば、吉野あつて君の感情は高潮に達し、杵築、米子の荒磯あつて君の感情は吉野に次ぐ程度の高潮を示し得たが、上京後の触目の光景は、未だ君の感情を当時程振動せしめるには足らないやうである。最近は余韻余情の句を試むべく努力しつゝある形跡もあるやうであるから、或は更に別途の方面を開拓し来るのかもしれぬ。

尚ほ君の句は雑詠集に採録した人々のうちで一番多数を占めてゐる。以上挙げた句の他に尚ほ掲げ出して略解をも試み、紹介をもしたいと思ふ句が沢山あるけれども、限りある紙上に之れを尽すことが出来ないのは残念である。が長短共に君の句の特色は其点にあると思はるゝ、覇気汪溢のものでなくつて、穏かな調子で、普通の言葉を使つて、それでゐて尚ほ趣ある光景、静かな心持を表はし得た若干句だけを此所に挙げて、それで此論を終り度いと思ふ。

高々と蝶こゆる谷の深さかな　石鼎
蜂の巣をもやす夜のあり谷向ひ　同
山冷えにまた麦粉めす御僧かな　同
淋しさに又銅鑼うつや鹿火屋守　同
山畑の月すさまじくなりにけり　同
母家寐し納屋の大屋根や山の月　同
鹿垣の門とざし居る男かな　同
秬引きし谷の広さや月の虫　同
　大社
節分の高張立ちぬ大鳥居　同

「高々と」の句は、蝶々がこちらの岨から向ふの岨まで飛んで行く時の光景を言つたので、蝶々は只此方の側から彼方の側に渉る為めに飛ぶのであつて、下に谷のあるなしは頓着ないから、高々と飛んで行く。其下には谷が深々と横はつてゐるといふのである。蝶の高く渡る程谷の深い心持が強くなる。「蜂の巣」の句は、谷の向ふに夜熾んに火が燃えてゐる、どうしたのかと思へば大きな熊蜂の巣かなんかあつたのでそれを燃やすのであつた。山住みをしてゐるとさういふ一夜もあつたといふのである。「山冷に」の句は、山に住まつてゐると夜になつて格段に冷えて来る。そこであゝ又冷えて来たといつては麦粉を湯に溶いて暖かな麦湯を拵へて僧はそれを飲むといふのである。

「淋しさに」の句は、夜田畑を荒らす鹿や猪の来るのを防ぐ為めに、山畑に小屋掛けを拵へて、其庭では火を焚き、其火かげで彼等を威どす上に、更に鐘や銅鑼を叩いて其音で又彼等をおどすやうにしてゐる。それを鹿火屋守といふのであるが、もと銅鑼を打つのは鹿や猪を逐ふ為めであるけれども、夜更けて淋しい為め、其淋しさをまぎらす方法として又銅鑼をうつといふのである。自分の鳴らす銅鑼の音によつて淋しさを忘れようとするのである。「山畑」の句は、秋も末になつて来て、だん〳〵月の色が寒く物凄くなつて来る。さういふのを凄まじくなるといふのである。ひとり山畑に限らず、如何なる場所の月も秋の末になれば凄まじくなるのではあるが、それが人里の遠い、比較的荒蕪した山畑を照らす月になると一層凄まじい感じがするのである。「母家寐し」の句は或る山家を言つたので夜のことであるから空には月がかゝつて其山家は寝てしまつてゐる。

母家も戸を閉ぢてひつそりと寝静まつてゐるのであるが、月影に殊に目立つて見えるのは其母家を離れてあるところの納屋の大きな屋根だといふのである。他も勿論月光が照らしてゐるのであるが、殊に其納屋の大屋根をあらはに照し出してゐる所が明かに描かれてある。「鹿垣」の句は、これも鹿や猪の類を防ぐ為めに山の麓に石垣のやうなものを長く作つてゐる。そこで人が往来する為めに其垣の所々に門が作つてある。もう日暮になつて往来する人もないので一人の男は其鹿垣の門を閉ぢてゐるといふのである。「秬引きし」の句は、或る谷合は一面に秬が植ゑてあつたのであるが、秋の収穫時になつて其秬は引かれてしまつた。眼を遮ぎる秬がなくなつたので其谷は広くなつたやうな心持がする、大空には月が懸つてゐて虫の声は喞々として啼いてゐるといふのである。「節分」の句は、前置にある通り出雲の大社の光景であつて、節分の日には大鳥居の前に高張が立つてゐるといふのである。

以上の句はいづれも吉野や杵築で得た写生句であるが、中に多少巧みな言葉つきがあるとしても、比較的文字に支配さるゝことなしに、普通の言葉で穏やかに叙して、さうしてそれ〴〵の趣を十分に出すことが出来てゐる。私は前に、君はさういふ一面は全然解しもせず試みもせぬやうに言つたけれども満更さうでもない。只全体の傾向に較べて是等の句は寧ろ一小部分の取りのけとすべきものであらう。最後に、

父母のあたゝかきふところにさへ入ることをせぬ放浪の子は
伯州米子に去つて仮りの宿りをなす

秋風や模様の違ふ皿二つ　石鼎

此句の如きは、前置があるからでもあるけれども、しみ〴〵とした心持を味はすに足る句である。模様の違ふ皿二つを点出して来て放浪の境界を描いた所も巧みである。別に奇抜な言葉を用ふるでもなく、感じを誇張するでもなく、目前の些事をつかまへて来て、それで心持の深い句を作ることが出来てゐる。此方面に心を潜めたならば自ら又別の境界が開けて来るであらう。

（「ホトトギス」大正5年9月号）

結論

結論は緒論の繰り返しである。私は簡単に之を陳べやうと思ふ。

先づ私は俳句の道は決して一つではない、様々である、各人各様に歩むべき道は異つてゐるといふことを言つた。それは今迄挙げ来つた人々の句を一々吟味することによつて直ちに明瞭になることゝ思ふ。一人として同じ道を歩いてゐる人はない。又少しでも異つた道を歩いてゐることによつて始めてそれ等の人の存在は明かになつて来て居る。世上には我儘勝手な論者があつて、道は此一筋ほかない、其他の道を歩むものは皆邪道に陥入つたものである。と高唱する。かゝる時俳句界の多くの人

は、皆絶望の声を放つて、それはとても自分の歩むことの出来る道ではない、自分は到底俳句界に立つことは出来ない、といふ。かゝる時俳句界は混乱し、衰亡する。高丘の上に立つて俳句の原野を俯瞰するものゝ眼には決して一条の道のみを認めるものではない。縦横無尽についてゐる曠野の道を認めて各〻其立つて居る場所から便宜の道をとつて此方に進み来ることを暗示する。此時俳句界の人々は各〻自分の道を見出し得て、我道は明かになつた、此道さへ進めば誤りなく彼岸に達することが出来る、自分は始めて俳句界に存在する価値を認めることが出来たと悦喜するのである。此時俳句界には群雄が並び起り、機運は一時に勃興する。諸君は各〻自己の道を開拓して進んで行くことに安心と勇気とを持たねばならぬ。

曾つて守旧派と大呼したことも、当時の俳壇の趨勢に対する警醒的の叫びであつた。われ等は常に「新」を追ふ。陳套なる形骸を守つて、そこに何の文藝があらう。只われ等は秩序を守り、歩趨《ほすう》を整へて、徐ろに新境地を拓かねばならぬ。十七字、季題趣味といふ二大約束は、決して諸君の句を陳套ならしめるものではない。此約束あらしむることによつて。俳句は常に文藝界に新味を保ち得るのである。近来の新を衒ふ句が動ともすると和歌、新体詩などの足跡を甜つて得たりとするが如きは噴飯の至りである。十七字、季題趣味を煩しとするが如きは決して大才ではない。天賦の才を持つて生れた人ならば、さういふ約束は約束として受け入れて置いて尚ほ且つ十二分に其力を発揮することが出来る。十七字を破壊し、季題を撥無して始めて新しくなつた如く考へるのは小才の致す所である。眼先が変つて新しさうに見えたところで、それは皮相の新しさである。慧眼なる読者は前来引き来つた各人の俳句を吟味することによつて、如何に我党の俳句が、其二大約束を守り乍らも、尚ほ且つ新境地を拓き、新しき醍醐味に指を触れつゝあるかを知るであらう、雑詠集第一巻の句を吟味することに於てすら既にさうである。其後の雑詠に於て、如何に日進月歩しつゝあるかは、更に今度編むべき第二集を精査することに於て明かになるであらう。

私は本論の初めに、近来の句の著しい傾向の一つは主観的であると言つた。さうしてこれが子規居士の主張した客観主義よりも一歩を進めたものであると言つた。其言の誤りでないことは査べ来つた各人の句を見ることによつて明白となつたことであらう。然し乍らこゝに一大事を閑却してはならぬ。何ぞや、曰く、

客観の写生。

此点に就ても、私は緒言に於て既に多くの言を費して居る。読者は今一度繰返して熟読されんことを希望する。

（「ホトトギス」大正6年8月号）

三木・萩原両氏の詩作態度を論ず

川路柳虹

今年になつて著しい詩壇の問題は神秘主義象徴主義に対する一種の反抗的気勢の高まつた事である。これに代る現実的民主的人道的とも名付くべき傾向が著しくなつた事である。私は後者については別に他日論じて見るとして、目下尤《もつと》も問題となってゐる神秘についての考察、惹《ひ》いて萩原朔太郎君が三木露風君の詩に対する攻撃の論点及び非難の中心たる三木君の作物と萩原君のそれとの比較を論じて見て私一個の詩論を述べて見たく思ふ。福士幸次郎君がそれとは少し異《ことな》つた見地から神秘に対する反対の言説を提出された事については別に『詩歌』で論戦を続けたからこゝには改めて説かないが、併し私のこゝに述べる事は無論福士君に云ふべき言葉をも含んでゐる。只《ただ》断つておくのは詩壇の論議が絶えず党派的感情によつてなされる如く見《み》做《な》される誤謬を私は全然斥けるものである。私は只表はれた作品と言論とに依つて言説をなす。私は作の表現を絶対なものに信じる。一切の私情は何ら私の言説に関与しないことを予《あらかじ》め断つておく。殊に批評する人が党派的類別を以て作品を見る如き態度に全然反対であることを告げておく。

萩原君が『三木露風一派の詩を撲滅せよ』と云ふ評論にかいた処によると同君の三木君の作に対する不満反抗はその詩作が徒らに空疎な内容を勿体振つた表白を以てしてゐるといふ点にある。即ち同氏の把持《はじ》してゐる象徴主義なり神秘思想は何物かゞ『あるらしく見える』丈《だ》けでその言詞を脱ぎ去れば何物もない。かゝる神秘思想は詩壇を毒するものであると云ふのである。

私は三木君の詩が『ごまかし』であるか否かと云ふことに就いては昨年本誌上でも一言その是非に言及しておいた。そして同氏の詩の韻律を賞揚して同氏の詩を肯定し、只その不明瞭非直接的な観念的態度を指示すると共に言葉の問題にも言及した。これに就いては今も変りはない。けれども三木君の把持する象徴の精神なり神秘の観念なりが詩壇に害毒を流すものであるか否かといふ事には言及しなかつた。併も目下の批難の焦点はこゝにある以上私一個の考察を加へて見たい。

私は三木君が把握する神秘主義若《もし》くば象徴主義といふものに対して夫れが三木君の個性を偽らない範囲に於て何ら否定すべきものを見ない。然らば其の神秘なり、象徴なりの内容そのものに対しては如何《いかん》。これが先《ま》づ当面の問題である。私は神秘主義者ではない。それ故神秘を詩の目的として考へてはゐない。併し詩人の観《み》る世界が必ずや現実の内部に徹する事を重要な条件とする以上、換言すれば詩人の観るものが如実の現実相の表現以上の洞察を必要とする以上神秘は決して事物以外の存在として考ふべきものでない。もし如実の現実相以上の現実相といふ事の考察が徒らに二元的な概念を作るものであり且つそのものを神秘と叫ぶ事を不当とするならば、私は遠慮なくその神秘を『真《まこと》』と云ふ文字に換へてもよい。併し『真《まこと》』と云ふ言葉は自然主義時代の慣習的な概念として単に事実の形相を暗示するもの、如く取り扱はれてきた。私は詩人の観ずる世界にはその表面の現実相以上の経験世界がある事を感じる。勿論この世界は人に依つて異る。或るものはそれを感覚の上に把握し、あるものは情緒の上に又感情の上に把握する。ランボウが母韻に対する色感は彼の感覚的経験が表面の現実相を食ひ破つた内部の世界を見た事を示してゐる。併しこの言葉をもつと誤りなく使用するならばランボウは事物の真《まこと》の相《すがた》をその感覚に依つて洞察したのである。私は象徴の作用はこ、にあると信ずる。私は現実主義に立脚する人がもし神秘と言ふ言葉を不純な内容を有つものとして厭ふならばその言葉は如何やうに換へてもよい。併しその境地は神秘といふ言葉をもつても容易に説明出来うるものである。併し此の事は更に斯う考へ得るであらう。即ち神秘に対する洞察力とは只現実経験の外延そのものに外ならないと。即ち感覚、感情、情緒等の異常の鋭敏が齎らす結果に外ならないと。勿論左様に考へて差支へない。併しその洞察力そのものは全くその個人の全性格的反応なくして得られない。単なる感覚の鋭敏が決して創作力を作りはしない。夫れ故詩人の洞察がその能力をその個性の上に完全に把握してゐる以上夫は単なる機能上の結果に帰する事は出来ない。

然らば果して三木君の把握する神秘とは何を意味するであらう。私は萩原君の云ふほど氏の作物を浅墓《あさはか》な見解のもとに断定したくない。三木君の象徴主義は感覚的経験から漸次観念的幻想の上に移つた。『白き手の猟人』の書かれた詩並に詩論（『蠱《こ》惑《わく》の源《みなもと》』などの）は即ち前者に属し『幻の田園』の諸作は後者に属する。私はもし忠実に読む読者があれば氏の『現身《げんしん》』『さぎりのみね』などの詩『蠱惑の源』の如き散文を決して『ごまかし』であり虚妄であるとは感じまいと思ふ。何となれば夫らは吾等の直接経験からさへ直ちに類推しえらる、感覚世界の異常な洞察に過ぎないからである。併し観念上の幻想を表白の唯一目的にした『幻の田園』の諸作は、一読読者に朦朧たる感じを与へる事そのものが、直接経験を表面に現はさないと云ふ結果からその書かれたものが何を意味するのかを疑はしめる。しかし、私は氏の夫らの作を読んで空疎だとは思はない。ごまかしだとは感じない。尠くとも三木君の観る世界の容態である事が思はれる。併しこのものが人性《ヒユーメン》（Human）の世界から見たものではなく非人性《インヒユーメン》（Inhuman）の世界に立つて見たものである事は首肯《しゆこう》出来る。従つて吾々の実感にくる直接性を失つてゐる。此の作に人性《ヒユーメン》的な観方を以てすればその人は必ず失望する。然らばこの観方《みかた》は悪いか。詩壇に害毒を流す種類のものであるか。

私はブレークが想像《イマヂネーション》と称する言葉を思ひ起す。而してこのものは一面彼の感覚世界のものであると同時に一面観念の世界に懸け渡された一個の能力であることを思ふ。読者は彼の有名な詩句

Tiger! Tiger! Burning brèpht
In the forests of the night,
What immortal hand or eye
Could frame thy fearful symmetry?

虎よ、虎よ、燃ゆる輝き夜の森のなかに、いかなる不滅の手
か眼のありて、汝が怖しき対比をば組み立てえしや。

を何と感じるであらう。これは正にブレーク自身が観るものに外ならない。ブレークの見る現実に外ならない。即ち彼の非人《ひにん》性《せい》的な幻想が彼の見る現実を表現してゐる。その幻想そのものが現実である。則ち象徴の意義はこゝに容易《たやす》く生じる。而《しか》してこのものは即ち彼の現実世界のものであると同時に観念世界のものに属する。只その言葉の容態が如何にも事実の世界の容態と遠ざかつてゐる。三木君の詩はこれに類してはゐまいか。これが詩壇を毒する態度とは私には思へない。私は如上の範囲に於て三木君の詩の世界を肯定しうる。併し只こゝに一つの問題が横はる。それは表現の手法の問題である。

読者はブレークの詩句を読んで字面に何らの難解を見出さない事を信じる。然るに三木君の詩の一節はその語法と字句の難解を可成《かな》りに感じる。三木君の詩作態度は一言一句を有機的に為さうとする結果ではあるが、それが表現的でなく隠閉的である。即ち外に明らかにせずして内に暗く固まる。この手法はマラルメの暗示説と余程似てゐる。けれども暗きものを暗き姿に示すことが私は象徴的手法の唯一手段とは考へられない。私は三木氏の道を肯定すると同時に私自身、氏の詩法と全く違つた手法に出でたことはこの点である。私は詩法は内容を高調するものであると考へる。韻律の有機的効果は言葉を表現のために明澄《めいちょう》にする事であり、力づけることである。言葉を創造することは言葉の有《も》つ力を高調することである。隠すことでない。表はすことだ。塗りつぶす事でない。彫刻する事だ。三木君の詩のごまかしに見え難解に見える事はその内容を見んとする前に先づ難解な字面に到達して左様に感じるのではないか。それと韻律の力を意識的に内部に潜ますといふことが却つて詩句を少く凝固さす原因になりはしまいか。私は三木君の最近の作がその詩句の上に稍《やゝ》Elasticなものを表はさうとし乍らも尚ほその韻律が吾々の心を充分に魅する丈けの力に欠けてゐることに想到してこの感が深い。

萩原君の作は三木君の夫れとはその表現に於て全然昼と夜ほどの相違である。試みに三木君の詩の一節と萩原君の夫れを比較して見給へ。

果実の道
なほ声あり
塗《まみ》れて咲き残る

花の垢賦《くに》
いつの代《よ》を見たりとなく
続く連ね
あゝ、照りのぶる彼方ぞ
灰色なす

——三木露風氏

田舎の空気は陰鬱で重くるしい
田舎の手ざはりはざら〳〵して気もちがわるい
わたしはときどき田舎を思ふと
きめのあらい動物の肌のにほひになやまされる
わたしは田舎をおそれる
田舎は熱病の青白いゆめである

——萩原朔太郎氏

萩原君の作が自然の話声を基本にし、それに一種の力点をつけたやうな作に対し、三木君の格調的詩句は一種の威容を示すと同時に萩原君の批難するやうな勿体振つた所がないでもない。これは即ち手法の著しい相違である。私は萩原君のリヅムに対して大きい同感を有つ。『月に吠える』のどの詩篇に於ても詩句の自然と必然性は認められる。呼吸が宛《さなが》らに明澄に刻み込まれ言葉は自然に力づけられてゐる。この点は三木君の隠閉的傾向と反対に著しく表顕的で。私自身の手法もその歩みに於ては即ちこゝにある。私は何より萩原君の表白手段が今迄の詩壇の迷夢を打ち破つてゐるのを多とする。

併し萩原君の把握する詩の世界は萩原君が攻撃する神秘の世界であり象徴の世界でありはしないかと私には思へる。この不可思議なパラドックスを解くことは今の詩界の神秘的観念乃至《ないし》象徴的観念の善き解明となる事を思つて私は三木君の作そのものを批判をすると同時に萩原君の作を捉へて一考して見たく思ふ。

萩原君の作は徹頭徹尾実感を基本としてゐる。而もその実感は氏の異常な病的感覚に根《こん》を置いたものである。氏は感情派であると云ひ或る場合には感情の神経といふ言葉を用ゐた。この矛盾した成語《せいご》は、併し同君の云はんとする処を伝へてゐる。私に云はせれば氏は感覚派であり神経派である。氏の感情は感覚神経に包まれた夫《それ》である。而して氏の異常な病的感覚は決して『ごまかし』でない。氏の正直に観るものである。その見るものが三木氏の場合と違つて観念から来ずに実感から発足する。幻想《イルユージヨン》若くば想像《イマジネーシヨン》といふより、幻覚《ハルシネシヨン》と云ふべき状態が氏の事物に対する洞察の根拠である。氏はそこから現実の神秘を見る。私はこゝで神秘と云ふ。それは殊更に氏の反感を有《も》つ言葉を有意義に用ひたい為である。

氏は私には一個の立派な象徴主義者に見える。ランボウやラフオルグが象徴主義者であつたやうに感覚を根拠として発足した純然たる象徴主義者である氏の見る幻覚が即ち現実である。如実相以上の内部的表現である。即ち最も人性的な態度に於ける象徴主義者である。私は氏が『神秘』を攻撃するものでなく、却つて神秘を弁護しうるに適当な役割を努めるものであることを思ふ。無論氏は神秘といふ概念を重じはしない。また神秘が氏の目的だとは思ふまい。けれども氏の詩作に見る幻覚は生きた実感が直ちに内部の世界を表現する底《てい》のものである。而もその表現に於ては何ら附け加へる修辞を有《も》たない。私は氏の詩が現詩壇に優れた地歩を占めてきた事を知ると同時に浅墓な見解を象徴主義の上に向けることを惜むものである。

詩壇にはなほ残された重大な問題として詩形韻律の問題もある。思想に於ても民主的人道的傾向に就て充分の考察すべきものもある。併しそれは到底此限りある頁で説き尽せないから他日に譲る。

（「文章世界」大正6年9月号）

新しき世界の為めの新しき藝術

大杉 栄

一

去年の夏、本間久雄君が早稲田大学で『民衆藝術の意義及び価値』を発表して以来、此の民衆藝術と云ふ問題が、僕の眼に触れただけでも、今日まで十余名の人々によつて彼地此地で論ぜられてゐる。其の都度僕は、一つは民衆と云ふ事をいつも議論の生命とし対象としてゐる僕自身の立場から、もう一つは誰れ一人として本当に此の民衆藝術と云ふ問題の真髄を摑へてゐる人のないらしいのに対する遺憾から是非とも其のお仲間入りをしたいとは思ひながらも、遂に其の意を果たす事が出来なかつた、

もう丸一年にもなる。文壇のいつもの例に拠ると、もう此の問題も消えて無くなる頃である、それでなくとも、民衆には丸で無関心な、若しくはロメン、ロオランの云つたやうに、民衆を少しも軽蔑しないと云ふ事を却つて軽蔑のたねにする、即ち

其の膏汗で自分等の力を養つてくれた親の田舎臭いのを恥ぢる、成上り者共の多い文壇の事である。五人や十人の、篤志なしかし無邪気な、或は新しもの好きの、或は又物知りぶりや見え坊の先生等が、其の一角で少々立ち騒いで見たところで、殆んど何んの跡かたも残さずに過ぎ去られて了ふに違ひない。

しかし僕は、飽くまでも此の問題は、いつものやうな文壇の流行品扱ひを避けさせたい。民衆藝術は、ロメン、ロオランの云つたやうに、流行品ではない。デイレタント等の遊びではない。又、新しき社会の其の感情の、其の思想の、已むに已まれぬ表現であると共に、老い傾いた旧い社会に対する其の闘争の機関である、ばかりではない。ロメン、ロオランが起草した、民衆劇場建設の檄にもあるやうに、此の問題は実に、民衆にとつても亦藝術にとつても、死ぬか生きるかの大問題である。

大げさな事を云ふ、と笑つてはいけない。殊に、今まで何んの彼のと我物顔に民衆藝術を説いてゐた人達には、単に闘争の機関と云つただけでも既にしかめつ面をしなければならない怪しからぬ事のやうに聞えるのであらうが、更に生きるか死ぬかの大問題だなどゝ云へば、きつと途方もない大げさな物の云ひかたに聞えるに違ひないのだ。しかし、これが大げさに響かないやうにならなければ、民衆藝術の本当の意義や価値は分からないのだ。

二

ロメン・ロオランは、前世紀の末年から現世紀にかけて非常な勢で拡まつた民衆藝術の大運動に就いて次ぎの二つの事実を記して置きたいと云つて、民衆が急に藝術の中に勢力を得て来た事と、民衆藝術と云ふ総名の下に集まる諸説の極めて紛々たる事とを挙げてゐる。

『現に民衆劇の代表者と云はれる人々の間に、全く相反する二派がある。其の一派は、今日有るがまゝの劇を、何劇でも構はず、民衆に与へようとする。他の一派は、此の新勢力たる民衆から、藝術の新しい一様式、即ち新劇を造り出させようとする。一は劇を信じ、他は民衆に望みを抱く。』

此の『諸説』は、日本ではまだ或る理由から、さほど明瞭には『紛々』としてもゐないが、若し民衆藝術に就いての議論がもつと盛んになり、或は其の議論の実行が現はれるやうになれば、どれほど『紛々』として来るか分らない。今日でも既に其の萌芽は十分にある。藝術を信ずるものと、民衆に望みを抱くものと、殊に其の中間をぶらついてゐるものと、いろ〳〵ある。

民衆即ち People と云ふ言葉は、最初本間久雄君によつて、平民労働者と解釈された。本間君が主として其の人の説に拠つたエレン・ケイは、『休養的教養論』の最初に『八時間の労働と八時間の睡眠と云ふ事と共に八時間の休養と云ふ正当な要求を其の旗印としてゐる群衆』と云つて、明かに平民労働者を其の休養的教養の対象としてゐる。ロメン・ロオランの民衆即ちPeopleが平民労働者である事は後に明かになるであらう。然るに、此のPeopleは民衆ではない、平民労働者ではない、謂はゆる民衆劇即ちPeople's TheatreのPeople'sは一般的(general)とか普遍的(universal)とかの意味で、アメリカなどではPeopleをさう云ふ風に使ふ事が沢山ある、と云ひ出した人さへある。アメリカ帰りの語学者山田嘉吉君及び其の細君の山田わか子君の如きそれである。しかしこんな場合には、アメリカ通とか語学通とか云ふ事それ自身が間違ひのもとである。石坂養平君の如きも、矢張りそんなやうな意味で、『民衆藝術家としての中村星湖』を論じてゐる。

次ぎには、民衆と云ふ文字と藝術と云ふ文字との間にはいるべき前置詞に就いての問題である。本間久雄君はそれを『の為めの』即ちforと解釈した。中村星湖君はそれを『から出た』即ちフランス語のde partと解釈した。又富田砕花君は『の所有する』即ちofと解釈してゐるらしい。しかしこれは、嘗つて本当の意味の民主政治を、民衆によつて民衆の為めに造られ而して民衆の所有する政府、即ちGovernment by the people, for the people and of the peopleと云つたやうに、先きの三君のを合せて、民衆によつて民衆の為めに造られ而して民衆の所有する藝術、即ちArt by the people, for the people and of the peopleと云はなければ精確ではないのだ。そして其の中の『民衆によつて』若しくは『民衆から出た』と云ふのが最も肝心である事は勿論である。田中純君は正しく云ふ。『民衆自らの造り出した藝術はそれ自身民衆の為めの藝術であり、民衆の所有する藝術であり得る。真実に十分に民衆の為めの藝術と云ひ得るものは、民衆自らの産み出した藝術であらねばならない。』

幸ひに、日本にはまだ、『今日有るがまゝの劇を、何劇でも構はず、平民に与へる』と云ふ民衆藝術論はない。たゞ実際方面では、特に平民労働者の為めに催すと云ふ従来の演藝会は、総て此の種のものであつた。又、若し島村抱月君が、多少さう云ふ風に臭はしてゐるやうに、其の藝術座の演劇が民衆藝術であるなど、敢て云ふならば、それは矢張り殆んど此の種のものである。

三

僕は先きに、民衆藝術論は日本ではまだ、或る理由からさほど明瞭に紛々としてゐない、と云つた。其の理由と云ふのは、民衆藝術論の謂はゆる提唱者等が、まだ本当に民衆的精神を持つてゐない事、従つて又今日の藝術に対する民衆的憤懣を持つてゐない事である。斯くして、彼等の議論は極めて曖昧である、微温である、曖昧微温な民衆側の議論は非民衆側の直截熱烈な議論を誘なはない。

嘗つて僕は、歴史を一貫する、そして今日では資本家階級と労働者階級との形式によつて現はされてゐる、彼の『征服の事

実』（論文集『生の闘争』参照）を説いて、

『敏感と聡明とを誇ると共に、個人の権威の至上を叫ぶ文藝の徒よ。諸君の敏感と聡明とが、此の征服の事実と、及びそれに対する反抗とに触れない限り、諸君の藝術は遊びである、戯れである。吾々の日常生活にまで圧迫して来る、此の事実の重さを忘れしめんとする、あきらめである、組織的瞞着の有力なる一分子である。

『吾々をして徒らに恍惚たらしめる静的美は、もはや吾々とは没交渉である。吾々はエクスタジイと同時にアントウジアスムを生ぜしめる動的美に憧れたい。吾々の要求する文藝は此の征服の事実に対する憎悪美と反抗美との創造的文藝である』

と云つた。そして更に、此の僧悪と反抗とによる『生の拡充』（生の闘争参照）を説いて、

『生の拡充の中に生の至上の美を見る僕は、此の憎悪と此の反抗との中にのみ、今日生の至上の美を見る。征服の事実が其の絶頂に達した今日に於ては、階調はもはや美ではない。美はたゞ乱調にある。階調は偽りである。真はたゞ乱調にある。

『事実の上に立脚すると云ふ日本の此の頃の文藝が、なぜ社会の根本事実たる、しかも今日其の絶頂に達した、此の征服の事実に触れないのか。近代の生の悩みの根本に触れないのか。』

と云つた。僕の此の藝術論は明白な民衆藝術論であつたのである。僕の要求する藝術は、ロメン・ロオランの謂はゆる、新しき世界の為めの新しき藝術であつたのである。然るに、第一に此の藝術論に反対したものは、実に今回の民衆藝術論の最初の提唱者、本間久雄君其の人であつたのだ。本間久雄君は憎悪に美はないと云つた、反抗に美はないと云つた。

フランスでの民衆藝術の提唱者、ロメン・ロオランはさすがに分つてゐる。ロオランは云ふ。

『強暴と云ふ事は決して藝術のつき物ではない。人間の良心が、それに衝突してそしてそれを打破つて行かなければならない、不正不義のつき物である。藝術は闘争を絶滅する事を目的とするものではない。藝術の目的は、生を豊富にし、力強くし、更に大きく更に善くする事にある。されば、若し愛と結合とが其の目的であるとすれば、憎悪は或る時期までは恐らくは其の武器である。セント・アントワヌ郊外の一労働者が、一切の憎悪は悪であると云ふ事を切りに説いて聞かせた一講演者に云つた。「憎悪は善である。憎悪は正義である。被圧制者をして圧制者に反抗して起たしめるのは此の憎悪である。私は或る男が他の人々を圧制してゐるのを見れば、私は其の事を憤慨する。其の男を憎む。そして憤慨し憎悪する自分が正しいのだと思ふ。」其の悪を憎まないものは、又、善をも愛せないものである。不正義を見て、それと闘ふ気を起さないものは、全然藝術家でもなければ、又、全然人間でもない。』

憎悪や反抗に美があるかないかの問題などはどうでもいゝ。しかし此の憎悪や反抗に与しないものは『全然藝術家でもなければ、又、全然人間でもない』のだ。この本間君の思想は、其

の後二ケ年間に、どれほどの進歩があつたかは知らない。しかし兎に角此の本間君が、日本に於ける民衆藝術論の最初の提唱者であるのだ。

四

本間久雄君は何事にも篤志なしかし無邪気な学者である。だから君は、エレン・ケイの『休養的教養論』を一読して、至極殊勝な篤志を起したものゝ、却つて安成貞雄君に散々に遣つつけられたやうに、へまな、民衆藝術論の説きかたをしたのである。

エレン・ケイの論旨は、要するに、スエデンの青年社会民主党に対して、

『ひまな時間を増やす事の為めに闘ふと共に、其のひまな時間の悪用されないやうに休養的教養を獲得しなければならない。『何事に於ても旧社会よりより善き新社会を造る責任を帯びてゐる青年等の間に、又其の青年間によつて、階級戦争（class war）と共に、絶えず教養戦争（calture war）をも営ませなければならない』

と勧告したものである。娯楽にも善し悪しがある。肉体上及び精神上の更新を齎らさない娯楽は有害である。休養的教養（recreative culture）とは、先づ、諸種の快楽を識別する能力を意味し、次ぎに、更に新しき力を齎らす生産的な快楽を選んで不生産的な快楽を斥ける意志を意味する。そしてエレン・ケイは猶続けて云ふ。

『いづれの階級に於ても、大多数の人々は空虚な快楽に耽つてゐる。しかし、斯くの如きは、他のいづれの階級に於ても労働者階級に於けるほど甚だしい危険はない。なぜなら、劣等な快楽によつて精神上に傷害を蒙むるのは、いづれの階級のいづれの個人にも等しく有害である事は勿論であるが、其の掌中に共同団体の近い将来の諸問題を握つてゐる第四級民が甚だしく此の傷害を蒙むるのは、共同団休の全体にとつて又其の将来にとつて、更に遥かに有害である。

『労働者階級は、其の仕事の為めの力を強大にする為めに、有らゆる手段を、快楽の手段をすらも用ひなければならない。

『されば、労働者等が現に持つてゐる僅かな余暇が、又彼等が獲得せんと欲してゐるそれ以上の余暇が、値打のない娯楽で費されてゐるか、若しくは本当の休養即ち肉体上及び精神上の力の更新の為めに使はれてゐるか、と云ふ事は最も重大な一問題である。』

エレン・ケイの此の勧告に対しては、いかにつむぢ曲りの社会民主党と雖も、然らば女史も亦其の謂はゆる教養戦争と共に階級戦争をも鼓吹せよと云ふ外には、黙つて傾聴する外はあるまい。又、若し本間君が単にこれだけの紹介にとゞめたならば、安成君からあんな意地の悪い妙な質問を受けなくても済んだのであらう。

エレン・ケイは、本間君が云つたやうには『要するに彼等労

働者には惨めさと醜くさとがあるばかりである』とは云つてゐない。『慈母のやうな温情』を以て、此の『惨めさと醜くさとを人一倍深く感じ、そして人一倍深く憐れんでゐる』と云ふ程でもない。『其処には、人間と人間とが互に抱き合ふやうな情味や、人間としての生の享楽など、云ふ事は薬にしたくもない』とも云つてゐないやうだ。それ程醜い『蛮人』に、どうして、『人類合体の直接の将来』などが握られてゐよう。又、どうして握らせて置かれよう。

又、エレン・ケイは、本間君が云つたやうには、専門的な予備知識を持たなければ了解されない謂はゆる高級藝術と民衆藝術とを並立させてはゐない。『民衆の為めとは、労働者階級の人々の為めと云ふ意味であるから、其の藝術は、彼等労働者にもよく鑑賞され、理解されるほど、通俗的な、普遍的な、非専門的なものでなければならない』とも云つてゐない。こんな誤解され易い、又誤解する方が尤もな、余計な事は云つてゐない。

これを要するに、エレン・ケイはたゞ、ロメン・ロオランの民衆藝術論の要旨を紹介して、それに『其の一語も残さずに賛成し』、更に其の一方面の休養的教養を力説して、現在の民衆の娯楽物を批評したにとどまる。そして、此休養的教養を力説した事が、何事にも精神的で個人的で且つ謂はゆる温健な、エレン・ケイの特徴なのである。従つて、本間久雄君のやうに、此の方面からのみしかも極くまづく民衆藝術を説くとなると、頗る妙なものが出来上るわけだ。

五

然らば、エレン・ケイが『其の一語も残さずに賛成した』と云ふ、ロメン・ロオランの民衆藝術論の要旨はどんなものか。ロオランの民衆藝術論は主として民衆劇論である。以下出来るだけロオラン自身の言葉によつて、其の要旨を述べる。

今や、旧社会は其の繁栄の絶頂を超えて、既に老朽の坂を降りつゝある。或は既に瀕死の状態にあるものと見てよい。そして其の廃墟の上に、民衆の新しき社会が将に勃興せんとしつゝある。

此の新勃興階級はそれ自身の藝術を持たなければならない。其の思想と感想との已むに已まれぬ表白としての、其の若い潑剌とした生命力の発現としての、そして又老い傾いた旧い社会に対する戦闘の機関としての、新しき藝術を持たなければならない。民衆によつて民衆の為めに造られた藝術を持たなければならない。新しき世界の為めの新しき藝術を持たなければならない。若し此の藝術が出来なければ生きた藝術はないのだ。過去のミイラが眠つてゐる、一種の墓地のやうな、博物館があるばかりだ。

少しも党派心のない、無限な、永遠な、普遍な、民衆藝術と云ふやうな事を云ふ人がある。これは貴い夢想である。将来の世代は、若しそれが出来れば、幾世紀かの後にはそれを実現するだらう。しかし今のところは、永遠を現在の瞬間に置いて、今日の時代と共に生きる事を努めなければならない。藝術は其の時代の渇望と引離される事は出来ない。民衆藝術は、民衆の苦痛と、其の希望と、其の闘争とを、相俱にしなければならない。

如何なる美も、如何なる偉大も、青春や生命の代はりをする事は出来ない。諸君の藝術は老人の藝術である。吾々が、吾々の晩年に吾々の任務を果たし、吾々の共同行為の義務を尽した後に、公平無私の藝術や、ゲエテの晴朗や、純粋の美を望むのは、善い事でもあり自然の事でもある。それは人生の旅の至上の理想であり究竟である。しかし、其処へ行くだけの功績もなしに、余りに早く其処に到達する人々や民族は、悲しむべきものである。即ち死の前兆に過ぎない。其等の人々や其等の民族には、其の晴朗は、無感覚である。生は不断の更新である。闘争である。有らゆる苦難のある闘争の方が、諸君の美はしい死よりも善いのだ。

静穏な時代や藝術は如何にも望ましい仕合である。しかし其の時代が乱れてゐる時には、其の国民が闘つてゐる時には、其の国民に味方して闘ひ、其の国民を奮起せしめ、其の国民の行くべき道をさへぎつてゐる無知を打破り、偏見を斥けて行くのが、藝術の目的である。

シルレルは既に、一七九八年に、其の『ワルレンスタインの戦』の上場の際に云つてゐる。

『今其の幕を開きつゝある此の新時代は、詩人にも旧い道を去らせて、諸君をして紳士閥生活の狭い範囲から、吾々が今奮闘努力しつゝある此の崇高な時代に相応しい、もつと高貴な劇に移させようとしてゐる。なぜなら、独り大きな題目のみが人間の奥深い臓腑を揺り動かす事の出来るものである。今、現実其者が詩になつてゐる、そして人々が人類の大利益たる主権と自由との為めに闘つてゐる、此の厳粛な時期に際して、藝術も亦、鬼神を喚び起す其の劇の上に、更に大胆な飛躍を試みる事が出来るのだ。藝術は此の飛躍を試みる事が出来るばかりではない。此の実生活の劇の前に赤恥をかいて消えて失くなる事を望まないならば、是非ともこれを試みなければならないのだ。』

若し藝術が此の時代に応ずる事が出来なければ、藝術は少くとも生きた藝術は消滅しなければならない。又、此の新藝術を創る事の出来ない民衆は、其の運命を放棄しなければならない。斯くして民衆藝術の問題は、民衆にとつても亦藝術にとつても、実に死ぬか生きるかの問題である。

民衆にも二種の民衆がある。其の一つは、貧窮から遁れ出て、直ちに紳士閥に心を惹かれ血の吸収されて了つたものである。もう一つは、此の仕合な兄弟に見棄てられて、其の貧困のどん底に蠢いてゐるものである。紳士閥の政策は、此の後者を絶滅させ、前者を同化させる事にある。そして吾々自身の政策は、即ち吾々の藝術的であると共に社会的な理想は、此の二種の民衆を融合させて、民衆自体に其の階級的自覚を与へる事にある。

若し民衆が第二の紳士閥となつて、それと同じやうに其の享楽は粗雑であり、其の道徳は偽善であり、そして紳士閥と同じやうな愚鈍な無感覚なものになるのなら、吾々にはもう民衆の事などを心配しない。声ばかり高くて空っぽな藝術や、屍骸のやうな人類を生き延びさす事は、吾々にはどうでもいゝ事なのだ。

しかし吾々は民衆の若い生命力を信ずるものである。又、人類の道徳的及び社会的の革命を信ずるものである。

此の民衆藝術に対する吾々の信仰、即ちパリの遊人等の惰弱なお上品に対して、集合的生活を表明し一種族の更生を準備し且つ促進する頑丈な男性的の藝術を建設せんとする、此の熱烈な信仰は、吾々の青年時代の最も純潔な且つ最も健全な力の一つであつた。吾々は決して此の信仰を失はない。

六

ロメン・ロオランの民衆藝術論の要旨はこれで尽きる。しかしこれは要するに理想である。信仰である。此の理想や信仰の実現される前に、『民衆によつて』と云ふよりも寧ろ『民衆の為めの』藝術が産まれなければなるまい。

今や藝術は利己主義と混乱とに悩まされてゐる。少数の人々が藝術を其の特権としてゐる。民衆は藝術から遠ざけられてゐる。国民中の最も数の多い、そして最も活力のある部分が、藝術の中に何等の表現をも持つてゐない。斯くして思想は甚だしく貧弱となり、藝術の為めには重大な危険が迫つてゐる。藝術を或る一階級の独占的享楽として了ふのは、此の藝術を奪はれた階級の人をして、やがて、藝術を憎悪せしめ且つ破壊せしめる事に導くものである。

藝術を救ふ為めには、藝術に生命の門戸を開かなければならない。有らゆる人々を其処に容れなければならない。平民にも発言権を与へなければならない。

しかし生は死と結びつく事は出来ない。過去の藝術は既に四分の三以上死んだものである。過去の藝術は生には何んの役にも立たない。却つて往々生を害ふ恐れすらある。健全な生の必須条件は、生の新しくなるに従つて、絶えず新しくなる藝術の出来る事である。

何者もたゞ、其の生れた場所と時代とにのみ、善いものである。善や美が絶対的存在であるとか、又は永遠的観念であるとかは信ずる事が出来る。しかし其の表現は人心の様式によつて変はる。選ばれた人々にとつての美も、民衆にとつては醜であり、又選ばれた人々の欲望と同じ正当の権利を持つてゐる民衆の欲望に応じない事もある。二十世紀の民衆に過去の世紀の貴族的社会の藝術や思想を強ひる事は出来ない。

紳士閥の批評家は屢々云ふ。民衆は自分の階級よりも上の階級のものを主人公とした小説や脚本でなければ喜ばない。富裕な社会の描写は民衆をして自分自身の貧困の倦厭を忘れさせるものであると。なるほど、民衆が半睡眠状態にある間は或はさうであるかも知れない。しかし、其の人格の感情が目覚め、其の市民としての品位を自覚するやうになれば、民衆は斯くの如き従僕藝術に恥ぢなければならない。そして又、民衆を尊敬する人達の義務は、斯くの如き藝術から民衆を救ひ出す事にある。

民衆は紳士閥藝術の残り物を集めるよりも、もつと遥かに善くしなければならない事を持つてゐる。現在の藝術のお客を増やす事を努めなくてもいゝ。吾々は現在の藝術の為めに働いてゐるのではない。吾々は藝術の善と民衆の善と云ふ事だけを考へればいゝのだ。そして、現在の一般の藝術的教養を普及さす事が、此藝術の善又は民衆の善になるなど、考へるのは、余りに傲慢な楽天観であらねばならない。

吾々の目的とするところは、平民の善ばかりではない、又藝術の善である。人間の魂の偉大である。人間の魂の有らゆる創造の力で、しかも此の創造があつて始めて生命に値打がつくのであるが、吾々は藝術を限りなく崇拝するものである。

吾々は血の気のない藝術に生気を与へ、其の痩せ衰へた胸を太らせて、民衆の力と健康とを其の中にとり入れさせようと云ふのだ。吾々は人間の魂の栄誉を民衆の為めに使はうと云ふのではない。民衆を吾々と一緒に、此の栄誉の為めに働かせようと云ふのだ。

此の意味での民衆藝術は、其の第一条件として、それが娯楽であることである。民衆藝術は、先づ民衆の為めになるものであると共に、一日の労働に疲れた労働者の為めの、肉体上及び精神上の休養でなければならない。

なまけ者の理知にすら往々多くの害悪を及ぼすデカダン藝術の最後の所産を民衆に与へる事は出来ない。又、選ばれた人々の苦痛や煩悶や疑惑は、其の人々自身が保管して置くがいゝ。民衆には、民衆自身の苦痛や煩悶や疑惑が、其の分前以上にある。それ以上に増やす要はない。少数の或る人々が、『鼬鼠が卵を吸ふやうに憂欝を吸ふ』事が好きだと云つて、此の貴族共の知識的禁欲主義を民衆に強ひる事は出来ない。腐つた木の上に出た大きな苔のやうな、誘惑的な、しかし一部の行為を殺して了ふ夢想によつて害毒された、選ばれた人々の病的な感情の複雑さを平民に強いる事は出来ない。よし吾々が其の病気を吾々自身の中に養ふ事にどれ程の満足を感じても、吾々の其の病気を民衆に感染させてはいけない。吾々よりも更に健全な、更に値打のある種族をつくる事に努めなければならないのだ。

民衆は猛烈な芝居が好きだ。しかし其の猛烈は、実生活の上でもさうだが舞台の上でも、民衆が自分を其の人になぞらへて見てゐるヒイロオを破滅させて了つてはいけない。民衆は自分自身はどれ程諦らめどれ程気落ちしてゐても、其の夢想の人物の為めには非常に楽観的なものである。悲しい結末になつては堪らない。最後に善が勝つと云ふ皆んなの心の奥底に持つてゐる衷心からの確信が、芝居の中で証明されなければならない。これは民衆の心が無邪気なせいではない、却つて其の健全な為めである。民衆の此の確信には道理がある。此の確信は、生活に必須の一つの力であり、又進歩の法則でもある。

然らば、民衆には、散々人を泣かせて置いて遂に目出度し目出度しで終るメロドラマでなければいけないと云ふのか。決してさうではない。斯う云ふ粗雑な、虚偽は、アルコオルと同じやうに、民衆を無気力にする催眠剤である麻酔剤である。吾々が藝術に持たせたいと思ふ娯楽の力は、精神的元気を犠牲にするものであつてはならない。

次ぎに民衆藝術は元気の源でなければならない。元気を弱らしたり凹ましたりする事を避けなければならないと云ふ義務は全く消極的のものである。従つて此の義務には、必然に、其の反対の、即ち元気を得させ又強めさせると云ふ積極的の方面がある。民衆藝術は民衆を休息させつゝ、更に翌日の活動に適せしめるようにしなければならない。

第三に、民衆藝術は理知の為めの光明でなければならない。民衆を其の目的地に真直ぐに導いて、途に自分の周囲をよく見る事を教へなければならない。暗い蔭と襞と妖怪とに充ち満ちた人間の恐ろしい脳髄の中に、光りを拡げなければならない。労働者は其の肉体は働いてゐるが、其の思想は大抵休んでゐる。此の思想を働かせる事が肝心なのだ。そして、少しでも其の思想を働かせる事が出来て来ると、それは労働者にとつて快楽にさへなるのだ。しかし、民衆をたゞ考へさせ働かせる状態に置くだけでとゞめなければならない。如何に考へ如何に働くべきかを教へてはいけない。斯くて労働者をして、有らゆる物事を、人間や又は自分自身を、明かに観察し且つ明かに審判する事を覚えさせなければならない。

歓喜と元気と理知と、これが民衆藝術の主なる条件である。其他の諸条件は自然と備はつて来る。そしてお説法やお談義は、折角藝術を好きなものまで嫌ひにさせて了ふ、手段としても極めて拙劣な非藝術的のものである。

又、此の種の民衆藝術は、近代の謂はゆる社会劇とも違ふ。たとへば、平民を最もよく理解し、又最もよく愛した現代人トルストイは、あれ程厳しく其の傲慢を圧へてゐたのにも係らず、使徒と云ふ其の使命と自分の信仰を他人に強ひなければやまない強い欲望と、及び其の藝術上のレアリズムの要求とは、『暗の力』などでは、其の非常な慈悲心よりも余程強かつた。斯くの如き作物は、民衆の為めには、有益と云ふによりも却つて気落ちさせるものである。要するに、此の『暗の力』や又は『織工』の如き作物は、貧窮の長い絶叫か若しくは悲嘆話しで、其の杞憂や絶望は、既に余りに生活の為めに苦しめられてゐる貧民に元気をつけるとか慰安を与へるとか云ふよりも、寧ろ富者の良心を覚醒させる為めのものである。或は又、せい〴〵、貧民の中の少数のものの、選ばれた人々の為めのものである。

七

しかし、此の主として『民衆の為めの』藝術が民衆に享楽されるやうになるには、又彼の本当に『民衆によつての』藝術が創造されるやうになるには、藝術上の努力だけでは足りない。

『嘗つて』とイタリイの革命家マヂニイは云つた。当時彼れはまだ若くて、其の生涯を文学に貢献するつもりでゐたのだ。『嘗つて私は斯う思つた。藝術がある為めには、先づ国民が無ければならないと。当時のイタリイには其のいづれもなかつたのだ。祖国もなく自由もない吾々は藝術を持つ事も出来なかつた。されば吾々は先づ、「吾々は祖国を持つ事が出来るだらうか」と云ふ問題に献身して、此の祖国を建設する事に努めなければならなかつたのだ。斯くてイタリイの藝術は吾々の墳墓の上に栄えるのだ。』

吾々も矢張り云はう。諸君は民衆藝術を欲するのか。然らば、先づ民衆其者を持つ事から始めよ。其の藝術を娯しむ事の出来る自由な精神を持つてゐる民衆を。容赦のない労働や貧窮に蹂みにじられないひまのある民衆を。有らゆる迷信や、右党若しくは左党の狂信に惑はされない民衆を。自分の主人たる、そして、目下行はれつゝある抗争の勝利者たる民衆を。フアウストは云つた。

『始めに行為あり』と。

斯くしてロメン・ロオランは、其の民衆藝術の当然の結論として、藝術的運動と共に、と云ふよりも寧ろそれに先だつて、社会的運動に従はなければならないと断言した。

然るに、翻つて我が日本での民衆藝術論者を見るに、此の点に於て果してどれ程の用意があり又覚悟があるか。少なくとも又、果して此の点に考へ及んだ事すらがあるか。

猶ロメン・ロオランは、其の民衆藝術論を労働運動論で結んでゐると共に、其の藝術論をも生活論に終らせてゐる。彼れは云ふ。

『私は劇が好きだ。劇は多くの人々を同じ情緒の下に置いて友愛的に結合させる。劇は、皆んなが其の詩人の想像の中に活動と熱情とを飲みに来る事の出来る、大きな食卓のやうなものだ。しかし私は劇を迷信してはゐない。劇は、貧しいそして不安な生活が、其の思想に対する避難所を夢想の中に求める、と云ふ事を前提とするものである。若し吾々がもつと幸福でもつと自由であつたら、劇の必要はない筈である。生活其者が吾々の光栄ある観物になる筈である。理想の幸福は吾々でそれに進むに従つて益々遠ざるかものなのだから遂には吾々がそれに達すると云ふ事は出来ないのであるが、人間の努力が藝術の範囲を益々狭めて生活の範囲を益々広めて行くと云ふ事は、若しくは藝術を以て閉ざされた世界即ち想像の世界としないで生活其者の装飾とするやうになると云ふ事は、敢て云へる。幸福なそして自由な民衆には、もう劇などの必要がなくなつて、お祭が必要になる。生活其者が其の立派な観物になる。民衆の為めに此の民衆祭を来させる準備をしなければならない。』

近代の最大の藝術家たるワグネルも、若い率直さで、敢て斯う云つてゐる。

『若し吾々が生を持つたら、吾々は藝術を要らなくなるのだ。藝術は丁度生の終るところで始まる。生がもし吾々に何んにも与へなくなつた時に、吾々は藝術品になつて「私は斯くの如く望む」と叫ぶのだ。本当に幸福な人がどうして藝術をやらうなど〻云ふ考を持つ事が出来るのか私には分らない。……藝術は吾々の無力の告白である。……藝術は一つの渇想に過ぎない。……私の若さや健康を再び見る為めには、自然を娯しむ為めには、限りなく私を愛する女の為めには、美しい子供の為めには、私は私の全藝術を与へる。さあ、私の全藝術を今此処へ出す。其の残りの物を私にくれ。』

若し吾々が『此の残りの物』の僅かでも不仕合な人々に与へる事が出来たら、生に少しの喜びでも与へる事が出来たら、よしそれが藝術を犠牲にしてゞも、吾々は之れを悔まない。

僕も亦、ロメン・ロオランと共に、此の新しき世界の為めの新しき藝術論を実生活論で終らせたい。

（「早稲田文学」大正6年10月号）

戦争と海外文学

厨川白村

一

埃まみれの群書のなかに隠れて、閑人の閑事業と人の云ふ文藝の研鑽に没頭する読書生でさへ、ふと目をあげて世界の騒乱をながめると、さすがに色々な感想が胸に浮ぶと共に、巻を蔽うて撫然たらざるを得ないものがある。

去年の末に突如として現はれた独逸の講和提議の如きは誰も之を真面目には受取らなかつたが、其頃米国にゐた私などは、それでもまた恁んな事が近き将来の平和の曙光ともならうかと望んだのはほんの空頼み、英吉利の宰相ロイド・ジヨオヂが新任早々議会での烈しい一喝に葬られて夫れ切りになつた。最近にもまた羅馬法王の提議は固より何の効をも奏しない。恁うして漠々たる戦雲はいつまでもいつまでも欧洲の天地を暗くして、鳩を使ひの女神『平和』の姿はまだ人間の目のとどかない彼方《かなた》に在る。戦乱の巷を遠く離れた東海のはてに独り漁夫の利を貪ぼれる市井の銅臭児のみが、此惨劇の長く続けよかしと祈れるほかは、悪魔にあらずんば恁かる屍山血河の惨状を見てほほ笑む者はあるまい。

歴史の頁のここかしこにぼと〴〵と血の痕を印して来た戦争といふ物あつてこそ人類は進歩したのだと唱へる奇怪至極の論は、現代の文明を理解せずして唯だ遠い過去の時代をのみ見る人の謬見に過ぎない。世紀末よりこのかた、精神主義、民本主義、新理想主義の方面に進まうとしてゐた欧洲の思想と文明とは、現下の大乱の為めに一時全く其進運を阻止せられたるのみか、更に幾十年幾百年の昔に立ち帰り、退歩し逆転しつつ、我を忘れて蛮人の蛮劇を演じてゐるではないか。今度の戦争は真に欧羅巴の自殺である。学術商工業の破壊は云ふ迄もないとして、先づ之を政治上に見ても、英吉利の自由党内閣が多年の努力によつて貴族国の因襲を打破して進まうとした民本主義個人自由主義の政策も、この大乱の一時的必要に迫られては、挙国一致の名のもとに、遂に聯立内閣の成立となり、徴兵制度の実行とまでなつて、折角時代思潮の大勢に乗じて真面目な発達をしてゐた英国の新政治はめちやめちやに崩れて了つた。むかし南亜戦争の折には激烈なる非戦論を唱へたる「無冠の王ジヨオヂ」が今や「鉄血宰相」の仮面（?）をかぶるに至つては、英国の議院政治も、遂に思潮の進運と逆行せざるを得ざるに至つた。由来自由の国を以て誇りとせる米国ですら、宣戦以来その政府の態度は甚しく専制独裁《オオトクラシイ》の色を帯ぶるの非難を免れないではないか。民本主義と戦争とは到底調和の道なきものである以上、恁くの如きは免るべからざる当然の結果であらう。思想と文化の発達のため戦争の忌むべき所以はこの点に在るのだ。

二

今度の戦乱は西洋の文学藝術に何ものを齎らしたかと問ふ人がある。私は之に対して勿論今のところでは絶無《ナツシング》だと答へるに躊躇しない。戦争が既に現代文明の大勢に逆行し政治産業学術の進運を妨げてゐる以上、夫れが独り藝苑にのみ幸ひする理由がどこにあらう。如何にも過去の歴史には戦争が文藝の上に直接間接の好影響を与へ、殊に戦勝国々運の隆昌に醸成せられたる藝術上の大作が出た事も屢々であつた。しかし夫れは国際関係が今の如くに複雑ならずまた個人思想が今の如くに発達しなかつた昔の話である。世界人類の幸福といふ点から見れば勿論のこと、単に民族発展の上から見ても戦勝が国利民福をはかる最上の手段でなくなつた今の時代に於て、文藝が独り之によつて雄篇大作を得る事は殆むど期待しがたい事である。今度の戦争あつて以来欧洲の文壇は実に冬枯れの野よりも淋しい。くだらない際物ばかりは山ほど出ても、戦争文学として不朽の価値ありと目すべき大作は一として現はれてゐない。白耳義のマアテルリンクが戦乱に関する感想を書いた『嵐の破片』の如きも、之を往年の『貧者宝』の作者の筆としては甚しく物足りないではないか。ダヌンチオが文筆を棄てて飛行機の舵をとり天空から愛国の詩篇を撒きちらしたとて、夫れが何程の事であらう。彼の祖国と世界文明の為めには『死の勝利』や『快楽児』の一頁にだも値ひする貢献にはならないではないか。仏蘭西の新詩人ペギイは戦死し、ロマン・ロランの如きは今甚しい迫害を受けてゐると聞いた。戦争中も例によつて皮肉冷罵を逞しうし、敵国の味方であるとまで云はれた英吉利のバアナアド・シヨオでさへ、世の中が恁うなつては徒らに「物を茶化す《モッキング》悪魔《デヰル》」の名を博するばかり、最も滑稽なのは独逸の前外相ヤゴウは英国を罵る時に、シヨオの作『運命の人』の中の文句を屢々引用してゐる。自国を罵る好い文句を敵国の外相に教へてやつたとて、夫れは別に文人の手柄でもあるまい。シヨウは曩に戦争劇として『ヰクトリア十字勲章佩用者オフラハアテイ』の一曲を愛蘭劇のアベイ座の為めに書きおろしたが、之は興行発売を禁止せられて遂に世に行はれず。またかれが最近の作である『オオガスタスその《ダズ》微力《ヒズ》を致《ビット》す』の如き、英国の募兵事業を諷した純粋の際物であるが、例の辛辣な皮肉もなく甚だ不評判で、戦争の際物芝居では到底バリイの新作ほどに持囃されないのである。また英国の詩人は皆声を揃へて戦争を歌ひ、去年征途に上ぼつて希臘で客死した少壮詩人ルパアト・ブルックの遺篇のごときは殊に持囃されてはゐるが、今更らあれ程のものを珍重しなければならぬ迄に英文学は元来貧弱なものでは無いのである。唯だ僅かに注目すべき作品は、国破れて山河ありと云ふ白耳義の惨状を材としたもの、たとへば露西亜のアンドレエフの『白耳義の悲み』、英国の新詩人アルフレドド・ノイエスの戯曲『ラダ』の類に過ぎないであらう。いつも花やかな仏蘭西の藝苑が昨年一ケ年の間に産した真の藝術的価値ある作物と云へば、ポオル・クロオデルが戦争詩集一巻と、ルネ、ベンジヤマンの戦争小説『ガスパアル』の二つあるのみだとは、何と云ふ心細い事だらう。

更にまた偶然の運命とは云ひながら、時も時、文星の隕つること昨年ほどに多かつた年は珍らしい位であつた。日本の文壇が漱石柳村の二先輩を失つた年に、西洋ではヘンリージエエムスが死んだ。誰が目にも世界的の文豪と見られた西班牙のエチエガレイや波蘭のシエンキヰッツも、相前後して世を去つた。米国では、つい此間私があちらへ行く途中に布哇で会つた時まで人なみ以上に壮健に見えてゐたジヤック・ロンドンが突如として逝き、また巧みに俗語を駆使して小児を歌ふので人気作者の随一であつた詩人リレイも死んだ。殊に最も悲しむ可きは欧洲で最大の詩人と目されてゐた白耳義のヱルハアレンが長逝した事だ。独逸兵の鉄蹄に蹂躙せられたるおのが祖国の為めに叫むで、『血まみれの白耳義《ラ・ベルジック・サングラント》』の歌を残し、去年の暮ちかく仏蘭西のルウアンでふとした鉄道事故のために変死したのは、恰かも大詩人の死が祖国の悲運を象徴するかの様にも見れば見られるではないか。仏蘭西では最も大胆なる新思想家であつたレミ・ドゥ・グウルモンが戦時の日記『嵐の間に《パンダン・ロラアヂュ》』一巻を最後の作として世を去り、また今年になつてオクタァヴ・ミルボオが死んだ為めに、前世紀後半からの自然主義は遂に其最後の代表者を失つて西欧の文壇から全く影を没するに至つた。

三

独逸の事は知らないが、今日の英国は勿論仏国でも露国でも政治と文藝とは日本に於けるよりも遥かに密接の関係がある。両者が共に人間の真面目なる思想活動であり文化活動であるならば之は固より当然な現象で、日本のやうに政治外交と文壇との距離の遠いことは、そこに何等かの不真面目な分子が附纏つてゐるからではなからうか。両者の直接関係としては、――間接の交渉は勿論あることだが――唯だ或る種の為政者が文壇の新思潮に抑圧や反対を試みやうとする位のもの。文壇の人々からもまた直接に政治外交に関する言議を聞くこと極めて稀なのである。之は文学とジアナリズムとが今日の如く接近したる時代に於て、寧ろ不可解とすべき現象ではなからうか。文章は経国の大業と云ふ昔の言葉を無意味にしてゐるのは、あながち無学にして無理解なるわが日本の政治家をのみ咎める可きではないと思ふ。

平生から政治外交に興味を有《も》つ文人の多い英仏では、今や此文明の一大危機に際しては尚ほ更らのこと文壇は殆んど武装したるが如き観がある。たとひ其産物の藝術的価値は大ならざるにもせよ、国運の危機に当つてそが人心に及ぼす影響と力とは決して侮る可からざる者がある。仏蘭西のロマン・ロランが戦争の初めに発表した独逸に対する開書の如き今では少しも珍しくない。翰林院《アカデミイ》に列してゐる老大家までが殆んど皆挙つて戦争熱政治熱にうかされてゐる事は真に偉観とすべきである。殊にいつも政界と文壇との縁の深い英吉利では、ウェルスの予言小説、ベロックの戦争史、チェスタトンの時局論などは、之を他の滔々たる際物と同一視す可からざる者がある。作家としてはながらく文壇一方の重鎮であつたホオル・ケエンの如き、今や既に純然たる政論家として重きをなしてゐるではないか。純藝術の立場から見れば開戦以来冬枯れの野のやうにさびれた西欧の文壇にも、此現象のみは特に私どもの注目に値ひするのである。

ことに英仏露の間に於ては之等文人の筆を通うして国際間の理解が増進せられ、双方国民の意志が完全に疏通せられてゐる事は非常なものである。私は先頃英国のエドマンド・ゴスが『両世界評論《ルギユ・ド・ドウ・モンド》』の誌上に於て独逸のクルトゥルを排して英仏系統の新文明の勝利を高調し、英仏二国の「精神的協商」を説ける一文を読むに及むで、転た此感を深くした。私は昔から人の云ふペンは剣よりも力強いと云ふ古い言葉に、飽くまで十分の意義あらしめたいと思ふのである。

四

トロイの戦がホオマアの大詩篇の題目であり、また「われは武器と英雄とを歌ふ」の句が羅馬の大叙事詩の巻頭を飾れることを想へば、戦争が古代文学に於て常に最も重要な題目であつた事は今更言ふ迄もなからう。恋愛を除けば、古代人の生活に取つて戦争ほど重大な意義あるものはなかつた。勇者強者が戦塵の巷に馳駆して功名を樹てる事は、いまだ原始時代を去ること遠からざる過去に於ては彼等が詩歌的生涯を飾る唯一最大の事業であつたからだ。

文化の程度が進むに従つて人間生活に於ける戦争の意義は古代ほどに重大でなくなつた。勿論戦争を題目とした詩歌小説の類はいつの代にも絶えたことの無いのは勿論だが、近代に至るほど夫れが益々少くなつたのは事実だらうと思ふ。試みに近代欧洲での最も大なる戦争であつた普仏戦争に就て見ても、文学の上には肝腎の仏蘭西でモウパッサンの作品のほか、まづゾラの『没落《ラ・デバクル》』に描かれたものを以て、十九世紀最大の戦争小説と見なければならぬ位だ。文藝進化の歴史の上に古代の叙事詩時代が過ぎ去つたと共に、戦争文学の時代も亦た既に過去のものとなつたのである。

しかし一口に戦争に関係した文学と云つても戦争の外的現象そのものを描いた物の場合と、戦争が人間の内部生活に与へる影響を対象としたものとは、おのづから趣を異にしてゐる。そして近代の如く文学が単なる外面的の叙述描写よりは、寧ろ深く人間の内部生活を洞察し心理を解剖し思潮の推移に密接してゐる時代に於ては、勿論後者の種類に属するものが重要な位置を占めるのである。しかし恁くの如き作品はいま戦争の真最中唯だ外部の動揺と騒擾とに心をかき乱されてゐる際に到底望むことの出来ないもので、夫れには先づ落ち着いた冷静な観照的態度とも云ふ可きものが何よりも必要なのである。ところがすべての観照には常に時間的にか或は空間的に或る距離を隔てる事が何よりも必要なので、恁くの如きは今現に前古未曾有の大擾乱の渦中に身を投じてゐる欧洲人に取つては到底不可能の事である。恐らくは戦後十年二十年或は世紀のなかばを閲して後に、今度の戦争ははじめて優秀なる文藝の作品に影を投ずる事だらうと思ふ。

五

すべての文藝上の製作には何等かの意味に於て余裕を必要条件とする。じつと心を鎮めて過去を静観するとか、身を第三者の位置に置いて冷静に洞察するとか、或はまた自己の経験そのものをも客観化して見るとか、すべてさう云ふ態度は皆この余裕あつてはじめて出来ることである。欧洲全体の人心が今度の大戦に於けるほど動揺し興奮し熱狂し激昂して些の余裕をとどめない事は近代の史上殆んど前例なき所である。人は動もすれば現代の欧洲文壇に大なる天才がない為めに戦争文学の傑出した物が出ないのだらうと速断するが、夫れは大なる誤解である。たとへば英吉利のトマス・ハアデイの如き、今より約一百年前の那破翁戦争を題目としては彼の大作の一つたる戯曲体の叙事詩『主権者《ダイナスツ》』を書いたが、さて今度の欧洲戦乱に就て彼の公にしたる作品と云へば、到底この大天才をして英文学の史上に重きをなさしむるものは一もないのである。百年前の大戦を描けば一世を驚かす程の大作を仕上げる天才ですら、眼前大戦の渦中に身を置いてゐては筆のつけやうが無いのである。昔デ・クインゼは火災を見て詩的感興を得ると云つたが、所謂対岸の火災ならばいざ知らず、まさか自分の家が焼け落ちやうとする際には詩作も何もあつた物ではなからう。いま欧洲の文壇にいかほどの天才ありとも此火事場騒ぎの真最中に大作を出せよと望むのは、望む者の無理であらう。ただ今後少くとも十年二十年或は一世紀位の間は、欧洲の人心は必ずや此大戦乱と其影響とを中軸として回転する事だらうと思ふ。さう云ふ時になつて人心に観照静観の余裕を生ずるとき、こゝにはじめて世界戦争の一大悲劇は藝術として取扱はれるに至るであらう。那破翁戦争も約半世紀を経て杜翁の傑作『戦争と平和』に描かれ、一世紀を隔てハァデイの『主権者《ダイナスツ》』の題目となつたのだ。杜翁がクリミア戦争の時に従軍して書いた『セバストポオル』位の物ならば、今度の欧洲戦争中にも之に匹敵する程の作は出てゐるのである。

殊に戦後に興味を以て期待せらるべき者は露西亜の文学である。前世紀の後半からながらく悲愁の暗雲にとざされて鬱積してゐた新思想、また夙にトゥルゲネフやドストエフスキイ等の作品にあらはれて露西亜人の内部生命に深くも潜流浸潤してゐた一大思潮は今度はからずも世界戦乱といふ外部からの衝動をうけて、突如大革命となつて爆発した。恰かも爛熟し切つて僅に枝にとまつてゐた果物が、ふとしたはづみに地上に墜ちて崩れはてた様に、すべての古きものを破壊し尽したのである。俗悪なる利害の打算を外にしていつも豊かな感情生活の美を享楽せる露国民族が、此大騒ぎの鎮まつた後に、フレッシュな溌溂たる新生活新精神の勃興に乗じ、天才の筆を通うして如何なる作品を吾々に示すかは、最も深き興味を以て見らるべき問題であらう。今日までのところ既に露国文壇にも今度の戦乱を材とした作品は出てゐるやうだ。たとへば日露戦争の時にも『赤き笑』を公にしたアンドレエフには、今度も『白耳義の悲哀』などの新作がある。しかし真にすぐれた作物は、露国に於ても矢張り戦後少くとも半世紀の間に生れる事だらうと思はれる。

またかの獰悪なる独逸兵の鉄蹄に蹂躙《ふみにじ》られて殆んど亡国の悲運に遭つた白耳義は、ヹルハァレンやマアテルリンクの如き近世の大天才を生んだ国である。若し協商側の勝利によつて戦後に此国が独立を回復するならば、そこに如何なる新しき文学を生ずるであらうかは、これまた十分吾人の深き興味をそゝるに足る問題ではないか。

六

今度の欧洲戦乱にも、月並な愛国の歌や、戦争の惨劇の一部分を材とした様なものは沢山に出てゐるが、戦争の全局に目を注いで、そが一代民衆の生活に及ぼせる影響を観察して筆を執つた者は甚だ尠い。此間にあつて英国現存の最大作家を以て目せらるるハァバアト・ジヨオヂ・ウェルスの新作は、確かに出色の文学として吾人の注目に値ひするもので、最近英米両国に於て著るしく読書界の耳目を聳動してゐる者は先づ此人の作品であらう。

ウェルスの近時の作品は以前のやうに濃厚なソシアリズムの色彩を帯びてゐない。自分の社会観の宣伝者と云ふよりは、寧ろ現代の社会生活に対して真摯なる傍観者の態度を執つて、偽らざる精細の描写を試みようとする風がある。殊にこの作者の特色たる科学的知識を土台にして一種の予言小説の如きものを書く段になると、殆んど現代の欧洲に於ける他の作家の追随を許さない特殊の技倆を有つてゐる。たとへば空中戦争の如き、また英国社会状態の変遷の如き、今まで彼の小説にあらはれた現象が、此頃は既に着々として実際界にあらはれてゐる。もと科学的知識を経とし想像を緯として出来上がつたその小説中の予言が、不思議にも歴々として事実に当つてゐるのは、誰しも皆驚嘆を禁じ得ない点である。

健筆縦横の多作家であるウェルスは、開戦以来既に数種の論文小説の類を公にしたが、最近に最も世の注意を惹いたのは『ブリトリング氏の洞観』『戦争と未来』『見えざる王、神』などの数巻である。最初の物の如きは、昨年出版以来英米の知識階級で最も広く読まれた小説である。

『ブリトリング氏の洞観』は著者が、思想家であり文筆の士である主人公ブリトリングの口を藉りて、現下の大戦が英人の生活に与へた影響に就ての感想を書いたもので、別に複雑な筋といふ程のものがあるでは無い。主人公は英国の田舎にゐて、息子は出征して戦死して了ふ。一種の理想主義者である主人公は極めて趣味の広い男で、政治宗教社会教育等の問題は勿論、園藝から自働車の事にまで趣味を有つと云ふ風の人。時勢を達観し、独逸気質を批評し、英国政府の施設を非難し、米国の態度を論じて、極めて大胆な忌憚なき、又往々にして皮肉な観察を下すのである。たとへば開戦の当初英国政府の募兵の措置緩慢にして、軍器の不足、将校の無能のために益々時局を危地に陥らしめた有様を叙して激烈なる攻撃を加へた。固より之等はすべて著者自らの経験や観察を巧妙な対話と背景描写の中に配したもので、堅苦しい議論の肩の凝る様なものでは無い。

しかし此小説中で最も世の注意を惹いたのは宗教上の問題であつた。ブリトリングの息子が戦死した後間もなく、以前其家庭にゐた独逸人の青年も矢張り敵軍で戦死した。ブリトリングは自分の愛児を失つた事と共に、彼方の独逸の方でも其青年の両親が矢張り悲嘆に暮れてゐるだらうと云ふ事に、強くも心を動かされる。恁う云ふ事が動機となつて、思索の結果やがて色々と宗教信仰の問題に這入る。神の愛は恁かる事を決して無意味にされるわけは無い。之は何等か人類の為めに幸ひする結果となつて現はれるに相違ないと考へる。そこで政治上に各々国を樹てゝ、互に相争ひ相鬩ぐ事の用なき事にも想ひ及ぶのである。

恁くして主人公は遂に新しき神を発見し、新しい信仰に到達して、『宗教は最初にしてまた最後のもの。人が神を発見し神によつて発見せらる丶迄は、彼の為す所は毫も緒に就かず、また何等の目的に向ふ者にもあらず』と云ふ確信に達するのである。

そこでブリトリングがまだ未解決のまゝで描いてゐた此問題に関して、ウェルス氏自らは次の著述『見えざる王、神』の一篇に未来の新信仰を論じてゐるのである。其発見したる神とは即ち世界を統治せる目に見えざる王で、今までの様な偶像《アイドル》や独《ドグ》断《マ》の破壊せられたるあとから現はれる真の神であつて、著者が『戦争と未来』のうちに、『人類が覚醒すべき時は来た。やがては人類といふ一団の外には、世界には何等の国別も無くなるであらう。帝王もなく将帥もなく、唯だそこに人類の一つの神あるのみとなるだらう』と言つたのは即ちこの意味だ。戦乱のため荒れに荒れたる廃墟からは、やがて新しき神――「有限な努力的な必要な神」の出現を見る事であらう。一切の歴史的因襲を離れた新しき基督教はやがてこゝから生れるだらうと云ふがウエルス氏の予言だ。そしてこの復活《リナッセント》の宗教《レリジヨン》は決して自分の独創の説ではなく、現代の精神を其儘に叙述した迄のものだと著者は断言し、夫れがまた友人であつた故ヰリアム・ジェムスの所説に負ふ所多きことをも明言してゐる。なほ少しくウェルス自らの言を引用すると、

『この新信仰と在来の一切の基督教との最も根本的な相異は、一つの有限の神を拝するの点にある。……此神は全知全能の者ではない、天地の創造者でもない。基督教で「父」となつてゐる猶太人の伝来的な神とは同一の者ではない。この神は救の神であり、一つの霊であり、人であり、はつきりした知られ得べき一つの人格である。愛を加へ霊感を与へ愛し得べき人格であつて、一切の人間の霊のうちに存在し、また存在せん事を努むる人格である』（『見えざる王、神』第一章第二節）

七

ウェルスのこれらの新著は、いま太西洋の両岸で英語国民の間に非常な注意を喚起して、毀誉褒貶の声が甚だ喧しい。現にプラグマティズムでは故ジェムスの後継者を以て目せられてゐるコラムビヤ大学のデュヱイ教授の如き、雑誌『七藝術《セブン・アアヅ》』の近刊号に之に対する峻厳なる批評を公にした。由来ウェルスの思想にはプラグマティズムの傾向が著しいだけにデュヱイ教授の此批評は特に世間の注目を惹く事だらうと思ふ。

閑話休題、私はウェルスの恁かる予言が果して今までの様に的中するかどうかは知らないが、とにかく戦後の欧洲に於て宗教信仰精神生活の新しい現象が現はれて、それがやがて思想界に一新時期を画する事の遠からざるを思ふ者である。

今度の戦乱は之を思想上より見れば、前世紀の中葉よりこのかた極めて偏頗な急激な進歩をして来た自然主義物質主義の行きつまつたる当然の帰結に他ならない。物質主義の一つの変態とも云ふべき軍国主義の如き、到底現代に於て其目的を達する

事の出来ない事は今度の戦乱が最もよく之を明示したのである。その本家本元たる独逸が既に当初の目的を達し得ないのみならず、之に対抗してゐる協商側も遂に多く得る所なくして終るのであらう。双方ともやり出した事は今さら後へも引けずと云ふので戦争だけはとにかく継続してはゐるものゝ、結局は疲弊困憊の結果欧羅巴の自殺的行為たるのほかは無いのである。此大擾乱によつて軍国主義万能の迷妄より覚めたる戦後の欧洲には、必ずや其反動として平和主義が起り、物質主義に対して精神主義理想主義が盛となり、利己主義個人主義に対して愛他主義共存主義の思想が重きをなすに至るだらうと思ふ。物質万能の思想に誤られたる一代の人心を覚醒すべく、天は遂に此大斧鉞を下して最後の荒療治を試みたのだとも見られるだらう。

人間の生活には霊と肉との完全なる合一調和がなければならぬ。之を国家の上より見、民族の上より見るも、霊にのみ傾くものは遂に印度の如くに自ら滅び、肉にのみ傾くものは今の欧洲列国の如くに大なる禍を招くの他はないのである。物質万能の誤れるは心霊万能の危きと同じく、破壊と滅亡とは共にその窮極の運命たるを免れないのだ。真の大なる文明は偉大なる物質文明の基礎の上に建てられたる精神文明であらねばならぬ。欧洲の列国が過去半世紀の間殆んど其全力を傾け尽して建設したる物質文明の上に更に新しき精神文明を建つるの日ありとすれば、それは恐らくはこの度の大戦の後にあるだらうと思ふ。幾千万の人命と幾百億の財を犠牲としたる此惨劇も、思想史上に恁くの如き一大進転の機運を生ずるを得てこそ、はじめて世界文明の為めに重大なる意義を有する事となるのである。

いつの世にも一般思想界の先駆者である文学や藝術の上には、戦前はやくも既に前世紀末からして、自然主義物質主義は亡びて、之に代はるべき精神主義理想主義が現はれてゐたのである。かの新ロマンティシズムと呼ばれたる者の如きは即ち此方向に流れてゐた一つの思潮に名づけられたる名称であつた。醒むる事の遅い一般の民衆はこの前古未曾有の大悲劇に驚かされてはじめて、さきに既に藝苑の天才が行かうとしてゐた道を踏むで進む事であらう。戦後新思想の暁の色は戦前はやくも既に藝苑のうへに現はれてゐた事を思はねばならぬ。

八

近頃リンカァン・コルコオドと云ふ新詩人が、『戦乱の幻影』と題した作を公にして俄に世の注意を惹いた。ちやうどホヰットマンのやうな詩形を用ひたる、この頃の米国あたりで流行する自由詩の体である。今まで長い間物質上の繋縛を離れ得なかつた心霊の解放を歌つたもので、今度の大戦乱こそ実に世の因襲を破壊し去つて、人をして其本来の面目に帰らしむると共に、精神生活の歴史に重大なる一転機を生ずるものである事を歌つてゐる。

見よ、戦の時。
生命は新奇の流れを走る。

世界は覚醒せられ、静黙は劈かれ、平和は破滅し顚覆せり。整然たりし因襲は今や破壊せられ、幻惑は四散し、突如として真意は明かにせられぬ。

人々は自然と死と苦痛とに面して、本来の面目は明かにせられたり。かなた遠くかすかに真は現はれぬ。

空に舞へる夢よ、遠きかなたの聖なる思ひよ。

漠々たる戦雲のかなたに新文明の曙光を認めたる彼は更に云ふ、

さながら、死の間際《まぎは》に、苦痛と悲哀のうちに、また鋭き問罪の折に、荒々しくも覆面の劈かるる時、人は生の真と偽とを見、霊と愛と、其真意義を見る如くに、

今や戦に臨みて諸国の民は覚醒しぬ。

苦痛、悲哀、逆境、いたましき損害のうちより、人の最善なる努力が生ずると同じく、

世界のこの最大苦艱のうちよりこそ、最高の夢想は来れるなれ。

戦争は実に人間が有する一切の破壊力を使用して演出する大悲劇である。虚偽と迷妄とによつて建設せられたる凡べての物を一掃する最後の手段として、また、めざむること遅き一般の俗衆を警醒する非常の手段として、この鉄火の洗礼は蓋し避く可からざる物であつたらう。唯だ思潮の流れのみはおのづから其往かんと欲する所に往くのである。戦前はやくも既に藝苑や思想界に兆してゐた新理想主義や精神主義の為めに、新たなる道を開くべく、その障碍を取り除き新思想の跳躍に一の機会を与へたるものは即ちこのたびの世界戦乱である。

（「中央公論」大正6年10月号）

朝鮮だより

僕のページ（抄）

島村抱月

○

六月の或日、京城の太華亭に朝鮮の青年文学者数人と相会した、会は極めて小規模のものであつたが併し非常に面白いものであつた、朝鮮側からは崔君、秦君、沈君、金君、玄君其他三四名、京城日報の主幹者阿部氏が隠然其長者と仰がれてゐる、阿部氏と私とは古くから文壇の上では相識つてゐるが、面接したのは一昨年が初めである、今年も氏を其社に訪ふと、温容旧のまゝで宋人の詩集か何かを繙げてゐた、氏がもと寓してゐたといふ太華亭の景勝などを聴いて、同社の記者たり今度の招宴の幹事たる沈君と時日の打合しせを、宿に帰ると秦君が訪ねて来た、秦君は長く日本にゐて、新文学社（？　此結社の名を逸した）の同人中では最も日本語と日本文に巧みな一人である、其書く文章から思想から話題から、すべて純然たる日本の青年文人と異ならない、長いまとまつたものを見たのでないから分からないが、長いものが、あの調子で書ければ、朝鮮の血を受けた人として日本文の小説などを書いて見るに最も適した人であらう、又此等同人中の兄分とも見えたのは崔君といふのである、同君は思想感情ともにしつかりした学者肌の人らしい、朝鮮の若い学者としてすでに第一流の地を占めてゐるといふ、此人がまた内地人と少しも違はない日本語を話す、あの様子で日本文が書けたら之は評論家として立派なものであらうが、日本文は見る機会が無かつた、日本及支那の史的学問にかけては、日本の若い文学者など、かけても及ばない造詣を持つてゐるらしい、其他沈君の朝鮮時文に於ける技倆なども立派なものだと聞いたが、それは私には分らない、兎に角此会に集まつた人々が今の朝鮮の若い思想、文学を代表して、将来の朝鮮文藝復興（？）に第一歩を踏み出す人々であるといふことは、私に取つて第一の興味であつた。

私は最初に此等の人々に接する時に希望は二つあつた、第一は此等の若いインテリゼンツから朝鮮人の現生活に対する真の心持が聞きたいといふこと、第二は此等の人々から朝鮮民族の真の感情を本とした文藝が作り出させたいといふことである、併し此第一の希望は徒爾であつた、此等の人々の現朝鮮生活に対する批評は、直ちに彼等の政治的立場を意味する恐れがある、或者は日本人の政治を悦んでゐるかも知れない、或者は之を歓迎してゐないかも知れない、或者は悦んでいゝか悲しんでいゝかの判断に迷つてゐるかも知れない、併しながらすべて此デリケートな一点は彼等の安全の上から、めつたに口外してはならぬ事である、めつたに口にするやうなものは、要するに浅人の浅語たるに過ぎない、之を内地人に聞くと、朝鮮人はむやみに慷慨する癖がある併しそれが根柢ある感情から出たものでも何でもない、中心は極めて無定見な民族であるといふ、又或人は、朝鮮人には譎詐が多くて本心は到底分らないといふ、併し此等の解釈は、一方から見れば日本人も御多分に漏れない、東洋人の特徴だと西洋人は言ふ、啻に東洋人のみならず、西洋人だつて其社会的境遇によつては、之と共通する傾向を持つたものが幾らもある。

朝鮮の事情に通じたものゝ言によると、しつかりした朝鮮人の真の心持は、現在の彼等の社会状態が以前に比べて幸福な生活であることに異議はない、たゞ伝統感情の上で所謂亡国といふ一種の悲哀を有してゐることも当然な事実である、ではどうすればよいかと言ふと、出来る事なら、今日のやうな幸福な進歩した生活を営み得る組織を作つて呉れて、そして独立自治に導いて呉れたらどんなにうれしからうといふに帰する、助けて幸福な状態で独立させて呉れといふのである、之を日本の政治家から言はせたら、今の朝鮮人の文明程度では、それは桜と紅葉を一緒に見せて呉れといふやうな無理かも知れない、世界の大潮が進み、日本の国情も進み朝鮮人の精神文明も進んだ時に、区々たる一小国の興亡といふやうな事ではない、もつと〳〵一大事の会湊点にみんなが幸福な状態で、出会ふやうにすればよい、今日の急務は、何よりも先づ朝鮮に精神文明の基礎を築くことである。

そこで私の第二の希望に移る、朝鮮の過去には文藝といふべき文藝がない、工藝に近いものは多少あつたであらうが、詩も無ければ小説も無く劇も無い、精神文明の象徴は殆ど全く無い、之には種々の原因があつたであらうが、兎に角変な事である、朝鮮の過去には歴とした生活があつた、生活のある所に文藝の起り得ない訳はない、それが起らなかつたとすれば必ず社会状態に畸形な所、病的な所があつたからである、今日は其の偏畸其の病疾から脱して、清らかな精神の泉を蘇らすべき時である、そしてそれが区々たる政治問題などに囚はれるものであつてはならない、伝統を貫き現代に生きた霊魂の核に目ざめるものでなくてはならない、而して霊魂の核に点ぜられた火は当然文藝となつて燃え立つて来ねばならぬ。言ふまでもなく現代に於て最も直截端的な霊の発揚はたゞ文藝あるのみである、朝鮮に文藝の生ずるか生じないかで、朝鮮に精神文明の起るか起らないかゞ判ぜられなくてはならない。

それには前記の若い人々のもつと〳〵深い広い思想感情の涵養も必要であらうが、直接には言語文字の問題が重大な関係を持つてゐる、此等の人々は朝鮮語の復興といふことに関して、アイルランド人の英語に於けるやうな考を持つてゐるらしく見える、併しアイルランド人のアイルランド語復興運動といふものは、今の朝鮮の場合とは大分事情が違ふ、且其アイルランドに於てすら、事実世界の大潮流と接触する方面はやはり英語を通じてゞある、又国語と国政とは離れがたい関係のものであるから、国語運動は動もすると政治運動と連累せられる不利がある、朝鮮の若い識者たちは、朝鮮語をいぢくる前に先づ如何なる犠牲を払つても日本語を支配する必要がある、それが此等の人々に取つて最有益な道であると私は信ずる、国語をかへれば国民思想がかはるといふ説もある、併しそれは果たして如何なる程度までゞあるか、明確には言へない、また変更の事情によつても其結果は違ふ、アイルランド人が英語を用ひてアイルランドの国民性を発揮し得るのと、今の朝鮮人が日本語を用ひて朝鮮の国民性を発揮し得るのと、何れが一層多く可能であるかは、言はずして明である。

要するに私は純粋な朝鮮の伝統を享けた若い人々の中から文学的価値ある日本語で真の朝鮮民族の霊魂を呼び生かしてそれに面接したいと思ふ、朝鮮人の手に成る真文藝を見たいと思ふ。

此会は朝鮮伝来の歌舞を年代的に並演して私に見せやうといふのであつた、私は其観た所についても多くの興味と言ひたい事とを持つてゐる。

（「早稲田文学」大正6年10月号）

新技巧派の意義及びその人々

田中　純

今日の創作界は、現に、作家各自の独自性を鮮かに披瀝しやうとする可なりに自覚的な努力を際立たせて居る。病的だと思はれる程な独自慾さへ、一個の「新しき善きもの」として迎へられやうとして居る。この独自性が、独自慾が、適当に充分に培はれた時、私は本統に藝術的なものが、吾々の間に生れて来るのだと思ふ。

――私は嘗て、かうした意味のことを或る処で述べた。

かうした独自性の各所に萌しつゝある今の文壇のどの一隅にでも、何々主義、何々派の名称を与へて、之を概括しやうとする企ては、可なりに無謀な、困難な、而して無用な企てゞある。

――或る所では、かう述べた。

文壇の現状に対する批判を求められてこれに答へたかうした私の意見は、今日と雖も決して変らない。而してこれが、現文壇に対する批判としては、私の持つて居る唯一の意見であるとさへ思ふ。作家各自の独自慾の傾向や性質や内容に就て、何かを語ることは出来るかも知れないが、結局は、これらの意見を前提とするか、結論とするかより外には、私には手の出しやうがない気さへする。

現今の創作界に、特に鮮かな独自性のあることを認め、更にその独自性の内容にまで立ち入つて、之を考察し発表した人には、私の外に石坂養平氏があつた。（「新小説」七月号所載「冒険的精神」参照）而してその考察の結論に於ても、二人は大体に於て或る一致点を見出し得たやうであつた。

石坂氏が、「彼等の独自性は個性の発展に役立つものではなくて、却つてそれの萎縮を助成するに過ぎない」と云ひ「名づけて独自性とは云ふものゝ、それが固定して進歩の見込みのない所から見れば、寧ろ排他性と称すべきものであらう」と云つて居る時に、私は、「玆に作家に取つて極めて危険な一事がある。それは、或る現実の中に自己の独自性を生かして行かうとする慾求が強ければ強い程、その作者の選び出す現実が狭くなる傾向を持つて居ることである」と云ひ、「吾々は親しみ易い現実にぶつかつて行く時と同じ熱烈さを以て、親しみ難い現実にも亦ぶつかつて行く勇猛心を要する。而して其処にも亦吾々の独自慾の満される世界を見出さねばならない」（四月「時事新報」）と云つた。更に石坂氏が、「彼等の独自性は、経験の深さに於て、生命に対する感得の鋭さに於て違つて居るのではなくて、彼等の駆使する様式や、選択するミリウや、高調する性格などがそれぐ〳〵違つて居るから、彼等の作品の味はひが異つて居ると云ふことに外ならない」と云ふ不満を述べて居る時に、私は大体それに類似した不満を、文章世界七月号の「創作界の現状に対する疑ひ」に於て述べた。私の新技巧派云々の言葉は、この現代作家、殊に新進作家として認められて居る数人の作家の、独自性乃至独自慾に対する私の批判を、更に一歩進めやうとして用ゐられたものに外ならない。

創作が、何ものかの「発見」もしくは新しい解釈をもたらさうとして企てられる限り、その作品には何かの独自性があり、その作家には、何かの独自慾がなければならない。事実、吾々が普通に創作慾と呼んで居る心的状態を構成するものは、大部分吾々の独自慾にあると云つても可い。それが意識的であると無意識的であるとに拘らず、自己の仕事としての創作の、本質的な意味を本統に理解して居る作家は、何等かの意味に於て、彼の独自慾に刺衝せられて居なければならない。創作と云ふ言葉自体が、既に独自慾の内在を規定して居る。

此の意味に於て、藝術活動と独自慾とは本質的に合体して居る。それは何時の時代に於ても合体して居たし、また合体して居る。従つて、今日の創作界に於て特に鮮かな独自性が発見せられるとは云ふものゝ、それを以て、独自性が現文壇にのみ限られた特色であるとなすことは素より不可能である。また、作家各自が、自己の独自性を出来るだけ鮮かに表現しようとして、これ迄よりも遥かに自覚的な努力をして居ることは事実であるが、これさへも、それを現文壇にのみ限られた特質であるとなすことは、創作心理の一般的事実を余りに無視した独断である。

しかし、それにも拘らず、作家及び作品の独自性如何の問題が、最近に於て、特に著しく作家及び作品の価値を断定する上に重要な役目を演ずるやうになつたことは事実である。独自性の稀薄な作家や作品は、それが従来の標準から見て、どれ程完全であり、どれ程現実的であり、どれ程手堅いものであつても、尚極めて低い評価をしか与へられて居ないと云ふことは、現文壇の到る所に現はれて居る現象ではないか。

而も一方には、自己の独自慾そのものを、作品の重要な主題とする新しい作家も現はれて来た。創作の動機に独自慾を潜めて居るのではなくて、独自慾そのものを素《す》のままに作品の主題として扱つて居る作品が、少なからず現はれて来て居る。武者小路氏の或る種の作品には、その代表的なものが少くない。独自慾を満さうとする強烈な慾望や、それから来る焦燥や、心の高揚やを理解することなくして、此の種の創作を理解することは出来ない。さうした慾望が、作品の主題として果して新らしいものであるか、或は古いものであるかは、私の問題ではない。たゞ、さうした作家が、時間的に比較的新らしく出現した作家の中にあり、而もさうした人々の作り出した或る種の作風や、技巧や、感じが、現に、文壇の一角に少なからぬ影響を与へて、一種の流行をさへ作らうとして居る事実を認めればよいのである。

新技巧派の意義とこれらの事実との間には極めて重要な関係がある。何故ならば、新技巧派にあつては、特に技巧の方面に於て、これらの独自慾を満さうとする意図と、それから来る焦燥とを示して居るからである。

しかし、私が今「特に技巧の方面に於て」と云ふ時に、その「技巧」と云ふ言葉を、単に漠然と「文章」と云ふやうな意味に解せられることは御免を蒙りたい。意味さへ通じれば、「文章」と云つても「言葉」と云つても可いのだが、それをたゞ「表現の形式」と云つたやうな意味に解してはならない。

藝術家に取つては、言葉は「生きて居るもの」である。表現と内容とは一つである。藝術の世界に於て、表現のない内容や、内容のない表現を予想することは不可能である。「道《ことば》は即ち神なり」と云ふギリシヤ人のテキストは吾々に取つても亦動かせないテキストでなければならない。少くとも、現代作家の作品を観照する場合に於て、内容と表現との間に劃然とした区別を立てやうとするのは極めて空虚な努力である。用ゐられて居る文字や、文章上の微細な陰影を適当に感受し理解することなくして、現代的作品の味はひを、従つて作者その人の味はひを、感受し理解することは出来ない。

それ故に、吾々に取つては、技巧の中心問題は、現実に対する作者の見方や、捉へ方や、感じ方であり、更に作者の現実に対する解釈の問題である。私が「特にその技巧方面に於て」と云ふ時に、それは「材料に対する作者の解釈に於て」と解さるべきである。

私は、新作家等の取り扱ふ現実や、彼等が作品に取り入れる材料が、自然主義時代に比して殊にその範囲を広めて居るとは思はない。無際限な広い現実の中から、特に狭い現実の一角が切り取られて来て居ると云ふ感じを、依然として今の文壇に対して持たねばならないのは事実であるが、たゞその材料に対する扱ひ方や、見方や、感じ方や、云ひ換へればその解釈に於て、新作家等には特に特異な努力が見せられて居ると思ふ。つまり、彼等の独自慾が、材料の範囲の方面に延びないで、その表現の方面に延びたものと見ることが出来る。

この成り行きには、勿論色々の理由がある。しかし、その最も重大な理由は、私に云はせれば、日本の図書検閲制度が、作家の扱ふ材料を或る狭い範囲に限ることを余儀なくさせて居る点にある。吾々の現状の下に於て、旺盛な独自慾を持った若い作家達が、既に書き古され、語り古された材料の中に今一度探り入つて、其処から彼に独自な解釈と技巧とを齎らさうとするに到つたことは、むしろ当然すぎる程当然でなければならない。

新技巧派の技巧の特質を論じて、或る人はそれを心理描写もしくは心理説明の新らしい努力にあると云ひ、或る人はそれを知的要素もしくは主観的技巧の分子の多くなつたことだとして居る。既に彼等の努力が「解釈」に集められて居る限り、その技巧が大体に於て心理的であり、知的であり、主観的であるのはむしろ当然である。何故ならば、それらは総て同一系統にある心理的属性に外ならないからである。

新技巧派と云ふ名称の故に、特別な或る技巧をかゝげて、その技巧の下に幾人かの作家達を総括しようとする企ては、私から見れば極めて意味のない企てゞある。特に、その技巧が、文藝史上に「新」と名づけらるゝか否かを詮索するが如きことは、更に意味のない企てゞはないだらうか。

彼等の用ゐて居る個々の技巧が、文学上の形式として見て新らしいものであるか古いものであるか、それは個々に当つて見なければ解らない。彼等の用ゐて居る技巧上の形式を、吾々の前代、前々代にと求めて行くならば、恐らくは総ての形式が「新」の名に値ひしないものになるだらう。しかし現に、里見弴、芥川龍之介、武者小路実篤、相馬泰三等の人々が、それ〴〵特殊な独自慾の刺衝せられて、現実の新らしい解釈を企てゝ居るのは事実である。而してその解釈が、大体に於て、静的な観照的なものであるよりも、むしろ動的な内観的な傾きを持つて居るのが事実である。而してこれらの事実から感情から感得せられて彼等の精神は、充分「新」の名に値ひするものでなければならない。

新技巧派の人々として、特に鮮かに私の頭に浮んで来る作家は、里見弴、芥川龍之介の二氏である。私は今これらの作家の代表的な作品について、その製作の特質を論ずる余裕と準備とを持つて居ないことを遺憾とするが、現実の技巧化もしくは解釈者としての彼等の興味が何処にあるかを一言することは、此の一文の趣旨を更に明かにする上に必要であると思ふ。

里見、芥川の両氏が、心理の説明に傑れた技巧を持つて居るのは事実である。大体の傾向に於て、里見氏が心理を内部から分解的に説明して行くのを得意として居るのに対して、芥川氏が先づ状態の説明から這入つて行つて、それに心理的な妥当性を裏づけて行かうとする傾向がや丶目につくが、両者共に結局、心理を明かにすることに、特殊な技巧を持つて居ることは事実である。若し比喩がゆるされるならば、里見氏のは、光線を出来るだけ微細に亘つて分解して行つて、それを出来るだけ細かく、多彩に描いて行く絵画に似て居るのに対して、芥川氏のは先づ形体の輪廓を仕上げることによつて、その中にひそんだ「心」を表現しようとする彫刻に似たものがある。しかし、その何れもが「心」に帰つて行くことに於て一つである。

更に彼等には、それ〴〵ニヒリスチックな点に於て、互ひに共通したものがある。彼等は極めて巧《たく》みに、微細な心理的な陰影を描き上げて行くが、それは多くの場合、たゞ描かんが為めに描き、巧《たく》みならんがために巧《たく》んで居るのだと思はれる程に、何等の成心なくして描かれて居る。彼等の解釈は何時もエレメンタルである。個々の解釈が、要に他の大きな解釈の下に統括されるのではなくて、個々のまゝに置かれて居る。個と個とが対比されるのでもなく、個と全とが対比されるのでもなくして、たゞ個は個としてのみの完全を要求して居る。その点に於て、芥川氏は里見氏程にニヒリスチックではなく、時としては極めて明快な寓話の趣きを示さないではないが、その種の氏の作品は、今日迄発表されたものでは、大抵失敗に近い作品である。

このニヒリスチックな、無成心な彼等の創作態度が、時として作品に内容がないと云ふやうな非難を起させ、彼等を以て一途《ツ》に腕ばかり達者で内容の空虚な作家だとなさしめる傾きがあるが、しかしたゞその点ばかりから彼等の作品の評論を下すことは間違つて居る。たゞ最も危険なことは、彼等が時として、余りに所謂腕の冴えにのみ信頼し過ぎ、その興味に没頭し過ぎて了ふことである。こゝに彼等の陥り易い弱点がある。ニヒリスチックであることは悪いことでない。しかし、全く無自覚的にニヒリスチックであることは、彼等をしてたゞの職人《アーチザン》たらしめる所以である。私が「創作界の現状に対する疑ひ」に於て、一見排技巧論とも見られる語気を以て、「考へて居る藝術」の必要を高調した所以のものは、たとひそれが文壇全体に瀰漫する一般的興味に対する警告を主眼としたものであつたとは云へ、彼等の今後陥つて行くかも知れない危険に対する焦慮も、無論私の心にはあつたのである。

既にその解釈の態度に於てニヒリスチックである彼等は、人間やその行為に対して常に無評価である。彼等の解釈には殆んど価値判断がない。しかしたゞ、或る人物や行為や心持に対しての或る興味が、彼等を導いて居る。それは、総て人間的なものに対する興味であり、人間性そのものに対する無条件的な認容である。

此の点を特に明かに示して居るのは芥川氏である。氏の諸作は、可なりに多種類の人物を取扱つて居る。しかしその何れの人物に於ても、氏は必ずその人物から、或る人間らしいものを見出して、それを普遍的な人間性の中に還元させずには置かない。最近に発表したあの「或る日の内蔵之助」に於て、あの数名の人物、殊に内蔵之助の中から、如何に氏が人間らしい姿を引き出して示して居るかを見よ。更に彼の「芋粥」に於て、あの愚直な主人公が、如何に人間らしい光彩を放つて居るかを見よ。異常にやくざな醜悪な人生の断面から、或る人間らしい光つたものを――丁度塵芥の中に光る燐火のやうなものを――摑み出して来る氏の特殊な才能には、吾々の驚異に値ひすべきものがある。

若し微細に亘つて、彼等の作品の特質を挙げやうとするなれば、これらの外に尚ほ幾多のものを示し得ることであらう。しかしそれは私の目的ではない。たゞこれらの例示によつて、私が「技巧」と名づけて居るものが、何を指して居るか、更に私の「新技巧派」と呼んで居ることの真意義が奈辺にあるか、それらの意味が多少明らかにされゝば、私の意は足りるのである。

新技巧派の出現は、彼等を斯く解することによりて、更に深い意義を帯びて来なければならない。しかし彼等が、その当然成し果すべき仕事を、充分になし果し得るかはたゞ将来のみが知つて居る。何故ならば、私の此の新技巧派観には、彼等の将来にかけて居る私自身の希望や期待が、可なりに多く投影せられて居るからである。

（「新潮」大正6年10月号）

最近小説界の傾向

中村星湖

今日《こんにち》は流派や傾向の時代ではない。七八年前にあつては、自然主義的傾向だとか、享楽主義的傾向だとか、ネオ、ローマン主義的傾向だとか言はれて、際立《きはだ》つた傾向によつて靡然《びぜん》として文壇一般が左右された事もあつたが今日ではそんな現象は殆んど見当らない。それは何故《なぜ》かと言へば、明治四十年前後の我国の文壇は新文学の草創期であつて、単に小説の方面だけで言つても、いろんな分野が、まだ処女地のまゝに残されてゐたのがすくなくなく、従つて流派を立て、傾向を起こすのに割合に容易であつた。これを批評家側から言へば、すこし毛色《けいろ》の違つた作家が現れゝば、批評家達が寄つてたかつて、あれは何々主義だとか、あれは何々傾向だとかもつともらしい名目を付けたものである。然《しか》るに今日の文壇は、あの頃程には原始的でない。作家各自も色んな経験を重ねるうちに、てんでの狭い、窮屈な主義傾向に蹐跼《せききよく》してはゐずに、ずつと自由な心持で生活を観たり藝術を作つたりするやうになつた。つまり生活や藝術に対する理解が博大寛宏《くわんくわう》になつて来て一般に行き渡つて来たのである。中には十年一日の如く頑固に旧草廬《きうさうろ》を出ない者もあり、老い衰へたが為めに特色と生気とを失つた者もある事は争はれないが、大体から言つて、わが国の文壇はこの七八年間に相応の進歩を遂げたと言つて差支ないのである。

然しながら、批評家の多くは何か平地に波瀾を起こさうとするものである。何か自分の新発見を誇らうとするものである。静かに落ち着いて進んでゐる者に対してはその進歩を認めるよりもさきに、その退歩を云々するものである。「文壇沈滞」の声は到る処に起こつて来た。流派の目立つもの、傾向の著しいもの、無い時に、何国の文壇でもさういふ非難の声は起こる。然《しか》しながらわが国の批評壇程軽佻無《けいてうむ》定見《ていけん》の批評壇はない。わが国の批評家の多くは、静かにしつかり歩るく事の真の進歩であるのを知らないで、徒らに興奮や狂奔や飛躍を讃美しようとばかりしてゐる。文壇に真の藝術家の現れる事のすくないのも事実だが、真の批評家の殆んど出てゐないのもより以上の事実である。

これは経済上の関係もあるであらうが、数年前に活動した優秀な批評家の多くは学校の教師になつたり他の業務に隠れたりして、今日まで踏み止まつて、真の批評の権威を発揮し続けてゐる者は一人もないと言つても好い。たま／＼口出しをするかと思へば、まるで時代後れの言説を吐いて青二才から叩き込まれて引込んで行く有様である。それに比べると、作家は（ほかに生活のしやうもないからではあらうが）十年二十年の奮闘努力を続けてゐる人がすくなくない。無論一般的に言ふのであるが、この辛抱強い点からだけでも、作家はえらいと思ふ。作家はすべき事はしてゐる。『文壇沈滞』と言つても、優秀な作家は決してなまけてゐるわけではない。この証拠には、こゝ十年、すくなくとも七八年の間、文壇の表面に立つてゐる作家の何の一人を取つて考へても、この出発の当時に比べて彼等の作品が内容からも形式からも非常な進歩をしてゐる事が解るであらう。僕なぞの考へる所では文壇は決して沈滞してゐない。たゞ秀《すぐ》れた批評家が無い為めに表面が賑はゝないだけである。

さて、僕はさきに、今日《こんにち》は流派や傾向の時代ではないと言つて置いたが、また一つの流派や一つの傾向で今日の小説界全体が左右されてゐない事も実際であるが、時代の推移につれて、さま〴〵の新人が勃興《ぼつこう》して来るのは当然であつて、その種《しゆ》の部分的の現象はちよい〳〵見受けられないではない。例へばこれまでほんの同人雑誌のやうに見られて長い間文壇の隅に雌伏《しふく》してゐた「白樺」の人々が、多少ジヤーナリズムの道具に使はれた事実はあるとしても、それ〴〵の面目を明瞭に文壇の表《おもて》に現はして来た如きである。学校関係から言へば雑誌「新思潮」に寄つてゐた帝大出の二三氏、片上君のドストエフスキイ、相馬君のトルストイ、吉江君のメーテルリンクなどの講義を聞いた早稲田出の人々の如きである。

閲歴の上から、年齢の上から、意気の上から見て行くと、何《ど》うしても之等の人々が今後の新しい文壇の中心勢力を形造るらしく見える。彼等よりさきにも新しい作家や批評家は数々出てゐるが、不幸にして其人々は其頃全盛であつた自然主義の余弊《よへい》を受けて（も少し早く現れたなら自然主義の恩寵《おんちよう》だけを受けて幸福であつたかも知れぬが）彼等がやつと歩き出す頃には世間は囂々《がう〳〵》たる自然主義呪咀《じゆそ》の声で彼等を葬つてしまつた。も少し早く出るか、もつとずつと遅く出るかすれば何とか物になりさうな人々の多い事は！　けれども彼等に真の力量さへあるならば、風雲に際会せずとも立派な藝術家に成り得る日はあるであらう。少し早過ぎた之等の新人に比べれば、世間一般が所謂文壇の沈滞にあきあきしてゐる最も好い時期に現れた最近の人々は兎にも角にも幸福な人々である。

誰やらが『多幸なる新進作家』といふ事を言つたが、それはたしかに当つてゐる。最近の文壇の新進に対しては。けれども、幾人かを除いての他《た》の人々は、或は年来の誠実な努力の当然の報酬として、或は天賦《てんぷ》の才能への自然の俸供《ほうきよう》として、今日一般の注目と尊敬とを受けてゐる事を忘れてはならない。

これ等の人々のうちには、明らかに自然主義への反動反抗として藝術上の立場を造つてゐる者もある。また何う見ても自然主義の引続きをやつてゐるらしい者もある。また、たゞ自分だけの趣味嗜好《しかう》に耽《ふけ》つてゐるのを、批評家から無理やりに一つの流派、一つの傾向に押込められてゐる者もある。第一の例には武者小路君。第二の例には豊島、志賀両君。第三の例には芥川、里見両君なぞ。

これ等を一括して「人道派」と言ふ時には、小説家で人道派でない者は一人もなくなるわけだが、雑誌や、雑誌記者や、雑評家はさう概括して、或は讃嘆し、或は非難するのを便宜としてゐるらしい。まことに便宜としてゐる！　便宜の為めにはヘドとミソとを一緒にもする世のなかである。世間から一緒にされると、各自に特色を持つてゐるのをも忘れて、褒められたさに或る一つの傾向に会しようとする無自覚な作家さへある。

一名目の下《もと》に、最近文壇、殊に小説界の人々を括り着ける事の謂《いは》れのない事は諸君に十分了解が出来るであらう。で、僕は最近小説界の傾向は果して何《なん》であるかを知らない。殊に新進作家許りが小説家ではないのだからリヤリスチツクかと言へば、今日の小説界は自然主義当時殊にリアリスチックではない。そんならアイディアリスチックかと言へば必ずしも現実を無視してゐる訳ではない。人道的とか人類的とかいふモットーは若い人々の胸を打つてゐるらしいが、何が人道的であるか、旧い人道と新しい人道との区別は何処に立てゝゐるかさへも解らない。つまり人道といふ言葉の定義さへも漠然としてゐる。漠然たる理想主義が文壇の新らしい傾向の一であり、従つて小説方面の一つの傾向であるといふ事だけは言へる。

自然主義全盛の時代には「無理想無解決」を標榜してゐた勇将も、今ではそんな事を言はなくなつた。之は所謂人道派の圧迫からではなくて彼等自身の進歩であらう。

最近の最近に、さながら新事実の発見でゞもあるかの如く小説批評家の間に喧伝されるのは、「新技巧」及び「新技巧派」といふ事である。文章に新味があり、その組立に新工夫が積まれるといふのである。これは先人の努力の跡や、西洋文学の影響を多分に享けてゐる新らしい人々は大方持つ特色であつて、「理想主義」とか「人道派」とかいふ言葉よりも、無理なく彼等の上に被《かぶ》らせる事が出来るであらう。

新技巧及び新技巧派に就いては、僕は八、九の二た月続けて「早稲田文学」誌上で管見を述べて置いたから、茲には繰返さない。

理想的である事は好い。人間が霊魂の所有者である以上理想的たらざるを得ない。けれども現実を無視すれば空想となる。現実を土台とし、現実を支配しようとする志向でない理想は空である。小説と藝術である以上技巧の必要はあるけれども、技巧ばかり華やかで内容の乏しい擬古典主義にあと戻りしては可《い》けない。人道的、人類的、結構である。人類的である為めには人間の最下層から高めて行かなければならない。高い所に止まつて独りよがりの法螺《ほら》を吹いてゐては可《い》けない。

此等の了解が文壇の新人に行き渡つた時、新らしい民衆主義の藝術が盛んになるであらう。けれども、これとてわい〳〵騒ぎの傾向に化しては却《かへ》つて文壇の禍である。

（「新時代」大正6年10月号）

法科万能主義を排す

芳賀矢一

学校教育の目的が国家有要の人物を養成するにあることはいふまでも無い。我が大学に就いて見ても、便宜上分れてゐる法医工文理農の六分科大学、各分科大学の下に置かれてある幾十の専門学科、いづれも国家に必須な学術技藝の理論及び応用を教授し、又は研究するのを目的とすることは、大学令の明言して居る所である。要するに国家は其の存立、発達に必要な各方面の人材を造つて、適材を適処に用ゐようとするのである。各専門学科を修了した卒業生は各其の堪能な学術技藝を以て、飽くまでも国家に貢献しなければならぬ。国家の目から見れば、各科堪能の士をして、十分に其の伎倆を悉させ、十分に其の活動を自由ならしめて、遺憾なきを期せねばならぬ。

語を換へて言へば、各科専門の人が各其の知識材能を応用して、出来るだけ広汎な範囲に活動するのが、国家の利益である。各分科大学、各専門学科の間に軽重優劣のある訳は無い。

然るに現代の状態は法科の卒業生を殊に偏重する傾向は無いか。これは官吏任用令に就いて言ふばかりでなく、民間の人才登用例に就いても、どうもさう思はれるのである。高等文官たるにも、外交官、領事官たるにも、法律政治の学問を第一に見るから、此の方面は常に法科出身者の向ふ所であるのはいふまでもない。随つて政府の要路に立ち、外交の衝にあたるものは、今日も已にさうであるが、将来は悉皆法科出身者を以て充されるであらう。地方行政に与る人も、やはり同様で、近頃は若い法学士連が、各府県の郡長に任命せられるのも珍しくない。衆議院をはじめ、地方議会に於ても、其の多数を占めるのは法政の学を修めた人である。自治団体の機関もさういふ人の手によつて動かされて居るのである。民間の有力な会社銀行、銀行と言つてもつまりは会社であるが、一切の商工業会社にも、人物を採れば、必ず法科出身者を採る。今は公立学校長等には理科、文科出身の人も多くなつたが、近い頃までは、法科出身者で官吏又は民間に地位を得なかつた人が、やむを得ず教育界に身を投ずるといふやうな形勢もあつた。近年著しい事は、貴族院勅選議員の欠員ある場合には、必ず官吏の古手などを任命することで、かういふ事は、決して貴族院令の精神に合してゐまいと思ふ。要するに上は輔弼の大臣から、下は刀筆の吏に至るまで、一切の国務政務の施行者、商事会社の事務担当者までも、法科出身者ならでは、其の地位を与へられぬといふ有様、専門の技術を要する官衙でも会社でも、之を経営し、之を指揮し、之を監督する役目は法科出身者に委ねられて居る。一言で言へば、法科万能といふ訳で、法科出身者の要求は、社会の各方面に盛である。随つて、帝国大学を始め、各私立大学も皆多数の法科生を有して居る。有名な私立大学中には、法科だけの単科大学が多いのである。

かゝる状態は必要から来たものであらうか。一切の事務にそれ程法科の知識が必要なものであらうか。学校で学んだだけの法科知識で、万般の事業に当るだけの素養が得られるのであらうか。他の学科を修了したものは、それ程融通の利かぬもので、法科の学問だけが、それ程広く融通の利くものであらうか。法律学者が司法官となり、弁護士となり、経済学を修めた者が、商事会社の顧問となるのに不思議はないが、官衙と言はず、商店と言はず、学校と言はず、中心人物は常に法科出身者で、法科以外の各専門科出身者は皆唯技師の様な位置に坐らねばならぬものであらうか。これ余が常に疑問とする処であるが、更に一層大きな疑問は、かゝる状態が、国家の発達進歩の為に、最善の組織であるかといふことである。

平安朝の昔支那の文明を容れた頃には明経道、紀伝道、明法道などと言つて、支那の哲学や歴史や文学を主として人物を採つた。其の中で、明法道といふのは、日本固有の法制を研究するのであつたが、それが一番軽く視られた。これは支那文明を尊重した結果で、此の頃の支那崇拝には決して感心が出来ぬし、此の時代の政治がもとより理想的では無く、此の時代の制度が、今日に実行せられようとも思はぬ。かの明法道の軽んぜられたといふことも、日本の法律制度が簡単で、明経、紀伝ほどむづかしくなかつた事が原因であるらしい。今日の欧米対等の日本国で、法律や政治の知識の大切な事、又其の学問のむづかしい事も、もとより同日の談では無いが、唯歴史上の事実として、平安朝の時代は法科万能主義で無かつたといふことは認め得られる。それは政治の根本が違つて居ると言へば、それまでであるが、日本の国家は過去からの接続であるから、過去の事も考へて見ねばならぬ。之と同時に、欧洲諸国の今日の状態が、果して法科万能であるか否かといふ事も考へて見るがよからうと思ふ。

徳川時代の各藩の政治は多く儒学者の手から出たのであつた。古来の政教一致の国民はこれで導かれて行つたのであつた。法理を知らない常識の判断でも、不文法の簡易時代には、差支がなかつたので、今日の立憲国民の政治家として、昔の儒学者が役に立たうとは思はれぬが、政治の根本を理屈づめ、規則づめで行かなかつた処に、無限の面白味があつた。儒学者が立派に経済の事を論じ、土木の功を挙げた類は、もとより枚挙に暇がない。法学通論も財政通論も知らなかつた儒学者の政治的手腕は今の法科出身者の企て及ばぬものが沢山ある。今の世は昔とは全く別であるが、「法科出身者で無ければ、何等の事務にも携はれない。其の他の者は技術者で甘んじて居れ。」といふのは、僻した考ではあるまいか。寧ろ誤つた考ではあるまいか。

維新の後、政治の根本を西洋に則とるやうになつて、第一に困つたのは、西洋の事情の分らぬ事であつた。洋学者といふ広い名の下に、少しでも西洋の知識をもつてゐるものは、どし〳〵採用せられたが、法律を制定実施する上に於ても、条約改正を始め、あらゆる政治上の革新を成就する上に於ても、又議院制度の地方及び中央に行はれるといふ時に際しても、大払底大必要を感じたのは、法律政治に関した心得のある人物であつた。それ等の急場に応ずる為に、各種の法律専門学校が東京に起された。これ等が皆今日の私立大学の前身で、之に学んだ人達が、或は朝に、或は野に、或は帝都に、或は地方に、政治家としても、実業家としても、それ〴〵適当な職務に配置せられて、立憲制の準備をしたのであつた。法科万能主義の基礎は恐くは此の時に置かれたのである。其の後にあつて、いはゆる電信の夤縁によつて、何の能力も無い故旧知人を官吏に推挙した弊害を矯める考も一因であつたらうし、官学出身の人を登用して、私学校の卒業生を排斥しようといふ考も一因であつたらうし、例の高等官任用令といふものがあらはれた。此の時代の大学の文科政治科は甚だ近接したものであつたので、最初の任用令には文学士も高等官になれる特典を与へられたのである。任用令の改正とともに、法学士も私立学校の卒業生も文官試験を受けなければならぬ事になつたが、文学士はいつの間にか其の特権を奪はれてしまつた。文科出身者は学校教員か、特別任用令による文部省の官吏より外には、全く排斥せられてしまつたのである。

文学出身者で貴族院勅選議員になつて居るのは、現今沢柳政太郎氏及び現文相岡田良平氏の二人、現時の文部省を見渡すと、大臣岡田良平氏が文学士で、局長以下大抵法学士揃ひ、まして其の外の省には誰も居らぬ。衆議院には樋口秀雄氏や、小山東助氏等が居るが、文学士で実業界に身を投じて居る人は殊に少い。文学士の大多数は学校教員で、其の他は文筆を以て立つて居る純文学者である。これは帝国大学ばかりでなく、他の私立の文科出身者を見ても、さうである。文科出身者の多数が教育者となり、文筆家となることは、もとより当然なことである。けれども文科に属する十数の専門学科、いづれも国家に須要な学術技藝であるべき専門学科を修了したものが、教育者、文筆家たる以外には排斥せらるべきものであらうか。文科に属する学科の応用はさまでに狭隘なもので、文科の出身者はさまでに無能なものであらうか。其の学術技藝は単に技術的に活用せらるべきもので、計営画策といふやうな方面には全く役に立たぬものであらうか。文科出身者の社会に雄飛する範囲の狭いのは、文科の学科や教授法に、悪い点もあらう、出身者に活動力の無い原因もあらう。併し社会が其の活動する範囲を狭めて一向に活動させぬといふ原因もあるのである。明治初年からの法科万能主義が先入主となつて、文科出身者が活動し得る地位、活動させてよい地位をも、与へぬといふ事も考慮しなければならぬ。これが国家の人物経済から言つて、利か害かといふことを考へなければならぬ。

鉄道院総裁の事業は政治家で無ければ出来ぬか。理化学研究所の総裁は名望家で無ければ出来ぬか。或はそれ〴〵専門の技能に卓越した人が、若しあつたとすれば、其の方がよいか。病院長の経営が医者で出来るならば、苟くも常識の在る限り、それ〴〵の専門家は、単純に技師たるのみならず、その専門の学術技藝に関する計営に当る方が国家としての利益ではあるまいか。其の方が事業の進捗の上に、効益が多いのでは無からうか。それとも専門家はあくまで専門技師として、其の上に法科出身の人が居なければ嘘であるか。どちらが徹底するかといふことを考へて、欧米の有様を観察し、日本の現状を顧みると、日本の社会には学問の価値がまだ十分に知了せられず、進歩の途中にあるやうな気がしてならぬ。

他の専門学科に就いても同様であるが、殊に文科の学問の性質から言つて、文科出身者が社会へ顔を出されぬといふのは、国家の為甚だ憂ふべき事と思はれるのである。国家将来の為に大に寒心すべき事と思はれるのである。文科の学術はすべて国民の思想界に関係のあるものである。古来我が国民の思想を支配して来た東洋哲学の思想、現今盛に輸入せられつゝある西洋思想、哲学心理の研究を基礎として、倫理学科、宗教学科、社会学科、教育学科等、いづれも国家の現今及び将来に非常な影響を有つて居るものである。史学科に於ける西洋史、東洋史、国史の研究を余所にしてどうして今日の政治が談ぜられよう。どうして将来の国是が定められよう。文学科の各国文学及び国文学の研究、これが無くして、古来各国民の民衆の嗜好も傾向も、乃至は哲学も歴史も了解せられるものでは無い。理工農等の各専門学科其の必要に於てもとより軽重はないが、直接に文明の過去を取扱つて、将来の指導を与へるのは文科に属する学問である。其の応用の広汎にして、且重大な事は言を待たない。世界の大戦乱、大変動の時世に際して、法科万能主義で済まして行かれようか。

学者としても、教育者としても、文筆家としても、文科出身者が其の思想を皷吹して、後進を誘掖し、社会を指導することはもとより出来る。これは現に公私文科出身者の已に勉めつゝある処で、今後は一層の努力奮励を以て、やらねばならぬことである。此の事に関しては、大に公私文科出身者の自重を望むのである。併し国家全体の機関といふ上から見て、文科出身者を、全く技師扱にして置くことが、どうしても不利益、不経済であらうと思ふのである。文科に属する学問の素養の無い人だけで国家を塩梅調理して行くことが、如何にも危険に感ぜられるのである。今日の状態は法科出身者で、他科方面の局に当る人は、職務を承つてから、始めてそれを研究するので、現にさういふ風に進んで、専門的の知識を有つて居る人もある。之と反対に、専門家をして、最初から其の局に当らしめて、さてそれに必要な法政的知識を、後から学ばせてもよいのでは無からうか。明治の初年ならばいざ知らず、今日では其の方が有効では無いかと思ふのである。政府の企てる事業が、いはゆる技師の忠言に聴いて起り、予算難に逢つて忽ち削去せられる様な例の比々あるのを見ると、其の責任者たる人が、其の事業を、果してよく理解して居るか、或は一知半解では無からうかといふ様な疑問も起るのである。従来の政治家にはまだ文科に属する学科の素養のある人もあつた。今後の新進の人々で郡長から始めて、地方官も、地方中央の議員も、自治団の役員も、一切万事法政一点張で進むことは、歴史ある国家を運転する上に於て、如何なものかと、心配になるのである。近来の我利我利的政争や、欧洲の大戦乱を見て、殊に其の懸念を深うするのである。

要するに、現今は法科万能の世の中である。日本が急に法治国となる為に、此の形勢を馴致したのである。他学科は姑く置き、国家の思想界を指導すべき文科は、今日全く、度外視せられて居る。換言すれば、虐待せられて居る。これは文科大学並びに公私文科卒業生の為にいふのでは無い。我が国家将来の事は、国家を憂へる人の言はねばならぬ事である。今日の状勢で行くと、全国の秀才は、文科には最も縁が遠い。論より証拠、多少の優秀者を別として、今日高等学校の入学者で、文科に入るものは、法科を第一志望としたものが、仮にはいるといふ形跡がある。これが果して、国家の健全な状態であらうか。今日はまだよい。国家の大勢を考へる人は、将来の日本国を考へなければならぬ。人情は或点に向つては、水の卑きに就くと同様であることを思はなければならぬ。今日の有様で行つて、将来第二流第三流の人のみが、文科に入ることが、国家教育の方針に叶つてゐるのであるか。法科万能を夢みる者は、須く欧米各国の情勢を察すべしである。米国大統領ウイルソンがかつては小学教員の経験あつたことも、恐くは現代の日本人には了解が出来まい。

文科出身者は自重すべし。社会の待遇の如何に拘らず、其の責任の重大な事を自信、自重して、飽くまで其の所信を以て、天下を導かなければならぬ。それと同時に、国家及び社会が、文科に属する学科の修了生を重要視して、其の驥足を伸ばさしめなければならぬ、官の登用令、大学の学科目も、或は改正しなければなるまい。法科以外に人物なしと思ふ民間の商工会社が若し覚醒すれば、それは明日からでも、文科出身者を用ゐ得るのである。

（「帝国文学」大正6年10月号）

近事二三（抄）

和辻哲郎

伝統主義

　伝統主義といふ事が今文壇の話題になつてゐる。もしこれがフランス伝統主義の紹介以上に意義を持たうとするなら、私は古代日本の研究を始めた関係から、自分の立場のためにも、一言この主義に就て論じて置きたい。

　フランスに於ける最近の伝統主義提唱が、現戦争の予感に基いてゐることは、明白な事実である。さうしてライン河畔に傷口を持つてゐるフランス国民が、特にこの主義に熱狂するのも、尤《もつと》もなことである。しかし我国《わがくに》に於ては事情が同じでない。第一、島国である故に隣国といふ感じがフランス人ほど痛切に経験せられてゐない。次には、曾て我国民の民族的意識を刺戟した朝鮮支那が、追々《おひ〳〵》その圧力を減じてしまつた。最後に、最も重大なこととして、自国文化の危険を思はせるほど他国文化の滲潤を受けてゐない。寧ろまだ他国文化の影響が浅過ぎる。我我の文化を生育させるためには、もつと〳〵根本的に世界文化の影響を受けなくてはならない。――尤もこの見方には、反対説が多いであらう。アメリカやイギリスの圧迫が追々我国に加はつて来るではないかといふ人もあるであらう。しかしアメリカ人が日本を恐れてゐるほど、日本人がアメリカを恐れてゐるかどうかは疑問である。イギリスが日本に警戒してゐるほど日本がイギリスに警戒してゐるかどうかも疑問である。未来には当然起らなければならない黄人対白人の問題も、西洋人が意識してゐるほど日本人が意識してゐるとは思へない。フランス人がドイツに対して持つやうな敵愾心は、どう見ても日本にはないのである。また或人は、西洋文化の影響が強過ぎて日本のいゝ国民性を頽廃させつゝあると説くであらう。忠孝を説く国民道徳論者の多くはこれである。しかし我国の現在は、漸く個人の自覚が始まりかけたといふ以上に、どれほど徳川時代と異なつてゐるか。なるほど個人の自覚は利己心を解放して在来の盲従的道徳を危ふくしたであらう。しかし真の道徳は、自律的な道徳は、個人の自覚をもつと突き進めた時にのみ栄えるのである。我々はそのために上下《しやうか》三千年の世界文化を利用し得《う》る便宜な地位に立つてゐる。我々のなすべきことは、封建時代の道徳を回復することではなく、人類のあらゆる偉大な事蹟によつて我々を鍛錬することである。――要するに我国の事情は、欧洲の中央にあつて近世のあらゆる文化運動の先駆をなしたフランスと、同様に見るべきでない。同じく民族的自尊心が起るとしても、少くとも現在に於ては、甚だしくその内容を異にしてゐることを見のがしてはならない。

近来の伝統主義提唱に就て私が抗議を申出でたいのはこの点である。我国に於て必要なのは他国文化の吸収であつて、自国文化の保守ではない。伝統を顧みる必要があるとしても、それは伝統そのものの探究であつて、伝統主義ではない。我々はフランスよりの輸入を待つまでもなく、既に固陋《こらう》な伝統主義の勃興を患へてゐるではないか。日清日露の両戦役は、我国民の若々しい、溌剌たる、未来多き活力を証明したに相違ないが、それは東洋の諸国民に比較してこそ奇蹟的な驚異の対象となり得るのであつて、西洋諸国民の活力と比肩し得るにはなほ幾多の試練を経なければならない。国民の活力の価値はただその産出する文化の高さによつてきまるのである。しかも我々の眼前には、古神道を『万邦の精華』『あらゆる宗教よりも優《まさ》れる宗教』として誇称し、我文化の優越を一に国体の無比によつて証明しようとする学者が栄えてゐるのである。単に伝統主義の必要を叫ぶものは、この種の固陋《こらう》な伝統主義をも勢援するといふ結果を誘《おび》き出す。しかし我々は、たゞ国体の無比のみを以て日本伝統の権利を主張するのが、日本文化の前途にとつていかに危険であるかを思はないわけに行かない。……我々は伝統を愛する点に於ては、人後に落つることを欲しないけれども何が我々の熱愛する伝統であるかといふ点に就ては著《いちじる》しく見解を異にするのである。私は文壇に於ける伝統主義者たちがこの点に就ていかなる見解を持つかを知らない。しかしフランスの伝統が充分探求せられ提示せられてゐるに反して、日本の伝統がなほ殆んど文化史的研究を経てゐないことは、彼らも承知してゐるに相違あるまい。もし彼らの主張が、祖国の伝統を顧みよといふにあるならば、それはまだ日本伝統の権利を叫び祖国至上主義を唱ふる境地からは遠いのである。伝統に関する我々当面の問題は、伝統の探求、祖国を愛する熱情の確乎たる根拠の探求、であつて、伝統の謳歌ではない。文化内容なき伝統の謳歌は、盲目的愛国熱に媚びはしても、要するに国家的利己主義の発見であつて、永遠の人類文化に寄与する所はなく、ま、我々の心に共鳴する所もない。伝統主義が愛国心に人道的根拠を与ふる任務を有するならば、その擁護する所の伝統は、我々の心を熱せしめる様な、高い文化史的意義を持たねばなるまい。日本の伝統主義者にしてかくの如き日本の伝統を提示せざる限り、その言説は意義なき空談に過ぎぬのである。

我々はもう永い間国民道徳の提唱を聞いて来た。しかしこの伝統主義からは、雲《くも》右《ゑ》衛門《もん》の浪花《なには》節《ぶし》や元禄快挙録が生れたぐらゐで、遂に価値高き藝術は生れなかつた。文化の標徴《へうちよう》を藝術に認めることが出来るとすれば、我国の文化は雲右衛門の程度に於て国民道徳を生かし、より高き程度に於て国民道徳に無関心なのである。従つて国民道徳を説く伝統主義者等は、高等教育を受けたものほど、(即ち西洋文化の影響を受けたものほど、)国民性を失ひ、日本魂《やまとだましひ》を失つた、と主張する。しかも現在の教養ある青年の多くは、希臘《ぎりしや》文化或は基督教《きりすとけう》文化によつて、その子弟を教育しようとしてゐる。小学教育の普及は漸次《ぜんじ》旧代の盲目的服従心を衰滅させ、個人の権利に対する意識を高めて行く、国民道徳がいかに説かれても、この時勢の流れを喰ひ止めることは出来ない。かくて我国民は、時と共にその所謂『国民性』を失ひ去らうとしてゐるのである。

これが我々の眼前に横行する伝統主義の効果の概況である。いかに小学生をして神社を拝ませても、いかに大学生に古神道を講義しても、この伝統主義に民衆を熱せしむる力のないことは明瞭である。しかもこの伝統主義は、その効果のない努力を続けるために、国民から、真に意義ある教養を受くる機会を奪つてゐるのである。この際単に伝統主義を提唱することが、我国民にとつてどれだけの意義を持つか。——必要なのは伝統主義ではない。寧ろ伝統主義の打破である。さうして高貴な人類の文化を、もつと深く、もつと根本的に吸ひ取ることである。開国以来五十年の間に、我々はなほいくらも滋養を摂つてゐない。これからいよ〳〵本当にこの事業を進捗させて、真に世界に誇るに足る所の日本文化を築き上げなくてはならないのである。

私は伝統主義が現代日本に不必要であることを説いた。しかもそれによつて伝統の研究を不必要だと主張するのではない。伝統の研究の不足は我々の文化の欠陥である。多くの高貴なる過去の日本文化は現在の文化の内に生かされてゐない。近世の日本人にはそれを生かす力がなかつた。しかし世界文化によつて鍛錬せられた日本人は、追々に過去の日本文化を自己の内に蘇《よみがへ》らせて来る。世界の文化によつて培はれた我々の内《うち》には、伝統も亦力強く育つのである。かくて我々が過去の日本文化を生かし切つたときに、我々は伝統の権利に就いて何事かを云ひ得るだらう。

伝統主義の藝術

伝統主義の藝術と見做すべきものも、思想方面とはよほど傾向を異にしてはゐるが、我国に既に栄えてゐる。第一に現在の日本画の多くがそれである。木彫の或者もその傾向を持つてゐる。日本音楽や歌舞伎劇も、現在に於ては、伝統尊重が著《いちじる》しい特徴である。これらの藝術は、西洋藝術の影響をいくら受けようとしても或程度以上に受けることが出来ない。又新らしい様式を造り出さうとしても、よほどの天才でなくては成功しない。そこで否応なしに伝統が重んぜられる。これを欧羅巴《ようろつぱ》各国の、互《たがひ》に影響し合ひ、改革に改革を重ねる藝術に比べれば、『伝統を重んずる』といふ一句の意味がどれほど相違してゐるか解らないのである。これらの藝術にとつて伝統主義の提唱は忠実な保守家を勇気づける以上に意味を持たないであらう。

文学に於ても永井荷風氏は既に数年来伝統主義者であつた。文体に於ける氏の苦心などは大に伝統主義提唱者の賞讃を受くべきであらう。

しかし絵画演劇等に於て我々の求めるのは、伝統を一歩踏み出し得る革命家である。我々に未来の藝術の希望を持たしむる先覚者である。文学に於て我々の求めるのは、在来の日本に曾てなかつたほど大きいクラシケルである。徳川時代の戯作家の面影を全然想起させない、真に藝術家らしい大作家である。――凡て伝統の制縛を脱したものである。

かう考へる時我々は一種の寂しさを感じないではゐられない。伝統主義が提唱せられるフランスにしろ自国文化を無上に尊重するドイツにしろ、その博物館にギリシア彫刻の逸品を所有する如く、その文化の内にギリシア藝術を力限り生かした。ギリシアは彼らの民族としての祖先ではないが、文化の上では親しいなつかしい祖先である。しかるに我国は、我らの真の祖先が我らの現在の国土に於て産出した推古《すゐこ》白鳳天平《はくほうてんぴやう》のあの偉大な藝術を、千余年以来完全に所有しながら、鎌倉時代の力強い復興を他にしては、遂に我文化の内に充分生かし得なかつたのである。あの藝術の精神が健全に開展せられてさへあつたら、我々はいかに誇らしく我々の伝統を讃美し得ることであらう。――しかしあの藝術の再生は、現代に課せられた問題であつて、我々は新らしくそれを我々の伝統として呼び活《い》けなければならないのである。日本文化の生んだ最も偉大な藝術は、日本的でないものとして、日本文化から切放して考へられてゐた。さうしてさう考へることが、日本的であつた伝統を改造する必要のある所以《ゆゑん》は、こゝにも存してゐる。（「文章世界」大正6年10月号）

本年の評論壇

石坂養平

我々日本人が、現に継続しゝある世界戦争から受けた、若しくは受けつゝある影響乃至心理的変化は、戦争の進行につれて次第に分明になつて来た。而してそれと同時に、我々が戦争と云ふ同一の事実から、少くとも外見上全く違つた二種の心理的変化を受けたことも分明になつて来た。

或る一部の人達は、眼前の世界戦争を目撃して、戦争と云ふ国家乃至民族の特殊の実現的活動に対しては正義人道の如き倫理感情や道徳観念は、何等の制御力をもたないことを経験した。その結果、彼等の意識には国力の充実と民族の発展とを図つて将来の大戦争に備へなければならないと云ふ国家的民族的観念が次第に濃厚になつたのである。

また或る一部の人達は、戦争の齎らした悲惨なる現実に面して、個人の生命と幸福とが国家の民族の要求する無意義なる権力意志に依りて全然犠牲にされたことを痛感した。さうして戦争の惨禍から人間を救ふ為めには、真に人類の協同和合を強調して人道的精神の昂揚に努めなければならないと云ふ信念を強めたのである。

斯くの如く一方は、戦争を以て国家民族の発展に必須なる不可抗的現象と見做して国家主義、民族主義に加担すべき心的傾向を馴致し、他方は、戦争を以て国家権力の濫用と見做してよりよき共同生活の新様式の実現を理想とする人道主義に参加すべき心的傾向を馴致してゐる。同一現象からさう云ふ相反する二種の心的傾向の表はれたのは、各人の個性と境遇と社会的地位とに因由してゐるので、別に不思議なことではないが、どんな階級の人々が国家主義的に傾いてゐるか、人道主義的に傾いてゐるかを具体的に例示することは到底不可能である。同一階級に属する人々にしても、恐らく或る者は国家主義、民族主義に傾倒し、或る者は人道主義に傾倒してゐるのであらう。

私は本年の我文壇思想を通観して、ここにも大体に於いて斯やうな二つの対立した思潮が流れてゐたと思ふ。(固より文藝界の人々は、流石に思想の清新を生命としてゐるだけあつて、等しく国家主義、民族主義を提唱するにしても、かの官僚や一部の教育家や軍閥者流のやうな偏狭なる愛国主義や国粋保存主義や軍国主義に類似した国家主義、民族主義に囚はれてゐないことは充分に認めなければならぬ。)さうして少しく概括的に失するかも知れないが、生田長江氏の所謂自然主義前派である「白樺」派を中心として起り、漸次に一般文学者の思想圏内に浸潤して行つた人道主義と、太宰施門氏の『伝統主義の文学』を端緒として文壇に提供され、弁難攻撃の標的となつた伝統主義とは、或る意味に於いて文壇の二潮流を代表するものであつたと思ふ。

我々が現に支持しつゝある国家は、強固なる共同生活の一様式には相違ないが、我々は我々の国家生活を通して、より多く個人の自由を認め個人の生長に都合よき共同生活の新様式を作り出さなければならぬ。さうしてその為めには、我々は現在よりより充分に個人的になることに依つてより充分に人類的になるの外はないのである。私は斯う云ふ論拠の上に立つて自ら人道主義たることを願つてゐる者であるから、人道主義そのものに対しては多大の同感を禁じ得ない。然し人道主義が現に持つてゐるやうな志向に対しては不満の情に堪へない。彼等人道主義者は、人道主義の中心生命たる「愛」の平等相に眩惑してそれの差別相の存在を閑却してゐた。だから彼等は「愛」を説く事愈々繁くして而かも抽象的な純理的な愛の概念を捕捉し得たに過ぎなかつた。彼等は何よりも先きに現実の探求につとめて彼等自身の愛の発動の所縁を客観界に求めなければならぬ。さうして愛の差別相を征服してそれの平等相に到着しなければならぬ。

国家権力の発動が、たとひ現戦争のやうな悲惨事を惹起して個人の安全と人類の幸福とを犠牲にしつつあるにしても、我々は国家と云ふ共同生活の一員であるから、其の強大なる現実的活動に順応しなければならぬと云ふのが、民族主義、国家主義の主張である。私はこの主張には一応我々をして両主義を是認せしむべき根拠があると思ふ。然し若し民族主義者並に国家主義者が国家の現実的活動に順応すると共に、更に進んで国家をして世界人類の共同生活の新様式に近づかしめようとする人道主義者の理想を理解するに至るなら、彼等の主張は一段の光彩を放つであらう。岩野泡鳴氏の日本主義や三井甲之氏の民族主義などが事実の探求には秀でてはゐるが、極めて思想的の深さに乏しいのは、それが人道主義的要素を欠いてゐるからである。

伝統主義に関する論争は、本年後半期の議論壇に多少の活気を齎らしたが、然しこの主義に対して本当に理解する言説を示して呉れた者は殆ど一人もいなかつたと云つてよからう。提供者の太宰氏はフランス文学に関する学究的の知識は豊富のやうであるが、氏は元来思想の熱愛者でなくそれの報告者に過ぎないから、氏の所論は氏の生活そのものから切り放された根柢のないものになつて了つた。

伝統主義の非難者、否定者は、殆ど一様に伝統そのものの概念の分析にのみ腐心してゐるが、私はそれは寔につまらないことだと思ふ。も少し観察の範囲を拡めてこの主義の生起した若しくは受容された動因を考へて見る必要があるのではないか。時代思潮と関聯せしめて考察をめぐらす必要があるのではないか。自然主義そのものにも幾多の欠陥は免れなかつたが、それが起らなければならない必然性のあつたことは、今日に至つては何人も認むるであらう。それと同様に、伝統主義そのものは、或る意味に於いて特に声を大にして提唱する必要がないと云ふ論には一応の真理はあるが、然し現代の思潮の一部には空漠なる人道主義的思想やアナーキズムに近い超国家主義的思想が漲つてゐるのであるから、さう云ふ思潮に対立するものとして伝統主義を高調する理由のある事は多くの人の認むる所であらう。斯う云ふ観察点から見て、私は中村星湖氏が『文壇時事』（国民新聞）に於いて最初世界主義者のやうに見えたドストイエフスキーがスラヴ思想にかへつたのを嘆美し、伝統主義の根拠の一つに数へてゐたのを暗示に富んだ説であると思つた。

凡べて主義なるものには、それに依りて直接に力説される思想よりも一段進んだ思想に関する暗示を含むものとして、乃至それと対立する思想の暗示として相応の価値をもつてゐるものであるが、伝統主義は比較的にさう云ふ間接価値の大いなものである。我々は、伝統主義に依つて我々の過去の或る時期に於いて優秀なる民族精神を発現したことを教へらるゝから、単にそれを尚ぶばかりでなく、更に我々の将来の民族生活に於いてより優秀なる民族精神を実現しようとする動向を起さずにゐられない。さうして伝統主義が最初に、直接に、要求したものを実現すると共に、それが最後に、間接に、要求すべきものを実現することになるのである。それは自然主義の徹底境が一面に於いて既に新理想主義への道を暗示してゐたのと同様である。

私はこの意味に於いて和辻哲郎氏が『近事一二』（文章世界十月号）に於いて氏自身の日本古代文化の研究が伝統への没入でなく寧ろそれからの脱却であると云つたのを興味深く感じた。さうして氏こそ本当の伝統主義者であると思つた。

伝統主義には過去に生きようとする側面があるから、尚古主義、復古主義と気脈の相通ずるものはあるが、自然主義に類似したところは少しも認められない。而してこの主義は私の所謂間接価値の大いものであるから、動もすれば過去の幻影の憧憬に堕ち易い尚古主義、復古主義に比して一層精練された主義であると謂はなければならぬ。

（「早稲田文学」大正6年12月号）

伝統主義その他

加能作次郎

顧《かへり》みると本年の文壇はいろ〳〵の意味で賑かであつた。創作界に於ては、多くの所謂《いはゆる》新進作家の活動頗《すこぶ》る目覚ましく、傑《すぐ》れた作品もまた少からず、一体に活気が横溢して居た。兎に角この三四年来の惰気が一掃され、文壇全体の空気が著しく緊張し、誰も彼も真剣で、少くとも真剣にやらうといふ意気込の盛であつたことは特筆すべき事柄である。

また評論界の方でも、文藝界、思想界の主潮をなすやうな根本的な大問題はなかつたけれど、伝統主義論や、新技巧論や、昨年あたりから引続き主張された民衆藝術論等に関する論議がかなり盛であつた。殊に伝統主義論は下半期の評論界の中心問題となつて、論難弁駁《べんばく》が頗る盛であつた。

併しどちらかといへば、誰かも言つたやうに、今年は創作万能創作全盛といつてもよい位の年であつた。少くとも創作に油が乗りかけて来て、この方面がより多く文壇の視聴を集めて居たことは争ふべからざる事実である。思ふに自然主義の文藝が文壇を支配する力を失つてから、今日の新しい文藝の興るまでは文壇の最も萎靡《ゐび》沈滞《ちんたい》した時代であつた。最近数年間の文壇がさうであつた。その間《あひだ》は所謂《いはゆる》新しい時代への過渡期であつた。新文藝に対する様々の主張や要求やが、恰も波のうねりの如く起つたり消えたりして、何となく新機運の欝勃たるものがあつたが、未《ま》だその行くべき途《みち》を見出し兼ねたやうな有様《ありさま》であつた。それが今年あたりから漸くその落着場を見出しかけたといふやうな観がある。

　此の径路を考へると実に面白い、思潮の大きな流が、幾多《いくた》の支流細流をつくつて、千変万化しながら結局或る方向へ流れ動いて行く様が見えるやうである。併し玆《こゝ》にそれを跡づけて居る余裕はない。兎に角種々《しゆ〴〵》雑多な努力や要求や主張や議論の後に、最早それも尽きて了つて、漸く本当の創作時代に入らうとしつゝあつたのが、今年の文壇を概観して特に気付かれる事実である。従つて今年は、表面には特に文壇全体を動かすやうな問題のなかつた年である。かの伝統主義が、あれほど盛に論議せられたといふことは、偶々《たま〳〵》以て文壇にこれといふ問題のなかつたことを証明するものだとも言ひ得ると思ふ。何となれば、自分の考ふる所によれば、伝統主義なるものは、今日の日本の文藝界、思想界に於て、その文藝観上《くわんじやう》乃至《ないし》人生観上《せいくわんじやう》の問題として、必然の要求から生れたものでなく、従つてそれが文藝界乃《な》至《し》一般思想界の主潮となるほどの必然性をもつて居ないものだと思はれるからである。

一体伝統主義の提唱者は、それを自己の藝術観上または人生観上の問題として、どれほどの深い切実な内的要求をもつて居たか、どれほどの深い体感を経、どれほどの自覚と信念とを以て主張したのであるか、日本の現在の文藝界思想界に於て如何なる存在理由を保つべきかについて、十分な考察批判をめぐらしたか疑はしいと思はざるを得ない。

　吾人《ごじん》の憶測にして誤らずんば、伝統主義の提唱はその当初に於て、単に外国の文藝思潮の漫然たる紹介的解説的程度のものに過ぎないものではなかつたか。もと〳〵それをその儘《まゝ》鵜呑的《うのみてき》にでも唱導しようといふほどの熱心な欲求さへなかつたのではあるまいか、それが周囲の状勢に駆られて、後から種々《しゆ〴〵》と説明して行つたといふやうな形がありはしなかつたか、その主張が何となく力弱く、十分徹底しなかつた観があつたのはその為ではなかつたか、つまり或る意味でのジヤーナリズムの立場から問題が取扱はれた観はなかつたか。之も少しジヤーナリスチツクな観方かも知らぬが、自分にはさう思はれる。

　併しそれにも拘らず、伝統主義の提唱は文壇にかなり大きな反響を与へた。その実際的の直接の影響としては、我国の古文学及び古民族の新研究の空気を醸成したことである。「早稲田文学」がその七月号に於て、この研究の為に誌面の大部分を提供して特別の編輯を試みたこと、及び、和辻哲郎氏等が『思潮』その他に於て、日本古民族に関する研究を多く発表したことなどは、注目に値ひすることである。これは伝統主義の根本精神が自己の生活の根元を自己の属する国民乃至民族の伝統に求め、その伝統的精神の尊重及び十分なる育成にありといふに基いて居る。而《しか》してその伝統とは、種族の過去に於ける思想感情趣味その他一切の内生活の結晶であるといふのだから、それの自然の発露たる古文学古藝術の研究は、当然の結果と見ねばならない。而してこの事が今後の吾々の生活及び文藝の上に、如何なるものをもたらして来るかは、すべて今後に待《また》ねばならぬ。

伝統主義の提唱者は、中村星湖、太宰施門、本間久雄の諸氏で、反対者は江口渙、土田杏村諸氏であつた。又、生田長江、野上豊一郎の諸氏も各々《おの〳〵》反対意見を発表して居た。大抵の問題は、批難攻撃の側に立つものは、景気がよく有利な位置に立つものだが、伝統主義の議論に於ても矢張りさういふ観があつた。今のところでは伝統主義が、その反対者等によつて蹂躪粉砕《じうりんふんさい》されたかの観がある。而して文壇一体の空気が、形勢が、一方にこの問題についてかなり烈しい論議が行はれて居るに拘らず、それに対して割合に冷淡で傍観視して居るやうな趣《おもむき》が見えるのは、そも〳〵何を意味するであらうか――？

新技巧論といふこともかなりに注目を牽いた。これは本誌七月号で、田中純氏が、創作界の現状に対して、作の内容方面の進境なきを論じ、新文壇の傾向を目して、『新技巧派』の崛起《くつき》にあると論じたのに始まつて居る。即ち氏の言ふ所によれば、今の文壇は作の内容方面から見て殆ど無興味の時代である。以前の自然主義の人々が、最近数年間の試練に於て作の内容の深みとか範囲の広さとかいふ点よりも、その表現の手際に進境を呈して来たが、その後現はれた所謂新進作家の一群に於ても、彼等の出現を意味づけるものは、要するに技巧上の新味といふこと以外に多く出て居ないといふのである。

これについて中村星湖氏その他二三氏が意見を発表して居たが、要するにそれは所謂《いはゆる》『新技巧』の意味如何《いかん》に繋つて居たやうである。当時の文壇乃至《ないし》その後の文壇が、果して、田中氏の言ふ如きものであるか否かについては、あまり言はなかつたやうである。私は、田中氏の言は、事実現文壇の一面の弱点を衝いて居るやうに思ふ。今年の文壇は、所謂《いはゆる》新進作家の崛起《くつき》であつたことは、誰しも認めざるを得ない事実であるが、彼等の出現が果して田中氏の批難を否定するだけのものを、その内容方面にもたらしたか、大《おほい》に疑問である。新しい革嚢《かはぶくろ》に盛らなければならぬやうな新しい酒が、果して醸し出されたとは不幸にして私も断言することは出来ない。只だ前にも言つた如く、これらの所謂《いはゆる》新進作家によつて代表せらるゝ如き現文壇が、その傾向に於て、漸くその落着場を見出し、且つ文壇の機運の転向を実際に示したことは掩ふべからざる事実である。即ち生の否定から肯定へといふ数年来の要求が、単なる要求に止らずに、実際の作品の中に実となつて現はれかけて来たといふのである。而して此の肯定的傾向は、所謂《いはゆる》人類的愛の思想をその根基として居るのである。今年の文壇を通観して、最も著しく目立つことは此の傾向である。此頃の流行語で云へば所謂《いはゆる》人道主義的傾向である。尤も今のところでは、此の傾向のうちに、単なる模倣や追随に過ぎない、浅薄幼稚なものも多く交つて居るやうだ。安価《あんか》な肯定や、浅薄な人道主義思想に淫《いん》して楽しんで居るやうなものも少くない。併しこれは何時如何《いついか》なる場合に於ても免れない現象で致方《いたしかた》がない。

個々の作家や、個々の作品については、前項石坂氏の論文に見えるから、茲《こゝ》では態《わざ》と触れないことにする。

（「文章世界」大正6年12月号）

民衆藝術論の出発点

西宮藤朝

一

昨年の夏頃から、民衆藝術に関する論議が我が文藝界乃至《ないし》思想界に喧《かまびす》しかつたが、伝統主義是非論が起るに及んで、稍《やゝ》下火になりかけた。処が十月の早稲田文学に大杉栄氏が更に又新しく余燼を振りかざしつゝ、『新しき世界の為めの新しき藝術』と題して、民衆藝術に関する万丈の気焔——少し大袈裟な言ひ方かも知れないが——を上げて居る。昨年来の我が民衆藝術論は其声の喧《かまびす》しかつた割に、文壇なり思想界なりが其程深くそれの痕跡を止めなかつた事は遺憾である。然し乍らよく考へて見れば、それ程痕跡を止めない理由がないでもない。それは何であるかといふに、是迄《これまで》民衆藝術論を提唱した人々も、それを非難した人々も、充分に問題の意義、及び範囲を明確に意識しないやうなところがあつたことである。勿論民衆藝術などゝいふ言葉を中心にする論議の生れたこと其事が、已《すで》に何事も民衆を無視しては起り得ない、又為し得ないやうになつたデモクラチックな近代の一現象であることはわかる。而《しか》して是れ迄の日本の文藝家乃至《ないし》思想家が民衆を衆愚《しうぐ》或はモッブといふ言葉に依つて軽蔑し、以つて自ら高うすることに依つて其の誇りとした傾向の反動であることも肯《き》かれるけれども、民衆藝術とは抑々《そも〳〵》何を意味するか、或は其の問題の範囲は何《ど》うか、他の問題との関係は何《ど》うか——といふ事になつて来ると、是迄此《この》問題に干与した人々の多くは、何処となく曖昧な観念を持つてゐるやうに思はれる。此の声が文藝界や思想界に徹底しなかつたのも、要するに如上の、大切な点に於いて欠くる所があつたからである。

私は此小論文で民衆藝術の是非を論じようとは思はないが、唯それの問題の範囲及び意義に就いて明確に考へて見度《みた》いと思ふのである。

二

第一に民衆藝術の問題の範囲が、果して何に属するかを決定するのが、重大事である。即ち純粋の藝術論に属するか、或は社会問題に属するかゞそれである。若《も》し藝術論とするならば、藝術論としての限界を守り、且つそれに相当した基礎の上に立たなければならない。又然らずして、若《も》しそれを社会問題とするならば、社会問題としての範囲を意識し、且つそれに相当した立場を採らなくてはならない。民衆藝術なるものは、見方に依つて藝術論上の問題ともなり、或は社会問題ともなる。それだからとて二者を混同する事は許さない。二者を混同する時には問題の性質を紛らはしいものにしてしまふ。曇らせてしまふ。民衆藝術といふ言葉は簡単でも、其の意味するところの内容や側面は極めて複雑多岐に亘《わた》つてゐるからして、問題の範囲を飽く迄も明確に限定してかゝらなければ、何うしても徹底した論議を為すことは出来ない。

大杉氏の『新しき世界の為の新しき藝術』に於ける民衆藝術論は、此《この》点に於いて稍《やゝ》明瞭にそれが表はれてゐるのは、歓ばしい処である。即ち氏は『吾々をして徒らに恍惚たらしめる静的美は、最早吾々とは没交渉である。吾々はエクスタシイと同時にアントウジアスムを生ぜしめる動的美に憧れ度《た》い。吾々の要求する文藝は此の征服の事実に対する憎悪美と反抗美との創造的文藝である。……生の拡充の中に生の至上の美を見る僕は此《こ》の憎悪と此《こ》の反抗との中にのみ、今日生の至上の美を見る。征服の事実が其の絶頂に達した今日に於ては、階調はもはや美ではない。美はたゞ乱調にある。階調は偽りである。真はたゞ乱調にある。』之を以つて見れば氏は問題を純藝術論として採用してゐることがわかる。けれどもそれも徹底的に意識して為されてゐない。前にも言つた如く所謂《いはゆる》『稍《やゝ》明瞭』になつてゐるに過ぎない。一方には未だ社会問題としてのそれが氏の議論を曇らせてゐる。例へば彼のエレン・ケイが民衆藝術論中の、主としての社会問題として取扱つてゐる一部分を引用したり、或は『憎悪や反抗に美があるかないかの問題などは何《ど》うでもいゝ。

併し此《こ》の憎悪や反抗（圧制者に対する被圧制者の）に与《くみ》しないものは全然藝術家でもなければ、又人間でもないのだ』といつたり、又は『民衆藝術の当然の結論として藝術的運動と共に、と云ふよりも寧ろそれに先だつて社会的運動に従はなければならない』といふ意味で『此《こ》の新しき世界の為めの新しき藝術論を実生活論で終らせたい』と言つたりしてゐるのを見れば、何《ど》うしても問題の範囲乃至《ないし》限界を明確に自覚してゐないらしく思はれる。

三

抑々《そもそも》民衆藝術論に於ける民衆といふ言葉は何《ど》ういふ事を意味するのであるか、それが疑問である。之は人々の考へ次第に依つていろ〳〵になる。然し大杉氏は結局下級労働者といふことに決めたやうであるが、大杉氏としてはさもあるべきことと思はれる。これは論者の問題に対する態度に依つて決定されるものであるから、大杉氏が下級労働者なら下級労働者でもよいとして置く。

然らば次に民衆藝術の問題の意義は、何《ど》うであるか。これも亦、前に一寸《ちよつと》言つた如く、非常に複雑なもので、論者に依つて色々に解釈される、と共に又同じ論者でも、判然区別しなければならぬことを動《やゝ》もすればごつちやにして終ふのである。其の複雑なことは、彼の問題の範囲たる藝術論対社会問題の二原野以上であると言つてもよい。

此《こ》の問題の意義を決定し、それを分類するには色々な方面から出発して行くことが出来るかも知れないが、最も手取り早く然も最も解り易いのは、民衆といふ言葉と藝術といふ言葉との結合関係から観察して行くことであらう。之を『民衆に依つて生れる藝術』と解釈するか、『民衆の為めの藝術』と解釈するか、或は『民衆の所有する藝術』と解釈するより外に仕方があるまい。

然らば是れ丈けで問題の意義が明らかになつたかといふに、決してさうではない。同じく民衆に依つて生る、藝術でも、それの解釈しやうに依つて、いろいろになる。何故《なにゆゑ》かといふに民衆に依つてといふ言葉は明確な概念を示めす言葉でなくて、唯《たゞ》単に或る種の概念の傾向を概括した言葉に過ぎないからである。『民衆に依つて生れる藝術』といふ言葉の中には二通りの意義がある、一は民衆の中から藝術家を出す事、一は民衆を材料として藝術が生る、事即ちそれである。

前者の場合にあつては、ゴルキイなどは最も此《この》意味に於ける民衆藝術家の代表者であると言へやう。又此の意味から推して行くならば、我が国の白樺派の作家等の如きは貴族藝術家と言へやう。要するに文藝家の出生階級に依つてそれを決定する標準にするやり方である。又後者の場合にあつては民衆の生活及び感情を藝術の資料として取入れるといふやり方である。彼のトルストイの藝術論などは此の類に属すべきものであらう。又大杉氏の民衆藝術論も主として此の一派に属すべき傾向を多分に持つてゐるやうである。これをよい意味に解する時には、トルストイの後期の作物の多くは、これに当て嵌《はま》るものと思ふ。又悪い意味の例をとつて見るならば、浪六などの小説のあるものも亦、是に属すると言ひ得る。委しく論じて行けば、民衆の生活乃至感情を藝術に取入れるに就いてもいろ〳〵解し方が分れて行くのであるが、それは余り長たらしくなるから他日《たじつ》にゆづることにする。

四

それから『民衆の為めの藝術』といふ概念の中にも二三種の異《ことな》つた意義が含まれてゐる。第一は民衆の教養の為めの藝術といふ解し方がそれである。即ち民衆、下級労働者の無智を啓発し教化するといふ一種の教導藝術である。エレン・ケイなどの民衆藝術論は半分は此の点を取入れてゐる。

第二は民衆の娯楽の為めの藝術といふ解し方である。これは勿論彼のシラアなどの美学上の遊戯説に所属する考へ方であつて、唯それが民衆といふ特殊な範囲に狭められた丈けに過ぎない。今日の活動写真や連鎖劇などいふ種類のもの、大部分は、此の意味に於ける民衆藝術である。民衆藝術の意味を斯く解する時には、興行化したものは、凡て民衆藝術化するのである。

第三には、民衆の生活改造の為めの藝術といふ位に解釈するやり方である。これは前の二つの場合と違つて、考へやうによつては余程真《しん》の藝術的な意義が加はつて来る。何等かの意味に於いて下級労働者の生活が、よりよくなる事を目的として書かれた藝術は凡て此の種類に属すべく、例へば彼の『アンクル・トムス・キヤビン』とかハウプトマンの『織匠《しよくしやう》』とか、又はゴルキイやルネ・バザンなどの或るもの抔《など》とかは明らかに此《この》部類に入れても差支ない。民衆藝術の意義の解し方の中で、『民衆の生活乃至感情を資料に取入れる』といふ意味の解釈と、此の民衆生活の改造の為といふ意味の解釈とは、最も藝術と関係の深い而《しか》して最も藝術を生かす所の解釈である。

五

それから最後には、『民衆の所有する藝術』といふ解釈にも、更に二つの意義があるのである。即ち一は民衆の接する機会の多い藝術といふこと、二は民衆の理解することの容易な藝術、或は民衆の歓迎を受ける藝術といふこと、がそれである。

前者の場合にあつては、普及性の多い藝術といふ意味になる。例へば純粋の演劇よりも活動写真の方がより民衆藝術的であるといふが如きである。これは経済的事情が大分其中《そのなか》に含まれてゐる。然し博物館や展覧会や興行化してゆく演劇や印刷物の発達に伴つて凡ての藝術は、この意味でいふならば、民衆藝術化して行くことは事実である。

後者の場合にあつては、所謂《いはゆる》通俗藝術は民衆藝術になるのである。なるべく多くの民衆が持つて居るやうな、又は持ち得る様な思想乃至感情――それは又同時に最も浅い低い者であるのは当然である——に主として訴へ所のある藝術は之に相当する。日本の現在に於いては、講話とか浪花節《なにはぶし》とか、小説で言へば所謂《いはゆる》新聞小説とか、又演劇で言へば新派劇とかは、此《この》意味に於ける民衆藝術といふ事が出来やう。

以上に於いて、民衆藝術といふ漠然とした問題の持ち得る範囲を示めし、且つ其問題の持ち得る意義を一通り分類し説明したつもりである。実際の藝術品に就いて見る時には、多くの意義が混合してゐる場合が多いであらう。例へば民衆を材料とした藝術にして同時に民衆の生活を改造する為めの藝術も多いであらう。けれども少くとも民衆藝術論といふ一のセオリイに就いて云々する時には、前に挙げた問題の範囲、乃至《ないし》意義を明確に意識し又は区別して、飽迄も混同しないやうにしなければならない。少くとも民衆藝術に就いて論じようとする者は、問題の範囲を何《いづ》れに採る可きか、問題の意義を何《いづ》れに解釈すべきか、それを決めてからかゝらなければ、其議論は決して徹底して行くことは出来ない。大杉氏なども、『民衆に依つて民衆の為めに造られ而《しか》して民衆の所有する藝術と云はなければ精確でない』と言ひ乍らも、それらの更に委《くは》しい意義を明確に意識してゐない為めに、何処か言ふ事が徹底してゐない。

（「文章世界」大正6年12月号）

ジャーナリズムと文学

本間久雄

雑誌『新時代』の創刊号所載の浮田和民博士の『新聞紙及新聞記者論』は端なくも世間の注意を喚起し、杉村楚人冠氏は「中央公論」の十一月号で、「浮田博士の新聞紙論を読んで其猛省を促す」と題し大山郁夫氏は「新小説」の十一月号で「新聞紙に関する私見及び希望」と題し共にこの問題を論じてゐる。

私は浮田博士の所論を不幸にして委しく読んでゐないために、博士の真意のあるところをこゝで明確にし得ないのは遺憾であるが、博士にして杉村氏の云ふ様に新聞紙なるものを頭から有害無益として罵倒し去つたものであるとすれば、それは可なりに大なる暴論といはねばならぬ。（恐らく博士の真意が現在の新聞紙そのものに対する不満の表白であつたかも知れぬが）

改めていふまでもなく新聞紙は現代社会に取つては非常に重要な意義を持つてゐる。このことについては大山氏の所論が委曲を尽してゐる。それはとに角新聞紙論が今更らしく是非されるのは、大山氏も云つてゐるやうに寧ろ一種の奇現象といふべきものである。

この新聞紙論から当然に連想されるのは新聞紙と限らずに所謂ジャーナリズムの問題である。この問題は今年の前半に我が文壇の問題となつたことがある。つまりジャーナリズムを文学の発達を阻害するものとして批難するものと、それを然らざるものとして弁護するものとの争ひである。

世間にはジャーナリズムが真正の文学の発達を阻害するものであるといふやうに考へてゐる人が可なりにある。そしてさういふ人に限つて真正の文学はクラシツクだけだと考へてゐる。かういふ人は教育者、語学者などの間になか〳〵多い。そしてかういふ人は現代のジャーナリズムを無益なものとして常に蔑視し、有害なものとして常に咒咀してゐる。

私はこのことについて嘗つて他のところに一二度書いたこともあるが、世にこれほど愚かしい見解はない。近代社会におけるジャーナリズムの位置は非常に重大なものである。従つてジャーナリムズと文学との関係も亦極めて複雑な重大なものである。文学を社会学的に研究したマッケンジー氏はその著『文学の進化』の中で、まづ社会進化の経過を四つの階段、即ち原始時代《プリーチブネス》、未開状態《バーバリズム》、専制主義《オートクラシー》、民主々義《デモクラシー》の四階段に分け、この四階段の特質と及びその特質に相応すべき文学形式を論述して、近代社会のデモクラシーに相応すべき文学形式としてジャーナリズムの必要を説いてゐる。シカゴ大学の教授であるモールトン氏も亦その『文学の近代的解釈』の中でやはり文学進化の径路からジャーナリズムの位置の重大であることを論じてゐる。

私は今学究的にこの問題を考へることを避けるが、とにも角にも文学形式としてのジャーナリズムは、まことに近代のデモクラティツクな社会が当然に醸し出した当然の産物であることは争ふべからざる事実である。この厳然たる事実を否定しようとするものは近代のデモクラティツクな傾向に反抗する頑冥の徒に外ならない。

今日にあつてはジャーナリズムが真正の文学の発達を阻害するといふことなどは全く問題ではない。一切の文学はジャーナリズムの啓発と是正とを待つて始めてその正しい発達を遂げ得るといふのが事実である。ジャーナリズムを外にして文学の発達を求め得ないといふのが事実である。或は一歩を進めて真正の文学はジャーナリズムの中からのみ求められると云つてもよい。

私は近代社会のデモクラシーを謳歌する。同時にそのデモクラシーに順応すべく当然に生れたジャーナリズムを謳歌する。更に進んで文学の真正の発達を補育し助長し、乃至は真正の文学をその中から生み出すそのジャーナリズムを謳歌する。

尤もかう云つたからとて、私は決して現文壇のジャーナリズムの弊の一面をも併せて是認しまたは謳歌しようとするのではない。否その弊の一面を痛感してゐる点では決して人後に堕ちないつもりである。けれども、その弊のためにジャーナリズム本来の意義と価値とを没却し去ることは最も嗤笑すべきことである。

ジャーナリズム——とかくに本来の価値以下に見られてゐる今の時に於て、私は敢てジャーナリズムのために如上の一言を述べることの必要を感ずる。

（「早稲田文学」大正6年12月号）

詩歌

詩
短歌
俳句

詩

阿毛久芳＝選

蛙

児玉花外

牛込に移つて私は五月雨の夜、
障子を明放して蛙の歌に親しんでゐる。
四辺《あたり》、二階家も平家も雨戸は閉つて、
青葉の色もしん〳〵と雨に黒い。

世間にも時間にも隔《はな》れた全くの孤独に、
蛙は誰れも味ひしらぬ夜陰の音楽だ。
故郷も、田園も、少年時代も無つた私に、
何んで蛙が楽しい思出を齎らすものか。
黴みたいにこびりついてる、
ドストエフスキーの虐げられた人々の泣声《なきごゑ》は、
雨の地の底から湧出すやうに、
蛙の音に交つて深夜にきこえてくる。

（「早稲田文学」大正6年7月号）

渡り鳥

浅草、十二階下を通つて見れば
私娼窟に紅い毒の火は消されて
喧噪しかつたゞけ、燕の巣よりも淋しい。
閉めた竹や鉄格子の窓からは
白粉の首は覗いてゐない。

二千人に近い私娼らの行衛！
彼等は生活のため、渡り鳥のやう四方に散つた、
天を仰いで嘆いても、パンなくては仕方がない、
なまなか肉の女と生れ、貧しいのを恨んでゐるだらう、
残暑の秋の風が塔の下をふく。

（「早稲田文学」大正6年11月号）

花のひらくやうに

高村光太郎

花のひらくやうに

おのづから、ほのぼのと
眠り足りて
眼覚める人
その顔、幸にみち、勇にみち
理性にかがやき
まことに生きた光を放つ
ああ、痩せいがんだ此の魂よ
お前の第一の仕事は
何を措いても
ようく眠る事だ
眠つて眠りぬく事だ
自分を大切にせよ
さあ
ようくお眠り、お眠り

歩いても

歩いても、歩いても
左右一めんのみかん畑の
だんだん畑

歩いても、歩いても
かがやく海はつきず
凪は金いろに飛びちがふ

歩いても、歩いても
さかんなるみのり
琥珀いろのみかんは大地に散りしく

歩いても　歩いても
惜しげも無い大地
ふとつぱらの大地

歩いても　歩いても
天然は透明
しんそこわだかまるものもない

あんまりうま相だから
みかんを一つ
もぎ取つて喰べようと思ふ
笑ひたくなつた

歩いても、歩いても
まつさをな青天井が
私を見てゐる

湯ぶねに一ぱい

湯ぶねに一ぱい
湯は
しづかに満ちこぼれてゐる
爪さきからそろそろと私がはいれば
ざあつとひとしきり溢れさわいで
またもとの湯ぶねに一ぱい――
かすかに湧き出る地中の湯は
肩をこえて
なめらかに岩角から流れ落ちる
湧いてはながれ
湧いてはながれ
しづまり返つた山間の午後
私は止め度もなく湧いて流れる
温泉に身をとろかして
心のこゑをきく
止め度なく湧いて来るのは地中の泉か
こころのひびきか
しづかにして力強いもの
平明にして奥深いもの
人知れず常にこんこんと湧き出でるもの
ああ湧き出でるもの
声なくして湧き出でるもの
止め度なく湧き出でるもの
すべての人人をひたして
すべての人人を再び新鮮ならしめるもの
しづかに、しづかに
満ちこぼれ
流れ落ちるもの
まことの力にあふれるもの

（「感情」大正6年1月号）

山村暮鳥

幻想の都会

いましがた遠方をはしり過ぎたのは汽車だ
その音がまだ何処かに残つてゐる
此の草枯の大平原はどうだ
小鳥一羽飛んでゐない
なんにも見えない
このはての無い安らかさはどうだ
草の上の地平線
その草の中に冬の日のまつ赤な太陽は入つた
そこに大きな都会があるのだ
なんといふことか

地平線の彼方《かなた》よりその地平線を越えてくる幻想よ
此の草枯の大平原に立つてゐながら
いつしか自分も陰影《かげ》のやうな人々の群に交つて
都会の街を歩行《ある》いてゐる。

時計

空を過ぎゆくのは風である
折折、浪のやうな大風が屋根の上でくづれると
家は船のやうに動揺する
風をつんざいて起る嬰児のけたたましい泣き声に
ふりかかる木の葉つぱよ
闇の夜空は疲れはてて
いま、ひつそりとした風と風との間
時計が独りうごいてゐる
時計はひとり生きてゐる

冬の朝

ぞつくり青々と畑の麦は芽をだした
路傍《みちばた》にこぼれた麦も芽をだした
霜はまるで雪のやうだ
梢にとまつて鳴いてゐる雀もひもじいか
はたけの麦の青々と
わたしの悲しい掌のまぼろしは消えてしまつた。

○

山村君のこれまでの詩には可成り小さからぬ?がつけられた。全くXであつた。どうもわからぬといふのが一般の読者の歎声であつた。吾等とは言へ同感はしてゐなかつた。然し今日の山村君は既に昨日の山村君ではない。こころみにここに発表せられた十篇の詩篇をみたまへ。必らずや読者は「今日」の山村君の藝術に同感を禁せずして強い牽引を感ずることであらう。これまでの詩篇は病ひをもつた樹木であつた。これまでの同君の苦行は今日の詩を生むべき前提であつた。

君は、驚くべき勇気と苦悩と新たに発生せざるべからざる力とを以て、その樹木を伐つた。その切株から芽がふいた。新しい米つた芽は生々《いき〳〵》として日光のなかにその生命をかがやかせてゐる。まことにこれらの詩篇は君が甦生の詩篇である。君の親しき友人として自分はこの言葉を茲にのべる。（夕暮）

（「詩歌」大正6年2月号）

朝朝のスープ

其頃の自分はよほど衰弱してゐた
なにをするのも物倦く
なにをしてもたのしくなく
家の内の日日に重苦しい空気は子どもの顔色をまで憂欝にしてきた
何時もの貧しい食卓に
或る朝珍しいスープがでた
それをはこぶ妻の手もとは震えてゐたが
その朝を自分はわすれない
その日は朝から空もからりと晴れ

匙まで銀色に新しく
その匙ですくはれる小さい脂肪の粒粒は生きてきらきら光つてゐた
それを啜るのである
それを啜らうと皿に手をかけて
瘦れてゐる妻をみあげた
其処に妻は自分を見まもつてゐた
目と目とが何をか語つた
そして傍にさみしさうに座つてゐる子どもの上に
言ひあはせたやうな視線を落した
其の時である
自分は曾て経験したことのない大きな強い力の身に沁みわたるのを感じた
終日地上の万物を温めてゐた太陽が山の彼方に入つて
空が夕焼で赤くなると
妻はまた祈願でもこめに行くやうなうしろ姿をして街にでかけた
食卓にはそうして朝毎にスープが上《のぼ》つた
自分は日に日に伸びるともなく伸びるやうな草木の健康を
妻と子どもと朝朝のスープの愛によつて取り返した
長い冬の日もすぎさつて
家の内は再び青青とした野のやうに明るく
子どもは雲雀のやうに囀りはじめた。

（「詩歌」大正6年3月号）

キリストに与ふ

キリストよ
こんなことはあえてめづらしくもあるまいが
けふも年若な婦人がわたしのところに来た
そしてどうしたら君の仲間になつて
聖書の中にかいてあるあの罪深い女のやうに
泥まみれな君の足をなみだで洗つて
黒い房房したこの髪の毛で
それを拭いてやることができるかとたづねるのだ
わたしはちよつとこまつたが
斯う言つた
一人が満足すればそれでいいのだ
それでみんな救はれるんだと
婦人はわたしの此の言葉によろこばされて
いそいそと帰つた
婦人は大きなお腹《なか》をしてゐた
それで独り身だといつてゐた
キリストよ
それでよかつたか
何だかおそろしいやうな気がしてならない

（「感情」大正6年7月号）

人間に与ふ

そこに太い根がある
これをわすれてゐるからいけないのだ
腕《うで》のやうな枝を裂き
葉をふきちらし
頑丈な樹幹《みき》をへし曲げるやうな強い大風の時ですら
まつ暗な地べたの下で
ぐつと踏張《ふんば》つてゐる根があると思へば何でもないのだ
それでいいのだ
そこに此の壮麗がある
樹木をみろ
大木《たいぼく》をみろ
このどつしりとしたところはどうだ

大鉞

てうてうときをうてば
まさかりはきのみきをかむ
ふりあげるおほまさかりのおもみ
うでにつたはるこのおもみ
きはふるえる
やまふかくねをはるぶなのたいぼくをめがけて
うちおろすおほまさかり
にんげんのちからのこもつたまさかり
ああこのきれあぢ
ああきのにほひ
ひつそりとみみをすましたやうなやまおく
やまやまにはんきやうして
てうてうときのみきにくひいるまさかり
おほまさかりはたましひをもつ

（「文章世界」大正6年7月号）

人間の勝利

人間はみな苦んでゐる
何が君達をくるしめるのか
しツかりしろ
人間の強さにあれ
人間の強さに生きろ
くるしいか
それがわれわれを立派にする
みろ山頂の松の古木を
その梢で松葉が
烈風を切ツてゐるところを
その音のいさましさ
その音が人間を力づける
人間の肉に喰ひいるその音のいみじさ

何が君達をくるしめるのか
くるしみを喜べ
人間の強さに立て
恥辱《はぢ》を知れ
そして倒れる時がきたらば
ほほゑんでたほれろ
人間の強さをみせて倒れろ
一切をありのままにじツと凝視《みつ》めて
鯨のやうに目を閉ぢろ
大木のやうに倒れろ
怖しい爆弾のやうに微塵となれ
これでもか
これでもかと
重いくるしみ
重いのが何であるか
息絶えるとても否と言へ
頑固であれ
それでこそ人間である

草の葉

一まいの草の葉ツぱですら
人間などのもたないものを持つ
此のうつくしさ
みよ大魚の鱗のやうに重なりあつて地に密着してゐる
草の葉ツぱ
素足でその上をはしつて行つたものがある
素足でその上をはしつて行つたものに
そよ風は何をささやいたか
こんなことにもおどろくほど
ああ人間の悩みは大きい
素足でその上をはしつて行つたものがあると
草の葉ツぱが騒いでゐる

収穫の時

黄金色に熟れた麦麦
黄金色のビールにでも酔ふやうに
そのゆたかな匂ひに酔へ
若い農夫よ
此処はひろびろとした畠の中だ
娘ツ子にでもするやうに
かまふものか
穀物の束をしツかり抱きしめてかつぎだせ
山のかなたに夕立雲のかくれてゐる間に
そして君達の収穫のよろこびを知れ
刈り干された穀物を愛せよ

(これらの詩篇を土田杏村に送る)

(「感情」大正6年9月号)

加藤介春

魚群

果てしらぬ海のはるかあなたより
大いなるものおし寄せきたる、
魚の群れ、
魚の群れ、
魚はたがひにかさなりてもみあひ、
大いなる一つの力となつて
陸へ〳〵とよせきたる。

魚は脊と脊を擦《す》つて
光りを発し、
その光りさんらんとして水脈《みを》に映れば、
ながれよる水脈をつたひて
果てしらぬ海のはるかあなたの
見えざる世界もてりわたる。

陸へ〳〵とおし寄せ来《く》る時
海のあなたの見えざる世界にうまれし
生きものを見た、
否それは見えざる世界その物の
我等の前にちかづくを見た。

魚は陸へおし上《あが》りて
海岸の青き並木によぢのぼり、
並木の高き梢より天に向つて
その長き白銀《はくぎん》の尾をうちふりつゝ、
天の奥所《おくが》に入らうとする。

どど〳〵と暴風《あらし》のごとき音して
その度毎に陸へおし上げらる、
おそろしき魚の群れを見よ、
魚は魚にかさなつて堆高くつみ上り、
海岸に光の山をなし
その光り我等人間の世界を眩惑する。

見よ果て知らぬ海のはるかあなたより
おどろくべき生き物が来た、
おどろくべき世界が来た、
海一めんにひろがれる
魚の群れ、魚のかたまり、
その盛んなる魚の力は今
我等人間の世界を圧倒する。

停車場の花

停車場のカンナは今が盛りだ、
あわたゞしい汽車の着発や、
さわがしい乗客の来往を外《よそ》にして
只独りしづかに咲いてゐた。

只独りしづかに咲いてゐるけれど、
おのづからなる媚《こび》を抱いて、
昏倒せんとして
真赤な花は燃えてゐた。

我等の汽車は真直に走つてゐる、
急行列車は今、
此の可愛らしい停車場を見向きもせず
一心不乱に走つてゐる。

我等は疲れ切つてゐた、
我等はうつゝに眠つてゐた、
その時パツと
車窓に映つた赤い花の光り。
真赤な花はたましひの中にはいつて
くる〱と廻《まは》つた、
天に炎が廻り
地に血が渦巻いた。

と見ると花は後《うしろ》へ流れて
真赤な夢が残つた、
いたいけな停車場のカンナは
独りしづかに燃え狂ふてゐた。

（「詩歌」大正6年2月号）

激しい感覚

俺れは今死にかゝつてゐる、
俺れのからだは穴だらけになつてゐる、
つめたい風が前へ後《うしろ》へ吹き抜ける、
俺れはからだの隅々から
激しい感覚の抜け出すを感ずる。

俺れは次第に死んでゆく、
俺れのからだに色々な草木《くさき》が生《は》へる、
それが次第に生長《ふと》つて
まつくらい林になる、
俺れのからだがまつくらい草叢《くさむら》になる。

何んといふ俺れの体《からだ》だ、
それは全く暗い林だ、
おそろしい獣《けもの》の群れが
数知れぬ行列をつくつて
俺れのからだを走り廻る。

俺れは今死にかゝつてゐる、
何といふ暗い体《からだ》だ、
さうして激しい感覚は抜け出して
そのまつくらい草木《くさき》と
そのおそろしい獣《けもの》とに伝はる——

激しい感覚は
激しい生き物につたはり、
激しい世界につたはつて、
見よその草木はずんずん生長《ふと》り
獣は盛んに駈け廻る。

俺れは今死にかゝつてゐる、
けれども俺れのからだから抜け出す
激しい感覚は
次ぎの世界に生き残る、
それは無限に生き残る。

（「珊瑚礁」大正6年5月号）

萩原朔太郎

さびしい人格

さびしい人格が私の友を呼ぶ
わが見知らぬ友よ、早くきたれ
ここの古い椅子に腰をかけて、二人でしづかに話してゐやう
なにも悲しむことなく、きみと私でしづかな幸福な日をくらさふ
遠い公園のしづかな噴水の音をきいて居やう
しづかに、しづかに二人でかうして抱き合つて居やう
母にも父にも兄弟にも遠くはなれて
母にも父にも知らない孤児の心をむすび合はそう
ありとあらゆる人間の生活の中で
おまへと私だけの生活について話し合はふ
まづしいたよりない、二人だけの秘密の生活について
ああ、その言葉は秋の落葉のやうに、そうそうとして
膝の上にも散つてくるではないか。

わたしの胸は、かよはい病気したおさな児の胸のやうだ
わたしの心はおそれにふるえる、せつないせつない、
熱情のうるみに燃えるやうだ

ああいつかも、私は高い山の上へ登つて行つた
けはしい坂路をあほぎながら、虫けらのやうにあこがれて登つ
て行つた
山の絶頂に立つたとき、虫けらはさびしい涙をながした
あほげば、ぼうぼうたる草むらの山頂で、おほきな白つぽい雲
がながれてゐた

自然はどこでも私を苦しくする
そして人情は私を陰欝にする
むしろ私はにぎやかな都会の公園を歩きつかれて
とある寂しい木蔭に椅子をみつけるのが好きだ
ぼんやりした心で空を見てゐるのが好きだ　都会の空をとほく
悲しくながれゆく煤煙
また建築の屋根をこえて、つばめの飛んで行く姿を見るのが好
きだ

よにもさびしい私の人格が
おほきな声で見知らぬ友をよんで居る
わたしの卑屈な　不思議な人格が
鴉のやうなみすぼらしい様子をして
人気のない椅子の片隅にふるえて居る

見知らぬ犬

この見もしらぬ犬が私のあとをついてくる
みすぼらしい、後足でびつこをひいてゐる不具《かたわ》の犬のかげだ

ああ　わたしはどこへ行くのか知らない
わたしのゆく道路の方角では
長屋の屋根がべらべらと風にふかれてゐる
道ばたの陰気な空地では
ひからびた草の葉つぱがしなしなとほそくうごいて居る
ああ　わたしはどこへ行くのか知らない
私の行く道路の方角では
おほきないきもののやうな月が、ぼんやりと行手に浮んでゐる
そうして背後《うしろ》のさびしい往来では
犬のほそながい尻尾の先が地べたの上をひきづつて居る

ああ　どこまでも、どこまでも
この見もしらぬ犬が私のあとをついてくる
きたならしい地べたを這ひまはつて
私の背後《うしろ》で後足をひきづつてゐる病気の犬だ
とほく、ながく、かなしげにおびえながら
さびしい空の月に向つて遠白く吠えるふしあはせの犬のかげだ

詩集月に吠えるヨリ

青樹の梢をあふぎて

まづしい、さみしい町の裏通りで
青樹がほそほそと生えてゐた

わたしは愛をもとめて居る
わたしを愛する心のまづしい少女《おとめ》を求めて居る
そのひとの手は青い梢の上でふるへてゐる、
わたしの愛を求めるために、いつも高いところで、やさしい感
情にふるへて居る

わたしは遠い遠い街道で乞食をした
みぢめにも飢えた心が腐つた葱や肉のにほひを嗅いで涙をなが
した
うらぶれはてた乞食の心でいつも町の裏通りを歩きまはつた

愛を求める心は、かなしい孤独の長い長い疲れの後にきたる
それはなつかしい、おほきな海のやうな感情である

道ばたのやせ地に生えた青樹の梢で
ちつぽけな葉つぱがひらひらと風にひるがへつてゐた

詩集月に吠えるヨリ
（「感情」大正6年2月号）

青猫

この美しい都会を愛するのはよいことだ、
この美しい都会の建築を愛するのはよいことだ、
すべてのやさしい女性を求めるために、
すべての高貴な生活を求めるために、
この都会にきて賑やかな街路を通るのはよいことだ、
街路にそうて立つ桜の並木、
そこにも無数の雀はさゑづつてゐるではないか。

ああ　この大きな都会の夜に眠れるものは、
ただ一疋の青い猫のかげだ、
悲しい人類の歴史を語る猫のかげだ、
わが求めてやまざる幸福の青い影だ、
いかならん影をもとめて、
みぞれふる日にもわれは東京を恋しと思ひしに、
そこの裏町の壁にさむくもたれて、
このひとのごとき乞食はなにの夢を夢みて居るのか。

（「詩歌」大正6年4月号）

強い心臓と肉体に抱かる

風にふかれる葦のやうに
私の心は弱弱しくいつも恐れにふるえて居る

女よ
おまへの美しい精駻の右腕で
私のからだをがつしりと抱いてくれ
このふるえる病気の心をしづかにしづかになだめてくれ
ただ抱きしめてくれ私のからだを
ひつたりと肩によりそひながら
私の弱弱しい心臓の上に
おまへのかわゆらしい、あたたかい手をおいておくれ
ああ　心臓のここのところに手をあてて
女よ
そうしておまへは私に話しておくれ
涙にぬれたやさしい言葉で
「よい子よ
恐れるな、なにものをも恐れなさるな
あなたは健康で幸福だ
なにものがあなたの心をおびやかさうとも
あなたはおびえてはなりません
ただ遠方をみつめなさい
めばたきをしなさるな
めばたきをするならば、あなたの弱弱しい心は鳥のやうに飛ん
で行つてしまふのだ
いつもしつかりと私のそばに寄りそつて
私のこの健康な心臓を、この美しい手を、この胸を、さうして
この精駻の乳房をしつかりと。」

（「感情」大正6年4月号）

恐ろしく憂鬱なる

こんもりした森の木立のなかで
いちめんに白い蝶類がとんでゐる
むらがる、むらがりてとびめぐるてふ、てふ、てふ、てふ
みどりの葉のあつぼつたい隙間から
ぴか、ぴか、ぴか、ぴかと光るそのちいさな鋭どいつばさ
いつぱいに群がつてとびめぐるてふ、てふ、てふ、てふ
てふ、てふ、てふ、てふ、てふ、てふ、てふ、てふ
ああ　これはなんといふ憂欝なまぼろしだ
このおもたい手足おもたい心臓
かぎりなくなやましい物質と物質との重なり
ああ　これはなんといふ美しい病気だ
疲れはてたる神経のなまめかしいたそがれどきだ
私はみる、ここに女たちの投げ出したおもたい手足を
つかれはてた股《もも》や乳房のなまめかしい重たさを
その鮮血のやうなくちびるはここにかしこに
私の青ざめた屍体のくちびるに、額に、かみに、かみのけに、
ももに、腭に、腋のしたに、足くびに、あしのうらに、みぎの
腕にも、ひだりの腕にも、腹のうへにも押しあひて息苦しく重
なりあふ

むらがりむらがる物質と物質との淫猥なるかたまり
ここにかしこに追ひみだれたる蝶のまつくろの集団
ああ　この恐ろしい地上の陰影
このなまめかしいまぼろしの森の中に
しだいにひろがつてゆく憂欝の日かげをみつめる
その私の心はぢたばたと羽ばたきして
小鳥の死ぬるときの醜い姿のやうだ
ああ　このたえがたく悩ましい性の感覚
あまりに恐ろしく憂欝なる。

詩中平仮名にて書きたる「てふてふ」は文字通り「て、ふ、て、ふ」と発音して読まれたし「チョー、チョー」と読まれては困る。（朔太郎の感想参照）

（「感情」大正6年5月号）

群集の中を求めて歩く

私はいつも都会をもとめる
都会のにぎやかな群集の中に居ることをもとめる
群集はおほきな感情をもつたひとつの浪のやうなものだ
どこへでも流れてゆくひとつのさかんな意志と愛慾との
ぐるうぶだ
ああ　ものがなしき春のたそがれどき
都会に入り込みたる建築と建築との日影をもとめ
おほきな群集の中にもまれてゆくのはどんなに楽しいことか
みよこの群のながれてゆくありさまを
ひとつの浪はひとつの浪の上にかさなり
浪はかずかぎりなき日影をつくり、日影はゆるぎつつひろがり
すすむ
ひとのひとりひとりにもつ憂ひと悲しみはみなそこの日影に消
えてあとかたもなし
ああ　なんといふやすらかな心で私はこの道をも歩みすぎ行く
ことか
ああ　このおほひなる愛と無心のたのしき日影
たのしき浪のあなたにつれられてゆく心もちは涙ぐましくなる
やうだ
うらがなしい春の日のたそがれどき
このひとびとの群は建築と建築との軒をおよぎて
どこへどうして流れゆかふとするのか
私のかなしい憂愁をつつんでゐるひとつの大きな地上の日かげ
ただよふ無心の浪のながれ
ああ　どこまでも、どこまでも、この群集の浪の中をもまれて
行きたい
浪の行方は地平にけぶる
ただひとつの悲しい方角をもとめるために。

その手は菓子である

そのじつにかわゆらしいむつくりとした工合はどうだ
そのまるまるとして菓子のやうにふくらんだ工合はどうだ
指なんかはまことにほつそりとして品《しな》がよく
まるでちいさな青い魚くづのやうで
やさしくそよそよとうごいてゐる様子はたまらない
ああ　その手のうへに接吻がしたい
そつくりと口《くち》にあてて喰べてしまひたい
なんといふすつきりとした指先のまるみだ
指と指との谷間に咲くこの不思議の花の風情はどうだ
そのにほひは麝香のやうで薄く汗ばんだ桃のやうだ
かくばかり美しくみがきあげた女性のゆび、すつぽりとしたま
つ白のほそながいゆび
ぴあのの鍵盤をたたくゆび
針をもて絹をぬふ仕事のゆび
愛をもとめる男の肩によりそひながら
わけても感じやすい皮膚のうへに
かるく爪先をふれ、かるく爪でひつかき、かるくしつかりと押
えつけるやうにするゆびのはたらき
そのぶるぶるとみぶるひをする愛のよろこび、はげしく狡猾に
くすぐるゆび
おすましで意地悪のひとさしゆび
卑怯で快活な小ゆびのいたづら
親ゆびの肥え太つた美しさとその暴虐なる野蛮性
ああ　そのすべすべとみがきあげた一本のゆびを押しいただき
すつぽりとくちにふくんでしやぶつてゐたい、いつまでたつて
もしやぶつてゐたい
その手の甲はわつぷるのふくらみで、その手の指は氷砂糖のつ
めたい食慾
ああ　この食慾
子供のやうな意地のきたない無恥の食慾

（最も美しき者の各部分に就いて、その一）

（「感情」大正6年6月号）

千家元麿

野球

王子電気会社の前の草原で
メリヤスシヤツの工場の若い職工達が
ノツクをして居る。
昼の休みの鐘が鳴るまで
自由に喜々として
めい〳〵もち場所に一人々ちらばり
原の隅から一人が打ち上る玉を走つて行つてうまく受取る。

十五人余りのそれ等の職工は
一人一人に美くしい特色がある
脂色に染つたヅツクのズボンに青いジヤケツの蜻蛉のようなの
もあれば
鉛色の職工服そのまゝのもある。
彼等の衣服は汚れて居るが変に美くしい
泥がついても美くしさを失はない動物のように
左ぎつちよの少年は青白い病身さうな瘦せた弱々しい顔だが、
一番玉をうけ取る事も投げる事も上手で敏捷だ。その上一番快
活だ。
病気に気がついてゐるのかゐないのか
自覚した上でそれを忘れて余生を楽しんでゐるのか
若白髪の青年はその顔を見ると、
何故かその人の父を思ひ出す
親父譲りの肩が頑丈すぎてはふり方が拙い。
教へられてもうまくやれない
受取る事は上手だ。
皆んな上手だ、どこで習つたのかうまい、
一人々に病的な美くしいなつこ相な特色をもつて居る。
病気上りのやうに美くしいこれ等の少年や青年は
息づまる工場から出て来て
青空の輝く下にちらばり
心から讃め合つたりうまく冷やかしたり、
一つの玉で遊んでゐる。
雑り気の無い快活なわざとらしくなく飛び出し出た声は
清い空気の中にそのまゝ無難に消へて行き
その姿はまるで星のように美くしい
星も側へ行つて見たら
あんなに青白く、汚ないにちがひない
一人々の汚ない服や病的の体のかげから
快活な愛が花やいでうつかり現はれる美くしさ、なつこさ、
鐘が鳴ると彼等は急に緊張して
美くしい笑ひや喜びや好奇心に満ちた快活さを一人々、畳んで
どこかへ隠したように
一斉に黙つて帰つて行く。

創作家の喜び

見へて来る時の喜び、
それを知ら無い奴は創作家では無い
平常は生きてゐても、本当ではない
創作家の喜びは見へて来る喜びだ。
自分の内のものが生きる喜びだ。
自分の内の自然、或は人類が生きる喜びだ。
創作家は、その喜びの使ひだ。

初めて小供を

初めて小供を
草原で地の上に下ろして立たした時
小供は下計り向いて、
立つたり、しやがんだりして
一歩も動かず
笑つて笑つて笑ひぬいた、
恐さうに立つては嬉しくなり、そうつとしやがんで笑ひ
その可笑しかつた事
自分と小供は顔を見合はしては笑つた。
可笑しな奴と自分はあたりを見廻して笑ふと
小供はそつとしやがんで笑ひ
いつまでもいつまでも一つ所で
悠々と立つたりしやがんだり
小さな身をふるはして
喜んで居た。

自分は見た

自分は見た。
朝の美くしい巣鴨通りの雑沓の中で
都会から田舎へ帰る肥車が
三四台続いて静かに音も無く列り過ぎるのを
同じ姿勢、同じ歩調、同じ間隔をもつて
同じ方向に同じ目的に急ぐのを
自分がぴつたり立止つてその過ぎ行くのを見た時
同じ姿勢で、ぴつたりとまつたように見へた。小さく、
小さく、町の隅、此世の隅に形づけられて。
自分はそれから眼を離した時、
自分の側を過ぎ行く人、
左へ右へ急ぐ人が皆んな
同じ法則に支配されて居るのを感じた。
彼等は美くしく整然と一糸乱れ無い他界の者のように見へた。
人形のように見へた。

自分は見た
夜の更けた電車の中に
偶然乗り合はした人々が
をとなしく整然と相向つて並んで居た。
窓の外は真暗で
電車の中は火の燃へるかと思ふ迄明るかつた。
自分は
一つの目的、一つの正しい法則が
此世を支配して居るように思ふ
人は皆んな美くしく人形のように
他界の力で支配されて居るのだ。

狂ひは無いのだ。つくられたまゝの気がする。
一つの目的、一つの正しい法則があるのだと思ふ。
自分はその力で働くのだ。

彼は

彼はどこにでも居る。
生命の火はどこにでも居る。
何処にでもめぐり、何処にでも隠れて居る。
気がつけば彼は露骨だ。
彼は水の中にもゐる。魚となつて水の中にゐる
美くしい金魚となつて瓶の中にも居る。笑ひの中にも涙の中にも
彼は人々がいやがる雨の中にも、闇の中にもゐる
木の中にもゐる。女や子供や犬や猫の中にもゐる。
見よ、どこにでも彼はゐる。
露骨なる彼は。

（「白樺」大正6年12月号）

室生犀星

自分もその時感涙した

巡査は酔つぱらひを靴で蹶り飛ばした
酔つぱらひのあたまから血がながれた
これでよいこれでよい
かうして置かなければ性が懲りない
かう云つて荒縄でぐるぐると括り上げた
縄はからだへ食ひ込んだ
あたりにゐる人人はよい気味だと言つてゐる
酔つぱらひには既う抵抗力が無かつた
酔が醒めてだんだん青くなつてゐた
その眼から大きな涙が流れて居た

よくみる夢

僕は気がつくと裸で街を歩いてゐたのだ
こんなことはあるべき筈ではないと思ひながら慌てて
かくしどころに手をあてた
何といふ恥かしいことだ
僕は何か着るものがないかと往来を見まはしたけれど
何もなかつた
電車馬車商館いろいろな通行人が明るい日ざしの中に
描いたやうに浮いて見える
僕はいつさん走りに暗い小路に逃げ込んだ
すこしは暗かつたけれど人は通つてゐた
みんな不審さうに僕の方を見てゐた
巡査でも来たら大変だと思つた
しかし着るものがない

今はからだ一つしかない
世の中の人はみんなああやつて着てゐる
はだかでゐるのは僕ひとりだ
僕はどうすればいいのだ
僕はさしあたりどうすれば着れるのだ
とある軒下にぼんやり佇つて考へた
たれか知人でも通らないかと卑しい心を叱りながらも
やはりそれを求めた
だれも通らなかつた
僕は絶望した
かまはない裸で歩いてやれと思つた
小路から往来の方へ出て行つた
ふしぎに人人は咎めなかつた

この苦痛の前に額づく

よごれた寝台から起上ると自分は窓を開けてよい空をとり入れた
窓から夜の空と巨きな塔の姿とを見上げた
小さな家家の窓窓は暗かつた
女は紙のやうな肉のうすいからだを
痛痛しそうに身じまひをした
麻のやうにほそい腕燐寸のやうな足を
自分は苛酷な眼付で眺めた
間もなくいきなり寝台から飛び下りて
女のきたない靴を接吻した
この言ひやうのない恥かしさはあらしのやうに私のからだを走
り廻つた
女は呆れたやうに私を眺めた
ほんとにお前は気の毒な人だ
あれほど私が苛酷な取扱ひをしたのに
お前は黙つて紙幣を握つていただいた
これさへあればいいといふ顔をした
わづか一枚の紙幣
そしてお前は私の欲するままになつた
お前の収入は殖へた
それがお前にとつて幸福であつたのか
お前のしてゐることは決して悪いことでないことを
それが決して又善いことでないことを
この二つの問題をゆつくり話してあげよう
お前には尊い魂がある
犯されないきれいさが澄んでゐる
自分でそれを知るやうになるまで
自分でそれを保護するやうになるまで
それまで私は君を愛訪しよう
それまで私の接近することを断るな
お前には聖母のやうな表情がある
苦しみ喘んだなかに淵のやうな静かさがある

それらはお前の生活を正しさへ引きもどす
きれい美事に洗ひきよめられる
よくなるまで耐へしのべ
そして私の話すことをだんだんに
解るやうになりなさい！
おおくらやみの路次に立つてゐる
まだ健全な魂

街裏へ

ここは失敗と勝利と堕落と襤褸《ボロ》と
淫売と人殺しと貧乏と詐欺と
煤と埃と饑渇と寒気と
押し合ひへし合ひ衝き倒し
人人の食べものを引きたくり
気狂ひと乞食と恥知らずの餓鬼道の都市だ
やさしい魂をもつたものは脅かされ威かされ踏みつけられ撲ぐられ
生涯どうにもならないやうになり
又は女は無垢のうちに汚され売られる処だ
人道や正義や正直や恩義は燐寸を摺つたやうに消へてなくなり
いつも一つの救済さへも為されてゐない
あらゆる懶怠者はわづかな金で一日のいのちをつないで寝ころび
餓鬼のやうに瘠せおとろへ
灰だみた空気のなかにうようよ生きてゐる都市だ
押し合ひへし合ひ
恥も外聞もみえも態度も良心も
主人も師匠も兄弟も無いがりがりどもが蚊のやうにぶんぶん飛ぶ都市だ
人間の心を温かにするものがない
人間の心を優しさへ移すものがない
ああ人人の心は砂利道に砥がれへシつぶされるとこだ
ああこの都市こそは私の永久に住むとこだ
この都市こそは生きて教へられることの多い私の為めにはどつしりした永久の書物だ
おれはまだどれだけも読んでゐない
読んで読んでそして読みつくさう！　ここにあるこの大きな書物を

（「感情」大正6年2月号）

日夏耿之介

『見える』

かなり高い丘の上に
中年《ちうねん》の檞の樹が裾をまくつて突つ立つてゐる。
風が吹いてもあまり瞬《またゝ》かないが
日が輝やけばわずかに微笑するのがわかる。

槲の樹の足もとに低い椅子がならんで
少年ばかり来ては折り折り瞰望する。
ある日羸弱《ひよは》さうな子供が来て椅子の上に立ち上り
羞明《まぶし》さうに眺めて居たが簡明に纖《かぼそ》い声で叫んだ。
『見える、』
無遠慮な槲の樹はアハ、、と笑つて枯葉を飛ばした。
こどもは黙つて椅子を下りて去《い》つた

(「早稲田文学」大正6年1月号)

黒衣聖母

真理《しんり》はくろし
ひかりは白熱《はくねつ》して
くろきものより細細《ほそほそ》とたちのぼる
ひかりは恒《つね》に聡明《さと》し　そのゆゑに

わが胸《むね》のふかみに
黒衣聖母《こくいせいぼ》あり
心《こゝろ》して赴《ゆ》け　道《みち》ゆく旅人《もの》よ

風《かぜ》ある日《ひ》
渚《なぎさ》を旅《たび》すれば
顔《かほ》しかめる水面《すゐめん》にも
きみが胸《むね》のおくがなる

黒衣《こくい》の母《はゝ》を視《み》む
もし照《て》る日《ひ》のもとをあゆまば
湿気《しつけ》ある処女林《しよぢよりん》の扉《とびら》に
一位《ゐ》の樹《き》の繁《しげ》みふかくに
きみが輝《かゞや》ける母《はゝ》を垣間見《かいまみ》ることあらむ

頭《あたま》をあげよ
若《わか》き旅人《たびびと》　その心《こゝろ》の繁《しげ》みふかくに
けだかき黒衣聖母《こくいせいぼ》を夙《はや》く拝《はい》し跪《ひざま》づけ

真理《しんり》はつねにかぐろし
いつまでも

紅い足を持つ鳥

脳《なう》を疾《や》むものの眼瞼《まぶた》のやうに
空《そら》はひくく真黒《まつくろ》に垂《た》れさがり
地平《ちへい》の上《うへ》一寸《すん》ほどほのあかるい
もののけのない渚《なぎさ》の白い沙《すな》の上《うへ》に
ただ一羽《は》鳥《とり》がゐる
その鳥《とり》は真白《まつしろ》い翼《つばさ》に身《み》をかため
傷《きず》ついたのか病《や》んでゐるのか
びつこをひいて歩《ある》きまはる

その足《あし》はめざめるほど真紅《しんく》で
海底《かいてい》から濡《ぬ》れ上《あ》げた珊瑚《さんご》の枝《えだ》のやうだ
眼《まなこ》はどこにある
嘴《くちばし》はどこにある
跼蹐《かがま》りこんだただ一塊《くわい》の存在《そんざい》よ
病《や》み歩《あゆ》む紅《あか》い足《あし》の跡《あしあと》を見《み》よ
なにとも識《し》れぬ怪綺《くわいき》のもの象《かたち》が
ありありゐがかれ…………
その象《かたち》は人《ひと》に判別《わか》る絵画《くわいぐわ》ではない
神《かみ》に監視《み》らるる業蹟《おこなひ》ではない
なにとも識《し》れぬ異形《いぎやう》のもののかげ
善悪《ぜんあく》の森林《しんりん》を超《こ》えて
すかし見《み》られる熒惑星《きんせい》か
いづれでもよい
ただ見《み》よ
白《しろ》く踞蹐《かが》んで痛々《いたいた》しく歩《あゆ》む姿《すがた》を
一夜《や》に老《としと》つた若者《わかもの》
泣《な》きかなしむ死児《しご》の前《まへ》に寡婦《やもめ》
襲来《しふらい》した嵐《あらし》の第《だい》一陣《ぢん》に
黒《くろ》く忿《いか》つた海原《うなばら》遠《とほ》く
この白《しろ》い鳥《とり》を吹《ふ》き上《あ》げた
残《のこ》る沙上《さじやう》に象《かたち》はうすれて
そのかたちは
だんだんに時《とき》の斧《おの》にうち砕《くだ》かれ
満目《まんもく》の黒《くろ》い風《かぜ》の沙浜《すなはま》に
時《とき》と空《くう》とのみがいつぱいにはびこる
たえられることか

（「文章世界」大正6年4月号）

自然の言葉

白鳥省吾

君はかの黒い大地から咲き出た
深紅《しんく》のチユウリツプを見たか、
君は春のくれがたに光る
金星を見たか。

それらはみんな『自然』の詩だ、
それらの現《あらは》れは人を崇高《けだか》い微風のやうに吹く、
詩は純真なもの燃ゆるもの幼いものの魂だ、
人を一層純真にし燃えゝしめ幼くするものだ。

君は山に木《き》を伐る人、海や川に舟を操《あやつ》る人、
更に騒然たる工場の人々、汽車、自動車の運転にも、

波止場や船渠《ドック》または停車場の光景にも、
快《こころよ》い諧調の流れてゐるのを見ないか、
あゝ如何なる時にも詩は
凡てを総《す》べる諧調だ。

真の詩はつねに魂を清め、
自然と一致して輝き歌ふものだ。

心はつねに故郷にかへる

心はつねにふらりとして
何といふこともなく
遠い故郷にかへる。
そして静かな幻影の田舎で、
親兄弟の顔をながめ
麦の萌える畑中を歩み
水色にけぶる遠い山を見
楽しいあたたかい日光を浴《あ》びる。
東京に住んでゐることの
そう苦しいとも悲しいとも思ふわけではないが、
心はつねに故郷にかへる、
そして歌つてゐるやうな自然の中を
うつとりとして幻影のやうに散歩してゐる

（「早稲田文学」大正6年5月号）

相逢ふ二人

数限りもない生殖が
草や木によつて営まれる、
豊かな光に燃え、大気に流れ
くらい地の底、緑の梢
葉のかげに無限に
若々しい楽しい歌がきこえる。

数限りもない生殖が
数限りもない美しい場面に
鳥や獣や魚や昆虫によつて行はれる、
かれらは快活に炎のやうに喘ぎ
脈うつ肉を互にからんで
相逢ふ歌をうたふ
太陽にさゝげる祈のやうに。
相逢ふ夜の二人は
眼も胸も一つに溶け合ひ
燃える『自己』が讃嘆しながら
新しい胎のなかに躍つてゆく、
そこに完全な喜びがある
外にはしつとりと露が下り
星がまたたく真夜中《まよなか》。

縄跳ね

みんな微笑《ほゝゑ》んで
十から十二三の少女達
一すぢの縄を通《とほり》にひいて
縄はねをしてゐる。

みんな微笑んで
楽しさは一本の縄に集る、
きれいな着物から
光《ひかり》のやうに躍り出す足

この美しい少女達は
ほんとうに高く跳ねる、
快活に翼《はね》をもつてゐるやうに
すんなりした身体つきで。

少女達の高く跳ねるのは
全く似合つてゐる、
空に燃える太陽に
六月のかるい朝風に。

（「詩歌」大正6年8月号）

西條八十

パステル

粗《あら》い手《て》ざはりの露《ろ》西《し》亜《あ》更紗《さらさ》に
包《つゝ》んだ透蚕《すきご》はいつまでも
めざめねば、今日《けふ》は
君《きみ》とふたり、碧《あを》い山脈《やまなみ》を眺《なが》める。

ああ、金口《きんぐち》の冷《つめ》たく、莨《たばこ》の烟《けむり》の
ゆるくながれることよ、
見《み》よ、鳶色《とびいろ》の林《はやし》の中《なか》を、黒《くろ》い馬《うま》が牽《ひ》いて
象牙《ざうげ》の棺車《ひつぎぐるま》が通《とほ》る。

から、から、と
セリウムの鈴《すゞ》のやうな、快《い》い音《ね》がする。
ゆくてには白《しろ》い雲《くも》がわき
明《あか》るい三角畑《かくばたけ》には桐《きり》の花《はな》が零《こぼ》れてゐる。

君《きみ》よ、莨《たばこ》を棄《す》て、
すつぽりと露《ろ》西《し》亜《あ》更紗《さらさ》に、これら総《すべ》て
淡紫《うすむらさき》のパステルを包《つゝ》まうぢやないか
遠《とほ》くけむる山脈《さんみやく》も、あきらかな鳥《とり》のかげも――

朝餐《あさげ》の間《あひだ》、
透蚕《すきご》とともに
香膏《あぶら》のやうに眠《ねむ》らせるため。

（「文章世界」大正6年9月号）

凧をあげる小供

百田宗治

空は晴れ、
雲は散らばつてゐる、
細の黒い土壌の上には青いものが点々として芽を出してゐるが、
吹く西風は強い、
それはあらゆる立木をゆるがし、
停らうとするあらゆる空気を激動させ、
田の中の一人の農夫の袖を引きちぎらうとしてゐる。

丘の樹々は轟々と鳴り、
裸かにされた桜や樅やが前後左右に押し合ひへし合つてゐる、
何の鳥か知らぬが、
稲妻のやうに空の何処かで一声さけるやうに啼く、
田や畑は海のやうにひろ〴〵としてゐる、
人が三四人あなたの野こなたの野で働いてゐる、
鍬が光る。

小供が一人、凧をあげやうとしてゐる、
凧は手製の粗末なものだ、
小供は大きい糸捲を胸にかゝへて、
だんだんにそれを解きつゝ、
風のなかにむかつて矢のやうに走る、
凧は何度かキリキリ舞ひ、
一度田の中に落ちやうとし、
それから急に正面を向いてのぼりだした、
小供は振返りもせずに走る、
田から田へ、
畑から畑へ、
凧はずん〴〵のぼつてゆく、
時々風にさらはれさうになるのを同じ風の力を利用して辛うじて支へ、
それからまた安心してのぼつてゆく。

小供はもうゆつくりと風を背にし、空を見上げ、
片手をあげて糸をピンピンと引き、
矢張り糸捲の糸を出してゆく、
凧はもう高くのぼつてゐる、

青い高い空の中央にそれは小さくなり、
ピヨイピヨイと跳ねかへり、
だんだんのぼつてゆく、
糸は空に見えなくなつてゐる、
が、小供の耳の傍ではそれはぶん〱唸つてゐる、
精一杯の力で支へてゐる、
堪へてゐる、
悲しさうに、
悲鳴をあげてゐる。

立木の梢は一せいになびいてゐる、
バタバタと畑の菜が土を打つてゐる、
一人の農夫は仕事から腰を延ばした。

（三月六日）

（「科学と文藝」大正6年4月号）

光りは

福田正夫

光りは白銀の様に雨上りの沖に輝いてゐる、
光りは心の底に愛を感じさせる。
光りは美しい子供の様によろこびに踊る。

沖の漁夫《れふし》たちは光りをいつぱいに心の底にあたたかく受けなが
ら、
雨上りの朝のうららかな秋の日にうたふ、
きけ、唄を——見ろ、その影を、
日々に、日々に、われは陸の上から、大漁の旗に酔ふ海の戦闘
を眺める。

沖に今朝《けさ》は光りがいつぱいだ。

日が高くなるに連れて光りは沖遠く逃げてしまふ。
光りは魚らの鱗の様にチラチラと午前の海に輝く、
光りは強い男の力を感じさせる、
光りは女性の恋の様によろこびに燃える。

秋の午前の強い光りの下に働く漁夫《れふし》の群をみないか、
黒く輝いた腕を、顔を、さはやかな唄の心を、
よろこびの中の哀愁を——力強い生の充実を、
おお、日々に、日々に、海に生きる戦士の群。

光りは海の中に溶ける、
水脈《みを》は光りの路となる、
チカチカと消えつ顕れつ光りは散らぼる。

光りの中に沖網の番船がうかんでゐる、

もう、朝の活動がすぎたあとらしい、
しづかに、しづかに、光りの波にのる。
漁夫《れふし》らはいま船底にうつらうつらと眠るのであらう、
漁夫《れふし》らは朝の手柄も語らないであらう、
戦ひの前の眠り、戦士の眠りこまやかなれ。

（「文章世界」大正6年5月号）

神原　泰

疲労（後期立体詩）

むらさき
赤、黄、藍、緑
煙突、車、ピストン
凡ての動くもの、走るもの、止まる所のもの
感情の尖点よ、知識の尖点よ而して欲望の尖点よ

△

我疲かれぬ
いたましき神経の逼迫に
意志と感能との類ひなき争闘に
歩ゆみ、疲かれ
かつ歩ゆむ

△

あるものは須叟なる生を賢かしげなる享楽に
あるものは己れ自らの燃焼に
あるものは大いなる本能のために
——歩ゆみ、あえぎ、疲かれ、歩ゆむ。

真夏

酸素よ、窒素よ、アルゴンよ
散乱と
おどり狂めく原子のわなゝき
空気も、工場も、草木も、街道も
流動し、合一し、離別して太陽のリズムにおどる

△

今
凡ての色、凡ての光、凡ての生命の充溢する刹那
自働車、車、飛行機、爆弾の苦しみあえぐ生は
すべて
われらのものとなる。

△

真夏よ真夏よ真夏の真昼よ
されば太陽よ
今、凡てのものは生き、凡てのものは呼吸し、凡てのものは充
実する刹那

願がわくばよろずを飲みほし給え。

（「新潮」大正6年8月号）

自働車の力動

鋭角、鋭角、鈍角
鈍角、鋭角、鋭角、鋭角、音
音の体積
運動の体積、光の欲望、光の感情
色、光、光、光、色、光、音
鋭角、鋭角、鋭角、円の一片
螺旋、波紋、衝動神経的衝動

雑音の階調
太陽に反逆する街道
白、黒、灰、紫
地を這ひ、地を這ひ、地を征服す
鋭角、鋭角、鋭角

（「新潮」大正6年10月号）

短歌

来嶋靖生＝選

北地雪の譜

小田観蛍

真夜中と夜はふけぬらし眼覚むれば板戸に雪のふゞくおと絶えぬ
この眼覚障子あかるく火の燃えて母が真柴を折り焚く音す
障子越し焚ける焚火を温《ぬく》としみ眼覚めて我れは物思ひ出《づ》も
我が寝間の煤びし障子あか〳〵と焚き火にうつり未だ夜明けず
ばうぼうと炉火燃えさかる音の外《ほか》今の眼覚にものおときかず
ゐろり辺に飯食《を》し居れば声きこゆはや集会に行く人ならし
雪道のとのもを通る村人等話し行く声高らかにきこゆ
降る雪の片空曇り午後の日はかすかなる目を見せにけるかも
振放《ふりさ》けて見ればまばゆき薄ら雲名残《なごり》の雪はマントに降るも
薄雲のいづへよりさす光ぞもゆくゆく晴れてまばゆかりけり
深雪《ふかゆき》の山路さびしく立ちどまりどよみ倒るゝ木を見たりけり
おのづから立木倒るゝ遠どよみ雪の山路をひとり越えゆく
人一人此処を通りし足の跡雪の峡《はざま》を行けばさびしも

雪原をとほり来りてむしろ戸を押開《おしあ》け入ればまつくらきかも
たそがれの玻璃戸《がらすど》越しに雪頻《しき》る外面《とのも》ながめてしみ〴〵とすも
雪原の雪の霧《き》らひにおぼろなる馬橇《ばそり》の人を見るあはれなり
此処過ぎて鈴の音《ね》きこゆ然れども降霧《ふりき》る雪に馬橇《ばそり》は見えず
ストーブを焚く部屋なればこの屋根の雪は今より解けて垂氷《たるひ》す
夜もすがら焚くストーブに雪解けてたま〳〵軒を落つる音すも
吹き返すストーブのそばさむざむと冷たき飯をたうべけるかも
招かれて橇して行けばアイヌ等もけふの生《い》く日をほがひゐらけり
あきつ神生《あ》れまし、日と鮭あぶり酒煮て侑《すゝ》む蝦夷《あいぬ》の子等は
すめらぎの思《おぼ》すかしこきおほ御《み》詔衍《ことのべと》解きて我れ涙落ちむとす（校の長とて）
一身をさゝげてこゝの村の為尽さむとしも思ふなりけり
我がめぐる声に続きて村人の万歳のこゑ天にどよもす
遠どよむ万歳の声こゝにみる提燈の灯はかぎりを知らず

（「潮音」大正6年1月号）

病　床

島木赤彦

枕べの障子一日《いちにち》曇りたり眼《まなこ》をあげて時どき見るも
外《と》を見れば見ゆる朝顔のつぶら果《み》に冬の日あたり忽ち曇る
動くことなかれと言ひし我が茂吉わが顔の上に鰻食ひ居り
必ずに癒ゆべき病と思へども腕《かひな》つかれて物を書き居り
いささかの熱あるときは書きものの筆のはこび疾《は》やく疲れつるかも
冬の日のあたることなき北の窓一つの窓に一日《いちにち》向ふ
睾丸《きんたま》を切りおとしたる次ぐの日の暁どきに眼ざめ我が居り
寂しくてふとんの上ゆ座《すわ》りて見る短日《たんじつ》の陽《ひ》は傾きにけり

病　床　二

十二月六日赤木桁平氏来り夏目先生の危篤を知る

先生の門人一人愁ひつつ霜夜のふけに来りて去れり
霜夜おそく人の来りて遺《のこ》し行きし大きザボンの玉を見て居る
ぼんたんの大き黄の玉霜の夜の灯《ともし》明るく眼ざめ我が居り
いたづきの身は動かねば畳の目のよごれ明るく灯はふけてゐる
原稿を止《や》めと言はれて止め給ひし大き先生を死なしむべからず
あな悲し原稿のつづき思ひたまふ胃の腑には血の出でていませり
霜夜の風窓《と》にしづまりておほけなし先生の道を思ひ見る一人
わがのどを今通ふ息《いき》の音きこゆ木枯の風とみに静まり

（「アララギ」大正6年1月号）

亀原の家　一

島木赤彦

妻子らに今日かも逢ふと五月雨の雨の衢《ちまた》をわが歩み居り
汗垂りてのぼりてゆきぬ五月雨の雲暗く行く上富坂町
五月雨の雨に濡れ来て忙《いそが》しくこの停車場に額を拭くも
人を待ち物言はめやも五月雨の地《つち》うつ音の今の鳴り響く
いそがしく下駄のよごれを拭ひつつ背中の汗をつめたく覚ゆ
硝子戸に流るる雨を眺めてゐる我の心は人待ち難し
心なほ家もつことを危ぶみつつ終日《ひねもす》妻を待ちくらし居り
父ははの年老いています山の家を歎きて出づる妻にやはあらぬ

亀原の家　二

縁に出て一人にしあればろくろ木の花咲きたりと言はざりしかも
五月雨に濡れてつきたる妻子らの面わを見るも日ぐれの門《もん》に
はるばるに家さかり来て寂しきか子どもは坐《すわ》る畳の上に
父と母そろひて子らの前に居り思ひて見れば四年《よとせ》ぶりならむ
棕梠の葉の高きひろがりに降りそそぐ雨は夕べにならむとするも
うつり来て未だ解かざる荷の前に夕飯たべぬ子どもは並びて
ひねもすの汽車につかれし幼な子の足を伸して眠れるあはれ
わが病癒えずと知らば歎くべみ夜更けて妻に告げにけるかも

亀原の家　三

日もすがら若葉のうへの曇り空暮るれば赤き月出でにけり
いく日《にち》の曇りをたもつ丘の空の日ぐれに近し雨蛙のこゑ
馬鈴薯《いも》買ひて妻かへり来ぬ谿窪の若葉くもれる夕月夜の道
鑿井《つきゐど》の釣瓶吊る妻うち仰ぎ雨来《く》とぞ言ふくもりの月夜
幾夜さも驢馬と知らねばまがなしき嘶《な》き声聞きつこれの岡べに
嘶く夜もありなかぬ夜もありぬば玉の小夜ふけにつつ驢馬いま聞ゆ
三人《にん》の子どもは寝《ぬ》ればすぐ眠る遥かに驢馬のなく声聞ゆ
子どもらが捕りてもて来《こ》しおたまじやくし金盥に飼ひ夜ふけて動く

亀原の家　四

亀原は木のなかならぬ家もなし灯をともしつつ深く曇るも
夕雨は降りても暑しこの道の若葉やふかく曇りたるらむ
いく夜さも眠り足らざる足の疲れ汗あえにつつ雨にぬれ居り
五月雨となりたるならむ草の中ににほひいちじるき野茨の花
わが命《いのち》守れと妻に言はめやも心励まして夕飯《ゆふいひ》食むも
わがために幾夜も寝ざるわが妻をあはれと思ひ物言はずけり
護国寺の池よとり来《こ》しおたまじやくし子らと見て居れば許多《ここだく》動くも
ぬば玉のきのふの夕《ゆふべ》わが言ひしおたまじやくしを子どもは捨てず

（「アララギ」大正6年7月号）

富士見高原

島木赤彦

八ケ岳裾を遠曳き二た国に水わかれ行く芒青原
富士見駅下りて来れば榛原《はりはら》の木かげの池に舟こぐ人あり
落葉松《からまつ》の萌黄《もよぎ》の林雉子は立ち時の間《ま》山を寂しく思ほゆ
水源《みなかみ》に立てる森林測候所赤き旗立て曇りを知らす
からまつの木の間《ま》に白き木柵に赤子のきもの乾してあるあはれ
草原の野の面《も》に多き落葉松の萌黄おそきは国高みかも
盂蘭盆の村のはづれの小松原晴衣をきたる子の遊ぶ見ゆ
水源《みなかみ》の草生《くさふ》にまじる榛木立《はりこだち》おそく生まれし蜩鳴くきこゆ

富士見高原

夏深《ふ》くる芒青野の照りかげり寂しくもあるか一人し立てば
遠き世のコロボツクルのもちしとふ土器《かはらけ》を掘る木の間の畑《はたけ》に
行く雲はかそかなれども止まらねば谿にかへりぬ夕づく青原

高原の小松にまじる女郎花色きはやかに澄めり夏日は
秋の冷え早くもよふす松原の下生《したふ》の芒穂を孕み見ゆ
白榛《しらはり》の木立の下のみじか草曇れば寒くそよぎけるかも

帰家

蚕《こ》のあがり静まりて風呂にゐる妻をあはれとぞ思ふ帰り来りて
すいと虫畳のうへに鳴くきけば妻を率《ゐ》て寝て寂しきものを

以上十六首大正四年七月起稿

（「アララギ」大正6年10月号）

蹄のあと

斎藤茂吉

ものこほしく電車を待てり塵あげて吹きとほる風のいたく寒しも
をさなごを心にもちてかへりくる初冬《しよとう》のちまた夕さりにけり
かわききりたる直土《ひたつち》に氷《ひ》に凝《こご》るひとむらゆきををさなごも見よ
秩父かぜおろしてきたる街上を牛とほり居り見すぐしがたし
この日ごろひとを厭《いと》へりをさなごの頭《あたま》を見ればこころゆらぐを
七《なゝ》とせの勤務《つとめ》をやめて街《まち》ゆかずひとりこもれば昼さへねむし
ひさびさに外《そと》にいづれば泥《どろ》こほり蹄《ひづめ》のあとも心ひきたり
をさなごの頬《ほゝ》の凍風《しもやけ》をあはれみてまた見に来たりをさなき両頬《もろほゝ》

（「アララギ」大正6年3月号）

寒土集

斎藤茂吉

長塚節二周忌

うつうつと眠《ねむ》りにしづみ醒《さめ》しときかい細《ほそ》る身《み》の辛痛《せつな》かりけむ
しらぬひ筑紫《つくし》のはまに夜《よる》さむく命《いのち》を愛《を》しみしはぶきにけむ
あつまりて酒《さけ》は飲《の》むとも悲《かな》しかる命《いのち》のながれ思《おも》はざらむや
つくづくと憂《うれひ》にこもる人《ひと》あらむこのきさらぎの白梅《しらうめ》のはな
君《きみ》の息《いき》たえて筑紫《つくし》に焼《や》かれしと聞《き》けむ去年《こぞ》のこよひおもほゆ

長塚節三周忌

おもかげに立《た》ちくる君《きみ》も今日今宵《けふこよひ》おぼろなるかなや時《とき》ゆくらむか
心《こゝろ》づまの写真《しやしん》を秘《ひ》めて海《うみ》つべにあきらめがたく死《し》にし君《きみ》はも
おもかげに立《た》ちくる君《きみ》や辛痛《せつな》しと終《つひ》に言《い》はざらむわれは知《し》るとも
まをとめをかなしと言《い》ひて風《かぜ》さむき筑紫《つくし》の浜《はま》に君死《きみし》しにけり
こころ凝《こ》りていのち生《い》きむと山川《やまかは》を海洋《わたつみ》をこえ行《ゆ》きし君《きみ》はも
まなかひに立《た》ちくる君《きみ》のおもかげのたまゆらにして消《き》ゆる寂《さび》しさ
山《やま》がはのこもりて響《とよ》むながれにもかなしきいのち君見《きみみ》けむもの
山《やま》がひのうつろふ木々《きゞ》のそよぎにも清《すが》し光《ひかり》を君見《きみみ》けむもの
生《い》きたしとむさぼり思《も》ふな天《あま》つ日《ひ》の落《お》ちなむときに草《くさ》を染《そ》むるを
しらぬひ筑紫《つくし》を恋《こ》ひて行《ゆ》きしかど浜風《はまかぜ》さむみ咽《のど》に沁《し》みけむ
息《いき》たえて炎《ほのほ》に焼《や》けしものながらまもりて帰《かへ》る汽車《きしや》のとどろき
赤《あか》き火《ひ》に焼《や》けのこりたる君《きみ》の骨《ほね》はるばるかへる父母《ちゝはゝ》の国に
君《きみ》の骨箱《ほねはこ》にはひりて鳥《とり》がなく東《あづま》のくににうめられにけり
まながひに立《た》ちくる君《きみ》のおもかげの眼《まなこ》つぶらなる現身《うつしみ》にあはれ
息《いき》ありてのこれる我《われ》らけふつどひ君《きみ》をし偲《しの》ぶ牛《うし》をくひつゝ
夜《よる》おそく青山《あをやま》どほりかへり来《き》て解熱《げねつ》のくすり買《か》ふも寂《さび》しき
あつぶすま布団《ふとん》かむれどわがこころ疲《つか》れやしけむねむりがたしも

独居

腹《はら》ばへになりてもの書《か》く癖《くせ》つきしこの日《ひ》ごろわれに人《ひと》な来《きた》りそ
つくづくと百日《もゝか》こもればいきどほる心《こゝろ》おこらず寂《さび》しさ湧《わ》くも
をさなごの頭《あたま》を見《み》ればことわりに争《あらそ》ひかねてかなしかりけり
七年《なゝとせ》の勤務《つとめ》をやめて独居《ひとりゐ》のわれのこころに嶮《けは》しさも無《な》し
こがらしの行《ゆ》く音《おと》きこゆ児《こ》を守《も》りて寒《さむ》きちまたにわれ行《ゆ》かざらむ
おのづから顱頂《ろちやう》禿《は》げくる寂《さび》しみも君《きみ》に告《つ》げなくただにこもるも
けふ一日《ひとひ》たばこを呑《の》まず尊《たふと》かることせしごとくまなこをつぶる
この日《ひ》ごろひとり籠《こも》りゐ食《は》む飯《いひ》も二食《じき》となりて足《た》らふ寂《さび》しさ
午後《ごご》に入《い》る風《かぜ》たちおこり塵風《ちりかぜ》の玻璃窓《はりど》にふきて心《こゝろ》いらただし
この朝《あさ》け玻璃戸《はりど》をあけてうちわたす墓原《はかはら》見《み》れば木々《きゞ》ぞうごける
すわり居《ゐ》るわれの周囲《まはり》におのづから溜《た》まりく書物やらむともせず
この日ごろ空《むな》しく経《へ》つゝ恋《こほ》しかるものを尋《たづ》ねむ心湧《こゝろわ》かずも
寝過《ねすぎ》より起《お》きいでにつゝ診察《しんさつ》をせむと急《いそ》ぎて鬚《ひげ》そりにけり
火曜日《くわえうび》の午後《ごゞ》のこもりに湯《ゆ》を浴《あ》みに行《ゆ》かむとおもふ心《こゝろ》ゆたけさ
をさなごのしはぶきの音気《おとき》にもちてさ夜《よ》の小床《をどこ》に目《め》をあきてをり
ひさびさに縁《えん》に立《た》ちつゝさ庭《には》べの土《つち》をし見《み》ればただ乾《かわ》きたる
墓地《ぼち》うへに黒雲《くろくも》ほびこりいかづちのとどろき光《ひか》るつばらかに見《み》ゆ
鳴《な》り伝《つた》ふ春《はる》いかづちの音《おと》さへや心燃《こゝろも》えたつおとにあらずも
こもりつゝ百日《もゝか》を経《へ》たりしみじみと十年《とをとせ》ぶりの思《おもひ》をあがする

深夜

酒《さけ》さめて夜《よは》にあゆめばけたたまし我《われ》を追《お》ひ越《こ》す電車《でんしや》のともしび
この日ごろ心《こゝろ》は寂《さび》しい往《ゆ》くみちかへらふ道《みち》のかぜは寒《さむ》しも
夜《よる》おそくひとりし来《く》ればちまた路《ぢ》は氷《ひ》に乾《かわ》きたりわれのしはぶき
冬《ふゆ》ふかきちまたの夜《よる》に足《あし》とどむ人《ひと》まれに行《ゆ》くおもき靴音《くつおと》

（「文章世界」大正6年4月号）

三月三十日　　斎藤茂吉

ものこほしく家をいでたりしづかなるけふ朝空のひむがし曇る
赤坂の見付を行きつ目のまへに森こそせまれゆらぐ朝森
昼ちかき春日《はるび》は照れり家《いへ》ゐ並《な》む書估にいで入りてかすかに疲る
馬なめてとどろと行かす大王のみ行《ゆき》を目守《まも》るのびあがりつつ
病む友の枕べに来つよみがへるいきどほろしき心にあらず
このゆふべ砲工廠の一角にくれなゐの旗くれひるがへる
街かどのかわける土にいとけなき白墨《はくぼく》がきのあそべるなごり
道の上にうなゐあそべる白墨《ちょうく》がきあはく残りて心にぞ染む

（「アララギ」大正6年5月号）

火口原　　釈　迢空

日の限り薦《すゞ》広原のうら枯れのなかにひと処昏《く》れ残る沼
ころぶせば膚にさはらぬ風ありてまのあたりなる草の穂は揺る
足柄の金時山に入りをりと誰知らましやこの草の中
をちこちに棚田《たなだ》いとなみ足柄の山の斜面に人うごく見ゆ
山原の夕やけ寒く戻り来て野薦のなかに我はつまづく
火口原そのまんなかに爺《おぢ》来逢ひゆふべのことばかけて過ぎけり
日の入りのうすあかるみに山の湯へ手拭さげて人来るなり

向つ峯《を》に夕日けぶれりただ一もとまさ〴〵青く昏るる杉の木

熊野

釈 迢空

わが乗れる天《あめ》の鳥船海《うみ》ざかの空拍つ浪に高くあがれり
たまさかに見えてさびしもかぐろなる田曾《たそ》の迫門より遠きいさりび
いきどほる胸うちしづめしどみ咲く熊野礫《がはら》の夕日にいこふ
大台《おほだい》の山の木の間の蔦の葉の秋づく頃を鳥の鳴くなる
山のたわ高萱なびき昏るる日の夕やけさむし蝶一つ飛ぶ
ほうほうとありその畠に鳥おひしかの声きこゆたそがれ来れば
わが帆なる熊野の山の朝風にまぎりおしきり高瀬をのぼる
むら薄青めるなかに蜱《いとど》なくわが旅ごころはるかなるかな

（「アララギ」大正6年1月号）

いろものせき

釈 迢空

うすぐらき場すゑのよせの下座の唄聴けば苦しゑその声よきに
白じろと更けゐるよせの畳のうへ悖然《ぼつさり》と来てすわりぬわれは
衢《ちまた》風砂吹き入れて藝人の高座の瞬きさびしくありけり
誰ひとり客はわらはぬはなしかの工《たくみ》さびしもわれも笑はず
高座にあがるすなはち処女ふたり扇ひらきぬ大きなる扇を
新内の語りのとぎれ。はつと見れば座頭紫朝《ざとうしてう》は目をあかずをり
わりなさをぢつと堪へつゝ聴き凝す座頭の唄のはるけしやゝに
「猫久《ねこきう》」のはなしなかばに立ち来《く》るは笑ふに堪へむ心にあらず

（「アララギ」大正6年6月号）

朝鮮雑詠

平福百穂

金剛山

金剛の一万二千峯まさやかに青葉の上に眺めつるかも
さがさがし向つ長嶺のいただきの草おしなびき疾風《とかぜ》吹く見ゆ
向つ峯の山襞ふかくかかる滝こもりて白く落ちたぎつ滝
削り断つ向つ巌峯ゆ落つる滝谿ふかくして滝壺は見えず
夕闇は渓にひろごり迫れども明るくし見ゆ山のいただき
石の上に仰ぎ眺むる岩危し雲吹きつけてちぎれて飛ぶも
よもすがら山の気身にぞ泌みわたり大寺のうちに暁待ちかねつ
枕辺に近く経誦し過ぎゆけり庫裡の彼方を遠ゆく聞ゆ

訪雲養先生

白妙の麻の鶴巻袖長にうちは持ちたり雲養先生
温突の天井低く蚊帳捲きて雲養先生はやすらけく居り
内房の障子小暗く隔てたりおさな童べの書読む聞ゆ
ひそひそと内房の隙ゆ倚る人の吾を見てあるは若き人ならし
おのづから真裸山に滲みいづる岩面の水は照りつつ見ゆれ
街上を電車は走る然れども岩山をつたふ水は照り見ゆ
小山田の水田にうつる夕あかりそこの畔に牛は吼え居り
さんさんと扁柏に昼の雨暗し卓に倚りつつ人待ち居るも
古池の蓮の浮葉の浅緑り雨さんさんと降りにけるかも

（「アララギ」大正6年1月号）

奈良井川の岸に立ちて

太田水穂

冬枯の榛《はん》の木林水車屋《きばやしくるまや》の樋《ひ》をゆく水の音ひゞくなり
小山田の出井《いでゐ》の水の浅雪にかすかに隠《こも》り生ふる芹かも
こゝにして見ゆる田伏《たぶせ》の一つ家に居ぬとし思ふその少女はも
奈良井川片瀬の里も住みうしとなげきし子はもいづく往《い》にけん
汝が家《いへ》の脊戸はたゞちに河原なり野覆盆子《のいちご》の実は紅《あか》かりしかも
水車夕日の中にめぐれどもありし少女を見るすべはなき
針尾山《はりをやま》風をいたみか降りおける曠野《ひろの》の雪の舞ひ散らふ見ゆ
奈良井川岸の枯生《かれふ》に人恋ふる人の心をかなしみにけり
奈良井川水上遠き山々に降りける雪は雲の間に見ゆ
大木曽《おほぎそ》の雪の名残《なごり》を吹きおこす山越《やまごし》の風に身は冷えにけり
鉢伏《はちぶせ》の裾野の田井《たゐ》の稲茎《いなぐき》にはだらに降れる雪のともしさ
乗鞍《のりくら》の山に隠《かく》ろふ日の影に里の藁田《わらだ》は寒く暮れゆく

（「潮音」大正6年2月号）

真榊の葉——窪田夫人の御魂の前にさゝぐ——

太田水穂

およづれのたは言《ごと》ならずうらぐはし花の愛子《めでこ》を死なしめにけり
およづれのたは言《ごと》をなど伝へんや死にきといふに心はさわぐ
雑司ゲ谷春花匂ひ咲くところ人を埋むる穴掘りにけり
白玉の君を祭ると真榊《まさかき》の青《あを》の葉《は》を執《と》る御柩の前に
雑司ゲ谷春咲く花のくれなゐの秀《ほ》にあらはれて見えよとぞ思ふ
この岡に咲き散る花の春ごとに吾が眼は泣かん君を忍びて
つひに世はかなしきものか春花のにほへる心見んよしもなく
日を一日花にむかひてわがこゝろすなほにもの、あはれなるかも
いはけなくいまだは花の蕾なる君が心を吾《あ》は見たりけり
そのむかし君が行きにし川ぞひの道ありくと見え来るかも
奈良井川長き堤路《つゝみぢ》行《ゆ》くと来《く》と見し菜の花は咲きてあらんを
見渡せば百《もゝ》の木立に春がすみ人のなげきをこめてたなびく

（「潮音」大正6年5月号）

秋寒く（病後に）

太田水穂

くきやかに明《あ》けしらみゆく山の色朝吹《いろあさふ》く風は寒し桑原
摘《つ》みのこす桑のうら葉《は》を吹きゆする寒《さむ》けき風の色をこそ見れ
このゆふべ吹きおろし来《く》る山風《やまかぜ》に撓《しな》ひてなびく青桑の畑
いちじろく茅原《ちはら》が上におく露《つゆ》のわが眼《め》にしみて寒けかりけり
この朝けさ霧《きり》はふかし庭松の葉がひにたまる露《つゆ》のともしさ
秋の雨の嵐のなかに栗《くり》の毬《いが》しとゞに霑《ぬ》れて揺《ゆす》れゐる見ゆ
あたゝかき秋《あき》の日ざしに栗《くり》の毬《いが》ゑみて実《み》をこぼす庭土の上《うへ》に

（「短歌雑誌」大正6年10月号）

深　夜

木下利玄

——石見国温泉津港能川屋に泊りたる一夜——

何時《なんどき》をまどろみにけむおぎろなき深夜《しんや》の底にしづみ覚《さ》めたり
寝しづまる街《まち》の遠くの遠くより下駄の音来《く》も土凍《つちい》てたらむ
冴ゆる夜を刻々《こくこく》ふれる霜ならむ遠き下駄の音枕にきこゆ

遠方《えんぱう》の下駄の音来《こ》ずやみにけり深夜《しんや》の土《つち》を霜とざすらむ
くゞり戸に深夜《しんや》はゞかる話ごゑ真面目《まじめ》にひくし内外《うちと》に人居《ひとゐ》
くゞり戸にひつたりよりそひゐるならむ内外《うちと》の声の夜陰《やいん》にひくし
一ところ深夜《しんや》の底に人間《にんげん》の肉声《にくせい》ひくゝかたりあへるも
おふけなく深夜《しんや》のしゞまかきみだし人間《にんげん》ものを敢へていへるも
声びくにされどもつよく言ひかはす人一途《いちづ》なり夜半の戸口に
つかのまの話の間にも直ちに深夜《しんや》のしゞまひたにせまるも
くゞり戸の内外の人の去りしよりしづまりかへり更けつゞけたれ
声やめばすなはち密《みつ》に夜のしゞま四方《よも》ゆせまりてふけまさりたれ
くゞり戸にふけてよりたる人のことを他国《たこく》のさ夜に愛《いと》しまざらめや

（「白樺」大正6年2月号）

峡の午後

木下利玄

歩《ある》きとまり峡《かひ》の日陰《かげ》の羊歯の葉の青さを胸に受けいれにけり
昼すぎて日《ひ》の目《め》に遠き懸崖《きりぎし》に仰《あふ》げばさむき羊歯の簇《むらが》り
峡ふかみ土の心《しん》よりせまる冷え次第《しだい》に遍身《みうち》に滲《し》みてきたるも
峡ふかく乏《とも》しき光保《たも》ちつゝ植物《しよくぶつ》の葉のつぶさに青し
峡ふかく湿《しめ》りに飽《あ》ける羊歯の葉のあるが儘なる青き目守《まも》るも
峡ふかく光乏《とも》しもたゝへたる湿《しめ》りに飽きて羊歯はゆるがず
峡てらす短かき日あし今日《こんにち》も山隠《やまがく》れたり川音《かはと》寒けく
早くすでに日が落ちたれば峡ふかく河床《かはとこ》の石のくろ〴〵と見ゆ
容積の大いなる山日をへだて峡の夕寒《ゆふさむ》はやくきびしも
たそがれの峡の小河を渡らんと下《お》り立つ石にたぎち寒しも

夕川のたぎちに濡れてくろき石目にたづ〱し下り立ちわたる

（「白樺」大正6年3月号）

接骨木《にはとこ》の新芽《しんめ》

木下利玄

にはとこの此の新芽《しんめ》はも夕さりに明《あか》るくありてよく〱青し
にはとこの新芽がまみに和《なご》むなりたゞに視《み》つめて胸を染めしむ
にはとこのほどけかゝる芽に対生《たいせい》のにはとこの葉のかゞみてあるも
にはとこの新芽のびたり対生《たいせい》の葉のひらきやうのあやに愛憐《かな》しも
にはとこの此の新芽はもまなかひにあたへられたる青さにあをし
夕さりの光ねんごろににはとこの新芽にをありうら愛《めづ》らしも
幹の末《すゑ》におつとりのびいてまさに青きにはとこの芽に風感じをり
夕風のつめたく触るゝにはとこの新芽のそよぎまさにさやけし
夕風のつめたくふるゝにはとこの芽よわが胸にはたらきかくる
にはとこの新芽を嗅《か》げば青くさし実《じつ》にしみ〴〵にはとこ臭《くさ》し

（「白樺」大正6年4月号）

波浪

木下利玄

のびあがり倒れんとする潮浪蒼々《うしほなみあを〱》たてる立ちのゆゝしも
大き波たふれんとしてかたむける躊躇《ためらひ》の間《ま》もひた寄りによる
たふれんたふれんとする波の丈《たけ》をひた押しにおして来る力はも
波の秀《ほ》はすでにいさゝか覆《か》へりたれどうねり盛《も》り返《か》へし猶し寄り来《く》も
今まさにたふれんとする潮波《うしほなみ》ますぐに立てりたふれてしまへよ
大き波うねりのびあがり高みより磯もと揺《ゆす》りたふれ落ちたり

海《わだ》の波めがけたる磯に遂により力《ちから》かたむけ倒れとよめり
うねり波たかまりあがり水底《みそこ》めがけたゝきつけたる重《おも》さの力
海《うみ》の波《なみ》磯を間近《まぢか》み覆《くつが》へりはやりたちさわぎましぐらに寄す
ほしいまゝにのびあがりたる波のおもみ倒れ畳《たゝ》まりとゞろと鳴るも
波の丈《たけ》遂にくつがへり弾《はづ》みあがりひしめき寄する荒き潮騒
くだけたる波の白沫《しらあわ》いつさんになるたけ遠くきほひひろがる

（「心の花」大正6年8月号）

雀の閑居

北原白秋

夜ふる雪

この夜《よさ》も雪はふりけり。昨の夜《よ》も雪はふりけり。その声や霊《たま》も消《け》ぬかに、降りつもり消ぬる白雪。白雪のふれば幽かに、たまゆらは澄みて在りけど、白雪の消《け》ぬるたまゆら、ほのかなるまたも消《け》にけり。白雪の果敢《はか》なごゝちの吾が身にもやるかたもなし。

反　歌

夜《よ》につもり夜明に消《け》ぬる白雪は果敢《はか》なかりけり知るひともなし

雪の庭

石《いは》の洞幽かに見えて白雪のふり埋《うづ》みたる庭のさまかな
石《いは》の洞幽かに出でゝ白雪の上《うへ》匍ひありく小蟹三つ四つ
雪の洞幽かに出でゝ蟹の子の瑪瑙の小脚《こあし》ふるへつゝ見ゆ

白　菊

貧しさに堪へて寂しく白菊の花眺め居りこのあかつきに
身のまはり寂しからぬにあらねども独はうれし白菊の花
寂しさに堪へて寂しき生けらくはこの箱庭の白菊の花

竹

貧しさに堪へて寂しく一本《ひともと》の竹を植ゑ居りこのあかへきに
しのゝめの雪にひときは冷たきは一本《ひともと》ほそき竹の直立《すぐたち》
呉竹の小竹《さゝ》の葉色は青けれど今朝ましろなり雪のつもりて

雀

貧しさに堪へて寂しく雀子の声きいて居りこのあかつきに
しのゝめの廂《ひさし》の下に幽けきは雀の円《まろ》き頭なりけり
軒の端の雀の穴の積藁にも紅《あか》き毛糸の垂れて見えけり
雪の上にいくつ転げてゐる雀ふいと飛び立つその廂から

鶏

笹竹のかげに寂しき二羽の鶏《とり》ふる泡雪を避《よ》けつゝゐるか
雪そゝぐ笹の葉かげの寂しくてたまゆらつるむ鶏《かけ》の羽ばたき

茶の花

椰子の実の殻《から》に活けたる茶の花のほのかに白き冬さりにけり

霰

あな幽か雪と霰のさゝやきをきゝて幾夜か吾がひとり寝む
父母と摘みてそろえし棕梠の葉に霰たまれり米の粒ほど
父母とふりてころがる白玉の霰のあそび観るがかそけさ

貧家の朝

米櫃に米の幽かに音するは白玉のごと果敢《はか》なかりけり
父母の寂しき閨のあかつきは茶をたぎらせて待つべかりけり
寒風《さむかぜ》の外《と》にあらはれて火を燧《き》らす母の姿の消ゆらくもなし

霜ふかき路次の竈《かまど》の釜の蓋々の上には橙ひとつ
路次の霜きびしき朝や切り放つ人参の葉は棄てられにけり
しの、めの新聞くばりほの〴〵とまだ駈け来ねば霜溶けずけり

独楽

今やまさに廻り澄まむとする独楽《こま》の声かなしもよ地《つち》に据わりて
閑《しづ》かなる響のよさや独楽ひとつ廻り澄みつゝ正《ただ》しく据わる
独楽二つ触れてかなしも地の上に廻り澄みつゝ触れてかなしも
独楽の精ほと〳〵尽きて現《うつつ》なく傾《かたぶ》きかゝる揺れのかなしさ
独楽廻《まわ》し今日も童《わらべ》と遊べども我は童《わらべ》にかへるすべなし

親と子

老いぬれば子のいふなりにならすかなこの父母も幼子のごと
玉の緒の絶ゆる事なく童《わらべ》にて遊び恍《ほ》れてむ親の御前に
真十鏡《まそかがみ》手には取らせど垂乳根《たらちね》のむかしの姿かへるすべなし
おのづから頭《かうべ》さがりて垂乳根のこのわが母に云ふ事もなし

飯

人間の素性《すじやう》いやしきともがらが犬うち殺す冬は来にけり
白玉の飯《まま》のおむすびひとつ食《た》べ隣《となり》の白《しろ》犬は殺されにけり
飯食《ままた》べてうち殺されし白《しろ》犬がごと飯食《ままく》うたびに思ひ泣かゆも
飯《まま》の粒《つぶ》ひろひ〳〵て父母のくやみばなしをきくが悲しさ
父母とぽつり〳〵と食《く》う飯《まま》の凍《い》てゝ固《かた》けば茶をかけにけり

山家抄

雪空に尖《とが》りて白き山ふたつその谷間《たにあひ》に銃の音響く
足曳の山の猟男《さつを》が火縄銃取りて出で向ふ冬は来にけり
しの、めの雪の山家《やまが》の水車廻《めぐ》るその上《へ》の木曽の御岳《おんたけ》
水のべに雪の枯木の一二本それに鴉が止りゐる見ゆ

竹藪

竹藪に子供と入り来その子供たゞ見廻《みまは》せばわれも竦《すく》みつ
澄みとほる孟宗藪の日の光ちら〳〵揺るは雀の羽根か
竹藪に縋りつきたる子の瞳一心なれば見てわなゝきぬ
空は晴れて孟宗藪の上わたる鴉の声のかおかおきこゆ

同じく怪異

竹藪に赤子匍ひ入る真昼中帯にくゝりし臼曳きずりて
人知れず燃ゆる炎のおそろしさふと掻き消えつ竹藪の中に

柳河

柳河の古きながれのかきつばたそこに出《で》てくる鳰《にほ》がぽつ〳〵
夕焼の橋の上から見て居れば赤い火がつく鳰《にほ》にぽつ〳〵
白鷺が紅《べに》をつけます潟《がた》どろの上の白鷺潟の白鷺
テテツブツブ弥惣次ケツケと啼く鳩の白い鳩奴《はとめ》が薄紅《うすべに》の足
青空に星が出た〳〵子供らよ拝みましよぞえ宵の明星

朝鮮風俗

白妙のころもつけつゝ竹の笛吹きて遊べり韓《から》の人かも
白妙の衣ゆたけき韓人《からびと》がのう〳〵と挽く大鋸《おが》のゆらびき

竹屋の木蓮

青竹に竹立てかくる声ふかし細《こま》かにしましその尖《さき》の揺れ
青竹に竹立てかくる声ふかし白木蓮の咲けるうしろに
花白きこゝの竹屋の木蓮は青竹越しに今盛りなり

ひし〳〵と立てかくる竹木蓮の上に突き抜け日にかゞやきぬ
ふと見れば幽かに揺る、木蓮のついその上に燕三つ居り
埃風《ほこりかぜ》 日並《なら》べ吹けば木蓮の花散らふなり白く輝《かが》やき
白木蓮の花の木かげのたまり水いつしか古りて苔の生ひにけり
白木蓮の上の陸橋《からばし》からころと音して永きひと日なりけり

永日

永き日の白き垂尾《たりを》の鶏の頭《つむり》の紅《あか》き冠《かんむり》の疣《いぼ》
垂乳根と花の木かげの廻《まは》り道廻りて永きひと日なりけり

鳥の啼くこゑ

かお〳〵と啼くは鴉。ぴよ〳〵と啼くは雛鶏《ひなどり》、雀子はちゆ〳〵とさへづり、子を思ふ焼野の雉子《きぎす》けん〳〵と夜も高音《たかね》うつ。現《うつ》身《しみ》の鳥の啼く音《ね》のなぞもかく物あはれなる。天《あめ》わたる秋の雁金春くれば遠き雲井にかり〳〵と消えて跡なし

反歌

現身の鳥の啼く音ぞあはれなる鴉はかあ〳〵雀ちゆうちゆ

ものの糞

朝咲きて夕《ゆふべ》には散る沙羅の木の花の木かげの山鳥の糞
路のべの木槿《すすが》がもとの馬の糞たゞに乾《かは》けど知る人はなし

（「三田文学」大正6年3月号）

葛飾の秋

北原白秋

雀

かろがろと雀飛び来《く》る木槿垣《むくげがき》風吹けるらし花の動くは
かろがろと雀飛びつき小枝《さえ》の揺りゆりもやまねば下覗《したのぞ》きをる

立秋

今朝生れて寂しき蝶やかにかくに翅《つばさ》うごかす草のそよぎに
わが宿の百日紅を立つ蟬も今朝はすずしく翅《はね》吹かれ見ゆ

唐黍の花

ながれ来て宙《ちう》にとゞまる赤蜻蛉《あかあきつ》唐黍の花の揃へるうへを
Tobaccos《タバコ》の赤看板に揺れ触《さや》る唐黍の花はまだ新らしき
唐黍の花ひらき尽くせる一本《ひともと》はへし曲げてあり風のしげきに

残暑

暑き日に童がかつぐ布ぶくろ揺れて光りて猫のこゑすも

二百二十日

ちりぢりに雀吹き分《わ》くはやち風今や二十日《はつか》の早稲田《わせだ》のみのり
ぽつ〳〵と雀出《で》て来《く》る残り風二百二十日の夕空晴れて

蓮

さびしさに障子ひらきて白玉の米の飯食《いひは》む白蓮のはな
鳰鳥《にほどり》の葛飾野良の蓮の雨笠かたぶけて来るは誰が子ぞ

（「短歌雑誌」大正6年10月号）

飛鳥山

四賀光子

はふ蔦のわかれ行く子を胸にもち勤《つと》めてあれば春日かなしも
春の日のうらゝかに照るこの真昼行きたるならん送《おく》り人《て》なしに
夕日影つとめかへりの道に照り思へば人は遠くなりにき
何しかも春のかなしき此の頃と云ひつる汝《なれ》の面影に見ゆ

若き日に植ゑし丁子の花咲きぬ長きかたらひ思ほゆるかも
冬長く乾きはてたる土の中ひそむ命《いのち》はあはれなるかも
ゆきかへる汽車を眺めて飛鳥山いく時われは立ちにけらしも
下草もまだ萌えなくに飛鳥山山下野辺はかすみたなびく
うら〳〵と霞たなびき向ふ村家居は見えず木のうればかり
霜柱もたげしまゝに土は乾《ひ》て丁子は紅く芽を持ちにけり
春立つと山下清水わきそめてせゞらぎつくる此の朝道《あさみち》に
風吹けばつばら波寄る向う岸川辺の家は障子閉《し》めたり

（「潮音」大正6年3月号）

潮の音

四賀光子

潮落ちて浅き入江に野分風あかるく吹けり千鳥まふ見ゆ
潮落ちて焼くる干潟の砂の上あさる千鳥の心かなしも
降り立てば潮はぬるみてしゞみ貝拾ひよろこぶ子の声きこゆ
ひろ〴〵と波たつ見れば河の水夕河口に落ちなづみたり
海近く流れ来りてゆきなづむ水のすがたをわれは見にけり
河口によせ帰り打つ沖つ浪天にぞみゆる潮けぶりして
あま小舟葦辺によりてうらさびし沖風荒れて浪の高きに
鳴りわたる潮の響はいや高し家居るわれの心せきくも
海岸にゆきたる脊子はいかならんこの吹く風は安からなくに
網ひくと人をあつむる海士のこゑ木の間ゆきこゆはやゆけ浜に
青桐の花房ちりて朝に夕《よ》に来よりし蜂はまた見えなくに
旅寝して幾夜か寝つるこの夕潮鳴りきけば帰る日をおもふ

米搗き

結城哀草果

飯《いひ》かしぐ夕のけむり米を搗くわれの眼《まなこ》にしみていたしも
母が煮てをる夕餉《ゆふげ》の南瓜《かぼちゃ》米搗きてひもじくなれる吾ににほひ来《く》
一臼《ひとうす》の米搗き終《を》はりゐろり火にあたりてをれば夜は明《あ》けにけり
米搗きてひもじくなりぬひたぶるに煎豆《いりまめ》食ひたく豆を煎《い》るかも
大槻《おほつき》の木《こ》ぬれに暁《あけ》の星寒し隣家《となり》の川に氷《こほり》割る響く
夜更《よるふ》けて雪道《ゆきみち》かたくこほりたり月の明《あか》りを橇《そり》一つ来《く》る
あたたかく炬燵《こたつ》にをれば門の外に雪掃人《ゆきはきびと》が言交《ことかは》しをり
朝いまだ暗き囲炉裡《いろり》に火はさかり湯気《ゆげ》たちのぼる釜の口より
ふけしづむ夜の火鉢に掌《て》をあぶり冷えたる顔を撫《な》でてさびしむ
嵐《あらし》雨外《あめそと》にはげしく夜《よる》ふけて屋上の雪なだれするかも
眼《め》ざむれど朝いまだ暗し炬燵より猫追《お》ひ出《だ》してまた眠るかも
古家《ふるいへ》の黒き柱にながながとよろ昆布《こぶ》掛《か》けて年ほぎにけり

（「潮音」大正6年9月号）

瀬上行六首

旅ゆくと振《ふ》り返《かへ》りみれば吾家《わぎいへ》の垂氷《たるひ》の下に妻立ちてをり
旅をゆく朝《あした》はるけき雪のみち嵐名残《あらしなごり》の渦巻《うづま》きの雪

門間春雄氏宅庭前

天づたふ春の光りにさ庭べの八《や》つ手《で》の垂葉《たりは》緑しるしも
さ庭べの松の下より風は吹き岩根《いはね》の葉蘭《はらん》そよぎたりみゆ

門間氏病む

父母を遠く思へど病む友の枕辺《まくらべ》離れてゆくに堪へなく

玻璃戸《はりど》二つへだて坐《すわ》れど瀬上の春日あたたかく着物ぬくめり

（「アララギ」大正6年3月号）

薄氷

岡本かの子

晴やかに薄氷ふめは早春の香をたてにけり我かくろかみも

ふと君かなけく姿の眼に見えてこころかなしく薄氷をふむ

しみしみとよへの別れのはかなさをくりかへしつつ薄氷をふむ

優しくもわかひとり寝の軒の端に一夜をかけて張れる薄氷

梅か香のあさき門辺の薄氷を水色の緒の細歯してふむ

洗ひ毛の二すし三すしからまれる小くし落ちたり薄氷の上

去にませし君か足跡《あのと》もそのままにかなしや閉ちて張れる薄氷

（「水甕」大正6年4月号）

草原の馬

石井直三郎

山かげの草にのこれる夕光馬はかすかに尾を振りにけり

ひとしきり夕風草をわたるころ馬はかうべを上げざりにけり

馬嘶《な》いて椎の葉しろくひるがへる夕山かげに風のさむけき

しんとして馬の嘶きやむ草原に草をわけゆく水の音きこゆ

嘶くこゑの夕山かげにこだまして馬はかうべを上げにけるかも

しんしんと水の音する草原に去《い》にしと思《も》ひし馬のゐるけはい

山かげの草にさびしく鳴く馬のこゑはすれども来る人しなし

ゆふまけて霧のおりたつ山かげに馬が草ふむその蹄の音

ぽつつりと烟管の火かも闇に見え馬を迎ふる人来るらし

何かしらず馬にものいふうつそみの人ごゑききて涙おちけり

草山の夕やま裾のふかぶかと霧ふるなかになく雉子のこゑ

桑畑に桑の葉を摘む人こもり雲雀は空にうつつなきかも

魚さげて女が去りし山のみち松の風こそうらさびしけれ

草山をゆきつかれたり鶯のなく松原はすぎてはるけし

夕潮の音しづかなり霧ふかき沖なる舟に人ごゑきこゆ

ひたひたとゆふべの波のよする声ふけぬ沖べは霧ふりながら

鷺のなくこゑをさびしみ夜のくだちおきて戸をさしまた眠りけり

ほの霧らひながるる水のこゑたかし木の間に月の更けにけるかも

（「水甕」大正6年6月号）

夕墓原

古泉千樫

あとを追ひさわぐ子おきて夕ぐれのこの墓原にひとり来にけり

うち疲れこころ落ちゐずかぎろひの夕墓はらのこの静けさを

さみだれは一日《いちにち》はれて墓地なかの大路は白く夕さりにけり

いたづらに疲れし吾れが年ごろの懈怠《げたい》さびしくすべなきものを

青葉かげかさなり暗き墓原を夕かたまけて一人もとほる

墓原の扇骨木《かなめ》わか葉のくれなゐの匂ひはうせて時たちにけり

いちじろく墓原の土に散りしきしいちしの花もすぎて久しも

墓原は夕ぐれにけり兵営のらつぱまぢかくなりわたりつつ

兵営の夕べのらつぱをちこちとこだまうつりてゆくが寂しさ

そぞろ来て独歩が墓に出でにけり煙草吸はむと袂をさぐる

木のもとによその子どもとわが子ども青梅はむをけふは見にけり

墓原を来つつまがなし吾れ久しく死といふことを思はずありけり
吾がからだ疲れたるらし物思へどさだかにあらず墓地をもとほる
夕やみの墓地の小みちにうづくまり物は思へどまとまりもなく
たたずみてあたりを見れば白き墓立ちつづくなり夕の墓原
宵くらき墓はら来つつたまたまに香《かう》のにほひのうつしかりけり
墓地下の街の小家の一ならび障子あかるく灯ともせり見ゆ
墓地下の街の小家の灯のあかり子ども声だかに本よむきこゆ

（「アララギ」大正6年7月号）

筑紫より　柳原白蓮

さくら散る浪の上こえ山こえて師の君来ます筑紫の国に
師の君の来ます迎ふと八木山の峠の若葉さみどりしけり
逝く春も今年ばかりは嬉しけれ花散りはてゝさびしくもあらず
黄金なす大海の上菜の花のかをれる朝を我が車ゆく
なにがしの帝が帰依の黄金仏今も昔のゐまひしませり
あなかしこ王も聖もぬかづきし御仏なれば御名はしらねど
菜種さく畑の中の破寺にさびしらに在はす盧遮那仏かな
ありし世の七堂伽藍かげもあらずこゝにもめぐる輪廻の掟
こゝも亦都こひしの思ひ川涙のあとをたづねてぞ来し
ぬかづきて何を祈りしいにしへの大弐の姫がかけたる願ひ
七月に降る雪をもて火をたかば我悲しびも消えむと云ひし
女子が生ける限りの勉めなる髪結ふことも物うき日かな

（「心の花」大正6年7月号）

梟　土屋文明

夜《よる》ふけて事なきからに爪きれる吾がいへのうへに梟の啼く
梅雨ぐもり光つゝめるそらの下に榎はくろく家に迫れり
啼く鳥は八幡の森にこもるなり宮居の屋根のくろく高しも
くもり空に明り映《うつ》れる町のかたふくろふまねて行く童あり
わらはべのこゑにうながされ啼くふくろ重りあへる屋根にひゞけり
町のなかは溝の香立ちて鬱《おほ》しきを如何にせんとか吾がいでゝ来し
梟はなかなくなれりまね声の拙くぞひゞく町中にして
夜ふけなれば人をはゞかる吾なれや土なる影をしばらくは見ん

（「アララギ」大正6年7月号）

顰《ひそみ》にならふ　小島政二郎

大海は真青に澄めど一ところ沖つ岩根に白浪さわぐ
沖つべに小舟並べり一つらに動くと見えず平かに見ゆ
土用浪巻きて狂へるなかにして板子揃へてひた走り来《く》も
星なくて海原くろみところどころ海月《くらげ》光るも魂《たま》あるごとく

島あり、周回一里余。遠泅《ゑんしう》に適す。同好三十余名、女性はこれを舟に分乗せしめ、食料の任に中らしむ。八月それの日天気晴朗、一波起こるなし。

真白なる日傘をさせばゆらゆらに妹が姿は水鏡すも

松魚船は遠く大島沖に出づ。多くは発動機を備へ加ふるに帆を以てす。

郤して影は見えねども松魚船真昼の空に音響かせて

塩風に吹かるるゆゑに松の木は渚に立ちて皆かたぶきつ

山上眺

一つ火のまたたき遠し夕靄は並木の松を包まむとこそ
闇の夜や沖べを遠みいさなどる夫《つま》か焚くらむそのいさり火を
綰《た》かずをらば地にひく髪のくろ髪のをとめ栖むとふ大嶋ね見ゆ
雨あがり雲多き日の夕ぐれを紫立ちて微かに低し
湯あがりの風をうれしみま裸に佇む庭に咲く月見草
河ぞひの土蔵の壁にわが影を夕日写してあす晴れむとす
よべの嵐すぎにし朝は露ながらあまた落ちゐる青柿あはれ
真昼間の真夏の海の沖かれて大き白帆は日を浴びて立つ
おぼろかに提燈うつし往く見ればかしこわたりに橋はあるらしも

小説「小鳥の巣」より詞を藉りて

餌を待つと燕の子らは巣ながらに南瓜《かぼちゃ》のごとき口あけいらつ
唐茄の青のひろ葉に雨ふれば揺れの葉蔭に花黄いろなり
茶をつげば茶柱立ちぬ茶柱は君栖む方にめぐりてやまずも
真昼間の銀砂路をゆく妹が 蹠《あなうら》白くひるがへる見ゆ
真帆あげてここの港に入る船は西日を受けて皆静かなり
夕闇の障子《さうじ》にうつる稲びかり鬼火の如く照りて消えにけり

窓の眺

三階か四階か高き屋《や》のうへに瓦ならぶる人影の見ゆ
夜の火のまたたくすまに眠くなる母の御癖を哀しとおもふ
棄てられし梨の木の実に十千万《とちまん》の蟻くろぐろとたかりて居るも
入相の鐘は遠けれど音を澄みて徐かに響くこの夕べかな
泅《およ》ぎ出でてかへりみすれば渚べにわが恋ふらくは佇めり見ゆ
腰細のすがるをとめが身にまとふ紺の水著はいつくしきかも
むらさきの紺の水著の立ち姿海を見て立つその立ち姿
海の面《おも》は小海老のごとく跳ねをどり函嶺の山ゆ夕立《かんだち》おそひ来《く》
遠つみ崎その背におふる松の木の梢は晴れて目にしさやけし
夕されば富士も函嶺も夕がすみ裾べの方にともし火浮けり
海ちかく歩みいづれば吹く風は砂熱をもちて顔にあつしも
夕凪の海見るごとく大空はうるみを持ちて高く晴れにけり
夕かげの芝生のうへに降り立ちて何をあさるか白鳩の群

海郷立秋早

さねさし相模《さがむ》の国の秋風は波をし白くまきて狂ふも

（「三田文学」大正6年9月号）

寂寥

川田順

我が街《まち》の角《かど》の乳屋の赤き屋根さびしう目だつ曇り日の下《した》（阿倍野街道の辺りに住んで十首）
十時過ぎ火屋《ひや》の煙のうすまじる夜霧この戸に流れたるかも
街道と我が家《や》の間《あひ》の砂っちの麦一畑風埃《かざぼこ》りせり
足袋の裏今日は白しと曇り日のうすしめらひをよろこぶわびしさ
一人ある秋のま昼を庭すみに檻《をり》の兎がことこといはす
何の虫か生きてさびしう樫の木の秋の嫩葉《わかば》に喰《く》ひ下《さが》りたる
乾《から》びたる魔の手の如き病木《びやうぼく》を伐《き》らせ忘れて今日もながむる
風雨《あらし》めく煤いろの雲を背《うしろ》にし向日葵《ひまはり》の花大きう揺げり
浸《ひた》りゐて蟋蟀《こほろぎ》をきく面白《をかし》さに思ひの外に長湯せるかも

春は雲雀秋は虫聴く津の国の阿倍野に住むと言へば面白《をか》しも
追憶《つゐおく》の海の底ひに狂瀾を捲き起す力ひそみてあらずや
春は我に笑まひ来しかどうつむきて笑み返さねばさびしく去りけり
夜が来ればかたくなの膝折り曲げて冷たき土にいのり泣すも
わが生命《いのち》その一日より遠ひける光にぬくみ狂ひ咲すも
織りさしの錦にうすき日のもれてさびしくもあるか胸の五百機
着きし日の夜を誘はれてぞめきゆく四馬路《スマロ》あかき灯かしら重たう（上海）
雨あがり曠野《あれの》の中の都会《まち》に着きて石でくぼくの大路を駆るも（哈爾賓）
千万年おなじゆききにとらはれて大日輪も牢屋《ひとや》を出でず

（「心の花」大正6年10月号）

蛍

窪田空穂

晩涼を待つて私は、子どもに蛍狩をさせようと、青田の方へ連れて行つた。都会に生まれた子どもには、その事は珍しくも楽しい事であつた。上の男の子は捕へた蛍を籠に入れながら、母が歿して間もないに、蛍など捕つてもかまはないかと訊いた。幼い心に感じてゐる事を思つては、私は直ぐには何も云へなかつた。

その子《こ》らに捕《とら》へられんと母が魂《たま》蛍となりて夜を来《きた》るらし
越《こ》えがてぬ田川越さすとかきいだき飛《と》べば愛《かな》しきわが子なるかも
門川のみぎはの草《くさ》にゐる蛍子《ほたるこ》にとらせたり帯をとらへつゝ
蛍来《こ》と見やる田の面《も》は星のゐるはるけき空につゞきたりけり
夕川の水《みづ》を見つゝも亡《な》き人のかはれる身《み》かと思ひつるかも

（「短歌雑誌」大正6年10月号）

友が家

窪田空穂

三月間を郷里で暮して、十月の末に東京へ帰つて来た。帰ると共に微恙を得た身を谷江風君の家に寄せて、その書斎に籠つて過した。

旅びととなりてわがゐる友が家《や》にくれなゐふかく鳳仙花さけり
との曇《ぐも》りをぐらき空にうち向ひひとりわが居り晴れよと思《も》はなく
しののめを我が出でくれば庭の土うるほひわたりまさやかに見ゆ
くれなゐに散りてたまれり鳳仙花しののめの庭に散りてたまれり
諸手《もろて》して持てる茶碗をうちまもりあゆみぞきたる女《め》の童《わらは》はも
たのしげに笑へる声のきこえ来る秋の日させる庭のあなたに

（「短歌雑誌」大正6年11月号）

初更の雨

安田靫彦

婆娑として我影ありぬ月夜よし白き沙に捨てし吾かげ
遠山は晴れとほじろにまのあたり甍をうちて黄なる雨ふる
ねもやらで三人かたりし有明に芙蓉の花の匂へりし宿
（一とせ紫紅古径二兄と成東に宿りける折を偲びて）
しとゞふる雨に濁れる池のほとり梅の熟れ実の落ちて匂ふも
大き雲重く動かず暮れむとす薄ら明りに梅の実落つも
いつしかも心は遠きはてに居たれ梅の実落ちぬ雨ふり居たり
初産の犬は白斑を舐り居たり初更の雨のおぼつかなしも
柿若葉はだらの光洩れ居たり水鳥ねぶる大らかの石
ひたぶるに傍人無人の彼《かれ》こひしにくさげなれど嘘をし言はなく

悼ましきたよりのみきく此日頃悪寒のごとき風ふきにけり（友を亡ひて）
君去にてたゞに明るき此室のにべなく明き真昼なりけり
箱根路や野分吹きやまずそゝり立つ老松並木鳴りてゆゝしも

（「心の花」大正6年10月号）

諸の国びとの集り　六

石原　純

十四

チユーリツヒのテヒニツシエ、ホツホシユーレで私は始めてアインスタイン教授に逢うた。言ひ難い敬虔と喜悦とに充たされながら私は近代物理学の革命を成就した此の若い碩学に相対した。

名に慕へる相対論《さうたいろん》の創始者《さうじしや》にわれいま見《み》ゆるこころうれしみ
われの手をひたすらにとりてもの言へる偉《おほ》いなるひとをまのあたり見る
世を絶えてあり得ぬひとにいま逢ひてうれしき思ひ湧くもひたすら
うれしめば教室のなか明《あか》かりき偉いなるひとにわが対《むか》ふいま
まろき眼はひかりてありぬその瞳《ひとみ》我れに向きつつ和《なご》みたりしも
厚みたるくちにもの言ひあたたかみ溢《あふ》るるが如き情《こゝろ》したしも
部屋のなか空気ふるひて流れたりぬ我があふぐひとの息にいるべく
偉いなるひとを我がみぬうちひそみ黙《もだ》なるにいや面《おも》したはしく

十五

教室の人々の中にも種々の国人が雑つてゐた。水曜の夜毎に開かれた談話会の後に、それらの一団は相連れ立つて街のカフエーに行つては尽きない論議を繰返した。

夜《よる》の会終ふる時刻頃《ときごろ》を学者らのむれぞよめけり教室のまへ
かすたにいの並樹まぶかき夜のみち人はたからかにかたりてゆくも
街燈《がいとう》のひかり流らふ鋪道《いしみち》を黒き帽子のひとら並みゆく
学者らのむれともしけれや山腹《やまはら》をくだりてゆく光れる街《まち》に
街なかのかふええの庭に夜おそく語り疲れておもゑひにけり
銀《ぎん》のごとく霧しろくくだるこの夜をともしみて山に帰りいにけり

（「アララギ」大正6年11月号）

折にふれて

土田島五

囲炉裡べの畳の冷えの身にしみて夕飯を食すひとり坐りて
体熱のたゆさ耐《こら》へて夕ひとり飯食む時し悲しみは涌く
灯ともして夕げ食すとき外の面には藪蚊のうなりなほ残りたり
夕げ終へてすることもなし心憂く軒しづくする音を聞くかも
ひそやかに洋燈《らんぷ》のもとの薬瓶《やくびん》に虫のゐてなく夜は更けにけり
熱落ちて布団の上に坐り居る吾の心に悲しさ涌くも
安らかに眠らんと思ふ夜《よる》ふけてはやての風の鳴り出でにけり　旧暦八月十五日
病みてあれば心弱きか吹きすぐる疾風《はやち》の音におびえて起くる
恐ろしき嵐なりけりあけの日のほがらに晴れてあはれ荒あと
きぞの夜の嵐のなごり凄じき海鳴きこゆ朝日照りつゝ
倒れたる牛屋の上に朝晴れてうつらに残るこほろぎの声
いざよひの月は澄みたり凄じく荒れたる土に人音もなし
さながらに嵐のあとの島山に月澄みのぼるあはれその月
土間越しの明り障子に朝あけてけふも佗びしく降る雨の音
秋雨の降りての後《のち》に咲きつぐやダアリヤの花小さかりけり
しばし我《あ》は物思ひ居《ゐ》つ雪平《ゆきひら》鍋の煮え立つ音に驚きにけり

雨の日のうす暗がりに蚊が鳴けり朝飯《あさいひ》を食すわが耳もとに
うす肌に流るゝ朝の風さむし炊ぎの水を外《と》にすてにけり
ならひ風吹きいでぬらし長根呂の浜の潮さゐ聞えきにけり

三原山湯場にて

噴《ふ》く煙たえだえに飛ぶ山の上の低き木原は秋づきにけり
秋澄める山の木原に風は吹きはつかに飛ぶはみ山のけむり
このあたり皆椿なり真日透る幹のすぐ立目にこころよし
むら〳〵と風にさわだつ松の秀《ほ》に曇り日早く傾きにけり
山阻にほのかに残る夕明りさくらの紅葉色はえて見ゆ
蜩はけうとく鳴けりまたたくま暮れ沈みゆく目下《ました》の谷に
島は暮れ束の間のこる海づらの光をもとな靄こめにけり
独り居て寂しきものか山宿り朝明《あさけ》の霧に包まれにけり
霧深き窓をとざして心ぐし鉄瓶の湯のたぎるを聞くも
旅恋ふる心にも似ずいささかの山路につかれ石にやすらふ
朝まだき虫こもりなく下くさにしとどに霑れて杉のしづくす
朝霧の中ゆ下り来《こ》し三人づれ炭焼の子のみめよきかなし

お松死す

揺られゆく荒木《あらき》の棺を見送れり異国《ことくに》びとの中にまじりて
葬列を見送りて来つわが心果敢なきものにとざされにけり
むらさめの雲定まらぬ九月空そぞろに悲しわが此頃は
さびしさをいづべにやらん夕潮の五百重の沖に沈む伊豆山
父母をならび思へばとく逝きし父の面影はうすきが如し
ゆく水のきのふは他《ひと》の上なりきけふはわが目の上とこそ知れ

（「アララギ」大正6年11月号）

砲車隊

中村憲吉

峡間《はざま》より兵きたる見ゆ遠くにて此処《ここ》にきこゆる声あげてをり
峡間より動きくるもの砲兵《はうへい》の車馬《しやば》のとどろき近づきにけり
兵待ちてひさしき宿駅《まや》の軒したの馬盥《うまだらひ》のみづに塵はうかびぬ
峡駅《けふえき》の家ひくみかも騎馬兵《きばへい》の頭ならびて軒べを行くも
宿駅路《うまやぢ》をならびてとほる兵たいの顔をさみしみつぶさに見るも
砲のかげ馬のかげより徒《か》ち歩む兵はつかれて汗あえにけり
砲車とまる音おもおもししかすがに馬上《ばじやう》にねむる兵驚くも
列組みし隊にまぎれるあはれなる毛物《けもの》や馬も嘶《いなな》きとまる
軒による馬のむれより家ぬちへ寂しく匂ふけだものの汗
秋づけば必ずとほる砲兵隊の今日もとほりて国越《くにこ》えにけり
行軍の馬のにほひは宿駅路《うまやぢ》に夕かたまけていまだのこれり

（「アララギ」大正6年12月号）

火中真珠

与謝野晶子

恋をなし火を息《いき》としてあることもならひまねべる君とわれかは
恨まる、逆《さかしま》ごとに逢ひしのちこの逆《さかし》まのおもむきを愛づ
この恋を遂げずばいかにありつらむ痴愚《ちぐ》にひとしき疑ながら
うつゝには前後《あとさき》ぞある恋をする心は夢に相似たるかな
この君の次に思へるものもなしおふけなけれど天地のうち
平《たひら》かにありてふほどの 幸《さいはひ》は争ふときも覚ゆる人等《ひとら》

君と立ち座して対《むか》へるならはしのふるめかしけれ鴛鴦《をし》の鳥《とり》めく
倶楽部なる煙草の香はた君ゆゑにうつゝと思ふいにしへの宵
おなじ時君もおのれも色変り移り行くゆゑ飽かぬ仲《なか》らし
思ふ人旅にやりつる如きかと悲しきことを聞けば泣かるゝ
この君は恋の大路も陋巷《ろうかう》もおよそ通《とほ》れり及びがたしも
大鳥が山また丘《をか》を打ち選びとゞまりしほど君も人見し
自らを疑ふごとく思ふ人疑ふてふも恋のならはし
その昔悲しきばかり少女さび恋しと書きし一籠《ひとかご》の文
自《みづか》らも雲また霧か煙かと見つるものより炎上《ほのほあが》りぬ
ことごとくよこしま心裂けて散るさま明かに知りぬ君ゆゑ
人を見て愛づる初めは恐るゝに似たりと書ける十六字かな
おぼつかな君をわが見む謀計《はかりごと》説かず荘子《さうじ》もザラツストラも
まだ知らぬ怪しきものは心ぞと漸く知れば涙の落ちぬ
雨の日の暗き食堂調《てう》じたる羊《ひつじ》の肉がむせぶ淋しと
日も夜もなぐさめられて来《こ》しならひいまだ離れぬ二人なりけり
君と居て愁やうやく生じたるその思ひ出もなつかしきかな
八百万市井《やほよろづしせい》の人もなすことに見てはもとよりことならぬ仲《なか》
日に進み恋のとゞまる所をばかく定ると知らざりきわれ
忽然《こつぜん》と死は前にありうつそみはさもあらばあれ忘れ給ふな
愚かさのその大《だい》なるをふりかへり哀れとぞ思ふ人とおのれと
猛火ともはた白玉《しらたま》の流れとも知らず君見て胸を湧き出づ
筋《すぢ》と云ふもの立て人は語れどもいかさまなりし知らず二人は
もつまじき悪心のごと云ひたりし花ごころをばわれに見出でし
こし方を忘るゝばかり心ひくものに逢はぬと世を侮《あなど》るも
君はなほ石ひろはむを念《ねん》とせり玉の身なればかゝはりもなし
心をば身に委ねたること知らずまた類《たぐ》ひなく思ひ上《あが》れり
面杖《つらづゑ》の肱に見惚《みほ》れてありやともなほ思ふこと云ひがたきかな
わがこゝろ君が恋をば蓄《たくは》ふるいみじき倉《くら》と云ひて祝はむ
自《みづか》らの鞭振《むちふ》るまゝに琴高く鳴るとて君をかしこむわれは
生《せい》の質《しつ》かばかりとしも自《みづか》らが思ひ上《あが》りしその日見し君
声も無く形もなさぬおのれをば人と仕立てし君とこそおもへ
よろこびに死の次ぐことを我等のみ得む幸《さいはひ》の心地こそすれ
水色の君が愁ひとうす紅《べに》のわがもの思ひうち並ぶかな
いつしかと君われとなりわれ君となり行くらしも形ならねど
二《ふた》もとの寄りたる根のみ絶えずてふ人間の木の繁《しげ》れとこしへ
君は憂《う》し人の生《せい》をば戯れて思はぬ身ゆゑ涙こぼるゝ
男いま思ひたがへり占《うらな》はれト《ぼく》してわれを迎へしごとく
形なきわれ囚《とら》へられ形なき君をとらへてあるごとしこれ
うすいろの襟をしたれば紫苑《しをん》咲く野の匂ひなど添へるこゝちす
自《みづか》らは自《みづか》らのためいみじかるものと思ひき君を知らねば
まだかつて豊《ゆた》かに優《いう》に天地《あめつち》を見ざりし日より今日にうつれる
この若《わか》さ君見過《みす》ぐさばちりひぢと侮《あなど》りにけむわれは自《みづか》ら
懺悔すと聞けどもこれはたはけたる支那の公子の物語《ものがたり》らし
心ふと波より射たる光かと窓掛《まどかけ》の日を思ひけるかな

（「三田文学」大正6年11月号）

貧しき庭

若山牧水

秋草《あきぐさ》は晴れてこそ見め長月《ながつき》のこの長雨《ながさめ》に腐れつゝ咲きぬ
雨《あめ》のいろ土に浸《し》み入《い》り黒みたる園のながさめにダリヤ叢《むらさ》咲けり
なごりなく吹き荒《あ》らされし暴風雨後《しけあと》の庭は土さへ新しきこゝち
手をつけむ術《すべ》なきごとくすておきし暴風雨後《しけあと》の園に花はみな咲けり
しけあとの落葉《おちば》朽葉《くちば》の下づみを伸《の》び出でゝ咲けりダリヤの花は
大しけに洗はれて出でし花畠《はなばた》の荒土《あらつち》に垂れてダリヤは咲けり
ながながと折《を》れたるまゝに先青《さきあを》みわづか擡《もた》げてコスモス咲けり

（「短歌雑誌」大正6年11月号）

父を悲しむ歌（二）

前田夕暮

柩車

日の暮の街路《がいろ》を走る我が父の柩車《きうしや》のきしりうら悲しけれ
戞々《かつ〳〵》と地に音たてて我が父の柩車をひきて行く馬あはれ
馬の脊をひしとむちうつ紐むちの音の我が身に痛かりしかも
日暮空唯ひともとの烟突の影黒き方に柩車はゆくも

＊

かなしかる心をもちて故郷にゆく仕度しぬ秋寒き夜を
寒き夜を念仏申す村人の暗きうしろに吾《わ》は坐りけり
ふせがねをさむざむたたき村人の念仏申す秋寒き夜を
父がねしあたりにおのが床とらせ故郷の夜をいねにけるかも
父がねし蒲団にいねてありし日の父のうつしみかなしみにけり

＊

梨はめば父ぞおもほゆ瓜はみて子をおもひけむ人のごとくに
淋しき故話をせよといひし父その言の葉を忘れかねつも
我が父のかたみの着物身につけてしみじみ冬を迎へけるかも
我が父の下駄はき街をいゆきけりその右耗《みぎへり》のくせのかなしも
おのれはもここに安らにこのひと日怠りにけり父にすまなく
我が父を生かすとはせず死なしめし病院の屋根に霜白くみゆ

（「詩歌」大正6年12月号）

俳句

平井照敏＝選

ホトトギス巻頭句集

音たてゝ白湯すゝる媼や朝寒き　鎌倉　はじめ
隣り拾へるとばかりを椎降る音に母遠し　同
木の実はら〱隣り拾へるは妹か魔か　同
ふくよかの花の香や火桶火や冬の小室《むろ》に　同
句無き火桶にひねもす対ひてもありぬべし　同
嘲りに答へず火桶火吹きにけり　同
高原や朴にかゝりて月の暈　同
冬の浪に捲かれ漂ふ芒かな　同
にじり当りしが急に焚火を去りしかな　同
埴輪と囲む老の火桶や土師《はじ》の冬　同
木枯の中に何聞き出せし火桶主　同
（「ホトトギス」大正6年1月号）

牡蠣船や芝居はねたる橋の音　鎌倉　はじめ
買ひ得たる物聊か牡蠣船に疲れ坐る　同
大竹に絡まり咲くや冬椿　同
濠の鳰焚火の人に浮き沈む　同
納豆汁に口すぼめ語る天保大火　同
不具の子に竹馬高々と通りけり　同
冬の路に日々に拡ごる欠穴《あな》一つ　同
（「ホトトギス」大正6年2月号）

我方へいぶる焚火や藪撓む　丹波　泊雲
焚火旺にかげろふ槻の膚かな　同
焚火高くこがるゝ藪の穂尖かな　同
鍬とれば焚火の酔のさめにけり　同
鯛籠に折り添へ笹や春の雪　同
雪天のくるゝゆとりや寒雀　同
麦踏に足の湯とるや三日の月　同
（「ホトトギス」大正6年3月号）

むら萩の松を抱いて枯れにけり　東京　岫雲
晩冬の静かなる日や足袋新し　同
枯枝に交る棕櫚の葉の高さ哉　同
白樺やさるをがせや夏の月を得ぬ　同
月明に白雲飛べり山の秋　同
石楠花の奥に居りけり秋鴉　同

金峰山中に泊す。草を刈り集め其の中にもぐりてゐぬ。野天なれど

暖き事限なし
猪の如く生々《なま〱》と草をかぎにけり　同

（「ホトトギス」大正6年4月号）

森を出で丶妙《たへ》にも白し春の月　東京　石　鼎
遅ッ月のほの〴〵として桜かな　同
天空に藤かけて巌や峯がどこ　同
葉を打つて落ちし花あり崖椿　同
青天の蔓にわかれし蝶々かな　同
蝶鳥に八重褪せそめし椿かな　同
藪かげにぬる丶井桁や春の雨　同
青天にむらがり赤し岩椿　同
曇ン日に木瓜震はせて蜂這へり　同

（「ホトトギス」大正6年5月号）

春寒やぶつかり歩行く盲犬　高崎　鬼　城
行春や親になりたる盲犬　同
鳥の子一羽になりて育ちけり　同

（「ホトトギス」大正6年6月号）

梅雨凝つて四山暗さや軒雫　東京　石　鼎
蜘蛛の網《ゐ》の大破に棕櫚の落花かな　同
蔓高く上下す蟻や天碧落　同
蜘蛛の糸《ゐ》に燃えつく竈や梅雨暗し　同
梅天や生死もわかず苦か丶る　同

（「ホトトギス」大正6年7月号）

曇日や水馬の水輪たゞ消ゆる　鎌倉　はじめ
太藺散る水平らかや水馬　同
水馬の渦に入り来しもの今は菜屑　同
汗に干す羅に湖の山雨かな　同
翠玉帯に静けさよ羅の吹かれ居り　同
羅蛇のごとく海風に吹かれ立つ女　同
木立深く今日の日を見たり水を打つ　同
梅雨大樹に草籠《くさご》負ひ行く路ほそ〴〵　同

（「ホトトギス」大正6年8月号）

朽縁に置く水桶や竹の秋　丹波　泊　月
かくれんぼ探すや麦のうねつぎ〳〵　同
刈麦の日に走り出し蜥蜴哉　同
齲歯病んで縁に打ち伏しぬ麦の秋　同

建長寺
蜩や自動車倚せて杉の下　同

（「ホトトギス」大正6年9月号）

月さして消えし林や水の鹿　東京　石　鼎
朝顔の裂けてゆ丶しや濃紫　同
草に出て鹿影の如し風の月　同
鹿の影をり〳〵濃さや月に歩む　同
葉の蔓の影這ふ土に蟷螂かな　同
萩の灯の一つ消えたるところかな　同

（「ホトトギス」大正6年10月号）

雨の中に襲ふ雨雲や柿の秋　東京　石鼎
柿の蔕猿の白歯をこぼれけり　同
竿の影をもち去る波や鯊は見えゐる　同
菊剪るや花々に沈みて離れぬ　同
瑠璃鳥の瑠璃隠れたる紅葉かな　同
柿の艶にうすき緑や天紺碧　同
奈良より郡山へ向ふ途上母危篤の報に接す
日かげるごと愁俄かや草の秋　同
（「ホトトギス」大正6年11月号）
野良猫や芒のもとに漂ふ日　大阪　秋灯
灯籠の紙の白さや糊はなれ　同
奈良
朝寒や靄杉の下を通る巫女　同
母堂危篤の電報をうけし石鼎氏を郡山に迎へて直ちに大阪へ
秋雨霽れぬ渡舟の高き灯に二人　同
子規忌
忌はて、霊前の柿を携げ戻る　同
浜人一坂二氏
箕の山や柿に窓開《あ》けて庵二つ　同
淀川堤罹災地へ出張二句
柿の下に数人診て去る田舟哉　同
鶏頭や朽門の紙に救療所　同
同決潰工事
秋雨や水の上なる高やぐら　同
（「ホトトギス」大正6年12月号）

『山廬集』（抄）　飯田蛇笏

大正六年七十五句

春

立春　立春や耕人になく廬の犢
彼岸　彼岸すぐろ野の日に尼つる、彼岸かな
弥生　臼おとも大嶺こたふ弥生かな
恋ざめの詩文つゞりて弥生人
大黒坂昌応寺
行く春　ゆく春や僧に鳥啼く雲の中
三月尽　谷杉に凪ぎ雲迅さや弥生尽
春の日　山国の春日を嚙みて鶏の冠《サカ》
朧　みそか男のうちころされしおぼろかな
東風　東風吹いて情こはく見る草木哉
花曇　人あゆむ大地の冷えやはなぐもり
還俗の袷なき旅やはなぐもり
壇ノ浦懐古
もろともにうれひに酌むや花ぐもり
軍船は海にしづみて花ぐもり
雪解　雪とけや渡舟に馬のおとなしき

春の山　夕ばえてかさなりあへり春の山
種浸し　日を抱いてけふを惜しめる種井かな
梅若忌　梅若忌日もくれがちの鼓かな

山ノ神祭典
桜　いにしへも火による神や山ざくら
竹の秋　屠所遠くみるつり橋や竹の秋

夏

夏　廬の盛夏窓縦横にふとき枝
卯月　師をしたふこゝろに生くる卯月かな
水無月　みな月の日に透く竹の古葉かな

河口湖上
涼しさ　富士仰ぐわが首折れよ船涼し
　笛ふいて夜涼にたへぬ盲かな
三伏　三伏の月の穢に鳴くあら鵜かな
袷　袷人さびしき耳のうしろかな
鵜飼　ながれ藻にみよし影澄む鵜舟かな

山居即興
扇　柱たかく足倚せて扇つかひけり

和田峠茶店
乾飯　山霧に蜻蛉いつさりし干飯かな

河口湖上
時鳥　白扇に山水くらしほとゝぎす
蠅　蠅とぶや烈風なぎし峠草
蚊　蚊の声や夜ふかくのぞく掛け鏡
葵　屑繭に蠅たむろしぬ花葵
萍の花　浮きくさにまびきすてたる箒木かな
松葉牡丹　上圊日ざかり松葉ぼたんの黄と赤と
覆盆子　流水にたれて蟻ゐるいちご哉
若竹　わか竹や牝を追ふ鶏のいづこまで
　わか竹や句はげむ月に立てかゞみ
合歓の花　高枝に花めぐりあへり午下の合歓
向日葵　向日葵に鉱山びとの着る派手浴衣

秋

秋の昼　秋の昼ねむらじとねし畳かな

半宵眠さむれば即ち灯をかゝげて床中句を案ず
夜長　ながき夜の枕かゝへて俳諧師
暮の秋　ゆく秋や石榻による身の力
秋の日　酒坐遠く灘の巨濤も秋日かな
　かぜひいて見をしむ松の秋日かな

山居即事
名月　筆硯に多少のちりも良夜かな
秋風　あきかぜやためてよしなきはした銭
　秋風や磊魄として父子の情
　秋風や痢してつめたき己が糞

なんばんに酒のうまさよ秋の風

偶感

秋雨　なにをきく眼じりの耳や秋の風
柑園の夜に入る燭やあきのあめ
秋の蚊帳　森低くとゞまる月や秋の蝙
灯して妻の眼黒し秋の蝙
寝てすぐに遠くよぶ婢や秋の蚊帳
胡麻刈る　人遠く胡麻にかけたる野良着かな
菊　饗宴の灯にとぶ虫や菊膾
燕帰る　胡桃樹下水くらく凪ぐ帰燕かな
馬追虫　空《ソラ》灶《ダキ》に月さす松のすいと哉
蜻蛉　胡蘿蔔に尾羽うちしづむとんぼ哉
蕎麦の花　刈りさして廬にしめやかやそばの花
女郎花　山蟻の雨にもゐるやをみなへし

書窓

芭蕉　足あらふ来客をみる芭蕉かな
糸繰る女に芭蕉霧出てもありぬべし
芋　田水はつて一つ葉ゆるゝ芋を見る
芋の葉や孔子の教へいまも尚

竜安寺法会

萩　月明にたかはりたちぬ萩のつゆ

冬

神無月　葬人の野に曳くかげや神無月
十二月　十二月桑原になくすゞめかな
師走　極月の法師をつゝむ緋夜着かな
雪　あすしらぬこともをかしや雪つもる
狩　かりくらや孟春隣る月の暈
月いでゝ猟夫になくや山がらす
水涕　水洟や灯をかゝげたる机前の子
千鳥　月入れば北斗をめぐる千鳥かな

（『昭和7年12月、雲母社刊）

河東碧梧桐

『八年間』（抄）

凍て寒い日の夕焼け障子の皆に
酔うてをれば大通りまで連立つ寒さ
江の島戻りが吹きまくる寒さになつてしまへり
枯芒に燃えつき銀杏は立てり
芒枯れ山の札所の昼酒
公園に休み日南の犬の芒枯れ
穂漂ひ颺がり夕山芒
牡蠣飯冷えたりいつもの細君
牡蠣船のをる橋までは歩きぬ
牡蠣船の障子手にふれ袖にふれ

牡蠣飯の蓋板の間踏み鳴り
牡蠣殻すつる俵してすつる
酢牡蠣の皿の母国なるかな
馬車の居眠りさめしすれ〳〵冬木
冬木の林遠ざかる後ろ人声
風邪ひき添へし硝子戸の星空
十日過ぎし風邪の灰埃立ち
風邪ひいて内に居る畳の落ち毛
風邪声の足もと田水打ち
夕靄下りる風邪心地なり

祝

吾が親ましまさば其の年の火燵
荷車のそばに雪空仰ぐ子
雪掻立てかけし二人にて育ち
雪かく溝かくて埋まらぬ
雪掻いてあり連れ立ちてゆく
障子あけて雪を見る女真顔よ
雨流るゝ竹の水仙よれ葉よ
むらべくる水仙藪径の絶え
水仙が売れるカタイ朝々通り
水仙藁苞の藁の乱れぬしく
茶簞笥の水仙けふ水さしぬ
俵から出し尽くす水仙の皆

正月持ち越し蕪の墨の字
緋蕪の漬かり納屋にての父
蕪とり落す雪どけの泥
焦げつきしあと掻く蕪煮る小鍋
蕪引き残し姉の声高か
豚屋の夕声の菜畑を通り
蕪煮つまりしひそかなる音よ
赤江蚕豆居の干し蕪の棗
火燵櫓の真仰向けな朝
空地名残る日の火燵の間
火燵のかげに物がくれなる汝れ
火燵にあたる間いそいそしき言葉
子供に火燵してやれさういふな
火燵の間きのふと又た異なれり
火燵の上の履歴書の四五通
火燵にかくす涎この年
火燵火あらず繭玉おろし
火燵出て膝つくろへる去る
火燵匂ふ熟睡さまさじものを
長男いつまで働く火燵のいきれ
牛繫ぎし鼻づらよ火燵の我
火燵にあたりて思ひ遠き印旛沼
日の障子置火燵押しつけられて

火燵の穴の弟けふ見ず
出雲火燵の汝が妹かしづき
火燵にての酒選稿愚かしく
杉枯るゝはこべらの親雀
牛繋ぎたる雀落ちくる
雀葱畑かけずりくるはし
雀の胸高の杉菜いきれり
雀が交るぬかるみをふみ
船橋《ぷりつぢ》の傾きよ春風の浮氷
床の間のヒヅミ雪汁今漏れ
雪なき埃立つ中途戻る也
駅亭の女黒襟の日脚伸び
荷つく迄四角な窓の一人也
ぬかるみの泥のこの霰ふり
函館にての桜同人大勢案内する
下痢して寝る子髪臭ふ冴返り
嫂との半日土筆煮る鍋
鴨夕飛びの高まさる哉
木瓜の芽生えこの庭あるがまゝ
凍解の菓子うめるこの犬のさが
両駒ケ岳二月の桑畑かせぎ
二月の旅の乗物の諏訪神社
機横糸の染まり姉とぬくとき

寄居虫這はせをる離れまで我行く
ピソシリな蜷低き汐なる哉
ゴロ〳〵ころげる又たこの籠のがうな
寄居虫海につぶてして戻りけり
針山の針蜷をほじくる母と
蜷に寄居虫交る父は笑はず
淡路の小母さんの摘む萱艸芽だち
虎杖芽立ちガンヂキまだ解かず
嫁菜一かたまりの膝つきし
雲雀水のむ草青々しかりけり
堤なぞへ焼き遅れたりけり
姉の淋しさの杉菜野づらよ
庭木から凧もう引かずなり
凧の尾縄の手ずれこの朝
車にて行く凧上げる子いと多き哉
凧糸もつれ解く野風に立てりけり
凧下り来る静に落ちたり
凧持たぬ子水につぶてする
二七日梅をさす瀬戸物とり出で
公園珍らしく嫂とありく夕靄
雲雲と知る交む鳥にて驅る也
ホテルで一杯のことを言ひ凍解の道
蒜掘て来て父の酒淋しからん

箱膳の高さの韮のぬた
朝から川船を待つ韮畑
野蒜ひたりて渡し舟の水垢
小供勉強しすぎる鶯夕暮を鳴き
母と子と電車待つ雛市の灯
雛の前にかしこまる菓子包貰ひ
雛市通り昆布などを買ひ
雛飾すむ母にもたれて寝たり
晴れ〳〵の声で小供をあやす雛の壇
雛を貰ひさほどにこかす
彼岸の牡丹餅の木皿を重ね
彼岸のおうつりの紙に墨つき
明日中日の母とつれ立ち
丁度の小銭の樒の三たば
忌日後四五日の彼岸の墓まはり
遠足戻りし兄弟に白魚を盛り
犬の子の秋田だよりの雪解川
兄の大勢の子が口々に学期の話する
叱る末子が梅に来る鳥の話する
お婆さんがこの春の我が歳をくりかへしけり
夕飯御馳走になりに来た丁度のむきみ飯
子供ら飯を食ふこれが芹汁かといふ
卒業遠足の明日の海苔巻を並べ

長男は試験休みの友達との夜
長話して夜が更ける初めて掻餅をやき
渓仙を売らうかチウリツプを枯らし
早瀬の石の朴なるやは葉
畔が焼ける道のく牛の尾ふれり
山を焼く相談の酒になる哉
学校の窓ガラス畔青々光れり
蚕飼する夫婦の妻の唄のそゞろ
榾くすぶる蔀戸の日のゆれ
白魚のかゝる見る人の桜にもたれ
白魚並ぶ中の砕けてゐたり
土筆ほうけて行くいつもの女の笑顔
村へ戻らぬ誰彼れよ土筆
赤羽根の篠藪の土筆時過ぎけり
土筆三木桑畑に肥えて伸びけり
板の間に打ち開けた土筆あるじが坐る
鍋から土筆を食ふ箸をとり
茶店の地べた夕足もとの土筆の包み
百姓に叱られて戻る野の夕間暮
水しめり初む岩肌の裂け
子守があるく芽ふく楢林
ほこ〳〵土の低い栗の芽
木の芽ふく空清水の音の

朴の芽ふくれ幹梢まで通りたり
おこんの芽よ前垂をひろげ
干潟の昼の家を呼び立て
人丸神社梅青々のなぞへ
子守の遅い戻り桃山が染み
桃が赤い隣で囚へられて行き
金剛山登りはいつでも出来る早や桃が散り
男般垢を汲み麦畑の桃
人が床ふむガタ〳〵な桃林
浪がパサ〳〵舟脚干つき行き
下女庭にばかりをる抽の木春枯れ
水道をひき井戸の梛の花垂れ
鱒の走りをもらひ上包解く菰
雨のしぶき戸細目の三ツ葉
二人が引越す家の図かき上野の桜
主人が留守の原稿紙を使ひ春の日
試験勉強の机壁に押しつけ
茶摘む一人が土間に寝てゐたり
茶蒸れの筵のはしふみ渡り
ゆうべねむれず子に朝の桜見せ
兄に代つて弟が来る桃の切り枝
疲れてゐるからの早起火のない長火鉢
引越しの夜のほのぬくい寝間を定め

君を待たしたよ桜ちる中をあるく
入学した子の能弁をきいてをり
鏡の間にある花見車の作り物
木瓜を植ゑさせる日を仰ぎ
会の火鉢をつかひ春著を展べ
お前が見るやうな都会生活のあさり汁
さもしい次男が土筆の袴とるを見
楽屋の煉瓦作りの炉の炭のこぼれ
一杯な人のうしろにて縁端の春雨
八重の桜の建物会社の敷地
花が汚れた芽立つ桜なりけり
茹でた土筆を忘れてゐた蓋をとり
板の間が広い暗がりのけふの砂ほこりふみ
座蒲団積み上げたのにもたれてものうし
楓葉になる銀杏もあわたゞし
日の透る舞台の橋がゝりに立ち
年寄が春このかたの嫁話する
電車に乗りたがる年寄と濠端の柳
静かな瓦斯の下にて煙草乾く哉
鳥居の花の下で一休みした話する
大きな長い阪を下り店一杯なセル地
博物館へはいる人々のからげた裾をおろし
汐ッぽい草履だけははいて出でけり

こまかい貝殻を集め目をつぶらにし
貝は拾うてくれる寄る海苔を踏み
熊手があたる蛤が楽みな一人
海苔の簀の杭を麦に打ち
海苔の簀の中にこゞんでしまひ
下女が日永々と髪を結ひ上げ
植木屋がこの鉢の松を地に下ろし
檜を植ゑさせる炭俵をしまひ
松露を掘つた爪の土を洗ひ
試験の附添ひが集る柳風
人真昼の輪を作り柳が二本
苗床を立ち土手の人に交り
苗床に水をやる二葉割れたり
苗床を立つ手をはたき
茱萸苺名残る花の苗床
二人で物足らぬ三人になつて白魚
女が母と来て箸つきし白魚
お前と酒を飲む卒業の子の話
干潟を見下ろし此の風に吹かるゝ二人
一杯な女の話になる萎びた蜜柑をつかみ
女中の親が来て居る無花果葉になり
蕨をくれて板の間に坐る若々し
次の間で蕨をこしらへる母が叱るよ

木の芽田楽の日高い夕飯をする
雨戸あけたので目がさめ木瓜咲き
卒業証書を握り汗ばみて我に向ひ立ち
鷗が小さい白い鳥でシビ浸つて行き
寒さうに立つてゐるこの風の芝の船虫
静かな隅の間なれどシビ臭いガラクタが見え
汐が満ちたけふは庭掃かず
檜が植つた塀裏の畝とほり
汐にさらはれた信玄袋と燕麦の花と
舞台を拭いてゐれば日が暮れる妻が呼び
つゝじの白ありたけの金をはらひぬ
鰹舟の船夫が起きて海を見下ろし
砂の上鰹が並び人垣つくる
八十を祝うてやる紺地の浴衣見立てぬ
箪笥に上げてあるセルの裾垂れ
葉桜の灯の遠い浅草の灯に立ち
無駄に三日が過ぎ祭の注連が垂れ
タヽキのしぶき停車場らしくともり
芙蓉の芽見ず野菊黝かり葉
女中が出来たので袷をのべモミの裏
なめくじの跡の雨なきこの月
玉葱青い葉なれば台所に立ちゐ
犬の子抱いてやればユキがつまつて袷

水に漬けた梅の泡立つて一人也
漬梅はかるくたれて青い葉
梅はかる手せわしけれど笑顔せり
ことし一斗の梅の買ひ安き哉
父は梅売をはや三人呼び
母が亡き父の話する梅干のいざこざ
根岸祭の門並なれば二階に立ち
祭見て来た黄八丈の昼過ぎ
無果花を挿木して魚の背骨が

八十八賀

綿ぬきの塵はたきさもなげに立たれけり

四方太をくやみに行きて

石楠木が咲く庭の草とりありたり
泣く話しての笑ひ話よ
罷り出て林町の若葉照り照る
仰向に寐給へる永へならん
柘榴の花一つなりけり庭に下りても見る
花が了つたつゝじ枯れるのか
柘榴の花が一ツついた風鈴が鳴り
祭りの飾り花のしまつてある戸棚
木から貪りし苺手放したり
青い実が出来た苺の葉傷み
けふも苺があつたと病人がいふまゝ

辻まで出てしまひ祭の朝なりけり
子に高々と祭の飾り花を挿し
水を飲み裏庭に立ちて祭の日
人近うなるまで桐の花ふみゐたり
奈良の夏の芝に休んだと言ひけり
荷馬車が行きつまり苺に佇む女
石竹店一杯になり売れずにある松
辛夷葉になつて三階下りたし
てもなく写生してしまひし石竹がそこにあり
毛虫が落ちてひまな煙草屋
毛虫の外に落ちるものなき朝から
落ちた毛虫に石畳あるなり
萩を植ゑようと思ふに鶏飼へとすゝめる
女が平気でゐる浴衣地とりちらし
貸地の町づくる砂利敷く犬楠
兄が家を建てる草地あちこちあるき
花が咲いてゐた苺の土に実をすり
急に去に仕度するのに裸体であしらひ
けさ床の間のどつと虫の粉
卵二つ産みかゝさぬ苺のエピソード
舞台に沿ひ雨水の泡立ち動く
菊の油虫が一斉に身を弾きをる也
菊の虫はうつらぬ萩にて伸びけり

梅雨になつて一杯な反故が明るし
やつた単衣の風呂敷包なるべし
粒らな蝿なれば殺さんと机を立ち
労れた朝寝の薔薇の鉢はこゝになし
筍藪に立ち離れてゐたるが淋し
血を吸つてゐたので蚊声もせず
ほこらが片寄せてあり花さくは黄楊
姫檜葉の黄葉のつぎ〳〵に水をのみ
子供が植ゑたコスモスの皆倒れざま
もとからあつた檜のやうに植わり毒だみ
焼酎の壺まだ地に下ろされしまゝ
家内皆労れてゐる筍の皮
猫が子を産んで二十日経ち此の襖
犬のぬけ毛がころがりて床の下迄
浴衣の襟心なしにするこの夏
蓮茎のまひ〳〵とりつきて舞ひ始め
まひ〳〵が舞ひ蓮の莟は空に
自分で部屋を掃くことになつたいつまでの梅雨
規子庵のユスラの実お前達も貰うて来た
踏切へすゞみに行くけふも薔薇下げた人
大通りを真直ぐに帰り簾屋が起きてゐるなり
夜の買物の簾屋まで靄が下り
夜の大通りに出て登山戻りの手荷物

枝立つた無花果が葉になりつぼむやと仰ぎ
鰹船が戻るらし新道をたどり
校正室ガラス戸はづしてしまひ椅子の並び
犬洗うてダニをとる騒がしかりけり
簾が青臭く物足るなりけり
簾の下にしやがむ蟻闘へり
蜘蛛がどつと糸吐いて落つ蜂たけれり
この峰黄色い脚にてかけり
畳の墨拭くと二人して水使ひ
暴風になる夜のほとゝぎすこゝに住む
叔母もお爺さんが亡くなつたといふ簾物かげ
露次に住んで焼酎も飲むとのたより
酒の中毒のもろ肌になる哉
鵜籠蓋ある音のごそつく
宮守窓わたる灰色なる哉
昼寝してゐたときに来た母の知らぬ君
琉球団扇二本残りてはや十年
短尺腹立たしく書いて蝿叩を持ち
鮓一皿より食はざりき食堂を出づる帰らん
篠の寐椅子の買はざる簞笥の値札見てあるき
読み了つたイブセンに朝の蚊帳垂れてある也
麦粉が著いたので昼の膳につき
ありたけの力子猫が育つ朝々

撫子の風けふは休んでばかり
遠雷の狂風に渦巻き込まるゝ
白いねり土に鍬あてる草よ撫子
一人々満足のある葭簀戸ながら
昼寝て親指が腫れてしまひ
明治神宮に入る道を曲り新居の青田
座敷には葭戸が欲しい空が見え
田水石灰が落著いて此道ずん〳〵行く也
けふ飯を食はず膝かけと枕と
道に迷はず来た不思議な日の夾竹桃
けふから夏休みの蠅捕りに顔を寄せ
夏休みの朝寝の一時間をくどくも言へり
行李ぬき出した浴衣我は男也
女なれば浴衣の膝づくる皺
浴衣がけの素足露路を出で勇躍す
人だかりする石竹の灯沈み
車に積んだ石竹の下の灯一つ
葭戸にして叱らねばならぬ妻也
下女より妻を叱る瓜がころがり
浴衣の妻を叱る我妻なれば
十五日の小計の蚊遣香二タ箱
灯に触るゝ蟻の手にも団扇にもあたり
(石鎚登山句録)

横峯寺
夏籠る女の水髪を上手に結ふ話
焼きつく腰掛け板に腰せんとしたり
長い腰掛け板の日に晒されて君等

虎杖橋
垢離とり川の水つく石ふむ
真白い岩にかこはれてゐる小さき裸

黒 川
蚤よけ袋の紐通す寝しなの一人
蚤よけ袋朝振ふ皆縁側に立ち
唐黍の中の二番茶摘みあり
露かはく高黍の種を揃へ

行者堂
頭の上で鐘が鳴る彼等の声する
鐘に手を添へ清水そこに落ちてゐる
一本の女郎花の葉揃ふ茎なるかな

常 住
二七日山籠る若者の黒帯よ
親子連れが下りて来る雲に打たれたる顔

一の鎖附近
赤樺にのぼり切つた熊笹なぞへ
鎖の下に捨てかさむ我の草鞋も

頂 上

一人々々石のかげに詞をかはし
湧きあがる雲吹き払ふ風に立ち
□
夾竹桃赤いものを振り捨てんとす
もうはづす障子がなく腕にある力
鵜が子を連れて来てブリキ屋根をふき
舎監外出す手の団扇捨てたる也
手拭を頭にいつもあちらむきをる舎監
舎監の部屋の蝒寄せてある煎餅袋
試験の舎生二人は残り夕餉のけふも
くさむらの芙蓉照り萎へる葉になり
板塀がゆり動く旱れる草穂
けさ持て来た短尺に紙魚這へるなり
綱引き呼ぶ声岡の草の我
九段一杯な夕日小鳥の声落ち来る
またぶら〳〵してゐる藁帽の星空
雀が鶏頭につかまつてとびのこされ
焼酎ひく左右の足にて垂れたり
焼酎足にひく事を覚えて淋しかりけり
焼酎飲むやうに盃をそろへて置きぬ
焼酎の一升瓶がけさ迄の枕元
お前を叱つて草臥を覚え卒然と立ち
三里夜道した暁けの箒木

大阪城趾（二句）
石垣が焼けて焦げてひゞれてある也
空ラ濠の芦いつも乱れて見下ろさる
萩二株が我が家族に足る也
手紙に萩の事をかきわれ恥しかりき
白萩もさき蓮に近くあり
白い黴が夏からの土間にて古し
秋子は育たぬ親猫の年ふけ
取越して法事するたらちねよ庭萩
普請小屋の青草の萩の水
屋根が反つてゐる窮屈な銀杏
庭に下りたので樫の実をふみ
芭蕉の葉を折つた子供を捕へてゐたり
高下駄で目の前の穂艸蹴りゆき
寝る広さになる鎧戸の秋西日
これだけの鉢の菊の中
足ふんだ男が我を見る菊の夜の灯
全集にせねばならぬせねばならぬ鶏頭が伸び
父はわかつてゐた黙つてゐた庭芒
菊十鉢は売れねばならぬ夜頃
月斗長女逝く（一句）
バサ〳〵汐音がする虫の音紛れず
肘折温泉（三句）

枝豆の葉のまゝの値づけやすく
枝豆を買ふ毎朝の山なぞへ見る
枝豆を買ふ熱闇の夕明りなる哉
露の青艸の獅子台石が据り
露の青艸の手にふるゝ穂をしごき
唐黍折る者等この子すておき朝露
露の寝覚めの見くらべて掌の白
唐黍折が戻つてゐる大露の炉の一焚き

□

海嘯の松の枝の浸つて行くほの白み
屋根のブリキの飛ぶ音の蚊帳に坐るまゝ
吹き剝がれた戸の一天の稲妻
一天の稲妻の強雨の明かり
芙蓉と松を起しに来た三日目の日暮
この大通りの行手の洪水何の矢来なるよ
名残の嵐の顔打て埃立ち
子規居士母堂が屋根の剝げたのを指ざし日が漏れ
椎の実沢山拾うて来た息をはづませ
墓場で一番に拾うた椎の実よあが子供
箒にかゝる朝顔の葉の蔓朝なれば
切れもの持ちたる秋の縁日の人ら
父の思ひは病める母の秋夜の枕元
秋夜弟妹一々なつかしみて逝きし也

秋日本葬を出した格子戸をはめ
秋袷が著いた銘々のを知る年なりけり
動物園にも連れて行く日なく夕空あきつ
二人が一人づゝになつて遊ぶ梨がころげ
屋根屋がいつまで音させる萩の中のこの家
秋日子供ら遊び足りて母ら子守ら
秋晴公園の外廓に沿うて人らせはしく
艸の実がつく逃がれんとはすなり
ニキビ強い顔が曇る粥になつた朝々
桜のすいた梢の窓がいや高く青く
桜のすいた梢銀杏見えねばならぬ
桜のすいた梢我れベンチでも仰がれ

□

平気で烏瓜を眺めて座に帰って女よ
柳の冬芽が出さかつてすた〳〵行き得る女
裏へ廻つた豆腐屋の日脚もうかたより
貯蔵倉で食うた蜜柑の皮お前は捨てた
蜜柑貯蔵倉の出はいり我らつゝしめり
公園一まはりした手持無沙汰な芝枯れ
山の根まで歩いて来た蕨の葉の黄
鶺鴒は蕨の葉の黄にかくれたる也
刈田の鴉が一ツ時に立つ我家一つ家
うぶすなの森の新の元日の刈田をわたり

新の元日で出あるいた砂川
若者の世話此秋も悔ゆる事なし
称名寺の銀杏葉重ねて拾ひ
菊の衰へ日々見ねばならぬ
今日も刈田の人が二ケ所にかたまつて居る
芙蓉見て立つうしろ灯るや
田甫の藁屑落ついて雨降る
我に近く遊んでゐた子よカンナに立ち交り
桃を起してゐる桃がずつとこけてこの晴れ
木槿葉もなく藤棚の丸太
桜一葉二葉散り人の踏みゆく
人のふみ荒した桜落葉暗し
さら綿出して膝をくねつて女
青梅さら綿手して割きよげにはこび
さら綿包み塵紙なるほどく也
雪晴れのきのふのけふの浪立ち来
雪になつた人の見る酒盛りの男女
片方はまたく見えぬ眼の綿入れゆき長が
ことしの菊の玉砕の部屋中
債権法が読みづらかつた年越したこの机
菊見の戻り大橋の乞食は足もと
食堂に押して入る夜の花の山茶花
芝居茶屋を出てマントを正す口に唄出る

冬夜子供の寝息我息合ふや
編み手袋のほぐるればほぐす
手袋をとる仏壇の前也
我手袋さぐるポケツト底があり
我手袋その手にはめてはしやぐ我膝
暗い露次に曲つてけふ卸した手袋
紀念会を津守に持つて住つた師走なりけり
鱈舟のもとでの大札を腹に
鱈舟窓に舳先を揃へ鏡が出てをる
鱈舟の青海原が輝く眼也
木槲の実中から赤いのが四粒づゝ出る
炭が燻りやんで高い窓煙草の烟がゆき
奈良に行きたく行くまじとする冬の夜更け
葱を洗ひ上げて夕日のお前ら
あんな奴等が暮の言葉を投げ
交かりがさめた犬のシヨボ〳〵の眼の霜
綿入を著て膝正すことの勘定日
東野から来る留守居番の紺の股引
会つて見る好きな間取りの日の氷
火燵が焦げてもう言つてしまつた
水入れの底の一雫火燵の上にて
倒るゝ襖の弟は臘八に出で
その辺であきらめて母なれば炭ひく

藁塚の旭の躍つたる牛
刈田の月日霜くづれの日の門
初年木の落葉傾斜地をころげる
みや子を大阪に返すとてつれ立ちぬ（三句）
ストーブを離れ革椅子に身を埋めて君等
ストーブに凭り物言はねども我は親なり
綿入羽織丈長がな脛あらはなる哉
M子を大阪に送る（四句）
十年の昔の寒かりしよ朝よ手引きたるよ
刈田つゞきの湖にて目覚めたる我れ
牡蠣船の屋根に鴉が下りたのを見て黙りたり
火鉢の朝の飯すませて手かざしたる
（大正12年1月、玄月社刊）

高浜虚子

〔大正六年〕

風落ちて窪める水や蘆の角
船橋の浅き汀や蘆の角
（「国民新聞」大正6年2月20日号）
雛の灯のほかとともりて暮遅し
（「ホトトギス」大正6年3月号）
故郷の梅が下なる小溝かな
棒切れをつゝめる苔や蝌蚪の水
（「国民新聞」大正6年3月11日号）
明暗屢々す雨の蝸牛哉
この森の常に雨降る蝸牛かな
（「ホトトギス」大正6年6月号）
祭舟装ひ立て、山青し
楨柱に清風の蠅を見つけたり
（「国民新聞」大正6年6月19日号）
避暑人に電燈這ひともる翠微かな
（「ホトトギス」大正6年7月号）
鹿島に遊ぶ。何十年振りなり
鹿を見ても恐ろしかりし昔かな
浜人居を訪ふ
客を喜びて柱に登る子秋の雨
他愛も無く夜寒の話移り行く
（「ホトトギス」大正6年11月号）

長谷川零余子

『雑草』（抄）

春

菊根分　根分けたる菊に近々と館かな
燕　燕飛ぶや雨をもたらす南風強し
　巣燕に荷をとり入る、大雨かな
鳥囀る　囀や母が見つけし濃椿
梅　梅の幹の静かなるに蛇動くを聞きし

躑躅　遊船に崖かぶさりし躑躅かな
木の芽　沼を翔りし鳥来てとまる木の芽かな
日に光りて駒鳥わたる木の芽かな
海苔　流れ海苔はすくはれて芥黒きかな

夏

祭　篝消えて暁の堂の祭人
花笠を船にもかけし祭かな
菖蒲葺く　艫に袖をうちかけて引く菖蒲かな
菖蒲葺きて花咲く池の日数かな
衣紋竹　衣紋竹を落ちて時めきし晴衣かな
薔薇　薔薇をつむ手頸にかけし袋かな
若楓　橋杭のせて乾ける岩や若楓
赤倉温泉にて
苔の花　苔の花に温泉煙の輪の見ゆるかな

秋

渡り鳥　萎えて咲きし熱帯草や渡り鳥
木曾湯ケ島
梅嫌　梅嫌の又こぼるゝや岩の上
薏苡　薏苡を見て居る枝の鶫かな

冬

遊女高雄の賛
行火　屛風絵にかゞみて船の行火かな
焚火　掃かれしあとに落葉こまかや焚火燃ゆ
山を怖れて人なつかしむ焚火かな
枯野　つれ立ちし納め詣や枯野道
ひたき　遠く逃げで松にいつまでひたきかな

〔大正六年〕

村上鬼城

北向の大玄関や花八ツ手　高崎　鬼城
屋根ふいて柊の花に住みにけり　同
凧や蠟燭箱の棚に見ゆ　同
二三疋水天に飛びぬ石たゝき　同
傘や雨月にさして薄ぼらけ　同
卓に並べて木の葉もゆかし近江松茸《たけ》　同
稲扱に湯の沸てゐるわら火かな　同
（「ホトトギス」大正6年1月号）
ほそ〳〵と起き上りけり蕎麦の花　高崎　鬼城
秋風や破れてかゝる蜘蛛の陣　同
炉開や藪に伐り取る蔓もどき　同
時雨るゝや静におろす玉硯　同
藤蔓の大樹離れて枯れにけり　同

竹箕あげる屯田兵の二人かな　同
（「ホトトギス」大正6年2月号）

炬燵して老の飯くふうるか哉　高崎　鬼城
冬蠅飛んで春日の長きが如し　同
行年や仏に手折る正木の実　同
枸杞垣の赤き実に住む小家かな　同
頬白やそら解けしたる桑の枝　同
（「ホトトギス」大正6年3月号）

竹藪を伐ていざよふ春日かな　高崎　鬼城
春川に舟新らしき鵜飼かな　同
（「ホトトギス」大正6年4月号）

草の戸にふやけて咲くや猫柳　高崎　鬼城
わら塚や四五疋蛇の大唸り　同
大石や蟻穴を出て二三疋　同
秋川に押戻さる丶野水かな　同
玉垣や青きも交る蔦紅葉　同

春愁

長き日や寝てばかりゐる盲犬　同
（「ホトトギス」大正6年5月号）

玉階や牡丹桜にいざよふ日　高崎　鬼城
大錨載せて漕出ぬ花見舟　同

雲濤慰問

松蜂の松をうごかして戦ひぬ　同

君不見や尾上の花の大嵐　同
（「ホトトギス」大止6年7月号）

芋畑や月も出そめて昨日今日　高崎　鬼城
菜畑や薄日に生えて貝割菜　同
月の出てひとりになりぬ川涼み　同
秋雨や軒にかけたる箒草　同
菊あげて御堂の錠を卸しけり　同
（「ホトトギス」大工6年11月号）

僧園の大蕎麦畑咲にけり　高崎　鬼城
秋雨や八重山咲のか丶り咲く　同
草の中にまだゐて起ちぬ稲雀　同
大風に吹廻はされぬ稲雀　同
（「ホトトギス」大正6年12月号）

解説・解題

藤井淑禎

編年体　大正文学全集　第六巻　大正六年　1917

解説　一九一七(大正六)年の文学

藤井淑禎

一、「転換期」という見立て

大正五年から六年にかけての文学の世界の動きを論じた文章を見ると、この時期が未曾有の転換期であることを強調したものが少なくない。そのなかでも早いものの一つである、本全集第五巻の解説にも引かれている広津和郎の「ペンと鉛筆」(「洪水以後」大正五年一月)は、大正四年末時点での判断として、「文壇の様子は大分変つて来た。何時か若い人々が大家を圧せんとしてゐる」との観測を洩らしている。

広津はその一年後の大正五年末の時点では、こうした見方をさらに発展させて、「「大家」と「新進作家」の傾向の際立つた創作壇」(「新潮」大正五年一二月)との見取り図を描くに至っている。

極大ざつぱな言方をすれば、今年は今までの所謂大家と、新たに生れた若い新進作家との間の傾向の相違が著しく眼について来た年であつた。花袋、白鳥、秋聲諸氏と実篤、善郎、与志雄、精二諸氏との作風の相違を見れば、誰にだつてそれは直ぐ合点される。

以下、広津は、ちがいを「抽象的に説明するのを避けて、直ちに各作家の今年中に書いた作物に現れた態度や思想の吟味へ移りたい」として、具体的な作品評価に入って行っているが、そこでは、代表として挙げられた作家たち以外に、「「大家」及び在来の傾向をそのまゝに追つてゐる人々」として、上司小剣、近松秋江、森田草平、小川未明、中村星湖、谷崎潤一郎、田村俊子、尾島菊子、野上弥生子、高浜虚子、そして夏目漱石の名前が挙げられていた。

これに対して、新進作家で代表以外に挙げられていたのは、江馬修、相馬泰三、素木しづ、中村孤月、芥川龍之介、久米正雄、里見弴、有島生馬、木村荘太、といった顔触れだった。六一九頁に掲出した「文壇諸家年齢表」は、『新文章問答』(新潮社、大正四年十月一五日 九版)所収の大正四年現在の表にその後登場した作家たちをこちらで書き加えたものだが(年齢は四年現在で揃えてある)、広津の言う「大家」と「新進作家」が年齢のうえではどんなふうに分布していたかとか、四年現在ですでに文壇的に認知されていたのが誰と誰であったかなどが分かり、本巻収録の「文壇一百人」と併せ読むと興味深い。

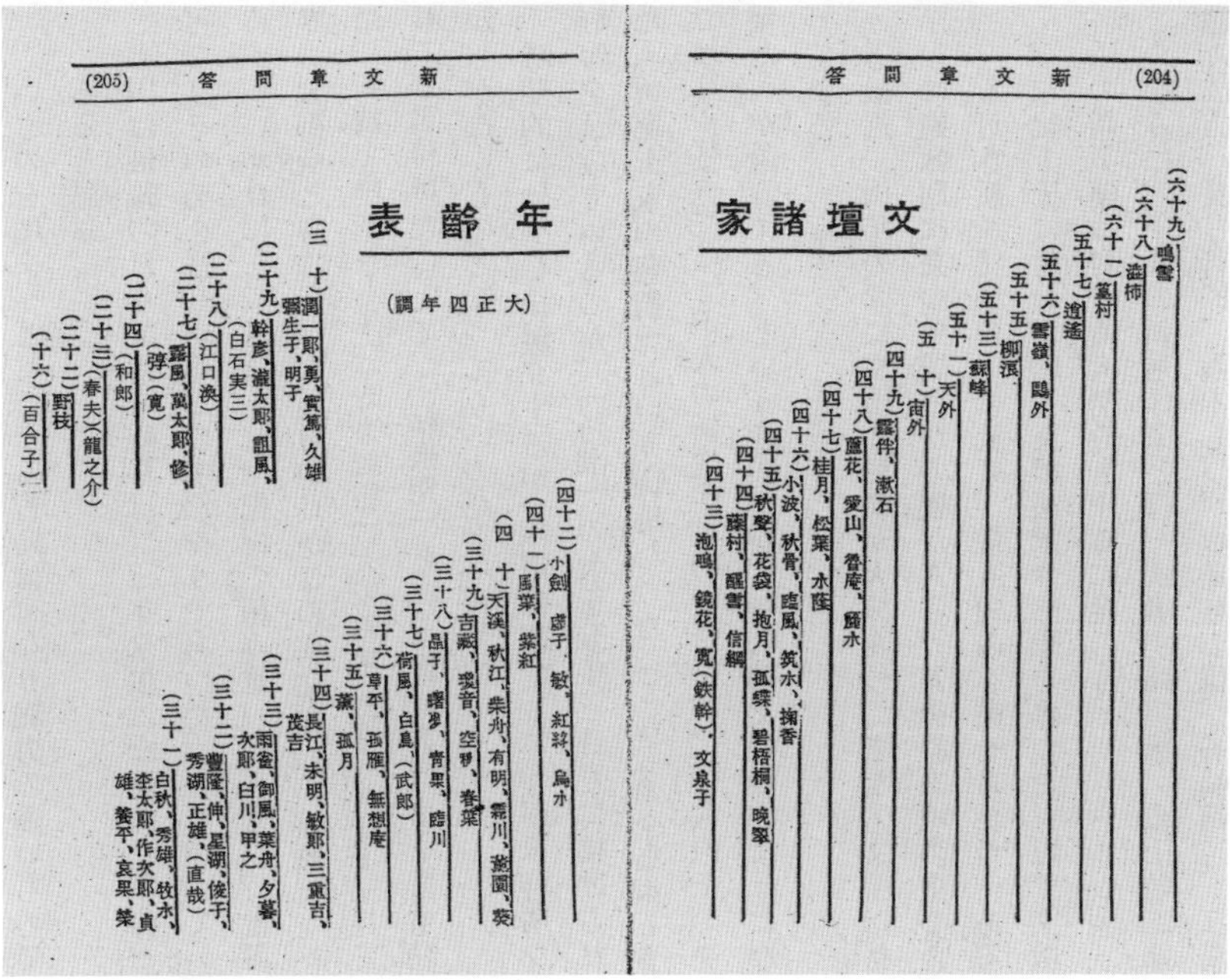
(204) 新文章問答

文壇諸家年齢表

（大正四年調）

（六十九）鳴雪
（六十八）濤柿
（六十一）篁村
（五十七）逍遥
（五十六）雪嶺、鷗外
（五十五）柳浪
（五十三）蘇峰
（五十一）天外
（五　十）宙外
（四十九）露伴、漱石
（四十八）蘆花、愛山、眉庵、鏡水
（四十七）桂月、松葉、水蔭
（四十六）小波、秋骨、臨風、筑水、掬香
（四十五）秋聲、花袋、抱月、孤蝶、碧梧桐、暁翠
（四十四）藤村、醒雪、信綱
（四十三）泡鳴、鏡花、寛（鉄幹）、文泉子
（四十二）小剣、虚子、敏、紅緑、烏水
（四十一）馬葉、紫紅
（四　十）天渓、秋江、柴舟、有明、霜川、薇園、葵
（三十九）吉蔵、璞音、空穂、春葉
（三十八）晶子、曙夢、青果、臨川
（三十七）荷風、白鳥、（武郎）
（三十六）草平、孤雁、無想庵
（三十五）薫、孤月
（三十四）長江、未明、敏郎、三重吉、茂吉
（三十三）雨雀、御風、葉舟、夕暮、水郎、白川、甲之
（三十二）豊隆、伸、星湖、倭子、秀湖、正雄、（直哉）
（三十一）白秋、秀雄、牧水、貞、李太郎、作次郎、雄、養平、哀果、桀
（三　十）潤一郎、勇、實篤、久雄、彌生子、明子
（二十九）幹彦、瀧太郎、翻風、（白石実三）
（二十八）（江口渙）
（二十七）露風、萬太郎、修、（谆）（寛）
（二十四）（和郎）
（二十三）（春夫）（龍之介）
（二十二）野枝
（十六）（百合子）

(205) 新文章問答

「文壇諸家年齢表」。丸カッコ内は筆者藤井淑禎が加えたもの

もちろん広津は、以下の具体的な作品評価においては、「大家」を全面的に否定し、「新進作家」なら何でもかでも肯定していたわけではないが、大筋では、広津の同情と共感が後者のグループのほうにより多く向けられていたことは言うまでもない。広津がここでどういう基準（理由）で、ある作品を持ち上げ、また逆に貶めていたかは重要な問題だが、これについてはあとのほうで考えることにする。それよりもここでしておかなくてはならないのは、この広津の見方などを氷山の一角として、こうした捉え方が次第に太い流れを形作っていった、その流れを跡づけることのほうなのである。たとえば吉田絃二郎は「昨年の文壇」（「六合雑誌」大正六年一月）という回顧文の中で、広津と同じような見方をしている。

総じて大正五年の文壇特に小説界は前年のそれに比して決して奮ふたとは言へない。収穫の点から言つても大したものであつたとは思はれない。しかしながら概括して言へば、所謂大家株の作家が比較的多くの作品を出さないで、若い未知数に属する人々が可なり多くの作を出して来たといふことは注目に値することであると思ふ。自然主義的作品が行きつまつてから此方、いろ〳〵な方面に向かつて生面を切り拓かうとしてゐる人々が或は人道主義に或は一種のデカダン的な享楽の底に、或は高踏的な態度からして若々しい創作面を開拓しようとしてゐる努力は一様に認められる。何れにしても嘗て自然主義的傾向が靡然として当時の文壇の気運を一新したやうな鮮かさはないが、その新しいものを生まうとしてゐる苦痛は可なり底力の強いものであると思ふ。

吉田は最後のほうでは「昨年は二三年来振はなかつた創作が可なりその勢を盛りかへして来たやうであつた」とも述べているが、いずれにしてもこうした把握の積み重ねのうえに、批評界の大御所とも言うべき島村抱月がこの変化を「一転機」(「将に一転機を画せんとす」「時事新報」大正六年二月二八日~三月三日)と名付けたことで、「転換期」という捉え方はますます動かしがたいものとなってもいったようだ。

時期的には少し後戻りするが、「廻転期」という印象鮮明な形容を試みているのが、「新潮」の大正五年三月号に掲げられた「新進十家の藝術」という特集だった(これも本全集第五巻で触れられている)。十人の新進作家の文学を、二十人以上の先輩たちが論評する、という趣向だが、その前文は次のようになっている。

最近一両年の間に文壇の形勢が大分変つて来た。文壇は将に廻転期に立つて居るかの観がある。其後継文壇の中心たる可き新進諸家の中に於て、最も望みを嘱せられつゝある左記十氏に対し、広く文壇諸家の感想を募つた。以て文壇の新気運に対する大勢をトするに足らう。

ちなみに、十人の新進作家とは、武者小路実篤、吉田絃二郎、藤森成吉、長与善郎、素木しづ、豊島与志雄、谷崎精二、江馬修、里見弴、志賀直哉、といった顔触れであり、これに対して批評を寄せたのは、谷崎潤一郎、久米正雄、久保田万太郎、有島生馬、加能作次郎、中村星湖、小川未明、後藤末雄、中村孤月、小山内薫、といった作家(どう見ても先輩格、というような作家たちは省略した)とその他の評論家たちだった。

このなかでは久米正雄が、ここでは先輩格としてアンケートに答えていながら、先の広津の分類では「新進作家」のほうに入っていたというようなズレも見られるが、それ以外は、おおむね各作家たちはクッキリと色分けされていたと言える。こうして、「「大家」と「新進作家」の傾向の際立つた」状況という見立ては、多くの論者の支持を得ながら、先に見た抱月の「一転機」という呼び方などにも後押しされて、大正六年の文壇をおおいつくすこととなるのである。

前年の広津に代わって(小説家に転身していったので)、この年に「転換期」というスローガンを連呼してそうした見方を広めるのに一役買ったのは、新進の評論家の江口渙だった。「帝国文学」十月号に掲げられた「九月の小説と戯曲」では、極端とも思えるような微視に基づいて、こんなふうに断定している。

文壇は何時とはなしに著しい推移の跡を示して来た。本年の一月から春へかけて逐次其傾向の顕著なるものがあつたが、やがて春から秋へかけて更に一段と烈しくなつて、今や新旧作家の位置は全く入れ換つたものと見ても好い。自然主義時代に全盛を謳はれた人々も今は僅かに唯一の

左より久米正雄、一人おいて宇野浩二、里見弴、加能作次郎、佐佐木茂索

「老練」を残すのみとなつて、後から後からと追付いて来る新進作家に対抗するだけの実力は無くなつて終つた。

江口のこうした捉え方は、「文壇は大正六年に入ると、もに、何と云ふ事もなく色めき渡つて来た。それが春となり夏となり、更に秋となるに及んで近年まれに見るほどの活動を呈した。恰も往年自然主義勃興当時に於けるやうに、右を向いても左を向いても何処にも若い力と熱とが漲つてゐる」（「創作壇に活動せる人々」「新潮」一二月号）と振り返った大正六年回顧の評を経て、大正七、八年にまで及んでいる。そしてそこでは、こうした動きがここ二、三年来のものとして総括されるに至っている。

・ここ二三年以来、文壇全体に亙る新気運の勃興とともに、新旧作家の位置の交代が、歳を追うて益々顕著の交代になり始めた。それが本年に入るとともに、極めて急速度の開展を示して、一方昨年までは全くその存在をすら認められなかつた人々が、今やそれぞれの価値ある新人として文壇の水準以上に華々しく活躍し始めると同時に、永い間大家として世間の視聴を集めてゐた人々の中でも、四五の所謂練達堪能の士を除いては、或は没落し或は衰弱して次第にその影を薄くするに到つた。

（「本年に於ける文壇の推移とその将来」「新時代」大正七年一二月）

・本年の評論壇は昨年の評論壇に比して大体に於て余程多事であつたと云はなければならない。之は一昨年よりも昨年、昨年よりも本年と次第に文壇全体に亘つて顕著になり始めた新気運の勃興に促されて生じた当然の結果であらう。

（「本年文壇の決算・評論界」「時事新報」大正七年一二月二一、二二日）

・この二三年の間に於いて、文壇は殆ど「驚くべき」と云つて好い位迅速な勢をもつて推移し始めた。所謂新進作家の蹶起は、日に月に益々その数を加へて、随所に種々様々な色彩を帯びた新気運の勃興を見るに到つた。

（「最近文壇に於ける新人四氏」「雄弁」大正八年一月）

こうして、冒頭に紹介した、大正四年頃から文壇の様子が変わってきたという広津の観測に始まって、大正七年末時点での「ここ二三年以来」、「一昨年よりも昨年、昨年よりも本年」という江口の総括へと至る、「転換期」という位置づけは、揺るぎのないものとなったかに見える。ここでもう一度、大正六年時点に戻るならば、そうした専門家たちの連呼を背景として、あるいはそれらに誘導されるようにして、次に紹介するような一般読者による見立ても登場してきていたと言ってよいだろう。

今年もう十二月に押し迫つた。何をしてこんなになつて了つたかと今更の如く思ひ返される。翻つて今年の文壇を見るに、昨年度に於て際立つた新作家勃興の気運を受けて、かなりに多忙であつたやうに思れる。（中略）そして多くの信用ある雑誌では競つて、新作家と目されてゐる人々の顔触を見せようとしてゐるが如くであつた。斯の如くして島村抱月氏が『時事』紙上に新春に発表した『一転期至らんとす』と云ふ一文の趣旨が実現されたのであつたと観ることができよう。

（河本ひろみ「大正六年の文壇——伝統主義是非其他」「文章世界」一二月）

二、自然主義バッシング

文壇の「転換期」、作家たちの新旧交代を指摘する以上、当然そこにはハッキリとした変化が見られなくてはならない。たとえば、量の上での変化とか、質の上での変化とか言ったような。具体的に言えば、「大家」の発表作が減り、「新進作家」のそれが激増しているとか、「大家」の作がマンネリズム化し、「新進作家」の清新かつ意欲的な作風に圧倒されてしまっているとかの現象が見られなくてはならないはずである。

そこで、まず、量の上での新旧交代があったかどうかを見てみると、大正五年に精力的に作品を発表していたのがどんな作家たちであったかは、近松秋江の「文壇現状論」（「文章世界」大正五年八月）によって、おおよその見当をつけることができる（この資料も本全集第五巻に紹介されている）。それによれば、この時点で活発な創作活動を繰り広げていたのは、「田山、徳田、正宗、上司、谷崎、長田、田村、小川、中村」らを始めとする「真に十人乃至十五人未満の少数」に過ぎない、とされている。いわゆる「大家」たちによって占められているようなのだ。

いまだ「転換期」のとばくちであることを思えば不思議でも何でもないのかもしれないが、それでは肝腎の大正六年の状況はどうなっているのだろうか。近松論のような便利なものがなかったので、大正六年の場合は自分で計算してみることにした。基にしたのは、改造社版の『現代日本文学全集』別巻の『現代日本文学大年表』（改造社、昭和六年一二月一八日）である。周知のように、月単位で、その月に発表された小説、戯曲、翻訳と単行本とを網羅した充実した年表だ（もちろん、完全ではないだろうが）。したがって対象とした雑誌も、近松論のそれが「太陽」「中央公論」「新潮」「新小説」「早稲田文学」「文章世界」「三田文学」の七誌に過ぎなかったの対して、格段に多い（もっとも、主要七誌でも傾向をつかむには十分だと思うが）。

いま、それらを手当たり次第に列挙してみると、次のようになる。――「新小説」「太陽」「文章世界」「帝国文学」「近代思想」「新公論」「ホトトギス」「国民文学」「六合雑誌」「SNAKE」「新潮」「新思潮」「新日本」「文藝倶楽部」「日本評論」「秀才文壇」「開拓者」「心の花」「文明」「第三帝国」「中央公論」「早稲田文学」「青年文壇」「白樺」「三田文学」「新演藝」「演藝画報」「淑女画報」「女学世界」「女の世界」「生命の川」「星座」「洪水以後」「婦人公論」「新家庭」「科学と文藝」「新人」「面白倶楽部」「講談倶楽部」「才媛文壇」「中央文学」「近代藝術」「大学評論」「人間社会」「愛の本」「黒潮」「新時代」「大学及大学生」「大観」「中外」「雄弁」「異象」。そして新聞では、「大阪毎日」「大阪朝日」「時事新報」「東京朝日」「東京日々」「読売新聞」が対象となっている。

そこで、それらの新聞雑誌に誰がどのくらい発表していたかを数えてみると（翻訳と単行本は除き、小説と戯曲に限ることにした）、一位は二十一編の上司小剣、ついで二十編の長田幹彦、十九編の小川未明、十七編の田山花袋、十五編の正宗白鳥、共に十三編の谷崎兄弟（潤一郎、精二）となっている。以下、十二編の中村星湖、徳田秋聲、十一編の久米正雄、里見弴、十編の泉鏡花、近松秋江、小山内薫、素木しづ、と続く。あとは名前だけを記しておくと、岡本綺堂、有島武郎、芥川龍之介、豊島与志雄、田村俊子、武者小路実篤、志賀直哉らが、六編から九編までの間にひしめいているといった具合だ。

見られるように、前年と比べてほとんど変化はなく、相変わらず「大家」たちが上位を独占しているのである。なかでは、わずかに、谷崎精二、久米正雄、里見弴らが上位をうかがう位置につけているに過ぎない。もっとも、先に紹介した総括の中でも江口渙は「一昨年（大正五年―藤井）よりも昨年、昨年よりも本年」と言っていたくらいだから、翌年、翌々年になれば変化が表面化してくる可能性は十分にある。そこで今度は一年とんで、大正八年の状況を見てみることにしよう。

そう思って探してみると、「文章世界」の大正八年十二月号の「雑記帳」欄に、「数字に現れた文壇の一年」という好都合な記事が載っていた。匿名の筆者が「物好き半分に」一年間に主立った雑誌に発表された小説戯曲の数を数え上げて、誰が一番多く書いているかを数字の上から示そうとしたものだ。ここでは対象誌は、「太陽」「中央公論」「中外」「新時代」「大観」「解放」「改造」「雄弁」「新公論」「新潮」「新小説」「早稲田文学」「文章世界」の十三誌に絞ってリストアップしている。そしてそこでの作家ごとの発表作数は次のようになっている。

十六編　未明
十五編　白鳥、小剣、泡鳴
十三編　潤一郎
十二編　和郎
十一編　春夫、龍之介、作次郎
十編　花袋、成吉
九編　紘二郎、善蔵、精二、星湖、寛、嘉六
八編　渙
七編　与志雄、武雄（加藤――藤井、以下略）

新しく登場してきた作家たちの名前がぽつぽつ見えるのはある意味では当然として、上位に君臨する未明や白鳥、泡鳴らはまぎれもなくあの「大家」たちなのである。十三編を発表した潤一郎も、大正五年十二月の広津の分類では「大家」の側に入れられていたはずだ。要するに、大正八年に至っても、「新旧交代」はこの程度であったということになる。はたしてこれを「転換期」と呼ぶのが、ふさわしいのかどうか。

雑記帳

▲数字に現はれた文壇の一年

十六篇　未明、
十五篇　白鳥、小剣、泡鳴、
十三篇　潤一郎、
十二篇　和郎、
十一篇　春夫、龍之介、作次郎、
十篇　花袋、成吉、

▲一種の詐欺

140

▲『遊動圓木』と廣津氏

▲戯作『龍介の天上』

▲一つの危惧

141

「文章世界」大正八年十二月号

量の上での「転換」がそれほどでもないとすれば、質の上にそれが見られるのだろうか。すなわち、「大家」の作の質的低下と、それとは裏腹な「新進作家」たちの作の充実ぶり、といったような。そのことを確かめるためにも、ここでは本巻に収録した花袋の「KとT」を例にとって考えてみることにしよう。同い年の二人の若い文学者、KとTとが山寺にこもって、人生に悩み、文学を語り、あるいは失恋の傷を癒し、そんななかでそれぞれが創作に打ち込んでいく日々を描いたこの作品は、伊藤整が『日本文壇史　第四巻』(講談社、昭和三一年七月二五日) 中の「田山花袋と国木田独歩が日光の僧院に暮す」の節を執筆する際に下敷きにしたことからもわかるように、花袋の若き日の体験に取材した小説である。しかし、それを一人称の甘ったるい追憶小説にしてしまうのではなく、みずからをTとすることで客体化しようとしたものであった。しかも、そのように外側から捉えるだけでなく、Tの心理に即して、「――と思った」という具合に心の中にも自在に分け入って行っている。さらにはそうした心理描写を時にはKのがわからも試みた、なかなかに意欲的な小説だったのである。

小川未明(大正6年7月)

にもかかわらず、この作の同時代の評価は芳しくない。そもそも花袋の作はこの頃はかつてと比べると取り上げられることすら多くはなかったのだが、この作品の場合は、加能作次郎が「早稲田文学」二月号の時評(「新年の小説」)で取り上げて、次のように述べている。

『KとT』も『礼拝』もそれ〴〵異つた味があつて面白いには面白いが、何となく感激の足らない、力のこもらない、事実の興味のみで書いてあるやうに思ふ。『KとT』の如きは、単に事実的自伝的にでなく、二人の文学青年をば、もつと心理的に描いて行つたならば、頗る面白いものになつたであらうと思ふ。

先の紹介でも確認しておいたように、Tの心理に即した部分を中心としつつ、そこにKからの思いをも交えることでふくらみと奥行きとを実現していたこの作品の特徴を考えると、何とも不可解な評と言うほかはない。十分に「心理的に描いて行つ」ているはずなのだが、あるいは読み手である加能のほうが

『羅生門』出版記念会（大正6年6月）左手前より芥川龍之介、北原鉄雄、岩野泡鳴、日夏耿之介、谷崎精二、中村武羅夫、田村俊子、一人おいて、佐藤春夫、江口渙、久保正夫、加能作次郎、瀧田樗陰、有島生馬、柴田勝衛、豊島与志雄、赤木桁平、谷崎潤一郎、後列手前より久米正雄、松岡譲、和辻哲郎、小宮豊隆、後藤末雄

むしろ、自伝的であることに引きずられ、花袋＝「平面描写」との先入観に囚われてしまっていたのだろうか。それに、「面白いには面白いが、何となく感激の足らない、力のこもらない」というのも、あまりと言えばあまりな評し方だ。これでは最初からどちらにしろ貶めると決めてかかっているようなものだ。

　要するに、作品そのものをきちんと読むわけでもなく、単に自然主義作家であれば「平凡であり、退屈である」「一切の現実を、無選択に、有りのまゝに描」（田中純「文壇の近状を論ず」「太陽」大正八年一二月）いているにちがいないとか、「新進作家」たちの心理描写に対して「大家」の自然主義作家は平面（外面）描写、などと決め付け、その架空の相手に向かって、従来からの型どおりの非難を浴びせかけているに過ぎないといったふうなのである。

　もう一つ、これと似た不当な言いがかりの例を、花袋の別の作への批評の中から紹介してみよう。A、B、C、D、四人による「文章世界」の合評（一一月）だ。作品の紹介は略すが、とにかく否定的な評がどんな場所からどのようにして出てきているかに注目してほしい。

B、旅連れの華かさうな夫婦連れの生活と自分の過去並に現在の地味な生活との対照が面白い。／この作の内容から見れば、もつと時の推移とかその他複雑な人生味が現はれて好い筈だが、これでは一編のスケールの小さい紀行文風の小説にしかなつてゐない。

C、作者の現はそうと思つた気持だけは感じさせるが、／すぐれた作ではない。

D、霞ヶ浦沿岸を二人の息子を連れて旅して居る姿が見えるやうに描かれてゐる。作者が、今や二人の息子をつれて曾遊の地を旅して居るその点に淡い哀愁的興味を感じて書いたもので、／氏のものとして傑れた作ではなく、又今日の文壇の傾向から言つて受けのよくないものに違ないが如何にも情趣に富んだものである。

見られるように、いったんは誉めておきながら、／マーク以降で大した理由もなく突然貶める、という点で、どの評者の評も共通している。どの評も、／マーク以前では誉めているのだから、そのあとも誉める方向で締め括ってもよさそうなものだが、それがそうならずに、突然貶める方向に急旋回してしまっている。あたかも、実際の出来がどうであれ、貶めることだけは最初から決まってでもいたかのように。

田山花袋㊨と徳田秋聲（大正9年11月）

ほんの一例を見たに過ぎないが、実はこの頃の批評は、自然主義作品を対象とした場合以外でも、恣意的な評価を振り回しているに過ぎないものがすこぶる多い。或る特徴を指摘するところまではいいが、それを肯定的に評価するか否定的に評価するかは評者の意向次第、といったような評が実に多いのだ。だから、或る特徴に基づいて否定的評価を下してあっても、同じこの特徴に基づいて誉めることだっていくらでも可能ではないか、と思えるようなケースにしばしば遭遇する。時評のたぐいを見るとそんな例ばかりに出会うが、ここでは有島生馬の作品を「貶めた」例を紹介しておこう（X・Y・Z「十一月の創作から」「文章世界」一二月）。

これはまた余りに素直な優しい当て気のない作である。故国を追放せられ永い間異国に漂泊してゐる中に老人となつて終つたと云ふ一種の癖のある老人が、淋しい影をもつて如何にもくつきりと描き出されてゐる。山の多いガサガサした作には見られぬ上味《うまみ》がある。私等は外国人としなくてもかうした性格の人によく廻り逢ふやうな気がする。

ここまでを読むと、当然これらの特徴を根拠に誉める方向に持って行ってもいいような気がする。だが、評者が向かったのはそれとはまったく逆方向だったのだ。これに続けて評者はこう裁断している。

けれどもたゞそれだけである。ぴつたりと心に喰ひ込んで来ない。それは作者が作のモーチブを余り単純な処に置き過ぎたからではあるまいか、作者の断り書きもあるが、たゞ一老人の浮彫を見せられたゞけでは物足りない。

単純な「モーチブ」も、「一老人の浮彫」も、誉めようと思えば誉められるたぐいの特徴だろう。それがここでは評者の気分で、恣意で、あるいは当初から決めておいたとおりに、否定されてしまっているのである。

当時の批評の恣意性に論及したのは、この頃さんざんな評価を受け続けていた自然主義の「大家」たちの作品が、必ずしも

島崎藤村とその子供たち（大正6年）

不出来というわけではなかったのではないか、ということを言いたかったからにほかならない。たとえば江口渙に「私にはこの作が好い作だとは、どうしても受け取れない」（「十一月の小説」「帝国文学」一二月）とまで言われた島崎藤村の「桜の実の熟する時」が（ここでも、「字句の苦心」だとか「センテイメンタリテイ」だとかの、肯定も否定もできるような特徴を指摘しながら、結局は貶めるといった論法がとられている）、歴史の波に洗われながらも未だに生命力を持ち続けていることからもそれは証明できるように思う。要するに、大正半ばにおいても、「大家」たちは「大家」なりの書き方で秀作を（質）、それも数多く（量）書き続けていたとの見方も十分成り立つのではないか。もしもそれらが揃いも揃って不出来のような印象を与えていたとしたら、それは最初から貶めるべく書かれた数多の批評のせいだったのかもしれない。自然主義バッシングの可能性を疑わざるをえないのである。

ここで、量なり質なりの上で「新旧交代」に値するような変化が見られたかどうかという最初の問題に戻ると、どうも首をかしげざるをえないという結論になる。もちろん、新しい作家たちの台頭はあっただろう。しかし、だからといって彼らの作品が量的に「大家」たちのそれを圧倒し、また「大家」たちの書くものがすべて駄作であったなどということはなかった。その意味では「転換期」という見立ては、より多く、コマーシャリズムに汚染されたジャーナリズム主導によるものであったと

考えたほうがよさそうである。

本間久雄は本巻所収の「ジャーナリズムと文学」において、ジャーナリズムは文学の発達を阻害するかどうかという論争を取り上げ、近代社会とデモクラシーとジャーナリズムとの必然的な結びつきを根拠にジャーナリズムを擁護したが、問題は、本間も認める「現文壇のジャーナリズムの弊」のほうであった。第一次大戦下の好況を背景として出版界への新規参入が相次ぎ、それがコマーシャリズムという弊風を蔓延させていたからである。田中純の「文壇の近状を論ず」(「太陽」大正八年一二月)は、大戦景気以降の数年間の出版界をこのように振り返っている。

文壇に於ける悪コンマアシヤリズムの台頭は、文壇に対する商人の大きい投資に始まる。而して、文壇に対する商人の大きい投資は、一面に於て日本の経済界のすばらしい好景気の結果であると共に、他面に於て、一般社会の思想問題、文化問題に対する旺盛な興味に投じやうとする彼等の心理の反映である。兎に角、この二三年の間に、どれだけ沢山な、同じ種類の雑誌が出たか知れない。而も、どの雑誌もどの雑誌も殆んど同じ体裁、同じ顔ぶれ、同じ広告によつて、その創作欄を売り物にしたのであつた。而も、創作家の数やその能力には限りがあるから、勢ひ不足勝ちな創作家の数をおぎなふべく、無暗に新作家が製造せられ、それに誇大な広告書きがつけられて、市場に出されると云ふ結果になる。

コマーシャリズム主導であれば、当然そこには、売らんがための新しいスターづくりや流行づくりが不可欠となる。「転換期」という連呼や、「新進作家」たちへの焦点化がそこでは推進されることになる。六三二頁に掲出した「新しき二作家」(「文章世界」一二月)というグラビアページなどは、まさしくそうしたスターづくりを狙ったものと言っていいだろう。この年にそろって小説家としてのデビューを果たした広津和郎と生田長江の二人が、正装をして端整な顔立ちを読者の前に見せている。理知的な雰囲気作りは言うまでもないが、生田などは横に愛娘を寄り添わせて良き家庭人ぶりをアピールもしている。女性読者をたぶんに意識した撮り方と見ることもできよう。

こんな具合に「新進作家」の登場を印象づけ、「転換期」の到来を実感させるという仕掛けだが、それは先に見た自然主義バッシングと表裏一体となってもいたのだった。しかし、にもかかわらず実際には「自然主義の文藝が衰へたとは言ひ乍らも、尚且つ、新しい人道主義や理想主義の作品よりもそれを読む人の多い」(西宮藤朝「似而非なる建設的傾向」「早稲田文学」九月)のが現実でもあったようである。だとしたら我々は、「転換期」という見立ての虚と実とをしっかりと見きわめるところから始めなくてはならないことになる。

三、もう一つの同時代評

同時代評というと、無批判に受け容れてしまう傾向があるように思う。後世からの評への不信感が、あるいはそうさせているのかもしれない。後世からの評の代表は研究者や評論家による文学史像や作品評価だが、長い歳月を経ることによって、またさまざまな要因がからんだ結果として、そこには文学史の上に残ってきた作品とそうでない（消えてしまった）作品という区別ができあがってしまっている。それが、同時代においては、見えにくいというようなことはあるかもしれないが、少なくとも取捨は経てきていない。すべての作品が基本的には対等の権利を主張してそこに存在しているのである。したがってどんな作品とでも出会える自由が、そこにはある。

いっぽう作品評価に関しても、後世からのそれは、そこに至るまでの長い歳月の中でその時々の時代の観点から切り取られた無数の作品像の集積として存在する作品に対する、その時代の観点からの評価（切り取り）、という制約を免れることはできない。それぞれの時代の観点に何重にも染め上げられ歪められてきているために、それを今ここで切り取ったにしても、その切り取られた作品像に対して不純なものを感じてしまい、要するに一種の不信の念を拭い去れないのだ。それが、作品が発表された同時代の評価においては、そうしたいかがわしさはとりあえず存在しない。誕生したばかりの作品と評者とが素手で一対一で向かい合うことによって読み取られた作品像――それが、同時代の作品評の醍醐味なのである。

このように考えれば、後世からの評がうさんくさく思われ、逆に同時代のそれが、ありがたく思われるのも十分にうなずけよう。しかし、いっぽうでは同時代評をあまりに過信するのも考えものかもしれない。後世からの評への不信感が同時代評を過大視させ、それに基づいた史的把握が横行する兆しが見えるが、しかし同時代評には同時代評なりの限界や歪みが存在するのもまた確かなのである。

同時代評の中身を作品評価と状況把握との二つに分けることができるとすれば、前者に関しては、すでに前章で自然主義作品への評価を例にして述べたようなことがいくらでも考えられる。党派性とか文学上の主義をむき出しにすることからくる不当な位置づけとか、評価方法の不在や評価基準の未確立から来るいい加減な評価とかが、その仲間だ。

もう一つの状況把握に関しても、近視眼的な見方を余儀なくされる同時代評にはおのずから限界がある。たとえば、これもすでに見た「転換期」という把握。大正四年末時点ですでにそうした捉え方があったにもかかわらず、三年後においてもなお「一昨年（大正五年―藤井）よりも昨年、昨年よりも本年」のほうが「新気運の勃興」が顕著であるなどと捉え直されなくてはならなかったことからもわかるように、近距離から見た場合は当然視野が狭くなり、たとえば四年末時点でそれ以降の動向を見通すことなどは不可能なのである。そうだとしたら、無批判に同時代評を引用したり、依拠したりというようなことはできなくなる。「転換期」という見立ての場合は特に、コマーシャ

新しき二作家――從來評論家として聞えて居た廣津和郎(上)生田長江(下)二氏はこの程時を同じうして創作を發表し文壇の注目を牽く

「新しき二作家」(「文章世界」大正６年12月号)

リズムに煽られた掛け声という側面があったからよりいっそう的確な状況把握から離れてしまったのだが、そうでなくとも、近距離ということからくる視野の狭さから、同時代評は逃れることができないのだ。

近距離からくる視野の狭さと、後世という遠距離から見た場合のうさんくささとを共に免れているのが、もう一つの同時代評とも言うべき中距離からの把握だ。特に状況把握の妥当性という点で、この中距離からの把握には教えられることが多い。ここでは大正六年前後の文学状況を、二つの「もう一つの同時代評」＝中距離からの把握によって捉え返してみることにしよう。

その前にまず近距離からどのように見えていたかを確認しておくと、前掲の吉田絃二郎「昨年の文壇」（「六合雑誌」大正六年一月）が、自然主義以降の新しい流れを「人道主義」と「デカダン」と「高踏的」の三つに分けていたのを受けて、江口渙は「文壇の大勢と各作家の位置」（「中外」大正七年八月）でそれを、「いまだに自然主義の流を汲んでゐる人々と、純藝術的色彩の濃厚な人々と、及び現文壇当面の主潮である人道主義の諸作家」とに分けている。ここでメンバーを確定しにくいのは、若手の「自然主義の流を汲んでゐる人々」だと思われるが、江口は、広津和郎や谷崎精二、相馬泰三、秋田雨雀、加能作次郎、吉田絃二郎らをここに入れている。

江口はこの四ヵ月後の「本年に於ける文壇の推移とその将来」（「新時代」大正七年一二月）ではこの若手自然主義グループを二つに割って、「新人生派」として広津、葛西善蔵、相馬、谷崎精二らを、そしてそれ以外の加能、吉田らを「新早稲田派」として整理し直している。このようにグループ分けされてみると、確かに、芥川、里見、菊池らの藝術派と、有島、志賀、武者小路らの人道主義派とはどう見ても異質なように思えるし、新人生派として括られた広津や葛西らをそれらと比べてみても、やはりそのように感じてしまう。しかし、体を一歩引いて「中距離」から捉え直してみると、近距離から見ていた時のハッキリとした感じなどはまったく根拠がないようにも思えてくるのだから不思議だ。

大正十四年に初版が刊行された岩城準太郎の『明治大正の国文学』（成象堂、六月五日）は、明治大正期の文学に対して適度の距離を保った、つまりは中距離からそのころの文学状況を捉え直したユニークな「文学史」である。岩城はそこで、自然主義への反動として登場してきた文学流派は大きく見れば一つの共通の性格を持ったものとして見ることができると述べている。

・享楽主義だの、新理想主義だの、耽美主義だの、悪魔主義だの、人道主義だの、新理想主義だの、新浪漫主義だの、諸種の名前のもとに摂せられるけれども、之を通観すると、何れも人生を肯定して、どうにか唯今の状態を切抜けて生活の意義を見つけようとしてゐる。

・以上述来つた文学は、明治の終に芽を出したものであるが、大正に入つて段々生長して来て、自然主義的の文学が行詰まつた頃から、おのづと之に代るやうな形勢になり、中年以上の評家や作家が自然主義的の立場から烈しく非難し擯斥したに係はらず、青年読者の同情を集めて漸次文壇の大樹と繁茂したのである。但し此の類の文学は、自然主義的文学の時代のやうに一種類に統一せられていないから、おのづと紛雑混乱して見えるので、どうかすると共通する根底を見落すやうになるのである。

「共通する根底」とは「現実の厭はしさを承知してゐながら、之に見きりをつけることなく、絶望の淵に臨んでゐても、そこから引返」そうとする姿勢のことであり、「人生肯定の文学」というのが、岩城がそうした自然主義以降に登場した種々の文学流派をひっくるめて呼んだ名称だが、そこには、「事物の真相を表出するには遺憾は無かつたが、どうもいやに学術的で、殺風景で、味もそつけも無いものが出来たり」、「人生の真相を描写しようとしながら、却つて人情の自然に遠いものが出来たり」していた自然主義の文学への強烈な批判意識がこめられてもいたことは言うまでもない。ただ、にもかかわらず「人生肯定の文学」が出現するためには、「一旦否定しなければならないやうな世相に面接して、その暴露された醜さに戦慄した後に、それでもこれをどうにかしようと立上がつて来る」こと、すなわち自然主義の現実否定をいったんは通過することが必要だったわけで、その意味では「人生肯定の文学」も自然主義と同様「現実の実相に根底を置い」た「現実重視の文学」にほかならない、と岩城は説く。

「中距離」から振り返ることで、たとえば江口渙が苦心惨憺して作った精密な党派図などはいとも簡単に吹き飛ばされてしまっていたわけだが、もう一つの中距離からの同時代評である生田長江の「明治文学概説」(昭和元年。『生田長江全集　第一巻』所収、大東出版社、昭和一一年三月一八日)では、これよりもさらに過激な捉え方が示されている。すなわち日露戦争以降の「個人主義的近代思想」を「根本基調」とする点では、自然主

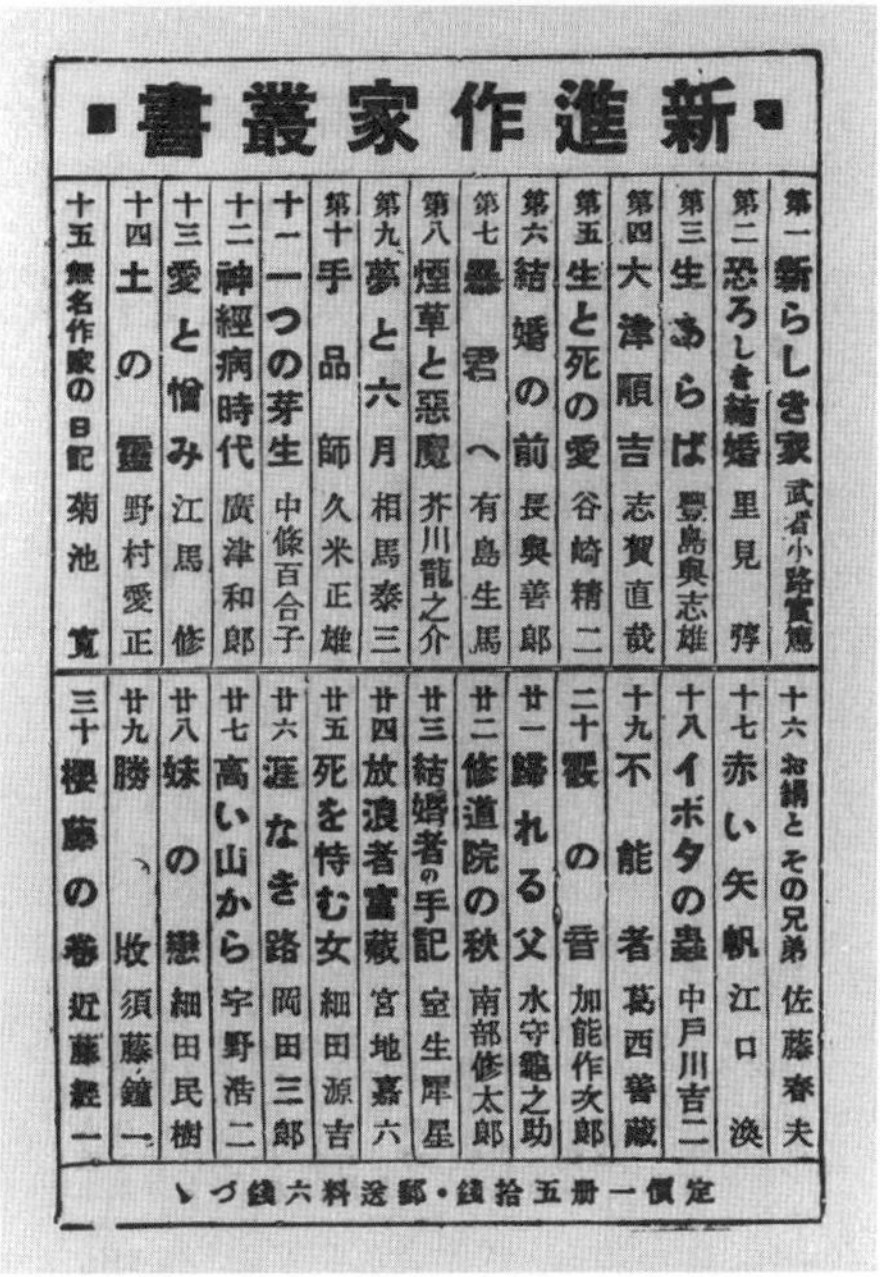

新潮社版『新進作家叢書』巻末広告

義も岩城の言う「人生肯定の文学」も同じであるとまで言うのである。

・明治四十年頃からの日本人は一体に、それまでの国家至上主義的思想に対して反動的な思想を抱き、甚だしく個人主義的自我主義的な考方感じ方をするやうになつた。そして斯うした新しい見地は、従前と比較にもならないほど、実に自由な、実に勇敢な、実に徹底的な態度で以て外来思潮を迎へ入れ、特に個人主義的自我主義的近代思想へすつかり傾倒するに至らしめたのである。

・自然主義運動その物の本質は、私の所謂個人主義的自我主義的近代思想(中略)の洗礼を受けた人々が、その思想を以て文壇の主潮となし、全く画時代的に新しい文学を打ち建てようとする協力的な仕事であり、またその仕事の為めに必要な文壇的闘争であつたと解すべきである。

・所謂自然主義運動の本質が個人主義的自我主義的近代思想にほかならなかつたとすれば、自然派なるものと時を同じうして出たところの他の文藝家等、及び稍や後れて文壇に現れたところの文藝家等を、本質的に見て、余りに異れるものとして取扱ふのは妥当でない。

ここで生田が言う「自然派なるものと時を同じうして出たところの他の文藝家等、及び稍や後れて文壇に現れたところの文藝家等」とは、あとのほうの記述を見ると、漱石・虚子、荷風・潤一郎、白樺派、龍之介・寛・浩二・春夫らであったことがわかる。そして彼らは自然派同様「個人主義的自我主義的近代思想」を基調としながら、ある者はその近代思想を徹底させ、またある者は自然派作家たちの方法に磨きをかけ、「更に或る者は、それらのさま〴〵な先輩を綜合して、一層複雑な、一層豊富な味を出し」ていったとされる。にもかかわらず、彼らと自然派とのあいだに「大きな距り」を想定したり、たとえば「白樺派を自然派に対立させ、白樺派の台頭を自然主義運動興起の如き大事件とひとしなみに扱」ったりするとしたら、それは「余りに大袈裟にすぎ、結局遠近法の心得なき批評家達のすることにほかならない」と生田は嘆いている。

こうした批評の遠近法を可能にするのが、先程来述べてきている「中距離からの眼」であったわけで、そうした観点に立った時に何よりも重視しなくてはならないのが、第一次大戦終結(大正七年一一月)以降に頭角を現してくる一連の社会性を帯びた文学であると言うのだ。

かつて自然主義は、文壇を風靡し去つた後、何よりも先づ習俗打破の精神として文壇の外なる広い世界へ出で、はじめには政治上の、次ぎには経済上の所謂『危険思想』の産婦ともなり、産婆ともなつたのであるが、社会主義的な一般思潮が高まるにつれて、つひにはさうした思潮の流れが文藝界へもはいつて来るやうになつた。一口に云へば、自然主義は文壇から流れ出たのであるが、社会主義もしくは社会主義的なものは、文壇の外から文壇の内へもはいつて来たのである。
要するに、自然主義以来の「個人的に見た人生」のほかにも「社会的に見た人生」のあることが自覚され出すにつれて、民衆藝術とか大衆文藝、プロレタリア文藝、農民文藝などが登場してきたというわけであり、生田の説く遠近法は確かに相当な説得力がある。同じ中距離からの捉え返しとはいえ、岩城の場合は自然派以降の藝術派、人道派などを一つのグループとして見ていたに過ぎなかったが、自然派までもをひとくくりにしたこうした生田の捉え方は、あの「転換期」という見立てまでもを無化するパワーを秘めていたのである。

四、世界の中の日本

大正三年に始まった第一次世界大戦はいまだ終わる気配を見せず、イギリス・フランスを始めとする連合国側の関心の一つは、東部戦線でドイツとの講和問題をくすぶらせていたロシアの国内事情に向けられていた。亡命中のレーニンが帰国してドイツと講和を結べば、西部戦線を抱える連合国側はそのぶん重荷を背負うことになるからであった。そんななかで大正六年に入って、ロシアに二月革命と続いて十月革命が起こった。

すでに一九〇五（明治三八）年の第一次ロシア革命によって議会制を実現させていたロシアだったが、農民の蜂起や労働者のストライキが起爆力となって起こった二月革命によってロマノフ王朝は滅び、臨時政府が誕生した。これは日本では「民主主義」が「官僚主義」を打破した政治改革として受け止められたが、ドイツとの講和の是非や土地の公有化をめぐってその後も混乱は続き、妥協的な臨時政府に代わってレーニンらによるソビエト政権が成立した（十月革命）。

しかし戦争反対（＝ドイツとの講和）を唱えるソビエト政権誕生は、連合国側にとっては頭の痛い問題であり、社会主義の波及もまた世界が恐れるところであった。日本国内においても「民主主義」の誕生を祝福した二月革命の時とはちがって、レーニンらの「極端なる共産主義」、「虚無主義」（いずれも当時の新聞記事中より）を警戒する空気が次第に広まっていった。「万朝報」の大正八年一月一日号に掲げられた「大正七年史」の「世界大勢」を見ると、そこには「露国レニンの過激派政府」といったような言葉が見られる。そしてこうした悪イメージは、大正六年以降のいささか強引な国内統一の過程で強調され、広まってもいったようである。

露国々内には幾多の過激派反対運動各地に起りたるも、過激派の赤衛軍の為に敗れて何れも失敗に終り、過激派は各都市に於て盛んに反対者を殺戮し、無辜の男女の惨殺せらるゝもの幾人なるを知らず、仏国革命よりも更に戦慄すべき恐怖時代を現出せり、而して幽閉中なりし廃帝はエカテリンブルグに於て六月廿七日病める廃后及び皇女タチヤナと共に過激派の為に有らゆる凌辱を受けたる後穴倉中に銃殺せられたり、此の如く残忍酷薄なる過激派は世界の破壊を目的とし、露国を其の鎔炉と為し、付近の各国に其党与を送りて独逸は自ら蒔きたる種の為に幾分其影響を受くるに至れり、（同前）

ここで第一次大戦のほうに話を戻すと、講和案が拒否されたドイツが潜水艦Uボートによる船舶の無差別攻撃を宣言したのが大正六年一月であり、それを受けてこれまで中立を保ってきたアメリカも、対ドイツ国交断絶（二月三日）、そして参戦（四月六日）へと踏み込んでいく。それとは別に、日本とアメリカとのあいだで、中国に対する互いの権利を承認し合った石井＝ランシング協定が交わされたのは大正六年十一月であった。

石井＝ランシング協定に至るまでには、日本なりの第一次大戦との関わりがあった。すなわち、連合国側の動きと呼応して、大正三年十一月にはドイツの支配下にあった中国・山東半島の青島を占領し、大正四年五月にはのちの中国侵略の足がかりともいうべき対華二十一カ条要求を中国に突きつけてもいるのである。対アジア政策ということで言えば、さらにここに明治三十七年の韓国併合をも加えておかなくてはならない。

そうした国際情勢のもと、第一次大戦で漁夫の利を得て成金景気とも呼ばれた好景気に沸いた日本では、にもかかわらずそのいっぽうではインフレが進行し、米価が騰貴して（大正六年六月～）社会不安が増大し、ロシアにならった労働争議が頻発したりもしていた。第一次大戦の国内産業へのストレートな影響といい、あるいは労働者のストライキといい、世界の動きはただちに日本のそれへと影響を及ぼさずにはいない、そんな時代感覚のなかで本巻に収録した多くの評論や小説も書かれていたのである。

昇曙夢の「文学上より見たるロシア革命」は、掲載時期からみて、二月革命の成果を見て書かれたものにちがいない。しかし露骨には政治問題に渉らずに、ロシアの文学がすでに十八世紀の末頃から「自由」「人権」「個性の解放」といった「改革的の思想を鼓吹して」、それが今回の革命となって実を結んだと控え目に述べている。ロシア革命はまた白石実三の「電車は一直線に」という小品にも影を落としている。久しぶりで訪ねた友人宅で、このあいだ新聞に掲載されていたアメリカの社会学者のロシア革命に関する意見をめぐって、主人公が友人に意見を求めるという場面だ。

『さう言へばこのあひだ君のはうの新聞に、ロシアの革命を見てきたアメリカの社会学者の談話といふのがでゝゐましたね。ロシアの革命も大騒ぎをして蓋をあけてみると、それこそ現実暴露の悲哀であまり思はしくないとか言つて――』

それは個人と自由が解放されゝば、解放される以前よりも著しい疎隔がこの社会に生じてくる、フランスのJacobeiteだつてロシアのNihilistだつてその結果から見なければ功過は論ぜられまい――私はこの考に対して佐藤君の意見を求めた。

しかもここには、主人公のかつての文学仲間の一人である佐藤君がいま構想をあたためているのが、「ソシアリスト」や「テロリスト」の登場する作品であるというようなおまけもついている。世界と日本とが地続きで、ほとんどタイム・ラグなしにつながれているという感覚が、書き手にも読み手にも共有されていたであろう時代の雰囲気がよく見て取れる作品だ。

厨川白村の「戦争と海外文学」はロシア革命にも言及しているが、もっぱら第一次大戦の動向にからめて思うところを述べたもの。戦争を物質文明の行きついた姿として捉え、霊肉あわせもった精神文明への転換を待望している。

> 人間の生活には霊と肉との完全なる合一調和がなければならない。之を国家の上より見、民族の上より見るも、霊にのみ傾くものは遂に印度の如くに自ら滅び、肉にのみ傾くものは今の欧州列国の如くに大なる禍を招くの他はないのである。(中略)真の大なる文明は偉大なる物質文明の基礎の上に建てられたる精神文明であらねばならぬ。

霊肉一致は言うまでもなく『近代の恋愛観』(改造社、大正一一年一〇月二九日)などにも述べられている厨川の持論であり、それがここでは文明論のかたちにふくらまされているのである。

時代の限界というものをもっとも強く感じさせるのが、島村抱月の「朝鮮だより」だ。日本の支配下にある朝鮮という現状と使用言語の問題とそして「朝鮮人の手に成る真文藝」と。この難解きわまる三者をつなげて、抱月は、「純粋な朝鮮の伝統を享けた若い人々の中から文学的価値ある日本語で真の朝鮮民族の霊魂を呼び生かす」ような真文藝を、と説いている。しかし、他方で抱月は、彼らの亡国の悲哀や、日本統治への反発や、朝鮮語に基づく朝鮮人の国民思想の可能性やらに、思いを馳せてもいるのである。

「国語をかへれば国民思想がかはるといふ説もある、併しそれは果たして如何なる程度までゞあるか、明確には言へない」というくだりなどから感じとれる煮え切らなさと、その一種おどおどした口ぶりとは、支配・被支配という関係がどちらのがわの人間をも(あるいはむしろ、支配の側のほうをより多く)蝕まずにはいないということを端なくも物語っている。

たまたまこれより少し前の大正六年四月の「中央公論」に「大亜細亜主義とは何ぞや」(若宮卯之助)という評論が載っている。文壇を賑わしていた伝統主義論争とも基盤を同じくする論だが、侵略主義が横行する弱肉強食の世界情勢を踏まえて、欧米列強から一致団結してアジアを守ろう(＝「亜細亜の正当防衛」)というような主張を展開している。具体的には、日英同盟から抜け出し、中国、インドと連携して欧米列強と対抗せよと言うのだ。

> 想像せよ、想像せよ、想像は実に創造の母である。印度と支那と日本とを政治的に連絡せる、思想的に統一せる経済的に同盟せる、宗教的に相感せる時代の到来を想像せよ。何の白人主義、何の西洋主義、何の国民的暴利主義が能く

我等の亜細亜に禍する。若し此の大亜細亜主義にして成功せず、此の大亜細亜主義にして実現の機会を得なかつたならば、日本の運命は、到底、危険なる孤立である。

ここで若宮の考えている「連絡」=連携が、どの程度、相互的なものを想定していたのかは、もちろんここからではわからない。しかし、先に見た韓国併合（明治三七年）から対華二十一ヵ条要求（大正四年）へと現実に日本がたどりつつあった道は、若宮の理想がどうであったにせよ、若宮が鋭く糾弾した欧米列強のそれと瓜二つであったことだけはまちがいない。

五、作品評価軸の方向性

いったい、当時はどのような作品が肯定的に評価され、また逆にどのような作品が低い点を付けられていたのだろうか。最後に、この問題について考えてみることにしよう。というのも、ある評価軸に基づいて小説が評価されたり否定されたりすれば、当然それは、その評価軸の指し示す方向に、これから書かれるべき小説たちを導いてもいくことになるはずだからである。作品評価とはその意味で、文学の将来を左右する、きわめて重要な役割を担っているのだ。

第一章で広津和郎の「「大家」と「新進作家」の傾向の際立つた創作壇」に言及した際、広津がどのような基準で作品を持ち上げたりこき下ろしたりしていたのだろうか、との問題提起をしておいた。手始めにまずはそこから見ていくことにしよう。

何という作品を評しているかは問題ではないので、どういう理由で上げたり下げたりしているかだけに絞って見ていくことにする。たとえば広津は芥川の作品を評してこう言っている。

芥川氏の物は『煙管』『たばこ』を読んだ時には、唯その才によつて人生からいろいろの興味を発見しては巧みにそれを物語つてゐるに過ぎないと思つたが、『仙人』と云ふ短編を見て、氏に一種の気品のある事を知つた。その気品が今後どう云ふやうに作に表はれて来るか、そして今後氏にどんな思想が生れて来るかによつて、氏の藝術の価値がきまると思ふ。

ここからすぐわかるのは、評者が「才」（才気？）とか「巧みに」とかを高く評価していないということだ。その逆に、「気品」とさらには「思想」はきわめて高く評価している。これをもう少し敷衍すれば、表面の端正さよりも内部の充実こそを待望している、とでもいうことになるだろうか。この想定が的外れでないことは、有島生馬の作を評して「一種の藝術的才気は横溢しているが、底に根強い何物の存するをも認められぬ」と退け、逆に木村荘太の作に対しては「それは完成はされなかつたし、私の読んだのはその一部に過ぎなかつたけれども、氏の真面目な態度が、質朴な筆で力強く表現されてゐた」と高く評価していることからも裏付けられる。

早稲田派の広津に対して、赤門派の江口渙の場合を見てみると、本巻収録の谷崎の「ハッサン・カンの妖術」に対して江口は「如何にも自在なうまさはある。然し遂に力と熱とをもつてゐない」(「創作壇に活動せる人々」「新潮」一二月)と、広津とほとんど同じようなことを言っている。江口は、芥川の「或日の大石内蔵之助」評(「九月の小説と戯曲」「帝国文学」一〇月)でも、芥川は「単なる技巧の人」ではなく、「ほんとうに生きた人間の本質を描かんとしてゐる作家」であり、この作品では「作者の心が次第に描かんとするもの、中へ入つて行つて、内部から柔かに然かも鮮かにそれを表現した」というような誉め方をしているから、技巧よりも作者の人間性に裏打ちされた真率さのほうを重視しているのはまちがいない。

その基準に基づいて江口は、志賀の「好人物の夫婦」の「うまさ」を否定して「和解」の「「まこと」に充ちた」点を評価し、「真実に生きる人に依つてのみ生む事の出来る尊いほんとうの藝術」とまで賞賛している。この年「和解」は多くの評者たちによって支持されたが、その一人である石坂養平も「実感をすなほに自然に取扱つた」点を高く評価しつつ、他方ではその他の志賀や里見の小説は「微細な解剖を示した代りに、それの自然性と純粋性と真実性とが殺がれて」しまっていることが多いと苦言を呈している(「創作界の一年」「文章世界」一二月)。

何人かの評といくつかの小説とを見たに過ぎないが、うわべの技巧を排し、作者の主体を賭けた真率さのようなものを高く買う傾向はハッキリと見て取れた。そういえば、この年に華々しく論議された新技巧主義をめぐる論争でも、「腕ばかり達者で内容の空虚」な点が批判され(田中純「新技巧派の意義及びその人々」)、技巧よりも思想や感情の深まりが要求され(西宮藤朝「所謂新技巧派観」「文章世界」九月)、技巧的心理描写に同情的な中村星湖でさえ、その行き過ぎに懸念を表明するありさまだった(「新技巧派とは?」「早稲田文学」八月)。そしてこうした評価軸に後押しされて、武者小路や有島武郎のような、技巧は未熟でも「その根底には作者その人の外物に屈せぬ、根強い性格が横はつてゐ」(石坂前掲論)るようなタイプの作品が多くの支持を集めることになるのである。

実はこうした傾向はこの前後の年のみのものではなかった。新主観主義やら生命主義やらが文壇を賑わした大正初め頃からすでに見られ、このあとも脈々と続いて大きな流れとなっていくのである。そしてその流れがあの私小説なるものをはぐくみ、空高く羽ばたかせることになる。だとすれば、そのいっぽうで構成や技巧に長けた作家たちが次第に窮屈な場所に追いつめられていったのは必然でもあった。何年か後に菊池寛が文学の本流から追い出され、さらにその何年か後には芥川が文字通りの死へと追いやられたのは、まさにその象徴とも言うべき事件だったのである。

解題

藤井淑禎

凡例

一、本文テキストは、原則として初出誌紙を用いた。ただし編者の判断により、初刊本を用いることもある。

二、初出誌紙が総ルビであるときは、適宜取捨した。パラルビは、原則としてそのままとした。詩歌作品については、初出ルビをすべてそのままとした。

三、初出誌紙において、改行、句読点の脱落、脱字など、不明瞭なときは、後の異版を参看し、補訂した。

四、初刊本をテキストとするときは、初出誌紙を参看し、ルビを補うこともある。初出誌紙を採用するときは、後の異版によって、ルビを補うことをしない。

五、用字は原則として、新字、歴史的仮名遣いとする。仮名遣いは初出誌紙のままとした。

六、用字は「藝」のみを正字とした。また人名の場合、「龍」、「聲」など正字を使用することもある。

七、作品のなかには、今日からみて人権にかかわる差別的な表現が一部含まれている。しかし、作者の意図は差別を助長するものではないこと、作品の背景をなす状況を現わすための必要性、作品そのものの文学性、作者が故人であることを考慮し、初出表記のまま収録した。

〔小説・戯曲〕

父帰る　菊池寛

一九一七（大正六）年一月一日発行「新思潮」第二巻第一号に発表。パラルビ。翌々年一月八日、新潮社刊『心の王国』に収録。底本には初出誌。

処女　相馬泰三

一九一七（大正六）年一月一日発行「文章世界」第十二巻第一号に発表。総ルビ。一九二九（昭和四）年五月十五日、改造社刊『新選　相馬泰三集』に収録。底本には初出誌を用いルビを取捨した。

KとT　田山花袋

一九一七（大正六）年一月一日発行「文章世界」第十二巻第一号に発表。総ルビ。同年六月十五日、博文館刊『東京の三十年』に「KとT」の章題で収録。底本には初出誌を用いルビを取捨した。

或る年の初夏に　里見弴

一九一七（大正六）年六月一日発行「新小説」第二十二年第七号に発表。総ルビ。修訂をほどこし、一九二〇（大正九）年八月十日、春陽堂刊『毒蕈』に収録。底本には初出誌を用いルビを取捨した。

電車は一直線に　白石実三

一九一七（大正六）年七月一日発行「国民文学」第三十六号に発表。ルビなし。底本には初出誌。

暗い影　素木しづ

一九一七（大正六）年七月一日発行「新潮」第二十七巻第一号に発表。総ルビ。翌年三月十一日、新潮社刊『青白き夢』に収録。底本には初出誌。

禰宜様宮田　中條百合子

一九一七（大正六）年七月十五日発行「中央公論」七月臨時増刊号「自然生活号」（第三十二年第八号）に発表。パラルビ。底本には初出誌。

末枯　久保田万太郎

一九一七（大正六）年八月一日発行「新小説」第二十二年第九号に発表。総ルビ。修訂をほどこし、翌々年一月二十七日、新潮社刊『恋の日』に収録。底本には初出誌を用いルビを取捨した。

好人物の夫婦　志賀直哉

一九一七（大正六）年八月一日発行「新潮」第二十七巻第二号に発表。総ルビ。修訂をほどこし、翌年一月十六日、新潮社刊『夜の光』に収録。底本には初出誌を用いルビを取捨した。

或日の大石内蔵之助　芥川龍之介

一九一七（大正六）年九月一日発行「中央公論」第三十二年第十号「秋期大附録号」に発表。少なめのパラルビ。修訂・加筆をほどこし、翌々年一月十五日、新潮社刊『傀儡師』に収録。底本には初出誌。

円光　生田長江

一九一七（大正六）年十月一日発行「中外」第一巻第一号に発表。総ルビ。翌々年二月二十日、緑葉社刊『円光以後』に収録。底本には初出誌を用いルビを取捨した。

なぜ母を呼ぶ　小川未明

一九一七（大正六）年十月一日発行「太陽」第二十三巻第十二号に発表。総ルビ。底本には初出誌を用いルビを取捨した。

密告者　久米正雄

一九一七（大正六）年十月一日発行「帝国文学」第二十三巻十月号に発表。ルビ一語のみ。翌年五月二十八日、新潮社刊『学生時代』に収録。底本には初出誌。

死人の恋　中村星湖

一九一七（大正六）年十月一日発行「文章世界」第十二巻第十号に発表。総ルビ。底本には初出誌を用いルビを取捨した。

神経病時代　広津和郎

一九一七（大正六）年十月一日発行「中央公論」第三十二年第十号に発表。パラルビ。翌年四月十八日、新潮社刊『神経病時代』（新進作家叢書12）に収録。底本には初出誌。

島の秋　吉田絃二郎

一九一七（大正六）年十月一日発行「早稲田文学」第百四十三号に発表。パラルビ。翌年五月十六日、大同館書店刊『島の秋』に収録。底本には初出誌。

迷路　有島武郎

一九一七（大正六）年十一月一日発行「中央公論」第三十二年第十一号に発表。大幅な修訂をほどこし、「首途」（一九一六

（大正五）年三月一日発行「白樺」第七巻第三号発表）、「迷路」、「暁闇」（一九一八（大正七）年一月一日発行「新小説」第二十三年第一号発表）の配列で、一九一八（大正七）年六月十八日、新潮社より『迷路』（有島武郎著作集第五輯）として刊行された。底本には初出誌。

ハツサン・カンの妖術　谷崎潤一郎

一九一七（大正六）年十一月一日発行「中央公論」第三十二年第十一号に発表。パラルビ。翌年八月二十九日、春陽堂刊『二人の稚児』に収録。底本には初出誌。

過去　長田幹彦

一九一七（大正六）年十一月一日発行「新日本」第七巻第十二号に発表。かなり多めのパラルビ。底本には初出誌を用いルビを取捨した。

〔児童文学〕

寅吉　佐藤紅緑

一九一七（大正六）年一月一日発行「日本少年」第十二巻第一号に発表。総ルビ。底本には初出誌を用いルビを取捨した。

黄金《こがね》の稲束《いなたば》　浜田廣介

一九一七（大正六）年六月十八日発行「大阪朝日新聞」第一二七二三号に発表。総ルビ。懸賞童話の第一等当選作品として掲載。筆名・赤名晨吉。底本には初出誌を用いルビを取捨した。

花咲爺　武者小路実篤

一九一七（大正六）年七月一日発行「白樺」第八巻第七号に発表の「かち〳〵山と花咲爺」より後者を選出。極少ルビ。同年十月二十八日、阿蘭陀書房刊『カチカチ山と花咲爺』に収録。底本には初出誌。

〔評論・随筆〕

文壇一百人

一九一七（大正六）年一月一日発行「文章倶楽部」第二年第一号に発表。目次には「●附録文壇一百人（文壇百二十名《ママ》家の小伝也。）」とある。ルビなし。底本には初出誌。

通俗藝術の問題　生田長江

一九一七（大正六）年二月一日発行「新小説」第二十二年第二号に発表。総ルビ。底本には初出誌を用いルビを取捨した。

夏目漱石氏の文学と文学論　石田三治

一九一七（大正六）年二月一日発行「大学評論」第一巻第二号に発表。パラルビ。底本には初出誌。

文学上より見たるロシヤ革命　昇曙夢

一九一七（大正六）年五月一日発行「早稲田文学」第百三十八号に発表。ルビなし。底本には初出誌。

三木露風一派の詩を放追せよ　萩原朔太郎

一九一七（大正六）年五月一日発行「文章世界」に発表。ルビなし。底本には初出誌。

伝統主義の任務　三井甲之

一九一七（大正六）年六月一日発行「早稲田文学」第百三十九号に発表。ルビなし。底本には初出誌。

伝統主義の意義　井波清治

一九一七（大正六）年七月一日発行「三田文学」第八巻第七

号に発表。ルビなし。底本には初出誌。

進むべき俳句の道＝雑詠評＝　高浜虚子

一九一六（大正五）年八月一日「ホトトギス」第十九巻第十一号（二百四十号）、同年九月一日発行同誌第十九巻第十二号（二百四十一号）、一九一七年八月一日発行同誌第二十巻第十一号（二百五十二号）に発表。一九一六（大正五）年八月号に「前田普羅」、九月号に「原石鼎」が掲載。一九一七（大正六）年八月号より「結論」を抄出。少なめのパラルビ。翌年七月十五日、実業之日本社刊『進むべき俳句の道』に収録。底本には初出誌。

三木・萩原両氏の詩作態度を論ず　川路柳虹

一九一七（大正六）年九月一日発行「文章世界」第十二巻第九号に発表。総ルビ。底本には初出誌を用いルビを取捨した。

新しき世界の為めの新しき藝術　大杉栄

一九一七（大正六）年十月一日発行「早稲田文学」第百四十三号に発表。ルビなし。一九二一（大正十）年八月十五日、アルス社刊『正義を求める心』に収録。底本には初出誌。

戦争と海外文学　厨川白村

一九一七（大正六）年十月一日発行「中央公論」第三十二年第十号に発表。パラルビ。修訂と加筆をほどこし、翌年七月十五日、積書館刊『印象記』に「欧州戦乱と海外文学」と改題のうえ収録。底本には初出誌。

朝鮮だより　僕のページ（抄）　島村抱月

一九一七（大正六）年十月一日発行「早稲田文学」第百四十三号に発表。ルビなし。底本には初出誌。

新技巧派の意義及びその人々　田中純

一九一七（大正六）年十月一日発行「新潮」第二十七巻第四号に発表。ルビなし。底本には初出誌。

最近小説界の傾向　中村星湖

一九一七（大正六）年十月一日発行「新時代」第一巻第一号に発表。かなり多めのパラルビ。底本には初出誌を用いルビを取捨した。

法科万能主義を排す　芳賀矢一

一九一七（大正六）年十月一日発行「帝国文学」第二十三巻第十号に発表。ルビなし。底本には初出誌。

近事二三（抄）　和辻哲郎

一九一七（大正六）年十月一日発行「文章世界」第十二巻第十号に発表。パラルビ。底本には初出誌。

本年の評論壇　石坂養平

一九一七（大正六）年十二月一日発行「早稲田文学」第百四十五号に発表。ルビなし。底本には初出誌。

伝統主義その他　加能作次郎

一九一七（大正六）年十二月一日発行「文章世界」第十二巻第十二号に発表。総ルビ。底本には初出誌を用いルビを取捨した。

民衆藝術論の出発点　西宮藤朝

一九一七（大正六）年十二月一日発行「文章世界」第十二巻第十二号に発表。総ルビ。底本には初出誌を用いルビを取捨した。

ジャーナリズムと文学　本間久雄

一九一七（大正六）年十二月一日発行「早稲田文学」第百四十五号に発表。ルビなし。底本には初出誌。

〔詩〕

蛙 ほか 児玉花外

蛙 一九一七（大正六）年七月一日発行「早稲田文学」第百四十号に発表。渡り鳥 同年同誌第百四十四号に発表。

花のひらくやうに ほか 高村光太郎

花のひらくやうに・歩いても・湯ぶねに一ぱい 一九一七（大正六）年一月一日発行「感情」第二巻第一号（第六号）に発表。

幻想の都会 ほか 山村暮鳥

幻想の都会・時計・冬の朝 同年二月一日発行「詩歌」第七巻第二号に発表。朝朝のスープ 同年三月一日発行同誌第七巻第三号に発表。キリストに与ふ 同年七月一日発行「感情」第二巻第七号（第十二号）に発表。人間に与ふ・大鉞 同年七月一日発行「文章世界」第十二巻第七号に発表。人間の勝利・草の葉・収穫の時 同年九月一日発行「感情」第二巻第九号に発表。同誌は《山村暮鳥詩集》と題した特集号。

魚群 ほか 加藤介春

魚群・停車場の花 同年二月一日発行「詩歌」第七巻第二号に発表。激しい感覚 同年五月一日発行「珊瑚礁」第一巻第三号に発表。

さびしい人格 ほか 萩原朔太郎

さびしい人格 一九一七（大正六）年一月一日発行「感情」第二巻第一号（第六号）に発表。見知らぬ人・青樹の梢をあふぎて 同年二月一日発行同誌第二巻第二号（第七号）に発表。青猫 同年四月一日発行「詩歌」第七巻第四号に発表。強い心臓と肉体に抱かる 同年四月一日発行「感情」第二巻第四号（第九号）に発表。恐ろしく憂鬱なる 同年五月一日発行同誌第二巻第五号（第十号）に発表。群集の中を求めて歩く・その手は菓子である 同年六月一日発行同誌第二巻第六号（第十一号）に発表。同誌は《萩原朔太郎詩集》と題した特集号。

野球 ほか 千家元麿

野球・創作家の喜び・初めて小供を・自分は見た 一九一七（大正六）年十一月一日発行「愛の本」第一巻第三号に発表。彼は 同年十二月一日発行「白樺」第八巻第十二号に発表。

自分もその時感涙した ほか 室生犀星

自分もその時感涙した・よくみる夢・この苦痛の前に額づく・街裏へ 一九一七（大正六）年二月一日発行「感情」第二巻第二号（第七号）に発表。同誌は《室生犀星詩集》と題した特集号。

『見える』 ほか 日夏耿之介

『見える』 一九一七（大正六）年一月一日発行「早稲田文学」第百三十四号に発表。

黒衣聖母・紅い足を持つ鳥 同年四月一日発行「文章世界」第十二巻第四号に発表。

自然の言葉 ほか 白鳥省吾

自然の言葉・心はつねに故郷にかへる 一九一七（大正六）

年五月一日発行「早稲田文学」第百三十八号に発表。相逢ふ二人・縄跳ね　同年八月一日発行「詩歌」第七巻第九号に発表。

パステル　西條八十

パステル　一九一七（大正六）年九月一日発行「文章世界」第十二巻第九号に発表。

凧をあげる小供　ほか　百田宗治

凧をあげる小供　一九一七（大正六）年四月一日発行「科学と文藝」第三巻第三号に発表。

光りは　福田正夫

光りは　一九一七（大正六）年五月一日発行「文章世界」第十二巻第五号に発表。

疲労（後期立体詩）　ほか　神原泰

疲労（後期立体詩）・真夏　一九一七（大正六）年八月一日発行「新潮」第二十七巻第一号に発表。自働車の力動　同年十月一日発行同誌第二十七巻第十号に発表。

〔短歌〕

北地雪の譜　小田観蛍

一九一七（大正六）年一月一日発行「潮音」第三巻第一号に発表。

病床　病床　二　島木赤彦

一九一七（大正六）年一月一日発行「アララギ」第十巻第一号に発表。

亀原の家　一、二、三、四　島木赤彦

一九一七（大正六）年七月一日発行「アララギ」第十巻第七号に発表。

富士見高原　島木赤彦

一九一七（大正六）年十月一日発行「アララギ」第十巻第十号に発表。

蹄のあと　斎藤茂吉

一九一七（大正六）年三月一日発行「アララギ」第十巻第三号に発表。

寒土集　斎藤茂吉

一九一七（大正六）年四月一日発行「文章世界」第十二巻第四号に発表。

三月三十日　斎藤茂吉

一九一七（大正六）年五月一日発行「アララギ」第十巻第五号に発表。

火口原・熊野　釈迢空

一九一七（大正六）年一月一日発行「アララギ」第十巻第一号に発表。

いろものせき　釈迢空

一九一七（大正六）年六月一日発行「アララギ」第十巻第六号に発表。

朝鮮雑詠　平福百穂

一九一七（大正六）年一月一日発行「アララギ」第十巻第一号に発表。

奈良井川の岸に立ちて　太田水穂

一九一七（大正六）年二月一日発行「潮音」第三巻第二号に発表。

秋寒く（病後に） 太田水穂
一九一七（大正六）年十月一日発行「短歌雑誌」第一巻第一号に発表。

深夜 木下利玄
一九一七（大正六）年二月一日発行「白樺」第八巻第二号に発表。

峡の午後 木下利玄
一九一七（大正六）年三月一日発行「白樺」第八巻第三号に発表。

接骨木《にはとこ》の新芽《しんめ》 木下利玄
一九一七（大正六）年四月一日発行「白樺」第八巻第四号に発表。

波浪 木下利玄
一九一七（大正六）年四月一日発行「心の花」第二十一巻第四号に発表。

雀の閑居 北原白秋
一九一七（大正六）年三月一日発行「三田文学」第八巻第三号に発表。

葛飾の秋 北原白秋
一九一七（大正六）年十月一日発行「短歌雑誌」第一巻第一号に発表。

飛鳥山 四賀光子
一九一七（大正六）年三月一日発行「潮音」第三巻第三号に発表。

潮の音 四賀光子
一九一七（大正六）年九月一日発行「潮音」第三巻第九号に発表。

米搗き 結城哀草果
一九一七（大正六）年三月一日発行「アララギ」第十巻第三号に発表。

薄氷 岡本かの子
一九一七（大正六）年四月一日発行「水甕」第四巻第四号に発表。

草原の馬 石井直三郎
一九一七（大正六）年六月一日発行「水甕」第四巻第六号に発表。

夕墓原 古泉千樫
一九一七（大正六）年七月一日発行「アララギ」第十巻第七号に発表。

筑紫より 白蓮
一九一七（大正六）年七月一日発行「心の花」第二十一巻第七号に発表。

梟 土屋文明
一九一七（大正六）年七月一日発行「アララギ」第十巻第七号に発表。

顰《ひそみ》にならふ 小島政二郎
一九一七（大正六）年九月一日発行「三田文学」第八巻第九号に発表。

寂寥 川田順
一九一七（大正六）年十月一日発行「心の花」第二十一巻第

十号に発表。

蛍　窪田空穂

一九一七（大正六）年十月一日発行「短歌雑誌」第一巻第一号に発表。

友が家　窪田空穂

一九一七（大正六）年十一月一日発行「短歌雑誌」第一巻第二号に発表。

初更の雨　安田靫彦

一九一七（大正六）年十月一日発行「心の花」第二十一巻第十号に発表。

諸の国びとの集り　六　石原純

一九一七（大正六）年十一月一日発行「アララギ」第十巻第十一号に発表。

折にふれて　土田島五

一九一七（大正六）年十一月一日発行「アララギ」第十巻第十一号に発表。

砲車隊　中村憲吉

一九一七（大正六）年十二月一日発行「アララギ」第十巻第十二号に発表。

火中真珠　与謝野晶子

一九一七（大正六）年十一月一日発行「三田文学」第八巻第十一号に発表。

貧しき庭　若山牧水

一九一七（大正六）年十一月一日発行「短歌雑誌」第一巻第二号に発表。

父を悲しむ歌（二）　前田夕暮

一九一七（大正六）年十二月一日発行「詩歌」第七巻第十三号に発表。

〔俳句〕

ホトトギス巻頭句集（虚子選）

一九一七（大正六）年一月一日発行「ホトトギス」第二十巻第四号（二百四十五号）。同年二月一日発行第二十巻第五号（二百四十六号）。同年三月五日発行第二十巻第六号（二百四十七号）。同年四月一日発行第二十巻第七号（二百四十八号）。同年五月一日発行第二十巻第八号（二百四十九号）。同年六月一日発行第二十巻第九号（二百五十号）。同年七月一日発行第二十巻第十号（二百五十一号）。同年八月一日発行第二十巻第十一号（二百五十二号）。同年九月六日発行第二十巻第十二号（二百五十三号）。同年十月十日発行第二十一巻第一号（二百五十四号）。同年十一月十七日発行第二十一巻第二号（二百五十五号）。同年十二月三日発行第二十一巻第三号（二百五十六号）。

山廬集（抄）　飯田蛇笏

一九三二（昭和七）年十二月二十一日、雲母社発行。

八年間（抄）　河東碧梧桐

一九二三（大正十二）年一月一日、玄同社発行。

〔大正六年〕　高浜虚子

一九一七（大正六）年二月二十日発行「国民新聞」（八九八九号）。同年三月五日発行「ホトトギス」第二十巻第六号（二百四十七号）。同年三月十一日発行「国民新聞」（九〇〇八号）。同

年六月一日発行「ホトトギス」第二十巻第九号（二百五十号）。同年六月十九日発行「国民新聞」（九一〇八号）。同年七月一日発行「ホトトギス」第二十巻第十号（二百五十一号）。同年十一月十七日発行同誌第二十一巻第二号（二百五十五号）。

雑草（抄）　長谷川零余子

一九二四（大正十三）年六月二十五日、枯野社発行。

〔大正六年〕　村上鬼城

一九一七（大正六）年一月一日発行「ホトトギス」第二十巻第四号（二百四十五号）。同年二月一日発行同誌第二十巻第五号（二百四十六号）。同年三月五日発行同誌第二十巻第六号（二百四十七号）。同年四月一日発行同誌第二十巻第七号（二百四十八号）。同年五月一日発行同誌第二十巻第八号（二百四十九号）。同年七月一日発行同誌第二十巻第十号（二百五十一号）。同年十一月十七日発行同誌第二十一巻第二号（二百五十五号）。同年十二月三日発行同誌第二十一巻第三号（二百五十六号）。

著者略歴

芥川龍之介―あくたがわ　りゅうのすけ―一八九二・三・一～一九二七・七・二四　小説家　東京都出身　東京帝国大学英文科卒　『鼻』『羅生門』『河童』

有島武郎―ありしま　たけお―一八七八・三・四～一九二三・六・九　小説家・評論家　東京都出身　ハヴァフォード大学大学院卒　『或女』『惜みなく愛は奪ふ』

飯田蛇笏―いいだ　だこつ―一八八五・四・二六～一九六二・一〇・三　本名　飯田武治　俳人　山梨県出身　早稲田大学英文科卒　『山廬集』『山廬随筆』

生田長江―いくた　ちょうこう―一八八二・四・二一～一九三六・一・一一　本名　生田弘治　評論家・小説家・戯曲家・翻訳家　鳥取県出身　東京帝国大学哲学科卒　『自然主義論』『何故第四階級は正しいか』『円光以後』

井汲清治―いくみ　きよはる―一八九二・一〇・一四～一九八三・二・二八　評論家　岡山県出身　慶応義塾大学文学科卒　『ソリダリテの思想』『大正文学史考』

石井直三郎―いしい　なおさぶろう―一八九〇・七・一八～一九三六・四・二三　歌人　岡山県出身　東京帝国大学国文科卒　『青樹』

石坂養平―いしざか　ようへい―一八八五・一一・二六～一九六九・八・一六　評論家　埼玉県出身　東京帝国大学哲学科卒　『藝術と哲学との間』『文藝中道』

石田三治―いしだ　さんじ―一八九〇・一一・一八～一九一九・一〇・二〇　評論家　青森県出身　東京帝国大学美学科卒　『トルストイ書簡集』『全トルストイ』

石原　純―いしはら　じゅん―一八八一・一・一五～一九四七・一・一九　歌人・物理学者　東京都出身　東京帝国大学理科卒　『靉日』『相対性原理』

大杉　栄―おおすぎ　さかえ―一八八五・一・一七～一九二三・九・一六　評論家　香川県出身　東京外国語学校（東京外国語大学）仏語科卒　『獄中記』『正義を求める心』

太田水穂―おおた　みずほ―一八七六・一二・九～一九五五・一・一　本名　太田貞一　歌人・国文学者　長野県出身　長野県師範学校卒　『つゆ艸』『老蘇の森』『短歌立言』

岡本かの子―おかもと　かのこ―一八八九・三・一～一九三九・二・一八　本名　岡本カノ　小説家・歌人　東京都出身　跡見女学校卒　『かろきねたみ』『老技抄』

小川未明―おがわ　みめい―一八八二・四・七～一九六一・五・一一　本名　小川健作　小説家・童話作家　新潟県出身　早稲田大学英文科卒　『赤い蠟燭と人魚』『野薔薇』

小田観蛍―おだ　かんけい―一八八六・一一・七～一九七三・一・一　本名　小田哲弥　歌人　岩手県出身　『隠り沼』『蒼鷹』『暁白』『天象』

加藤介春―かとう　かいしゅん―一八八五・五・一六～一九四六・一二・一八　本名　加藤寿太郎　詩人　福岡県出身　早稲田大学英文科卒　『獄中哀歌』『梢を仰ぎて』『眼と眼』

加能作次郎―かのう　さくじろう―一八八五・一・一〇～一九四一・八・五　小説家　石川県出身　早稲田大学英文科卒　『世の中へ』『若き日』『乳の匂ひ』

川路柳虹―かわじ　りゅうこう―一八八八・七・九～一九五九・四・一七　本名　川路誠　詩人・美術評論家　東京都出身　東京美術学校（東京芸術大学）日本画科卒　『路傍の花』『波』

川田　順―かわた　じゅん―一八八二・一・一五～一九六六・一・二二　歌人　東京都出身　東京帝国大学法科卒　『伎藝天』『山海経』『鷲』『国初聖蹟歌』

河東碧梧桐―かわひがし　へきごどう―一八七三・二・二六～一九三七・二・一　本名　河東秉五郎　俳人　愛媛県出身　仙台二高中退　『新傾向句集』『八年間』『三千里』

神原　泰―かんばら　たい―一八九八・二・二三～没年不詳　詩人・画家・藝術理論家　東京都出身　中央大学商科卒　『異端者』『未来派の自由語を論ず』

菊池　寛―きくち　かん―一八八八・一二・二六～一九四八・三・六　本名　菊池寛（ひろし）　小説家・劇作家　香川県出身　京都帝国大学英文科選科卒　『父帰る』『真珠夫人』『話の屑籠』

北原白秋―きたはら　はくしゅう―一八八五・一・二五～一九四二・一一・二　本名　北原隆吉　詩人・歌人　福岡県出身　早稲田大学英文科中退　『邪宗門』『桐の花』『雲母集』『雀の卵』

木下利玄―きのした　りげん―一八八六・一・一～一九二五・二・一五　本名　利玄（としはる）　歌人　岡山県出身　東京帝国大学国文科卒　『銀』『紅玉』『一路』

窪田空穂―くぼた　うつほ―一八七七・六・八～一九六七・四・一二　本名　窪田通治　歌人・国文学者　長野県出身　東京専門学校（早稲田大学）卒　『まひる野』『濁れる川』『鏡葉』

久保田万太郎―くぼた　まんたろう―一八八九・一一・七～一九六三・五・六　小説家・俳人・劇作家　東京都出身　慶応義塾大学文科卒　『春泥』『花冷え』『大寺学校』

久米正雄―くめ　まさお―一八九一・一一・二三～一九五二・三・一　小説家・劇作家　長野県出身　東京帝国大学英文科卒　『父の死』『破船』『月よりの使者』

厨川白村―くりやがわ　はくそん―一八八〇・一一・一九～一九二三・九・二　本名　厨川辰夫　英文学者・文藝評論家　京都府出身　東京帝国大学英文科卒　『近代文学十講』『象牙の塔を出て』

古泉千樫―こいずみ　ちかし―一八八六・九・二六～一九二七・八・一一　本名　古泉幾太郎　歌人　千葉県出身　千葉教員講習所卒　『川のほとり』『屋上の土』

小島政二郎―こじま　まさじろう―一八九四・一・三一～一九九四・三・二四　小説家　東京都出身　慶応義塾大学文学科卒　『含羞』『緑の騎士』『眼中の人』

児玉花外―こだま　かがい―一八七四・七・七～一九四三・九・二〇　本名　児玉伝八　詩人　京都府出身　同志社予備校・仙台東華学校・札幌農学校予科・早稲田大学中退　『社会主義詩集』『花外詩集』『天風魔帆』

西條八十―さいじょう　やそ―一八九二・一・一五～一九七〇・八・一二　詩人　東京都出身　早稲田大学英文科卒　『砂金』『西條八十童謡全集』『一握の玻璃』

斎藤茂吉―さいとう　もきち―一八八二・五・一四～一九五三・二・二五　医師・歌人　山形県出身　東京帝国大学医学部卒　『赤光』『あらたま』『童馬漫語』

佐藤紅緑―さとう　こうろく―一八七四・七・六～一九四九・六・三　本名　佐藤洽六　小説家・劇作家・俳人　弘前中学中退　『あゝ玉砕に花うけて』

里見　弴―さとみ　とん―一八八八・七・一四～一九八三・一・二一　本名　山内英夫　小説家　神奈川県出身　東京帝国大学英文科中退　『善心悪心』『多情仏心』『極楽とんぼ』

志賀直哉―しが　なおや―一八八三・二・二〇〜一九七一・一〇・二一　小説家　宮城県出身　東京帝国大学国文科中退　『大津順吉』『暗夜行路』

四賀光子―しが　みつこ―一八八五・四・二一〜一九七六・三・二三　本名　太田光子　太田水穂の妻　歌人　長野県出身　東京女子高等師範学校文科卒　『藤の実』『朝日』『麻ぎぬ』

島木赤彦―しまき　あかひこ―一八七六・一二・一七〜一九二六・三・二七　本名　久保田俊彦　歌人　長野県出身　長野尋常師範学校（信州大学）卒　『柿蔭集』『歌道小見』

島村抱月―しまむら　ほうげつ―一八七一・一・一〇〜一九一八・一一・五　本名　島村滝太郎　評論家・美辞学者・新劇指導者　島根県出身　東京専門学校（早稲田大学）文学科卒　『新美辞学』『近代文藝之研究』

釈　迢空―しゃくの　ちょうくう―一八八七・二・一一〜一九五三・九・三　別名　折口信夫　国文学者・歌人・詩人　大阪府出身　国学院大学卒　『海やまのあひだ』『死者の書』

白石実三―しらいし　じつぞう―一八八六・一一・一一〜一九三七・一二・二　小説家・随筆家　群馬県出身　早稲田大学英文科卒　『返らぬ過去』『武蔵野巡礼』

素木しづ―しらき　しづ―一八九五・三・二六〜一九一八・一・二九　本名　上野山志づ　小説家　北海道出身　札幌高等女学校卒　『松葉杖をつく女』『美しき牢獄』

白鳥省吾―しろとり　せいご―一八九〇・二・二七〜一九七三・八・二七　詩人　宮城県出身　早稲田大学英文科卒　『世界の一人』『大地の愛』

千家元麿―せんけ　もとまろ―一八八八・六・八〜一九四八・三・一四　詩人　東京都出身　慶応義塾幼稚舎普通部中退　東京府立四中中退　『自分は見た』『昔の家』

相馬泰三―そうま　たいぞう―一八八五・一二・二九〜一九五二・五・一五　本名　相馬退蔵　小説家　新潟県出身　早稲田大学英文科中退　『田舎医師の子』『荊棘の路』

高浜虚子―たかはま　きょし―一八七四・二・二二〜一九五九・四・八　本名　高浜清　俳人・小説家　愛媛県出身　第二高等中学校、東京専門学校（早稲田大学）中退　『俳諧師』『柿二つ』『五百句』

高村光太郎―たかむら　こうたろう―一八八三・三・一三〜一九五六・四・二　詩人・彫刻家　東京都出身　東京美術学校（東京芸術大学）彫刻科卒　『道程』『智恵子抄』『典型』

田中　純―たなか　じゅん―一八九〇・一・一九～一九六六・四・二〇　小説家　広島県出身　早稲田大学英文科卒　『妻』『闇に哭く』

谷崎潤一郎―たにざき　じゅんいちろう―一八八六・七・二四～一九六五・七・三〇　小説家　東京都出身　東京帝国大学国文科中退　『刺青』『痴人の愛』『春琴抄』『細雪』

田山花袋―たやま　かたい―一八七二・一二・一三～一九三〇・五・一三　本名　田山録弥　小説家　栃木県出身　『蒲団』『田舎教師』『東京の三十年』

土田耕平（島五）―つちだ　こうへい―一八九五・六・一〇～一九四〇・八・一二　歌人　長野県出身　私立東京中学卒　『青杉』『斑雪』『一塊』

土屋文明―つちや　ぶんめい―一八九〇・九・一八～一九九〇・一二・八　歌人　群馬県出身　東京帝国大学哲学科卒　『ふゆくさ』『山谷集』『万葉集私注』

中條百合子―なかじょう　ゆりこ―一八九九・二・一三～一九五一・一・二一　本名　宮本ユリ　小説家　東京都出身　日本女子大学英文科予科中退　『貧しき人々の群』『伸子』

長田幹彦―ながた　みきひこ―一八八七・三・一～一九六四・五・六　長田秀雄の実弟　小説家　東京都出身　早稲田大学英文科卒　『澪』『零落』

中村憲吉―なかむら　けんきち―一八八九・一・二五～一九三四・五・五　歌人　広島県出身　東京帝国大学法科卒　『林泉集』『しがらみ』『軽雷集』

中村星湖―なかむら　せいこ―一八八四・二・一一～一九七四・四・一三　本名　中村将為　小説家　山梨県出身　早稲田大学英文科卒　『女のなか』『少年行』

西宮藤朝―にしのみや　とうちょう―一八九一・一二・七～一九七〇・五・一九　評論家・翻訳家　秋田県出身　早稲田大学英文科卒　『人及び藝術家としての正岡子規』『新詩歌論講話』

昇　曙夢―のぼり　しょむ―一八七八・七・一七～一九五八・一一・二　本名　昇直隆　翻訳家　鹿児島県出身、正教神学校（ニコライ神学校）卒　『白夜集』『六人集』『毒の園』

芳賀矢一―はが　やいち―一八六七・五・一四～一九二七・二・六　国文学者　福井県出身　東京帝国大学大学院卒　『国文学史十講』『国民性十論』

萩原朔太郎―はぎわら　さくたろう―一八八六・一一・一～一九四二・五・一一　詩人　群馬県出身　五高、六高、慶応義塾大学中退『月に吠える』『青猫』

長谷川零余子―はせがわ　れいよし―一八八六・五・二三～一九二八・七・二七　本名　富田諧三　俳人　長谷川かな女の夫　群馬県出身　東京帝国大学薬学科卒『雑草』『零余子句集』

浜田廣介―はまだ　ひろすけ―一八九三・五・二五～一九七三・一一・一七　本名　浜田廣助　児童文学者　山形県出身　早稲田大学英文科卒『椋鳥の夢』

日夏耿之介―ひなつ　こうのすけ―一八九〇・二・二二～一九七一・六・一三　本名　樋口国登　詩人・英文学者　長野県出身　早稲田大学英文科卒『転身の頌』『黒衣聖母』『明治大正詩史』

平福百穂―ひらふく　ひゃくすい―一八七七・一二・二八～一九三三・一〇・三〇　本名　平福貞蔵　歌人・画家　秋田県出身　東京美術学校（東京芸術大学）日本画家専科卒『寒竹』

広津和郎―ひろつ　かずお―一八九一・一二・五～一九六八・九・二一　小説家・評論家　東京都出身　早稲田大学英文科卒『神経病時代』『風雨強かるべし』『年月のあしおと』

福田正夫―ふくだ　まさお―一八九三・三・二六～一九五二・六・二六　詩人　神奈川県出身　東京高等師範学校体操科中退『農民の言葉』『世界の魂』『船出の歌』『歎きの孔雀』

本間久雄―ほんま　ひさお―一八八六・一〇・一一～一九八一・六・一一　評論家・英文学者・日本近代文学研究家　山形県出身　早稲田大学英文科卒『エレン・ケイ思想の真髄』『生活の藝術化』

前田夕暮―まえだ　ゆうぐれ―一八八三・七・二七～一九五一・四・二〇　本名　前田洋造　歌人　神奈川県出身　中郡中学中退『収穫』『生くる日に』『原生林』

三井甲之―みつい　こうし―一八八三・一〇・一六～一九五三・四・三　本名　三井甲之助　歌人　山梨県出身　東京帝国大学国文科卒『三井甲之歌集』

村上鬼城―むらかみ　きじょう―一八六五・五・一七～一九三八・九・一七　本名　村上荘太郎　俳人　鳥取県出身　明治義塾法律学校中退『鬼城句集』『鬼城俳句俳論集』

室生犀星―むろう　さいせい―一八八九・八・一～一九六二・三・二六　本名　室生照道　詩人・小説家　石川県出身　金沢高等小学校中退『抒情小曲集』『性に眼覚める頃』『杏っ子』

武者小路実篤―むしゃこうじ　さねあつ―一八八五・五・一二～一九七六・四・九　小説家・劇作家　東京都出身　東京帝国大学社会学科中退　『お目出たき人』『友情』『人間万歳』

百田宗治―ももた　そうじ―一八九三・一・二五～一九五五・一二・一二　詩人・児童文学者　大阪府出身　高等小学校卒　『ぬかるみの街道』『何もない庭』

安田靫彦―やすだ　ゆきひこ―一八八四・二・一六～一九七八・四・二九　画家　本名　安田新三郎　東京都出身　東京美術学校（東京芸術大学）中退　日本芸術院会員

柳原白蓮―やなぎはら　びゃくれん―一八八五・一〇・一五～一九六七・二・二二　本名　宮崎燁子　歌人　東京都出身、東洋英和女学校卒　『踏絵』『几帳のかげ』『荊棘の実』

山村暮鳥―やまむら　ぼちょう―一八八四・一・一〇～一九二四・一二・八　本名　土田八九十　詩人　群馬県出身　聖三一神学校卒　『聖三稜玻璃』『風は草木にささやいた』『雲』

結城哀草果―ゆうき　あいそうか―一八九三・一〇・一三～一九七四・六・二九　本名　結城光三郎　歌人・随筆家　山形県出身　『山麓』『すだま』『群峰』『まほら』

与謝野晶子―よさの　あきこ―一八七八・一二・七～一九四二・五・二九　本名　与謝しよう　歌人・詩人　与謝野寛の妻　大阪府出身　堺女学校補習科卒　『みだれ髪』『君死にたまふこと勿れ』

吉田絃二郎―よしだ　げんじろう―一八八六・一一・二四～一九五六・四・二一　本名　吉田源次郎　小説家・戯曲家・随筆家　佐賀県出身　早稲田大学英文科本科卒　『島の秋』『西郷吉之助』『小鳥の来る日』

若山牧水―わかやま　ぼくすい―一八八五・八・二四～一九二八・九・一七　本名　若山繁　歌人　宮崎県出身　早稲田大学英文科卒　『別離』『路上』

和辻哲郎―わつじ　てつろう―一八八九・三・一～一九六〇・一二・二六　哲学者・評論家　兵庫県出身　東京帝国大学文科大学哲学科卒　『古寺巡礼』『風土―人間学的考察』

編年体 大正文学全集
第六巻 大正六年
二〇〇一年三月二十五日第一版第一刷発行
著者代表——広津和郎 他
編者——藤井淑禎
発行者——荒井秀夫
発行所——株式会社 ゆまに書房
東京都千代田区内神田二—七—六
郵便番号一〇一—〇〇四七
電話〇三—五二九六—〇四九一代表
振替〇〇一四〇—六—六三一六〇
印刷・製本——日本写真印刷株式会社
落丁・乱丁本はお取替いたします
定価はカバー・帯に表示してあります

ISBN4-89714-895-2 C0391